ULISSES

ULISSES

james joyce

Tradução de
Antônio Houaiss

21ª edição

CIVILIZAÇÃO BRASILEIRA

Rio de Janeiro
2021

COPYRIGHT © Margaret Caroline Anderson, 1914, 1918
Nora Joseph Joyce, 1942, 1946

COPYRIGHT DA TRADUÇÃO © Editora Civilização Brasileira e Antônio Houaiss, 1982

CAPA
Juliana Misumi

PROJETO GRÁFICO
Evelyn Grumach e João de Souza Leite

PREPARAÇÃO DE ORIGINAIS
Antonio dos Prazeres

CIP-BRASIL. CATALOGAÇÃO NA FONTE
SINDICATO NACIONAL DE EDITORES DE LIVROS, RJ

J79u   Joyce, James, 1882-1941
21ª ed.   Ulisses / James Joyce; tradução de Antônio Houaiss. – 21ª ed. – Rio de Janeiro: Civilização Brasileira, 2021.

Tradução de: Ulysses
ISBN 978-85-200-1388-5

1. Romance irlandês. I. Houaiss, Antônio. II. Título.

21-73006
CDD 828.99153
CDU 82-31(417)

Meri Gleice Rodrigues de Souza – Bibliotecária – CRB-7/6439

Todos os direitos reservados. Proibida a reprodução, armazenamento ou transmissão de partes deste livro, através de quaisquer meios, sem prévia autorização por escrito.

EDITORA AFILIADA

Este livro foi revisado segundo o novo Acordo Ortográfico da Língua Portuguesa.

Direitos desta tradução adquiridos pela
EDITORA CIVILIZAÇÃO BRASILEIRA
Um selo da
EDITORA JOSÉ OLYMPIO LTDA.
Rua Argentina, 171 – 20921-380 – Rio de Janeiro, RJ – Tel.: (21) 2585-2000

Seja um leitor preferencial Record.
Cadastre-se e receba informações sobre nossos lançamentos e nossas promoções.

Atendimento e venda direta ao leitor:
sac@record.com.br

Impresso no Brasil
2021

Sumário

I   7

II   61

III   605

Guia de leitura
por Ricardo Lísias   789

I

S obranceiro, fornido, Buck Mulligan vinha do alto da escada, com um vaso de barbear, sobre o qual se cruzavam um espelho e uma navalha. Seu roupão amarelo, desatado, se enfunava por trás à doce brisa da manhã. Elevou o vaso e entoou:
— *Introibo ad altare Dei.*
Parando, perscrutou a escura escada espiral e chamou asperamente:
— Suba, Kinch. Suba, jesuíta execrável.
Prosseguiu solenemente e galgou a plataforma de tiro. Encarando-os, abençoou, grave, três vezes a torre, o campo circunjacente e as montanhas no despertar. Então, percebendo Stephen Dedalus, inclinou-se para ele, traçando no ar rápidas cruzes, com grugulhos guturais e meneios de cabeça. Stephen Dedalus, enfarado e sonolento, apoiava os braços sobre o topo do corrimão e olhava friamente a meneante cara grugulhante que o bendizia, equina de comprimento, e a cabeleira clara não tosada, estriada e matizada como carvalho pálido.
Buck Mulligan mirou-se um instante sob o espelho e em seguida recobriu o vaso com vivacidade:
— Ao quartel! — disse peremptório.
Acrescentou, em tom predicante:
— Porque isto, ó bem-amados, é a autêntica Christina: corpo e alma, e sangue e chagas. Música lenta, por favor. Fechar os olhos, cavalheiros. Um instante. Uma pequena complicação com estes corpúsculos brancos. Silêncio, minha gente!
Escrutando de esguelha as alturas, emitiu um longo assobio grave de chamamento, deteve-se depois por instantes numa atenção extática, os brancos dentes iguais brilhando aqui e ali em pontos de ouro. Chrysostomos. Dois fortes silvos estrídulos responderam através da calma.

— Obrigado, meu velho — gritou animoso. — A coisa vai. Corte a corrente, sim?
Pulou da plataforma de tiro e olhou sério para o seu observador, arrepanhando pelas pernas as bandas soltas do roupão. A fornida cara sombreada e a soturna queixada oval lembravam um prelado, protector das artes, da Idade Média. Um sorriso divertido abrochou-lhe, calmo, os lábios.
— A pilhéria que há nisso — disse jovial. — Esse seu nome absurdo, em grego antigo.
Apontou-o com o dedo em gesto amigo, e retornou ao parapeito, rindo de si para si. Stephen Dedalus galgou os degraus, seguiu-o a meio caminho com fastio e sentou-se no bordo do parapeito, olhando-o impassível, que apoiava o espelho no parapeito, mergulhava o pincel no vaso e ensaboava bochechas e pescoço.
A voz jovial de Buck Mulligan prosseguia:
— Meu nome é absurdo também: Malachi Mulligan, dois dáctilos. Mas soa helênico, não soa? Ágil e ensolarado como um cabrito mesmo. Precisamos ir a Atenas. Você virá, se consigo arrancar da tia umas vinte librazinhas?
Pôs de lado o pincel e, rindo com deleite, gritou:
— Virá ele, esse mirrado jesuíta?
Descontinuando, começou a barbear-se com cuidado.
— Diga-me, Mulligan — disse Stephen com calma.
— Sim, querido?
— Quanto tempo Haines vai ficar nesta torre?
Buck Mulligan exibiu uma bochecha barbeada sobre seu ombro direito.
— Por Deus, não é abominável? — disse com franqueza. — Que saxão pesado. Pensa que você não é um cavalheiro. Por Deus, esses malditos ingleses. Arrebentando de dinheiro e de indigestão. Porque vem de Oxford. Você sabe, Dedalus, você tem a verdadeira marca de Oxford. Ele não pode entendê-lo. Oh, para você reservo o melhor nome: Kinch, a lâmina-gume.
Barbeava-se com minúcia o queixo.
— Ele passou a noite delirando com uma pantera negra — disse Stephen.
— Onde está o estojo de fuzil dele?
— É um lunático infeliz — disse Mulligan. — Você estava aterrorizado, não?
— Estava — disse Stephen com energia e medo acrescido. — Nesta escuridão, com um sujeito que não conheço, delirando e lamuriando-se, a

querer abater uma pantera negra. Você já salvou gente de afogamento. Mas eu não sou herói. Se ele fica aqui, dou o fora.

Buck Mulligan franziu o sobrolho à espuma da navalha. Saltou do seu poleiro e começou a buscar sôfrego nos bolsos das calças.

— Que porra — disse rudemente.

Retornou à plataforma de tiro e, metendo a mão no bolso superior de Stephen, disse:

— Que se nos conceda este trapo de focinho para limpar minha navalha.

Stephen suportou que ele retirasse e exibisse segurando-o por um canto um lenço sujo amarrotado. Buck Mulligan limpou a lâmina com minúcia. Depois, fitando o lenço, disse:

— O trapo de focinho do bardo. Uma nova cor artística para nossos poetas irlandeses: verdemuco. Você quase que pode degustá-lo, não pode?

Subiu ao parapeito de novo e mirou para a baía de Dublin, os louros cabelos carvalho pálido agitando-se de leve.

— Por Deus — disse sereno. — Não está o mar tal como Algy lhe chama: a doce mãe gris? O mar verdemuco. O mar escrotoconstritor. *Epi oinopa ponton*. Ah, Dedalus, os gregos! Preciso ensinar-lhe. Você deve lê-los no original. *Thalatta! Thalatta!* É a nossa grande doce mãe. Venha e veja.

Stephen subiu e aproximou-se do parapeito. Apoiando-se neste olhava para as águas e para o barco-correio surgindo na boca da angra de Kingstown.

— Nossa poderosa mãe — disse Buck Mulligan.

Volveu abruptamente seus grandes olhos inquiridores do mar para o rosto de Stephen.

— Minha tia crê que você matou sua mãe — disse. — Eis a razão por que ela não quer que eu me dê com você.

— Alguém a matou — disse Stephen lúgubre.

— Você podia ter-se ajoelhado, que diabo, Kinch, quando sua mãe lhe pediu isso moribunda — dizia Buck Mulligan. — Sou tão hiperbóreo quanto você. Mas imaginar sua mãe suplicando-lhe no seu último alento que você se ajoelhasse e rezasse por ela. E você recusar. Há alguma coisa de sinistro em você...

Descontinuou e ensaboou de leve de novo a outra bochecha. Um sorriso tolerante aflorava-lhe os lábios.

— Mas é um mimo delicioso — murmurou de si para si. — Kinch, o mais delicioso de todos os mimos.

Barbeava-se por inteiro e com cuidado, em silêncio, sério.

Stephen, um cotovelo apoiado no granito rugoso, opunha a palma da mão contra a fronte e contemplava a borda puída da manga preta brilhosa do paletó. Uma dor, essa não era ainda a dor do amor, roía-lhe o coração. Silenciosamente, em um sonho ela lhe aparecera depois da morte, seu corpo gasto dentro de largas pardas vestes funéreas exalando um odor de cera e de pau-rosa, seu hálito, pendente sobre ele, mudo, repreensivo, um esmaecido odor de cinzas molhadas. Através da borda esgarçada do punho, via o mar louvado como a grande doce mãe pela voz bem nutrida a seu lado. O anel da baía e horizonte cinturava uma fosca massa verde de líquido. Um vaso de porcelana branca ficara ao lado do seu leito de morte com a verde bile viscosa que ela devolvera do fígado putrefeito nos seus bulhentos acessos estertorados de vômito.

Buck Mulligan limpava de novo a lâmina.

— Ah, pobre carcaça de cão — disse em tom carinhoso. — Preciso dar-lhe uma camisa e uns trapos de focinho. Como vão as bragas de segunda mão?

— Entram razoavelmente bem — respondeu Stephen.

Buck Mulligan atacava a covinha debaixo do sotolábio.

— A pilhéria que há nisso — disse ele alegre — é que elas deviam ser de segunda perna. Deus é quem sabe que cambaio sarnento as usou. Tenho um par encantador listrado-cinza. Você ficará soberbo nelas. Não estou brincando, Kinch. Você fica danadamente bem, quando se veste direito.

— Obrigado — disse Stephen. — Mas não posso usá-las, se são cinza.

— Não pode usá-las — Buck Mulligan dirigia-se à própria cara no espelho. — Praxe é praxe. Mata a mãe mas não pode usar calças cinzentas.

Dobrou com esmero a navalha e com golpes de ponta de dedo massageou a pele macia.

Stephen virava sua contemplação do mar para a face fornida de móveis olhos azul-esfumaçados.

— O sujeito com quem estive ontem à noite no Ship — disse Buck Mulligan — diz que você tem p.g.d. Está em Dottyville com Conolly Norman. Paralisia geral da demência.

Deslizou o espelho em meio círculo no ar para faiscar nas ondas longes ao revérbero solar agora irradiante sobre o mar. Seus curvos lábios escanhoados riam e as pontas de seus brancos dentes resplandecentes. O riso tomou-lhe o forte tronco compacto.

— Contemple-se — disse —, seu bardo execrável.

Stephen recurvou-se para a frente e afundou os olhos no espelho sustido ante ele, fendido numa rachadura curva, cabelo em pé. Como ele e os outros me veem. Quem escolheu esta cara para mim? Esta canicarcaça a sacudir sanguessugas. Ele me pede a mim também.

— Surripiei-o do quarto da virago — dizia Buck Mulligan. — Bem feito para ela. A tia reserva sempre criadas chochas para o Malachi. Para não induzi-lo à tentação. E se chama Úrsula.

Rindo de novo, retirou o espelho aos olhos perscrutantes de Stephen.

— A fúria de Caliban por não ver a própria imagem ao espelho — disse.
— Se ao menos Wilde estivesse vivo para vê-lo.

Recuando e apontando, Stephen disse com amargura:

— É um símbolo da arte irlandesa. O espelho rachado de uma criada.

De supetão, Buck Mulligan enlaçou seu braço ao de Stephen, pondo-o a andar com ele ao redor da torre, navalha e espelho chocalhando no bolso em que os enfiara.

— Não é justo gozá-lo desta maneira, não é, Kinch? — disse, com carinho.
— Deus é que sabe que você tem mais espírito do que qualquer um deles.

Parados de novo. Ele teme o escalpelo de minha arte como eu o da dele. A fria pena de aço.

— Espelho rachado de uma criada. Diga isso à vaca do sujeito lá embaixo e arranque dele um guinéu. Está fedendo a dinheiro e acredita que você não é um cavalheiro. O velho dele encheu a burra vendendo jalapa aos zulus, ou com alguma negociata danada ou coisa que o valha. Por Deus, Kinch, se ao menos você e eu pudéssemos trabalhar juntos, talvez fizéssemos alguma coisa pela ilha. Henelizá-la.

O braço de Cranly. Seu braço.

— E pensar que você tem de pedir a esses porcos. Eu sou o único que sabe o que você vale. Por que é que você não confia mais em mim? Que é que você fareja contra mim? É por causa de Haines? Se ele fizer mais algum barulho aqui, desço com o Seymour e lhe passaremos um pito pior do que o que se passou em Clive Kempthorpe.

Gritos juvenis de vozes endinheiradas nos aposentos de Clive Kempthorpe. Caras pálidas: sustentam-se as costelas no rir, cutucando-se uns aos outros, oh, vou morrer! Leve-lhe a notícia a ela com doçura, Aubrey! Vou morrer! Com as fraldas em retalhos de sua camisa batendo ao ar, saltita e cambaleia ao redor da mesa, as calças aos pés, perseguido por Ades do Magdalen com as tesouras de alfaiate. Uma cara de vitelo espavorido dourada de geleia. Não quero que me tirem as calças! Não brinquem de cabra-cega comigo!

Gritos da janela aberta assustando a tarde no pátio. Um jardineiro surdo, de avental, mascarado da cara de Matthew Arnold, empurra sua segadora sobre a relva sombria olhando de perto os segmentos dançarinos dos herbicaules.

Para nós mesmos... neopaganismo... ônfalo.

— Deixe-o ficar — disse Stephen. — Não há nada contra ele a não ser de noite.

— Então, o que é que há? — perguntou com impaciência Buck Mulligan.
— Cuspa fora. Sou bastante franco com você. Que é que você tem contra mim?

Pararam, olhando em direção do cabo rombudo de Bray Head, que jazia na água como o rosto de uma baleia adormecida. Stephen desprendeu o braço suavemente.

— Quer que eu diga? — perguntou.

— Sim, quero, o que é que há? — respondeu Buck Mulligan. — Não me lembro de nada.

Olhava o rosto de Stephen no que falava. Uma leve brisa aflorava-lhe o cenho, agitando de leve seus louros cabelos despenteados e iluminando pontos argênteos de ansiedade nos seus olhos.

Stephen, deprimido pela própria voz, disse:

— Você se lembra do primeiro dia em que fui à sua casa depois da morte de minha mãe?

Buck Mulligan enrugou rápido o sobrecenho e disse:

— O quê? Onde? Não me lembro de nada. Lembro-me somente de ideias e sensações. Por quê? Que aconteceu, em nome de Deus?

— Você estava fazendo chá — dizia Stephen — e eu cruzei o patamar para buscar mais água quente. Sua mãe e alguma visita vinham da sala. Perguntou-lhe quem estava em seu quarto.

— É? — disse Buck Mulligan. — Que é que eu disse? Não me lembro.

— Você disse — respondeu Stephen — *Oh, é apenas Dedalus, cuja mãe esticou as canelas.*

Um rubor que o fez parecer mais jovem e mais atraente apontou nas faces de Buck Mulligan.

— Foi isso o que eu disse? — perguntou. — Muito bem. Que mal há nisso? Despejava nervosamente seu embaraço.

— E o que é a morte — perguntava —, a de sua mãe ou a sua ou a minha? Você viu apenas a morte de sua mãe. Eu as vejo cada dia na Mater ou em Richmond pipocar e na sala de dissecção pôr as tripas à mostra. É uma coisa animal e nada mais. Apenas não conta. Você não conseguiu ajoelhar-se para rezar por sua mãe no seu leito de morte, quando ela lhe pediu. Por quê? Porque você tem esse amaldiçoado sangue jesuíta em suas veias, mas correndo em sentido contrário. Para mim tudo isso é risível e animal. Seus lobos cerebrais não funcionam. Ela chama o doutor sir Peter Teazle que lhe colhe botões-de-ouro da fronha. Faça-se-lhe mimo até que acabe. Você se opõe à sua última vontade na hora da morte e me vem lamuriar-se contra mim porque não a pranteio como uma carpideira do Lalouette. É um absurdo! Admito que tenha dito isso. Não significa que era minha intenção ofender a memória de sua mãe.

Falava para assenhorear-se de si mesmo. Stephen, escudando as feridas abertas que suas palavras vinham deixando em seu coração, disse muito frio:

— Não pensava na ofensa à minha mãe.

— Pensava em quê, então? — perguntou Buck Mulligan.

— Na ofensa a mim — respondeu Stephen.

Buck Mulligan girou sobre os tornozelos.

— Oh, mas que sujeito difícil! — exclamou.

Pôs-se a andar rápido ao longo do parapeito. Stephen ficou no seu lugar, mirando por sobre o mar calmo em direcção do cabo de terra. Mar e cabo faziam-se agora escuros. Pulsações percutiam em seus olhos, velando-lhe a vista, e ele sentia febre nas faces.

Uma voz de dentro da torre chamou alto:

— Você está aí em cima, Mulligan?

— Estou descendo — respondeu Buck Mulligan.

Voltou-se para Stephen e disse:

— Olhe o mar. Que lhe importam ofensas? Espante o Loyola, Kinch, e desçamos. O saxônio quer seu toucinho matinal.

Sua cabeça parou de novo por instante no topo da escada, ao nível do forro.

— Não fique ruminando essas coisas o tempo todo — disse. — Sou um inconsequente. Deixe de remoer esse moinho.

A cabeça desapareceu, mas a azoada da sua voz evanescente escapava da boca da escada:

> Nem mais a um canto ruminar
> Do amor o místico amargor
> Pois Fergus doma os carros brônzeos

Vegetissombras flutuavam silentes na paz matinal desde o topo da escada ao mar que ele contemplava. Da borda para fora o espelho do mar branquejava; esporeado por precípites pés lucífugos. Colo branco do mar pardo. Ictos gêmeos, dois a dois. Mão dedilhando harpicordas fundindo-lhes os acordes geminados. Undialvas palavras acopladas tremeluzindo sobre a maré sombria.

Uma nuvem começava a encobrir o sol, lentamente, sombreando a baía em verde mais fundo. Jazia atrás dele um vaso de águas amargas. A canção de Fergus: eu cantava-a sozinho em casa, sustendo os longos acordes baixos. Sua porta ficava aberta: ela queria ouvir minha música. Silencioso de reverência e piedade aproximei-me do seu leito. Chorava no seu leito miserável. Por estas palavras, Stephen: do amor o místico amargor.

Onde agora?

Seus segredos: velhos leques de plumas, cartões de dança debruados polvilhados de almíscar, um atavio de contas de âmbar na sua gaveta cerrada. Uma gaiola pendia de sua janela ensolarada quando era menina. Ouvira o velho Royce cantar na pantomima de Turko o terrível e rira com os outros quando cantava:

> Sou o guri
> Que sente e ri
> Com o Invisível.

Júbilo fantasmal, revoluto: almiscarperfumado.

> Nem mais a um canto ruminar.

Revoluto na memória da natureza com seus brinquedos. Lembranças assaltam-lhe o cérebro meditabundo. Seu copo dela com a água da bica da cozinha, para depois que houvera comungado. Uma descaroçada maçã, recheada de açúcar mascavo, assada para ela à lareira em sombria tarde de outono. Suas unhas bem feiçoadas carminadas do sangue de piolhos esmagados das camisas das crianças.

Em sonho, silentemente, ela lhe viera a ele, seu corpo gasto dentro de largas vestes funéreas exalando um odor de cera e de pau-rosa, seu hálito pendido sobre ele com mudas palavras secretas, um esmaecido odor de cinzas molhadas.

Seus olhos perscrutadores, fixando-se-me da morte, para sacudir e dobrar minha alma. Em mim somente. O círio dos mortos a alumiar sua agonia. Lume agonizante sobre face torturada. Seu áspero respirar ruidoso estertorando-se de horror, enquanto todos rezavam aos seus pés. Seus olhos sobre mim para redobrar-me. *Liliata rutilantium te confessorum turma circumdet: iubilantium te virginum chorus excipiat.*

Necrófago! Mascador de cadáveres!

Não, mãe. Deixa-me ser e deixa-me viver.

— Kinch, ó!

A voz de Buck Mulligan reboava de dentro da torre. Fez-se mais perto do topo da escada, chamando de novo. Stephen, ainda trêmulo ao grito da sua alma, ouvia a quente luz do sol a vibrar e no ar detrás dele palavras carinhosas.

— Dedalus, venha, seja um bom sujeito. A comida está pronta. Haines pede desculpas por nos ter acordado de noite. Tudo está nos eixos.

— Já vou — disse Stephen, voltando-se.

— Venha, por amor de Deus — dizia Buck Mulligan. — Por amor de mim e por amor de todos.

Sua cabeça desapareceu e reapareceu.

— Falei-lhe a respeito do seu símbolo da arte irlandesa. Ele achou muito inteligente. Veja se lhe arranca alguma coisa, sim? Um guinéu, esclareço.

— Eu recebo hoje — disse Stephen.

— Daquela infecta escola? — disse Buck Mulligan.

— Quanto? Quatro librinhas? Empreste-nos uma.

— Como queira — disse Stephen.

— Quatro luzidos soberanos — gritava Buck Mulligan com alegria. — Vamos ter uma bebedeira maravilhosa de espantar os druidas druídicos. Quatro soberanos omnipotentes.

Ergueu os braços e pateleou pelos degraus de pedra abaixo, cantando desentoado com sotaque *cockney*:

Eh gente, vamos folgar
Com uísque, vinho e cerveja
Na coroação,
No dia da coroação?
É gente, vamos folgar
No dia da coroação?

Sol quente brincando sobre o mar. O níquel do vaso de barbear brilhava esquecido, sobre o parapeito. Por que deveria eu levá-lo para baixo? Ou deixá-lo aí o dia inteiro, amizade esquecida?

Aproximou-se dele, deteve-o por instantes entre as mãos, sentindo-lhe o frescor, o cheiro da baba viscosa da espuma em que estava mergulhado o pincel. Assim levei então o incensário em Clongowes. Sou agora outro, mas, ainda assim, o mesmo. Um servidor também. O servo de um servidor.

Na escura sala abobadada da torre a forma enroupada de Buck Mulligan movia-se ágil daqui para ali perto da lareira, escondendo e mostrando a nitência amarela. Dois fustes de luz suave tombavam sobre o chão lajeado do alto das barbacãs; e na convergência dos seus raios uma nuvem de fumo de carvão e fumaça de banhas fritas flutuava, volteando.

— Vamos sufocar-nos — disse Buck Mulligan. — Haines, abra a porta, sim?

Stephen pousou o vaso de barbear sobre o armário. Um indivíduo alto levantou-se da hamaca em que estivera sentado, dirigiu-se à porta e abriu-lhe as folhas internas.

— Você tem a chave? — perguntou uma voz.

— Dedalus está com ela — disse Buck Mulligan. — Janey Mack, estou sufocando.

Berrou, sem tirar os olhos do fogo:

— Kinch!

— Está na fechadura — disse Stephen, avançando.

A chave arranhou duas voltas em atrito e, quando a pesada porta se escancarou, bem-vindo ar lúcido e leve entrou. Haines permaneceu à porta, olhando para fora. Stephen arrastou sua valise revirada para perto da mesa e sentou-se a esperar. Buck Mulligan despejou a fritura na travessa ao lado dele. Em seguida, trouxe a travessa e uma chaleira grande para cima da mesa, pousou-as pesadamente e resfolegou aliviado.

— Estou derretendo — disse — como observou a vela quando... Chega. Nem mais uma palavra sobre a questão. Kinch, acorde. Pão, manteiga, mel. Haines, venha. A gororoba está pronta. Abençoa-nos, ó Senhor, e a estes dons teus. Onde está o açúcar? Ó cretino, não há leite.

Stephen retirava o pão, o pote de mel e a manteigueira do armário. Buck Mulligan deixava-se sentar num mau humor súbito.

— Que espécie de lorpa é essa? — dizia. — Eu bem que lhe disse que aqui estivesse logo depois das oito.

— Podemos bebê-lo puro — disse Stephen. — Há um limão no armário.

— Oh, para o diabo, você e suas modas parisienses — disse Buck Mulligan. — O que eu quero é leite de Sandycove.

Haines chegava da porta da frente e dizia calmo:

— A mulher está chegando com o leite.

— Que Deus o abençoe — gritou Buck Mulligan, pulando na cadeira. — Sente-se. Sirva o chá. O açúcar está no saco! Já me bastou a danação de domar estes ovos.

Despedaçou a fritura da travessa e transbordou-a pelos três pratos dizendo:

— *In nomine Patris et Filii et Spiritus Sancti.*

Haines sentou-se para servir o chá.

— Estou pondo dois torrõezinhos para cada um — dizia. — Mas noto que você, Mulligan, faz chá forte, não é?

Buck Mulligan, no que serrava grossas fatias de pão, dizia com persuasiva voz de velha:

— Quando fauço chá, fauço chá, como dizia a mãezinha Grogan. E quando fauço água, fauço água.

— Por Jove, é chá — dizia Haines.

Buck Mulligan prosseguia serrando e falseteando:

— *Assim fauço, senhora Cahill,* dizia ela. *Praza a Deus, dona,* dizia a senhora Cahill, *que vosmicê não faça os dois no mesmo pote.*

Estendeu para cada um dos seus comensais uma espessa fatia de pão, empalado na sua faca.

— Isso são gestas populescas — disse com tom doutoral — para seu livro, Haines. Cinco linhas de texto e dez páginas de notas sobre o povo e os piscideuses de Dundrum. Impressas pelas Parcas no ano do grande vento.

Voltou-se para Stephen e perguntou-lhe com insinuante voz inquiridora, alteando as sobrancelhas:

— Lembrar-se-á, irmão, se o pote de chá e de água da mãezinha Grogan é referido no Mabinogion ou nos Upanishads?
— Não o creio — disse Stephen com gravidade.
— Não o crê? — disse Buck Mulligan no mesmo tom. — Dê suas razões, lhe rogo.
— Especulo — disse Stephen no que comia — que isso não está nem dentro nem fora do Mabinogion. A mãezinha Grogan, é de supor, era uma consanguínea de Maria Ana.
A face de Buck Mulligan sorria de deleite.
— Encantador — disse com meloso tom amaneirado, mostrando os dentes brancos e piscando os olhos brincalhões. — Crê mesmo que era? Que coisa encantadora.
Então, emborrascando todos os seus traços de súbito, rosnou com rascante voz rouquenha no que de novo cortava vigorosamente pão:

A velha Maria Ana
Não se lhe dá nem se dana,
Mas, levantando as anáguas...

Tinha a boca repleta de fritura e mastigava e azoava.
O vão da porta se escureceu por uma forma que entrava.
— O leite, senhor.
— Aproxime-se, dona — disse Mulligan. — Kinch, apanhe a jarra.
Uma velha avançou e ficou parada perto do cotovelo de Stephen.
— Faz uma linda manhã, senhor — disse ela. — Graças ao Senhor.
— A quem? — perguntou Mulligan, lançando-lhe um rápido olhar. — Ah, sim, tem razão!
Stephen inclinou-se para trás e pegou a leiteira do armário.
— Os ilhéus — disse Mulligan para Haines com um tom descuidado — falam com frequência do coleccionador de prepúcios.
— Quanto, senhor? — perguntou a velha.
— Um quarto — fez Stephen.
Viu-a verter na medida e desta na jarra um branco leite generoso, não o dela. Velhas mamas flácidas. Verteu de novo uma medida inteira e uma quebra. Vetusta e misteriosa, viera de um mundo matinal, uma talvez mensageira. Louvara a bondade do leite, vertendo-o. Acocorada a uma vaca paciente manhãzinha no campo exúbere, bruxa sobre seu cogumelo do diabo, seus

dedos nodosos rápidos nas tetas cremosas. Mugia-lhe ao redor dela, que a conhecia, o gado aljofarcetinado. Seda da criação e pobre velhinha, nomes a ela dados nos bons velhos tempos. Errabunda anciã, forma humilde de uma imortal servindo seu conquistador e seu alegre sedutor, concubina de ambos, mensageira vinda da manhã secreta. Para servir ou para exprobrar, ele não o sabia: mas repugnava-lhe rogar seus favores dela.

— É ele sem a menor dúvida, dona — dizia Buck Mulligan, servindo o leite nas xícaras.

— Prove, senhor, prove — dizia ela.

Ele bebeu às instâncias dela.

— Se ao menos pudéssemos viver de bom alimento como este — dizia-lhe ele, algo gritado — não estaríamos com o país cheio de dentes cariados e de intestinos podres. Vivendo num pântano de lama, comendo alimentos ordinários e com as ruas cobertas de poeira, de bosta de cavalo e escarros de étegos.

— O senhor é estudante de artes médicas, senhor? — perguntou a velha.

— Sim, dona, sou — respondeu Buck Mulligan.

Stephen ouvia em silêncio exprobrativo. Ela inclina a velha cabeça à voz que lhe fala alto, seu curandeiro, seu mezinheiro; a mim ela me desconsidera. A voz que a expenitenciará e a ungirá para a tumba, a ela toda, menos sua carcaça suja de mulher, sua carne mortal não feita à imagem de Deus, a presa da serpente. E à voz alta que agora lhe infunde esse silêncio de olhos inseguros e surpresos.

— Entende o que ele lhe diz? — perguntou-lhe Stephen.

— É francês que está falando, senhor? — perguntou a velha a Haines.

Haines falou-lhe de novo, com fala mais compassada, confiadamente.

— Irlandês — disse Buck Mulligan. — Há alguma coisa de gaélico em você?

— Pensei, pela toada, que era irlandês — disse ela. — O senhor é do oeste?

— Sou inglês — respondeu Haines.

— Ele é inglês — disse Buck Mulligan — e pensa que na Irlanda deveríamos falar irlandês.

— Devíamos de facto — disse a velha — e eu mesma tenho vergonha de não falar a língua. Dizem-me os que a falam que é uma língua e tanto.

— Tanto não é a palavra — disse Buck Mulligan. — Totalmente maravilhosa. Encha-me mais uma xícara de chá, Kinch. Gostaria de tomar uma xícara, dona?

— Não, muito obrigada, meu senhor — disse a velha, enfiando a argola da leiteira no antebraço e prestes a sair.
Haines disse-lhe:
— Quanto é a conta? Não seria, Mulligan, melhor pagar-lhe agora, não?
Stephen enchia as três xícaras.
— Conta, senhor? — disse ela, parando. — Bem, são sete manhãs a quartilho de dois pences são duas vezes sete são um xelim e dois pences antes e nestas três manhãs uma quarta de quatro pences são três quartas são um xelim e um e dois são dois e dois, senhor.
Buck Mulligan suspirou e, tendo enchido a boca com uma côdea espessamente amanteigada dos dois lados, espichou as pernas e começou a rebuscar dentro dos bolsos das calças.
— Pague e não bufe — disse-lhe Haines sorridente.
Stephen enchia uma terceira xícara, uma colherada de chá colorindo esmaecido o grosso leite generoso. Buck Mulligan sacou um florim, girou-o entre os dedos e gritou:
— Milagre!
Estendeu-o por sobre a mesa para a velha, dizendo:
— Não me peça nada mais, minha doçura. Tudo que posso dar-lhe estou dando.
Stephen pousou a moeda na mão hesitante dela.
— Ficamos devendo dois pences — disse ele.
— Não há pressa, senhor — disse ela, segurando a moeda. — Não há pressa. Bom-dia, senhor.
Fez uma reverência e saiu, seguida pelo terno canto de Buck Mulligan:

Alma de minha alma, se mais houvera
Mais te pusera, junto aos teus pés.

Voltou-se para Stephen e disse:
— No sério, Dedalus. Estou liso. Corra para a sua escola infecta e arranje-nos algum dinheiro. Os bardos precisam hoje de beber e folgar. A Irlanda espera que neste dia cada homem cumpra com o seu dever.
— Isso me lembra — disse Haines, levantando-se — que hoje vou visitar sua biblioteca nacional.
— Primeiro, nosso banho — disse Buck Mulligan.

Tornou-se para Stephen e perguntou-lhe blandicioso:
— Não será este o dia de sua lavagem mensal, Kinch?
Em seguida disse a Haines:
— O bardo sujo tem como pundonor lavar-se uma vez por mês.
— A Irlanda toda é lavada pela corrente do golfo — dizia Stephen no que deixava o mel gotejar sobre uma fatia de pão.
Haines, do canto onde passava ao pescoço um lenço folgado por dentro do colarinho aberto de sua camisa de tênis, disse:
— Pretendo, se vocês não objectarem, fazer uma recolha dos seus ditos. Falando para mim. Lavam-se, limpam-se, esfregam-se. Remordida do imo-senso. Consciência. Todavia eis esta mancha.
— O do espelho rachado da criada como símbolo da arte irlandesa é infernalmente bom.
Buck Mulligan escoiceou o pé de Stephen por debaixo da mesa e disse em tom caloroso:
— Espere até ouvi-lo sobre o Hamlet, Haines.
— Bem, mas é de facto minha intenção — disse Haines, ainda falando para Stephen. — Estava justamente pensando no assunto quando chegou aquela pobre velha.
— Isso me renderia algum dinheiro? — perguntou Stephen.
Haines riu-se e, pegando do chapéu de feltro cinzento do cabide da hamaca, disse:
— Não sei, estou certo.
Encaminhou-se para a porta. Buck Mulligan inclinou-se para Stephen e disse-lhe com dureza vulgar:
— Mas que patada! Mas para que isso?
— E daí? — disse Stephen. — A questão é arranjar dinheiro. De quem? Da leiteira ou dele. Questão de cara ou coroa, penso eu.
— Encho a cabeça dele de você — dizia Buck Mulligan — e depois vem você com suas indiretas sarnentas e seu mofino escárnio jesuítico.
— Não vejo esperança — disse Stephen — nem do lado dela nem do lado dele.
Buck Mulligan suspirou tragicamente e pousou a mão sobre o braço de Stephen.
— Mas do lado meu, Kinch — disse.
E num tom mudado, de chofre, acrescentou:

— Para dizer-lhe a verdade de Deus, creio que você está com razão. Eles todos não valem um caracol. Mas por que não manobrá-los, como eu faço? Que todos vão para o inferno. Saiamos desta pocilga.
Ergueu-se, desatou e desvestiu solene o roupão, dizendo resignadamente:
— Mulligan é despojado de suas véstias.
Esvaziou os bolsos sobre a mesa.
— Aqui está o seu trapo de meleca — disse.
E pondo-se o colarinho duro e a gravata rebelde, falava-lhes, censurando-os, e à sua corrente de relógio pendida. Suas mãos mergulhavam e remexiam pelo seu torso no que chamava por um lenço limpo. Remordida do imo-senso. Por Deus, o que importa é trajar a personagem. Quero luvas violeta e botinas verdes. Contradição. Contradigo-me a mim mesmo? Muito bem, então, contradigo-me a mim mesmo. Malachi mercurial. Um mole projétil negro desvoou de suas mãos facundas.
— E aí vai o seu chapéu do Quartier Latin — disse.
Stephen o aparou e o pôs sobre a cabeça. Haines chamava-os à porta de entrada:
— Eh, gente, vocês vêm?
— Estou pronto — respondeu Buck Mulligan rumando para a porta. — Venha, Kinch. Você comeu tudo que restou, pelo que vejo.
Recomposto, cruzou o umbral, com palavras e passos graves, dizendo, um quê de pesar:
— E ao sair encontrou Butterly.
Stephen, pegando de seu estoque de freixo do porta-bengala, seguiu-os no que desciam os degraus, puxou a perra porta de ferro e fechou-a. Pôs a chave enorme num bolso de dentro.
Ao pé da escada, Buck Mulligan perguntou:
— Trouxe a chave?
— Trouxe — disse Stephen, pondo-se à frente deles.
Continuou. Atrás ouvia Buck Mulligan bater com sua pesada toalha de banho as hastes altas dos fetos ou da grama.
— Basta, senhor. Como é que se atreve, senhor?
Haines perguntou:
— Você paga aluguel pela torre?
— Doze librotas — disse Buck Mulligan.
— Ao secretário de Estado da Guerra — acrescentou Stephen por sobre a espádua.

Pararam enquanto Haines examinava a torre e dissesse por fim:
— Algo gelada no inverno, imagino. Chamam-lhe Martello, não é?
— Billy Pitt mandou construí-las — dizia Buck Mulligan — quando os franceses estavam ao mar. Mas a nossa é a *omphalos*.
— Que é que você pensa de Hamlet? — perguntou Haines a Stephen.
— Não, não — berrou Buck Mulligan azedo. — Não sou como Tomás de Aquino e as cinquenta e cinco razões que o sustinham. Esperem até que eu tenha uns quantos quartilhos em mim.

Voltou-se para Stephen dizendo, no que esticava para baixo cuidadosamente as pontas de seu colete amarelo-claro:
— Você não poderia, aliás, soltar a coisa com menos de três quartilhos, poderia, Kinch?
— Isso esperou tanto — disse Stephen com indiferença — que pode esperar um pouco mais.
— Você espicaça a minha curiosidade — disse Haines boamente. — Trata-se de algum paradoxo?
— Bah! — disse Buck Mulligan. — Já nos libertamos de Wilde e dos paradoxos. A coisa é muito simples. Ele prova algebricamente que o neto de Hamlet é o avô de Shakespeare e que ele mesmo é o espírito do próprio pai.
— O quê — dizia Haines, começando por apontar para Stephen. — Ele próprio?

Buck Mulligan envolvia a toalha como estola ao redor do pescoço e, inclinando-se ao riso solto, dizia aos ouvidos de Stephen:
— Ó sombra de Kinch, o ancestral! Jafé à procura de um pai!
— Nós estamos sempre cansados pela manhã — disse Stephen a Haines. — E a coisa é mais ou menos longa de contar.

Buck Mulligan, andando à frente de novo, levantava as mãos.
— Só o sagrado quartilho pode desatar a língua de Dedalus — dizia.
— O que eu acho — Haines explicava-se a Stephen, no que seguiam — é que esta torre e estas escarpas daqui sugerem-me de certo modo Elsinore. *Que salta de suas bases sobre o mar*, não é isso?

Buck Mulligan voltou-se de súbito por um instante para Stephen, mas nada disse. No luminoso instante silente Stephen viu a própria imagem de luto poeirento e barato em meio aos trajes garridos deles.
— É uma história maravilhosa — dizia Haines, levando-os a parar outra vez.

Olhos, pálidos como o mar que o vento refescara, mais pálidos, fixos e prudentes. Senhor dos mares, ele mirava para o sul a baía, vazia, salvo pelo penacho de fumaça do barco-correio, esbatido contra o horizonte luzidio, e um veleiro bordejando ao longo de Muglins.

— Já li uma interpretação teológica disso em algum lugar — disse ele compenetrado. — A ideia do Pai e do Filho. O Filho lutando por consubstanciar-se com o Pai.

Logo em seguida Buck Mulligan estampou uma radiosa cara largamente ridente. Olhava-os, sua boca bem torneada aberta de felicidade, os olhos, de que desaparecera de repente todo sentido astuto, pestanejando de louco júbilo. Movia a cabeça de boneco a torto e a direito, as abas de seu chapéu-panamá tremulando, e principiou a cantar numa tranquila boba voz feliz:

Bem raro, ao que sei, sou um rapazinho.
Mamãe é judia, papai, passarinho,
Ao Zeca carpina meu gênio é contrário,
Saúde discípulos, saúde Calvário.

Levantou um indicador em admonição.

Se alguém duvidar que eu não sou divino,
Meu vinho não tem, que é bem cristalino
Vai ter água só, pois volto a água pura
O vinho que eu faço após a aventura.

Enlaçou vivamente o estoque de freixo de Stephen a modos de despedida, correndo para uma saliência das escarpas, adejou as mãos de lado como aletas ou asas de um ser prestes a alçar-se aos ares, e cantou:

Adeus, oh, adeus, escrevi meus ditos,
Renasci, dizei aos Zés, Beneditos,
Voar é das minhas fontes fagueiras
Ao vento do horto das Oliveiras.

Cabriolava diante deles como se em direção ao fundo do fosso de quarenta pés, adejando as mãos aladas, saltitando lépido, tremulando-lhe o pétaso de Mercúrio à doce brisa que lhes devolvia a eles seus rápidos pios de pássaro.

Haines, que se mantivera a rir comedido, caminhava ao lado de Stephen e dizia:

— Não sei se devíamos rir. Ele está sendo um tanto blasfemo. Quanto a mim, não sou crente, entenda-se. Mas o facto é que sua alegria retira um pouco do mal, não é? Como é que lhe chama? Zeca carpina?

— Balada do Jesus Brincalhão — respondeu Stephen.

— Ah — disse Haines —, você já a tinha ouvido antes?

— Três vezes ao dia, depois das refeições — disse Stephen, lacônico.

— Você não é crente, é? — perguntou Haines. — Explico-me, crente no sentido restrito da palavra. Criação do nada e milagres e um Deus personalizado.

— Só há um sentido para a palavra, parece-me — disse Stephen.

Haines parou para retirar uma carteira de prata polida em que brilhava uma pedra verde. Abriu-a sob pressão do polegar e ofereceu.

— Obrigado — disse Stephen, tomando de um cigarro.

Haines serviu-se e fechou-a com um estalido. Repô-la no bolso do lado e retirou do bolso do colete um isqueiro niquelado, fê-lo pegar e, tendo acendido seu cigarro, aproximou dentro da concha de suas mãos o pavio chamejante a Stephen.

— Sim, com efeito — disse, ao seguirem adiante de novo. — Ou se crê ou não se crê, não é? Eu pessoalmente não posso engolir essa ideia de um Deus personalizado. Você não a defende?

— Você tem em mim — fez Stephen com desprazer cruel — um tremendo exemplo de livre-pensador.

Continuou a andar, esperando do outro a iniciativa da palavra, arrastando de lado o estoque. A ponteira deste seguia-lhe lépida as pegadas, tilintando-lhe aos calcanhares. Familiar meu, detrás de mim, chamando Steeeeeeeeephen. Uma linha ondulante ao longo do caminho. Andarão por ele esta noite, vindo aqui pelo escuro. Ele quer a chave. É minha, paguei o aluguel. Agora, como o seu pão de sal. Dê-lhe a chave também. Tudo. Ele pedirá. Isso estava em seus olhos.

— Em suma... — Haines começou.

Stephen voltou-se e viu que o olhar frio que o media não era todo inamistoso.

— Em suma, não ignoro que você é capaz de liberar-se. Você é senhor dos seus atos, eis minha opinião.

— Sou o servidor de dois senhores — disse Stephen —, um inglês e o outro italiano.

— Italiano? — disse Haines.

Uma rainha louca, velha e ciumenta. Ajoelha-te diante de mim.

— E um terceiro — disse Stephen — há por aí que me quer para os seus biscates.

— Italiano? — disse de novo Haines. — Quer explicar-se?

— O Estado imperial britânico — respondeu Stephen, enrubescendo — e a Santa Igreja Apostólica e Católica Romana.

Haines pinçou do lábio inferior umas fibras de tabaco, antes de falar.

— Posso entender isso muito bem — disse, calmamente. — Ouso crer que um irlandês deve pensar assim. Sentimos na Inglaterra que os tratamos de maneira mais para o injusto. Parece que a culpa cabe à História.

Os orgulhosos títulos potentes ressoavam na memória de Stephen o triunfo de seus sinos brônzeo-impudicos: *et unam sanctam catholicam et apostolicam ecclesiam*: o lento crescer e evolver do rito e do dogma como seu próprio precioso pensar dele, uma química de estrelas. Símbolo dos apóstolos na missa do papa Marcelo, as vozes uníssonas, cantando um solo solto de afirmação: e por trás desse canto, o anjo vigilante da igreja militante desarmava e ameaçava os heresiarcas. Uma horda de heresias moscando-se com as mitras enviesadas: Fócio e a raça dos galhofeiros de que Buck Mulligan era um, e Ário, guerreando a vida inteira quanto à consubstancialidade do Filho com o Pai, e Valentim, menosprezando o corpo terrenal de Cristo, e o sutil heresiarca africano Sabélio, que sustentava ser o Pai Ele mesmo Seu próprio Filho. Palavras, Mulligan as proferira um momento antes em galhofa ao estrangeiro. Vã galhofa. O vazio espera certo todos os que tecem o vento: uma ameaça, um desarme, uma derrota, por esses anjos aguerridos da Igreja, falange de Miguel, que a defende sempre na hora do conflito com suas lanças e seus escudos.

Muito bem, bravo. Aplausos prolongados. *Zut! Nom de Dieu!*

— Sou um britânico, é verdade — dizia a voz de Haines —, e isso me sinto. Nem quero ver minha terra tombar nas mãos dos judeus alemães tampouco. E neste momento, creio, esse é o nosso problema nacional.

Dois homens estavam no topo da escarpa, olhando: negociante, marítimo.

— Ruma para a angra de Bullock.
O marítimo nutou para o norte da baía com certo desdém.
— Por aquela banda há cinco braças — disse. — Será levado para lá quando a maré chegar dentro de uma hora. Hoje faz nove dias.
O homem que se afogara. Um veleiro guinando pela baía vazia esperando que uma carcaça inchada flutuasse, virasse para o sol sua cara balofa, branca de sal. Aqui estou.
Baixaram pela senda tortuosa até a ria. Buck Mulligan estava em pé sobre uma pedra, em mangas de camisa, a gravata desafivelada flutuando por sobre o ombro. Um jovem, agarrando-se a um esporão de rocha próximo à dele, movia lento a modo de rã as pernas verdes na geleia funda da água.
— Seu irmão está com você, Malachi?
— Está em Westmeath. Com os Bannons.
— Ainda? Recebi uma carta de Bannon. Diz que topou por lá com uma garota deliciosa. Chama-lhe garota-fotografia.
— Instantâneo, não é? Exposição curta.
Buck Mulligan sentou-se para desatar as botas. Um homem maduro ejectou rente ao esporão da rocha a vermelha cara resfolegante. Grimpou rastejante pedra a pedra, a água luzindo-lhe a cachola e a grinalda de cabelos grisalhos, a água borboteando-lhe pelo peito e pela pança e cascateando em jatos da sunga preta pendente.
Buck Mulligan deu-lhe passagem para que se arrastasse para trás dele e, esgueirando um olhar a Haines e Stephen, persignou-se piamente com a unha do polegar pelo cenho, lábios e esterno.
— Seymour está de volta à cidade — disse o jovem, agarrado de novo ao esporão da rocha. — Deu o fora no estudo de medicina e vai tentar o exército.
— Ah, que vá para o diabo — disse Buck Mulligan.
— Segue na próxima semana para pagar seus pecados. Você conhece aquela garota ruiva do Carlisle, a Lily?
— Sei.
— Estava de esfregação com ele, na noite passada, no cais. O pai dela está podre de dinheiro.
— Ela já sabe manejar as bolas?
— É melhor perguntar ao Seymour.
— Seymour, um oficial de droga — disse Buck Mulligan.
Nutou de si para si no que arrancava as calças e se levantava, dizendo cruamente:

— As ruivas fazem galinhagens como cabras.
Descontinuou num alarme, tacteando-se as ilhargas sob as fraldas da camisa.
— Minha décima segunda costela desapareceu — gritava. — Sou o *Übermensch*. Kinch, o desdentado, e eu, o super-homem.
Desvencilhou-se da camisa e atirou-a para trás junto de suas roupas.
— Você vai cair, Malachi?
— Sim, vou. Abra alas.
O jovem recuou por dentro de água e atingiu o meio da ria em duas longas braçadas precisas. Haines sentou-se sobre uma rocha, fumando.
— Você não vem entrar? — perguntou Buck Mulligan.
— Mais tarde — disse Haines. — Não logo depois de comer.
Stephen distanciava-se.
— Já vou indo, Mulligan — disse.
— Deixe-nos a chave, Kinch — disse Buck Mulligan —, para reter minha *chemise* esticada.
Stephen entregou-lhe a chave. Buck Mulligan depositou-a por sobre as roupas amontoadas.
— E dois pences — disse — para um quartilho. Jogue-os ali.
Stephen atirou-os por cima do mole apanhado. Vestindo-se, despindo-se. Buck Mulligan erecto, as mãos juntas por diante, dizia solene:
— Quem rouba ao pobre empresta a Deus. Assim falou Zaratustra.
Seu fornido corpo mergulhou.
— Já-já a gente se vê — disse Haines, voltando-se no que Stephen subia a senda, sorrindo do seu próprio irlandismo.
Corno de touro, casco de cavalo, riso de saxão.
— No Ship — gripou Buck Mulligan. — Meio-dia e meia.
— Está bem — disse Stephen.
Subia pela sobrondulante senda.

Liliata rutilantium.
Turma circumdet.
Iubilantium te virginum.

O grisalho resplandor de sacerdote no nicho em que ele se vestia discretamente. Não dormirei aqui esta noite. Para casa também não posso ir.

Uma voz, abemolada e sustenida, chamava-o do mar. Numa volta acenou com a mão. Chamava-o de novo. Uma lisa cabeça parda, de foca, adentro na água, redonda.
Usurpador.

— Você, Cochrane, que cidade apelou para ele?
— Tarento, senhor.
— Muito bem. E então?
— Houve uma batalha, senhor.
— Muito bem. Onde?
O rosto vazio do garoto interrogava a janela vazia. Efabulada pelas filhas da memória. Mas o fato é que a houvera, ainda que não tal como a memória a efabulara. Uma frase, então, de impaciência, ruflar do excesso de asas de Blake. Ouço a ruína de todo espaço, vidros estilhaçados e alvenaria derruída, e um instante de lívida chama final. E o que nos restou então?
— Esqueci-me do lugar, senhor. Duzentos e setenta e nove antes de Cristo.
— Asculum — disse Stephen, lançando um olhar ao nome e data no livro sanguinirrajado.
— É mesmo, senhor. E ele disse: *Uma outra vitória como esta e estamos perdidos.*
Essa frase o mundo a retivera. Ócio embotado da mente. De uma colina por sobre a planície cadaverijuncada, um general falando aos seus oficiais, arrimado à sua lança. General qualquer a oficiais quaisquer. Eles aguçam a atenção.
— Você, Armstrong — disse Stephen. — Qual foi o fim de Pirro?
— O fim de Pirro, senhor?
— Eu sei, senhor. Pergunte a mim, senhor — dizia Comyn.
— Espere. Você, Armstrong. Você sabe alguma coisa sobre Pirro?
Um saquitel de enfiadas de figos jazia cômodo na pasta de Armstrong. Ele os dobrava vira e mexe nas palmas e os engolia suavemente. Migalhas aderiam-se-lhe aos tecidos dos lábios. Hálito de garoto adocicado. Gente bem, orgulhosa de que o primogênito estivesse na marinha. Vico Road, Dalkey.
— Pirro, senhor? Pirro, um píer.

Todos riram. Irridente riso cheio de malícia. Armstrong olhava à roda para os colegas, graça boba de perfil. Num instante se rirão mais alto, seguros de minha falta de ascendência e das contribuições que os papais pagam.

— Explique-me então — disse Stephen, tocando com o livro o ombro do garoto — que é um píer?

— Um píer, senhor — disse Armstrong. — Um troço que avança pelo mar. Uma espécie de ponte. O píer de Kingstown, senhor.

Alguns riram de novo: irridentes mas intencionantes. Dois cochichavam nos bancos de trás. Sim. Eles sabiam: nem nunca haviam aprendido, nem jamais haviam sido inocentes. Todos. Examinava-lhes com inveja os rostos. Edith, Ethel, Gerty, Lily. Da mesma laia: seus hálitos, também, adocicados de chá e geleia, seus braceletes rindo tilintantes nos embates.

— O píer de Kingstown — disse Stephen. — Sim, uma ponte frustrada.

As palavras desorientavam-lhes o olhar.

— Como, senhor? — perguntou Comyn. — Uma ponte é por cima de um rio.

Para o perolário de Haines. Ninguém aqui para ouvir. Esta noite à vontade em meio à bebida e conversação desgarradas, para perfurar a polida cota de malha de sua mente. E o que então? Um bobo na corte do seu senhor, tolerado e menosprezado, conquistando uma loa do senhor clemente. Por que tinham todos escolhido esse papel? Não inteiramente pelo mimo fácil. Para eles também a História era um conto como tantos outros tão ouvidos, sua terra um monte de socorro.

Não tivesse Pirro tombado às mãos de uma megera em Argos ou Júlio César sido apunhalado de morte? Não são para não serem pensados. O tempo ferreteou-os e agrilhoou-os, eles estão alojados no compartimento das possibilidades infinitas que eles expulsaram. Mas podem estas ter sido possíveis atendendo a que nunca foram? Ou era só possível a que ocorreu? Tece, tecedor do vento.

— Conte-nos uma história, senhor.

— Conte, senhor, uma de fantasmas.

— Em que ponto continuamos neste? — perguntava Stephen, abrindo outro livro.

— *Não chores mais* — disse Comyn.

— Continue então, Talbot.

— E a história, senhor?

— Depois — disse Stephen. — Continue, Talbot.

Um garoto moreno abriu o livro e fincou-o esperto contra o rebordo de sua sacola. E recitou trancos de verso com olhadelas e meia ao texto:

Não chores mais, zagal doído, não chores mais
Pois Lycidas, coita tua, não está morto,
Mesmo que imerso das águas sob os cendais.

Deve ter havido um movimento então, uma efetivação do possível como possível. A frase de Aristóteles se formou a si mesma em meio aos versos parlapatões e sobreflutuava no silêncio estudioso da biblioteca de Santa Genoveva, onde ele lera, abrigado do pecado de Paris, noite a noite. Ao seu cotovelo um siamês delicado esmiuçava um tratado de estratégia. Nutridos e nutrientes cérebros ao meu redor: sob lâmpadas incandescentes, pingentes com filamentos pulsando desmaiados: e na escuridão de minha mente uma preguiça do inframundo, relutando, avessa à claridade, remexendo suas dobras escamosas de dragão. Pensamento é o pensamento de pensamento. Claridade tranquila. A alma é de certo modo tudo que é: a alma é a forma das formas. Tranquilidade súbita, vasta, candescente: forma das formas.

Talbot repetia:

Pelo caro Poder que andava sobre as ondas,
Pelo caro Poder...

— Vire a página — disse Stephen placidamente. — Não vejo nada.
— O quê, senhor? — perguntou Talbot com simplicidade, inclinando-se para a frente.

Sua mão virou a página. Empertigou-se e prosseguiu de novo, tendo-se então lembrado. Dele que andara sobre as ondas. Aqui também sobre estes corações covardes paira sua sombra e sobre o coração e os lábios do zombador e sobre os meus. Ele paira sobre os rostos ansiosos dos que lhe ofereciam uma moeda de tributo. A César o que é de César, a Deus o que é de Deus. Um longo olhar de olhos escuros, uma frase cifrada para ser tecida e retecida nos teares da Igreja. Sempre.

Adivinha, adivinha, adivinho,
Ganhei grãos de semear do paizinho.

Talbot deslizou o livro fechado para dentro de sua sacola.
— Fiz perguntas a todos? — interrogou Stephen.
— Fez, sim senhor. O hóquei é às dez, senhor.

— Meio dia de folga, senhor. Quinta-feira.
— Quem quer matar uma adivinha? — perguntou Stephen.
Empilhavam os livros, lápis estalando, páginas farfalhando. Amontoando-se todos, passavam e atavam as correias das sacolas, todos tagarelando gárrulos:
— Uma adivinha, senhor? Pergunte a mim, senhor.
— Não, pergunte a mim, senhor.
— Uma difícil, senhor.
— Eis a adivinha — disse Stephen.

> *O galo cucuricou*
> *No céu o azul se espraiou:*
> *Celestes sinos de bronze*
> *Bimbalalaram as onze.*
> *Tempo para esta pobre alma*
> *Ter do paraíso a calma.*

— Que é que é?
— O quê, senhor?
— Repita, senhor. Não ouvimos.
Seus olhos ficavam maiores à medida que os versos eram repetidos. Depois de um silêncio, Cochrane disse:
— O que é que é, senhor? Desistimos.
Stephen, com comichão na garganta, respondeu:
— A raposa enterrando a avó debaixo de um azevinho.
Levantou-se e emitiu um brado de riso nervoso ao qual os gritos deles ecoavam consternação.
Um bastão golpeou a porta e uma voz no corredor clamou:
— Hóquei.
Dispersaram-se desjuntados, brotando pelos lados das banquetas, saltando-as. Rápido haviam desaparecido e do quarto de guardados vinha o estrépito dos bastões e o clangor de suas botas e vozes.
Sargent, que só se retardara, avançou lento, mostrando um caderno de cópia aberto. Sua cabeleira emaranhada e pescoço mirrado testemunhavam indecisão e, através de seus óculos embaçados, fracos olhos miravam súplices. Na sua bochecha, fosca e exangue, havia uma leve mancha de tinta, forma de tâmara, nova e húmida como baba de caracol.

Avançou o caderno. A palavra *Cálculos* estava escrita no cabeçalho. Abaixo havia algarismos enviesados e ao pé uma assinatura tortuosa de rabiscos confusos mais um borrão. Cyril Sargent: seu nome e sinete.

— Seu Deasy mandou escrever todos de novo — disse — e mostrar ao senhor.

Stephen tocou nas bordas do caderno. Futilidade.

— Sabe agora como fazê-los? — perguntou.

— Dos números onze a quinze — respondeu Sargent. — Seu Deasy mandou que eu copiasse da pedra, senhor.

— Pode fazer sozinho? — perguntou Stephen.

— Não, senhor.

Feio e fútil: pescoço mirrado e cabeleira emaranhada e um borrão de tinta, baba de caracol. Mas alguém o amara, o aconchegara aos braços e no seu coração dela. Não fora ela o tropel do mundo o houvera esmagado aos pés, esborrachado caracol desossado. Ela havia amado seu fraco sangue aguado sorvido do dela mesma. Era isso então real? A só coisa verdadeira na vida? O corpo prostrado de sua mãe dele o fogoso Columbano montara em tesão sagrada. Ela já não era: o esqueleto tremente de uma vergôntea queimada ao fogo, um odor de pau-rosa e cinzas molhadas. Ela o salvara de ser pisoteado e se fora, mal e mal tendo sido. Uma pobre alma ida para os céus: e por sobre um terrunho por sob estrelas piscantes uma raposa, fartum rubro de rapina na pele, com brilhosos olhos impiedosos, raspava a terra, escutava, levantava terra, escutava, raspava e raspava.

Sentados lado a lado Stephen resolvia o problema. Ele prova algebricamente que o espectro de Shakespeare é o avô de Hamlet. Sargent esmiuçava de esguelha através dos óculos obliquados. Bastões de hóquei estrepitavam no quarto de guardados: o baque surdo de uma bola e os chamamentos do campo.

Ao longo da página os símbolos moviam-se em grave dança mourisca, numa pantomima de caracteres, encapelados de bizarros quadrados e cubos. Dar-se as mãos, cruzar, saudar a comparsa: assim: diabretes da fantasia dos mouros. Idos também do mundo, Averróis e Moisés Maimônides, homens sombrios no gesto e ademanes, lampejando em seus espelhos deformantes a obscura alma do mundo, escuridão brilhando em claridade que a claridade não podia abarcar.

— Compreendeu agora? Pode fazer o segundo sozinho?

— Sim senhor.
Com longos traços rombudos Sargent copiava os dados. Esperando sempre uma palavra de ajuda sua mão dispunha confiante os símbolos instáveis, um desmaiado halo de vergonha bruxuleando por dentro de sua pele fosca. *Amor matris*: genitivo subjetivo e objetivo. Com seu sangue fraco e seu leite agrissorado, ela o nutrira e escondera à visão dos outros suas fraldas cueiras.

Tal qual ele era eu, esses ombros caídos, essa desgraciosidade. Minha infância aconchega-se ao meu lado. Muito longe para eu pousar nela a mão uma vez ou de leve. A minha é distante e a dele é secreta, como nossos olhos. Segredos, silentes, pétreos, moram nos palácios sombrios dos corações de ambos nós dois: segredos exaustos de sua tirania: tiranos desejosos de serem destronados.

A operação estava pronta.

— É simples, não é? — disse Stephen, levantando-se.

— Sim, senhor. Obrigado — respondeu Sargent.

Secou a página com uma folha fina de mata-borrão e levou de volta para a carteira o seu caderno.

— Você devia apanhar seu bastão e ir para junto dos outros — disse-lhe Stephen, acompanhando rumo da porta a forma desgraciosa do menino.

— Sim, senhor.

No corredor seu nome se fazia ouvir, chamado do campo de jogo.

— Sargent!

— Corra — disse Stephen. — O senhor Deasy está chamando.

Ficara de pé no pórtico e olhava para o retardatário que se precipitava em direção do campo eriçado onde vozes cortantes se disputavam. Eram distribuídos em grupos e o senhor Deasy vinha pisando por sobre os tufos de capim com pés de pisa-mansinho. Quando se aproximou do corpo da escola, as vozes de novo em disputa clamaram por ele. Volveu seu irado bigode branco.

— E o que se passa agora? — gritava ele continuamente sem escutar.

— Cochrane e Halliday estão do mesmo lado, senhor — gritou Stephen.

— Espere-me no meu escritório um instante — disse o senhor Deasy — enquanto restabeleço a ordem aqui.

E no que imponente cruzava de volta o campo sua voz de velho gritava severa:

— Que é que há? Que é?

As vozes cortantes alteavam-se-lhe ao redor de todos os lados: suas muitas formas fechavam-se-lhe em torno, a luz solar berrante branquejando o mel de sua cabeleira mal pintada.

Um azedo ar tabaqueiro pairava no escritório em meio ao cheiro do pardacento couro surrado das cadeiras. Como no primeiro dia em que aqui pechinchou comigo. Como estava no início, está agora. No aparador a bandeja com as moedas dos Stuarts, tesouro torpe de um brejo; e sempre haverão de estar. E aconchegados em seu estojo de colheres de feltro purpurino, fanados, os doze apóstolos após terem pregado a todos os gentios: mundo sem fim.

Um passo apressado na pedra do pórtico e no corredor. Soprando o bigode ralo o senhor Deasy estacou à mesa.

— Primeiro, nosso pequeno ajuste financeiro — disse ele.

Retirou do paletó uma carteira de notas cinturada por uma correia de couro. Esta abriu-se de um estalo e dela retirou ele duas cédulas, uma dobrada ao meio, e colocou-as cuidadosamente sobre a mesa.

— Duas — disse, cinturando e reescondendo a carteira.

E agora seu cofre-forte para o ouro. A mão contrafeita de Stephen movia-se por sobre as conchas amontoadas no frio almofariz de pedra: búzios e amêijoas, lumaches e mariscos zebrados; e esta, espiralada como um turbante de emir, e aquela, vieira de romeiro. A coleta de um velho peregrino, tesouro morto, conchas ocas.

Um soberano caiu, brilhante e novo, sobre a macia espessura do pano de mesa.

— Três — disse o senhor Deasy, girando seu cofrezinho entre as mãos.

— Coisas úteis, estas. Veja. Isto é para os soberanos. Isto é para os xelins, seis pences, meias coroas. E aqui as coroas. Veja.

Fez saltar do cofrezinho duas coroas e dois xelins.

— Três e doze — disse. — Creio que o senhor está de acordo.

— Obrigado, senhor — disse Stephen, recolhendo em bloco o dinheiro com rapidez encabulada e pondo-o de um golpe no bolso das calças.

— Não há de quê, por certo — disse o senhor Deasy. — Fez jus a isso.

A mão de Stephen, livre de novo, retornou às conchas ocas. Símbolos também de beleza e de poder. Um naco em meu bolso. Símbolos aviltados pela cobiça e miséria.

— Não o leve assim — dizia o senhor Deasy. — Vai deixá-lo cair em um lugar qualquer e perdê-lo. Compre um aparelho destes. Verá como são práticos. Responder algo.
— O meu ficaria vazio quase sempre — disse Stephen.
A mesma sala e hora, a mesma sabedoria: e eu o mesmo. Três vezes já. Três baraços em torno a mim aqui. Bem. Posso rompê-los neste instante se eu quiser.
— É porque não poupa — diz-lhe o senhor Deasy, apontando-lhe o dedo. — Ainda não sabe o que é dinheiro. Dinheiro é poder, quando tiver vivido como já vivi. Mas sei, sei bem. *Se a mocidade ao menos soubesse.* Que é que diz Shakespeare? *Põe apenas dinheiro em tua bolsa.*
— Iago — murmurou Stephen.
Levantou o olhar das vazias conchas para a mirada do velho.
— Ele sabia o que é dinheiro — dizia o senhor Deasy. — Juntou dinheiro. Poeta mas inglês também. Sabe qual é o título de orgulho do inglês? Sabe qual é a frase mais altiva que jamais ouvirá da boca de um inglês?
O senhor dos mares. Seus marifrígidos olhos fitavam por sobre a baía vazia: à História cabe a culpa: por sobre mim e por sobre minhas palavras, inabominantes.
— Que sobre o seu império — disse Stephen — o sol jamais declina.
— Qual! — exclamou o senhor Deasy. — Isso não é inglês. Um celta francês o disse.
Estalou contra o cofrezinho a unha do polegar.
— Vou contar-lhe — disse ele solenemente — qual é o seu mais altivo brasão de orgulho. *Paguei meu preço.*
Homem às direitas, homem às direitas.
— *Paguei meu preço. Jamais tomei emprestado em minha vida um xelim. Pode compreender isso? Não devo nada.* Pode?
Mulligan, nove libras, três pares de meias, um par de borzeguins, gravatas. Curran, dez guinéus. McCann, um guinéu. Fred Ryan, dois xelins. Temple, dois almoços. Russell, um guinéu, Cousins, dez xelins, Bob Reynolds, meio guinéu, Kohler, três guinéus, a senhora McKernan, cinco semanas de pensão. O naco que tenho é inútil.
— Por agora, não — respondeu Stephen.
O senhor Deasy ria com rico deleite, guardando o cofre.
— Eu sabia que não podia — dizia ele jovialmente. — Mas um dia precisa compreender. Somos um povo generoso mas devemos também ser justos.

— Tenho medo dessas grandes palavras — disse Stephen — que nos fazem tão infelizes.

O senhor Deasy fixou os olhos gravemente, por momentos, por sobre o consolo da lareira, na corpulência bem torneada de um homem de saiote escocês: Albert Edward, príncipe de Gales.

— O senhor julga-me um velho caturra e velho tóri — dizia sua voz pensativa. — Já vivi três gerações desde a do tempo de O'Connell. Lembro-me da epidemia de fome. Sabe que as lógias de orangistas agitaram pela repulsa da união vinte anos antes que O'Connell o fizesse ou antes que os prelados de sua comunhão o denunciassem como demagogo? Os senhores, os fenianos, os senhores se esquecem de certas coisas.

Gloriosa, piedosa e imortal memória. A lógica de Diamond em Armagh, a esplêndida engalanada de cadáveres papistas. Rouca, mascarada e armada, a convenção dos fazendeiros. O Norte sinistro e a verdadeira bíblia puritana. Cocos rapados, dobrai-vos ao chão.

Stephen esboçou um breve gesto.

— Tenho em mim sangue rebelde também — disse o senhor Deasy. — Do lado da roca. Mas descendo de sir John Blackwood, que votou pela união. Somos todos irlandeses, todos filhos de reis.

— Ah! — disse Stephen.

— *Per vias rectas* — disse o senhor Deasy firmemente — era a sua divisa. Votou por ela, e calçou suas botas de cano alto a cavalgar rumo a Dublin desde Ards of Down para fazê-lo.

Trota, trota, trota, rocim,
A pedrenta estrada a Dublin.

Um grosso escudeiro a cavalo com reluzentes botas de cano alto. Belos tempos, sir John. Belos tempos, sua senhoria... Tempos... Tempos... Duas botas de cano alto desemperraram-se penduradas rumo a Dublin. Trota, trota, trota, trotão.

— Isso me faz lembrar — disse o senhor Deasy. — O senhor pode prestar-me um favor, senhor Dedalus, por meio de algum dos seus amigos literatos. Tenho comigo uma carta para os jornais. Sente-se um pouco. Falta-me apenas copiar o fecho.

Foi para a escrivaninha junto à janela, ajeitou-se na cadeira duas vezes e releu algumas palavras da folha no tambor da máquina de escrever.

— Sente-se. Desculpe-me — disse-lhe por sobre o ombro — *os ditames do bom-senso*. Um só instante.

Fixou os olhos por sob as hirsutas sobrancelhas no manuscrito perto do seu cotovelo e, cochichando, começou a pontear as teclas perras do teclado lentamente, por vezes assoprando quando rodava para trás o tambor a fim de apagar um erro.

Stephen deixava-se ficar sentado silente ante a presença principesca. Emoldurados nas paredes à volta retratos de cavalos esvanecidos postados em menagem, cabeça dócil levantada: o *Repulse* de lorde Hasting, o *Shotover* do duque de Westminster, o *Ceilão* do duque de Beaufort, *prix de Paris*, 1866. Cavaleiros nanicos os montavam, atentos a um sinal. Viu-lhes a velocidade, defendendo as cores do rei, e bradou com os brados das multidões esvanecidas.

— Ponto final — ordenou às teclas o senhor Deasy. — Mas pronta discussão desta importante questão...

Aonde Cranly me levara para enriquecer rápido, caçando seus ganhadores entre os freios enlameados, em meio aos pregões dos corretores de apostas nas suas barracas e o bafo da cantina, por sobre o variegado lamaçal. Fair Rebel pagando igual: dez para um, o resto do lote. Apostadores de dados e trapaceiros corríamos em pós dos cascos, dos bonés e jaquetas concorrentes, e deixávamos atrás a cara carnuda de uma dona, mulher de açougueiro, a esfocinhar sedenta na sua malga de laranja.

Brados soaram estridentes do campo de jogo dos garotos e um assobio zumbidor.

De novo: um gol. Estou entre eles, entre seus corpos combatentes em confusão, a justa da vida. Quer referir-se àquele zambo filhinho de mamãe, que parece ter um nadinha de papeira? Justas. O tempo abalado ressalta, abalo após abalo. Justas, lamaçal e algara de batalhas, o enregelado mortivômito dos degolados, um berro de aguilhões alanceados fartados nas vísceras sanguinolentas de homens.

— Aí está — disse o senhor Deasy, levantando-se.

Aproximou-se da mesa, alfinetando juntas as folhas. Stephen pôs-se de pé.

— Reduzi a questão a uma súmula — disse o senhor Deasy. — É sobre a febre aftosa. Dê-lhe uma olhadela. Não pode haver duas opiniões sobre a questão.

Possa eu invadir seu espaço valioso. Essa doutrina do *laissez-faire* que tão frequentemente em nossa história. Nosso comércio de gado. As pegadas de todas as nossas velhas indústrias. O círculo de Liverpool que sabotou o projeto do porto de Galway. Conflagração europeia. Suprimento de cereais através das estreitas águas do canal. A imperturbabilidade pluterperfeita do Departanento de Agricultura. Perdoada uma alusão clássica. Cassandra. Por uma mulher que não era nem melhor nem pior do que deveria ser. Para entrar no assunto.

— Não uso de rodeios, uso? — perguntava o senhor Deasy no que Stephen lia.

Febre aftosa. Conhecida como preparação de Koch. Soro e vírus. Percentagens de cavalos imunizados. Peste bovina. Cavalos do imperador em Mürzster, Baixa Áustria. Cirurgiões-veterinários. O senhor Henry Blackwood Price. Oferta cortês de um experimento isento. Ditames do bom-senso. Questão de suma importância. Em todos os sentidos da palavra pegue-se o touro pelos chifres. Agradecendo a hospitalidade de suas colunas.

— Gostaria de ver isso impresso e lido — disse o senhor Deasy. — O senhor verá ao próximo surto que porão embargo no gado irlandês. Mas ele pode ser curado. É curável. Meu primo, Blackwood Price, escreve-me que é ordinariamente tratado e curado na Áustria pelos doutores de gado de lá. Oferecem-se para virem aqui. Estou tentando criar influência no Departamento. Agora, tento a publicidade. Estou cercado de dificuldades, de... intrigas, de... influências de bastidores, de...

Levantou o indicador e escandiu o ar com gesto de velho antes que sua voz falasse.

— Guarde minhas palavras, senhor Dedalus — disse. — A Inglaterra está nas mãos dos judeus. Nos mais altos postos: nas finanças, na imprensa. E são o sinal da decadência de uma nação. Tenho visto sua aproximação nestes anos. Tão certo quanto estamos aqui os mercadores judeus já estão em seu trabalho de destruição. A velha Inglaterra está morrendo.

Deu umas passadas rápidas, seus olhos retomando vitalidade azul no que cruzavam um amplo raio de sol. Deu meia-volta e retornou.

— Morrendo — disse —, se já não morta.

Das ruas o refrão das rameiras enterra
Em sua vil mortalha esta velha Inglaterra.

Seus olhos escancarados em visão enfrentavam severos o raio de sol sob o qual parara.

— Mercador — disse Stephen — é quem compra barato e vende caro, seja judeu ou cristão, não é?

— Eles pecaram contra a luz — disse gravemente o senhor Deasy. — E o senhor pode ver a escuridão nos seus olhos. E é por isso que eles são errantes sobre a terra até os dias de hoje.

Nos degraus da bolsa de valores de Paris homens auribrunidos leiloando cotações com seus dedos anelados. Grasnidos de gansos. Formigavam bulhentos, alheios ao templo, as cabeças conspirateando sob canhestras cartolas. Não deles: essas roupas, essa língua, esses gestos. Seus lerdos olhos plenos fementiam as palavras, seus ávidos gestos inofensivos, mas sabiam dos rancores acumulados ao seu redor e sabiam da vacuidade de seu ardor. Vã paciência no empilhar e entesourar. O tempo seguramente dispersaria tudo. Tesouro acumulado à margem do caminho: pilhado e pisoteado. Seus olhos sabiam dos anos vagabundos e, pacientes, sabiam das desonras de sua carne.

— E quem não pecou? — perguntou Stephen.

— Que é que o senhor quer dizer? — ripostou o senhor Deasy.

Avançou de um passo e parou perto da mesa. Seu queixo inferior pendia lateral aberto de incerteza. É isso a velha sabedoria? Espera ouvir-me.

— A história — disse Stephen — é um pesadelo de que tento despertar-me.

Do campo de jogo os garotos levantavam um brado. Um assobio zunindo: gol. Que então se esse pesadelo lhe desse um pontapé por trás?

— Os caminhos do Criador não são os nossos — disse o senhor Deasy. — Toda a História se move em direção a um grande alvo, a manifestação de Deus.

Stephen ejectou o polegar em direção da janela, dizendo:

— Deus é isso.

Hurra! Eia! Hurrhurra!

— O quê? — perguntou o senhor Deasy.

— Um grito na rua — respondeu Stephen, dando de ombros.

O senhor Deasy olhou para baixo e reteve por instantes as abas das narinas pinçadas entre os dedos. Reerguendo a cabeça, deixou-as livres.

— Sou mais feliz do que o senhor — disse. — Cometemos muitos erros e muitos pecados. Uma mulher trouxe o pecado para o mundo. Por uma mulher que não era nem melhor nem pior do que deveria ser, Helena, a esposa fujona de Menelau, os gregos guerrearam em Troia por dez anos. Uma esposa infiel foi a primeira a trazer estrangeiros a nossas plagas, a mulher de MacMurrough e de seu concubino O'Rourke, príncipe de Breffni. Também uma mulher provocou a queda de Parnell. Muitos erros, muitos malogros, mas não o pecado. Agora, ao fim dos meus dias, continuo lutador. Mas combaterei pelo direito até o fim.

Porque Ulster lutará:
Seu direito vingará.

Stephen soergueu entre mãos as folhas.
— Bem, senhor... — começou.
— Prevejo — disse o senhor Deasy — que o senhor não reterá por muito tempo este lugar. O senhor não foi feito para ser professor, acredito. Talvez eu esteja errado.
— Para ser aprendedor, de preferência — disse Stephen.
E aqui que mais aprenderá?
O senhor Deasy abanou a cabeça.
— Quem sabe? — disse. — Para aprender é preciso ser humilde. Mas a vida é a grande mestra.
Stephen farfalhou as folhas de novo.
— Quanto a isto... — começou.
— Sim — disse o senhor Deasy. — Há duas cópias aí. Se o senhor conseguir a publicação delas o quanto antes.
Telegraph. Irish Homestead.
— Tentarei — disse Stephen — e avisarei o senhor amanhã. Conheço de leve dois directores.
— Isso é o bastante — disse o senhor Deasy vivamente. — Escrevi ontem à noite ao senhor Field, o deputado. Há uma reunião hoje do Sindicato dos Negociantes de Gado no Hotel City Arms. Pedi-lhe que apresentasse minha carta na reunião. Veja se consegue pô-la nos seus dois jornais. Quais são eles?
— *The Evening Telegraph*...
— É bastante — disse o senhor Deasy. — Não há tempo a perder. Agora tenho de responder à carta de meu primo.
— Bom-dia, então — disse Stephen, pondo as folhas no bolso. — Obrigado.
— Não há de quê — dizia o senhor Deasy, enquanto rebuscava nos papéis por sobre sua escrivaninha. — Gosto de terçar armas com o senhor, embora já velho.
— Bom-dia, meu senhor — disse de novo Stephen, inclinando-se às espáduas recurvadas do outro.

Saía pelo pórtico aberto e através da aleia saibrosa sob as árvores, ouvindo gritos de vozes e estalidos de bastões no campo de jogo. Os leões agachados por cima dos pilares, no que atravessava o portão: terrores desdentados. Embora, ajudá-lo-ei na sua luta. Mulligan me apelidará com novo nome: bardo bovinamente.

— Senhor Dedalus!

Correndo atrás de mim. Basta de cartas, espero.

— Um instantinho só.

— Sim, senhor — disse Stephen, voltando-se ao portão.

O senhor Deasy estacou, resfolegando forte e engolindo o alento.

— Queria apenas acrescentar uma coisa — disse. — A Irlanda, diz-se por aí, tem a honra de ser o único país que jamais perseguiu os judeus. Sabia? Não. E sabe por quê?

Pregueava duramente o cenho à luz brilhante.

— Por quê, senhor? — perguntou Stephen, principiando a sorrir.

— Porque nunca os deixou entrar — disse o senhor Deasy solenemente.

Uma expectoração de riso saltou-lhe da garganta arrastando consigo uma cadeia matracolejante de catarro. Revirou-se rápido, tossindo, gargalhando, os braços levantados ondeando ao ar.

— Não os deixou nunca entrar — clamava de novo por entre o gargalhar no que esmagava com os pés borzeguinados o saibro da aleia. — Eis aí a razão.

Por sobre seus sábios ombros através da marchetaria das folhas o sol arremessava lantejoulas, dançarinas moedas.

Inelutável modalidade do visível: pelo menos isso, se não mais, pensando através dos meus olhos. Assinaturas de todas as coisas estou aqui para ler, marissêmen e maribodelha, a maré montante, estas botinas carcomidas. Verdemuco, azulargênteo, carcoma: signos coloridos. Limites do diáfano. Mas ele acrescenta: nos corpos. Então ele se compenetrava deles corpos antes deles coloridos. Como? Batendo com sua cachola contra eles, com os diabos. Devagar. Calvo ele era e milionário, *maestro di color che sanno*. Limite do diáfano em. Por que em? Diáfano, adiáfano. Se se pode pôr os cinco dedos através, é porque é uma grade, se não uma porta. Fecha os olhos e vê.

Stephen fechou os olhos para ouvir as botinas triturar bodelha e conchas tagarelas. Estás andando por sobre isso algoqualcerto. Estou, uma pernada por vez. Um muito curto espaço de tempo através de muito curtos tempos de espaço. Cinco, seis: o *nacheinander*. Exactamente: e isso é a inelutável modalidade do invisível. Abre os olhos. Não. Jesus! Se eu cair de uma escarpa que se salta das suas bases, caio através do *nebeneinander* inelutavelmente. Até que estou deslocando-me bem neste escuro. Minha espada de freixo pende a meu lado. Tacteia com ela: é assim que se faz. Meus dois pés nas botinas dele estão no final de suas pernas dele, *nebeneinander*. Soa maciço: feito pelo malho de *Los Demiurgos*. Estou eu andando para a eternidade ao longo do areal de Sandymount? Tritura, tagarela, trila, trila. Dinheiro do mar selvagem. Dômine Deasy sabe tudinho.

Não virás a Sandymount,
Madeline égua?

O ritmo começa, vês? Ouço. Um tetrâmetro cateléctico de iambos marchando. Não, agalope: *deline égua*.
Abre os olhos agora. Fá-lo-ei. Um instante. Esvaneceu tudo já? Se eu os abro e fico para sempre no adiáfano negro. *Basta!* Verei se posso ver.
Vê agora. Aí todo o tempo sem ti: e sempre o será, mundo sem fim.
Elas venceram para baixo os degraus do terraço de Leahy prudentemente, *Frauenzimmer*: e para baixo pela costa em declive frouxamente seus pés expansos soçobravam no saibro sedimentado. Como eu, como Algy, descendo à nossa mãe poderosa. A número um balançava pesadonamente sua bolsa de parteira, o para-sol da outra fincava-se na praia. Do Liberties, de folga no dia. A senhora Florence MacCabe, sobrevivente do falecido Patk MacCabe, fundamento pranteado, de Bride Street. Uma de sua irmandade me puxou gruinchando para a vida. Criação do nada. Que tem ela na bolsa? Um aborto com um pendente umbilicordão, envolto em gaze vermelhiça. Os cordões de todos se encadeiam para trás, trama trançado cabo de toda carne. Eis por que místicos monges. Sereis tais quais deuses? Contemplai vossos ônfalos. Alô. Aqui Kinch. Ligue-me com Edenville. Álef, alfa: zero, zero, um.
Esposa e companheira de Adão Kadmon: Heva, Eva nua. Ela não teve embigo. Contempla. Ventre sem jaça, bojando se ancho, broquel de velino reteso, não, alvicúmulo trítico, oriente e imortal, elevando-se de pereternidade em pereternidade. Matriz do pecado.

Matrizado em pecadora escuridade eu fui também, feito que não gerado. Por eles, o homem com minha voz e meus olhos e a mulherfantasma com cinzas em seu hálito. Eles se uniram e se dividiram, fizeram o querer do acopulador. De antes dos tempos Ele me quis e possa não querer-me longe agora ou jamais. Uma *lex eterna* paira junto a ele. É isso então a divina substância na qual Pai e Filho são consubstanciais? Onde está o caro pobre Ário para tirar conclusões? Guerreando a vida inteira quanto à contransmagnificandjudeibumbatancialidade. Heresiarca malzodiacado. Num lavatório grego deu o último suspiro: eutanásia. Com mitra de gemas e com báculo, refestelado no seu trono, viúvo de uma sé viúva, com omofórion empertigado, com traseiros coagulados.

Ares irrompiam à sua roda, agulhentos e ávidos ares. Elas estão vindo, as ondas. Os hipocampos alvimontados, mordendo luciventibridões, os corcéis de Mananaan.

Preciso não esquecer sua carta para os jornais. E depois? O Ship, doze e meia. A propósito, toma tento com esse dinheiro como um bom adolescente imbecil. Sim, preciso.

Seu passo afrouxou. Aqui. Vou ou não vou à tia Sara? A voz de meu pai consubstancial. Viste ultimamente algo de teu irmão artista Stephen? Não? É certo que ele não está no terraço de Strasburg com sua tia Sally? Não poderia ele voar um tiquinho mais alto, não? E e e e diga-nos, Stephen, como vai tio Si? Oh, sangue de Deus, as coisas em que estou afundado. Os rapazes em cima no palheiro. O pequeno borra-tinta beberrão e seu irmão, o tocador de cornetim. Gondoleiros altamente respeitáveis. E esse vesgo de Walter sinsenhoreando o pai, nada mais, nada menos. Senhor. Sim, senhor. Não, senhor. Jesus chorou: pudera, por Cristo.

Puxo a campainha asmática do chalé de venezianas cerradas: e espero. Tomam-me por um cadáver, espiam por um ângulo sub-reptício.

— É Stephen, senhor.

— Deixe-o entrar. Deixem Stephen entrar.

Um ferrolho é puxado e Walter me dá acolhida.

— Pensamos que era outra pessoa.

Em sua ampla cama titio Richie, entre travesseiros e lençóis, estende por sobre os montículos de seus joelhos um sólido antebraço. Peito limpo. Lavou-se na metade superior.

— Dia, sobrinho.

Põe de lado a mesinha portátil em que levanta contas de custas para os olhos do advogado Goff e advogado Shapland Tandy, anotando acordos e citações de busca e um mandado de *Duces Tecum*. Uma moldura de carvalho fóssil sobre sua cabeça calva: o *Requiescat* de Wilde. O zumbido de seu assovio despistante traz de volta Walter.
— Sim, senhor?
— Malte para Richie e Stephen, peça à mãe. Onde está ela?
— Banhando Crissie, senhor.
A companheirinha de leito do papai. Torrãozinho de amor.
— Não, tio Richie.
— Chama-me Richie. Pros diabos com sua água de litina. Deprime. Uusque!
— Tio Richie, por favor...
— Sente-se ou, bofé, Harry, achato-o ao chão.
Walter pisca-pisca em vão por uma cadeira.
— Ele não tem onde se sentar, senhor.
— Ele não tem onde pôr-se, seu careteiro. Traz a nossa cadeira Chippendale. Está querendo um pedaço de uma boa coisa? Nada das suas bobageiras aqui; a suculência de uma fatia de toucinho defumado com arenque? Mesmo? Tanto melhor. Não temos em casa senão pílulas contra lumbago.
All'erta!
Ele zune compassos da *aria de sortita* de Ferrando. O momento mais generoso, Stephen, de toda ópera. Escute.
Seu assovio entoado soa de novo, finamente matizado, com haustos de ar, os punhos tambormorilando sobre seus joelhos enchumaçados.
Esta brisa é mais doce.
Casas de decadência, a minha, a sua e todas. Disseste às gentes de prol de Clongowes que tinhas tio juiz e tio general do exército. Abandona-os, Stephen. A beleza não está aí. Nem na baía estagnada da biblioteca de Marsh em que leste as profecias fanadas de Joaquim Abas. Para quem? Para a ralé de cem cabeças do recinto da catedral. Um odiador da sua espécie saiu dela para o bosque da loucura, sua juba espumando à lua, suas pupilas, estrelas. Huinhnhm, equiniventas. As caras cavalares ovaladas. Temple, Buck Mulligan, Foxy Campbell. Queixadas queixudas. Abas pai, deão furioso, que ofensa ateou fogo nos seus miolos? Puf! *Descende, calve, ut ne nimium decalveris*. Uma guirlanda de cabelos grisalhos em sua cabeça anatema-

tizada, vejam-no-me para baixo grimpando até o supedâneo (*descende*), atenazando a custódia, basiliscoculado. Abaixo, careca! Um coro responsa ameaça e eco, assistindo cerca dos cornos do altar, o latim resfolegado dos marmanjos movendo-se corpulentos em suas alvas, tonsurados e ungidos e castrados, gordos da gordura de rins de trigo.

E no mesmo instante talvez um sacerdote aí na esquina esteja elevando-o. Dlingdling! E duas ruas além outro colocando-o num cibório. Dlinguedling! E numa capela à Virgem outro tomando a hóstia toda nas próprias bochechas. Dlingdling! Para baixo, para cima, para a frente, para trás. Dan Occam pensou nisso, doutor invencível. Numa brumosa manhã inglesa o diabrete da hipóstase fez cócegas no seu miolo. No que baixava sua hóstia e se ajoelhava ouviu mesclar-se com sua segunda campainha a primeira campainha no transepto (ele está elevando a dele) e, levantando-se, ouviu (agora estou elevando) as duas campainhas (ele está ajoelhando-se) soar em ditongo.

Primo Stephen, não serás nunca um santo. Ilha de santos. Eras terrivelmente piedoso, não eras? Rezavas à Virgem Bendita para que não tivesses vermelho o nariz. Rezavas ao diabo na avenida Serpentine para que a viúva fornidinha na frente levantasse da rua molhada um pouco mais as saias. *O sí, certo!* Vende a alma, vende, por aquilo, retalhos tintos alfinetados ao redor de uma fêmea. Mais, dize-me, mais ainda! No segundo lance do ônibus de Howth, sozinho, gritando à chuva: *mulheres nuas!* Que tal isso, hem? Que talo quê? Para que mais foram elas inventadas?

Lendo duas páginas de cada um de sete livros por noite, hem? Eu era jovem. Inclinavas-te para ti mesmo ante o espelho, avançando um pouco para aplaudir-te compenetrado, cara séria. Hurra pelo danado idiota! Ah! Nem um viu: a nem um digas. Livros que irias escrever com letras por título. Leu o seu F? Oh, sim, mas prefiro o Q. Sim, mas o W é admirável. Oh, sim, o W. Lembras-te das tuas epifanias sobre folhas verdes ovais, profundamente profundas, exemplares por serem, se morresses, enviados a todas as grandes bibliotecas do mundo, inclusive a de Alexandria? Alguém haveria de ali lê-las uns milhares de anos depois, um mahamanvantara. Pico de la Mirandoloide. Sim, muito parecido a uma baleia. Quando alguém lê essas estranhas páginas de alguém há muito desaparecido, alguém sente que alguém está com quem que alguma vez...

O saibro granulado havia desaparecido de sob seus pés. Suas botinas esmagavam de novo um húmido bulbo crocante, longueirões, seixos chiantes, o que corrói os seixos inumeráveis, madeira crivada pelo teredem, Armada perdida. Insalubres fofos de areia tocaiavam para sugar-lhe as solas caminhantes, exalando hálito de cloaca. Costeou-os andando cautelosamente. Uma garrafa de cerveja se alçava, enterrada até a cintura, na pastosa massa arenosa. Uma sentinela: ilha de sede terrível. Arcos partidos à beira-mar; em terra uma confusão de escuras redes astutas; mais além portas de fundos garatujadas a giz e no alto da praia uma corda de secar com duas camisas crucificadas. Ringsend: barracões de pilotos requeimados e mestres marinheiros. Conchas humanas.

Estacou. Passei do caminho para tia Sara. Não estou indo para lá? Parece não. Ninguém cerca. Voltou-se rumo nordeste e cruzou o areal mais firme em direção de Pigeonhouse.

— *Qui vous a mis dans cetre fichue position?*
— *C'est le pigeon, Joseph.*

Patrice, em casa em férias, relambia leite quente comigo no bar do McMahon. Filho do ganso selvagem, Kevin Egan de Paris. Meu pai é uma avisrara, ele relambia o doce *lait chaud* com a rosada língua jovem, cara rechonchuda de lebrinha. Relambe, *lapin*. Espera ganhar nos *gros lots*. Sobre a natureza das mulheres leu Michelet. Mas precisa mandar-me *La vie de Jésus* do senhor Léo Taxil. Emprestou-a a seu amigo.

— *C'est tordant, vous savez. Moi je suis socialiste. Je ne crois pas en l'existence de Dieu. Faut pas le dire à mon père.*
— *Il croit?*
— *Mon père, oui.*

Schluss. Ele relambe.

Meu chapéu do Quartier Latin. Por Deus, devemos simplesmente trajar a personagem. Quero luvas castanho-arroxeadas. Eras estudante, não eras? De quê, em nome do outro demônio? Peceene. P.C.N., tu sabes: *physiques, chimiques et naturelles*. Ah. Comendo a tua tigelada de *mou en civet*, caldeirada de carne do Egito, acotovelado com cocheiros arrota dores. Dize apenas no mais natural dos tons: quando eu estava em Paris, *boul' Mich'*, costumava. Sim, costumavas levar os bilhetes perfurados para provar teu álibi, se te detivessem pelo assassínio de alguém. Justiça. Na noite de dezessete de fevereiro de 1904 o preso foi visto por duas testemunhas. Outro sujeito o fez: outro eu. Chapéu, gravata, sobretudo, nariz. *Lui, c'est moi*. Parece que te divertiste.

Andando orgulhosamente. Como quem querias tentar andar? Esquece: um sem-vintém. Com a ordem de pagamento de tua mãe, oito xelins, a porta batente do correio batida em tua cara pelo porteiro. Dor de dente de fome. *Encore deux minutes.* Vê relógio. Preciso de. *Fermé.* Cachorro de assalariado! Esbolachá-lo em bolas de sangue com um tiro bum, bolas homem salpicadas paredes tudo bronze botões. Bolas tudo crricrrria cricrila de volta ao lugar. Não machucado? Oh, tudo está bem. Aperta as mãos. Vê o que eu dizia, vê? Oh, tudo está bem. Aperta um aperto. Oh, tudo está tudo muito bem.

Ias realizar maravilhas, né? Missionário à Europa após o fogoso Columbano. Nos seus escabelos perros, Fiacre e Scotus entornados nos céus de seus canecos quartilhos, garlatingalhando: *Euge! Euge!* Fingindo falar inglês macarrônico no que arrastavas tua maleta, carregador três pences, ao longo do píer visguento em Newhaven. *Comment?* Rico botim trouxeste de volta; *Le Tutu*, cinco números esfarrapados de *Pantalon Blanc et Culotte Rouge*, um telegrama francês azul-banzo, curiosidade para exibir:

— Mãe morrendo volta pai.

A tia pensa que mataste a tua mãe. Eis a razão por que ela não quer.

> *Pois à saúde da tia de Mulligan!*
> *E a deste brinde razão lhes ditei:*
> *Ela resguarda a decência sempre em*
> *Dos Hannigans a familiaei.*

Seus pés marchavam em súbito ritmo ufano sobre os sulcos arenosos, ao longo dos matacões da amurada sul. Fixou-lhes os olhos ufanamente, cabeçorras de pétreos mamutes empilhadas. Luz dourada sobre o mar, sobre o areal, sobre a amurada. O sol ali está, as árvores esguias, as casas limão.

Paris despertando nuamente, crua luz solar sobre suas ruas limão. Polpa húmida de padas de pão, o absíntio verde-rã, seu incenso matinal acariciam o ar. Belluomo levanta-se do leito da mulher do amante da sua mulher, a dona de casa lenço na cabeça zanza em azáfama, um pires de ácido acético nas mãos. No Rodot, Yvonne e Madeleine renovam suas trôpegas belezas, crocando com dentes de ouro *chaussons* de pastelaria, as bocas amareladas com o *pus de flan breton*. Caras de homens-Páris passam perto, seus requestadores requestados delas, frisados conquistadores.

O meio-dia modorra. Kevin Egan enrola charutos de pólvora de canhão entre os dedos manchados de tinta de impressão, sorvendo sua fada verde como Patrice a sua branca. Em torno a nós glutões engarfam favas condimentadas pela goela abaixo. *Un demi setier!* Um jacto de café vaporeja da caldeira brunida. Ela serve-me à ordem do gestojacto dele. *Il est irlandais. Hollandais? Non fromage. Deux irlandais, nous, Irlande, vous savez? Ah oui!* Ela pensava que querias um queijo *hollandais*. Seu postprândio, conheces esta palavra? Postprândio. Havia um sujeito que conheci uma vez em Barcelona, um tipo gozado, que costumava chamar a isso postprândio. Bem: *slainte!* Ao redor das mesas lajeadas a mixórdia de hálitos vinosos e gargantas gorgulhantes. Seu bafo pende sobre nossos pratos com restos de molho, o colmilho da verde fada espetando entre seus dentes. Da Irlanda, os dalcassianos, de esperanças, conspirações, de Arthur Griffith agora. Para jungir-me como seu cojugulado, nossos crimes nossa causa comum. És filho do teu pai. Reconheço a voz. Sua camisa de fustão, sanguiniflorida, treme as borlas espanholas a seus segredos. Monsieur Drumont, jornalista famoso, Drumont, sabes como ele chamou a rainha Vitória? Velha ogra de dentes amarelos. *Vieille ogresse de dents jaunes.* Maud Gonne, esplêndida mulher, *La Patrie,* monsieur Millevoye, Félix Faure, sabes como morreu? Homens licenciosos. A *froeken, bonne à tout faire,* que esfrega a nudez masculina no banho em Upsália. *Moi faire,* disse ela. *Tous les messieurs.* Não este *monsieur,* disse eu. Costume licenciosíssimo. Banho coisa muito privada. Não deixaria meu irmão, nem mesmo meu próprio irmão, coisa licenciosíssima. Olhos verdes, eu vos vejo. Colmilho, sinto-o. Gente lasciva.

    A mecha azul-triste queima-se agonicamente entre as mãos e queima-se clara. Fibras avulsas de tabaco pegam fogo: chama e fumaça acre clareiam nosso canto. Crua carossuda sob a tocaia do chapéu de vigia do dia. Como o cabeça do centro escapou, versão autêntica. Paramentado de jovem noiva, homem, véu botões de laranjeira, rodou pela estrada de Malahide. Fê-lo, de facto. De chefes perdidos, os traídos, fugas fantásticas. Disfarces, agarrados, escapados, não aqui.

    Amante desdenhado. Eu era um rapagão e tanto naquele tempo, asseguro-lhe, vou mostrar-lhe minha semblança um destes dias. Era, de verdade. Amante, pelo amor dela rondou com o coronel Richard Burke, maioral de seu clã, sob as muralhas de Clerkenwell e, agachados, viram uma chama de vingança projetá-los ao ar na bruma. Vidros estilhaçados e alvenaria derruída. No alegre Parri ele se esconde, Egan de Paris, não buscado por ninguém senão por mim. Fazendo suas estadas de dia, a lúgubre caixa de tipos, suas três tavernas, a toca de Montmartre em que dorme sua noite curta, rua de la Goutte-d'Or, adamascada com mosquicocozadas caras dos defuntos. Desamorado, despatriado, desesposado. Ela está muito comodinha sem seu proscrito, madame, na rua Gît-le-Coeur, canário e dois pensionistas janotas. Bochechas apessegadas, uma saia zebrada, risonha como uma lambisgoia. Desdenhado e indesesperançável. Dize a Pat que me viste, sim? Quis certa feita conseguir para o Pat um trabalho. *Mon fils*, soldado da França. Ensinei-o a cantar. *Os rapazes de Kilkenny são ruidosos espadachins intrépidos.* Conheces este velho lais? Ensinei-o a Patrice. Velho Kilkenny: são Canício, o castelo de Strongbow sobre o Nore. É assim. Ô, ô. Ele me toma, Napper Tandy, pela mão.

Ô, ô, os rapazes de
Kilkenny...

Fraca mão gasta sobre a minha. Esqueceram-se de Kevin Egan, não ele deles. Recordando-te, ó Sion.

Ele se havia achegado para mais perto da borda do mar e a areia molhada chapoletava suas botinas. O ar renovado saudava-o, harpejando seus nervos bravios, vento do ar bravio de sêmen de revérbero. Olha, estou andando rumo do barco-farol de Kish, não estou? Parou súbito, seus pés começando a afundar lentamente no solo trépido. Volta.

Voltando, esquadrinhava a costa sul, seus pés de novo afundando lentamente em novos alvéolos. A fria sala abobadada da torre espera. Através das barbacãs os fachos de luz estão se movendo sempre, lentamente sempre como os meus pés estão afundando, arrastando-se rumo do lusco-fusco sobre o solário do chão. Lusco-fusco azul, poente, noite azul-profunda. Na escuridão da abóbada eles esperam, suas cadeiras afastadas, minha maleta obelisco, em redor de uma mesa com travessas abandonadas. Quem para limpá-lo? Ele tem a chave. Não dormirei aí quando a noite chegar. Uma porta fechada de uma torre silente sepultando seus corpos emparedados, o saíbe da pantera e seu cão de presa. Chama: nem resposta. Livrara os pés do atoladouro e voltava cerca da mole de matacões. Tomem tudo, retenham tudo. Minha alma caminha comigo, forma das formas. Assim aos meios quartos da lua palmilho o trilho acima das rochas, em areia prateada, ouvindo a maré aliciante de Elsinore.

A maré me segue. Posso observá-la que flui acima daqui. Marcha para trás, pois, pela estrada de Poolbeg para a margem de lá. Galgou por sobre o encipoado e coleante ervaçal e sentou-se num mocho de rocha, repousando seu estoque de freixo numa fenda.

Uma carcaça inchada de cão jazia reclinada sobre bodelha. Diante dele a apostura de um bote, soçobrado no saibro. *Un coche ensablé*, Louis Veuillot chamou à prosa de Gautier. Estas pesadas areias são linguagem que maré e vento inscreveram aqui. E lá, os montículos de pedras de construtores mortos, cortiços de fuinhas. Esconde ouro lá. Tenta-o. Tens algum. Areias e pedras. Prenhes de passado. Brinquedos do Senhor Bicho-Papão. Cuidado para não receberes um bofetão na cara. Sou o danado do gigantão que rola os danados dos pedregulhões, ossos para os passos das minhas passadas. Fiufeofium. Eu xinto o xeilo do xangue num iulandeixe.

Um ponto, cão vivente, crescia à vista correndo pelo escampo do areal. Meu Deus, irá ele atacar-me? Respeita a sua liberdade. Não serás nem senhor dos outros nem seu escravo. Tenho meu porrete. Fica imóvel. De muito mais longe, andando para a borda do mar ao longo da margem cristada, silhuetas, duas. As duas marias. Esconderam-no em meio aos juncos. Tu taí. Te vi. Não, o cão. Está correndo para trás para elas. Quem?

Galeras dos lochlanns aproavam à praia aqui, à cata de presa, suas sanguibicancudas proas singrando a rasa toalha de peltre fundido. Daniviquingues, enfiada dos cutelos das franciscas cintilando-lhes ao peito quando Malaquias usava do colar de ouro. Uma teona de baleias camurças encalhada no meio-dia candente, esguichando, espadanando nos baixios. Então da famélica cidade empaliçada uma horda de anões engibonados, minha gente, com facões de esfoladores, correndo, escalando, espostando a verde grassicarne de baleia. Epidemia de fome, peste e matanças. O sangue deles é o meu, sua concupiscência as minhas ondas. Eu me mexia entre eles sobre o Liffey gelado, esse eu, um enjeitado, por entre os crepitantes fogos resinosos. Não falava a nem um: ninguém a mim.

O latido do cão corria para ele, parava, recuava. Cão de meu inimigo. Estaquei simplesmente pálido, mudo, acuado. *Terribilia meditans*. Uma bicampânula prímula, o valete da sorte, sorria do meu medo. Em pós disso é que anelas, o ladrido do aplauso deles? Pretendentes: vive a vida deles. O irmão de Bruce, Thomas Fitzgerald, cavalheiro acetinado, Perkin Warbeck, rebento bastardo de York, em culotes de seda marfim rosicler, maravilha de um dia, e Lambert Simnel, com um séquito de mucamas e vivandeiras, um lava pratos coroado. Todos filhos de reis. Paraíso de pretendentes então e agora. Ele salvou homens do afogamento e tu tremes aos ladridos de um vira-lata. Mas os cortesãos que ridicularizavam Guido em Or san Michele estavam em sua própria casa. Casa de... Nada queremos de tuas abstrusiosidades medievais. Farias tu o que ele fez? Um bote haveria de estar perto, um salva-vidas. *Natürlich*, posto aí para ti. Farias ou não farias? O homem que se afogara nove dias antes ao largo da pedra da Virgem. Esperam por ele agora. A verdade, cospe-a fora. Eu o quereria. Eu tentaria. Não sou um bom nadador. Água fria fofa. Quando eu metia a cara nela na bacia de Clongowes. Posso ver não! Quem está atrás de mim? Fora, rápido, rápido. Vês a maré enchendo de todos os lados rápido, laminando rápido os bancos de areia castanha-decaucolorida? Se eu tivesse terra debaixo de meus pés. Quero seja sua vida ainda sua, a minha seja minha. Um homem afogado. Seus olhos humanos berram para mim no horror de sua morte. Eu... Com ele juntos no fundo... Eu não podia salvá-la. Águas: morte amarga: perdida.

Uma mulher e um homem. Vejo a saiota dela. Arregaçada, aposto.

O cão deles esquipava por um minguante banco de areia, trotando, fungando por todos os lados. Procurando algo perdido em vida passada. De repente soltou-se como uma lebre-saltadora, orelhas corridas para trás, perseguindo a sombra de uma gaivota em rasante. O agudo assobio do homem feriu-lhe as orelhas móveis. Voltou-se, em retorno aos saltos, veio mais para perto, trotou a passitos miudinhos. No campo citrino um gamo, trépido, íntegro, desgalhado. À fimbrirrenda da água estacou, os cascos dianteiros retesados, orelhas maridirigidas. Ventas alçadas ladrava ao marulho das vagas, manada de morsas. Elas serpenteavam rumo de suas patas, encachoando-se, desdobrando muitas cristas, cada nona, rebentando, esparrinhando, de longe, de mais longe, ondas e ondas.

Cocleicoletores. Vadearam um curto vau de água e, vergando-se, mergulharam suas cestas, e, levantando-as de novo, revadearam. O cão ladria-lhes correndo em pós, salteava e os pateava, caindo de quatro, de novo salteava para eles com mudas ternuras ursinas. Não correspondido manteve-se cerca deles no que se encaminhavam para a areia mais seca, um naco de língua de lobo rubrifolegando de suas fauces. Seu corpo pintalgado esquipava à frente deles e então alargou-se num galope de bezerro. A carcaça jazia em seu caminho. Parou, farejou, deu-lhe a volta, um irmão, fungando mais perto, desdeu-lhe a volta, fungando repetidamente como cão por todo o pelame encharcado do cão morto. Canicrânio, canifaro, olhos ao chão, move-se para um grande alvo. Ah, pobre canicorpo. Aqui jaz o corpo de um pobre canicorpo.

— Trapeiro! Fora daí, seu vira-lata.

O grito levou-o molengando de volta ao seu dono e um seco pontapé descalço enviou-o indene através de uma língua de areia, encolhido no voo. Esgueirou-se de volta com rodeios. Não me vê. Ao longo da borda da mole ele lentigalopava, zanzava, cheirava uma pedra e de por debaixo de uma pata traseira tesa mijou contra ela. Trotou adiante e, levantando a perna traseira, mijou rápido curto numa rocha incheirada. Os prazeres simples de pobre. Suas patas traseiras levantaram então areia: então suas patas dianteiras rasparam e cavaram. Algo ele enterrara aí, sua avó. Refungou na areia, raspando, cavando e parou a escutar o vento, levantou areia de novo com a fúria de suas garras, logo cessando, um leopardo, uma pantera, gerado num adultério, corvejando o morto.

Depois que ele me acordou na noite anterior, o mesmo sonho era ou era isso? Espera. Um pórtico aberto. Rua de rameiras. Lembra. Harum al-Raxid. Estou quasequaseando-o. Aquele homem conduzia-me, falava. Eu não tinha medo. O melão que levava ele aproximou-o de minha cara. Sorriu: cheiro de fruta suculenta. Era a regra, disse. Para dentro. Vem. Tapete vermelho estendido. Verás quem.

Arcando às sacas eles se arrastavam, os egiptanos vermelhos. Os pés dele azulados fora das calças arregaçadas chapinhavam-se na areia pegajosa, lenço tijolo brique baço envolvendo o pescoço não barbeado. Com passos de mulher ela seguia: o rufião e a andarilha fêmea comum. Espólios pendiam às costas dela. Areia solta e raspa de conchas incrustavam-se-lhe aos pés nus. Por sobre a cara dela desfeita pelo vento lhe caíam os cabelos. Atrás de seu dono a comparsa, indo, para a cidade grande. Quando a noite esconde as máculas do corpo dela chamando debaixo do xaile pardo sob uma arcada que cães tinham chafurdado. O homem-leno dela está engabelando dois soldados do Royal Dublins no O'Loughlin de Blackpitts. Beijoca-a, fode com sabida lenga de esbórnia, oh, minha bela putinha fodedora. Uma brancura endemoninhada sob seus andrajos rançosos. O beco de Fumbally aquela noite: os cheiros do curtume.

Brancas mãos, rubra tua boca
E teu corpo é gostosura
Bebe comigo na cama
Beija, toma, é noite escura.

Morosa deleitação, chama-lhe o ventrudo Aquino, *frate porcospino*. Antes da queda Adão trepava mas não gozava. Deixá-lo chamar: *teu corpo é gostosura*. Linguagem nem um tiquinho pior do que a dele. Palavras de monge, contas de rosário parlapateiam em suas panças: palavras de esbórnia, duras pepitas tamborilam em seus bolsos.

Passando agora.

Um olhar de esguelha na minha coifa de Hamlet. Se eu ficasse de súbito aqui nu, no que estou. Não estou. Pelas areias do mundo todo, seguida pela espada flamejante do sol, para o oeste, migrando para terras vesperais. Ela arrasta, schleppeia, treneja, dragueja, trascina sua carga. Uma maré occidentante, luninflada, em sua esteira. Marés, miriadinsuladas, dentro dela, sangue não meu, *oinopa ponton*, mar viniscuro. Eis a serva da lua. No sono o signo líquido lhe diz sua hora, ordena-lhe o despertar. Nuptileito, nataleito, leito mortal, espectriciriado. *Omnis caro ad te veniet*. Ele chega, pálido vampiro, por borrascas seus olhos, seu velame morcegueiro ensanguentando o mar, boca contra o beijo de sua, dela, boca.

Olha. Põe um alfinete naquela bainha, sim? Minhas tabletes. Boca contra o beijo dela. Não. Devem ser duas elas. Cola elas bem. Boca contra o beijo de sua, dela, boca.

Seus lábios sugavam e abocanhavam descarnados lábios de vento: boca contra o ventre dela. Umba, omninventrante tumba. Sua boca amoldava-se exalando alento, inefado: uuiihah: rugido de planetas cataráticos, globoides, labaredantes, rugindo juralonjuralonjuralonjura. Papel. As cédulas, atira-as ao ar. Carta do velho Deasy. Aqui. Agradecendo-lhe pela hospitalidade arranque o pedaço final em branco. Dando as costas ao sol ele inclinou-se a um pano de rocha e escrevinhou palavras. Pela segunda vez esqueci-me de apanhar papeletas do balcão da biblioteca.

Sua sombra estendia-se por sobre as rochas no que se inclinava, término. Por que não intérmina até a mais remota estrela? Escuras elas lá estão por detrás dessa luz, escuridade luzindo na claridade, delta de Cassiopeia, mundos. Eu assenta-se lá com bastão de freixo de áugure, de sandálias emprestadas, durante o dia cerca de um mar lívido, ignoto, em noite violeta andando por sob um reino de astros incultos. Arrojo esta sombra término de mim, hominiforma inelutável, chamo-a de volta. Intérmina, seria ela minha, forma de minha forma? Quem me percebe aqui? Quem em lugar algum jamais lerá estas escritas palavras? Signos em campo branco. Em algum lugar a alguém na tua voz mais maviosa. O bom do bispo de Cloyne retirou o véu do templo de seu chapéu de abas: véu no espaço com emblemas coloridos hachurados no seu campo. Assegura-te bem. Coloridos sobre um chão: sim, é bem isso. Chão vejo, pensa então em distância, perto, longe, chão vejo, este, atrás. Ah, vê agora. Cai para trás de repente, imobilizado num estereoscópio. Clique faz o truque. Achas minhas palavras obscuras. Escuridade está em nossas almas, não achas? Mais maviosa. Nossas almas, vergonhiferidas por nossos pecados, apegam-se a nós ainda mais, uma mulher apegando-se ao seu amante, e mais e mais.

Ela confia em mim, sua mão meiga, os longuiciliados olhos. Agora em nome de que azulívido inferno estou eu levando-a para lá do véu? Para dentro da modalidade inelutável da visualidade inelutável. Ela, ela, ela. Qual ela? A donzela da vitrina de Hodges Figgis na segunda-feira procurando por um dos livros alfabetos que ias escrever. Olhar penetrante lhe dirigiste. A pulseira ao cabo da piós trançada da sombrinha. Ela vive no parque Leeson, com uma mágoa e cacarecos, uma mulher de letras. Fala disso com um outro alguém, Stevie: uma vassoura. Aposto que ela usa esses malditos de Deus espartilhos esteados e meias amarelas, cerzidas com lã grossa. Fala-lhe sobre tortinhas de maçã, *piuttosto*. Onde está o teu tacto?

Toca-me. Olhos doces. Mão doce doce doce. Estou sozinha aqui. Oh, toca-me logo, agora. Qual é essa palavra sabida de todos os homens? Estou mesmo aqui sozinha. Triste também. Toca, toca-me.

Estendeu-se por inteiro sobre as rochas rugosas, enfiando as notas rabiscadas e o lápis no bolso, seu chapéu rebatido sobre os olhos. Esse que fiz é o movimento de Kevin Egan cabeceando antes da sesta, soneca sabática. *Et vidit Deus. Et erant valde bona.* Alô! *Bonjour*, bem-vindos como as flores em maio. Sob a aba ele espiava através de dardos íris-trementes o sol suldeclinante. Estou preso nesta cena candente. Hora de Pã, o meio-dia faunal. Por entre gravigomosas serpiplantas, lactífluos frutos, onde em águas fulvas folhas jazem anchas. A dor está distante.

Não mais a um canto ruminar.

Seu olhar ruminava as suas biquilargas botinas, refugo *nebeneinander* de um janota. Contava as pregas do couro vincado dentro do qual o pé de outrem se aninhara quente. Pé que bate no solo em tripúdio, pé que desamo. Mas te deliciaste quando o sapato de Esther Osvalt coube em ti: garota que conheci em Paris. *Tiens, quel petit pied!* Amigo sólido, uma alma irmã: amor à Wilde que não ousa dizer seu nome. Ele agora me deixará. E a culpa? Como sou. Como sou. Tudo ou nada de todo.

Em longos laços do lago Cock a água fluía intensa, cobrindo verdiáureas lagoas de areia, crescendo, fluindo. Meu freixestoque se deixará flutuar. Deverei esperar. Não, elas passarão, passando esfregando-se às pedras baixas, remoinhando, passando. Melhor safar-me rápido desse emprego. Escuta: uma quadrívoca undifala: siissuu, hriss, rsiess, uuss. Sopro veemente de águas em meio a marisserpentes, cavalos empinantes, rochas. Em taças de rochas ela chapinha: chop, chlop, chlap: brandida em barris. E, gasta, sua fala cessa. Ela flui em murmúrio, ancho fluindo, espumicharco flutuando, flor esflorando-se.

Sob a inflante maré ele via as ervas recurvas levantar-se languescentes e oscilar indecisos braços, erguendo suas anáguas, em sussurrantes águas oscilando e revirando argênteas frondes recatadas. Dia a dia: noite a noite: elevadas, inundadas e esmagadas. Senhor, elas estão lassas; e, ao sussurro, elas suspiram. Santo Ambrósio ouviu-o, suspiro de folhas e ondas, esperando, aguardando a plenitude de seu tempo delas, *diebus ac noctibus iniurias patiens ingemiscit*. Para nenhum fim reunidas: em vão depois soltas, fluindo avante, volvendo atrás: fuso da lua. Lassa também da vista dos amantes, homens lascivos, mulher nua brilhando em sua corte ela arrasta uma rede de águas.

Cinco braças por aquela banda. Sob braças inteiras, cinco, teu pai jaz. À uma disse ele. Encontrado afogado. Maré alta na barra de Dublin. Vindo na frente um arrastre de entulho à deriva, vária malta de peixes, conchas cômicas. Um cadáver salbranqueado emergindo da baixa-toa, ziguezagueando rumo à terra, um tantinho um tantinho uma toninha. Aí está ele. Engancha-o rápido. Mesmo que imerso das águas sob os cendais. Temo-lo. Devagar agora.

Bolsa de gaseicadáver encharcando-se em salmoura fétida. Um balaio de peixotes, balofo de maminhas esponjosas, escapos pelos entremeios da sua braguilha abotoada. Deus fez-se homem fez-se peixe fez-se ganso bernaco fez-se montanha plumosa. Suspiros mortos que eu vivente respiro, pisada poeira morta, devoro vísceras urinárias de todo morto. Içado rígido por sobre o rebordo ele tresanda aos céus a fetilência de sua tumba verde, suas narinas leprosas ronquejando ao sol.

Um maritrânsito este, olhos castanhos salazulados. Marimorte, a mais doce de todas as mortes conhecidas do homem. Velho Pai Oceano. *Prix de*

Paris: cuidado com as imitações. Experimente, nada mais. Isso nos dará um enorme prazer.
Vamos. Tenho sede. Nublando-se o alto. Nada de nuvens negras em parte alguma, não é? Tempestade de trovões. Omniluz ele tomba, relampejo orgulhoso do intelecto, Lucifer, *dico, qui nescit occasum*. Não. Meu chapéu encaramujado e bastão e sua minha sandalizante chanca. Onde? Por terras vesperais. A tarde se achará a si mesma.
Tomou do castão do seu estoque de freixo, esgrimindo com ele molemente, entretendo-se ainda. Sim, a tarde se achará a si mesma em mim, sem mim. Todos os dias vão ao seu fim. A propósito, qual é o próximo? Terça-feira será o mais longo dia. De todo o feliz ano-novo, mãe, a grã tam tantã tam. Tênis Tennyson, poeta cavalheiro. *Già*. Para a velha ogra de dentes amarelos. E monsieur Drumont, jornalista cavalheiro. *Già*. Meus dentes estão muito ruins. Por quê, indago? Sente. Este está perdido também. Conchas. Ir devia eu a um dentista, indago, com este dinheiro? Este mesmo. O desdentado Kinch, o super-homem. Por que isso, indago, ou isso significa talvez algo?
Meu lenço. Ele atirou-o fora. Lembro-me. Não o tomei?
Suas mãos tacteavam em vão nos bolsos. Não, não tomei. Melhor comprar um.
Depositou a meleca seca pinçada de uma narina no gume de uma pedra, com cuidado. Quanto ao mais, olhe quem quiser.
Atrás. Talvez haja alguém.
Volveu a cara por sobre o ombro, à re reparando. Movendo no ar os altos lenhos de um três-mastros, as velas recolhidas nas cruzetas, surgindo, contracorrente, movendo-se silenciosamente, um navio silente.

II

Leopold Bloom comia com gosto os órgãos internos de quadrúpedes e aves. Apreciava sopa de miúdos de aves, moelas amendoadas, um coração assado recheado, fatias de fígado empanadas fritas, ovas de bacalhoa fritas. Mais do que tudo, gostava de rins de carneiro grelhados, que davam ao seu palato um delicado sabor de tenuemente aromatizada urina.

Rins tinha em mente no que se movia suave pela cozinha, dispondo as coisas do desjejum dela sobre a bandeja encalotada. Luz e ar gélidos havia na cozinha mas fora de casa meiga manhã estival por toda parte. Fazia-o sentir-se um tico apetente.

Os carvões avermelhavam.

Outra fatia de pão e manteiga; três, quatro: bem. Ela não gostava de prato cheio. Bem. Virou-se da bandeja, levantou a chaleira da grade e colocou-a de lado sobre o fogo. Esta ali assentou, parada e atarracada, o bico saltado para fora. Xícara de chá prestes. Bom. Boca seca. A gata andava tesa ao redor da perna da mesa com o rabo ao alto.

— Minhau!

— Oh, aí estás — disse o senhor Bloom, voltando-se do fogão.

A gata miou em resposta e tornou a dar voltas em redor da perna da mesa, miando. Exatamente como desliza sobre minha escrivaninha. Prr. Coça a minha cabeça. Prr.

O senhor Bloom olhava curiosamente, carinhosamente, a fléxil forma negra. Limpa de ver: o lustro de seu pelo nédio, o tufo branco sob a raiz de seu rabo, os lampejantes olhos verdes. Ele inclinou-se para ela, suas mãos sobre os joelhos.

— Leite para a bichaninha — disse ele.

— Minhau! — gritou a gata.

Chamam-lhes estúpidos. Eles entendem o que dizemos melhor do que nós os entendemos. Ela entende tudo que quer. Vindicativa, também. Imagino como é que eu pareço a ela. Altura de uma torre? Não, ela pode saltar sobre mim.
— Tem medo das galinhas — disse ele zombeteiro. — Medo dos piupintinhos. Nunca vi uma bichaninha tão boba como esta bichaninha.
Cruel. Natureza dela. Curioso os ratos não guincham nunca. Parece gostarem:
— Miau — disse a gata alto.
Ela relampejou por entre seus ávidos olhos pudorcerrados, miando chorosa e longamente, mostrando-lhe os dentes lactibrancos. Ele observava as escuras olhifendas estreitando-se cúpidas até que seus olhos se tornassem pedras verdes. Então ele se dirigiu para o armário, tomou do jarro que o leiteiro do Hanlon acabara de encher para ele, entornou espumitépido leite num pires e pousou-o de leve no soalho.
— Gurr! — gritou ela, correndo a lamber.
Observava os bigodes espetados brilhando a meia-luz no que ela emborcava três vezes e lambia agilmente. Será verdade que se a gente os corta eles não podem mais pegar ratos? Por quê? Elas brilham no escuro, talvez, as pontas. Ou são uma espécie de antenas no escuro, talvez.
Ele a ouvia lambelambendo. Presunto com ovos, não. Sem bons ovos nesta seca. É necessário água natural pura. Quinta-feira: tampouco um bom dia para rins de carneiro do Buckley. Fritos com manteiga, uma pitada de pimenta. Melhor um rim de porco do Dlugacz. Enquanto a chaleira está fervendo. Ela lambia mais devagar, depois relambendo a limpo o pires. Por que são suas línguas tão ásperas? Para lamber melhor, cheias de buraquinhos porosos. Nada que ela possa comer? Ele mirou em redor de si. Não.
Com botinas rangendo de leve, ele subiu a escada até o patamar, demorou-se perto da porta do quarto de dormir. Ela poderia querer algo mais condimentado. Fatias finas de pão com manteiga é o de que gosta pela manhã. Ainda assim: de vez que a caminho.
Disse num cochicho no patamar despido:
— Vou dar um pulo na esquina. De volta num minuto.
E depois de ouvir a própria voz acrescentou:
— Quer alguma coisa para agora?
Um fraco grunhido sonolento respondeu:
— Hum.

Não. Ela não queria nada. Ouviu então um quente suspiro denso, mais fraco, no que ela se virava e as juntas de latão folgadas da cama retiniam. Tenho de mandar ajustá-las direito. Pena. Diretamente de Gibraltar. Esquecida do pouco espanhol que soube. Imagino o que o pai dela pagou por isso. Estilo antigo. Ah, sim, de facto. Comprado num leilão do governador. Com um golpe seco do martelo. Duro de roer no regateio, o velho Tweedy. Sim, senhor. Em Plevna foi. Venho das fileiras rasas, senhor, e tenho orgulho disso. Ainda tivera cabeça bastante para especular em selos. Bem que aquilo era ver longe.

Sua mão apanhou o chapéu do pino do cabide acima do pesado sobretudo com iniciais e da gabardina de segunda mão do departamento de objetos perdidos. Selos: estampas de reverso colante. Estou certo de que um bando de funcionários está nessa marmita também. Certo que estão. A legenda suada dentro da copa do chapéu anunciou-lhe mudamente: chapéu Plasto de alta qualid. Remirou rápido dentro da carneira de couro. A salvo.

Na soleira da porta tacteou no bolso traseiro pela chave da frente. Não ali. Nas calças que mudei. Preciso apanhá-la. Batata eu tenho. Roupeiro rangedor. Inútil perturbá-la. Ela deu uma virada sonolenta naquele instante. Puxou a porta de entrada sobre si muito lentamente, mais, até que o rodapé da folha da porta se ajustou bem sobre a soleira, num cerramento frouxo. Parecia fechado. Bem até que eu volte de todos os modos.

Cruzou para o lado da luz, evitando o porão da adega do número setenta e cinco. O sol se aproximava do campanário da igreja de São Jorge. Vai ser um dia quente, creio. Especialmente nesta roupa preta vou senti-lo melhor. O preto conduz, reflete (refracta, é isso?) o calor. Mas eu não podia ir com o terno claro. Como para fazer um piquenique. Suas pálpebras baixavam mansas com frequência no que andava na feliz quentura. A carrocinha de pão de Boland entregando em cestas o nosso de cada dia mas ela prefere crostas tostadas de ontem, com coroas crocantes quentes. Faz sentir jovem. Em algum lugar no leste: manhãzinha cedo: sair de madrugada, perambulando de frente para o sol, roubar dele a caminhada de um dia. Manter isso para sempre nunca ficar um dia mais velho teoricamente. Andar ao longo de uma praia, terra estranha, chegar ao portão de uma cidade, sentinela aí, veterano também, os bigodes grandes do velho Tweedy arrimando-se numa longa espécie de lança. Vaguear por ruas entoldadas. Caras aturbantadas passando perto. Furnas escuras de lojas de tapetes, homenzarrão, Turko, o terrível, sentado pernicruzado fumando um cachimbo espiralado. Pregões de vendedores nas ruas. Beber água aromatizada de funcho, xerbete. Vagar por todo o dia. Poder topar com um ladrão ou dois. Bem, enfrenta-o. A caminho do pôr do sol. A sombra das mesquitas ao largo das colunas: sacerdote com um pergaminho enrolado. Um tremor das árvores, sinal, o vento vesperal. Eu passo. Céu ouro esfumando-se. Uma mãe espia da porta. Chama os filhos para dentro na sua língua escura. Muro alto: lá dentro cordas estridulam. Noite céu lua, violeta, cor das ligas novas da Molly. Cordas. Atenção. Uma rapariga tocando um desses instrumentos como é que se chamam: dulcímeros. Passo.

Provavelmente nem um nadinha como isso por certo. Coisa de leituras: na pista do sol. Sol queimando na capa do livro. Sorriu, satisfazendo-se. O que Arthur Griffith dissera na cabeça do editorial do *Freeman*: um sol autogovernante levantando-se no noroeste da alameda por trás do Banco da Irlanda. Prolongava seu sorriso satisfeito. Ikey feriu a nota: sol autogovernante levantando-se no noroeste.

Aproximava-se do Larry O'Rourke. Do engradado da cave brotava a débil bulha da pórter. Pela porta de entrada aberta o bar emanava baforadas de gengibre, poeira de chá, mastigação de biscoitos. Boa casa, porém: bem no fim do tráfego da cidade. Por exemplo o M'Auley mais abaixo: n.v. como situação. É verdade que se pusessem uma linha de bonde ao longo da circular Norte do mercado de carne ao cais o valor subiria como uma flecha.

Cabeça careca por sobre o cortinado. Simpático velho esquisitão. Inútil conquistá-lo para um anúncio. Ele ainda conhece melhor que ninguém o seu negócio. Ei-lo aí, bem ele, meu calvo Larry, arrimando-se ao caixão de açúcar em mangas de camisa espiando seu caixeiro de avental limpar com esfregão e balde. Simon Dedalus o macaqueia à perfeição revirando os olhos. Sabe o que lhe vou contar? Que é que é, senhor O'Rourke? Quer saber? Os russos, eles vão ser engolidos no almoço pelos japoneses.

Para e diz uma palavra: sobre o enterro talvez. Que coisa triste com o pobre do Dignam, senhor O'Rourke.

Dobrando pela rua Dorset ele disse desenvolto cumprimentando pela porta:

— Bom-dia, senhor O'Rourke.

— Bom-dia para o senhor.

— Lindo dia.
— É isso mesmo.
Como conseguem dinheiro? Chegam como caixeiros cabelos-de-fogo do campo de Leitrim, lavando os vasilhames vazios ou com restos na adega. Em seguida, da noite para o dia, ei-los florescentes como Adams Findlaters ou Dans Tallons. E pensar na concorrência. Sede geral. Bom quebra-cabeça seria atravessar Dublin sem topar com uma taverna. Com economias não pode ser. Dos bêbedos talvez. Devolver três e ficar com cinco. Que é isso? Um milho aqui, outro ali, tricas e trecos. Nas vendas por atacado talvez. Fazendo arranjos com os caixeiros-viajantes. Ajeita-te com o patrão e dividimos a coisa ao meio, está?

A quanto monta a venda da pórter por mês? Digamos dez barris da mercadoria. Digamos que arranca dez por cento. Ô mais. Dez. Quinze. Passava pela São José, escola comunal. Barulho de pimpolhos. Janelas abertas. Ar fresco ajuda a memória. Ou uma cantilena. Abecê deeefegê kaeleemeene opequê erreesseteuvê dobre vê. Meninos são? Sim. Inishturk. Inishark. Inishboffin. Na sua jogografia. A minha. Monte Bloom.

Estacou ante a vidraça do Dlugacz, remirando as fiadas de salsichas, chouriços, brancos e pretos. Cinquenta multiplicado por. Os números apagavam-se em sua mente irresolutos: contrafeito, deixou-os esvair-se. Os elos luzidios recheados de carne picada alimentavam o seu olhar e ele aspirava tranquilo o cheiro do picante sangue cozido de porco.

Um rim porejava sanguigotas em travessa plataniforme: o último. Deteve-se ao balcão perto da empregada do vizinho ao lado. Será que ela o compraria também, cantando a lista de pedidos do papelzinho em sua mão. Encarquilhada: soda da lixívia. E uma libra e meia de salsichas de Denny. Seus olhos pousavam nas suas nádegas vigorosas. Woods é o nome dele. Imagino o que ele não faz. A mulher é velhusca. Sangue novo. Namorados não permitidos. Forte par de braços. Batendo um tapete sobre a corda. Bem que bate bem, por São Jorge. A maneira por que sua saia amarrotada se sacode a cada batida.

O porqueiro olhifurão dobrou as salsichas que cortara com dedos manchados, róseo-salsichas. Carne sadia ali como de novilha estabulada.

Apanhou uma página de uma pilha de folhas cortadas. A fazenda-modelo de Kinnereth às margens do lago de Tiberíade. Pode tornar-se sanatório de inverno ideal. Moisés Montefiore. Penso que ele é. Casa de fazenda. Muros em redor, gado malhado pastando. Ele segura a página a distância: interessante: lê-a mais de perto, o gado pastando esmalhado, a página farfalhando. Uma branca novilha nova. Naquelas manhãs no mercado de gado os animais mugindo nos currais, carneiros marcados, borbulho e baque de bosta, os criadores de botas ferradas calcaneando pela palhaça, batendo uma palmada num traseiro carnudo, ali está um de primeira, varas toscas na mão deles. Segurava a página de viés pacientemente, dominando os sentidos e o desejo, seu contido doce olhar em repouso. A saia amarrotada sacudindo-se às batidas às batidas às batidas.

O porqueiro agarrou duas folhas da pilha, embrulhou suas salsichas de primeira e fez uma careta corada:

— E agora, minha patroinha — disse.

Ela estendeu-lhe uma moeda, sorrindo confiada, mostrando seu punho roliço.

— Obrigada, minha patroinha. E um xelim e três pences de troco. Para o senhor, por favor?

O senhor Bloom apontou rápido. Para apanhar e andar atrás dela se ela fosse devagar, atrás de seus presuntos moventes. Agradáveis de ver como primeira coisa na manhã. Depressa, desgraçado. Secar a roupa enquanto o sol brilha. Ela parou fora da loja à luz do sol e flanou preguiçosamente para a direita. Ele suspirou nariz baixo: elas nunca entendem. Sodacausticadas mãos. Unhas dos artelhos encarapaçadas também. Escapulários castanhos em trapos, defendendo-as ida e volta. O ferrão do desdém luziu arrefecendo o prazer dentro do peito dele. Para um outro: um guarda-civil de folga apertava-a na alameda Eccles. Eles apreciam as de bom tamanho. Salsicha de primeira. Ó, por favor, seu guarda, estou perdida neste parque.

— Três pences, por favor.

Sua mão aceitou a tenra glande húmida e mergulhou-a num bolso do lado. Em seguida buscou três moedas do bolso das calças e deitou-as sobre os espetinhos de borracha. Deitadas, foram rápido lidas e rápido escorridas, rodela a rodela, na caixa.

— Obrigado, senhor. Até a próxima.

Um dardo de fogo ávido de vulpiolhos agradeceu-lhe. Ele desviou os olhos depois de um instante. Não: melhor não: na próxima.

— Bom-dia — disse, afastando-se.

— Bom-dia, senhor.

Nenhum indício. Ida. Que importa?

Retornava pela rua Dorset, lendo atento. Agendath Netaim: companhia de plantadores. Para comprar extensos tractos arenosos do governo turco e plantá-los de eucaliptos. Excelentes para sombra, combustível e construção. Bosques de laranjais e imensas planícies de melonais ao norte de Jafa. Pagam-se oito marcos e planta-se-lhe uma dunam de terra com oliveiras, laranjeiras, amendoeiras e limoeiros. As oliveiras são mais baratas: as laranjas precisam de irrigação artificial. Todo ano o senhor terá uma remessa da colheita. Seu nome fica registado por toda a vida como proprietário nos livros da companhia. Pode pagar dez por cento de entrada e o resto em prestações anuais. Bleibtreustrasse, 34, Berlim, W. 15.

Nada feito. Ainda assim há uma ideia nisso.

Olhava para o gado, esmalhado no calor argênteo. Oliveiras argentipolvilhadas. Longos dias tranquilos: poda amadurecimento. As oliveiras são acondicionadas em jarras, é? Tenho umas quantas do Andrews em reserva. Molly escarrando nelas. Sabe o gosto disso agora. Laranjas em papel fino embaladas em engradados. Cítricos também. Será que o pobre do Citron da parada de São Kevin ainda está vivo? E Mastiansky, com a velha cítara? Tardes agradáveis tínhamos então. Molly na cadeira de vime de Citron. Bom de segurar, fruto fresco encerado, de segurar na mão, levar às narinas e aspirar-lhe o aroma. Assim, denso, doce, intenso aroma. Sempre o mesmo, ano pós ano. Atingiam preços altos também, Moisel me disse. Praça Arbutus: rua dos Agrados: agradáveis velhos tempos. Devem ser sem jaça, dizia-me ele. Vindos por este caminho: Espanha, Gibraltar, Mediterrâneo, o Levante. Engradados alinhados no cais de Jafa, um gajo conferindo-os num livro, os estivas de brim sujo manejando-os. Daí saiu o comolhechamas. Como vai...? Não viu. Gajo que conheces só para um aceno de enfaro. Suas costas são como as do capitão norueguês. Imagino se o encontrasse hoje. Carro de lavar rua. Para provocar chuva. Assim na terra como no céu.

Uma nuvem começou a encobrir o sol inteiramente lentamente inteiramente. Cinzenta. Distante.

Não, não assim. Uma terra sáfara, deserto nu. Lago vulcânico, o mar morto: nem peixes, nem plantas, mergulhando fundo na terra. Vento nenhum levantaria aquelas ondas, metal cinza, águas brumosas envenenadas. De enxofre chamavam-lhe a chuva caindo: as cidades da planície: Sodoma, Gomorra, Edom. Nomes mortos todos. Um mar morto numa terra morta, cinza e velha. Velha agora. Nutrira a mais velha, a primeira raça. Uma bruxa curvada cruzou do Cassidy crispando pelo gargalo uma garrafa graduada. A mais velha gente. Erraram bem longe por sobre toda a terra, de cativeiro em cativeiro, multiplicando-se, morrendo, nascendo em toda parte. E jaz lá agora. Já não podia gerar. Morta: de uma velha morta: a cinzenta vulva afundada do mundo.

Desolação.

Horror cinza ressecou a carne dele. Dobrando a página dentro do bolso virou para a rua Eccles, apressando-se para casa. Óleos frios deslizavam-lhe pelas veias, esfriando-lhe o sangue: idade revestindo-o de uma crosta de sal. Bem, aqui estou agora. Boca matinal, ideia do mal. Levantado com o pé esquerdo da cama. Preciso começar de novo aqueles exercícios do Sandow. Das mãos para baixo. Casas de tijolo pardo manchadas. Número oitenta ainda desalugada. Por que isso? O valor é de apenas vinte e oito. Towers, Battersby, North, MacArthur: janelas do rés do chão emplastradas de cartazes. Emplastros sobre um olho doente. Sentir o delicado vapor do chá, fumaça da frigideira, manteiga chiando. Estar perto da cama cálida carne abundante dela. Sim, sim.

Lépida luz solar quente vinha correndo da estrada de Berkeley, ágil, em leves sandálias, ao longo da calçada rebrilhante. Corre, ela corre ao meu encontro, garota de cabelos de ouro ao vento.

Duas cartas e um cartão estavam no soalho da saleta. Parou e recolheu-os. Senhora Marion Bloom. Seu coração apressado bateu devagar em seguida. Letra decidida. Senhora Marion.

— Poldy!

Entrando no quarto de dormir, semicerrou os olhos e dirigiu-se por entre a quente meia-luz amarela para a sua cabeça desgrenhada.

— Para quem são as cartas?

Mirou para elas. Mullingar. Milly.

— Uma carta para mim de Milly — disse cuidadosamente — e um cartão para você. E uma carta para você.

Deitou cartão e carta sobre a colcha trançada perto da curva do seu joelho.

— Quer que levante as persianas?

Levantando a meio as persianas com suaves puxadelas seu rabo de olho via-a espiar para a carta e empurrá-la para debaixo do travesseiro.

— Basta? — perguntou ele, voltando-se.
Ela lia o cartão, apoiada no cotovelo.
— Ela recebeu as coisas — disse ela.
Esperou que ela tivesse posto o cartão de lado e se enroscasse de novo lentamente com um suspiro satisfeito.
— Depressa com esse chá — disse ela. — Estou com a garganta seca.
— A chaleira está fervendo — disse ele.
Mas ele demorou-se a arrumar a cadeira: sua anágua listrada, roupa de baixo atirada amarrotada: e numa braçada depôs tudo ao pé da cama.
No que descia a escada para a cozinha ela chamou:
— Poldy!
— O quê?
— Escalde o bule de chá.
Fervendo é claro: um penacho de vapor do bico. Escaldou e enxaguou o bule de chá e pôs dentro quatro colheradas de chá, inclinando a chaleira em seguida para fazer a água correr dentro. Deixando-o repousar, retirou a chaleira e esmagou o fundo da frigideira contra os tições vivos e viu a porção de manteiga deslizar e derreter. Enquanto desembrulhava o rim a gata miava famélica contra ele. Dá-lhe carne em demasia e ela não caçará mais ratos. Diz-se que não gostam de porco. Kosher. Olha. Deixou o papel lambuzado de sangue cair perto dela e deitou o rim na manteiga chiante. Pimenta. Tirando-a do porta-ovos rachado, salpicou-a em círculos através dos dedos.
Então ele com um rasgão abriu a carta, passando uma olhadela pela página e no reverso. Obrigada: boina nova: senhor Coghlan: piquenique no lago Owel: jovem estudante: garotas da praia de Blazes Boylan.
O chá estava pronto. Encheu sua própria xícara-bigode, imitação do Derby da coroa, sorrindo. Presente de aniversário de Millynha tolinha. Ela contava então cinco anos. Não, espera: quatro. Dei-lhe o colar ambaroide que ela rompeu. Pondo pedaços de papel castanho dobrado na caixa do correio para si mesma. Sorria, enchendo.

Ó Milly Bloom, tu és meu querubim,
Meu espelhinho da manhã à noite,
Eu te prefiro a ti sem um vintém
A Katey Keogh com seu asno e jardim.

Pobre velho professor Goodwin. Velho caso desesperado. Ainda assim era um velho amigo cortês. A maneira antiquada com que saudava Molly saindo da plataforma. E o espelhinho da sua cartola. A noite em que Milly a trouxe para a sala: Oh, vejam o que eu achei no chapéu do professor Goodwin! Todos nos rimos. O sexo já repontando então. Coisinha atrevida era ela.

Fincou um garfo no rim e estalou-o, virando: em seguida dispôs o bule de chá na bandeja. A tampa sacolejava no que o levantava. Tudo no lugar? Pão e manteiga, quatro, açúcar, colher, o creme dela. Sim. Carregou-a para cima, o polegar enganchado na asa do bule.

Entreabrindo a porta com o joelho carregou a bandeja para dentro e colocou-a sobre a cadeira perto da cabeceira.

— Que tempão levou — disse ela.

Ela fez o latão tilintar no que se erguia ágil, um cotovelo sobre o travesseiro. Ele lhe olhava calmo a corpulência e para o entresseio de suas mamas macias, esparramadas dentro da camisola como ubres de uma cabra. O calor do seu corpo aconchegado elevou-se pelo ar, misturando-se com a fragrância do chá que ela servia.

Um pedacinho de um envelope rasgado apontava de debaixo do travesseiro deprimido. No acto de ir-se ele deteve-se para estirar a colcha.

— De quem era a carta? — perguntou ele. Letra decidida. Marion.

— Oh, de Boylan — disse ela. — Virá com o programa.

— Que é que você vai cantar?

— *Là ci darem* com J. C. Doyle — disse ela — e a *Velha doce canção do amor*.

Seus lábios carnudos, sorvendo, sorriam. Um pouco rançoso o cheiro que o incenso deixa no dia seguinte. Como água azeda de uma floreira.

— Quer que eu abra um pouco a janela?

Ela dobrava uma fatia de pão para dentro da boca, perguntando:

— A que horas é o enterro?

— Onze, creio — respondeu ele. — Não vi o jornal.

Acompanhando a indicação do dedo dela ele levantou da cama uma perna da calça usada dela. Não? Então, uma liga cinzenta torcida enroscada numa meia: pregueada, brilhante a sola.

— Não: aquele livro.

A outra meia. A anágua.

— Deve ter caído — disse ela.
Procurou aqui e ali. *Voglio e non vorrei*. Será que ela pronuncia isso direito: *voglio*? Não na cama. Deve ter escorregado para baixo. Abaixou-se e levantou a sanefa. O livro, caído, escarrapachava-se contra o bojo do urinol laranjestriado.
— Mostre aqui — disse ela. — Pus uma marca nele. É uma palavra que eu queria perguntar a você.
Ela engoliu um gole de chá da xícara segura pelo lado sem asas e, tendo alimpado vivamente as pontas dos dedos no lençol, começou a procurar no texto com um grampo até que encontrou a palavra.
— Metem-se o quê? — perguntou ele.
— Aqui está — disse ela. — Que é que isto significa?
Ele inclinou-se e leu cerca da unha do polegar polida.
— Metempsicose?
— Sim. Que é que é que é isto?
— Metempsicose — disse ele, enrugando a fronte. — É grego: do grego. Significa transmigração das almas.
— Oh, droga! — disse ela. — Por que não dizer isso com palavras de todo mundo?
Ele sorria, olhando de soslaio o olhar zombeteiro dela. Os mesmos olhos juvenis. A primeira noite depois das charadas. O celeiro de Dolphin. Virava as páginas enodoadas. *Ruby: o orgulho do picadeiro*. Olá. Ilustração. Italiano feroz com chicote. Deve ser Ruby orgulho do sobre o chão nu. Lâmina gentilmente cedida. *O monstro Maffei desistiu e arrojou de si com uma praga a sua vítima.* Crueldade por trás de tudo isso. Animais dopados. Trapézio no Hengler. Tinha de olhar para o outro lado. Multidão boquiaberta. Arrebenta teu pescoço que arrebentaremos de rir. Famílias deles. Espartilha-os jovens para que possam metempsicosizar. Que vivamos depois da morte. Nossas almas. Que a alma de um homem depois que ele morre. Alma de Dignam...
— Acabou? — perguntou ele.
— Sim — disse ela. — Não há nada de indecente nele. Ela fica amando o primeiro sujeito todo o tempo?
— Nunca o li. Quer um outro?
— Quero. Arranje outro de Paul de Kock. Bonito nome que ele tem.
Ela entornou mais chá na xícara, olhando de lado o fio escorrer.
Preciso renovar o registo naquela biblioteca da rua Capel ou reclamarão junto ao meu fiador. Reencarnação: esse é o termo.

— Algumas pessoas acreditam — disse ele — que continuamos a viver noutro corpo depois da morte, que vivemos antes. Chamam a isso reencarnação. Que todos vivemos há milhares de anos na terra ou noutro planeta. Dizem que nos esquecemos disso. Alguns dizem que se lembram de suas vidas anteriores.

O creme indolente girava espirais encaracoladas no chá. Melhor lembrá-la da palavra: metempsicose. Um exemplo seria melhor. Um exemplo.

O banho da ninfa por cima da cama. Dado como prêmio com o número da Páscoa de *Photo Bits*: esplêndida obra-prima de cores artísticas. Chá antes que ponhas dentro leite. Não diferente dela com seus cabelos caídos: mais esbelta. Três e seis paguei pela moldura. Ela dizia que ficaria bonito por cima da cama. Ninfas nuas: Grécia: e por exemplo todas as gentes que viviam então.

Revirou as páginas.

— Metempsicose — disse ele — é como os gregos antigos chamavam. Eles acreditavam que a gente podia transformar-se por exemplo num bicho ou numa árvore. O que eles chamavam ninfa, por exemplo.

A colher dela parou de remexer o açúcar. Mirou fixo em frente dela, aspirando pelas narinas arqueadas.

— Sinto um cheiro de queimado — disse ela. — Você deixou alguma coisa no fogo?

— O rim! — gritou ele de repente.

Meteu de cambulhada o livro no bolso de dentro e, topando com os artelhos contra o criado-mudo quebrado, apressou-se na direção do cheiro, descendo precipitado a escada com pernas de cegonha agitada. Uma fumaça penetrante brotava com um espirro irado de um lado da frigideira. Empurrando um dente do garfo por baixo do rim desprendeu-o e virou e fê-lo capotar de costas. Apenas um pouco queimado. Fê-lo saltar da frigideira sobre uma travessa e escorreu-lhe por cima o pouco molho pardacento.

Xícara de chá agora. Sentou-se, cortou e amanteigou uma fatia de pão. Recortou a carne queimada e atirou-a para a gata. Então pôs uma garfada na boca, mastigando discriminativamente a saborosa carne fléxil. No ponto exato. Um trago de chá. Então cortou cubinhos de pão, embebeu um no molho e o pôs na boca. Que coisa era essa sobre um jovem estudante e um piquenique? Desdobrou a carta ao seu lado, lendo-a lentamente no que mascava, embebendo outro cubinho de pão no molho e levando-o à boca.

Queridíssimo papaizinho,
 Muito e muito obrigada pelo adorável presente de aniversário. Vai em mim que é um esplendor. Todo mundo diz que eu fico uma belezinha com a minha boina nova. Recebi a adorável caixa de bombons de creme de mamãezinha e estou escrevendo. São deliciosos. Estou mergulhada nessa coisa de fotos agora. O senhor Coghlan bateu uma de mim e sua senhora vai enviá-la quando estiver revelada. Fizemos um movimento ontem. Belo dia e todas as pés-de-bola estavam lá. Vamos ao lago Owel segunda-feira com uns poucos amigos para fazer um piquenique. Meu amor para mamãezinha e para você uma beijoca e agradecimentos. Eu agora estou ouvindo eles lá embaixo no piano. Vai haver um concerto no Creville Arms no sábado. Tem um jovem estudante que vem aqui algumas tardes chamado Bannon seus primos ou coisa parecida são gente importante ele canta uma cançoneta de Boylan (estava a pique de escrever Blazes Boylan) sobre essas garotas da praia. Diga-lhe que Millynha tolinha lhe manda seus melhores respeitos. Preciso acabar agora com o meu melhor carinho.
 Sua carinhosa filha,

Milly

 P.S.: Desculpe os garranchos, estou com pressa. Té. M.

    Quinze ontem. Curioso, quinze do mês também. Seu primeiro aniversário longe de casa. Separação. Lembro a manhã de verão em que nasceu, correndo para chamar a senhora Thornton na rua Denzille. Velhinha divertida. Uma porção de crianças terá ajudado a pôr no mundo. Sabia desde o primeiro instante que o pobrezinho do Rudy não viveria. Bem, Deus é grande, senhor. Soube logo. Estaria agora com onze se fosse vivo.
    Seu rosto fixava-se comiserado no *postscriptum*. Desculpe os garranchos. Pressa. Piano lá embaixo. Pulando para fora da concha. A birra com ela no Café XL por causa da pulseira. Não queria comer os doces nem falar nem ver. Atrevidinha. Mergulhava outras migas de pão no molho e comia pedaço a pedaço o rim. Doze e seis por semana. Não muito. Ainda assim podia ser pior. Teatro de espectáculos musicados. Jovem estudante. Bebeu um gole de chá já para o frio para rebater. Então releu a carta de novo: duas vezes.
    Oh, sim: ela sabe como se cuidar. Mas se não? Não, nada aconteceu. É certo que podia. Esperar em todo caso até que aconteça. Diabinho em

pessoa. Suas pernas finas subindo a escada. Destino. Amadurecendo agora. Vaidosa: muito.
Sorriu com ternura intranquila para a janela da cozinha. O dia em que a peguei na rua pintando as faces para fazê-las coradas. Anêmica um pouquinho. Deu-se leite a ela tempo demais. No *Erin's King* ao redor de Kish naquele dia. O desgraçado do calhambeque prestes a virar. Nem um nadinha amedrontada. Sua *écharpe* azul-pálida solta ao vento com seus cabelos.

> *Todas covinhas, cachinhos*
> *Nossa cachola girando.*

Garotas de praia. Envelope rompido. Mãos enfiadas nos bolsos das calças, cocheiro de folga no dia, cantando. Amigo da família. Gerando, diz ele. Amurada iluminada, tarde de verão, retreta.

> *Essas gostosas gracinhas,*
> *Essas garotas da praia.*

Milly também. Beijos juvenis: o primeiro. Bem longe agora no passado. Senhora Marion. Lendo deitada agora, contando as mechas da cabeleira, sorrindo, trançando.

Um brando pesar apreensivo, escorrido pela espinha, crescendo. Acontecerá, sim. Impedir. Inútil: não posso ir. Doces lábios leves de menina. Acontecerá também. Sentia o pesar escorrer por sobre todo ele. Inútil ir agora. Lábios beijados, beijando beijados. Lábios polpudos grudentos de mulher.

Melhor por lá onde ela está: longe. Ocupá-la. Queria um cachorro para passar tempo. Podia dar um pulo até lá. Feriado bancário de agosto, somente dois e seis ida e volta. Seis semanas ainda, contudo. Poderia arranjar um passe de imprensa. Ou pelo M'Coy.

A gata, tendo alimpado todo o pelo, voltou para o papel carnimanchado, cheirou-o e desfilou para a porta. Olhou para trás para ele, miando. Quer sair. Espera em frente à porta, às vezes abre. Deixá-la esperar. Freme nervosa. Eléctrica. Trovoada no ar. Estava limpando a orelha com o dorso contra o fogo também.

Sentia-se pesado, cheio: em seguida uma suave soltura dos seus intestinos. Levantou-se, desatando o cós das calças. A gata miava para ele.

— Miau! — disse ele em resposta. — Espere até que eu fique pronto.
Pesadez: dia quente pela frente. Tanto esforço vencer os degraus para o patamar.
Um jornal. Gostava de ler no assento. Espero nenhum macaco venha bater no que tou.
Na gaveta da mesa achou um número velho do *Titbits*. Dobrou-o sob o sovaco, foi à porta e abriu-a. A gata subia aos saltos macios. Ah, queria ir para cima, enroscar-se como bolinha na cama.
Escutando, ouviu a voz dela:
— Vem, vem, bichinha. Vem.
Saiu pela porta dos fundos, para o jardim: parou a ouvir do jardim ao lado. Nem ruído. Talvez pendurando roupas para secar. A empregada estava no jardim. Bela manhã.
Recurvou-se a examinar uma estreita fita de hortelã crescendo ao longo do muro. Fazer um pavilhão aqui. Trepadeira escarlate. Rasteira da Virgínia. Preciso estrumar todo o trecho, terra miserável. Uma camada de enxofre cor-de-fígado. Todo terreno é assim sem bosta. Dejectos domésticos. Marga, que é que é isso? As galinhas no jardim ao lado: seus cocôs são óptimo adubo para cima. Embora o melhor seja do gado, principalmente quando são alimentados com aquelas tortas oleosas. Covas de palha com bosta. A melhor coisa para limpar luvas de pelica de senhoras. O sujo limpa. Cinzas também. Recuperar o terreno todo. Plantar ervilhas naquele canto lá. Alface. Ter sempre verduras frescas então. Ainda que os jardins tenham os seus contratempos. Aquela abelha ou varejeira azul de segunda-feira de Pentecostes aqui.
Continuou andando. A propósito, onde está o meu chapéu? Devo tê-lo posto de volta na cavilha. Ou se despendurou pelo chão? Engraçado, não me lembro disso. Cabide da entrada muito cheio. Quatro guarda-chuvas, o impermeável dela. Apanhando as cartas. A campainha da loja do Drago tinindo. Estranho que eu estivesse pensando precisamente naquele instante. Cabeleira castanha abrilhantinada sobre seu pescoço. Não tivera mais que uma lavagem e uma escovadela. Não sei se eu tenho tempo para um banho esta manhã. Rua Tara. O gajo lá da caixa de pagamento deixou escapar James Stephens, diz-se. O'Brien.
Voz profunda esse sujeito do Dlugacz tem. Agenda o que é que é? Agora, minha patroinha. Entusiasta.

Abriu de pontapé a porta da casinha. Melhor tomar cuidado para não sujar as calças por causa do enterro. Entrou, inclinando a cabeça por sob o lintel baixo. Deixando a porta escancarada, em meio ao fedor da caiação mofada e das teias poeirentas baixou os suspensórios. Antes de assentar-se espiou por uma fresta a janela do vizinho. O rei estava em seu tesouro. Ninguém.

Refestelado no trono desdobrou o jornal virando as páginas sobre os joelhos nus. Algo novo e fácil. Não há grande pressa. Demorar-se um pouco. Nossa novidade premiada. *O golpe de mestre de Matcham*. Escrito pelo senhor Philip Beaufoy, Clube dos Playgoers, Londres. Pagamento à razão de um guinéu por coluna foi feito ao autor. Três e meia. Três libras e três. Três libras treze e seis.

Calmamente ele lia, dominando-se, a primeira coluna e, cedendo mas resistindo, começou a segunda. A meio, uma última resistência cedendo, permitiu que os seus intestinos se aliviassem de todo enquanto lia, lendo ainda pacientemente, toda ida aquela ligeira prisão de ventre de ontem. Espero não seja demasiado grosso e provocar hemorroidas de novo. Não, está exacto. Assim. Ah! Constipado, um tablete de cáscara sagrada. Vida podia ser assim. Aquilo nem o agitava nem o comovia, mas era algo rápido e limpo. Imprime-se qualquer coisa hoje em dia. Época idiota: Lia adiante sentado calmo sobre o próprio odor montante. Limpo certamente. *Matcham pensa frequentemente no golpe de mestre com que ganhou dessa bruxa gargalhante que agora*. Começa e termina moralmente. *A mão na mão.* Sagaz. Remirou o que lera e, no que sentia verter sua água calmamente, invejou com carinho o senhor Beaufoy que escrevera aquilo e recebera de pagamento três libras treze e seis.

Podia fazer um *sketch*. Pelo senhor e senhora L. M. Bloom. Inventar uma história para algum provérbio que? Tempo em que tentava rabiscar no meu punho o que ela dizia vestindo-se. Não gosto de vestir-nos juntos. Corto-me barbeando. Ela mordendo o lábio de baixo enganchando a maneira da saia dela. Cronometrando a. 9:15. Roberts já lhe pagou? 9:20. Que é que Gretta Conroy vestia? 9:23. Que diabo de ideia a minha de comprar este pente? 9:24. Estou por aqui com esse repolho. Uma pinta de poeira sobre o cromo das botinas dela.

Esfregando lépida uma depois de outra a ponteira contra o calcanhar da meia. Manhã depois do baile de caridade quando a orquestra de May tocara a dança das horas de Ponchielli. Explica aquelas horas matinais, o meio-dia, depois a tarde chegando, depois as horas da noite. Ela escovando os dentes. Essa fora a primeira noite. A cabeça dela dançando. As hastes do leque dela cricrilando. Esse Boylan tem situação? Tem dinheiro. Por quê? Senti que ele tem bom hálito dançando. Inútil cantarolar então. O espelho estava na sombra. Ela esfregava vigorosamente seu espelhinho sobre a blusa de lã contra sua mama cheia oscilante. Perscrutando-o. Os olhos dela congestriados. Não resultaria nada de todos os modos.

Horas da tarde, garotas de gaze gris. Horas da noite depois negras com adagas e meias máscaras. Ideia poética rósea, depois dourada, depois cinzenta, depois negra. Ademais veraz para com a vida também. Dia, depois a noite.

Rasgou rápido ao meio o conto premiado e com isso se limpou. Em seguida levantou as calças, ajustou-as e abotoou-se. Bateu a perra porta desconjuntada da casinha e avançou da sombra para o ar livre.

Na luz brilhante, aliviado e refrescado de membros, inspecionou cuidadosamente as calças pretas, as pontas, os joelhos, a barriga das pernas. A que horas é o enterro? Melhor procurar no jornal.

Um estrídulo e um reboo grave no ar lá ao alto. Os sinos da igreja de São Jorge. Marcavam a hora: bulhento aço grave.

Bimbã! Bimbã!
Bimbã! Bimbã!
Bimbã! Bimbã!

Um quarto para. Ei-los de novo: o harmônico seguido pelo ar, terço. Pobre Dignam!

Pertinho dos camiões ao longo do cais de sir John Rogerson o senhor Bloom caminhava compassado passada a alameda Windmill, o moinho de linhaça de Leask, a estação postal telegráfica. Podia ter dado aquele endereço também. E passado a casa dos marinheiros. Desviou-se dos barulhos matinais do cais e caminhava pela rua Lime. Perto dos chalés do Brady um rapazola das peles flanava, o balde das vísceras pendurado, fumando uma guimba mascada. Uma garota menorzinha com marcas de eczemas na testa olhava para ele segurando distraída seu arco de barrica torto. Dize-lhe que se fumar não crescerá. Deixá-lo! Sua vida não é um leito de rosas tal! Esperando fora das tabernas para levar o pá para casa. Vamos pra casa pra mã, pá. Hora lassa: não haverá muita gente lá. Cruzou a rua Townsend, passando pela torturada fachada de Bethel. El, sim: casa de: Álef, Beta. E passou pela de Nichols da casa funerária. É às onze. Tempo de sobra. Chego a apostar que Corny Kelleher cercou esse trabalho para O'Neill. Cantando com os olhos fechados. Corny. Com ela uma vez no parque na safa. Escuro de abafa. Que marafa. Tira da polícia. O nome e o endereço ela então deu com o meu lero-lero lero-lero lero. Oh, é lógico que ele o cercou. Enterra-o barato num comoquerquelhechames. Com lero-lero, lero-lero, lero-lero, lero-lero.

No casario de Westland parou ante a vitrina da Belfast and Oriental Tea Company a ler etiquetas sobre pacotes estanhempapelados: mistura escolhida, a melhor qualidade, chá de família. Mais para quente. Chá. Preciso conseguir algum com Tom Kernan. Não poderia pedir a ele no enterro, de todos os modos. Enquanto seus olhos ainda liam amenamente tirou o chapéu aspirando tranquilamente o óleo de cabelo e passou a mão direita com mansa graça pelo cenho e cabeleira. Manhã muito quente. Sob as pálpebras abaixadas seus olhos encontraram a pequenina bossa na carneira de couro dentro do seu chapéu de alta qualid. Bem no lugar. Sua mão direita mergulhou dentro da copa do chapéu. Seus dedos encontraram rápido um cartão atrás da carneira e o transferiram para o bolso do colete.

Tão quente. Sua mão direita uma vez mais mais lentamente repassou-lhe o cimo: mistura escolhida, feita das melhores qualidades do Ceilão. O Extremo Oriente. Lugar adorável deve ser: o jardim do mundo, enormes folhas indolentes a flutuarem, cactos, campinas floridas, lianas-serpentes como lá são chamadas. Pergunto se será mesmo assim. Aqueles cingaleses a flanarem ao sol, em *dolce far niente*. Sem mexer uma palha o dia todo. Dormir seis dos doze meses. Quente demais para discutir. Influência do clima. Letargia. Flores do ócio. O ar é o que mais alimenta. Azotos. Estufa em jardins botânicos. Plantas sensitivas. Nenúfares. Pétalas muito cansadas para. Doença do sono no ar. Andar sobre folhas de rosa. Imagina, tentar comer tripa e mocotó de vaca. Onde estava o sujeito que em algum lugar eu vi naquele quadro? Ah, no mar Morto, boiando de costas, lendo um livro com um para-sol aberto. Não se podia afundar mesmo querendo: tão denso de sal. Porque o peso da água, não, o peso do corpo na água é igual ao peso de. Ou é o volume que é igual ao peso? É uma lei mais ou menos assim. Vance no colégio secundário arrebentando as juntas dos dedos, ensinando. O currículo colegial. Currículo arrebentante. Que é realmente peso quando se diz o peso? Vinte e dois pés por segundo, por segundo. Lei da queda dos corpos: por segundo, por segundo. Todos caem ao chão. A terra. É a força da gravidade da terra que é o peso.

Deu uma volta e cruzou calmo a rua. Como andava ela com as suas salsichas? Como esse algo assim. No que andava tirou o *Freeman* dobrado do bolso do lado, desdobrou-o, enrolou-o longitudinalmente como um bastão e batia com ele contra as calças a cada passada compassada. Ar descuidado: basta entrar para ver. Por segundo, por segundo. Por segundo significa a cada um segundo. Do meio-fio ele dardejou um olhar penetrante através da porta do correio. Caixa da última entrega. Enfiar aqui. Nem um. Entra.

Ele entregou o cartão pela grade de latão.

— Há alguma carta para mim? — perguntou.

Enquanto a moça do correio buscava num escaninho ele mirava um cartaz de recrutamento com soldados de todas as armas em parada: e pôs a ponta do seu bastão contra as narinas, sentindo o cheiro de pasta de papel recém-impresso. Sem resposta provavelmente. Ele fora longe demais na última vez.

A moça do correio deu-lhe de volta pela grade de latão seu cartão com uma carta. Ele agradeceu e olhou rápido para o envelope dactilografado.

Senhor Henry Flower,
a/c da P. R. de Westland Row,
Nesta.

Respondeu de todos os modos. Deslizou cartão e carta dentro do bolso do lado, passando em revista de novo os soldados em parada. Onde está o regimento do velho Tweedy? Soldado refugado. Ali: morrião ursino e pluma eréctil. Não, é um granadeiro. Punhos pontudos. Lá está ele: fuzileiros reais de Dublin. Rubritúnicas. Muito chamativos. Isso deve ser o porquê as mulheres caem por eles. Uniforme. Mais fácil de alistar-se e enquadrar-se. A carta de Maud Gonne com respeito a retirá-los da rua O'Connell durante a noite: desprimor da nossa capital irlandesa. O jornal de Griffith bate na mesma tecla agora: um exército apodrecido de moléstias venéreas: império de ultramarinos ou de ultrabebidos. Parecem da mesma meia fornada: como que hipnotizados. Olhos fixos à frente. Marcar passo. Frágil: ágil.

Leito: eito. Os del-rei. Nunca vê-lo vestido de bombeiro ou de polícia. Um maçom, sim.

Perandou da agência do correio para fora e tomou a direita. Falar: como se isso endireitasse as coisas. Sua mão penetrou o bolso e o indicador fez caminho por sob a dobra do envelope estraçalhando-a em pedaços. As mulheres estão prestando toda a atenção, não o creio. Seus dedos retiraram a carta e esmagaram o envelope dentro do bolso. Algo alfinetado: uma foto talvez. Cabelo? Não.

M'Coy. Livra-te dele logo. Tira-me do meu caminho. Odeia-se companhia quando se.

— Alô, Bloom. Para onde está indo?

— Alô, M'Coy. Sem rumo certo.

— Como vai essa saúde?

— Bem. E você?

— Vai-se vivendo — disse M'Coy.

Os seus olhos na gravata e roupa pretas, ele perguntou baixo com deferência:

— Alguma... nenhuma notícia má, espero. Eu o vejo...

— Oh, não! — disse o senhor Bloom. — Pobre Dignam, lembre-se. O enterro é hoje.

— É verdade, pobre coitado. É hoje. A que horas?

Uma foto não é. Talvez uma senha.

— On... onze — respondeu o senhor Bloom.

— Preciso ver se dou um pulo lá — disse M'Coy. — Onze, não é? Só soube disso ontem à noite. Quem foi que me disse? Holohan. Conhece o Hoppy?

— Conheço.

O senhor Bloom olhava através da rua para um cabriolé parado em frente do Grosvenor. O carregador içava a valise para o passadiço. Ela estava parada, esperando, enquanto o homem, marido, irmão, parecido a ela, buscava nos bolsos por miúdos. Espécie de casaco estilizado com aquela gola enrolada, quente para um dia como este, parece como se de pano de cobertor. Postura desenvolta a dela com as mãos naqueles bolsos externos. Como aquela criatura arrogante na partida de polo. Mulheres, todas são pela posição, até que se toque no ponto. É bom e faz bem. Reserva a ponto de virar entrega. A honrada senhora e o Brutus é um honrado homem. Possuí-la uma vez é quebrar-lhe a rigidez.

— Eu estava com Bob Doran, está aqui numa das suas vindas periódicas e com, como se chama, Bantam Lyons. Exatamente por ali no Conway estávamos.
Doran, Lyons, no Conway. Ela levantou uma mão enluvada à cabeleira. Aí chegou o Hoppy. Com um copo. Inclinando para trás a cabeça e mirando de longe por baixo de suas pálpebras veladas ele via a nítida pele amorável brilhar num resplendor de hastes engalanadas. Hoje posso ver claramente. Humidade ambiente aumenta a visão talvez. Falando de uma coisa ou de outra. Mão de dama. De que lado irá ela subir?
— E ele disse: *Coisa triste essa com nosso pobre amigo Paddy!* Que Paddy?, disse eu. *Pobrezinho do Paddy Dignam*, disse ele.
A caminho do campo: Broadstone provavelmente. Botinas altas castanhas com borlas pendentes. Pé bem feiçoado. Que está ele forjicando com aqueles miúdos? Ela percebeu-me olhando. Olho pronto por outro sujeito sempre. Bom recurso. Duas cordas para o arco dela.
— O quê?, disse eu. *Que é que não vai com ele?*, disse eu.
Orgulhosa: rica: meias de seda.
— Sim — disse o senhor Bloom.
Deslocou-se um pouco para o lado da cabeça falante de M'Coy. Subindo num minuto.
— *Que é que não vai com ele?*, disse ele. *Ele está morto*, disse ele. E, por Deus, ele virou o copo. *O Paddy Dignam?*, disse eu. Não podia acreditar no que ouvia. Eu havia estado com ele na última sexta-feira pelo menos ou mesmo quinta-feira no Arch. *Sim*, disse ele. *Foi-se. Morreu na segunda-feira, o pobre coitado.*
Olha! Olha! Relampejo de seda ricas meias brancas. Olha!
Um pesado bonde bimbalhando seu sino se interpôs.
Perdido. Maldito seja tua bulhenta venta. A gente se sente como fechado fora. Paraíso e a peri. Sempre acontecendo assim. No exato momento. A garota na rua Eustace no corredor. Segunda-feira foi, ajustando a liga dela. Sua amiga cobrindo a mostra de. *Esprit de corps.* Bem, que é que aí está de boca aberta?
— Sim, sim — disse o senhor Bloom depois de um suspiro desalentado.
— Outro que se vai.
— Um dos melhores — disse M'Coy.
O cabriolé passava. Eles rumavam para a ponte de Loop Line, sua mão ricamente enluvada sobre o apoio de aço. Tremeluz, tremeluz: o plumitrêmulo de seu chapéu ao sol: tremeluz, treme.

— A esposa bem, espero? — disse a voz agora mudada de M'Coy.
— Oh, sim — disse o senhor Bloom. — De primeira, obrigado.
Desdobrou o bastão de jornal negligentemente e negligentemente leu:

> *Que é um lar, leitor discreto,*
> *Sem Carne-Pasta Cereja?*
> *Incompleto.*
> *Com ela? Canto de gozo.*

— Minha cara-metade está em via de obter um contrato. É verdade que ainda não está fechado.
Golpe de valise de novo. A propósito nenhum inconveniente. Não estou nisso, obrigado.
O senhor Bloom volveu seus olhos pestanudos com amizade não sôfrega.
— Minha mulher também — disse ele. — Vai cantar numa função de classe na sala de Ulster, Belfast, no dia vinte e cinco.
— Ah, é? — disse M'Coy. — Encantado de saber, meu velho. Quem está organizando a coisa?
Senhora Marion Bloom. Ainda não de pé. A rainha estava no quarto de dormir comendo pão e. Nada de livro. Cartas de baralho encardidas jaziam perto de suas ancas em filas de sete. Dama morena e homem louro. Gata peluda bolinha negra. Banda estraçalhada de envelope.

> *Do amor*
> *Velha*
> *Doce*
> *Canção*
> *Ah, vem do amor velha...*

— É uma espécie de excursão, compreende? — disse reflexivamente o senhor Bloom. — Doce canção. Há uma comissão formada. Despesas divididas e lucros divididos.
M'Coy aquiescia, pinçando do restolho do bigode.
— Muito bem — disse ele. — Isso é que é boa notícia.
Mexeu-se para partir.
— Bem, prazer em tê-lo visto em forma — disse ele. — Espero vê-lo por aí a qualquer momento.

— Sim — disse o senhor Bloom.
— Vou pedir-lhe uma coisa — disse M'Coy. — Você podia assinar meu nome no enterro, não podia? Gostaria de ir, mas pode ser que não possa, compreende? Há um caso de afogamento em Sandycove que pode ser resolvido e então o investigador e eu teremos de ir se o corpo for achado. Basta pôr meu nome se lá não estou, sim?
— Farei — disse o senhor Bloom, mexendo-se para partir. — Esteja tranquilo.
— Bem — disse M'Coy vivamente. — Obrigado, meu velho. Eu iria se pudesse. Bem, até. Apenas C. P. M'Coy bastará.
— Farei isso — respondeu o senhor Bloom firmemente.
Não me pegou cochilando esse fuxiqueiro. A estocada ligeira. Alvo macio. Gostei da parada. Valise pela qual tenho preferência especial. Couro. Cantos reforçados, bordos rebitados, fechadura de lingueta de acção dupla. Bob Cowley emprestou a ele a sua para o concerto da regata de Wicklow no ano passado e até hoje espera notícias dela desde aquele dia.

O senhor Bloom, flanando em direção da rua Brunswick, sorria. Minha cara-metade está em via de. Soprano cana rachada. Nariz de embono. Boazinha a seu modo: para uma romanza menor. Pouca garganta para a coisa. Tu e eu, não é mesmo? No mesmo barco. Um vaselina. Se lhe desse mais linha ele teria. Mas será que ele não ouve a diferença? Creio que ele gosta da coisa daquela maneira. De qualquer jeito é o contrário de mim. Acreditei que Belfast lhe tapasse a boca. Espero que a varíola que vai por lá não tenha aumentado. Imagino que ela não se deixará vacinar de novo. Tua mulher e minha mulher.

Estará ele bisbilhotando-me?

O senhor Bloom parou na esquina, seus olhos errando por sobre os anúncios multicores. *Ginger ale* de Cantrell e Cochrane (aromática). Liquidação de verão do Clery. Não, ele se foi de vez. Olá. *Leah* hoje à noite: com a Bandman Palmer. Gostaria de vê-la de novo nisso. *Hamlet* foi o que ela interpretou ontem à noite. Representou de homem. Talvez ele fosse uma mulher. Por que Ofélia se suicidou? Pobre papai! Como falava sobre Kate Bateman nesse papel! Fora do Adelphi de Londres esperava a tarde toda para poder entrar. Um ano antes de eu ter nascido: sessenta e cinco. E a Ristori em Viena. Qual é mesmo o nome? É de Mosenthal. *Raquel*, será? Não. A cena de que ele falava sempre era quando Abraão velho cego reconhece a voz e põe o dedo no rosto dele.

— A voz de Natan! A voz de seu filho! Ouça a voz de Natan que deixou seu pai morrer de mágoa e miséria nos meus braços, que abandonou a casa do seu pai e abandonou o Deus de seu pai.
Cada palavra é tão profunda, Leopold.
Pobre papai! Pobre homem! Estou contente de não ter entrado no quarto para ver seu rosto. Aquele dia! Meu Deus! Meu Deus! Uf! É, talvez tenha sido melhor para ele.
O senhor Bloom dobrou a esquina e cruzou pelos matungos esfalfados da estação. Já não adianta pensar mais nisso. Hora da cevadeira. Desejava não ter encontrado esse tipo de M'Coy.
Aproximava-se mais perto e ouvia o triturar de aveias douradas, os plácidos dentes mastigando. Seus anchos olhos de gazela acompanhavam-no no que ele seguia, em meio à doce exalação avenada de mijada de cavalo. O Eldorado deles. Pobres jagunços! Uma ova se eles procuram saber ou preocupar-se com o que quer que seja com suas longas fuças mergulhadas nas cevadeiras. Cheios demais para palavras. Ainda assim conseguem sua ração e sua guarida. Castrados também: um coto de guta-percha negra balançando fofo entre os quartos. Pode ser que sejam felizes do mesmo modo ainda assim. Parecem pobres bons brutos. Ainda que seu relincho possa ser muito irritante.
Retirou a carta do bolso e enrolou-a no jornal que levava. Poderia topar com ela por aqui. A alameda é mais segura.
Passou pelo refúgio dos cocheiros. Curiosa a vida dos cocheiros à deriva, por todos os tempos, todos os lugares, à hora ou por combinação, sem vontade própria. *Voglio e non*. Gosto de dar-lhes um cigarro às vezes. Sociáveis. Gritam umas poucas sílabas volantes no que passam. Ele cantarolou:

Là ci darem la mano
La la lala la la.

Virou-se para a rua Cumberland, avançando algumas passadas, parou ao quebra-vento do muro da estação. Ninguém. Depósito de madeirame do Meady. Vigas empilhadas. Ruínas e cortiços. Com passos cuidadosos ele atravessou por cima de uma pista de amarelinha com seus traços abandonados. Nenhum pecador. Perto do depósito um garoto acocorado com bolas de gude, sozinho, atirando à búrica com seu peritopolegar. Uma sábia

bichaninha, esfinge piscapiscante, olhava de seu canto quente. Uma pena incomodá-los. Maomé cortou um pedaço de seu manto para não despertá-la. Abre isso. E uma vez joguei bolinhas de gude quando frequentava a escola daquela velha senhora. Ela gostava de resedá. A senhora Ellis. E o senhor? Abriu a carta por dentro do jornal.
    Uma flor. Creio que é uma. Uma flor amarela com pétalas esmagadas. Não magoada então? Que é que ela diz?

Querido Henry,
    Recebi sua última carta e lhe agradeço muito por ela. Estou triste que você não gostou da minha última carta. Por que enviou os selos? Estou terrivelmente magoada com você. Gostaria de poder castigar você por isso. Lhe chamei de garoto travesso porque não gosto desse outro nome. Por favor diga-me qual é o verdadeiro sentido desse nome. Você não é feliz em casa, meu garotinho travessinho? Gostaria tanto de fazer alguma coisa por você. Por favor diga-me o que é que você pensa desta pobrezinha. Sempre penso no bonito nome que você tem. Querido Henry, quando é que estaremos juntos? Você não pode imaginar quanto penso em você. Nunca me senti tão atraída por um homem quanto por você. Sinto-me tão transtornada com isso. Por favor me escreva uma carta longa e me fale de muitas coisas. Lembre-se que se você não fizer eu lhe castigarei. Agora você já sabe o que lhe farei, meu garoto travesso, se você não escrever. Oh, como desejo encontrar-me com você. Henry querido, não me negue meu desejo antes que minha paciência esteja esgotada. Então vou dizer tudo a você. Adeus então, meu querido travesso. Hoje estou com uma dor de cabeça terrível e escreva-me pela volta do correio *a esta sua saudosa*

                                                                Martha.

P.S. Me diga sim que espécie de perfume sua mulher usa. Quero saber.

Arrancou com gravidade a flor do alfinete, cheirou seu quase não cheiro e colocou-a no bolso contra o coração. Linguagem de flores. Gosta-se dela porque ninguém ouve. Ou um ramalhete venenoso para fulminá-lo. Então, avançando lentamente, leu a carta de novo, murmurando aqui e ali uma palavra. Túlipas zangadas como você querido homenflor castigar seu cáctus se você não agradar pobrezinho não-me-esqueças quanto almejo violetas para queridas rosas quando nós breve anêmona encontrar tudo travesso pedúnculo esposa perfume de Martha. Tendo-a lido toda, separou-a do jornal e a repôs no bolso do lado.

Tímida alegria abria-lhe os lábios. Mudada desde a primeira carta. Pergunto escreveu-a ela mesma. Fazendo de ofendida: uma menina de boa família como eu, pessoa respeitável. Podíamos encontrar num domingo depois do rosário. Obrigada: à falta de outrem. Escaramuça amorosa habitual. Depois enfurnando pelas esquinas. Ruim como rixa com Molly. Charuto tem efeito calmante. Narcótico. Ir adiante na próxima vez. Menino travesso: castigar: medo das palavras, é natural. Brutal, por que não? Tentá-lo de todos os modos. Um pouquinho de cada vez.

Dedilhando ainda a carta no bolso ele retirou dela o alfinete. Alfinete comum, né? Jogou-o no pavimento. Tirado de algum lugar de suas roupas: presas a alfinete. Espantoso o número de alfinetes que elas sempre trazem. Não há rosas sem espinhos.

Vozes da Dublin periférica apregoavam na sua cabeça. Aquelas duas galinhas naquela noite no Coombe, colando-se uma à outra sob a chuva.

Oh, a Maria perdeu o alfinete das calças.
Não sabia o que fazer
Para aquilo não cair.
Para aquilo não cair.

Aquilo? Elas. Que terrível dor de cabeça. Está de paquete provavelmente. Ou sentada o dia todo dactilografando. Olhos fixos ruim para nervos do estômago. Que perfume sua mulher usa? Bem, podias fazer semelhante coisa?

Para aquilo não cair.

Martha, Maria. Vi aquele quadro em algum lugar de que não me lembro agora mestre antigo ou falsificação por dinheiro. Ele está sentado na casa delas, falando. Misterioso. Até as duas galinhas do Coombe ouviriam.

Para aquilo não cair.

Bela espécie de sensação da tarde. Não mais vagabundear. Apenas reclinar-se ali: entardecer tranquilo: deixar passar as coisas. Esquecer. Falar de lugares em que estiveste, costumes exóticos. A outra, jarra à cabeça, estava preparando a ceia: frutas, azeitonas, água fresca amorável do poço de frigipedra como o buraco no muro de Ashtown. Preciso levar um copo de papel a próxima vez que eu for às corridas de trote. Ela ouve com grandes doces olhos sombrios. Conta-lhe: mais e mais: tudo. Então um suspiro: silêncio. Longo longo longo repouso.

Indo por debaixo do arco ferroviário ele retirou o envelope, picou-o rápido em pedaços e espalhou-os na direcção do leito. Os pedaços voltearam, se imergiram no ar húmido: um branco volteio seguido de uma imersão geral.

Henry Flower. Podias picar um cheque de cem libras do mesmo modo. Simples pedaço de papel. Lorde Iveagh uma vez recebeu no Banco da Irlanda por um cheque septialgarísmico um milhão. Mostra-lhe o dinheiro que se pode fazer da pórter. Ainda que o irmão outro lorde Ardilaun tenha de mudar de camisa quatro vezes ao dia, diz-se. Pele que gera piolhos ou vérmina. Um milhão de libras, espera um instante. Dois pences por quartilho, quatro pences por quarto, oito pences por galão de pórter, não, um e quatro pences por galão de pórter. Um e quatro em vinte: cerca de quinze. Sim, exactamente. Quinze milhões de barris de pórter.

Como estou eu dizendo barris? Galões. Cerca de um milhão de barris de todos os modos.

Um trem superveniente ribombou pesadamente por sobre a sua cabeça, vagão após vagão. Barris entrechocaram-se-lhe na cabeça: pórter baça agitava-se e transbordava-se dentro. As buchas abrissaltavam-se e um imenso jorro baço exfiltrava-se, num fluxo único, serpeando entre barreiras por sobre todo o nível da terra, um indolente remoinho alagante de bebida arrastando larguipetaladas flores da sua espuma.

Ele havia atingido a posporta aberta da Todos os Santos. Galgando adentro o pórtico removeu o chapéu, retirou o cartão do bolso e escondeu-o de novo por baixo da carneira de couro. Diabo. Podia ter tentado conseguir de M'Coy um passe para Mullingar.

Mesmo aviso à porta. Sermão do reverendíssimo John Conmee S. J. sobre São Pedro Claver e a missão africana. Salve os milhões da China. Pergunto-me como se explicam aos chinos pagãos. Preferem uma onça de ópio. Celestes. Crua heresia para eles. Preces pela conversão de Gladstone fizeram também quando ele já estava quase inconsciente. Os protestantes a mesma coisa. Converter o dr. William J. Walsh D.D. à verdadeira religião. Buda deus deles jacente de lado no museu. Sem se afobar com a mão no queixo. Sacraromatipauzinhos queimando. Não como Ecce Homo. Coroa de espinhos e cruz. Ideia inteligente São Patrício o trevo. Comestipauzinhos? Conmee: Martin Cunningham o conhece: aparência distinta. Pena que não o dobrei para que Molly entrasse no coro em lugar do padre Farley que parecia um bobo mas não era. São ensinados para isso. Ele não está indo de óculos azulados com o suor a rolar para baptizar negros, está? Os vidros soltariam a fantasia deles, reverberando. Gosto de vê-los sentados à roda com beiçolas grossas, maravilhados, escutando. Natureza morta. Lambem isso como leite, presumo.

A fria exalação da pedra sacra o atraía. Subiu os degraus gastos, empurrou a porta de vaivém e entrou maciamente pelos fundos.

Algo em curso: alguma irmandade. Pena tão vazio. Belo lugarzinho discreto para ficar ao lado de uma garota. Quem é minha vizinha? Apinhados por horas para música lenta. Aquela mulher na missa da meia-noite. Sétimo céu. Mulheres ajoelhadas nos banquinhos com cabrestos carmesins à volta do pescoço, cabeças pendidas. Uma fornada ajoelhada às grades do altar. O padre ia ao longo delas, murmurando, segurando a coisa nas mãos. Parava a cada uma, retirava uma hóstia, sacudia uma gota ou duas (elas ficam em água?) dela e punha-a limpamente na sua boca. Chapéu e cabeça dela mergulhavam. Então a seguinte: uma velhinha pequenina. O padre se inclinava para pô-la na sua boca, murmurando todo o tempo. Latim. A seguinte. Fecha os olhos e abre a boca. O quê? *Corpus*. Corpo. Cadáver. Boa ideia o latim. Estupidifica-as primeiro. Refúgio para os moribundos. Elas não parecem mastigá-la; apenas a engolem. Ideia gozada: comendo pedaços dum cadáver pelo que os canibais concordam com aquilo.

Plantou-se do lado olhando as suas máscaras cegas passar pela nave lateral, uma a uma, e procurar seus lugares. Aproximou-se de um banco e sentou-se no seu extremo, afagando seu chapéu e jornal. Estes canos que a gente tem de usar. A gente devia ter chapéus modelados segundo a cabeça da gente. Elas estavam à volta dele aqui e ali, as cabeças ainda inclinadas com seus cabrestos carmesins, esperando que a coisa se derretesse no estômago. Algo assim como aqueles mazotes: é daquela espécie de pão: pão ázimo da proposição. Vê-as. Até que aposto que a coisa as faz sentir felizes. No duro. Faz. Sim, pão dos anjos, é como lhe chamam. Uma bela ideia existe por trás disso, uma espécie de reino de Deus está dentro se sente. Primeiros comungantes. Sorvete de tostão a casquinha. Então se sentem todos como numa reunião em família, como no mesmo teatro, todos no mesmo tanque. Sentem sim. Tenho certeza. Não tão sós. Na nossa confraternidade. Então lhes vem um baita alívio. Deixa escapar a pressão. A coisa é se se crê realmente. Cura de Lourdes, águas do esquecimento, e a aparição de Knoch, estátuas sangrando. Sujeito velhote dormindo perto do confessionário. Daí aqueles roncos. Fé cega. Seguro nos braços do reino, vem. Aplaca toda dor. Acorda neste instante daqui a um ano.

Viu o padre esconder a taça da comunhão, bem no fundo, e ajoelhar-se um instante diante, mostrando uma larga sola cinzenta por debaixo do troço rendado que vestia. Imagino se ele perdesse o alfinete da dele. Não saberia o que fazer. Rodela careca atrás. Letras nas suas costas I.N.R.I.? Não: I.H.S. Molly explicou-me uma vez que lhe perguntei: isso? homem! sacrilégio: ou não: isso? homem! sofrimento, aí está. E as outras? Impuseram nele rudes infâmias.

Encontrar um domingo depois do rosário. Não me negue meu desejo. Apareça com um véu e uma bolsa preta. Lusco-fusco e esplendor por trás dela. Ela podia estar aqui com uma faixa em torno no pescoço e fazer a outra coisa de mansinho. A reputação delas. Aquele sujeito que apresentou provas reais contra os invencíveis costumava receber a, seu nome era Carey, a comunhão toda manhã. Esta igreja mesma. Peter Carey. Não, Peter Claver é o que estou pensando. Denis Carey. E imagina só isso. Mulher e seis crianças em casa. E tramando aquele assassínio todo tempo. Esses quebra-pescoços, aí está um bom nome para eles, há sempre algo escuso neles. Não são tampouco homens de negócio direitos. Oh, não, ela não está aqui: a flor: não, não. A propósito, rasguei aquele envelope? Sim: debaixo da ponte.

O padre estava enxugando o cálice: então ele tragou as sobras espertamente. Vinho. Faz a coisa mais aristocrática do que se por exemplo ele bebesse o que os que estão acostumados à pórter Guinness ou alguma bebida não alcoólica amargo de lúpulo Dublin de Wheatley ou *ginger ale* de Contrell e Cochrane (aromática). Não se lhes dá nada disso: vinho da proposição: só o outro. Triste consolo. Fraude piedosa mas muito bem: de outro modo teriam um beberrão pior do que outro vindo em fila, filando um trago. Estranha a atmosfera toda de. Muito bem. Perfeitamente bem é o que é.

O senhor Bloom olhou para trás para o coro. Não ia haver música. Pena. Quem será que toca o órgão aqui? O velho Glynn esse sabia fazer aquele instrumento falar, o *vibrato*: cinquenta libras por ano diz-se que ele conseguia na rua Gardiner. Molly estava com óptima garganta naquele dia, o *Stabat Mater* de Rossini. Primeiro o sermão do padre Bernard Vaughan. Cristo ou Pilatos? Cristo, mas não fique a noite toda nisto. Música é o que se queria. O rasca-pé cessara. Poder-se-ia ouvir cair um alfinete. Recomendei-lhe que concentrasse a voz contra aquele canto. Eu podia sentir a emoção no ar, em pleno, o povo olhando para cima:

Quis est homo!

Alguma coisa dessas velhas músicas sacras é esplêndida. Mercadante: as sete últimas palavras. Duodécima missa de Mozart: desta a *Glória*. Aqueles velhos papas eram entendidos em música, em arte e estátuas e pinturas de todas as espécies. Palestrina também por exemplo. Tiveram bons velhos tempos no que duravam. Saudável também cantando, horas canônicas, depois fermentar licores. Benedictine. Chartreuse verde. Ainda assim, ter eunucos no seu coro era forçar um pouco. Que espécie de voz é isso? Deve ser curioso ouvir depois da de seus baixos profundos. Connoisseurs. Suponhamos que eles não sentissem nada depois. Uma espécie de placidez. Nada de preocupações. Ganham em carnes, não é? Glutões, altos, pernas compridas. Quem sabe? Eunuco. Talvez uma saída.

Viu o padre curvar-se e beijar o altar e então revirar-se e abençoar todo mundo. Todos se persignaram e se levantaram. O senhor Bloom observou ao redor e então se levantou, olhando para os chapéus. Ficar em pé ao evangelho por certo. Então todos se puseram de joelhos de novo e ele se sentou tranquilamente no seu banco. O padre desceu do altar, segurando bem na frente a coisa, e ele e o coroinha responderam um ao outro em latim. Então o padre se ajoelhou e começou a ler de um cartão:

— Ó Deus, nosso refúgio e nossa força...

O senhor Bloom avançou o rosto para pegar as palavras. Inglês. Atira-lhes o osso. Lembro-me vagamente. Faz quanto desde a tua última missa? Glória e virgem imaculada. José seu esposo. Pedro e Paulo. Mais interessante quando se entende tudo a que se refere. Organização maravilhosa sem dúvida, anda como relógio. Confissão. Todos querem fazer uma. Então eu lhe direi tudo. Penitência. Puni-me, por favor. Arma poderosa nas mãos deles. Mais do que doutor ou advogado. Mulher morrendo por. E eu chichichichichichi. E minha filha chachachachacha? E por que o fez? Olha para a aliança dela para encontrar uma desculpa. Muros murmurantes da galeria têm ouvidos. O marido sabe para sua surpresa. Pequena brincadeira de Deus. Então ela sai. Arrependimento flordapele. Vergonha adorável. Reza ante um altar. Salve Maria e Santa Maria. Flores, incenso, velas derretendo. Escondem seu rubor. Exército da salvação zabumbante imitação. Prostituta regenerada falará na reunião. Como encontrei o Senhor. Sujeitos de crânio esses que devem estar em Roma: organizam todo o espetáculo. E não sugam dinheiro também? Legados também: ao P.P. para todos os tempos em sua discrição absoluta. Missas pelo repouso de minha alma serão rezadas publicamente de portas abertas. Mosteiros e conventos. O padre no caso da disposição testamentária de Fermanagh no banco das testemunhas. Não havia como intimidá-lo. Tinha adequação de resposta para tudo. Liberdade e exaltação de nossa Santa Madre Igreja. Os doutores da Igreja: eles lhe consolidaram toda a teologia.

O padre rezava.

— Bem-aventurado Miguel, arcanjo, defende-nos na hora do conflito. Sê nossa salvaguarda contra a maldade e as ciladas do Demônio (queira Deus contê-lo, humildemente oramos): e tu, ó príncipe das hostes celestiais, pelo poder de Deus arremessa Satã para as fundas do Inferno e com ele aqueles outros espíritos malignos que erram pelo mundo para a ruína das almas.

O padre e o coroinha ergueram-se e retiraram-se. Tudo acabado. As mulheres ficavam atrás: em ação de graças.

Melhor sair acotovelando-me. Irmão Zumbido. Vem por aí com o prato talvez. Dai vosso óbolo de Páscoa.

Ele se levantou. Ué. Estavam estes dois botões do meu colete todo o tempo desabotoados. As mulheres se deleitam com isso. E se zangam se tu não. Por que não me avisou antes. Nunca avisam. Mas nós. Desculpe, senhorita, aí há uma (Ahn) apenas uma (Ahn) peninha. Ou suas saias por trás, a maneira desganchada. Vislumbres da lua. Gosto mais ainda de você um pouquinho desalinhavada. Ainda bem que não era um pouco mais ao sul. Atravessou, abotoando-se discretamente por toda a nave lateral e pela porta principal até a luz. Ficou por instantes sem ver perto da fria pia de mármore negro enquanto à frente e atrás dele duas devotas mergulhavam

furtivas mãos na baixa-mar da água benta. Bondes: um carro da tinturaria Prescott: uma viúva nos seus crepes. Noto porque eu também estou
de luto. Ele cobriu a cabeça. Que horas são? E um quarto. Ainda muito
tempo. Melhor encomendar aquela loção. Onde é? Ah, sim, a última vez.
No Sweny na praça Lincoln. Os farmacêuticos raramente se mudam. Seus
jarrões-faróis verdes e dourados demasiado pesados para deslocar. A de
Hamilton Long, fundada no ano do dilúvio. Adro huguenote ali perto.
Visitá-lo um dia destes.

Andava rumo sul pelo casario de Westland. Mas a receita está na outra
calça. Oh, e esqueci-me da chave da frente também. Chatice esse negócio de
enterro. É, sim, coitado, a culpa não é dele. Quando é que fiz uma encomenda
pela última vez? Espera. Troquei um soberano recordo-me. Primeiro ou dois
do mês deve ter sido. Ora ele pode verificar no livro de receitas.

O farmacêutico virava atrás página após página. Ele parece que tem cheiro de areia esturricada. Crânio minguado. E velho. Busca da pedra filosofal.
Os alquimistas. As drogas provocam envelhecimento depois de excitação
mental. Letargia, pois. Por quê? Reação. O tempo de uma vida numa noite.
Gradualmente teu temperamento se modifica. Viver o dia inteiro entre ervas,
unguentos, desinfectantes. Todos os seus puripotes de alabastro. Almofariz e
pilão. Aq. Dist. Fol. Laur. Te Virid. Cheiro quase cura tal como campainha
de porta de dentista. Artimanhas de doutor. Que devia receitar mezinha a si
mesmo um pouco. Electuário ou emulsão. O primeiro sujeito que escolheu
uma erva para tratar a si mesmo teve um pedaço de coragem. Símplices.
Deve-se ter cuidado. Aqui há o bastante para a gente se cloroformizar. Ensaio:
o papel tornassol azul vira vermelho. Clorofórmio. Sobredose de láudano.
Pílulas soporíferas. Filtros de amor. Xarope peregórigo de papoula, ruim
para tosse. Tapa os poros ou a flegma. Venenos as únicas curas. Remédio
onde menos se espera. Esperteza da natureza.

— Cerca de quinze dias atrás, senhor?
— Sim — disse o senhor Bloom.

Esperava junto ao balcão, aspirando a exalação penetrante das drogas, o
cheiro seco e poeirento de esponjas e buchas. Um tempão gasto contando-se
dores e sofrimentos.

— Óleo de amêndoa doce com tintura de benjoim — dizia o senhor
Bloom — e então água de flor de laranjeira...

Isso certamente fizera na pele dela o tão delicado branco de cera.

— E cera branca também — disse ele.
Ressalta o sombrio dos olhos dela. Olhando-me, o lençol quase aos seus olhos, espanhola, cheirando-se a si mesma, quando eu estava pondo as abotoaduras nos meus punhos. Essas receitas caseiras são quase sempre as melhores: morangos para os dentes: urtiga e água de chuva: farinha de aveia, dizque, em infusão de leitelho. Alimento da cútis. Um dos filhos da velha rainha, o duque de Albany, não é?, tinha só uma pele. Sim, Leopold. Nós temos três. Verrugas, joanetes e espinhas para fazer a coisa pior. Mas queres um perfume também. Qual é o teu perfume? *Peau d'Espagne*. Aquela flor de laranjeira. Sabonete creme puro. A água fica tão fresca. Cheiro agradável têm esses sabonetes. Tempo para tomar um banho ali na esquina. Hammam. Turco. Massagem. O sujo faz rolinhos no teu umbigo. Mais gostoso seria se fosse por uma garota gostosa. Eu penso até que eu. Sim, eu. Fazê-lo no banho. Gozado de desejo eu. Água na água. Combinar dever com prazer. Pena não ter tempo para massagem. Então refresca para o dia todo. Enterro é coisa mais para o deprimente.
— Sim, senhor — disse o farmacêutico. — Ficou por dois e nove. Trouxe um frasco?
— Não — disse o senhor Bloom. — Prepare-a, por favor. Voltarei mais tarde hoje e vou levar também um daqueles sabonetes. Quanto custam?
— Quatro pences, senhor.
O senhor Bloom levou um sabonete às narinas. Cera limão-doce.
— Quero este aqui — disse. — Isto faz três e um pence.
— Sim, senhor — disse o farmacêutico. — Pode pagar tudo quando vier, senhor.
— Bem — disse o senhor Bloom.
Retirou-se calmamente da loja, o bastão de jornal no sovaco, o sabonete fresquenvolto na mão esquerda.
Ao seu sovaco, voz e mão de Bantam Lyons disseram:
— Alô, Bloom, quais são as boas-novas? É de hoje? Mostre-me um instante.
Raspado no bigode de novo, por Júpiter! Longo frio lábio superior. Para parecer mais jovem. Parece mesmo viçoso. Mais novo que eu.
Os amarelos dedos nigrungulados de Bantam Lyons desdobravam o bastão. Precisa de um banho também. Tirar o sujo grosso. Bom dia, fez uso do sabonete Pears? Caspa nos ombros dele. O couro cabeludo necessita de um óleo.

— Quero saber sobre esse cavalo francês que corre hoje — disse Bantam Lyons. — Onde é que está o patife?
Ele farfalhava as páginas pregueadas, projetando o queixo muito além do colarinho alto. Irritação de escanhoamento. Colarinho apertado, vai perder os cabelos. Melhor deixar com ele o jornal e livrar-me dele.
— Pode ficar com ele — disse o senhor Bloom.
— Ascot. Taça de ouro. Espere — murmurava Bantam Lyons. — Um instânti. Maximum segundo.
— Mas eu ia jogar fora — disse o senhor Bloom.
Bantam Lyons levantou de repente os olhos que de soslaio luziam uma pontinha de malícia.
— O quê? — disse em voz cortante.
— Eu disse que você pode ficar com ele — respondeu o senhor Bloom. — Eu ia jogar fora naquele instante.
Bantam Lyons vacilou um momento, ainda de esguelha; então, atirou de volta as folhas soltas nos braços do senhor Bloom.
— Vou arriscar — disse ele. — Tome, obrigado.
Precipitou-se para a esquina da Conway. Pernas pra que te quero.
O senhor Bloom dobrou as folhas de novo num quadrado perfeito e neste alojou o sabonete, sorrindo. Que lábios engraçados o desse sujeito. Apostando. Mania geral ultimamente. Garotos de recado roubando para fazerem uma fezinha de seis pences. Rifa de um grande tenro peru-da-anatólia. Sua ceia de Natal por três pences. Jack Fleming fazendo um desfalque para jogar e em seguida contrabandeando-se para a América. Mantém um hotel agora. Nunca retornam. Caldeirada de carne do Egito.
Andava eufórico rumo da mesquita de banhos. Lembra-te uma mesquita, tijolos rubricozidos, os minaretes. Jogos intercolegiais hoje pelo que vejo. Remirou a ferradura-cartaz por sobre o portão do estádio do colégio: ciclista enroscado como bacalhau numa panela. Eta cartaz ruim. Mas se o tivessem feito redondo como uma roda. Em seguida nos raios: desportos, desportos, desportos: e no eixo grande: colégio. Algo para ferir a vista.
Lá está Cornussopra postado na cabina de porteiro. Tê-lo nas minhas mãos: podia dar uma volta lá dentro num cochicho dele. Como vai, senhor Cornussopra? Como vai o senhor?
Tempo celestial realmente. Se a vida fosse sempre assim. Tempo para críquete. Sentar em roda debaixo de para-sóis. Serviço após serviço. Fora.

Não sabem jogá-lo aqui. Zero a seis tentos. Ainda assim o capitão Buller quebrou uma vidraça do clube da rua Kildare com um golpe contra a lateral. Feira de Donnybrook é coisa mais adequada a eles. E as cabeças que se quebraram quando M'Carthy teve a sua vez. Onda de calor. Não vai durar. Passando sempre, a corrente da vida, que na corrente de vida que trilhamos é a mais cara dentre todas.

Goza de um banho agora: limpo côncavo d'água, esmalte fresco, o meigo jorro tépido. Este é o meu corpo.

Antevia seu pálido corpo reclinado ali em cheio, nu, num ventre de quentura, ungido de odorante sabonete fundente, lavado suavemente. Via seu corpo e membros ondondulando leve e sustido, boiando levitante, citrinamarelado: seu umbigo, botão de carne: e via escuros cachos emaranhados no seu tufo flutuante, pelo flutuante ao fluxo em torno ao indolente pai de milhões, uma lânguida flor flutuante.

Martin Cunningham, primeiro, meteu sua cabeça encartolada na carruagem rangente e, entrando safo, sentou-se. O senhor Power subiu em pós dele, dobrando sua altura com cuidado.

— Suba, Simon.

— Depois de você — disse o senhor Bloom.

O senhor Dedalus cobriu rápido a cabeça e se pôs dentro dizendo:

— Sim, sim.

— Já estamos todos? — perguntou Martin Cunningham. — Suba, Bloom.

O senhor Bloom entrou e sentou no lugar vago. Puxou a porta após si e bateu-a firme que fechasse firme. Atravessou um braço pela alça e mirou com seriedade pela janela aberta da carruagem para as cortinas abaixadas da avenida. Uma suspensa ao lado: uma velhinha espiando. Nariz alviachatado contra a vidraça. Agradecendo à sua estrela haver sido poupada ainda. Extraordinário o interesse que tomam por um cadáver. Alegres de nos ver partir damos-lhes tamanho trabalho chegando. A tarefa parece convir-lhes. Pisque-dizque pelas esquinas. Pisar perto em pontinhas de pé de medo que se desperte. Então é deixá-lo pronto. Aviá-lo. Molly e a senhora Fleming preparando a cama. Puxe-o mais para o seu lado. Nossa mortalha. Nunca se sabe quem te aviará morto. Lavar e pentear. Creio que lhes cortam unhas

e cabelos. Guardam um tico num envelope. Crescem do mesmo modo depois, tarefa suja.
 Todos esperavam. Nada era dito. Carregando as coroas provavelmente. Estou sentado numa coisa dura. Ah, esse sabonete no meu bolso. Melhor retirá-lo daí. Espera uma oportunidade.
 Todos esperavam. Então rodas foram ouvidas de desde a dianteira girando: depois mais perto: depois cascos de cavalo. Uma parada. A carruagem deles começava a andar, rangendo e balançando. Outros cascos e rodas rangentes começavam atrás. As cortinas da avenida passavam e o número nove com sua aldrava crepeada, porta entreaberta. A passo.
 Eles esperavam quietos, seus joelhos batendo, até virarem e acompanharem os trilhos do bonde. Estrada de Tritonville. Mais rápido. As rodas chocalhavam rodando sobre a pavimentação encalhauzada e os vidros folgados chocalhavam nos caixilhos das portinholas.
 — Por que caminho nos levam? — perguntou o senhor Power para ambas as portas.
 — Irishtown — disse Martin Cunningham. — Ringsend. Rua Brunswick.
 O senhor Dedalus assentia, olhando para fora.
 — É um belo velho costume — disse. — Estou satisfeito de ver que não morreu.
 Todos olharam por instante pelas suas janelas bonés e chapéus retirados pelos passantes. Respeito. A carruagem derivou nos trilhos para a estrada mais macia depois da alameda de Watery. O senhor Bloom contemplativo viu um jovem esbelto, coberto de luto, chapéu amplo.
 — Ali está um seu amigo, Dedalus — disse ele.
 — Quem é?
 — Seu filho e herdeiro.
 — Onde está ele? — perguntou o senhor Dedalus, esticando-se de través.
 A carruagem, passando pelos buracos abertos e montículos de piso rasgado ante as casas de habitação colectiva, sacolejou à volta da esquina e, derivando de novo para o leito dos trilhos, rolou-lhes por cima barulhentamente com rodas matraqueadoras. O senhor Dedalus recostou-se, dizendo:
 — Estava com ele esse grosseirão de Mulligan? Seu *fidus Achates*?
 — Não — disse o senhor Bloom. — Ele estava só.
 — Indo para a casa da sua tia Sally, presumo — disse o senhor Dedalus —, o lado Goulding, o bêbedo do contadorzinho e Crissie, o torrãozinho de bosta do papai, garota sabida que conhece o próprio pai.

O senhor Bloom sorriu sem alegria na estrada de Ringsend. Wallace Bros., fabricantes de garrafas. Ponte de Dodder.
Richie Goulding e a valise legal. Goulding, Collis e Ward chama ele a firma. Suas piadas estão se tornando um pouco sebentas. Foi um número. Valsando na rua Stamer com Ignatius Gallaher um domingo de manhã, os dois chapéus da senhoria espetados no crânio. Na farra a noite inteira. Começando a pesar-lhe agora: aquele lumbago dele, imagino. A mulher esquentando-lhe as costas. Pensa que se curará com pílulas. São todos uns panduros. Perto de seiscentos por cento de lucro.
— Ele anda com gente que é uma escória — rosnou o senhor Dedalus. — Esse Mulligan é de cabo a rabo um imundo de danado de rufião inveterado. Seu nome tresanda por toda Dublin. Mas com a ajuda de Deus e sua santa mãe não vou deixar de escrever uma carta um dia destes à mãe ou tia ou que quer que seja dele que abrirá os olhos dela de uma vez por todas. E vou deliciar-me com a sua catástrofe, creiam-me.
Ele gritava mais alto que o estardalhaço das rodas.
— Não permitirei que esse seu bastardo de sobrinho ponha a perder meu filho. Filho de um simples caixeirinho. Vendia fitas na casa do meu primo, Peter Paul M'Swiney. Ah, isto não.
Parou. O senhor Bloom remirava do bigode irado dele ao plácido rosto do senhor Power e aos olhos e barba sacudida gravemente de Martin Cunningham. Autoritário homem bulhento. Cheio de seu filho. Ele tem razão. Algo em quem continuar. Se o pequenino Rudy tivesse vivido. Vê-lo crescer. Ouvir sua voz em casa. Andando ao lado de Molly vestido à Eton. Meu filho. Eu nos seus olhos. Raro sentimento sentia. Oriundo de mim. Apenas um acaso. Deve ter sido naquela manhã no terraço Raymond ela estava à janela, olhando os dois cachorros naquilo perto do muro do aliviar-se. E o sargento zombeteando para cima. Ela estava com aquele vestido creme com o rasgão que ela nunca consertou. Me faz um carinho, Poldy. Meu Deus, estou morrendo de vontade. Como a vida começa.
Pegou então barriga, teve de rejeitar o concerto de Greystones. Meu filho nela. Eu podia tê-lo encaminhado na vida. Podia. Fazê-lo independente. Aprender alemão também.
— Estamos atrasados? — perguntou o senhor Power.
— Dez minutos — disse Martin Cunningham olhando o relógio.
Molly. Milly. A mesma coisa em menor grau. Suas xingações de menina-macho. Oh, Júpiter tonante! Seus diachos e orabolas! Ainda assim é uma

garota adorável. Breve uma mulher. Mullingar. Queridíssimo papaizinho. Jovem estudante. Sim, sim: uma mulher também. Vida. Vida.

A carruagem balançava para a frente e para trás, os quatro troncos gingando.

— Corny podia ter separado para nós um calhambeque mais cômodo — disse o senhor Power.

— Podia — disse o senhor Dedalus —, se aquela vesgueira não o atrapalhasse. Vocês me compreendem, não é?

Fechou o olho esquerdo. Martin Cunningham pôs-se a espanejar migalhas de pão por baixo das coxas.

— Que é isso? — disse —, em nome de Deus? Roscas?

— Parece que alguém andou fazendo piquenique aqui nas últimas horas — disse o senhor Power.

Todos levantaram as coxas, viram com desprazer o embolorado couro desbotado dos assentos. O senhor Dedalus, torcendo o nariz, careteou para baixo e disse:

— A menos que eu esteja muito enganado. Que é que pensa, Martin?

— Isso me chamou a atenção também — disse Martin Cunningham.

O senhor Bloom baixou as coxas. Felizmente tomei aquele banho. Sinto meus pés bem limpos. Mas gostaria que a senhora Fleming tivesse cerzido melhor as meias.

O senhor Dedalus respirou resignado.

— A verdade — disse ele — é que é a coisa mais natural do mundo.

— Tom Kernan veio? — perguntou Martin Cunningham, cofiando delicadamente a ponta da barba.

— Veio — respondeu o senhor Bloom. — Vem atrás com Ned Lambert e Hynes.

— E Corny Kelleher também? — perguntou o senhor Power.

— No cemitério — disse Martin Cunningham.

— Encontrei M'Coy esta manhã — disse o senhor Power. — Disse que ia ver se podia vir.

A carruagem estacou.

— Que é que há?

— Paramos.

— Onde é que estamos?

O senhor Bloom pôs a cabeça de fora da janela.

— No grande canal — disse.

Usina de gás. Coqueluche, dizque, isso cura. Que bom que Milly nunca pegou. Pobres crianças! Dobra-as ao meio pretas e azuis nas convulsões. Uma vergonha realmente. Saiu-se bem das doenças, comparativamente. Apenas sarampo. Chá de linhaça. Escarlatina, epidemia de influenza. Cabalando para a morte. Não perde a oportunidade. Casinha dos cães para lá. Pobre velho Athos. Sê bom para o Athos, Leopold, é o meu último desejo. Tua vontade será feita. Obedecemos a eles mesmo na tumba. Uma caricatura agonizante. Ele o tomou a peito, consumiu-se. Bicho pacífico. Os cães dos velhos geralmente o são.

Uma gota de chuva bateu-lhe sobre o chapéu. Encolheu-se e viu uma chuvarada repentina pontilhar por sobre os tectos cinzentos. Espacejadas. Curioso. Como se através de um coador. Eu estava esperando. Minhas botinas estavam rangendo, lembro-me agora.

— O tempo está mudando — disse calmo.

— Que pena que não se tenha mantido firme — disse Martin Cunningham.

— O campo estava precisando — disse o senhor Power. — Aí está o sol voltando.

O senhor Dedalus, perscrutando através dos óculos o sol velado, lançou uma praga muda para o céu.

— É tão incerto como os fundilhos de uma criança — disse.

— Já nos vamos de novo.

A carruagem girou de novo suas rodas perras e seus troncos oscilaram levemente. Martin Cunningham cofiava mais rápido a barba.

— Tom Kernan estava esplêndido ontem à noite — disse. — E Paddy Leonard que o imitava na cara.

— Oh, dê-nos uma ideia dele, Martin — disse o senhor Power entusiástico. — Espere para ouvi-lo, Simon, na canção de Ben Dollard O *garoto desastrado*.

— Esplêndido — disse Martin Cunningham pomposamente. *Sua maneira de cantar aquela simples balada, Martin, é a mais exata interpretação que jamais ouvi em toda a minha longa experiência.*

— Exato — disse rindo o senhor Power. — Está louco pela coisa. E o arranjo retrospectivo.

— Leu o discurso de Dan Dawson? — perguntou Martin Cunningham.

— Eu não — disse o senhor Dedalus. — Onde saiu?

— Na edição da manhã.

O senhor Bloom tirou o jornal do bolso de dentro. Esse livro preciso trocar para ela.

— Não, não — disse rápido o senhor Dedalus. — Depois, por favor.

O olhar do senhor Bloom se dirigia para a margem da folha, explorando as notas de falecimento. Collan, Coleman, Dignam, Fawcett, Lowry, Naumann, Peake, que Peake é esse?, é o gajo que estava no Crosbie e Alleyne?, não, Sexton, Urbrigth. Caracteres tintos rápido esvanecendo-se no amarrotado papel quebradiço. Agradecimentos à Florzinha. Tristemente ausente. À mágoa indizível de seu. Com 88 anos de idade, após longa e dolorosa enfermidade. Missa do mês: Quinlan. Por cuja alma tenha o Bom Jesus piedade.

O caro Henry há um mês que partiu
Para a sua celeste morada
E a família pranteando-lhe a perda
Lá há de ver-se um dia obrigada.

Rasguei o envelope? Sim. Onde pus a carta dela depois que a li no banho? Tacteou o bolso do colete. Tudo bem. O caro Henry há. Antes que minha paciência estejam esgotadas.

Escola nacional. Depósito de Meade. A estação. Apenas dois lá agora. Cabeceando. Cheios como um colchão. Ossos demais no crânio deles. O outro trotando por aí uma corrida. Há uma hora eu passava por ali. Os cocheiros levantavam os chapéus.

As costas de um postilhão se apertaram de repente contra um poste de bonde perto da janela do senhor Bloom. Não podiam inventar alguma coisa de automático de modo que a própria roda por si mesma muito mais manejável? Bem mas o sujeito perderia então seu emprego. Bem mas então outro sujeito arranjaria um emprego na feitura da nova invenção?

Salas de concerto de Antient. Nada no cartaz. Um homem de roupa clara com fumo ao braço. Não muito pesar ali. Quarto de luto. Parente afim, talvez.

Passaram pelo púlpito deserto de São Marcos, por debaixo da ponte de trens, passado o Teatro da Rainha: em silêncio. Cartazes. Eugene Stratton. A Bandman Palmer. Podia ir ver *Leah* à noite, suponho. Eu disse eu. Ou a *Lily of Killarney*? Companhia de Ópera Elster Grimes. Novo grande sucesso. Brilhantes anúncios frescos para a próxima semana. *Fun on the Bristol*.

Martin Cunningham podia arranjar-me um passe para o Gaiety. Tenho de pagar-lhe um trago ou dois. No fundo é uma pelas outras.
Ele virá pela tarde. As canções dela.
Plasto. Busto-fonte em memória de sir Philip Crampton. Quem era ele?
— Como vai? — disse Martin Cunningham, levantando a palma ao cenho em saudação.
— Ele não está vendo — disse o senhor Power. — Sim, agora vê. Como vai?
— Quem é? — perguntou o senhor Dedalus.
— Blazes Boylan — disse o senhor Power. — Lá está ele arejando a pastinha.
Precisamente no instante em que eu pensava.
O senhor Dedalus se inclinou de través para saudar. Pela porta do Red Bank o disco branco de um chapéu de palha luziu a resposta: passou.
O senhor Bloom inspeccionou as unhas da mão esquerda, em seguida as da direita. As unhas, sim. Há nele algo mais que elas ela veja? Fascínio. Pior sujeito de Dublin. Isso o mantém vivo. Elas por vezes sentem o que uma pessoa é. Instinto. Mas um tipo assim. Minhas unhas. Estou exatamente olhando para elas: bem-cuidadas. E depois: pensando sozinho. Corpo tornando-se um quê balofo. Eu o notaria só com lembrar. O que causa isso presumo é que a pele não pode contrair-se a tempo quando a carne amolece. Mas a forma lá está. A forma lá está ainda. Ombros. Ancas. Fornidas. Noite de vestir-se para o baile. Camisa pegada entre as bochechas de detrás.
Enlaçou as suas mãos entre os joelhos e, satisfeito, perpassou o olhar vazio sobre os rostos deles.
O senhor Power perguntou:
— Como vão os preparos da excursão, Bloom?
— Oh, muito bem — disse o senhor Bloom. — Ouço boas coisas a respeito. É uma boa ideia, veja você...
— Você pessoalmente irá?
— Bem, não — disse o senhor Bloom. — De facto tenho de ir ao condado de Clare a negócios privados. Como sabe, a ideia é de excursionar pelas principais cidades. O que se perde numa recupera-se noutra.
— É bem isso — disse Martin Cunningham. — Mary Anderson está nisso agora.
— Você conta com bons artistas?

— Louis Werner é o empresário dela — disse o senhor Bloom. — Oh, sim, teremos só maiorais. J. C. Doyle e John MacCormack espero, e. Os melhores, de facto.

— E *madame* — disse o senhor Power, sorrindo. — A última mas não a menor.

O senhor Bloom desenlaçou as mãos num gesto de comedida polidez e as enlaçou. Smith O'Brien. Alguém pôs um ramo de flores ali. Mulher. Deve ser seu aniversário de morte. Que se repita muitas felizes vezes. A carruagem rodando perto da estátua de Farrell juntava sem barulho os seus joelhos irrelutantes.

Ões: um mal-ajambrado velhinho do meio-fio estendia seus trecos, abrindo a boca: ões.

— Quatro cordões a um pence.

Pergunto-me a mim mesmo por que terá tido ele seu nome cortado. Tinha seu escritório na rua Hume. Mesma casa que a da xará de Molly. Tweedy, procurador da coroa em Waterford. Tem aquela cartola desde então. Relíquias de sua antiga dignidade. De luto também. Terrível queda, pobre desgraçado! Rejeitado como rapé em velório. O'Callaghan nas últimas.

E *madame*. Onze e vinte. De pé. A senhora Fleming já está na limpeza. Penteando-se, cantarolando: *voglio e non vorrei*. Não: *vorrei e non*. Examinando as pontas dos cabelos para ver se estão quebradiços. *Mi trema un poco il*. Linda naquele *tre* é a sua voz: tom plangente. Um tordo. Um tredo. Há uma palavra tredo que exprime isso.

Seus olhos passaram ao de leve pelo rosto bem parecido do senhor Power. Grisalhante nas têmporas. *Madame*: sorrindo. Sorri-lhe de volta. Um sorriso diz muito. Apenas polidez quiçá. Sujeito simpático. Quem é que sabe a verdade sobre uma mulher que ele mantém? Nada agradável para a esposa. Embora se diga, quem é que me disse?, que não há relações carnais. Acredita-se que isso acabaria logo em seguida. Sim, foi Crofton que se encontrou com ele uma tarde levando a ela uma libra de bife de alcatra. Que é que ela era? Garçonete no Jury. Ou no Moira, não é?

Eles passavam por sob a forma encapotadíssima do Liberador. Martin Cunningham cutucou o senhor Power.

— Da tribo de Reuben — disse ele.

Um alto negriberbe personagem, apoiado sobre um bastão, arrastando-se em torno da esquina da casa elefante de Elvery, mostrava-lhes encurvada mão aberta nas costas.

— Em toda a sua prístina beleza — disse o senhor Power.
O senhor Dedalus olhou para a claudicante personagem e disse docemente:
— Que o Diabo lhe quebre o espinhaço.
O senhor Power, arrebentando-se de rir, encobriu o rosto da janela no que a carruagem passava pela estátua de Gray.
— Nós todos já estivemos ali — disse Martin Cunningham globalizadamente.
Seus olhos encontraram-se com os olhos do senhor Bloom. Acariciou a barba, acrescentando:
— Bem, quase todos nós.
O senhor Bloom começou a falar com súbita avidez para as caras dos seus companheiros.
— Esta é uma estupenda que corre por aí sobre Reuben J. e seu filho.
— A do barqueiro? — perguntou o senhor Power.
— Sim. Não é estupenda?
— Que é que é? — perguntou o senhor Dedalus. — Não sei de nada.
— Havia uma garota na história — começou o senhor Bloom — e ele resolveu mandá-lo para a ilha de Man, longe do mau caminho, mas quando os dois estavam...
— O quê? — perguntou o senhor Dedalus. — Aquele desgraçado desastrado de uma figa?
— Esse mesmo — disse o senhor Bloom. — Estavam os dois a caminho do bote e ele tentou afogar...
— Afogar Barrabás! — clamou o senhor Dedalus. — Quisera Deus que ele o fizesse!
O senhor Power deu uma larga gargalhada por sob as narinas escondidas.
— Não — disse o senhor Bloom —, o próprio filho...
Martin Cunningham cortou-lhe a palavra rudemente.
— Reuben J. e o filho desciam o cais perto do rio a caminho do bote para a ilha de Man e o trapaceiro do rapaz de repente se desgarrou e por sobre o parapeito se pôs Liffey adentro.
— Por Deus! — exclamou num susto o senhor Dedalus. — Está morto?
— Morto! — exclamou Martin Cunningham. — Ele é que não! Um barqueiro apanhou um remo e pescou-o pelas folgas das calças e o repôs em terra junto ao pai. Mais morto que vivo. Meia cidade estava lá.
— É isso — disse o senhor Bloom. — Mas a parte engraçada é que...

— E Reuben J. — disse Martin Cunningham — deu ao barqueiro um florim por ter salvado a vida do filho.
Um suspiro contido escapou de baixo da mão do senhor Power.
— Oh, deu sim — afirmava Martin Cunningham. — Como a um herói. Um florim de prata.
— Não é realmente estupenda? — disse precípite o senhor Bloom.
— Um e oito pences em excesso — disse secamente o senhor Dedalus.
O riso represado do senhor Power soltou-se livre na carruagem.
A coluna de Nelson.
— Oito ameixas um pence! Oito por um pence!
— Devíamos ficar um pouco sérios — disse Martin Cunningham.
O senhor Dedalus suspirou.
— E ademais, de facto — disse ele —, o pobrezinho do Paddy não ficaria sentido com o nosso riso. Ele mesmo já nos contou muitas e boas.
— Que Deus me perdoe! — disse o senhor Power, enxugando com os dedos os olhos molhados. — Pobre Paddy! Eu nem podia pensar há uma semana quando o vi pela última vez e ele estava em boa saúde que eu agora estaria atrás dele desta forma. Foi-se de nós.
— Um bom digno homem como os que mais o foram — disse o senhor Dedalus. — Foi-se tão de repente.
— Síncope — disse Martin Cunningham. — Coração.
Batia ao peito com tristeza.
Rosto afogueado: rubriquente. Excesso de João Bebessobe. Tratamento de nariz vermelho. Beber como o diabo até torná-lo adelito. Um bocado de dinheiro ele gastou para colori-lo.
O senhor Power olhava para as casas desfilantes com apreensão acabrunhada.
— Teve uma morte repentina, pobre sujeito — disse ele.
— A melhor morte — disse o senhor Bloom.
Grandes olhos abertos fixaram-se nele.
— Sem sofrimento — disse ele. — Um instante e tudo acabou. Como morrer dormindo.
Ninguém falou.
Trecho morto da rua este. Negócios parados durante o dia, agentes imobiliários, hotel de temperança, guia ferroviário de Falconer, escola de serviço civil, Gill, clube católico, o cego aprendiz. Por quê? Alguma razão. Sol ou

vento. A noite também. Empregadinhos e biscateiros. Sob o patrocínio do falecido padre Matthew. Pedra fundamental da Parnell. Síncope. Coração. Cavalos brancos com plumas testeiras brancas rodeavam a esquina da Rotunda, galopando. Um caixão minúsculo reluziu. Sem retardar a enterrar. Carroça fúnebre. Não casado. Negra para casados. Alvinegra para solteiros. Escura para um cura.

— Triste — disse Martin Cunningham. — Um anjinho.

Uma face de anão malva e enrugada como era a de Rudy. Corpo de anão, maleável como barro, uma caixa de pinho branquiforrada. Associação mútua funerária paga. Pence por semana para uma nesga gramada. Nossa. Pequeno. Infante. Significando nada. Engano da natureza. Se é saudável é da mãe. Se não, do homem. Melhor sorte na próxima vez.

— Pobre pequeno ser — disse o senhor Dedalus. — Está livre de tudo.

A carruagem galgava mais lentamente a colina da praça de Rutland. Chocalham seus ossos. Sobre caroços. É um indigente. Nem chega a gente.

— Em meio à vida — disse Martin Cunningham.

— Mas o pior de tudo — disse o senhor Power — é quando um homem se suicida.

Martin Cunningham retirou rápido seu relógio, tossiu e voltou a guardá-lo.

— O pior infortúnio para uma família — acrescentou o senhor Power.

— Loucura momentânea, por certo — disse peremptório Martin Cunningham. — Devemos ter para com isso um conceito caridoso.

— Diz-se que um homem que o pratica é covarde — disse o senhor Dedalus.

— Não nos cabe julgar — disse Martin Cunningham.

O senhor Bloom, a pique de falar, fechou os lábios de novo. Os olhos grandes de Martin Cunningham. Olhando ao longe agora. Simpático ser humano é ele. Inteligente. Com o rosto de Shakespeare. Sempre uma boa palavra a dizer. Não se tem misericórdia para isso aí ou para infanticídio. Recusa-se enterro cristão. Costumava-se-lhe transpassar com uma farpa de madeira o coração na sepultura. Como se ainda não tivesse arrebentado. Ainda que às vezes eles se arrependem demasiado tarde. Encontrado no leito do rio arrepanhado por juncos. Ele me olhava. E aquela terrível beberrona da mulher dele. Montando casa para ela repetidamente e ela penhorando-lhe os móveis quase todos os sábados. Levando-o a uma vida infernal. De comover até as pedras, isso. Segunda-feira de manhã começar tudo de novo. Ombros à roda. Ó Senhor, ela deve ter feito um papelão aquela noite, Dedalus contou-me, que lá estivera. Bêbeda pela casa e requebrando com o guarda-chuva de Martin:

> *E me chamam a joia da Ásia,*
> *Da Ásia*
> *A gueixa.*

Ele desviou os olhos de mim. Ele sabe. Chocalham seus ossos.
Aquela tarde da investigação. A garrafa rubretiquetada sobre a mesa. O quarto do hotel com quadros de caça. Sufocadiço que estava. Sol através das folhas das venezianas. As orelhas do investigador, grandes e pilosas. Botinas como prova. Pensara primeiro que ele estivesse dormindo. Em seguida vira como que estrias amarelas no seu rosto. Escorregara para o pé da cama. Veredicto: sobredose. Morte acidental. A carta. Para meu filho Leopold.
Não mais sofrer. Não mais despertar. Ser de ninguém.
A carruagem chocalhava vivamente pela rua Blessington. Sobre as pedras.
— Estamos indo depressa, parece — disse Martin Cunningham.
— Deus permita que não viremos de pernas para o ar — disse o senhor Power.
— Espero que não — disse Martin Cunningham. — Haverá uma grande corrida amanhã. A Gordon Bennen.
— Sim, por Júpiter — disse o senhor Dedalus. — Seria digna de ver, bofé.
No que viravam para a rua Berkeley, um realejo perto do Basin despejava sobre e após eles uma cançoneta brejeira esfuziante de café-concerto. Alguém aqui viu Kelly? Cá é dois-eles ipsilone? Marcha fúnebre do *Saul*. Tão ruim como o velho António. Me deixou por minha contónio. Pirouette! *A Mater Misericordiae*. Rua Eccles. Minha casa lá. Grande lugar. Abrigo de incuráveis lá. Muito encorajador. Hospital de Nossa Senhora para moribundos. Câmara mortuária à mão ao sótão. Onde a velha senhora Riordan morreu. Parecem terríveis as mulheres. Sua gamela de comida e raspando-se-lhe a boca com a colher. Depois o biombo à volta da cama para ela morrer. Gentil o jovem estudante que tratou aquela mordida que a abelha me deu. Foi transferido para a maternidade, disseram-me. De um extremo ao outro.
A carruagem deu a galope uma volta: estacou.
— Qual é o enguiço agora?
Uma dupla leva de gado marcado passava pelas portinholas, derreando-se, encurvando-se sobre patas amortecidas, espanando de leve com as

caudas as barrentas garupas ossudas. Ao lado e em meio corriam ovelhas ocradas balindo seu medo.

— Emigrantes — disse o senhor Power.

— Eia! — gritava a voz do guia, seu chicote soando-lhes aos flancos. — Eia! Fora daí!

Quinta-feira, é claro. Amanhã é dia de matança. Novilhos. Cuffe os vendeu cerca de vinte e sete libras por cabeça. Para Liverpool provavelmente. Rosbife para a velha Inglaterra. Compram os mais suculentos. E em seguida o quinto quarto fica perdido: todo o material bruto, couro, pelame, cornos. Chega a um grande montante por ano. Comércio de carne verde. Subproduto dos matadouros para curtume, sabão, margarina. Pergunto-me se aquela marmelada ainda vigora de conseguir carne xepa do trem em Clonsilla.

A carruagem avançava por entre o gado.

— Não posso entender por que a companhia não estabelece um ramal de trem entre a borda do campo e os cais — disse o senhor Bloom. — Todos esses animais podiam ser transportados em vagões até os barcos.

— Em lugar de engarrafarem o tráfego — disse Martin Cunningham. — É isso mesmo. Deviam fazer.

— Sim — disse o senhor Bloom —, e outra coisa em que sempre pensei é que se devia ter trens funerários municipais como há em Milão, você sabe. A linha vai até os portões do cemitério e tem trens especiais, carro fúnebre e carruagem e tudo. Compreendem o que estou dizendo?

— Oh, isso seria um negócio dos diabos — disse o senhor Dedalus. — Carro *pullman* e salão-restaurante.

— Triste perspectiva para o Corny — acrescentou o senhor Power.

— Por quê? — perguntou o senhor Bloom, voltando-se para o senhor Dedalus. — Não seria mais digno do que ir aos trancos lado a lado?

— Bem, há um ponto válido aí — concordou o senhor Dedalus.

— E — dizia Martin Cunningham — não teríamos cenas como aquela quando o coche fúnebre virou na curva do Dunphy e lançou o caixão na rua.

— Isso foi horrível — dizia o rosto consternado do senhor Power —, e o cadáver se estatelou na rua. Horrível.

— Na frente na curva do Dunphy — disse o senhor Dedalus, assentindo. — Taça Gordon Bennett.

— Louvado seja Deus! — disse piamente Martin Cunningham.

Bum! Virado. Um caixão despejando-se na rua. Arrebentado. Paddy Dignam expelido e rolando duro na poeira dentro de uma roupa marrom larga demais para ele. Cara vermelha: cinzenta agora. Boca escancarada. Perguntando pelo que se passava agora. Muito certo fechá-la. Parece horrível aberta. Então o de dentro se decompõe rapidamente. Muito melhor fechar bem todos os orifícios. Sim, também. Com cera. O esfíncter relaxa-se. Lacrar tudo.

— Dunphy — anunciou o senhor Power no que a carruagem virava para a direita.

A curva do Dunphy. Coches fúnebres enfileirados afogando suas mágoas. Uma pausa a meio caminho. Posição ideal para uma taverna. Espera que paremos aqui na volta para beber à saúde dele. Uma rodada de consolo. Elixir de vida.

Mas imagina agora se isso acontecesse mesmo. Será que ele sangraria se digamos um prego o cortasse na cambalhota? Sim ou não, suponho. Depende de onde. A criação para. Ainda assim algum podia esvair-se de uma artéria. Seria melhor enterrá-los de vermelho: um vermelho intenso.

Em silêncio rolavam ao longo da estrada de Phibsborough. Um coche fúnebre vazio trotava, voltando do cemitério: parece aliviado.

Ponte de Crossguns: o canal real.

A água ruía rugindo pelas comportas. Um homem vinha em pé sobre sua chata à vazante, entre montes de turfa. No corredor de sirga perto da eclusa um cavalo frouxiamarrado. A bordo do *Bugabu*.

Os olhos deles o miravam. Na lenta corrente herbilenta, ele flutuara sobre sua balsa rumo da costa ao longo da Irlanda puxado por uma corda de tração passando leitos de junco, por sobre vaza, garrafas estranguladas, carniças de cães. Athbone, Mullingar, Moyvalley, eu podia fazer uma excursão a pé pelo canal para ver Milly. Ou de bicicleta. Alugar algum ferro-velho, seguro. Wren tinha uma em leilão outro dia mas de mulher. Fomentando fluvivias. A mania de James M'Cann de levar-me a remos no trajeto das barcas. Trânsito mais barato. Com escalas suaves. Casas flutuantes. Acampando ao ar livre. Também féretros. Ao céu por água. Talvez o faça sem escrever. Chegar de surpresa, Leixley, Clonsilla. Vogar à vazante, eclusa por eclusa, até Dublin. Com turfa das turfeiras do interior. Saúda. Ele ergueu seu chapéu de palha castanho, saudando Paddy Dignam.

Rodavam além da casa de Brian Boroimhe. Perto agora.

— Como irá o nosso amigo Fogarty? — disse o senhor Power.
— É melhor perguntar a Tom Kernan — disse o senhor Dedalus.
— Por que isso? — disse Martin Cunningham. — Deixou-o chorando, presumo.
— Embora longe dos olhos — disse o senhor Dedalus —, perto do coração.
A carruagem rumava para a esquerda, para a estrada de Finglas.
O terreno dos canteiros à direita. Último trecho. Apinhadas na nesga de terra formas silenciosas apareciam, brancas, gravibundas, alçando mãos resignadas, ajoelhadas de dor, indicando. Fragmentos de formas, desbastadas. Em branco silêncio: suplicando. As melhores disponíveis. Thos. H. Dennany, construtor de jazigos e escultor.
Passado.
No meio-fio diante da casa de Jimmy Geary, o coveiro, sentava-se um velho vagabundo, resmungando, esvaziando de sujos e seixos suas enormes bocejantes botas cinzempoeiradas. Ao cabo da jornada da vida.
Então jardins lúgubres desfilaram, um a um: casas lúgubres.
O senhor Power apontou.
— Naquela Childs foi assassinado — disse ele. — A última casa.
— É isso mesmo — disse o senhor Dedalus. — Um caso macabro. Seymour Bushe o livrou. Matara o irmão. Ou é o que se dizia.
— A acusação não pôde apresentar provas — disse o senhor Power.
— Apenas circunstanciais — disse Martin Cunningham. — É a máxima da lei. Melhor noventa e nove culpados escaparem do que um inocente ser erroneamente condenado.
Olhavam. Sede do assassino. Passava sombria. Fechada, desocupada, jardim abandonado. Local todo desgraçado. Erroneamente condenado. Assassínio. A imagem do assassino nos olhos do assassinado. Adora-se ler sobre isso. Cabeça de homem achada num jardim. As vestes dela consistiam em. Como encontrou ela a morte. Recém-violada. A arma usada. Assassino ainda solto. Indícios. Um cordão de sapato. O corpo a ser exumado. O assassínio será esclarecido.
Apertados nesta carruagem. Ela poderia não gostar de me ver chegar sem fazê-la saber. Deve-se ser cuidadoso com as mulheres. Pegá-las uma vez com as calças nas mãos. Nunca mais lhe perdoam. Quinze.
As grades altas de Prospects ondularam ante o olhar dele. Choupos negros, raras formas brancas. Formas mais frequentes, figuras brancas

apinhadas em meio às árvores, formas brancas e fragmentos sucedendo-se mudos, sustendo gestos vãos ao ar.

O aro arrastou-se contra o meio-fio: parou. Martin Cunningham pôs a mão para fora e, torcendo para trás a maçaneta, empurrou com o joelho a porta, abrindo-a. Desceu. O senhor Power e o senhor Dedalus seguiram-se-lhe.

Desloca esse sabonete agora. A mão do senhor Bloom desabotoou rápido o bolso de trás e transferiu o papelgrudado sabonete para o bolso interno de lenços. Desceu da carruagem, segurando o jornal sua outra mão ainda ocupada.

Enterro reles: coche e três carruagens. Dá no mesmo. Os levacaixão, rédeas douradas, missa de réquiem, tiro de salva. Pompa da morte. Além da última carruagem um vendedor tinha sua carrocinha de bolos e frutas. Bolos jujubas são eles, pegajosos: bolos para os mortos. Canibiscoitos. Quem o comeu? Enlutados já de fora.

Seguiu seus companheiros. O senhor Kernan e Ned Lambert seguiam-nos, andando Hynes depois de todos. Corny Kelleher perto do ataúde aberto segurava duas coroas. Passou uma ao garoto.

Que fim levou aquele enterro de criança?

Uma parelha de cavalos vindo de Finglas com penosa andadura arrastada, puxando através do silêncio funéreo uma carroça rangente sobre a qual jazia um bloco de granito. O carroceiro abrindo caminho saudou.

Caixão agora. Chegado aqui antes de nós, morto embora. Cavalo olhando-o de esguelha com sua pluma obliquada. Olho mortiço: pescoceira apertada na garganta, comprimindo um vaso sanguíneo ou coisa que o valha. Saberão o que carregam para aqui cada dia? Devem ser vinte a trinta enterros cada dia. E também o Mount Jerome para os protestantes. Funerais pelo mundo todo em toda parte e todo minuto. Enterrando-os às carradas aceleradíssimas. Milhares por hora. Gente demais neste mundo.

Enlutadas saíam pelo portão: mulher e menina. Harpia desqueixada, dura de roer, seu chaspelinho de viés. Cara de menina manchada de sujidade e lágrimas, segurando o braço da mulher olhando para cima por um sinal dela para chorar. Cara de peixe, exangue e lívida.

Os coveiros levavam o caixão através do portão. Demasiado peso morto. Senti-me eu mesmo mais pesado ao sair daquele banho. O esticado primeiro: em seguida os amigos do esticado. Corny Kelleher e o garoto seguiam com suas coroas. Quem é aquele ao lado deles? Ah, o cunhado.

Todos acompanhavam.
Martin Cunningham cochichou:
— Eu estava numa agonia mortal por você falar de suicídio diante do Bloom.
— Por quê? — cochichou o senhor Power. — Por que isso?
— O pai dele se envenenou — cochichou Martin Cunningham. — Tinha o Hotel Queen em Ennis. Você o ouviu dizer que ia a Clare. O aniversário.
— Por Deus! — cochichou o senhor Power.
— É a primeira vez que ouço isso. Envenenou-se!
Olhou para trás para onde um cara de pensativos olhos escuros se dirigia para o mausoléu do cardeal. Falando.
— Ele tinha seguro? — perguntava o senhor Bloom.
— Creio que sim — respondia o senhor Kernan —, mas a apólice está muito gravada. Martin está vendo se coloca o caçula no Artane.
— Quantos filhos deixou?
— Cinco. Ned Lambert diz que está tentando pôr uma das meninas no Todd.
— Caso triste — dizia suavemente o senhor Bloom. — Cinco criancinhas.
— Um golpe terrível para a pobre mulher — acrescentava o senhor Kernan.
— De facto isso é — concordava o senhor Bloom.
Levara a melhor sobre ele.
Olhou para as botinas que engraxara e lustrara. Ela havia sobrevivido a ele, perdendo o marido. Mais morto para ela do que para mim. Uns têm de sobreviver aos outros. Os sábios o afirmam. Há mais mulheres que homens no mundo. Dar-lhe minhas condolências. Sua perda irreparável. Desejo-lhe que o siga muito em breve. Para viúvas hindus apenas. Ela se casaria com outro. Ele? Não. Ainda assim quem sabe? A viuvez não é da moda desde a morte da velha rainha. Puxado numa carreta. Victoria e Albert. Exéquias comemorativas em Frogmore. Mas no fim ela punha umas violetazinhas no chapeuzinho. Vaidosa no imo do seu coração. Tudo por uma sombra. Consorte, nem mesmo rei. O filho dela era a substância. Algo novo em que pôr a esperança, não como o passado que ela queria de volta, aguardando. Nunca retorna. Alguém tem de ir na frente: só, debaixo da terra: e não mais deitar no quente leito dela.
— Como vai, Simon? — indagou amável Ned Lambert, apertando-se as mãos. — Não o vejo há um tempão.

— Melhor do que nunca. Como vão todos pela cidade de Cork?
— Lá estive para as corridas de Cork na segunda-feira de Páscoa — disse Ned Lambert. — Os mesmos velhos seis e oito pences. Fiquei em casa de Dick Tivy.
— E como vai Dick, esse braço forte?
— Entre ele e o céu nada — respondeu Ned Lambert.
— Por São Paulo! — disse o senhor Dedalus com surpresa simulada. — Careca, o Dick Tivy?
— Martin está fazendo uma coleta para as crianças — disse Ned Lambert, apontando para a frente. — Uns quantos xelins por cabeça. O bastante para mantê-los até que o seguro se defina.
— Sim, sim — disse dubiamente o senhor Dedalus. — Aquele lá na frente é o mais velho?
— Sim — disse Ned Lambert —, com o irmão da mulher. John Henry Menton está atrás. Subscreveu uma libra.
— Apostava que ele o faria — disse o senhor Dedalus. — Eu costumava dizer ao pobre Paddy que ele devia dedicar-se ao trabalho. John Henry não é dos piores neste mundo.
— Por que ele perdeu o lugar? — perguntou Ned Lambert. — Bebia ou o quê?
— A fraqueza de muita gente boa — disse o senhor Dedalus num suspiro.
Pararam perto da porta da capela mortuária. O senhor Bloom ficou atrás do garoto com a coroa, observando sua luzidia cabeleira penteada e o magro pescoço vincado dentro do colarinho novo em folha. Pobre garoto! Estava ele lá quando o pai? Ambos inconscientes. Iluminar-se no último instante e reconhecer pela última vez. Tudo que ele podia ter feito. Devo três xelins a O'Grady. Teria ele compreendido? Os coveiros levavam o caixão para dentro da capela. Qual das pontas é a sua cabeça?
Depois de um instante ele seguiu os outros para dentro, piscando à luz velada. O caixão jazia sobre o seu catafalco diante do coro, quatro altas velas amarelas aos cantos. Sempre na frente de nós. Corny Kelleher, depositando uma coroa a cada canto dianteiro, acenou ao garoto que se ajoelhasse. Os acompanhantes ajoelhavam-se aqui e ali sobre os genuflexórios. O senhor Bloom ficou atrás perto da pia e, quando todos se tinham ajoelhado, depositou do bolso cuidadosamente seu jornal desdobrado e ajoelhou o seu joelho direito sobre ele. Aconchegou delicadamente seu chapéu preto ao joelho erguido e, sustendo-o pela aba, inclinou-se piamente.

Um coroinha, segurando um balde de latão com alguma coisa dentro, entrou por uma porta. O padre alviblusado entrou após ele dispondo sua estola com uma mão, balançando com a outra o pequeno livro contra sua barriga de sapo. Quem lerá sem estorvo? Eu, disse o corvo.
Pararam perto do catafalco e o sacerdote começou a ler de seu livro num fluente coaxar.
Padre Paixão. Eu sabia que seu nome era como caixão. *Domine-nomine.* Um garfo respeitável ele parece. Dono do espectáculo. Cristão muscular. Ai de quem lhe parece salafrário: sacerdote. Tu és Pedro. Prestes a arrebentar-se pelas pregas como uma ovelha cevada diz dele Dedalus. Com uma pança de cachorro envenenado. Que expressões engraçadas esse homem tem. Hem: arrebentar-se pelas pregas.
— *Non intres in judicium cum servo tuo, Domine.*
Fá-los sentir mais importantes recitar em latim. Missa de réquiem. Fumos de luto. Avisos nigridebruados. Seu nome no registo do altar. Frio este lugar. Pede que se alimente bem, sentado ali toda a manhã a meia-luz, batendo as solas à espera do próximo, por favor. Olhos de sapo também. Que é que o incha assim? Molly fica inchada depois de repolho. O ar do lugar talvez. Parece cheio de gases ruins. Deve haver um bocado dos diabos de gás ruim por aí. Açougueiros por exemplo: tornam-se parecidos com bifes crus. Quem é que me contou? Mervin Brown. Lá embaixo na criptas do órgão adorável com cento e cinquenta anos de Santa Werburgh é necessário abrir um buraco nos caixões por vezes para deixar sair e queimar-se o gás ruim. Escapa-se fora: azul. Uma cheirada daquilo e era uma vez.
Minha rótula está doendo. Ui. Agora está melhor.
O sacerdote retirou um bastão com uma bola na ponta de dentro do balde do rapazola e sacudiu-o por cima do caixão. Então andou para o outro extremo e sacudiu-o de novo. Então ele retornou e o repôs no balde. Tal como estavas antes, retornaste. Tudo está escrito: ele tinha de fazer aquilo.
— *Et ne nos inducas in tentationem.*
O coroinha entoava os responsos em sobreagudo. Muitas vezes pensei que o melhor seria ter rapazolas como empregados. Até os quinze de idade mais ou menos. Disso depois certamente...
Água benta era aquilo, creio. Sacudindo sono daquilo. Ele deve estar cheio dessa prebenda, sacudindo aquele troço por sobre todos os cadáveres que lhe trazem. Que mal havia se ele pudesse ver o sobre o que ele sacode

aquilo. Cada santo dia uma fornada fresca: homens meia-idade, mulheres velhas, crianças, mulheres mortas de parto, homens de barba, negociantes calvos, moças tísicas com peitinhos de pardocas. Pelo ano todo a rezar a mesma coisa por eles e a sacudir água sobre eles: dorme. Sobre Dignam agora.
— *In paradisum.*
Disse que ele está para ir para o paraíso ou está no paraíso. Diz isso para cada um. Espécie de trabalho mais para o cansativo. Mas ele tem de dizer alguma coisa.

O sacerdote fechou o livro e saiu, seguido do coroinha. Corny Kelleher abriu as portas laterais e os coveiros entraram, ergueram de novo o caixão, carregaram-no para fora e dispuseram-no na carreta. Corny Kelleher entregou uma coroa ao garoto e outra ao cunhado. Todos seguiram-nos pelas portas laterais para a suave atmosfera cinza. O senhor Bloom foi o último a sair, seu jornal dobrando de novo para o bolso. Fitou gravemente o chão até que a carreta mortuária rodou para a esquerda. As rodas metálicas trituravam o saibro com um cortante gemido raspante e o bando de botinas embotadas seguia o carrinho por uma aleia de sepulcros.

Um tró-ló-ló, um trá-lá-lá. Ó Senhor, eu não devia cantarolar aqui.
— A praça de O'Connell — disse o senhor Dedalus perto dele.
Os olhos doces do senhor Power remontaram ao ápice do cone elevado.
— Ele descansa — disse — em meio ao seu povo, velho Dan O'. Mas seu coração está enterrado em Roma. Quantos corações partidos estão aqui enterrados, Simon!
— O jazigo dela está por lá, Jack — disse o senhor Dedalus. — Breve estarei estendido ao lado dela. Que Ele me leve quando Ele o queira.

Comovendo-se, começou a entrechorar para si mesmo placidamente, claudicando um pouco na sua caminhada. O senhor Power tomou do seu braço.
— Ela está melhor onde está — disse ele meigo.
— Creio que sim — disse o senhor Dedalus num fraco engasgo. — Creio que está no céu se céu existe.

Corny Kelleher pôs-se de lado na sua fila e deixou os acompanhantes passar.
— Momentos tristes — começou o senhor Kernan polidamente.
O senhor Bloom cerrou os olhos e assentiu triste duas vezes com a cabeça.
— Os outros estão pondo o chapéu — disse o senhor Kernan. — Creio que também podemos. Somos os últimos. Este cemitério é um lugar traiçoeiro.

Cobriram-se a cabeça.
— O reverendo cavalheiro leu o serviço depressa demais, não acha? — disse o senhor Kernan com reprovação.
O senhor Bloom nutou com gravidade, mirando nos vívidos olhos sanguestriados. Olhos secretos, esmiuçadores olhos secretos. Maçom, penso: não certo. Ao lado dele de novo. Somos os últimos. No mesmo bote. Espero que diga algo mais.
O senhor Kernan ajuntou:
— O serviço da Igreja irlandesa, praticado em Mount Jerome, é mais simples, mais impressionante, devo acrescentar.
O senhor Bloom deu-lhe prudente assentimento. A língua por certo era uma outra coisa.
O senhor Kernan disse com solenidade:
— *Eu sou a ressurreição e a vida.* Isso toca o imo do coração do homem.
— Toca — disse o senhor Bloom.
Teu coração talvez, mas que é que vale para o sujeito entre quatro tábuas comendo margaridas pela raiz? Não tocante isso. Sede das afeições. Coração partido. Uma bomba ao cabo de tudo, bombeando milhares de galões de sangue todo dia. Um belo dia ela se entope, e eis tudo. Porções deles jazendo aí em redor: pulmões, corações, fígados. Velhas bombas enferrujadas: tudo mais é uma história. A ressurreição e a vida. Uma vez que estás morto, estás morto. Essa ideia do juízo final. Pipocando todos de suas tumbas. Levanta-te, Lázaro! E ele chegou em quinto e perdeu o lugar. Levanta! Dia final! Então cada gajo a esquadrinhar em torno por seu fígado e por seus olhômetros e pelo resto de sua traquitanda. Encontrar-se o diabo todo de si mesmo nessa manhã. Um vigésimo de onça num crânio. Doze gramas um vigésimo de onça. Medida Troy.
Corny Kelleher entrou em passo ao lado deles.
— Tudo saiu de primeira — disse. — Que tal?
Fitava-os com olhos arrastados. Ombros de polícia. Com seu lero-lero lero-lero.
— Como devia ser — disse o senhor Kernan.
— O quê? Hem? — disse Corny Kelleher.
O senhor Kernan tranquilizou-o.
— Quem é aquele sujeito atrás com Tom Kernan? — perguntava John Henry Menton. — Tenho uma ideia da cara dele.

Ned Lambert deu uma olhadela para trás.

— Bloom — disse —, a senhora Marion Tweedy era, é, quero dizer, a soprano. Ela é a mulher dele.

— Ah, sim — disse John Henry Menton. — Não a vejo há algum tempo já. Ela era uma mulher bonitona e tanto. Dancei com ela, espere, há quinze dezessete belos anos, no Mat Dillon, em Roundtown. E de encher os braços era ela.

Olhou para trás por entre os outros.

— Que é que é ele? — perguntou. — Que é que faz? Não trabalhava em papelaria? Tive uma desavença com ele uma tarde, recordo-me, nos boliches.

Ned Lambert sorria.

— Sim, trabalhava — disse ele — no Wisdom Hely. Caixeiro-viajante de mata-borrões.

— Em nome de Deus — disse John Henry Menton —, como é que ela foi casar com um cara como ele? Ela tinha um tudo então.

— Ainda tem — disse Ned Lambert. — Ele é corretor de anúncios.

Os grandes olhos de John Henry Menton fitaram à frente.

A carreta virava para uma aleia lateral. Um homem corpulento, emboscado entre verduras, levantou o chapéu em reverência. Os coveiros bateram nos bonés.

— John O'Connell — dizia o senhor Power satisfeito. — Ele não esquece jamais um amigo.

O senhor O'Connell apertou a mão de todos em silêncio. O senhor Dedalus disse:

— Estou fazendo-lhe outra visita.

— Meu caro Simon — respondeu o zelador em voz baixa. — Não o quero de modo nenhum como cliente.

Saudando Ned Lambert e John Henry Menton, ele prosseguiu para o lado de Martin Cunningham, manimisturando pelas costas duas chaves.

— Já ouviram aquela — perguntou ele — sobre o Mulcahy de Coombe?

— Eu não — disse Martin Cunningham.

De concerto inclinaram suas cartolas e Hynes obliquou a orelha. O zelador pendurou os polegares nos elos de sua cadeia de ouro do relógio e falou em tom discreto para os sorrisos vagos deles.

— Conta a história — disse — de dois beberrões que vieram aqui uma tarde brumosa à cata da sepultura de um amigo deles. Perguntaram pelo

Mulcahy de Coombe e foram informados do lugar em que este estava enterrado. Depois de vaguearem na bruma acharam a sepultura, afinal. Um dos beberrões soletrou o nome: Terence Mulcahy. O outro beberrão pôs-se a pestanejar para a estátua de nosso Salvador que a viúva mandara ali pôr. O zelador piscou para um dos sepulcros por que passavam. E retomou:

— E, depois de pestanejar para a imagem sagrada, disse *Pros diabos com essa parecença,* disse ele. *Esse não é o Mulcahy,* disse ele, *uma ova para quem quer que o tenha feito.*

Premiado pelos sorrisos, atrasou-se a falar com Corny Kelleher, recebendo as fichas que lhe passava, virando-as e verificando-as no que andava.

— Tudo isso foi dito com uma intenção — explicava Martin Cunningham a Hynes.

— Percebi — disse Hynes —, percebi bem.

— Para animar — disse Martin Cunningham. — É pura bondade de alma: o resto que vá pros diabos.

O senhor Bloom admirava o vulto próspero do zelador. Todos querem ter boas relações com ele. Sujeito decente, esse John O'Connell, dos bons de verdade. Chaves: como o anúncio de Xaves: sem medo de que ninguém pule fora, sem senhas de saída. *Habeas corpus.* Preciso mexer-me por esse anúncio depois do enterro. Terei escrito Ballsbridge sobre o envelope que apanhei quando ela me atrapalhou no que eu estava escrevendo para Martha? Espero que não fique engavetada na divisão de cartas erradas. Estaria melhor se barbeado. Barba brotando cinzenta. É o primeiro sinal que os cabelos começam a grisalhar e o gênio se faz azedo. Fios prateados entre os cinza. Engraçado ser mulher dele. Imagino como teria tido o topete de declarar-se a uma moça. Decida-se e vamos viver no cemitério. Acenar a ela com isso. Podia tê-la espantado de início. Cortejada pela morte... Sombras da noite pairando aqui com todos os mortos estirados por aí. As trevas das tumbas quando os adros-cemitério bocejam e Daniel O'Connell deve ser um descendente presumo que como foi costume dizer ele era um garboso garanhão de homem notável católico ainda assim como um grande gigante no escuro. Fogo-fátuo. Gás das covas. Ter de manter a mente dela livre disso para poder conceber. As mulheres são particularmente tão influenciáveis. Contar-lhe uma história de fantasmas na cama para fazê-la dormir. Já viste algum fantasma? Pois bem, eu já. Era um breu de noite negra. Os ponteiros marcavam a meia-noite. Ainda assim podiam trepar muito bem se se estimulassem convenientemente. Rameiras nos cemitérios turcos. Aprendem tudo se iniciadas jovens. Poderias pescar uma viúva fresquinha por aqui. Os homens gostam disso. Amor entre tumbas. Romeu. Tempero do prazer. Em meio à morte estamos com vida. Os extremos se tocam. Tantalizante para os pobres mortos. Cheiro de bife grelhado para os famintos a comerem as próprias entranhas. Desejo de provocar os outros. Molly querendo fazê-lo à janela. De qualquer modo ele tem oito filhos.

No que vai de seu tempo ele já viu enterrar uma quantidade jazendo em redor dele em campos após campos. Campos santos. Mais espaço se fossem enterrados em pé. Sentados ou ajoelhados não podia ser. De pé? A cabeça poderia apontar certo dia no terreno por uma erosão com suas mãos indicando. O terreno precisa ser como uma colmeia: células oblongas. E ele o mantém também muito limpo, grama cortada e cercaduras. Ao Mount Jerome o major Gamble chama seu jardim. E é de facto um. Deveria ter dormideiras. Os cemitérios chineses com papoulas gigantes crescendo produzem o melhor ópio, contou-me Mastiansky. O Jardim Botânico é logo ali. É o sangue infiltrando-se terra adentro que dá vida nova. A mesma ideia daqueles judeus que diz que mataram o menino cristão. A cada homem seu preço. Bem-conservado cadáver nédio de cavalheiro, epicurista, inapreciável para jardim frutífero. Uma pechincha. Pela carcaça de William Wilkinson, inspetor e perito-contador, recém-falecido, três libras treze e seis. Com os nossos agradecimentos.

Eu afirmaria que o solo ficava bem graxo com adubo cadavérico, ossos, carne, unhas, ossário. Horripilante. Tornando-se verde e rosa, decompondo-se. Putrefeitos rápido em terra húmida. Os velhos esmirrados, mais resistentes. Então uma espécie de uma espécie sebenta de uma queijinojenta. Então começa a pretejar, melaço porejando deles. Então secados. Mortitraças. É certo que as células ou o que quer que sejam continuam vivendo. Transmudando-se. Viver praticamente para sempre. Nada de que se alimentarem, alimentam-se de si mesmas.

Mas elas devem gerar uma porção dos diabos de larvas. O solo deve simplesmente ficar gerando delas. Nossa cabeça gerando. Essas garotas da praia geram. Ele parece bastante alvissareiro com isso. Dá-lhe um sentimento de poder, ver todos os outros dar baixa antes. Pergunto a mim mesmo como encara ele a vida. Fazendo suas piadas também: esquenta-lhe as fibras do coração. Aquela sobre o boletim. Spurgeon foi para o céu às quatro da manhã de hoje. Onze da noite (hora de fechar). Não chegado ainda. Pedro. Os mortos mesmos, pelo menos os homens, gostariam de ouvir uma piada salgada ou as mulheres de saber qual é a moda. Uma pera suculenta ou um ponche feminino, quente, forte e doce. Resguarda da humidade. Precisa-se de rir por vezes, assim é melhor fazê-lo dessa forma. Coveiros no *Hamlet*. Mostra o conhecimento profundo do coração humano. Não ousam pilheriar do morto por dois anos pelo menos. *De mortuis nil nisi prius*. Sair do funeral o primeiro. Difícil imaginar o enterro dele. Parece uma espécie de pilhéria. Ler a própria notícia necrológica dizque que se vive mais tempo. Dá-te um novo fôlego. Novo contrato de vida.

— Quantos tem para amanhã? — perguntou o zelador.
— Dois — disse Corny Kelleher. — Dez e meia, e onze.

O zelador pôs os papéis no bolso. O carrinho deixara de rodar. Os acompanhantes dividiram-se e deslocaram-se para cada lado da cova, pisando com cautela em torno das tumbas. Os coveiros carregaram o caixão e assentaram a cabeceira no bordo, passando as faixas à volta dele.

Enterrando-o. Vimos para enterrar César. Seus idos de março ou junho. Ele não sabe quem aqui está nem se importa.

Mas quem é aquele moleirão magricela com o impermeável? Pois eu gostaria de saber. Pois eu daria bem um doce para saber quem é ele. Há sempre alguém que aparece com quem tu nem sequer sonharias. Um sujeito podia viver só no seu canto toda a vida. Sim, podia. Ainda assim tinha de arranjar alguém para tapá-lo depois de morto ainda que pudesse cavar sua própria cova. Nós todos fizemos. Somente o homem inuma. Não, as formigas também. É a primeira coisa que chama a atenção de qualquer um. Enterrar os mortos. Diz-se que Robinson Crusoé era fiel à realidade. Muito bem, então Sexta-feira o enterrou. Toda Sexta-feira enterra uma Quinta-feira, se bem se pensa na coisa.

Oh, pobre Robinson Crusoé,
Fazer isso pudeste, como é?

Pobre Dignam! Seu último jazer sobre a terra na sua caixa. Quando se pensa neles todos parece um desperdício de madeira. Toda carcomida. Poder-se-ia inventar um féretro engenhoso com uma espécie de painel deslizando, deixando tudo baixar bem. É, mas poderiam objectar a que se enterrasse um no de outro sujeito. São tão sensíveis. Deponham-me na minha terra natal. Um torrão de barro da terra santa. Somente mãe e o filho natimorto foram jamais enterrados num mesmo caixão. Compreendo o que isso significa. Compreendo. Para protegê-lo tanto quanto possível mesmo dentro da terra. A casa do irlandês é o seu caixão. Embalsamamento das catacumbas, múmias, a mesma ideia.

O senhor Bloom mantinha-se bem atrás, o chapéu na mão, contando as cabeças nuas. Doze. Sou o treze. Não. O tipo do impermeável é o treze. Número fatídico. De que diabo brotou ele? Não estava na capela, sou capaz de jurar. Superstição boba essa sobre o treze.

Bela casimira macia é a do terno de Ned Lambert. Um toque de púrpura. Tive um como aquele quando vivíamos na rua Lombard Oeste. Foi um almofadinha em certo tempo. Costumava trocar de terno três vezes ao dia. Preciso que o Messias me revire aquele meu terno cinza. Alto lá! É tinto. Sua mulher esqueci-me ele não é casado sua senhoria devia ter pespontado para ele aqueles fios.

O caixão mergulhou sumindo da vista, tenteado pelos homens arqueados nas tumbibordas. Lutavam para cima e para fora: e todos descobertos. Vinte. Pausa.

Se nos tornássemos todos de repente outros quaisquer.

Bem longe um asno zurrava. Chuva. Não tão burro. Morto nunca se vê um, dizque. Vergonha da morte. Escondem-se. Também o pobre papai se foi.

Leve brisa doce soprava por sobre as cabeças nuas num cochicho. Cochichos. O garoto perto da cabeceira da cova sustinha sua coroa com ambas as mãos fitando quedo o negro espaço aberto. O senhor Bloom deslocou-se para trás do atento corpulento zelador. Sobrecasaca bem cortada. Ponderando-os talvez para saber qual será o próximo. Bem, é um longo repouso. Não sentir mais. É no momento que se sente. Deve ser infernalmente desagradável. Não se pode crer no início. Engano deve ser: vez de outro qualquer. Tenta na casa ao lado. Espera, eu queria. Eu não fiz ainda. Então escurecem a câmara da morte. Luz é o que eles querem. Cochichando ao teu redor. Gostarias de ver um padre? Depois derivando e divagando. Delírio tudo que escondeste toda a tua vida. A luta mortal. Seu sono não é natural. Apertar a pálpebra inferior dele. Espiando está seu nariz afilando, está sua mandíbula afundando, estão as solas dos seus pés amarelas. Afastar o travesseiro e acabá-lo no chato já que está perdido. Diabo naquele quadro da morte do pecador mostrando-lhe uma mulher. Morrendo por enlaçá-la ele em camisola. Último ato de *Lucia*. *Não te verei eu nunca mais?* Pum! Expira. Se foi enfim. Gentes falam sobre ti um pouco: esquecem-te. Não se esqueça de rezar por ele. Lembre-se dele em suas orações. De Parnell mesmo. A flor da hera está morrendo. Então eles seguem: caindo no buraco um após outro.

Estamos rezando agora pelo repouso de sua alma. Desejando que sejas eterno e não no Inferno. Bela mudança de clima. Da frigideira da vida para o fogo do Purgatório.

Será que ele jamais pensa no buraco que o espera? Diz-se que se faz quando se arrepia ao sol. Alguém passando em cima dele. Aviso do contrarregra. Perto de ti. A minha por lá cerca do Finglas, a nesga que comprei. Mamãe pobre mamãe, e o pequenino Rudy.

Os coveiros pegaram de suas pás e voaram pesados torrões de terra por sobre o caixão. O senhor Bloom desviou o rosto. E se ele estivesse vivo todo o tempo? Uf! Dianho, isso seria horrível! Não, não: ele está morto, por certo. Por certo que ele está morto. Segunda-feira morreu. Devia haver alguma lei para furar o coração e dar certeza ou um relógio eléctrico ou um telefone no caixão e alguma espécie de respiradouro de tela. Bandeirola de perigo. Três dias. Algo longo para mantê-los no verão. Apenas o bastante pra livrar-se deles tão pronto se tivesse certeza de que não.

A terra caía mais leve. Começa a ser esquecido. Longe dos olhos, longe do coração.

O zelador afastou-se alguns passos e pôs o chapéu. Já fora o bastante. Os acompanhantes se recompuseram, um a um, cobrindo-se sem alarde. O senhor Bloom pôs o chapéu e viu a corpulenta personagem abrir caminho peritamente em meio ao labirinto de tumbas. Placidamente, seguro do terreno, atravessava os domínios merencórios.

Hynes anotando algo em seu canhenho. Ah, os nomes. Mas ele sabe o de todos. Não: aproximando-se de mim.

— Estou apenas tomando os nomes — disse Hynes num sussurro. — Qual é o seu nome de baptismo? Não me lembro bem.

— Le — disse o senhor Bloom. — Leopold. E poderia anotar o nome também do M'Coy. Ele me pediu isso.

— Charles — disse Hynes, escrevendo. — Eu sei. Em certa época esteve no *Freeman*.

Assim era antes de arranjar o lugar na morgue sob a direção de Louis Byrne. Boa ideia uma *causa mortis* para os doutores. Confirmar o que eles pensam conhecer. Ele morreu de uma terça-feira. Escafedeu-se. Ajeitou-se com o dinheiro de uns anúncios. Charley, tu és meu bem. Por isso é que me pediu. Oh, sim, não faz mal. Cuidei daquilo, M'Coy. Obrigado, meu velho: penhorado. Deixá-lo com uma obrigação: não custa nada.

— E diga-me — dizia Hynes —, conhece aquele sujeito de, o sujeito que estava por lá de...

Mirou à volta.

— Impermeável. Sim, eu o vi — disse o senhor Bloom. — Onde está ele agora?

— Impermeato — disse Hynes, rabiscando —, não sei quem é. É esse seu nome?

Ele afastou-se, procurando-o.

— Não — começou o senhor Bloom, virando-se e estacando. — É, Hynes! Não ouviu. Ué! Por onde terá desaparecido? Nem sinal. Bem, de todos os. Terá alguém aqui visto. Efe i eme. Fez-se invisível. Por Deus, que é dele?

Um sétimo coveiro aproximou-se do lado do senhor Bloom para apanhar uma pá vaga.

— Oh, desculpe-me!

Ele pôs-se de lado vivazmente.

Terra, parda, húmida, começava a ser vista no buraco. Ela subia. Quase ao nível. Um monte de padas húmidas subia mais e mais, e os coveiros descansaram suas pás. Todos descobriram-se de novo por uns poucos instantes. O garoto arrimou sua coroa contra um canto: o cunhado a sua contra um montículo. Os coveiros puseram seus bonés e carregaram suas pás terrosas para a carreta. Então bateram de leve as lâminas contra a grama: limpas. Um inclinou-se para arrancar do cabo um tufo longo de erva. Outro, deixando seus companheiros, prosseguiu lentamente ombro-arma, sua lâmina azulverberando. Silenciosamente, à capititumba, outro enrolava a faixa do caixão. Seu umbilicordão. O cunhado, retirando-se, colocou algo em sua mão livre. Agradecimentos em silêncio. Lamento, senhor: incomodar-se. Cabismeneios. Sei o que é isso. Para vocês apenas.

Os acompanhantes afastavam-se lentamente, sem objectivo, por caminhos errantes, parando por instantes para ler um nome sobre uma tumba.

— Vamos dar uma volta pelo túmulo do chefe — disse Hynes. — Temos tempo.

— Vamos — disse o senhor Power.

Tomaram para a direita, seguindo seus lentos pensamentos. Com reverência, a voz imodulada do senhor Power falou:
— Há quem diga que ele não está na cova absolutamente. Que o caixão foi enchido de pedras. Que algum dia ele voltará de novo.
Hynes sacudiu a cabeça.
— Parnell não voltará jamais — disse ele. — Lá está, tudo o que era mortal nele. Paz às suas cinzas.

O senhor Bloom caminhava em seu bosquete despercebido dos tristonhos anjos, cruzes, colunas truncadas, capelas familiares, esperanças pétreas pregando com olhos sursivoltos, corações e mãos da velha Irlanda. Mais sensato despender o dinheiro em alguma caridade para com os vivos. Reze pelo repouso da alma de. Fá-lo de facto alguém? Plantá-lo ali e é tudo o que cumpria. Como uma pazada de carvão em fornalha. E é aglomerá-los juntos para poupar tempo. Dia de finados. A vinte e sete estarei à sua tumba. Dez xelins para o jardineiro. Mantém-na limpa de ervas. Velho ele também. Arqueado em dois com sua segadora mondando. Perto do umbral da morte. Que passou desta. Que deixou esta vida. Como se o tivessem feito por própria deliberação. Com um empurrão, todos eles. Que esticou as canelas. Mais interessante se te contassem o que foram. Fulano de tal, carroceiro. Eu era caixeiro-viajante de linóleo de cortiça. Eu entrei em concordata a cinco xelins por libra. Ou de uma mulher com sua panela. Eu cozinhava bom guisado irlandês. Elogio de um adrocemitério de campanha tinha de ser aquele poema de me parece Wordsworth ou Thomas Campbell. Ganhou descanso dizem os protestantes. A do velho Dr. Murren. A grande medicadora o acolheu. Afinal, é o torrão de Deus para eles. Bela casa de campo. Recém-rebocada e pintada. Lugar ideal para uma cachimbada tranquila e para ler o *Church Times*. Nunca se tenta embelezar os anúncios de casamento. Festões enferrujados pendendo de aldrabas, guirlandas bronzefoliadas. O que de melhor pelo preço. Ainda assim, as flores são mais poéticas. As outras são cansativas, nunca se fanando. Dizem nada. Perpétuas.

Um passarinho pousava plácido num ramo de choupo. Como que empalhado. Como o presente de casamento que o edil Hooper nos deu. Chô! Nem se mexe. Sabe que não há atiradeiras para varejar contra ele. Os bichos mortos são ainda mais tristes. Milly-Bobilly enterrando o passarinhozinho morto na caixa de fósforos de cozinha, uma enfiada de margaridas e pedaços de colarezinhos partidos sobre a cova.

O Sagrado Coração é aquilo: mostrando-o. Coração sobre a palma. Tinha de estar para o lado e devia ser pintado de vermelho como um coração de verdade. A Irlanda lhe foi dedicada ou coisa que o valha. Parece tudo menos satisfeito. Por que esta inflicção? Viriam então os passarinhos picar como no caso do garoto com a cesta de frutas mas ele disse que não porque eles deviam estar com medo do garoto. Apolo era ele.

Quantos e quantos! Todos estes aqui andaram num tempo por Dublin. Fiéis idos. Como és agora assim fomos certa vez.

Ademais como podias lembrar-te de cada um? Olhos, andar, voz. Bem, a voz, sim: gramofone. Ter um gramofone em cada sepultura ou guardá-lo em casa. Depois do jantar num domingo. Toca o pobre do velho bisavô Craacraaaac! Alôalôalô toubrutalmente feliz craac brutalmentefeliztourrever alôalôalô toubrut captchtoh. Lembra-te a voz como uma fotografia te lembra a cara. De outra maneira não poderias lembrar-te da cara depois, digamos, de quinze anos. Por exemplo, quem? Por exemplo, certo sujeito que morreu quando eu estava no Wisdom Hely.

Trstrs! Um rasquido de pedras. Atenção. Para.

Fitou baixo determinadamente numa cripta de pedra. Algum bicho. Atenção. Lá vai ele.

Um rato cinza obeso cambaleava ao longo do lado da cripta, remexendo o saibro. Um velho experimentado: bisavô: conhece as manhas. O cinzento vivente achatou-se debaixo do plinto, retorcendo-se adentro para debaixo. Bom esconderijo de tesouro.

Quem vive ali? Jazem os restos de Robert Emery. Robert Emmet foi enterrado aqui ao clarão de archotes, não foi? Fazendo suas rondas.

A cauda se fora já.

Um daqueles gajos liquidaria rápido um sujeito. Deixaria limpos os ossos de quem quer que fosse. Carne trivial para eles. Um cadáver é carne deteriorada. Bem, e o que é queijo? Cadáver de leite. Li naquele *Viagens na China* que os chineses dizem que branco cheira a cadáver. Cremação é melhor. Os padres são mortalmente contra. Cozinham para a outra firma. Cremadores por atacado e negociantes de fornos holandeses. Tempo da peste. Fossas de cal viva borbulhante para comê-los. Câmara letal. De cinzas a cinzas. Ou atirar ao mar. Onde é a tal torre parse do silêncio? Comidos por aves. Terra, fogo, água. Afogamento dizque é o mais agradável. Ver toda a tua vida num lampejo. Mas sendo devolvido à vida não. Não se pode entretanto enterrar no ar. De um engenho voador. Pergunto-me se a notícia corre entre

quando um novato é enterrado. Comunicação subterrânea. Aprendemos isso com eles. Não ficaria surpreendido. Refeição completa regular para eles. As moscas vêm antes que se esteja completamente morto. Sentiram o hálito de Dignam. Não se preocupariam com o cheiro. Farofa crocante salbranqueada de cadáver: cheiro, gosto de nabos brancos crus.
 Os portões luziam em frente: ainda abertos. De volta ao mundo de novo. Assaz deste lugar. Traz-te um tico mais para perto cada instante. Pela última vez que aqui estive foi no enterro da senhora Sinico. Pobre papai também. O amor que mata. E mesmo raspando a terra à noite com uma lanterna como no caso que li para arranjar mulheres enterradas de novo ou mesmo apodrecidas com supurantes tumbumores. Provoca logo em seguida arrepios. Vou aparecer-te depois da morte. Verás meu espírito depois da morte. Meu espírito te perseguirá depois da morte. Há um outro mundo depois da morte chamado Inferno. Não gosto daquele outro nome escreveu ela. Nem eu. Tanto que ver e ouvir e sentir ainda. Sentir vívidos seres cálidos cerca de ti. Deixá-los dormir nos seus leitos bichados. Não irão pescar-me desta feita. Leitos quentes: quente plenissanguínea vida.
 Martin Cunningham emergia de uma aleia lateral, falando gravemente.
 Procurador, penso. Conheço-lhe a cara. Menton. John Henry, procurador, comissionado em juramentos e afiançamentos. Dignam costumava ir ao seu escritório. O de Mat Dillon há tempos atrás. Tardes hospitaleiras do jovial Mat. Aves frias, charutos, os copos de. Tântalo. Coração de ouro realmente. Sim, Menton. Fez uma cena naquela tarde no campo de boliche porque o enfrentei à altura. Puro bambúrrio de minha parte: o efeito. Por que agarrou ele tal rancor enraizado contra mim. Ódio à primeira vista. Molly e Floey Dillon abraçadas debaixo do lilaseiro, rindo. O sujeito fica sempre assim, mortificado se há mulheres perto.
 Está com uma bossa no lado do chapéu. A carruagem provavelmente.
 — Com licença, senhor — disse o senhor Bloom lado a lado com eles.
Pararam.
 — Seu chapéu está um pouco achatado — disse o senhor Bloom, apontando.
 John Henry Menton fitou-o por instante sem mexer-se.
 — Aqui — ajudou Martin Cunningham, apontando também.
 John Henry Menton retirou o chapéu, desachatou a bossa e alisou a felpa com cuidado contra a manga do paletó. Rebateu de novo sobre a cabeça o chapéu.

— Agora está bem — disse Martin Cunningham.
John Henry Menton declinou a cabeça anuindo.
— Obrigado — disse breve.
Prosseguiram rumo do portão. O senhor Bloom, descoroçoado, atrasou-se uns quantos passos como para não entreouvi-los. Martin pontificando a lei. Martin podia torcer um cabeça de vento como aquele com seu dedo mindinho sem que ele nem suspeitasse.
Olhos de peixe. Não importa. Vai lamentar-se depois talvez quando cair em si. Levar-lhe a melhor daquele modo.
Obrigado. Quão nobres estamos esta manhã.

NO CORAÇÃO DA METRÓPOLE HIBÉRNIA

Diante da Coluna de Nelson os bondes demoravam-se, desviavam-se, trocavam reboque, partiam para Blackrock, Kingstown e Dalkey, Clonskea, Rathgar e Terenure, Parque de Palmerston e Alto Rathmines, Sandymount Green, Rathmines, Ringsend e Sandymount Tower, Harold's Cross. O rouco controlador da Dublin United Tramway Company berrava-lhes a partida:
— Rathgar e Terenure!
— Vamos, Sandymount Green!
À direita e à esquerda, paralelos, retinindo badalando um dois andares e um comum deixavam sua terminal, embicavam para a linha de saída, deslizavam paralelos.
— Partida, Parque de Palmerston!

OS ESTAFETAS DA COROA

Sob o pórtico do escritório do correio-geral engraxates apregoavam e lustravam. Estacionados na rua North Prince os carros-postais vermelhos de Sua Majestade, trazendo nos lados as iniciais reais, E.R., recebiam ruidosamente atirados sacos de cartas, de cartões-postais, de cartas-postais, volumes, assegurados e pagos, para entrega local, provincial, britânica e ultramarina.

CAVALHEIROS DA IMPRENSA

Carroceiros embotamancados rolavam barris surdibundos para fora dos armazéns Prince e chocavam-nos adentro da carroça cervejeira. Na carroça cervejeira chocavam surdibundos barris rolados fora dos armazéns Prince por carroceiros embotamancados.
— Pronto — dizia Red Murray. — Alexandre Xaves.
— Quer cortá-lo, sim? — disse o senhor Bloom —, que eu o levarei à redação do *Telegraph*.
A porta do escritório de Ruttledge rangeu de novo. Davy Stephens, encolhido numa ampla pelerine, um pequeno chapéu de feltro coroando seus cachos, atravessou com um rolo de papéis sob a pelerine, um correio do rei.
As longas tesouras de Red Murray cortaram o anúncio do jornal em quatro golpes secos. Tesoura e cola.
— Vou à oficina tipográfica — disse o senhor Bloom, pegando do quadrado cortado.
— É claro que se ele quer um entrefilete — disse Red Murray solícito, caneta atrás da orelha —, podemos fazer.
— Bem — disse o senhor Bloom com um nuto. — Eu vou cozinhar isso. Nós.

WILLIAM BRAYDEN, ESCUDEIRO, DE OAKLANDS, SANDYMOUNT

Red Murray tocou o braço do senhor Bloom com as tesouras e sussurrou:
— Brayden.
O senhor Bloom voltou-se e viu o porteiro de libré levantar seu boné com iniciais no que um majestoso personagem entrava entre os placares de notícias do *Weekly Freeman and National Press* e o *Freeman's Journal and National Press*. Surdibundos barris da Guinness. Passou majestoso escadaria acima pilotado por um guarda-chuva, barbimoldurado rosto solene. As costas larguitecidas ascendiam cada degrau: costas. Todo o seu miolo está na nuca, diz Simon Dedalus. Pregas de carne atrás dele. Dobras gordas de pescoço, gordura, pescoço, gordura, pescoço.

— Não acha que seu rosto é como o de Nosso Salvador? — sussurrou Red Murray.
A porta do escritório de Ruttledge sussurrou: ii: crii. Constrói-se sempre uma porta em frente da outra para que o vento. Entrada. Saída.
Nosso Salvador: rosto oval barbimoldurado: conversando a meia-luz Mary, Martha. Pilotado pela espada de um guarda-chuva para a ribalta: Mário o tenor.
— Ou como Mário — disse o senhor Bloom.
— É — concordou Red Murray. — Mas dizia-se que Mário era a cara de Nosso Salvador.
Jesus Mário com faces carminadas, gibão e pernas de fuso. Mão sobre o coração. Na *Martha*.

Ve-em perdido bem,
Ve-em querido bem.

O BÁCULO E A PENA

— Sua graça telefonou duas vezes esta manhã — disse grave Red Murray.
Espiaram os joelhos, pernas, botas evanescer. Pescoço.
Um garoto de telegramas entrou vivaz, atirou um envelope no balcão e retirou-se postapressadamente com uma palavra.
— *Freeman!*
O senhor Bloom disse devagar:
— Bem, ele também é um dos nossos salvadores.
Um sorriso submisso acompanhou-o no que ele levantava a aba do balcão, passava pela porta lateral ao longo da escada e corredor quentes e escuros, por sobre as tábuas agora reluzindo. Mas salvará a circulação? Rebatendo, rebatendo.
Empurrou a porta batente envidraçada e entrou, pisando sobre papel de embrulho acumulado. Por uma aleia de cilindros retinindo fez caminho ao gabinete de leitura de Nannetti.
Hynes aqui também: relato do enterro provavelmente. Rebatendo rebater.

COM SINCERO PESAR É QUE ANUNCIAMOS A DESAPARIÇÃO DE UM RESPEITADO CIDADÃO DE DUBLIN

Esta manhã os restos do falecido senhor Patrick Dignam. Máquinas. Esmagam um homem a átomos se o agarram. Governam o mundo hoje em dia. Os maquinismos dele estão também mourejando. Como estas, desencadeadas: fermentando. Transtrabalhando, transmourejando. E aquele velho rato cinza mourejando para meter-se dentro.

COMO UM GRANDE ÓRGÃO DIÁRIO É FEITO

O senhor Bloom estacou atrás do corpo enxuto do administrador, admirando sua coroinha luzidia.

Estranho, ele nunca viu sua terra verdadeira. Irlanda minha terra. Membro do Diretório na Faculdade. Ele impelia àquela atividade de trabalhador rotineiro o que melhor podia dar. São os anúncios e as várias que vendem um semanário, não as novidades batidas do noticiário oficial. A rainha Ana está morta. Comunicado autorizado do ano de mil e. Demesne, situado na comarca de Rosenallis, baronia de Tinnachinch. A quem interessar possa, balancete conforme disposições regulamentares dando conta do número de mulas e jumentas exportadas de Ballina. Notícias sobre a vida agrícola. Caricaturas. Historieta semanal de Pat e Bull, por Phil Blake. Página da garotada, do tio Toby. Perguntas de labregos do campo. Caro senhor diretor, que é que é bom para curar ventosidades? Gostaria dessa rubrica. Aprende-se um pedaço com ensinar os outros. Notas pessoais F. D. T. Fotos dizem tudo. Banhistas encantadoras sobre as areias douradas. O maior balão do mundo. Celebrado duplo casamento de irmãs. Os dois noivos rindo-se um ao outro à solta. Cuprani também, impressor. Mais irlandês que os irlandeses.

As máquinas retroavam em tempo de três por quatro. Rebate, rebate, rebate. Então, se ele ficasse paralítico e ninguém soubesse como pará-las, elas continuariam a retroar sempre, imprimindo mais e mais e para cima e para baixo. Artes do demo tudo aquilo. Precisa-se de cabeça fria.

— Bem, ponha a coisa na edição da tarde, conselheiro — disse Hynes. Brevemente lhe chamará senhor prefeito. Long John é o seu trunfo, consta.

O administrador, sem responder, rabiscou imprima-se num ângulo da folha e fez sinal a um tipógrafo. Entregou-lhe a folha em silêncio por sobre o biombo de vidro sujo.
— Bem: obrigado — disse Hynes, retirando-se.
O senhor Bloom barrava-lhe a passagem.
— Se quer receber, veja que o caixa está para ir almoçar — disse ele, apontando para trás com o polegar.
— Você recebeu? — perguntou Hynes.
— Hum — disse o senhor Bloom. — Apresse-se que o pegará.
— Obrigado, meu velho — disse Hynes. — Vou afagá-lo também.
Ele apressou-se lesto para o *Freeman's Journal*.
Três bagrinhos que já lhe emprestei no Meagher. Há três semanas. Terceira deixa.

VEMOS O ALICIADOR EM ACÇÃO

O senhor Bloom pousou o recorte sobre a escrivaninha do senhor Nannetti.
— Desculpe-me, conselheiro — disse. — Este anúncio, veja. Xaves, lembre-se.
O senhor Nannetti examinou o recorte por instantes e assentiu.
— Quer a coisa para julho — disse o senhor Bloom.
Não ouve. Nannan. Nervos de aço.
O administrador avançou o lápis para o recorte.
— Mas espere — disse o senhor Bloom. — Ele quer uma modificação. Xaves, compreende. Quer duas chaves ao alto.
Inferno de barulhada que fazem. Talvez ele entenda o que eu.
O administrador virou a cabeça pacientemente para ouvir e, alçando um cotovelo, começou a coçar vagaroso o sovaco de sua jaqueta de alpaca.
— Assim — disse o senhor Bloom, cruzando seus indicadores no cabeço. Que engula isso primeiro.
O senhor Bloom, fitando de esguelha da cruz que fizera, viu a face lívida do administrador, pensou que tinha um quê de icterícia, e mais além as bobinas obedientes que alimentavam colossais tramas de papel. Retroa. Retroa. Milhas dele desbobinadas. Que é que ele se torna depois? Oh, embrulhar carne, volumes: usos variados, mil e uma coisas.

Enxertando habilmente suas palavras nos intervalos do retroar esboçou rápido sobre o escarilenho.

CASA DE XAVES

— Assim, veja. Duas chaves cruzadas aqui. Um círculo. Então aqui o nome Alexandre Xaves, negociante de chá, vinho e alcoólicos. E assim por diante. Melhor não ensinar-lhe seu próprio negócio.
— Sabe muito bem, conselheiro, o que ele quer mesmo. Depois, à volta do cabeço em corpo maior: a casa de chaves. Compreende? Acha que é uma boa ideia?
O administrador deslocou sua mão coçadora para as costelas de baixo e aí coçou com calma.
— A ideia — disse o senhor Bloom — é a da casa de chaves. Compreende, conselheiro, o Parlamento da ilha de Man. Insinuação de administração autônoma. Turistas, compreende, da ilha de Man. Chama a atenção, compreende. Pode fazer?
Eu poderia talvez perguntar-lhe sobre como se pronuncia o tal *voglio*. Mas se acaso não soubesse tornaria a coisa difícil para ele. Melhor não.
— Podemos fazer — disse o administrador. — Tem o clichê?
— Posso arranjá-lo — disse o senhor Bloom. — Saiu num jornal de Kilkenny. Ele tem lá também uma casa. Dou um pulo e pergunto-lhe. Enfim, junte se pode um entrefilete para chamar a atenção. Já sabe, a coisa de sempre. Estabelecimento licenciado de alta classe. Necessidade longamente sentida. E assim por diante.
O administrador pensou por um instante.
— Podemos fazer — disse ele. — Que ele faça uma renovação por três meses.
Um tipógrafo trazia-lhe uma prova de página solta. Começou a revê-la em silêncio. O senhor Bloom, parado ao lado, ouvia as pulsações bulhentas do retroar, vendo os tipógrafos silenciosos junto às suas caixas.

ORTOGRÁFICO

Tem de ser forte em ortografia. Febre de provas. Martin Cunningham se esqueceu de nos impingir hoje sua charada ortográfica. É engraçado ver o chocar dois erres reiro ca um erre, não é? ramanchão sob o qual o bufarinheiro tem o pri com i vilégio de fazer uma sesta dentro de uma cesta. Bobagem, não é? Cesta foi posto aí está claro por causa de sesta.

Eu podia ter dito quando ele pôs a cartola. Obrigado. Eu deveria ter dito algo sobre um velho chapéu ou coisa que o valha. Não, eu podia ter dito. Parece novo agora. Ver sua fachada então.

Sllt. A chapa inferior da primeira máquina projetou para a frente sua alçadeira com sllt a primeira pilha de folhas cadernidobradas. Sllt. Quase humana a maneira por que sllt chama a atenção. Fazendo esforços para falar. Essa porta também sllt rangendo, pedindo que a fechem. Tudo fala a seu próprio modo. Sllt.

ECLESIÁSTICO NOTÁVEL COLABORADOR OCASIONAL

O administrador devolveu a prova de galé de repente, dizendo:

— Espere. Onde está a carta do arcebispo? Deve ser repetido no *Telegraph*. Onde está o qual é seu nome?

Olhou à roda de si para as barulhentas máquinas irrespondentes.

— Monks, senhor? — perguntou uma voz da fundição.

— Isto. Onde está Monks?

— Monks!

O senhor Bloom apanhou seu recorte. Oportuno sair.

— Então vou arranjar o clichê, senhor Nannetti — disse —, e o senhor lhe dará um bom lugar, estou certo.

— Monks!

— Sim, senhor.

Renovação por três meses. Preciso gastar meu latim primeiro. Tentar de qualquer jeito. Fincar pé em agosto: boa ideia: mês da exposição de cavalos Ballsbridge. Turistas por lá para a exposição.

UM ARQUIVO VIVO

Atravessava pela sala das caixas, passando por um velho, curvado, oculado, aventalado. O velho Monks, o arquivo vivo. Que mundo de coisas terão passado por suas mãos por todo esse tempo: necrológios, anúncios de tavernas, discursos, acções de divórcio, achamento de afogados. Aproximando-se do fim do rosário. Sério homem sóbrio com um pé de meia na caixa econômica, eu diria. A mulher boa cozinheira e lavadeira. A filha virando a máquina de costura na saleta. Jane simplória, sem caraminholas.

E ERA A FESTA DA PÁSCOA

Estacou na caminhada para ver um tipógrafo distribuindo preciso tipos. Lê primeiro ao revés. Faz a coisa rápido. Exige alguma prática isso. mangiD kcirtaP. Pobre papai e seu hagadá, lendo com seu dedo para trás para mim. *Pessach*. No ano próximo em Jerusalém. Oh, meu Deus! Toda essa longa história sobre como saímos da terra do Egito e entramos na casa da servidão *alleluia*. *Shema Israel Adonai Elohenu*. Não, isso é a outra. Então os doze irmãos, filhos de Jacob. E então o carneiro e o gato e o cão e o bastão e a água e o açougueiro e então o anjo da morte mata o açougueiro que mata o boi e o cão mata o gato. Soa um pouco boboca até que se entre bem na coisa. Justiça é o que significa mas é um comer cada um o outro. É o que é a vida enfim. Com que rapidez ele executa a tarefa. A prática é a mãe da perfeição. Parece que vê com os dedos.

O senhor Bloom sobrepassou os ruídos rangentes pelo corredor até o patamar. Agora vou penar por um bonde até lá e talvez não pegá-lo mais? Melhor telefonar-lhe primeiro. Número? O mesmo da casa do Citron. Vinte e oito. Vinte e oito quatro quatro.

SÓ UMA VEZ MAIS AQUELE SABONETE

Desceu a escada do edifício. Que dianho riscou todas essas paredes com fósforo? Parece que se fez isso de aposta. Cheiro graxo pesado há sempre nessas oficinas. Cola quente na porta vizinha do Thom quando lá estive.

Retirou o lenço para esfregar o nariz. Limão-cidra? Ah, o sabonete que pus aí. É perdê-lo nesse bolso. Guardando o lenço, retirou o sabonete e aconchegou-o fora, abotoado no bolso traseiro das calças.

Que perfume sua mulher usa? Eu ainda poderia ir em casa: bonde: algo que eu esquecera. O bastante para ver antes de vestir-se. Não. Olha. Não.

Um súbito rir uivado veio da redacção do *Evening Telegraph*. Sei quem é. Que é que há? Um pulo de um minuto para telefonar. É Ned Lambert.

Entrou suave.

ERIN, GEMA VERDE DO MAR ARGÊNTEO

— O fantasma anda — murmurou o professor MacHugh suavemente, biscoitamente, contra a vidraça poeirenta da janela.

O senhor Dedalus, fitando da lareira vazia ao rosto pilheriante de Ned Lambert, inquiriu no respeito azedamente:

— Com todos os diabos, isso não vai provocar-lhe comichão no cu?

Ned Lambert, sentado sobre a mesa, continuava a ler:

— *Ou ainda, notai os meandros de um regato sussurrante no que tatibiteia seu curso, ventilado pelos mais suaves zéfiros embora querelando com obstáculos pétreos, até as carneiradas águas do azul domínio de Neptuno, a meio musgosas barrancas, beneficiando-se da luz solar gloriosa ou sob as sombras projetadas por sobre seu seio merencório pela sobrearqueada folhagem dos gigantes da floresta.* Que tal, Simon? — perguntou ele da borda do jornal. — Que tal como sublime?

— Está trocando de trago — disse o senhor Dedalus.

Ned Lambert, gargalhando, batia com o jornal sobre os joelhos, repetindo.

— *O seio merencório e a sobrearcuada folhagem.* É gente, é gente!

— E Xenofonte olhava para Maratona — disse o senhor Dedalus, olhando de novo para a lareira e para a janela — e Maratona olhava para o mar.

— Basta — gritou da janela o professor MacHugh. — Não quero mais ouvir dessa droga.

Liquidou o crescente de biscoito de água que estivera mordiscando e, avivado no apetite, se dispôs a mordiscar o biscoito da outra mão.

Baboseira sublime. Balões bombásticos. Ned Lambert está em seu dia, vejo. Arrebenta com o dia de um homem um enterro. Diz-se que ele é influente. O velho Chatterton, o vice-chanceler, é seu tio-avô ou seu tio-bisavô. Perto dos noventa diz que. O editorial necrológico por sua morte talvez esteja escrito há muito. Vive ainda para chateá-los. Ele mesmo pode ir antes. Johnny, abre-alas para teu tio. O mui honrado Hedges Eyre Chatterton. Apostaria que ele lhe tremirrabisca um cheque avulso ou dois em dias difíceis. Maná quando ele bater as botas. Aleluia.

— Apenas outro espasmo — disse Ned Lambert.
— Que é que é? — perguntou o senhor Bloom.
— Um fragmento recém-descoberto de Cícero — respondeu o professor MacHugh em tom pomposo. — *Nossa terra querida.*

CURTO MAS DIRETO

— Terra de quem? — disse simplório o senhor Bloom.
— Pergunta muito pertinente — disse o professor por entre sua mastigação. — Com ênfase no de quem.
— Terra do Dan Dawson — disse o senhor Dedalus.
— É o seu discurso de ontem de noite? — perguntou o senhor Bloom.
Ned Lambert aquiesceu.
— Mas ouçam isto — disse.
A maçaneta da porta bateu no meio das costas do senhor Bloom no que a porta era empurrada.
— Desculpe-me — disse J. J. O'Molloy, entrando.
O senhor Bloom deslocara-se lépido para o lado.
— Não há de quê — disse
— Bom-dia, Jack.
— Entre. Entre.
— Bom-dia.
— Como vai, Dedalus?
— Bem. E você?
J. J. O'Molloy sacudiu a cabeça.

TRISTE

Fora a maior promessa no foro menor. Decadência pobre sujeito. Esse rubor ético anuncia o fim de um homem. Toque-se-lhe e se romperá. Que ares o trazem, me pergunto. Dinheiro vasqueiro.

— *Ou ainda se ao menos galgássemos os picos das montanhas adensadas.*
— Você está com uma bela aparência.
— O director está visível? — perguntou J. J. O'Molloy, olhando para a porta do fundo.
— Sem nenhuma dúvida — disse o professor MacHugh. — Visível e audível. Está no santuário com Lenehan.

J. J. O'Molloy vagueou até o atril e começou a virar as páginas róseas da coleção.

Clientela minguando. Um quepodiatersido. Descoroçoando. Jogando. Dívidas de honra. Colhendo tempestades. Costumava receber boas comissões de D. and T. Fitzgerald. As perucas para mostrar matéria cinzenta. Cérebros na palma da mão como a estátua em Glasnevin. Creio faz alguns artigos literários para o *Express* com Gabriel Conroy. Sujeito lido. Myles Crawford começou no *Independent*. Gozada a maneira com que esses homens de imprensa mudam quando o vento lhes sopra favorável. Cata-ventos. Calor e frio na mesma brisa. Não se sabe em que acreditar. Num artigo são excelentes até que se leia o seguinte. Esculacham-se grosseiramente pelas colunas e de repente todo o barulho cessa. Camaradas cordiais logo a seguir.

— Ah, ouçam esta por amor de Deus — rogava Ned Lambert. — *Ou ainda se ao menos galgássemos os picos das montanhas adensadas...*
— Bombástico! — rompeu bruscamente o professor. — Chega de bolas de ventos!
— Picos — prosseguia Ned Lambert — *culminando alto e mais alto, para banharem nossas almas, como se fora...*
— Banharem-lhe o rabo — disse o senhor Dedalus. — Mas pelo bendito Deus eternal! É verdade que há quem lhe dê alguma coisa por isso?
— *Como fora, no panorama sem par do álbum da Irlanda, sem rival, a despeito dos exalçados protótipos de outras regiões decantadas, a beleza mesma, pelos seus bosques frondosos e planícies ondulantes e sumarentos pastos de verde vernal, imersos no translúcido fulgor transcendente de nosso misterioso suave crepúsculo irlandês...*
— A lua — disse o professor MacHugh. — Ele esqueceu-se de Hamlet.

SEU DORICO NATAL

— *Que envolve o largo e longo cenário e aguarda o globo luzente da lua a rebrilhar irradiando sua efulgência argêntea.*
— Oh — gritava o senhor Dedalus, deixando escapar um gemido desesperançado —, merda acebolada! Basta, Ned. A vida é curta de mais.

Retirou a cartola e, bufando de impaciência seu bigode espesso, penteou galesmente a cabeleira com os dedos em ancinho.

Ned Lambert sacudiu para o lado o jornal, chiando de gozo. Um instante depois um rouco ladrar de riso espocou perto da cara não barbeada e de negros óculos do professor MacHugh.

— Daw Doido! — gritou.

O QUE WETHERUP DIZIA

Está muito bem a zombaria agora contra a fria letra de forma mas essa droga se engole como bolo quente. Ele também estava na confraria desses forneiros, não estava? Por que lhe chamam Daw Doido? Soube fazer sua cama de qualquer jeito. A filha noivando com o gajo motorizado da repartição de rendas internas. Pecado direitinho. Mesa posta às relações. De arromba. Wetherup sempre dizia isso. Agarrá-los pelo estômago.

A porta dos fundos abriu-se violentamente e uma rubra cara bicuda, empenachada por uma crista de cabelos plumosos, arremessou-se adentro. Os atrevidos olhos azuis relanceram-nos em torno e a voz estridente perguntou:

— Que é que há?
— E eis que chega o falso escudeiro em pessoa — disse o professor MacHugh solene.
— Vomita, danado de velho pedagogo! — disse o diretor em reconhecimento.
— Venha, Ned — disse o senhor Dedalus, pondo o chapéu. — Depois disto preciso de um trago.
— Trago! — clamou o diretor. — Nada de tragos antes da missa.
— Também está certo — disse o senhor Dedalus, saindo. — Vamos, Ned.

Ned Lambert descambou da mesa. Os olhos azuis do diretor erravam sobre a cara do senhor Bloom, sombreada por um sorriso.
— Vem connosco, Myles? — perguntou Ned Lambert.

RELEMBRADAS BATALHAS MEMORÁVEIS

— Milícia de North Cork! — gritou o diretor, arremetendo contra o consolo da lareira. — Vencemos a cada vez! North Cork e oficiais espanhóis!
— Onde foi isso, Myles? — perguntou Ned Lambert com um olhar reflexivo para a ponteira dos seus sapatos.
— Em Ohio! — berrou o diretor.
— Assim foi, de acordo — concordou Ned Lambert.
Retirando-se, cochichou para J. J. O'Molloy:
— Moleira incipiente. Caso perdido.
— Ohio! — gralhava o diretor num agudo intenso pela cara escarlate sobre-erguida. — Meu Ohio!
— Um crítico perfeito! — disse o professor. — Longa, breve e longa.

OH, HARPA EÓLIA!

Tirou do bolso do colete um carretel de linha de dentes e, rompendo um pedaço, retesou-o hábil entre dois de seus ressoantes dentes não lavados.
— Bim-bã, bim-bã.
O senhor Bloom, vendo a costa despejada, rumou para a porta dos fundos.
— Um instante, senhor Crawford — disse. — Quero dar só um telefonema sobre um anúncio.
Entrou.
— Que há a respeito do editorial de hoje? — perguntou o professor MacHugh, achegando-se ao diretor e pousando mão firme sobre seu ombro.
— Vai sair bem — disse Myles Crawford mais calmo. — Não tenha dúvida. Alô, Jack. Tudo vai bem.
— Bom-dia, Myles — disse J. J. O'Molloy, deixando as páginas que sustinha deslizar mansas de volta à coleção. — Sai hoje aquele caso de falcatrua no Canadá?

O telefone zumbia lá dentro.
— Vinte e oito... Não, vinte... Quatro, quatro... Sim.

MARCAR O VENCEDOR

Lenehan vinha do escritório dos fundos com a prova do *Sports*.
— Quem quer uma barbada para a Taça de Ouro? — perguntou. — Ceptro montada por O. Madden.
Espraiou as provas pela mesa.
Berros de jornaleiros descalços no vestíbulo aproximavam-se e a porta foi escancarada.
— Psiu — fez Lenehan. — Ouço dassapas.
O professor MacHugh cruzou a sala e agarrou o fedelho amedrontado pela gola, no que os outros se moscavam do vestíbulo e escada abaixo. As provas farfalharam na corrente, flutuaram no ar em garranchos tristes e por sob a mesa pousaram em terra.
— Não fui eu, senhor. Foi o grandalhão que me empurrou, senhor.
— Ponha-o fora e feche a porta — disse o diretor. — Isso é mesmo um furacão.
Lenehan começou a colher as provas do assoalho, grunhindo no que se dobrava pela segunda vez.
— Esperava a edição extra das corridas, senhor — dizia o jornaleirinho.
— Foi Pat Farrel que me empurrou, senhor.
Apontou para duas caras que perscrutavam pelo umbral da porta.
— Aquele, senhor.
— Dê o fora — disse o professor MacHugh asperamente.
Sacudiu o garoto para fora e bateu a porta.
J. J. O'Molloy virava as folhas ruidosamente, murmurando, buscando:
— Continua na página seis, coluna quatro.
— Sim... Aqui o *Evening Telegraph* — telefonava o senhor Bloom no escritório dos fundos. — É o patrão...? Sim, *Telegraph*... Aonde?... Ah! Que leiloeiro?... Compreendo... Bem. Vou procurá-lo.

UMA COLISÃO SOBREVÉM

A campainha soou de novo no que pousou o gancho. Vinha rápido e deu uma trombada em Lenehan, que se esforçava por apanhar a segunda prova.

— *Pardon, monsieur* — disse Lenehan, apoiando-se nele por instante e fazendo uma careta.

— A culpa é toda minha — disse o senhor Bloom, suportando o apertão.
— Machuquei-o? Estou apressado.
— O joelho — disse Lenehan.

Fazia uma cara cômica e gemia, esfregando o joelho.
— O acúmulo de *anno Domini*.
— Desculpe-me — dizia o senhor Bloom.

Prosseguiu para a porta e, sustendo-a entreaberta, fez uma pausa. J. J. O'Molloy espalmeava as pesadas folhas. O barulho de duas vozes estridentes e uma gaita ecoavam no vestíbulo vazio, de dois jornaleiros acocorados nos degraus da escada:

> *Nós, os rapazes de Wexford,*
> *Lutamos com alma e punhos.*

EXITBLOOM

— Vou só dar um pulo ao beco de Bachelor — disse o senhor Bloom —, por causa desse anúncio do Xaves. Preciso amarrar a coisa. Disseram-me que ele está pelo Dillon.

Mirou-lhes por um momento as caras indecisamente. O diretor recostado contra a estante da lareira, mergulhada a cabeça dentro da mão, estirou para a frente súbito um braço em gesto largo.

— Ide! — disse. — O mundo se vos abre diante.
— Volto num instantinho — disse o senhor Bloom, precipitando-se.

J. J. O'Molloy tomou das provas das mãos de Lenehan e lia-as, volteando-as com delicadeza, sem comentários.

— Ele arranjará o anúncio — disse o professor, fitando através das persianas com seus óculos negribordeados. — Olhem os pivetes atrás dele.

— Mostre! Onde? — perguntou Lenehan, correndo para a janela.

UM CORTEJO DE RUA

Ambos sorriam junto às persianas à fila de jornaleiros irrequietos na esteira do senhor Bloom, o último dos quais ziguezagueava alvo no ar um papagaio pícaro com rabo de nós brancos.

— Olhe aquele molequinho atrás dele em plena gozação — dizia Lenehan — que é de arrebentar de rir. Ai, minhas costelas ridentes! Está imitando as chancas chatas e a andadura dele. Quarenta e dois bico largo. Pisa-mansinho caçador.

Começou a mazurquear em lépida caricatura pelo soalho com pés deslizantes da lareira a J. J. O'Molloy, que colocou as provas em suas mãos recipientes.

— Que é que há? — disse Myles Crawford em sobressalto. — Para onde é que foram os outros dois?

— Quem? — disse o professor, volvendo-se. — Foram aí perto no Oval tomar um trago. Paddy Hooper lá está com Jack Hall. Chegaram ontem de noite.

— Vamos então — disse Myles Crawford. — Onde está meu chapéu?

Foi-se aos solavancos para o escritório dos fundos, espalhando as abas da jaqueta, tilintando as chaves do bolso de trás. Tilintaram depois no ar e contra a madeira, no que ele fechava o tampão da escrivaninha.

— Já vai com toda a carga — disse o professor MacHugh em voz baixa.

— Parece — disse J. J. O'Molloy, retirando uma cigarreira em meditação múrmura —, mas nem sempre é como parece. Quem é que está com mais fósforos?

O CACHIMBO DA PAZ

Ofereceu um cigarro ao professor e tirou um para si. Lenehan prontamente riscou um fósforo para eles e lhes acendeu o cigarro a cada um. J. J. O'Molloy abriu a cigarreira de novo e lhe ofereceu.

— *Obrigé vous* — disse Lenehan, servindo-se.

O diretor tornou do escritório dos fundos, um chapéu de palha obliquado sobre o cenho. Declamava em cantilena, apontando em riste para o professor MacHugh:

*Era fama e honras que te tentaram,
O império te encantou o coração.*

O professor arreganhava e entrecerrava os lábios longos.
— Oba, safado de velho império romano! — dizia Myles Crawford.
Retirou um cigarro da cigarreira aberta. Lenehan, acendendo-o com ágil graça, disse:
— Silêncio, eis minha ultimíssima charada!
— *Imperium romanum* — dizia docemente J. J. O'Molloy. — Soa mais nobre que britânico ou brixtônico. As duas palavras como que sugerem gordura na grelha.
Myles Crawford assoprou veementemente sua primeira tragada contra o tecto.
— É isso — disse. — Somos a gordura. Você e eu somos a gordura na grelha. Não tivemos a ventura de ser uma bola de neve no Inferno.

A GRANDEZA QUE FOI ROMA

— Um instante — disse o professor MacHugh, erguendo duas garras plácidas. — Não devemos deixar-nos levar pelas palavras, pelos sons das palavras. Pensamos em Roma, imperial, imperiosa, imperativa.
Avançava os braços elocutivos por entre punhos surrados, manchados, compassando-se:
— Que era sua civilização? Vasta, concedo: mas vil. *Cloacae*: esgotos. Os judeus nos ermos e nos monticumes diziam: *É aqui que nos achamos. Levantemos um altar a Jeová.* O romano, como o inglês que lhe segue as pegadas, levou para cada nova plaga em que pôs o pé (nas nossas ele nunca o pôs) só sua obsessão cloacal. Mirava, dentro de sua toga, em redor e dizia: *É aqui que nos achamos. Construamos uma latrina.*
— O que conformemente eles fizeram — disse Lenehan. — Nossos velhos antigos ancestrais, como se lê no primeiro capítulo da Guinnessis, eram propensos às águas correntes.
— Eram fiéis à natureza — murmurou J. J. O'Molloy. — Mas temos também a lei romana.
— E Pôncio Pilatos é o seu profeta — contestou o professor MacHugh.

— Conhecem a história do presidente barão Palles? — perguntou J. J. O'Molloy. — Era num jantar na universidade real. Tudo estava correndo às maravilhas...
— Primeiro a minha charada — disse Lenehan. — Estão prontos?
O senhor O'Madden Burke, alto dentro de um copioso terno de tuíde cinza de Donegal, entrava do corredor. Stephen Dedalus, detrás dele, se descobria no que entrava.
— *Entrez, mes enfants!* — gritou Lenehan.
— Escolto um suplicante — dizia o senhor O'Madden Burke melodiosamente. — A Juventude conduzida pela Experiência visita a Notoriedade.
— Como vai? — disse o diretor, apertando-lhe uma das mãos. — Entre. Seu patriarca acaba de sair.

???

Lenehan falou para todos:
— Silêncio! Que ópera é vegetal e mineral? Reflitam, ponderem, excogitem, respondam.
Stephen entregava as folhas dactilografadas, apontando o título e a assinatura.
— Quem? — perguntava o editor.
Pedaço rasgado.
— O senhor Garrett Deasy — disse Stephen.
— Aquele velho sovina — disse o editor. — Quem rasgou isso? Estava assim tão necessitado?

> *Flamejante velame morcegueiro,*
> *Do sul, ei-lo, do sul tempestuoso*
> *Ei-lo que chega, pálido vampiro,*
> *A colar sua boca à minha boca.*

— Bom-dia, Stephen — disse o professor, aproximando-se para bisbilhotar por cima dos ombros deles. — Febre aftosa? Será que você se tornou... Bovinamante bardo.

FUZUÊ NUM RESTAURANTE RENOMADO

— Bom-dia, senhor — respondeu Stephen, enrubescendo-se. — A carta não é minha. O senhor Garrett Deasy pediu-me que...

— Oh, eu o conheço — disse Myles Crawford — e conheci a mulher dele também. A pior megera que Deus pôs no mundo. Por Jesus, que ela sofria de febre aftosa não há dúvida possível! A noite em que ela atirou a sopa na cara do empregado no Star and Garter. Olé!

Uma mulher trouxe o pecado para o mundo. Por Helena, a esposa fujona de Menelau, dez anos os gregos. O'Rourke, príncipe de Breffni.

— Ele é viúvo? — perguntou Stephen.

— Não, levou a lata provisória — disse Myles Crawford, com os olhos no papel dactilografado. — Cavalos do imperador. Habsburgo. Um irlandês salvou sua vida nos baluartes de Viena. Não se esqueçam! Maximilian Karl O'Donnel, graf von Tirconnell em Irlanda. Mandou para lá agora seu herdeiro para fazer o rei um marechal de campo austríaco. Aí é que as coisas vão pegar. Gansos brabos. É, sim, todas as vezes. Não se esqueçam disso!

— A questão em discussão é saber se ele se esqueceu disso — disse manso J. J. O'Molloy, girando um peso de papel aferradurado. — Salvar príncipes é coisa para muito obrigado.

O professor MacHugh voltou para ele.

— E se não? — disse.

— Vou contar-lhe como foi — começou Myles Crawford. — Num certo dia um húngaro...

CAUSAS PERDIDAS NOBRE MARQUÊS É MENCIONADO

— Sempre fomos fiéis às causas perdidas — disse o professor. — O bom êxito para nós é a morte do intelecto e da imaginação. Nunca fomos fiéis aos vitoriosos. Servimo-los. Eu ensino o latim bombástico. Falo a língua de uma raça cuja mentalidade tem seu acme nesta máxima: tempo é dinheiro. Domínio material. *Dominus!* Senhor! Onde está a espiritualidade? Senhor Jesus! Senhor Salisbury. Um sofá num clube do Westend. Mas os gregos!

KYRIE ELEISON!

Um sorriso de luz brilhou-lhe nos olhos escuro-astracanados, alongando-lhe os lábios longos.
— Os gregos! — disse de novo. — *Kyrios!* Palavra irradiante. As vogais o semita e o saxão não as conhecem. *Kyrie!* A radiância do intelecto. Eu devia ensinar grego, a linguagem da mente. *Kyrie eleison!* O latrinafáber e o cloacafáber não serão jamais senhores de nosso espírito. Somos súbditos lígios da cavalaria católica da Europa que naufragou em Trafalgar e do império do espírito, não *imperium*, que foi ao fundo com as frotas atenienses em Egospótamos. Sim, sim. Foram ao fundo. Pirro, desgarrado por um oráculo, fez uma tentativa final para reencontrar as fortunas da Grécia. Fiel a uma causa perdida.

Marchou duro deles para a janela.
— Enfrentaram o campo de batalha — disse cinzento o senhor O'Madden Burke — mas caíram de todos os modos.
— Fiufiu! — choramingou Lenehan com um ruidinho. — Por causa de uma tijolada que ele recebeu na metade final da *matinée*. Coitado, coitado, coitado do Pirro!

Cochichou então à orelha de Stephen:

O QUIMPROVISO DE LENEHAN

É o ponderoso pândito MacHugh
Que traz lunetas de matiz de nabos,
Já que de hábito ele vê em dobro,
Por que trazê-las, pois — com os diabos!
Eu não vejo o busílis. Podes tu?

De luto por Salústio, diz Mulligan. Cuja mãe esticou as canelas.
Myles Crawford enfiou as folhas no bolso do lado.
— Está bem — disse. — Vou ler o resto depois. Está bem.
Lenehan estendia em protesto as mãos.
— Mas minha charada! — dizia. — Que ópera é vegetal e mineral?
— Ópera? — a face esfingética do senhor O'Madden Burke sobrecharadava.

Lenehan anunciou contente:

— *Palhaço*. Pegaram a piada? Palha e aço. Fiu!

Cutucou levemente o senhor O'Madden Burke no baço. O senhor O'Madden Burke descaiu grácil sobre seu guarda-chuva, fingindo um espasmo.

— Socorro! — suspirou. — Sinto uma forte fraqueza.

Lenehan, pondo-se em pontas, abanava a sua cara vividamente com as provas farfalhantes.

O professor, retornando pelos lados das coleções, roçagou as mãos pelas gravatas soltas de Stephen e do senhor O'Madden Burke.

— Paris, passado e presente — disse. — Vocês parecem como comunardos.

— Como os sujeitos que dinamitaram a Bastilha — disse J. J. O'Molloy numa zombaria mansa. — Ou foi entre vocês dois que se liquidou o tenente-general da Finlândia? Vocês dão a impressão de que foram os autores do feito. General Bobrikoff.

OMNIUM REUNIDORUM

— Estávamos apenas pensando nisso — disse Stephen.

— São todos os talentos — disse Myles Crawford. — O direito, os clássicos...

— O turfe — juntou Lenehan.

— A literatura, a imprensa.

— Se Bloom estivesse aqui — disse o professor. — A amável arte da publicidade.

— E a senhora Bloom — acrescentou o senhor O'Madden Burke. — A musa vocal. A prima favorita de Dublin.

Lenehan tossiu alto.

— Hã-hã — disse muito brando. — Ui, tudo por causa de uma corrente de ar frio! Peguei um resfriado no parque. Os portões estavam abertos.

"PODES FAZÊ-LO!"

O diretor pôs uma nervosa mão sobre o ombro de Stephen.

— Quero que você escreva alguma coisa para mim — disse. — Algo mordaz. Você pode fazê-lo. Vejo isso na sua cara. *No léxico da juventude...*

Vê-o na tua cara. Vê-o nos teus olhos. Preguiçoso intrigantezinho vazio.
— Febre aftosa! — gritou o diretor numa invectiva contemptuosa.
— Grande comício nacionalista em Borris-in-Ossory. Balelas tudo isso! Avacalhação do público! É preciso dar-lhe alguma coisa mordente. Empenhemo-nos todos nisso, dane-se sua alma. Padre, Filho e o Espírito Santo, e os joões-ninguéns.
— Podemos todos suprir pábulo mental — disse o senhor O'Madden Burke.

Stephen ergueu os olhos para o confiante olhar distraído.
— Ele o quer dentro da corja escriba — disse J. J. O'Molloy.

O GRANDE GALLAHER

— Você pode fazê-lo — repetia Myles Crawford, crispando a mão na ênfase. — Um minuto de atenção. Vamos embasbacar a Europa, como Ignatius Gallaher costumava dizer quando estava no desvio, bancando o marcador de bilhar no Clarence. Gallaher, aí estava um homem de imprensa. Aí estava uma pena. Sabe como ele fez seu nome? Vou contar. Foi a mais bela peça de jornalismo jamais conhecida. Isso foi pelo oitenta e um, seis de maio, época dos invencíveis, assassínio no parque Phoenix, antes de você ter nascido, creio. Vou explicar.

Recuou-se deles para as coleções.
— Vejam aqui — disse, voltando-se. — O *New York World* tinha telegrafado por uma informação especial. Lembram-se do tempo?

O professor MacHugh assentia.
— *New York World* — dizia o diretor, empurrando excitado para trás o chapéu de palha. — Onde é que foi? Tim Kelly, ou Kavanagh quero dizer, Joe Brady e o resto do grupo. Por onde o Pele-de-Bode conduziu o carro. A estrada inteira, vêm?
— Pele-de-Bode — disse o senhor O'Madden Burke. — Fitzharris. Dizem que ele tem aquele ponto de cocheiros ali embaixo da ponte Butt. Foi Holohan que me contou. Conhece o Holohan?
— Livre e vamos lá, não é? — disse Myles Crawford.
— O pobre Gumley também anda por lá, assim me disse, cuidando das pedras da corporação. Vigia noturno.

Stephen voltou-se surpreso.

— Gumley? — disse. — Não me diga! O amigo de meu pai, não é?
— Deixe pra lá o Gumley — gritou Myles Crawford irritado. — Deixemos Gumley cuidando das pedras, para que não fujam. Prestem atenção. Que fez Ignatius Gallaher? Vou contar-lhes. Inspiração genial. Telegrafou logo de volta. Têm o *Weekly Freeman* de dezessete de março? Bem. Já o encontraram?
Esvoejou páginas da coleção e fincou o dedo num ponto.
— Tomemos a página quatro, o anúncio do Café Bransome, digamos. Encontraram? Bem.
O telefone tilintava.

UMA VOZ DISTANTE

— Vou responder — disse indo o professor MacHugh.
— B é o portão do parque. Bem.
Seu dedo salteja verrumando ponto após ponto, vibrando.
— T são os alojamentos vice-reais, C é onde se deu o assassínio. K é o portão de Knockmaroon.
A carne flácida do seu pescoço tremelicava como barbela de galo. O peitilho mal engomado saltou-lhe e com gesto rude ele empurrou-o para dentro do colete.
— Alô? Aqui o *Evening Telegraph*... Alô? Quem é?... Sim... Sim... Sim...
— De F a P é a estrada que Pele-de-Bode fez com o carro para o álibi. Inchicore, Roundtown, Windy Arbour, parque Palmerston, Ranelagh. F. A. B. P. Pegaram? X é o botequim do Davy na parte alta da rua Leeson.
O professor vinha da porta dos fundos.
— Bloom está ao telefone — disse.
— Que vá para o diabo — disse o diretor prontamente. — X é o botequim de Burke, entenderam?

BRILHANTE, MUITO

— Brilhante — disse Lenehan. — Muito.
— Serviu-lhes em prato quente — disse Myles Crawford —, toda a danada da história.

Pesadelo de que jamais despertarás.

— Eu o vi — disse orgulhosamente o diretor. — Eu estava presente, Dick Adams, o danado do filho de Cork do melhor coração a que o Senhor tenha insuflado o alento da vida, e eu próprio.

Lenehan saudou uma forma invisível, anunciando:

— Madame, oro e'm Adam. Abel met'em Leba.

— História! — clamou Myles Crawford. — A velhota da rua Prince estava lá antes. Houve lamúrias e rilhar de dentes quanto a isso. Por causa de um anúncio. Gregor Grey foi quem fez o desenho dele. Isso lhe deu uma mãozinha. Então Paddy Hooper trabalhou o Tay Pay, que o levou para o *Star*. Agora está com Blumenfeld. Isso é a imprensa. Isso é talento. Pyatt! Esse é o pai de todos eles.

— O pai da imprensa amarela — confirmava Lenehan — e o cunhado de Chris Callinan.

— Alô?... Você está aí?... Sim, ele ainda está aqui. Venha então você.

— Onde é que se vai encontrar um jornalista como esse hoje em dia? Hem? — gritava o diretor.

Estralejou soltando-as as páginas.

— Banadamente drilhante — dizia Lenehan ao senhor O'Madden Burke.

— Astutíssimo — dizia o senhor O'Madden Burke.

O professor MacHugh vinha do escritório dos fundos.

— Falando dos invencíveis — disse —, viram que alguns camelos foram levados para a polícia?...

— É sim — disse animoso J. J. O'Molloy. — Lady Dudley estava voltando para casa pelo parque, vendo as árvores que haviam sido derrubadas pelo ciclone do ano passado, e pensou em comprar algumas vistas de Dublin. E aconteceu que os postais comemorativos eram de Joe Brady ou do Número Um ou do Pele-de-Bode. Logo em frente dos alojamentos vice-reais, imaginem!

— Hoje são da turma do deixa-disso — disse Myles Crawford. — Bolas! Foro e jornalismo! Onde é que no foro se pode encontrar homens daquele porte, como Whiteside, como Isaac Butt, como o O'Hagan língua de prata? Hem? Ah, é o lero-lero de droga! Todos de circo de cavalinhos!

Sua boca continuava crispando-se insonora em contrações de desprezo.

Quereria alguém aquela boca para o seu, dela, beijo? Que sabes tu? Por que o escreveste então?

RIMAS E RAZÕES

Boca, touca. É boca touca de algum modo? Ou a touca uma boca? Deve haver algo. Touca, oca, louca, pouca, sopa. Rimas: dois homens de iguais trajes, parecendo o mesmo, dois a dois.

>....................... *la tua pace*
>............... *che parlar ti piace*
>*Mentre che il vento, come fa, si tace.*

Ele as viu três a três, garotas apropinquantes, de verde, de rosa, de fulvo, enlaçadas, *per l'aer perso* de malva, de púrpura, *quella pacifica oriafiamma*, de ouro de auriflama, *di rimirar fe piu ardenti*. Mas eu, homens velhos, penitentes, plumbicalçados, subobscurinfra a noite: boca touca: entre ventre.
— Fale por você mesmo — disse o senhor O'Madden Burke.

BASTANTE PARA O DIA...

J. J. O'Molloy, sorrindo palidamente, aceitou o repto:
— Meu caro Myles — disse, lançando ao lado o cigarro —, você tirou uma falsa ilação de minhas palavras. Não sustento a causa, como no momento parece apropriado, da terceira profissão *qua* profissão, mas suas pernas de Cork o estão levando longe demais. Por que não trazer à baila Henry Grattan e Flood e Demóstenes e Edmund Burke? A Ignatius Gallaher conhecemos todos, e seu patrão de Chapelizod, Harmsworth da imprensa de vintém, e o seu primo americano da folha da sarjeta do Bowery, isso sem mencionar o *Paddy Kelly's Budget*, o *Pue's Occurrences* e o nosso vigilante amigo *The Skibbereen Eagle*. Para que invocar-nos esse mestre da eloquência forense que é Whiteside? Bastante para o dia é o próprio jornal.

VÍNCULOS COM OS IDOS DIAS DE ANTANHO

— Grattan e Flood escreveram para este jornal mesmo — gritou o diretor na sua cara. — Voluntários irlandeses. Onde é que vocês estão? Fundado

em mil setecentos e sessenta e três. Doutor Lucas. Quem é que hoje em dia é como John Philpot Curran! Bolas!
— Bem — disse J. J. O'Molloy —, Busche K. C.,* por exemplo.
— Busche? — disse o diretor. — Bem, sim. Busche, sim. Ele tem certa força nas veias. Kendal Busche, ou melhor, Seymour Busche.
— Há muito tempo que seria juiz — disse o professor — se não fosse... Mas não interessa.
J. J. O'Molloy voltou-se para Stephen e disse calma e lentamente:
— Um dos mais harmoniosos parágrafos que já pude ouvir em minha vida caiu dos lábios de Seymour Busche. Foi naquele caso do fratricídio, o caso do assassínio Childs. Busche defendeu-o.

Gotejou-me no átrio das orelhas.

A propósito, como é que ele descobriu isso? Morreu dormindo. Ou era a outra história, a do bicho de duplas costas?
— Como é que foi isso? — perguntou o professor.

ITÁLIA, MAGISTRA ARTIUM

— Falou do princípio da prova — dizia J. J. O'Molloy — da justiça romana em contraste com a primitiva lei mosaica, a *lex talionis*. E citou o Moisés de Michelangelo, do Vaticano.
— Ahh.
— Umas poucas palavras resseletas — prefaciou Lenehan. — Silêncio!
Pausa. J. J. O'Molloy retirou a cigarreira.
Calmaria aparente. Algo bem trivial.
O Mensageiro retirou pensativamente a caixa de fósforos e acendeu seu charuto.
Tenho pensado muitas vezes ao rememorar esse estranho tempo que foi esse pequeno ato, trivial em si mesmo, esse riscar daquele fósforo, que determinou todo o sobrecurso de nossas ambas vidas.

---

*K. C. — *King's Counsel*, promotor público. (N. do T.)

UM PERÍODO POLIDO

J. J. O'Molloy retomou, moldando suas palavras:
— Eis o que disse: *essa efígie pétrea em música enregelada, cornuda e terrível, da divina forma humana, esse símbolo eterno da sabedoria e da profecia, que a haver algo que a imaginação ou a mão do escultor talhou em mármore anima transfigurado e animatransfigurante merece viver, merece viver.*
Sua esguia mão embelecia numa onda eco e queda.
— Esplêndido! — disse em seguida Myles Crawford.
— O aflato divino — disse o senhor O'Madden Burke.
— Agrada-lhe? — perguntou J. J. O'Molloy a Stephen.
Stephen, seu sangue aliciado pela graça da linguagem e dos gestos, enrubesceu. Tomou de um cigarro da cigarreira. J. J. O'Molloy ofereceu sua cigarreira a Myles Crawford. Lenehan acendeu-lhes como antes os cigarros e pegou do seu troféu, dizendo:
— Muitibus obrigadibus.

UM HOMEM DE ALTA MORAL

— O professor Magennis falou comigo a seu respeito — dizia J. J. O'Molloy a Stephen. — Que é que pensa você realmente daquele grupo hermético, os poetas do silêncio opala: A. E. o místico mestre? Aquela dona Blavatsky é que começou. Ela era um belo baú velho de artimanhas. A. E. andou contando a um certo entrevistador ianque que você foi ter com ele numa madrugadinha para consultá-lo sobre os planos da consciência. Magennis pensa que você andou dando corda no A. E. É um homem da mais altíssima moral, esse Magennis.
Falando a meu respeito. Que é que ele disse? Que é que ele disse sobre mim? Não perguntes.
— Não, obrigado — disse o professor MacHugh, apartando a cigarreira para o lado. — Atenção um instante. Permitam-me dizer uma coisa. A mais fina mostra de oratória que jamais ouvi foi um discurso de John F. Taylor na sociedade histórica universitária. O senhor juiz Fitzgibbon, atual magistrado na corte de apelação, havia falado e a tese em debate era um ensaio (novidade para aquele então) que advogava a revivescência do idioma irlandês.

Voltou-se para Myles Crawford e disse:
— Você conhece Gerald Fitzgibbon. Assim pode imaginar o estilo do seu discurso.
— Ele assiste com Tim Healy — disse J. J. O'Molloy —, conforme boato que corre, na Comissão Patrimonial do Trinity College.
— Ele assiste com uma coisinha que é uma doçura em fraldas de garota — disse Myles Crawford. — Continue. E então?
— Era o discurso, observem — dizia o professor —, de um orador consumado, pleno de altiva cortesia e vazado em dicção castiça, não direi que com o extracto de sua cólera mas que vazado com a contumélia de um homem altaneiro contra o novo movimento. Era então um novo movimento. Éramos fracos, portanto desprezíveis.

Cerrou os longos lábios finos um instante mas, ansioso por prosseguir, levou uma das mãos espanejantes aos óculos e, com o polegar e o anular trementes tocando de leve a negra armação, ajustou-os a um novo foco.

IMPROMPTU

Em tom ferial endereçou-se para J. J. O'Molloy:
— Taylor aí estava, é preciso que o saiba, saído do leito de enfermo. Que tivesse preparado seu discurso não o creio pois não havia sequer um taquígrafo no recinto. Sua magra face escura apontava uma barba eriçada à volta. Levava um cachecol folgado e de pronto parecia (embora não estivesse) um homem à morte.

Sua mirada virou-se súbito mas lento de J. J. O'Molloy para o rosto de Stephen e então dobrou-se súbito para o chão, buscando. O deslustrado colarinho de linho aparecia detrás da sua cabeça pendida, ensebado pelos cabelos minguantes. Ainda buscando, disse:
— Quando o discurso de Fitzgibbon terminou, John F. Taylor levantou-se para replicar. Em suma, tão fiéis quanto posso revivê-las na minha mente, suas palavras foram estas.

Ergueu a cabeça com firmeza. Seus olhos se reconcentravam em si mesmos uma vez mais. Desatinados moluscos nadavam nas grossas lentes daqui para ali, buscando saída.

Começou:

— Senhor Presidente, senhoras e senhores: Grande foi minha admiração ao ouvir as observações dirigidas à juventude da Irlanda faz alguns momentos por meu douto amigo. Pareceu-me haver sido transportado a um país distante deste país, a uma idade remota desta idade, que eu estivesse no Egito antigo e que eu ouvisse o discurso de algum grão-sacerdote daquela terra dirigido ao jovem Moisés.

Seus ouvintes mantinham os cigarros suspensos para escutar, a fumaça ascendendo em frágeis caules que se enfloravam ao seu discurso. *E deixemos nossos fumos espiralados.* Nobres palavras a chegar. Atenta. Serias tu capaz de pôr à prova a tua mão?

— E pareceu-me que eu escutava a voz daquele grão-sacerdote egípcio *alçada a um tom de altivez semelhante e de orgulho semelhante. Eu escutava aquelas palavras e o seu sentido se me revelava.*

DOS PAIS

Revelava-se-me que boas eram aquelas coisas que contudo estão corrompidas, as quais, se não fossem supremamente boas, nem ao menos fossem apenas boas, podiam ser corrompidas. Ah, desgraçado! Isso é Santo Agostinho.

— *Por que não aceitareis vós, judeus, nossa cultura, nossa religião e nossa língua? Sois uma tribo de pastores nômades; somos um povo poderoso. Não tendes nem cidades nem bens; nossas cidades são colmeias de humanidade e nossas galés, trirremes e quadrirremes, carregadas de todos os gêneros de mercancias, sulcam as águas do orbe conhecido. Vós apenas emergistes de condições primitivas: nós temos uma literatura, um sacerdócio, uma história longeva e uma polícia.*

O Nilo.

Criança, homem, efígie.

Nas barrancas nilóticas as mucamas se ajoelham, berço de juncais: um homem destro no combate: petricornudo, petribarbudo, coração de pedra.

— *Rezais a um ídolo confinado e obscuro: nossos templos, majestosos e misteriosos, são as moradas de Ísis e Osíris, de Hórus e Amon-Rá. Vossa, a servidão, o temor e a humildade: nosso, o trovão e os mares. Israel é fraca e poucos os seus filhos: Egito é uma hoste e terríveis são suas armas. Vagabundos e jornaleiros sois chamados: o mundo estremece ao nosso nome.*

Um surdo arroto de fome rachou sua fala. Sobre-entonou audaz a voz:
— Mas, senhoras e senhores, tivesse o jovem Moisés escutado e aceitado aquela visão da vida, tivesse ele inclinado a cabeça e inclinado a vontade e inclinado o espírito ante a arrogante admonição, jamais teria conduzido o povo eleito fora da casa do cativeiro nem seguido de dia a coluna de nuvem. Não teria jamais falado com o eterno em meio a relâmpagos no cume do Sinai nem jamais teria baixado com a luz da inspiração brilhando em seu gesto e trazendo entre os braços as tábuas da lei, gravadas na linguagem do proscrito.
Cessou e fitou-os, degustando o silêncio.

OMINOSO — PARA ELE!

J. J. O'Molloy disse não sem pesar:
— E entretanto ele morreu sem haver entrado a terra da promissão.
— Um súbito-momentâneo-ainda-que-de-enfermidade-pertinaz-com-frequência-previamente-expectorado trespasse — disse Lenehan. — E com um grande futuro atrás dele.
O bando de pés-descalços se fazia ouvir precipitando-se pelo corredor e martelando escada acima.
— Isso é oratória — disse o professor, incontraditado.
Ido com o vento. Hostes em Mullaghmast e Tara dos reis. Milhas de orelhas de átrios. As palavras do tribuno vociferadas e espalhadas aos quatro ventos. Um povo abrigado em sua voz. Ruído morto. Registos acásicos de tudo que jamais algures ondequerque foi. Amai-o e louvai-o: eu no-mais.
Eu tenho dinheiro.
— Cavalheiros — disse Stephen. — Como moção seguinte da ordem do dia permitam-me sugerir que a casa levante agora a sessão?
— Você tira o meu fôlego. Não se tratará acaso de uma lisonja à francesa? — perguntava o senhor O'Madden Burke. — É a quadra, cuido, em que a malga de vinho, metaforicamente falando, sói ser mais generosa em vossa velha hospedaria.
— Que assim seja e por conseguinte está resolutamente resolvido. Os que estão em favor digam sim — anunciou Lenehan. — Os contrários, não. Declaro-o aprovado. A que empilecante boteco em particular?... Meu voto de Minerva é: Mooney!

Abriu a marcha, premonindo:
— Recusaremos veementemente comungar com beberagens fortes, não é? Está dito, não o faremos. De nenhum modo ou maneira.

O senhor O'Madden Burke, seguindo-o de perto, dizia com uma estocada de aliado de seu guarda-chuva:
— Em guarda, Macduff!
— Vinha de velha cepa! — clamava o editor, palmeando o ombro de Stephen. — Vamos. Onde é que estão essas chaves do demo?

Escarafunchou no bolso extraindo as amarrotadas folhas dactilografadas.
— Febre aftosa. Já sei. Isso está bem. Isso sairá. Onde é que elas estão? Está bem.

Enfiou de volta as folhas e entrou pelo escritório dos fundos.

ESPEREMOS

J. J. O'Molloy, a pique de com ele entrar, disse calmamente a Stephen:
— Espero que você viva o bastante para ver isso publicado. Myles, um instante.

Seguiu para o escritório dos fundos, fechando a porta atrás de si.
— Vamos, Stephen — disse o professor. — Isto está esplêndido, não está? Tem visão profética. *Fuit Ilium!* O saque da tempestuosa Troia. Reinados deste mundo. Os senhores do Mediterrâneo são hoje felás.

O primeiro jornaleiro vinha martelando escada abaixo com seus tacões e precipitando-se rua afora, berrando:
— Extra das corridas!

Dublin. Tenho muito, muito que aprender.

Viraram para a esquerda ao longo da rua Abbey.
— Tenho uma visão também — disse Stephen.
— Sim — disse o professor, esquipando para entrar em compasso.
— Crawford nos seguirá.

Outro jornaleiro disparou cerca deles, berrando no que corria:
— Extra das corridas!

ADORADA DESDOURADA DUBLIN

Dublinenses.

— Duas vestais de Dublin — dizia Stephen —, idosas e piedosas, viviam na alameda de Fumbally havia cinquenta e cinquenta e três anos.

— Onde é isso? — perguntou o professor.

— Perto de Blackpitts.

Noite humidipegajosa tresandando a massa de pão esfaimante. Contra o muro. Rosto ensebado rebrilhando por sob o xaile fustão-chamativo dela. Corações frenéticos. Registos acásicos. Mais depressinha, queridinha! Adiante pois. Ousa. Que haja vida.

— Elas queriam ver o panorama de Dublin do alto da Coluna de Nelson. Pouparam três xelins e dez pences num cofre postal de latão vermelho. Sacolejam as peças de três pences e seis pences de dentro e aliciam com a lâmina de uma faca os pences. Dois xelins e três pences em prata e um xelim e sete pences em cobre. Põem seus chaspelinhos e as melhores roupas e tomam dos guarda-chuvas por receio de que possa vir a chover.

— Virgens prudentes — disse o professor MacHugh.

VIDA A CRU

— Compram um xelim e quatro pences de embutido de pasta de porco e quatro fatias de pão numa casa de pasto do norte da cidade na rua Marlborough da senhorita Kate Collins, proprietária... Pechincham quatro com vinte ameixas maduras de uma garota ao pé da Coluna de Nelson para matar a sede do embutido. Dão duas peças de três pences ao cavalheiro do torniquete e começam a gingar lentamente escada espiral acima, rezingando, encorajando-se uma à outra, medrosas do escuro, resfolegando, uma perguntando à outra está com você o embutido, rogando a Deus e à Virgem Bendita, ameaçando descer, escrutando a cada respiráculo. Glória a Deus. Não tinham a menor ideia de que era tão alto.

Seus nomes são Anne Kearns e Florence MacCabe. Anne Kearns sofre do lumbago pelo que se esfrega com água de Lourdes dada por uma senhora que teve a garrafa de um padre passionista. Florence MacCabe manda para dentro um mocotó de porco e uma cerveja duplo X como ceia todo o sábado.

— Antítese — disse o professor, assentindo duas vezes. — Virgens vestais. Posso vê-las. Que é que está retendo nosso amigo?

Voltou-se.

Um bando de jornaleiros disparados abalava-se degraus abaixo, disparando em todas as direções, berrando, seus jornais brancos aletando. Empertigado após eles Myles Crawford apareceu nos degraus, o chapéu aureolando-lhe a cara escarlate, falando com J. J. O'Molloy.

— Vamos embora — gritou o professor ondulando o braço.

Ajustou-se de novo para emparelhar-se com Stephen.

RETORNO DE BLOOM

— Sim — disse ele. — Eu os vejo.

O senhor Bloom, sem ar, pegado num remoinho de bárbaros jornaleirinhos perto da redação do *Irish Catholic* e *Dublin Penny Journal*, chamava:

— Senhor Crawford! Um instante!

— *Telegraph!* Extra das corridas!

— Que é que há? — disse Myles Crawford, recuando um passo.

Um jornaleiro gritava na cara do senhor Bloom:

— Terrível tragédia em Rathmines! Um guri mordido por um fole!

ENTREVISTA COM O DIRETOR

— É apenas sobre este anúncio — dizia o senhor Bloom, acotovelando-se em direção aos degraus, resfolegando e retirando o recorte do bolso. — Falei com o senhor Xaves agorinha mesmo. Ele concorda com a renovação por dois meses, diz ele. Depois, ele verá. Mas quer um entrefilete para chamar a atenção no *Telegraph* também, na folha rosa do sábado. E quer o mesmo se não é muito tarde falei com o conselheiro Nannetti no *Kilkenny People*. Posso encontrá-lo na Biblioteca Nacional. Casa das chaves, compreende? Seu nome é Xaves. É um jogo de palavras com o nome. Mas ele praticamente prometeu que faria a renovação. Mas ele precisa apenas de um pouco de vaselina. Que é que eu posso dizer a ele, senhor Crawford?

L. M. C.

— Quer perguntar a ele se pode lamber o meu cu? — disse Myles Crawford, estendendo os braços em ênfase. — Diga-lhe isso sem rodeios.
Um tico destrambelhado. Atenção que arrebenta. Todos já rumo do trago. De mãos dadas. O boné náutico de Lenehan na cabeça da fila lá embaixo. A igrejinha de sempre. Admira é esse jovem Dedalus inspirador da coisa. Está com um bom par de botinas hoje. Na última vez que o vi tinha os calcanhares à mostra. Esteve andando em sujeira em algum lugar. Sujeito desleixado. Que estaria fazendo em Irishtown?
— Bem — disse o senhor Bloom, endireitando o olhar —, se eu conseguir o clichê acredito que será digno de um entrefilete. Ele dará o anúncio, penso. Vou dizer-lhe...

L. M. R. C. I.

— Ele pode lamber meu real cu irlandês — Myles Crawford gritou alto por sobre os ombros. — A qualquer momento que queira, pode dizer-lhe.
Enquanto o senhor Bloom estacava ponderando o ponto e prestes a sorrir, o outro se afastava aos trancos.

LEVANTANDO O PAPAGAIO

— *Nulla bona*, Jack — disse ele, erguendo a mão à face. — Estou por aqui. Eu também andei apertado. Andei à cata de um sujeito para endossar-me um título na semana passada. Minha boa vontade é tudo que posso oferecer-lhe. Pena, Jack. Com todo o coração eu faria se pudesse levantar-lhe de alguma maneira um papagaio.
J. J. O'Molloy ficou com a cara comprida e caminhou silenciosamente. Alcançaram os outros e marcharam ombro a ombro.
— Tendo comido o embutido e o pão e limpado seus vinte dedos no papel em que o pão fora embrulhado, elas foram para mais perto da balaustrada.
— Alguma coisa para você — explicou o professor a Myles Crawford.
— Duas velhotas dublinenses no topo da Coluna de Nelson.

ETA COLUNA! —
ISSO FOI O QUE A GINGADORA NÚMERO UM DISSE

— Essa é nova — disse Myles Crawford. — Essa é inédita. Peregrinando ao São Nunca. Duas velhas velhacas, e que mais?

— Mas ficam com medo de que a coluna caia — prosseguiu Stephen. — Espiam os telhados e se disputam onde ficam as diferentes igrejas: a abóbada azul da Rathmines, a Adão e Eva, a São Lourenço O'Toole. Mas isso as tonteia de tal modo que levantam as saias...

AQUELAS DONAS AO DE LEVE DESORDEIRAS

— Devagar com o andor — disse Myles Crawford —, nada de licenças poéticas. Estamos aqui na arquidiocese.

— E se sentam sobre as anáguas listradas, esquadrinhando a estátua do adúltero uímano.

— Adúltero uímano! — exclamou o professor. — Gosto disso. Percebo a ideia. Vejo o que quer dizer.

DAMAS DOAM CIDADÃOS DE DUBLIN PILULÍFUGAS
AERÓLITOS VELOCÍSSIMOS FAZENDO CRER

— Isso lhes provoca um jeito nos pescoços — dizia Stephen —, e ficam cansadas demais para olhar para cima ou para baixo, ou para falar. Põem a cesta de ameixas entre si e comem as ameixas uma após outra, limpando-se com seus lenços o suco que lhes escorre da boca e cuspindo os caroços tranquilamente por entre a balaustrada.

Deu uma súbita alta gargalhada juvenil como fecho. Lenehan e o senhor O'Madden Burke, ouvindo-a, voltaram-se, acenaram e encabeçaram rumo ao Mooney.

— Terminado? — disse Myles Crawford. — Enquanto não façam nada pior...

SOFISTA ESMURRA ALTIVA HELENA BEM NAS TROMBAS.
ESPARTANOS RANGEM MOLARES.
ITACENSES CONSAGRAM PEN É A MAIOR

— Você me faz lembrar Antístenes — disse o professor —, o discípulo de Górgias, o sofista. Conta-se dele que ninguém podia afirmar se ele era mais amargo contra os outros do que contra si mesmo. Era filho de um nobre e uma escrava. E escreveu um livro em que retira a palma da beleza da argiva Helena e a confere à pobre Penélope.
    Pobre Penélope. Penelope Rich.
    Aprestavam-se a cruzar a rua O'Connell.

ALÔ, CENTRAL!

Em pontos vários ao longo das oito linhas os bondes com vagões imóveis mantinham-se em seus trilhos, via ou vindos de Rathmines, Rathfarnham, Blackrock, Kingstown e Dalkey, Sandymount Green, Ringsend e Sandymount Tower, Donnybrook, Parque de Palmerston e Alto Rathmines, todos parados, aquietados num curto-circuito. Carros de hacaneia, cabriolés, carroças de carga, coches-postais, berlindas particulares, carros-boias de água mineral gasosa com chocalhantes engradados de garrafas, chocalhavam, jogavam, bestipuxados, rapidamente.

O QUÊ — E SEMELHANTEMENTE — ONDE?

— Mas o que chama você isso? — perguntou Myles Crawford. — Onde é que elas arranjaram as ameixas?

VERGILIANO, DIZ PEDAGOGO. PÓS-CALOURO
DÁ DENTRO PELO VELHO MOISÉS

— Chame-lhe, espere — disse o professor, abrindo largo os longos lábios a refletir. — Chame-lhe, deixe-me pensar. Chame-lhe: *Deus nobis haec otia fecit.*

— Não — disse Stephen —, eu lhe chamo *Uma visão da Palestina de cima do Pisgah* ou *A parábola das ameixas*.
— Compreendo — disse o professor.
Ele ria gostosamente.
— Compreendo — disse outra vez com renovado prazer. — Moisés e a terra da promissão. Fomos nós que lhe inspiramos essa ideia — acrescentou para J. J. O'Molloy.

HORÁCIO É CINOSURO NESTE BELO DIA DE JUNHO

J. J. O'Molloy enviou um enfastiado olhar de esguelha para a estátua e se manteve plácido.
— Compreendo — disse o professor.
Estacou sobre a ilha de pavimento de sir John Gray e perscrutou Nelson no ar através da retícula de seu sorriso torto.

DÍGITOS DIMINUTOS REVELAM-SE TITILANTES DEMAIS PARA FRANGALHONAS FRASCÁRIAS. ANNE ESCRACHA, FLO ESCARRAPACHA — PODE-SE EMBORA CENSURÁ-LAS?

— Adúltero unímano — disse ele gravemente. — Isso me dá comichão, devo dizê-lo.
— Terá dado comichão nas velhotas também — disse Myles Crawford —, se soubéssemos a verdade de Deus Todo-Poderoso.

Rochedo com abacaxi, limão cristalizado, amanteigado escocês. Uma garota açucarbesuntada padejando conchadas de creme para um irmão leigo. Alguma vaquinha escolar. Mau para os seus bandulhos. Fabricante de pastilhas e confeitos de Sua Majestade o Rei. Deus. Salve. Nosso. Sentado em seu trono, chupando jujubas vermelhas até o branco.
Um sombrio jovem da Y.M.C.A.,* vigilante entre os cálidos fumos adocicados do Graham Lemon, pôs um volante nas mãos do senhor Bloom.

---

*Y.M.C.A. — *Young Men's Christian Association*, Associação Cristã de Moços. (N. do T.)

Conversas de coração a coração.
Bloo-san... Eu? Não.
Sangue do Anho.
Suas lentas passadas andaram-no rumo ao rio, lendo. Estás salvo? Todos se lavam no sangue do anho. Deus quer vítima cruenta. Nascimento, hímen, martírio, guerra, fundação de um edifício, sacrifício, flamofertório de rim, altares de druidas. Elias está chegando. O dr. Alexander Dowie, restaurador da Igreja de Sião, está chegando.

Está chegando! Chegando!! Chegando!!!
Bem-vindo, de todo o coração.

Jogo rendoso. Torry e Alexander no ano passado. Poligamia. Sua mulher dará um basta nisso. Onde era esse anúncio uma firma de Birmingham um crucifixo luminoso? Nosso Salvador. Acorda na calada da noite e vê-o contra a parede, pendente. Ideia do fantasma de Pepper. Impuseram nele rudes infâmias.
É com fósforo que deve ser feito. Se se deixa de lado um pedaço de bacalhau por exemplo. Eu podia ver a prata azulada por cima dele. A noite em que desci à despensa na cozinha. Não agrada todos os cheiros nela esperando para tresandarem. Que é que ela queria? As uvas de Málaga. Pensando na Espanha. Antes de Rudy ter nascido. A fosforescência, o verdoso azulado. Muito bom para o cérebro.
Da esquina da casa monumento de Butler ele mirou ao longo do passeio de Bachelor. A filha de Dedalus ainda lá fora no leiloeiro Dillon. Deve estar queimando algum velho móvel. Reconheci logo os olhos dela pelos do pai. Flanando por ali enquanto o espera. Uma casa sempre perde os eixos quando a mãe se vai. Quinze crianças ele teve. Nascimento quase cada ano. É isso na teologia deles de outro modo o padre não daria à pobre mulher a confissão, a absolvição. Crescei e multiplicai-vos. Como é que se pôde ter uma ideia assim? Come-te a casa e o lar. Não há famílias que possam suster-se. Vivem ao deus-dará. Suas despensas e provisões. Gostaria de vê-los aguentar o bruto do jejum do *Yom Kippur*. Pãezinhos da Páscoa. Uma refeiçãozinha de um prato de medo que ele desmaie ante o altar. Uma empregada de um desses sujeitos se se pudesse arrancar dela. Nunca se arranca nada dela. Como tirar a grana dele. Faz-lhe bem. Nada de convidados. Tudo a Mateu, primeiro eu. Atento às suas próprias águas. Traga seu próprio pão e manteiga. Sua reverência. Moita é a palavra de ordem.

Por Deus, a roupa dessa pobre moça está um trapo. Subnutrida parece também. Batatas e margarina, margarina e batatas. É depois que sentem a coisa. Na prova do bocado. Mina a constituição. No que punha o pé na ponte de O'Connell uma baforada de fumaça espenachou da balaustrada. Batelão cervejeiro com a forte de exportação. Inglaterra. Ar marinho a azeda, diz que. Interessante um dia conseguir um passe por Hancock para ver a fermentação. Um mundo próprio em si mesmo. Tonéis de pórter, formidáveis. Ratos se metem dentro. Enchem-se tanto que incham como grandes cães pastores flutuando. Bêbedos de morte da pórter. Bebem de pôr para fora tudo de novo como filhos de Deus. Imagina, beber isso! Ratame: tonelame. É claro que se a gente soubesse tudo.

Olhando para baixo viu adejando poderosamente, girando por entre as amuradas desoladas do cais, gaivotas. Tempo grosso lá fora. Se eu me atirasse lá embaixo? O filho do Reuben J. deve ter engolido uma boa barrigada dessa despejeira. Um e oito pences em excesso. Hum. É a maneira gozada que tem de se sair com as coisas. E sabe como contar uma história também.

Elas giravam mais baixo. À cata de boia. Olha.

Atirou-lhes em meio uma bola de papel amarrotado. Elias a trinta e dois pés por segun está chegan. Nada de nada. A bola balanceou ignorada na ondulação encarneirada, flutuando por entre as pilastras da ponte. Não são tão bobocas. O mesmo que no dia em que atirei aquele bolo passado de hordo do *Erin's King* bicado na esteira cinquenta jardas atrás. Vivem de seus instintos. Elas giravam, adejando.

Voraz a ávida gaivota
Revoa o mar e se abarrota.

É assim que os poetas escrevem, os sons semelhantes. Mas aí Shakespeare não tem rimas: verso branco O escorrer da língua é que conta. Os pensamentos. Solene.

Hamlet, eu sou o espectro de teu pai,
Por um tempo na terra condenado.

— Duas maçãs a um pence! Duas por um pence!

Seu olhar passeou por sobre as maçãs luzidias apertadas no mostrador. Neste tempo do ano devem ser australianas. Pele brilhante: devem poli-las com um trapo ou um lenço.

Espera. Aquelas pobres aves.

Estacou de novo e comprou da velha maçandeira dois biscoitos de Banbury por um pence e esboroou a pasta quebradiça e atirou os fragmentos abaixo dentro do Liffey. Viu? As gaivotas, duas, acometeram calmas, aí então todas, de suas alturas, arremeteram contra a presa. Liquidado. Nem uma migalha.

Consciente da gula e perspicácia delas sacudiu as migas em pó das mãos. Nunca que teriam esperado aquilo. Maná. Elas têm de viver de carne de peixe, todas as aves marinhas, gaivotas, mergulhão. Os cisnes do Anna Liffey nadam por aqui algumas vezes para se pentearem. Não há limites para o gosto. Gostaria de saber como é carne de cisne. Robinson Crusoé teve de viver à custa deles.

Elas giravam, revoando manso. Não vou atirar mais nada. Um pence é mais que bastante. Recebi muitos agradecimentos. Nem sequer um crocito. Espalham ademais febre aftosa. Se se empanzina um peru, digamos, com castanha, ele fica com o gosto. Coma porco como porco. Mas então por que é que peixe de água salgada não é salgado? Como é isso?

Seus olhos buscaram resposta do rio e viram um bote de remos balouçar preguiçosamente, ancorado sobre a ondulação pastosa, sua borda pintada.

Kino's
11/-
Calças.

Boa ideia. Pergunto se ele paga taxa à Prefeitura. Como é que se pode em verdade ser proprietário de água. Flui sempre numa corrente, nunca a mesma, que na corrente da vida trilhamos. Pois a vida é uma corrente. Todas as espécies de lugar são boas para anúncios. Aquele doutor charlatão de esquentamento costumava colar o seu em todos os mijatórios. Nunca mais o vi. Estritamente confidencial. Dr. Hy Franks. Não lhe custa um dé-réis como o do Maginni, professor de dança autoanunciante. Conseguia uns sujeitos para colá-los ou colava-os ele mesmo às escondidas correndo para dar uma mijada. Voo noturno. Exatamente o lugar também. NÃO COLAR CARTAZES. VÃO BOTAR MERDAZES. Alguns gajos com a esquentação a arder-lhes.

Se ele...

Oh!

Eh?
Não... Não.
Não, não. Não creio. Ele não faria, não é mesmo?
Não, não.
O senhor Bloom avançava soerguendo seus olhos perturbados. Não pensar mais nisso. Passa da uma. O tempo de expediente abala nos escritórios do balastro. Tempo de Dunsink. Fascinante o livrinho de sir Robert Ball. Paralaxe. Jamais entendi muito bem. Ali está um padre. Podia perguntar-lhe. Par é grego: paralelo, paralaxe. Metem-se picoses foi o que ela achou até que lhe falei sobre a transmigração. Oh, droga!
O senhor Bloom sorriu. Oh, droga, a duas janelas dos escritórios do balastro. Ela tem razão afinal de contas. Apenas grandes palavras para dizer coisas correntes por causa do som. Ela não é lá exatamente espirituosa. Chega até a ser grosseira. Começa a aparecer o que eu estava pensando. Ainda assim não estou certo. Ela costumava dizer que Ben Dollard tinha uma voz de baixo barríltono. Ele tem pernas de barril e poderia pensar-se que ele cantava dentro de um barril. Mas afinal isso é ou não é espirituoso? Costumavam chamá-lo de bem Ben. Não é tão espirituoso como chamá-lo de baixo barríltono. Um apetite de albatroz. Embucha um lombo de boi. Um copo sem fundos quando se acervejava com uma qualquer do Bass. Barril do Bass. Vê? É fácil ajeitar a coisa.

Uma procissão de homens alviblusados marchava lentamente em seu sentido ao longo da sarjeta, bandas escarlates cruzadas em seus cartazes. Saldos. Estão como aquele padre nesta manhã: pecamos: sofremos. Leu as letras escarlates nas suas cinco cartolas brancas H.E.L. Y.S. Wisdom Hely's. O Y ficando para trás retirou uma côdea de pão de debaixo do seu cartaz, enchumaçou a boca e mastigava no que andava. Nosso alimento de base. Três cobres por dia, andando por sarjetas, rua após rua. O que baste para pele e ossos juntos, pão e caldo. Não são os gajos do Boyl: não: do M'Glade. Nem provoca aumento dos negócios. Sugeri-lhe uma carruagem transparente com duas garotas bonitas sentadas dentro escrevendo cartas, envelopes, mata-borrões. Aposto que isso teria chamado atenção. Garotas bonitas escrevendo alguma coisa atraem logo a atenção. Cada um morrendo por saber o que é que ela está escrevendo. Consegues vinte em redor de ti se te pões a olhar fixamente o que quer que seja. Todos querem meter o bedelho. As mulheres também. Curiosidade. Coluna de sal. Não a aceitaria está claro porque não pensou na ideia primeiro. Ou o tinteiro que sugeri com a falsa mancha de celuloide preto. Suas ideias de anúncios como a da carne-pasta. Cereja enlatada debaixo dos avisos fúnebres, departamento de carnes congeladas. Não se pode gostar disso. O quê? Nossos envelopes. Alô! Jones, aonde é que estás indo? Não posso parar, Robinson, apresso-me a comprar a única borracha de confiança *Kansell*, à venda em Hely's Ltd., 85, rua Dame. Estou bem fora dessa ralé. Diabo de prebenda a de cobrar contas nesses conventos. Convento Tranquila. Era uma bonita freira aquela, carinha realmente doce. O toucado ia bem com a sua cabecinha. Irmã? Irmã? Estou certo de que havia tido coitas de amor pelos seus olhos. Difícil especular com essa espécie de mulher. Perturbei-a nas suas devoções aquela manhã. Mas feliz em comunicar-se com o mundo de fora. Nosso grande dia, disse ela. Festa de Nossa Senhora do Monte Carmelo. Doce nome, também: caramelo. Ela sabia, creio que ela sabia pela maneira por que ela. Se ela se tivesse casado teria mudado. Penso que elas estavam realmente a curto de dinheiro. Ainda assim fritavam tudo na melhor manteiga. Nada de toucinhos para elas. Me dá uma tristeza comer torresmos. Elas gostam de se amanteigar por dentro e por fora. Molly provando-o, o véu levantado. Irmã? Pat Claffey, a filha do agiota. Foi uma freira diz que inventou o arame farpado.

    Ele cruzava a rua Westmoreland quando o apóstrofe S patejava perto. Casa de bicicletas Rover. Haverá aquelas corridas hoje. Quanto tempo faz isso? No ano da morte de Phil Gilligan. Vivíamos na rua Lombard Oeste. Vejamos, eu estava no Thom. Empreguei-me no Wisdom Hely no ano em que me casei. Seis anos. Há dez anos: noventa e quatro ele morreu, sim, é isso, o grande incêndio no Arnott. Val Dillon era o lorde prefeito. O jantar de Glencree. O edil Robert O'Reilly esvaziando o seu porto na sopa antes da descida da bandeira, Bobbob lambendo-o para bem do seu corpo edil. Eu não podia ouvir o que a banda tocava. Pelo que já recebemos possa o Senhor fazer-nos. Milly era um fedelho então. Molly estava com aquele vestido cinza-elefante com alamares debruados. *Tailleur* clássico com botões forrados. Ela não gostava dele porque torci meu tornozelo no primeiro dia em que o usou no piquenique do coro no Pão de Açúcar. Como se aquilo. A cartola do velho Goodwin estragada por causa daquela droga pegajosa. Moscas de piquenique também. Nunca mais pôs um vestido sobre ela como aquele. Ia-lhe como uma luva, ombros e quadris. Começava justamente a ficar rechonchudinha. Tivemos pastelão de coelho aquele dia. As gentes a acompanhavam com o olhar.

Feliz. Mais feliz então. Agasalhadora pecinha era aquela com o papel de parede vermelho, do Dockrell, um xelim e nove pences a dúzia. A noite do banho de banheira de Milly. O sabonete americano que comprei: flor de sabugueiro. Aconchegante o cheiro da sua água de banho. Engraçadinha ela ficava toda ensaboada. E benfeita também. Agora fotografia. *Atelier* de daguerreótipo do pobre papai de que ele me falava. Gosto hereditário. Ele andava ao longo do meio-fio.

Corrente da vida. Qual era o nome daquele gajo cara de padre que olhava sempre de soslaio quando ele passava? Olhos indiretos, mulher. Parava no Citron da parada de Saint Kevin. Pen alguma coisa. Pendennis? Minha memória está voltando. Pen...? É lógico, faz anos. Barulho dos bondes provavelmente. Ora, se ele não podia lembrar-se do nome do arquivo vivo que ele via todos os dias.

Bartell d'Arcy era o tenor que se firmava precisamente então. Levando-a à casa depois do ensaio. Sujeito presunçoso com seu bigode encerado. Deu a ela aquela canção *Ventos que sopram do sul.*

Ventosa a noite aquela em que eu fui a buscá-la havia aquela reunião da lógica sobre aqueles bilhetes de loteria depois do concerto do Goodwin no salão de banquetes ou salão de reuniões do Palácio Municipal. Ele e eu atrás. Folha de sua música esvoejou de minhas mãos contra a grade do ginásio. Tive sorte que não. Coisa como essa estraga o efeito de uma noite para ela. O professor Goodwin enlaçando-a de frente. Fora dos eixos, pobre velho beberrão. Concertos de despedida dele. Definitivamente última aparição em qualquer palco. Talvez por meses talvez por jamais. Lembras-te dela rindo ao vento, sua gola de neve levantada. Canto da estrada de Harcourt, lembras-te daquele pé de vento? Brr! Levantou-lhe todas as saias e sua boá quase sufocou o velho Goodwin. Ela ficava de facto toda corada ao vento. Lembras-te quando chegamos a casa e avivamos o fogo e fritamos aqueles pedaços de rodelas de carneiro para a ceia dela com molho de Chutney de que ela gostava. E o rum dociaquecido. Podia vê-la no quarto de dormir desde a lareira descolchetando as barbatanas dos espartilhos. Branca.

Silvo e suave pouso seus espartilhos fizeram sobre o leito. Sempre quentes dela. Sempre gostava de livrar-se deles. Sentada depois ali até perto das duas, retirando-se os grampos. Milly agasalhadinha no seu bercinho. Feliz. Feliz. Essa foi a noite...

— Oh, senhor Bloom, como vai?

— Oh, como vai, senhora Breen?

— Não adianta queixar. Como vai Molly ultimamente. Não a vejo há séculos.
— Tudo azul — disse alegremente o senhor Bloom —, Milly está com uma colocação em Mullingar, sabe?
— Não me diga? Excelente para ela, não?
— Sim, num fotógrafo lá. A coisa vai que é uma beleza. Como vão seus encargos?
— Todos vão ficando taludinhos — disse a senhora Breen.
Quantos tem ela? Nenhum à vista.
— Vejo que está de negro. Espero que não...
— Não — disse o senhor Bloom. — Estou vindo de um enterro.
Vai ser um realejo o dia inteiro, estou prevendo. Quem é o morto, quando e por que morreu? Rolará como um vintém falso.
— Por Deus — disse a senhora Breen —, espero que não tenha sido nenhum parente próximo.
Posso ainda assim ter a sua simpatia.
— Dignam — disse o senhor Bloom. — Um velho amigo meu. Morreu de repente, o coitado. Perturbação cardíaca, acredito. O enterro foi hoje de manhã.

Teu enterro é amanhã
Mas continuas girando.
Trapatrapa trapaceando.
Trapatrapa...

— Triste é perder os velhos amigos — os feminilolhos da senhora Breen disseram melancolicamente.
Agora já é bastante sobre isso. Entra calmamente: o marido.
— E o seu senhor e esposo?
A senhora Breen revirou seus dois olhos grandes. Não os perdera de todos os modos.
— Oh, nem falar — disse ela. — É um breve contra as cascavéis. Está por lá com os seus livros de Direito estudando a lei de difamação. Ele me deixa desventurada. Espere que eu lhe mostrarei.
Vapor de caldo de cabeça de vitela a sopa de tartaruga e fumaça de rulô estofado de iscas de presunto ao forno vinham da casa do Harrison. O pesado fartum do meio-dia espicaçava a boca da goela do senhor Bloom.

Para fazer boa pastelaria é preciso manteiga, farinha de primeira, açúcar Demerara, ou degustar a coisa com chá fervendo. Ou vem dela? Um árabe descalço postava-se contra a grade, cheirando as baforadas. Amortece a consumição da fome dessa maneira. É prazer ou pena? Refeição de pêni. Faca e garfo encadeados à mesa.

Abrindo a bolsa de mão, couro esborcinado, grampo de chapéu: devia ter uma guarda para essas coisas. Vara os olhos de um gajo no bonde. Rebuscando. Aberta. Dinheiro. Amostra grátis. O diabo se perdem seis pences. Que sarilho. Marido intrometendo-se. Onde está o dez xelins que te dei na segunda? Está dando de comer à família do teu irmãozinho? Lenço sujo: vidro de mezinha. Pastilha que caiu. Que é que ela?...

— Deve ser lua nova — disse ela. — Ele fica então sempre uma fera. Sabe o que é que fez a noite passada?

Sua mão deixara de rebuscar. Os olhos dela fixavam-se nele abertos de espanto, embora sorrindo.

— O quê? — perguntou o senhor Bloom.

Que fale ela. Olha direto dentro dos olhos dela. Eu creio em ti. Confia em mim.

— Acordou-me durante a noite — disse ela. — Um sonho teve, um pesadelo.

Indigestão.

— Disse que o ás de espadas estava subindo a escada.

— O ás de espadas! — disse o senhor Bloom.

Retirou da bolsa de mão um postal dobrado.

— Leia — disse ela. — Recebeu-o esta manhã.

— Que é que é? — perguntou o senhor Bloom, tomando do postal. — EE. Gh?

— EE. Gh: és gagá — disse ela. — Alguém que está querendo zombar dele. O que é uma sem-vergonhice de quem quer que seja.

— É mesmo, de facto — disse o senhor Bloom.

Tomou de volta o postal, suspirando.

— E agora ele vai ao escritório do senhor Menton. Vai intentar uma ação por dez mil libras, diz ele.

Ela dobrou o postal dentro da bolsa desatada e tiniu o fecho. O mesmo vestido de sarja azul que ela usava há dois anos, os pelos desbotados. Viu melhores dias. Tufinhos de cabelo sobre as orelhas. E esse toucado desmazelado, três uvas velhas para tirar-lhe o mofo. Miséria dourada. Tivera gosto no vestir-se. Preguinhas ao redor da boca. Não mais do que um ou dois anos mais velha que Molly.

Nota o olhar que essa mulher lhe deu ao passar. Cruel. O sexo desleal.

Mirava-a ainda, retendo por trás da máscara o seu desgosto. Picante caldo de caril de rabada à tartaruga. Estou também com fome. Migas de pasta sobre o peitilho do vestido dela: pinta de farinha açucarada pegada na bochecha dela. Torta de ruibarbo com recheio abundante, interior rico de fruta. Essa foi Josie Powell. No Luke Doyle há muito tempo, no celeiro do Dolphin, as charadas. EE. Gh: és gagá.

Muda de assunto.

— Tem visto por acaso a senhora Beaufoy? — perguntou o senhor Bloom.

— Mina Purefoy? — disse ela.

Eu pensava em Philip Beaufoy. Clube dos Playgoers. Matcham pensa com frequência no golpe de mestre. Puxei os cordões? Sim. O último ato.

— Sim.

— Acabo de passar por lá a caminho para perguntar se já teve. Está na maternidade da rua Holles. O doutor Horne a pôs lá. Já está no terceiro dia de dores.

— Oh — disse o senhor Bloom. — Dá pena ouvir isso.

— Sim — disse a senhora Breen. — E uma ninhada de fedelhos em casa. É um parto muito difícil, disse-me a enfermeira.

— Oh — disse o senhor Bloom.

Seu denso olhar piedoso absorvia as novas dela. Sua língua estalou compassiva. Tada! Tada!

— Isso me entristece tanto! — disse ele. — Pobrezinha! Três dias! Isso deve ser tremendo para ela.

A senhora Breen assentia.

— Começou a sentir as dores na terça-feira...

O senhor Bloom tocou-lhe doce no cotovelo, chamando-lhe a atenção.

— Cuidado! Deixe esse homem passar.

Uma forma ossuda marchava do rio ao longo do meio-fio, fixando com olhar extático o sol através de um grosso monóculo encadeado. Apertado como cranipeça, um minúsculo chapéu crispava-lhe a cabeça. Aos braços um guarda-pó dobrado, uma bengala e um guarda-chuva bamboleavam às suas passadas.

— Preste atenção nele — disse o senhor Bloom. — Anda sempre do lado de fora dos postes. Olhe!
— Quem é, se me permite a pergunta? — perguntou a senhora Breen.
— É gira?
— Chama-se Cashel Boyle O'Connor Fitzsmaurice Tisdall Farrell — disse o senhor Bloom, sorrindo. — Olhe!
— Parece que já passou dos limites — disse ela. — Denis num destes dias ficará assim.
Ela descontinuou bruscamente.
— Lá está ele — disse ela. — Preciso ir ao seu encontro. Até logo. Lembre-me a Molly, sim?
— Sem dúvida — disse o senhor Bloom.
Seguiu-lhe as esquivanças por entre os transeuntes rumo das fachadas das lojas. Denis Breen numa encolhida sobrecasaca e de calçados de lona azul arrastava-se para fora do Harrison apertando contra as costelas dois pesados volumes. Saído de um buraco. Como antigamente. Suportou vê-la encontrá-lo sem surpresa e projetar sua barba cinza opaca para ela, os queixos moles abanando no que ele falava veemente.

Meshuggah. Destelhado.

O senhor Bloom de novo andava tranquilamente, vendo adiante dele à luz do sol a apertada cranipeça, a bamboleante bengala, guarda-chuva, guarda-pó. Remoendo os parafusos. Repara! Lá vai ele do lado de fora de novo. Sua maneira de ter um lugar ao sol. E aquele outro lunático andadeiro dentro dos seus molambos. Ela deve ter um tempo quente para aguentá-lo.

EE. Gh: és gagá. Sou capaz de jurar que isso é do Alf Bergan ou do Richie Goulding. Escreveram isso por pura gozação na cervejaria escocesa, aposto o que quiserem. A caminho do escritório do Menton. Seus olhos de ostra pregados no cartão. Um gozo dos diabos.

Passava pelo *Irish Times*. Deve haver outras respostas em quarentena. Gostaria de responder a todas. Bom sistema para os criminosos. Código. Almoçando agora. O empregado de óculos que não me reconhece. Oh, que eles se fomentem. Bastante chateação atravessar quarenta e quatro deles. Precisa-se de dactilógrafa expedita para ajudar cavalheiro em trabalhos literários. Lhe chamei de querido travesso porque não gosto desse outro nume. Por favor, diga-me qual é o sentido. Por favor, diga-me qual é o perfume que sua mulher. Diga-me quem fez o mundo. A maneira com que brotam essas perguntas em você. E nessa outra Lizzie Twigg. Meus esforços literários tiveram a boa fortuna de receber aprovação do eminente poeta A. E. (senhor Geo Russell). Sem tempo para fazer o penteado bebendo chá fraco com um livro de poesia.

O melhor jornal de longe para um anúncio pequeno. Atinge agora as províncias. Cozinheira e o resto, excel cozinha, tem-se arrumadeira. Preciso homem safo para balcão de bebidas. Srta. respeit (Cat. Rom.) aceita oferta para loja de frutas ou porco. James Carlisle foi quem fez. Seis e meio por cento de dividendo. Fez um grande negócio com as ações de Coate. No cômodo. Velhacarias escocesas. Tudo velha tapeação. Nossa graciosa e popular vice-rainha. Comprou agora o *Irish Field*. Lady Mountcashel se recuperou completamente do seu resguardo e esteve caçando com os veadeiros da Ward Union ontem pelos expansos de Rathoath. Raposa incomível. Chacinacaçadores também. Medo provoca humores no bicho tornando-o macio para eles. Montando escanchada. Senta-se sobre o cavalo como homem. Caçadora de peso. Nada de silhão ou garupa para ela, com ela não. Bastião. Primeira no ajuntamento e na carga. Fortes como égua de raça algumas dessas mulheres cavalejas. Fanfarronada à volta das cavalariças. Tragam um copo de brande puro enquanto o diabo esfrega um olho. Aquela em Grosvenor esta manhã. Upa com ela no coche: leroquero-leroquero. Fazê-la vencer muralha ou portão de sete chaves. Penso que aquele cocheiro de nariz arrebitado fez de despeito. Com quem é que ela se parece? Ah, sim! A senhora Miriam Dandrade, que me vendeu seus abrigos usados e sua roupa de baixo preta no Hotel Shelbourne. Hispano-americana divorciada. Não lhe arranquei um pestanejo ao manipulá-los. Como se eu não fosse mais que um cabide. Vi-a na festa vice-real quando Stubbs o guarda-parque me pôs lá dentro com o Whelan do *Express*. Catando os restos da alta. Chá da alta. Pus maionese nas ameixas pensando que era creme. Deve ter ficado com as orelhas ardendo por umas poucas semanas. Tinha de ser um touro para ela. Cortesã nata. Nada de cueiros com ela, livra.

Pobre senhora Purefoy! Marido metodista. Método na sua loucura. Almoço de bolinho de açafrão e leite com soda na leitaria educacional. Comendo com um cronômetro, trinta e duas mastigadelas por minuto. Ainda assim os fios de suas costelas cresceram. Crê-se que é bem relacionado. Primo de Theodore do castelo de Dublin. Um parente bacana em cada família. Presenteia-a com um rebento cada ano. Vi-os pelos Three Jolly Topers andando cabeça nua com o garoto mais velho carregando um num enredado.

Os chorões. Pobrezinha! E ter de dar os peitos ano após ano toda hora da noite. Egoístas esses abstêmios são. Cão de guarda. Um torrãozinho só de açúcar no meu chá, por favor.

Estacou no cruzamento da rua Fleet. Intervalo de almoço a seis pences no Rowe? Preciso ir à cata desse anúncio na Biblioteca Nacional. Um de oito pences no Burton. Melhor. É a caminho.

Ultrapassou a casa Bolton de Westmoreland. Chá. Chá. Chá. Esqueci-me de alisar o Tom Kernan.

Xii. Tada, tada tada! Três dias imagina a ganir na cama com um lenço avinagrado sobre a testa, a barriga inchada! Puxa! Simplesmente medonho! Cabeça de criança muito grande: fórceps. Dobrado dentro dela tentando marrar uma saída cegamente, tacteando uma saída. Isso me mataria. Por sorte Molly se livrou dos dela com facilidade. Deviam inventar uma coisa para evitar isso. Vida de trabalho forçado. A ideia do sono crepuscular: à rainha Vitória dava-se isso. Teve nove. Boa poedeira. Uma velhinha que vivia num tamanquinho teve uma ninhadinha. Admitamos que ele fosse tísico. Já era mais que tempo que alguém pensasse nisso em lugar de palrar sobre o que que havia no meditabundo seio da efulgência argêntea. Baboseiras para embasbacar bobocas. Podia-se ter facilmente grandes estabelecimentos. Tudo muito sem dor livre de quaisquer impostos dar-se-ia a cada criança nascida cinco librotas a juros compostos até os vinte e um, cinco por cento fazem cem xelins mais as constantes cinco libras, multiplicando por vinte no sistema decimal, encoraja as gentes a forrar dinheiro cem mais dez e um naco vinte e um anos preciso pôr isso no papel para chegar a uma soma catita, mais do que se pensa.

Não natimortos é lógico. Não são nem sequer registados. Trabalheira inútil.

Quadro pitoresco ver duas delas juntas, os ventres saltados. Molly e a senhora Moisel. Encontro de mães. A tísica retrocede por um certo tempo, depois volta. Como parecem minguadas depois num repente! Olhos plácidos. Livres de um peso na cabeça. A velhinha senhora Thornton era uma bela alminha. Todos meus filhos, dizia ela. A colher da papinha à sua boca antes de alimentá-los. Oh, isto é o miumium. Teve a mão dela machucada pelo filho do velho Tom Wall. Foi a primeira reverência dele para o público. Cabeça de cabaça de primeira. Rezinguento o dr. Murren. Gentes batendo-lhe à porta a qualquer hora. Por amor de Deus doutor. A mulher nas dores. Depois é deixá-los durante meses esperando pelos honorários. Pela assistência à sua mulher. Não há gratidão nas gentes. Humanitários, os doutores, a maioria deles.

Diante do enorme portão da casa do Parlamento irlandês uma revoada de pombos voava. Nas suas traquinadas depois de comerem. Quem é o que vamos premiar? Eu escolho o sujeito de preto. Aí vai. Aí vai boa sorte. Deve ser emocionante fazer lá do alto. Apjohn, eu e Owen Goldberg no alto das árvores perto do prado do Goose brincando de macacos. Eles me apelidavam de cavala.

Um pelotão de guardas-civis desembocava da rua College, marchando em fila indiana. Passo de ganso. Caras alimentesquentadas, casquetes suando, tatalando os *casse-têtes*. Depois da boia com uma boa palangana de sopa gorda de arrebentar os cintos. A sina dos polícias é às vezes até que feliz. Dividiram-se em grupos e se espalharam, saudando, rumo às suas zonas. A postos para o pastoreio. O melhor momento para achacar alguém é na hora da comezaina. Um directo na pança. Um pelotão de outros, marchando irregularmente, volteava as grades do Trinity, indo para a estação. Rumo dos seus moirões. Sentido para receber cavalaria. Sentido para receber sopa.

Cruzou por debaixo do dedo travesso de Tommy Moore. Fizeram bem em pô-lo por cima de um mictório: junção de águas. Devia haver lugares para as mulheres. Correndo para as confeitarias. Para endireitar o meu chapéu. *Não há um vale neste amplo mundo.* Grande canção de Julia Morkan. Conservou a voz até o último momento. Aluna de Michael Balfe, não era?

Ele olhava a última túnica ampla. Clientes difíceis de manobrar. Jack Power podia alargar-se num relato disso: o pai, um tira. Se um sujeito armasse rebuliço ao ser posto no xadrez, eles faziam-no passar um tempo quente de trancaços no xilindró. Não se pode ao cabo de tudo censurá-los pela tarefa que cumprem principalmente com os marginais jovens. Aquele polícia montado suou para ganhar o seu no dia em que Joe Chamberlain recebeu o grau no Trinity. Palavra que suou! Os cascos do seu cavalo pateando no nosso encalço rua Abbey abaixo. Por sorte tive a presença de espírito de mergulhar em casa do Manning, de outro modo estava num beco sem saída. Por São Jorge, que ele levou um trompaço. Deve ter arrebentado o crânio contra o lajedo. Eu não devia ter-me misturado com aqueles medicinandos. E os jumentos do Trinity com seus capelos. Procurando barulho. Ainda assim pude conhecer aquele jovem Dixon que me tratou daquela ferroada no Mater e

que agora tá na rua Holles onde a senhora Purefoy. É a engrenagem. Ainda nas minhas orelhas os apitos da polícia. Todos debandaram. Por que é que me escolheu? Pegou-me para pato. A coisa começou aqui mesmo.
— Bravo aos bures!
— Três vivas por De Wet!
— Vamos enforcar Joe Chamberlain na macieira-brava.

Bobos ocos: grupo de pirralhos berrando como danados. A colina do Vinagre. A charanga dos manteigas. Poucos anos depois metade deles são magistrados e funcionários públicos. Vem a guerra: todos no exército num corre-corre: os mesmos sujeitos que costumavam se pendurar num patíbulo.

Nunca se sabe com quem se está falando. Corny Kelleher esse é de cara um delator. Como aquele Peter ou Denis ou James Carey que abriu as torneiras contra os invencíveis. Funcionário da Prefeitura também. Cozinhando a mocidade crua para pescar o que se tramava. O tempo todo espionando a soldo do castelo. Depois o abandono como a um sapato velho. Por que esses sujeitos à paisana estão sempre cortejando as criadinhas? Fácil reconhecer um homem acostumado ao uniforme. Apertando-a contra a parede numa porta de fundos. Marretá-la um pedaço. Então é tragar o prato seguinte. E quem é o cavalheiro que estava de visita? Dizia o patrãozinho alguma coisa? Espionando Tom pelo buraco da fechadura. Patinho chamariz. Estudantezinho entesado muqueando-lhe os braços gordotes enquanto ela passa a ferro.
— São seus esses aí, Mary?
— Não uso essas coisas... Pare ou eu vou contar à dona. A noite inteira fora de casa.
— Temos grandes coisas pela frente. Espere e verá.
— Ah, fique com suas grandes coisas pela frente. Caixeirinhas também. Garotas de tabacarias.

A ideia de James Stephen era a melhor. Ele os conhecia. Grupos de dez de tal modo que um sujeito não pudesse abarcar mais que o seu próprio círculo. Sinn Fein. Se recuas passam-te pela faca. A mão secreta. Esconder-se, o pelotão de fuzilamento. A filha de Turnkey arrancou-o de Richmond, nos arredores de Lusk. Pondo-o no Hotel Buckingham Palace debaixo do nariz deles mesmos. Garibaldi.

É preciso exercer um certo fascínio: Parnell. Arthur Griffith é um sujeito que é um crânio mas não tem prestígio na massa. Precisa incensar isso de nossa pátria idolatrada. Petas e patranhas. Salão de chá da Companhia

Panificadora de Dublin. Sociedades de debate. Que o republicanismo é a melhor forma de governo. Que a questão da língua devia ter prioridade sobre a questão econômica. As suas filhas devem engambelá-los em casa. Abarrotá-los de comida e bebida. Peru de Natal. Aqui debaixo do avental tenho uma boa pitada de tempero de tomilho para você. Aceite mais um pouco de gordura de ganso antes que esfrie. Meio empanturrados, entusiastas. Adoçar a boca e metê-los na dança. Nada para o trinchador. A ideia de que o outro paga é o melhor molho do mundo. Fá-los sentir-se inteiramente em casa. Passe-me aqueles damascos, quer dizer, pêssegos. O não muito distante dia. Um sol autogovernante levantando-se no noroeste.

Seu sorriso esvaía-se no que ele andava, uma pesada nuvem encobrindo o sol lentamente, sombreando a rude fachada do Trinity. Bondes passavam uns após outros, indo, vindo, retinindo. Palavras inúteis. As coisas continuam as mesmas; dia após dia: pelotões de polícia marchando para diante, para trás; bondes indo, vindo. Aqueles dois aluados acuados por aí. Dignam acarretado. Mina Purefoy barriga inchada num leito ganindo para ter um filho arrancado de dentro dela. Um nascido a cada segundo algures. Outro morrendo a cada segundo. Desde que dei de comer às aves faz cinco minutos. Trezentos bateram com o cu na cerca. Outros trezentos nascidos, relavados do sangue, todos são lavados no sangue do anho, mugindo maaaaaa.

Uma cidadada trespassando, outra cidadada chegando, trespassando também: outra chegando, trespassando. Casas, filas de casas, ruas, milhas de pavimentos, tijolos amontoados, pedras. Mudando de mãos. Este ano, aquele. O proprietário não morre nunca, diz que. Um mete-se no sapato do outro quando este recebe a ordem de deixar. Compram o sítio com ouro e ainda assim têm o ouro todo. Falcatrua nisso em algum ponto. Empilhados em cidades, gastados geração após geração. Pirâmides sobre a areia. Construídos de pão e de cebolas. Escravos. Muralha da China. Babilônia. Pedras grandes deixadas. Torres redondas. O resto, entulho subúrbios escarrapachados, assopapados, casascogumelos de Kervan, construídas de vento. Refúgio da noite.

Nem um é um algo.

Esta é realmente a péssima hora do dia. Vitalidade. Baça, lúgubre: odeio esta hora. Sinto como se tivesse sido engolido e vomitado.

Casa do preboste. O reverendo dr. Salmon: salmão enlatado. Bem enlatado aí. Não viveria ali nem que me pagassem. Espero que haja fígado e toucinho hoje. A natureza aborrece o vácuo.

O sol se liberava lentamente e luzia lampejos de luz por entre a prataria da vitrina do Walter Sexton do outro lado por que John Howard Parnell passava nada vendo.
Ali está ele: o irmão. O retrato dele. Rosto obsedante. Isso é realmente uma coincidência. Lógico centenas de vezes pensa-se numa pessoa e não se topa com ela. Como um homem andando em sono. Nem um o reconhece. Deve haver uma reunião da Prefeitura hoje. Dizem que ele jamais pôs o uniforme de meirinho-mor da cidade desde que arranjou o emprego. Charley Boulger costumava apresentar-se no alto do seu cavalo, chapéu de bicos, inchado, polvilhado e barbeado. Olha o andar acabrunhado dele. De quem comeu ovo podre. Olhos escaldados à fantasma. Estou com uma dor. Irmão dum grande homem: irmão de seu irmão. Ficaria bem no palafrém da cidade. Passar pela C.P.D.* provavelmente para um café, jogar xadrez aí. Seu irmão usava homens como peões. Deixou que todos se estrepassem. Medrosos de fazerem uma observação a ele. Gelava-os com aqueles seus olhos. Isto é o fascínio: o nome. Todos um tico tocados. A louca da Fanny e sua outra irmã a senhora Dickinson montadas por aí com arneses escarlates. Aprumado como o cirurgião M'Ardle. Ainda assim David Sheehy bateu-o em Meath sul. Requereu o Chiltern Hundreds e aposentou-se na vida pública. O banquete do patriota. Comer cascas de laranja no parque. Simon Dedalus disse quando o puseram no Parlamento que Parnell voltaria da tumba e o conduziria pelo braço para fora da Casa dos Comuns.

— Do octópode bicéfalo, uma de cujas cabeças é a cabeça em que os confins do mundo se esqueceram de juntar-se, enquanto a outra fala com sotaque escocês. Os tentáculos...

Eles passavam por trás do senhor Bloom ao longo do meio-fio. Barba e bicicleta. Mulher jovem.

E lá vai ele também. Aí está realmente uma coincidência: segunda vez. Os eventos venientes projetam antes sua sombra. Com a aprovação do eminente poeta senhor Geo Russel. Essa pode ser Lizzie Twigg com ele. A. E.: que é que isso significa. Talvez umas iniciais. Albert Edward, Arthur Edmond, Alphonsus Eb Ed El Esquire. Que é que ele dizia? Os confins do mundo com sotaque escocês. Tentáculos: octópode. Algo oculto: simbolismo. Passando uma cantada. Ela está engolindo tudo. Não dizendo uma palavra. Para ajudar cavalheiro em trabalho literário.

---

*No original D.B.C., Dublin's Bakery Company, Companhia Panificadora de Dublin. (*N. do T.*)

Seus olhos seguiam o corpo alto de brim caseiro, barba e bicicleta, uma mulher audiente ao seu lado. Vindos do vegetariano. Somente legumovonada e fruta. Não comem bifisteque. Se o fizeres os olhos da vaca te perseguirão por toda a eternidade. Dizem que é mais saudável. Não passa de vento e água. Experimentei. Põe o sujeito de calças na mão todo o dia. Ruim como rato. Sonhos toda a noite. Por que é que chamam aquela coisa que me deram nuxteque? Nuxtarianos. Frutarianos. Para te dar a ilusão de que estás comendo uma maminha de vaca. Absurdo. Salgado ademais. Cozinham em soda. Faz o sujeito passar a noite sentado no trono.

As meias dela estão enrugadas no calcanhar. Desgosta-me isso: tão sem gosto. Essas gentes literárias etéreas são todas. Oníricos, nefelibáticos, simbolísticos. Estetas é o que são. Não me surpreenderia se fosse aquele tipo de alimento que produz essas como ondas do cérebro as poéticas. Por exemplo um daqueles polícias que tresandam a cozido pela roupa toda; não se poderia espremer dele um verso de poesia. Nem sabe mesmo o que é poesia. Precisa-se de uma certa veia.

Onírica nefelíbata gaivota
Ondula por sobre os mares sua derrota.

Cruzava pela esquina da rua Nassau e estacou em frente da vitrina do Yeates and Son, apreçando os binóculos. Ou dou uma passada pelo velho Harris e bato um papo com o jovem Sinclair? Sujeito maneiroso. Provavelmente no almoço. Preciso mandar endireitar os meus óculos velhos. Lentes Goerz, seis guinéus. Os alemães estão abrindo caminho por toda parte. Vendem em boas condições para ganharem mercado. Queimando. Podia tentar a sorte por um par no departamento ferroviário de objetos perdidos. Surpreendente as coisas que se esquecem nos trens e vestiários. Em que é que estarão pensando? As mulheres também. Incrível. No ano passado em viagem para Ennis tive de apanhar a maleta da filha do granjeiro para entregar a ela no entroncamento de Limerick. Dinheiro não reclamado também. Há um relógio pequeno perto do tecto do banco em que posso pôr à prova estes óculos.

Suas pálpebras penderam para a borda baixa da íris. Não posso vê-la. Se se pensa que está ali quase que se pode ver. Não posso vê-la.

Virou-se e, parando entre os toldos, estirou o braço direito com a palma da mão voltada para o sol. Sempre quis experimentar isto. Sim: completamente. A ponta do seu dedo mínimo cobria o disco do sol. Deve ser o foco onde os raios se cruzam. Se eu usasse lentes escuras. Interessante. Falou-se um pedaço sobre manchas solares quando estávamos na rua Lombard Oeste. São terríveis explosões. Haverá um eclipse total este ano: aí pelo outono.

Agora que me ocorre pensar nisso, aquela bola desce à hora de Greenwich. É um relógio que é movido por um fio elétrico desde Dunsink. Preciso dar um pulo lá algum primeiro sábado do mês. Se eu pudesse conseguir uma apresentação para o professor Joly ou saber alguma coisa sobre a família dele. Isso funcionaria: um homem sempre sente se adulado. Lisonja onde menos se espera. Nobre orgulhoso por ser descendente da amante de algum rei. Sua antepassada. Sirva-lhe às carradas. Quem sabe gabar se faz pagar. Não é ir indo e entrar no que não deve; que é paralaxe? Indique a esse senhor a porta de saída.

Ah.

A mão caiu-lhe de novo ao comprido.

Nunca se sabe nada sobre isso. Perda de tempo. Bolas de gás girando, cruzando-se, passando. Sempre a mesma cantilena. Gás, logo sólido, logo mundo, logo frio, logo concha vazia à deriva, rochedo congelado como aquele rochedo de abacaxi. A lua. Deve ser lua nova, disse ela. Acredito que sim.

Ele prosseguia por la Maison Claire.

Vejamos. A lua cheia foi na noite em que estávamos domingo há uma quinzena exatamente é lua nova. Flanando pelo Tolka. Nada má para uma lua da Fairview. Ela estava cantarolando: A jovem lua de maio está brilhando, amor. Ele ao lado dela. Cotovelo, braço. Ele. O facho do vaga-lume está faiscando, amor. Alisação. Dedos. Pergunta. Resposta. Sim.

Chega. Chega. Se era era. Tinha de.

O senhor Bloom, a respiração sôfrega, as passadas mais lentas, ia além do beco de Adão.

Aliviado com um acalme-se, seus olhos observavam: esta é a rua aqui em pleno dia o pau-d'água do Bob Doran. No pileque anual, dizia M'Coy. Bebem a pretexto de dizer ou fazer qualquer coisa ou *cherchez la femme*. Vão até Coombe com seus chapas e vigaristas e o resto do ano ficam abstêmios como um juiz.

Sim. É o que eu pensava. Metendo-se pelo Empire. Foi-se. Soda pura lhe faria bem. O lugar onde Pat Kinsella tinha seu Teatro Harpa antes que Whitbred estabelecesse o Queen. Uma gostosura. Negócio à Dion Boucicault com sua cara de lua sob um boné minguado. Três donzelinhas do Pensionato. Como o tempo voa, hem? Mostrando longas pantalonas vermelhas debaixo das saias dele. Bebedores, bebendo, riam vociferando, sua bebida em contra da sua respiração. Mais força, Pato. Vermelho reles: pândega para beberrões: algazarra e fumo. Tire esse chapéu branco. Seus olhos escalfados. Onde está ele agora? Pedinte em algum lugar. A harpa que uma vez nos deixou a todos esfomeados.

Eu era mais feliz então. Ou era aquele eu? Ou sou eu agora eu? Tinha vinte e oito. Ela vinte e três quando deixamos a rua Lombard Oeste mudado algo. Nunca pude gostar daquilo de novo depois de Rudy. Não se pode voltar atrás o tempo. Como reter água em tuas mãos. Voltarias atrás pois? Então recomeçarias apenas. Voltarias? Você não é feliz em sua casa, meu garotinho travessinho? Quer abotoar meus botões. Preciso responder. Escrever na biblioteca.

A rua Grafton alegre com toldos abertos seduzia-lhe os sentidos. Musselinas estampadas, sedas, damas e dotárias, tilintar de arreios, casqueios surdestrepitando no calçamento rescaldante. Pés grossos tem aquela mulher de meias brancas. Tomara que a chuva os emporcalhe. Matuta do mato. A banha toda estava nas chancas. Sempre dá a uma mulher pés desajeitados. Molly até parece fora de prumo.

Passava, flanante, pelas vitrinas do Brown Thomas, especialidade em sedas. Cascatas de peças. Sedas da China vaporosas. Uma urna inclinada despejava do gargalo uma torrente de popelina sanguimatizada: sangue lustroso. Os huguenotes é que trouxeram isso para aqui. *La causa e santa!* Tara tara. Que grande coro. Tara. Deve ser lavado em água de chuva. Meyerbeer. Tara: bum bum bum.

Alfineteiras. Há muito tempo que ameaço comprar uma. Fisgá-los por toda parte. Agulhas nas cortinas de janela.

Desnudou de leve seu antebraço esquerdo. Puimento: quase completo. Não hoje de todos os modos. Preciso voltar por essa loção. Para o aniversário dela talvez. Oito de junhojulhoagostosetembro. Daqui a quase três meses. E ela poderia não gostar disso. As mulheres não apanham alfinetes. Dizem que isso corta o am.

Sedas brilhosas, anáguas sobre finas armações de bronze, pilhas de meias de seda dobradas.

Inútil voltar atrás. Tinha de ser. Conta-me tudo.

Vozes altas. Seda solaquecida. Arreios tilintantes. Tudo para uma mulher, lar e casas, tramas de seda, prataria, frutas suculentas, especiaria de Jafa. Agendath Netaim. Riqueza do mundo.

Uma cálida rechonchudez humana assentava-se no seu cérebro. Seu cérebro cedia. Perfume de enlaçamentos assaltaram no todo. Com a carne obscuramente faminta, ele mudamente anelava por adorar.

Rua Duke. Aqui estamos. Preciso comer. O Burton. Depois me sinto melhor.

Virava a esquina de Combridge, ainda assediado. Casqueios tilintando. Corpos perfumados, quentes, plenos. Todos beijados, entregues: em campos de verão intenso, relvas revoltas esmagadas, em encardidos corredores de cortiços, em sofás, leitos estralantes.

— Jack, meu amor!
— Querida!
— Beija-me, Reggy!
— Meu homem!
— Meu amor!

O coração agitado ele empurrou a porta do Restaurante Burton. O odor crispou sua respiração tremente: molho de carne penetrante, rescaldo de verduras. Ver os animais comer.

Homens, homens, homens.

Empoleirados nos tamboretes altos do bar, chapéus pendidos para trás, às mesas pedindo mais pão grátis, bebegulhando, glutonando molambos de comida empastada, os olhos esbugalhando, espremendo os bigodes molhados. Um jovem homem pálido de cara sebosa esfregava seu copo faca garfo e colher com o guardanapo. Nova bateria de micróbios. Um homem com um babadouro manchado de bebê à volta dele despejava sopa gorgulhante pela goela. Um homem cuspindo no prato: cartilagem semimastigada: sem dentes para masclunascamascar isso. Costeletas coriáceas grelhadas. Tragando para liquidar logo com a coisa. Olhos mortiços de empilecado. Abocanhou mais do que pode mastigar. Sou como isso? Ver a nós mesmos como os outros nos veem. Homem esfaimado, homem irritado. Trabalho de mandíbulas. Oh, não! Um osso! Aquele último rei pagão da Irlanda, Cormac, no poema da escola esganengasgou-se em Sletty ao sul de Boyne. Que é que ele estava comendo é o que me pergunto. Algo gulocioso. São Patrício converteu-o ao cristianismo. Não pôde engoli-lo todo, entretanto.

— Rosbife e repolho.
— Um cozido.
Cheiros de homens. O nojo lhe subia. Serragem escarrada, quentusca fumaça de cigarro adocicada, trescalo de labuta, entornado de cerveja, mijo acervejado de homens, o rebotalho do fermento.
Eu não poderia comer nem um naco aqui. O sujeito afiando faca e garfo para comer tudo que tem diante, o gajo velho palitando a dentuça. Pequeno engulho, cheio, ruminando o bolo. Antes e depois. A graça depois do repasto. Olha este quadro e aquele. Manjando o molho do cozido com migalhas molhadas de pão. Lambe o prato, ó homem! É melhor dar o fora.
Apertando as narinas, ele mirava em redor os comedores nos tamboretes e às mesas.
— Duas cervejas aqui.
— Uma salmourada com repolho.
Aquele sujeito empurrando dentro uma garfada de repolho como se sua vida dependesse disso. Bom golpe. Arrepia-me só de ver. Para ele é mais seguro comer com as três mãos. Despedaça pedaço a pedaço. É a sua segunda natureza. Nascido com uma lâmina de prata na boca. Isso até que tem graça, suponho. Ou não. Prata quer dizer nascido rico. Nascido com uma lâmina. Mas então a alusão se perde.
Um empregado malenfaixado juntava bulhentos pratos pegajosos. Rock o gerente, de pé junto ao bar soprou o colarinho espumoso de seu canecão. Bem tirada: ela espadanou amarela perto da sua botina. Um almoçador, faca e garfo alçados, cotovelos sobre a mesa, pronto para a repetição, fitava por cima do quadrado manchado do seu jornal o monta-comidas. Outro gajo, contando-lhe alguma coisa com a boca cheia. Ouvinte benevolente. Conversa de mesa. Eu vi ele nu banco di Ulster segunda-feira. Eh? Viu de facto?
O senhor Bloom levantou dois dedos dubitativamente aos lábios. Seus olhos diziam:
— Não está aqui. Não o vejo. Fora. Odeio gente porca comendo.
Recuou para a porta. Faço uma refeição ligeira no Davy Byrne. Tapa-buraco. Isso me manterá. Tive um bom desjejum.
— Assado e purê de batatas.
— Uma pinta da forte.
Cada um por si, unhas e dentes. Tragar. Trabalhar. Tragar. Traquitanda. Achou-se fora em pleno ar e voltou para a rua Grafton. Comer ou ser comido. Matar! Matar!

Admitamos essa cozinha comunal talvez dos anos por vir. Todos trotinhando com tigelas e palanganas para encher. Devorar o conteúdo na rua. John Howard Parnell, o preboste do Trinity, por exemplo, o filho de cada mãe sem falar dos teus prebostes e preboste do Trinity mulheres e crianças, cocheiros, párocos, marechais de campo, arcebispos. Da estrada de Ailesbury, da estrada de Clyde, dos bairros artesanais, Sindicato de Dublin Norte, o lorde prefeito no seu coche bolo de noiva, a velha rainha na sua cadeirinha de rodas. Meu prato está vazio. Sirva-se primeiro de nossa taça municipalizada. Como a fonte de sir Phillip Crampton. Esfregue os micróbios com seu lenço. O próximo sujeito esfregará uma nova leva com o seu. O padre O'Flynn diria cobras e lagartos deles. Teria panos para as mangas de todos os modos. Tudo para o degas. Os pivetes lutando pela raspa do panelão. Seria necessário um panelão tão grande como o parque de Phoenix. Arpoando postas e quartos de dentro dele. Seria um odiar aos que estivessem à volta. O Hotel City Arms seria a *table d'hôtes* como diz ela. Sopa, entrada e sobremesa. Nunca saber os pensamentos que se estivesse ruminando. Depois, quem iria lavar todos os pratos e garfos? Pode ser que se coma com pílulas nesse tempo. Os dentes ficando cada vez piores.

No fundo há muito nisso de bom sabor vegetariano de coisas da terra, alho por certo tresanda a tocadores de realejo italianos crestados de cebolas, trufas cogumelos. O sofrimento dos bichos também. Depenar e abrir as aves. Desgraçados animais lá no mercado de carne à espera do machado que lhes arrebente o crânio. Mu. Pobres vitelas a tremer. Mé. Refrão cambaleante. Espuma e guincho. Os miúdos trepidando nos baldes dos açougueiros. Quero aquele peito daquele gancho. Tlic. Crudicrânio e ossos sangrentos. Escorchados carneiros vitroculados pendurados pelos pernis, ovinifocinhos sanguinembrulhados excretando nasigeleia na serragem. Lombo às tripas saindo. Não maltrates esses cortes, rapazinho.

Sangue fresco quente se recomenda para a consumição. Sangue é sempre necessário. Insidioso. Lambê-lo, esfumando quente, xaroposo. Vampiros esfaimados.

Ah, estou com fome.

Entrava no Davy Byrne. Frege limpo. Não é de conversa. Oferece um gole uma vez ou outra. Mas em ano bissexto. Descontou um cheque para mim uma vez.

Que é que eu vou querer agora? Tirou o relógio. Vamos ver agora. Cerveja de gengibirra?

— Alô, Bloom — disse Nosey Flynn de seu canto.
— Alô, Flynn.
— Como vão as coisas?
— De primeira... Vejamos. Vou tomar um copo de Borgonha e... vejamos. Sardinhas no mostruário. Quase que a gente as degusta com vê-las. Sanduíche? Presunto e sua descendência amostardados com pão. Carnes em conserva. Que é um lar, leitor discreto, sem Carne Pasta Cereja? Incompleto. Que anúncio estúpido! E o pespegam debaixo dos avisos de óbitos. Todos em cima de uma cerejeira. A carne em conserva de Dignam. Os canibais o fariam com limão e arroz. Missionário branco muito salgado. Como porco em salmoura. É de esperar que ao chefe caibam as partes de honra. Deve estar acostumado com a prática. As suas mulheres a postos para ver o efeito. *Era uma vez um muito real negro velho. Que comeu algo dos algos do reverendo senhor MacTrigger.* Com ele, canto de gozo. Deus é que sabe que gororoba. Buchada de tripas passadas traqueia enrolada em picadinho. O problema é encontrar a carne. Kosher. Nada de carne e leite juntos. Isso era higiene como lhe chamam agora. Jejum do *Yom Kippur* limpeza da primavera do de dentro. A paz e a guerra dependem da digestão de algum sujeito. Religiões. Perus e gansos de Natal. Matança dos inocentes. Comer, beber e alegrar-se. Então é o pronto-socorro cheio depois. Cabeças atadas. O queijo digere tudo menos a si mesmo. Queijo poderoso.
— Tem sanduíche de queijo?
— Sim, senhor.
Gostaria de umas poucas azeitonas também se tem. Prefiro as italianas. Bom copo de Borgonha; leve isso. Lubrifica. Uma boa saladinha, fresca como pepino. Tom Kernan sabe temperá-la. Põe um toque na coisa. Azeite puro de oliveira. Milly me servia aquela costeleta com um raminho de salsa. Tomar uma cebola espanhola. Deus fez o de comer, o Diabo o como comer. Siri *à la diable.*
— A mulher vai bem?
— Muito bem, obrigado... Então um sanduíche de queijo. Tem gorgonzola?
— Sim, senhor.
Nosey Flynn sugava seu grogue.
— Está cantando ultimamente?
Repara na boca dele. Poderia apitar na própria orelha. Orelhas de abano para serem coisa com coisa. Música. Sabe tanto disso como o meu cocheiro. Ainda assim é melhor contar-lhe. Não há mal. Propaganda grátis.

— Está comprometida para uma grande *tournée* no fim do mês. Talvez você tenha ouvido.
— Não. Ué, assim é que deve ser. Quem é que está arranjando?
O escanção servia.
— Quanto é?
— Sete pences, senhor... Muito obrigado, senhor.
O senhor Bloom cortou o sanduíche em tiras finas. O *senhor MacTrigger*. A mais fácil na sua vaporosa produção melosa. *Suas quinhentas mulheres. Não sobravam bem-me-queres.*
— Mostarda, senhor?
— Obrigado.
Salpicou debaixo de cada tira levantada gotas amarelas. *Bem-me-queres.* Tenho também. *A coisa ficava maior e cada vez maior.*
— Arranjando? — disse ele. — Bem, é como a ideia de uma sociedade, compreende. Participação nas custas e nos lucros.
— Ah, agora me lembro — disse Nosey Flynn, pondo a mão no bolso para coçar a virilha. — Quem é que me falou a respeito? Não é o Blazes Boylan que está metido nisso?
Um choque quente de calor de mostarda afogueou o coração do senhor Bloom. Levantou os olhos e defrontou a mirada de um relógio bilioso. Duas. Relógio de frege cinco minutos adiantado. O tempo passando. Ponteiros movendo-se. Duas. Não ainda.
Seu diafragma emergiu forte então, mergulhou dentro dele, emergiu mais anchamente, ansiosamente.
Vinho.
Ele cheirossugou o sumo cordial e, concentrando a goela fortemente a avivá-lo, depôs delicadamente o vinicopo.
— Sim — disse ele. — De facto é ele o organizador.
Nada a temer. Um desmiolado.
Nosey Flynn fungava e coçava. Uma pulga está tendo um bom repasto.
— Ele teve um bom pedaço de sorte, contou-me Jack Mooney a propósito daquele jogo de boxe que Myler Keogh ganhou contra aquele soldado do quartel de Portobello. Por Deus, manteve o frangote numa aldeola de Carlow, contava-me ele...
Tomara que aquela gotinha de suor não lhe caia no copo. Não, fungou-a.
— Por perto de um mês, homem, até pô-lo a campo. Mamando ovos de patos até segunda ordem, por Deus. Afastá-lo dos bebericos, compreende? Oh, por Deus, esse Blazes nasceu empelicado.

Davy Byrne avançava de dentro do bar, as mangas da camisa encurtadas por uma prega, limpando os lábios com duas esfregadelas de guardanapo. Vermelhidão de arenque. Cujo sorriso a cada feição prazenteia com este ou aquele saciado. Muita gordura nos presuntos.

— E ei-lo em pessoa com o seu sal — disse Nosey Flynn. — Não pode me palpitar a boa para a Taça de Ouro?

— Estou fora disso, senhor Flynn — respondeu Davy Byrne. — Não aposto mais em cavalo.

— Está com a razão — disse Nosey Flynn.

O senhor Bloom comia suas fatias de sanduíche, limpo pão fresco, com um tiquinho de desgosto, mostarda picante, sabor chulezado de queijo verde. Sorvos do seu vinho consolavam-lhe o paladar. Nada de anilina neste. Sabe a corpo mais generoso nesta estação, sem o frio.

Agradável barzinho tranquilo. Agradável pedacinho de madeira naquele balcão. Agradavelmente planejado. Gosto da maneira com que dá aquela curva lá.

— Não faria nada por essa gente — dizia Davy Byrne. — Arrebentou mais de um, isso de cavalos.

Corrida de taberneiro. Licenciado para vender cerveja, vinho e álcoois para consumo no local. Ponta, ganho, rabeira, perdes.

— Tem razão — dizia Nosey Flynn. — A menos que se seja da igrejinha. Não há parada honesta hoje em dia. Lenehan consegue alguns bons palpites. Garante hoje Ceptro. Zinfandel é o favorito, de lorde Howard de Walden, ganhador em Epsom. Morny Cannon é quem monta. Eu poderia ter arrancado sete por um contra Saint Amant quinze dias atrás.

— É assim? — dizia Davy Byrne...

Dirigiu-se para a vidraça e, tomando do livro-caixa de miúdos, folheou suas páginas.

— Podia, sério — disse Nosey Flynn fungando. — Tratava-se do diabo de uma égua. Por Saint Frusquin. Ganhou numa trovoada, a potranca de Rothschild, com tampões nas orelhas. Blusa azul e boné amarelo. O diabo para o bem Ben Dollard e seu John O'Gaunt. Foi ele que me pôs de fora. Ah.

Bebia resignadamente do caneco, alisando os dedos pelas estrias.

— Ah — disse ele, suspirando.

O senhor Bloom, remascando de pé, atentava no seu suspiro. Bobalhão fanho. Falo ou não falo a respeito daquele cavalo que Lenehan? Já deve saber. É melhor que esqueça. Vai e perde mais. O bobo e seu dinheiro. Gotinha de

suor caindo de novo. Deve ter nariz frio beijando uma mulher. Ainda assim é possível que gostem. Barbas picantes elas gostam. O nariz frio dos cães. A velhota senhora Riordan com o terrier *Skye* de pança barulhenta no Hotel City Arms. Molly acariciando-o no regaço. Oh, o tal do totó-uauuauuau.
O vinho encharcava e amolecia a polpa enrolada de pão mostarda e por momentos engulhante queijo. Que bom vinho é que é. Sabe melhor porque não estou com sede. O banho por certo ajuda. Mais um bocado ou dois. Então aí pelas seis posso. Seis, seis. Então o tempo já terá passado. Ela...
O brando fogo do vinho ardia-lhe as veias. Eu estava com uma bruta vontade. Sentia-me tão por baixo. Seus olhos infamintamente viam as prateleiras de latas, sardinhas, ferrões de lagostas espalhafatosos. Todas essas estranhezas que a gente inventa para comer. O de dentro de conchas, litorinas com um pico, o de árvores, caramujos da terra que os franceses comem, o do mar com isca no anzol. Bestas dos peixes que não aprendem em milênios. Sem se saber é arriscado pôr o que quer que seja na boca. Bagas venenosas. Sorvo do diabo. O arredondado dá a impressão de que é bom. Cores espalhafatosas deixam de sobreaviso. Um sujeito conta a outro e assim por diante. Tentar primeiro com o cão. Guiados pelo cheiro ou pela aparência. Fruto tentador. Canudinhos de sorvete. Creme. Instinto. Laranjais por exemplo. Pedem irrigação artificial. Bleibtreustrasse. Sim, mas e a respeito das ostras? Repugnantes como um coalho de catarro. Conchas asquerosas. E também o diabo abri-las. Quem é que as inventou? Alimentam-se da lixeira e dos dejectos. Achampanhado e ostras da costa Vermelha esta manhã. Ele era ostra peixe velho à mesa. Talvez ele feixe novo na cama. Não. Junho não tem erre nem ostras. Mas há gente que gosta de caça passada. Lebre de caçarola. Primeiro escorcha tua lebre. Chineses comendo ovos velhos de cinquenta anos, azuis e de novo verdes. Refeição de trinta pratos. Cada prato inofensivo podem misturar dentro. Ideia para um policial com envenenamento. Não era aquele arquiduque Leopoldo? Não. Sim, ou era então Oto, um desses Habsburgos? Ou quem era o que costumava comer esfoliadura da própria cabeça? A refeição mais barata do mundo. É claro, aristocratas. Então os outros copiam para ficarem na moda. Milly também petróleo e farinha. Da massa crua eu pessoalmente gosto. Metade da colheita de ostras joga-se de volta ao mar para manterem o preço. Barato. Ninguém compraria. Caviar. Bancar o importante. Branco do Reno em copos verdes. Recepção de arromba. Lady de tal. Pérolas no peito polvilhadas. A *élite*. *Crème de la crème*. Querem pratos especiais

para mostrarem que são. Ermitão com um prato de lentilhas para frear os aguilhões da carne. Conhece-me quem comigo come. Esturjão real. O xerife-mor municipal, Coffey, o açougueiro, tem direito à caça da floresta de seu ex. Enviar-lhe de volta a metade de uma vaca. O banquete que eu vi lá pela cozinha do presidente da Corte de Apelação. *Chef* de chapéu branco como um rabino. Pato combustível. Repolho-crespo *à la duchesse de Parme*. É o que basta para escrever no *menu* para se saber o que se está comendo muita explicação estraga a sensação. Eu sei isso por mim mesmo. Dosando-o com sopa desidratada de Edwards. Gansos recheados bobagem para eles. Lagostas cozidas vivas. Prõe um prouco de prarmigiano. Eu não rejeitaria ser empregado num hotel de arromba. Gorjetas, vestidos a rigor, damas seminuas. Posso tentá-la com um pouco mais de filé de linguado ao limão, senhorita Duleito? Sim, do lado. E ela tirou do longo. Nome huguenote, suponho. Uma senhorita Duleito vivia em Killiney, me lembro, *Du, de la*, francês. Ainda assim é o mesmo peixe, um que talvez o velho Miguel Hanlon da rua Moore estripa para fazer bom dinheiro, mão em punho, dedos nas guelras, não sabe escrever o nome num cheque, como se estivesse pintando uma paisagem com a boca retorcida, Miguer E Erre El. Ignorante como um tabaréu, valendo cinquenta mil libras.

Pegadas pelo vidro duas moscas zuniam, pegadas.

Engolido o vinho irradiante lhe cruzava o céu da boca. Espremido nos lagares de uva da Borgonha. É o calor do sol. Parece um toque secreto contando-me recordações. Tocados seus sentidos umedecidos relembravam. Escondidos sob os fetais silvestres de Howth. Debaixo de nós a baía dormente céu. Nenhum som. O céu. A bala púrpura perto do cabo Leão. Verde por Drumleck. Verde-amarelo rumo a Sutton. Campos submarinos, linhas de um pardo desmaiado por entre a relva, cidades enterradas. Almofadada no meu paletó tinha ela sua cabeleira, fura-orelhas em sarças de urze minhas mãos sob a sua nuca, tu vais me despentear todinha. Oh, maravilha! Frescamaciadas de bálsamos suas mãos me tocavam, acariciavam: seus olhos sobre mim não se me refugiam. Arrebatado sobre ela eu jazia, os lábios todos todo abertos, beijava sua boca. Ããm. Suavemente ela passava para a minha boca o torrão quente e mastigado. Polpa asquerosa sua boca lhe emprenhara dulçor e agrura de saliva. Alegria: comi: alegria. Vida juvenil, seus lábios me davam num abrocho. Macios, quentes, gomigelatinosos lábios grudentos. Flores eram seus olhos, me toma, olhos querentes. Seixos rolavam. Ela jazia queda. Uma cabra. Ninguém. Alto entre rododendros do Ben Howth uma cabrita saltando certipeda, soltando passas. Encoberta entre fetos ela ria braçoenvolta. Selvagemente eu jazia sobre ela, beijava-a; olhos, seus lábios, seu pescoço reteso, pulsando, peitos de fêmea plena em sua blusa de véu de monja, mamilos cheios ponteando. Quente eu a linguei. Ela beijava-me. Eu era beijado. Tudo rendendo ela emaranhava meus cabelos. Beijada, ela beijava-me.

Eu. E eu agora.

Pegadas, as moscas zuniam.

Seus olhos baixados seguiam os veios silentes da prancha de carvalho. Beleza: encurva-se, curvas são beleza. Deusas feiçoadas, Vênus, Juno: curvas que o mundo admira. Posso vê-las no museu da biblioteca de pé no vestíbulo redondo, nuas deusas. Ajuda a digestão. Não lhes importa o que o homem fita. Tudo de ver. Jamais falando, quero dizer a sujeitos como Flynn. Suponhamos que o fizessem Pigmalião e Galateia, que é que ela diria primeiro? Mortal! Põe-te em teu lugar. Emborcando néctar numa farra com deuses, baixelas de ouro, tudo ambrosial. Não como o almoço de latoeiros que temos, carneiro cozido, cenouras e nabos, garrafa de Allsop. Néctar, imagina o beber electricidade: alimento dos deuses. Amoráveis formas de mulher esculpidas junonianas. Amoráveis imortais. E nós a empanturrar comida num buraco com outro atrás: comida, quilo, sangue, esterco, terra, comida: ter de alimentar-se como se atiça locomotiva. Elas não. Nunca olhei. Vou olhar hoje. O zelador não verá. Abaixar-me deixando cair alguma coisa e ver se ela.

Esgotejando uma mensagem queda veio de sua bexiga para fazer não fazer ali para fazer. Homem e presto, esvaziou seu copo até a borra e andou, aos homens também elas se entregavam, virilmente consciente, deitavam com amantes homens, um jovem gozou-a, para o pátio.

Quando o barulho de suas botinas cessaram, Davy Byrne disse do seu livro:

— Que é que ele é? Não é do ramo de seguros?

— Faz muito tempo que deixou isso — disse Nosey Flynn. — Está agenciando para o *Freeman*.

— Eu o conheço bem para ter notado — disse Davy Byrne. — Atravessa alguma dificuldade?

— Dificuldade? — disse Nosey Flynn. — Não sei de nada. Por quê?

— Notei que está de luto.

— Está? — disse Nosey Flynn. — De facto, estava. Perguntei-lhe como iam as coisas em casa. Você tem razão, por Deus. De facto ele estava.

— Nunca entro em questão — disse Davy Byrne humanitariamente — se vejo que um cavalheiro tem problemas desse tipo. Isso só faz é avivar a coisa no pensamento deles.

— De todos os modos não é com a mulher — disse Nosey Flynn. — Encontrei-me com ele anteontem e ele estava saindo daquela leitaria de granja irlandesa que a mulher do John Wyse Nolan tem na rua Henry com um pote de creme na mão levando para a sua cara-metade. Ela é bem-tratada, posso afirmar. A pão de ló.

— E ele está fazendo o bastante no *Freeman*? — indagou Davy Byrne.

Nosey Flynn franziu os lábios.

— Não é com o que tira de anúncios que ele pode comprar creme. Tudo o que dá é para um jeito.

— Então como é? — perguntou Davy Byrne, vindo do livro.

Nosey Flynn fez rápidos passes no ar com dedos malabaristas. Deu uma piscadela.

— Ele está por dentro — disse ele.

— Não me diga! — disse Davy Byrne.

— Digo sim — disse Nosey Flynn. — De confraria velha e respeitada. Pela luz, pela vida, pelo amor, por Deus. Dão-lhe uma ajuda. Isso me contou, bem, não vou dizer o nome.

— É então assim?

— Oh, é uma linda confraria — disse Nosey Flynn. — Agarram-se a ti quando estás por baixo. Sei de um sujeito que queria entrar nela, mas são fechados como os diabos. Por Deus, acertaram em deixar as mulheres de fora.

Davy Byrne nutibocejissorriu tudo de uma vez:

— Uuuuuhaaaaaii!

— Houve uma mulher — disse Nosey Flynn — que se escondeu num relógio para descobrir o que faziam. Mas com os diabos que sentiram o cheiro dela e a juramentaram no ato como franca-maçã. Era uma das Saint Legers de Doneraille.

Davy Byrne, sedado depois do bocejo, disse com os olhos rasos de água:

— É então um facto? Homem decente e tranquilo ele é. Já o vi várias vezes aqui e nunca o vi, compreende, ir além do limite.

— Nem Deus Todo-Poderoso poderia embebedá-lo — disse firmemente Nosey Flynn. — Desliza quando a brincadeira começa a esquentar. Não reparou nele a olhar para o relógio? Ah, você não estava aí. Se você o convida a tomar qualquer coisa, a primeira coisa que ele faz é tirar o relógio e ver o que deve tragar. Deus é testemunha do que afirmo.

— Há alguns que são assim — disse Davy Byrne. — É um homem seguro, é o que acho.

— Não é nada mau — disse Nosey Flynn, refungando. — Não se ignora que ele dá uma mãozinha para ajudar um sujeito. O seu a seu dono. Oh, Bloom tem seus lados positivos. Mas há uma coisa que ele nunca fará.

Sua mão rabiscava uma assinatura cega perto do grogue.

— Eu sei — disse Davy Byrne.

— Nada que seja preto no branco — disse Nosey Flynn.

Paddy Leonard e Bantam Lyons chegavam. Tom Rochford seguia-os, uma mão repassando o colete purpurino.

— Dia, senhor Byrne.

— Dia, cavalheiros.

Fizeram uma pausa junto do balcão.

— Quem corre a parada? — perguntou Paddy Leonard.

— Eu já estou sentado — respondeu Nosey Flynn.

— Muito bem, que é que vai ser? — perguntou Paddy Leonard.

— Eu quero uma pedra de ginger — disse Bantam Lyons.

— Como? — gritou Paddy Leonard. — Desde quando, por amor de Deus? Que é que é o seu, Tom?

— Como é que está seu desaguadouro? — perguntou Nosey Flynn, bebericando.

Por resposta Tom Rochford comprimiu a mão sobre o esterno e deu um soluço.

— Posso ter um copo de água fresca, senhor Byrne? — disse ele.

— Certamente, senhor.

Paddy Leonard olhava para os seus concervejais.

— Que Deus tenha pena — disse ele —, mas vejam-me o que está correndo por minha conta! Água pura e gengibirra! Dois sujeitos que mamariam uísque até de uma perna de pau. Ele deve estar escondendo algum cavalo dos diabos na manga do colete para a Taça de Ouro. Um azar.

— Não é o Zinfandel? — perguntou Nosey Flynn.

Tom Rochford despejava pozinho de um papel dobrado na água posta diante dele.
— Esta maldita dispepsia — disse ele antes de beber.
— Levedo de pão é bom para isso — disse Davy Byrne.
Tom Rochford assentiu e bebeu.
— Não diga nada — piscou Bantam Lyons. — Eu vou enterrar cinco xelins no meu palpite.
— Conte-nos logo se você vale um caracol e vá pros diabos — disse Paddy Leonard. — Quem foi que lhe deu o palpite?
O senhor Bloom de saída levantou três dedos em saudação.
— Até logo — disse Nosey Flynn.
Os outros voltaram-se.
— Pois aí está o homem que me deu — cochichou Bantam Lyons.
— Puxa! — disse Paddy Leonard com escárnio. — Senhor Byrne, meu senhor, com isso vamos tomar dois uisquezinhos Jamesons e uma...
— Pedra de ginger — acrescentou polido Davy Byrne.
— Ah — disse Paddy Leonard. — Uma mamadeira para o bebê.

O senhor Bloom marchava rumo da rua Dawson, sua língua escovando os dentes lisos. Devia ser alguma coisa verde: espinafre, digamos. Então com esses raios de luz penetrante Röntgen se poderia.

Na alameda Duke um terrier famélico, expelia um naco de osso passado por sobre as pedras do piso e o relambia com gozo renovado. Saciedade. Devolve-se com agradecimentos, tendo sido digerido plenamente o conteúdo. Primeiro a sobremesa, depois os salgadinhos. O senhor Bloom costeou cautelosamente. Ruminantes. Seu segundo prato. A mandíbula superior é o que mexem. Será que Tom Rochford fará alguma coisa daquela invenção dele? Perda de tempo explicá-la à boca de Flynn. Gente magra, boca larga. Devia haver um salão ou local onde os inventores pudessem ir e inventar sem despesas. É verdade que assim se iria ter todos os maníacos empestando.

Ele cantarolava, prolongando-as em eco solene as finais dos compassos:

Don Giovanni, acenar teco
M'invitasti.

Sinto-me melhor. Borgonha. Bom estimulante. Quem foi o primeiro a destilar? Algum gajo que estava por baixo. Coragem do desespero. O do *Kilkenny* People preciso agora na Biblioteca Nacional.

Limpos aparelhos sanitários, à espera, na vidraça do William Miller, bombeiro, recuaram-lhe os pensamentos. Podiam: e inspeccionariam por todo o percurso abaixo, um alfinete engolido às vezes sai pelas costelas anos depois, dando volta ao corpo, mudando o conduto biliar, baço esguichando fígado, suco gástrico roscas dos intestinos como tubos. Mas o pobre do palhaço teria de ficar o tempo todo com suas entranhas internas em exposição. Ciência.

— *Acenar teco.*
— Que é que teco significa. Esta noite talvez.

> *Don Giovanni, tu me convidaste*
> *A vir para jantar esta noite*
> *Tralá tralá lalá.*

Não casa bem.

Xaves: dois meses se ponho o Nannetti nisso. Isso dará duas libras e dez, cerca de duas libras e oito. Três Hynes me deve. Duas e onze. O anúncio do Prescott. Duas e quinze. Perto de cinco guinéus. Na burrinha do degas.

Podia comprar uma dessas anáguas de seda para Molly, da cor de suas ligas novas.

Hoje. Hoje. Não pensar.

Dar depois uma volta pelo sul. Que tal a beira-mar dos ingleses? Brighton, Margate. Os cais à luz da lua. Sua voz flutuando. Essas garotas da praia. Em frente do John Long um vadio emodorrado escarrapachava-se em pesado ensimesmamento, roendo uma falange calosa. Um faz-tudo pede trabalho. Salário baixo. Come de tudo.

O senhor Bloom virou à vitrina de bolos não vendidos da Confeitaria Gray e passou pela livraria do reverendo Thomas Connellan. *Por que deixei a Igreja de Roma? Ninho de pássaro.* As mulheres o perseguem. Dizem que ele dava sopa às crianças pobres para fazê-las protestantes na época da crise de batatas. Mais acima a sociedade que papai frequentava para a conversão dos judeus pobres. A mesma isca. Por que deixamos a Igreja de Roma?

Um rapazola cego batia estacado no meio-fio com uma bengala fina. Nenhum bonde à vista. Quer atravessar.

— Quer atravessar? — perguntou o senhor Bloom.
O rapazola cego não respondeu. Sua cara murada franziu fracamente. Movia a cabeça de incerteza.
— Você está na rua Dawson — disse o senhor Bloom. — A rua Molesworth é em frente. Quer atravessar? A rua está livre.
A bengala moveu-se trêmula para a esquerda. O olhar do senhor Bloom acompanhou o seu curso e viu de novo o vagão da tinturaria parado em frente do Drago. Onde vi sua cabeleira abrilhantinada exatamente quando eu estava. Cavalo derreado. O cocheiro no John Long. Saciando a sede.
— Há um vagão ali — disse o senhor Bloom —, mas não está andando. Eu o acompanho no cruzar. Quer ir para a rua Molesworth?
— Sim — respondeu o rapazola. — Rua Frederick Sul.
— Venha — disse o senhor Bloom.
Tocou suavemente no cotovelo afilado: depois tomou da frágil mão vidente para guiá-la à frente.
Dizer-lhe algo. Melhor não bancar o condescendente. Desconfiam do que se lhes diz. Fazer uma observação correntia.
— A chuva recolheu.
Nenhuma resposta.
Manchas no seu paletó. Lambuza-se no comer, suponho. Tudo sabe diferente a ele. Têm de ser alimentados com colher de início. Como dar as mãozinhas às crianças. Como era com Milly. Sensitiva. Medindo meu porte, quero crer, pela minha mão. Será que tem um nome qualquer? Vagão. Distanciar sua bengala das patas do cavalo burro de carga cansado tirando seu cochilo. Tudo bem. Distante. Atrás de um outro: na frente de um cavalo.
— Obrigado, senhor.
Sabe que sou homem. A voz.
— À direita agora? Primeiro vire à esquerda.
O rapazola cego batia o meio-fio e se ia seu caminho, arrastando a bengala, sentindo de novo.
O senhor Bloom andava em pós dos pés sem olhos, um terno mal-ajambrado de tuíde de ponto espiga. Pobre jovenzinho! Como é que pôde saber que aquele vagão estava ali? Deve ter sentido. Vê coisas pela testa talvez. Uma espécie de sentido de volume. Peso. Sentiria se alguma coisa fosse tirada do lugar? Sentir um vazio. Gozada a ideia de Dublin que ele deve ter, batendo seu rumo nas pedras. Poderia andar em linha recta se não tivesse

aquela bengala? Piedosa cara sem sangue como a de um sujeito que vai ser feito padre.

Penrose! Esse era o nome do gajo.

Repara nas coisas todas que eles podem aprender a fazer. Afinar pianos. E nós nos surpreendemos de que eles tenham miolo. Por que julgamos que uma pessoa deformada ou corcunda é engenhosa se diz alguma coisa que pudéssemos dizer? Certamente seus outros sentidos são mais. Bordam. Tecem cestas. A gente devia ajudar. Cestinha de trabalho eu podia comprar para o aniversário de Molly. Odeia costurar. Podia criar caso. Entrevados é como são chamados.

O sentido do olfacto deve ser mais forte também. Cheiros de todos os lados enfeixados juntos. Cada pessoa também. Então a primavera, o verão: cheiros. Gostos. Diz-se que não se pode degustar vinho com os olhos fechados ou com resfriado da cabeça. Até fumar no escuro diz-se que não dá prazer.

E com uma mulher, por exemplo. Menos vergonha não se vendo. Aquela garota passando pelo Instituto Stewart, cabeça no ar. Olha para mim. Eu as domino todas. Seria estranho não vê-la. Que espécie de forma nos olhos da sua mente? A temperatura da voz quando ele a toca com os dedos deve quase ver as linhas, as curvas. Suas mãos na cabeleira dela, por exemplo. Digamos que sejam negros, por exemplo. Bem. Nós lhes chamamos negros. E ao passar-lhe sobre a pele branca. Sensação diferente talvez. Sentimento do branco.

Correio. Preciso responder. Estou cheio hoje. Enviar-lhe um mandado postal de dois xelins, meia coroa. Aceite este presentinho meu. A papelaria é aí mesmo também. Esperemos. Vamos repensar nisso.

Com dedo manso ele o perpassou para trás lentamente no cabelo penteado por sobre as orelhas. De novo. Felpas de palha fina fina. Depois seu dedo sentiu mansamente a pele da bochecha direita. Pelo penugento aí também. Não bastante cerrado. A barriga é que está calma. Ninguém à vista. Lá vai ele para a rua Frederick. Talvez para o piano da Academia de Dança do Levenston. Podia ser como para endireitar meus suspensórios.

Perto do botequim do Doran ele insinuou a mão entre o colete e as calças e, esticando delicadamente a camisa para os lados, sentiu uma prega mole de sua barriga. Mas eu sei que é brancoamarelada. Preciso experimentar no escuro para ver.

Retirou a mão e compôs a roupa também.

Pobrezinho! Tão criança. Terrível. Realmente terrível. Que espécie de sonhos terá, não vendo? Vida, sonho para ele. Onde a justiça em nascer assim? Todas aquelas mulheres e crianças excursão da festa da fava queimadas e afogadas em Nova York. Holocausto. Carma é como chamam a transmigração pelos pecados que se cometeram numa vida passada a reencarnação metem-se picoses. Deus meu, Deus meu. Dá pena é certo: mas por algum motivo não se pode deixar de ter dó dele de certo modo.

Sir Frederick Falkiner entrando na sede dos franco-maçons. Solene como Troia. Depois de um bom almoço no terraço de Earlsfort. Com os velhos íntimos da magistratura espocando uma magnum. Histórias do foro e das cortes e dos registos de órfãos. Condenei-o a dez anos. Creio que a gororoba que comi lhe faria tapar o nariz. Vinho de safra para eles, com ano marcado nas garrafas poeirentas. Tem ideias próprias em matéria de justiça correcional. Velhinho bem-intencionado. Os sumários da polícia sobrecarregados de acusações são responsáveis por uma percentagem na perpetração de crimes. Manda-os passear. O diabo para com os agiotas. Apertou os torniquetes de Reuben J. Que é realmente o que se chama um judeu sujo. O poder que esses juízes têm. Beberrões inveterados de peruca. Leões desdentados. E que o Senhor tenha piedade de tua alma.

Olá, um cartaz. Quermesse Mirus. Sua excelência o tenente-general. Dezesseis, é hoje. Colecta de fundos para o Hospital Mercer. O *Messias* foi executado pela primeira vez para isso. Sim. Handel. Que tal ir lá? Ballsbridge. Dar um pulo no Xaves. Inútil agarrar-me a ele como sanguessuga. Estragará meu prestígio. Certo que conhecerei alguém do portão.

O senhor Bloom chegava à rua Kildare. Preciso primeiro. Biblioteca.

Chapéu de palha ao sol. Sapatos amarelos. Calças reviradas. É. É.

O coração repicou manso. À direita. Museu. Deusas. Guinou para a direita. É? Quase certo. Não vou olhar. Vinho na cara. Por que tomei? Subiu muito. Sim, é. O andar. Não ver. Não ver. Vamos.

Rumando para o museu com longas passadas gingantes, levantava os olhos. Edifício elegante. Sir Thomas Deane planejou. Não me segue?

Não me viu talvez. Tinha o sol contra os olhos.

O resfolgo de sua respiração saía em suspiros curtos. Rápido. Estátuas frias: quietude ali. Pronto num minuto.

Não, não me viu. Depois das duas. Justamente ao portão.

Meu coração!

Seus olhos pulsando perscrutavam firmemente as curvas cremosas da pedra. Sir Thomas Deane era a arquitectura grega.
Perscrutar algo que eu.
Sua mão precipitada entrou rápido no bolso, retirou, leu desdobrado Agendath Netaim. Onde foi que eu?
Ocupado perscrutando.
Enfiou de volta rápido Agendath.
De tarde, disse ela.
Estou procurando por isso. Sim, isso. Busque em todos os bolsos. Len. *Freeman*. Onde foi que eu? Ah, sim. Calças. Carteira. Batata. Onde foi que eu?
Apressemo-nos. Andemos tranquilamente. Um instante mais. Meu coração.
Sua mão procurando pelo onde foi que eu pus achou no bolso de trás um sabonete a loção tinha de ir buscar com tépido papel aderido. Ah, aí o sabonete! Sim. Portão.
Salvação.

Urbano, para confortá-los, o bibliotecário quacre ronroneava:
— E temos, não temos?, essas páginas sem preço do *Wilhelm Meister*? Um grande poeta sobre um grande poeta irmão. Uma alma hesitante armando-se contra um mar de dificuldades, dilacerada por dúvidas conflitantes, como se vê na vida real.
Vinha no soalho solene uma passada avante de urubu malandro sobre vaqueta rangente e uma passada atrás de urubu malandro.
Um ajudante silencioso, abrindo a porta a meias, fez-lhe um muxoxo silencioso.
— Um instante — disse ele, rangendo para ir, embora se demorasse. — O belo sonhador ineficaz que entra em choque com a realidade crua. Sente-se sempre que os juízos de Goethe são verdadeiros. Verdadeiros no amplo sentido da análise.
Birrangente análise ele exgazelipedou. Calvo, zelosíssimo à porta, expôs sua larga orelha toda inteira às palavras do ajudante: ouviu-as: e se foi.
Dois ficados.
— Monsieur de la Palisse — escarnecia Stephen — estava vivo quinze minutos antes de morrer.

— Você achou esses seis bravos medicandos — perguntava John Eglinton com sobranceria de mais velho — para ditar-lhes O *paraíso perdido*? As tristezas de Satã como ele lhe chama.
Sorrir. Sorrir sorriso de Cranly.

> *Primeiro ele a tocou*
> *Depois ele a apalpou*
> *Por fim ele a furou*
> *Pois que era um medicando*
> *Um belo medi...*

— Creio que você precisará de mais um para o *Hamlet*. Sete é o número caro às mentes místicas. O sete luzente como W. B. lhes chama.
Cintilolhudo, o crânio rufo perto da escribilâmpada luciverdevelada buscava a cara, barbada em meio a sombras mais verdescuras, um ollav, sacrolhudo. Ria baixo: um riso de bolsista do Trinity: irrespondido.

> *E Satã orquestral, carpindo cruzes,*
> *Chora como anjos choram a carpir*
> *Ed egli avea del cul fatto trombetta.*

Ele retém minhas bobices como reféns.
Os onze de Cranly verdadeiros homens de Wicklow para libertar a terra dos ancestrais. Kathleen a de dentuça separada, seus quatro belos campos verdes, o forasteiro em sua casa. E um a mais para saudá-la: *ave rabbi*. Os doze de Tinahely. Na sombra do valado ele arrulha um chamamento pelos outros. A juventude de minha alma eu lhe dei a ele, noite após noite. Deus o acompanhe. Boa caça.
Mulligan tem o meu telegrama.
Bobices. Persiste.
— Nossos jovens bardos irlandeses — censurava John Eglinton — têm que criar ainda uma personagem que o mundo ponha lado a lado com o Hamlet do saxão Shakespeare, se bem que eu o admire, como com idolatria o admirava o velho Ben.
— Todas essas questões são puramente acadêmicas — pitonisou Russel de sua sombra. — Quero dizer, saber se Hamlet é Shakespeare, James I ou Essex. Discussão de clérigos sobre a historicidade de Jesus. A arte tem

de revelar-nos ideias, essências espirituais sem forma. A suprema questão sobre uma obra de arte está em quão profunda é uma vida que ela gera. A pintura de Gustave Moreau é a pintura das ideias. A mais profunda poesia de Shelley, as palavras de Hamlet, põem nosso espírito em contacto com a sabedoria eterna, o mundo das ideias de Platão. Tudo o mais é especulação de estudantezinhos para estudantezinhos.

A. E. andou dizendo-o a um repórter ianque. Paredão, danação fuzila-me!

— Os estudiosos foram antes estudantezinhos — disse Stephen superpolidamente. — Aristóteles foi um momento estudantezinho de Platão.

— E continuou sendo, é o que se devia desejar — disse John Eglinton sossegadamente. — Pode-se vê-lo, um estudantezinho modelo com seu diploma debaixo do braço.

Ria de novo à agora sorridente cara barbada.

Espirituais sem forma. Pai, Verbo e Espírito Santo. Omnipater, o homem celestial. Hiesos Kristos, mágico da beleza, o Logos que sofre em nós a todo instante. Isto veramente é aquilo. Sou fogo no altar. Sou o bútiro sacrificial.

Dunlop, juiz, o mais nobre romano dentre eles todos, A. E., Arval, o Nome Inefável, em alturas celestes, K. H., o mestre deles, cuja identidade não é segredo para os adeptos. Irmãos da grande loja branca sempre cuidando de ver se podem ajudar. O Cristo com a esposirmã, rocio de luz, nascido de uma virgem animiferada, sofia repentente, traslata ao plano de buddhi. A vida esotérica não é para gente comum. O. P. precisa antes livrar-se do mau carma. A senhora Cooper Oakley uma vez vislumbrou o elemental de nossa muito ilustre irmã H. P. B.

Oh! Fu! Fora! *Pfuiteufel*! Tu não tinha de vê, dona, tu não tinha quando uma dama amostra o elementar dela.

O senhor Best entrava, alto, jovem, doce, leve. Trazia na mão com graça um canhenho, novo, largo, limpo, nítido.

— Esse estudantezinho modelo — dizia Stephen — acharia as meditabundâncias de Hamlet sobre a pós-vida de sua alma principesca, o improvável, insignificante, adramático monólogo, tão vazio como os de Platão.

John Eglinton, cenhofranzindo, disse, crescendo em ira:

— Palavra que faz meu sangue ferver ouvir alguém comparar Aristóteles com Platão.

— Qual dos dois — perguntava Stephen — me baniria de sua república?

Desembainhai vossas definições cortantes. Cavalidade é a quididade de todocavalo. Fluxos de tendência e éons eles idolatram. Deus: rumor na

rua: muito peripatético. Espaço: o que tens cos diabos de ver. Através de espaços menores que os glóbulos vermelhos de sangue de homem se rastrengatinhavam em pós das nádegas de Blake para dentro da eternidade da qual este mundo vegetável não é senão uma sombra. Apega-te ao agora, ao aqui, através dos quais todo o futuro mergulha no passado.
O senhor Best avançou, amigável, para o seu colega.
— Haines se foi — disse ele.
— Foi?
— Eu estava mostrando a ele o livro de Joubainville. Ele está muito entusiasmado, sabe?, com os *Lovesongs of Connacht*, de Hyde. Não pude trazê-lo para aqui a fim de ouvir a discussão. Foi ao Gill para comprá-lo.

> *Salta fora, meu livrote,*
> *Conquista os duros leitores,*
> *Te escrevi — mas sem querer —*
> *Num magro e enfadonho inglês.*

— O fumo das minas está subindo à cabeça dele — opinou John Eglinton. Sentimos na Inglaterra. Ladrão penitente. Partida. Eu fumei sua nico. Verde pedra cintilante. Uma esmeralda engastada no anel do mar.
— As gentes não sabem quão perigosas podem ser as canções de amor — advertiu ocultamente o áurico ovo de Russel. — Os movimentos que engendram revoluções no mundo nascem dos sonhos e visões de um coração de camponês na vertente de uma colina. Para eles a terra não é campo espoliável, mas mãe vivente. O ar rarefeito da academia e arena produz a novela de seis pences, a canção de café-concerto, a França produz a mais fina flor da corrupção em Mallarmé, mas a vida desejável é revelada apenas aos pobres de espírito, a vida dos feacos de Homero.
Dessas palavras o senhor Best volveu uma cara inofensiva para Stephen.
— Mallarmé, não sei se sabe — disse ele —, escreveu aqueles maravilhosos poemas em prosa que Stephen MacKenna costumava ler para mim em Paris. Aquele sobre *Hamlet*. Ele diz: *il se promêne, lisant au livre de lui-même*, não sei se sabe *lendo o livro de si mesmo*. Ele descreve *Hamlet* representado numa cidade francesa não sei se sabe, uma cidade provinciana. Fizeram propaganda para isso.
Com a mão livre ele escrevia graciosamente no ar letras miúdas.

HAMLET
ou
LE DISTRAIT
Pièce de Shakespeare

Ele repetiu para o cenho ressobrefranzido:
— *Pièce de Shakespeare*, não sei se sabe. É tão francês, o ponto de vista francês. *Hamlet ou...*
— O mendigo distraído — finalizou Stephen.
John Eglinton ria.
— Sim, acredito que seja assim — disse ele. — Povo excelente, sem dúvida, mas aflitivamente curto de visão em certos assuntos.
Sumptuosa e estagnante exageração do assassínio.
— Um matador da alma, chamou-lhe Robert Greene — disse Stephen.
— Não por acaso era ele filho de um carniceiro a brandir a acha de armas bigume e a cuspir na palma da mão. Nove vidas foram sacrificadas pela do seu pai, Pai Nosso que estás no Purgatório. Os Hamlets de caqui não hesitam em atirar. O matadouro sanguífluo do quinto ato é uma antevisão do campo de concentração cantado pelo senhor Swinburne.
Cranly, eu seu mudo edecan, acompanhando as batalhas de longe.

Filhotes e donzelas de imigos sangrentos
Que ninguém senão nós poupara...

Entre o sorriso saxão e a tagarelice ianque. O diabo e o mar profundo.
— Acabará convencendo-se de que *Hamlet* é uma história de fantasmas — disse John Eglinton em reparo ao senhor Best. — Como o menino gorducho em Pickwick, ele quer arrepiar nossa pele.

Ouvi! Ouvi! Oh, ouvi!

Minha carne o ouve: arrepiando-se, ouve.

Se jamais tu...

— Que é um fantasma? — dizia Stephen com picante energia. — O que se esvaiu na impalpabilidade através da morte, através da ausência, através da mutação de maneiras. A Londres elisabetana jazia tão longe de Stratford

quanto a corrupta Paris jaz da Dublin virginal. Quem é o fantasma do *limbo patrum*, voltando ao mundo que o esquecera? Quem é o rei Hamlet?
John Eglinton mexia seu corpo minguado, reclinando-se para julgar. Sursante.
— É nesta hora de um dia de meados de junho — dizia Stephen, convocando com um rápido olhar suas audiências. — A bandeirola está içada na casa de espectáculo perto da margem do rio. O urso Sackerson rosna na fossa aí cerca, jardim de Páris. Lobos do mar que navegaram com Drake mascam suas salsichas entre os no terreiro.
Cor local. Elabora tudo que sabes. Fá-los teus cúmplices.
— Shakespeare acaba de deixar a casa huguenote da rua da Prata e caminha perto dos cercados dos cisnes ao longo da ribeira. Mas não se detém para dar de comer à fêmea que carreia a ninhada de filhotes para os junquilhos. O cisne de Avon tem outros pensamentos.
Composta a cena. Inácio de Loyola, apressa-te em ajudar-me!
— A peça começa. Um actor aproxima-se entre sombras, metido na cota de malhas refugada de algum peralvilho da corte, um homem bem plantado de voz de baixo. É o fantasma, o rei, um rei e não rei, e o ator é Shakespeare, que estudou *Hamlet* ao largo dos anos de sua vida, o que não era vaidade para o desempenho do papel do espectro. Dirige sua fala a Burbage, o jovem ator que o defronta além das xalmas fúnebres, chamando-lhe por um nome:

Hamlet, eu sou o espectro de teu pai,

jungindo-o a ouvir. A um filho ele fala, o filho de sua alma, o príncipe, o jovem Hamlet, e ao filho de seu corpo, Hamnet Shakespeare, que morreu em Stratford para que seu tocaio pudesse viver para sempre.
— É possível que este ator Shakespeare, um fantasma por ausência, e na vestidura de uma Dinamarca enterrada, um fantasma por morte, dizendo sua própria fala ao nome do seu próprio filho (tivesse Hamnet Shakespeare vivido, teria sido o gêmeo do príncipe Hamlet), é possível, quero saber, ou é provável que ele não tivesse tirado ou antevisto a conclusão lógica destas premissas: tu és o filho esbulhado: eu sou o pai assassinado: tua mãe é a rainha culpada, Ann Shakespeare, de nascimento Hathaway?
— Mas esse escarafunchar na vida privada de um grande homem — começava Russel impacientemente.

Estás tu aí, ó veraz.
— Interessante apenas para o escrivão da paróquia. O que quero dizer é que temos as peças. Quero dizer que quando lemos a poesia do *King Lear* que é que nos importa como viveu o poeta? Quanto ao viver, nossos criados podem fazê-lo para nós, disse-o Villiers de l'Isle. Bisbilhotando e fuxicando nos mexericos de copa e cozinha do dia, no bebericar do poeta, nas dívidas do poeta. Temos *King Lear*: e é imortal.
Aliciada, a cara do senhor Best concordava.

> *Flui sobre eles com tuas ondas e tuas águas,*
> *Mananaan, Mananaan MacLir...*

E agora, fidalguelho, essa libra que ele te emprestou quando tinhas fome?
Vixe, eu precisava.
Apanha este dobrão.
Vai pro! Gastaste quase tudo na cama de Georgina Johnson, a filha do clérigo. Remordida do imo-senso.
Pretendes pagar de volta?
Oh, sim.
Quando? Agora?
Bem... não.
Quando, então?
Paguei meu preço. Paguei meu preço.
Aguenta firme. Ele é das águas do além-Boyne. O sector nordeste. Tu lhe deves.
Espera. Cinco meses. As moléculas todas mudam. Eu sou outro eu agora. Outro eu recebeu a libra.
Zum. Zum.
Mas eu, enteléquia, forma das formas, sou eu de memória porque sob formas sempercambiantes.
Eu que pequei e orei e jejuei.
Um menino que Conmee salvou da palmatória.
Eu, eu e eu. Eu.
A.E.I.O.U.*

---

*Isto é, A.E. *I owe you* ou *Ay, I owe you* (A.E., eu lhe devo, ou Sim, eu lhe devo), que se poderia em português, mantendo o jogo da sequência vocálica, traduzir por "*Ah, é, isto o usurei*". (N. do T.)

— Você quer romper contra uma tradição de três séculos? — perguntava a voz vituperante de John Eglinton. — O espírito dela pelo menos foi exorcizado para sempre. Ela morreu, para a literatura pelo menos, antes de ter nascido.
— Ela morreu — retorquiu Stephen — sessenta e sete anos depois de ter nascido. Ela o viu entrar e sair deste mundo. Ela recebeu seu primeiro abraço. Ela pariu os filhos dele e ela pôs vinténs nos seus olhos para manter suas pálpebras fechadas quando ele jazia no leito de morte.
Leito de morte da mãe. Velas. O espelho velado. Quem me pôs neste mundo lá jaz, bronzepálpebras, sob umas poucas flores baratas. *Liliata rutilantium.*
Chorei sozinho.
John Eglinton mirava o pirilampo enredado de sua lâmpada.
— O mundo crê que Shakespeare cometeu um engano — disse ele — e que se livrou dele tão bem e tão rápido quanto podia.
— Bah! — disse Stephen rudemente. — Um homem de gênio não se engana. Seus erros são volitivos e são os portais da descoberta.
Os portais da descoberta abriram-se para deixar entrar o bibliotecário quacre, mansirrangepisando, careca, orelhudo e assíduo.
— Uma megera — disse John Eglinton gerontemente — não é um útil portal da descoberta, é de supor. Que descoberta útil fez Sócrates de Xantipa?
— A dialéctica — respondeu Stephen: — e da mãe dele como pôr ideias no mundo. O que ele aprendeu da sua outra mulher, Mirto (*absit nomen!*) Epipsychidion de Socratidion, nenhum homem, nem mulher jamais conhecerá. Mas nem a sabença de parteira nem os pitos da hora da boia o salvaram dos arcontes de Sinn Fein e do caneco de cicuta.
— Mas Ann Hathaway? — disse esquecidiçamente a voz plácida do senhor Best. — Sim, porque parece que estamos esquecendo-nos dela como o próprio Shakespeare dela se esqueceu.
Seu olhar ia da barba do excogitador ao crânio do vituperador, para lembrar, para censurar-lhes não com impolidez, em seguida para a lolarda rosicalva, exculposa embora caluniada.
— Ele tinha boas carradas de espírito — disse Stephen — e memória não madraça. E era uma memória que ele levava em sua pasta no que se arrastava para a grande cidade assobiando *A garota que deixei atrás*. Se o terremoto não tivesse fixado o momento disso, nós deveríamos saber onde situar o pobre Wat, escondido no seu fojo, o alarido da matilha, a brida tauxiada

e as fendas azuis dela. Aquela memória, *Vênus e Adônis*, jazia na alcova de cada trepadeira em Londres. É Katharine uma megera desfavorecida? Hortensio lhe chama jovem e bela. É de crer que o escritor de *Anthony and Cleopatra*, peregrino apaixonado, tivesse os olhos atrás da cabeça a ponto de haver escolhido a mais feia rameira de todo o Warwickshire para com ela deitar? Bem: abandonou-a e conquistou o mundo dos homens. Mas os seus rapazolas-mulheres são as mulheres de um rapazola. A vida delas, pensamentos, linguagem são-lhes emprestados por machos. Escolheu ele mal? Ele foi é escolhido, parece-me. Se outros têm sua vontade, Ann tem seu caminho.* Bolas, a culpa era dela. Ela o meteu num enleio, doce e com vinte e seis anos. A deusa cinzolhuda que se inclina sobre o rapaz Adônis, rebaixando-se para conquistar, como prólogo da chantagem sentimental, é uma madraça descarada de Stratford que derruba num trigal um amante mais novo do que ela.

E minha vez? Quando?

Vem!

— Centeal — disse o senhor Best luzido, alacremente, levantando seu canhenho novo, alacremente luzido.

Então murmurou com fulvo deleite para todos:

> *Por cima de acres de centeio*
> *Os bons campônios deitam em meio.*

Páris: o requestado requestador.

Um personagem alto de linho cru barbelado levantou-se da sombra e destampou seu relógio cooperativo.

— Lamento dizer que devo estar no *Homestead*.

Para onde? Terreno explorável.

— Está então indo? — perguntavam as ativas sobrancelhas de John Eglinton. — Vamos vê-lo esta noite no Moore? Piper vem.

— Piper! — o senhor Best pipocou. — Piper está de volta?

Peter Piper picou um pito da pica de pico de picante pimenta.

---

*No original "*If others have their will Ann hath a way*", que traduzi literalmente, perdendo na polissemia: "*will*" é também Will(iam Shakespeare) e "*Ann hath a way*" é também "Ann Hathaway". (N. do T.)

— Não sei se posso. Quinta-feira. Temos nossa reunião. Se me livrar a tempo.
Ioguimistifório nos aposentos de Dawson. *Ísis desvelada*. O livro páli deles que tentamos penhorar. Crucipernas sob a umbrel de uma umbra ele troniza um logos asteca, funcionando em planos astrais, e sobrealma deles, mahamahatma. Os hermetistas fidentes esperam a luz, maduros para o chelato, circunterricirca a ele. Louis H. Victory. T. Caulfield Irwin. Senhoras do Lótus os atendem co'os olhos, suas pineais glândulas aguando. Pleno de seu deus, ele troniza, Buda sob bananeira. Voragem de almas, devorador. Almas-macho, almas-fêmea, malta de almas. Devoradas de cricris pungentes, remoinhadas, remoinhando, elas repungem-se.

Em quintessencial trivialidade
Por anos esta alma-fêmea jouve em sua carnicaixa.

— Diz-se que vamos ter uma surpresa literária — disse o bibliotecário quacre, amistosa e atentamente. — O senhor Russel, é o que consta, está compilando um feixe de versos dos nossos mais jovens poetas. Nós todos estamos esperando-o com ansiedade.
Com ansiedade ele mirava para o cone de luz onde três caras, iluminadas, brilhavam.
Vê isto. Recorda.
Stephen olhava para um amplo chapelão descabeçado pendente do cabo-freixestoque entre seus joelhos. Meu elmo e espada. Toca de leve com dois dedos indicadores. Experimento de Aristóteles. Um ou dois? Necessidade é o em cuja virtude é impossível que um seja outra coisa. Ergo, um chapéu é um chapéu.
Escutar.
O jovem Colum e Starkey. George Roberts está com o lado comercial. Longworth dará a isso uma boa cobertura no *Express*. Oh, fará? Gostei do *Boiadeiro de Colum*. Sim, creio que ele tem essa coisa extravagante, gênio. Crê que ele tem gênio realmente? Yeats admirou seu verso: *Como se em terra bruta um vaso grego*. É mesmo? Espero que você possa vir esta noite. Malachi Mulligan virá também. Moore pediu-lhe que trouxesse Haines. Ouviu a piada da senhorita Mitchell sobre Moore e Martyn? Que Martyn come a consciência de Moore? Bem bolado, não é? Lembram Dom Quixote

e Sancho Pança. Nossa épica nacional ainda está por ser escrita, diz o dr. Sigerson. Moore é o homem para isso. Um cavaleiro da triste figura aqui em Dublin. Com um *kilt* açafrão? O'Neill Russel? Ah, sim, ele deve falar o sublime velho linguagem. E sua Dulcineia? James Stephens está fazendo alguns esboços inteligentes. Estamos tornando-nos importantes, parece.
  Cordélia. *Cordoglio.* A muito solitária filha de Lir.
  Encurralado. Agora o teu melhor polimento francês.
  — Muito obrigado, senhor Russel — disse Stephen, levantando-se. — Se o senhor quer ser tão gentil em dar a carta ao senhor Norman...
  — Oh, sim. Se ele a considera importante, sairá. Temos tanta correspondência.
  — Compreendo — disse Stephen. — Obrigado.
  Deus te chague. Jornal de porcos. Bovinamente.
  — Synge prometeu-me também um artigo para o *Dana.* Será que vamos ser lidos? Creio que sim. A liga gaélica quer algo em irlandês. Espero que você venha esta noite. Traga Starkey.
  Stephen sentava-se.
  O bibliotecário quacre vinha dos bota-fora. Enrubescendo, sua máscara disse:
  — Senhor Dedalus, seus pontos de vista são luminosíssimos.
  Rangia daqui para ali, pondo-se de pontas para mais perto do céu na altitude de um chapim, e, abafado pelo barulho dos saintes, dizia alto:
  — É então sua opinião que ela não era fiel ao poeta?
  Cara alarmada pergunta-me. Por que é que ele veio? Cortesia ou luz interior?
  — Onde há reconciliação — disse Stephen —, deve ter havido antes rompimento.
  — Sim.
  Cristorraposa em gibão de couro, escondendo-se, fujão dos apupos e alaridos entre galhos de árvores mangradas. Não conhecendo fêmea, marchando solitário na caça. Mulheres que ganha à sua causa, gente timibunda, uma puta da Babilônia, esposas de magistrados, companheiras de taverneiros ferrabrases. Raposo e gansas. E em New Place um relapso corpo desonrado que num tempo foi atraente, num tempo tão doce, tão fresco como canela, caídas agora suas folhas dela, todas, gasta, horrorizada com a estreita tumba, e imperdoada.

— Sim. Assim você crê...
A porta fechou-se aos saídos.
Um repouso de súbito se apossou da discreta cela abobadada, repouso de atmosfera quente e incubadeira.
Uma lâmpada de vestal.
Aqui ele pondera sobre coisas que não foram: o que César tivera vivendo feito se houvera crido no arúspice: o que poderia ter sido: possibilidades do possível como possível: coisas não sabidas: que nome Aquiles usara quando vivera entre mulheres.
Tumulados pensamentos à minha volta, em sarcófagos, embalsamados em especiarias de palavras. Tote, deus das bibliotecas, um avideus, lunicoroado. E eu ouvia a voz daquele grão-sacerdote egípcio. *Em câmaras pintadas atulhadas de barrilivros.*
Estão quedos. Num tempo esfuziavam nos cérebros de homens. Quedos: mas um carcoma de morte está neles, para contar-me a mim em minha orelha um conto piegas, urgindo-me a vingar seu testamento.
— Certamente — meditava John Eglinton — ele é dentre todos os grandes homens o mais enigmático. Nada sabemos senão que viveu e sofreu. Nem mesmo tanto. Outros suportam nossa inquirição. Uma sombra pende por sobre todo o resto.
— Mas *Hamlet* é tão pessoal, não é? — arguia o senhor Best. — Explico-me, uma espécie de documento privado, não sei se me entendem, da sua vida privada. Explico-me, não me interessa um caracol, não sei se me entendem, quem foi morto ou quem é o culpado...
Depôs um livro inocente no bordo da escrivaninha, sorrindo sua provocação. Seus documentos privados no original. *Ta an bad ar an tir. Taim imo shagart.* Põe pimenta nisso, meu inglesinho.
Fala o inglesinho Eglinton:
— Eu estava preparado para os paradoxos de que Malachi Mulligan nos dissera algo mas posso também adverti-lo de que se sua intenção é abalar minha crença de que Shakespeare é Hamlet você tem uma tarefa bem difícil pela frente.
Suportemos juntos.
Stephen enfrentava o veneno dos olhos incréus, faiscando duros sob o cenho franzido. Um basilisco. E *quando l'uomo l'attosca.* Messer Brunetto, agradeço-te pela palavra.

— No que nós, ou a mãe Dana, tecemos e destecemos nossos corpos — disse Stephen —, no dia a dia, as moléculas deles entrecruzando-se daqui para ali, assim tece e destece o artista a sua imagem. E assim como o sinal do meu peito direito está onde estava quando eu nasci, embora meu corpo tenha sido tecido de novos fios no correr dos tempos, assim através do espírito do pai inquieto a imagem do filho não vivente se mostra. No intenso instante da imaginação, quando a mente, diz Shelley, é um tição evanescente, aquilo que eu era é aquilo que eu sou e o que em possibilidade eu posso vir a ser. Assim no futuro, o irmão do passado, eu poderei ver-me como agora aqui estou sentado mas por reflexão daquilo que então eu serei.

Drummond of Hawthornden te ajudou nesse estilo.

— Sim — disse o senhor Best juvenilmente —, sinto Hamlet muito jovem. A amargura pode vir do pai mas as passagens com Ofélia são seguramente do filho.

Confundiu alhos com bugalhos. Ele é em meu pai. Eu sou em seu filho.

— Esse sinal é o último a se ir — disse Stephen, rindo.

John Eglinton fez um nada agradável muxoxo.

— Se isso fosse a natimarca de gênio — disse ele —, o gênio seria uma droga no mercado. As peças dos últimos anos de Shakespeare que Renan admirava tanto respiram um outro espírito.

— O espírito da reconciliação — sussurrou o bibliotecário quacre.

— Não pode haver reconciliação — disse Stephen —, se não tivesse havido rompimento.

Dito, isso.

— Se você quer saber quais foram os eventos que lançaram sua sombra sobre o inferno do tempo de *King Lear, Othello, Hamlet, Troilus and Cressida*, olhe para ver quando e como as sombras se desvanecem. Que abranda o coração do homem, Náufrago em tempestades hórridas, Provado, como outro Ulisses, Péricles, príncipe de Tiro?

Cabeça, rubriconicoroada, espancada, lagrimenceguecida.

— Uma criança, uma menina colocada em suas mãos, Marina.

— O pendor dos sofistas pelos meandros de apócrifas é uma quantidade constante — detectou John Eglinton. — As estradas reais são enfadonhas mas levam direto à cidade.

Bom Bacon: tornado mofento. Shakespeare consciência comida por Bacon. Cifrijograis indo por estradas reais. Buscadores no grande encalço.

Que cidade, meus bons mestres? Mascarados em nomes: A. E., éon: Magee, John Eglinton. Este do sol, oeste da lua: *Tir na n-og*. Embotados ambos de dois e arrebencados.

> *Quantas milhas para Dublin?*
> *Três vintenas e mais dez.*
> *Chegamos à luz das velas?*

— O senhor Brandes aceita-a — disse Stephen — como a primeira peça do período final.
— Aceita? O senhor Sidney Lee, ou senhor Simon Lazarus, como alguns afirmam ser seu nome, que é que ele diz disso?
— Marina — disse Stephen —, uma filha da tempestade, Miranda, uma maravilha, Perdita, a que estava perdida. O que estava perdido lhe foi dado de volta: a filha de sua filha. *Minha muito querida mulher,* Péricles diz, *era como esta menina.* Amará homem algum sua filha, se não tiver amado a mãe?
— A arte de ser avô — o senhor Best tificou múrmuro. — *L'art d'être grand...*
— Sua própria imagem para um homem com essa coisa extravagante, o gênio, é o padrão de toda experiência, material e moral. Uma súplica tal o tocará. As imagens de outros machos de seu sangue o repelirão. Ele verá neles atentados grotescos da natureza para prevê-lo ou repeti-lo.

A benigna testa do bibliotecário quacre se inflamava roseamente de esperança.

— Espero que o senhor Dedalus venha a elaborar sua teoria para iluminação do público. E devíamos mencionar outro comentarista irlandês, o senhor George Bernard Shaw. Nem devíamos esquecer o senhor Frank Harris. Seus artigos sobre Shakespeare no *Saturday Review* são por certo brilhantes. Por estranho que pareça ele também nos esboça uma ligação infeliz com a dama morena dos sonetos. O rival favorecido é William Herbert, conde de Pembroke. Confesso que se o poeta devia ser preterido, semelhante preterição pareceria mais concorde com — como terei de exprimir-me? — nossas noções do que devia não ter sido.

Felicitosamente ele cessou e sustentou sua cabeça submissa entre eles, ovo de alca, prêmio daquela pendenga.

Ela a tuteia e teteia com graves maritipalavras. Amas tu, Miriam? Ama-lo tu a teu homem?

— Pode ser que seja assim também — disse Stephen. — Há um dito de Goethe que o senhor Magee gosta de citar. Cuidado com o que queres na juventude, pois o terás na maturidade. Por que é que envia ele a alguém que é uma *buonaroba*, uma baia que todos os homens cavalgam, essa dama de honor escandalosa já desde garota, um fidalgote para cortejá-la em nome dele? Ele próprio era um senhor da língua e se tornara gentil-homem armado e já escrevera *Romeo and Juliet*. Por quê? A confiança em si mesmo fora precocemente morta. Havia sido primeiro derrubado num trigal (centeal, eu devia dizer) e nunca mais será ele depois um vencedor aos próprios olhos nem jamais jogará vitorioso o jogo dos riscos e da cama. Um dom-juanismo de afectação não o salvará. Nenhuma desfeita posterior desfará a desfeita anterior. O colmilho da porca o ferira onde o amor jaz sangrando. Se a harpia fora abatida, ainda assim nela permanecia a arma invisível da mulher. Há aí, eu o sinto nas palavras, um aguilhão da carne guiando-o a uma nova paixão, sombra mais sombria da primeira, ensombrecendo até seu próprio entendimento de si mesmo. Um fado semelhante o espera e as duas fúrias se mesclam num turbilhão.

Eles ouvem. E no vestíbulo de suas orelhas eu verto.

— A alma fora antes mortalmente atingida, um veneno vertido no vestíbulo de uma orelha adormecida. Mas aqueles que foram feitos para morrer no sono não podem saber do como de suas vascas a menos que seu Criador dote suas almas desse conhecimento da vida por vir. Do envenenamento e da besta de duas costas que urdira aquilo, o espectro do rei Hamlet não podia saber, não fosse ele dotado desse conhecimento pelo seu criador. Eis por que a fala (seu magro e enfadonho inglês) está sempre voltada para alhures, para trás. Violador e violado, o que é que ele quereria mas não quereria, vai com ele dos ebúrneos globos azultorneados de Lucrécia ao peito de Imogênia, nu, com seu quinquimáculo sinal. Ele leva de volta, saturado da criação que empilhara para esconder-se de si mesmo, cão velho lambendo chaga velha. Mas, porque a perda é o seu ganho, ele trespassa para a eternidade como personalidade inteiriça, desarmado da sabedoria que escrevera ou das leis que revelara. Sua viseira está alçada. Ele é um fantasma, uma sombra agora, o vento das rochas de Elsinore ou o que se quiser, a voz do mar, uma voz só ouvida no coração daquele que é a substância de sua sombra, o filho consubstancial com o pai.

— Amém! — responsaram da porta.

Encontraste-me, ó inimigo meu?

Entr'acte.
Cara grosseira, de soturno deão, Buck Mulligan avançava para eles, variegado bufão, para seus sorrisos acolhedores. Meu telegrama.
— Você está falando sobre o vertebrado gasoso, se não me engano? — perguntava a Stephen.
Primulencoletado, ele saudava alegremente com seu panamá agitado como se com um bobelo.
Dão-lhe boas-vindas. *Was Du verlachst wirst Du noch dienen.*
Raça dos galhofeiros: Fócio, pseudomalaquias, Johann Most.
Ele que a Si Mesmo se gerou, mediante o Espírito Santo, e a Si Mesmo se enviou, Redimidor, entre Si Mesmo e os outros. Que, molestado por Seus possessos, desnudado e açoitado, foi pegado como morcego à porta de celeiro, esfomeado no lenho da cruz, Que Se deixou enterrar, Se ergueu, Se mortificou no Inferno, Se alçou ao Céu e lá nestes dezenove centos anos senta à mão direita de Seu Si Mesmo mas ainda virá no último dia para julgar os vivos e os mortos quando todos os vivos já estiverem mortos.

Glo-o-ria in ex-cel-sis De-o

Ele eleva as mãos. Caem os véus. Oh, flores! Sinos com sinos com sinos aquissoam.
— Sim, com efeito — disse o bibliotecário quacre. — Uma discussão muitíssimo instrutiva. O senhor Mulligan, estou propenso a crer, tem também sua teoria sobre o drama e sobre Shakespeare. Todos os lados da vida deveriam estar representados.
Sorriu para todos os lados igualmente.
Buck Mulligan refletia, intrigado:
— Shakespeare? — disse. — Parece que conheço esse nome.

Um esvoejante sorriso ensolarado irradiou-se por suas feições fofas.
— É verdade — disse ele, relembrando-se vivaz. — O sujeito que escreve como o Synge.
O senhor Best voltou-se para ele:
— Haines deu por falta de você — disse ele. — Você esteve com ele? Ele o procurará depois na C.D.P. Foi a Gill para comprar os *Lovesongs of Connacht*, de Hyde.
— Passei pelo museu —- disse Buck Mulligan. — Ele esteve por aqui?
— Os compatriotas do bardo — respondeu John Eglinton — estão talvez algo cansados de nossos brilharecos teorizantes. Ouço que uma atriz desempenhou o papel de Hamlet pela quadringentésima oitava vez a noite passada em Dublin. Vining sustentava que o príncipe era uma mulher. Ninguém quis ainda fazer dele um irlandês? O juiz Barton, ao que creio, está à cata de alguns indícios. Ele blasfema (Sua Alteza, não Sua Meritíssima) por São Patrício.
— A mais brilhante de todas é essa história de Wilde — dizia o senhor Best, erguendo seu canhenho brilhante. — Aquele *Portrait of Mr. W. H.*, em que ele prova que os sonetos foram escritos por um Willie Hughes, um homem de todos os azuis.
— Para Willie Hughes, não é isso? — perguntou o bibliotecário quacre. Ou Hughie Wills. O senhor William Himself. W. H.: quem sou eu?*
— Explico-me, para Willie Hughes — disse o senhor Best, emendando fácil a sua glosa. — É claro que tudo isso é paradoxo, não sei se sabem, Hughes e *hews* e *hues*" a cor, mas é muito típico da maneira com que ele arranja as coisas. É a essência mesma de Wilde, não sei se sabem. Seu toque ao de leve.
Seu olhar tocou ao de leve as caras deles no que ele sorria, louro efebo. Essência domada de Wilde.
És um danado de esperto. Três talagadas de uiscada já tragadas com a grana do Dan Deasy.
Quanto gastei? Oh, uns poucos xelins.
Para uma roda de homens da imprensa. Humor molhado e seco.

---

*Polissêmico todo o contexto: *Willie* tem relação com William Shakespeare e *Hughes* com *who is*, quem é? *Himself*, ele mesmo. *Hews*, ele talha, *hues*, matizes (traduzido linhas antes por azuis). (N. do T.)

Espírito. Darias teus cinco sentidos pela juvenil fatiota orgulhosa com que ele se ostenta. Lineamentos de desejo satisfeito.
Haverá mais mui. Toma-a para mim. Em momento de acasalar. Júpiter, manda-lhes uma boa maré de tesão. Sim ué, pombarrola com ela.
Eva. Ventrigal pecado nu. Uma serpente a coleia, colmilho beija.
— Crê que é apenas um paradoxo? — perguntava o bibliotecário quacre.
— O galhofeiro nunca é tomado a sério quando está muito sério.
Falaram a sério da seriedade do galhofeiro.
De novo a pesada cara de Buck Mulligan mirou Stephen por um momento. Então, abanando a cabeça, aproximou-se mais perto, retirou um telegrama dobrado do bolso. Seus lábios móveis liam, sorrindo com novo deleite.
— Telegrama! — dizia ele. — Que inspiração maravilhosa! Telegrama! Uma bula papal!
Sentou a um canto da escrivaninha não iluminado, lendo alto jubilosamente:
— *Sentimentalista é o que o desfrutaria sem incorrer na imensa responsabilidade da coisa feita.* Assinado: Dedalus. De onde você o expediu? Da escolinha? Não. College Green. Bebeu as quatro librinhas? Minha tia irá fazer uma admoestação junto ao seu pai insubstancial. Telegrama! Malachi Mulligan, Ship, rua Abbey Baixa. Oh! seu mimo sem par! Oh, seu padrificado kinchita!
Jubilosamente ele metia texto e envelope no bolso mas carpindo em quérulo jargão:
— É o que estou dizendo ao senhor, sinhozinho, a gente estemo chateado e aporrinhado, Haines e mim, enquanto ele se metia aqui pra dentro. Que morrinha que a gente tinha pro causa da pinguinha de nada de levantá frade de pedra e eu que pensava e ele que lambelambia. A gente ali uma hora, duas hora, três hora, no Connery, sentado bãozinho esperando um traguinho de nada.
Ele gemia!
— E a gente lá fincando, dianho, e ele não se mostrando e mandando pra gente umas confusa para mode a gente ficar de língua de fora uma braça de comprida e de sequinha, de gente que estemo morrendo por uma palangana.
Stephen ria.
Rápido, admonitoriamente, Buck Mulligan inclinou-se para a frente:

— O malandrão do Synge está à sua cata — dizia ele —, para massacrá-lo. Disseram-lhe que você mijou na porta dele em Glasthule. Está por aí de tamanqueiras para massacrá-lo.
— A mim! — exclamou Stephen. — Isso é a sua contribuição para a literatura.
Buck Mulligan rejubilosamente desclinou-se para trás rindo para as escuras bossas do tecto:
— Massacrá-lo — ele ria.
Cara carrancuda de gárgula que guerreou contra mim na nossa gororoba de picadinho de miúdos da rua Saint-André-des-Arts. Com palavras de palavras por palavras, palabras. Oisin com Patrick. O faunomem que ele encontrou no bosque de Clamart, brandindo uma garrafa de vinho. *C'est vendredi saint!* Irlandeses assassinos. Sua imagem, errante, que encontrou. Eu a minha. Eu encontrei um louco na floresta.
— Senhor Lyster — um empregado dizia da porta entreaberta.
— ... em que cada um pode achar o seu próprio. Assim, o senhor juiz Madden em seu *Diary of Master William Silence* recolheu os vocábulos venatórios... Sim? Que é?
— Está aí um cavalheiro, senhor — dizia o empregado, avançando e entregando um cartão. — Do *Freeman.* Quer consultar as coleções do *Kilkenny People* do ano último.
— Certamente, certamente, certamente. Está o cavalheiro?...
Tomou do cartão ansioso, mirou, não viu, depô-lo, não mirado, olhou, perguntou, rangeu, perguntou:
— Está ele?... Oh, aí!
Rápido numa galiarda ele se pôs à frente e fora. No corredor à luz do dia falava com esforçada volubilidade de zelo, no cumprimento do dever, como dedicadíssimo, gentilíssimo, honestíssimo quacre.
— Aquele cavalheiro? *Freeman's Journal? Kilkenny People?* Por certo. Bom-dia, senhor. *Kilkenny...* Temos certamente.
Uma silhueta paciente esperava, ouvindo.
— Todos os importantes das províncias... *Northern Whig, Cork Examiner, Enniscorthy Guardian,* mil novecentos e três... Por aqui, por favor... Evans, acompanhe o cavalheiro... Se me fizer o favor de acompanhar o empre... Ou por favor permita me... Por aqui... Por favor, senhor...
Volúvel, diligente, ele abria caminho a todos os jornais provinciais, uma recurvada figura escura seguindo-lhe os calcanhares apressados.

A porta fechou-se.
— Um judeu! — exclamou Buck Mulligan.
Deu um salto e agarrou o cartão.
— Qual é o nome? Ikey Moses? Bloom.
Continuou a matraquear.
— Jeová, colector de prepúcios, não é. Encontrei-o no museu quando lá fui saudar a espuminata Afrodite. A boca grega que jamais se contorceu em oração. Devemos homenageá-la todos os dias. *Vida da vida, teus lábios abrasam.*
De repente virou-se para Stephen:
— Ele o conhece. Conhece o seu velho. Oh, tenha pena de mim, ele é mais grego que os gregos. Seus pálidos olhos galileus estavam fixos na ranhura mediana dela. Vênus Calipígia. Oh, o estrondo que são os seus lombos! *O deus perseguindo a virgem escondida.*
— Queremos ouvir mais — decidiu John Eglinton com a aprovação do senhor Best. — Começamos a estar interessados pela senhora S. Até agora pensávamos dela, se pensávamos, como uma Griselda paciente, como uma Penélope caseira.
— Antístenes, discípulo de Górgias — dizia Stephen —, retirou a palma da beleza da parideira de Kyrios Menelau, a argiva Helena, a égua-de-pau de Troia em quem uma vintena de heróis dormira, e a transferiu à pobre da Penélope. Vinte anos ele viveu em Londres e, durante parte desse tempo, conseguiu um salário igual ao do lorde chanceler da Irlanda. Sua vida era rica. Sua arte, mais do que a arte do feudalismo, como Walt Whitman lhe chama, é a arte do superabundante. Tortas de arenque quentes, malgas verdes de xerez, molhos de mel, açúcar de rosas, maçapão, pombos em groselha, caramelos cristalizados. Sir Walter Raleigh, quando o arrestaram, tinha meio milhão de francos no lombo inclusive um par de espartilhos da moda. A mulher agiota Elisa Tudor tinha fundos bastantes para rivalizar com os da de Sabá. Por vinte anos ele refocilou entre o amor conjugal e seus castos deleites e o amor escortatório e seus loucos prazeres. Vocês conhecem a história de Manningham da mulher do burguês que tinha aliciado Dick Burbage para a cama depois que ela o vira em *Richard III* e de como Shakespeare, pespescando-o, sem muito barulho por coisa nenhuma, pegou a vaca pelos cornos e, quando Burbage chegou batendo à porta, recebeu resposta de debaixo dos lençóis do capão: *William, o conquistador, chegou*

antes de Richard III. E a alegre daminha, senhorazinha Fitton, montando e gritando ó, e a elegante peitos-de-garça dele, lady Penelope Rich, uma mulher de alta qualidade é dama adequada para um ator, e as porcalhonas da beira-rio, a um pêni por vezada.
Cours-la-Reine. *Encore vingt sous. Nous ferons de petites cochonneries. Minette? Tu veux?*
— A nata da alta sociedade. E a mãe de sir William Davenant, de Oxford, com a sua taça de vinho de linhagem para cada galinhagem.
Buck Mulligan, olhos pios sursivirados, rezava:
— Bendita Margarida Maria Tutigalos!
— E a filha do Harry das seis mulheres, e as outras amigas damas das sés vizinhas, como canta Tênis Tennyson, o poeta cavalheiro. Mas nesses vinte anos todos que é que supõem que a pobre de Penélope estava em Stratford fazendo atrás das vidraças adamantinas?
Faze e faze. Coisa feita. Na alameda Fitter, num roseiral de Gerard, o ervanário, ele passeia cinzacastanhado. Uma campânula, azulada como as veias dela. Cílios de olhos de Juno, violetas. Ele passeia. Uma vida é tudo. Um corpo. Faze. Mas faze. Longe, num bodum de tesão e sordidez, mãos apalpam brancuras.
Buck Mulligan martelou seco a escrivaninha de John Eglinton.
— De quem é que vocês suspeitam? — reptou.
— Digamos que ele é o amante enganado dos sonetos. Uma vez enganado duas vezes enganado. Mas a devassa cortesã o enganava com um lorde seu queridomeuamoreco.
Amor que não ousa dizer seu nome.
— Como um inglês, você quer dizer — John firme Eglinton intercalou —, ele amava um lorde.
Velho muro em que chispam lagartixas súbitas. Em Charenton eu as espiava.
— Assim parece — disse Stephen —, já que ele queria fazer para si, e para todos os outros e singulares ventres inatendidos, o santo ofício que um cavalariço faz para um garanhão. Pode ser que, como Sócrates, ele tivesse por mãe uma parteira, tal como tinha por mulher uma harpia. Mas ela, a devassa rameira, não fementia o pacto conjugal. Dois feitos se degradam na mente desse fantasma: um pacto quebrado e o labrego obtuso em quem ela descarregava seus favores, irmão do marido defunto. A doce Ann, eu o

tomo por assentado, tinha o sangue quente. Uma vez no ataque duas vezes no ataque.
Stephen voltejou ousadamente na cadeira.
— O ônus da prova lhes cabe, não a mim — disse ele, enrugando a fronte. — Se se contestar que na quinta cena do *Hamlet* ele brande contra ela a infâmia, digam-me por que não há menção a ela durante os trinta e quatro anos entre o dia em que ela casou com ele e o dia em que ela o enterrou. Todas essas mulheres viram seu homem por baixo e embaixo: Mary, ao seu bom John, Ann ao seu pobre e querido Willun, quando este foi e morreu nela, raivoso de ser o primeiro a ir-se, Joan, os quatro irmãos dela, Judith, o marido e todos os filhos dela, Susan, o marido dela também, enquanto a filha de Susan, Elisabeth, para usar as palavras de vovozinho, casou com seu segundo, depois de ter morto seu primeiro.
Oh, sim, menção há. Nos anos em que ele vivia ricamente na real Londres, para pagar uma dívida ela teve de tomar emprestado quarenta xelins do pastor do pai dela. Expliquem então. Expliquem o canto de cisne também com que ele a encomendou à posteridade.
Ele enfrentava-lhes o silêncio.

A quem então Eglinton:

   É o testamento.
   Juristas o explicam, como creio.
   A ela cabia a parte de viúva
   Segundo a lei. E ele bem o sabia,
   Dizem-no-lo juízes.
   Satã zomba-o,

Galhofa:

   E assim ele riscou seu nome
   Do primeiro borrão, mas não excluiu
   Presentes para a neta, para as filhas
   Para a irmã, para os amigos de Stratford
   E de Londres. E assim foi compelido,
   Como o creio, a nomeá-la,
   Dando desfeito

Seu não perfeito
Segundo leito.

Punkt

Dandodesfeito
Seunãoperfeito
Quasebomleito
Segundoleito
Deixadoleito.

Opa!
— Os nossos bons rurícolas tinham poucos bens ao tempo — John Eglinton observava —, como ainda acontece, a crermos que nossas peças campestres são documentais.
— Ele foi um rico gentil-homem rural — disse Stephen —, com brasão de armas e domínio fundiário em Stratford e uma casa de couto na Irlanda, capitalista detentor de acções, aliciador de leis, arrecadador de dízimos. Por que não deixou para ela seu melhor leito se lhe quisesse permitir roncar o resto de suas noites em paz?
— É claro que havia dois leitos, um perfeito e um segundoleito — disse o Senhor Quaseperfeito Best finamente.
— *Separatio a mensa et a thalamo* — aprimorou Buck Mulligan aos sorrisos rompentes.
— A Antiguidade menciona leitos famosos — cenhofranziu Segundo Eglinton, leitossorrindo. — Deixem-me pensar.
— A Antiguidade menciona aquele diabrete-em-figura-de-gente de estudantezinho estagirita, calvo sábio pagão — dizia Stephen —, que ao morrer no exílio liberta e dota seus escravos, paga tributos aos seus maiores, dispõe que seja enterrado junto dos ossos de sua mulher morta e apela aos amigos sejam bons para com sua velha amante (não se esqueçam de Nell Gwynn Herpyillis) e que a deixem viver na vila dele.
— Quer dizer que ele morreu assim? — perguntou com ligeira preocupação o senhor Best. — Explico-me...
— Bateu as botas borracho — tampou-o Buck Mulligan. — Uma quarta de cerveja é um manjar de rei. Oh, preciso contar-lhes o que Dowden disse!
— O quê? — perguntou Besteglinton.

William Shakespeare & Companhia, Limitada. O William da gente. Para informações dirigir-se: E. Dowden, Highfield House...
— Adorável — suspirou amoravelmente Buck Mulligan. — Perguntei-lhe o que pensava da acusação de pederastia lançada contra o bardo. Levantou as mãos e disse: *Tudo que podemos dizer é que a vida não era vagabunda naqueles tempos!* Adorável.
Catamito.
— O sentido da beleza nos desgarra — disse belezaentristezamente Best ao feiento Eglinton.
O inabalável John replicou severo:
— Um médico pode dizer o que essas palavras significam. Não se pode comer um bolo e continuar a tê-lo.
Pontificaste-lo assim? Arrebatar-nos-ão de nós, de mim, a palma da beleza?
— E o sentido da propriedade — disse Stephen. — Ele retirou Shylock de dentro do seu próprio bolso fundo. Filho de um malteiro e agiota, ele mesmo era um cerealeiro e agiota com dez fangas de trigo açambarcados durante os motins de fome. Seus devedores não há dúvida que eram aqueles de diversas confissões mencionados por Chettle Falstaff, que depõem quanto à correcção de suas transações. Processou um seu ator pelo preço de umas poucas sacas de malte e reivindicou sua libra de carne como juros a cada empréstimo feito. Como de outra forma podia o cavalariço e contrarregra de Aubrey fazer-se depressa rico? Todos os acontecimentos levavam água ao seu moinho. Shylock concorda com a caça aos judeus que se seguiu ao enforcamento e esquartejamento de López, o sanguessugueiro da rainha, seu coração de hebreu sendo puxado para fora enquanto o judeu ainda estava vivo: *Hamlet* e *Macbeth* com o advento ao trono de um filosofastro escocês com um pendor para os assados de bruxos. A armada perdida é objeto de chacota em *Love's Labour Lost*. As pompas, as histórias navegam de velas pandas numa maré de entusiasmo à Mafeking. Os jesuítas de Warwickshire são inquisitoriados e temos uma teoria do equívoco de porteiro. A *Sea Venture* chega à pátria das Bermudas e a peça que Renan admirava é escrita com Patsy Caliban, nosso primo da América. Os sonetos melosos seguem-se aos de Sidney. Quanto à fada Elisabeth, vulgo Bess a cenouriça, a bruta virgem que inspirou *The Merry Wives of Windsor*, que algum meinherr da Alamânia tacteie ao longo de sua vida pelas significações fundilatentes nas funduras do saco de roupa suja.

Acho que te estás saindo muito catita. Mistura apenas uma mescla teolologicofilolológica. *Mingo, minxi, mictum, mingere.*

— Prove que ele era um judeu — ousou, expectantemente, John Eglinton.

— Seu decano de estudos sustenta que ele era um sacrorromano.

Sufflaminandus sum.

— Ele foi fabricado na Alemanha — replicou Stephen —, como um polimento francês de primeira dos escândalos italianos.

— Homem miriademantado — o senhor Best mentou. — Coleridge chamou-lhe miriademantado.

Amplius. In societate humana hoc est maxime necessarium ut sit amicitia inter multos.

— Santo Tomás — Stephen começava...

— *Ora pro nobis* — monge Mulligan rosnou, afundando-se numa cadeira.

Aí ele carpiu uma runa plangente.

— *Pogue mahone! Acushla Machree!* É destruídos que estamos desde esta hora! É destruídos que estamos na certa!

Todos sorriram seus sorrisos.

— Santo Tomás — dizia Stephen, sorrindo —, cujas gomipançudas obras me deleito em ler no original, escrevendo sobre o incesto de um ponto de vista diferente do da nova escola vienense de que nos fala o senhor Magee, vincula-o a seu sábio e curioso modo a uma avareza de emoções. Ele explica que o amor assim dado a alguém afim no sangue é cobiçosamente subtraído a algum estranho que, pode acontecer, anseie por ele. Os judeus, que os cristãos tacham de avareza, são dentre todas a raça mais dada ao casamento consanguíneo. As acusações são brandidas com ira. As leis cristãs, que estimularam os entesouramentos dos judeus (para quem, como para os lollardos, a tempestade é o refúgio), ligaram também suas afeições com elos de aço. Se isso é virtude ou pecado, o velho Ninguenpaizinho o dirá nas lides do juízo final. Mas um homem que se apega tão rijamente ao que ele chama seus direitos contra ao que ele chama suas dívidas, apegar-se-á também rijamente ao que ele chama seus direitos sobre aquela a quem ele chama sua esposa. Nenhum vizinho senhor sorriso cobiçará sua vaca, ou sua mulher ou seu servo ou sua serva ou seu asno.

— Ou sua asna — antifonou Buck Mulligan.

— O meigo Will está sendo rudemente tratado — o meigo senhor Best disse meigamente.

— Que Will?* — pilheriou doce Buck Mulligan. — Já estamos a nos embrulhar.

— A vontade* de viver — filosofou John Eglinton — para a pobre da Ann, viúva de Will,* é a vontade* de morrer. — *Requiescat!* — orou Stephen.

E a vontade de fazer?
Esvaiu-se há muito tempo

— Ela está jacente em completa rigidez nesse quaseperfeito leito, a rainha encabrestada, mesmo que você prove que um leito nesses dias era tão raro como é agora um automóvel e de que seus entalhes eram a maravilha de sete paróquias. Em idade avançada ela se resgata com evangelistas (um estadiou em New Place e bebeu um quarto de xerez pago pela cidade, mas em que leito dormiu é prudente não indagar) e vem a saber que tinha uma alma. Lia ou fazia lerem-lhe livros de histórias, preferindo-os ao *Merry Wives* e, vertendo suas águas nocturnas no jarro, ela refletia sobre os *Ganchos e ilhoses para as bragas dos crentes* e *A mui espiritual boceta de rapé para fazer as mui devotas almas espirrar*. Vênus torcia os lábios em oração. Remordida do imo-senso: remorso de consciência. É a idade da putaria esgotada tacteando por seu deus.

— A história mostra que isso é verdade — *inquit Eglintonus Chronolologus*. — As idades se sucedem umas às outras. Mas tem-se na conta da mais alta autoridade que os piores inimigos do homem hão de ser os da sua própria casa e família. Sinto que Russel tem razão. Que é que nos interessam sua mulher e seu pai? Eu deveria dizer que somente os poetas de família têm vida de família. Falstaff não era um homem de família. Sinto que esse gordo paladino é a sua suprema criação.

Magro, maneirou-se para trás. Timorato, renega teu irmão, o incorrup guio. Timorato, papando com os sem-deus, ele aparta o cálice. O seu genitor na ultoniana Antrim compeliu-lho. Visita o aqui em dias trimestrais. Senhor Magee, senhor, aí está um cavalheiro que quer vê-lo. A mim? Diz que é seu pai, senhor. Dê-me meu Wordsworth. Entra Magee Mor Matthew, um rude rurícola rugoso recoberto, em calções de colhoneira abotoada,

---

*Jogo sempre de cognatismo com polissemia, que no original se distingue por distinção de maiúscula — Will — e minúscula — vontade. (N. do T.)

seus baixos membros enlameados do lodo de dez florestas, um toco de tojo em sua mão.
O teu próprio? Ele conhece o teu velho. O viúvo.
Apressando-me de Paris para a esquálida toca mortuária dela no cais eu toquei sua mão dele. A voz, um novo calor, falando. O dr. Bob Kenny está cuidando dela. Os olhos que me querem bem. Mas que não me conhecem.
— Um pai — disse Stephen, batalhando contra a desesperança — é um mal necessário. Ele escreveu a peça nos meses que se seguiram à morte do pai. Se você sustenta que ele, um homem grisalhante com duas filhas casadouras, com trinta e cinco anos de idade, *nel mezzo del cammin di nostra vita*, com cinquenta de experiência, é o imberbe graduado de Wittenberg, então você deve sustentar que a mãe dele com setenta anos é a rainha libidinosa. Não, o cadáver de John Shakespeare não perambula de noite. De hora em hora apodrece e apodrece. Ele fica, desamparado da paternidade, tendo legado aquela propriedade mística ao filho. Calandrino, de Boccaccio, foi o primeiro e último homem que se achou com um filho dentro de si. A paternidade, no sentido de geração consciente, é desconhecida ao homem. É uma propriedade mística, uma sucessão apostólica, do só gerador ao só gerado. Nesse mistério e não na madona que o astuto intelecto italiano lançou à populaça da Europa é fundada a Igreja e fundada irremovivelmente, porque fundada, como o mundo, macro e microcósmico, no vazio. Na incertitude, na inverossimilhança. *Amor matris*, genitivo subjetivo e objetivo, pode ser a só coisa verdadeira na vida. A paternidade pode ser uma ficção legal. Quem é o pai de filho qualquer que filho qualquer devesse amar ou ele a filho qualquer?
A que diabos estás tu te deixando ir?
Sei. Cala-te. Raios te partam! Tenho minhas razões.
Amplius. Adhuc. Iterum. Postea.
Estás condenado a fazer isso?
— Eles estão separados por uma vergonha carnal tão constante que os anais criminais do mundo, manchados de todos os outros incestos e bestialidades, registam a duras penas sua ruptura. Filhos com mães, genitores com filhas, irmãs lésbicas, amores que não ousam dizer seu nome, netos com avós, enjaulados com buracos de fechaduras, rainhas com touros premiados. O filho nascituro desfigura a beleza: nascido, traz pena, divide

afecto, aumenta cuidados. É um varão: seu crescimento é declínio do pai, sua juventude é inveja do pai, seu amigo é inimigo do pai.
    Na rua Monsieur-le-Prince é que pensei nisso.
    — Que é que os liga na natureza? Um instante de tesão cega.
    Sou eu pai? Se o fosse?
    Contraída mão incena.
    — Sabélio, o africano, o subtilíssimo heresiarca entre todas as bestas do campo, sustentou que o Pai era Ele Mesmo Seu Próprio Filho. O buldogue de Aquino, com quem nenhuma palavra é impossível, refuta-o. Bem: se o pai que não tem um filho não é pai, pode o filho que não tiver um pai ser um filho? Quando Rutlandbaconsouthamptonshakespeare ou outro poeta do mesmo nome na comédia dos erros escreveu o *Hamlet*, ele não era o pai do seu próprio filho meramente, mas, já não sendo um filho, ele era e se sentia o pai de toda a sua raça, o pai do seu próprio avô, o pai do seu inascido neto, que, ademais, jamais nasceria, porque a natureza como a compreende o senhor Magee, aborrece a perfeição.
    Eglintonolhos, vívidos de prazer, miravam para cima timorbrilhantemente. Alegremente olhando, jovial puritano, através da torcida eglantina.
    Adular. Escassamente. Mas adular.
    — Ele mesmo seu próprio pai — Filhomulligan se dizia.
    Estou prenhe de um filho. Tenho um filho nonato no meu miolo. Palas Atena! Uma peça! A peça é que é a coisa! Deixem-me parir!
    Abrochou sua pançafronte com ambas as mãos partajudantes.
    — Quanto à sua família — disse Stephen —, o nome de sua mãe vive na floresta de Arden. A morte dela deu dele a cena com Volumnia em *Coriolanus*. A morte do filho menino é a cena de morte do jovem Anhur em *King John*. Hamlet, o príncipe negro, é Hamnet Shakespeare. Quais são em *The Tempest*, em *Pericles*, em *Winter's Tale* as garotas, nós sabemos. Quem são Cleópatra, a caldeirada de carne do Egito, e Cressida e Vênus, podemos supor. Mas há um outro membro da família que é registado.
    — A trama se enreda — disse John Eglinton.
    O bibliotecário quacre, chaqualhando, puntipé, chocalho, sua máscara chocalha, festino, chocalha, grasnalha.
    Porta fechada. Cela. Dia.
    Escutam. Três. Eles.
    Eu tu ele eles.

Vamos, balbúrdia.
STEPHEN: Ele teve três irmãos, Gilben, Edmund, Richard. Gilben em idade avançada contava a alguns cavaleiros que ele houvera um passa-gado livre do Meestre Arrecaudador havido, para um ajuntamento que este ajuntara, e que ele houvera visto seu irmão Meestre Wull o fautor de autos lá por Londonha num auto de rixa levando home no lombo. O chouriço da sala de autos encheu a alma de Gilbert. Ele não aparece nenhures: mas um Edmund e um Richard estão registados nas obras do doce William.
MAGEEGLIJOHN: Nomes! Que é que há dentro de um nome?
BEST: Este é o meu nome, Richard, não sei se sabe. Espero que você irá dizer uma palavra boa para Richard, não sei se sabe, por amor de mim.

(Risos)

BUCK MULLIGAN: *(Piano, diminuendo)*

Confessou então o físico Dick
Ao seu companheiro físico Davy...

STEPHEN: Em sua trindade de negros Wills, os vilões puxa-sacos, Iago, Richard Crookback, Edmund em *King Lear*, dois têm os nomes dos tios malvados. Não só isso, essa última peça foi escrita ou estava sendo escrita enquanto seu irmão Edmund morria em Southwark.

BEST: Espero que Edmund vá receber a pior. Não desejo que Richard, meu nome...

(Risos)

QUACRELYSTER: *(A tempo)* Mas aquele que me furta meu bom nome...
STEPHEN: *(Stringendo)* Ele encobrira seu próprio nome, um nome limpo, William, nas peças, um figurante aqui, um bufão ali, como um pintor na velha Itália põe seu rosto num canto escuro de sua tela. Ele revelou-o nos seus sonetos em que há Will em superexcesso. Como com John O'Gaunt, seu nome lhe é a ele caro, tão caro quanto a cota de armas que ele bajulou, uma banda de sable hasta ouro ou ponta prata, honorificabilitudinitatibus, mais cara do que sua glória do maior vibracena do país. Que é que há dentro de

um nome? Isso é o que nós nos perguntamos na infância quando escrevemos esse nome que nos ensinam ser o nosso. Uma estrela, um astro matutino, um fogo do céu se levantou no seu nascimento. Fulgiu sozinho de dia nos céus, mais brilhante que Vênus de noite, e de noite fulgiu mais que delta de Cassiopeia, a constelação recumbente que é a assinatura da inicial dele entre os astros. Seus olhos acompanharam-no, declinando no horizonte, rumo este da Ursa, no que ele andava à meia-noite pelos dormitantes campos estivais, de volta de Shottery e dos braços dela.

Ambos satisfeitos. Eu também.

Não lhes digas que ele tinha nove anos de idade quando o luzeiro se extinguiu.

E dos braços dela.

Esperas ser cortejado e conquistado. Ai, meu poltrão. Quem te cortejará?

Lê os céus. *Autontimerumenos. Bous Stephanoumenos.* Onde está tua configuração? Stephen, Stephen, não vás com tanta sede ao pote. S. D.: *sua donna. Già: di lui. Gelindo risolve di non amar S. D.*

— Que foi isso, senhor Dedalus? — perguntou o bibliotecário quacre.

— Era um fenômeno celeste?

— Uma estrela à noite — disse Stephen —, uma coluna de nuvem de dia. Que mais dizer?

Stephen olhou para o seu chapéu, seu estoque, suas botinas.

Stephanos, minha coroa. Minha espada. As botinas dele estão estragando a forma dos meus pés. Comprar um par. Furos nas minhas meias. Lenço também.

— Você fez um bom uso do nome — concedeu John Eglinton. — Seu próprio nome é bastante estranho. Suponho que ele explica seu fantástico humor.

Mim, Magee e Mulligan.

Artífice fabuloso, o homem falconiforme. Moscaste-te. Para onde. Newhaven-Dieppe, passageiro de convés. Paris e volta. Aventoinha. Ícaro. *Pater, ait.* Mariborrifado, caído à deriva. Aventoinha és. Aventoinha ele.

O senhor Best placidansioso ergueu o seu livro para dizer:

— Isso é muito interessante porque esse motivo do irmão, não sei se sabe, encontramos também nos velhos mitos irlandeses. Exatamente o que você disse. Os três irmãos Shakespeares. Em Grimm também, não sei se sabe, os contos de fadas. O terceiro irmão que casa com a bela adormecida e conquista o melhor galardão.

Best dos irmãos Best. Bom, melhor, óptimo.*
O bibliotecário quacre como que impetutitubeou:
— Gostaria de saber — disse ele — qual dos irmãos você... Entendi que você insinua que houve mau procedimento para com um dos irmãos... Ou estou talvez antecipando-me?
Ele se pegou a si mesmo no ato: olhou para todos: refreou-se.
Um empregado chamava da porta de entrada:
— Senhor Lyster! O padre Dineen quer...
— Oh! Padre Dineen? Já vou!
Discreto direto cricrando direto direto ele era diretamente ido.
John Eglinton vibrava a lâmina.
— Vamos — disse ele. — Ouçamos o que você tem a dizer de Richard e Edmund. Deixou-os para o fim, não é?
— Ao pedir-lhes que se lembrem desses dois nobres consanguíneos titio Richie e titio Edmund — respondeu Stephen —, sinto que estou talvez pedindo demais. Um irmão é coisa que se esquece fácil como um guarda-chuva.
Aventoinha.
Onde está teu irmão? No Sindicato dos Boticários. Minha pedra de toque. Ele, depois Cranly, Mulligan: agora estes. Fala, fala. Mas age. Age fala. Galhofam para pôr-te à prova. Age. Deixa-te agir.
Aventoinha.
Estou cansado da minha voz, a voz de Esaú. Meu reino por um trago.
Adiante.
— Dir-se-á que esses nomes já estão nas crônicas de onde ele tirou a matéria-prima de suas peças. Por que os escolheu a outros? Richard, corcundo fidaputa, abortado, faz o cerco a uma viúva Ann (que é que há dentro de um nome?), corteja-a e conquista-a, essa fidaputa de viúva alegre. Richard o conquistador, o terceiro irmão, veio depois de William o conquistado. Os outros quatro atos da peça pendem frouxos desse primeiro. De todos os reis Richard é o único rei de Shakespeare não escudado pela reverência, esse anjo do mundo. Por que é que a subtrama do *King Lear*, em que Edmund figura, é tirada da *Arcadia*, de Sidney, e recozida com uma lenda céltica mais velha do que a História?
— Isso era a maneira de Will — defendeu John Eglinton. — Hoje não deveríamos combinar uma saga nórdica com um excerto de uma novela

---

*No original — *Good, better*, best. (N. do T.)

de George Meredith. *Que voulez-vous?*, diria Moore. Ele põe a Boêmia à beira-mar e faz Ulisses citar Aristóteles.

— Por quê? — respondia Stephen a si mesmo. — Porque o tema do falso ou do usurpador ou do adúltero irmão ou todos os três num só é para Shakespeare o que o pobre não é, sempre com ele. A nota de banimento, banimento do coração, banimento do lar, soa ininterruptamente de *The Two Gentlemen of Verona* para diante, até que Próspero quebra seu bastão, enterra-o algumas braças debaixo da terra e afoga seu livro. Ela duplica-se a si mesma no meio da vida dele, reflecte-se a si mesma na outra, repete-se a si mesma, prótase, epítase, catástase, catástrofe. Ela repete-se a si mesma de novo quando ele está próximo da cova, quando sua filha casada Susan, ovelha do velho rebanho, é acusada de adultério. Mas era o pecado original que escurecia o seu entendimento, enfraquecia sua vontade e o deixava com poderosa inclinação para o mal. As palavras são as de meus senhores os bispos de Maynooth: um pecado original e, como pecado original, cometido por outrem em cujo pecado ele também pecara. Está nas entrelinhas de suas últimas palavras escritas, está petrificado na sua pedra tumular sob a qual os quatro ossos dela não são para ser deitados. A idade não o emurchecera. Beleza e paz não o espancaram. Isso está em infinita variedade em cada lugar do mundo que ele criou, em *Much ado about nothing*, duas vezes em *As you like it*, em *The Tempest*, em *Hamlet*, em *Measure for measure*, e em todas as outras peças que não li.

Ele gargalhava para libertar seu espírito da servidão de seu espírito.

O juiz Eglinton resumiu.

— A verdade está no meio — afirmou ele. — Ele é o espectro e o príncipe. E é tudo em tudo.

— Ele é — disse Stephen. — O rapaz do primeiro ato é o homem maduro do quinto ato. Tudo em tudo. Em *Cymbeline*, em *Othello* ele é cáften e corno. Ele age e deixa-se agir. Amador de um ideal ou de uma perversão, como José ele mata a verdadeira Carmen. Seu intelecto irrepousante é Iago cornilouco incessantemente a querer que o mouro que há dentro nele deva sofrer.

— Cornudo! Cornudo — Cuco Mulligan cucuricou lúbrico. — Oh, palavra medonha!

A baça abóbada recebeu, reverbou.

— E que personagem é Iago? — exclamou indômito John Eglinton. — Quando tudo se disser, Dumas *fils* (ou é o Dumas *père?*) estará com a razão. Depois de Deus, Shakespeare foi quem mais criou.

— O homem não o deleita nem a mulher tampouco — disse Stephen. — Ele retorna depois de uma vida de ausência àquele torrão da terra em que nascera, em que sempre fora, homem e menino, uma testemunha silente e aí, terminada a jornada da vida, ele planta sua amoreira na terra. Então morre. A ação terminara. Os coveiros enterram Hamlet *père* e Hamlet *fils*. Um rei e um príncipe por fim na morte, com música de fundo. E, ainda que assassinados e traídos, pranteados por todos os frágeis corações ternos, daneses ou dublinenses, tristeza pelos mortos é o só companheiro de quem eles se recusam divorciar. Se lhes agrada o epílogo, vejam nele fundo: o próspero Próspero, o bom homem premiado, Lizzie, torrãozinho de amor do papai, e titio Richie, o homem mau levado pela justiça poética para o lugar a que os negos maus vão. Cortina pesada. Ele encontrou como atual no mundo de fora o que no seu mundo de dentro estava como possível. Diz Maeterlinck: *Se Sócrates deixar sua casa hoje, encontrará o sábio sentado à sua soleira. Se Judas sair esta noite, é para Judas que seus passos tenderão.* Cada vida são muitos dias, dia após dia. Caminhamos através de nós mesmos, encontrando ladrões, fantasmas, gigantes, velhos, jovens, esposas, viúvas, irmãos do amor. Mas sempre encontrando-nos a nós mesmos. O dramaturgo que escreveu o fólio deste mundo e o escreveu mal (Ele nos deu a luz antes do sol dois dias), o senhor das coisas como elas são a quem os mais romanos dos católicos chamam *dio boia*, deus carrasco, é sem dúvida de todo em todo em todos nós, cavalariço e carniceiro, e seria cáften e cornudo também, não fosse que na economia do céu, antedita por Hamlet, já não há casamentos, sendo o homem glorificado, anjo andrógino, a esposa de si mesmo.

— *Eureka!* — gritou Buck Mulligan. — *Eureka!*

Felicitado de súbito, saltou e atingiu numa pernada a escrivaninha de John Eglinton.

— Posso? — disse ele. — O Senhor há falado a Malachi.

Ele começou a rabiscar numa papeleta.

Tirar algumas papeletas do balcão ao sair.

— Os que são casados — o senhor Best, doce arauto, disse — todos menos um hão de viver. O resto ficará como estava.

Ele ria, bacharel do solteirato, para Eglinton Johannes, das artes solteiro no bacharelato.

Desvinculados, desnamorados, medrosos de meandros, eles dedimeditam noturnamente cada um sua edição vanorum de *A doma da harpia*.

— Você é uma burla — disse redondamente John Eglinton a Stephen. — Você nos aduziu tudo isso para exibir-nos um triângulo francês. Você crê mesmo na sua própria teoria?
— Não — disse prontamente Stephen.
— Vai escrevê-la? — perguntou o senhor Best. — Tinha de fazê-lo como um diálogo, não sei se sabe, como os diálogos platônicos que Wilde escreveu.
John Eclecticon sorriu duplamente.
— Bem, nesse caso — disse ele —, não sei por que você deveria esperar pagamento por isso, já que você mesmo não crê nela. Dowden acredita que há algum mistério em *Hamlet*, mas não diz mais. Herr Bleibtreu, o homem com quem Piper esteve em Berlim, que está elaborando aquela teoria de Rutland, acredita que o segredo está escondido no monumento de Stratford. Está para visitar o atual duque, diz Piper, e provar-lhe que o seu ancestral dele escreveu as peças. Isso será uma surpresa para Sua Graça. Mas ele crê na sua teoria.
Eu creio, ó Senhor, ajuda minha descrença. O que quer dizer, ajuda-me a crer ou ajuda-me a descrer? Quem ajuda a crer? *Egomen*. Quem a descrer? Outro gajo.
— Você é o único colaborador do *Dana* que quer receber umas pratas. Depois eu não sei nada sobre o próximo número. Fred Ryan quer espaço para um artigo sobre economia.
Fiderranho. Duas pratas ele me emprestou. Aguenta-te. Economia.
— Por um guinéu — disse Stephen —, você pode publicar esta entrevista.
Buck Mulligan ergueu-se de seu rabiscamento ridente, rindo: e então disse gravemente, melando a malícia:
— Visitei o bardo Kinch em sua residência de verão nos altos da rua Mecklenburgh e o encontrei afundado no estudo da *Summa contra gentiles* na companhia de duas senhoras gonorreicas, Nelly Fresca e Rosália, a puta do cais de carvão.
Ele irrompeu.
— Venha, Kinch. Venha, errante Aengus dos pássaros.
Venha, Kinch, você comeu tudo que restou. Ah, servir-lhe-ei seus restos e vísceras.
Stephen levantou-se.
A vida são muitos dias. Isso terminará.

— Ver-nos-emos de noite — disse John Eglinton. — *Notre ami* Moore diz que Malachi Mulligan deve ir.
Buck Mulligan ondulou papeleta e panamá.
— Monsieur Moore — disse ele —, conferencista de letras francesas para a juventude irlandesa. Lá irei. Venha, Kinch, os bardos precisam beber. Você pode andar firme?
Rindo, ele...
Ainda até as onze. Distração de noites irlandesas.
Pesadão...
Stephen seguia um pesadão...
Um dia na Biblioteca Nacional tivemos uma discussão. Shakes. Eu andava por trás de suas pesadonas costas. Irrita-me sua canga.
Stephen, cumprimentando, todo acabrunhamento logo, seguia um pesadão palhaço, uma cabeça bem pentelhada, recém-esbarbelada, fora da cela abobadada para uma luminosidade de dia espancante de não pensamentos.
Que é que aprendi? Deles? De mim?
Anda como Haines agora.
O salão dos leitores assíduos. No registo de leitores Cashel Boyle O'Connor Fitzmaurice Tisdall Farrell rubrica seus polissílabos. Item: era Hamlet um louco? A divinilirial cachola do quacre com um sacerdolho no livro-bate-papo.
— Oh, por favor, senhor... Sentir-me-ei gratíssimo.
Mimando-se, Buck Mulligan mimoseava-se, um doce murmúrio consigo mesmo, autoassentindo:
— Um rabo satisfeito.
A borboleta.
É aquele?... Chapéu de faixa azul... Escrevendo vagaroso... O quê?... Olhou?...
A balaustrada em curva; o maciodeslizante Mincius.
Dioguilho Mulligan, panamacapacetado, descia degrau a degrau, iambizando, cantarolando:

John Eglinton, meu jo-joão,
Por que não casas com uma mulher?

Cuspinhou no ar:

— Oh, o chinês desqueixado! Chin Chon Eg Lin Ton. Fomos à saleta de espectáculos deles, no pátio do bombeiro-hidráulico, Haines e eu. Nossos atores estão criando uma nova arte para a Europa como os gregos ou o senhor Maeterlinck. Teatro da Abadia! Cheira a suor público dos monges. Cuspiu ao alvo.
Esqueci: tanto quanto ele esqueceu a lata que a Lucy a piolhenta lhe deu. E ele abandonou a *femme de trente ans*. E por que não teve outros filhos? E seu primeiro filho uma menina?
Pós-senso. Recua.
O recluso tristonho ainda lá (tira sua casquinha) e o doce rapazelho, mimo do prazer, lourinho brincalhão de Fedo.
Eh... Eu apenas eh... queria... Esqueci... ele...
— Longworth e M'Curdy Atkinson estiveram aqui... Dioguilho Mulligan pisava pimpão, trilando:

> *Eu raro atento num grito perto*
> *Ou nas conversas a descoberto*
> *Quando me ponho num sonho bom*
> *Sobre o F. M'Curdy esse Atkinson,*
> *O que tem pernas que são madeira*
> *E usa saiota à libusteira,*
> *E nunca põe na sede um fecho,*
> *O Magee o de boca que é sem queixo.*
> *Com medo na terra de casar*
> *Tocam punheta de arrebentar.*

Pilhéria. Conhece-te a ti mesmo.
Estacado abaixo de mim, um farsante me olha. Estaco.
— Mimo enlutado — gemeu Buck Mulligan. — Synge deixou de usar preto para ser como a natureza. Somente corvos, padres e carvão inglês são pretos.
Um riso viajou seus lábios.
— Longworth ficou tremendamente doente — disse ele — com o que você escreveu sobre aquele bacalhau da Gregory. Oh, seu inquisidor de beberrão de judeu jesuíta! Ela lhe consegue um lugar no jornal e vai aí você mete o pau nela. Você não podia usar do toque à Yeats?

Seguiu para a frente e para baixo, esfainando-se, cantarolando com ondulantes braços graciosos:
— O mais belo livro que já saiu de minha terra em meus tempos. Pensa-se em Homero.
Parou ao pé da escada.
— Concebi uma peça para os mimos — disse ele solenemente.
O pátio mouro de colunatas, sombras geminando-se. Terminada a dança mourisca dos nove homens com capelos de índices.
Em vozes docemente variantes Buck Mulligan leu esta papeleta:

Todo Homem Sua Própria Mulher

ou

Uma lua de mel à mão

(*uma imoralidade nacional em três orgasmos*)

por

Paulouquilho Mulligan

Volveu-se num feliz esgarriso de enfeite para Stephen, dizendo:
— Para disfarçar, receio, é ralo. Mas ouça.
Leu, *marcato*:
— Personagens:

TOBIAS MURCHOFF (um paulaco arruinado)
SIRIRI (um tocador do dito)
MEDICANDO DICK
    e   } (dois perus numa tragada)
MEDICANDO DAVY
MÃEZINHA GROGAN (uma aguadeira)
NELLY FRESCA
    e
ROSÁLIA (a puta do cais de carvão).

Ele ria, abanando uma cabeça de daqui para ali, avançando, seguido de Stephen: e hilaremente ele contava às sombras, almas de homens:
— Oh, a noite no salão de Camden quando as filhas de Erin tinham de levantar as saias para passarem por cima de você que dormia sobre seu moracolorido, multicolorido, multitudinoso vômito!
— O mais inocente dos filhos de Erin — disse Stephen — por quem elas jamais as levantaram.
A ponto de cruzar o umbral, sentindo alguém detrás, ele ficou de lado.
Partir. O momento é agora. Para onde pois? Se Sócrates deixar sua casa hoje, se Judas sair esta noite. Por quê? Isso jaz no espaço a que em tempo chegarei, inelutavelmente.
Minha vontade: sua vontade que me confronta. Mares de permeio.
Um homem passou de permeio a eles, nutando, saudando.
— Bom-dia de novo — disse Buck Mulligan.
O pórtico.
Aqui eu espiava as aves por augúrio. Aengus dos pássaros. Vão, vêm. Na noite passada voei. Voei fácil. Os homens maravilhavam-se. Rua das rameiras depois. Um melão suculento ele suspendia junto a mim. Adentro. Você verá.
— O judeu errante — cochichou Buck Mulligan com reverência de palhaço. — Reparou nos olhos dele? Ele olhou para você com um tesão por você. Temo por ti, meu ex-marinheiro. Ó, Kinch, tu és em perigo. Consegue tu um tapabraguilha.
Maneiras de Bovinoxford.
Dia. O sol em carreta sobre o arco da ponte.
Um lombo escuro passou à frente deles. Passada de leopardo, para baixo, fora do portão, sob barbelas do rastrilho.
Eles seguiram.
Ofende-me ainda. Fala.
Uma atmosfera doce definia os cunhais das casas da rua Kildare. Nenhum pássaro. Débeis do topo de casas duas plumas de fumo ascendiam, emplumando-se, e num toque de maciez maciamente se esfumavam.
Cessa o combate. Paz dos sacerdotes druidas de Cymbeline, hierofântica: da terra ancha um altar.

> *Louvemos nós os deuses*
> *E subam às suas narinas os fumos espiralados*
> *De altares nossos abençoados.*

O superior, o mui reverendo John Conmee S. J., repunha seu relógio polido no bolso de dentro no que descia os degraus do presbitério. Cinco para as três. Tempo bastante para caminhar até Artane. Qual era de novo o nome do rapaz? Dignam, sim. *Vere dignum et iustum est.* O irmão Swan era a pessoa a ver. A carta do senhor Cunningham. Sim. Obsequiá-lo, se possível. Bom católico praticante: útil em tempo de missão.

Um marinheiro perneta, balançando-se para a frente com solavancos compassados de suas muletas, rosnava algumas notas. Solavancou-se mais rápido diante do convento das irmãs de caridade e retirou seu boné pontudo de esmolas em direção do mui reverendo John Conmee S. J. O padre Conmee abençoou-o ao sol, pois na sua carteirinha, ele sabia, só tinha uma coroa de prata.

O padre Conmee cruzou a praça Mountjoy. Pensou, mas não longo tempo, nos soldados e marinheiros, cujas pernas haviam sido arrancadas por balas de canhão, acabando seus dias em algum asilo de pobres, e nas palavras do cardeal Wolsey: *Se eu tivesse servido a meu Deus como servi meu rei, Ele não me teria abandonado nos meus dias de velhice.* Ele caminhava à sombra de árvores de folhas solpiscantes e em sua direção vinha a mulher do senhor David Sheehy M.P.*

— Muito bem, realmente, padre. E o senhor, padre?

O padre Conmee estava maravilhosamente bem, realmente. Iria a Buxton provavelmente para a estação de águas. E os meninos dela, iam bem no Belvedere? Era assim então? O padre Conmee estava muito contente realmente de ouvir aquilo. E o senhor Sheehy pessoalmente? Ainda em Londres. A Casa estava ainda em função, certamente estava. Belo tempo fazia, delicioso realmente. Sim, era muito provável que o padre Bernard Vaughan viesse de novo para pregar. Oh, sim: um muito bom sucesso. Um homem maravilhoso de facto.

O padre Conmee estava muito alegre de ver a mulher do senhor David Sheehy M.P. com tão boa disposição e lhe rogava lembrá-lo ao senhor David Sheehy M.P. Sim, ele certamente visitaria.

— Boa-tarde, senhora Sheehy.

---

*Member of Parliament, Membro do Parlamento, deputado. (N. do T.)

O padre Conmee reverenciou com sua cartola, no que se despedia, as bagas de azeviche da mantilha dela gotibrilhando ao sol. E sorriu ainda de novo em indo. Ele limpara os dentes, sabia, com pasta de noz de areca.

O padre Conmee caminhava e, caminhando, sorria pois pensava nos olhos pícaros e no sotaque *cockney* do padre Bernard Vaughan.

— Pilato! Pruquê ocê não sofrea essa mutidão praguejante?

Homem zeloso, entretanto. De facto era. E de facto fizera grandes bens na sua caminhada. Acima de dúvida. Amava a Irlanda, dizia, e amava os irlandeses. De boa família também, quem diria? Galeses, não é?

Oh, que não se esquecesse. Aquela carta para o padre provincial.

O padre Conmee parou três estudantinhos na esquina da praça Mountjoy. Sim: eles eram do Belvedere. O pequeno prédio: haha. E eram bons meninos na escola? Oh. Isso era muito bom, bem. E qual era o seu nome? John Sohan. E o nome dele? Ger. Gallaher. E do outro homenzinho? Seu nome era Bruny Lynam. Oh, esse era um bonito nome de ter.

O padre Conmee deu do peito uma carta ao senhorzinho Bruny Lynam e indicou-lhe a caixa postal vermelha do canto da rua Fitzgibbon.

— Mas atenção para que você não caia dentro da caixa, meu homenzinho.

Os garotos seisolharam o padre Conmee e riram.

— Oh, padre.

— Bem, vejamos se você sabe aviar a carta — disse o padre Conmee.

O senhorzinho Bruny Lynam correu cruzando a rua e pôs a carta do padre Conmee ao padre provincial na boca da caixa postal vermelha brilhante, o padre Conmee sorriu e assentiu e sorriu e caminhou ao longo da praça Mountjoy Leste.

O senhor Denis J. Maginni, professor de dança, &c., de cartola, sobrecasaca ardósia forrada de seda, gravata branca de lenço de laço, calças ajustadas lavanda, luvas canário e botinas de verniz pontuadas, porte grave, muito respeitosamente tomou o lado do meio-fio, no que cruzava com lady Maxwell na esquina do beco de Dignam.

Não era a senhora M'Guinness?

A senhora M'Guinness, majestosa cabeleira prateada, declinou da calçada oposta a cabeça ao padre Conmee, sorrindo no que andava. E o padre Conmee sorriu e saudou. Como ia ela?

Que bela postura tinha ela. Como a de Mary, a rainha dos escoceses, algo assim. E pensar que ela era uma agiota. Aí está! Um tal... como podia ele dizê-lo?... um tal porte de rainha.

O padre Conmee caminhava pela rua Great Charles abaixo e mirou e a igreja fechada à esquerda. O reverendo T. R. Green B.A. será (D.V.) o orador.* O incumbente, como lhe chamam. Sentia que é sua incumbência dizer algumas palavras, mas deve-se ser caridoso. Ignorância invencível. Agiam de acordo com as suas luzes.

O padre Conmee virou a esquina e caminhava ao longo da estrada North Circular. Era de espantar que não houvesse uma linha de bonde numa via tão importante. Devia, por certo, haver uma aí.

Um bando de escolares com maletas cruzava da rua Richmond. Todos levantaram seus casquetes desleixados. O padre Conmee cumprimentou-os mais de uma vez benignamente. Garotos dos leigos irmãos em Cristo.

O padre Conmee cheirava incenso à direita no que andava. Igreja de São José, casario Portland. Para mulheres idosas e virtuosas. O padre Conmee ergueu o chapéu ao Santo Sacramento. Virtuosas: mas em ocasiões elas eram também intratáveis.

Perto da casa de Aldborough o padre Conmee pensou nesse nobre perdulário. E agora era um escritório ou coisa que o valha.

O padre Conmee começava a caminhar ao longo da estrada North Strand e foi saudado pelo senhor William Gallagher parado à soleira de sua loja. O padre Conmee saudou o senhor William Gallagher e percebeu os odores que vinham das mantas de toucinho e dos amplos potes de manteiga. Passou pelo Grogan, o cigarreiro, em cujos placares reclinados se contava de uma tremenda catástrofe em Nova York. Na América essas coisas estavam acontecendo continuamente. Gente desafortunada morrer assim, não preparada. Ainda assim, uma acção de contrição perfeita.

O padre Conmee passou pelo botequim de Daniel Bergin, contra cuja vidraça dois homens de folga espaireciam. Eles o saudaram e foram saudados.

O padre Conmee passou pela casa funerária de H. J. O'Neill, onde Corny Kelleher totalizava números no livro-diário, enquanto mascava uma haste de feno. Um guarda-civil de ronda cumprimentou o padre Conmee e o padre Conmee cumprimentou o guarda-civil. Na Salsicharia Youkstetter o padre Conmee observou as linguiças de porco, brancas, pretas, vermelhas, dispostas limpamente enroscadas em canudos.

Atracada sob árvores da alameda de Charleville, o padre Conmee viu uma chata de turfa, um cavalo de tiro com a cabeça pendida, um chateiro

---

*B.A., *Bachelor of Arts*, bacharel em artes; D.V., *Deo volente*, se Deus quiser. (N. do T.)

de chapéu de palha suja sentado a meio bordo, fumando e olhos fitos num ramo de choupo acima dele. Era idílico: e o padre Conmee refletiu na providência do Criador que fizera turfa nos pauis onde os homens a pudessem desencavar, trazendo-a para cidades e aldeias para acender fogos nas casas da gente pobre.

Na ponte de Newcomen o mui reverendo John Conmee S.J., da Igreja de São Francisco Xavier, altos da rua Gardiner, tomou um bonde de partida.

De um bonde de chegada desceu na ponte de Newcomen o reverendo Nicholas Dudley C.C.,* da igreja de Santa Ágata, rua William Norte.

À ponte de Newcomen o padre Conmee tomou um bonde de partida porque não gostava de atravessar a pé o trecho sujo depois da ilha da Lama.

O padre Conmee sentou-se num canto do bonde, um bilhete azul metido com cuidado na ilhó da uma luva rechonchuda de pelica, enquanto quatro xelins, um seis-pences e cinco vinténs deslizavam de sua outra palma de luva rechonchuda na sua carteirinha. Passando pela igreja de hera ele reflectia em que o inspetor de bilhetes de costume fazia sua visita quando se tinha descuidadamente jogado fora o bilhete. A solenidade dos ocupantes do carro parecia ao padre Conmee excessiva para uma viagem tão curta e tão barata. O padre Conmee gostava de decoro cordial.

Era um dia plácido. O cavalheiro de óculos em frente ao padre Conmee acabava de explicar e olhava para baixo. Sua mulher, supôs o padre Conmee. Um miúdo bocejo abriu a boca da mulher do cavalheiro de óculos. Ela ergueu seu pequeno punho enluvado, bocejou sempre tão docemente, tiquetaclando seu pequeno punho enluvado na boca entreabrinte e sorriu miudamente, docemente.

O padre Conmee percebeu o perfume dela no carro. Percebeu também que o homem desajeitado do outro lado dela estava sentado na ponta do banco.

O padre Conmee à mesa da comunhão colocava a hóstia com dificuldade na boca do velho desajeitado que tinha a cabeça bamba.

Na ponte Annesley o bonde parou e, no momento de prosseguir, uma velha senhora se levantou de repente de seu lugar para apear-se. O condutor puxou do cordão da campainha para fazer parar o bonde para ela. Ela avançou com sua cesta e sua rede de mercado: e o padre Conmee viu o condutor ajudar para baixo a ela, a rede e a cesta: e o padre Conmee pensou em que, já que ela havia quase passado do ponto terminal do percurso de vintém, ela devia

---

*C.C., *County-Commissioner*, comissário de condado. (N. do T.)

ser uma dessas boas almas a quem se devia dizer sempre duas vezes *Deus a abençoe, minha filha*, e que já estavam absolvidas, *reze por mim*. Mas tinham tantas preocupações na vida, tantos cuidados, pobres criaturas.

Do tapume o senhor Eugene Stratton arreganhou num sorriso sua grossa nigribeiçola para o padre Conmee.

O padre Conmee pensou nas almas dos homens negros, pardos e amarelos e no seu sermão de São Pedro Claver S. J. e na missão africana e na propagação da fé e nos milhões de almas negras, pardas e amarelas que não tinham recebido o baptismo da água quando sua última hora chegasse como ladrão dentro da noite. Aquele livro do jesuíta belga, *Le nombre des Élus*, parecia ao padre Conmee um alegado razoável. Essas eram milhões de almas humanas criadas por Deus à Sua Própria imagem às quais a fé tinha não (D.V.) sido levada. Mas eram almas de Deus criadas por Deus. Parecia ao padre Conmee uma pena que devessem todas perder-se, um desperdício, se se podia dizer.

Na parada da estrada Howth o padre Conmee apeou-se, foi saudado pelo condutor, que ele saudou de volta.

A estrada de Malahide estava quieta. Agradavam ao padre Conmee estrada e nome. Sinos de alegria soavam na jubilosa Malahide. Lorde Talbot de Malahide, herdeiro direto como lorde almirante de Malahide e mares vizinhos. Depois veio a chamada às armas e ela foi donzela, mulher e viúva num só dia. Aqueles eram dias de antanho, tempos leais nos burgos alegres, velhos tempos da baronia.

O padre Conmee, caminhando, pensava no seu livrinho *Velhos tempos na baronia* e no livro que podia ter sido escrito sobre as casas jesuíticas e em Mary Rochfort, filha de lorde Molesworth, primeira condessa de Belvedere.

Uma lânguida lady, já não jovem, caminhava sozinha às margens do lago Ennel, Mary, primeira condessa de Belvedere, languidamente caminhando na tarde, sem assustar-se quando uma lontra mergulhava. Quem podia saber a verdade? Não o ciumento lorde Belvedere nem o confessor dela, se ela não tivesse cometido plenamente o adultério, *eiaculatio seminis inter vas naturale mulieris*, com o irmão do marido? Como fazem as mulheres, ela confessaria só a metade, se não tivesse cometido o pecado todo. Somente sabiam Deus e ela e ele, o irmão do marido.

O padre Conmee pensava naquela tirânica incontinência, necessária entretanto para a raça dos homens sobre a terra, e nos caminhos de Deus que não eram os nossos caminhos.

Dom John Conmee caminhava e movia-se nos tempos de outrora. Ele era então humanitário e honorificado. Tinha na mente segredos confessados e sorria a sorridentes caras nobres num salão de recepções polido com cera de abelha, sancas de ramos de frutas maduras. E as mãos de uma noiva e as de um noivo, nobre a nobre, eram empalmadas por dom John Conmee.

Era um dia encantador.

A porteira de um campo mostrava ao padre Conmee fileiras de repolhos, fazendo-lhe reverências com seus amplos refolhos. O céu lhe mostrava um rebanho de pequenas nuvens brancas tangidas devagar pelo vento. *Moutonner*, dizem os franceses. Uma palavra familiar e justa.

O padre Conmee, lendo seu ofício, espiava para um rebanho de nuvens encarneiradas sobre Rathcoffey. Seus tornozelos de meias ralas sentiam cócegas do restolho do campo de Clongowes. Aí caminhava, lendo na tarde, e ouvia os gritos de grupos de rapazes que jogavam, gritos juvenis na tarde do almoço. Mas lady Maxwell chegara.

O padre Conmee retirou as luvas e tomou do seu breviário rubridebruado. Um marcador ebúrneo lhe indicava a página.

Nonas. Devia ter lido isso antes do almoço. Mas lady Maxwell chegara.

O padre Conmee leu em segredo *Pater* e *Ave* e fez um sinal da cruz ao peito. *Deus in adiutorium.*

Marchava calmo e lia mudo as nonas, marchando e lendo até chegar a *Res* em *Beati immaculati: Principiam verborum tuorum veritas: in eternum omnia iudicia iustitiae tuae.*

Um homem jovem afogueado saía de uma fenda da sebe e atrás dele vinha uma jovem mulher com margaridas silvestres trementes em sua mão. O homem jovem ergueu abruptamente seu boné: a jovem mulher inclinou-se abrupto e com lento cuidado destacou de sua saia clara um tufinho aderente.

O padre Conmee abençoou os dois gravemente e virou uma fina página do breviário. *Sin: Principes persecuti sunt me gratis: et a verbis tuis formidavit cor meum.*

* * *

Corny Kelleher fechou seu livro-diário comprido e fitou com seus olhos caídos uma tampa de caixão de pinho de sentinela a um canto. Pôs-se erecto, dirigiu-se a ela e, girando-a sobre seu eixo, examinou seu estado e suas guarnições de latão. Mascando sua haste de feno deixou a tampa e veio para a soleira da porta. Aí ele dobrou a aba do chapéu para dar sombra aos seus olhos e recostou-se contra o umbral, olhando vazio para fora.

O padre John Conmee subia no bonde de Dollymount na ponte de Newcomen.

Corny Kelleher atacou suas botinas bico-largo e fitava, o chapéu abacaído, mascando sua haste de feno.

O guarda-civil 57C, de ronda, parou para matar tempo.

— Um belo dia, senhor Kelleher.

— É — disse Corny Kelleher.

— Está muito pesado — disse o guarda-civil.

Corny Kelleher expediu um jacto silencioso de sumo de feno volteando de sua boca enquanto um braço generoso de uma janela da rua Eccles atirava uma moeda.

— Quais são as boas-novas? — perguntou ele.

— Estive numa festa privada na noite passada — disse o guarda-civil em sopro.

* * *

Um marinheiro perneta emuletava-se à volta da esquina do MacConnell, torneando o carrinho de sorvete do Rabaiotti, e solavancava-se para adiante pela rua Eccles. Para Larry O'Rourke, à sua soleira em mangas de camisa, ele rosnou inamistosamente:

— *Para a Inglaterra...*

Inclinou-se violentamente para a frente, passou Katey e Boody Dedalus, parou e rosnou:

— *Lar e beldade.*

À cara branca atormentada de J. J. O'Molloy foi respondido que o senhor Lambert estava no depósito com um visitante.

Uma senhora robusta parou, tirou uma moeda de cobre da carteirinha e pingou-a no boné estendido para ela. O marinheiro engrolou agradecimentos e fitou amargo para as vitrinas desatentas, afundou a cabeça e abalou-se quatro pernadas adiante.

Estacou e rosnou zangado:

— *Para a Inglaterra.*
Dois moleques descalços, chupando longos cordéis de alcaçuz, pararam perto dele, boquiabrindo-se ao seu coto com as bocas amarelo babadas.
Ele se remexeu para a frente em vigorosas sacudidelas, parou, soergueu a cabeça para uma janela e ladrou fundo:
— *Lar e beldade.*
O harmônico de alegre silvo dulcigorjeante soou uma, duas notas, cessou. A cortina da janela foi corrida para o lado. Um cartão de *Apartamentos não mobilados* deslizou do caixilho e caiu. Um fornido braço nu generoso luziu, deixou-se ver, sustentado por um branco corpinho-anágua e estiradas alças. Mão de mulher atirou uma moeda por sobre o gradil da fachada. Caiu na calçada.
Um dos moleques correu para ela, pescou-a e jogou-a no boné do menestrel, dizendo:
— Aí está, senhor.

* * *

Katey e Boody Dedalus empurraram para dentro a porta da cozinha clausuenvaporada.
— Você pendurou os livros? — perguntou Boody.
Maggy ao fogão socava duas vezes uma massa acinzentada sob escuma borbulhante com uma colher de pau e enxugou a testa.
— Não iam dar nada por eles — disse ela.
O padre Conmee caminhava pelos campos de Clongowes, seus tornozelos com meias ralas acocegados pelo restolho.
— Onde é que você tentou? — perguntou Boody.
— Na M'Guinness.
Boody bateu o pé e atirou a sacola sobre a mesa.
— Azar o dela! — gritou ela.
Katey foi ao fogão e espiou com olhos vesguentos.
— Que é que está na panela? — perguntou ela.
— Camisas — disse Maggy.
Boody gritou zangada:
— Sua porca, não temos nada para comer?
Katey, levantando a tampa da caçarola com uma banda de sua saia suja, perguntou:

— E o que é que tem aí?
Uma pesada emanação golfou em resposta.
— Sopa de ervilha — disse Maggy.
— Como é que você arranjou? — perguntou Katey.
— Da irmã Mary Patrick — disse Maggy.
A corda soava a sineta.
— Birim!
Boody sentou à mesa e disse faminta:
— Põe isso aí!
Maggy entornou uma espessa sopa amarela da caçarola numa terrina. Katey, sentada à frente de Boody, disse calma, no que as pontinhas de seus dedos pinçavam à sua boca migas de pão avulsas.
— Ainda bem que temos isso. Onde está Dilly!
— Foi à cata do pai — disse Maggy.
Boody, partindo grandes pedaços de pão para dentro da sopa amarela, ajuntou:
— Pai nosso que não estais no céu.
Maggy, vertendo a sopa amarela na palangana de Katey, exclamou:
— Boody! Que vergonha!
Um esquife, um volante amarrotado, o Elias, está chegando, rolando leve Liffey abaixo, sob a ponte de Loopline, varando os rápidos onde a água se esfola à volta das pilastras da ponte, rumo leste, passando quilhas e correntes de âncoras, entre a velha doca da Alfândega e o cais George.

* * *

A mocinha loura do Thornton acamava a cesta de vime com fibras farfalhantes. Blazes Boylan passou-lhe a garrafa enfaixada de papel fino rosa e um pote pequeno.
— Primeiro ponha dentro isso, sim? — disse ele.
— Sim, senhor — disse a mocinha loura —, e a fruta por cima.
— Está óptimo, minha flor — disse Blazes Boylan.
Ela dispunha as peras gordas com exactidão, cabeça contra ponta, e entre elas maduros pêssegos facirruborizados.
Blazes Boylan andava aqui e ali em sapatos amarelos novos, pela loja frutolorosa, levantando frutas gomosas frescas suculentas, e rechonchudos tomates vermelhos, fungando odores.

Os H.E.L.Y.S. desfilaram em frente a ele, alviencartolados, passaram a alameda Tangier, patalabutando para seu rumo.

Ele voltou-se de repente de um apanhado de framboesas, retirou um relógio de ouro da algibeirinha e levantou-o na extensão da corrente.

— Pode enviar de bonde? Agora?

Uma silhueta de costas escuras, sob o Arco dos Mercadores, buquinava no carrinho do bufarinheiro.

— Por certo, senhor. É na cidade?

— Oh, sim — disse Blazes Boylan. — Dez minutos.

A mocinha loura lhe passou um bloco e lápis.

— Quer escrever o endereço, senhor?

Blazes Boylan ao balcão escreveu e empurrou o bloco para ela.

— Envie já, sim? — disse ele. — É para um doente.

— Sim, senhor. Já vai, senhor.

Blazes Boylan tiniu dinheiro tilintante no bolso das calças.

— Quanto é a dolorosa? — perguntou ele.

Os dedos fininhos da mocinha loura contavam as frutas.

Blazes Boylan mirava dentro do decote da blusa dela. Uma franguinha. Tirou um cravo vermelho de uma floreira alta.

— Isto para mim? — perguntou ele galantemente.

A mocinha loura mirou de esguelha a ele, pegado de surpresa, com a gravata um nada torcida, e enrubesceu.

— Sim, senhor — disse ela.

Inclinando-se em arco, ela contou de novo as peras gordas e os pêssegos enrubescidos.

Blazes Boylan olhou para a blusa dela com mais favor, a haste da flor vermelha entre seus dentes ridentes.

— Posso dar uma chamadinha ao seu telefone, senhorinha? — pediu ele pilantramente.

* * *

— *Ma!* — disse Almidano Artifoni.

Ele fitou por sobre os ombros de Stephen para o coco calombudo de Goldsmith.

Duas carradas de turistas passavam vagarosas, as mulheres à frente, agarrando firmes as braçadeiras. Caras-pálidas. Braços de homens cingindo ostensivamente suas formas mirradas. Olhavam desde o Trinity para o pórtico de colunatas indevassado do Banco da Irlanda, onde pombos arrulharrulhavam.

— *Anch'io ho avuto di queste idee* — disse Almidano Artifoni —, *quand'ero giovine como Lei. Eppoi mi sono convinto che il mondo è una bestia. È peccato. Perchè la sua voce... sarebbe un cespite di rendita, via. Invece, Lei si sacrifica.*

— *Sacrifizio incruento* — disse Stephen risonho, oscilando pelo meio seu estoque em lento bamboleleio, levemente.

— *Speriamo* — disse jovialmente a rotunda cara embigodada. — *Ma, dia retta a me. Ci rifletta.*

Perto da pétrea mão autoritária de Grattan, impondo parada, um bonde de Inchicore descarregou desgarrados soldados do Highland de uma banda.

— *Ci rifletterò* — disse Stephen, dando-lhe uma olhadela para a sólida perna da calça.

— *Ma, sul serio, eh?* — disse Almidano Artifoni.

Sua pesada mão agarrou a de Stephen com firmeza. Olhos humanos. Eles miraram curiosamente um instante e voltearam-se de súbito para um bonde de Dalkey.

— *Eccolo* — disse Almidano Artifoni em pressa amigável. — *Venga a trovarmi e ci pensi. Addio, caro.*

— *Arrivederla maestro* — disse Stephen, alçando o chapéu quando sua mão se libertou. — *E grazie.*

— *Di che?* — disse Almidano Artifoni. — *Scusi, eh? Tante belle cose!*

Almidano Artifoni, segurando uma batuta de músicas enroladas como sinal, trotava nas calças sólidas atrás do bonde de Dalkey. Trotava em vão, sinalizando em vão em meio à azáfama dos saiotes nudijoelhos que bandeavam instrumentos de música pelos portões do Trinity.

* * *

Miss Dunne escondeu o exemplar da biblioteca da rua Capel de *The Woman in White* bem no fundo da gaveta dela e girou uma folha vistosa de notas na sua máquina de escrever.

Muito mistério demais nele. Está ele apaixonado por ela, Marion? Trocar e arranjar outro, de Mary Cecil Haye.

O disco deslizou na ranhura, tremelicou um instante, parou e ficou de olho: seis.

Miss Dunne tamborilou no teclado:

— Dezesseis de junho de mil novecentos e quatro.

Cinco alviencartolados homens-sanduíche entre a esquina de Monypeny e o refúgio onde não estava a estátua de Wolfe Tone se enguiaram mostrando H.E.L.Y.'S. e patalabutaram de volta como vieram.

Então ela fitou o largo cartaz de Marie Kendall, encantadora *soubrette*, e, enfaradamente, inclinando-se, rabiscou no anotador vários dezesseis e esses maiúsculos. Cabelos mostarda e faces repintadas. Ela não é bonitinha, é? A maneira com que ela sustém suspensa aquela banda da saia. Duvido que aquele sujeito vá esta noite à banda. Se eu pudesse conseguir que aquele costureiro me fizesse uma saia sanfona como aquela de Susy Nagle. Ficam arredondadas que é um primor. Shannon e todos os almofadinhas do clube de remo não tiravam os olhos dela. Será bom demais se ele não me retiver aqui até as sete.

O telefone tilintou rudemente perto da orelha dela.

— Alô. Sim, senhor. Não, senhor. Sim, senhor. Vou chamá-los depois das cinco. Somente esses dois, senhor, para Belfast e Liverpool. Muito bem, senhor. Então posso sair depois das seis se o senhor não estiver de volta. Um quarto de hora depois. Sim, senhor. Vinte e sete e seis. Vou dizer-lhe. Sim: um, sete, seis.

Ela rabiscou três algarismos sobre um envelope.

— Senhor Boylan! Alô! Aquele cavalheiro do *Sport* veio para procurá-lo. Senhor Lenehan, sim. Disse que estará no Ormond às quatro. Não, senhor. Sim, senhor. Vou chamá-los depois das cinco.

* * *

Duas faces rosadas apontaram na luz da pequena tocha.

— Quem é aquele? — perguntou Ned Lambert. — É o Crotty?

— Ringabella e Crosshaven — replicou uma voz, tenteando por um fincapé.

— Alô, Jack, é você? — dizia Ned Lambert, levantando em saudação sua ripa flexível entre os arcos bruxuleantes. — Venha. Cuidado aí por onde pisa.

O palito de cera na mão soerguida do clérigo consumia-se num longo lampejo doce e deixava-se cair. Aos pés deles sua ponta vermelha morria: e um ar bolorento cerrou-os em volta.

— Que interessante! — uma pronúncia refinada disse na escuridão.
— Sim, senhor — disse de coração Ned Lambert. — Estamos na histórica Câmara do Conselho da Abadia de Santa Maria, onde o brando Thomas se proclamou rebelde em mil quinhentos e trinta e quatro. É o lugar mais histórico de Dublin. O'Madden Burke pensa escrever sobre isto nos próximos dias. O velho Banco da Irlanda estava por aqui até o tempo da união e o templo original dos judeus foi aqui também até que edificaram a sinagoga da estrada Adelaide. Você nunca havia estado aqui antes, havia, Jack?
— Não, Ned.
— Ele cavalgou pelo passeio Dame — a pronúncia refinada dizia —, se não me falha a memória. A mansão dos Kildares era no pátio de Thomas.
— É isso mesmo — disse Ned Lambert. — Está muito certo, senhor.
— Se o senhor me fizer então a gentileza — disse o clérigo — de permitir na próxima vez que talvez...
— Certamente — disse Ned Lambert. — Traga a máquina fotográfica quando quiser. Mandarei retirar aquelas sacas das janelas. Poderá tirar dali ou dali.
Na suave luz desmaiada ele se movia, batendo com sua ripa nas sacas de grão empilhadas e nos pontos de importância do chão.
De uma cara comprida uma barba e um olhar pendiam num tabuleiro de xadrez.
— Estou profundamente obrigado, senhor Lambert — o clérigo dizia. — Não queria violar o seu precioso tempo...
— Foi bem-vindo, senhor — disse Ned Lambert. — Apareça quando queira. Na próxima semana, por exemplo. Pode ser?
— Sim, sim. Boa-tarde, senhor Lambert. Muito grato de havê-lo conhecido.
— O prazer foi meu, meu senhor — respondeu Ned Lambert.
Seguiu seu hóspede até a saída e então rodopiou sua ripa longe entre as colunas. Com J. J. O'Molloy avançou lento pela abadia de Maria, onde carreteiros enchiam carroças com sacas de alfarroba e farinha de coco de palmeira, O'Connor, Wexford.
Parou para ler o cartão em sua mão.
— O reverendo Hugh C. Love, Rathcoffey. Endereço atual: Igreja de São Miguel, Sallins. Simpático mocetão. Está escrevendo um livro sobre os Fitzgeralds, disse-me ele. Entendido em história, no duro.

A jovem mulher com lento cuidado destacava de sua saia clara um tufinho aderente.
— Pensei que você estivesse numa nova conspirata de pólvora — disse J. J. O'Molloy.
Ned Lambert estalou os dedos no ar.
— Por Deus! — exclamou. — Esqueci-me de contar a ele aquela do conde de Kildare depois que ele pôs fogo na Catedral de Cashel. Conhece essa? *Estou um pedaço triste de ter feito a coisa,* disse ele, *mas declaro perante Deus que eu estava certo de que o arcebispo estava lá dentro.* É possível que ele não gostasse. Mas o quê? Por Deus, vou contar a ele de todos os modos. Esse foi o grande conde, o Fitzgerald Mor. Membros esquentados eram eles todos, os Geraldines.
Os cavalos por que passavam sobressaltaram nervosos nos seus arreios frouxos. Ele deu um tapa numa anca malhada trepidando perto dele e gritou:
— Eia, bichão!
Voltou-se para J. J. O'Molloy e perguntou:
— Bem, Jack. Que é que há? Qual é a dificuldade? Espere um pouco. Aguente.
Com a boca aberta e a cabeça para trás ele ficou imóvel e, após um instante, espirrou ruidosamente.
— Atchim! — disse ele. — Pros diabos!
— É a poeira das sacas — disse J. J. O'Molloy polido.
— Nada — ofegou Ned Lambert —, apanhei um... resfriado na noite de... diabos que partam... na noite de anteontem... era um inferno de correntes de ar...
Sustinha o lenço pronto para outro...
— Eu estava... pela manhã... pobrezinho... como é que se chama... Atchim! Oh, mãe das mães!

* * *

Tom Rochfort tomou o disco do topo da pilha que ele apertava contra o colete púrpura.
— Veem? — disse ele. — Digamos que é a vez do seis. Mete-se aqui, vejam. Vire o Agora Adiante.
Ele meteu o disco para eles na fenda esquerda. Este deslizou na ranhura, tremelicou um pouco, e ficou de olho para eles: seis.

Advogados à antiga, altaneiros, perorando, contemplaram passar, do escritório consolidado de taxação à corte Nisi Prius, Richie Goulding, carregando a mala de custas de Goulding, Colis & Ward, e ouviram farfalhar, da divisão do almirantado do tribunal do rei à corte de apelação, uma mulher idosa com dentes postiços rindo incredulamente e com uma saia de seda negra de grande amplitude.

— Veem? — disse ele. — Vejam agora, o último que pus dentro já está ali. Gire o Aqui. É o impulso. Ação de alavanca, veem?

Mostrou-lhes à direita a coluna montante de discos.

— Ideia formidável — disse Nosey Flynn, fugindo. — Assim um sujeito que chega tarde pode ver o que está em curso e o que já passou.

— Veem? — disse Tom Rochford.

Ele meteu um disco por sua conta: e viu-o deslizar, tremelicar, ficar de olho, parar: quatro. Vire Agora Adiante.

— Vou vê-lo agora no Ormond — disse Lenehan — e vou sondá-lo. Uma boa ação merece outra.

— Faça — disse Tom Rochford. — Diga-lhe que estou boylando de impaciência.

— Boa-noite — disse M'Coy abrupto. — Quando vocês dois começam...

Nosey Flynn inclinava-se sobre a alavanca, fungando-a.

— Mas como é que funciona aqui, Tommy? — perguntou ele.

— Inté — disse Lenehan —, vemo-nos mais tarde.

Ele seguiu M'Coy pelo minúsculo quadrilátero do pátio de Crampton.

— Ele é um herói — disse ele com simplicidade.

— Já sei — disse M'Coy. — O esgoto, quer você dizer.

— Esgoto? — disse Lenehan. — Era um poço de inspeção.

Passaram o café-concerto de Dan Lowry onde Marie Kendall, encantadora *soubrette*, sorria para eles num cartaz pintadíssimo.

Baixando pela calçada da rua Sycamore ao lado do café-concerto Empire Lenehan mostrava a M'Coy como é que fora a coisa toda. Um desses poços de inspeção como um medonho adutor de gás e aí estava o pobre-diabo afundado meio asfixiado com os gases do esgoto. Tom Rochford meteu-se dentro de qualquer jeito, roupa alinhada e tudo, com a corda à roda dele. E com os diabos ele conseguiu amarrar o pobre-diabo e os dois foram içados para cima.

— Um acto heroico — disse ele.

No Dolphin eles pararam para deixar a ambulância chispar em frente deles para a rua Jervis.

— Por aqui — disse ele, caminhando para a direita. — Quero dar um pulo no Lynam para ver a cotação inicial de Ceptro. Qual é a hora no seu relógio e corrente de ouro?

M'Coy perscrutou o sombrio escritório de Marcus Tertius Moses, em seguida o relógio da fachada de O'Neill.

— Passa das três — disse ele. — Quem é que vai montá-la?

— O. Madden — disse Lenehan. — É uma potranca e tanto.

Enquanto se informava no bar do Temple, M'Coy escorreu uma casca de banana da calçada na sarjeta, com empuxes delicados de ponta do pé. Um gajo pode arrebentar-se que era uma vez num besta de um escorregão passando cheio no escuro por aqui.

Os portões do parque abriram-se de par em par para dar saída à cavalgada vice-real.

— Um por um — disse Lenehan voltando. — Dei com o Bantam Lyons aí dentro que vai apostar numa droga de cavalo que alguém lhe passou que não tem vez de modo nenhum. Por aqui.

Subiram pelos degraus e sob o Arco dos Mercadores. Uma silhueta de costas escuras buquinava no carrinho do bufarinheiro.

— Lá está ele — disse Lenehan.

— Imagino o que está comprando — disse M'Coy, olhando de esguelha para trás.

— *Leopoldo ou o Bloom está no palheiro* — disse Lenehan.

— É louco varrido por liquidações — disse M'Coy. — Eu estava com ele certo dia e ele comprou um livro de um velho da rua Liffey por dois xelins. Tinha belas ilustrações que valiam o dobro, estrelas, a lua e cometas de longas caudas. Era sobre astronomia.

Lenehan ria.

— Vou contar-lhe uma danada de boa sobre caudas de cometas — disse ele. — Vamos para o sol.

Cruzaram para a ponte de metal e foram ao longo do cais Wellington por perto da amurada do rio.

Senhorzinho Patrick Aloysius Dignam saía do Mangan, antes falecido Fehrenbach, com uma libra e meia de carne de porco.

— Era num baita banquete no reformatório de Glencree — dizia sôfrego Lenehan. — O jantar anual, você sabe. Negócio de colarinho de bunda virada. O lorde prefeito lá estava, era o Val Dillon, e sir Charles Cameron e Dan Dawson discursaram, e havia música. Bartell D'Arcy e Benjamin Dollard cantaram...

— Já sei — interrompeu M'Coy. — Minha patroa cantou lá uma vez.

— Foi? — disse Lenehan.

Um cartão *Apartamentos não mobilados* reaparecia no caixilho da janela do número 7 da rua Eccles.

Relembrava seu caso por um instante, mas rompeu num riso chiado.

— Mas espere até o fim — disse ele. — O Delahunt da rua Camden estava encarregado dos comes e este seu do peito era o principal esvazia-garrafas. Bloom e a mulher lá estavam. Um mundo de coisas estava ao dispor: vinho do Porto e xerez e curaçau, aos quais fizemos ampla justiça. Era um meter para dentro dos diabos. Depois dos bebes vieram os comes. Pratos frios em penca e tortas recheadas...

— Já sei — disse M'Coy. — No ano que minha patroa foi...

— Mas espere até o fim — disse ele. — Tivemos também uma ceia da meia-noite depois de toda essa folia e quando demos o fora já eram as horas tantas da manhã seguinte à noite anterior. Na volta para casa fazia uma noite de inverno esplêndida no Monte Colchão. Bloorn e Chris Callinan estavam de um lado da carruagem e eu estava com a mulher do outro lado. Começamos a cantar trios e duetos: *Oh, o primeiro brilho da manhã*. Ela estava bem aquinhoada com uma boa carga de Porto do Delahunt na barrigueira. Cada mexida que a danada da carruagem dava fazia que ela se chocasse contra mim. Delícias do inferno! Ela tinha um belo par, Deus a abençoe. Como isto.

Estendia as mãos concavadas a um côvado de si, enrugando a testa.

— Vira e mexe eu ajeitava a manta por baixo dela e arrumava o boá dela. Entende o que estou dizendo?

Suas mãos feiçoavam amplas curvas no ar. Fechou os olhos apertados de prazer, seu corpo contraindo-se, e assoprava um doce chilreio dos lábios.

— De qualquer jeito o felizardo estava de guarda — disse ele num suspiro.

— É uma égua de boa raça, não há dúvida. Bloom indicava todas as estrelas e cometas no céu para Chris Callinan e o cocheiro: a Grande Ursa e Hércules e o Dragão e toda a contradança. Mas, por Deus, eu estava, por assim dizer, na Via-Láctea. Ele conhece todas elas, no duro. Por fim ela indicou uma coisinha de nada milhares de milhas distante. *E que estrela é aquela, Poldy?*,

disse ela. Por Deus, que ela levava Bloom contra a parede. *Aquela, não é?*, diz Chris Callinan, mas *está claro que aquela é o que a gente pode chamar uma comichãozinha*. Por Deus, que ele não estava muito longe do ponto. Lenehan parou e apoiou-se no paredão do rio, arfando num riso leve.
— Estou até mole — resfolegou.
A cara branca de M'Coy riu da coisa por instantes e se fez grave. Lenehan caminhava de novo. Ele levantou seu boné de marinheiro e coçou a nuca rápido. Em pleno sol ele olhava de soslaio para M'Coy.
— Ele é um sujeito de cultura geral muito boa, o Bloom — disse ele com seriedade. — Não é um sujeito qualquer, você sabe... Há um quê de artista nesse velho Bloom.

* * *

O senhor Bloom virava páginas de *As terríveis revelações de Maria Monk*, depois da *Obra-prima* de Aristóteles. Impressão de má carregação. Lâminas: infantes enrodilhados em bolas em ventres sanguirrubros como fígados de vacas carneadas. Uma porção deles assim neste momento por todo o mundo. Todos dando marradas com seus crânios para dar o fora. Criança nascida a cada minuto em algum lugar. A senhora Purefoy.
Deixou de lado os dois livros e mirou para um terceiro: *Relatos do gueto*, de Leopold von Sacher Masoch.
— Este eu já tive — disse ele, empurrando-o para o lado.
O lojista deixou cair dois volumes no balcão.
— É bom esses dois aí — disse ele.
Cebolas do hálito de sua boca cariada cruzaram o balcão. Inclinou-se para fazer um molho dos outros livros, apertou-os contra o seu colete desabotoado e levou-os para dentro detrás de uma cortina encardida.
Na ponte de O'Connell muitas pessoas notavam o porte grave e a vestimenta alegre do senhor Denis J. Maginni, professor de dança &c.
O senhor Bloom, sozinho, espiava os títulos. *Velas tiranas*, de James Malhamor. Conheço o gênero disso. Já tive? Sim.
Abriu-o. Adivinhei.
Uma voz de mulher atrás da cortina. Ouçamos: O homem.
Não: ela não gostaria muito disso. Levei para ela uma vez.
Leu o outro título: *Doçuras do pecado*. Mais do seu tipo. Vejamos.

Leu onde seus dedos abriram.
— *Todos os dólares que o seu marido lhe dava eram gastos em lojas de maravilhosos vestidos e refolhos caríssimos. Para ele. Para Raul!*
Sim. Este. Aqui. Experimentemos.
— *A sua boca colou-se na dele num suculento beijo voluptuoso enquanto as mãos dele apalpavam suas curvas opulentas dentro do* déshabillé *dela.*
Sim. Tome este. O fim.
— *Sim, estás atrasada, disse ele rouquenho, fitando-a com um olhar de suspeita. A bela mulher arrojou de si o abrigo adornado de zibelina, exibindo seus ombros de rainha e celestial* embonpoint. *Um sorriso imperceptível brincava em torno dos seus lábios perfeitos no que ela se voltava calma para ele.*
O senhor Bloom leu de novo: *A bela mulher.*
Um calor irrigava-se docemente por sobre ele, amedrontando-lhe a carne. Carne entregue em meio a vestes amarrotadas. Brancos de olhos revirando-se desmaiados. Suas narinas arqueavam-se por presa. Fundentes untuosidades de peitos (*para ele! Para Raul*). Cebolado suor de sovacos. Peixecolante visgo (*seu celestial* embonpoint!) Sente! Aperta! Sulfuroso esterco de leões! Jovem! Jovem!

Uma mulher de idade, já nada jovem, deixava o edifício das cortes da chancelaria, tribunal do rei, erário e causas comuns, tendo ouvido na corte do lorde chanceler o caso de alienação mental de Potterton, na divisão do almirantado a citação, por motivação *ex parte*, dos proprietários da lady Cairns *versus* o proprietário da barca Moira, na corte de apelação o diferimento de julgamento no caso de Harvey *versus* Corporação de Garantia e Acidentes Oceânicos.

Tosses catarrentas abalavam a atmosfera da loja de livros, bombeando para fora a cortina encardida. A cabeça grisalha despenteada do lojista apareceu bem como sua cara avermelhada não barbeada, tossindo. Ele rascou rudemente a garganta, escarrou no chão. Pôs a botina sobre o que havia escarrado, esfregando a sola por cima em se inclinando, mostrando uma coroa de pele esfolada, escassamente encabelada.

O senhor Bloom atentava.
Dominando sua respiração perturbada, ele disse:
— Levo este.
O lojista levantou os olhos nublados de velhas remelas.
— *Doçuras do pecado* — disse ele, tamborilando-lhe em cima. — Isto é bom.

* * *

O lacaio à porta do leiloeiro Dillon tocou sua sineta de mão duas vezes e se viu no espelho gizado do gabinete.

Dilly Dedalus, escutando do meio-fio, ouviu as batidas na sineta, os gritos do leiloeiro dentro. Quatro e nove. Aquelas cortinas adoráveis. Cinco xelins. Cortinas aconchegantes. Vendendo agora a dois guinéus. Nada mais que cinco xelins? Arrematado por cinco xelins.

O lacaio ergueu a sineta da mão e sacudiu-a:

— Blimblim!

O blim da última sinetada esporeou os ciclistas da meia milha a toda a chispa. J. A. Jackson, N. E. Wilie, A. Munro e H. T. Gahan, seus pescoços retesados abanando, venciam a curva perto da biblioteca do Colégio.

O senhor Dedalus, repuxando um longo bigode, virava do casario de William. Parou perto da filha.

— Já é hora — disse ela.

— Fique direitinha, por amor do Bom Jesus — disse o senhor Dedalus.

— Está querendo imitar o seu tio John, o corneteiro, afundando a cabeça nos ombros? Ó Deus merencório!

Dilly se encolheu de ombros. O senhor Dedalus pôs as mãos neles e empurrou-os para trás.

— Fique direitinha, menina — disse ele. — Você acabará com desvio da espinha. Você sabe com quem se parece?

Ele de repente deixou-se ficar de cabeça baixa e para a frente, gibando os ombros e ficando de queixo caído.

— Deixe disso, pai — disse Dilly. — Todo mundo está olhando.

O senhor Dedalus se retesou e repuxou de novo seu bigode.

— Arranjou algum dinheiro? — perguntou Dilly.

— Onde é que eu podia arranjar dinheiro? — disse o senhor Dedalus. — Não há ninguém em Dublin que me empreste um quatro pences.

— O senhor arranjou algum — disse Dilly, fitando-o nos olhos.

— Como é que sabe? — perguntou o senhor Dedalus, a língua contra a bochecha.

O senhor Kernan, satisfeito com a ordem que havia faturado, caminhava confiante pela rua James.

— Eu sei que arranjou — respondeu Dilly. — O senhor esteve faz pouco na Casa da Escócia?
— Não estive — disse o senhor Dedalus sorrindo. — Será que foram as freirinhas que lhe ensinaram ser tão petulante? Tome.
Ele lhe deu um xelim.
— Veja se pode fazer alguma coisa com isso — disse ele.
— Creio que o senhor arranjou cinco — disse Dilly. — Me dê mais.
— Alto lá — disse o senhor Dedalus ameaçador. — Você é como todas as demais, é? Um bando de cachorrinhas insolentes desde que sua pobre mãe morreu. Mas alto lá. Vocês acabam fazendo que eu dê um sumiço por muito tempo. É puro cerco! Vou me livrar de vocês. Não se incomodariam se eu batesse as botas. Morreu. O homem aí em cima está morto.
Deixou-a e andou adiante. Dilly seguiu-o rápido e puxou-lhe do casaco.
— Bem, que é que há? — disse ele, parando.
O lacaio levantava a sineta por trás das costas deles.
— Blimblim!
— Desgraçada de alma barulhenta dos diabos — exclamou o senhor Dedalus, virando-se para ele.
O lacaio, ciente do comentário, sacudiu o badalo solto da sineta mais debilmente:
— Blim!
O senhor Dedalus fitava-o firme.
— Repare nele — disse ele. — É instrutivo. Eu queria saber se ele vai deixar que a gente converse.
— O senhor arranjou mais, pai — disse Dilly.
— Vou mostrar-lhe uma coisinha — disse o senhor Dedalus. — Vou deixá-las por aí como Jesus fez com os judeus. Olhe, isto é tudo que tenho. Arranjei dois xelins com o Jack Power e gastei dois pences para fazer a barba para o enterro.
Mostrava um punhado de moedas de cobre nervosamente.
— O senhor não pode arranjar algum dinheiro em algum lugar? — disse Dilly.
O senhor Dedalus pensou e aquiesceu.
— Vou arranjar — disse ele com gravidade. — Procurei por toda a sarjeta da rua O'Connell. Vou tentar nesta agora.
— O senhor está brincando — disse Dilly, rindo num esgar.

— Tome — disse o senhor Dedalus, passando-lhe dois pences. — Tome um copo de leite para você com um bolinho ou coisa que valha. Estou em casa em pouco.

Pôs as outras moedas no bolso e começou a andar adiante.

A cavalgada vice-real passava, saudada por policiais obsequiosos, saída do Parkgate.

— Sei que o senhor tem outro xelim — disse Dilly.

O lacaio badalava alto.

O senhor Dedalus se escapulia em meio à barulheira, cochichando consigo mesmo com a boca franzida remiúda:

— As freirinhas! As coitadinhazinhas! Oh, certamente elas é que não foram! É a irmãzinha Monica!

* * *

Do solário à porta de James caminhava o senhor Kernan, satisfeito com a ordem que faturara de Pulbrook Robertson, confiante pela rua James, passados os escritórios da Shackleton. Peguei-o direitinho. Como tem passado, senhor Crimmins? De primeira, senhor. Receava que o senhor estivesse no seu outro estabelecimento em Pimlico. Como vão indo as coisas? Na sua vidinha de sempre. Que belo tempo temos tido. É, realmente. Bom para o campo. Mas os cultivadores estão sempre resmungando. Vou aceitar só um dedinho do seu excelente gim, senhor Crimmins. Um ginzinho, senhor. Sim, senhor. Que troço terrível esse da explosão da *General Slocum*. Terrível, terrível. Um milheiro de vítimas. E cenas de cortar o coração. Homens atirando mulheres e crianças. Que coisa brutal. A que é que atribuem a causa? Combustão espontânea: que revelação mais que escandalosa. Nem um bote salva-vidas estava em condições de flutuar e as mangueiras completamente arrebentadas. O que não posso entender é como os inspetores permitiam um barco como esse... Aí é que está o busílis, senhor Crimmins. Sabe por quê? Vaselina. É isso mesmo? Sem a menor dúvida. Então é isso, mas vejam-me só. E dizem que a América é a terra da liberdade. Eu que pensava que as coisas aqui é que estavam mal.

Sorri para ele. *A América*, lhe disse eu, calmamente, exatamente assim. *Que é que é ela? O rebotalho de todos os países, inclusive o nosso. Mas não é verdade?* Ah, lá isso é.

Suborno, meu caro senhor. Bem, é verdade que onde corre o dinheiro sempre há alguém para querer pescá-lo.

Vi que ele olhava para minha sobrecasaca. A roupa ajuda. Nada melhor que uma aparência bem-vestida. É tiro e queda.

— Alô, Simon — dizia o padre Cowley. — Como vão as coisas?

— Alô, Bob, meu velho — respondeu o senhor Dedalus, parando.

O senhor Kernan estacou e alinhou-se em frente ao espelho inclinado de Peter Kennedy, o cabeleireiro. Sobrecasaca no rigor, sem a menor dúvida. Scott, da rua Dawson. Valeu bem o meio soberano que dei ao Neary por ela. Nunca se fez por menos de três guinéus. Me cai como uma luva. Algum bacana do clube da rua Kildare é que mandou fazer. John Mulligan, o gerente do Banco Hibérnia, me deu uma olhadela fixa ontem na ponte Carlisle como se procurasse lembrar-se de mim.

Ha-ha! Precisa-se trajar a personagem para sujeitos assim. Cavaleiro andante. Cavalheiro. E então, senhor Crimmins, posso ter a honra de suas novas ordens, senhor? O trago que afaga mas não embriaga, como reza o velho dito.

Amurada North e cais sir John Rogerson, quilhas e correntes de âncoras, rumo oeste, arrumado em esquife, um volante amarrotado, jogando na esteira do *ferry*, o Elias está chegando.

O senhor Kernan deu um olhar de despedida à própria imagem. Boas cores, de facto. Bigode grisalhante. Oficial indiano retornado. Bravamente ele levava à frente seu corpo atarracado plantado sobre pés apolainados, quadrando os ombros. Aquele lá adiante é o irmão do Lambert, Sam? Será? Sim. É ele escarrado. Não. O para-brisa daquele automóvel lá ao sol. Um rebrilho assim. Escarrado como ele.

Ha-ha! O álcool quente do suco de zimbro afogueava-lhe os órgãos vitais e o hálito. Bom trago de gim, bem que foi. As abas da sua sobrecasaca piscavam no sol brilhante ao seu gordo pavoneio.

Lá embaixo Emmet fora enforcado, estripado e esquartejado. Baraço negro gorduroso. Cães lambendo o sangue pela rua quando a mulher do lorde lugar-tenente passeou perto em sua sege.

Vejamos. Foi na São Michan que ele foi enterrado? Ou não, houve um enterro da meia-noite em Glasvenin. O cadáver levado para ali através de uma porta secreta no muro. Dignam lá está agora. Foi-se num piscar. Bem, bem. Melhor virar aqui. Fazer um atalho.

O senhor Kernan virou e caminhou rampa abaixo da rua Watling junto da esquina do salão de visitas da Guinness. Do lado de fora dos armazéns da

Dublin Distillers Company um coche aberto sem passageiro nem cocheiro estava parado, as rédeas amarradas à roda. Diabo de coisa perigosa. Algum tabaréu de Tipperary pondo em risco a vida dos cidadãos. Espantado o cavalo.

Denis Breen com seus tomos, aporrinhado de ter esperado uma hora no escritório de John Henry Menton, levava a mulher pela ponte O'Connell, rumo do escritório dos Advogados Collis e Ward.

O senhor Kernan aproximava-se da rua Island.

Os tempos dos distúrbios. Preciso pedir ao Ned Lambert que me empreste aquelas memórias de sir Jonah Barrington. Quando agora se volta a olhar para trás tudo isso numa espécie de arranjo retrospectivo. Jogatina no Daly. Nada de cartas marcadas então. Um dos gajos teve a mão pregada a punhal na mesa. Nalgum lugar por aqui lorde Edward Fitzgerald escapou do major Sirr. As cavalariças atrás da casa Moira.

Danado de gim gostoso aquele.

Bem arrojado jovem nobre. Boa cepa, de facto. Aquele rufião, aquela vergonha de fidalgote, com suas luvas violeta, é que o denunciou. Certo que eles estavam do lado errado. Levantaram-se em tempos sombrios e maus. Belo poema é aquele: Ingramo. Eles eram cavalheiros. Ben Dollard bem que canta essa balada tocantemente. Interpretação magistral.

No assédio de Ross foi que meu pai tombou.

Uma cavalgada a trote calmo ao longo do cais Pembroke passava, batedores pulando, pulando em suas, em suas selas. Sobrecasacas. Viseiras creme.

O senhor Kernan apressou-se à frente, resfolegando remiudinho.

Sua Excelência! Que azar! Perdi por um fio! Droga! Que pena!

* * *

Stephen Dedalus olhava através da vitrina de teias de aranha os dedos do lapidário provar uma corrente tempotrabalhada. A poeira entelara a vitrina e os teréns de mostruário. A poeira escurecia os dedos instrumentais com unhas vulturinas. A poeira dormia sobre baças espirais de bronze e prata, losangos de cinábrio, sobre rubis, pedras leprosas e vinescuras.

Nascidas todas da escura terra bichada, estilhas congeladas de fogo, luzes más brilhando na escuridão. Onde arcanjos caídos dardejavam estrelas de sua fronte. Suinifocinhos lamacentos, mãos, escavam-nas e erraigam-nas, agarram-nas e atenazam-nas.

Ela dança numa penumbra lúgubre onde arde resina com alho. Um marinheiro, barba ferrugem, beberica rum de um copázio e a reolha. Um longo e marnutrido cio silente. Ela dança, escabreia, abanando suas ancas seminárias e suas nalgas, batendo-lhe no ventre grossobsceno um ovo de rubi.

O velho Russell com um trapo de camurça manchada esfregava de novo sua gema, virava-a e sustinha-a à ponta de sua barba mosaica. O macaco ancestral ferubilando-se com o tesouro roubado.

E tu que arrancas velhas imagens da terra sepulcral! As palavras cerebrinsanas dos sofistas: Antístenes. Um saber de narcóticos. Oriente e imortal trigo elevando-se de pereternidade em pereternidade.

Duas velhas mulheres refrescadas com a aragem da maresia arrastavam-se através de Irishtown ao longo da estrada da ponte de Londres, uma com um guarda-sol com areia, outra com uma mala de parteira em que onze conchas rolavam.

O zunigiro de correias coriáceas palmeando e o zunzum de dínamos da casa de força urgiam Stephen para a frente. Entes inentes. Alto! Latejo sempre sem ti e o latejo sempre em ti. Teu coração, tu o entoas. Eu entre eles. Onde? Entre dois mundos troantes onde eles rodopiam, eu. Espatifá-los, cada um e ambos. Mas aturdir-me a mim mesmo na explosão. Espatifa-me tu que o podes. Cáften e carniceiro, estas as palavras. Ouve-me! Não ainda por um instante. Um olhar em torno.

Sim, muito verdade. Muito amplo e maravilhoso e mantém o tempo exato. Diz bem, senhor. Uma segunda-feira de manhã, 'sso era assim, realmente.

Stephen descia o casario de Bedford, o punho do freixo teclando-lhe contra a omoplata. Na vitrina do Clohissey uma fanada impressão de 1860 de Heenan boxeando com Sayers prendeu-lhe o olhar. Torcedores fitos de chapéus chatos de pé à volta do encordoado ringue de campeões. Os pesos-pesados em calções leves propunham gentilmente um ao outro seus punhos bulbosos. E eles estavam latejando: corações de campeões.

Virou-se e estacou perto do carrinho de livros inclinado.

— Dois pences cada um — dizia o bufarinheiro. — Quatro por seis pences.

Páginas esfrangalhadas. *O apicultor irlandês. Vida e milagres do cura d'Ars. Guia de bolso de Killarney.*

Podia encontrar aqui um dos meus prêmios escolares penhorados. *Stephano Dedalo, alumno optimo, palmam ferenti.*
O padre Conmee, tendo lido suas pequenas horas, caminhava pela aldeia de Donnycarney, murmurando as vésperas.
Encadernação boa demais provavelmente, que é que é isso? Oitavo e nono livros de Moisés. Segredo dos segredos. Selo do rei David. Páginas manuseadas: lidas e lidas. Quem passou por aqui antes de mim? Como amaciar mãos calejadas. Receita de vinagre branco de vinho. Como conquistar o amor de uma. mulher. Para mim este. Diga o talismã seguinte três vezes com as mãos enlaçadas:
— *Se el yilo nebrakada femininum! Amor me solo! Sanktus! Amen.*
Quem escreveu isso? Encantos e invocações do mui abençoado abade Peter Salanka para todos os reais crentes divulgados. Tão bons quanto quaisquer outros encantos de abade, tais os do resmunguento Joaquim. Abaixo, coco careca, ou iremos tosquiar tua lã.
— Que é que está fazendo aqui, Stephen?
Os ombros empinados de Dilly e o seu vestido surrado.
Fechar depressa o livro. Não deixar ver.
— Que é que você está fazendo? — disse Stephen.
Uma cara Stuart do sem-par Charles, madeixas corridas caindo-lhe pelos lados. Cintilava no que se agachava para avivar o fogo com suas botas despedaçadas. Eu falava-lhe de Paris. Tarda na cama debaixo de um chumaço de velhos sobretudos, dedilhando um bracelete pechisbeque, lembrança do Dan Kelly. *Nebrakada femininum.*
— Que é que você tem aí? — perguntou Stephen.
— Comprei do outro carrinho por um pence — disse Dilly, rindo nervosa. — Vale alguma coisa?
Meus olhos, diz-se, que ela tem. Será que os outros me veem assim? Rápido, distante e ousado. Sombra da minha mente.
Tomou do livro descapado das mãos dela. Elementos de francês, de Chardenal.
— Para que comprou isso? — perguntou ele. — Para aprender francês?
Ela assentiu, ruborizando-se e apertando os lábios.
Não mostres surpresa. Muito natural.
— Tome — disse Stephen. — Está bem. Cuidado que Maggy não o ponha no prego. Creio que todos os meus livros já se foram.

— Alguns — disse Dilly. — Tivemos de fazer.
Ela está-se afogando. Remordida. Salvá-la. Remordida. Todos contra nós. Ela me afogará com ela, olhos e cabelos. Madeixas corridas de cabelos bodelha do mar em torno a mim, meu coração, minha alma. Verde morte salina.
Nós.
Remordida do imo-senso. Do imo-senso remordida.
Miséria! Miséria!

* * *

— Alô, Simon — disse o padre Cowley. — Como vão as coisas?
— Alô, Bob, meu velho — respondeu o senhor Dedalus.
Enlaçaram as mãos ruidosamente em frente a Reddy e Filhas. O padre Cowley cofiava para baixo o bigode com frequência com a mão em concha.
— Quais são as boas-novas? — disse o senhor Dedalus.
— Ora, não muitas — disse o padre Cowley. — Estou imprensado, Simon, por dois homens rondando à volta de casa para lograr entrada.
— Bonito — disse o senhor Dedalus. — Quem são?
— Oh — disse o padre Cowley. — Um certo usurário de nossas relações.
— O das costas tortas, não é? — perguntou o senhor Dedalus.
— O mesmo, Simon — respondeu o padre Cowley. — Reuben da dita tribo. Estou agora mesmo esperando pelo Ben Dollard. Está para dar uma palavra ao Long John para conseguir que me livrem desses dois homens. Tudo que quero é um pouco de prazo.
Ele olhava com vaga esperança cais acima e abaixo, uma grande maçã embociando seu pescoço.
— Eu sei — disse o senhor Dedalus, em nuto. — Esse velho cambaio do Ben! Está sempre dando um bom duro por alguém. Aguente firme!
Pôs os óculos e olhou por instante em direção à ponte de metal.
— Lá vem ele, por Deus — disse ele —, cu e bolsos.
O folgado fraque azul e o chapéu chanfrado por cima do cachecol amplo cruzavam da ponte de metal o cais em plena andadura. Vinha em direção deles esquipado, coçando ativamente por trás das abas do fraque.
No que se aproximava, o senhor Dedalus saudou:
— Peguem aquele pinto-calçudo.

— Que venham pegar — disse Ben Dollard.
O senhor Dedalus fitava com frio desdém errante vários pontos da pessoa de Ben Dollard. Então, virando-se para o padre Cowley com um nuto, resmungou zombeteiro:
— Eis aí um trajo bonito, não é?, para um dia de verão.
— Bolas, que Deus maldiga eternamente sua alma — rosnou furioso Ben Dollard. — Já botei fora nos meus tempos mais roupa do que você jamais pôde sonhar ver.
Estacou perto deles, radiante para com eles primeiro e para com suas espaçosas roupas depois, de alguns pontos das quais o senhor Dedalus sacudia ciscos, dizendo:
— De qualquer jeito, Ben, elas foram feitas para um sujeito em pleno gozo da saúde.
— Azar do judeu que as fez — disse Ben Dollard. — Deus louvado, ainda não foi pago.
— E como vai esse *basso profondo*, Benjamin? — perguntou o padre Cowley. Cashel Boyle O'Connor Fitzmaurice Tisdall Farrell, murmurando, vitrolhudo, esgalgava-se passando o clube da rua Kildare.
Ben Dollard cenhofranziu-se e, fazendo de repente uma boca de chantre, emitiu uma nota de peito:
— Óó! — disse ele.
— Esse é o estilo — disse o senhor Dedalus, aquiescendo à sua emissão.
— Que tal esta? — disse Ben Dollard. — Não muito arranhada? Que tal? Voltava-se para ambos.
— Satisfaz — disse o padre Cowley, assentindo também.
O reverendo Hugh C. Love caminhava da velha Casa do Capítulo da Abadia de Santa Maria, passando pelo James e Charles Kennedy, rectificadores, assistido por Geraldines altos e atraentes, em direção de Tholsel além do vau de Hurdles.
Ben Dollard com uma pesada adernagem para as frentes das lojas conduzia-os para adiante, seus dedos joviais no ar.
— Venham comigo ao escritório do subxerife — dizia ele. — Quero mostrar-lhes a nova beleza que Rock tem como meirinho. É uma cruza de Lobengula e Lynchehaun. É digno de ver, lembrem-se. Venham. Vi por acaso John Henry Menton na Bodega agorinha mesmo e me custará um trambolhão se eu não... esperem um pouco... Estamos no bom caminho, Bob, creia em mim.

— Diga-lhe que é por uns poucos dias — disse o padre Cowley ansioso.
Ben Dollard estacou e fitou-o, seu sonoro orifício aberto, um botão pendente do seu casaco abanando anverso brilhante de uma linha no que ele esfregava a pesada remela que embaciava seus olhos para ouvir direito.
— Que uns poucos dias? — ribombou ele. — O seu senhorio não o embargou pelo aluguel?
— Embargou — disse o padre Cowley.
— Então o mandado dos nossos amigos não vale o papel em que foi passado — disse Ben Dollard. — O senhorio tem prioridade de reivindicação. Dei a ele todos os detalhes. Vinte e nove, avenida Windsor. Love é o nome dele, não é?
— É isso mesmo — disse o padre Cowley. — O reverendo senhor Love. É ministro em algum lugar do campo. Mas você está certo disso?
— Você pode dizer a Barrabás por mim — disse Ben Dollard — que ele pode meter o mandado onde o macaco meteu as nozes.
Ele conduzia o padre Cowley intrepidamente para a frente colado à sua massa.
— Avelãs creio que eram — disse o senhor Dedalus, no que deixava pender seus óculos no peitilho da sobrecasaca, seguindo-os.

* * *

— O rapazinho ficará bem — dizia Martin Cunningham, passando por fora do portão de Castleyard.
O polícia tocou na testa.
— Deus o abençoe — disse Martin Cunningham, efusivamente.
Fez sinal para o cocheiro, à espera, que agitou as rédeas e se pôs em marcha para a rua de Lorde Edward.
Bronze com ouro, a cabeça de Miss Kennedy com a cabeça de Miss Douce apareciam por cima da meia cortina do Hotel Ormondo.
— Sim — disse Martin Cunningham, dedilhando a barba. — Escrevi ao padre Conmee e expus todo o caso a ele.
— Você poderia ter tentado com o nosso amigo — o senhor Power sugeriu hesitante.
— Boyd? — disse curto Martin Cunningham. — Não me toques.
John Wyse Nolan, demorando-se atrás, lendo a lista, vinha em pós eles rápido colina de Cork abaixo.

Nos degraus da Prefeitura, o conselheiro Nannetti, descendo, saudava o edil Cowley e o conselheiro Abraham Lyon, subindo.
A carruagem do castelo rodava vazia na rua Exchange altos.
— Olhe, Martin — disse John Wyse Nolan, alcançando-os perto da redação do *Mail*. — Vejo que o Bloom apôs sua assinatura por cinco xelins.
— Exato — disse Martin Cunningham, tomando da lista. — E depôs os cinco xelins também.
— Sem tugir nem mugir — disse o senhor Power.
— Por estranho que pareça — acrescentou Martin Cunningham.
John Wyse Nolan abria amplos os olhos.
— Dir-lhes-ei que há muito de generosidade no judeu — citou ele elegantemente.
Baixavam a rua do Parlamento.
— Lá vai o Jimmy Henry — disse o senhor Power —, embicando para o Kavanagh.
— Certo — disse Martin Cunningham. — Lá vai.
Em frente a *la Maison Blanche* Blazes Boylan abordava o cunhado de Jack Mooney, giboso, apertado, que rumava para o Libenies.
John Wyse Nolan ficava atrás com o senhor Power, enquanto Martin Cunningham segurava o cotovelo de um garboso homenzinho num escorrido enxoval de roupa, que caminhava indeciso em passadas rápidas pelos relógios do Micky Anderson.
— Os calos do auxiliar do contador-mor da cidade estão atrapalhando-o — disse John Wyse Nolan ao senhor Power.
Seguiram dando volta pela esquina rumo da bodega de vinho de James Kavanagh. A carruagem do castelo vazia defrontava-os parada na porta de Essex. Martin Cunningham, sempre falando, mostrava com frequência a lista de subscrições a que Jimmy Henry não olhava.
— E Long John Fanning lá está também — dizia John Wyse Nolan — em tamanho natural.
A forma alta de Long John Fanning enchia a porta em que ele se achava.
— Bom-dia, senhor subxerife — disse Martin Cunningham, no que todos paravam e saudavam.
Long John Fanning não lhes deu passagem. Removeu decidido seu enorme Henry Clay da boca e seus enormes olhos penetrantes encarrancavam-se inteligentes sobre as caras deles todas.

— Estão os pais conscritos prosseguindo em suas deliberações pacíficas? — disse ele, com rica articulação cáustica, para o assistente do escrivão-mor da cidade.

O inferno estava sendo levado aos cristãos, dizia Jimmy Henry irritadiçamente, por causa da desgraçada língua irlandesa. Onde é que estava o delegado, queria ele saber, para manter ordem na Sala do Conselho? E o velho Barlow, o maceiro, prostrado de asma, nada de maça na mesa, nada em ordem, nem mesmo quórum, e Hutchinson, o lorde prefeito, em Llandudno e o pequeno Lorcan Sherlock como *locum tenens*. Desgraçada de língua irlandesa, dos nossos antepassados.

Long John Fanning soprou uma pluma de fumo dos lábios.

Martin Cunningham falava por turnos, enrolando a ponta da barba, já ao auxiliar do escrivão-mor da cidade, já ao subxerife, enquanto John Wyse Nolan guardava-se em paz.

— Que Dignam era esse? — perguntou Long John Fanning.

Jimmy Henry fez um trejeito e levantou o pé esquerdo.

— Oh, meus calos! — disse lamuriento. — Vamos para cima, por amor de Deus, para que eu me sente um pouco. Ui! Uu! Cuidado!

Irritadamente ele abriu caminho para si do lado do flanco de Long John Fanning e se enfiou adentro e escada acima.

— Vamos lá em cima — disse Martin Cunningham ao subxerife. — Não sei se o conhecia ou o conhecia talvez.

Com John Wyse Nolan o senhor Power os seguiu.

— Limpa alminha ele era — dizia o senhor Power às costas robustas de Long John Fanning a subir em direção de Long John Fanning no espelho.

— Mais para estatura pequena, era o Dignam do escritório do Menton — disse Martin Cunningham.

Long John Fanning não podia lembrar-se dele.

Pateada de cascos de cavalos soava no ar.

— Que é que há? — disse Martin Cunningham.

Todos se viraram no que estacaram; John Wyse Nolan desceu de novo. Da fria sombra da soleira ele via os cavalos passar pela rua do Parlamento, arneses e quartel as lustrosos rebrilhando à luz do sol. Alegremente vieram passar em frente de seus frios olhos inamistosos, não rápidos. Nas selas dos dianteiros, saltitantes dianteiros, montavam os batedores.

— Que é que era? — perguntou Martin Cunningham, no que continuaram a subir a escada.

— O lorde lugar-tenente general e o governador-geral da Irlanda — respondeu John Wyse Nolan ao pé da escada.

* * *

No que deslizavam pela espessa passadeira Buck Mulligan cochichava atrás do seu panamá a Haines.
— O irmão de Parnell. Aí no canto.
Escolheram uma mesinha perto da vidraça contra um homem de cara comprida cuja barba e olhar pendiam atentamente sobre um tabuleiro de xadrez.
— É aquele? — perguntou Haines, girando na cadeira.
— Sim — disse Mulligan. — É o John Howard, seu irmão, o delegado comunal da cidade.
John Howard Parnell transladou calmo um bispo branco e sua garra cinza subiu de novo para a testa onde repousou.
Um instante depois, sob o lucivelo, seus olhos fitaram rápidos, espectrilúcidos, o seu contendor e caíram de novo sobre um sector do ataque.
— Tomarei um *mélange* — disse Haines à empregada.
— Dois *mélanges* — disse Buck Mulligan. — E traga-nos alguns bolinhos e manteiga e alguns doces também.
Quando ela se foi, ele disse rindo:
— Nós chamamos a isto C.P.D. porque eles oferecem certas porcarias deterioradas. Oh, mas você perdeu Dedalus sobre o *Hamlet*.
Haines abriu seu livro recém-comprado.
— É uma pena — disse ele. — Shakespeare é o feliz couto de caça de todas as mentes que perderam seu equilíbrio.
O marinheiro perneta da área do 14 da rua Nelson rosnava:
— *A Inglaterra espera...*
O colete prímula de Buck Mulligan sacudia-se alegre com o seu riso.
— Você devia vê-lo — disse ele —, quando o seu corpo perde o equilíbrio. Aengus errante é como lhe chamo.
— Estou certo de que ele tem uma *idée fixe* — disse Haines, beliscando pensativo o queixo com o polegar e o indicador. — Agora, o que especulo é como é que ela deve ser. Pessoas semelhantes sempre têm uma.
Buck Mulligan inclinava-se por sobre a mesa gravemente.

— Deixaram o juízo dele desgarrado — disse ele — com visões do inferno. Ele jamais captará a nota ática. A nota de Swinburne, dentre todos os poetas, a morte branca e o nascimento rubro. Essa é a sua tragédia. Ele não poderá nunca ser um poeta. A alegria da criação...

— Punição eterna — disse Haines, com um nuto curto. — Compreendo. Abordei-o de manhã sobre crença. Havia algo na sua mente, compreendi. É quiçá interessante, porque o professor Pokorny, de Viena, chega a uma ideia interessante sobre isso.

Os olhos vigilantes de Buck Mulligan viram a empregada chegar. Ajudou-a a descarregar a bandeja.

— Ele não consegue encontrar traços do inferno nos antigos mitos irlandeses — disse Haines, em meio aos copos acolhedores. — A ideia moral parece faltar, o senso do destino, da retribuição. É quiçá estranho que ele tenha exatamente essa ideia fixa. Ele escreve alguma coisa para o movimento de vocês?

Mergulhou perito dois torrões de açúcar longitudinalmente pelo creme batido. Buck Mulligan cortou um bolinho quente em dois e rebocou manteiga sobre o miolo fumegante. Mordeu faminto um macio bocado.

— Dez anos — disse ele, mastigando e rindo. — Ele vai escrever algo em dez anos.

— Parece um pouco distante — disse Haines, levantando pensativo a colher. — Ainda assim, não admirarei se o fizer, afinal de contas.

Degustou uma colherada do cone de creme de sua taça.

— Este é autêntico creme irlandês, quero crer — disse ele com indulgência. — Não gosto de ser enganado.

O Elias, esquife, leve volante amarrotado, rumava a leste, perto de costados de navios e traineiras, em meio a um arquipélago de rolhas, depois da nova rua Wapping, além do *ferry* de Benson, e perto de uma escuna três-mastros, *Rosevean*, vinda de Bridgwater com tijolos.

* * *

Almidano Artifoni caminhava além da rua Holles, além do pátio de Sewell. Atrás dele Cashel Boyle O'Connor Fitzmaurice Tisdall Farrell, com sua bengalaguardachuvaguardapó balançando, esquivou-se do poste em frente à casa do senhor Law Smith e, atravessando-a, caminhava ao longo da praça

Merrion. Distante atrás dele um rapazinho cego tacteava seu caminho perto do muro do parque College.

Cashel Boyle O'Connor Fitzmaurice Tisdall Farrell caminhou até as vitrinas acolhedoras do senhor Lewis Werner, então virou-se e esgalgou-se de volta pela praça Merrion, sua bengalaguardachuvaguardapó balançando.

Na esquina do Wilde ele parou, testirritou-se para o nome de Elias anunciado no Metropolitan Hall, testirritou-se ao distante jardim de recreação gramado do duque. Seu monóculo rebrilhava irritado ao sol. Com ratidentes à mostra ele resmungou:

— *Coactus volui.*

Esgalgou-se adiante para a rua Clare, remoendo sua blasfêmia feroz.

No que se esgalgava além das janelas odontológicas do senhor Bloom, a oscilação do seu guarda-pó escovou rudemente em quina uma débil bengala tacteante e arrastou-se à frente, tendo esbofeteado um corpo emusculado. O rapazinho cego virou sua cara doentia em pós a forma esgalgante.

— Que Deus te castigue — disse amargo —, quem quer que sejas! És mais cego do que eu, seu filho da puta!

* * *

Em frente do Ruggy O'Donohoe o senhorzinho Patrick Aloysius Dignam, carregando a libra e meia de porco do Mangan, antes falecido Fehrenbach, a que tinha sido mandado, ia zanzando ao longo da quente rua Wicklow. Era uma chatura besta ficar na sala com a senhora Stoer, mais a senhora Quigley, mais a senhora MacDowell, com as venezianas abaixadas e elas todas nas suas fungações e chupando chupadinhas de xerez extracastanho que o tio Barney tinha trazido do Tunney. E elas comendo fatiinhas da torta de frutas caseira, batendo papo e suspirando todo o besta do tempo.

Depois da alameda do Wicklow a vitrina de madame Doyle, modista chapeleira da corte, o atraiu. Ele ficou olhando para os dois lutadores nus até os baixos e mostrando seus punhetaços: Dos espelhos laterais dois enlutados senhorezinhos Dignams embasbacavam-se silenciosos. Myler Keogh, o galo favorito de Dublin, enfrentará o sargento-mor Bennet, o pugilista de Portobello, por uma bolsa de cinquenta soberanos, meus Deus, essa é que deve ser uma boa luta de murros para a gente ver. Myler Keogh, esse é o sujeito que está atacando contra o de cintura verde. Dois bagarotes a entrada, soldados meia-entrada. Era sopa fazer uma tapeação com mamãe. O senhorzinho Dignam da esquerda virou-se no que ele se virou. Esse sou eu de luto. Quando é que vai ser? Vinte e dois de maio. Ora, a droga da coisa já passou. Ele virou-se para a direita e à sua direita o senhorzinho Dignam virou-se, o boné de banda, o colarinho espetando para cima. Ao abotoá-lo para baixo, o queixo levantado, viu a imagem de Marie Kendall, a encantadora *soubrette*, ao lado dos dois lutadores. Uma dessas zinhas do maço de guimbas que o Stoer fuma que seu velho lhe deu uns cascudos bem dados quando ele descobriu.

O senhorzinho Dignam conseguiu pôr o colarinho para baixo e continuou a fazer cera. O mais fortudo lutador era o Fitzsimons. Um tortolho direto desse sujeito podia pôr um sujeito dormindo uma semana, meu velho. Mas o mais técnico era Jem Corbert até que o Fitzsimons liquidou com sua esperteza e negaças e tudo.

Na rua Grafton o senhorzinho Dignam viu uma flor vermelha na boca de um almofadinha num bacana de par de chancas e que ouvia um bêbado que dizia para ele alguma coisa que fazia ele rir todo o tempo.

Nada de bonde para Sandymount.

O senhorzinho Dignam caminhou para a rua Nassau, passando os bifes de porco para a outra mão. O colarinho saltou fora de novo e ele meteu para baixo. A droga do droga era muito pequena para o buraco do botão da camisa, diabo que te carregue. Encontrou estudantes com sacolas. Não vou amanhã também, de folga até segunda. Encontrou outros estudantes. Será que eles perceberam que eu estou de luto? Tio Barney disse que ele ia pôr a coisa no jornal esta tarde. Então eles todos vão ver no jornal e vão ler meu nome e do papai.

Sua cara tornou-se cinza de vermelha que estava e uma mosca passeava nela para cima até os olhos. Os arranhamentos que teve quando estavam parafusando os parafusos do caixão: e as batidas que teve quando baixaram ele para baixo.

Papai estava dentro dele e mamãe gritando na sala e tio Barney dizendo aos homens como dar a volta na curva. Um caixão grande que era, e alto e parecia pesado. Como é que foi aquilo? Na última noite papai estava cheio e estava no patamar gritando pelas suas botinas pois queria dar um pulo no Tunney para se encher um pouco mais e parecia achatado e pequeno dentro da sua roupa. Nunca mais vi ele. Morte, é isso. Papai está morto.

Meu pai está morto. Ele me pediu para ser um bom filho para mamãe. Eu não podia entender as outras coisas que ele queria dizer mas eu vi a língua dele e os dentes dele tentando dizer isso melhor. Pobre papai. Era o senhor Dignam, meu pai. Eu espero que ele esteja agora no Purgatório, porque ele não se confessou com o padre Conroy na tarde de sábado.

* * *

William Humbley, conde de Dudley, e lady Dudley, acompanhados pelo tenente-coronel Hesseltine, saíram depois do almoço do alojamento vice-real. Na carruagem estavam o honorável senhor Paget, a senhorita de Courcy e o honorável Gerald Ward, A.D.C.* de serviço.

A cavalgada passou pelo portão de baixo do parque Phoenix, saudada por polícias obsequiosos, e continuou, passando Kingsbridge, pelo cais do norte. O vice-rei foi mui cordialmente aclamado no seu percurso pela metrópole. Na ponte Bloody o senhor Thomas Kernan, do outro lado do rio, aclamou-o em vão de longe. Entre as pontes de Queen e Withworth, as carruagens vice-reais de lorde Dudley passaram e foram não saudadas pelo senhor Dudley White, B.L., M.A.,** que estava no cais Arran em frente da casa da senhora M. E. White, a agiota, na esquina da rua Arran Oeste, alisando o nariz com o indicador, em dúvida se chegaria a Phibsborough mais depressa pela tríplice baldeação de bondes ou se chamaria um coche ou se iria a pé por Smithfield, colina da Constituição e o terminal de Broadstone. No pórtico das Quatro Cortes, Richie Goulding com a mala de custas de Goulding, Collis e Ward o viu com surpresa. Além da ponte de Richmond na soleira da porta do escritório de Reuben J. Dodd, corretor, agente da Companhia de Seguros Patriótica, uma senhora idosa, a ponto de entrar, mudou de plano e refazendo seus passos pelas vitrinas do King sorriu credulamente para o representante de Sua Majestade. De sua eclusa na amurada do cais Wood sob o escritório de Tom Devan o rio Poddle estendia em mostras de vassalagem uma língua de esgoto líquido. Por cima das meias cortinas do Hotel Ormond, ouro com bronze, a cabeça da senhorita Kennedy junto da cabeça da senhorita Douce espiavam e admiravam. No cais Ormond o

---

*Aide de camp (fr.), ordenança, edecan. (N. do T.)
**Baccalaureus Legum, Magister Artium, bacharel em Direito, mestre em Artes. (N.do T.)

senhor Simon Dedalus, esgueirando-se do mictório público para o escritório do subxerife, parou no meio da rua e baixou seu chapéu alto. Sua Excelência graciosamente retribuiu a saudação do senhor Dedalus. Da esquina de Cahill o reverendo Hugh C. Love, M.A., fez impercebida reverência, lembrado dos lordes deputados cujas mãos benignas esparziam antanho ricas prebendas. Na ponte de Grattan Lenehan e M'Coy, despedindo-se um do outro, viram as carruagens trafegar. Passando perto do escritório de Roger Greene e da grande casa impressora vermelha de Dollard, Gerty MacDowell, levando as cartas de Catesby linóleo-cortiça para o pai dela que estava de cama, compreendeu pelo estilo que eram o lorde e a lady lugar-tenente, mas não pôde ver o que ela Sua Excelência trajava porque o bonde e a grande andorinha amarela de móveis de Spring tiveram de parar em frente dela pelo facto de tratar-se do lorde lugar-tenente. Além do Lundy Foot da porta sombreada da bodega de vinhos do Kavanagh, John Wyse Nolan sorria com frieza não vista para o lorde lugar-tenente general e governador-geral da Irlanda. O Muito Honorável William Humble, conde de Dudley, G.C.V.O.,* passava pelos relógios sempre tiquetaqueantes do Micky Anderson e pelos rosifáceos e gracivestidos manequins de cera de Henry e James, o gentil-homem Henry, o *dernier-cri* James. Por em contra o portão de Dame Tom Rochford e Nosey Flynn espiaram a aproximação da cavalgada. Tom Rochford, notando os olhos de lady Dudley sobre ele, retirou rápido seus polegares dos bolsinhos de seu colete vinho e tirou seu chapéu para ela. Uma encantadora *soubrette*, a grande Marie Kendall, com faces carminadas e saia arregaçada, sorria pintadíssima de seu cartaz para William Humbley, conde de Dudley, e para o tenente-coronel Hesseltine e também para o honorável Gerald Ward A.D.C. Da vidraça da C.P.D. Buck Mulligan, jovialmente, e Haines, gravemente, miravam para a equipagem vice-real por sobre os ombros de clientes ansiosos, cuja massa de formas sombreava o tabuleiro de xadrez sobre o qual John Howard Parnell olhava atentamente. Na rua Fowness, Dilly Dedalus, esforçando-se por arrancar seus olhos dos primeiros elementos de francês de Chardenal, viu sombra-e-luz em leque e raios de rodas rebrilhando em revérbero. John Henry Menton, enchendo a porta de entrada dos edifícios comerciais, fitava, com seus olhos de ostras graúdas ao vinho, segurando um gordo relógio

---

*Great Collar of Victoria Order, Grão-Colar da Ordem de Vitória. (N. *do T.*)

de ouro de caçador que não via e sua gorda mão esquerda não o sentindo. Onde a pata dianteira do cavalo Rei Billy pateava no ar a senhora Breen puxou para trás seu apressado marido de debaixo dos cascos dos batedores. Berrou-lhe ao ouvido sobre a coisa. Compreendendo, levantou ele seus tomos para o peito esquerdo e saudou a segunda carruagem. O honorável Gerald Ward A.D.C., agradavelmente surpreso, deu pressa em responder. Na esquina da Ponsonby um esfalfado frasco branco H. estacou e quatro encartolados frascos brancos estacaram atrás dele, E.L.Y.'S., enquanto os batedores passavam saltipavoneando e as carruagens. Em frente à loja de instrumentos de música do Pigott o senhor Denis J. Maginni professor de dança &c., garrulamente trajado, andava gravemente, sobrepassado e inobservado de um vice-rei. Pelo muro do preboste vinha garbosamente Blazes Boylan, saltitando em sapatos amarelos e meias com pinhas azul-celeste ao refrão de *Minha garota é umazinha de Yorkshire*.

Blazes Boylan apresentava às testeiras azul-celeste e à marcha de grande estilo dos dianteiros uma gravata azul-celeste, um chapéu de palha latifaixa em bandeio devassigalhardo e um terno de sarja índigo. Suas mãos nos bolsos do paletó se esqueceram de saudar mas ele ofereceu às três senhoras a audaz admiração dos seus olhos e a flor vermelha entre seus lábios. No que rodavam pela rua Nassau Sua Excelência chamou a atenção do meneante consorte dela para o programa de música que estava sendo executado no parque do Colégio. Não vistos despudorados rapazelhos montanheses trombeteavam e tamborilavam em pós do *cortège*:

> *E se bem mocinha de fábrica*
> *E não use vestidos bonitos*
> *Rataplã.*
> *Sinto espécie de gosto de*
> *Molho de Yorkshire pela*
> *Minha rosinha de Yorkshire.*
> *Rataplã.*

Para lá da amurada os concorrentes chatos da quarto de milha, M.C. Green, H. Thrift, T. M. Patey, C. Scaife, J. B. Jeffs, G. N. Morphy, F. Stevenson, C. Adderly e W. C. Huggard começavam a liça. Esgalgando-se além do Hotel Finn, Cashel Boyle O'Connor Fitzmaurice Tisdall Farrell fitava por um monóculo irritado através das carruagens a cabeça do senhor E. M. Solomons na janela do vice-consulado austro-húngaro. Fundo na rua Leinster, perto da portinhola do Trinity, um leal súbdito do rei, Cornussopra, tocava no seu boné de batedor. No que os luzidos cavalos saltitavam perto da praça Merrion o senhorzinho Patrick Aloysius Dignam, esperando, via saudações sendo dirigidas ao mandachuva de cartola e levantou também seu boné preto novo com os dedos lambuzados de papel de bifes de porco. Seu colarinho também se levantou. O vice-rei, a caminho para inaugurar a quermesse de Mirus em busca de fundos para o Hospital Mercer, rodava com o seu séquito para a rua Lower Mount. Passou por um rapazinho cego em frente do Broadbent. Na rua Lower Mount um pedestre num impermeável castanho, comendo pão seco, passou rápido e ileso em frente à marcha do vice-rei. Na ponte do Canal Real, de seu tapume, o senhor Eugene Stratton, seus lábios beiçudos escancarados, dava a todos os venientes boas-vindas ao bairro de Pembroke. Na esquina da estrada de Haddington duas mulheres com areia estacaram, um guarda-sol e uma mala em que onze conchas rolavam, para verem com estupor o lorde prefeito e a lady prefeita sem a corrente de ouro dele. Nas estradas de Northumberland e Landsdowne Sua Excelência agradeceu pontualmente saudações dos raros transeuntes masculinos, as saudações de dois pequenos escolares no portão do jardim da casa que se dizia ter sido da admiração da falecida rainha quando visitou a capital irlandesa em companhia do seu marido, o príncipe consorte, em 1849, e a saudação das calças rijas de Almidano Artifoni no que este era engolido por uma porta a fechar-se.

Bronze com ouro ouviram os ferrocascos, açoferritinindo.
   Impertxnentx txnentnentx.
   Taliscas, taliscando taliscas da polegunha crostuda, taliscas. Hórrido. E ouro enrubesceu mais.
   Uma vibrinota pífana assoprou.
   Assoprou. Azul afloração ficou sobre.
   O pináculo da cabeleira de ouro.
   Uma saltitante rosa no acetinado peito de cetim, rosa de Castela.
   Trilando, trilando: Eudolores.

Pipi! Quem está no... pipidouro?
Tlim tiniu a bronze em pena.
E em apelo, puro, longo e latejante. Lentimorrente apelo.
Engano. Pavavra doce. Mas olha! As estrelas brilhantes fenecem. Ó rosa!
Notas cricricrilando resposta. Castela. Rompe a manhã.
Ginga sege ginga seginha.
Vintém tilintou. Ponteiro apontou.
Confissão. *Sonnez*. Eu podia. Ricochete de liga. Não te deixar. Estalada.
La cloche! Coxa. Estalada. Confissão. Quente. Minha doçura, adeus!
Ginga. Flô.
Ribombo de acordes colidentes. Quando amor absorve. Guerra! Guerra!
O tímpano.
Um veleiro! Um véu vagando sobre as vagas.
Perdido. Um tordo atordoou. Tudo perdido agora.
Corno. Cocorno.
Quando ele viu primeiro. Ai, ai!
Todo investida. Todo palpitação.
Gorjeio. Ah, ímã! Imantante.
Martha! Vem!
Plaqueplaque. Plaquepacpac. Placplocplac.
Deusmeu nuncaê leouviu tudinho.
Surdo calvo Pat trouxe forro faca levou.
Um noctapelo lucilunar: longe: longe.
Me sinto tão triste. P.S. Florescendo tão só.
Escuta!
O aguilhado e espiralado maricorno frio. Tem você o? Cada um e para o outro esparrinhamento e silente bramido.
Pérola: quando ela. Rapsódias de Liszt. Hisss.
Você não?
Nunca: não, não: creia: Lidlyd. Com um galo com uma curra.
Negro.
Profundissonante. Sim, Ben, sim.
Espera enquanto espera. Hi hi. Espera enquanto hi.
Mas espera!
Fundo em meio à negra terra. Minério em filão.
Nominedamine. Todas idas. Todas caídas.

Mínimas suas trêmulas fetilâminas de capilária.
Amém. Ele rilhou em fúria.
Pra lá, pra cá, pra lá. Uma fria batuta protraindo-se.
Bronzelydia com Minadouro.
Com bronze, com ouro, num verdoceano de sombra. Bloomfloresce. Velho Bloom.
Um titila, outro dedilha, com uma curra, com um galo.
Orai por ele! Orai, boa gente!
Os gotosos dedos deles anuindo.
Bem Benaben. Bem Benben.
Última rosa Castela de verão deixada bloomflórea eu me sinto tão triste só.
Pímino! Ventinho aflauta mínimo.
Homens leais. Lid Ker Cow De e Doll. É. é. Como tu homens. Vibrarei teu txantro com txânsia.
Fffu! Óó!
Onde bronze de perto? Onde ouro de longe? Onde cascos?
Rrrpr. Craa. Craandl.
Então, não até então. Meu epripftáfio. Sê pfrscrito.
Feito.
Começar!

Bronze com ouro, a cabeça de miss Douce com a cabeça de miss Kennedy, por sobre a meia-cortina do bar do Ormond, ouviam os cascos vice-reais indo, tinindo aço.
— Aquela é ela? — perguntou miss Kennedy.
Miss Douce disse sim, sentando-se com sua exce, cinza-pérola e *eau de Nile*.
— Contraste delicioso — disse miss Kennedy.
Quando toda ânsia, miss Douce disse precípite:
— Olhe o sujeito de cartola.
— Quem? Onde? — ouro perguntou mais precípite.
— Na segunda carruagem — os lábios húmidos de miss Douce disseram, rindo ao sol. — Ele está olhando. Deixa que eu veja.
Ela dardejou, bronze, para o canto mais recuado, achatando sua cara contra o vidro num halo de hálito alentado.
Seus lábios húmidos esgarriam:

— Ele se mata de olhar para trás.
Ela ria.
— Virgem! Não são os homens brutalmente idiotas!
Com tristeza.
Miss Kennedy retirava-se triste da luz brilhante, encaracolando uma madeixa solta atrás da orelha. Retirando-se triste, não mais ouro, ela encaracolava uma madeixa encaracolada. Triste encaracolava em ouro retirante uma madeixa atrás da orelha recurva.
— Eles é que têm os melhores momentos — triste então disse ela.
Um homem.
Bloomquem passava pelos cachimbos do Moulang, trazendo ao peito as doçuras do pecado, perto do antiquário Wine trazendo na memória doces palavras pecadoras, perto da escura prataria batida do Carroll, para Raul.
As botas a elas, elas no bar, elas garotas do bar, vinham. Para elas dele não cuidosas ele tremelicou no balcão a bandeja de porcelana tilintante. E.
— O chá — disse ele.
Miss Kennedy com modos infraladou a bandeja de chá para um engradado virado de água mineral, a salvo de olhares, baixo.
— Que é que há? — as botas rangentes sem modo perguntaram.
— Procure — retorquiu miss Douce, deixando seu canto de espia.
— Seu *beau*, não é?
Um bronze altaneiro replicou:
— Vou me queixar com a senhora de Massey se ouvir mais alguma de suas insolentes impertinências.
— Impertxnentx txnentxnentx — bicanca-de-botas retorquiu rude, no que se retirava no que ela ameaçava no que ele chegara.
Bloom.
Franzindo a flor à fronte, miss Douce disse:
— Muitíssimo petulante está ficando esse pirralho. Se ele não se comportar vou puxar um palmo da orelha dele.
Dominamente em delicioso contraste.
— Não faça caso — replicou miss Kennedy.
Ela verteu chá numa taça de chá, depois o mesmo chá no bule de chá. Agacharam-se sob o seu arrecife do balcão, esperando nos escabelos, engradados virados, esperando que seu chá se encharque. Repuxavam suas blusas, ambas de cetim preto, dois e nove a jarda, esperando que seu chá se encharque, e dois e sete.

Sim, bronze de perto, com ouro de longe, ouviram aço perto, cascos soando longe, e ouviram açocascos cascossoando açossoantes.
— Não estou horrivelmente queimada de sol?
Miss Bronze desblusava o colo.
— Não — disse miss Kennedy. — Fica castanho depois. Você experimentou bórax com água de louro-cereja?
Miss Douce soergueu-se para ver sua pele de través no espelho auriletrado do bar onde copos reno e clarete reluziam e em seu meio uma concha.
— E nem falar de minhas mãos — disse ela.
— Experimente a coisa com glicerina — aconselhou miss Douce.
Acenando adeus ao seu colo e suas mãos miss Douce.
— Essas coisas só provocam irritação — replicou, ressentada. — Pedi àquele velho pesadão do Boyd alguma coisa para a minha pele.
Miss Kennedy, vertendo chá já plenipuxado, careteou e rogou:
— Oh, não me fale dele, por piedade!
— Mas espere que eu conte — suplicou miss Douce.
Doce chá tendo miss Kennedy vertido com leite tapou ambas as orelhas com os dedos mindinhos.
— Não, não — gritava ela.
— Não quero ouvir — gritava ela.
Mas Bloom?
Miss Douce grunhiu num tom rapento de velhote pesadão:
— Para seu o quê? — disse ele.
Miss Kennedy destapou suas orelhas para ouvir, para falar: mas disse, mas rogou de novo:
— Não me fale dele que eu morro. O hediondo velho desgraçado! Aquela noite nos Salões de Concerto de Antient.
Sorveu dessaborida seu sono, chá quente, um gole, sorvido chá doce.
— Lá estava ele — disse miss Douce, empinando três quartos sua cabeça bronze, ruflando suas nasialetas. — Ufa! Ufa!
Agudo grito de riso brotou do peito de miss Kennedy. Miss Douce ufava e bufava pelas narinas aquele moloide impertxnentx como um brado à caça.
— Oh! de arromba — clamava miss Kennedy. — Poderá você esquecer o olho esbugalhado dele?
Miss Douce bimbalhava num fundo riso bronze, explodindo:
— E o seu outro olho!

Bloomcujo olho escuro lia o nome de Aaron Figatner. Por que é que eu sempre penso em Figadeiro? Colher figos, penso. E o nome huguenote de Próspero Loré. Pelas virgens abençoadas do Bassi os olhos escuros de Bloom passavam. Azultrajadas, brancas por baixo, venham a mim. Deus eles creem que ela é: ou deusa. Essas hoje. Eu não podia ver. Aquele sujeito falava. Um estudante. Atrás com o filho do Dedalus. Podia ser o Mulligan. Todas virgens atraentes. Isso atrai aquele bando de sujeitos para lá: o branco dela. Perto seus olhos passavam. As doçuras do pecado. Doces são as doçuras. Do pecado.

Num repique cochichirridente as jovens vozes ourobronze juntaram-se, Douce com Kennedy o seu outro olho. Arremessaram jovens cabeças para trás, bronze cochichouro, para deixar livrevoar sua risada, histerirrindo, o seu outro, uma para a outra, em notas agudas perfurantes.

Ah, arquejando, suspirando. Suspirando, ah, exausta sua hilaridade se extinguia.

Miss Kennedy abrochou de novo os lábios para a taça, ergueu-a, bebeu um gole e cochichorriu. Miss Douce, inclinando-se de novo sobre a bandeja de chá, ruflou de novo o nariz e rolou gozosos olhos inflados. De novo Kennychorrisos, curvando os louros pináculos de cabelo curvando, mostrando sua travessa de tartaruga, esguichou da boca seu chá, afogando-se de chá e riso, tossindo com afogo gritinhando:

— Que olhos graxentos! Imagina casar com um homem assim — ela gritinhava. — Com aquele pito de barba!

Douce deu pleno vento a um esplêndido alarido, um alarido pleno de mulher plena, deleite, alegria, indignação.

— Casada com o nariz graxento! — ela alaria.

Estrídulas, em fundo riso, ouro em pós bronze, elas urgiam uma à outra repique após repique, carrilhonando-se em ondas, bronze ouro ouro bronze, fundestrídulo, a riso após riso. E então riram mais. Graxentos eu sei. Exaustas, exalentadas, as cabeças abaladas elas pousaram, trançadas e pinaculadas por brilhipenteado, contra a borda do balcão. Todas rubor (oh!), arquejo, suor (oh), todas exalento.

Casada com Bloom, o mardegraxabloom.

— Oh, santos dos céus! — disse Miss Douce, suspirando por sobre sua rosa saltitante. — Eu queria não ter rido tanto. Sinto-me toda molhadinha.

— Oh, miss Douce! — protestou miss Kennedy. — Sua hórrida coisinha!

E enrubesceu mais ainda (sua hórrida!), mais ouromente.
Pela frente dos escritórios do Cantwell perambulava Mardegraxabloom, pelas virgens do Ceppi, brilhantes nos seus untos. O pai de Nannetti mascateava essas coisas por aí, engabelando pelas portas como eu. Religião paga. Preciso vê-lo sobre o entrefilete do Xaves. Comer primeiro. Quero. Não ainda. Às quatro, disse ela. Tempo passando sempre. Ponteiros virando. Adiante. Onde comer? O Clarence, Dolphin. Adiante. Para Raul. Comer. Se encesto cinco guinéus com esses anúncios. A anágua de seda violeta. Não ainda. As doçuras do pecado.
Enrubescida menos, ainda menos, ouromente pálida.
Pelo bar delas adentro flanava o senhor Dedalus. Taliscas. Lasquitaliscando taliscas de uma das suas polegunhas crostudas. Taliscas. Ele flanava.
— Bem-vinda de volta, miss Douce.
Ele segurava-lhe a mão. Gozara do feriado?
— De primeira.
Desejava-lhe que tivesse tido bom tempo em Rontrevor.
— Infernal — disse ela. — Olhe o espectáculo que estou. Deitada na areia o dia todo.
Brancura bronze.
— Isso foi uma impiedade inexcedível — dizia o senhor Dedalus, apertando-lhe a mão indulgentemente. — Tentando os pobres varões simples.
Miss Douce de cetim edouçou fora seu braço.
— Oh, deixe disso — disse ela. — Que o senhor seja muito simples é o que eu não creio.
Ele era.
— Pois aí está eu sou — murmurou ele. — Eu parecia tão simples no berço que me baptizaram Simão, o simples.
— Deve ter sido um santinho — miss Douce deu como resposta. — E que é que o doutor lhe receitou para hoje?
— Pois aí está — murmurou ele —, o que quer que lhe pareça. Penso que vou incomodá-la com um copo de água e meio copo de uísque.
Ramerrão.
— Com a máxima alacridade — concordou miss Douce.
Com a graça da alacridade para o espelho dourado com Cantrell e Cochrane's ela se voltou. Com a graça ela entornou uma medida de uísque ouro do frasco cristal. Do forro de sua sobrecasaca o senhor Dedalus tirou

boceta e cachimbo. Alacridade ela serviu. Ele assoprou pelo fuste duas vibrinotas pífanas.

— Por Jove — murmurou ele. — Muitas vezes eu quis ver as montanhas do Mourne. Deve ser um grande tônico o ar de lá. Mas uma longa ameaça por fim vira desgraça, diz-se. Sim, sim.

Sim. Ele enfiava fibras de fio, sua capilária, da sua sereia, para dentro do bocal. Taliscas. Fibras. Murmúrio. Mudos.

Ninguém não dizendo nada. Sim.

Gárrula, miss Douce rebrilhava um cálice, trinando:

— *Oh, Eudolores, rainha dos mares orientais!*

— O senhor Lidwell veio?

Vinha Lenehan. Em torno perscrutava Lenehan. O senhor Bloom atingia a ponte do Essex. Sim, o senhor Bloom cruzava a ponte do Simsexo. A Martha preciso escrever. Comprar papel. No Daly. Empregada de lá gentil. Bloom. Velho Bloom. Azul Bloomafloração está no palheiro.

— Ele veio na hora do almoço — disse miss Douce.

Lenehan avançava.

— O senhor Boylan esteve procurando por mim?

Ele perguntou. Ela respondeu:

— Miss Kennedy, o senhor Boylan esteve aqui quando eu estava lá em cima?

Ela perguntou. Miss voz de Kennedy respondeu, uma segunda taça de chá pousada, seu olhar sobre a página:

— Não. Ele não esteve.

Miss olhar de Kennedy, ouvida não vista, lia adiante. Lenehan à roda da montra de sanduíches enrolou um roliço corpo rondo.

— Pi! Quem está no pique?

Nenhum olhar de Kennedy premiando-o ainda assim ele deu outras entradas. Não esquecer os pontos. Ler somente os pretinhos: o ó redondo, o esse enganchado.

Ginga seginha ginga.

Garotouro ela lia e não olhava. Não tomar tento. Não tomou tento enquanto ele lia de cor para ela uma fábula em solfa, blablablando insossamente:

— Ua raposa encontrou ua cegonha. Disse a raposa para a cegonha: Quer pôr seu bico na minha garganta e retirar um osso?

Ele falastrava-se em vão. Miss Douce volveu ao seu chá deixado.
Ele suspirava deixado.
— Ai de mim! Oh, meu!
Saudou o senhor Dedalus, deste teúdo um nuto.
— Saudações do filho famoso de um pai famoso.
— Quem pode ser ele? — perguntou ele. — Como pode perguntar? Stephen, o jovem bardo.
Seco.
O senhor Dedalus, lutador famoso, deixou seco a um lado seu cachimbo cheio.
— Estou vendo — disse ele. — Não o identifiquei por um instante. Estou sabendo que ele está tendo uma companhia muito selecta. Viu-o ultimamente?
Vira.
— Sorvi do vaso de néctar com ele hoje mesmo — disse Lenehan. — No Mooney *en ville* e no Mooney *sur mer*. Tinha recebido a grana pelo labor de sua musa.
Ele sorriu aos lábios chamolhados de bronze, aos atentos lábios e olhos.
— A *élite* de Erin pende dos seus lábios. O ponderoso pândita Hugh MacHugh, o mais brilhante escriba e editor de Dublin, e aquele garoto menestrel do bárbaro oeste seco que é conhecido pela eufônica apelação de O'Madden Burke.
Depois de um intervalo o senhor Dedalus ergueu seu grogue e.
— Isso deve ter sido altamente interessante — disse ele. — Estou vendo.
Ele via. Ele bebia. Com um longínquo olhar de montanha carpindo. Repousou seu copo.
Ele mirava para a porta do salão.
— Vejo que deslocaram o piano.
— O afinador veio hoje — respondeu miss Douce — para afinar para o concerto livre e eu nunca ouvi um pianista tão delicioso.
— É mesmo?
— Pois não era, miss Kennedy? O verdadeiro clássico, o senhor sabe. E ademais cego, o pobrezinho. Não mais de vinte, estou certa de que ele não tinha.
— É mesmo? — disse o senhor Dedalus.
Ele bebeu e desgarrou-se.
— Era triste olhar para a cara dele — condoía-se miss Douce.

Que Deus te castigue seu filho da puta.
Tlim à sua compaixão gritou a campainha de um comensal. Para a porta do refeitório chegou o calvo Pat, chegou o aporrinhado Pat, chegou Pat, empregado do Ormond. Cerveja para comensal. Cerveja sem alacridade ela serviu.
Com paciência Lenehan esperava por Boylan com impaciência, pois ginga a sege do infernal rapagão.
Soerguendo o tampo ele (quem?) mirava no caixão (caixão?) os ternos (piano!) fios oblíquos. Ele apertava (o mesmo que apertara indulgentemente sua mão), pedalando suave um terno de teclas para ver a espessura do feltro avançando, para ouvir o afogado caimartelo em ação.
Duas folhas de papel velino creme uma reserva dois envelopes quando eu estava no Wisdom Hely's o prudente Bloom no Daly Henry Flower comprava. Você não é feliz em casa? Flor para me consolar e um alfinete corta o amo. Significa alguma coisa, linguagem de flô. Era uma margarida? Inocência era. Senhorita respeitável encontra depois da missa. Muitamente algradescido. O prudente Bloom espiou na porta um cartaz, uma curvilínea sereia fumando a meio de belas ondas. Fume sereias, a mais fresca baforada de todas. Cabeleira ondulante: mal-amado. Para alguns homens. Para Raul. Ele espiou e viu longe da ponte de Essex um chapéu alegre num segecarro. É. Terceira vez. Coincidência.
Gingando sobre borrachas fléxeis ia da ponte para o cais Ormond. Seguir. Arriscar. Ir rápido. Às quatro. É quase. Fora.
— Dois pences, senhor — a balconista ousou dizer.
— Ha-ha... Estava esquecendo... Desculpe...
E quatro.
Às quatro ela. Cativantemente ela a Blooelequem sorria Bloo sorr ráp ir. Oatarde. Pensas que és o único seixo da praia? Faz para todos. Para homens.
Em modorrento silêncio ouro inclinava-se em sua página.
Do salão um apelo vinha, longo em morrer. Esse era um diapasão que o afinador tinha que ele esquecera que ele agora vibrara. Um apelo de novo. Que ele agora ajustara que agora palpitara. Ouves? Palpitara, puro, mais puro, suave e mais suave, suas zumbidoras hastes. Mais longo em morrer chamado.
Pat pagou pelo comensal uma garrafa ferviarrolhada: e por sobre a bandeja acrobática e a garrafa ferviarrolhada antes de ir-se ele cochichou, calvo e aporrinhado, com miss Douce.

— As estrelas brilhantes esmaecem...
Uma surda canção cantada de dentro, cantando:
— ...a manhã rompe.
Uma dúzia de alinotas chilreou brilhante responso sopranino sob mãos sensitivas. Brilhantemente as teclas, todas cintilação, ligada, todas harpsicorda, chamavam uma voz a cantar a toada da manhã aljofrada, da juventude, do dá e toma do amor, da vida, da manhã do amor.
— Pérolas, gotas do rocio...
Os lábios de Lenehan sobre o balcão balbuciavam um assobio baixo chamariz.
— Mas olhe aqui — dizia ele —, rosa de Castela.
Sege gingou ao meio-fio e parou.
Ela ergueu-se e fechou sua leitura, rosa de Castela. Trasteada mal-amada, sonhadoramente se erguia.
— Ela caiu ou foi empurrada? — perguntou a ela.
Ela respondeu, desdenhosa:
— Quem pergunta não atira, não ouve mentira.
Como uma dama, dominamente.
Os bacanas sapatos amarelos de Blazes Boylan rangiam no soalho do bar no que ele se esgalgava. Sim, ouro de perto com bronze de longe. Lenehan ouviu e adivinhou e festejou-o:
— Eis que chega o herói conquistador.
Entre carro e vidraça, cuidoso caminhando, vinha Bloom, herói inconquistado. Ver-me ele podia. O assento em que sentou: quente. Gato negro cuidoso caminhava para a mala legal de Richie Goulding, alteada ao alto em saudação:
— E eu de ti...
— Soube que você estava por aqui — disse Blazes Boylan.
Ele tocava para a loura miss Kennedy a aba de seu palhinha de banda. Ela lhe sorria. Mas a irmã bronze a sobressorriu, panoveando para ele sua mais rica cabeleira, um colo e uma rosa.
Boylan comandava poções.
— Qual é a sua ordem? Copo de bíter? Copo de bíter, por favor, e uma genebra para mim. Telegrama não ainda?
Não ainda. Às quatro ele. Todos diziam quatro.
Orelhas vermelhas e pomo de adão de Cowley na porta do escritório do xerife. Evitar. Goulding uma chance. Que é que ele está fazendo no Ormond? Carro esperando. Esperemos.

— Alô. Vai para onde? Comer alguma coisa? Eu também. Aqui. O quê, Ormond? O mais em conta em Dublin. É mesmo? Sala de jantar. Discreto. Ver sem ser visto. Penso que vou juntar-me a você. Vamos. Richie à frente. Bloom seguia mala. Jantar digno de um príncipe.

Miss Douce retesava-se algo para atingir um frasco, estirando seus braços cetim, seu busto, quase combusto, de tão alto.

— Oh! Oh! — sacudia-se Lenehan, ofegando a cada estirão. — Oh! Mas fácil ela tomou de sua presa e depô-la abaixo em triunfo.

— Por que não cresce um pouco? — perguntou Blazes Boylan.

Elabronze, extraindo do seu vaso um espesso licor xaroposo para os lábios dele, olhava no que este fluía (flor na lapela dele: quem lhe dera?) e enxaropava sua voz:

— Bons perfumes, vidros pequenos.

O que vale dizer, ela. Exata ela verteu lentixaroposa a genebra.

— Boa sorte — disse Blazes.

Ele atirou uma moeda larga. Vintém tilintou.

— Aguente aí — disse Lenehan — até que eu...

— Sorte — ele propiciou, levantando sua borbulhante cerveja.

— Ceptro ganhará de meio galope — disse ele.

— Mergulhei nela fundo — disse Boylan, pestanejando e bebendo. — Não por minha causa, você sabe. Capricho de um amigo meu.

Lenehan bebia ainda e dentiarreganhava-se para a cerveja inclinada dele e para os lábios de miss Douce que quase zuniam não cerrados, a canção oceânica que seus lábios trinaram. Eudolores. Os mares orientais.

Relógio chilrou. Miss Kennedy fez seu caminho (flor, pergunto-me quem deu), levando lá a bandeja de chá. Ponteiro apontou.

Miss Douce tomou da moeda de Boylan, ferindo forte a caixa registadora. Clangorou. Ponteiro apontou. Do Egito uma bela, remexe e separa na gaveta, e zunia e entregava de troco moedas. Olhar para o oeste. Estalido. Para mim.

— Que horas são? — perguntava Blazes Boylan. — Quatro.

Horas.

Lenehan, olhos miúdos famintos do seu zunir, busto colmeante, tocava no cotovelo de Blazes Boylan.

— Respeitemos a voz da hora — disse ele.

A mala de Goulding, Collis, Ward conduzia Bloom pelas mesas floridas de bloomfloração de centeio. Sem alvo escolhia com agitado alvo, o calvo

Pat esperando, uma mesa perto da porta. Estar perto. Às quatro. Terá ele esquecido? Talvez um truque. Faltar: gana aguçar. Eu não podia. Calma, calma. Pat, escanção, cansava-se.
Bronze efervescente azulolhava cenhos e olhos azul-céu de Blazul.
— Vamos — urgia Lenehan. — Não há ninguém. Ele não ouve nunca.
— *Aos lábios de Flora acomete.*
Alta, uma nota aguda repicou em tiple, nítida.
Bronzedouce, comungando com sua rosa que tremula e ondula, buscava a flor e olhos de Blazes Boylan.
— Por favor, por favor...
Ele suplicava em volventes frases de confissão.
— *Não podia deixar-te...*
— Depoisinho — miss Douce prometeu pudibundamente.
— Não, agora — urgia Lenehan. *Sonnezlacloche!* Oh, faça! Não há ninguém.
Ela olhou. Rápido. Miss Kenn longe do alcance do ouvido. Curvou-se súbito. Duas caras acesas remiram sua curva.
Trinando os acordes fugiam da melodia, fundiam-se de novo, perdido acorde, e perdido e achado em balbuceio.
— Vamos. Faça. *Sonnez!*
Curvando-se, ela pinçou uma ponta da saia acima do joelho. Demorou. Motejou deles ainda, curvando-se, erguendo-se, com olhos voluntariosos.
— *Sonnez!*
Chplac. Ela deixou súbito livre em ricochete sua liga elástica pinçada chplachquente contra sua quentelástica coxa de mulher chplachável.
— *La cloche!* — gritou jubilante Lenehan. — Cuidado pelo dono. Nada de palha aí.
Ela fatuissorriu superciliosa (bolas! não são os homens?), mas, deslizando para a luz, macia ela sorriu para Boylan.
— São a essência da vulgaridade — ela deslizante disse.
Boylan, olhado, olhava. Sacudido contra os grossos lábios o seu cálice, recebido seu mínimo cálice, sugando as últimas gordas gotas violeta xaroposas. Ele olhos enfeitiçados seguia-a em pós sua cabeça deslizante no que esta ia pelo bar perto de espelhos, arco dourado de gingibirra, copos reno e clarete rebrilhando, uma concha espinhosa, onde se concertavam, espelhando-se, bronze com bronze ensolarado.

Sim, bronze de cercaperto.
— ... *Meu coração, adeus!*
— Dou o fora — disse Boylan com impaciência.
Ele fez rápido correr longe o cálice, agarrou o troco.
— Espere um segundo — rogou Lenehan, bebendo depressa. — Eu queria lhe contar. Tom Rochford...
— Vamos pro inferno — disse Blazes Boylan, indo-se.
Lenehan tragou para ir-se.
— Foi mordido ou o quê? — dizia ele. — Espere. Estou indo.
Ele seguia os apressados sapatos rangentes, mas estacou ágil ao umbral, a figuras que o saudavam, uma vultosa e outra esguia.
— Como tem passado, senhor Dollard?
— Eh! Como vai? — o baixo distraído de Dollard respondia, esgarrando-se um instante das desditas do padre Cowley. — Ele não lhe criará mais nenhuma dificuldade, Bob. Alf Bergan falará com o grandão. Vamos pôr um tapa-boca no Judas Iscariotes desta vez.
Suspirando, o senhor Dedalus vinha pelo salão, um dedo esfregando uma pálpebra.
— Ora, ora, se vamos — Ben Dollard falseteava jovialmente. — Venha, Simon, ofereça-nos uma cançoneta. Ouvimos o piano.
O calvo Pat, empregado aporrinhado, esperava ordens de bebida, Power para Richie. E Bloom? Vejamos. Não fazê-lo andar duas vezes. Seus calos. Quatro agora. Como é quente o preto. De facto enerva um pouco. Refracta (é isso?) o calor. Vejamos. Sidra. Sim, uma garrafa de sidra.
— O quê? — disse o senhor Dedalus. — Estava apenas improvisando, homem.
— Vamos, vamos — Ben Dollard clamava. — Passado, o triste cuidado. Vamos, Bob.
Ele esquipava, Dollard, vultoso em folgas, à frente (peguem aquele pinto: que venham pegar), salão adentro. Ele refestelou a ele, Dollard, no tamborete. Suas patas gotosas pesaram sobre as teclas. Pesadas, calaram súbito.
O calvo Pat na entrada da porta deu com ouro sem chá retornando. Aporrinhado ele queria Power e sidra. Bronze à vidraça espiava, bronze de longe.
Gingou em tlintlim a sege.
Bloom ouviu um tlim, um sonzinho. Ele sai. Leve soluço de alento Bloom expirou nas silentes flores tristazuladas. Tlintlando. Foi-se. Tlim. Ouve.

— Amor e guerra, Ben — disse o senhor Dedalus. — Deus abençoe os velhos tempos.

Os bravos olhos de miss Douce, despercebidos, voltavam-se da meia-cortina, feridos da luz do sol. Ido. Pensativa (quem sabe?), ferida (a luz ferinte), ela baixava a bambinela com um cordel corredio. Ela encolheu-se pensativa (por que é que ele se foi tão rápido quando eu?) em seu bronze sobre o bar onde o calvo estava perto da irmã ouro, contraste indelicioso, contraste indelicioso nondelicioso, lenta fria obscura verdemar deslizante profundura de sombra, *eau de Nil*.

— O pobre do velho Goodwin era o pianista naquela noite — lembrava-lhes o padre Cowley. — Havia ligeira discrepância de opinião entre ele e o Collard de cauda.

Havia.

— Um simpósio só dele — disse o senhor Dedalus. — O diabo não seria capaz de pará-lo. Era um velho caturra no primeiro estágio de bebida.

— Por Deus, você se lembra? — dizia Ben vultoso Dollard, voltando-se do teclado castigado. — E cos diabos eu não tinha traje de casamento.

Riam-se todos os três. Ele não tinha casamento. O trio inteiro ria. Nada de traje de casamento.

— Nosso amigo Bloom deu uma mãozinha aquela noite — disse o senhor Dedalus. — A propósito, onde está meu cachimbo?

Ele errava de volta ao bar em pós do perdido acorde do cachimbo. O calvo Pat levava bebidas para dois comensais, Richie e Poldy. E o padre Cowley ria de novo.

— Salvei a situação, Ben, penso.

— Salvou — asseverava Ben Dollard. — Lembro-me daquelas apertadas calças também. Aquela foi uma brilhante ideia, Bob.

O padre Cowley enrubesceu até seus brilhantes lobos purpurinos. Ele salvara a situa. Apertadas cal. Brilhante ido.

— Eu sabia que ele estava em apeno — disse ele. — A mulher tocava piano no café-palácio aos sábados dos dé-réis de mel coado e quem é que me deu a pista de que ela estava fazendo o outro negócio? Lembram-se? Tivemos de buscar pela rua Holles inteira para achá-los até que um sujeito no Keogh nos deu o número. Lembram?

Ben lembrava-se, sua cara larga maravilhada.

— Por Deus, ela lá tinha algumas saídas de ópera luxuosas e outras coisas.

O senhor Dedalus deserrava de volta, cachimbo à mão.
— Estilo praça Merrion. Vestidos de baile, por Deus, e vestidos de gala. Ele não queria nenhum dinheiro tampouco. O quê? Toda quantidade de Deus de chapéus emplumados e boleros e bragas. Como?
— É, é — assentia o senhor Dedalus. — A senhora Marion Bloom tinha posto de fora roupa de todos os gêneros.
Cabriolé cabriolava ao longo do cais. Blazes escarrapachava-se por sobre rodas saltitantes.
Fígado e toucinho. Bife e torta de rim. Bem, senhor. Bem, Pat.
A senhora Bloom mete em picosos. Cheira a queimado de Paul de Kock. Bonito nome ele.
— Como é que era que seu nome era? Uma rapariga saudável. Marion...
— Tweedy.
— Sim. Está viva?
— E quicando.
— Ela era filha de...
— Filha do regimento.
— Sim, diacho. E me lembro do velho tambor-mor.
O senhor Dedalus riscou, ziniu, acendeu, tragou uma saborosa tragada por fim.
— Irlandesa? Não sei, confesso. É, Simon?
Tragada após emperramento, tragada, forte, saborosa, crepitante.
— Meu músculo bucinador está... O quê? Um quê enferrujado... Ah, ela é... Minha Molly irlandesa, ora essa.
Ela baforava uma emplumada rajada estimulante.
— Do rochedo de Gibraltar... de todos os modos.
Elas enganchavam-se na profundura da sombra oceânica, ouro perto da bica de cerveja, bronze perto do marasquino, pensativas as duas, Mina Kennedy, 4, terraço Lismore, Drumcondra, com Eudolores, uma rainha, Dolores, silenciosa.
Pat servia pratos descobertos. Leopold corta fatias de fígado. Como dito antes, ele comia com gosto os órgãos internos, moelas amendoadas, ovas fritas de bacalhoa, enquanto Richie Goulding, Collis, Ward comia bife com rim, bife depois rim, bocado a bocado da torta ele comia Bloom comia eles comiam.
Bloom com Goulding, conjugados em silêncio, comiam. Jantares dignos de príncipes.

Pelo passeio de Bachelor cabricabriolava o pimpante Blazes. Boylan, desjugado, ao sol, ao calor, ao trote da anca luzida da égua, com pancadinhas de chicote, sobre rodas saltitantes: escarrapachado, quentissentado. Boylan impaciência, ardentousado. Corno. Tens tu o? Corno. Tens tu o? Co co corno.

Sobre suas vozes Dollard contrabaixava o ataque, troando por sobre bombardeantes acordes:

— *Quando o amor absorve minha alma ardente...*

Rufos de Benalmabenjamin troavam sobre trementes claraboias amorestremecidas.

— Guerra! Guerra! — clamava o padre Cowley. — Você é o guerreiro.

— Assim o sou — Ben Guerreiro ria. — Eu estava pensando no seu senhorio. Amor ou dinheiro.

Estacou. Abanava sua enorme barba, sua enorme cara por sua cincada enorme.

— Certo, você arrebentaria o tímpano da orelha dela, homem — dizia o senhor Dedalus com aroma de fumo — com um órgão como o seu.

Em abundante gargalhar barbado Dollard abalava o teclado. Ele arrebentaria.

— Sem mencionar outra membrana — juntava o padre Cowley. — Calminha, Ben. *Amoroso ma non troppo.* Deixe-me a mim.

Miss Kennedy servia dois cavalheiros com canecões da forte fresca. Ela fez uma observação. Fazia realmente, o primeiro cavalheiro dizia, um belo tempo. Beberam da forte fresca. Sabia ela aonde é que o lorde lugar-tenente estava indo? E ouviu açocascos soantecascos soar. Não, ela não sabia dizer. Mas estaria nos jornais. Oh, ela não precisava incomodar-se. Nenhum incômodo. Ela ondulou seu *Independent* escancarado, buscando, o lorde lugar-tenente, seus pináculos de cabelo lentimovendo-se, lorde lugar-te. Incômodo demais, o primeiro cavalheiro dizia. Oh, não em absoluto. Maneira que ele olhava aquilo. Lorde lugar-tenente. Ouro com bronze ouviam ferro aço.

...... minha alma ardente
Eu não cuido do do amanhã.

Em molho de fígado Bloom amassava batata amassada. Amor e guerra alguém é. O famoso Ben Dollard. A noite que ele correu até nós para pedir emprestado um traje para aquele concerto. Calças esticadas nele como tambor. Capados musicais. Molly ria a valer quando ele se foi. Atirou-se de costas pela cama, gargargalhando, quicando. Com todos os seus pertences à mostra. Oh, santos dos céus, estou encharcada! Oh, as mulheres da primeira fila! Oh, eu nunca ri tanto! Ué, está certo, isso é o que lhe dá o baixo barríltono. Por exemplo, eunucos. Pergunto-me quem é que está tocando. Bonito toque. Deve ser o Cowley. Musical. Conhece qualquer nota que se toque. Mau hálito ele tem, pobre gajo. Parou.

Miss Douce, insinuante, Lydia Douce, donairou-se ao polido solicitador, George Lidwell, cavalheiro, a entrar. Boa-tarde. Ela lhe deu sua, de dama, húmida mão ao seu firme aperto. Tarde. Sim, ela estava de volta. Ao velho ramerrão, de novo.

— Seus amigos estão lá dentro, senhor Lidwell.

Bloom comia fíg como dito antes. Limpo aqui pelo menos. Aquele gajo no Burton, visgoso em cartilagens. Nenhum aqui: Goulding e eu. Mesas limpas, flores, mitras de guardanapos. Pat para lá e para cá, o calvo Pat. Nada a fazer. O mais em conta em Dub.

Piano de novo. Cowley é que é. Maneira que se assenta a ele, como uma só coisa, compreensão mútua. Cansativos serradores arranhando rabecas, olho no fim do arco, serrando o celo, lembram dor de dente. O longo ressonar agudo dela. A noite que estávamos na frisa. O trombone embaixo soprando como morsa, nos entreactos, outro sujeito de sopro desenroscando para esvaziar o cuspe. As pernas do maestro também, calças balão, mexeque-mexe. Faz bem escondê-las.

Sege que mexe que ginga que ginga.

Apenas a harpa. Luz amorável brilhando ouro. Mocinha a tocava. Popa de uma amorável. Molho tá bem digno dum. Barco de ouro. Erin. A harpa que uma ou duas vezes. Mãos frias. Ben Howth, os rododendros. Nós somos suas harpas. Eu. Ele. Velho. Jovem.

— Ah, eu não poderia, homem — dizia o senhor Dedalus, encabulado, negaceando.

Fortemente.

— Vamos, que inferno — rosnou Ben Dollard. — Arranque isso nem que seja aos pedaços.

— *M'appari*, Simon — disse o padre Cowley.

Afundando num palco ele esgalgava algumas passadas, grave, alto de aflição, seus longos braços erguidos. Rascantemente o pomo de sua goela

rascou suavemente. Suavemente ele cantou então uma barcarola cinzenta *Um último adeus*. Um promontório, um barco, um veleiro sobre ondas. Adeus. Uma garota adorável, seu véu vagando sobre as vagas de sobre o promontório, vento à volta dela.
Cowley cantou:

> *M'appari tutt'amor:*
> *Il mio sguardo l'incontr...*

Ela ondulava, não ouvindo a Cowley, o véu dela para um que partia, um querido, ao vento, amor, veloz veleiro, retorno.
— Vamos, Simon.
— Ah, não há dúvida, o meu tempo já se foi, Ben... Bem...
O senhor Dedalus pôs em descanso seu cachimbo ao lado do diapasão e, sentando-se, tocou as teclas obedientes.
— Não, Simon — volveu-se o padre Cowley —, toque no original. Um bemol.
As teclas, obedientes, altearam mais alto, falaram, tremularam, confessaram, confundiram-se.
Ao estrado subia o padre Cowley.
— Deixe, Simon. Vou acompanhá-lo — disse ele. — Levante-se.
Ante o rochedo de ananás de Graham Lemon, ante o elefante de Elvery ginga solavanca. Bife, rim, fígado, amassado com carne dignos de príncipes sentavam-se os príncipes Bloom e Goulding. Principes à carne se erigiram e beberam Power e sidra.
A mais bela ária para tenor jamais escrita, disse Richie *Sonnambula*. Ouvira Joe Mass cantá-la a ela mesma uma noite. Ah, aquele M'Guckin! Sim. A seu modo. Estilo menino de coro. Mass era o menino. Menino de missa. Um tenor lírico, se prefere. Jamais esquecê-lo. Jamais.
Ternamente. Bloom sobre toucinho desfigadado viu as feições tensas contrair. Lumbago ele. Brilhante de olho brilhante. Próximo item do programa. Pagar os pecados. Pílulas, pão calibrado, valor um guinéu a caixinha. Afasta isso por um tempo. Canta também: *Embaixo com os homens mortos*. Apropriado. Torta de rim. Doçuras para o. Não tirando muito proveito disso. O mais em conta em. Característico dele. Power uísque. Exigente quanto à sua bebida. Rachado o copo, água natural Vartry. Surripiando fósforos do

balcão para poupar. Em seguida, esbanjar um soberano em nicas e necas. E quando é solicitado nem um dé-réis. O preço de uma corrida tem de ser arrancado a ferros. Tipos curiosos.

Nunca esqueceria Richie aquela noite. Enquanto vivesse, nunca. Nas torrinhas do velho Royal com o pequeno Peake. E quando a primeira nota.

A fala parou nos lábios de Richie.

Saindo-se com uma patranha agora. De toda droga faz uma cantilena. Crê nas próprias mentiras. Crê realmente. Mentiroso maravilhoso. Mas precisa boa memória.

— Que ária é essa? — perguntou Leopold Bloom.

— *Tudo está perdido agora*.

Richie como que arredondou os lábios. Uma baixa nota incipiente doce duende murmurava tudo. Um tordo. Uma toda. Seu sopro, avecanora, bons dentes de que se orgulha, flauteava com coita flébil. É perdido. Rico som. Eis duas notas numa. Melro que ouvi no vale dos pilriteiros. Tomando os meus motivos ele os entrelaçava e aprimorava. Todo novo demais renovo é perdido no ovo. Eco. Quão doce a resposta. Como isso é feito? Tudo é perdido agora. Plangente ele assoviava. Queda, entrega, perda.

Bloom inclinava leopold orelha, dobrando uma franja do paninho para debaixo da floreira. Ordem. Sim, eu me lembro. Adorável ária. Em sono ela se fora para ele. Inocência na lua. Deixá-la ainda por longe. Bravos, não sabem do perigo. Xinga nomes. Toca na água. Sege ginga. Muito tarde. Ela ansiava por ir-se. É por isso. Mulher. Tão fácil como parar o mar. Sim: tudo é perdido.

— Uma bela melodia — disse Bloom perdido Leopold. — Conheço-a bem. Nunca em sua vida tinha Richie Goulding.

Ele a conhece bem também. Ou ele pensa. Ainda assim harpejando a filha. Garota sabida que conhece o pai, disse Dedalus. Eu?

Bloom de esguelha sobre o desfigadado via. Cara de tudo é perdido. Folgazão Richie outrora. Pilhérias de velho estrilo agora. Abanando a sua orelha. Argola de guardanapos no seu olho. Agora cartas de rogo é o que ele envia pelo filho. Walter vesgo sim senhor já fiz sim senhor. Não queria incomodar, mas esperava algum dinheiro. Desculpe.

Piano de novo. Soa melhor do que da última vez. Afinado provavelmente. Parou de novo.

Dollard e Cowley urgiam ainda o tardo cantor vamos com isso.

— Com isso, Simon.
— Isso, Simon.
— Senhoras e senhores, estou mui fundamente obrigado por suas gentis solicitações.
— Isso, Simon.
— Não tenho dinheiro mas se me emprestarem atenção eu me esforçarei por cantar-lhes sobre um coração em pena.

Perto da montra de sanduíches em um halo de sombra, Lydia seu bronze e rosa, uma graça de dama, dava e recusava: como se em fria glauca *eau de Nil* Mina aos canecões dois seus pináculos de ouro.

Os acordes arpegiados do prelúdio findavam. Um acorde sustenido, expectante, soltou longe uma voz.

— *Ao ver primeiro a forma tão querida.*

Richie voltou-se.

— Voz do Si Dedalus — disse ele.

Cerebrespicaçados, faces tocadas de flama, eles ouviam sentindo um fluir querido fluir sobre pele membros coração humano alma espinha. Bloom fazia sinal a Pat, o calvo Pat é um empregado duro de ouvido, para deixar entreaberta a porta do bar. A porta do bar. Assim. É bastante. Pat, empregado, esgarçava-se, engonçando-se por ouvir, pois ele era duro de ouvir perto da porta.

— *Pareceu-me fugir toda a tristeza.*

Na caluda do ambiente uma voz cantava-lhes, baixo, nem chuva, nem folhas múrmuras, nem como a voz de cordas de junquilho ou comoéquesechama dulcímeros, tocando-lhes as orelhas quedas com palavras, os corações quedos deles cada um com vidas revividas. Bom, bom de ouvir: a tristeza deles cada um parecia de ambos partir quando logo ouviram, perdidos, Richie, Poldy, a misericórdia da beleza, ouvida de alguém de quem menos se esperaria, a primeira misericordiosa suavemente palavra dela sempreamada.

Amor que é canto: a velha doce canção do amor. Bloom destacava lento a fita elástica do seu embrulho. Velha doce *sonnez la* ouro do amor. Bloom atacava a fita à volta de quatro dedos em garfo, esticava-a, relaxava-a, e atacava-a turvado em volta em duplo, quádruplo, em oitavo, agrilhoando-a rápido.

— *Esperança e delícias me acenavam.*

Tenores conseguem mulheres em penca. Aumenta-lhes o fôlego. Jogam flores aos pés deles quando nos encontraremos? Minha cabeça, isso simplesmente. Zum-zum que é delícia. Ele não pode cantar para cartolas. Tua cabeça simplesmente gera. Perfumada para ele. Que perfume é que sua mulher? Eu quero saber. Tlim. Parada. Toque-toque. Última olhadela ao espelho antes sempre que atende à porta. A sala de entrada. Está aí? Como vai? Vou bem. Está aí? O quê? Ou? Caixinha de tsén-tsén, confeitos para beijinhos, na bolsinha dela. Sim? Mãos a sentir a opulência.

Ai-ai! A voz se erguia, suspirava, modulava: forte, cheia, brilhante, audaz.

— *Mas era um sonho apenas essa vida.*

Timbre soberbo ele tem ainda. O ar de Cork suaviza também seu sotaque. Sujeito idiota! Podia ter feito montanhas de dinheiro. Pregou em freguesia errada. Arrebentou a mulher: canta agora. Mas quem pode saber? Somente eles dois mesmos. Mantém as aparências. Suas mãos e pés cantam também. Bebe. Nervos mais que estirados. Deve-se ser abstêmio para cantar. Dieta de Jenny Lind: caldo, sálvia, ovos crus, meia pinta de creme. Para sonhos risonhos.

Ternura o canto derramava: lento, esparramava. Cheio ele pulsava. Isto é tizio. Ah, tira! Dá! Pulsa, um impulso, claro erguido latejando.

Palavras? Música? Não: é o que é por trás.

Bloom enlaçava, deslaçava, num nuto, num não nuto.

Bloom. Fluxo de quente chepechape tilintante secretude fluía a fluir em música, em desejo, escuro no tilifluir, invadindo. Nela tenteando, tacteando, titilando, tucutucando. Tape. Poros a dilatar dilatantes. Tape. O júbilo, o senso, o quente, o. Tape. Jorrar de represas efusões. Fluxo, efusão, fluido, jorralegre, pulsipulso. Eia! A língua do amor.

— *... raio de esperança...*

Luzindo. Lydia para Lidwell dominamente trai ouvir discreta o murmúrio diserto de um raio de esperança.

É a *Martha*. Coincidência. Ia agora mesmo escrever. A ária de Lionel. Nome adorável que você tem. Não posso escrever. Aceite meu presênti. Brincar com suas cordicordas e bolsicordas também. Ela é uma. Eu lhe chamei travessinho. Ainda o nome: Martha. Que estranho! Hoje.

A voz de Lionel volteava mais fraca mas incorrupta. Cantava de novo para Richie Poldy Lydia Lidwell cantava também para Pat abertas boca orelha servidas para servir. Como primeiro viu aquela forma querida, como a tristeza parecia apartar-se, como o olhar, a forma, a palavra o encantaram Gould Lidwell, coração de won Pat Bloom.

Gostaria de ver ademais sua cara. Diz melhor. Por que o barbeiro no Drago sempre olhava minha cara quando eu falava para a cara dele no espelho? Ainda assim ouvir aqui embora mais longe é melhor que no bar.

— *Cada olhar gracioso...*

Primeira noite que primeiro a vi no Mat Dillon em Terenure. Amarelo, renda preta vestia. Cadeiras musicais. Nós dois os últimos. Fado. Depois dela. Fado. Rebola que rebola lento. Rápido reboleio. Nós dois. Todos olhavam. Parar. Ela sentou-se. Todos os de fora olhavam. Lábios sorrindo. Joelhos amarelos.

— *Encantaram meus olhos...*

Cantava. *Esperando* ela cantou. Eu virava as páginas. Voz plena de perfume de que perfume usa sua lírios. O colo eu via, ambos plenos, garganta gorjeando. Primeiro a vi. Ela me agradeceu. Por que ela me? Fado. Olhos espanholantes. Sob um pátio de uma só pereira esta hora na velha Madri um lado à sombra Dolores eladores. Gorjeio. Ah, ímã! Imantante.

— *Martha! Ah, Martha!*

Deixando todo langor Lionel chamava em mágoa, em grito de paixão dominante ao amor que voltasse com aprofundantes se bem que alteantes acordes de harmonia. Em grito de solidão lionel que ela pudesse saber, Martha devesse sentir. Pois a ela só esperava. Onde? Aqui ali tentar aqui ali tentar onde. Algures.

— *Ve-em perdido bem!*

Ve-em querido bem!

Sozinho. Um amor. Uma esperança. Um conforto-me. Martha, nota de peito, *ritornello*.

— *Vem!*

Remontava, um pássaro, sustinha seu voo, em vivo grito puro, remontar orbe argênteo que ele saltava sereno, célere, sustido, para voltar não o rodopies longo demais longo sopro que ele essoprava longa vida, remontando alto, alto resplendente, inflamando, coroado, alto na simbolística efulgência, alto, de colo etéreo, alto, da alta vasta irradiação em toda parte tudo remontando tudo em torno, ao tudo, a interminabilidadedadedadedade...

— *Para mim!*

Siopold!

Consumido.
Vem. Cantara bem. Todos aplaudiam. Ela devia. Vem. Para mim, para ele, para ela, tu também, eu, nós.
Bravo! Plaqueplaque. Óptimo, Simon. Plaqueplacplac. Bis! Placpliqueplac. Soa como um sino. Bravo, Simon! Placplocplac. Bis, bisplac, diziam, gritavam, placavam todos, Ben Dollard, Lydia Douce, George Lidwell, Pat, Mina, dois cavalheiros com dois canecões, Cowley, o primeiro cavalh com canec e bronze miss Douce e ouro miss Mina.

Os bacanas sapatos amarelos de Blazes Boylan rangeram no soalho do bar, dito antes. Gingando cerca de monumentos a sir John Gray, Horácio maneta Nelson, reverendo padre Theobald Matthew, cabriolava, como dito antes agora mesmo. A trote, a quente, quentissentado. *Cloche. Sonnez la. Cloche. Sonnez la.* Mais lenta a égua subia a colina perto da Rotunda, praça Rutland. Muito lenta para Boylan, o infernal Boylan, Boylan impaciência, esquipava a égua.

Uma transressonância dos acordes de Cowley fechou-se, morreu no ambiente tornado mais rico.

E Richie Goulding bebeu seu Power e Leopold Bloom sua sidra bebeu, Lidwell sua Guinness, segundo cavalheiro disse que partilhariam de dois canecões se ela não se incomodasse. Miss Kennedy esgarriu, desservindo, lábios corais, ao primeiro, ao segundo. Ela não se incomodava.

— Sete dias na cadeia — dizia Ben Dollard — a pão e água. E então você cantaria, Simon, como um tordo do bosque.

Lionel Simon, cantor, ria. O padre Bob Cowley tocava. Mina Kennedy servia. O segundo cavalheiro pagava. Tom Kernan emproava-se adentro; Lydia, admirada, admirava. Mas Bloom cantava em caluda.

Admirando.

Richie, admirando, decantava a voz gloriosa daquele homem. Ele lembrava-se de uma noite fazia muito tempo. Nunca esquecera aquela noite. Si cantara *Era fama e honras*: era no Ned Lambert. Bom Deus ele nunca ouvira em toda a sua vida uma nota como aquela que ele nunca fizera o *então ó falsa é melhor separar-nos* tão clara ele nunca ouvira o *já que o amor não vive* numa voz tão unida pergunte ao Lambert que ele lhe pode contar também.

Goulding, um rubor lutando em sua pálida, contava ao senhor Bloom, cara, da noite em que Si no Ned Lambert, na casa de Dedalus, cantava *Era fama e honras*.

Ele, o senhor Bloom, ouvia enquanto ele, Richie Goulding, lhe contava, ao senhor Bloom, da noite em que ele, Richie, o ouvira a ele, Si Dedalus, cantar *Era fama e honras*, na dele, Ned Lambert, casa.
Cunhados: parentesco. Nunca nos falamos quando cruzamos. Vaso rachado, penso. Trata-o com desdém. Veja. Ele o admira cada vez mais. As noites que Si cantava. A voz humana, duas diminutas cordas de seda. Maravilhosa, mais que todas as outras.
Aquela voz era um lamento. Mais calma agora. É no silêncio que se sente que se ouve. Vibrações. Agora ar silencioso.
Bloom destravara suas mãos entrecruzadas e os dedos soltos esticava a fina tira de borracha. Encolhia e esticava. Zunia e zumbia. Enquanto Goulding falava da produção da voz de Barraclough, enquanto Tom Kernan, voltando à vaca-fria numa espécie de arranjo retrospectivo, falava ao ouvinte padre Cowley que tocava um improviso, que nutava no que tocava. Enquanto Ben Dollard falava a Simon Dedalus que acendia, que assentia no que fumava, que fumava.
Ó tu, perdida. Todas as canções sobre o tema. E mais Bloom retesava sua corda. Cruel, parece. Deixar as gentes gostar-se entre si: amarrarem-se juntas. Depois rompê-las à parte. Morte. Explos. Pancada no crânio. Proinfernoprafora. Vida humana. Dignam. Uf, essa cauda de rato retorcendo-se. Cinco bagarotes que eu dei. *Corpus paradisum*. Crocitador crocante: pança como a de um cachorro envenenado. Idos. Eles cantam. Esquecidos. Eu também. E um dia ela com. Deixá-la: se cansará. Sofrer então. Choradeiras. Grandes olhos espanholados esbugalhados para o nada, Sua onduladadapesadadadadada cabeleira des pent': ada.
O facto é que muito feliz aborrece. Ele esticava mais, mais. Você não é feliz em? Tum. Espatifou.
Ginga rua Dorset adentro.
Miss Douce encolheu seu braço cetinado, reprochante, lisonjeada.
— Mais amor e menos confiança — disse ela — até que a gente se conheça melhor.
George Lidwell falava-lhe realmente e verazmente, mas ela não acreditava.
O primeiro cavalheiro dizia a Mina que a coisa era assim. Ela lhe perguntava que coisa era assim. E o segundo canecão dizia-lhe assim. Que a coisa era assim.

Miss Douce, miss Lydia, não acreditavam: miss Kennedy, Mina, não acreditava: George Lindwell, não: miss Douce não não: o primeiro, o primeiro: cavalh com o canec: acreditar, não, não: não não miss Kenn: Lidlydiawell: o canec.

Melhor escrevê-la aqui. Canetas no correio mastigadas e tortas.

O calvo Pat a um sinal veio para perto. Uma caneta e tinta. Ele foi. Um mata. Ele ia. Um mata-borrão. Ele ouviu, surdo Pat.

— Sim — dizia o senhor Bloom, chateanto sua fita de borracha enroscada. — É certamente. Umas poucas linhas bastarão. Meu presênti. Tudo o que a flórida música italiana é. Quem é que escreveu isso? Conhece o nome que conhecerás melhor. Tomou do papel de carta, envelope: despreocupado. É tão característico.

— O mais esplêndido número de toda ópera — disse Goulding.

— É mesmo — disse Bloom.

Números é que é a coisa. Toda música quando se penetra no assunto. Dois multiplicado por dois dividido por meio e o duplo de um. Vibrações: acordes são isso. Um mais dois mais seis é sete. Faz-se o que quer que se queira com malabarismos de algarismos. Sempre se chega a que isto é igual àquilo, simetria sob o muro de um cemitério. Ele não repara no meu luto. Empedernido: tudo para a sua própria pança. Musamatemática. E se pensa que se está ouvindo o etéreo. Mas suponhamos que se dissesse isso como: Martha, sete vezes nove menos é trinta e cinco mil. Se esborracha. É por causa dos sons é o que é.

Exemplo é o que ele está tocando agora. Precisa-se ouvir com rigor. Preciso. Principia muito bem: em seguida ouvir acordes um pouquinho por fora: sentir como perdido um pouquinho. Dentro e fora de sacas sobre barris, através de cercas de arame, corrida de obstáculo. O tempo faz a toada. Questão do humor com que se está na coisa. Ainda assim sempre bonito de ouvir. Com excepção das escalas ascendentes e descendentes, meninas aprendendo. Duas juntas no vizinho da porta ao lado. Devia-se inventar pianos mudos para isso. *Blumenlied* comprei para ela. O nome. Tocando-a devagar, uma menina, a noite que eu cheguei em casa, a menina. Porta das estrebarias perto da rua Cecilia. Milly não tem gosto. Curioso por que nós dois quero dizer.

O calvo surdo Pat trazia arrastado tinta. Pat dispunha com a tinta uma pena, muito arrastado. Pat apanhou os pratos travessas faca garfo. Pat foi-se.

Era a única linguagem dizia o senhor Dedalus a Ben. Ouvira-os garoto em Ringabella, Cruzeporto, Ringabella, cantando suas barcarolas. O porto de Queenstown cheio de barcos italianos. Caminhando, você sabe, Ben, à lua com aqueles chapéus de brutamontes. Misturando suas vozes. Boa, tal música, Ben. Ouvira, garoto. Cruze Ringabella porto lunacarola.

O acre cachimbo retirado ele sustinha um escudo de mão ao lado dos lábios que arrulhavam um noturno apelo lunar, claro de perto, um apelo de longe respondendo.

Pela borda do seu bastão de *Freeman* vagava o teu outro olho, Bloom, inquirindo por onde é que eu vi aquilo. Callan, Coleman, Dignam Patrick. Ai-ai! Fawcett. Ha-ha! Eu estava mesmo vendo...

Espero que ele não esteja olhando, esperto como um rato. Susteve seu *Freeman* desenrolado. Não pode me ver agora. Lembrar-se de escrever os ípsilos gregos. Bloom mergulhou, Bloom murmu: caro senhor. Querido Henry escreveu: querida Mady. Recebi sua car e flô. Onde diabo pus? Num bolso ou out. É totalmente imposs. Sublinhou *imposs*. Escrever hoje.

Chato isto, Bloom chateado tamborilava gentilmente com dedos de eu estou agora pensando sobre o mata-borrão achatado que Pat trouxera.

Adiante. Sabe o que quero dizer. Não, trocar aquele i. Aceite meu pobre presen incluo. Pedir-lhe não respon. Espera. Cinco Dig. Perto de dois aqui. Pence as gaivotas. O Elias está chego. Ste no Davy Birne. É perto de oito. Digamos meia coroa. Meu pobre presen: P.R. dois e seis. Escreva-me uma longa. Você despreza? Tintim, você tem a? Tão excitado. Por que é que me chama travess? Você é travessa também? Oh, Meria perdeu o alfinete dela. Té, por hoje. Sim, sim, te contarei. Queria que. Para não cair. Chama-me aquele outro. Outro nume ela escreveu. Minha paciência estão exaustas. Para não cair. Você precisa crer. Crê. O canec. Isto. É. Verdade.

Estou escrevendo bobices? Maridos não escrevem. Isso é que casamento faz, as esposas. Porque estou longe de. Suponhamos. Mas como? Ela devia. Manter-se jovem. Se ele achasse. Carta no meu de alta qualid. Não, não contar tudo. Pesar inútil. Se elas não veem. Mulher. Consolo do palhaço.

Um coche de praça, número trezentos e vinte e quatro, cocheiro Barton James, do número um da avenida da Harmonia, Donnybrooke, no qual se assenta um passageiro, jovem cavalheiro, vestido na modíssima num terno sarja azul-índigo feito por George Robert Mesias, alfaiate e contramestre, do número cinco do cais do Éden, e levando um chapéu de palha muito vistoso, comprado no John Plasto, do número um da rua Great Brunswick, chapeleiro. Hem? Essa é a sege que gingava e cabriolava. Perto do porqueiro Dlugacz com lustrosos tubos de Agendath trotava uma égua garbosancuda.

— Respondendo a um anúncio? — os olhos bisbilhoteiros de Richie perguntavam a Bloom.

— Sim — disse o senhor Bloom. — Caixeiro-viajante. Nada a fazer, acredito.

Bloom murmu: melhores referências. Mas Henry escreveu; isso me encantará. Agora você sabe. Com pressa. Henry. Ípsilo grego. Melhor juntar postscrito. Que é que ele está tocando agora? Improvisando um *intermezzo*. P.S. O bum tum tum. Como você me pun? Você punir-me? Saia amarrotada sacolejando, lesco-lesco. Diga-me eu queria. Saber. Oh. Certo, se eu não fizesse eu não perguntaria. La la la ré. Pôr uma cauda de triste em menor. Por que em menor triste? Elas gostam de cauda triste no fim. P.P.S. La la la ré. Sinto-me tão triste hoje. La ré. Tão só. Dé.

Ele mata borrou rápido no mata do Pat. Envelo. Endereço. Apenas copiar da carta. Murmurou: senhores Callan, Coleman e Co., Limitada. Henry escreveu:

Miss Martha Clifford
a/c P.R.
Alameda do Celeiro do Delfim
Dublin.

Passou o mata-borrão sobre o outro borrado para que ele não possa ler. Ideia mãe de primeira. Algo que o detective lia de um mata-borrão. Pagamento à razão de um guinéu por colu. Matcham pensa frequentemente em feiticeiras gargalhantes. Pobre senhora Purefoy. EE. Gh: és gagá.

Muito poético aquilo sobre o triste. Música provoca isso. Música tem encantos disse Shakespeare. Citações para cada dia. Ser ou não ser. Prudência no esperar.

Pelo roseiral de Gerard da alameda de Fetter ele passava, cinzavermelhado. Uma vida é tudo. Um corpo. Faze. Mas faze.

Feito de todos os modos. Selo postal. Correio mais lá embaixo. Anda agora. Bastante. No Barney Kiernan prometi encontrar-me com eles. Não gosto daquele negócio. Casa de carpideiras. Anda. Pat! Não ouve. Surdo como uma porta.

A sege está perto agora. Fala. Fala Pat! Nada. Arrumando aquelas toalhas. Extensões não pequenas deve cobrir durante um dia. Uma cara pintada na parte de trás e ele seria em dobro. Gostaria que cantassem mais. Distrairia minha mente.

O calvo Pat que está aporrinhado argola os guardanapos. Pat é um empregado duro de ouvir. Pat é um esperador que espera enquanto esperas. Hi hi hi hi. Ele espera enquanto esperas. Hi hi. Um empregado é o que ele é. Hi hi hi hi. Ele espera enquanto esperas. Enquanto esperas se esperas ele esperará enquanto esperas. Hi hi hi hi. Oh. Espera enquanto esperas.

Douce agora. Douce Lydia. Bronze e rosa.

Ela teve um infernal, simplesmente infernal, feriado. E olha a adorável concha que ela trouxe.

Pelo extremo do bar para ele ela levava grácil o espinhudo e espiralado maricorno para que ele, George Lidwell, solicitador, pudesse ouvir.

— Ouça! — injungiu-lhe ela.

Às palavras gimcálidas de Tom Kernan o acompanhante tecia lento sua música. Um facto autêntico. De como Walter Bapty perdera sua voz. Bem, senhor, o marido agarrou-o pela garganta. *Salafrário*, disse ele. *Não cantarás mais canções de amor.* Ele disse, senhor Tom. Bob Cowley tecia. Os tenores arranjam mulh. Cowky se inclinava para trás.

Ah, agora ele ouvia, ela segurando-o à orelha. Ouve! Ele ouvia. Magnífico.

Ah, agora ele ouvia, ela suspendendo-o à orelha dele. Ouça! Ele ouvia. Maravilhoso. Ela o suspendia à sua própria e através de um contraste de luz de ouro pálida brilhava. Para ouvir.

Tape.

Bloom pela porta do bar via uma concha erguida às orelhas deles. Ele ouvia mais desmaiadamente aquilo que eles ouviam, cada um para si só apenas, depois cada um para o outro, ouvindo o chapechape das ondas, ruidosamente, um rugir silente.

Bronze com ouro cansada, perto, longe, ouviam.

Sua orelha também é uma concha, o lobo repontante ali. Estar à beira-mar. Adoráveis garotas da praia. Pele tostada a nu. Deve ter posto antes cremes refrescantes para bronzear. Torradas na manteiga. Oh, e aquela loção não devia ter sido esquecida. Secaduras de febre no canto da boca. Sua cabeça dela simplesmente. Cabeleira entrançada para cima: concha com bodelha do mar. Por que escondem elas suas orelhas com bodelhada cabeleira? E

as turcas suas bocas, por quê? Os olhos dela por sobre o lençol, uma yashmak. Achar o caminho adentro. Uma caverna. Proibida a entrada excepto a negócios.
O mar que eles pensam que ouvem. Cantando. Um rugido. É o sangue é o que é. Esparrama-se pelo ouvido por vezes. Bem, é um mar. Ilhas corpusculares.
Maravilhoso realmente. Tão claro. De novo. George Lidwell retinha seus murmúrios, ouvindo: depois depô-lo cerca, docemente.
— Que estão essas ondas selvagens dizendo? — ele perguntou-lhe, sorriso.
Encanto, marsorriso e irresponso Lydia para Lidwell sorria.
Tape.
Perto de Larry O'Rourke, perto de Larry, audacioso Larry O', Boylan desviou e Boylan virou.
De sua concha abandonada miss Mina reluzia para seu canecão expectante. Não, ela não era tão só, recurvamente a cabeça de miss Douce deixava saber ao senhor Lidwell. Passeia ao luar à beira-mar. Não, não só. Com quem? Ele nobremente respondia: com um cavalheiro amigo.
Os dedos chispantes de Bob Cowley tocavam de novo em tiple. O senhorio tem a priorid. Por pouco tempo John o alto. Ben o grande. Levemente ele tocava uma lépida medida tinintante brilhante para senhoras ágeis, curvatura e sorriso, e para seus galantes cavalheiros amigos. Uma: uma, uma uma, uma: duas, uma, três, quatro.
Mar, vento, folhas, trovão, águas, vacas mugindo, o mercado de gado, galos, galinhas não cucuricam, serpentes que tsiam. Há música por toda parte. A porta do Ruttledge: êê rangente. Não, isso é ruído. O minueto de *Don Giovanni* é o que ele está tocando agora. Vestidos de gala de todos os tipos nas câmaras do castelo dançando. Miséria. Camponeses do lado de fora. Verdes caras esfomeadas comendo azedinhas. Bonito é o que é isso. Olhar olhar, olhar, olhar, olhar: tu nos olhas.
Isso é alegria que eu posso sentir. Nunca escrevi isso. Por quê? Minha alegria é outra alegria. Mas ambas são alegrias. Sim, alegria é o que deve ser. O mero facto da música mostra que estás. Muitas vezes acreditei que ela estava no poço até que começava a cantarolar. Então sabia.
A mala de M'Coy. Minha mulher e sua mulher. Gata miadora. Como rasgar seda. Quando ela fala é como a matraca de um fole. Elas não conseguem sustentar os intervalos dos homens. Hiatos nas suas vozes também. Encha-me. Eu estou quente, escura, aberta. Molly em *quis est homo*: Mer-

cadante. Minhas orelhas contra as paredes para ouvir. Precisa-se de uma mulher para entregar mercadorias.

A sege gingante gingando parava. Os foleiros sapatos amarelos das foleiras quadrículas das meias azul-céu de Boylan tocaram leve a terra.

Oh, vejam estamos tão! Música de câmara. Podia-se fazer uma espécie de trocadilho com isso. É uma espécie de música que eu sempre penso quando ela. Acústica é o que é isso. Tilintar. Recipientes vazios fazem mais barulho. Por causa da acústica, a ressonância muda conforme o peso da água igual à lei da queda d'água. Como essas rapsódias de Liszt, húngaras, gitanolhudas. Pérolas. Gotas. Chuva. Liro liro laro laro loro loro. Hhiss. Agora. Talvez agora. Antes.

Alguém toca uma porta, toca-toca com um coto, cutucou o Paul de Kock, com um falastrão castão batão, com um cuco curracurracurra cuco. Cucocuco.

Tape.

— *Qui sdegno*, Ben — disse o padre Cowley.

— Não, Ben — interferiu Tom Kernan —, *O garoto desastrado*. Nosso dórico nativo.

— Isso mesmo, Ben — disse o senhor Dedalus. — Homens bons e leais.

— Isso, isso — rogaram em uníssono.

Vou-me. Aqui, Pat, volta. Vem. Ele vinha, ele vinha, não ficou. A mim. Quanto?

— Qual o tom? Seis sustenido?

— Fá maior sustenido — disse Ben Dollard.

As garras distendidas de Bob Cowley empolgaram as negras teclas gravíssonas.

Preciso ir, o príncipe Bloom dizia ao príncipe Richie. Não, dizia Richie. Sim, preciso. Conseguir dinheiro em algum lugar. Vai-se mas é para uma pândega de arranca-rabo. Quanto? Ele vêouve a labiofala. Um e nove. Pence para você. Aqui está. Dá-lhe dois pences de gorja. Surdo, aporrinhado. Mas talvez tenha mulher e família esperando, esperando Patty de volta em casa. Hi hi hi hi. O surdo espera enquanto eles esperam.

Mas espera. Mas ouve. Acordes cavos. Lugugúgubre. Baixo. Numa caverna no coração da terra escura. Minério em filão. Gangamúsica.

A voz de era sombria, de desamor, de cansaço da terra fez grave introito, e penoso, vinda de longe, de montanhas vetustas, conclamando os homens bons e leais. Ao padre ele buscava, com quem trocaria umas palavras.

Tape.
A voz barríltona de Ben Dollard. Puxando o melhor para dar conta. Crocitar de vasto paul sem homem sem lua sem fêmealua. Outro fracasso. Teve negócio de fornecedor de grandes navios. Lembro-me: caibros alcatroados, lanternas de navios. Faliu num descompasso de dez mil libras. Agora no Asilo Iveagh. Célula número tal. Foi a cerveja Bass de primeira que fez isso para ele.
O padre em casa. O servidor de um padre falso lhe dá boas-vindas. Entre. O santo padre. Caracoleios de acordes.
Arruína-os. Naufraga-lhes as vidas. Então construir-lhes cubículos para terminarem seus dias. Aquietando. Acalanto. Morre, cão. Cãozinho, morre.
A voz de admonição, solene admonição, conta-lhes que o jovem entrou o vestíbulo solitário, conta-lhes quão solene ressoavam suas passadas aí, conta-lhes da lúgubre câmara, o padre aparamentado para ouvir a confissão.
Alma honesta. Um pouco confusa agora. Pensa que vencerá no concurso gráfico poético do *Respostas*. Conferiremos-lhe uma farfalhante nota de cinco libras. Pássaro aconchegado num ninho chocando. Lais do último menestrel é o que pensou que era. Gê-traço-tê-o que animal doméstico é? Ela vê às avessas é depressão. Boa voz tem ele ainda. Não é eunuco ainda com todos os seus pertences.
Ouve. Bloom ouvia. Richie Goulding ouvia. E perto da porta o surdo Pat, o calvo Pat, o Par-gorjeta, ouvia.
Os acordes arpegiavam mais lento.
A voz em pena e em mágoa vinha lenta, embelecida, trêmula. A contrita barba de Ben confessava: *in nomine Domini*, em nome de Deus. Ele se ajoelhou. Ele batia a mão contra o peito, confessando: *mea culpa*.
Latim de novo. Isso os agarra como visgo a passarinho. Padre com o corpus da comunhão para aquelas mulheres. O gajo na capela mortuária, eça ou essa, *corpusnomine*. Pergunto-me onde estará agora aquele rato. Cavando.
Tape.
Eles ouviram: os canecões e miss Kennedy, a pálpebra muito expressiva de George Lidwell, o cetim plenibusto, Kernan. Si.
A suspirosa voz da mágoa cantava. Seus pecados dele. Desde a Páscoa blasfemara três vezes. Seu fidaputa. E uma vez à hora da missa fora brincar. Uma vez passara pelo átrio da igreja e não rezara pelo descanso de sua mãe. Um garoto. Um garoto desastrado.

Bronze, ouvindo perto da bica de cerveja, escutava os longes. Com toda a alma. Nem suspeita que a estou. A acuidade de Molly em perceber que olham para ela.

Bronze olhava os longes de esguelha. O espelho ali. É o melhor lado de sua cara? Elas sabem sempre. Batida à porta. Último retoque de faceirice. Galocurracurra.

Que é que se pensa quando se ouve música? Maneira de pegar cascavéis. Noite que Michael Gunn nos deu a frisa. Afiando. A que o xá da Pérsia preferia. Lembrava-o do lar doce lar. Enxugava também o nariz na cortina. Costume talvez de sua terra. Isso também é música. Não é tão ruim quanto soa. Buzinando. Metais metendo ais pelas sobretrombas. Contrabaixos, abaixados, cutilados nos baixos. Lenhos de sopro mugindo vacuns. Lenhos de sopro como o nome de Goodwin.*

Ela estava com bela aparência. Trazia seu vestido açafrão, decotado, pertences à mostra. Cravo seu hálito recendia sempre no teatro quando se inclinava para fazer uma pergunta. Contei-lhe o que Espinosa diz naquele livro do pobre papai. Hipnotizada, ouvindo. Olhos deste tamanho. Ela se inclinava. O gajo do balcão, olhando com toda a gana para dentro dela com os binóculos. A beleza da música deve ser ouvida ao dobro. Mulher ao natural basta meia olhadela. Deus põe, o homem compõe. Mete em picosos. Filosofia. Oh, droga!

Tudo ido. Tudo caído. No assédio de Ross o seu pai, no de Gorei todos os seus irmãos caíram. Em Wexford, nós somos os de Wexford, ele diria. O último de sua raça e nome.

Eu também, último de minha raça. Milly jovem estudante. Bem, culpa minha talvez. Seu filho. Rudy. Muito tarde agora. E se não? Se não? Se ainda? Ele não alimentava ódio.

Ódio. Amor. Isso são nomes. Rudy. Breve sou um velho.

Bem Ben sua voz expandia-se. Grande voz, Richie Goulding dizia, num rubor lutando em seu palor, a Bloom, breve um velho mas quando era jovem.

A Irlanda vem agora. Minha terra acima do rei. Ela ouve. Quem teme falar de mil novecentos e quatro? Tempo de safar-me. Visto já o bastante.

---

*Perdida na tradução a associação homofônica: *woodwind*, instrumento de sopro de madeira, lenho de sopro, e o nome próprio Goodwin. (N. do T.)

— *Abençoa-me, padre* — Dollard o desastrado clamava. — *Abençoa-me e deixa-me partir.*
Tape.
Bloom mirava, não abençoado para partir. Levantou-se para a luta: dezoito bagarotes por semana. Essa gente quer ficar no bem-bom. Deve-se ter o olho aberto ao tempo. Essas garotas, essas adoráveis. Perto das tristes ondas do mar. Romança da corista. Cartas exibidas em prova de quebra de promessa. Do Gostosuruzinho à sua Bumdemelzinha. Riso no tribunal. Henry. Nunca assinei. O adorável nome que.
Fundo mergulhava a música, melodia e palavras. Em seguida precipitava-se. O falso padre farfalhando-se de sua batina em soldado. Um capitão da guarda-real. Sabem tudo de cor. A emoção pela qual se estorcem. Da guarda um capi.
Tape. Tape.
Emocionada, ela escutava, inclinando-se em comunhão para ouvir. Cara intacta. Virgem deveria dizer: ou dedilhada apenas. Escreve algo sobre ela: página. Se não, que acontecerá delas? Fenecimento, desesperança. Isso as mantém jovens. De tal modo que elas se apreciam a si mesmas. Vê. Brinca nelas. Lábio avulta. Corpo de branca mulher, uma flauta viva. Sopra doce. Forte. Três furos toda mulher. Deusa eu não vi. Elas querem isso: nada de rodeios em demasia. Aí está por que ele as consegue. Ouro no teu bolso, bronze na tua cara. Com gana de enganar: canções sem palavras. Molly e o garoto do realejo. Ela compreendeu que o garoto dizia que o macaco estava doente. Ou porque tão semelhante ao espanhol. Entende os bichos também desse modo. Salomão era assim. Dom da natureza.
Ventriloquar. Meus lábios fechados. Pensar no estom. O quê?
Farás? Tu? Eu. Quero. Que. Tu.
Com rouca fúria rude o da guarda emborrascava-se. Inchando-se num filho da puta apoplético. Um bom pensamento, garoto, é o que pode te restar. Tens uma hora de vida, tua última.
Tape. Tape.
Emoção agora. Pena é o que sentem. Enxugar uma lágrima pelos mártires. Por todas as coisas que morrem, queriam, morrendo, morrer. Por todas as coisas nascidas. Pobre senhora Purefoy. Aqui jaz ela. Por causa das matrizes delas.
Um líquido de matriz de pupila de mulher mirava sob uma cerca de cílios, calmamente, ouvindo. Vê a beleza real dos olhos quando ela não fala.

No além-rio. A cada lenta onda do seu seio arfante (seu arfante embon), a rubra rosa reerguia-se lenta, mergulhava a rubra rosa. Cordipulsa seu alento: alento que é vida. E todas as suas mínimas mínimas fetilâminas tremiam de capilária.

Mas olha. As estrelas brilhantes esmaecem. Oh, rosa! Castaela. A man. Há. Lidwell. Para ele então não era. Enamorado. Eu como isso? Vê-la daqui embora. Rolhas pipocadas, borrifos de espuma de cerveja, pilhas de vazias.

Na polida bica de cerveja pousa leve, fornida, a mão de Lydia, deixe-a em minhas mãos. Tudo perdido em pena pelo desastrado. Para cá, para lá: para lá, para cá: sobre o polido castão (ela sabe dos olhos deles, dos meus olhos, dos olhos dela) o polegar e dedos dela passavam em pena: passavam, repassavam e, doce tocando e então deslizando tão macio, lento abaixo, um frio firme branco bastão esmaltado protraindo-se através de seu aro escorregadio.

Com um galo com uma curra.

Tape. Tape. Tape.

Detenho esta casa. Amém. Ele rilhou em fúria. Traidores, baraço.

Os acordes consentiam. Coisa tão triste. Mas tinha de ser.

Sair antes que acabe. Obrigado, isto foi celestial. Onde está meu chapéu? Passar perto dela. Posso deixar este *Freeman*. A carta eu tenho. Supõe que ela fosse a? Não. Anda, anda, anda. Como Cashel Boylo Connoro Coylo Tisdall Maurice Nenhetudo Farrel, Aaaaaaanda.

Bem, eu preciso estar. Está indo? Tdvsdzadeus. Blmstdpé. Acima do palheiro. Bloom levantou-se. Ó. Sabonete parece mais pegajoso atrás. Devo ter suado: música. Aquela loção, lembra-te. Bem, até logo. Alta qualid. Cartão dentro, sim.

Por perto do surdo Pat à porta, aguçando o ouvido, Bloom passou.

No quartel de Genebra aquele jovem morreu. Em Passage seu corpo foi enterrado. Dolor! Oh, ele dolores! A voz do chantre plangente pedia prece dolorida.

Por perto da rosa, perto do busto acetinado, perto da mão acariciante, perto dos borrifos, perto das vazias, perto das rolhas pipocadas, saudando em saindo, deixados os olhos e a capilária, bronze e ouro desmaiado em marifundasombra, saía Bloom, o enternecido Bloom, me sinto tão só Bloom.

Tape. Tape. Tape.

Orai por ele, orava o baixo do Dollard. Vós que ouvis em paz. Murmurai uma prece, vertei uma lágrima, homens bons, boa gente. Ele era o garoto desastrado.

Horrorizado com as botas férrulas do embotado garoto desastrado Bloom no vestíbulo do Ormond ouvia o rosnar e o rugir de bravos, gordos palmeios, as botas deles arrastando-se, botas que não as botas do garoto. Coro geral terminado para uma lavagem de verter águas abaixo. Contente de me ter escapado.

— Vamos, Ben — dizia Simon Dedalus. — Por Deus, você está tão bom como sempre esteve.

— Melhor — dizia Tomgim Kernan. — Interpretação a mais perfeita dessa balada, por minha honra e devoção.

— Lablache — disse o padre Cowley.

Ben Dollard vultosamente inchava-se em direção do bar, poderosamente glorinutrido e todo roseado, em gravípedes pés, seus dedos gotosos casca te ando castanhetas no ar.

Ben Benaden Dollard. Bem Benben. Bem Benben.

Rrr.

E todos fundicomovidos, Simon trombeteando enternecimento pelo seu nariz de sirene, todos rindo, levaram-no para a frente, a Ben Dollard, em bem devida consagração.

— Você está rubicundo — dizia George Lidwell.

Miss Douce compunha sua rosa para atender.

— Ben de minh'alma — dizia o senhor Dedalus, batendo na gorda omoplata de Ben. — Afinado como um violino, pena que tenha tecido adiposo escondido em toda a sua pessoa.

Rrrrrrsss.

— A banha da morte, Simon — rosnou Ben Dollard.

Richie vaso partido ficava sentado só: Goulding, Collis, Ward. Indeciso, ele espera. Impagado, Pat também.

Tape. Tape. Tape. Tape.

Miss Mina Kennedy aproximava seus lábios da orelha do canecão um.

— O senhor Dollard — murmuraram baixo.

— Dollard — murmurou o canecão.

Canec um acreditou: miss Kenn quando ela: que dólar valia ele: ela dólares: ele canec.

Ele murmurou que conhecia o nome. O nome lhe era familiar, por assim dizer. O que queria dizer que ele ouvira o nome de Dollard, não é? Dollard, sim. Sim, os lábios dela diziam mais alto, o senhor Dollard. Cantou adoravelmente aquela canção, murmurava Mina. E *A última rosa de verão* era uma canção adorável. Mina adorava aquela canção. Canecão adorava a canção que Mina.

É a última rosa do verão Dollard passado Bloom sentia um vento voltear dentro dele.

Que coisa gasosa essa sidra: e constringente também. Espera. O correio perto do Reuben J um e oito pences a mais. Livrar-me disso. Escapulir-me pela rua Greek. Que bom se não tivesse prometido encontrar-me. Mais livre no ar. Música. Dá nos nervos. A bica de cerveja. A sua mão que embala o berço governa o. Ben Howth. Que governa o mundo.

Longe. Longe. Longe. Longe.

Tape. Tape. Tape. Tape.

Cais acima ia Lionelleopold, o altaneiro Henry com carta para Mady, com doçuras de pecado com ruge-ruges para Raul com mete em picosos ia Poldy acima.

O tape cego marchava tapetapitando com a tapeta o meio-fio, tape a tape.

Cowley, esse se sustenta com isso; espécie de embriaguez. Melhor não dar conta que dar meia conta à conta de homem donzela. Exemplo, os entusiastas. Todo ouvidos. Não perdem uma demissemicolcheia. Olhos fechados. Cabeça meneando vez por outra. Birutas. Não ousam nem mexer-se. Pensar estritamente proibido. Falando sempre o mesmo ramerrão. Baboseiras em torno de notas.

Tudo uma espécie de esforço por falar. Desagradável quando para porque não se sabe nunca exato. Órgão da rua Gardiner. Velho Glynn cinquenta librotas por ano. Gozado lá em cima no seu poleiro sozinho com tubos, fusos e teclas. Sentado todo o dia ao órgão. Resmungando horas a fio, falando a si mesmo ou ao outro sujeito que as sopra os foles. Rosna zangado, em seguida guincha xingando (precisava de ter uma bucha ou coisa que o valha no seu não diga que ela gritaria), em seguida de repentemente fiofó tiquinho de fiofó tiquinho de pequeninho ventinho.

Pímino! Um fiofó ventinho aflauta em iiii. No fiofozinho de Bloom.

— Era ele? — dizia o senhor Dedalus, voltando-se, com o cachimbo reencontrado. — Estive com ele esta manhã, quando o pobre do coitado do Paddy Dignam...

— Ah, que o Senhor tenha piedade dele.
— A propósito lá está um diapasão ali no...
Tape. Tape. Tape. Tape.
— A mulher dele tem uma bela voz. Ou tinha. Que tal? — perguntou Lidwell.
— Oh, isso deve ser o afinador que — dizia Lydia a Simonlionel primeiro a piar — esqueceu quando esteve aqui.
Cego ele era contava ela a George Lidwell segundo a piar. E tocava tão primorosamente, um deleite ouvir. Delicioso contraste: bronzelid minadouro.
— É bastante? — desbastava Ben Dollard, vertendo. — Diga quando basta.
— Basta! — gritou o padre Cowley.
Rrrrrr.
Sinto que quero...
Tape. Tape. Tape. Tape. Tape.
— Muito — disse o senhor Dedalus, mirando fixo uma sardinha descabeçada.
Na montra de sanduíches jazia sobre uma eça de pão uma última, uma solitária, última sardinha de verão. Bloomsozinha.
— Muito — ele mirava. — De preferência o registo baixo.
Tape. Tape. Tape. Tape. Tape. Tape. Tape. Tape.
Bloom seguia em frente ao Barry. Quisera poder. Espera. Aquele milagreiro se eu pudesse. Vinte e quatro solicitadores só numa casa. Litigação. Amar uns aos outros. Pilhas de pergaminho. Senhores Pick e Pocket têm poder de advogar. Goulding, Collis, Ward.
Mas por exemplo o gajo que marreta o bombo. Sua vocação: a banda de Micky Rooney. Pergunto-me como lhe deu primeiro na telha. Sentado em casa depois de um focinho de porco com repolho acariciando-a na poltrona. Ensaiando sua parte na banda. Bum. Bumbum. Uma gracinha para a mulher. Peles de asnos. Espancados ao longo da vida, então marretados depois da morte. Bum. Marreta. Parece ser o que se chama yashmak ou, quero dizer, kismet. Fado.
Tape. Tape. Um rapazola, cego, com uma vareta tapetante, vinha tapetapetapitando perto da vitrina do Daly onde uma sereia, cabeleira toda cascateante (mas ele não podia ver), soprava baforadas de um sereia (cego não podia), um sereia da mais fresca baforada dentre todos.

Instrumentos. Uma folícula de grama, a concha das mãos dela, então o sopro. Mesmo de um pente e papel de seda se pode tirar uma toada. Molly no seu camisolão na rua Lombard oeste, cabeleira solta. Suponho que cada tipo de atividade tem o seu, não é mesmo? O caçador com seu corno. Co. Tu tens? *Cloche. Sonnez la!* O pastor sua flauta. O polícia seu apito. Fechar a chaves! Dormir! Quatro horas, tudo em ordem! Dormir! Tudo está perdido agora. Bombo? Bumbum. Espera, já sei. Arauto, bumbailio. Long John. Despertar os mortos. Bum. Dignam. Pobre do coitado *nominedomine.* Bum. É a música, quero dizer é claro tudo é mesmo bum bum bum o que se chama *da capo.* Ainda assim se pode ouvir. No que se marcha, se marcha, se marcha. Bum.

Preciso realmente. Fff. E se eu fizesse isso num banquete. É no fundo uma questão de costume xá da Pérsia. Orar uma prece, verter uma lágrima. Apesar de tudo ele devia ter sido um tantinho idiota para não ver que era um capi da guarda. Todo encapuçado. Quem seria aquele sujeito à beira da cova a parda impermeá. Oh, a puta do beco!

Uma puta mal-ajambrada com um chapéu à marinheiro de palha preta de banda vinha em pleno dia ao longo do cais rumo ao senhor Bloom. Ao ver primeiro a forma tão querida. Sim, é. Me sinto tão só. Noite molhada na alameda. Como. Quem tinha o? Elecô! Elavia. Fora do seu campo aqui. Que é ela? Espero que. Psiu! Nenhum jeito de te lavar? Sabe de Molly. Me teria imprensado. Senhora robusta estará contigo num costume perfeito. Te tira dos eixos. Aquele encontro que marcamos. Sabendo que nunca fizemos, bem, dificilmente faríamos. Muito querido muito perto lar doce lar. Me vê, vê-me? Parece grotesca de dia. Cara de estearina. Dane-se! Oh, bem, ela precisa viver como todo mundo. Olhemos para dentro.

Na vitrina da loja de antiguidade de Lionel Mark o altivo Henry Flower Lionel Leopold querido Henry Flower atenciosamente senhor Leopold Bloom contemplava castiçal melodeon exsudando bichados entrefoles. Pechincha: seis xelinotes. Devia aprender a tocar. Barato. Deixar que ela passe. Certo que tudo é caro quando não se quer. É para isso que há bons vendedores. Faz comprar o que ele quer. Gajo que me vendeu a navalha sueca que ele me barbeou. Queria me cobrar pela assentada que me fez. Está passando agora. Seis xelinotes.

Deve ser a sidra ou talvez o borgonha.

Perto de bronze de perto perto de ouro de longe eles tocavam seus copos tinintes todos, brilholhudos e galantes, diante da tentadora última

rosa de verão de bronze Lydia, rosa de Castaela. Primeiro Lid, De, Cow, Ker, Doll, um quintilho: Lidwell, Si Dedalus, Bob Cowley, Kernan e Bem Ben Dollard.
Tape. Um jovem entrou num saguão solitário do Ormond.
Bloom mirava na vitrina de Lionel Mark um garboso herói retratado. Últimas palavras de Robert Emmet. Sete últimas palavras. De Meyerbeer é aquilo.
— Verdadeiros homens como vós homens.
— Ora, ora, Ben.
— Levantemos as taças juntos.
Levantaram.
Tim. Tum.
Tape. Um rapazola invidente postava-se à porta. Não viu bronze. Não via ouro. Nem Ben nem Bob nem Tom nem Si nem George nem canecs nem Richie nem Pat. Hi hi hi hi. Não via.
Marbloom, graxabloom mirava últimas palavras. Docemente. *Quando minha terra tomar seu lugar entre.*
Prrprr.
Deve ser o borg.
Pff. Uu. Rrpr.
As nações da terra. Ninguém atrás. Ela já passou. *Então e não até então.* Bonde. Crã, crã, crã. Boa oportu. Vindo. Crãdecrãcrã. Estou certo de que foi o borgonha. Sim. Um, dois. *Que meu epitáfio seja.* Caraaaaaaa. *Escrito. Já foi.*
Pprrpffrrppfff. *Feito.*

Eu estava apenas matando o tempo do dia com o velho Troy da P.M.D.* lá na esquina de Arbour Hill quando um sacana de um limpa-chaminé veio por ali e quase meteu sua brocha pelo meu olho adentro. Me virei para mostrar a ele o tamanho da minha língua quando quem é que eu vejo escafedendo-se pela Stony Batter senão que o Joe Hynes.

---

*Polícia Metropolitana de Dublin, no original D.M.P., Dublin Metropolitan Police. (N. do T.)

— Alô, Joe — falo eu. — Como vão as coisas? Você viu esse desgraçado desse limpa-chaminé que quase me furou meu olho com a brocha dele?

— Isso dá sorte — fala Joe. — Quem era esse trouxa que você estava falando?

— O velho Troy — falo eu — que era da polícia. Não sei se apresento queixa contra esse sujeito por obstrução da via pública com suas vassouras e escadas.

— Que é que você está fazendo por aí? — fala Joe.

— Coisa pra burro — falo eu. — Tem por aí um corno de espertalhão de um larápio pra lá da igreja da guarnição lá na esquina da alameda da Galinha — o velho Troy estava agorinha mesmo me dando umas deixas a respeito dele — que carregou uma quantidade que Deus era servido de chá e de açúcar, para pagar três xelinotes por semana que disse que tinha uma granja perto do condado de Down, do tampinha de nome de Moses Herzog daí de perto da rua Heytesbury.

— Um circunciso! — fala Joe.

— Ué — falo eu. — Um pouco gira. Um antigo bombeiro hidráulico de nome Geraghty. Estou pendurado já faz quase quinze dias na sua manga e não consigo arrancar dele nem vintém.

— É nessa canoa que você está agora metido? — fala Joe.

— Ué — falo eu. — Como é que os grandes estão por baixo! Cobrador de dívidas más e duvidosas. Mas esse é o mais escrachado sacana de ladrão que se pode ver um dia como uma cara tão bexiguenta que parece que levou granizo pelas ventas. *Diga a ele, fala ele, que eu desafio ele, fala ele, e redesafio ele a me mandar você aqui de novo e se ele faz isso*, fala ele, *eu vou processar ele nos tribunais, que vou vou, por negociar sem licença.* E aí ele se inchou que parecia que ia arrebentar! Jesus, eu tive de rir do judeuzinho que se descabelava. *Ele me beber meu chá. Ele me comer meu açúcar. Por modo de que que ele não paga não meus dinheiros?*

Por mercadorias imperecíveis compradas a Moses Herzog, de 13, parada de Saint Kevin, bairro do cais Wood, comerciante, daqui em diante nomeado o vendedor, e vendidas e entregues a Michael E. Geraghty, Escudeiro, de 29, Arbour Hill, na cidade de Dublin, bairro do Cais Arran, cavalheiro, daqui em diante nomeado o comprador, videlicet, cinco libras avoirdupois de chá de primeira a três xelins a libra avoirdupois e três pedras avoirdupois de açúcar, cristal moída, a três pences a libra avoirdupois, dito devedor a dito vendedor de uma libra cinco xelins e seis pences esterlinos pelo valor recebido o qual montante deverá ser pago por dito comprador a dito vendedor em prestações semanais a cada sete dias calendários de três xelins e nenhum pence esterlinos: e ditas mercadorias imperecíveis não poderão ser penhoradas ou empenhadas ou vendidas ou alienadas de outra qualquer forma por dito comprador mas deverão ficar e permanecer e ser retiradas como só e exclusiva propriedade de dito vendedor à disposição deste e segundo sua boa vontade e bel-prazer até que dito montante tenha sido devidamente pago por dito comprador a dito vendedor na maneira aqui disposta tal como neste dia aqui acordado entre dito vendedor seus herdeiros, sucessores, procuradores e depositários de uma parte e dito comprador, seus herdeiros, sucessores, procuradores e depositários da outra parte.

— Não tomo nada entre as bebidas — falo eu.

— Que tal se a gente fosse dar nossos respeitos ao nosso amigo? — fala Joe.

— Quem? — falo eu. — É certo que ele já perdeu a cabeça, pobre gajo.

— Bebendo os seus próprios fundos mesmo? — fala Joe.

— Ué — falo eu. — Uísque e água nos miolos.

— Vamos até o Barney Kiernan — fala Joe. — Preciso ver o cidadão.

— Que seja no Barney de minh'alma — falo eu. — Alguma coisa especial ou sensacional, Joe?

— Não tem nada de novo — fala Joe. — Eu estive lá na reunião do City Arms.

— Ah, é, Joe? — falo eu.

— Negociantes de gado — fala Joe — sobre a doença da febre aftosa. Quero dar ao cidadão uns bons dados sobre isso.

Assim a gente foi pelos quartéis de Linenhall e pelos fundos do foro, falando de uma e outra coisa. Sujeito limpo esse Joe quando lhe dá na gana mas dar mesmo nunca lhe dá. Jesus, não podia deixar de lado esse sacana desse espertalhão do Geraghty, o larápio à luz do dia. Por negociar sem licença, fala ele.

Em Inisfail, a bela, existe uma terra, a terra do santo Michan. Lá se ergue um torreão de vigia visto pelos homens de longe. Lá dormem os mortos poderosos como dormiam em vida, guerreiros e príncipes de alta fama. Uma terra agradável é o que é numa calma de águas mumurejantes, correntes piscosas onde brincam a cabrinha, o linguadinho, a pardelha, o linguadão, o eglefim cascudo, o salmonete, o linguadote, o cherne, a solha, o misturado cardume de peixes em geral e outros habitantes do reino aquático numerosos demais para serem enumerados. Às meigas brisas do oeste e do leste as árvores altaneiras ondulam em direções várias sua folhagem virente, o oloroso sicômoro, o cedro libanês, o elevado olmo, o eugênico eucalipto e outros ornamentos do mundo arbóreo, com que essa região é ricamente bem suprida. Adoráveis donzelas sentam-se em estreita proximidade das raízes das árvores adoráveis cantando as mais adoráveis canções no que brincam com todas as espécies de objetos adoráveis como por exemplo lingotes de ouro, peixes argênteos, barris de arenques, arrastões de enguias, bacalhauzinhos, samburás de manjubas, marigemas purpúreas e insectos brincalhões. E heróis peregrinam de longe para cortejá-las, de Eblana a Slievemargy, os príncipes sem-par do liberto Munster e de Connach a justa e da luzida Leinster suave e da terra de Cruachan e de Armagh a esplêndida e do nobre distrito de Boyle, príncipes, filhos de reis.

E lá se ergue um palácio brilhante cujo tecto de cristal reluzente é visto pelos marinheiros que atravessam o mar expanso em barcos construídos expressamente para esse fim e para lá convergem todos os rebanhos e engordados e as primícias daquela terra para que O'Connel Fitzsimon cobre portagem sobre eles, um chefe-de-clã descendente de chefes-de-clã. Para lá carroças extremamente grandes levam a messe dos campos, balaios de couve-flor, bolsas de espinafre, fatacazes de ananás; favas de Rangum, caixotes de tomates, tambores de figos, pencas de nabos suecos, batatas redondas e molhos de couve iridescente, York e Savoy, e réstias de cebolas, pérolas da terra, punhados de cogumelos e anonas polpudas e alfarrobas gordas e ervilhacas e colza e vermelhas verdes amarelas pardas ruivas doces grandes amargas maduras pomeladas maçãs e coifas de morangos e peneiras de groselha, polpudas e redondinhas, e morangos dignos de príncipes e framboesas dos ramos.

Eu desafio ele, fala ele, *e redesafio ele*. Vem pra cá, Geraghty, seu sacana de bandoleiro conhecido em montes e vales!

E por essa via seguem os rebanhos inumeráveis de madrinhas e ovelhas lavadas e carneiros tosquiados e cordeiros e gansos restolhudos e meios vitelos e éguas relinchantes e bezerros cabeçudos e lanudos e carneiros de curral e saltadores de primeira de Cuffe e incompletos e porcas e leitões e as diferentes variedades variadas dos altamente diferenciados suínos e vaquilhonas Angus e novilhos galhudos de linhagem imaculada juntos com vacas leiteiras de primeira premiadas e vacuns: e ali se ouve sempre um patinhar, tagarelar, berrar, mugir, balir, bramir, ribombar, grunhir, mascar, ruminar, de ovinos e suínos e vacuns gravicascos dos pastos de Lush e Rush e Carrickmines e dos vales fluivosos de Thomond, dos bafios de M'Gillicuddy a inacessível e da senhorial Shannon, a insondável, e dos doces declives do berço da raça de Kiar, seus ubres distendidos com a superabundância de leite e montes de manteiga e mantas de queijo e barriletes de requeijão e brancos de cordeiros e jeiras de cereal e ovos oblongos, às muitíssimas centenas, tamanhos vários, o ágata e o pardo.

Então a gente se virou para o Barney Kiernan e aí estava na certa o cidadão num canto numa bígua confabula com ele mesmo e aquele safado de vira-lata sarnento, o Garryowen, e esperando pelo que o céu ia deixar cair na goela dele a modos de bebida.

— Lá está ele — falo eu —, no seu nicho de glória, com a sua malguinha da branquinha e seu maço de papel, trabalhando para a causa.

O safado do vira-lata deixou escapar de si um rosnado que te deixava de pelo arrepiado. Havia de ser uma obra de caridade das boas se alguém tirasse a vida desse cachorro safado. Me contaram como facto que ele comeu os fundilhos das bragas de um homem da polícia de Santry que andou por aí uma vez com um papel azul para uma licença.

— Firme e relate — fala ele.
— Está tudo nos eixos, cidadão — fala Joe. — Aqui estamos entre amigos.
— Passem, amigos — fala ele.
Então ele esfrega a mão no olho e fala ele:
— Qual é a sua opinião sobre a situação?
Bancando o mauzão e o terror dos morros. Mas, pardelhas, Joe estava à altura da ocasião.
— Eu penso que as mercancias estão em baixa — fala ele, alisando a mão na entrepernas.
Então pardelhas o cidadão esbolacha a sua pata sobre o joelho e fala ele:
— As guerras no estrangeiro são a causa disso.
E então fala Joe, pendurando o polegar no bolso:
— É a mania dos russos de tiranizar.
— Arre, acabem com essa porra de sacanagem, Joe — falo eu —, estou com uma sede que não vendo nem por meia coroa.

— Dê o nome à coisa, cidadão — fala Joe.
— Vinho da terra — fala ele.
— Qual é o seu? — fala Joe.
— Dito MacAnaspey — falo eu.
— Três pintas, Terry — fala Joe.
— E como vai esse coração velho de guerra? — fala ele.
— Nunca esteve melhor, um *chara* — fala ele. — Que tal Garry? Vamos levar a melhor? Hem?

E com isso ele agarrou o safado do velho sacaneador pela pelanca do pescoço e, por Jesus, quase que esgana o bicho.

A figura sentada num enorme penedo ao pé de uma torre redonda era a de um largombrudo anchipeitudo fortimembrudo francolhudo rubricabeludo variamente sardentudo hirsutibarbudo rasguibocudo larguinasudo longuicabeçudo musculimanudo pilosipernudo coradifaceúdo vigoribracudo herói. De ombro a ombro ele media várias varas e seus montanhosos joelhos comorrochas eram cobertos, tal qual o resto do seu corpo onde visível, por um forte crescimento de fulvo pelo espinhento de matiz e dureza similares ao tojo montês (*Ulex Europeus*). As larguialadas narinas, de que cerdas do mesmo fulvo matiz se projetavam, eram de tal capacitude que dentro da sua cavernosa escuridade a cotovia poderia facilmente ter alojado seu ninho. Os olhos em que uma lágrima e um sorriso se entrelutavam sempre pela primazia eram das dimensões de uma couve-flor retaluda. Uma poderosa corrente de hálito quente se expedia a intervalos regulares da profunda cavidade de sua boca enquanto em rítmica ressonância as altas fortes sadias reverberações do seu coração formidável trovejavam tonitruantemente fazendo que o solo, o cume da elevada torre e as paredes mais elevadas ainda da caverna vibrassem e tremessem.

Ele trazia uma longa veste desmangada de pelame de boi recém-escorchado que atingia o joelho num *kilt* solto e este era apertado pelo meio por um cinturão de palha e junco entrançados. Por debaixo disso ele trazia calções de pele de veado, toscamente pespontados com tripa. Suas extremidades inferiores estavam encaixadas em altos borzeguins de Balbriggan tingidos de líquen púrpura, sendo os pés calçados com chancas de pele salgada de vaca enlaçadas com a traqueia da mesma besta. Do seu cinturão pendia uma fieira de calhaus que balouçavam a cada movimento da sua portentosa estrutura e nestes estavam gravados com rude mas surpreendente arte as imagens tribais de muitos heróis e heroínas irlandeses da antiguidade, Cuchulin, Conn das cem batalhas, Niall dos nove reféns, Brian de Kinkora, os Ardri Malachi, Art MacCurragh, Shane O'Neill, o padre John Murphy, Owen Roe, Patrick Sarsfield, Red Hugh O'Donnell, Red Jim MacDermott, Soggarth Eoghan O'Growney, Michael Dwyer, Francy Higgins, Henry Joe M'Cracken, Golias, Horace Wheatley, Thomas Conneff, Peg Woffington, o Ferreiro da Aldeia, Capitão Luar, Capitão Boicote, Dante Alighieri, Cristóvão Colombo, S. Fursa, S. Brendan, Marechal MacMahon, Carlos Magno, Theobald Wolfe Tone, a Mãe dos Macabeus, o Último dos Moicanos, a Rosa de Castela, o Homem de Galway, o Homem que Quebrou a Banca de Monte Carlo, o Homem na Fenda, a Mulher que não Fez, Benjamin Franklin, Napoleão Bonaparte, John L. Sullivan, Cleópatra, Savourneen Deelish, Júlio César, Paracelso, Sir Thomas Lipton, Guilherme Tell, Michelangelo, Hayes, Mafoma, a Noiva de Lammermoor, Pedro, o Eremita, Peter the Packer, Rosalina, a Morena, Patrick W. Shakespeare, Brian Confucius, Murtagh Gutenberg, Patrício Velázquez, Capitão Nemo, Tristão e Isolda, o primeiro Príncipe de Gales, Thomas Cook e Filho, o Destemido Soldadinho, Arrah na Pogue, Dick Turpin, Ludwig Beethoven, a Menina de Cabeleira Linhaça, Waddler Healy, Angus o Culdee, Dolly Mount, Sidney Parade, Ben Howth, Valentine Greatrakes, Adão e Eva, Arthur Wellesley, Boss Crocker, Heródoto, Jack o Matador Gigante, Gautama Buda, Lady Godiva, O Lírio de Killarney, Balor do Mau-Olhado, a Rainha de Sabá, Acky Nagle, Joe Nagle, Alessando Volta, Jeremiah O'Donovan Rossa, Don Philip O'Sullivan Beare. Uma lança jacente de granito acuminado descansava cerca dele enquanto a seu pé repousava um animal selvagem da tribo canina cujos estertóreos sufocos anunciavam que ele estava mergulhado numa difícil modorra, suposição confirmada por roucos grunhidos e movimentos espasmódicos que seu senhor reprimia de tempo a tempo com arremessos tranquilizadores de um poderoso porrete feiçoado em pedra paleolítica.

 Como quer que seja Terry trouxe as três pintas Joe estava de pé e pardelhas quase que perdi a luz dos meus olhos quando vi ele pôr para fora uma librota. Oh, tão certo como eu estou contando a você. Um soberano bem-apessoadinho.

 — E tem mais donde este veio — fala ele.

 — Você andou assaltando o montepio, Joe? — falo eu.

 — Suor do meu rosto — fala Joe. — Foi o membro prudente que me deu o mapa da mina.

— Eu vi ele antes de topar com você — falo eu —, remanchando pela alameda Pill e rua Greek com seus olhos de bacalhau bisbilhotando tudo o que acontecia.

Quem vem pela terra de Michan, garnido de armadura sable? O'Bloom, o filho de Rory: é ele. Impérvio ao medo é o filho de Rory: ele o de alma prudente.

— Para a velha da rua do Príncipe — fala o cidadão — o órgão subsidiado. A parte arregimentada da representação na Câmara. E olhem-me este escrachado deste pasquim. Olhem-me só — fala ele. — *The Irish Independent*, nada mais nada menos, fundado por Parnell para ser o defensor do trabalhador. Ouçam-me as notícias de nascimento e de morte neste *Irlandeses todos pela Irlanda Independente* e os agradecimentos e os casamentos.

E começou a lê-las:

— Gordon, Barnfield Crescent, Exeter; Redmayne of Iffley, Saint Anne's on Sea, a mulher de William T. Redmayne, nascimento de um varão. Que tal, hem? Wright e Flint, Vincent e Gillett, com Rotha Marion, filha de Rosa e do falecido George Alfred Gillett, cento e setenta e nove, estrada Clapham, Stockwell, Playwood e Ridsdale, na São Judas, de Kensington, a ser celebrado pelo mui reverendo doutor Forrest, deão de Worcester, hem? Mortes. Bristow, na alameda Whitehall, Londres: Carr, Stoke Newington, de gastrite e doença do coração: Cockburn, na Casa de Saúde Moat, Chepstow...

— Conheço esse sujeito — fala Joe — de uma experiência bem amarga.

— Cockburn. Dimsey, mulher de Davie Dimsey, até recentemente do almirantado: Miller, Tottenham, oitenta e cinco anos de idade: Welsh, doze de junho, no trinta da rua Canning, Liverpool, Isabella Helen. Que tal isso como imprensa nacional, hem, meu caro afilhado? Que tal isso para o Martin Murphy, o negocista de Bantry?

— Ah, está bem — fala Joe, servindo à volta o trago. — Graças ao bom Deus eles é que começaram com a coisa. Beba isso, cidadão.

— Com gosto — fala ele —, honrado amigo.

— À saúde, Joe — falo eu. — E meter pra dentro.

Ah! Uh! Não me falem! Eu estava que era uma droga por falta dessa pintinha. Declaro perante Deus que eu podia ouvir a boca do meu estômago estalar.

E então, no que eles emborcavam a taça da alegria, um mensageiro divino chegava-se rápido, radiante como o olho do céu, um jovem bem-apessoado, e atrás dele passava um ancião de porte e modos nobres, trazendo os sagrados textos da lei, e com ele sua senhora mulher, uma dama de linhagem sem-par e mui belo padrão de sua raça.

O miúdo Alf Bergan pipocou para dentro e se escondeu apertadinho atrás do Barney, espremendo-se de rir, e quem é que eu vejo sentado num canto e que eu não tinha visto, roncando de bebedeira, cego ao mundo, senão que o Bob Doran. Eu não entendia o que se passava pois Alf continuava fazendo sinais para a porta. E pardelhas que é que não era senão que o safado do velho bobão do Denis Breen nas suas pantufas de banho com dois drogas de livros baitas debaixo da sovaqueira e com a mulher nos calcâneos dele, infeliz de desgraçada de mulher trotinhando como um cachorrinho. Cheguei a pensar que Alf ia explodir.

— Olhem só para ele — fala ele. — Breen. Está rodando por toda Dublin com um cartão-postal que alguém lhe mandou com um EE. Gh: és gagá para intentar um proce...

E ele se esgagava em dois.

— Intentar o quê? — falo eu.

— Um processo por difamação — fala ele —, por dez mil libras.

— Ó diabo! — falo eu.

O sacana do vira-lata vendo que acontecia alguma coisa por cima começou a rosnar de tal modo que dava medo, mas o cidadão lhe deu um pontapé nas costelas.

— *Bi i dho husht* — fala ele.

— Quem? — fala Joe.

— Breen — fala Alf. — Ele estava no John Henry Menton e então foi até o Collis e Ward e depois Tom Rochefort se encontrou com ele e mandou ele para o subxerife para fazer uma gozação. Meu Deus, fiquei com dor de tanto rir. EE. Gh: és gagá. O compridão olhou para ele com uma cara que valia um processo e agora o desgraçado do velho lunático lá se foi pela rua Green à procura de um polícia.

— Quando é que o John compridão vai pendurar aquele sujeito no Mountjoy? — fala Joe.

— Bergan — fala Bob Doran, acordando. — Esse aí é o Alf Bergan?

— Sim — fala Alf. — Enforcar? Espere que eu lhe mostro. Eh, Terry, me dá um copinho. Aquele safado do velho maluco! Dez mil libras. Vocês deviam ver a cara que fez o John compridão. EE. Gh...

E ele desatou a rir.

— De quem é que você está rindo? — fala Bob Doran. — É o Bergan?

— Depressa, Terry, meu bem — fala Alf.

Terence O'Ryan ouviu e num átimo trouxe para ele um copo de cristal cheio da ale de ébano escumosa que os nobres irmãos Bungiveah e Bungardilaun fermentam desde sempre nos seus divinos barrilhames, astutos como filhos de Leda imortal. Porque eles ensilam as suculentas bagas do lúpulo e amassam e peneiram e pilam e fermentam-nas e lhes mesclam sucos agres e levam o mosto ao fogo sagrado e não cessam de noite e de dia no seu labutar, esses astutos irmãos, mestres da cuba.

Assim avante trouxeste, cavalheiresco Terence, como se para o gesto nado, essa brevagem nectarina e ofereceste ao que tinha sede a taça de cristal, alma da cavalaria, em beleza afim da dos imortais.

Mas ele, o jovem chefe dos O'Bergans, mal podendo sofrer ser sobrepassado em feitos generosos, deu pois com gracioso ademã um testão de bronze o mais custoso. Neste embossado em forjaria excelente se via a verefígie de uma rainha de donaire real, rebento da casa de Brunswick, Vitória por nome, Sua Mui Excelente Majestade, pela graça de Deus do Reino Unido da Grã-Bretanha e Irlanda e dos Domínios britânicos de além-mar, rainha, defensora da fé, Imperatriz da Índia, ela mesma, que detinha o poder, vencedora de muitos povos, a bem-amada, pois estes dela sabiam e a amavam desde o nascente do sol ao seu poente, dentre o branco, o negro, o vermelho e o etíope.

— Que é que esse safado franco-maçom está fazendo — fala o cidadão — rondando para cima e para baixo lá fora?

— Que que passa? — fala Joe.

— Pois nisto a gente está — fala Alf, pispinçando o naso. — Falamos de enforcamento. Vou mostrar a vocês uma coisa que não viram nunca. Cartas de carrasco. Vejam só.

Então ele agarrou de um maço de tiras de cartas e envelopes de dentro do bolso.

— Você está sacaneando a gente? — falo eu.

— Coisa de verdade — fala Alf. — Leiam só.

Então Joe pegou as cartas.

— De quem é que você está rindo? — fala Bob Doran.

Assim eu vi que ia ter um pouco de levantação de poeira. Bob é um sujeito atrapalhado quando a pórter lhe sobe na cabeça, assim falo eu para sustentar a conversa.

— Como vai indo o Willy Murray nestes dias, Alf?

— Não sei — fala Alf. — Vi ele agora mesmo na rua da Capela com o Paddy Dignam. Acontece que eu estava correndo atrás daquele...
— Você o quê? — fala Joe, atirando abaixo as cartas. — Com quem?
— Com o Dignam — fala Alf.
— Com o Paddy? — fala Joe.
— Sim — fala Alf. — Por quê?
— Você não sabe que ele está morto? — fala Joe.
— Paddy Dignam morto? — fala Alf.
— É — fala Joe.
— Estou seguro que vi ele não faz cinco minutos — fala Alf — pela luz dos meus olhos.
— Quem é que está morto? — fala Bob Doran.
— Então você viu o fantasma dele — fala Joe —, que Deus proteja a gente.
— O quê? — fala Alf. — Meu Jesus, faz cinco minutos... O quê?... e Willie Murray com ele, os dois perto do comoéquesechama?... O quê? Dignam morto?
— Que é que tem com o Dignam? — fala Bob Doran. — Quem é que está falando do...?
— Morto! — fala Alf. — Ele não está mais morto que você.
— Pode ser — fala Joe. — Tomaram a liberdade de enterrar ele hoje de manhã.
— Paddy? — fala Alf.
— Sim — fala Joe. — Pagou a dívida da natureza, que Deus tenha piedade dele.
— Bom Jesus! — fala Alf.
Pardelhas que ele estava o que se pode chamar pasmado.
Na escuridão sentia-se flutuarem mãos espíritas e quando orações pelos tantras foram dirigidas para o sector apropriado uma desmaiada mas crescente luminosidade de luz rubi tornou-se gradualmente visível, a aparição do duplo etérico sendo particularmente vitassímil devido à descarga de raios jívicos da coroa da cabeça e rosto. A comunicação se efetuava através do corpo pituitário e também por meio de raios laranjinitentes e escarlates emanados da região sacra e do plexo solar. Perguntado por seu nome terráqueo quanto ao seu paradeiro no mundo celestial ele asseverou que agora estava passando pelo pralaya ou retorno mas que estava ainda submetido a provas em mãos de certas entidades sanguissedentas dos níveis astrais mais baixos.

Em resposta a uma pergunta quanto às primeiras sensações na grande divisão do além ele asseverou que ele previamente via como se num espelho escuro mas que os que haviam ido à frente tinham abertas a eles possibilidades maximais de desenvolvimento átmico. Interrogado quanto a se a vida ali se assemelhava à nossa experiência em carne ele asseverou que tinha ouvido de outros mais favorecidos agora em espírito que suas sedes eram equipadas com todos os confortos domésticos modernos tais como talafana, alavadar, rafragaraçana, lavatarya e que os mais altos adeptos estavam imersos em onda de volúpcia da mais pura natureza. Tendo solicitado uma quarta de leitelho isso lhe foi levado e lhe trouxe evidentemente alívio. Perguntado se ele tinha alguma mensagem para os viventes ele exortou a todos os que ainda estavam do lado mau de Maya a reconhecerem a verdadeira senda porque se relatava nos círculos devânicos que Marte e Júpiter estavam soltos para malfeitos no ângulo ocidental onde o Aríete tem poder. Foi então inquirido se havia quaisquer desejos especiais por parte do defunto e a resposta foi: *Nós vos saudamos, amigos da terra, que estais ainda em corpo. Cuidado para que C. K. não carregue demais.* Foi averiguado que a referência era ao senhor Cornelius Kelleher, gerente dos senhores H. J. O'Neill, do estabelecimento de funerais populares, amigo pessoal do defunto, que ficara responsável pela condução dos trâmites do sepultamento. Antes de partir ele solicitou que se dissesse ao seu querido filho Patsy que a outra botina pela qual ele estivera procurando estava no momento sob a cômoda no quarto do oitão e que o par devia ser enviado ao Cullen para receber apenas as solas já que os saltos ainda estavam bons. Ele asseverou que isso perturbava grandemente sua paz de espírito na outra região e empenhadamente solicitava que seu desejo fosse feito saber.

Garantias foram dadas de que o assunto seria cuidado e foi dado a entender que isso lhe dava grande satisfação.

Ido é ele dos pousos mortais: O'Dignam, sol de nossa manhã. Lépido era seu pé sobre os fetos: Patrick o da fronte irradiante. Gemei, Banba, com o vosso vento: e gemei, ó oceano, com os vossos turbilhões.

— Lá está ele de novo — fala o cidadão, mirando para Joe.

— Quem? — falo eu.

— Bloom — fala ele. — Está rondando pra cima e pra baixo faz dez minutos.

E, pardelhas, eu vi sua focinheira espreitar pra dentro e em seguida escorregar pra fora de novo.

O miúdo Alf estava achatado como uma bolacha. Palavra que estava.
— Bom Jesus! — fala ele. — Eu podia ter jurado que era ele.
E fala Bob Doran, com o chapéu quase lá embaixo na nuca, o pior patife de Dublin quando está sob a influência:
— Quem é que falou que Jesus é bom?
— Peço perdão da palavra — fala Alf.
— É então bom — fala Bob Doran — o Cristo que roubou da gente o pobre do coitado do Willy Dignam?
— Ah, é — fala Alf, tentando ajeitar a coisa. — Ele está livre de todas as aflições.
Mas Bob Doran deu um berro.
— É um safado de um sujo é o que eu falo, roubar da gente o pobre do coitado do Willy Dignam.
Terry se foi para ele e deu uma piscadela para ele ficar quieto, que não se queria aqueles modos de conversa numa casa licenciada respeitável. E Bob Doran desata em choradeira pelo Paddy Dignam, tão verdade como estou te vendo.
— O melhor dos homens — fala ele, fungando —, a melhor e mais pura alma.
A porra das lágrimas quase que te saltam dos olhos. Falando sempre pelos desgraçados dos cotovelos. Melhor era se fosse pra casa pra junto da galinha sonâmbula que casou, a Mooney, a filha do bumbailio. A mãe tinha um quarto na rua Hardwicke e era vigarista ali pelos desembarcadouros. Bantam Lyons contou que viu ela às duas da madrugada sem um trapo por cima, se mostrando toda e aberta pra quem quisesse, campo livre e grátis.
— O mais nobre, o mais leal — fala ele. — E lá se foi, pobre coitado do Willy, pobre coitado do Paddy Dignam.
E dorido e com o coração angustiado ele pranteava a extinção daquele luzeiro celeste.
O velho Garryowen começava a rosnar de novo para Bloom que continuava a rondar pela porta.
— Vamos, entre, ele não vai comê-lo — fala o cidadão.
Aí Bloom se mete de mansinho com seu olho de bacalhau no cachorro e pergunta a Terry se Martin Cunningham estava lá.
— Oh, Cristo M'Keown — fala Joe, lendo uma das cartas. — Ouçam esta, minha gente!
E começou a ler uma.

7, rua Hunter, Liverpool
Ao Alto Xerife de Dublin, Dublin.

Honrado senhor peço licença para oferecer meus serviços no supracitado caso doloroso enforquei Joe Gann na Cadeia de Bootle no dia 12 de fevereiro de 1900 e enforquei...

— Mostra à gente, Joe — falo eu.
— ...o soldado Arthur Chace pelo assassínio desatinado de Jessie Tilsit na Prisão de Pentonville e fui ajudante quando...
— Jesus — falo eu.
— ...Billington executou o tremendo assassino Toad Smith...
O cidadão meteu a mão sobre a carta.
— Aguenta aí — fala Joe —, tenho um jeito que é a minha especialidade de fazer o laço de modo que ele não tem jeito de escapar para ser favorecido aqui fico, honrado senhor, minhas condições é cinco guinéus.

H. Rumbold
Mestre barbeiro.

— É um bárbaro desgraçado barbárico é o que ele também é — fala o cidadão.
— E os garranchos sujos desse podre — fala Joe. — Olha — fala ele —, me botem isso no inferno longe da minha vista, Alf. Alô Bloom — fala ele —, que é que toma?
Aí eles começaram a trocar razões, Bloom dizendo que não queria e não podia e que ele desculpasse ele que não era ofensa e todos isso e assado então ele falou que ia aceitar um charuto. Delhas, é um sujeito prudente, não tem dúvida.
— Me dá o melhor dos seus mais fedidos, Terry — fala Joe.
E Alf contava à gente que tinha um gajo com um cartão de luto com uma faixa preta em redor.
— Todos são barbeiros — fala ele — da terra dos malditos que podiam enforcar o próprio pai por cinco librotas à vista frete pago.
E ele contava à gente que tinha dois sujeitos esperando por baixo para puxar os pés pra baixo quando ele é atirado e esganam ele devidamente

e então eles cortam a corda, depois vendem os pedaços por uns poucos xelinotes por cabeça.
Na terra escura eles demoram, os vindicativos barões da navalha. De seu estojo mortal eles tomam: e daí conduzirem eles ao Érebo qualquer que seja a pessoa que haja cometido um torto de morte, porque eu não o sofrirei que assim o diz o Senhor.
Aí eles começaram a falar da pena capital e certo Bloom interveio com os porquês e os ondes e toda a codologia do troço e o velho cachorro que cheirava ele durante todo o tempo me contaram que esses judeus têm mesmo um tipo de cheiro estranho que sai deles e os cachorros percebem e sobre não sei que de todo efeito deterrente e assim por diante e tal.
— Mas tem uma coisa na qual não tem efeito deterrente — fala Alf.
— Que é que é? — fala Joe.
— O instrumento do pobre dianho que foi enforcado — fala Alf.
— Como é que é? — fala Joe.
— Verdade de Deus — fala Alf. — Ouvi isso do chefe da guarda que estava em Kilmainham quando enforcaram Joe Brady, o invencível. Ele me contou que quando eles cortaram a corda para descer ele pra baixo a coisa estava de pé na cara deles como um atiçador.
— A paixão dominante é forte na morte — fala Joe — como alguém falou.
— Isso pode ser explicado pela ciência — fala Bloom. — É apenas um fenômeno natural, compreendem?, porque na base de...
E aí ele começa com seus quebra-línguas sobre fenômeno e ciência e este fenômeno e aquele outro fenômeno.
O distinto cientista herr professor Luitpold Blumenduft aduziu provas médicas para o fim de concluir que a fractura instantânea das vértebras cervicais e a consequente excisão da medula espinal seriam, de acordo com as mais bem comprovadas tradições da ciência médica, calculadas para produzir inevitavelmente no paciente humano um violento estímulo gangliônico dos centros nervosos, levando os poros dos *corpora cavernosa* a dilatarem-se rapidamente de tal arte a facilitar instantaneamente o afluxo do sangue àquela parte da anatomia humana conhecida como pênis ou órgão viril resultando no fenômeno que tem sido designado pela faculdade como mórbida filoprogenitiva ascendente e extendente erecção *in articulo mortis per diminutionem capitis*.
Assim é claro o cidadão não esperava mais que uma vaza para começar a se esvaziar sobre os invencíveis e a velha guarda e os homens de sessenta

e sete e os de quem-é-que-tem-medo-de-falar? de noventa e oito e Joe com ele sobre todos os gajos que tinham sido enforcados, exilados ou deportados pela causa pelos conselhos de guerra sumários e uma Irlanda nova e um novo isso, aquilo e tal. Falando da Irlanda nova tinha de arranjar um novo cachorro que isso tinha. Sarnento bruto esfomeado a fungar e a espirrar todo o tempo e a coçar suas perebas e lá vai ele para Bob Doran que pagava pro Alf um meio trago e que começa a lamber ele para ganhar alguma coisa. Aí é claro o Bob Doran começa a bancar o bobalhão com ele:

— Dá a patinha! Dá a patinha, cachorrinho! Bonitão de velhinho de cachorrinho! Dá aqui a patinha! Dá a patinha!

Arre! pro inferno com a patinha que ele queria ter nas suas patas e Alf que tenta sustentar ele pra não despencar da porra do tamborete desengonçado por causa do porra do cachorro velho e os outros a falar todos os tipos de besteiras como treinar com bondade e cachorro de raça e cachorro inteligente: era de dar engulho na gente. Aí ele pega a partir em pedacinhos uns biscoitos velhos do fundo de uma lata de Jacob que ele tinha pedido ao Terry pra trazer. Delhas, ele engolia aquilo num resvés e a língua dele continuava pendurada fora alguns palmos ou mais. Quase que comeu a lata e tudo, o sacana do vira-lata esfomeado.

E o cidadão e Bloom que continuavam a discutir sobre a questão, os irmãos Sheares e Wolfe Tone para lá da Arbour Hill e Robert Emmet e morrer pela pátria, a choradeira do Tommy Moor sobre Sara Curran e ela lá longe da terra. E Bloom é claro com seu charuto não me toques arrotando bazófia com aquela cara de toicinho. Fenômeno! A montanha gorda que ele casou é que é um bom fenômeno com um traseiro de lua em dobro. No tempo que eles viviam no City Arms Pisser Burke me contou que tinha lá uma velhota com um gira de um desatarraxado de um sobrinho e Bloom tratando de amolecer o lado fraco dela o dengoso jogando besigue para arranjar um pedaço do bolo no testamento dela e sem comer carnes na sexta-feira porque a velhota estava sempre batendo no peito e levando o palerma pra passeios. E uma vez ele levou ele em redor de Dublin e, pelo bom pastor, ele não pôde tomar tento até que o outro trouxe ele bêbado como um peru e ele a explicar que fez a coisa para ensinar a ele as desvantagens do álcool e, cos diabos, se as três mulheres não cozinharam ele é uma gozada de história, a velhota, a mulher do Bloom e a senhora O'Dowd que dirigia o hotel. Jesus, não pude deixar de rir com o Pisser Burke macaqueando elas e Bloom com os seus *mas não compreendem?* e *mas de outro lado*. E no duro, me afiançam, o palerma me contaram que ia depois ao Power, o misturador de vinhos, ali na rua Cope voltando na água de sege pra casa cinco vezes na semana depois de ter bebido sua carraspana de todos os tipos de bebida do demo do boteco. Fenômeno!

— À memória dos mortos — fala o cidadão levantando o copo e olhando feroz para Bloom.

— À, à — fala Joe.

— Vocês não captaram meu ponto de vista — fala Bloom. — O que eu queria dizer...

— *Sinn Fein!* — fala o cidadão. — *Sinn fein amhain!* Os amigos que amamos estão do nosso lado e os adversários que odiamos em nossa frente.

O adeus supremo foi extremamente comovente. Dos campanários próximos e longínquos o dobre fúnebre plangia incessante enquanto a toda volta do lutuoso recinto rufava o ominoso reboar de cem peças de salva. Os ensurdecedores ribombos de trovões e as fulgurantes chispas de relâmpagos que iluminavam o cenário fantasmal testemunhavam que a artilharia dos céus emprestava sua pompa sobrenatural ao já de si horripilante espectáculo. Uma chuva torrencial desbategava-se das comportas dos céus iracundos sobre as cabeças nuas da multidão congregada que montava segundo os mais baixos cômputos a quinhentas mil pessoas. Uma formação da polícia metropolitana de Dublin superintendida pelo Alto-Comissário em pessoa mantinha a ordem da vasta massa que a banda de metais e sopro da rua York entretinha no tempo intermediante com interpretar admiravelmente nos seus instrumentos enfaixados de luto a melodia incomparável da plangente musa de Speranza tão cara a nós desde o berço. Velozes trens especiais de excursão e charabãs estofados haviam sido providenciados para o conforto de nossos primos dos campos de que havia grandes contingentes. Distracção considerável foi causada pelos cantores de rua de Dublin favoritos L-n-h-n- e M-ll-g-n que cantaram *A noite antes de Larry espichar* na sua habitual maneira hilariante. Dois de nossos fantasistas inimitáveis fizeram um bom negócio com suas folhas volantes entre os amantes do elemento cômico e ninguém que tem um poucochinho de coração apegado ao real picaresco irlandês sem vulgaridade os censurará pelos vinténs tão suados que ganharam. As crianças do Hospital dos Expostos Varões e Femininos que atopetavam as janelas que olhavam para a cena estavam encantadas com essa inesperada adição aos seus entretenimentos diários e uma palavra de louvor é devida às Irmãzinhas dos Pobres pela excelente ideia que tiveram de propiciar às crianças órfãs de pai e de mãe esse regalo genuinamente instrutivo. Os convidados vice-reais que compreendiam muitas senhoras assaz conhecidas foram conduzidos por Suas Excelências aos lugares mais privilegiados do palanque de honra enquanto a pitoresca delegação estrangeira conhecida como Amigos da Ilha da Esmeralda era acomodada numa tribuna directamente oposta. A delegação, presente em pleno, consistia no commendatore Bacibaci Beninobenone (o semiparalítico *doyen* do grupo que tinha de ser assistido em seu assento com a ajuda de uma poderosa grua a vapor), Monsieur Pierrepaul Petitépatant, o Grandjoker Vladinmire Pokethankertscheff, o Archjoker Leopold Rudolph von Schwanzenbad-Hodenthaler, a condessa Marha Virága Kisászony Putrápesthi, Hiram Y. Bomboost, o conde Athanatos Karamelopoulos, Ali Baba Backsheesh Rahat Lokum Effendi, o señor Hidalgo Caballero Don Pecadillo y Palabras Y Paternoster de la Malora de la Malaria, Hokopoko Harakiri, Hi Hung Chang, Olaf Kobberkeddelsen, Mynheer Trik van Trumps, Pan Poleaxe Paddyrisky, Goosepond Prhklstr Kratchinabritchisitch, herr Hurhausdirektorpräsident Hans Chuechli-Steuerli, Nationalgymnasiummuseumsanatoriumandsuspensoriumsordinaryprivatdocentgeneralhistoryspecialprofessordoctor Kriegfried Ueberallegemein. Todos os delegados sem excepção expressaram-se nos mais fortes termos possíveis heterogêneos com respeito à barbaridade inominável que eles haviam sido chamados a testemunhar. Uma animada altercação (na qual todos tomaram parte) seguiu-se entre os A.D.I.D.E. quanto a se oito ou nove de março era a data correcta do nascimento do santo padroeiro da Irlanda. No curso dos argumentos, balas de canhão, cimitarras, guarda-chuvas, catapultas, soqueiras, sacos de areia, lingotes de ferro-gusa foram de recurso e golpes foram livremente trocados. O polícia-mirim, agente MacFadden, convocado por correio especial de Booterstown, estabeleceu rapidamente a ordem e com presteza relampejante propôs o dezessete do mês como solução igualmente favorável para ambas as partes contendoras. A sugestão do vivesperto novípede agradou de chofre a todos e foi unanimemente aceita. O Agente MacFadden foi cordialmente congratulado por todos os A.D.I.D.E., vários dos quais sangravam profusamente. Ao commendatore Beninobenone tendo sido extricado de debaixo da curul presidencial foi explicado por seu consultor jurídico Avvocato Pagamimi que os vários artigos segregados nos seus trinta e dois bolsos tinham sido abstraídos por ele durante a refrega dos bolsos dos seus colegas menores na esperança de devolvê-los à lucidez. Os objectos (que incluíam várias centenas de relógios de ouro e de prata de damas e de cavalheiros) foram prontamente reintegrados nos seus legítimos proprietários e uma harmonia geral reinou suprema.

Calmamente, desafectadamente, Rumbold subiu os degraus do cadafalso em impecável traje matinal e levando sua flor favorita, o *Gladiolus Cruentus*. Ele anunciou sua presença por aquela gentil tosse que tantos têm tentado (malsucedidamente) imitar curta, meticulosa mas ademais tão característica do homem. A chegada do mundifamoso carrasco foi saudada por um bramar de aclamações da enorme concorrência, as senhoras vice-reais ondulando seus lenços na excitação enquanto os ainda mais excitáveis delegados estrangeiros vivavam vociferamente numa miscelânea de gritos, *hoch, banzai, eljen, zivio, chinchin, polla kronia, hiphip, vive, Allah*, em meio dos quais os tintineantes *evviva* do delegado da terra do canto (em duplo fá agudo que lembrava aquelas penetrantes notas adoráveis com que o eunuco Catalani enfeitiçara nossas tetravós) eram facilmente distinguíveis. Eram exatamente as dezessete horas. O sinal da prece foi então prontamente dado por megafone e num instante todas as cabeças se desnudaram, sendo o sombrero patriarcal do commendatore, que estava na posse da sua família desde a revolução de Rienzi, removido por seu consultor médico de serviço, dr. Pippi. O erudito prelado que administrou as últimas ajudas da sagrada religião ao mártir herói no instante de pagar com a pena capital se ajoelhou em cristianíssimo espírito numa poça de chuva, sua sotaina sobre a cabeça encanecida, e ofereceu ao trono da misericórdia preces ferventes de súplica. Firme ao pé do cepo erguia-se a figura lúgubre do verdugo, seu semblante recoberto por um panelão de dez galões perfurado de duas aberturas circulares pelas quais seus olhos chispeavam furiosamente. No que esperava o sinal fatal experimentou o gume de sua arma hórrida afiando-o no seu musculoso antebraço ou decapitando em rápida sucessão um rebanho de ovelhas que fora fornecido pelos admiradores de seu cruel mas necessário ofício. Numa elegante mesa de mogno perto dele estavam ordenadamente dispostos o cutelo esquartejador, o variado instrumental finamente temperado do estripamento (especialmente suprido pela mundialmente famosa firma de cutelaria, os senhores John Round e Filhos, Sheffield), uma caçarola de terracota para a recepção do duodeno, colo, intestino cego e apêndice etc. ao serem bem-exitosamente extraídos e duas leituras adequadas destinadas a receber o preciosíssimo sangue da preciosíssima vítima. O ucheiro do asilo consolidado de gatos e cães estava presente para apresentar esses recipientes uma vez abastecidos àquela instituição beneficente. Um mui excelente repasto consistente de toicinho e ovos, carne frita e cebolas, feitos à maravilha, deliciosos pãezinhos quentes e chá revigorador, havia sido obsequiosamente fornecido pelas autoridades para consumação da figura central de tragédia que estava em espírito capitoso já que preparado para a morte e que demonstrava o mais genuíno interesse pela pragmática desde o começo até o fim, mas que, com uma abnegação rara nestes nossos tempos, se punha à altura da ocasião e exprimira o desejo mortal (a que se acedeu imediatamente) de que a refeição fosse dividida em partes alíquotas entre os membros doentes e indigentes da associação dos domésticos como penhor de sua consideração e estima. O *nec* e o *non plus ultra* da emoção foram atingidos quando a ruborizada noiva eleita rompeu caminho por entre as filas cerradas dos espectadores e se arremessou contra o peito musculoso daquele que se aprestava a ser lançado na eternidade por causa dela. O herói enlaçou a forma esbelta dela num amplexo amorável murmurando ternamente *Sheila, minhazinha*. Encorajada pelo uso do seu nome de baptismo ela beijou apaixonadamente todas as várias áreas adequadas da pessoa dele que a decência do traje penitenciário permitia ao ardor dela atingir. Ela jurou-lhe no que se mesclavam as salinas correntes de suas lágrimas que ela iria acarinhar sua memória, que ela jamais esqueceria seu jovem herói que se ia para a morte com uma canção nos lábios como se estivesse indo para uma partida de hóquei no parque de Clonturk. Ela trouxe de volta à remembrança dele os felizes dias da infância ditosa juntos nas ribeiras do Anna Liffey quando eles se compraziam em passatempos inocentes de jovens e, descuidosos do temebundo presente, eles ambos riam coroçoadamente, todos os espectadores, inclusive o venerável pastor, juntando-se à garrulice geral. Aquela audiência monstra simplesmente se contorcia de gozo. Mas em pouco eles eram vencidos pela mágoa e se afivelavam as mãos pela última vez. Uma nova torrente de lágrimas irrompia de seus ductos lacrimais e a vasta concorrência de gente, tocada no imo cerne, rompeu em soluços confrangedores, sendo não menos afectado o próprio prebendário ancião. Fortes homens graúdos, oficiais da paz e gigantes afáveis da polícia real irlandesa faziam franco uso de seus lenços e é válido dizer que não havia um olho seco naquela assembleia insuperada. Um incidente romanticíssimo ocorreu quando um elegante jovem graduado de Oxford, notado por seu cavalheirismo para com o belo sexo, galgou à frente e, apresentando seu cartão de visita, seu carnê de banco e sua árvore genealógica, solicitou a mão da desventurada jovem senhorita, rogando-lhe que nomeasse o dia, sendo aceito de chofre. Cada senhora da audiência foi presenteada com um souvenir da ocasião de bom gosto na forma de um broche de crânio e ossos cruzados, um ato oportuno e generoso que avocou uma nova irrupção de emoção: e quando o galante jovem oxoniano (portador, diga-se em tempo, de um dos mais sempronrados nomes da história de Álbion) colocou no dedo de sua ruborizada *fiancée* um custoso anel de compromisso com esmeraldas engastadas na forma de um trevo quadrifólio a excitação não conheceu limites. Sim, que até o duro marechal preboste, tenente-coronel Tomkin-Maxwell ffrenchmullan Tomlison, que presidia à triste ocasião, ele que disparara um considerável número de sipaios da boca de canhão sem titubear, não pôde conter sua natural emoção. Com sua manopla de malha ele removeu uma furtiva lágrima e foi ouvido por acaso por aqueles privilegiados burgueses que acontecia estarem em seu *entourage* imediato a murmurar de si para si num cicio balbuciante:

— Deus me castigue se não é um pedaço, essa galinha aí dos meus pecados. Me castigue se não me dá uma vontade de ganir, no duro, que dá, só de ver ela e pensar na velha caravela que me espera lá embaixo em Limehouse.

Aí então o cidadão começa a falar da língua irlandesa e da reunião corporativa e de tudo isso e dos ingluscos que não conseguem falar a língua deles e Joe metendo o bedelho porque ele tinha sido espetado por algum numa librota e Bloom passando sua vaselina de sempre com a guimba de dois pences que ele tinha mamado do Joe e falando da liga gaélica e da liga contra o vamos-que-eu-pago e de beber, a maldição da Irlanda. Contra o vamos-que-eu-pago é que está o busílis. Porra, ele é capaz de te deixar entornar pela goela dele abaixo tudo quanto é bebida até o Senhor chamar ele pra glória mas a gente não é capaz de ver uma nica de grana dele. E uma noite que eu fui com um sujeito num dos saraus de música deles, canto e dança que ela podia estar num trinque bem que podia minha Maureen Lay, e tinha um sujeito com um emblema faixa-azul de camelô contrabebida falando fuleirices em irlandês e um bando de novilhas moçoilas praqui e prali com beberagens de temperança e vendendo medalhas e laranjas e limonada e uns quantos bolinhos secos velhos, porra, divertimento fuleiro, nem me fales. A Irlanda sóbria é a Irlanda livre. Aí um velhote começa a soprar numa gaita de fole e todos os vigaristas se arrastando na toada do meu boi morreu. E um ou dois olheiros espiando se não se estava de coisas com as mulheres, empurrando debaixo da cintura.

De modo que, como eu estava falando, o velho do cachorro vendo que a lata estava vazia começa a farejar em volta do Joe e de mim. Eu ia treinar ele pela bondade, ah, isso ia, se ele fosse cachorro meu. Um bom pontapé de fazer voar aqui e ali para não cegar ele de vez em quando.

— Medo que ele morda você? — fala o cidadão, zombando.

— Não — falo eu. — Mas ele pode pensar que minha perna é um lampião.

Aí ele chama o cachorrão pra perto.

— Que é que se passa, Garry? — fala ele.

Então ele começa a dar pito e cachaço e a falar para ele em irlandês e o velho aporrinhento que rosna, bancando que responde, como num dueto de ópera. Um rosnado entre os dois que nunca se escutou igual. Algum desses folgados que andam por aí não tinha nada melhor do que escrever uma dessas cartas *pro bono publico* pros jornais a respeito da ordenança de açaime para cachorros como esse. Rosnando e resmungando e o olho dele todo como uma borra de sangue por causa da secura nele e da hidrofobia que pingava das queixadas dele.

Todos os que estão interessados na difusão da cultura humana entre os animais mais baixos (e seu nome são legião) deveriam ter como ponto de honra não perder a realmente maravilhosa mostra de cinantropia dada pelo famoso cão lobo séter velho irlandês vermelho previamente conhecido pelo *sobriquet* de Garryowen e recentemente rebaptizado pelo largo círculo de seus amigos e conhecidos como Owen Garry. A mostra, que é o resultado de anos de treinamento pela bondade e um sistema dietético cuidadosamente concebido, compreende, entre outros feitos, a recitação de versos. Nosso maior perito fonético vivo (seu nome nem cavalos selvagens conseguirão arrancar de nós!) não poupou nenhum minuto nos seus esforços para dilucidar e comparar um verso recitado e descobriu que ele encerra uma *notável* semelhança (o grifo é nosso) com as runas dos antigos bardos célticos. Não estamos falando tanto daquelas deliciosas canções de amor com que o escritor que esconde sua identidade sob o gracioso pseudônimo de Doce Raminho tem familiarizado o mundo amante de livros mas antes (como um colaborador D.O.C. assinala numa comunicação interessante publicada por um vespertino contemporâneo) das notas mais rudes e mais pessoais que se encontram nas efusões satíricas do famoso Raftery e de Donald MacConsidine, para nada dizer de um lírico mais moderno no instante muito na mira do público. Infra-anexamos um espécime que foi vertido para o inglês por um eminente erudito cujo nome no momento não temos a liberdade de revelar embora creiamos que nossos leitores acharão a alusão tópica algo mais do que uma indicação. O sistema métrico do original canino, que recorda as intricadas regras aliterativas e isossilábicas do *englyn* galês, é infinitamente mais complicado mas cremos que nossos leitores concordarão com que o espírito tenha sido bem captado. Talvez se devesse aduzir que o efeito é grandemente acrescido se o verso de Owen for proferido algo lenta e indistintamente num tom sugeridor de rancor contido.

> *Maldizer eu maldigo*
> *Sete vezes ao dia*
> *E mais vezes às quintas*
> *A ti, Barney Kiernan,*
> *Que não é com tua água*
> *Que refreio a coragem*
> *Pois minha goela é vermelha*
> *A rugir contra o Lowry.*

Aí ele pediu ao Terry para trazer um pouco de água para o cachorro e, delhas, se podia ouvir ele a lamber a uma milha de distância. E Joe perguntou a ele se ele queria mais.

— Quero — fala ele —, um *chara*, para provar que não tenho ressentimento.

Porra, que ele não é tão banana quanto dá a impressão a sua cara de repolho. Culeando de um boteco a outro, dando-te a oportunidade de fazeres as honras, com o cachorro do velho Giltrap e deixando-se alimentar pelos contribuintes e simpatizantes. Distração para o homem e a besta. E fala Joe:

— Podias dar conta de uma outra pinta?

— Pode um nado peixar? — falo eu.

— Outra do mesmo, Terry — fala Joe. — Não quer mesmo nada como refrigerante? — fala ele.

— Obrigado, não — falou Bloom. — De facto eu só queria me encontrar com o Martin Cunningham, compreende?, por causa do seguro do Dignam. Martin me pediu que eu passasse pela companhia. Compreende?, ele, o Dignam quero dizer, não fez em tempo nenhuma declaração de beneficiário e nominalmente nos termos do contrato o credor hipotecário não pode receber pela apólice.

— Mas que bode — fala Joe rindo —, é como se o velho Shylock estivesse em campo. Assim é a mulher que fica com a bolada, não é?

— Bem, esse é um aspecto — fala Bloom — que cabe aos admiradores da mulher.

— Admiradores de quem? — fala Joe.

— Os consultores da mulher, quero dizer — fala Bloom.

Então ele começa uma confusa louca de merda sobre o crédito hipotecário nos termos do contrato como se fosse o lorde chanceler mandando brasa no tribunal e no benefício da mulher e que uma tutela estava criada mas de outro lado que Dignam devia a Bridgeman o dinheiro e se agora a mulher ou viúva contestava o direito do credor hipotecário até que me encheu a cabeça com seu crédito nos termos do contrato. Ele é que estava sacanamente livre de não estar metido nesse embrulho nos termos de um contrato pois aos tempos em que era um velhaco e vagabundo tinha um amigo no tribunal. Vendendo bilhetes de uma quermesse ou como se chama por aí uma loteria real húngara privilegiada. Tão certo como estás aí. Oh, não me encomendes a um israelita! Roubalheira real húngara e privilegiada.

Aí Bob Doran se chega todo bambo pedindo ao Bloom para falar pra senhora Dignam que ele estava triste pelo incômodo dela e que ele estava muito triste pelo enterro e para falar pra ela que ele achava e que todo mundo que conhecia ele achava que não teve ninguém mais direito, mais correcto do que o pobre do coitado do Willy que estava morto para falar pra ela. Se engasgava com tanta droga de besteiras. E sacudindo a mão de Bloom bancando tragédia para falar pra ela. Aperte a mão, irmão. Tu és um velhaco e eu sou outro.

— Permita-me — falava ele — confiar tanto em nossas relações que, embora superficiais se julgadas pelos padrões do mero tempo, são fundadas, como espero e creio, num sentimento de mútua estima, que lhe peça este favor. Mas, acaso tenha eu ultrapassado os limites da discrição, que a sinceridade de meus sentimentos seja a escusa da minha audácia.

— Não — replicou o outro —, aprecio em plenitude os motivos que actuaram em seu procedimento e desincumbir-me-ei do encargo que me confia consolado pela reflexão de que, se a missão é de dor, essa prova de sua confiança dulcifica de certo modo a amargura da taça.
— Então suporte que eu lhe aperte a mão — fala ele. — A bondade de seu coração, sinto-o bem, ditar-lhe-á melhores do que as minhas palavras inadequadas as expressões que forem mais conducentes a transmitirem a emoção cuja pungência, pudera eu dar largas aos meus sentimentos, me privaria até mesmo da fala.

E safo dele se pôs fora tentando andar direito. Na água às cinco da tarde. A noite que ele quase foi em cana se não fosse o Paddy Leonard que conhecia o meganha, o 14 A. Cego ao mundo lá dentro na taverna sem lei da rua Bride depois da hora de fechar, fornicando com duas rameiras e um cáften de alcateia, bebendo pórter em chávenas. E fazendo-se passar por francelho para as duas rameiras, Joseph Manuo, e falando contra a religião católica, ele que ajudava a missa na Adão e Eva quando moço com os olhos fechados quem escreveu o novo testamento e o velho testamento e abraçando e entupigaitando. E as duas rameiras mortas de rir, pescando nos bolsos dele sacana de otário e ele a esparramar pórter pela cama toda e as duas rameiras esganiçando-se de rir uma para a outra. *Como vai o teu testamento? Será que tens um velho testamento?* Só Paddy é que passava por lá, lá isso te digo. Depois era ver ele no domingo com sua concubina de esposa, e ela levantando a cauda pela lateral da capela, com suas botinas de verniz, nada menos, e suas violetas, bonita como um bolo, fazendo a pequenina grande dama. Irmã do John Mooney. E a velha prostituta da mãe arranjando quartos para os casais da rua. Delhas, Jack pôs ele contra a parede. Disse pra ele que se ele não entrava nos eixos que ele ia pôr a merda dele à mostra.

Então Terry trouxe as três pintas.
— À sua — fala Joe, fazendo as honras. — À sua, cidadão.
— *Slan leat* — fala ele.
— Dinheiro, Joe — falo eu. — Saúde, cidadão.

Delhas, que ele já tinha metade da malga dentro da boca. É preciso uma boa fortuninha para aguentar os tragos dele.

— Quem é o grandalhão que está correndo o páreo para prefeito, Alf?
— fala Joe.

— Um amigo seu — fala Alf.
— Nannan? — fala Joe. — O deputado?
— Não vou dizer nome nenhum — fala Alf.
— Pensei nisso — fala Joe. — Eu vi ele faz pouquinho naquela reunião com o William Field, M.P., a dos negociantes de gado.
— Iopas, o peludo — fala o cidadão —, aquele vulcão em erupção, o queridinho de todos os distritos e ídolo de si mesmo.

Aí Joe começa a falar ao cidadão sobre a febre aftosa e os negociantes de gado e o tomar a iniciativa na questão e o cidadão a mandar todos àquela parte e o Bloom que se sai com seu banheiro de ovelhas contra a ronha e sua poção de bofe para a tosse dos vitelos e seu remédio garantido contra a língua de pau bovina. Porque ele tinha estado uma vez num matadouro de cavalos velhos. A andar por lá daqui prali com caderneta e lápis cabeça metediça e pés pra trás até que Joe Cuffe honrou ele com uma condecoração da ordem das botas nos fundilhos por ter sido malcriado com um invernador. Senhor Sabetudo. Ensina a tua avó como ordenhar patos. Pisser Burke me contou que no hotel a mulher dele costumava derramar rios de lágrimas com a senhora O'Dowd a chorar pelos olhos todas as postas de banha que tinha nela. Mesmo para afrouxar as pregas peidadoras dela aquele olho de bacalhau ficava a valsar ao redor dela pra ensinar como fazer a coisa. Que é que pretende fazer hoje? Muito bem. Métodos humanitários. Porque os pobres animais sofrem e os entendidos dizem e o melhor remédio que não provoca dor nos animais e no lugar chagado assim gentilmente. Delhas, ele é dos que têm mão macia nos baixos de uma galinha.

Cô cô côcô. Cleco cleco cleco. Liz pretinha é a nossa galinha. Põe ovinho pra gente. Quando põe ovinho fica contentinha. Côcô. Cleco cleco cleco. Aí vem o bom do tio Leo. Põe a mão debaixo de Liz a pretinha e apanha seu fresco ovinho. Cô cô cô côcô. Cleco cleco cleco.

— Seja como for — fala Joe. — Field e Nannetti vão esta noite a Londres para fazer perguntas no plenário da Casa dos Comuns.

— Você está certo — fala Bloom — de que o conselheiro está indo? Acontece que eu queria vê-lo.

— Bem, ele está de partida pelo barco-correio — fala Joe — esta noite.

— É uma pena — fala Bloom. — Eu queria tanto. Talvez somente o senhor Field é que vá. Não posso telefonar. Não. Está certo disso?

— Nannan está indo também — fala Joe. — A liga mandou ele fazer a pergunta amanhã sobre o direito do comissário de polícia de proibir os jogos irlandeses no parque. Que é que pensa disso, cidadão? *O Sluagh na h-Eireann.*

Senhor Bezerra Conacre (Multifarnham. Nat): A propósito da interpelação do meu honrado amigo, representante de Shillelagh, que se me permita perguntar ao muito honrado cavalheiro se o Governo expediu ordens no sentido de que esses animais fossem abatidos embora nenhuma prova médica tivesse sido aduzida quanto à sua condição patológica.

Senhor Quadrípede (Tamoshant, Con): Os honrados membros já estão de posse da prova aduzida perante a comissão do plenário. Sinto que nada de útil posso acrescentar. A resposta à pergunta do honrado membro é pela afirmativa.

Senhor Orelli (Montenotte, Nat): Ordens similares foram expedidas quanto ao abate de animais humanos que ousem praticar jogos irlandeses no parque Phoenix?

Senhor Quadrípede: A resposta é pela negativa.

Senhor Bezerra Conacre: Terá o famoso telegrama de Mitchelstown do cavalheiro inspirado a política dos cavalheiros da bancada do tesouro? (Murmúrios.)

Senhor Quadrípede: Eu devia ter sido pressentido quanto a essa interpelação.

Senhor Mandabrasa (Buncombe. Ind.): Não tenha dúvida em atirar.

(Aplausos irônicos da oposição.)

O presidente: Silêncio! Silêncio!

(O plenário se levanta. Aplausos.)

— Aí está o homem — fala Joe — que provocou o ressurgimento dos desportos gaélicos. Aí está ele sentado. O homem que deu fuga a James Stephens. O campeão da toda a Irlanda para o lançamento de dezesseis libras. Qual foi o seu melhor arremesso, cidadão?

— *Na bacleis* — fala o cidadão, fazendo-se modesto. — Houve um tempo em que eu fui tão bom quanto o que podia competir comigo.

— Deixa disso, cidadão — fala Joe. — Você era o estupidamente melhor.

— Era mesmo assim? — fala Alf.

— Era — fala Bloom. — É coisa mais que conhecida. Não sabia?

Aí eles desataram sobre os desportos irlandeses e os jogos ingluscos do tipo do tênis e sobre arremessos e acertos de pedra e o melhor da terra e a construção da nação mais uma vez de novo e tudo o mais. E é claro que o Bloom tinha que falar também a respeito de que se um sujeito tinha coração de boi o exercício violento era ruim. Juro pelos meus botões que se a gente apanha uma palha do puto do chão e fala pro Bloom: *Olha pra isto, Bloom. Vê esta palha? Isto é palha.* Juro pela minha tia que ele pega a falar a respeito por uma hora e na certa ainda podia continuar falando.

Uma discussão interessantíssima teve lugar no antigo vestíbulo de *Brian O'Ciarnain's* em *Sraid na Bretaine Bheag*, sob os auspícios do *Sluagh na h-Eireann*, com respeito à revivescência dos antigos desportos gaélicos e a importância da cultura física, tal como compreendida na Grécia antiga e na Roma antiga e na Irlanda antiga, para o desenvolvimento da raça. O venerável presidente dessa nobre ordem estava na curul e a audiência era de largas dimensões. Após uma instrutiva digressão do presidente, oração magnificente eloquentemente e fugosamente expressa, uma discussão interessantíssima e instrutivíssima nos padrões usuais de excelência se seguiu quanto à desejabilidade da revivibilidade dos antigos jogos de nossos antigos ancestrais pancélticoso. O assaz conhecido e altamente respeitado obreiro da causa da nossa velha língua, o senhor Joseph M'Carthy Hynes, fez um eloquente apelo em favor da ressuscitação dos antigos desportos e passatempos gaélicos, praticados manhãs e tardes por Finn MacCool, com miras a reviver as melhores tradições da força e poder viris a nós transmitidos das antigas idades. L. Bloom, que defrontou uma receptividade mista de aplausos e apupos, tendo esposado a negativa, fez o vocalista presidente pôr fecho à discussão, em riposta a repetidos rogos e coroçoantes moções de todas as partes de um plenário colossal com uma interpretação remarcadamente notável de sempre-vivos versos (felizmente bastante familiares para serem aqui relembrados) do imortal Thomas Osborne Davis. *Uma nação de novo ainda,* em cuja execução o veterano campeão patriota pode ser considerado sem medo de contradição haver se excedido a si mesmo. O Caruso Garibaldi irlandês estava em forma superlativa e suas notas estentóreas foram ouvidas para a maior valorização do hino consagrado pelo tempo, cantando como só o nosso cidadão pode cantá-lo. Seu soberbo vocalismo de alta classe, que por sua superqualidade grandemente favoreceu sua reputação já internacional, foi vociferamente aplaudido pela larga audiência, na qual devem ser anotados muitos membros proeminentes do clericato bem como representantes da imprensa e do foro e de outras profissões cultas. A sessão então teve fim.

Dentre o clericato estavam presentes o reverendíssimo William Delany, S.J., L.L.D.; o mui reverendo Gerald Molloy, O.O.; o reverendo P.J. Kavanagh,

C.S.Sp.; o reverendo T. Waters, C.C.; o reverendo John M. Ivers, P.P.; o reverendo P.J. Cleary, O.S.F; o reverendo L.J. Hickey, O.P.; o mui reverendo Fr. Nicholas, O.S.FC.; o mui reverendo B. Gorman, O.D.C.; o reverendo T. Maher, S.J.; o reverendíssimo James Murphy, S.J.; o reverendo John Lavery, V.F; o reverendíssimo William Doherty, D.D.; o reverendo Peter Fagan, O.M.; o reverendo T. Brangan, O.S.A.; o reverendo J. Flavin, C.C.; o reverendo M.A. Hackett, C.C.; o reverendo W. Hurley, C.C.; o mui reverendo Mgr M'Manus V.G.; o reverendo B.R. Slattery, O.M.I.; o reverendíssimo M.D. Scally, P.P.; o reverendo FT. Purcell, O.P.; o reverendíssimo Timothy cânon Gorman, P.P.; o reverendo J. Flanagan, C.C. O laicato incluía P. Fay, T. Quirke etc. etc.

— Falando de exercício violento — fala Alf —, viram a luta do Keogh contra o Bennett?

— Não — fala Joe.

— Ouvi dizer que um Fulano de Tal mamou cem librotas em apostas — fala Alf.

— Quem? Blazes? — fala Joe.

E fala Bloom:

— O que eu queria dizer sobre o tênis, por exemplo, relaciona-se com a agilidade e adestramento da visão.

— É isso, Blazes — fala Alf. — Fez correr por aí que o Myler andava entregue à cerveja para aumentar o rateio, quando ele estava se preparando no duro todo o tempo.

— Nós o conhecemos — fala o cidadão. — Filho do traidor. Sabemos como é que pôs o ouro inglês no bolso.

— Tem razão — fala Joe.

E Bloom que se intromete de novo com o tênis e a circulação do sangue, perguntando a Alf:

— Que é que acha, Bergan?

— Myler fez ele comer poeira — fala Alf. — Heenan contra Sayers foi um brinquedo de criança comparado. Deu uma sova de criar bicho. Era de ver o galarote que não chegava no umbigo do grandalhão bracejando. Meu Deus, que porretaço que ele deu no outro na boca do estômago. Com as regras de Queensberry e tudo, fez ele pôr pra fora o que ele nunca tinha comido.

Foi uma histórica e dura batalha quando Myler e Percy se confrontaram envergando luvas por uma bolsa de cinquenta soberanos. Desvantajado por falta de peso, o galarote favorito de Dublin superou a diferença por sua superlativa destreza na nobre arte. O embate final de piroctenia foi estafante para ambos os contendores. O sargento-mor peso-leve havia logrado algumas descargas intensas no recontro prévio durante o qual Keogh foi alvo geral de direitas e esquerdas, acertando o artilheiro um trabalho limpo no nariz do galarote a ponto de Myler parecer estonteado. O soldado entrou em liça endereçando uma poderosa canhota no queixo à qual o gladiador irlandês retaliou com um directo relâmpago na queixada de Bennett. O calção vermelho negaceou mas o dublinense soergueu-o com um cruzado de esquerda, num excelente golpe no corpo. Os homens chegaram a se agarrar. Myler rápido aproveitou o ensejo crescendo sobre o outro, terminando o tempo com o mais robusto contra as cordas, Myler castigando-o. O inglês, cujo olho direito já estava quase cerrado, dirigiu-se ao seu canto onde foi profusamente regado e, quando o gongo soou, voltou airoso e pleno de ímpeto, confiante em nocautear o púgil eblanita em fracção de tempo. Foi uma luta de arremate, cada um dando o seu melhor. Os dois lutaram como tigres e a excitação atingiu o paroxismo. O árbitro admoestou duas vezes o Esmurrador Percy por colar-se, mas o galarote manhoso e seu jogo de pernas eram um floreio para o olhar. Após uma célere troca de mimos durante a qual um galante directo do militar fez jorrar ampla sangreira da boca do contendor, o galarote de repente se entornou todo por sobre o seu homem e enterrou uma terrífica esquerda no estômago do Batalhador Bennett, espraiando-o em cheio ao chão. Fora um nocaute limpo e inteligente. Em meio a tensa expectativa o lutador de Portobello via contar os pontos quando o segundo de Bennett, Ole Pfotts Wettstein, atirou a toalha e o rapaz de Santry foi declarado vencedor ante os frenéticos vivas do público que irrompeu pelas cordas e quase o afogou no delírio.

— Ele sabe de que lado está o doce — fala Alf. — Ouvi que ele está preparando uma excursão musical pelo Norte.

— Está — fala Joe. — Não está?

— Quem? — fala Bloom. — Ah, sim. É bem verdade. Sim, uma espécie de excursão de verão, compreendem. Apenas nuns feriados.

— A senhora B. é a estrela do maior brilho, não é? — fala Joe.

— Minha mulher? — fala Bloom. — Ela cantará, é verdade. Creio que também terá bom êxito. Ele é um excelente organizador. Excelente.

Uh uh chifru, falo eu pra mim, falo eu. É o que explica o leite no coco e a falta de pelo em peito de bicho. Blazes trauteando a flauta. Excursão de concerto. Filho do sujo do trapaceiro do Dan da ponte de Island que vendeu os mesmos cavalos duas vezes ao governo para enviar contra os bures. O velho Quequehá. Vim pela taxa dos pobres e de água, senhor Boylan. Você a quê? A taxa de água, senhor Boylan. Você quequehá? Esse é o garanhão que vai organizar ela, é o que te garanto entre nós, eu e tu, violão.

Orgulho do monte penhascoso do Calpe, a filha corvilanuda de Tweedy. Lá cresceu ela para a beleza sem-par onde a nêspera e a amêndoa recendem o ar. Os jardins da Alameda conheceram-lhe as pegadas: os pátios de olivas conheceram e acolheram. A casta esposa de Leopoldo é ela: Marion a dos seios dadivosos.

E ei-lo, aí entrava um do clã dos O'Molloys, um atraente herói de cara branca ainda assim algo rúbea, o erudito consultor de leis de sua majestade, e com ele o príncipe e herdeiro da nobre linhagem de Lambert.

— Alô, Ned.
— Alô, Alf.
— Alô, Jack.
— Alô, Joe.
— Deus os proteja — fala o cidadão.
— Proteja-o a você docemente — fala J.J. — Que é que vai ser, Ned?
— Uma meia — fala Ned.
Aí J.J. ordenou os tragos.
— Esteve pelo foro? — fala Joe.
— Estive — fala J.J. — Ele ajeitará a coisa, Ned — fala ele.
— Espero — fala Ned.

Bem, que é que esses dois estavam cozinhando? J.J. livrava o outro da lista dos jurados e este lhe dava um acocho para safar um aperto. Com seu nome no Stubb. Jogando cartas, farolando com mandriões grã-finos de lentes gabolas nos olhos, bebericando champanhe, ele que está meio afogado de mandados e intimações. Pendurando seu relógio de ouro no Cummins da rua Francis onde ninguém podia conhecer ele no escritório do fundo quando eu estava lá com o Pisser que ia safar suas botinas do prego. Qual é o seu nome, senhor? Dunne, fala ele. Pois é, e dane-se, falo eu. Delhas, num destes dias ele não vai chegar em casa sem antes purgar num xadrez, é o que acho.

— Vocês viram aquele porra de lunático do Breen por aí? — fala Alf.
— EE. Gh, és gagá.

— Vimos — fala J.J. — Procurava um detective particular.

— Pois é — fala Ned —, e queria por paus e pedras iniciar o processo se o Corny Kelleher não lhe tivesse dito que antes de tudo devia mandar fazer uma perícia do manuscrito.

— Dez mil libras — fala Alf gargalhando. — Eu dava tudo para ouvir ele diante do juiz e do júri.

— Você é que fez a coisa, Alf? — fala Joe. — A verdade, toda a verdade e nada mais do que a verdade, que Jimmy Johnson te ajude.

— Eu? — fala Alf. — Não me venha com borzeguins ao leito que não te arrecebo.

— Qualquer que seja a sua declaração — fala Joe — será ela tornada contra ti.

— É certo que uma acção é cabível — fala J.J. — Implica que ele não é *compos mentis*. EE. Gh, és gagá.

— *Compos* é a mãe! — fala Alf, gargalhando. — Não sabem que ele está gira? Basta olhar pra cabeça dele. Sabem que certas manhãs ele não consegue meter o chapéu senão com calçadeira?

— Pois é — fala J.J. —, mas a verdade de uma difamação não é impedimento a uma queixa contra a sua publicação, aos olhos da lei.

— Ha-há, Alf — fala Joe.

— Sobretudo — fala Bloom — tendo em conta a pobre mulher, quero dizer, sua esposa.

— Com pena dela — fala o cidadão. — Ou de qualquer outra mulher que se casa com um meia a meia.

— Como meia a meia? — fala Bloom. — Quer dizer que ele...

— Quero dizer meia a meia — fala o cidadão. — Um sujeito que não é nem peixe nem carne.

— Nem bacalhau — fala Joe.

— É o que eu quero dizer — fala o cidadão. — Um camalicão, se sabe o que isso é.

Pardelhas, eu via que ia ter bode. E Bloom que explicava o que queria dizer, isto é, ser cruel para a esposa a ter que andar atrás do velho do gago do idiota. Crueldade para os animais é o que é deixar esse sacana de miserável de Breen aí fora pela grama com a barba dele arrastando no chão chamando chuva. E ela com cara de não me toques só por ter casado com ele porque um primo do seu homem era um almoxarife do papa. Retrato dele na parede de entrada com sua bigodeira espinhenta de celta. O signor Brini de Summerhill, o italiano, zuavo papal do Santo Padre, que abandonou a zona portuária e foi viver na rua Moss. E quem é que ele era, me digam agora? Um joão-ninguém, dois quartos e um corredor, e sete xelins por semana coberto de toda espécie de lataria no peito num desafio de ostentação pro mundo inteiro.

— E ademais — fala J.J. — um cartão-postal é publicação. Sustentou-se isso como prova suficiente de malícia no caso típico de Sadgrove *v*. Hole. Na minha opinião a acção é cabível.

Seis e oito pences, por favor. Quem é que pediu sua opinião? Deixa a gente tomar as nossas pintas em paz. Porra, não vão deixar a gente nem sequer fazer isso.

— Bem, à sua saúde, Jack — fala Ned.
— À sua saúde, Ned — fala J.J.
— Lá está ele de novo — fala Joe.
— Onde? — fala Alf.

E pardelhas lá ia ele passando em frente da porta com os livros debaixo do sovaco e a mulher ao lado dele e Corny Kelleher com seu olho parado espiando pra dentro quando passava, falando pra ele como pai, tentando vender pra ele um caixão de segunda mão.

— Em que é que deu aquele caso de chantagem do Canadá? — fala Joe.
— Baixado a sindicância — fala J.J.

Um da fraternidade do nariz adunco que tinha nome de James Wought vulgo Saphiro vulgo Spark e Spiro pôs nos jornais um anúncio oferecendo passagens para o Canadá por vinte xelinotes. E então? Não vê que tu me tomas por um anjinho? Lógico que era uma droga de um conto. E então? Tapeou eles todos, roceiros e simplórios do condado de Meath, pois é, e do seu sangue também. J.J. contou então à gente que tinha um velho hebreu Zaretsky ou coisa parecida que choramingava na barra das testemunhas com o chapéu na cabeça, jurando pelo santo Moisés que tinha sido afanado em duas librotas.

— Quem é que julgava o caso? — fala Joe.
— O presidente da corte — fala Ned.
— Pobre do velho sir Frederick — fala Alf —, a gente pode amolecer o coitado com qualquer fala doce.
— Um grande coração de leão — fala Ned. — Conte-lhe um conto de desgraça com atrasos de aluguel e uma esposa doente e um bando de pimpolhos e, juro, ele se derrete em lágrimas na curul.

— Pois é — fala Alf. — Reuben J. teve uma bruta de uma sorte que ele não tenha achatado ele no outro dia por ter feito um processo contra o pobre do pequeno Gumley que é vigia das pedras da Prefeitura lá perto da ponte de Butt.

E ele lá começa a macaquear o velho do presidente da corte pondo-se a gritar:

— Que coisa mais que escandalosa! Este pobre trabalhador do pesado! Quantos filhos? Dez, foi o que disse?

— Sim, meritíssimo. E minha mulher está com tifoide!

— E a mulher com a febre tifoide! Escândalo! Deixe o tribunal imediatamente, senhor. Não senhor, não vou expedir mandado algum de pagamento. Como é que tem a audácia, senhor, de vir à minha presença e pedir-me semelhante mandado! Um pobre de um diligente de um trabalhador do pesado! Nego provimento ao pedido.

E quando no décimo sexto dia do mês da deusa oculivacuna e na terceira hebdômada após o festodia da Sagrada e Indivisa Trindade, estando a filha dos céus, a virgem lua, em seu primeiro quarto, aconteceu que aqueles juízes sábios se dirigiram para as sés da lei. Aí mestre Courtenay, assistindo em sua própria câmara deu seu aviso e mestre juiz Andrews, assistindo sem júri na corte probatória, bem pesou e ponderou as reivindicações do primeiro queixoso quanto à propriedade em matéria de vontade manifesta e disposição testamentária final *in re*, bens reais e pessoais do *de cujus* Jacob Halliday, vinhateiro, falecido, *versus* Livingstone, infante, de mente imatura, e outro. E à solene corte da rua Green aí veio sir Frederick, o Falcoeiro. E aí se assentou ele por cerca das horas cinco para ministrar a lei dos breões na comissão para aquela e aquelas partes por serem decididas em e para o condado da cidade de Dublin. E aí se assentou com ele o alto sinédrio das doze tribos de iar, para cada tribo um homem, da tribo de Patrick e da tribo de Hugh e da tribo de Owen e da tribo de Conn e da tribo de Oscar e da tribo de Fergus e da tribo de Finn e da tribo de Dermot e da tribo de Cormac e da tribo de Kevin e da tribo de Caolete e da tribo de Ossian, aí estando ao todo doze homens bons e leais. E ele os conjurou por amor d'Ele que morreu na cruz a que eles deviam bem e verdadeiramente julgar e tomar decisão verdadeira no caso que juntava seu deles soberano senhor e rei e o prisioneiro ante a barra e proferir veredicto verdadeiro conforme com as provas que assim os ajudasse Deus e beijou as escrituras. E eles se levantaram em seus assentos, aqueles doze de iar, e eles juraram pelo nome d'Ele que é para sempre que eles praticariam Sua recta sabedoria. E em seguida os prebostes de polícia adiantaram de sua guarda de menagem um que os sabujos da justiça houveram apreendido em consequência de denúncia recebida. E o pearam em mãos e pés e não lhe aceitaram nec fiança nec sob palavra mas preferiram uma acusação contra ele pois era um malfeitor.

— Esta é boa — fala o cidadão —, vêm para a Irlanda para encherem o país de percevejos.

Aí Bloom faz de conta que não ouviu nada e começa a fala com Joe contando a ele que não devia se incomodar com aquela coisinha de nada até o primeiro mas se ele pudesse só dizer uma palavra ao senhor Crawford. E então Joe jurou alto e bom som por isto e aquilo que ele ia fazer o diabo a quatro.

— Porque você vê — fala Bloom —, para uma propaganda é preciso repetição. Este é o segredo todo.

— Confia em mim — fala Joe.

— Tapeando os roceiros — fala o cidadão —, e a pobre da Irlanda. Não queremos mais estrangeiros em casa.

— Oh, estou certo de que a coisa sairá bem, Hynes — fala Bloom. — É apenas aquele Xaves, compreende.

— Considere como certo — fala Joe.

— Muito gentil da sua parte — fala Bloom.

— Os estrangeiros — fala o cidadão. — Nossa própria culpa. Nós deixamos que eles venham. Nós os trouxemos. A adúltera e seu amante trouxeram os ladrões saxões para cá.

— Decreto *nisi* — fala J.J.

E Bloom fazendo que estava estupidamente muito interessado em nada, uma teia de aranha num canto atrás do barril, e o cidadão fazendo cara feia pra ele e o velho do cachorro olhando pra cima pra saber quem e onde morder.

— Uma esposa desonrada — fala o cidadão —, isso é o que é a causa de todos os nossos infortúnios.

— E aqui está ela — fala Alf, que estava galhofando com Terry no balcão sobre a *Gazeta Policial* — em toda a sua pinta de guerra.

— Deixa a gente dar uma olhadela — falo eu.

E que é que era senão uma dessas fotos ianques safadas que Terry toma emprestado de Corny Kelleher. Segredos para aumentar tuas partes privadas. Sacanagem de dona boa de sociedade. Norman W. Tupper, empreiteiro ricaço de Chicago, pega a bonita mas infiel esposa nos joelhos do oficial Taylor. A dona boa de calçõezinhos sacaneando e seu gostosão fazendo cosquinhas nela e Norman W. Tupper entrando disparado com seu cospe-fogo tarde demais para pegar o flagra que ela já estava de contas feitas com o oficial Taylor.

— Oh, amoreco, Jenny — fala Joe —, como é curtinha tua calcinha!

— Tem de sobra aí, Joe — falo eu. — É de tirar um bom pedaço de toucinho pra fritura da boa, não é?

Aí então chegou John Wyse Nolan e Lenehan com ele com cara de quem comeu e não gostou.

— Bem — fala o cidadão —, qual é a última da cena de acção? Que é que esses lambões decidiram na sua reunião preparatória na Prefeitura sobre a língua irlandesa?

O'Nolan, envergando luzente armadura, curvando-se fundo prestou menagem ao possante e alto e poderoso chefe de toda a Erin e lhe deu o testemunho do que houvera ocorrido, de como os graves anciãos da mui obediente cidade, a segunda do reino, se haviam recebido na bôveda, e aí, depois das devidas preces aos deuses que moram no éter superno, tiveram conselho solene pelo qual eles haviam, se tal fosse que devesse ser, de ter uma vez mais em honra entre os homens mortais a alada linguagem da mardivisa Gael.

— Está em marcha — fala o cidadão. — Pro inferno cos danados dos brutos dos sassenos e seu *patois*.

Aí J.J. mete sua fala numa lenga-lenga a respeito de que uma história é boa até que a gente ouve outra e o escurecimento dos factos e a política de Nelson pondo o olho cego no binóculo e baixando um decreto de moratória para sufocar uma nação e Bloom tentando apoiar ele em nome da moderação e da foderação e as colônias e a civilização deles.

— Sifilização deles, é o que você quer dizer — fala o cidadão. — Pro inferno com eles! Que a maldição desse prestapranada de Deus arrebente os costados desses sacanas desses estupidões desses filhos das putas! Nem música nem arte nem literatura dignas do nome. Qualquer civilização que tenham é a que roubaram de nós. Esses gajos desses filhos de fantasmas de bastardos.

— E a família europeia... — fala J.J.

— Eles não são europeus — fala o cidadão. — Estive na Europa com o Kevin Egan de Paris. Você não veria um sinal deles ou da sua língua em parte nenhuma da Europa a não ser num *cabinet d'aisance*.
E fala John Wyse:
— Muita flor nasce para florir esconsa.
E fala Lenehan que sabe um pouco de lenga:
— *Conspuez les Anglais! Perfide Albion!*
Disse, e então elevou em suas grandes rudes forçudas mãos musculosas o púcaro da espumosa forte ale escura e, proclamando o seu lema tribal *Lamh Dearg Abu*, bebeu à ruína dos seus inimigos, uma raça de potentes heróis valerosos, regedores das vagas que assistem em tronos de si lente alabastro como os deuses imortais.
— Que é que há contigo? — falo eu para Lenehan. — Você parece um gajo que perdeu a bolsa mas não achou a vida.
— A taça de ouro — fala ele.
— Quem ganhou, senhor Lenehan? — fala Terry.
— *Jogafora* — fala ele — dando vinte por um. Um imundo de um azar. E o resto nem se viu.
— E a égua Bass? — fala Terry.
— Está correndo ainda — fala ele. — Caímos todos no conto. Boylan enterrou duas librotas no meu palpite *Ceptro*, por ele e uma amiga dele.
— Eu apostei meia coroa — fala Terry — no *Zinfandel* que o senhor Flinn me palpitou. De lorde Howard de Walden.
— Vinte por um — fala Lenehan. — Assim são os tropeços da vida. *Jogafora* — fala ele. — Levou a boa e deixou garoa. Inconstância, teu nome é *Ceptro*.
Então ele se foi para a lata de biscoitos que Bob Doran tinha deixado para ver se restava algum que ele podia crocar, e o velho do vira-lata atrás dele por via de dúvida com seu focinho sarnento pra cima. E o velho paizinho Hubbard que se aproxima do balcão:
— Tem mais nada, meu filho — fala ele.
— Aguenta a mão — fala Joe. — Ele tinha ganhado a bolada se não fosse o outro cachorro.
E J.J. e o cidadão discutindo sobre lei e história com o Bloom metendo vira e mexe sua opinião.
— Certas pessoas — fala Bloom — podem ver o argueiro nos olhos dos outros mas não podem ver a trave nos próprios.

— *Raimeis* — fala o cidadão. — Não há cego mais cego do que o que não quer ver, se entende o que eu quero dizer. Onde é que estão esses nossos vinte milhões de Irlandeses a mais que deveríamos ser hoje em dia em lugar dos quatro que somos, as nossas tribos perdidas? E a nossa cerâmica e têxteis, os mais finos de todo o mundo? E as nossas lãs que eram vendidas em Roma ao tempo de Juvenal, e o nosso linho e o nosso damasco dos teares de Antrim e a nossa renda de Limerick, nossos curtumes e nossos cristais de ali debaixo de Ballybough e nossa popelina huguenote que tínhamos desde Jacquard de Lyon e a nossa seda tecida e nossos tuídes de Foxford e o brocado marfim do Convento das Carmelitas de New Ross, nada como isso em todo este grande mundo! Onde estão os mercadores gregos que vinham pelas Colunas de Hércules, o Gibraltar ora apresado pelos inimigos do gênero humano, com ouro e púrpura tíria para vender em Wexford na feira de Carmen? Leiam Tácito e Ptolomeu, até mesmo Giraldus Cambrensis. Vinho, peltres, mármore de Connemara, prata de Tipperary, primeiros entre seus rivais, nossos afamadíssimos cavalos mesmo hoje em dia, os favoritos irlandeses, com o rei Filipe da Espanha oferecendo-se para pagar direitos alfandegários pela concessão de pescar em nossas águas. Que é que nos devem os amarelaços da Ânglia por nos haverem arruinado o comércio e arruinado os corações? E os leitos de Banow e Shannon que eles não querem dragar, com seus milhões de acres de pântano e alagadiço, para nos fazerem todos morrer de consumição?

— Tão desmatados quanto Portugal estaremos em breve — fala John Wyse — ou como a Heligolândia com a sua árvore única, se alguma coisa não se fizer para reflorestar a terra. Lariços, abetos, todas as nossas árvores da família das coníferas estão desaparecendo rápido. Estive lendo um relatório do lorde de Castletown...

— Salvemo-las — fala o cidadão —, o freixo gigante de Galway e o olmo-mor de Kildare com seus quarenta pés de tronco e seu acre de folhagem. Salvemos as árvores da Irlanda para os futuros homens da Irlanda sobre as doces colinas do Eire, oh!

— A Europa está com seus olhos fitos em ti — fala Lenehan.

O elegante mundo internacional compareceu *en masse* ao casamento de chevalier Jean Wyse de Neaulan, alto grão-mestre dos Floresteiros Nacionais Irlandeses, com a senhorita Abeta Conifer Pinheiro do Vale. Lady Silvestre Olmedo, a senhora Bárbara do Vidoeiro Amado, a senhora Pontal do Freixo, a senhora Azevinho Avelaneda, a senhorita Dafne Loureiro, a senhorita Doroteia Canabrava, a senhora Clyde Arboredo, a senhora Rowan Verdasco, a senhora Helena Vinívaga, a senhorita Virgínia Coleante, a senhorita Gládis Faia, a senhorita Olívia Jardim, a senhorita Branca Bordácer, a senhorita Maud Mógono, a senhorita Mira Murta, a senhorita Priscila Sabugueiro, a senhorita Melissa Pitamel, a senhorita Graça do Choupo, a senhorita O. Mimosa Sena, a senhorita Raquel Ramalho do Cedro, as senhoritas Lília e Viola Lírio, a senhorita Temuda Salgueiro, a senhorita Pequenita Limo-Aljofreira, a senhorita Maia Pilriteira, a senhora Gloriana Palma, a senhora Liana Floresta, a senhora Florabela Montenegro e a senhora Norma Sancarvalho Régis do Carvalhal enfeitaram a cerimônia com a sua presença. A noiva que foi levada ao altar por seu pai, o senhor M'Conifer das Glandes, ostentava-se esplendidamente encantadora numa criação executada em seda mercerizada verde, armada por uma anágua cinza crepuscular, capeada num amplo xaile esmeralda e arrematada com tríplices babados de franjas mais escuro-matizadas, o conjunto sendo realçado por entremeios e anquinhas bronze glande. As daminhas de honor, senhorita Lariça Conifer e senhorita Pineta Conifer, irmãs da noiva, luziam vestidos muito atraentes do mesmo tom, num delicioso *motif* de rosa penugem incrustado nas pregas em listrinhas e caprichosamente repetidos nos toucados verde-jade em forma de plumagem de garça coral pálido. O senhor Enrique Flor regeu o órgão com sua renomada competência e, ademais dos números prescritos para a missa nupcial, executou um novo e vibrante arranjo do *Lenhador, poupa essa árvore* na condução do ofício. Em deixando a igreja de São Fiacre *in Horto* após a bênção papal o feliz par foi objecto de um álacre fogo-cruzado de avelãs, fagoeiros, folhas de louro, amentilhos de salgueiro, brotos de hera, bagas de azevinho, renovos de visco e outros jactos rápidos. O senhor e a senhora Wyse Conifer Neaulan gozarão de uma tranquila lua de mel na Floresta Negra.

— E os nossos estão fitos na Europa — fala o cidadão. — Tínhamos nosso comércio com a Espanha e os franceses e os flamengos antes que esses vira-latas fossem paridos, a ale à espanhola em Galway, os barcames de vinho nos esteirames de água vinho-escuro.

— E teremos de novo — fala Joe.

— E com a ajuda da santa mãe de Deus teremos de novo — fala o cidadão, palmeando a coxa. — Nossos portos que estão vazios se encherão de novo. Queenstown, Kinsale, Galway, Blacksod Bay, Ventry no reino de Kerry, Killybegs, o terceiro maior porto deste amplo mundo com uma frota de mastros dos Lynches de Galway e dos O'Reillys de Cavan e dos O'Kennedys de Dublin quando o conde de Desmond podia fazer um tratado com o próprio imperador Carlos Quinto. E teremos de novo — fala ele — quando a primeira belonave irlandesa for vista aproando as ondas com nossa própria bandeira à frente, não uma dessas de harpas do nosso Henry Tudor, não, mas a mais velha bandeira a sulcar, a bandeira da província de Desmond e Thomond, três coroas num campo azul, os três filhos de Milésio.

E ele tomou o último sorvo de sua pinta, Moya. Todo peido e mijo como um gato escaldado. As vacas de Connacht têm chifres compridos. Tanto que não tem a porra da coragem de deitar sua falação às gentes reunidas em Shanagolden onde ele não se atreve a mostrar o nariz com os Mollys Maguires à cata dele para fazerem dele uma peneira por ter afanado os bens de um inquilino despejado.

— Escutem, escutem aqui — fala John Wyse. — Que é que vamos tomar?

— Um copo de guarda imperial — fala Lenehan —, para festejar a ocasião.

— Uma meia, Terry — fala John Wyse —, e mão ao alto. Terry! Está dormindo?

— Sim, senhor — fala Terry. — Meia de uísque e uma garrafa de Allsop. Muito bem, senhor.

Pendurando-se sobre a droga do jornal com o Alf catando coisas apimentadas em lugar de atender o público todo. Uma foto de uma luta de cabeçadas, tentando arrebentar seus desgraçados de cocos, um gajo lançando-se contra o outro com a cabeça baixa como um touro contra uma cerca. E uma outra: *Besta negra queimada em Omaha, Ga.* Um bando de pistoleiros dos campos de chapelões bambeados e atirando num nego pendurado numa árvore com a língua de fora e uma fogueira debaixo. Delhas, deviam depois afogar ele no mar e electrocutar e crucificar ele para ficarem seguros do serviço deles.

— Mas que tal a marinha de guerra — fala Ned — que mantém nossos inimigos acuados?

— Vou lhe dizer o que há — fala o cidadão. — É o inferno na terra. Leia as revelações que estão sendo feitas pelos jornais sobre as chibateações nos navios-escolas em Portsmouth. É um sujeito que escreve e se assina *Um Enojado*.

Então ele começa a contar à gente sobre os castigos corporais e sobre a tripulação de marujos e oficiais e contra-almirantes perfilados com chapéus de bico e o capelão com sua bíblia protestante a testemunhar o castigo de um rapazelho arrastado, berrando pela sua mamãe, e eles que amarram ele na culatra de um canhão.

— Uma dúzia no rabo — fala o cidadão — era o que aquele velho rufião de sir John Beresford chamava à coisa mas o moderno inglês de Deus chama a isso vergasto na regra.

E fala John Wyse:
— É um costume menos honrado na regra que na excepção.

Então ele ficou contando à gente que o mestre de armas vem com um longo varapau, estica o bicho e lasca ele na desgraçada da rabeira do pobre rapaz até que ele grita aqui-d'el-rei.

— Essa é a sua gloriosa marinha britânica — fala o cidadão —, mandachuva da terra. Os gajos que nunca serão escravos, com a única câmara hereditária na face desta terra de Deus e suas glebas nas mãos de uma dúzia de porcalhões de barões de fardos de algodão. Esse é o grande império que eles arrotam tanto com seus burros de carga e seus servos chicoteados.

— Em que o sol nunca se levanta — fala Joe.

— E a tragédia é que — fala o cidadão — eles creem nisso. Os infelizes iaús creem nisso.

Eles creem no vergalho, o todo-poderoso flagelador, criador do inferno na terra, e no Marujo Jacky, esse joão-ninguém, que foi concebido de uma jactância ímpia, nasceu da marinha de guerra, sofreu uma dúzia no rabo, foi escarificado, esfolado e ressocado, se levantou de novo do leito no terceiro dia, se recolheu a porto, se senta adernado até segundas ordens, quando voltará a mourejar por um ganhapão e sua paga.

— Mas — fala Bloom — não é a disciplina a mesma em toda parte? Quero dizer, não seria ela a mesma se se opusesse força contra a força?

Não te dizia? Tão certo como estou bebendo esta pórter que se ele estivesse dando o último suspiro ele tentava te achatar que morrer é viver.

— Nós oporemos força contra força — fala o cidadão. — Temos a nossa Irlanda maior além dos mares. Eles foram escorraçados do lar e da pátria no negro quarenta e sete. Suas choupanas de barro e seus barracos à beira dos caminhos foram esmagados pelo aríete e o *Times* se esfregou as mãos e anunciou aos saxões leucancólicos que em breve os irlandeses seriam tão poucos na Irlanda como os peles-vermelhas na América. Mesmo o grão-turco nos enviou algumas piastras. Mas o sasseno tentava esfomear a nação na pátria enquanto a terra estava cheia de safras que as hienas britânicas compravam e vendiam no Rio de Janeiro. Pois é, expulsaram os camponeses em hordas. Vinte mil deles morreram nos navios-esquifes. Mas os que atingiram a terra da liberdade se lembram da terra da servidão. E voltarão de novo e com a vingança, não poltrões, os filhos de Granuaile, os campeadores de Kathleen ni Houlihan.

— Exatamente isso — fala Bloom. — Mas o meu ponto de vista era que...
— Estamos há muito tempo esperando por esse dia, cidadão — fala Ned.
— Desde quando a pobre da velhinha nos disse que os franceses estavam ao mar e desembarcavam em Killala.
— Pois é — fala John Wyse. — Lutamos pelos Stuarts reais que nos renegaram pelos williamitas e eles nos traíram. Lembrem-se de Limerick e a pedra do tratado partida. Demos o nosso melhor sangue à França e Espanha, nós os gansos de arribação. Fontenoy, hem? E Sarsfield e O'Donnell, duque de Tetuão na Espanha, e Ulysses Browne de Camus que foi marechal de campo de Maria Teresa. Mas que é que tivemos em troca?
— Os franceses! — fala o cidadão. — Bando de mestres dançarinos. Sabe o que mais? Nunca foram dignos de um peido azedo da Irlanda. Não estão agora tentando fazer uma *Entente cordiale* banqueteando-se em Tay Pay com a pérfida Albion? Incendiários da Europa é o que sempre foram!
— *Conspuez les Français* — fala Lenehan, empunhando sua cerveja.
— E quanto aos pruxianos e hanovrianos — fala Joe —, já não é bastante o que tivemos no trono desses bastardos de engolinguiças desde George o eleitor até o almofadinha consorte alemão e a velha da cadela flatulenta que morreu?

Jesus, como me ri dos modos que ele se saiu sobre a velhota pisca-pisca nos seus porres de morte no palácio real cada noite de Deus, a velha da Vic, com sua palangana cheia da douradinha da montanha e seu cocheiro carregando os ossos e as banhas dela pra rolar em cima da cama e ela puxando ele pelas suíças e cantando pra ele uns troços de velhas cantigas sobre a *Ehrin on the Rhine* e vamos pra onde bebedeira é mais barata.

— Muito bem! — fala J.J. — Nós temos agora Edward o pacificador.
— Conta isso pros bobos — fala o cidadão. — Tem um mundão mais de pez do que de paz nesse palhaço. Edward Guelph-Wettin!

— E o que é que me diz — fala Joe — desses santarrões desses marmanjos, os padres e os bispos da Irlanda, decorando o quarto dele em Maynooth com as cores dos haras de sua Satânica Majestade e pendurando os retratos de todos os cavalos que seus jóqueis treparam? Falo nem mais nem menos que do conde de Dublin.

— Deviam é ter pendurado todas as mulheres que ele tem trepado — fala o miúdo do Alf.

E fala J.J.:

— Considerações de espaço influíram na decisão de suas senhorias.

— Vamos a outro, cidadão? — fala Joe.

— Sim, senhor — fala ele —, aceito.

— E você? — fala Joe.

— Deus te acrescente, Joe — falo eu. — Que tua sombra cresça sempre.

— Repita a dose — fala Joe.

Bloom que falava e falava com John Wyse e muito excitado com sua fachada cor-de-titica-palha e seus olhofotes gira-que-gira.

— De perseguição — fala ele — toda a história do mundo está cheia. Perpetuando os ódios nacionais entre as nações.

— Mas sabe o que significa nação? — fala John Wyse.

— Sei — fala Bloom.

— Que é que é? — fala John Wyse.

— Uma nação? — fala Bloom. — Uma nação é a mesma gente vivendo no mesmo lugar.

— Por Deus — fala Ned, se rindo —, então se é assim eu sou uma nação porque estou vivendo nos últimos cinco anos no mesmo lugar.

Então é claro cada um deu uma gargalhada na cara do Bloom que fala, tentando sair da enrascada:

— Ou vivendo também em lugares diferentes.

— É o meu caso — fala Joe.

— Qual é a sua nação, se me permite a pergunta? — fala o cidadão.

— A Irlanda — fala Bloom. — Nasci aqui. A Irlanda.

O cidadão não falou nada, só fez foi arranhar catarro da garganta e, delhas, deu uma cusparada de uma ostra deste tamanho direitinho no canto.

— Faça o brinde, Joe — fala ele, tirando o lenço para se alimpar.

— Pois aí tem, cidadão — fala Joe. — Tome isso em sua mão direita e repita comigo as seguintes palavras.

O reverenciadíssimo e intricadamente bordado antigo sudário irlandês atribuído a Salomão de Droma e Manus Tomaltach of MacDonogh, autores do Livro de Ballymote, foi então cuidadosamente exibido, provocando prolongada admiração. Desnecessário elaborar sobre a legendária beleza das cantoneiras, acme da arte, em que se pode discernir distintamente cada um dos quatro evangelistas apresentando por seu turno a cada um dos quatro mestres seu símbolo evangélico de um cetro de carvalho fóssil, um puma norte-americano (um rei dos animais muito mais nobre do que o congênere britânico, diga-se de passagem), um vitelo de Kerry e uma águia-real de Carrantuohill. As cenas debuxadas no campo emunctório, mostrando nossas antigas dunas e colinas fortificadas e cromlechs e dólmenes e sedes de saber e pedras maledictivas, são tão maravilhosamente belas e os pigmentos são tão delicados como quando os iluministas de Sligo davam rédeas soltas à sua fantasia artística há muito e muito ao tempo dos Barmécides. Glendalough, os amoráveis lagos de Killarney, as ruínas de Clonmacnois, a abadia de Cong, a ravina de Inagh e os Doze Pinheiros, o Olho da Irlanda, as colinas verdes de Tallaght, Croagh Patrick, as cervejarias dos senhores Arthur Guinness, Filho e Companhia (Limitada), as ribeiras do Lough Neagh, o vale de Ovoca, a torre de Isolda, o obelisco de Mapas, o hospital de sir Patrick Dun, o cabo Clear, a ravina de Aherlow, o castelo de Lynch, a casa Escocesa, a casa da União dos Trabalhadores da Rathdown em Loughlinstown, a cadeia de Tullamore, as corredeiras de Castleconnel, Kilballymacshonakill, a cruz de Monasterboice, o Hotel de Jury, o purgatório de São Patrick, o salto do Salmão, o refeitório do colégio de Maynooth, a furna de Curley, os três lugares de nascimento do primeiro duque de Wellington, a penha de Cashel, a turfeira de Allen, os Armazéns-gerais da rua Henry, a gruta de Fingal — todas essas cenas comoventes lá estão ainda tornadas hoje mais belas para nós pelas águas das mágoas que por sobre elas passaram pelas ricas inscrustações do tempo.

— Empurre os tragos — falo eu. — Qual é o de cada um?

— Este é meu — fala Joe —, como disse o diabo ao polícia morto.

— E eu pertenço também a uma raça — fala Bloom — que é odiada e perseguida. Ainda hoje em dia. Neste momento mesmo. Neste instante mesmo.

Delhas, ele quase queimava os dedos com a guimba do seu charuto velho.

— Roubada — fala ele. — Espoliada. Insultada. Perseguida. Tirando-nos o que nos pertence de direito. Neste instante mesmo — fala ele, levantando o punho — vendida em leilão em Marrocos como escravos ou gado.

— Está falando da nova Jerusalém? — fala o cidadão.
— Estou falando da injustiça — fala Bloom.
— Bem — fala John Wyse. — Oponham-se então a ela com força como homens.

Aí tens uma ilustração de almanaque. Um alvo para uma bala dum-dum. Velha cara balofa na frente da boca de um canhão. Delhas, ele enfeitaria um cabo de espanador, isso sim, se ao menos tivesse um avental de arrumadeira nele. E então ele ia esborrachar-se de repente, se torcendo em volta de todos os seus ao contrário, como se fosse uma camisa cheia de vento.

— Mas é inútil — fala ele. — Força, ódio, história, tudo isso. Isso não é vida para homens e mulheres, insultos e ódios. E todo mundo sabe que é exactamente o contrário disso que é a verdadeira vida.

— Que é? — fala Alf.

— O amor — fala Bloom. — Quero dizer, o contrário do ódio. Preciso ir agora — fala ele para John Wyse. — Um pulinho no tribunal para ver se Martin está lá. Se ele vier, diga-lhe apenas que volto num segundo. Apenas um momentinho.

Quem é que está te impedindo? E aí ele dá o fora como um azougue de banha.

— Um novo apóstolo ao gentio — fala o cidadão. — Amor universal.

— Bem — fala John Wyse —, não é isso que nos ensinam? Ama a teu próximo.

— Esse gajo? — fala o cidadão. — Esfola a teu próximo é o que é o seu lema. Amor, Moya! Ele é um belo exemplo de Romeu e Julieta.

O amor ama amar o amor. A enfermeira ama o novo farmacêutico. O guarda civil 14A ama Mary Kelly. Gerty MacDowell ama o rapaz que tem a bicicleta. M. B. ama um cavalheiro louro. Li Chi Han ama bezá Cha Pu Chow. Jumbo, o elefante, ama Alice, a elefanta. O velho senhor Verschoyle de trombeta acústica ama a velha senhora Verschoyle de olho divergente. O homem de impermeável pardo ama a senhora que está morta. Sua Majestade o Rei ama Sua Majestade a Rainha. A senhora Norman W. Tupper ama o oficial Taylor. Tu amas certa pessoa. E essa pessoa ama aquela outra pessoa porque cada um ama alguém e Deus ama a cada um.

— Bem, Joe — falo eu —, à sua saúde e prazer. Mais poder, cidadão.

— Hurra, eia — fala Joe.

— A bênção de Deus e Maria e Patrício sobre vós — fala o cidadão.

E ele que levanta a pinta para molhar a gorja.
— Conhecemos esses hipócritas — fala ele —, que pregam e pescam de teu bolso. Que tal o santimônio do Cromwell e seus guardas-de-ferro que passavam as mulheres e crianças de Drogheda pela espada com o texto da Bíblia *Deus é amor* pintado em volta da boca do seu canhão? A Bíblia! Leram aquela piada do *Irlandês Unido* de hoje sobre o chefe zulu que está visitando a Inglaterra?
— Que é que é? — fala Joe.
Então o cidadão toma de um dos jornais de seu sortimento e começa a ler:
— Uma delegação dos principais magnatas do algodão de Manchester foi apresentada ontem a Sua Majestade o Alaki de Abeakuta pelo Bastoneiro-Mor de Serviço, lorde Pisamanso de Ovos, para exprimir a Sua Majestade os agradecimentos cordissentidos dos comerciantes britânicos pelas facilidades a eles concedidas nos seus domínios. A delegação participou de um ágape ao fim do qual o fusco potentado, no curso de um feliz improviso, livremente interpretado pelo capelão britânico, o reverendo Ananias Louvadeus Excarnado, manifestou seus melhores agradecimentos ao sinhô Pisamanso e enfatizou as relações cordiais existentes entre Abeakuta e o Império Britânico, assegurando que ele acarinhava como uma das suas mais queridas posses uma bíblia iluminada, o volume da palavra de Deus e segredo da grandeza da Inglaterra, graciosamente presenteado a ele pelo grande chefe branco mulher, a grande virago Victoria, com uma dedicatória pessoal da augusta mão da Real Doadora. O Alaki tomou então um trago de amizade de uisquebrasa de primeira *Branco e Preto* ao brinde, no crânio de seu antecessor imediato na dinastia de Kakachakachak, apelidado Quarenta Verrugas, após o que visitou a principal fábrica da Cotonópolis e assinou em cruz o livro de visitas, subsequentemente executando uma velha dança de guerra abeakútica, no curso da qual ele engoliu várias facas e garfos, a meio hílares aplausos das mocinhas tecelãs.
— Mulher viúva — fala Ned —, não duvido nada quanto a isso. O que me pergunto é se ele deu a sua bíblia o mesmo uso que eu daria.
— O mesmo ou talvez mais — fala Lenehan. — E desde então naquela terra opima a mangueira multifolhuda floresce exuberantemente.
— Isso é do Griffith? — fala John Wyse.
— Não — fala o cidadão. — Não está assinado Shanganah. Tem uma só inicial: P.

— E além do mais uma muito boa inicial — fala Joe.
— É como a coisa é feita — fala o cidadão. — O comércio segue a bandeira.
— Bem — fala J.J. —, se eles são piores do que esses belgas do Estado Livre do Congo, devem ser ruins. Leram aquele relatório daquele como é que se chama o homem?
— Casement — fala o cidadão. — É um irlandês.
— Isso, é o homem — fala J.J. — Violando as mulheres e as moças e chicoteando os nativos na barriga para espremer deles toda a borracha vermelha que podem tirar deles.
— Eu sei onde é que ele foi — fala Lenehan estalando os dedos.
— Quem? — falo eu.
— Bloom — fala ele —, o tribunal é uma tapeação. Ele botou alguns xelinotes no *Jogafora* e foi recolher a erva.
— Esse brancolho de pagão — fala o cidadão —, que nunca jamais apostou num cavalo em toda sua vida?
— Pois é isso que ele foi fazer — fala Lenehan. — Encontrei o Bantam Lyons que ia apostar nesse cavalo mas eu pus ele de fora e ele me contou que Bloom tinha-lhe dado o palpite. Apostem quanto queiram que ele está com cem xelins por cada cinco. É o único homem de Dublin que deu dentro. Um azar.
— Azar é ele em pessoa — fala Joe.
— Deixa disso, Joe — falo eu. — Onde é a entrada da saída?
— Por aí mesmo — fala Terry.
Adeus minha Irlanda que me vou para Gort. Então fui pros fundos do quintal para mijalhar e pardelhas (cem xelins por cada cinco) enquanto eu esvaziava (*Jogafora* vinte por) eu esvaziava meu tanque delhas falei pra mim mesmo que eu sabia que ele não estava (duas pintas por conta do Joe e uma no Slattery) não estava à vontade pra dar o fora e (cem xelins são cinco librotas) e quando eles estavam no (azar) Pisser Burke me contava o carteio e esvaziando sobre a garota da doente (delhas, já deve ser quase um galão) bundamole da mulher falando pelo cano *ela tá melhor* ou *ela tá* (opa!) todo um plano pra ele poder escapulir com o bolo se ele ganhasse ou (Jesus, que cheio que eu estava) negociando sem licença (opa!) Irlanda minha nação fala ele (ué! uai!) nunca depender deles esses sacanas (nem que fosse o último) desses cornudos (ah!) de Jerusalém.

Aí então quando voltei eles estavam no dizquedizque, John Wyse falando que Bloom é que tinha dado a ideia do Sinn Fein ao Griffith pra botar no jornal dele todas aquelas besteiradas sobre júris azeitados e sonegação de impostos do Governo e nomeação de cônsules pelo mundo todo pra vender manufacturados irlandeses. Despir Pedro para vestir Paulo. Delhas, vai meter a gente numa porra de uma enrascadela se esse olho de peixe morto continuar a botar pra fora suas sujeiras. A gente o que quer é uma fodida de uma oportunidade. Que Deus proteja a Irlanda de gajos como esse sacana desse fuinha. Esse seu Bloom com toda a sua berdamerda. E o velho dele que já antes vivia a fazer vigarices, o velho do Matusalém Bloom, o cometa larápio que se envenenou com ácido prússico depois de atolar o país com suas bugigangas e seus diamantes de vintém. Empréstimos pelo correio com facilidades. Adianta-se qualquer quantia contra vales. Distância não é impedimento. Sem garantias. Delhas, ele é como o bode de Lanty MacHale que acompanhava por um pedaço do caminho cada um que passava.

— Bem, isso é um facto — fala John Wyse. — E aí está chegando o homem que pode lhes contar, o Martin Cunningham.

Era para valer a carruagem do castelo que chegava com o Martin junto com o Jack Power e um sujeito chamado Crofter ou Crofton, aposentado da coletoria-geral, um orangista que está registado em Blackburn e que ganha sua grana, ou é Crowford?, flanando pelo país à custa da burra do rei.

Nossos viajores chegaram à rústica hospedaria e apearam dos seus palafréns.

— Eh, lacaio! — gritou aquele que por seu cenho parecia ser o principal da companha. — Velhaco atrevido! A nós!

Assim praticando ele aldravava bulhento com o cabo da espada contra a cancela aberta.

Meu hóspede veio ao chamamento cinto no seu tabardo.

— Que lhes darei bom couto, senhores meus — disse ele em menagem servil.

— Mexe-te, mancebo! — gritou o que aldravara. — Cuida dos nossos corcéis. E quanto a nós dá-nos do teu melhor, pois bofé disso estamos precisados.

— Ai de mim, bons senhores meus — disse o hóspede —, minha pobre casa não conta senão com magra ucharia. Nem sei que ofereça a vossas senhorias.

— Esta agora, meu homem! — gritou o segundo da companha, homem de semblante aprazível —, é assim que serves os mensageiros do rei, mestre Bombarril?
Um câmbio súbito se espalhou na visagem do hospedeiro.
— Rogo-vos perdão, cavalheiros — disse ele humildemente. — Se sois os mensageiros do rei (que Deus escude Sua Majestade!), não ficareis à míngua. Os amigos do rei (que Deus abençoe Sua Majestade!) não jejuarão em minha casa, lá isso garanto.
— Então pois! — gritou o viajor que não houvera falado, um robusto comilão de aspeito. — Que tens a dar-nos?
Meu hóspede fez de novo menagem ao que respondia:
— Que dizeis, bons senhores meus, a um pastelão de borracho de pombo, de algumas talhadas de veado, uma lombada de vitela, marreco com toucinho de porco torrado, uma cabeça de javali com pistácios, uma terrina de baba do céu, nêsperas tanásias e uma frasqueira do velhinho do Reno?
— Pelas chagas! — gritou o de semblante aprazível. — Que pobre casa e magra ucharia é esta, viva! Que é uma bela peta.
Assim chegou o Martin perguntando onde estava o Bloom.
— Onde está ele? — fala Lenehan. — Defraudando viúvas e órfãos.
— Não é verdade — fala John Wyse — o que eu estou contando ao cidadão sobre o Bloom e o Sinn Fein?
— É — fala Martin. — Ou pelo menos se imputa.
— Quem faz tais imputações? — fala Alf.
— Eu — fala Joe. — Eu é que imputo.
— E afinal de contas — fala John Wyse —, por que é que um judeu não pode amar sua terra como qualquer outro?
— Por que não — fala J.J. —, quando ele tem certeza sobre qual é a sua terra?
— Ele é um judeu ou um pagão ou um católico romano ou um bíblia ou que diabo é ele? — fala Ned. — Ou quem é ele? Não estou agredindo, Crofton.
— Nós não o aceitamos — fala Crofton, o orangista ou presbiteriano.
— Quem é Junius? — fala J.J.
— É um judeu pervertido — fala Martin — de um lugar da Hungria e foi ele que fez o plano de acordo com o sistema húngaro. Sabemos disso no castelo.

— Ele não é um primo do Bloom o dentista? — fala Jack Power.
— Nada disso — fala Martin. — Apenas xarás. Seu nome era Virag. O nome do pai, que se envenenou. Ele o trocou em juízo, o pai, digo.
— Aí está o novo Messias da Irlanda! — fala o cidadão. — Ilha de santos e sábios!
— Bem, eles estão esperando o seu redentor — fala Martin. — Quanto a isso, nós estamos também.
— Sim — fala J. J. —, e cada varão que lhes nasce eles pensam que pode ser o Messias. E cada judeu fica em estado de tremenda excitação, acredito, até que saiba se ele é pai ou mãe.
— Esperando que cada momento possa ser o seu — fala Lenehan.
— Ora, por Deus — fala Ned —, vocês deviam ter visto o Bloom esperando o nascimento do filho dele que morreu. Me encontrei com ele um dia no mercado da zona sul comprando uma lata de alimento do Neave seis semanas antes da mulher dar à luz.
— *En ventre sa mère* — fala J.J.
— Vocês chamam isso um homem? — fala o cidadão.
— Tenho minhas dúvidas é se ele jamais esticou a coisa da manga pra fora — fala Joe.
— Ora, de qualquer jeito nasceram duas crianças — fala Jack Power.
— E de quem é que ele desconfia? — fala o cidadão.
Delhas, muita verdade se fala na troça. Ele é um desses misturadinhos por aí. Ia pra cama no hotel, Pisser me contou, uma vez por mês com enxaqueca como uma florzinha qualquer com suas regras. Tu estás me entendendo? Ia ser um gesto de misericórdia de Deus pegar um gajo tal como esse e jogar ele na merda do mar. Homicídio justificável é o que ia ser. Então, se escafeder com suas cinco librotas sem sequer comparecer com uma rodada de pintas como homem. Vamos e venhamos, concorda. Nem uma gotinha pra molhar tua boca.
— Caridade para com o próximo — fala Martin. — Mas onde é que ele está? Não podemos esperar.
— Um lobo em pele de cordeiro — fala o cidadão. — Isso é que é ele. Virag da Hungria! Aasvero é como lhe chamo. Maldito de Deus.
— Não tens tempo para uma breve libação, Martin? — fala Ned.
— Uma só — fala Martin. — Temos pressa. J.J. e S.
— E tu Jack? Crofton? Três meias, Terry.

— São Patrício devia descer de novo em Ballykinlar para nos converter — fala o cidadão —, depois que se permitiu que drogas como essas contaminassem nossas plagas.

— Bem — fala Martin, tamborilando pelo seu copo. — Que Deus abençoe todos aqui é a minha prece.

— Amém — fala o cidadão.

— E eu estou certo que ele fará — fala Joe.

E ao som da sineta sacra, encabeçada por um crucífero com acólitos, turíferos, navígeros, leitores, ostiarii, diáconos, subdiáconos, a procissão abençoada avançava com abades mitrados e priores e guardiões e monges e frades: os monges de Benedito de Spoleto, cartuxos e camaldulenses, cistercienses e olivetanos, oratorianos e valombrosanos e os frades augustinos, brigiditinos, premonstratesianos, servos, trinitários e os filhos de Pedro Nolasco; e logo após do monte Carmelo os filhos de Elias profeta guiados por Alberto bispo e por Teresa de Ávila, os calçados e os demais: e frades pardos e cinzentos, filhos do pobre Francisco, capuchinhos, menores, mínimos e observantes, e as filhas de Clara: e os filhos de Domínico, os frades predicantes; e os filhos de Vicente: e os monges de S. Woltan: e de Inácio os seus filhos: e a confraternidade dos irmãos cristãos guiados pelo reverendo irmão Edmund Ignatius Rice. E depois vinham todos os santos e mártires, virgens e confessores: S. Cyr e S. Isidoro Arator e S. Jaime Menor e S. Focas de Sinope e S. Julião Hospitaleiro e S. Félix de Cantalícia e S. Simão Estilita e S. Estêvão Protomártir e S. João de Deus e S. Ferreol e S. Leugarde e S. Teódoto e S. Vulmar e S. Ricardo e S. Vicente de Paulo e S. Martinho Todi e S. Martinho Turonense e S. Alfredo e S. José e S. Dênis e S. Cornélio e S. Leopoldo e S. Bernardo e S. Terêncio e S. Eduardo e S. Owen Caniculus e S. Anônimo e S. Epônimo e S. Pseudônimo e S. Homônimo e S. Parônimo e S. Sinônimo e S. Lourenço O'Toole e S. Tiago de Dingle e Compostela e S. Columcilo e S. Columba e S. Celestina e S. Colman e S. Kevin e S. Brendan e S. Frigidiano e S. Senan e S. Fachtan e S. Columbano e S. Gall e S. Fursey e S. Finton e S. Fiacre e S. João Nepomuceno e S. Tomás de Aquino e S. Ives da Bretanha e S. Michan e S. Hermano José e os três patronos da juventude cristã S. Luís Gonzaga e S. Estanislau Kostka e S. João Berchmans e os santos Gervásio, Servásio e Bonifácio e S. Bride e S. Kiernen e S. Canício de Kilkenny e S. Jarlath de Tuam e S. Finbarr e S. Papino de Ballymun e Irmão Aloysius Pacificus e Irmão Luís Bellicosus e as santas Rosa de Lima e de

Viterbo e S. Marta da Betânia e S. Maria Egipcíaca e S. Lúcia e S. Brígida e S. Attracta e S. Dympna e S. Ita e S. Marion Calpensis e a Beata Irmã Teresa do Menino Jesus e S. Bárbara e S. Escolástica e S. Úrsula com onze mil virgens. E todos vinham com nimbi e auréolas e gloriae, trazendo palmas e harpas e espadas e coroas de oliveira, em túnicas em que vinham tecidos os santos símbolos de suas eficácias, cornitinteiros, flechas, pães, moringues, grilhões, machados, árvores, pontes, infantes em banheira, conchas, alforjes, cisalhas, chaves, dragões, lírios, bacamartes, barbas, porcos, lâmpadas, foles, colmeias, gadanhas, estrelas, serpentes, bigornas, latas de vaselina, sinos, muletas, fórceps, galhadas de veados, botinas impermeáveis, falcões, mós, olhos em travessa, velas de cera, hissopes, unicórnios. E no que tomavam caminho pela Coluna de Nelson, rua Henry, rua Mary, rua da Capela, rua da Pequena Bretanha, entoando o introito da *Epiphania Domini* que começa por *Surge, illuminare* e a seguir mais docemente o gradual *Omnes* que diz de *Saba venient* eles fizeram maravilhas várias tais como exorcizar diabos, levantar mortos para a vida, multiplicar peixes, curar coxos e cegos, descobrir vários artigos que tinham sido perdidos, interpretar e cumprir as escrituras, abençoar e profetizar. E alfim, por debaixo de um dossel tecido de ouro, vinha o reverendo Padre O'Flynn assistido por Malaquias e Patrício. E quando os bons padres houveram atingido o lugar deputado, a casa de Bernard Kiernan & Cia., Limitada, 8, 9 e 10, rua da Pequena Bretanha, atacadistas de secos e molhados, exportadores de vinho e brande licenciados para à venda de cerveja, vinho e álcoois para consumo na sede, o celebrante abençoou a casa e incensou as janelas pinásicas e as arestas e as abóbadas e as arcadas e os capitéis e os frontões e as cornijas e os arcos denteados e as flechas e as cúpulas e aspergiu os lintéis da mesma com água benta e rogou que Deus quisesse abençoar aquela casa como abençoara a casa de Abraão e Isaac e Jacob e fazer os anjos da Sua luz habitá-la. E entrando ele abençoou as viandas e as brevagens e a procissão de todos os beatos responsou às suas preces.

— *Adiutorium nostrum in nomine Domini.*
— *Qui fecit coelum et terram.*
— *Dominus vobiscum.*
— *Et cum spiritu tuo.*

E ele estendeu suas mãos por sobre os abençoados e deu as graças e orou e eles todos com ele oraram:

— *Deus, cuius verbo sanctificantur omnia, benedictionem tuam effunde super creaturas istas: et praesta ut quis quis eis secundum legem et voluntatem Tuam cum gratiarum actione usus fuerit per invocationem sanctissimi nominis Tui corporis sanitatem et animoi tutelam Te auctore percipiat per Christum Dominum nostrum.*

— E o mesmo dizemos todos nós — fala Jack.

— Que Deus te multiplique, Lambert — fala Crofton ou Crawford.

— Muito bem — fala Ned, tomando do seu John Jameson. — E te leve água pro teu moinho.

Eu estava dando uma olhadela em redor pra ver quem ia ter a feliz ideia quando não é que o desgraçado dele chega de novo como um diabo com pressa.

— Estive dando uma volta pelo tribunal — fala ele —, procurando por você. Espero não estar...

— Não — fala Martin —, estamos prontos.

Tribunal é uma figa, que os bolsos dele estavam pesados de prata e ouro. Sacana de desgraçado de unha de fome. Queria era ver ele pagar uma rodada. Disso o diabo não precisa ter medo! Que quem está pela frente é um judeu! Tudo só pra ele. Esperto como uma ratazana de esgoto. Cem por cinco.

— Não diga nada a ninguém — fala o cidadão.

— Desculpem-me — fala ele.

— Vamos, rapazes — fala Martin, vendo que a coisa estava ficando preta. — Vamos logo embora.

— Não diga nada a ninguém — fala o cidadão, dando um berro. — É segredo.

E o porra do cachorro acordou e deu um rosnado.

— Até logo pra todos — fala Martin.

E ele arrancou os outros tão depressa como pôde, Jack Power e Crofton ou como é que é chamado e ele mareado no meio deles todos pra cima da joça do cabriolé.

— Dá no pé — fala Martin pro cocheiro.

O delfim alvilácteo sacudiu a crina e, soerguendo-se sobre a popa áurea, o timoneiro desdobrou o ventrudo velame ao vento e avançou em frente com todas as velas pandas, o gavetope a bombordo. Uma chusma de ninfas airosas se acercou de estibordo e bombordo e, apegando-se às bordas da nobre nave, elas ligaram suas formas luzentes como o faz sagaz rodeiro quando feiçoa no centro de sua roda as raias equidistantes de tal arte que cada uma é irmã da outra, enlaçando-as todas como um aro externo e dando pressa aos pés dos homens quando estes rumam para uma refrega ou disputam o sorriso das damas belas. Assim foi que vieram e se dispuseram elas, as ninfas imorredouras. E elas riam, em folguedo num círculo de suas espumas: e a nave fendia as ondas.

Mas pardelhas não tinha eu assentado os fundilhos da minha pinta quando vi o cidadão se levantando pra gingar pra porta, soprando e bufando com a hidropisia e excomungando ele com a excomunhão de Cromwell, sino, livro e vela em irlandês, bracejando e cuspejando contra ele, e Joe e o miúdo Alf à roda dele como duendes tentando pazificar ele.

— Me deixem — fala ele.

E pardelhas ele foi tão longe quanto na porta e os outros agarrando ele e ele berrando fora de si:

— Três vivas por Israel!

Arre, senta-te em cima da banda parlamentar do teu cu pelo amor de Cristo e não me venhas com amostras públicas. Jesus, tem sempre um merda de um palhaço ou pascácio ameaçando com uma merda de uma desgraceira por causa de uma merda de nada. Delhas, é de azedar a cerveja na tua goela, lá isso é.

E todos os esfarrapados e todas as putanheiras do país à roda da porta e Martin mandando o cocheiro tocar em frente e o cidadão berrando e Alf e Joe amansando ele e ele em suas tamanqueiras contra os judeus e vagabundos a querer fazer discurseira e Jack Power tentando convencer ele para se sentar no carro e calar a porra da boca e um vadio com um emplasto no olho que começa a cantar *Se o sujeito na lua é um judeu, judeu, judeu* e uma putanheira daquelas que grita:

— Eh, moço! Sua barriguilha está aberta, moço!

E fala ele:

— Mendelssohn era judeu e Karl Marx e Mercadante e Espinosa. E o Salvador era judeu e seu pai era judeu. O teu Deus.

— Ele não teve pai — fala Martin. — Já basta. Toca pra frente.

— Deus de quem? — fala o cidadão.

— Ora, o tio dele era judeu — fala ele. — Teu Deus era judeu. Cristo era judeu como eu.

Delhas, o cidadão mergulhou de volta na loja.
— Por Jesus — fala ele —, vou arrebentar o coco desse safado desse judeu usando o santo nome. Por Jesus, vou crucificar ele, lá isso vou. Passe essa lata de biscoitos pra cá.
— Chega, chega! — fala Joe.

Uma larga e compreensiva assembleia de amigos e relações da metrópole e grande Dublin concentrou-se aos milhares para desejar boa viagem a Magyaságos uram Lipóti Virag, trabalhando por último com os senhores Alexander Thom, impressores de Sua Majestade, ao ensejo de sua partida para os climas distantes de Szazharminczbrojúgulyás-Dugulás (Campina das Águas Canoras). A cerimônia que transcorreu com grande *éclat* se caracterizou pela mais tocante cordialidade. Um códice iluminado de antigo velino irlandês, obra de artistas irlandeses, foi presenteado ao distinto fenomenologista em nome de uma larga secção da comunidade e foi acompanhado pela doação de um escrínio de prata, primorosamente executado ao estilo de antigo ornamento céltico, obra que credencia inteiramente os realizadores, senhores Jacob *agus* Jacob. O homenageado despediente foi recipiendário de uma ovação cordial, estando muitos dos presentes vivamente emocionados quando a selecta orquestra de flautas irlandesas atacou a conhecida melodia de *Volta para Erin*, seguida imediatamente da *Marcha de Rakoczy*. Barris de alcatrão e fogueiras foram acendidos ao longo da costa de quatro mares nos cumes da colina de Howth, montanha das Três Rochas, Pão de Açúcar, cabo Bray, as montanhas de Mourne, as Galtees, os picos de Ox e Donegal e Sperrin, as Nagles e Bograghs, as colinas de Connemara, os altipaludes de M'Gillicuddy, do cabeço de Aughty, cabeço de Bernagh e cabeço de Bloom. Em meio a vivas que reboavam o firmamento, ecoados por vivas respondentes de um ajuntamento de correligionários das distantes colinas cambrianas e caledonianas, a mastodôntica nave-recreio largava-se lenta saudada por um tributo floral final de representantes do belo sexo que estavam presentes em grande número enquanto, no que baixava o rio, escoltada por uma flotilha de batelões, as bandeiras dos escritórios de Balastro e da alfândega estavam hasteadas em salva como o estavam também as da estação central eléctrica de Pigeonhouse. *Visszontlátásra, kedvés baráton! Visszontlátásra!* Ido mas não esquecido.

Delhas, o diabo não podia dar jeito nele enquanto ele não pegou de qualquer modo da droga da lata e se pôs fora com o miúdo do Alf pendurado

pelo cotovelo dele e guinchando como um porco esfaqueado, num sarilho tão grande como o de qualquer porra de dramalhão do teatro real da Rainha.
— Onde é que ele vai que vou esganar ele?
E Ned e J. G. arrebentando de tanto rir.
— Porra de brigas — falo eu —, já me entornaram o caldo.
Mas por sorte o cocheiro tinha virado a cabeça do matungo para outra direcção e arrancado.
— Aguenta a mão, cidadão — fala Joe. — Chega.
Pardelhas, que ele esticou o braço e deu uma varejaça de voar. Pela graça de Deus o sol estava contra os olhos dele que senão tinha posto ele morto. Delhas, quase que atirou com a lata lá no condado de Longford. O safado do mutungo se espantou e o velho do vira-lata se pôs a fazer uma porra de uma barulheira dos diabos atrás do carro e a gentalha que berrava e ria e a droga da lata que fazia um escarcéu pelas pedras da rua.

A catástrofe foi terrífica e instantânea nos seus efeitos. O observatório de Dunsick acusou ao todo onze abalos todos do quinto grau na escala de Mercalli, não havendo registo supérstite de distúrbio seísmico similar em nossa ilha desde o terremoto de 1534, ano da rebelião de Tomás o Brando. O epicentro parece que foi na parte da metrópole que é constituída pelo bairro do cais de Inn e a paróquia de São Michan cobrindo uma superfície de quarenta e um acres, duas varas e uma percha ou côvado quadrados. Todas as residências senhoriais da vizinhança do palácio da justiça ficaram demolidas e esse mesmo nobre edifício, no qual no momento da catástrofe importantes debates legais estavam em curso, está literalmente como uma massa de ruínas sob as quais se teme estarem todos os ocupantes enterrados vivos. Dos relatos das testemunhas oculares transparece que as ondas seísmicas foram acompanhadas por uma violenta perturbação atmosférica de caráter ciclônico. Um artigo de chapelaria depois averiguado como pertencente ao mui respeitado escrivão da coroa e paz senhor George Fottrell e um guarda-chuva de seda do erudito e venerado presidente das sessões quarteiras Sir Frederick Falkiner, magistrado-mor de Dublin, foram descobertos pelas turmas de busca em partes remotas da ilha, respectivamente, o primeiro na terceira camada basáltica da plataforma dos gigantes, o último encravado na extensão de um pé e três polegadas na praia arenosa da baía do Buracaberto perto do velho cabo de Kinsale. Outras testemunhas oculares depuseram que observaram um objeto incandescente de enormes proporções troando através da atmosfera em velocidade terrificante numa trajectória dirigida de sudoeste a oeste. Mensagens de condolência e solidariedade estão sendo hora a hora recebidas de todas as partes dos diferentes continentes e ao soberano pontífice graciosamente lhe aprouve decretar que uma *missa pro defunctis* específica seja simultaneamente celebrada pelos ordinários de todas e cada uma das igrejas catedrais de todas as dioceses episcopais sujeitas à autoridade espiritual da Santa Sé em sufrágio das almas dos fiéis caídos que foram tão inesperadamente chamados de entre nós. Os trabalhos de salvamento, remoção dos *débris* restos humanos etc. foram confiados aos senhores Michael Meade e Filho, 159, rua da Grande Brunswick, e senhores T. C. Martin, 77, 78, 79 e 80, muralha do Norte, assistidos pelos homens e oficiais da infantaria ligeira do duque de Cornualha sob a supervisão geral de H. R. H., do contra-almirante o muito honorável Sir Hercules Hannibal Habeas Corpus Anderson K.G., K.P., K.T., P.C., K.C.B., M.P., J.P., M.B., D.S.O., S.O.D., M.F.H., M.R.I.A., B.L., Mus. Doc., P.L.G., F.T. C.D., F.R.U.I., F.R.C.P.I. e F.R.C.S.I.*

Nunca se viu coisa parecida em toda a tua droga de vida. Delhas, se ele tivesse arrancado o gordo da loteria para ele, ele ia se lembrar da taça de ouro, lá isso ia, mas pardelhas o cidadão é que podia ter sido encafifado por agressão e porte de armas e Joe por acampamento e cumplicidade. O cocheiro é que salvou naquela corrida louca a vida dele, tão certo como Deus fez Moisés. O quê? Por Jesus, sim. E soltou nas costas dele uma descarga de xingações.

---

*H.R.H., His Royal Highness, Sua Alteza Real; K.G., Knight of the Garter, Cavalheiro da Jarreteira; K.P., Knight of Saint Patrick, Cavalheiro de São Patrício; K.T., Knight of (the Order of the) Thistle, Cavalheiro (da Ordem) do Cardo; P.C., Privy Counselor, Conselheiro Privado; K.C.B., Knight Commander of the Bath, Cavalheiro Comandante (da Ordem) do Banho; M.P., Member of Parliament, Membro do Parlamento; J.P., Justice of Peace, Juiz de Paz; M.B., *Medicinae Baccalaureus*, Bacharel em Medicina; D.S.O., Distinguished Service Order, Ordem de Serviço Distinguido; S.O.D., Senior Officer of the Day, OficialMor do Dia; M.F.H., Master of Foxhounds, Mestre da Caça; M.R.I.A., Member of the Royal Irish Academy, Membro da Academia Real Irlandesa; B.L, Bachelor of Laws, Bacharel em Direito; Mus. Doc., *Musicae Doctor*. Doutor em Música; P.L.G., President of Life Guards, Presidente dos Serviços de Salvamento; F.T.C.D, Fellow of the Trinity College of Dublin, Membro do Colégio da Trindade de Dublin; F.R.U.I., Fellow of the Royal University of Ireland, Membro da Universidade Real da Irlanda; F.R.C.P.I., Fellow of the Royal College of Practitioners of Ireland, Membro do Colégio Real de Médicos da Irlanda; F.R.C.S.I., Fellow of the Royal College of Surgeons of Ireland, Membro do Colégio Real de Cirurgiões da Irlanda. (*N. do T.*)

— Será que eu matei — fala ele —, sim ou não?
E berrando pro porra do cachorro:
— Pega ele, Garry! Pega ele, meu velho!
E o que a gente viu no fim foi o danado do carro virando a esquina e o velho cara de carneiro gesticulando e o desgraçado do vira-lata atrás com os bofes pra fora pois o sacana bem que queria estraçalhar ele pedaço por pedaço. Cem por cinco! Jesus, que lhe tiraram toda a alegria que teve com isso, é o que te juro.

Eis que então desceu sobre eles todos um grande clarão e eles viram o carro em que Ele estava a subir aos céus. E eles O viram no carro revestido na glória desse clarão com vestidura como se de sol, belo como a lua e tão terrível que de medo não ousaram olhar para Ele. E veio uma voz dos céus, que clamou: *Elias! Elias!* E Ele respondeu num grande grito: *Abba! Adonai!* E eles O viram bem a Ele ben Bloom Elias, em meio a nuvens de anjos subir para a glória do clarão, num ângulo de quarenta e cinco graus sobre o Donohoe da ruela Verde, como um jacto de uma pazada.

A tarde de verão começara a envolver o mundo em seu misterioso amplexo. Bem longe no oeste o sol se punha e o último fulgor de um mui fugaz dia apegava-se amorosamente ao mar e areal, no garboso promontório velho e querido de Howth a guardar como sempre as águas da baía, às rochas planticobertas ao longo da costa de Sandymount e, enfim mas não menos, à tranquila igreja de onde fluía por vezes na quietude a voz de prece àquela que é na sua pura irradiância sempre um fanal para o coração tempestivolto do homem, Maria, estrela-do-mar.

As três mocinhas amigas estavam sentadas nas rochas, comprazendo-se com a cena vesperal e a atmosfera que era fresca mas não demais friorenta. Muitas e frequentes vezes soíam elas vir àquele recanto favorito para entreterem conversa aconchegada cerca das ondas faiscantes e discutirem assuntos femininos, Cissy Caffrey e Edy Boardman com o bebê no carrinho e Tommy e Jacky Caffrey, dois garotinhos de cabelos encaracolados, vestidos à marinheiro com chapéus condizentes e o nome de H.M.S.* *Belleisle*

---

*His Majesty's Ship, nave de Sua Majestade. (N. do T.)

impresso em ambos. Pois Tommy e Jacky Caffrey eram gêmeos, de quatro anos incompletos, e gêmeos muito barulhentos e amimalhados por vezes, não fossem aquelas coisinhas vivazes carinhas risonhas e maneiras carinhosas. Chapinhavam na areia com suas pás e baldes, construindo castelo como fazem as crianças, ou jogando com sua grande bola colorida, felizes quão longo era o dia. E Edy Boardman estava balouçando o bebê rechonchudo num vaivém do carrinho enquanto o jovem cavalheirinho ria gostosamente de alegria. Tinha não mais que onze meses e nove dias e, embora ainda um pequerrucho engatinhador, exactamente começava a ciciar suas primeiras palavras bebescas. Cissy Caffrey inclinou-se sobre ele para fazer cócegas nos seus bracinhos gorduchos e na covinha deliciosa.

— Agora, neném — disse Cissy Caffrey. — Diga claro, claro. Eu quero um pouco de água.

E o bebê balbuciou para ela:

— A ualo a ualo a uaua.

Cissy Caffrey acarinhou o feiticeirinho, pois ela adorava tremendamente as crianças, tão paciente era com os pobrezinhos, e Tommy Caffrey jamais se convencia de tomar o seu óleo de castor a menos que fosse Cissy Caffrey que segurasse seu nariz e lhe prometesse a ponta da forma de pão preto com geleia douradinha por cima. Que poder persuasivo tinha aquela moça! Mas de verdade o bebê valia ouro, um perfeito amoreco com sua graça de babadouro. Nenhuma dessas beldades mimadas, tipo Flora Macfrivoly, era Cissy Caffrey. Rapariga de tão grande coração era difícil de haver, sempre com um sorriso nos seus olhos aciganados e uma palavra brincalhona nos seus rubros lábios de cereja madura, moça amorável em extremo. E Edy Boardman ria também à linguagem auroral do irmãozinho.

Mas então precisamente houve uma pequena rusga entre o senhorzinho Tommy e o senhorzinho Jacky. Garotos são garotos e nossos dois gêmeos não eram excepção a essa regra de ouro. O pomo da discórdia era um certo castelo de areia que o senhorzinho Jacky tinha construído e o senhorzinho Tommy queria a preço de o bom virar mau que fosse arquiteturalmente enriquecido de uma frontada como a que tinha a torre Martello. Mas se o senhorzinho Tommy era cabeçudo o senhorzinho Jacky era voluntarioso também e, fiel à máxima de que cada casinha de irlandês é o seu castelo, ele se atirou em cima do seu odiado rival e com tal decisão que o atacante presuntivo caiu em desgraça e (ah, como narrá-lo!) o cobiçado castelo também. Desnecessário dizer que os gritos do desbaratado senhorzinho Tommy chamaram a atenção das amiguinhas.

— Venha pra cá, Tommy — a irmã chamou-o imperativa —, imediatamente! E você, Jacky, que vergonha atirar o pobrezinho do Tommy nessa areia suja. Espera que te pego.

Os olhos molhados de lágrimas contidas, o senhorzinho Tommy achegou-se ao seu chamado, pois as palavras de sua irmã maior eram lei para os gêmeos. E em triste figura ficara ele após sua mal-aventura. Seu barrete de marinheiro e os seus inefáveis estavam cheios de areia mas Cissy era mestra consumada na arte de suavizar os pequenos tormentos da vida e muito pronto nem um tico de areia se via no seu trajezinho gabola. Os olhos azuis ainda luziam de lágrimas quentes que podiam saltar, então ela beijou a lesão e sacudiu a mão para o senhorzinho Jacky o culposo, dizendo que se ela fosse para perto dele ela não ficaria longe dele, seus olhos bailando de admonição.

— Jacky malvado, seu atrevido! — gritou ela.

Ela deu um braço em volta do marinheirinho e o lisonjeou irresistivelmente:

— Qual é o teu nomezinho? Boquinha de mel?

— Diga à gente quem é a tua namorada — disse Edy Boardman. — É Cissy que é a tua namorada?

— Nã — disse o lacrimoso Tommy.

— É Edy Boardman a tua namorada? — inquiriu Cissy.

— Nã — disse Tommy.

— Já sei — disse Edy Boardman nem tão amável num relance malicioso de seus olhos míopes. — Já sei quem é a namorada de Tommy, é Gerty que é a namorada de Tommy.

— Nã — disse Tommy com as lágrimas prestes a saltar.

O pronto senso maternal de Cissy adivinhou o que havia e cochichou que Edy Boardman o levasse para ali atrás do carrinho onde o cavalheiro não podia ver e tomasse cuidado para que ele não molhasse os seus sapatos marrons novos.

Mas quem era Gerty?

Gerty MacDowell, que estava sentada perto das suas companheiras, perdida em pensamentos, contemplando longe nas distâncias, era a bem da verdade um tão bom espécime da atraente mocidade irlandesa quanto se podia desejar ver. Ela era tida como bela por todos os que a conheciam embora, como as gentes diziam com frequência, ela fosse mais Giltrap do que MacDowell. Seu talhe era esbelto e gracioso, inclinando-se mesmo para a fragilidade, mas esses geloides de ferro que ela vinha tomando ultimamente lhe tinham feito um mundo de bem muito maior do que as pílulas femininas da Viúva Welch e ela se sentia muito melhor daquelas perdas que costumava ter e daquele sentimento de cansaço. O palor cérico das suas faces era quase espiritual em sua pureza ebúrnea embora sua boca de rosa em botão fosse um autêntico arco de Cupido, gregamente perfeito. Suas mãos eram de um alabastro finamente venoso com dedos afilados e tão brancas quanto o suco de limão e o rei dos unguentos podiam tornar, ainda que fosse verdade que ela não costumava usar luvas de pelica no leito nem tampouco tomar banhos-de-pé de leite. Bertha Supple é que contara certa feita isso a Edy Boardman, uma mentira deliberada, quando ela esteve de armas desensarilhadas com Gerty (os companheirismos moçoilescos têm é claro seus pequeninos arrufos de tempo em tempo como o resto dos mortais) e pedira a ela que não passasse adiante pelo que quer que ela fizesse que fora ela que contara a ela ou ela nunca mais falaria com ela de novo. Não. O seu a seu dono. Havia um refinamento inato, uma lânguida *hauteur* reginal em Gerty que eram iniludivelmente evidenciados em suas mãos delicadas e meios-pés curveados. Tivessem os bons fados senão querido fosse ela nascida donadalgo de alta laia por direito próprio e tivera ela não mais que recebido o benefício de uma boa educação Gerty MacDowell poderia facilmente ombrear lado a lado com qualquer grande dama da terra e ver-se requintadamente ataviada, com joias na fronte e requestadores patrícios a seus pés rivalizando-se entre si por pagarem-lhe seus tributos. Quiçá fora isso, o amor que podia ter sido; que emprestasse ao seu dulcifeiçoado rosto por vezes uma mirada, tensa de sentido contido, que lhe comunicava uma estranha tendência anelante aos belos olhos, um encanto que poucos podiam resistir. Por que têm as mulheres olhos tais de feitiço? Os de Gerty eram do mais azul azul-irlandês, realçados por cílios luzentes e expressivas sobrancelhas escuras. Fora madame Vera Verity, directora da página A Mulher Bela do magazine *Princesa* que primeiro a aconselhara a experimentar o supercílion que lhe dava aquela expressão obsessiva aos olhos, tão atraente nas ditadoras da moda, e ela jamais se arrependera disso. Depois a cura científica do enrubescimento e como ser alta aumentar seu talhe e você tem um belo rosto mas seu nariz? Isso conviria à senhora Dignam pois ela tem um de batatinha. Mas o píncaro da glória de

Gerty era a riqueza de sua cabeleira maravilhosa. Era castanho-escura com ondulado natural. Aparara-a aquela manhã mesma por causa da lua nova, o que aureolava sua linda cabeça numa confusão de cachos luxuriantes, e fizera as unhas também, quinta-feira é riqueza. E agora precisamente que, às palavras de Edy um como rubor indiscreto, delicado como a mais desmaiada rosifloração, se insinuava em suas faces, ela parecia tão amorável em sua doce timidez donzelesca que por certo a bela terra de Deus da Irlanda não possuía uma a ela igual.

Por instante ela ficou silenciosa com os olhos baixos algo tristes. Ela esteve por retorquir mas algo lhe deteve as palavras na língua. Uma inclinação propendia-a a falar: a dignidade dizia-lhe que calasse. Os lindos lábios abrocharam um momento mas ela remirou para cima e rompeu num risinho álacre que tinha em si toda a frescura de uma nascente manhã de maio. Ela sabia muito bem, ninguém melhor, o que fizera a estrábica Edy dizer aquilo porque ele esfriara em suas intenções no que era simplesmente uma querela de namorados. Como de hábito o nariz de alguém metia o bedelho no facto de que o rapaz da bicicleta estava sempre para cima e para baixo em frente da janela dela. Apenas agora o pai dele mantinha-o pelas tardes a estudar duro para arrancar no exame uma bolsa para o intermediário e ele ia para o Colégio da Trindade para estudar para doutor quando deixasse o secundário como seu irmão W. E. Wylie que estava correndo nas corridas de bicicleta da Universidade do Colégio da Trindade. Pouco cuidoso ele talvez pelo que ela sentia, aquele pesado vazio doloroso no seu coração dela por vezes, penetrando até o âmago. Mas ele era criança e acaso pudesse aprender a amá-la com o tempo. Eles eram protestantes na família dele e Gerty sabia Quem é o primeiro e após ele a Santa Virgem e em seguida São José. Mas ele era inegavelmente bonito com um nariz estupendo e ele era o que parecia, todo inteiro um cavalheiro, também o formato da sua cabeça atrás sem boné que ela reconheceria onde quer que fosse por algo fora do comum e pela maneira com que ele virava a bicicleta junto ao lampião com suas mãos fora do guidão e também pelo perfume agradável daqueles gostosos cigarros e além disso eles eram ambos do mesmo tamanho e isso era por que Edy Boardman julgava que ela era tão tremendamente esperta porque ele não ia andar com sua bicicleta para cima e para baixo em frente do jardinzinho dela.

Gerty estava vestida com simplicidade mas com aquele instintivo das devotas da Senhora Moda pois ela sempre admitia que sempre havia um podia que ele pudesse estar fora. Uma blusa simples azul-eléctrico, tingida com bonequinhas corantes (pois esperava-se no *Ilustrado das Damas* que o azul-eléctrico viesse a ser usado), com um elegante vê abrindo-se até a separação um bolsinho de lenço (em que ela sempre trazia uma mecha de algodão recendendo com o seu perfume preferido pois o lenço deformava a linha) e uma saia três-quartos azul-marinho cortada ampla realçavam na perfeição sua graciosa figura esguia. Ela levava um coquetezinho de um chapéu de palha negra de abas largas realçadas em contraste nas subordas de chenilha azul-ovo e ao lado um laço-borboleta do mesmo tom. Toda a tarde da terça-feira passada ela esteve à cata daquela chenilha mas por fim ela havia encontrado o que procurava na liquidação de verão do Clery, do próprio, ligeiramente manuseada mas que não se notava, sete dedos por dois e um pence. Ela fizera-o todo ela mesma e que alegria foi a sua quando o provou então sorrindo à adorável imagem que o espelho lhe devolvia a ela! E quando ela o pôs na moringa para manter a forma ela adivinhou que aquilo ia tirar o sono de certa gente que ela sabia. Seus sapatos eram da última em matéria de calçados (Edy Boardman orgulhava-se de ser muito *petite* mas nunca tivera uns pés como os de Gerty MacDowell, um cinco, e nunca teria nem que o rio corresse para cima) com ponteiras de verniz e apenas uma elegante fivela nos seus encurvados meios-pés. Seus bem torneados tornozelos exibiam suas proporções perfeitas sob a saia e não mais do que a justa medida dos seus membros guarnecidos de meias finas com calcanhares reforçados e largos canos-ligas. Quanto às roupas de baixo elas eram o principal cuidado de Gerty e quem conhecendo as alvoroçadas esperanças e medos dos doces dezessete anos (embora Gerty não viesse a ver jamais os dezessete de novo) podia achar em seu coração algo em que nisso censurá-la? Tinha ela quatro conjuntos pequenininhos, com pontos horrivelmente lindos, três peças e camisolas extras, e cada conjunto ornado de fitas de cores diferentes, rubrirróseo, azul-pálido, malva e verdervilha, e ela mesma os arejava e anilava quando chegavam da lavagem e os passava e tinha um tijolinho para pôr o ferro em cima pois ela não os confiaria àquelas lavadeiras pois ela as vira chamuscando roupinhas assim. Ela trazia o azul para ter sorte, esperando contra a esperança, a cor dela e cor da sorte também para uma noiva ter um pouquinho de azul em algum ponto dela pois o verde que ela levava naquele dia da outra semana lhe trouxe tristeza porque o pai dele o reteve para estudar para a bolsa do intermediário e porque ela pensou que talvez ele saísse quando ela se vestia essa manhã ela quase que as pôs às avessas e isso dava sorte e encontro de namorados se se põem essas coisas às avessas desde que não seja sexta-feira.

E entretanto e entretanto! Essa expressão tensa do seu rosto! Uma tristeza consumidora aí está todo o tempo. Sua mesma alma se vê em seus olhos e ela daria um mundo para estar na intimidade do seu próprio quarto familiar onde, derramando lágrimas, ela poderia soltar um bom choro e aliviar-se dos seus sentimentos reprimidos. Ainda que não em excesso, pois ela sabia como chorar graciosamente ante o espelho. És adorável, Gerty, dizia ele. A pálida luz da tarde tomba sobre um rosto infinitamente triste e pensativo. Gerty MacDowell anela em vão. Sim, que ela compreendera desde o início que o seu sonho de casamento aprazado e sinos tangendo núpcias pela senhora Reggy Wylie T.C.D. (pois a que casara com o irmão mais velho era a senhora Wylie) e segundo o rigor da moda a senhora Gertrude Wylie levando uma sumptuosa confecção cinza guarnecida de uma custosa raposa azul não haveria jamais de ser. Ele era jovem demais para entender. Ele não acreditava no amor direito de nascença da mulher. Naquela noite de festa há tanto tempo atrás no Soters (ele ainda usava calças curtas) quando eles ficaram a sós ele insinuara um braço em redor de sua cintura que ela ficara branca até aos lábios. Ele a chamara suazinha em voz estranhamente embargada e roubara um quase beijo (o primeiro!) mas fora só na pontinha do seu nariz e então ele se precipitou do quarto com pretexto sobre refrigerantes. Sujeitinho impetuoso! Força de caráter nunca fora o forte de Reggy Wylie e o que cortejasse e dobrasse Gerty devia ser o homem entre os homens. Mas esperar, sempre esperar ser pedida, e era ano bissexto que em breve estaria findo! Seu galã ideal não é nenhum príncipe encantado que pusesse aos seus pés um amor raro e maravilhoso, mas antes um homem viril com um forte rosto tranquilo que não houvesse encontrado o seu ideal, com a cabeleira talvez ligeiramente salpicada de cinza e que a entendesse, a tomasse em seus braços aconchegantes, a apertasse contra ele em toda a força de sua profunda natureza apaixonada e a acarinhasse com um longo beijo. Seria como o céu. Por esse ela anelava nessa tarde embalsamada de verão. Com todo o seu coração dela ela anseia por ser só dele, sua noiva comprometida na riqueza como na pobreza, na doença como na saúde, até que a morte nos separe os dois, deste para todos os dias por vir.

E enquanto Edy Boardman estava com o pequenino Tommy detrás do carrinho ela pensava exactamente se viria jamais esse dia em que ela pudesse chamar-se sua futura mulherzinha. Então elas poderiam falar dela até ficarem de caras roxas, Bertha Supple também, e Edy, essa língua viperina que estaria com vinte e dois em novembro. Ela cuidaria dele com confortos materiais também pois Gerty era femininamente sagaz e sabia que um mero homem gosta do sentimento do lar. As panquecas dela feitas num tostado ouropardo e o pudim rainha Ana de deliciosa cremosidade tinham conquistado opinião de ouro de todos, pois tinha ela mão e tanto até para acender o fogo, polvilhar a fina flor da farinha de trigo com fermento e mexer na mesma direção, depois dar ponto de creme ao leite e açúcar e bater clara de ovos embora não gostasse quando se tratava de comer com gente que a deixava encabulada e muitas vezes ela indagasse a si mesma por que não se podia comer algo poético como violetas ou rosas e eles haveriam de ter uma sala de visitas lindamente decorada com quadros e gravuras e a fotografia do amor de cachorro do Garryowen do vovô Giltrap que quase falava tão humano que era e cobertas de *chintz* para as cadeiras e aquela bandeja de prata da liquidação em massa de verão do Clery como as que têm as casas ricas. Ele havia de ser alto e ombros largos (ela sempre apreciara para marido os homens altos) com dentes brancos brilhantes sob um arrebatador bigode cuidadosamente aparado e eles iriam ao continente para a lua de mel (três semanas maravilhosas!) e então quando se instalassem numa gracinha de confortável e linda casinha acolhedora cada manhã eles tomariam juntos a sua comidinha, simples mas perfeitamente bem servida, para eles doisinhos sós e antes de sair para o trabalho ele daria em sua querida mulherzinha um abração do fundo do coração e miraria por um momento bem no fundo dos olhos dela.

    Edy Boardman perguntou a Tommy Caffrey se ele tinha acabado e ele disse que sim e então ela abotoou os calçõezinhos dele e disse para ele correr e ir brincar com Jacky e ser bonzinho e não brigar mais. Mas Tommy disse que queria a bola e Edy disse que não pois o bebê estava brincando com a bola e se ele tirasse ia ter barulho mas Tommy disse que a bola era dele e que ele queria a bola dele e bateu os pés, ora sim senhor. O geniozinho dele! Oh, era já um homem o pequeno Tommy Caffrey desde que deixara as fraldas. Edy disse-lhe que não, não e que desse o fora logo e pediu a Cissy Caffrey que não cedesse.

    — Você não é a minha irmã — disse o levado do Tommy. — A bola é minha.

    Mas Cissy Caffrey pediu ao bebê Boardman que olhasse para aqui, para aqui no seu dedo e surripiou a bola depressinha e jogou-a pela areia e Tommy que corre em disparada atrás dela, vencedor da parada.

— Tudo pela tranquilidade — ria Cissy.
E ela fazia cosquinhas nas bochechas do anjinho para distraí-lo e fazia de conta aqui está o capitão, aqui estão seus dois cavalos, aqui está o seu carrinho de pão de ló, e aqui vai ele, tipum, tipum, tipum tim. Mas Edy pegou o peão na unha por causa dele que fazia todo mundo fazer a vontade dele.
— O que eu gostava era de dar nele — disse ela — e dar onde não preciso dizer.
— No bumbunzinho — ria Cissy jovialmente.
Gerty MacDowell baixou a cabeça e, enrubescendo à ideia de Cissy de dizer em voz alta uma coisa tão pouco feminina como aquela que ela devia ter vergonha de dizer em toda a vida, ficou com duas rosas bem vermelhas, e Edy Boardman disse que tinha a certeza de que o cavalheiro em frente tinha ouvido. Mas Cissy não se incomodou nem um tiquinho.
— Que me importa! — disse ela com uma arrogante sacudidela da cabeça e um arrebitamento atrevido do nariz. — Dá nele também no mesmo lugar e tão depressa como eu olhar para ele.
A estouvada da Cissy com suas tiradas de espantar. A gente tinha que rir com ela às vezes. Por exemplo quando perguntava se a gente queria mais chá chinês e freleia de jamboesa e quando ela também desenhava jarras e caras de homem nas unhas com tinta vermelha era de rir de provocar dores do lado ou quando ela queria ir ao lugar que se sabe ela dizia que estava com pressa de fazer uma visita à senhorita Branca. Assim eram as cissycadas. Oh, e a gente se esqueceria jamais daquela tarde em que ela se vestiu com a roupa do pai e chapéu e tudo e pôs um bigode de carvão e andou pela estrada de Tritonville abaixo, fumando um cigarro? Não havia ninguém que a igualasse nas brincadeiras. Mas ela era a sinceridade em pessoa, um dos mais puros e leais corações que o céu já fez, não desses de duas caras, gentis demais para serem verdadeiros.
E então veio pelos ares o som de vozes e uma reboante antífona de órgão. Era o retiro da temperança dos homens regido pelo missionário, o reverendo John Hughes S.J., rosário, sermão e bênção do Santíssimo Sacramento. Lá estavam eles todos reunidos sem distinção de classe social (e era espectáculo edificantíssimo de ver) naquele singelo templo à beira-mar, após as tempestades deste largo mundo fatigado, ajoelhando ante os pés da imaculada, rezando a ladainha de Nossa Senhora de Loreto, suplicando-lhe que intercedesse por eles, as velhas palavras familiares, Santa Maria, santa

virgem das virgens. Quão triste para os ouvidos de Gerty! Tivesse apenas seu pai evitado as garras do demônio do álcool, com tomar um compromisso ou aqueles pozinhos de curar o vício de beber do Semanário de Pearson, ela agora poderia estar passeando de carruagem, sem ser menos do que ninguém. Vezes e vezes ela se repetia isso a refletir perto dos tições agonizantes numa cisma cinzenta sem luzes, pois ela odiava dois focos ao mesmo tempo ou tantas vezes mirando sonhadoramente através da janela por horas em que a chuva caía no velho balde, a pensar. Mas aquela vil decocção que arruinara tantos corações e lares lançara sua sombra sobre os dias da sua infância. Que sim, que ela testemunhara no próprio núcleo familiar atos de violência provocados pela intemperança e vira seu próprio pai, presa dos vapores da ebriez, esquecer-se de si mesmo completamente, pois se havia uma coisa entre as coisas que Gerty sabia era que o homem que levanta seus braços para uma mulher, salvo num gesto de carinho, merece ser verberado como o mais baixo dos baixos.

E as vozes cantavam ainda em súplica à Virgem poderosíssima Virgem misericordiosíssima. E Gerty, imersa em cismares, sequer via ou ouvia as companheiras ou os gêmeos nas suas travessuras meninescas ou o cavalheiro saído do gramado de Sandymount que Cissy Caffrey designara de homem e que era tão parecido com ele, passeando pelo areal numa curta caminhada. Não se via nele nada de miserável mas ainda assim e por isso mesmo ela não gostaria de tê-lo como pai porque ele era velho demais ou por isso ou por causa de seu rosto (era um caso palpável de doutor Fell) ou pelo seu nariz caruncoso com verrugas em cima e seu bigode de vassourinha um pouco esbranquiçado debaixo do nariz. Pobre pai! Com todas as suas culpas ela o amava ainda quando ele cantava *Diga-me, Mary, como agradá-la* ou *Meu amor e minha cabana perto de Rochelle* e eles tinham berbigões cozidos e salada de alface com molho de Lazenby para o jantar e quando ele cantava *A lua despontou* com o senhor Dignam que morreu de repente e foi enterrado, que Deus tenha dó dele, de um ataque. Foi no aniversário da mãe dela e Charley estava em casa de folga e Tom e o senhor Dignam e senhora, e Patsy e Freddy Dignam e iam tirar uma foto em grupo. Ninguém pensava que o fim estava tão próximo. Agora ele jazia em descanso. E a mãe dela dissera a ele para tomar aquilo como um aviso para ele pelo resto dos seus dias e ele nem pôde ir ao enterro por causa da gota e ela teve de ir à cidade para buscar no escritório dele as cartas e amostras do linóleo de cortiça Catesby, padrões de desenhos artísticos, dignos de um palácio, de uso de primeira e sempre luzidio e radioso no lar.

Uma boa filha excelente era Gerty tal como uma segunda mãe na casa, um anjo da guarda com o seu coraçãozinho que valia em ouro o quanto pesava. E quando a mãe dela tinha aquelas furiosas dores de cabeça de rachar quem senão Gerty esfregava o tubo de mentol na testa dela, ainda que ela não gostasse que sua mãe tomasse pitadas de rapé que era a única coisa em que nelas provocava uma troca de palavras, isso de pitar rapé. Todo mundo a apreciava ao infinito por suas maneiras atenciosas. Era Gerty quem fechava o gás no registo toda noite e era Gerty quem pendurara na parede daquele lugar em que ela nunca esquecia em cada quinzena o clorato de cal a folhinha do senhor Tunney, o vendeiro, com um quadro dos dias alciônicos em que um jovem cavalheiro em trajes que costumavam usar então com um chapéu tricórnio oferecia um ramilhete de flores à sua bem-amada com o cavalheirismo de antanho através de uma janela gradeada. Podia se ver que havia uma história por detrás daquilo. As cores eram um quê adoráveis. Ela estava toda de um branco suave numa atitude tão estudada, e o cavalheiro em chocolate e parecia um aristocrata perfeito. Ela mirava-os com frequência quando lá para certo fim e lá sentia que eram brancos os próprios braços e suaves como os dela com as mangas reviradas — pensava naqueles tempos pois achara no dicionário de pronúncia de Walker que pertencia ao vovô Giltrap o que significava aquilo de dias alciônicos.

Os gêmeos brincavam agora na mais aprovável das maneiras fraternas, até que por fim o senhorzinho Jacky que era realmente traquinas como um diabrete que não se deixa pegar deliberadamente deu um pontapé na bola tão forte quanto podia em direcção às rochas marlimosas. Desnecessário dizer que o pobre do Tommy não se fez de rogado para abrir a boca de desalento mas por sorte o cavalheiro de preto que por lá estava sentado sozinho veio galantemente em auxílio e interceptou a bola. Nossos dois campeões reivindicaram o brinquedo com berros vigorosos e para evitar complicações Cissy Caffrey gritou ao cavalheiro que atirasse, por favor, a bola para ela. O cavalheiro mirou a bola uma ou duas vezes e então a atirou por sobre a areia em direcção de Cissy Caffrey mas ela rolou pelo declive e parou exactamente debaixo das saias de Gerty perto da pocinha junto da rocha. Os gêmeos clamaram de novo por ela e Cissy pediu a ela que a atirasse longe e os deixasse lutar por ela e assim Gerty deu um pontapé de

volta mas ela bem que quisera que aquela boba da bola não tivesse rolado para ela e ela deu o pontapé mas errou e Edy e Cissy riram.
— Quando se erra se tenta de novo — disse Edy Boardman.
Gerty sorriu assentindo e mordiscou o próprio lábio. Um delicado róseo espocou em suas belas faces mas ela estava determinada de mostrar a elas então levantou um pouquinho que não mais a saia e fez uma boa pontaria e deu na bola um belo pontapé que ela foi parar bem longe com os dois gêmeos atrás dela na direção dos calhaus. Pura ciumeira está claro era aquilo e nada mais que para chamar a atenção por causa do cavalheiro em frente a olhar. Ela sentiu o rubor quente, sempre sinal de perigo para Gerty MacDowell, surgir e incandescer suas faces. Até ali eles tinham apenas trocado olhares dos mais fortuitos mas agora sob a aba do seu chapéu novo ela aventurava mirá-lo e o rosto que a fitou ali no crepúsculo, lívido e estranhamente contraído, pareceu-lhe o mais triste que jamais houvera ela visto.

Pela janela aberta da igreja o incenso fragrante se evolava e com ele os nomes fragrantes dela que foi concebida sem a mancha do pecado original, vaso espiritual, rogai por nós, vaso honorífico, rogai por nós, vaso de insigne devoção, rogai por nós, rosa mística. E os corações aflitos lá estavam e labutadores por seu pão de cada dia e muitos que erraram e vagaram, seus olhos molhados de contrição mas ainda assim brilhantes de esperança, pois o reverendo padre Hughes lhes contara que o grande São Bernardo dissera em sua famosa prece de Maria que o poder intercessório da piedosíssima Virgem era tal que não havia registo em tempo algum de que aqueles que imploraram sua protecção tivessem jamais sido abandonados por ela.

Os gêmeos estavam agora de novo brincando contentes pois os problemas da infância não são senão chuvaradas fugazes de verão. Cissy brincava como o bebê Boardman a ponto de ele gorjear de garrulice, batendo as mãozinhas no ar. Piupiu gritava ela detrás da capota do carrinho e Edy perguntava onde é que Cissy tinha ido e então Cissy pipocava sua cabeça e gritava ah! e, palavra, como o bichinho gostava daquilo! Então ela ensinava a ele a dizer papá.

— Diz papá, bebê. Diz pa pa pa pa pa pa pa.

E o bebê puxava o que podia para dizê-lo pois era muito inteligente pra nove meses todos diziam e forte para a sua idade e o retrato da saúde, uma trouxinha perfeita de um amor, e ele tinha de vir a ser uma coisa importante, diziam.

— Baba ba ba baba.

Cissy limpava sua boquinha com o babadouro e queria que ele se sentasse direito e dissesse pa pa pa mas quando ela desatou a tira ela deu um grito, bendito Santo Dênis, pois ele estava alagado de molhado e tinha que se virar o meio lençol do outro lado debaixo dele. Por certo que sua majestade infante era muito obstrépero a tais formalidades higiênicas e fez todo mundo sabê-lo:

— Habaa baaaahaaabaaa baaaa.

E duas enormes adoravelmente enormes lágrimas lhe correram pelas bochechas abaixo. Era inteiramente inútil — acalmá-lo como não, nãonão, bebê, não e contar a ele coisas do tecoteco e onde é que estava o miaumiau, mas Cissy, sempre atilada, lhe pôs na boca o bico da mamadeira e o selvagenzinho prontamente se aquietou.

Gerty quisera por tudo neste mundo que elas levassem dali seu bebê tempestuoso para casa para não dar nos nervos dela pois não era hora de estar fora assim com os dois pirralhos dos gêmeos. Ela escrutava na direção do mar distante. Era como as pinturas que o homem fazia no pavimento com giz de todas as cores e que era uma pena deixar ali para serem apagados, a tarde e as nuvens chegando e o farol de Bailey no Howth e ouvir a música como aquela e o perfume daquele incenso que queimavam na igreja como uma espécie de evolação. E no que escrutava seu coração fazia tique-taque. Sim, era ela que ele olhava e havia sentido no seu olhar. Seus olhos queimavam nela como se a rebuscassem através e através, bem a sua própria alma. Olhos maravilhosos que eram, soberbamente expressivos, mas podia-se confiar neles? As gentes são tão estranhas. Ela podia ver logo pelos seus olhos escuros e seu pálido rosto intelectual que ele era um estrangeiro, a imagem da foto que tinha de Martin Harvey, o ídolo da *matinée* salvo pelo bigode que ela preferia pois ela não era teatromaníaca como Winny Rippingham que queria que elas duas se vestissem da mesma maneira por causa de uma peça mas ela não podia ver se ele tinha um nariz aquilino ou ligeiramente *retroussé* onde ele estava sentado. Ele levava luto completo, ela podia ver isso, e a história de uma tristeza obsessiva estava escrita na sua face. Ela daria um mundo para saber o que era. Ele olhava tão intencionalmente, tão fixo e a vira dar o pontapé na bola e talvez tivesse podido ver as fivelas de aço luzidio dos seus sapatos se ela os balançasse reflexivamente com as pontas para baixo. Ela estava contente de que algo lhe dissera para pôr as meias transparentes pensando que Reggy Wylie pudesse estar fora mas isso era passado. Aqui estava aquilo em que ela sonhara tantas vezes. Era ele que importava e havia alegria no seu rosto porque ela lhe queria porque ela sentia instintivamente que ele não era como um qualquer. O coração mesmo da menina-mulher ia em pós ele, seu marideal, porque ela compreendia naquele instante que era ele. Se ele tinha sofrido, mais objecto do pecado que pecador, ou mesmo, mesmo, se ele próprio tivesse sido um pecador, um homem malvado, ela não se importava. Mesmo que ele fosse um protestante ou metodista ela podia facilmente convertê-lo se ele a amasse de verdade. Havia feridas que podiam ser curadas com o bálsamo do coração. Ela era uma mulher mulher não como tantas outras moças volúveis, infemininas que ele tinha conhecido, essas ciclistas a mostrarem o que não têm e ela apenas anelava saber tudo, para perdoar tudo se ela pudesse fazê-lo amá-la, fazê-lo esquecer a memória do passado. Então quiçá ele haveria de abraçá-la docemente, como um verdadeiro homem, esmagando seu tenro corpo contra ele, e amá-la a ela, suinha amadazinha, para ele só.

    Refúgio dos pecadores. Consoladora dos aflitos. *Ora pro nobis.* Dito já foi e bem que quem quer que seja que rogue a ela com fé e constância jamais pode perder-se ou ser esquecido: e ela é também propriamente o porto seguro para os aflitos por causa das sete dores que lhe transpassaram o coração mesmo. Gerty podia imaginar o quadro todo na igreja, os vitrais das janelas iluminados, os círios, as flores, os pendões azuis da Congregação da Santa Virgem e o padre Conroy assistindo o cônego O'Hanlon no altar, levando coisas para dentro e para fora com os olhos baixos. Ele parecia quase como um santo e o seu confessionário era tão tranquilo e limpo e escuro e suas mãos eram tal como cera branca e se jamais talvez ela viesse a ser uma monja dominicana em seus hábitos brancos talvez ele viesse ao convento para a novena de São Domingos. Assim ele lhe falara naquela vez quando ela lhe falara sobre aquilo na confissão enrubescendo até a raiz dos cabelos de medo que ele a pudesse ver, que não se afligisse pois era somente a voz da natureza e todos nós estamos sujeitos às leis da natureza, dissera ele, nesta vida e que isso não era pecado pois isso provinha da natureza da mulher instituída por Deus, ele dissera, e que Nossa Santíssima Senhora mesma dissera ao arcanjo Gabriel que se cumpra em mim segundo o Teu Verbo. Ele era tão bom e tão santo que muitas e muitas vezes ela pensara e pensara que ela podia fazer um abafador de chá pregueado com uma franja de flores bordadas para ele como presente ou um relógio mas eles tinham um relógio ela observara sobre o consolo branco da chaminé branco e dourado com um canário que saía da gaiolinha para dizer as horas do dia em que ela lá fora pelas flores para a adoração perpétua pois era difícil saber que espécie de presente dar ou talvez um álbum ilustrado com vistas de Dublin ou de algum lugar.

Os exasperadores pirralhinhos dos gêmeos começavam a brigar de novo e Jacky atirou a bola em direção do mar e os dois corriam atrás. Uns diabretes de macaquinhos como todos. Alguém devia pegá-los e lhes dar uma boa sova para que soubessem o seu lugar, eles os dois. E Cissy e Edy gritavam para que voltassem pois elas tinham medo de que a onda viesse e eles se afogassem.

— Jacky! Tommy!

Com eles não! Que belo instinto que tinham! Então Cissy disse que era a última da última vez que ela os trazia. Ela pulou e chamou-os e correu pela praia abaixo passando por ele, agitando para trás os cabelos dela que até que tinham uma bela cor se fossem mais abundantes mas apesar de todas as drogas que ela esfregava neles ela não conseguia que eles crescessem pois eram naturais por isso ela podia desistir e pôr um chapéu em cima. Ela corria com tão largas passadas de gansa que era um milagre que não arrebentasse a saia do lado que estava muito apertada nela pois havia muito de estabanado em Cissy Caffrey e ela era uma exibida sempre que ela pensava que tinha uma ocasião para mostrar-se e só porque ela era uma boa corredora é que ela estava correndo assim para que ele pudesse ver a barra da sua anágua correndo e suas canelas magricelas tanto quanto possível. Seria muito bom para ela se tivesse tropeçado acidentalmente de propósito com os seus enganchados saltos altos franceses para fazê-la alta e desse um tombo. *Tableau!* Isso haveria de ser um bem bonito *exposé* para um cavalheiro assim testemunhar.

Rainha dos anjos, rainha dos patriarcas, rainha dos profetas, de todos os santos, eles oravam, rainha do sacratíssimo rosário e então o padre Conroy passava o turíbulo ao cônego O'Hanlon e ele punha o incenso e incensava o Santíssimo Sacramento e Cissy Caffrey pegou os dois gêmeos e estava acesa para lhes dar um bom puxão de orelha mas não fez porque pensava que ele podia estar espiando mas ela nunca que se enganara tanto em toda a sua vida pois Gerty podia ver sem olhar que ele jamais tirara os olhos dela e então o cônego O'Hanlon passava de novo o turíbulo ao padre Conroy e se ajoelhava olhando para cima para o Santíssimo Sacramento e o coro começava a cantar *Tantum ergo* e ela balançava o pé daqui para ali em compasso com a música que subia e descia no *Tatumer gosa cramen turno*. Três e onze ela pagara por aquelas meias no Sparrow da rua George na terça-feira, não segunda antes da Páscoa e nenhum corrido ainda nelas e por isso é que ele olhava, transparentes e não para aquelas insignificantes dela que nem tinha forma nem feição (as bochechas dela!), pois ele tinha olhos na cara para ver a diferença por si mesmo.

Cissy subiu pela praia com os dois gêmeos e a bola e com o seu chapéu de banda de jeito qualquer na cabeça pela corrida e parecia mesmo um rebocador puxando os dois garotos com a blusa banal que ela comprara quinze dias antes como um trapo sobre ela e uma ponta da anágua aparecendo como uma caricatura. Gerty tirou por apenas um instante o chapéu para arranjar a cabeleira e mais bonitinha, mais gostosinha cabeça de tranças castanhas jamais se viu sobre os ombros de uma mocinha, uma visãozinha radiante, de veras, quase enlouquecedora em sua doçura. Tinha-se que procurar por muitas e muitas léguas até se encontrar uma cabeça com uma cabeleira como aquela. Ela quase podia ver o rápido surto de encantamento correspondente nos olhos dele que a fez formigar em cada nervo. Ela repôs o chapéu de modo que pudesse ver sob as abas e balançava os sapatos afivelados mais forte pois ficara com a respiração tomada ao tomar tento na expressão dos olhos dele. Ele a fitava como a serpente fita a sua presa. Seu instinto de mulher dizia-lhe que ela despertara o diabo nele e a esse pensamento um escarlate candente espalhou-se da garganta à fronte a ponto de a adorável cor de suas faces tornar-se uma rosa esplendente.

Edy Boardman percebia-o bem pois ela bisbilhotava Gerty, meio sorridente, com seus óculos, como uma solteirona, fingindo embalar o bebê. Mosquinha impertinente é o que ela era e sempre seria por isso que ninguém podia se dar com ela, metendo o nariz onde não era chamada. E ela disse a Gerty:

— Dava tudo para saber seu pensamento.

— O quê? — replicou Gerty com um sorriso enriquecido pelos mais brancos dos dentes. — Estava pensando que está ficando tarde.

Porque ela queria tanto que elas levassem os gêmeos de nariz correndo e o bebê para casa para livrar-se das diabruras é que ela fizera aquela gentil insinuação quanto a estar ficando tarde. E quando Cissy chegou Edy perguntou-lhe sobre a hora e a senhorita Cissy, tão despachada como sempre, disse que passava meia hora da hora de beijar, sendo hora de beijar de novo. Mas Edy queria saber por que tinham dito que deviam voltar cedo.

— Espere — disse Cissy —, vou perguntar àquele meu tio Pedro acolá que horas são pelo pateque dele.

Assim lá se foi ela e quando ele viu que ela se aproximava ela pôde notar que ele tirava a mão do bolso, ficava nervoso e começava a brincar com a corrente, olhando para a igreja. Embora de natureza apaixonada fosse ele, Gerty podia ver que ele tinha enorme domínio sobre si mesmo. Um instante ele lá ficara, fascinado pelo encanto que o atraíra, e um instante em seguida era o tranquilo cavalheiro de rosto grave, autodomínio expresso em cada linha de sua bem-parecida figura.

Cissy pediu que a desculpasse se pudesse dar-se ao incômodo de dizer-lhe que hora exata era e Gerty pôde vê-lo retirar o relógio, ouvi-lo e olhando para cima e pigarreando dizer que lamentava muito mas que seu relógio estava parado mas que ele acreditava que já eram mais de oito porque o sol já se pusera. Sua voz tinha um timbre cultivado e embora falasse em medida cadenciada havia a suspeita de um tremor nos tons suaves. Cissy disse obrigada e retomou com a língua de fora dizendo que o seu tio disse que o seu maquinismo estava enguiçado.

Então eles cantavam o segundo verso do *Tantum ergo* e o cônego O'Hanlon se levantava de novo e incensava o Santíssimo Sacramento e se ajoelhava e avisava ao padre Conroy que um dos círios estava a ponto de pegar fogo nas flores e o padre Conroy se levantava e o dispunha direito e ela podia ver o cavalheiro dar corda no relógio e ouvir a batida e ela balançava mais sua perna para aqui e para ali ao compasso. Fazia-se mais escuro mas ele podia ver e ele estava olhando todo o tempo em que estava dando a corda no relógio ou no que fosse que estava fazendo nele e então ele o guardou de novo e pôs de novo as mãos nos bolsos. Ela estava com uma espécie de sensação correndo por toda ela e o sabia pela sensibilidade na nuca e por aquela irritação contra o espartilho que aquela coisa estava por acontecer porque a última vez também foi assim quando ela tinha aparado os cabelos por causa da lua. Seus olhos escuros se fixavam nela de novo bebendo-a em todo o seu contorno, literalmente adorando-a num altar. Se houve jamais admiração desvelada no olhar apaixonado de um homem era de vê-la toda no rosto daquele homem. E para ti, Gertrude MacDowell, e tu o sabes.

Edy começava a preparar-se para ir pois já era bem a hora para ela e Gerty notou que aquela insinuaçãozinha que fizera tinha tido o desejado efeito, pois havia uma longa caminhada pela beira até o lugar em que se podia empurrar o carrinho e Cissy tirou os bonés dos gêmeos e ajeitou-lhes os cabelos para fazer-se ela mesma mais atraente é claro e o cônego O'Hanlon ficava de pé com sua casula subindo pela nuca e o padre Conroy lhe passava o cartão para ler e ele lia *Panem de Coelo praestisti eis* e Edy e Cissy falavam do tempo todo o tempo e perguntavam a ela e Gerty não podia pagar-lhes na mesma moeda e ela apenas respondeu com álgida polidez quando Edy lhe perguntou se ela não estava com o coração partido por ter o seu amiguinho dado o fora nela. Gerty estremeceu lancinantemente. Uma breve chispa fria luziu nos seus olhos que dizia montanhas de desprezo imensurável. Magoava. Oh, sim, cortava fundo, pois Edy tinha aquela maneira calma de dizer coisas que sabia iriam ferir, gatinha detestável que era. Os lábios de Gerty separaram-se prontos para moldar a resposta mas ela recalcou o soluço que lhe subia à garganta, tão fina, tão sem jaça, tão belamente modelada que parecia a que um artista houvesse podido sonhar. Ela o amara mais do que ele soubera. Burlador de coração volúvel e inconstante como todos os do seu sexo ele jamais entenderia o que ele significara para ela e por instantes houve nos olhos azuis uma fugaz ardência de lágrimas. Os olhos delas a devassavam impiedosamente mas com um esforço corajoso ela lhes reverberava os seus em comiseração no que os perpassava por sua nova conquista para que elas vissem.

— Oh — replicou Gerty, rápida como um relâmpago, a altiva cabeça cintilando —, posso atirar minha luva contra quem eu quiser, pois estamos em ano bissexto.

Suas palavras tiniram cristalinamente, mais musicais que o arrulho de um torcaz, mas cortaram o silêncio algidamente. Havia um quê na sua voz que dizia que ela não era uma que podia ser doidivanamente caçoada. Quanto ao senhor Reggy com sua bazófia e seu dinheirinho e tudo ela podia simplesmente botar fora como se fosse um trapo e ela nunca mais iria perder tempo em pensar nele e ia rasgar o idiota do cartão-postal dele em mil pedaços. E se ele alguma vez ousasse fazer-se de presumido com ela ela poderia dar-lhe um tal olhar de desprezo comedido que o gelaria na hora. A fisionomia da insignificante senhoritinha Edy murchou não pouco e Gerty pôde ver pelo olhar dela negro como um trovão que ela estava simplesmente com uma raiva dos infernos embora escondesse, a mexeriqueirinha, pois aquela flecha tinha atingido o alvo da sua mesquinha ciumada e as duas ficavam sabendo que ela estava por cima, numa outra esfera, que não era das delas e que havia também alguém mais que o sabia e o via portanto elas podiam pôr a viola no saco.

Edy ajeitava o bebê Boardman para ficar pronto para ir e Cissy meteu dentro a bola, pás e baldes era mais que tempo pois o velho do surrão estava a caminho do senhorzinho Boardman júnior e Cissy lhe contara ademais que o velho pisca-pisca estava chegando e que o bebê devia fazer naná e o bebê parecia mesmo uma gracinha, rindo com os olhinhos alegrezinhos, e Cissy cutucou assim de brincadeira na barriguinha gorduchudinha e o bebê, sem mesmo dizer com sua licença, devolveu suas saudações sobre o babadouro novinho em folha.

— Minha! Que porquinho! — protestou Cissy. — Estragou o babador todo.

O ligeiro *contretemps* reclamou a atenção dela mas em duas demãos ela pôs as coisinhas nos eixos.

Gerty sufocou uma exclamação contida e tossiu nervosamente e Edy perguntou que que tinha e ela estava para dizer que ela fosse se catar mas ela era sempre fidalga no seu comportamento assim ela deixou aquilo passar com tacto consumado dizendo que aquilo era a bênção pois no instante mesmo o sino soou no campanário sobre a tranquila beira-mar pois o cônego O'Hanlon estava em pé ante o altar com o véu que o padre Conroy passara por sobre seus ombros dando a bênção com o Santíssimo Sacramento nas mãos.

Quão comovedora a cena ali no crepúsculo adensando-se, o último lampejo de Erin, o tocante bimbalhar daqueles sinos vesperais ao mesmo tempo que um morcego esvoava da torre eriçada pelo lusco-fusco, daqui para acolá, com um mínimo grito perdido. E ela podia ver bem longe as luzes dos faróis tão pitorescos que ela adoraria fixar com uma caixa de tintas pois era mais fácil do que fazer um homem e em breve o acende-lampiões estaria fazendo a sua ronda para além dos terrenos da igreja presbiteriana e pela sombreada avenida de Tritonville em que os casais passeavam e a acender o lampião perto da sua janela onde Reggy Wylie costumava virar sua roda-livre como ela lera no livro *O acendedor de lampiões*, da senhorita Cummins, autora de *Mabel Vaughan* e outras histórias. Pois Gerty tinha seus sonhos que ninguém sabia. Ela adorava ler poesias e quando ela recebeu como lembrança de Bertha Supple aquele amor de álbum de confidências com capa vermelho-coral para nele escrever seus pensamentos ela o pôs na gaveta da sua penteadeira que, embora não pecasse por excesso de luxo, era escrupulosamente ordenada e asseada. Era ali que ela mantinha o esconderijo dos seus tesouros de moça, os pentes de tartaruga, sua insígnia de filha de Maria, o extracto de rosa branca, o supercílion, sua caixinha de perfumes de alabastro e as fitas para trocar quando as suas peças vinham da lavagem e ali havia alguns pensamentos escritos a tinta violeta que ela havia comprado no Hely da rua Dame pois ela sentia que ela também podia escrever poesias se ela conseguisse exprimir-se como aquele poema que a cativara tão profundamente que ela o copiara do jornal que ela achara numa tarde envolvendo as hortaliças. *És tu real, meu ideal?* era como se chamava, por Louis J. Walsh, Magherafelt, e então ele tinha alguma coisa assim como *crepúsculo, quererás jamais?* e muitas vezes a beleza da poesia, tão triste em seu fugidio encantamento, rorejara seus olhos com lágrimas silentes de que os anos se esvaíam para ela, um a um, e não fora sua imperfeição ela sabia que não devia temer nenhuma competição e que fora um acidente ao descer a colina de Dalkey e ela sempre procurara escondê-lo. Mas isso precisava acabar, sentia ela. Já que vira aquele mágico fascínio nos olhos dele não haveria para ela como deter-se. O amor se ri dos ferrolhos. Ela faria o grande sacrifício. Cada esforço seu seria por partilhar dos pensamentos dele. Mais cara que o mundo todo ela haveria de ser para ele e embelezaria os dias dele de felicidade. Havia a suprema questão e ela morria para saber se ele era um homem casado ou viúvo que perdera a mulher ou que tragédia como a do nobre de nome estrangeiro da terra da canção que teve de pô-la num manicômio, cruel apenas por ser bom. Mas mesmo que — então o quê? Faria isso grande diferença? Do que quer que fosse mesmo um nada grosseiro sua natureza refinada instintivamente recuava. Ela abominava esse tipo de gente, as mulheres decaídas dos encontros furtivos que iam pela Dodder com soldados e homens boçais, sem respeito pela sua honra de moça, degradando o seu sexo e levadas à estação de polícia. Não, não: isso não. Eles seriam apenas bons amigos como irmão mais velho e irmã sem mais nada daquilo a despeito das convenções da Sociedade com esse maiúsculo. Talvez fosse por uma antiga paixão que ele estivesse de luto de tempos irreversíveis. Ela acreditava compreender. Ela tentaria compreendê-lo porque os homens são tão diferentes. O velho amor esperava, esperava com suas mãozinhas brancas estendidas, com tristazuis olhos suplicantes. Coração meu! Ela acompanharia seu sonho de amor, os ditames de seu coração diziam a ela que ele era de todo em todo seu, o só homem no mundo para ela pois o amor é o só senhor. Nada mais importava. Viesse o que viesse, ela seria arrebatada, desagrilhoada, liberta.

O cônego O'Hanlon repunha o Santíssimo Sacramento no tabernáculo e o coro cantava *Laudate Dominum omnes gentes* e então ele fechou a porta do tabernáculo porque a bênção estava finda e o padre Conroy passou o solidéu para que ele o pusesse e a estrábica da Edy perguntou se ela não vinha mas Jacky Caffrey gritou:

— Olha, Cissy!

E todos eles viram o estendal relampejante mas Tommy o via também por sobre as árvores do lado da igreja, azul e depois verde e púrpura.

— São fogos — disse Cissy Caffrey.

E eles todos precipitaram-se pela margem para ver por sobre as casas e a igreja, num corre-corre, Edy e o carrinho com o bebê Boardman nele e Cissy segurando Tommy e Jacky pela mão para que não caíssem correndo.

— Vamos, Gerty — chamou Cissy. — São os fogos da quermesse.

Mas Gerty era adamantina. Ela não tinha a intenção de ser maria-mandada. Se eles podiam correr como doidos ela podia ficar sentada portanto ela disse que podia ver de onde estava. Os olhos que estavam cravados nela faziam suas pulsações retinir. Ela fitou-o por um instante, acolhendo-lhe o olhar, e uma luz irrompeu nela. Paixão ardente havia naquele rosto, paixão silente como um túmulo, e esta a fazia dele. Por fim eles haviam sido deixados a sós sem os outros a se intrometerem e a fazerem observações e ela compreendeu que podia confiar até a morte nele, constante, um homem leal, um homem de honra inflexível até a raiz dos cabelos. As mãos e o rosto dele contraíam-se e um tremor se apoderava dela. Ela inclinou-se bem para trás a olhar para cima onde havia os fogos e segurava os joelhos entre as mãos para não cair para trás ao olhar para cima e não havia ninguém para ver a não serem ele e ela quando ela revelou as graciosas pernas todas belamente feiçoadas assim, suavemente flexíveis e delicadamente torneadas, e ela lhe parecia ouvir o arquejo do coração dele, sua respiração rouca, pois ela sabia da paixão de homem como aquele, sanguiardente, pois Bertha Supple lhe contara uma vez um segredo de morte e a fizera que ela nunca sobre o cavalheiro inquilino da Junta dos Distritos Congestionados que se hospedara na casa deles que tinha retratos cortados de jornais dessas dançarinas de sainhas e pernas para o ar e disse que ele costumava fazer na cama coisas não muito bonitas que se pode imaginar. Mas aquilo era uma coisa absolutamente diferente disto pois havia uma enorme diferença pois ela podia quase senti-lo puxar o rosto dela para o dele e o primeiro rápido toque quente dos belos lábios dele. Além disso havia a absolvição enquanto não se fizesse a outra coisa antes de casar e devia haver padres mulheres que pudessem compreender sem se precisar contar e Cissy Caffrey tinha também às vezes aquela espécie sonhadora de aparência sonhadora nos olhos dela ela também, minha querida, e Winny Rippingham tão louca por fotografias de atores e além disso era por causa daquela coisa que estava a ponto de chegar na forma do costume.

    E Jacky Caffrey gritou que olhassem, lá vinha outro e ela se inclinou para trás e as ligas eram azuis para combinar por causa das transparentes e todos viram e gritaram que olhassem, olhassem que lá estava e ela se inclinava para trás mais ainda para ver os fogos, e alguma coisa estranha voava pelo ar, uma coisa suave para aqui e para ali, escura. E ela viu uma longa vela romana subindo acima das árvores, acima, e na calada tensa todos eles estavam excitados com a respiração suspensa no que aquilo ia mais alto e mais alto e ela teve de inclinar-se para trás mais e mais para olhar para cima em pós aquilo, alto, alto, quase fora da vista, e seu rosto ficava tingido de um divino, um arrebatado rubor por esticar-se para trás e ele podia ver suas outras coisas também, calções de nanzuque, o tecido que acaricia a pele, melhor que esses outros de saiotes, os verdes a quatro e onze, por serem brancos e ela o deixou e viu que ele via e então aquilo subiu tão alto que escapou da vista um momento e ela tremia em todos os membros por estar inclinada para trás tanto que ele tinha uma visão completa bem mais para cima do alto do joelho dela que nunca ninguém nem mesmo no balanço ou vadeando e ela não estava envergonhada e ele não estava tampouco de olhar daquela maneira imodesta como aquela porque ele não podia resistir à visão da maravilhosa revelação meio oferecida como aquelas dançarinas de sainhas se portando tão imodestas diante de cavalheiros a olhar e ele continuou olhando, olhando. Ela teria ansiosa gritado por ele embargadamente, estendido seus níveis braços débeis para ele que viesse, para sentir seus lábios sobre a fronte dela o grito de amor de mocinha, um gritinho estrangulado, extorquido dela, esse grito que ressoava através das idades. E então um foguete disparou e estrondeou em estampido cego e oh! então a vela romana encandeou e era como se um suspiro de oh! e todos gritaram oh! oh! em êxtases e ele golfou de si uma torrente em chuva de caracóis de cabelos dourados e eram todos verdes estrelas rociadas caindo douradas, oh, tão vívidas! oh, tão boas, doces, boas!

Então tudo se esfundiu rorejadamente no ar cinzento: tudo era silêncio. Ah! Ela mirava-o a ele no que se declinava rápida, uma miradazinha patética de protesto plangente, de reproche tímido a ele que enrubescia como uma menina. Ele estava inclinado contra a rocha de trás. Leopold Bloom (pois que era ele) mantém-se silencioso a cabeça baixada ante aqueles olhos impérfidos. Mas que cruel havia sido! As voltas de novo? Uma bela alma pura o chamara e miserável que era, como lhe respondera? Um grosseirão consumado é que fora. Ele dentre todos os homens! Mas havia uma infinita reserva de piedade naqueles olhos, para ele também uma palavra de perdão embora ele tivesse errado e pecado e desgarrado. Deveria uma moça confessar? Não, mil vezes não. Esse lhes era o seu segredo, só deles, sós no crepúsculo esconso e ninguém havia para saber ou dizer salvo o morceguinho que voara tão manso pela tarde aqui e ali e os morceguinhos não falam.

Cissy Caffrey assobiava, imitando os garotos nos campos de futebol para mostrar-se importante: e então ela gritou:

— Gerty! Gerty! Estamos indo. Vamos. Podemos ver lá de cima.

Gerty teve uma ideia, uma manhazinha de amor. Ela enfiou a mão no bolso do lencinho e retirou a mecha e ondulou-a em resposta é claro que sem deixá-la cair e reenfiou-a de volta. Estaria ele longe demais para? Ela se levantou. Era a despedida? Não. Ela devia ir mas eles haveriam de se encontrar de novo, ali, e ela sonharia com isso até então, amanhã, com o seu sonho da tarde da véspera. Ela se retesou em toda a sua altura. Suas almas se encontraram num último olhar perlongado e os olhos que lhe atingiram o coração, cheios de um estranho brilho, pendiam extáticos de seu doce rosto qualflor. Ela entressorriu para ele debilmente, um doce sorriso perdão, um sorriso que beirava a lágrimas, então eles se separaram.

Lentamente sem olhar para trás ela se foi praia acidentada abaixo para Cissy, para Edy, para Jacky e Tommy Caffrey, para o bebezinho Boardman. Era mais escuro agora e havia calhaus e tocos de pau na praia e algas escorregadias. Ela caminhava com uma certa tranquila dignidade sua característica mas com cuidado e muito lentamente porque Gerty MacDowell era... Sapatos apertados? Não. Ela é coxa! Oh! O senhor Bloom olhava para ela no que ia manquejando. Pobre moça! Lá estava por que havia sido deixada de molho e os outros davam aquela disparada. Entendi que alguma coisa estava errada pelo jeito da pinta dela. Beleza escorraçada. Um defeito é dez vezes pior numa mulher. Mas as faz polidas. Contente de não ter notado quando ela estava à mostra. Diabinho esquentado apesar de tudo. Não me importaria. Curiosidade como com uma monja ou uma negra ou uma garota de óculos. Aquela vesguinha era gostosa. Perto das regras, creio, faz sentirem comichõezinhas. Que dor de cabeça que tenho hoje. Onde é que pus a carta? Sim, está direito. Todas as espécies de desejos loucos. Lamber moedinhas de pêni. A garota do convento Tranquilla que a monja me contou que gostava de cheirar óleo mineral. As virgens ficam malucas ao cabo eu suponho. Minha irmã? Quantas mulheres em Dublin estão com aquilo hoje? Martha, ela. Alguma coisa no ar. É a lua. Mas então por que todas as mulheres não ficam menstruadas ao mesmo tempo, com a mesma lua quero dizer? Depende do tempo em que nasceram, suponho. Ou todas dão a arrancada juntas e depois ficam para atrás. Às vezes Molly e Milly juntas. De todos os modos tirei a melhor disto. Bestamente contente de não ter feito aquilo no banho esta manhã com a boba da carta dela do eu te castigarei. Me compensa do motorneiro de manhã. Aquele M'Coy empulhador que me parou para dizer nada. E sua mulher excursão no interior mala, voz de cana rachada. Grato a pequenos favores. Barato também. Seu por ter pedido. Pois elas mesmas é que querem. Ânsia natural delas. Cardumes delas toda tarde jorrando dos escritórios. Comedimento é o melhor. Se não queres te jogam. É pegar elas vivas, oh. Pena que elas não se possam ver. Um sonho de fundilhos recheados. Onde é que foi isso? Ah, sim. Quadros no mutoscópio da rua Capel: só para homens. Tom o olheiro. O chapéu de Willy e o que as garotas faziam com ele. Será que eles tiram instantâneos dessas garotas ou se trata de truque? É a lingerie que provoca. Sentia as curvas por debaixo do *deshabillé* dela. Excita-as também quando elas estão. Estou limpinha vem e me suja. E gostam de se vestir umas às outras para o sacrifício. Milly encantada com a blusa nova de Molly. No começo. Põem em cima tudo para tirarem tudo. Molly. Razão por que comprei para ela as ligas violeta. Connosco também: a gravata que ele usava, suas meias bonitas e as calças reviradas. Ele usava um par de polainas na noite em que nos encontramos pela primeira vez. Sua camisa bonita estava brilhando debaixo do o que dele? de azeviche. Diz-se que uma mulher perde o encanto a cada alfinete que retira. Sustidas a alfinetes. Oh, Maria perdeu o alfinete dela. Vestidas a capricho para alguém. Moda é parte do encanto delas. Muda logo quando se está na pista do segredo. Salvo no oriente: Maria, Marta: hoje como então. Oferta razoável não é recusável. Ela não estava apressada tampouco. Sempre por causa dum sujeito quando estão. Não esquecem jamais um encontro. Fora por boa hora provavelmente. Acreditam na sorte porque é como elas. E as outras propensas a dar nela uma espetadela. Coleguinhas na escola, braços ao pescoço umas das outras ou os dedinhos dados, beijando-se e cochichando segredos sobre coisa nenhuma no jardim do convento. Monjas de caras lavadas, coifas calmas e seus rosários indo e vindo, vindicativas também pelo que não podem ter. Arame farpado. Cuidado agora e me escreva. E eu lhe escreverei. Agora não o farás? Molly, e Josie Powell. Até que chega o Senhor Esperado então se encontram uma vez cada dia de são nunca. *Tableau!* Oh, olha quem é por amor de Deus! Mas como tens passado? Que é que é feito de ti? Beijo e encantada de, beijo, te ver. Catando nicas cada uma na aparência da outra. Você está esplêndida. Almas irmãs mostrando os dentes uma à outra. Quantos te restam? Não emprestariam uma à outra uma pitada de sal.

Ah!

Viram diabinhos quando aquilo lhes chega. Sombria aparência diabólica. Molly muitas vezes me contou que sentia coisas de uma tonelada de peso. Coça a sola do meu pé. Oh, assim! Oh, como é delicioso! Eu acho também. Bom para descansar de certa maneira. Me pergunto se não é ruim estar com elas então. Salvo de uma certa maneira. Azeda o leite, faz rebentar as cordas de rabeca. Algo como que seca as plantas eu li num jardim. Dizem também que se a flor que ela leva murcha ela é namoradeira. Todas são. Não sei se ela sentiu que eu. Quando a gente se sente assim gente acha o que sente. Gostou de mim ou o quê? Para a roupa elas olham. Sempre sabem quando um sujeito está cortejando, colarinhos e punhos. Bem, os galos e os leões fazem o mesmo e os veados. Ao mesmo tempo podem preferir uma gravata desfeita ou coisa que o valha. Calças. E se eu quando eu estava? Não. Fiz imperceptivelmente. Desagradável brutal e precipitado. Beija no escuro e digas nada. Viu alguma coisa em mim. Indago quê. Antes ter-me como sou do que um poetastro envaselinado, pastinha de cabelo emplastrado sobre o olhômetro direito. Para ajudar cavalheiro em trabalhos lite. Tenho de cuidar da minha aparência minha idade. Não deixe ela me ver de perfil. Ainda assim, nunca se sabe. Moças bonitas e homens feios se casam. A bela e a fera. Ademais não devo ser assim se Molly. Tirou o chapéu para mostrar os cabelos. Abas largas compradas para esconder o rosto, encontrar alguém que a pudesse conhecer, inclinar-se ou levar um ramo de flores para cheirar. Cabelos são fortes durante o cio. Dez xelins arranjei para os penteados de Molly quando estávamos semvintém na rua Holles. Por que não? Suponha-se que ele deu dinheiro a ela. Por que não? Tudo um preconceito. Ela vale dez, quinze, mais, uma libra. Tudo isso por nada. Letra decidida. Senhora Marion. Será que esqueci de escrever o endereço naquela carta como o cartão-postal que enviei a Flynn? E no dia que fui ao Drimmie sem a gravata? Briga com Molly foi o que me alterou. Não, recordo-me. Richie Goulding. Ele é outro. Pesa na lembrança dele. Engraçado que meu relógio parou nas quatro e meia. Poeira. Usam óleo de fígado de tubarão para limpar que eu mesmo podia fazer. Economizar. Será que foi exactamente quando ele, ela?

Oh, ele fez. Nela. Ela fez. Feito.

Ah!

O senhor Bloom com mão cuidadosa recompunha sua camisa molhada. Oh, Senhor, esse diabinho manco. Começo a sentir frio e húmido. Pós-efeito não agradável. Ainda assim a gente tem de aliviar-se de qualquer modo. Elas não se incomodam. Lisonjeadas talvez. Vão para casa para o pão gostosinho e o leitinho e rezam as rezas da noite com os pimpolhos. Bem, elas não são? Vê-la como ela é estraga tudo. Tem de ter o cenário, o rouge, traje, posição, música. O nome também. *Amours* de actrizes. Nell Gwynn, senhora Bracegirdle, Maud Branscombe. Cortina. Efulgência argêntea plenilúnea. Vê-la uma donzela de colo meditabundo. Meu doce coração vem e me beija. Eu sinto ainda. A força que isso dá a um homem. Aí está o segredo. Ainda bem que me despejei lá ao sair do Dignam. Era sidra que era. De outro modo eu não podia ter. Faz depois a gente querer cantar. *Lacaus esant taratara*. Suponhamos que eu falasse com ela. Sobre o quê? Um plano contudo se não se sabe como terminar a conversa. Se se faz uma pergunta elas lhe fazem outra. Boa ideia se se está num buraco. Excelente é claro se se diz: boa-tarde, e se vê que ela topa: boa-tarde. Oh, mas a tarde escura na via Ápia que eu quase falei com a senhora Clich, oh, pensando que ela era. Ui! A garota na rua Meath aquela noite. Aquelas porcarias que eu fiz ela dizer tudo errado é claro. Minha tunda ela chamava isso. É tão difícil achar uma que. Ai ai! Se não se responde quando elas se oferecem deve ser duro para elas até que se endurecem. E beijou minha mão quando eu dei a ela dois xelins extras. Papagaias. Aperta o botão e a ave palrará. Queria que ela não tivesse me tratado de senhor. Oh, a sua boca no escuro! E tu um homem casado com uma moça solteira! É o que elas gostam. Tomar homem de outra mulher. Ou mesmo falar disso. Diferentes de mim. Contente de me ver livre da mulher de um gajo. Comida de prato frio. O sujeito no Burton hoje cuspindo de volta cartilagem mastigada. Uma camisa de vênus ainda na minha carteira. Causa da metade da embrulhada. Mas poderia acontecer alguma vez, se bem não creio. Venha. Tudo está preparado. Sonhei. O quê? O pior está começando. Como elas sabem mudar de toada quando a coisa não é como gostam. Perguntam-te se gostas de cogumelos que ela uma vez conheceu um cavalheiro que. Ou perguntam o que é que alguém estava querendo dizer quando mudou de ideia e calou. Mas se eu pusesse as cartas na mesa, dizendo: eu quero ou coisa assim. Porque eu queria. Ela também. Seria ofender ela. Depois corrigir a coisa. Simularia que eu queria terrivelmente, então censuraria a mim mesmo pela honra dela. Isso a lisonjearia. Ela devia estar pensando noutro o tempo todo. O que é que impede? Devia desde que ficou crescida, ele, ele e ele. O primeiro beijo o resto é ensejo. O momento propício. Alguma coisa dentro dela entra em função. Viram papa, dizem isso pelos olhos, em indiretas. As primeiras lembranças são as melhores. Lembram-se disso até o dia da morte. Molly, o tenente Mulvey que a beijou contra a muralha mourisca ao lado do jardim. Quinze anos me disse ela. Mas os peitos dela estavam desenvolvidos. Caía de sono depois. Depois do jantar de Glencree foi isso quando rumamos para casa montanha colchão de plumas. Rilhando os dentes no sono. O lorde prefeito estava de olho nela também. Val Dillon. Apopléctico.

Lá embaixo está ela com eles pelos fogos. Meus fogos. Pra cima como um foguete, pra baixo como um porrete. E os garotos, os gêmeos que devem ser, esperando que alguma coisa aconteça. Querem ser grandes. Vestindo-se com as roupas da mãe. Tempo de sobra para entender as coisas do mundo. E a moreninha de cabeça de vassoura e boca de negrinha. Adivinhei que ela sabia assoviar. Boca feita para isso. Como Molly. Razão pela qual aquela prostituta de alta laia no Jammet trazia o véu até só o nariz. Se incomodaria,

por favor, de me dizer a hora certa? Te diria a hora certa aí numa ruela escura. Dizer prumos e prismas quarenta vezes toda a manhã, cura lábios grossos. Carinhosa como o garotinho também. Os espectadores veem o jogo todo. É claro que elas entendem de passarinhos, bichos e bebês. É o ramo delas.
    Não olhou para trás quando se foi praia abaixo. Não queria dar uma satisfação. Essas garotas brejeiras, essas garotas, essas garotas da praia. Belos olhos que tinha, claros. É o branco dos olhos que dá realce, não tanto a pupila. Entendeu ela o que eu? Claro. Como um gato a salvo de salto de cachorro. As mulheres nunca se encontram com um como aquele Wilking, da escola secundária que desenhava um retrato de Vênus com todos os seus pertences à mostra. Chamar isso de inocência? Pobre idiota! A mulher dele tem trabalho de encomenda para ela. Nunca se vê elas se sentarem num banco pintado *Tinta fresca*. Elas são todas olhos. Procuram sob a cama pelo que as chama. Ansiando levar o susto de suas vidas. Agudas como agulhas é que são. Quando eu disse a Molly que o homem da esquina da rua Cuffe era bonitão, pensando que ela ia gostar, ela já tinha pescado que ele tinha um braço postiço. Tinha mesmo. De onde lhe vem isso? A dactilógrafa subindo as escadas do Roger Greene dois a dois para mostrar suas competências. Passam do pai à mãe, à filha, quero dizer. Está no sangue. Milly por exemplo secando o lenço no espelho para não passar: Melhor lugar para um anúncio que atraia os olhos de uma mulher é o espelho. E quando eu mandei ela buscar o xaile de Paisley de Molly no Prescott, a propósito aquele anúncio eu preciso de, trazendo de volta o troco na meia dela. Que sabidinha! Eu nunca que lhe tinha ensinado. A graça com que ela levava os embrulhinhos também. Atrai homens, aquela coisinha assim. Apertando as mãos, sacudindo-as, para o sangue correr de volta quando estavam vermelhas. De quem é que aprendeu isso? De ninguém. A babá é que me ensinou. Oh, como são sabidas! Com três anos ela estava em frente à penteadeira de Molly pouco antes de deixarmos a rua Lombard Oeste. Mim tem cara bonita. Mullingar. Quem sabe? Isto é a vida. Jovem estudante. Bem nos seus eixos de qualquer modo, não como a outra. Ainda assim era uma boa caça. Oh, Senhor, eu estou molhado. O diabo é que era. Redonda dos jarretes. Meias transparentes, esticadas de arrebentar. Não como aquela frangalhona hoje. A. E. Vincou, meias. Ou aquela da rua Grafton. Brancas. Puxa! Pés-de-bola.
    Um foguete de coroas arrebentava, ribombeando em venábulos crepitantes. Zrads e zrads, zrads, zrads. E Cissy e Tommy correram para ver em

pós Edy com o carrinho e então Gerty para lá da curva das rochas. Chegará ela? Repara! Repara! Veja! Olhou em volta. Ela farejou pimenta. Queridinha, eu vi teu. Eu vi tudo.
Senhor!
Me fez bem apesar de tudo. Fora de forma depois do Kiernan e do Dignam. Por este alívio muito obrigado. Do *Hamlet*, é isso. Eram todas essas coisas combinadas. Excitação. Quando ela se inclinava para trás eu sentia uma dor na ponta da língua. Sua cabeça, isso simplesmente gira. Ele tem razão. Podia me fazer um bobo mais ainda contudo. Em lugar de falar coisa nenhuma. Então eu te contarei tudo. Ainda assim era uma espécie de linguagem entre nós. Não podia ser? Não. Gerty é como a chamaram. Podia ser entretanto um nome falso como o meu e o endereço do celeiro do delfim um despistamento.

Seu nome em solteira Jemina Brown
E vivia com a mãe em Irishtown.

O lugar me fez pensar nisso, suponho. Todas borradas com a mesma brocha. Enxugam as pernas nas meias. Mas a bola rolou para debaixo dela como se entendesse. Enviesou como chifre de carneiro. Triste contudo porque dura só uns poucos anos quando se põem no batente da esfregação e as calças do papai em breve servem para Willy e greda de pisoeiro para o bebê quando o seguram para fazer cá cá. Não é tarefa leve. Isso as salva. Tira-as do caminho do mal. Natureza. Lavar criança, lavar cadáver. Dignam. Mãos de crianças sempre às voltas delas. Crânios de cocos, macaquinhos, nem sequer duros no início, leite azedo nos cueiros e coalhos manchados. Não deviam ter dado àquela criancinha bico de mamadeira vazia. Vai enchê-lo de vento. Senhora Beaufoy, Purefoy. Preciso visitar no hospital. Estará a enfermeira Callan ainda lá? Ela costumava vir algumas noites quando Molly estava no Café Palace. Aquele moço doutor O'Hara eu percebi ela escovando o paletó dele. E, a senhora Breen e a senhora Dignam a seu tempo, casadoura. Pior de tudo é de noite me contou a senhora Duggan no City Arms. Marido cambaleando de bebedeira, tresandando a botequim como gambá. Ter isso nariz adentro no escuro, baforadas de ressaca de pileque. Depois perguntam pela manhã: eu estava bêbedo de noite? Má política entretanto culpar o marido. Brotam como frangotes em poleiro. Ligam-se uns depois dos outros com cola. Talvez culpa da mulher também. Aí é que Molly soube tirar o corpo. É o sangue do sul. Moura. Também a forma, a aparência. Mãos palpavam pela opulência. E comparar por exemplo com essas outras. Mulher trancada em casa, esqueleto em armário. Permita-me apresentar minha. Então te põem pela frente uma espécie de indefinido, não se saberia como chamar. Ver o ponto fraco de um sujeito sempre na mulher dele. O facto é que é o destino, enrabicham-se. Têm seus próprios segredos entre si. Sujeitos que estariam na desgraceira se certas mulheres não tomassem conta deles. Daí essas mocetonas petulantes da altura de varapaus com miúdos maridinhos. Deus os faz e Ele os junta. Às vezes os filhos até que saem bem. Duas vezes nada faz um. Ou velho ricaço de setenta com noivinha ruborizada. Quem em maio casa em dezembro se arrasa. Este molhado é muito desagradável. Pegou. Bem a cabeça não voltou ao lugar. Melhor despegada.

Uf!

O outro lado é um poste com uma mulherzinha que não lhe chega ao umbigo. O comprido e o curto da coisa. Grande ele e pequena ela. Que estranho com o meu relógio. Relógios de pulso sempre andam mal. Será que há alguma influência magnética entre a pessoa pois isso foi por volta do momento que ele. Sim, suponho à primeira vista. Gato viajando ratos folgando. Me lembro olhar na alameda Pill. Isso agora também é magnetismo. Por trás de é tudo magnetismo. A terra por exemplo puxando e sendo puxada. É o que causa o movimento. E o tempo? Bem, isso é o tempo que o movimento toma. Então se uma coisa parasse a gerigonça toda parava pouco a pouco. Pois está engrenada. A agulha magnética diz o que está passando no sol, estrelas. Pedacinho de aço. Quando se segura o ímã. Vem. Vem. Pimba! Homem e mulher é isso. Ímã e aço. Molly, ele. Se adornam e olham e insinuam e deixam ver e ver mais e provocam se és homem para ver e, como um espirro que quer soltar-se, pernas, olham se tens coragem. E deixá-lo soltar-se.

Que será que ela sente naquela parte? Vergonha é mostrar tudo na frente de terceira pessoa. Vergonha maior é por um buraco nas meias. Molly com o beicinho petulante e a cabeça virada, pelo fazendeiro de botas e esporas na exposição de cavalos. E quando os pintores estavam na rua Lombard Oeste. Boa voz tinha aquele sujeito. Como Giuliani começou. Cheira o que fiz, como flores. Era mesmo. Violetas. Vinha da terebintina provavelmente da pintura. Fazem seu próprio uso de tudo. Ao mesmo tempo que fazia arranhava com as chinelas o soalho para que não ouvissem. Mas uma penca delas não consegue atingir o ponto, penso eu. Ficam com a coisa nelas por horas. Uma espécie de estado geral por mim toda e pela metade das costas. Espera. Hum, Hum. Sim. É o perfume dela. Razão por que ela ondulou a mão. Deixo-te isso para que penses em mim quando estiver distante no travesseiro. Que é que é? Heliotrópio. Não. Jacinto? Hum. Rosas, penso eu. É como ela gostaria de cheirar. Doce e barato: em seguida azedo. Razão por que Molly gosta de opopânace. Agrada-lhe com um pouco de jasmim misturado. As notas altas e as notas baixas dela. A noite do baile que ela se encontrou com ele, dança das horas. O calor o exalava. Ela vestia o seu preto e trazia o perfume da vez anterior. Bom condutor, não é? Ou mau? A luz também. Suponhamos que haja alguma relação. Por exemplo se se vai a uma adega onde é escuro. Coisa misteriosa também. Por que cheirei isso só agora? Leva seu tempo para chegar como ela, devagar mas certo. Suponhamos sejam sempre milhões e milhões de grãos minúsculos soprados em todas as direcções. Sim, é isso. Porque suas ilhas de especiarias, os cingaleses desta manhã, cheiram a léguas de distância. Digo-te o que é. É como um véu fino ou teia que têm por cima da pele toda, fina qual como se chama? filandras e elas se destecem de si mesmas, finas como nada, cores de arco-íris, sem saberem de nada. Agarra-se a tudo que ela toca. Um pé de suas meias. Sapato quente. Espartilhos. Calções: um pontapezinho, ao tirá-los. Adeusinho até depois. Até a gata gosta de fungar na camisola dela sobre a cama. Reconheço o cheiro dela entre mil. Água do banho também. Lembram-me framboesas com creme. Me pergunto donde é que vem realmente. Dali ou dos sovacos ou debaixo do colo. Pois vem de todos os buracos e pregas. Perfume de jacinto feito de óleo ou éter ou coisa assim. Almiscarrato. Bolsa debaixo do rabo um grão solto cheiro por anos. Cachorros uns aos outros por trás. Boa-tarde. Tarde. Como tem fungado? Hum. Hum. Muito bem, obrigado. Os animais se levam por isso. Muito bem, presta atenção na coisa. Somos o mesmo. Algumas mulheres te põem de longe quando estão de regras. Aproxima-te. Então pescas um bodum de tirar o chapéu. Como o quê? Arenque em conserva podre ou. Uf! Favor não pisar na grama.

Talvez elas pesquem cheiro de homem em nós. Como então? Luvas encharutadas que o Long John tinha na escrivaninha no outro. Hálito? O que comes e bebes provoca. Não. Cheiro de homem, quero dizer. Deve ter relação com isso pois os padres que são assim considerados são diferentes.

As mulheres zumbem em redor disso como moscas em redor do melado. Apinham-se na grade do altar para chegarem perto a todo custo. O lenho do padre proibido. Ó padre, quereria? Deixe-me ser a primeira a. Isso se difunde por todo o corpo, permeando. Fonte da vida e é extremamente curioso cheirar. Molho de aipo. Deixe-me.
 O senhor Bloom inseriu seu nariz. Hum. Na. Hum. Abertura do colete. Amêndoas ou. Não. Limões é o que é. Ah, não, isso é o sabonete.
 Oh, incidentemente a loção. Sabia que tinha alguma coisa na cabeça. Não voltei nunca e o sabonete não está pago. Desagrada-me levar frascos como aquela megera hoje de manhã. Hynes podia ter me pagado aqueles três xelins. Eu podia ter feito menção no Meagher só para lembrar ele. Ainda assim se ele consegue aquele suelto. Dois e nove. Vai ficar com má opinião de mim. Vou amanhã. Quanto é que lhe devo? Três e nove? Dois e nove, senhor. Ah. Pode levá-lo a não dar crédito outra vez. Perdes os clientes dessa forma. Acontece com os botequins. O sujeito cresce a conta na ardósia e depois dá voltas pelas ruas para outro lugar.
 Aí está o nobre que passou antes. Pipocou da baía. Deu apenas uma caminhadazinha. Em casa sempre à hora do jantar. Parece abarrotado: deve ter forrado bem. Apreciando agora a natureza. A graça depois do pasto. Depois da ceia, andar milha e meia. Por certo tem um bom saldinho em algum lugar, emprego público. Andar atrás dele agora é pô-lo embaraçado como aqueles jornaleiros comigo hoje. Ainda assim se aprende alguma coisa. Ver a nós mesmos como os outros nos veem. Desde que não sejam mulheres que zombem que importância tem? Esta é a maneira de descobrir. Pergunta a ti mesmo bem quem é ele. *O homem mistério da praia*, excelente conto premiado, do senhor Leopold Bloom. Pago à base de um guinéu por coluna. E aquele sujeito hoje à beira da cova com o impermeável marrom. Pedras no seu destino entretanto. Saudável talvez absorver todo o. Assovio traz chuva dizem. Deve haver alguma em algum lugar. Sal no Ormondhúmido. O corpo sente a atmosfera. As juntas da tia Betty ficam em brasa. Profecia da mãezinha Shipton sobre naves que dão volta ao mundo num piscar de olho. Não. É sinal de chuva. O livro da juventude. E as colinas distantes parecem ficar mais próximas.
 Howth. A luz do Bailey. Dois, quatro, seis, oito, nove. Veja. Tem de variar senão se pensaria que é uma casa. Navios-socorro. Grace Darling. Gente com medo do escuro. Também vaga-lumes, ciclistas: hora de iluminar. Melhor

actualmente é claro que no passado. Estradas nos campos. Te cortavam a cabeça por um nada. Ainda existem dois tipos com que a gente esbarra. Resmunga ou sorrir. Perdão! Não tem de quê. O melhor momento também para regar as plantas na sombra depois do sol. Um pouco de luz ainda. Os raios vermelhos são os mais demorados. Vlavaav Vance nos ensinava: vermelho, laranja, amarelo, verde, azul-anil, violeta. Vejo uma estrela. Vênus? Ainda não posso dizer. Duas, quando três será noite. Estavam lá todo o tempo aquelas nuvens nocturnas? Parece um navio fantasma. Não. Espera. Árvores é que são. Uma ilusão de óptica. Miragem. Terra do sol poente esta. Sol autogovernante pondo-se no sudeste. Minha terra natal, boa-noite.

Sereno caindo. É mau para você, querida, ficar sentada nessa pedra. Provoca flores brancas. Não vai ter nunca bebê a menos que seja grande forte forçar caminho através. Eu mesmo posso pegar hemorroidas. Pega também como resfriado de verão, boca amarga. Corta com erva ou papel ruim. Fricção da posição. Gostava de ser aquela pedra que ela sentou. Oh, doçurinha, não sabes que bonita estavas. Começo a gostar delas naquela idade. Maçãs verdes. Grudam-se a tudo o que se ofereça. Imagino que é o só momento que cruzamos as pernas, sentados. Também na biblioteca hoje: aquelas mocinhas diplomadas. Felizes cadeiras debaixo delas. Mas é a influência da tarde. Sentem tudo isso. Abertas como flores, sabem as horas delas, heliotrópios, girassóis, em salões de baile, lustres, avenidas sob lampiões. O ajuntamento nocturno no jardim do Mat Dillon onde beijei o ombro dela. Quisera ter um óleo de corpo inteiro dela então. Junho era também quando a cortejei. O ano se repete. A história mesma se repete. Ó alcantis e cumes eis-me eu convosco uma vez mais. Vida, amor, viagem ao redor do teu pequeno mundo. E agora? Triste porque ela claudica é claro mas deves esconder que não sentes pena demais. Tiram vantagem.

Tudo quedo no Howth agora. As colinas distantes parecem. Onde nós. Os rododendros. Sou um bobo talvez. A ele as ameixas a mim as deixas. Aonde cheguei. Tudo o que essa velha colina já viu. Mudam os nomes: é tudo. Amantes: uhm uhm.

Cansado sinto agora. Levanto-me? Oh, espera. Secou-me toda a virilidade, a desgraçadinha. Ela me beijou. A minha mocidade. Nunca mais de novo. Só uma vez é que vem. Ou a ela. Agarrar o trem ali amanhã. Não. Voltar não é o mesmo. Como com as crianças numa segunda visita a uma casa. O novo é que quero. Nada de novo debaixo do sol. Aos cuidados da

C.P. do celeiro do delfim. Você não é feliz no seu? Queridinho travesso. No celeiro do delfim charadas na casa do Luke Doyle. Mat Dillon e seu bando de filhas: Tiny, Atty, Floey, Maimy, Louy, Hetty. Molly também. Foi em oitenta e sete. Um ano antes que nós. E o velho major espiritado com sua dose de álcool. Curioso ela filha única, eu filho único. Assim a coisa retorna. Pensar que se está escapando e se está correndo para dentro de si mesmo. O caminho mais longo é o caminho mais curto para casa. E justamente quando ele e ela. Cavalinho de circo que corre à roda. Brincávamos de Rip van Winkle. Rip: rasgado no casaco de Henny Doyle. Van: a carrocinha de pão. Winkle: marisco e litorinas. Então eu fazia Rip van Winkle andando de costas. Ela se inclinava sobre o aparador olhando. Olhos mouriscos. Vinte anos adormecida na Gruta Dormente. Tudo mudado. Esquecido. Os jovens são velhos. Seu fio enferrujado pelo sereno.

Mu. Que é que está voando por aí? Andorinha? Morcego provavelmente. Pensa que sou árvore, tão cego. Os pássaros não têm olfacto? Metempsicose. Acreditavam que a gente podia virar árvore de desgosto. Salgueiro-chorão. Mu. Lá vai ele. Gozadinho de bichinho. Onde será que ele vive? O campanário lá em cima. Muito possivelmente. Pendurado pelas patas em cheiro de santidade. O sino o afugentou, suponho. A missa parece que acabou. Podia ouvir eles todos daqui. Rogai por nós. E rogai por nós. E rogai por nós. Boa ideia a repetição. O mesmo com anúncios. Comprai de nós. E comprai de nós. Sim, tem luz na casa do padre. A refeição frugal deles. Lembro-me do engano na avaliação quando estava no Thom. Vinte e oito é que é. Eles têm duas casas. O irmão do Gabriel Conroy é o cura. Mu. De novo. Por que será que eles saem de noite como ratos. São uma raça misturada. Os pássaros são como ratos voadores. Que é que os espanta, luz ou barulho? Melhor ficar quieto. Tudo instinto como o pássaro na seca que tirou água do jarro jogando pedrinhas dentro. Como um homenzinho de capa é ele com mãozinhas miúdas. Ossinhos de nadinha. Quase vejo ele luzindo, uma espécie de branco-azulado. As cores dependem da luz que se vê. Fitar o sol por exemplo como a águia depois olhar para o sapato vê-se uma bolha de mancha amarelenta. Quer estampar sua marca de fábrica em tudo. Exemplo, aquela gata esta manhã na escada. Cor de turfa castanha. Dizem que nunca se acha uma de três cores. Não é verdade. Aquela malhada brasa branca tartaruga no City Arms com a letra eme na testa. Gama cinquenta cores diferentes. O Howth há pouco ametista. Espelho reverberando. Foi assim que aquele sábio qual é o seu nome? com os espelhos incendiários. Pois a urze pega fogo. Não pode ser dos fósforos dos turistas. O que é? Talvez as hastes secas se esfregando umas nas outras pelo vento e soalheira. Ou garrafas quebradas no tojal agem como espelho incendiário ao sol. Arquimedes, peguei! Minha memória não está tão má.

Mu. Quem é que sabe para que estão eles sempre voando? Insectos? Aquela abelha a semana passada lá dentro do quarto e que brincava com sua sombra contra o tecto. Pode ser a que me picou, de volta para ver como ficou. Com os pássaros também nunca se sabe o que dizem. Como as nossas tagarelices. E ela disse e ele disse. Fibra? eles têm de voar ida e volta por sobre o oceano. Uma porção deve cair morta nas tempestades, fios telegráficos. Terrível também a vida dos marinheiros. Brutamontes de vapores interoceânicos debatendo-se no escuro mugindo como vacas-marinhas. *Faugh a ballagh*. Vade retro, com a danada da maldição sobre ti. Outros em barcos, pedacinho de vela como um lenço, atirados ao léu como uma miga na esteira quando os ventos tempestuosos sopram mesmo. Casados ademais. À vezes longe durante anos nos fins do mundo em alguma parte. Não fins realmente porque é redondo. Mulher em cada porto dizem. Ela é que tem boa prebenda se se preocupa com isso até que Johnny retorne para casa. Se jamais retorna. Cheirando a cantos de becos dos portos. Como é que eles podem gostar do mar? Mas gostam. Levanta-se a âncora. Lá vai ele navegando com um escapulário ou uma medalha nele para sorte. Sim? E os tefilim, não, como é que se chamava isso? que o pai do pobre do papai tinha na porta para tocarmos. Isso que nos trouxe da terra do Egito e para a casa da servidão. Há alguma coisa em todas essas superstições pois quando se sai nunca se sabe quais os riscos. Agarrando-se a uma prancha ou escarrapachado num barrote por uma vida miserável, salva-vida à roda em redor dele, tragando água salgada, e isso é o fim do grande degas enquanto os tubarões não se encarregam dele. Será que os peixes jamais ficam mareados?

Então tens uma bela calmaria sem nuvens, mar sereno, plácido, a tripulação e o cargueiro em cacos, joguetes do mar oceano. Lua olhando lá de cima. Não é culpa minha, meu velho galarotão.

Um longo foguete perdido errava céu acima da quermesse de Mirus em busca de fundos para o hospital de Mercer e explodiu, descaindo, e entornou um enxame de astros violeta com um branco. Flutuavam, caíam: esvaíram. A hora do pastor: hora de enlace: hora de união. De casa a casa, dando suas duas pancadinhas maisquebem-vindas, passava o correio das nove, o lampião pisca-pisca em sua cintura brilhando aqui e ali pelas sebes de louro. E entre as cinco árvores novas um bota-fogo içado acendia o lampião no terraço de Leahy. Pelas sanefas das janelas iluminadas, pelos jardins contíguos, uma voz estrídula passava gritando, plangente: *Evening Telegraph, edição extra! Resultados da corrida da Taça de Ouro!* e da porta da casa de Dignam um garoto correu e chamou. Alvoroçando-se o morcego voava aqui, voava ali. Lá longe na praia a espumarada montante rastejava, cinzenta. O Howth arranchava-se para a soneca cansado de dias longos, de rododendros de chamego (ele estava velho) e sentia contente a brisa da noite levantar-se, frufrulhar seu feltro de fetos. Ele jazia mas com um aberto olho vermelho indormido, funda e lentamente aspirando, sonolento mas desperto. E longe nos baixios de Kish o navio-farol ancorado cintilava, piscando para o senhor Bloom.

Que vida aqueles gajos devem lá ter, amarrados ao mesmo lugar. Junta dos Faróis da Irlanda. Penitência para os seus pecados. Guarda-costas também. Foguetes e boias-calções e barcos-salva-vidas. O dia que saímos para o cruzeiro de recreio no Erin's King jogando-lhes o maço de jornais velhos. Ursos no zoológico. Passeio infecto. Beberrões a faxinarem o fígado. Vomitando ao mar de alimentarem arenques. Náusea. E as mulheres, o medo de Deus nas caras. Milly, nem sinal de susto. Seu cachecol azul folgado, rindo. Não se sabe o que é a morte naquela idade. E ademais seus estômagos são limpos. Mas de perder-se elas temem. Quando nos escondemos detrás da árvore em Crumlin. Eu não queria. Mamãe! Mamãe! Criancinhas no bosque. Assustando-as com máscaras além disso. Atirando-as no ar para pegá-las. Vou te matar. É sequer para achar graça? Ou crianças brincando de guerra. Tudo de veras. Como é que podem apontar fuzis uns contra os outros? Às vezes disparam. Pobres pirralhos. Dificuldades mesmo sarampo e urticária. Purga de calomelano é que arranjei para ela. Depois de melhorar dormindo com Molly. Os dentes muito iguais que ela tem. Que é que elas amam? Outras elas mesmas? Mas de manhã ela a escorraçou com um guarda-chuva. Talvez não para machucar. Tomei-lhe a pulsação. Tiquetaqueando. Mãozinha que era: grande agora. Queridíssimo papaizinho. Tudo o que a mão diz quando se toca. Gostava de contar os botões do meu colete. Dos seus espartilhos me lembro. Fez-me rir vê-los, Peitinhos apontando. O esquerdo é mais sensível, penso. O meu também. Mais perto do coração. Enchumaçam-se se cheios é a moda. Suas dores de crescimento de noite, chamando, despertando-me. Horrorizada ficou quando sua natureza lhe veio pela primeira vez. Pobre criança! Estranho momento para a mãe também. Traz de volta sua meninice. Gibraltar. Olhando da Buena Vista. Torre de O'Hara. As aves marinhas gragralhando. O velho macaco da Barbaria que devorou a família toda. Sol-posto, tiro de canhão para os homens a cruzarem os limites. Olhando para o mar é que ela me falou. Tarde como esta, mas clara, sem nuvens. Sempre pensei que me casaria com um lorde ou gentil-homem com iate privado. *Buenas noches, señorita. El hombre ama la mujer hermosa.* Por que eu? Porque você é tão diferente dos outros.

Melhor não ficar grudado toda a noite aqui como uma lapa. Este tempo faz a gente lerdo. Já está a caminho das nove pela luz. Para casa. Muito tarde para *Leah Lily of Killarney*. Não. Pode estar ainda de pé. Visitar o hospital para ver. Espero que ela já esteja livre. Que dia longo que tive. Martha, o banho, enterro, casa das chaves, museu com aquelas deusas, canção do Dedalus. Depois aquele berrador no Barney Kiernan. Me pegou desprevenido. Matraqueadores beberrões. O que eu disse do Deus dele deixou ele acuado. Bobagem dar o troco. Ou? Não. Deviam é ir para casa e zombar de si mesmos. Querem sempre empilecar-se quando juntos. Medrosos de estarem sozinhos como crianças de dois anos. Suponhamos que ele tivesse me acertado. Vejamos a coisa do ponto de vista dele. Então não é tão mau. Talvez ele não tencionasse machucar. Três vivas por Israel. Três vivas é pela cunhada dele que ele mascateia por aí, três dentes na boca dela. Mesmo estilo de beleza. Um grupinho particularmente encantador para tomar um chazinho. A irmã da mulher do homem selvagem de Bornéu acaba de chegar à cidade. Imagina essa coisa de manhã cedinho bem de perto. A cada um segundo seu gosto como disse Morris quando beijava a vaca. Mas o caso de Dignam é que é a causa. Casas de luto são tão deprimentes que a gente não sabe. De todos os modos ela quer o dinheiro. Preciso visitar as tais viúvas escocesas como prometi. Que nome estranho. Levam na certa que somos nós que vamos bater as botas primeiro. Aquela viúva na segunda-feira foi isso de fora do Cramer que olhava para mim. Enterrado o pobre do marido mas indo muito bem graças ao seguro. O pé-de-meia da sua viúva. Muito bem! Que é que se pode esperar dela? Precisa amaciar a caminhada que lhe resta. Viúvo é que me aborrece ver. Parecem tão desamparados. Pobre coitado do O'Connor mulher e cinco filhos envenenados com mexilhões daqui. Os despejos. Desesperançado. Uma boa matrona de chapelãozinho macho para ama-secá-lo. Trazê-lo a reboque, cara de lua e amplo avental. Calções de baetilha cinzenta para damas, três xelins cada, pechincha espantosa. Simples e amada, amada para sempre, diz-se. Feiosa: nenhuma mulher pensa que é. Amar, mentir e exceler pois o amanhã é morrer. Vejo ele rolando por aí à cata do que lhe pegou a má peça. EE. Gh: és gagá. É o fado. Ele, não eu. O mesmo com uma loja, já anotei. Praga parece que pega. Sonhei a noite passada? Espera. Alguma coisa confusa. Ela tinha chinelas vermelhas. Turca. Usava calções. Suponhamos que ela use. Gostaria dela em pijamas? Danado de difícil de responder. Nanetti se foi. Barco-correio. Perto de Holyhead por agora. Preciso agarrar esse anúncio do Xaves. Mexer o Hynes e o Crawford. Anáguas para Molly. Tem o que pôr nelas. Que é isso? Pode ser dinheiro.

    O senhor Bloom estacou e virou um pedaço de papel na areia. Aproximou-o dos olhos e perscrutou. Carta? Não. Impossível ler. Melhor ir-se. Melhor. Estou cansado para me mover. Página de um velho caderno de cópia. Todos esses buracos e calhaus. Quem poderia contá-los? Nunca se sabe o que se acha. Garrafa com a história dentro de um tesouro atirada de um naufrágio. Embrulhos postais. As crianças querem sempre atirar coisas no mar. Confiam? Pão jogado nas águas. Que é isto! Pedaço de pau.

    Oh! Exausto que essa mulherzinha me deixou. Já não sou jovem. Será que ela vem amanhã aqui? Esperar para sempre por ela em algum lugar. Deve voltar. Os assassinos voltam. Voltarei?

    O senhor Bloom com seu pau batia docemente a areia pesada aos seus pés. Escrever um recado para ela. Pode permanecer. O quê?

    EU.

    Algum pé-chato calcará isso de manhã. Inútil. Será lavado. A maré chega aqui a poça perto do pé dela. Inclinar-me, ver minha cara nela, espelho escuro, respirar sobre, rebuliço. Todas estas rochas com traços e marcas e letras. Oh, aquelas transparentes! Aliás elas não sabem. Qual é o sentido desse outro nume? Eu chamei você garoto travesso porque eu não gosto.

    SOU. S.

    Não sabe. Deixa disso.

    O senhor Bloom apagou as letras com sua botina lenta. Coisa desesperançada areia. Nada cresce nela. Tudo se esvai. Não há risco de navios grandes por aqui. Salvo batelões da Guinness. Volta de Kish em oitenta dias. Quase feito com desígnio.

    Atirou sua pena lígnea longe. O pau caiu na areia lodosa, fincou-se. Pois se se tentasse isso toda uma semana não se conseguia. Sorte. Não nos reencontraremos nunca. Mas foi adorável. Adeus, querida. Obrigado. Me fez sentir tão moço.

Uma sonequinha agora se eu pudesse. Deve ser perto das nove. O barco de Liverpool passou faz tempo. Nem mesmo a fumaça. E ela pode fazer outro tanto. Fez até. E Belfast. Não irei. Uma correria para lá, correria de volta para Ennis. Deixá-lo. Fechar apenas meus olhos por um instante. Embora não durma. Entressonho. Nunca retorna o mesmo. Morcego de novo. Não há mal nele. Só uns poucos.

Oh, doçurinha toda tua brancurinha moça em cima eu vi sujinha da faixa cinta levou me fazer amor grudento nós dois travessos Graça querida ela ele metade da cama metem picosos babados Raoul para perfumar tua esposa cabeleira negra arfando sob embon *señorita* olhos jovens Mulvey rechonchuda anos sonhos retornam fim de becos Agendath amorequinho doidinho me mostrou dela próximo ano nos calçõezinhos retorna junto dela junto dela junto.

Um morcego voava. Ali. Aqui. Longe no cinza um sino repicava. O senhor Bloom de boca aberta, sua botina esquerda aproada de viés, cabeceava, ressonava. Só por uns poucos.

Cuco
Cuco
Cuco

O relógio do consolo da lareira na casa do cura cucou onde o cônego O'Hanlon e o padre Conroy e o reverendo John Hughes S. J. tomavam chá com pão de água e manteiga e costeletas de carneiro fritas com molho de tomate e falando sobre

Cuco
Cuco
Cuco

Pois tinha um canariozinho que saía de sua casinha para dizer a hora que Gerty MacDowell tinha notado na hora que ela esteve lá pois ela era rápida como ninguém para uma coisa assim, era Gerty MacDowell, e ela notou logo que aquele cavalheiro estrangeiro que estava olhando sentado nas rochas era

Cuco
Cuco
Cuco

Deshil Holles Eamus. Deshil Holles Eamus. Deshil Holles Eamus.
 Envia-nos, ó brilhante, ó iluminado, Hornhorn, vivificamento e uterifruto. Envia-nos, ó brilhante, ó iluminado, Hornhorn, vivificamento e uterifruto. Envia-nos, ó brilhante, ó iluminado, Hornhorn, vivificamento e uterifruto.
 Upa, machimacho, upa! Upa, machimacho, upa! Upa, machimacho, upa!
 Universalmente o acúmen daquela pessoa é estimado muito pouco perceptivo concernindo matérias quaisquer tidas e havidas como proveitosíssimas pelos mortais de sapiência dotados de serem estudadas a qual é ignorante daquilo que os mais eruditos em doutrina e certamente pela razão de que neles ornamento de alto espírito servindo a veneração constantemente mantenham quando por consenso geral afirmam que as outras circunstâncias sendo iguais por nenhum esplendor externo é a prosperidade de uma nação mais bem eficazmente asseverada do que pela medida por que tenha podido mais adiante avançar o tributo de sua solicitude em favor daquela proliferente continuação que dentre os pecados é original se este estiver ausente quando afortunadamente presente constitui o sinal certeiro da beneficência incorrupta da natura omnipolente. Pois quem há aí que algo de certa significância tendo apreendido não é consciente de que aquele esplendor externo pode ser a superfície de uma realidade lutulenta declinitendente ou ao contrário que alguém tal há aí iluminado para não perceber que assim como nenhum dom da natureza pode contender com a munificência do incremento assim também incumbe a cada mui justo cidadão fazer-se o exortador e admonitor dos seus semelhantes e tremer por que o que houve no passado sido pela nação excelentemente principiado seja no futuro não com similar excelência cumprido se um inverecundo hábito houver de ter gradualmente difamados os honoráveis pelos ancestrais transmitidos costumes a tal ponto de profundura que aquele viria a ser audacioso excessivamente que tivesse a ardidez de levantar-se afirmando que nenhuma ofensa mais odiosa pode para ninguém haver do que negligenciar oblivioso de consignar que esse evangelho simultaneamente ordem

e promessa que sobre todos os mortais com profecia de abundância ou com ameaça de diminuição é essa função exaltada de reiteradamente procriar seja jamais irrevocavelmente injungido?

Não há por que pois devamos espantar-nos de se, como os melhores historiadores o relatam, entre os celtas, que de nada que não estivesse em sua natureza admirável admiravam, a arte da medicina devesse ser altamente honrada. Sem falar de albergues, leprosários, câmaras exsudatórias, pragafossas, os seus maiores doutores, os O'Shiels, os O'Hickeys, os O'Lees, houveram perseverantemente estabelecido os métodos diversos pelos quais os doentes e os recidivos achassem de novo saúde quer a maladia houvera sido dança de são guido, quer fluxo de barriga solto. Certamente em cada obra pública que algo de gravidade contém a preparação devia ser de importância comensurada e por conseguinte um plano era por eles adoptado (quer com tê-lo preconsiderado, quer como maturação de experiência é difícil de ser dito o que opiniões discrepantes de perquiridores subsequentes não são até o presente côngruas para pôr de manifesto) pelo qual a maternidade ficava tão distantemente de toda possibilidade acidente removida que qual fosse o cuidado que a paciente nessa dentre todas dificílima hora da mulher capitalmente requeresse e não somente para as copiosamente opulentas senão que também para a que não tendo suficiente pecúnia escassamente e não raro nem mesmo escassamente pudesse subsistir validamente e por mesmo um inconsiderável emolumento seria provido.

Para ela nada já então e desde então havia de nenhum modo capaz de ser molesto pois isso principalmente sentiam todos os cidadãos que salvo com as mães proliferentes prosperidade nenhuma podia haver e já que tivessem eles recebido dos deuses eternos geração dos mortais servir a ela expectante, quando o seu caso era de dar-se, a parturiente em veículo para ali levando o imenso desejo dentre todos umas às outras compelindo a era recebida naquele domicílio. Oh coisa de nação prudente não meramente no ser vista mas mesmo também no ser relatada digna de ser louvada que eles nela por antecipação vissem a mãe, que por eles de chofre fosse acarinhada antes de ter começado ela a sentir!

Não nado neném nídulo tinha. Verso ventre vencia veneração. O quer que fosse nesse caso feito convenientemente era feito. Uma cama por parteiras assistida com salubre alimento e limpíssimas fraldas como se o advenimento já fora feito e por sapiente antevisão disposto: mas ante isso não menos daquelas drogas há aí precisas e implementos cirúrgicos que ao seu caso são pertinentes sem omitir a adspecção de todos os mui distraentes espectáculos em várias latitudes por nosso orbe terrestre oferecidos junto com imagens, divinas e humanas, cuja cogitação por sejuntas mulheres é à tumescência conducente ou facilita a emissão na altissolbrilhante bem-construída mansão bela das mães quando, ostensivamente adiantadas e reprodutivas, lhe é dado a ela pôr à luz, chegada a seu termo.

Certo homem que perambulante era parara à porta no cair da noite. Da gente de Israel esse homem era que sobre a terra longe peregrinando houvera passado. Pura piedade de homem o seu errar que o levara a ele solitário até essa casa.

Dessa casa A. Horne é o senhor. Setenta leitos mantém ele ali onde prolíficas mães soem fazer para sofrer e dar à luz criaturas sãs como o anjo de Deus a Maria anunciou. Vigilantes elas aí andam, irmãs brancas de guarda insone. Pontadas elas proveem a prenhez pacientando: em doze luas três centenas. Ambas de duas são verdadeiras cameiras, sustentando por Horne as guardas cuidadeiras.

Em cuidado cuidoso a cameira ouvindo chegar aquele homem de brando coração tão bem se erguendo com prestança desvelada a ele seu portão largo lhe abriu. Lume, um lampejo luzente luz num piscar no poente do firmamento de Irlanda! Muito temeu ela que Deus, o Vingador, toda a humanidade destruísse debaixo de águas pelos seus pecados mortais dele. A cruz de Cristo fez contra o esterno e a ele guiou para que presto penetrasse debaixo de sua palhaça. Esse homem dela digna a vontade sabendo entrou a casa de Horne.

Avesso a molestar no saguão de Horne o chapéu segurando o buscador estacou. À guarda dela ele em antes vivera com mulher querida e filha amorosa, ele que depois por terra e mar nove anos houvera longos percorrido. Certa feita a ela no cais encontrara a ele e à menagem dela ele não respondera. Que lhe perdoasse agora ele rogava de boa tenção dela permitido que o rosto a furto visto dela tão fresco então a ele pareceu. Doce luz os olhos dela brilharam, faces coradas às palavras dele.

Como seus olhos então luto pesado percebessem ela temeu-lhe disso uma tristeza. Contente depois ficou ela do que em antes lhe pesara. A ela perguntou ele se o doutor O'Hara novas enviara de suas ribas distantes e ela com suspirar miserando respondeu que o doutor O'Hara para os céus se mandara. Triste ficou o homem de ouvir palavras tais que tanto de Piedade lhe pesavam nas entranhas. Aí contou-lhe ela tudo, pranteando a morte de amigo tão jovem, sem mesmo em dor tão má da sabedoria de Deus duvidar. Disse-lhe que ele houvera morte mui mansa por amor da Sua bondade de Deus com sacerdote para confessar, sagrada eucaristia e óleos santos nos seus membros. Então o homem mui pressuroso perguntou à monja de que morte o homem morto morrera e a monja lhe respondeu dizendo-lhe que ele morrera na ilha de Mona de cancro de ventre faria três anos no Natal e ela rogou a Deus Todo-poderoso que tivesse sua alma querida em sua imortalidade. Ele ouviu as tristes palavras dela, chapéu na mão e triste de figura. Assim lá ficaram eles por um entretempo em desconsolo, condoendo-se um do outro.

Assim pois, homem, olha para o termo final que é a morte e o pó que agarra cada um que nasce de mulher pois tal como ele saiu nu do ventre da mãe também nu ele irá alfim para ir como veio.

O homem que houvera vindo à casa falou então para a mulher enfermeira e perguntou-lhe como é que ia com a mulher que lá jazia no leito de parto. A mulher enfermeira respondeu a ele e lhe disse que aquela mulher estava em dores já então por três dias redondos e que havia de ser um duro parto difícil de levar mas que já agora em pouco ele seria. Disse ela depois que houvera visto muitos partos de mulher mas nunca nenhum fora tão duro quanto o parto daquela mulher. Então ela tudo contou a ele do que no que fora de tempo houvera vivido dentro daquela casa. O homem atentava nas suas palavras pois sentia com espanto os espasmos das esposas nos trabalhos que elas tinham da maternidade e se maravilhava de ver no rosto dela que era um rosto jovem de qualquer homem ver mas em boa ora ela continuava após longos anos como servidora. Nove vezes doze sanguimentos reprovavam-lhe não se haver emprenhado.

E mentres falavam a porta do castelo era aberta e daí lhes chegava um barulho camanho qual de muitos que lá assentassem a comer. E aí veio ao lugar em que se achavam um moço varão aprendiz chamado Dixon. E o viajante Leopoldo era dele conheçudo pois que aconteceu que eles haviam havido que haver um com o outro na casa da misericórdia onde aqueste varão aprendiz assistia por causa de que o viajante Leopoldo aí veio para ser guarido pois que fora ferido de chaga em seus peitos por uma lança com a qual um medonho e temudo dragão o houvera golpeado para o que ele houvera que fazer um unto de sal volátil e crisma tamanho que lhe bastara. E disse ele ao depois que ele devia de entrar aquele castelo para fazer folgança com aqueles que lá estavam. E o viajante Leopoldo lhe disse que ele devia de ir-se alhures pois era homem de cautelas e sotil. Tam bem a dama era de seu aviso e reprovou o varão aprendiz em boa ora ele bem cuidasse que o viajante houvera dito cousa que era falsa por sua sotilidade. Empero o varão aprendiz nem era de ouvir dizer não nem de cumprir mandado dela nem de ter em conta nem em contra de sua porfia e ele disse quão maravilhoso era o castelo. E o viajante Leopoldo entrou o castelo para repousar-se por um tempo estando doído de membros ao depois de tantas andanças nos arrodeios de terras variadas e por vezes em caçada.

E no castelo estava posta uma mesa que era de vidoeiro de Finlanda e era sustida por quatro homens anões daquela terra mas não ousavam mover-se por feitiçaria. E em cima dessa mesa jaziam espadas e facas medonhas que haviam sido feitas numa grande caverna por demônios trabalhadores de chamas brancas que eles pregavam nos chifres de búfanos e veados que lá os há tantos que maravilham. E havia aí baixelas que eram feitas por feitiço de Mahound de areia do mar e de vento por um bruxo com um sopro que ele nelas despejava com bolhas. E boa vianda cheia e rica estava em cima da mesa que gente nenhuma podia sonhar nem mais cheia nem mais rica. E havia aí uma cuba de prata que era de abrir por engenho e na qual jaziam peixes raros sem cabeça ainda que homens descredores neguem que isso seja cousa de poder ser se não a veem mas de facto os há tais. E esses peixes jazem numa água de azeite trazida aí da terra de Portugal porque a gordura que há i é como o sumo da mó de oliva. E também era maravilha de ver nesse castelo de como por feitiço eles faziam uma composta de grãos de trigo rico da Caldeia que com a ajuda de certos espíritos irados que eles lhes põem dentro se incha espantosamente como montanha basta. E eles lá ensinam as cobras a que se enrosquem em redor de si mesmas ao longo de porras fincadas ao chão e dos nós dessas cobras eles levedam uma beberagem como água-mel.

E o varão aprendiz leixou jorrar para o infanção Leopoldo uma tragada e se serviu ao de mais em quanto todos os que lá haviam bebiam cada um a sua. E o infanção Leopoldo levantou sua viseira para prazer a ele e tomou abrida mente algo em amizade pois que ele nunca não bebia maneira nenhuma de água-mel o que ao despois pôs de lado e em pouco mui em privança ele vazou a mor parte no copo de seu vizinho e seu vizinho não tomou tento de seu logro. E ele se assentou naquele castelo com eles para repousar-se no comenos. Louvado seja Deus Todo-poderoso.

No entretempo aquela boa irmã estava à porta e lhes rogava por menagem de Jesus nosso mui senhor lígio de pararem seus brindes pois que havia aí a riba uma a pique de ter criança gentil dama, cujo tempo corria presto. O senhor Leopoldo ouviu do piso de cima grito forte e pensava qual grito esse era se de infante ou de mulher e maravilho-me, disse ele, se já não veio é agora. Parece-me a mim que me dura ao de mais. E ele ficou de guarda e viu um homem franco de nome Lenehan daqueloutro lado da mesa que de todolos outros era mais velho e pois que ambos eles os dous eram virtuosos da mesma empresa e por de mais por causa de que ele era mais velho ele lhe falou mui polidamente. Empero, disse ele, pois que isso já dura ela há de ter pela graça de Deus seu fruto e vai ter alegria por seu parimento ca ela já esperou muito de maravilha. E o homem franco como houvera bebido disse, Esperando que cada momento seja o seu. Tam bem ele tomou do copo que a sua frente estava pois a ele nunca ninguém não demandava de pedir ou de desejar que brindasse e Brindemos pois, disse ele, mui em deleite, e ele sorveu tanto quanto sorver pudera à saúde ambos os dois pois ele era homem de mui bom passar em sua louçainha. E o senhor Leopoldo que era o melhor hóspede daqueles que nunca jamais sentaram em cabido de sages e que era o mais manso dos homens e o mais bondoso daqueles que jamais como marido puseram suas mãos nos baixos de fêmea e que era o mui mais leal varão do mundo daqueles que serviram gentil dama lhe deu penhor cortes com o seu copo. E pesava com espanto os espasmos da esposa.

Falemos agora daquela companha que havia aí com tenção de beber quanto poder podia. Havia aí uma sorte de sages de sendos lados da mesa, a saber, Dixon chamado júnior de Santa Maria Misericordiosa com seus companheiros Lynch e Madden, sages de mezinha, e o homem franco de nome Lenehan e um de Alba Longa, um Crotthers, e o moço Stephen que tinha catadura de frade que estava à cabeceira da mesa e Costello que ome chama Punch Costello tudo por causa de uma bizarria dele fazia pouco gestada (e de entre todos eles o moço Stephen discreto, ele era o mais bebido que pedia ainda mais água-mel) e ao lado o manso senhor Leopoldo. Mas ao moço Malachi esperavam pois que prometera de vir e como da tenção não mui amigos seus diziam haver ele roto seu empenho. E o senhor Leopoldo assentava-se com eles porque ele mantinha amizade duradoura com o senhor Simon e com essoutro filho seu o moço Stephen e para aquele cansaço seu acalmar aí ao de pois de mui longas errações por que eles o agasalhavam por aquele tempo da maneira mais honrosa. Zelo o zurzia, amor o amoldava à vontade de vagar, pesar a partir.

Pois eles eram sages de mui bom parecer. E ele ouvia suas tenções umas em contra de outras tocantes a nascimento e rectidão, mantendo o moço Madden aceito o caso seu penosa a morte de mãe (pois assim acontecera, fazia cousa de alguns anos na casa de Horne com uma mulher de Eblana que se fora deste mundo e na mesma noite antes de sua morte todolos físicos e boticários houveram conselho de seu caso). E disseram mais que ela devia de viver porque de começo diziam que a mulher devia de parir na dor e pois aqueles que eram de tal parecer asseveravam de como o moço Madden houvera dito verdade pois ele tinha siso de havê-la deixado morrer. E não os menos e entre esses o moço Lynch haviam dôveda de se o mundo agora era mui mais mal governado que o fora nunca em má ora a arraia-miúda cresce de modo outro empero lei e juízes proviam remédio nenhum. Que uma correição Deus outorgasse. Isso apenas fora dito que todos gritaram com um não aunado, por nossa Virgem Mãe, que a mãe devia de viver e o infante de morrer. Pelo que eles tomaram em suas cabeças uma cor de quentura quem com razões e quem com poções mas o homem franco Lenehan estava pronto a cada qual verter cerveja de modo que pelo menos alegria não faltasse. Ao então moço Madden recontou tudo do caso todo e quando disse de como ela morrera e de como por amor da religião com conselho de romeiro e rezador e por um voto que ele fizera a Santo Ultão de Arbracão o homem bom do marido dela não podia sofrer que ela morresse pelo que eles todos se achavam em pesar espantoso. Ao que o moço Stephen teve estas palavras em seguimento, Resmungar, senhores, é mui de caso em povo raso. Ambos de dous agora infante e parida dão glória ao seu Criador, o um no escuro do limbo, a outra no fogo de purga. Mas, graças mil, que dizer dessas almas Deuspossíveis que nós noite a noite impossibilizamos, o que é pecado contra o Espírito Santo, Deus Verdadeiro, Senhor e Dador de Vida? Porque, senhores, disse ele, nossa tesão é breve. Nós somos meios para essas pequenas criaturas de de dentro de nós e a natureza tem outros fins que não os nossos. Então disse Dixon júnior a Punch Costello que sabia ele quais os fins. Mas havia ele em demasia bebido e a melhor palavra que ele pôde haver dele foi que ele haveria sempre de fornicar mulher qualquer que fosse quer dona quer donzela quer teúda se tal lhe trouxesse a boa fortuna de livrá-lo de sua malinconia de tesão. Ao que Crotthers de Alba Longa cantou a loa do moço Malachi aquela besta licorne de como uma vez num milênio ele goza com seu corno o outro todo o entretempo picado das mofas com as quais eles o escarneciam, testemunhando todos e cada um pelos engenhos de São Foutinus que ele era capaz de fazer qual quer sorte de cousas que cabem a homem fazer. Ao que se riam eles todos mui jucundos salvo o moço Stephen e o senhor Leopoldo que nunca ousava de rir por de mais por razão de um humor esquivo que ele não trairia e tam bem por aquela que por parir lhe dava pena quem quer que pudesse ser ela e onde quer que fosse. Então falou o moço Stephen orgulhoso da madre Igreja que iria expulsá-lo do seu seio da lei de cânones, de Lilith, padroeira dos abortos, de prenhez gerada de ventos de sementes de clarão, ou pela potência de vampiros boca em boca ou, como diz Vergílio, por influência do ocidente ou pelo bafio de boa-noite ou se ela se deita com mulher que homem acabou de cumprir, *effectu secuto*, ou por ventura no banho dela conforme com opiniões de Averróis e Moisés Maimônides. Ele disse tam bem de como ao cabo do segundo mês a alma humana era infusa e de como em tudo nossa santa madre enredava mais almas para maior glória de Deus em quanto aquela mãe terrenal que não era senão o vaso para parir bestialmente devia de morrer por cânon pois assim disse ele que detém o selo do pescador, aquele mesmo bem-aventurado Pedro em cima de cuja pedra fora a santa igreja por todas as idades fundada. Todos aqueles bacharéis então perguntaram do senhor Leopoldo se ele em caso tal aventurar ia a pessoa dela a risco de vida para salvar vida. Com cautelosa mente ele responder ia como convinha a todos e, pousando mão em queixo, disse ele fingindor, como soía ser, de que estava informado, como quem sempre amara a arte da física como podia um leigo, e em concordança tam bem com a experiência que tam rara mente vira um acidente que era bom para aquela Madre Igreja quicá de uma mesma cajadada tirar proveito de nascimento e morte e de tal sorte de indústria ele furtou-se a suas perguntas. Eis a verdade, pardeus, disse Dixon, e, se não erro, uma palavra prenhe. O que ouvindo fez o moço Stephen ficar de maravilha homem alegre e ele confessou que aquele que rouba do pobre empresta ao Senhor pois ficava com maneiras brutas quando estava bebido e que ele estava agora nessa postura se viu em seguimento.

Mas o senhor Leopoldo ficara grave mau grado o dito dele pela causa de que ele sentia ainda piedade do guinchamento medonho de mulheres picadas nos seus trabalhos e ele parava mentes de sua boa dona Marion que lhe parira um só infante macho que no seu onzeno dia de vida morrera e homem nenhum de artes pudera salvar de seu destino escuro. E ela ficara fundamente golpeada em seu coração por aquele mau sucesso e para o enterramento dele lhe fizera ele um fermoso corpete de lã de anho, a nata do rebanho, para que ele não viesse a perecer decomposta mente e jazer gelado (pois era então em meados de inverno) e agora que o senhor Leopoldo que não tinha de si infante macho por herdeiro cuidava no filho de seu amigo e se cerrava em tristeza por sua felicidade perdida e tam triste qual estava por lhe haver falecido filho de gentil coragem (pois tudo lhe dizia ser ele de boas partes) tam magoado tam bem em não menor medida ficava pelo moço Stephen porque vivia despejada mente com aqueles desbragados e esbanjava o de seu com putas.

Por aquele entonces o moço Stephen enchia todos os copos que estavam vazios de tal maneira que não mais restara se os mais prudentes não se velaram a ele que entornava mui diligente o qual, rogando pelas boas tenções do soberano pontífice, ele lhes dava em penhor do vigário de Cristo que tam bem qual como ele dizia é vigário de Bray. Bebamos agora, disse ele, desta malga e sorvei esta água-mel que de feito não é parte de meu corpo mas encorpamento de minha alma. Deixai migas de pão para aqueles que do pão vivem somente. Nem não temais por precisão nenhuma que isto nos confortará mais que se al nos faltar. Vede-o aqui. E ele lhes mostrava moedas brilhosas do tributo e notas de ouríveses do valor de duas libras e dezenove xelins que ele houvera, dizia, de um cantar que compusera. Eles todos se maravilharam de ver ditas riquezas em tamanha escassez de dinheiro qual em antes houvera. Suas palavras foram então qual segue: Sabei todos os homens, disse ele, que as ruínas do tempo levantam os mesões da eternidade. Que senso isso faz? O vento do desejo seca o pilriteiro mas depois se toma de uma sarça que se faz rosa na cruz do tempo. Tomai-me tento agora. No ventre de fêmea o verbo é feito carne mas no espírito do fautor toda carne que passa se faz verbo que não passará. Isso é a poscriação. *Omnis caro ad te veniet.* Por sem dúvida que seu nome é possante daquela que inventou o corpo querido de nosso Redentor, Curador e Pastor, nossa mãe poderosa e mãe mui veneranda e Bernardo diz com propriedade que ela tem uma *omnipotentiam deiparae supplicem*, vale dizer, uma todopossança de petição porque ela é a segunda Eva e ela nos salvou, diz também Agostinho, enquanto essoutra, nossa parideira, à qual estamos ligados por sucessivas anastomoses de umbilicordas, nos vendeu a todos, semente, raça e geração, por um pífio pepino. Mas eis aqui a questão. Ou a ele conhecia ela, a segunda digo eu, e não era senão criatura de sua criatura, *vergine madre, figlia di tuo figlio*, ou a ele não conhecia ela e então está ela na mesma negação ou ignorância de Pedro Pescador que vive na casa que Jacob levantou e de José Carpinteiro padroeiro da demissão feliz de todos os casamentos infelizes *parce que M. Léo Taxil nous a dit que qui l'avait mise dans cette fichue position c'était le sacré pigeon, ventre de Dieu! Entweder* transubstancialidade *oder* consubstancialidade mas em caso nenhum subsubstancialidade. E todos gritaram em contra disso, pois era uma mui mesquinha palavra. Uma prenhez sem gozo, disse ele, uma parição sem pena, um corpo sem mangra, uma barriga sem bojança. Que os frascários com fé e fervor a idolatrem. Num não nos negaremos, netamente.

Entonces Punch Costello martelou a mesa com seu punho querendo cantar uma tenção de escárnio *Staboo Stabella* a respeito de uma rameira que levara pua de um gaio brigão da Alamanha a qual ele de feito começou: *Nos três meses primeiros ela não passou mui bem, Staboo*, quando aí a enfermeira Quigley lá da porta irada mente lhes fez caluda que deveis de ter vergonha que não era direito como ela lho lembrava que parava ela mentes haver tudo em boa ordem não viesse o senhor Andrel a chegar pois que ela era zelosa de que nenhum vozeiro bruto pudera minguar a honra de sua guarda. Era uma matrona antiga e triste de figura pousada e andadura cristã, em veste parda parelha com sua malinconia e visagem rugosa, nem sua exortação careceu de efeito pois Punch Costello foi incontinente mente de todos peado e eles amoestaram o rústico com rudeza civil alguns e com ameaças de branduras outros mentres todos ralhavam com ele, que a morrinha pegasse no bobaz, que dianho se propunha, a vós grosseirão, a vós migalho, a vós rebotalho, a vós refugo, a vós salafrário, a vós rebento de um revel, a vós malparido, a vós aborto, a vós, que fechasse a cuspideira bêbeda da laia de praga de mono de Deus, o bom senhor Leopoldo que tinha de sua conhocença a flor da mansidão, a manjerona gentil, cuidando também que o momento de tempo era mui sagrado e mui digno de ser mui sagrado. Em cas Horne que repouso reinasse.

Para ser breve esse trato fora a penas passado que mestre Dixon de Maria de Eccles, rindo boa mente, perguntou ao moço Stephen qual era a razão por que ele não houvera cidido de tomar votos de frade e ele respondeu-lhe obediência ao ventre, castidade na tumba mas pobreza involuntária em todos os dias. Mestre Lenehan a isso deu riposta de que houvera ouvido desses feitos nefários e de como, qual ouvira a respeito contado, ele houvera enodoado a virtude lirial de uma mulher de boa-fé o que era corrupção de menores e eles todos o confirmaram, folgando em alegria e brinde a sua paternidade. Empero ele disse mui inteira mente que era neto o contrário da suposição deles pois que ele era o filho eterno e sempre virgem. Ao que a folgança mais e mais cresceu neles e eles recordaram-lhe seu dele curioso rito do matrimônio de desvestimento e defloramento de esposas, como os padres fazem na ilha Madagáscar, sendo ela em aspeito de branco e açafrão e o noivo de branco e grã, com queima de nardos e archotes, ao leito do casamento mentres clérigos cantavam *kyries* e a antífona *Ut novetur sexus omnis corporis mysterium* até que ela aí fosse desdonzelada. Ele soou-lhes então uma solfa mui de maravilha de himeneu daqueles delicados poetas Mestre John Fletcher e Mestre Francis Beaumont que está em sua *Tragédia de donzela* que foi escrita para um parelho enlace de amorosos: *À cama, à cama* era o refrão que devia ser tocado com concento acompanhável nas virginais. Um delicado dúlceo epitalâmio de mui molificativa suadência para amatórios juvenis a quem os odoríferos flambeaus dos paraninfos haviam escoltado ao quadrupedal proscênio da conubial comunhão. Bem juntados foram, disse Mestre Dixon, alegrado, mas, atendei, senhor moço, mais bem chamados seriam Bom Monte e Flechei pois que, bofé, de tal mistura muito podia sair. O moço Stephen disse de feito que de sua renembrança eles não tinham senão uma putodoxia entre eles e ela ao nabo de culinária fazia em amorosos deleites pois que a vida custava caro naqueles dias e o costume do país aprovava. Amor maior do que este, disse ele, homem não no tem que o de homem deitar aí sua mulher por seu amigo. Ide vós e fazei-o destarte. Assim, ou com palavra afim, falou Zaratustra, outrora professor régio de letras francesas na Universidade de Rabovino, nem nunca jamais suspirou aí homem a quem a humanidade mais devera. Põe um estranho a dentro de tua torre, será surpresa que não tenha a segunda melhor cama. *Orate, fratres, pro memetipso*. E toda a gente haverá de dizer, Amém. Relembra, Erin, tuas gerações e teus dias de antanho, como fizeste pouco de mim e de minhas palavras e fizeste entrar em minhas partes um estrangeiro que cometeu fornicação a minha vista e ficou gordo e airado como Jeshurum. Assim pois houveste pecado contra a luz e houveste feito de mim, teu senhor, escravo de servos. Volta, volta, Clã de Milly: não me esqueças, ó milesiana. Como houveste feito essa abominação por ante mim que me desdenhaste por um mercador de jalapas e me desconheceste a romanos e índios de fala escura com que tuas filhas jazeram luxuriosamente? Olha à frente agora, meu povo, para a terra do penhor, de Horeb mesmo e de Nebo e de Pisgah e dos Cornos de Hatten até a terra em que jorra o leite e a riqueza. Mas tu me houveste amamentado com um leite amargo: minha lua e meu sol houveste-os apagado para sempre. E houveste-me deixado só para sempre nos descaminhos escuros de minha amargura: e com um beijo de cinzas houveste beijada minha boca. Essa tenebrosidade do interior, ele prosseguia dizendo, não foi iluminada nem sequer pelo senso dos septuaginta como tal mencionado porque o Oriente do alto que rompeu as portas do inferno visitou uma escuridão que era forânea. Assuefeição minora atrocidades (como diz Túlio de seus estoicos queridos) e Hamlet seu pai mostra ao príncipe empola nenhuma de combustão. O adiáfano no meio-dia da vida é uma praga do Egito que nas noites da prenatividade e postmortemidade é delas o mais próprio *ubi* e *quomodo*. E como os fins e os últimos de todas as cousas acordam-se em algum meio e medida com suas incepções e orígines, essa mesma multiplícita concordância que leva avante crescimento de nascimento cumprindo por uma retrogressiva metamorfose essa minuição e ablação para o final que é agradável na natureza, assim também o é com nosso subsolar ser. As irmãs idosas nos trazem para a vida: choramos, sugamos, brincamos, enlaçamo-nos, separamo-nos, minguamos, morremos: sobre nós mortos elas se inclinam. Primeiro salvados da água do velho Nilo, entre juncos, um recamado de vime fasciado: por fim a cavidade da montanha um ocultado sepulcro em meio à conclamação do gatopardo e do ossífrago. E assim como homem nenhum sabe da ubicidade do seu túmulo nem por quais processos aí haveremos de ser metidos nem se para Tophet ou para Edenville do mesmo modo é tudo encoberto quando quiséramos olhar atrás de qual região da remotidade e queidade de nossa quem-idade houve buscado a sua adondidade.

Aí Punch Costello urrou com toda a força a *Etienne chanson* mas ruidosamente lhes pediu atentai, a sabedoria levantou para si mesma uma casa, esta vasta abóveda majéstica veterifundada, o palácio de cristal do Criador todo em ordem de colmeia, um ceitil para quem achar o favo.

Vê a mesão que fez o engenhoso João,
Olha o malte ensacado em tanta profusão,
No acampamento altivo desse bobalhão.

   Um negro estampido de bulha aqui na rua, atura, aterra, atrás. Alto à sestra Thor troou: em fúria forte o bigorneiro. Veio então o temporal que trepidou suas têmporas. E Mestre Lynch lhe instou tomar tento da mofa e zombaria pois que o deus mesmo era furioso por sua pragaria e diabolice. E ele que em antes retara ser tão ousado quedou branco qual todos puderam de notar e se encolheu todo e seu tom que era por antes tão alto levantado era agora de chofre mui muito minguado e seu coração tremeu dentro da caixa dos peitos no que ele provava o barulho daquela tormenta. Houve então uma pouca de troça e uma pouca de chacota e Punch Costello caiu forte de novo em sua brevagem que Mestre Lenehan jurou acompanhar e ele em verdade não foi senão palavra e eito sem o menor convite. Mas o ferrabrás fanfarrão gritou que se um velho Paininguém montara em suas tamancas isso lhe era mui muito o mesmo e que ele não lhe ficaria atrás. Empero isso fora só para tingir seu desemparo posto que assustado ele se humildara no saguão de Horne. Ele bebeu de feito de um só trago para se encorajar de boa graça pois trovejara tão troadamente pelos céus todos que Mestre Madden, sendo adeusdado por momentos, lhe refincou as costelas pelo estampido de dia de juízo e Mestre Bloom, ao lado do fanfarrão lhe endereçou palavras apaziguadoras para minguar seu medo grande, praticando-lhe de como aquilo não fora mais que um barulho bulhento que ele ouvira, a descarga de fluido do cabo do trovão, atentai, havendo havido, e tudo da ordem de um fenômeno natural.
   Mas era o medo do moço Ferrabraseiro vencido pela palavra do Amansador? Não, porque ele trazia nos seus peitos um aguilhão chamado Amargura que não podia por palavras refugar. E era ele então nem manso como o um nem adeusdado como o outro? Ele era nem tanto qual quisera ser de sendos. Mas não podia ele forcejar por achar de novo em sua mocidade a botelha da Santidade com que até então vivera? De feito não porque a Graça i não era por achar a botelha. Ouvira ele então naquele estrondo a voz do

deus Parideiro ou, como o Amansador dissera, um barulho de Fenômeno? Ouvira? Ora, ele não pudera senão ouvir salvante se ele houvera tapado o tubo do Entendimento (o que ele não houvera feito). Porque por aquele tudo ele vira que estava na terra de Fenômeno onde devia um dia por certo de morrer pois que era também como os mais uma aparência passageira. E não quereria ele aceitar de morrer como os mais e trespassar? De jeito nenhum quereria e sim fazer mais aparências conforme os homens fazem com suas mulheres o que Fenômeno lhes mandava fazer segundo o livro Lei. Então não sabia ele daqueloutra terra que é chamada Crê-em-Mim, que é a terra da promissão que cabe ao rei Deleitoso e será para sempre onde não há nem morte nem nascimento nem esposamento nem madrimento à qual deverão ter tantos quantos creem nela? Sim, Pio lhe houvera falado dessa terra e Casto lhe houvera ensinado o caminho mas a razão era que no caminho ele topara com uma puta de um exterior bom de ver cujo nome, ela dissera, é Passarinho-na-Mão e ela o enganara por descaminhos da trilha verdadeira pelas lisonjas que ela lhe dissera como, Oh, homem belo, virai daí para cá que eu vos vou mostrar um lugar bonito, e ela jougue com ele tão lisonjeiramente que ela o tinha na sua gruta que é chamada Dous-na-Mouta ou, segundo alguns letrados, Concupiscência Carnal.

Isso era aquilo de que a companha que lá assentava em redondas na Mansão das Mães mais tesão havia e se eles achassem essa puta Passarinho-na-Mão (que tinha dentro de si todas as quatro pragas, monstros e um diogo danado) eles tomariam conta dela e a conversariam. Porque com respeito a Crê-em-Mim eles diziam que não era senão mais miga que noção e eles não podiam conceber pensamento disso porque, primeiro, Dous-na-Mouta para onde ela os atraía era a mais boníssima gruta e nela havia quatro almofadas em cima das quais havia quatro escritos com estas palavras impressas por cima Picatrás e Pernasproar e Cara-Escondida e Face-Queixada e, segundo, porque com aquela imunda praga Tudopostema e com os monstros eles não cuidavam, pois Preservativo lhe houvera dado um escudo forte de bovinitripa e, terceiro, porque não podiam ser magoados nem por Rebento que era aquele diogo danado por virtude do mesmo escudo que era chamado Mantinfante. Assim estavam eles em seu cego sossego, o Senhor Cavilagem, o Senhor Porvezes Adeusado, o Senhor Mono Chupacerveja, o Senhor Homofranco, o Senhor Delício Dixon, o Moço Ferrabraseiro e o Senhor Cauto Amansador. No que, ó companha desgraçada, estáveis vós todos logrados pois aquela era a voz de deus que era em tão mui grave ira que ele estava presto a levantar seu braço e esbanjar vossas almas por vossos abusos e vossos esbanjamentos por vós feitos contrária mente a sua palavra que gerar junge jussivo.

Assim quinta-feira dezesseis de junho Patk. Dignam jazia em terra de uma apoplexia e depois de dura seca, Deus prazendo, chovera, um bateleiro chegando por água de umas cinquenta milhas ou quejandas com turfa a dizer que a sementeira não brotaria, campos sedentos, de muito tristes cores e forte cheiro mau, charcos e sequeiros também. Pesado de respirar e todos os rebentos novos assaz consumidos sem borrifos nesse longo meio-tempo passado que homem nenhum lembrava iguais. Os botões rosados feitos pardos de todo e cobertos de brotoejas e nas colinas nada mais que folhas e feixes secos que pegariam fogo num instante. No dizer de todo mundo, pelo que sabiam, o grande vento de fevereiro do ano passado que estragara tão duramente a terra era coisa de nada ao lado dessa aridez. Mas de pouco em pouco, como dito, essa tarde depois do sol-posto, o vento assentando no oeste, brutas nuvens inchadas eram de ver na medida que a noite caía e os entendidos de tempo escrutando arriba para elas e alguns relâmpagos difusos de começo e depois, passadas as dez horas, uma grande pancada com um longo trovão e num fechar de olhos todos a debandar de mistura portas adentro da chuvarada fervilhada, a proteger os homens seus chapéus de palha com um estiraço ou pano, o mulherio esgueirado com saiotas arregaçadas tão pronto a bátega caíra. Da praça Ely, rua Baggot, aleia do Duque, daí pela alameda Merrion acima até a rua Holles, uma torrente de água corrente no que antes era secura e nem um lugar ou coche ou fiacre era visto à volta mas nenhum estampido depois do primeiro. Lá contra a porta do MM. Sr. Juiz Pitzgibbon (que vai assistir com o advogado sr. Healy no caso dos terrenos do Colégio) Mal. Mulligan cavalheiro dentre cavalheiros que apenas acabara de chegar do Sr. Moore o escritor (que fora um papista mas é agora, as gentes dizem, um bom orangista) topou com Alec. Bannon de cabelo à escovinha (que está na moda com capas de baile da alameda Green) que era recém-chegado à cidade da de Mullingar pela sege onde seu primo e o irmão do Mal. M ficarão um mês de facto até o Santo Swithin e pergunta que cargas-d'água está ele ali fazendo, aquele a caminho de casa e este de Andrew Horne estando atrasado para espremer uma cuba de vinho, que assim o disse, mas lhe falaria sobre uma novilhona assustadiça, grande para a sua idade mas em carnes de pés-de-bola e tudo isso enquanto a chuva bategava e assim ambos juntos rumo ao Horne. Lá Leop. Bloom do jornal de Crawford assistia à vontade um bando de pândegos, sujeitos provavelmente arruaceiros, Dixon jún., estudante na nossa senhora da Mercê, Vin. Lynch, um gajo escocês, Will. Madden, T. Lenehan, muito triste por causa de um cavalo de corridas em que fizera fé e Stephen D. Leop. Bloom lá estava por um cansaço que sentia mas de que estava agora melhor, tendo ele sonhado essa noite uma estranha extravagância de sua dona sra. Moll com chinelas vermelhas num par de calções turcos o que é considerado pelos dotados de visão significar mudança e a senhora Purefoy lá estava, que lá se achava com a barriga dando horas, e agora na postura, pobre corpo, dois dias além do tempo, as parteiras num aperto sem poder safá-la, ela enjoada por causa de uma tigela de água de arroz que é um vivo secante dos internos e com a respiração muito mais pesada do que para boa e devia ser um tourinho de garoto pelas marradas que elas contam, mas que Deus dê a ela logo alívio. É o seu nono pimpolho a pôr no mundo, ouvi dizer, e no dia da Anunciação ela roía as unhas do seu último pimpolho que tinha então doze meses e com outros três todos amamentados nos seus peitos que morreram escritos os seus nomes em bela letra na bíblia do rei da família. O metade dela é cinquenta e tantos e metodista mas toma o Sacramento e é de ver todo bom domingo com um par de seus pimpolhos perto da angra de Bullock pescando de lance no canal com um molinete de freio duro ou uma chalana que ele tem corricando solhas e pescadas e agarrando uma boa cesta, ouvi dizer. Em suma uma grande bátega infinita de chuva e tudo refrescado o que vai aumentar muito a colheita de facto os que são dotados de visão dizem que depois de vento e água o fogo deverá vir por uma prognosticação do almanaque de Malaquias (e ouvi dizer que o senhor Russell fez um encantamento profético da mesma essência dos hindustaneses para a sua gazeta do fazendeiro) dar as três coisas juntas mas é um mero palpite sem fundo de razão para velhas corocas e crianças embora às vezes dão certo com suas estapafurdices sem saber como.

Com isso se chegou Lenehan ao pé da mesa para contar como a carta saiu na gazeta da noite e ele fez que a buscava nele (pois ele jurou de pés juntos que se preocupou muito com a coisa) mas por persuasão de Stephen ele deixou de procurar e foi intimado a sentar perto o que ele fez muito animado. Ele era uma espécie de cavalheiro brincalhão que constava ser bufão ou passador de tretas e o que era mulher, cavalos ou escândalo apimentado era seu terreno. Para dizer verdade ele era pobre de meios e a maior parte do tempo adorava estar nos cafés e tavernas baixas com aliciadores, estribeiros, apostadores, achegadores, agenciadores, descuidistas, vigaristas, damas de bordel e outras ovelhas negras ou com um tira ou beleguim acidentais de regra de noite até a madrugada dos quais ele pescava entre uns mata-bichos muita bisbilhotice solta. Ele tomava seu trivial num frege-moscas e se tivesse forrado a barriga com uma gororoba de vitualha de segunda ou com um prato de tripas só com um magro ceitil no bolso ele podia sempre safar-se com sua língua, com alguma chalaça crua que tivera de um punga ou com um impossível tal que qualquer filho da mãe deles se arrebentava de rir. O outro, Costello, é isso, ouvindo seu conto perguntou se era prosa ou verso. Por minha fé, diz ele, não, Franck (esse era o seu nome), é tudo sobre vacas de Kerry que estão para ser abatidas por causa da praga. Mas elas podem ser penduradas, diz ele num piscar, quanto a mim com suas carnes bovinas, uma pústula por cima. Essa lata tem do bom peixe como nunca se viu e muito amigamente ele se ofereceu dos arenquinhos salgados que lá estavam que ele tinha gulosamente visto no meio-tempo o que era de facto o objetivo principal de sua deputação pois que era voraz. *Mort aux vaches*, diz então Franck em língua francesa que ele tinha estado colocado num exportador de brande que tinha um armazém em Bordéus e ele falava francês como um cavalheiro mesmo. Desde criança esse Franck tinha sido um tão boa-vida que o pai, um burgomestre, que mal pôde prendê-lo na escola para aprender as primeiras letras e entender os mapas, o matriculou na Universidade para estudar mecânica mas ele tomou a rédea nos dentes como um poldro bravo e ficou mais familiar com o meirinho e o bedel da paróquia do que com os seus volumes. Num momento ele queria ser ator, depois um vivandeiro ou caloteiro, depois nada o afastava da arena ou do rinhadeiro, depois ele era do mar oceano ou de correr estradas com o povo boêmio, roubando herdeiro de escudeiro ao favor da lua ou surripiando as roupas de lavadeiras ou afanando galinhas atrás da cerca. Tinha estado fora tantas vezes quanto um gato tem de vidas e de volta sempre com os bolsos vazios mais vezes ainda ao pai burgomestre que vertia uma pinta de lágrimas sempre que o via. O quê, diz o senhor Bloom com as mãos cruzadas, que estava ansioso por saber o rumo das coisas, vão abater todas? Atesto que as vi ainda esta manhã indo para os navios de Liverpool, diz ele. Posso dificilmente crer que seja tão grave, diz ele. E ele tinha experiência de tais bestas de raça e de novilhos, de cordeiros cevados e lãs de castrados, tendo sido alguns anos antes comissionado do senhor Joseph Cuffe, um digno atacadista que fazia negócio com gado em pé e leilões de pastos bem perto do depósito do senhor Galvin Low na rua da Prússia. Dissinto do senhor nisso, diz ele. É mais provável ser a tosse da glossite bovina. O senhor Stephen, um pouco impetuoso mas muito graciosamente, disse-lhe que não era tal coisa e que recebera despachos do coçarrabo em chefe do imperador agradecendo-lhe a hospitalidade, que estava enviando o doutor Bovispeste, o magiscitado pega vacas de toda a Moscóvia, com um ou dois bolos de mezinha para pegar touros pelos cornos. Vamos, vamos, diz o senhor Vincent, sejamos francos. Ele irá achar-se nos cornos de um dilema se se mete com um touro que é irlandês, diz ele. Irlandês de nome e irlandês de natureza, diz o senhor Stephen, e mandou sua cerveja em ondas por aí. Um touro irlandês numa loja de louças inglesa. Eu o percebo, diz o senhor Dixon. É o mesmo touro que foi enviado para a nossa ilha pelo fazendeiro Nicolau, o mais honrado criador de gado dentre todos, com uma argola de esmeralda no nariz. É bem verdade, diz o senhor Vincent do outro lado da mesa, e com um olho de boi de quebra, diz ele, e um mais rechonchudo e mais corpulento touro, diz ele, jamais cagou no trevo irlandês. Ele tinha cornos de cópia, um pelame de ouro e um doce bafo fumegante saindo de suas ventas de modo que as mulheres de nossa ilha, deixando as massas e os rolos, seguiam atrás dele dependurando em sua taurineza cachos de margaridas. Que há que dizer, diz o senhor Dixon, senão que antes de enviá-lo o fazendeiro Nicolau que era eunuco fê-lo ser convenientemente capado por um colégio de doutores, que não se achavam mais bem que ele. Assim vai-te agora, diz ele, e faze tudo o que meu primo germano lorde Harry te mandar e tem minha bênção de fazendeiro, e com isso ele palmeou seus posteriores muito sonoramente. Mas o palmeio e a bênção o mantiveram amigo, diz o senhor Vincent, porque para compensar ele lhe ensinou uma lábia tal melhor que duas da outra que donzela, esposa, abadessa e viúva até hoje afirmam que prefeririam em qualquer momento do mês cochichar na orelha dele no escuro de um curral ou ter uma lambidela na nuca de sua longa língua sagrada a deitar-se com o mais belo jovem taludo sedutor dos quatro cantos da Irlanda inteira. Um outro então meteu seu verbo: E o vestiram, diz ele, com camisola de renda e anágua com peitilho e cinta e babados nas munhecas e lhe apararam as franjinhas e o esfregaram todo de óleo espermacético e levantaram estábulos para ele a cada volta da estrada com manjedoura de ouro cheia do melhor feno do mercado de tal modo que ele pudesse refocilar-se e estercar para alegria do seu coração. Por esse tempo o pai dos fiéis (pois assim lhe chamavam) tinha ficado tão pesado que quase não podia andar ao pasto. Para remediar o quê, nossas burlonas damas e daminhas lhe levavam a forragem aos seus peitorais e tão pronto sua barriga se enchia ele se empinava nos seus quartos traseiros a mostrar a suas donidades um mistério e a mugir e a bramar de si em linguagem de touro e elas todas atrás dele. Ui, diz um outro, e tão mimado estava ele que não podia sofrer que crescesse na terra toda que relva verde para ele mesmo (pois essa era a única cor que tinha na mente) e havia um cartaz posto num outeiro no meio da ilha com um aviso impresso dizendo: Segundo lorde Harry verde é a relva que vinga nas veias. E, diz o senhor Dixon, se jamais farejasse que um ladrão de gado em Roscommon ou dos ermos da Connemara ou um agricultor em Sligo semeava não mais que um punhado de mostarda ou uma cesta de colza desembestava furioso através dos campos desenraizando com seus cornos o que quer que estivesse plantado e tudo por ordem de lorde Harry. Eles ficaram às turras no começo, diz o senhor Vincent, e lorde Harry chamou o fazendeiro Nicolau de todos os nomes do dianho deste mundo e de puteiro-mor que tinha sete putas em casa e vou me meter em sua seara, diz ele. Vou fazer esse animal cheirar o inferno, diz ele, com a ajuda daquele bom tanho que meu pai me deixou. Mas uma tarde, diz o senhor Dixon, quando lorde Harry estava limpando suas reais pelancas para ir jantar depois de ganhar uma corrida de botes (ele tinha remos de pás para si mas a primeira regra da corrida era que os outros tinham de remar com ancinhos) ele descobriu em si mesmo uma semelhança maravilhosa com um touro e ao topar com um livro de baladas sebento de dedos que mantinha na despensa ele achou muito seguro que era descendente morganático do famoso touro campeão dos romanos, o *Bos Bovum*, o que quer dizer em bom latim de terreiro o chefão da turma. Depois disso, diz o senhor Vincent, lorde Harry meteu sua cabeça numa gamela de beber de vaca na presença de todos os seus cortesãos e tirando-a de fora de novo disse-lhes a todos eles seu novo nome. Então, escorrendo água, se pôs dentro de uma velha bata e saiota que tinham pertencido à sua avó e comprou uma gramática da linguagem de touro para estudar mas nunca pôde aprender uma palavra dela excepto o pronome da primeira pessoa que ele copiou em graúdo e o pegou de cor e se jamais saía fora para uma caminhada ele enchia os bolsos de giz para escrevê-lo em cima do que lhe caía no goto, quer um lado de rocha, quer uma mesa de casa de chá, quer um fardo de algodão, quer uma boia de cortiça. Em suma ele e o touro da Irlanda eram tão breve quanto rápido amigos como o cu e a camisa. Eram, diz o senhor Stephen, e o fim foi que os homens da ilha, vendo que não havia salvação já que as mulheres ingratas estavam todas com uma só ideia, fizeram uma jangada e tanto, meteram-se a bordo com suas trouxas de teréns, içaram todos os mastros, guarneceram as vergas, soltaram sua orça, posta à capa, bojaram três velas ao vento, meteram bicanca entre vento e água, levantaram âncora, desviraram o timão, desfraldaram o pavilhão pirata, urraram três vezes três, soltaram a boilina, puseram-se ao largo em seu mercabote e ganharam o mar para recuperar o melhor da América. O que foi a ocasião, diz o senhor Vincent, para um contrameste compor aquela cançoneta folgazona:

> *O Papa Pedro não é mais que um mijão.*
> *Um homem é um homem é um homem senão não.*

Nossa digna relação, o senhor Malachi Mulligan, agora aparecia à soleira no que os estudantes terminavam seu apólogo acompanhado de um amigo que ele vinha de reencontrar, um jovem cavalheiro, de seu nome Alec Bannon, que acabara de chegar à cidade, sendo sua intenção conseguir um posto de praça de pré ou de cornetim nas milícias e alistar-se para as guerras. O senhor Mulligan fora assaz polido para exprimir certa complacência com isso tanto mais que isso ia de encontro a um seu projeto mesmo para a cura do próprio mal de que se tivera tratado. Para o que ele passou à companhia em volta um jogo de cartões de papelão que tivera impresso naquele dia no senhor Quinnell trazendo a legenda impressa em belo itálico: *Sr. Malachi Mulligan, Fertilizador e Incubador, Ilha do Parirey*. Seu projeto, como prosseguiu expondo, era de abandonar o círculo dos prazeres vãos quais os que formam a ocupação principal de sir Janotim Peralvilho e sir Maricus Abelhudo na cidade e de devotar-se à mais nobre tarefa para que nosso organismo corporal fora feiçoado. Bem, ouçamo-lo, meu bom amigo, disse o senhor Dixon. Não tenho dúvida de que isso cheira a putaria. Vamos, sentem-se, os dois. É tão barato sentar como ficar em pé. O senhor Mulligan aceitou o convite e, abundando no seu propósito, contou aos ouvintes que fora levado a esse pensamento pela consideração das causas da esterilidade, tanto a inibitória como a proibitória, quer a inibição por seu turno se devesse a vexações conjugais ou à parcimônia do equilíbrio bem como quer a proibição decorresse de defeitos congenitais ou de proclividades adquiridas. Mortificava-o irritantemente, disse ele, ver o leito nupcial defraudado dos seus mais caros penhores: e refletir sobre tão agradáveis mulheres de ricos quinhões, presas dos mais vis bonzos, que escondem seu facho dentro de uma boceta num claustro incongenial ou perdem sua floração feminil nos amplexos de um inenarrável bodunzeiro, quando elas podiam multiplicar as penetrações da felicidade, sacrificando a inestimável joia do sexo quando centenas de belos gajos estavam à mão para acariciá-las, isto, ele lhes assegurava, fazia seu coração sangrar. Para remir essa inconveniência (que ele concluíra devida a uma supressão de calor latente), tendo-se avisado com certos conselheiros meritórios e inspecionado a matéria, ele havia resolvido adquirir de pleno direito em perpetuidade a propriedade da ilha do Parirey de seu possuidor, lorde Talbot de Malahide, um cavalheiro tóri não muito em favor no nosso partido predominante. Propunha-se lá instalar uma fazenda nacional fertilizante a ser chamada *Omphalos* com um obelisco talhado e erigido à maneira do Egito e oferecer seus conscienciosos bons serviços para a fecundação de qualquer mulher de que estadão fosse que se dirigisse a ele com o desejo de preencher as funções do seu natural. Dinheiro não era o objetivo, disse ele, nem aceitaria um pêni por suas penas. A mais pobre moça de cozinha não menos que a opulenta dama da moda, se tais fossem suas construções e têmperas fossem cálidos persuasores de suas petições, achariam nele o seu homem. Para seu nutrimento ele mostrou como se alimentaria lá exclusivamente de uma dieta de tubérculos saborosos e peixe e conelho, a carne destes últimos prolíficos rodentes sendo altamente recomendada para seu objetivo, tanto assada como cozida com uma folha de macete e uma vagem ou duas de picantes cápsicos. Após essa homília que ele ejaculou com muito calor de asseveração o senhor Mulligan num fechar de olhos tirou de seu chapéu um pano com que ele o tinha protegido. Ambos, parece, haviam sido pegados pela chuva e apesar de terem apressado o passo tomaram água, como podia ser notado pelos calções de lã cinza que estavam agora algo malhados. Seu projeto no entretempo era muito favoravelmente comentado pelos auditores e ganhara cordiais elogios de todos embora o senhor Dixon do Maria levantasse excepção a ele, perguntando com um ar meticuloso se ele tinha em vista também chover no molhado. O senhor Mulligan entretanto cortejou os eruditos com uma citação dos clássicos que tal como retivera em sua memória lhe parecia um sólido e delicioso apoio à sua contenção: *Talis ac tanta depravatio hujus seculi, O quirites, ut matresfamiliarum nostrae lascivas cujuslibet semiviri libici titillationes testibus ponderosis atque excelsis erectionibus centurionum Romanorum magnopere anteponunt*, enquanto para com os mais embotados de sentidos ele fazia valer seu argumento por analogias com o reino animal mais adequadas aos estômagos deles, o gamo e a corça da clareira da floresta, a patinha e o pato do terreiro.

Valorizando-se não pouco quanto à sua elegância, com ser efetivamente homem condizente com a pessoa, esse loquaz aplicava-se agora ao seu traje com animadversões de algum calor sobre as subitâneas extravagâncias atmosféricas, enquanto a companhia prodigava encômios ao projecto que avançara. O jovem cavalheiro seu amigo, rejubilado que estava de uma passagem que lhe ocorrera, não pôde conter-se de contá-la ao seu mais próximo vizinho. O sr. Mulligan, percebendo então a mesa, perguntou para quem eram aqueles pães e peixes e, vendo o forasteiro, fez-lhe um civil nuto e disse, Rogo, senhor, está precisando de alguma assistência profissional que lhe eu possa dar? O qual, ao seu oferecimento, lhe agradeceu muito cordialmente, embora preservasse as distâncias convenientes, e replicou que lá houvera vindo por causa de uma senhora, agora interna da casa de Horne, que se achava em estado interessante, pobre senhora, de infortúnios de mulher (e aqui exalou um suspiro fundo) a fim de saber se o seu alívio já houvera tido lugar. O senhor Dixon, para virar o feitiço, chamou a si perguntar ao próprio senhor Mulligan se sua incipiente ventripotência, de que ele o mofava, pressagiava uma gestação ovoblástica no utrículo prostático ou útero masculino ou era devida como com o renomado clínico, o senhor Austin Meldon, a um lobo no estômago. Por resposta o senhor Mulligan, num acesso de riso pelos seus baixos, golpeou-se bravamente por sob o diafragma, exclamando numa admirável mímica galhofeira da Mãezinha Grogan (a mais excelente criatura do seu sexo embora fosse uma pena que ela seja uma esmulambada): Aqui está uma barriga onde nunca brotou um bastardo. Esse foi um tão feliz conceito que renovou as tempestades de júbilo e botou a sala inteira na mais violenta agitação de deleite. A viva algazarra teria continuado na mesma veia mímica não fora certo alarme na antecâmara.

Aqui o ouvinte, que não era outro que o estudante escocês, um sujeito um tanto esquentado, louro como estopa, congratulava-se de maneira a mais efusiva com o jovem cavalheiro e, interrompendo a narração num ponto saliente, tendo desejado do seu *vis-à-vis* com um polido abrocho fizesse o obséquio de passar-lhe um frasco de águas cordiais ao mesmo tempo que com uma interrogante postura de cabeça (todo um século de educação polida não realizaria gesto tão gracioso) a que se unia um equivalente mas contrário balanço de cabeça, perguntou ao narrador, tão chãmente como jamais o fora feito com palavras, se ele podia convidá-lo a uma taça daquilo. *Mais bien sûr*, nobre cavalheiro, disse ele animadamente, *et mille compliments*. Pode-o e muito oportunamente. Não me falecia senão esta taça para coroar minha felicidade. Mas, graças aos céus, fora eu deixado não mais que com uma côdea em meu alforje e um trago de água de poço, por Deus, aceitá-los-ia e acharia nisso dentro em meu coração o por que ajoelhar-me ao solo e dar graças aos poderes do alto pela felicidade a mim outorgada pelo Dador das boas cousas. Com essas palavras ele apropinquou o cálice aos lábios, tomou um complacente trago do cordial, alisou a cabeleira e, abrindo o peitilho, espocou um medalhão que pendia de uma fita de seda, esse retratinho mesmo que ele acarinhava sempre desde que a mão dela ali houvera escrito. Mirando aquelas feições com um mundo de ternura, Ah, monsieur, disse ele, houvera-a o senhor contemplado como o fiz com estes olhos naquele tocante instante com a sua saidinha deliciosa e a sua touquinha nova coquete (um presente no seu dia de festa me disse ela) numa desordem tão desartificial, de uma tão fundente ternura, por minha consciência, mesmo o senhor, monsieur, teria sido impelido por sua índole generosa a entregar-se todo inteiro às mãos de uma tal inimiga ou a abandonar o campo para sempre. Eu nunca fora tão tocado em toda a minha vida. Ó Senhor, agradeço-te como o Autor dos meus dias! Três vezes feliz será aquele que criatura tão amorável abençoar com os seus favores. Um suspiro de afeição deu eloquência a essas palavras e, havendo recolocado o medalhão ao peito, ele enxugou os olhos e suspirou de novo. Beneficente Disseminador de bênçãos para todas as Tuas criaturas, quão grande e universal deve de ser essa a mais doce de Tuas tiranias que pode manter em sujeição os livres e os servos, o rústico simples e o janota refinado, o amante no auge da paixão temerária e o marido de anos mais maduros. Mas de facto, senhor, derivo do assunto. Que mesclados e imperfeitos são todos os nossos gozos sublunares! Maldição! Prouvera a Deus que a previsão me lembrara de levar comigo minha camisa! Poderia chorar só de pensar nisso. Então, mesmo que houvera chovido a cântaros, nós teríamos safado a onça. Mas maldito seja eu, gritou ele, estalando a mão contra a testa, amanhã será outro dia e, com mil trovões, sei de um *marchand de capotes*, monsieur Poyntz, de quem eu posso ter por uma *livre* uma camisa tão aconchegante à moda francesa como a que melhor possa evitar uma dama de molhar-se. Pu, Pu!, grita le Fécondateur, intrometendo-se, meu amigo monsieur Moore, esse distintíssimo viajante (acabei de entornar meia garrafa *avec lui* num círculo dos melhores talentos da cidade), é a minha autoridade de que em Cape Horn, *ventre biche*, há uma chuva capaz de molhar através de qualquer, mesmo a mais solidíssima, camisa. Uma irrigação dessa violência, conta-me ele, *sans blague*, já enviou mais de um sujeito sem sorte pela mais expressa via para o outro mundo. Bah! Uma *livre*! clama monsieur Lynch. Essas coisinhas desajeitadas são caras até a um *sou*. Um guarda-chuva, fosse ele não maior do que um cogumelo da carochinha, vale dez de tais tapa-buracos. Mulher nenhuma de senso usaria uma. Minha querida Kitty me contou hoje que preferia dançar num dilúvio a jamais passar fome em tal arca da salvação porque, como me lembrou ela (corando picantemente e cochichando no meu ouvido embora não houvesse ninguém para pescar suas palavras salvo aéreas borboletas), dona Natureza, pela bênção divina, gravou-o em nosso coração e se tornou um dizer corriqueiro que *il y a deux choses* para as quais a inocência de nosso indumento original, noutras circunstâncias uma violação das conveniências, é a mais adequada, mesmo, a única indumentária. A primeira, disse ela (e aqui minha bonita filósofa, no que eu a apoiava para subir ao seu tílburi, para avivar minha atenção, gentilmente fez cócegas com sua língua no pavilhão externo de minha orelha), a primeira é um banho... mas nesse ponto uma campainha retinindo no saguão cortou uma dissertação que prometia tão destemidamente enriquecer nossa reserva de acontecimentos.

A meio à livre hilaridade geral da assembleia uma campainha tocou e enquanto todos conjecturavam sobre cuja causa podia ser a senhorita Callan entrou e, tendo dito umas poucas palavras em tom baixo ao jovem senhor Dixon, retirou-se com uma profunda reverência a toda a companhia. A presença mesmo por um momento num bando de debochados de uma mulher dotada de todas as qualidades de modéstia e não menos severa que bela refreou as tiradas chistosas mesmo dos mais licenciosos mas sua partida foi sinal para uma explosão de vulgaridade. Me deixa bambo, disse Costello, um baixo sujeito que estava bêbado. Que danado de bom pedaço de vaca! Juro que ela marcou um *rendez-vous* contigo. O que, meu cachorro? Como é que sabes entrar nelas? Esganado. Imensamente isso, disse o senhor Lynch. As maneiras de cama é que eles usam no Hospital Mater. Diacho, não é que o doutor O'Gargarejo faz festinhas debaixo do queixo das monjas? Por minha salvação quem me disse foi minha Kitty que lá foi moça de guarda durante todos estes sete meses. Por piedade, doutor, gritou o de sangue quente de colete prímula, fingindo muxoxo mulheril com requebros provocantes de corpo, como o senhor implica com a gente! Mas que homem! Abençoa-me, minha filha, estou tremendo como vara verde. Ora, o senhor é tão mau como o bom Padrezinho Brinquelas é o que é! Que este pote de quatro meias me afogue, gritou Costello, se ela não está para ter família. Eu basto botar o olho nelas para conhecer mulher que apanhou barriga. O jovem cirurgião, entretanto, se levantou e rogou à companhia desculpá-lo de retirar-se visto que a enfermeira acabara de informá-lo de que ele era necessário na enfermaria. Misericordiosa providência se aprovera de dar termo aos sofrimentos da senhora que estava *enceinte* o que ela suportara com louvável fortitude e ela havia dado à luz um vigoroso varãozinho. Precisa-se de paciência, disse ele, para com aqueles que sem senso para vivificar nem saber para instruir envilecem uma profissão nobilitante que, salvo a reverência devida à Deidade, é o maior motor da felicidade sobre a terra. Sou positivo quando digo que se precisão houvesse eu poderia apresentar uma nuvem de testemunhas quanto às excelências de suas nobres exercitações que, muito longe de serem uma mera derrisão, deveriam ser um glorioso incentivo no peito humano. Não posso suportá-lo. Pois como? Difamar a uma assim, a amorável senhorita Callan, que é o lustre do seu próprio sexo e o assombro do nosso e em instante o mais momentoso que pode ocorrer a uma débil criatura de barro? Depereça tal pensamento. Estremeço ao pensar no futuro de uma raça em que as sementes de malícia tal foram semeadas e em que não é rendida a recta reverência à mãe e à moça em casa de Horne. Havendo-se liberado dessa censura ele saudou em indo os presentes e dirigiu-se à porta. Um murmúrio de aprovação brotou de todos e alguns foram por ejectar o baixo beberrão sem mais aquela, desígnio que teria sido efetivado nem teria ele recebido além dos seus carentes merecimentos, não houvera abreviado sua transgressão com afirmar em hórrida imprecação (pois que ele praguejava a mancheias) que ele era um tão bom filho de verdadeira bruaca como outro qualquer que respirasse. Que os raios me partam, disse ele, que sempre foram sentimentos deste honrado Franck Costello que eu fui sempre criado com tanto cuidado para honrarás pai e mãe que tinha a melhor mão para um bolo de rolo ou para um pudim caseiro como vocês nunca viram quando eu me recordo com meu coração saudoso.

 Revertendo ao senhor Bloom que, desde o primeiro momento que entrara, tinha tido consciência de algumas mofas impudentes que ele, entretanto, suportara como frutos daquela idade contra a qual é comum brandir que não conhece a piedade. Os jovens janotas, é verdade, eram tão cheios de extravagâncias como o são crianças graúdas: as palavras de suas discussões tumultuárias eram dificilmente compreendidas e nem sempre limpas: sua impetuosidade e seus *mots* chocantes deles eram tais que seu intelecto dele os resilia: nem eram eles escrupulosamente sensíveis às conveniências embora seu fundo de fortes espíritos animais falasse em seu favor. Mas as palavras do senhor Costello foram-lhe a ele uma linguagem malvinda pois ele nauseava o miserável que lhe parecia uma desorelhada de uma criatura de uma abortiva gibosidade nascida de um conluio e expelida ao mundo como um corcunda, dentuça e patas primeiro, a que a mossa dos fórceps do cirurgião no seu crânio emprestara de feito verossimelhança, de tal arte que lhe sugeria ao espírito aquele elo perdido da cadeia da criação postulado pelo falecido engenhoso senhor Darwin. Já lhe correra mais que a metade do lapso de nossos adjudicados anos que ele passara através de milhares de vicissitudes da existência e, sendo de ascendência cauta e por natureza homem de rara previdência, ele houvera conclamado seu coração a reprimir todas as emoções de uma cólera crescente e, com interceptá-las pela mais expedita precaução, acalentava no peito aquela plenitude de indulgência que mentes baixas escarnecem, julgadores precipitados desdenham e todos acham tolerável mas não mais que tolerável. Aos que se arvoram em espirituosos à custa da delicadeza feminina (um vezo de espírito que ele jamais aprovara) a esses ele não concederia nem gozar do nome nem herdar a tradição de uma linhagem condigna: quanto àqueles tais que, tendo perdido toda a compostura, já não podem mais perder, restava-lhes o forte antídoto da experiência para fazer que sua insolência batesse em precipitada e inglória retirada. Não que ele se compadecesse com uma briosa juventude que, descuidosa das tesouradas dos caducos ou dos resmungos dos gravebundos, está sempre pronta (como a casta imaginação do Sagrado Escritor o exprime) a comer da árvore proibida, isso sem contudo ir tão longe que pretermita humanidade a qualquer título que seja para com uma gentil dona quando esta está nos ensejos de sua dureza. Para concluir, enquanto pelas palavras da irmã ele contava com um pronto bom sucesso, ele estava, entretanto, deve-se conceder, não pouco aliviado pela inteligência de que o evento assim auspiciado após um dissabor de tal dureza agora testemunhava uma vez mais a mercê bem como a generosidade do Ser Supremo.

Nessa conformidade ele abriu sua mente a seu vizinho, dizendo que, para exprimir sua noção sobre a coisa, sua opinião (de quem acaso não devera exprimir uma) era que se deve ter uma constituição fria e uma índole frígida para não se rejubilar com as notícias mais recentes de fruição por ela de sua parturição visto que ela estivera em semelhante pena por culpa não dela. O jovem casquilho matreiro disse que era a do marido que a pusera naquela expectação ou pelo menos assim devera ser a menos que ela fosse uma matrona efésica. Devo participar-lhe, disse o senhor Crotthers, tamborilando sobre a mesa como que para evocar um comentário ressoante de ênfase, que o velho Glória Allelujerum estava de volta de novo hoje, um homem idoso de suíças, que proferia pelo nariz uma demanda de notícias sobre Wilhelmina, minha vida, como ele lhe chama. Injungi-o a pôr-se de prontidão para o evento que explodiria em pouco. É a vida, ficarei por aí com você. Não posso senão exalar a potência viril desse velho garanhão que podia ainda emprenhá-la com outra criança. Todos caíram no louvor disso, cada um à sua própria maneira, embora o mesmo jovem casquilho sustentasse sua ponta de vista prévia de que outro que não o cônjuge dela era o homem da ponta de mira, um clérigo em hábitos, um archoteiro (virtuoso) ou um itinerante vendeiro de artigos necessários a cada vida doméstica. Singular, comungava o hóspede consigo mesmo, a maravilhosamente desigual faculdade de metempsicose possuída por eles, que o dormitório puerperal e o anfiteatro dissecante devessem ser o seminário de tais frivolidades, a ponto de que a mera aquisição de títulos acadêmicos devesse bastar para transformar num átimo de tempo esses votários veleitários em práticos exemplares de uma arte que muitíssimos homens quanto ao mais eminentes estimavam a nobilíssima. Mas, agregava ele em seguida, é quiçá para atenuar os sentimentos reprimidos que em comum os oprimem pois mais de uma vez observei que pássaros da mesma plumagem piam juntos.

Mas, que seja permitido perguntar, com que adequação do nobre senhor, seu patrono, se tinha esse forâneo, a quem a concessão de um príncipe gracioso admitira aos direitos civis; constituído a si mesmo em senhor superno de nossa polícia interna? Onde estava agora aquela gratidão que a lealdade devera ter aconselhado? Durante a recente guerra onde quer que o inimigo tivera uma vantagem temporária com suas granadas não aproveitava esse traidor de sua gente desse momento para descarregar sua arma contra o império do qual ele é um locatário à discrição enquanto ele tremia pela segurança dos seus quatro por cento? Ter-se-á ele esquecido disso como esquece todos os benefícios recebidos? Ou decorre isso de que sendo delusor dos outros ele se tenha por fim tomado iluso de si mesmo já que é ele, se o consta não o calunia, seu próprio e seu só gozador? Remoto fique por honestidade o violar a alcova de uma senhora respeitável, filha de um bravo major, ou o lançar as mais longínquas reflexões sobre sua virtude mas se ele espicaça a atenção sobre isso (como era do altíssimo interesse dele não no haver feito), então que assim seja. Mulher infeliz tem sido ela de há muito e muito persistentemente denegada na sua legítima prerrogativa a ouvir as objurgações dele com qualquer outro sentimento que não o da derrisão dos desesperados. Isso diz ele, esse censor da moral, verdadeiro pelicano da sua própria piedade, que não escrupuliza, oblivioso dos vínculos da natura, em tentar ilícito intercurso com doméstica mulher oriunda dos mais baixos estratos da sociedade. Mais ainda, não tivera o vasculhão da ajeitadeira sido seu anjo tutelar tudo teria sido para ela tão duro quando o fora para Agar, a egípcia! Na questão das terras de pastio a asperidade irritadiça dele é notória e na audiência do senhor Cuffe desencadeou sobre ele da parte de um criador indignado uma causticante réplica expressa em termos tão diretos quão bucólicos. O mal lhe advém de pregar esse evangelho. Não tem ele cerca de casa uma sementeira que jaz em pousio falta de uma relha? Um hábito represensível na puberdade é segunda natureza e opróbrio na meia-idade. Se ele tem mister dispensar-se o bálsamo de Gilead em panaceia e apotegmas de gosto dúbio para restaurar à saúde uma geração de profligadores imaturos, que essa prática seja antes consistente com as doutrinas que agora o absorvem. Seu peito marital é o repositório de segredos que o decoro reluta em aduzir. As impudicas sugestões de alguma beleza marcescida podem consolá-lo de uma consorte desdenhada e debochada mas esse novo expoente de moral e curador de males é no máximo uma árvore exótica que, quando radicada no seu oriente natal, medrou e floresceu e era abundante de bálsamo mas transplantada para um mais temperado clima, suas raízes perderam o vigor antanho enquanto a seiva que dela deriva é estagnada, agre e inoperante.

A notícia foi partilhada com uma circunspecção que lembrava as usanças cerimoniais da Sublime Porta pela segunda mulher infirmária ao oficial menor médico residente, o qual a seu turno anunciou à delegação que um herdeiro houvera nascido. Como houvera ele sido trasladado ao departamento de mulheres para assistirem-no na cerimônia prescrita do pós-parto em presença do secretário de Estado dos Negócios Internos e membros do Conselho Privado, silentes em exaustão e aprovação unânimes, os delegados, impacientados pela longura e solenidade de sua vigília e anelosos de que a ocorrência jubilante paliara à licença que a simultânea ausência de açafate e oficial tornava mais fácil, romperam de imediato numa competição de línguas. Em vão a voz do senhor Aliciador Bloom se ouvia esforçando-se por urgir, por aplacar, por reprimir. O momento era por demais propício ao alarde daquela discursividade que parecia o só vínculo de união de têmperas tão divergentes. Cada fase da situação foi sucessivamete eviscerada: a repugnância pré-natal de irmãos uterinos, a secção cesariana, postumidade com respeito ao pai e, mais rara forma, com respeito à mãe, o caso fratricida conhecido por assassínio de Childs e tornado memorável pela apaixonada peroração do senhor Advogado Bushe que assegurou a absolvição do erroneamente acusado, os direitos de primogenitura e partilhas reais no tocante a gêmeos e tríplices, abortos e infanticídios, simulados e dissimulados, *foetus infoetu*, acardíaco, aprosopia devida a congestão, a agnatia de certos chineses desqueixados (citada pelo senhor Candidato Mulligan) em consequência de uma reunião defectiva das protuberâncias maxilares ao longo da linha medial de tal modo que (como disse ele) uma orelha podia ouvir o que a outra falava, os benefícios da anestesia ou sono crepuscular, a prolongação das penas do trabalho em gravidência avançada por força de pressão na veia, a cessão prematura do fluido amniótico (qual exemplificada no caso vertente) com perigo consequente a sepsia da matriz, inseminação artificial por meio de seringas, involução do útero consequente à menopausa, o problema da perpetuação das espécies no caso de fêmeas emprenhadas por estupro delinquente, aquela acabrunhante maneira de parturição chamada pelos brandenburgueses *Sturzgeburt*, as instâncias registadas de nascimentos multigeminais, bigerados e monstruosos concebidos durante o período catamênico ou de pais consanguíneos — numa palavra todos os casos de natividade humana que Aristóteles havia classificado na sua obra-prima com ilustrações cromolitográficas. Os gravíssimos problemas de obstétrica e medicina forense foram examinados com tanta animação quanto as mais populares crenças no estado de prenhez tais como a interdição a uma mulher grávida de pular por cima da cerca para que, por seu movimento, o cordão umbilical não estrangulasse sua criatura e a injunção de que ela, no evento de um desejo, ardente e infrutiferamente entretenido, pusesse sua mão contra aquela parte de sua pessoa que longa usança consagra como sede da castigação. As anormalidades do lábio leporino, peito de sapateiro, dígitos supernumerários, mancha negroide, marca de morango e jaça de vinho foram alegadas por alguém como uma *primafacie* e natural explicação hipotética de infantes porcinicápites (o caso de madame Grissel Steevens não foi esquecido) ou caninipilosos ocasionalmente nascidos. A hipótese de uma memória plásmica, avançada pelo enviado caledoniano e digna das tradições metafísicas da terra que ele representava, configurava em tais casos uma suspensão do desenvolvimento embriônico em certo estágio antecedente ao humano. Um exótico delegado sustentou contra ambas essas vistas com tal calor que quase impôs convicção a teoria da copulação entre mulheres e machos de brutos, sendo sua autoridade seu próprio autenticamento de apoio a fábulas tais como a do Minotauro que o gênio do elegante poeta latino nos legara nas páginas das suas *Metamorfoses*. A impressão deixada por suas palavras foi imediata mas curtiviva. Foi apagada tão facilmente quão fora evocada por uma alocução do senhor Candidato Mulligan que naquela veia de gracejo que ninguém melhor do que ele sabia soube afectar, postulando como supremíssimo objeto de desejo um bom velhinho limpo. Contemporaneamente, tendo-se suscitado um cálido argumento entre o senhor Delegado Madden e o senhor Candidato Lynch respeitante ao dilema jurídico e teológico do evento de um de gêmeos siameses predecider a outro, a dificuldade por mútuo consenso foi referida ao senhor Aliciador Bloom para imediata submissão ao senhor Decano Coadjutor Dedalus. Até aí silente, quer para melhor mostrar por gravidade preternatural aquela curiosa dignidade de aprumo com que se investira, quer em obediência a íntima voz, ele proferiu brevemente, e no pensar de alguns perfunctoriamente, a ordenação eclesiástica que veda ao homem pôr em separado o que Deus houvera juntado.

Mas o relato de Malaquias começava a enregelá-los de horror. Ele conjurou a cena ante eles. O painel secreto da chaminé deslizou para trás e no recesso apareceu... Haines! Qual de nós não sentiu sua carne arrepiar-se? Ele trazia uma pasta cheia de literatura céltica numa das mãos, na outra um frasco com a marca *Veneno*. Surpresa, horror, abominação estavam pintados em todos os rostos enquanto ele olhava com um horripilante arreganho. Eu antecipara algo de tal reacção, ele começou com um gargalhar duêndico, do qual, parece, a culpa cabe à história. Sim, é verdade. Sou o assassino de Samuel Childs. E como estou punido! O inferno não tem terrores para mim. Esta é a aparência que está em mim. Tara e idades, por que meios poderia eu descansar enfim, ele murmurava abafadamente, e eu vagando de volta por Dublin neste entretempo com meu quinhão de cantos e ele em pós mim como um trasgo ou um boitatá? Meu inferno, e o da Irlanda, está nesta vida. E o que tentei para obliterar meu crime. Distrações, caça-gralha, a língua erse (recitou algo), láudano (levantou o frasco aos lábios), piqueniquear. Em vão! Seu espectro me encalça. O meu dopar é o meu só esperar... Ah! Destruição! A pantera negra! Com um grito ele esvaiu-se de chofre e o painel deslizou de volta. Um instante depois sua cabeça aparecia na porta oposta e disse: Nosso encontro é na estação da avenida Westland às dez e dez. Foi-se! Lágrimas golfavam dos olhos do hóspede dissipado. O vidente levantou suas mãos para os céus, murmurando: A vendeta de Mananaan! O sage repetiu *Lex talionis*. O sentimentalista é o que gozaria sem incorrer na imensa dívida da coisa feita. Malaquias, dominado pela emoção, cessou. O mistério estava desvelado. Haines era o terceiro irmão. Seu nome real era Childs. A pantera negra era ela mesma o espectro de seu próprio pai. Ele tragava drogas para obliterar. Por esse alívio muito obrigado. A casa solitária cerca do cemitério está desabitada. Alma nenhuma lá viverá. A aranha tece sua teia na solitude. O rato nocturno espreita do seu buraco. A maldição é nela. É assombrada. Terra de assassino.

Qual é a idade da alma do homem? Como tem ela a virtude do camaleão de mudar de matiz a cada novo estímulo, de ser alegre com os contentes e pesarosa com os abatidos, assim também é a sua idade mutável como o seu humor. Já não mais é Leopold, no que ali se assenta, ruminando, remascando o bolo de reminiscências, aquele sóbrio agente de publicidade e detentor de uma substância modesta de fundos. Ele é o jovem Leopold, como se num arranjo retrospectivo, espelho dentro de um espelho (ei, presto!), ele se contempla. Aquela jovem imagem de então é vista, precocemente viril, caminhando numa enregelante manhã da velha casa da rua Clambrassil para a escola secundária, sacola nele à bandoleira, e nela um gostoso naco de pão de trigo, cuidado de mãe. Ou é a mesma imagem, um ano ou cerca depois, com seu primeiro chapéu de forma (ah, que dia aquele!), já em andanças, consumado vendedor da firma familiar, equipado com um livro de pedidos, um lenço perfumado (não apenas para mostrar), seu estojo de quinquilharia brilhante (ah, coisa já do passado!), um carcás de sorrisos condescendentes para esta ou aquela dona de casa meio aliciada calculando a coisa pelas pontas dos dedos ou para uma virgem desabrochante timidamente aceitando (mas o coração? diga-me) seus estudados beija-mãos. O perfume, o sorriso mas mais que isso, os olhos negros e oleaginosos ademanes traziam de volta no lusco-fusco mais de uma encomenda ao cabeça da firma sentado com o cachimbo de Jacob depois de labores semelhantes à lareira paterna (um repasto de macarrão, pode-se estar certo, está aquentando) lendo através de óculos redondos de chifre algum jornal vindo da Europa de um mês antes. Mas ei, presto, o espelho se embacia e o jovem cavaleiro andante recua, mingua-se a um pontinho miúdo na névoa. Agora é ele mesmo paternal e os que lhe estão perto podem ser seus filhos. Quem pode dizê-lo? O pai sensato conhece o próprio rebento. Ele pensa numa noite garoenta na rua Hatch, bem perto dos armazéns-gerais, a primeira. Juntos (ela é um pobre refugo, uma filha da vergonha, tua e minha e de todos por um mísero xelim e seu vintém garante), juntos eles ouvem as pesadas pegadas da guarda no que duas sombras encapotadas passam pela nova Universidade Real. Bridie! Bridie Kelly! Não esquecerá jamais o nome, lembrar-se-á sempre da noite, primeira noite, a nuptinoite. Estão acasalados em fundíssima escuridade, o queredor e a querida, e num instante (*fiat!*) a luz imergirá o mundo. Pulsou coração com coração? Não, gentil leitor. Num átimo 'sso fora mas — espera! Volta! Não pode ser! De terror a pobre menina foge por entre a escuridão. Ela é a noiva da treva, a filha da noite. Não ousa arcar com aurissolar infante do dia. Não, Leopold! Nome e memória não te são solazes. Essa ilusão juvenil de tua força te foi tomada a ti e em vão. Filho nenhum de tuas entranhas é junto a ti. Não há agora ninguém que seja para Leopold, o que Leopold fora para Rudolph.

As vozes mesclam-se e fundem-se em nublado silêncio: silêncio que é o infinito do espaço: e célere, silente a alma é librada a regiões de ciclos e ciclos de gerações que viveram. Uma região onde crepúsculo cinza desce sempre, nunca pousa sobre amplos pastios salviverdes, vertendo seu fusco, esparzindo um perene sereno de estrelas. Ela segue a mãe com passos trôpegos, uma égua guiando sua potranquinha. Fantasmas crepusculares são elas entanto, moldadas em profética graça de estrutura, esbeltas ancas torneadas, fléxil colo tendinoso, o dócil crânio apreensivo. Elas se esvaem, fantasmas tristes: tudo é ido. Agendath é uma terra sáfara, berço de corujas e da poupa burricega. Netaim, a áurea, já não é. E pelas estradas das nuvens eles chegam, resmungando o trovão da rebeldia, os espectros das bestas. Hua! Haa! Hua! Paralaxe encalça-os atrás e açula-os, os lancinantes raios de cuja fronte são escorpiões. O alce e o iaque, os touros de Bashan e de Babilônia, o mamute e o mastodonte, eles vêm atropelando o mar afundado, *Lacus Mortis*. Ominosa, vindicativa hoste zodiacal! Eles mugem, sobrepassando as nuvens, córneos e capricórnios, os trombudos com os colmilhudos, os lenijubosos e os aspesgalhados, focinhentos e rastejantes, rodentes, ruminantes e paquidermes, toda essa sua movente mugente multitude, matadores do sol.

Rumo do mar morto eles pataleiam a beber, insaciados e com horríveis engulhos, a salsa sonolenta linfa inesgotável. E o portento equino recresce, magnificado nos céus desérticos, seja, à magnitude mesma do céu até que avulte, vasto, sobre a casa de Virgo. E, ei-la, maravilha da metempsicose, ela é ela, a noiva pereterna, arauta do solestrelo, a noiva, sempre virgem. Ela é ela, Martha, ó tu perdida, Millicente, a jovem, a querida, a radiante. Quão serena ela agora se ergue, rainha entre as Plêiades, na penúltima hora antelucana, calçada de sandálias de ouro nítido, coifada de um véu de como é que se chama filandra! Flutua, flui em torno à sua carne estelinata e frouxa jorra esmeralda, safira, malva e heliotrópio, sustida em correntes de frio vento interstelar, enroscando, espiralando, simplesmente rodopiando, retorcendo nos céus escrito misterioso até após uma miríade de metamorfoses de símbolo chamejar, Alfa, um rubi e signo triangulado sobre a testa de Taurus.

Francis estava recordando a Stephen os anos antes quando frequentavam a escola juntos ao tempo do Conmee. Perguntou-lhe sobre Glauco, Alcibíades, Pisístrato. Onde estavam eles agora? Nenhum dos dois sabia. Falaste do passado e seus fantasmas, disse Stephen. Por que pensar neles? Se eu os conclamar à vida através do Letes, não se atropelarão os pobres espectros ao meu chamado? Quem o presume? Eu, Bous Stephanoumenos, bovinamente bardo, seu senhor e dador da vida deles. Ele envolveu sua cabeleira vadia numa coroa de folhas de vide, sorrindo para Vincent. Essa resposta e essas folhas, disse-lhe Vincent, vão adornar-te mais adequadamente quando algo mais, e grandemente mais, do que uma braçada de odes ligeiras puder chamar teu gênio seu pai. Todos os que te querem bem te esperam isso. Todos desejam ver-te produzir a obra que meditas. Eu de coração te almejo que não malogres. Oh, não, Vincent, disse Lenehan, pousando a mão no ombro perto dele, não temas. Ele não poderia deixar a mãe como órfã. O rosto do jovem fez-se sombrio. Todos podiam ver quão duro lhe fora a ele ser lembrado de sua promessa e de sua perda recente. Ter-se-ia retirado da festa, não houvera o ruído das vozes mitigado a aguilhoada. Madden tinha perdido cinco dracmas na Ceptro por capricho no nome do montador: Lenehan outro mais tanto. Contava-lhes da corrida. A bandeira baixara e, hua, solta, disparada, a égua corria airosa com O. Madden em cima. Capitaneava o lote: todos os corações batiam. Phyllis mesma não se podia conter. Agitava seu véu e gritava: Eia! Ceptro ganha! Mas na recta final quando todos estavam emparelhados o azar Jogafora cresceu, atingiu-a, sobrepassou-a. Tudo perdido agora. Phyllis ficara em silêncio: seus olhos eram tristes anêmonas. Juno, clamou ela, estou destruída. Mas seu amador consolava-a e trazia-lhe um brilhante escrínio de ouro em que jaziam algumas dulcipassas ovaladas de que se serviu. Uma lágrima caía: uma só. Um tremendo de bom ginete, disse Lenehan, é o W. Lane. Quatro vitórias ontem e três hoje. Quem manobra como ele? É montá-lo num camelo ou num búfalo bravo e a vitória é ainda dele num galope malandro. Mas que o suportemos à maneira antiga. Piedade para os azarados! Pobre Ceptro!, disse ele num leve suspiro. Já não é a potranca que foi. Nunca, por minha palavra, teremos uma outra igual. De feito, senhor, era uma rainha. Lembras-te dela, Vincent? Quisera é que visses minha rainha hoje, disse Vincent, quão jovem que estava e radiante (Lalage seria uma pobre beleza ao lado dela) nos seus socos amarelos e túnica de musselina, não sei bem o nome direito. Os castanheiros que nos sombreavam estavam em flor: o ar enlanguescia com um odor persuasivo e com o pólen flutuando perto de nós. Nos trechos ensolarados se poderia facilmente cozer sobre pedra uma fornada desses bolinhos com fruto de Corinto neles que Periplómenos vende em sua tenda perto da ponte. Mas ela não tinha para seus dentes senão o braço com que eu a enlaçava e que ela mordiscava travessamente quando eu a apertava mais forte. Há uma semana ela jazia doente, quatro dias de leito, mas hoje ela estava safa, jubilosa, mofava-se dos perigos. É então que ela é mais atraente. Seus ramilhetes então! Que louca traquinada que era, ela colhia seu fartão no que nos agachávamos juntos. E duvido, meu amigo, que adivinhes quem encontramos quando deixávamos o campo. Conmee em pessoa! Caminhava perto da sebe, lendo, penso que um breviário com, se não duvido, uma carta espirituosa de Glicira ou Cloé para marcar a página. A doce criatura ficou de todas as cores na sua confusão, simulando endireitar um ligeiro desarranjo no seu vestido: uma mudinha de mato se agarrara aí pois as próprias árvores a adoram. Quando Conmee passou ela mirou seu amorável eco no espelhinho que trazia. Mas ele fora bondoso. Em indo-se ele nos abençoara. Os deuses também são sempre bondosos, disse Lenehan. Se eu fui azarado com a égua do Bass talvez este trago dele possa servir-me mais congeminadamente. Ele punha a mão sobre uma jarra de vinho: Malachi viu-o e susteve seu acto, apontando para o estrangeiro e para o rótulo escarlate. Cautelosamente, cochichou Malachi, observa silêncio druídico. Sua alma está muito longe. É talvez tão penoso ser despertado de uma visão como nascer. Qualquer objecto, intensamente mirado, pode ser a porta de acesso ao incorruptível éon dos deuses. Não o pensas assim, Stephen? Teósofos assim me disse, respondeu Stephen, ele a quem numa existência anterior sacerdotes egípcios haviam iniciado nos mistérios da lei cármica. Os senhores da lua, me disse Teósofos, um ignilarânjeo carregamento do planeta Alfa da cadeia lunar, não avocariam duplos etéreos e estes foram por conseguinte incarnados nos rubricoloridos egos da segunda constelação.

Entretanto, por amor da verdade ainda, a prepóstera suposição de estar ele em alguma espécie de modorra ou mesmerizado, o que era inteiramente devido a uma interpretação de vacuíssimo caráter, não estava em causa para nada. O indivíduo cujos órgãos visuais, enquanto o acima ocorria, estavam nessa conjuntura exibindo sintomas de animação, era tão astuto senão que mais astuto que qualquer homem vivo e quaisquer que conjecturassem em contrário rápido se achariam num beco sem saída. Durante os passados quatro minutos ou quejandos ele fitara fixo um certo número de Bass de primeira engarrafadas por Messrs Bass and Co em Burton-on-Trent que acontecia estarem situadas num lote de outras em frente aonde ele estava e que certamente preenchiam todos os requisitos para atraírem a atenção de quem quer que fosse por causa de sua aparência escarlate. Ele estava pura e simplesmente, como subsequentemente transpirou por razões mais bem conhecidas dele que imprimiam uma muito outra feição aos sucessos, após as observações do momento antes sobre os dias meninescos e o turfe, rememorando duas ou três elucubrações privadas consigo mesmo das quais os outros dois estavam mutuamente inocentes como um infante nonato. Eventualmente, porém, os olhares de ambos se encontraram e, tão pronto começou nele a percepção de que o outro buscava servir-se da coisa, ele involuntariamente decidiu servir-se a si mesmo e assim ele em conformidade tomou posse do comedido recipiente vítreo que continha o fluido perseguido e fez um capaz vácuo nele com verter uma porção com, também ao mesmo tempo contudo, considerável grau de atenção a fim de não virar nada da cerveja que nele havia pelo lugar.

O debate que se seguiu foi no seu escopo e progressão um epítome do curso da vida. Nem o lugar nem o concelho eram carentes de dignidade. Os debatedores eram os mais agudos do país, o tema em que estavam engajados elevadíssimo e muito vital. O subido saguão da casa de Horne jamais presenciara a uma assembleia tão representativa e tão variada nem haviam os velhos caibros daquele estabelecimento jamais ouvido uma linguagem tão enciclopédica. Imponente cena em verdade fora. Crotthers lá estava ao pé da mesa na sua extraordinária roupagem escocesa, o rosto brilhando dos salinos ares do cabo de Galloway. Lá também, em frente a ele, estava Lynch, cujo semblante já sofria os estigmas de temporã depravação e prematura sabedoria. Junto ao escocês estava o lugar reservado a Costello, o excêntrico, enquanto ao seu lado se sentava em estólido repouso a forma atarracada de Madden. A cátedra do residente ficara em verdade vacante diante da lareira mas de ambos os flancos dela a figura de Bannon em traje de explorador de calções de tuíde e chancas de vaqueta curtida contrastava fundamente com a elegância primaverosa e ademanes urbanos de Malachi Roland St. John Mulligan. Por fim à cabeceira da távola estava o jovem poeta que achava refúgio de seus labores de pedagogia e inquirição metafísica na atmosfera convival da discussão socrática, enquanto à direita e esquerda dele estavam acomodados o leviano prognosticador, recém-vindo do hipódromo, e o vigilante peregrinador, sujo da poeira da viagem e combate e manchado pelo lodo de uma desonra indelével, mas de cujo coração firme e constante nem engodo nem perigo nem ameaça ou degradação podiam jamais apagar a imagem daquela beleza voluptuosa que o lápis inspirado de Lafayette retratara para as idades ainda por vir.

Fora melhor ficar expresso aqui e agora desde o início que o pervertido transcendentalismo a que as contenções do senhor S. Dedalus (Div. Scept.) podiam parecer prová-lo algo viciosamente adicto ergue-se diretamente contra métodos científicos aceites. A ciência, nunca será demais repeti-lo, lida com fenômenos tangíveis. O homem de ciência como o homem da rua tem de enfrentar factos obstinazes que não podem ser escamoteados e de explicá-los como melhor possa. Pode aí haver, é verdade, algumas questões a que a ciência não saiba responder — no presente — tal como o primeiro problema submetido pelo senhor L. Bloom (Pubb. Adlic.) respeitante à futura determinação do sexo. Devemos aceitar as vistas de Empédocles de Trinácria de que o ovário direito (o período postmenstrual, asseveram outros) é o responsável pelo nascimento de machos ou são os por demais negligenciados espermatozoides ou nemaspermas os factores diferenciantes ou é, como muitíssimos embriologistas se inclinam a opinar, tais como Culpepper, Spallanzani, Blumenbach, Lusk, Hertwig, Leopold e Valenti, a mistura de ambos? Isso seja equivalente à cooperação (um dos dispositivos favoritos da natureza) entre o *nisus formativus* do nemasperma de um lado e do outro uma posição felizmente escolhida, *succubitus felix*, do elemento passivo. O outro problema suscitado pelo mesmo inquiridor é apenasmente menos vital: a mortalidade infantil. É interessante porque, como pertinentemente ele observa, nós todos nascemos da mesma maneira mas morremos todos de diferentes maneiras. O senhor Mulligan (Hyg. et Eug. Doc.) verbera as condições sanitárias em que nossos cinzipulmonares cidadãos contraem adenoides, achaques pneumônicos etc. com inalar as bactérias que se esgueiram nas poeiras. Esses factos, alega ele, e o revoltante espectáculo oferecido pelas nossas ruas, híspidos cartazes de publicidade, ministros religiosos de todas as confissões, soldados e marinheiros mutilados, cocheiros escorbúticos óbvios, as carcaças suspensas de animais mortos, solteiros paranoicos e duenhas infrutificadas — esses, disse ele, são os responsáveis por todos e cada um decaimento no calibre da raça. A calipedia, profetizava ele, seria em breve geralmente adoptada e todas as graças da vida, música genuinamente boa, literatura agradável, filosofia leve, pinturas instrutivas, reproduções gipsimoldadas de estátuas clássicas tais como as de Vênus e Apolo, fotografias artísticas coloridas de bebês premiados, todas essas pequeninas atenções possibilitariam as damas que estivessem numa condição peculiar passarem os meses intervenientes numa muito degustável maneira. O senhor J. Crotthers (Disc. Bacc.) atribui alguns desses trespasses a trauma abnormal no caso de mulheres trabalhadoras sujeitas a labores pesados na oficina e à disciplina marital em casa mas de muito a maioria à negligência, privada ou oficial, que culmina no abandono de infantes recém-nascidos, à prática do aborto criminal ou ao crime atroz do infanticídio. Embora o primeiro (estamos pensando na negligência) seja indubitavelmente muito verdadeiro no caso que ele cita de enfermeiras esquecerem-se de contar as esponjas na cavidade peritoneal é por demais raro para ser normativo. De facto quando se olha bem nisso a maravilha é que tantas prenhezes e parturições marchem tão bem como o fazem, consideradas todas as coisas e a despeito de nossas limitações humanas que com frequência frustram a natureza nas intenções desta. Uma sugestão engenhosa é a lançada pelo senhor V. Lynch (Bacc. Arith.) de que tanto a natalidade como a mortalidade, bem como todos os outros fenômenos da evolução, movimentos mareatórios, fases lunares, temperaturas sanguíneas, doenças em geral, tudo, enfim, na vasta oficina da natureza da extinção de algum remoto sol à floração de uma das incontáveis flores que embelecem nossos parques públicos, está sujeito à lei da numeração qual ainda indeterminada. Mesmo assim, a franca questão direta de por que uma criança de pais normalmente sãos e aparentemente criança sã e convenientemente cuidada sucumbe inexplicavelmente na primeira infância (embora outras crianças do mesmo casamento não o fazem) impõe-nos, certamente, nas palavras do poeta, uma pausa. A natureza, devemos ficar certos, tem as suas próprias boas e cogentes razões para o que quer que faça e em toda probabilidade tais mortes são devidas a alguma lei de antecipação pela qual organismos em que gérmenes mórbidos tomaram residência (a ciência moderna chega conclusivamente a mostrar que só a substância plásmica pode ser dita imortal) tendem a desaparecer num estágio crescentemente precoce do desenvolvimento, um arranjo que, embora producente de penas para alguns de nossos sentimentos (notadamente o maternal), é não obstante, alguns de nós o creem, em última análise benéfico à raça em geral no assegurar dessa forma a sobrevivência do mais apto. A observação do senhor S. Dedalus (Div. Scept.) (ou deveria ser ela chamada interrupção?) de que um ser omnívoro que pode mastigar, deglutir, digerir e aparentemente passar pelo canal ordinário com pluterperfeita imperturbabilidade tão multifários alimentos quais mulheres cancerosas emaciadas pela parturição, corpulentos cavalheiros profissionais, sem falar dos políticos ictéricos e monjas cloróticas, pode possivelmente achar alívio gástrico numa colação inocente de novilho trôpego, revela como nada mais o poderia e a uma muito desdegustável luz a tendência a que acima se alude. Para iluminação daqueles que não sejam tão intimamente familiares com as minúcias do matadouro municipal como esse morbimentado esteta e embriônico filósofo que para toda a sua sobrimaginosa presunçosidade em coisas científicas pode dificilmente distinguir um ácido de um álcali se orgulha de ser, dever-se-ia talvez estatuir que novilho trôpego na vil parlenga dos vitualheiros licenciados de nossas classes baixas significa a carne cozível e comível de um bezerro recém-parido de sua mãe. Numa recente controvérsia pública com o senhor L. Bloom (Pubb. Adlic.) que teve lugar no saguão parlatório do Hospital da Maternidade Nacional, 29, 30 e 31, rua Holles, do qual, como é sabido, o dr. A. Horne (Lic. em Mobst., F.K.Q.C.P.I.*) é o hábil e popular diretor, relata-se segundo testemunhas oculares ter ele expressado que uma vez que uma mulher tenha deixado o gato no pato (uma alusão estética, presumivelmente, a um dos mais complicados e maravilhosos dentre os processos da natureza, o ato do congresso sexual) ela tem de deixá-lo de fora de novo ou dar-lhe vida, como o parafraseou ele, para salvar a dela própria. A risca da dela própria foi a vigorosa réplica do seu interlocutor não menos eficaz apesar do tom moderado e medido com que foi proferida.

    Entrementes a perícia e paciência do físico provocara um feliz *accouchement*. Fora uma exaustão exaustiva tanto para a paciente como para o médico. Tudo o que a perícia cirúrgica pudera fazer foi feito e a brava mulher tinha ajudado virilmente. Tinha. Ela havia lutado a boa luta e agora estava muito muito feliz. Aqueles que o passaram, que o trilharam antes, estão felizes também no que miram e sorriem para a cena tocante. Reverentemente olham para ela no que ela lá se reclina com a matriluz nos olhos, aquela anelante fome de dedos infantis (que bela visão de ver), na primeira bloomfloração de sua nova maternidade, exalando uma prece de

---

*Fellow of King's and Queen's Chapter of Practitioners of Ireland, Membro do Cabido Real e Regional dos Clínicos da Irlanda. (*N. do T.*)

graças silenciosa a O acima, o Marido Universal. E no que seus olhos amorosos fitam seu bebê ela deseja só uma bênção mais, ter seu querido Doady lá com ela para partilhar da alegria, para depor nos braços dele aquela miga de argila de Deus, o fruto dos seus legítimos enlaces. É ele mais velho agora (tu e eu podemos cochichá-lo) e um tico recurvo de ombros, ainda no redemoinho dos anos uma grave dignidade chegou ao consciencioso segundo contador do Banco de Ulster, agência da alameda do Colégio. Oh, Doady, bem-amado de então, companheiro fiel dagora, ele talvez nunca mais volte, esse bem longe tempo das rosas! Com o velho meneio de sua linda cabeça ela relembra aqueles dias. Deus, quão belos agora través da névoa dos anos! Mas suas crianças estão agrupadas em sua imaginação perto do leito, dela e dele, Charley, Mary Alice, Frederick Albert (se tivesse vivido), Mamy, Budgy (Victoria Frances), Tom, Violet Constance Louisa, a queridinha Bosy (chamada segundo o famoso herói da guerra sul-africana, lorde Bobs de Waterfond e Candahar) e agora esse novo penhor de sua união, um Purefoy como jamais houve outro, com o autêntico nariz Purefoy. Essa jovem esperança será baptizada Mortimer Edward pelo influente terceiro primo do senhor Purefoy da repartição do Colector do Tesouro, Castelo de Dublin. E assim o tempo se esvai: mas o pai Crônio andou por alto por aqui. Não, que nenhum suspiro rompa desse peito, doce querida Mina. E Doady, sacode as cinzas do teu cachimbo, a sazonada esteva que almejarás ainda quando o toque de recolher soar para ti (possa ser ele um dia-distante!) e apague a luz onde lês no Livro Sagrado porque o óleo tenha baixado e assim com um coração tranquilo ao leito, ao repouso. Ele sabe e chamará em Seu próprio justo momento. Tu também lutaste a boa luta e desempenhaste lealmente a tua parte de homem. Ó Senhor, a ti minha mão. Muito bem, bom e fiel servidor!

Há pecados ou (chamemos-lhes como o mundo lhes chama) más lembranças que estão escondidas pelos homens nos mais escuros lugares do coração mas que residem aí e esperam. Ele pode sofrer que sua memória se faça escusa, deixá-las ser como se não houveram sido e tudo a ponto de persuadir-se de que não foram ou ao menos foram diferentemente. Ainda assim uma palavra aleatória as chamará à tona de chofre e elas se levantarão para confrontá-lo nas mais várias circunstâncias, uma visão ou um sonho, ou quando tímpano e harpa confortem seus sentidos ou a meio à fria tranquilidade argêntea da tarde ou em festim à meia-noite quando está cheio de vinho. Não para insultá-lo chegará a visão como contra quem jaz sob sua ira, não por vingança para cortá-lo dos vivos mas mortalhada nas vestes piedosas do passado, silenciosa, remota, censora.

    O estrangeiro olhava ainda na cara ante ele a lenta recessão nela daquela falsa calma, imposta, ao que parecia, por hábito ou algum estudado ardil, quanto a palavras tão amargas que pareciam acusar no seu falante malsanidade, um *flair*, pelas coisas cruas da vida. Uma cena desencadeia-se na memória do observador, evocada, parecê-lo-ia, por uma palavra de tal trivialidade como se aqueles dias estivessem de facto presentes ali (como alguns o pensavam) com os seus prazeres imediatos. Um mondado espaço de relva numa suave tarde de maio, o bem recordado bosquete de lilases em Roundtown, púrpura e branco, fragrantes espectadores esguios de folguedo mas com muito real interesse nas pelotas no que elas rolam lento por sobre o gramado ou colidem e param, uma perto da outra, num breve choque alerta. E para lá daquele tanque cinza onde a água se move por vezes em pensadora irrigação vês outra tão fragrante irmandade, Floey, Atry, Tiny e sua amiga mais morena com um eu não sei quê de aprisionante em sua postura de então, Nossa Senhora das Cerejas, um atraente cacho delas pendente de uma orelha, realçando a estrangeira quentura da pele tão gostosamente contra o ardente fruto fresco. Um guri de quatro ou cinco anos de droguete (tempo de floradas mas haverá regozijo na boa lareira quando não fará muito as bolas forem juntadas e guardadas) está em pé cerca do tanque seguro pelo círculo de cuidadosas mãos meninescaso. Ele carranqueia-se um pouco tal como o jovem homem o faz agora com quiçá demasiada consciência de gozo do perigo mas deve precisar de fitar em tempos para onde sua mãe o vigia da *piazzetta* que dá para o pátio de flores com uma esmaecida sombra de apartamento ou de censura (*alees Vergängliche*) no seu olhar contente.

    Anota isto mais e recorda. O fim chega de súbito. Entra nessa antecâmara do nascimento onde os estudiosos se congregam e observa suas faces. Nada aí, ao parecer, de irreflectido ou violento. Antes quietude da custódia, condizente com sua estada nessa casa, o vigilante cuidado de pastores e anjos perto de uma manjedoura em Belém de Judá há muito. Mas tal qual antes do raio as tempestinuvens compactas, pesadas com excesso preponderante de humidade, em massas tumefactas turgidamente distensas, encompassam terra e céu num vasto torpor que impende por sobre campo crestado e gado modorrento e mangrado vingar de macega e verdura até que num instante uma chispa fenda seus centros e com a reverberação do trovão tombe a sua torrente, assim e não de outro modo a transformação, violenta e instantânea, à prolação do Verbo.

Ao Burke! Arremessa-se o meu senhor Stephen, dando o grito, uma cauda e um rabo deles todos atrás, um frangote, um arrogante, um caloteiro, um pilulidoutor, um pontual Bloom aos rodopios num agarrar universal de coifas, freixestoques, chanfalhos, panamás e bainhas, alpinibastões de Zermatt e o que não. Um dédalo de juventude vigorosa, nobre cada estudante ali. A enfermeira Callan confinada no corredor não pode detê-los nem o sorridente cirurgião que desce as escadas com as novas da finda placentação, uma boa libra nem um miligrama menos. Eles o atiçam. À porta! Está aberta? Ah! Estão fora tumultuosamente, lançados a uma corrida de um minuto, todos bravamente pernejando, ao Burke de Denzille e Holles sua meta ulterior. Dixon segue-os, dirigindo-lhes um pito cortante mas cospe uma praga, ele também e adiante. Bloom para com a enfermeira num átimo para enviar uma palavra boa à feliz mãe e o lactente lá de cima. Doutor Dieta e Doutor Quieta. Não parece ela também agora outra? A guarda de vigília na casa de Horne deixou seu relato naquele palor lavado. Idos eles todos, um olhar de sentido materno ajudando, ele sussurra para fecho em indo: Madame, quando é que lhe chegará a cegonha?

Fora o ar está impregnado de humidade pluvirrociada, essência celestial de vida, luzindo aí na pedra de Dublin sob *coelum* brilhestrelado. Ar de Deus, ar do Omnipai, circum-ambiente ar céssil cintilante. Respira-o fundo dentro de ti. Pelos céus, Theodore Purefoy, fizeste forte façanha, sem malfeito! És, o confesso, o notabilíssimo progenitor salvante ninguém dentre os desta muita farraginosa regurgitante crônica tudincludente. Espantoso! Nela jazia uma Deusfeiçoada Deusdada possibilidade preformada que frutificaste com teu módico de obra de homem. Fende-a! Serve-a! Labora, labuta como um cão acorrentado e que eruditazes e todos os maltusiastas se fomentem. Tu és todos os papais deles, Theodore. Encangas-te sob tua carga, afanando-te pelas contas do açougueiro em tua casa, e lingotes (não teus!) na contadoria? Cabeça para cima! A cada recém-procriado haverás de colher teu gomor de trigo maduro. Vê, teu tosão está encharcado. Invejas esse tal de Manuel Burrifiel com sua Joana? Um gaio fingido e um cachorraço reumoso são toda sua progênie. Psiu, eu te conto! Ele é uma mula, um caracol seco, sem energia nem vigor, que não vale um vintém furado. Copulação sem população!

Não, digo eu! A matança de Herodes dos inocentes seria seu melhor nome. Verduras, bem deveras, e coabitação estéril! Dá-lhe a ela carne, vermelha, crua, sangrenta! Ela é um grisalho pandemônio de males, glândulas infartadas, caxumbas, esquinência, joanetes, febre de feno, escaras, tinha, rim caído, bócio, verrugas, ataques biliosos, cálculos, pés frios, varizes. Trégua aos trenos e trintários e jeremiadas e toda essa congenital música defunctiva. Vinte anos disso, não te lamentes. Contigo não foi como com tantos que querem e quereriam e esperam e nunca fazem. Tu encontraste tua América, tua vititarefa, e acometeste para cobri-la como bisão transpontino. Como o diz Zaratustra? *Deine Kuh Trübsal melkest Du. Nun Trinkst Du die süsse Milch des Euters*. Vê! Ela displode para ti em abundância. Bebe, homem, uma odrada! Leite de mãe, Purefoy, o leite da afinidade humana, bebe também dessas germinantes estrelas lá de cima, rutilantes em pluvivapor fino, leite garra, tal como esses desordeiros mamarão em sua bebericadeira, leite da loucura, o leitemel da terra de Canaã. A teta da tua vaca era dura, pois não? Ah, mas seu leite é quente e doce e engordante. Não é um montão mas é espessa coalhada rica. A ela, velho patriarca! Mama! *Pear deam Partulam et Pertundam nunc est bibendum!*

Todos rumo à farra, ombro à frente, ecoando rua abaixo. Onde que tu dormiu onte de noite? No Timóteo ranheta rachado. No velho costume. Nenhum paco ou chancas de borracha pra barganha? Onde é que tão os bistureiros do Henry Nevil e as batas velhas? A droga é que ninguém sabe. Lá vem ele, o Dix! Pra frente no balcão. Onde é que tá o Punch? Tudo azul. Manja, olha o ministro bambo saindo da maternidade. *Benedicat vos omnipotens Deus, Pater et Filius*. Uma ajudinha, moço. Os guris da alameda de Denzille. Porra, pro inferno! Pira. Isso, Isaac, fora com eles do campo. Vem com a gente, seu moço? Nada de metição na vida dos outros. O baita do bom do gajo. Tudo da mesma fornada. *En avant, mes enfants!* Fogo, canhão número um. Ao Burke! Daí avançaram cinco parasangas. A pernada é uma sopa onde é que tá esse desgranado da frente? O pastor Steve, credo de apóstatas. Não, não. Mulligan! Tome pra cá. Toca adiante. Olho no relógio. Hora de recolher. Mullee! Que é que te comicha? *Ma mère m'a mariée*. Beatitudes britânicas. *Ratamplan Digidi Boum Boum*. Os topos levaram a melhor. Para ser impresso e encadernado na imprensa do Druiddrum por duas mulheres sabichonas. Capas de vitela verde mijadas. Última palavra em cores artísticas. O mais bonito livro saído na Irlanda do meu tempo.

Silentium! Dá uma puxada mais. Tenção. Rumar para o boteco mais perto e requisitar o estoque de bebida. Marcha! Bate que bate, os rapazes (sentido!) estão ressecados. Bebida, bifes, biscates, bíblias, buldogues, batalhas, bestial e bispos. Mesmo que fosse no cocuruto do andaime. Bifebebes batam as bíblias. Quando para a Irlandorada. Bata os batedores. Trovanação. Manter a porra do passo malitar. Pregamos. A bibocaborracheira dos bispos. Alto! Bicanca à proa. Arremeter. Meter as caras. Não empurra. Ai meus calinhos! Machucou? Estupidamente desolado!
    Esgravatar. Quem é que manda nisto? Orgulhoso dono do diabo todo. Estou pendurado. Contra as cordas. Comigo nem uma xepa. Nem uma abobrinha na semana toda. Pra ti? A docinha dos nossos velhos pra *Übermensch*. Idem. Cinco da primeira. O senhor? Uma jinjibirra cordial. Me espanta, uma tisana de cocheiro. Dá caloria. Dá corda na tua engrenagem. Para de vez e não marcha mais de velho. Absinto pra mim, pescou? *Caramba!* Me dá um com gema ou dessa ostra do prado. Inimigo? Meu dá-horas está no prego. Dez para. Brigado pra burro. Não tem de quê. Traumatismo de peito, hem, Dix? No duro. Voi bicado bor uma apelhinha guanto ejdafa torminto no chartinchinho. Cava perto do Mater. Marrado é que é. Conhece a dona dele? Ora si, seu. Cheia da massa. Vi ela nos chambres. É de remexer com a gente. Pedaço de mormaço. Nada de ossame, ah, isso não. Arreia a cortina, minha vida. Duas libruscas. O mesmo aqui. Parece um atoladouro. Se se cai não dá jeito de levantar. Cinco, sete, nove. Puxa! Um par de bolachas de lunda do outro mundo. E os colchões dianteiros e os amortecedores traseiros. Ver para crer. Teus olhos de fome e teus peitos de manjarbranco me fisgaram, meu visgo. Senhor? Comicha de novo o reuma? Tudo isso é lero-lero, desculpa dizer. Para o zé-povinho. Uso pra isso uma faixa de lã. E então, doutorzinho? De volta da Lapônia? Tua sagacitante corporosidade está afiada? Como é que vão as donas e os paridos? Mulher depois de passar pela palha? Levanta e desbarriga. É a senha. Aí é que tá a coisa. Coa gente é morte branca e nascimento vermelho. Eh! Cospe no teu olho mesmo, patrão. Telegrama do mimo. Plagiado do Meredith. Jesuficado orquidicizado jesuíta policímico. Minha titia vai escrever ao Papai Kinch. O maumauzinho do Stephen está desencaminhando o bombonzinho do Malachi.
    Hurraa! Pega a parada, mocinho. Gira com a banca. Aí vai, bravo Jock escoceso tua tisana. Fogo pras tuas tripas e pro teu pandulho. Meu leitinho. *Merci*. À nossa. Como é que é? A perna na frente da cancela. Não mancha

minhas fraldas novinhas. Manda a pimenta pra cá, ó de lá. Pega. Cariz pra meter no nariz. Pescaste? Cacarejos de silêncio. Cada cabrão com sua galinha. Vênus Pandemos. *Les petites femmes*. Diabo de garota safada de Mullingar. Diga a ela que eu estava seco por ela. Ventando a Sara pelo ventre. Na estrada de Malahide. Eu? Mas se ela que me caçou me tivesse dado o seu nome. Que é que se pode ter por nove pences? Meu dengue, meu redengue. Uma Moll gostosa por uma virilhada. E um mergulho juntos. *Ex!*
Que é que quer, propetário? Mui decisilvamente. Aposto tuas calças. Pasmado de ver que as brilhosas não parecem, desambituado? Ele tem grana *ad lib*. Inda agorinha vi ele com três coroas das boas que não era à toa. Tou chegado mas teu convidado, tá? À vontade, cumpincha. Espicha o cobre. Duas barras e uma asa. Tu aprendeu isso desses pungas françudos? Aqui é toma lá dá cá. O filinho do papai sente à beça. A corzinha mais corada é do lado de cá. Te juro, paizinho. A gente é quase besta. A gente não é tão besta. Au reservoir, missiú. Brigado.
É, certo. Que é que te conto? Na bebericagem. Entupido.
Achim como te fecho, chim chinhor. Bantam, dois dias bambo. Mamando que é só clarete. Porra! Clareia-te, vamos. Puxa, estou tonto. E tinha estado antes no barbeiro. Cheio demais pra falar. Bloqueado. Como é que foi? Ele gostaria de ópera? Palhaço. Palha e aço. Polícia! Um pouco de H_2O para um desmaiado. Olha pras flores do Bantam. Gemini, ele vai berrar. A lourinha, minha lourinha. Oh, entope ele! Fecha a goela dele com um bom torniquete. Estava com o ganhador hoje até que lhe passei o azar. O rufião sugou o paco do Stephen. Manobrou pra me passar a putanheira da fêmea. Ele arrancou do estafeta do telégrafo que dava a deixa ao depósito da Bass. Lhe meteu pelas fuças um vintém e agarrou. Égua em forma boa pedida. Um guinéu contra um vintém de vento. Passou uma peta, então. Pelas Santas Escrituras. Despistamento criminoso? Penso que sim. Certo que sim. Podia levar ele contra a parede se o buquemeiquer bolasse o troço. Madden montando no Madden montou em má montaria. Ó tesão, nosso refúgio e força. Estou pirando. Tem de ir? Pra mamãe. Fica por aí. Preciso esconder minha encabulação. Tá na cara se ele me pega. Pra casa, Bantam da gente. Horrivuá, mon viú. Não vai te esquecer do manjericão pra ela. Coconfessa. Quem foi que te passou esse resfriado? Cá entre amigos. Pão pão. Do João Valentão, o marido dela. Nada de tapeação, meu velho Leo. Juro, palavra de hon. Que meus ossos remexam se eu. Aí está um baita de um grande frade

santo. Por que tu não me dizer? Pem, eu fecho, zi né um badrize limbo, pem, eu guelo zê misha mishinnah. Por Deus nosso senhôr. Amém.
Tu propões uma proposta? Steve menino, a coisa tá te subindo. Mais bebestíveis da figa? Quer o imensamente esplendífero pagante permitir um pagado da mais extrema pobreza e de uma grandaciosa sede tamanhuda termine uma dispendiosa libação incipiada? Dá-nos um alento. Hospedeiro, hospedeiro, tens do bom vinho, dianho? Anda, home, vinhemo pro porre. Corta e põe de novo. Isto Bonifácio! Absinto pra turma. *Nos omnes bibe-rimus viridum toxicum diabolus capiat posteriora nostra.* Hora de fechar, cavalheiros. Hem? Um vinho sacro para a secura de Bloom. Ouço que falas em cebolas? Bloo? Filar anúncios? Papaizinho da Foto, por tudo o que é maravilha! Toca baixo, compadre. Escapulir. *Bonsoir la compagnie.* E as armadilhas da engalicada. E onde está o bode é o sugadoce? Evaporou-se? Deixou a conta. Taí, agorinha se mete em casa. Xequemate. Rei à torre. Bons cristão, uma ajudinha prum mocinho que um companheiro dele levou a chave do barraco dele e num sabe onde botá a cabeça pra deitá 1 noite como esta. Pílula, estou frito. Que ternamente macacos me mordam se esta não é a mais melhoríssima das goladas que já tive. De acordo, escanção, dois bolinhos pra este bebê. Nada de melados nem caramelados! Nem um naco de queixo? Pro inferno coa sífilis e tudo que é espírito licenciado. É a hora. Quem vagabunda pelo mundo. Saúde. *À la vôtre!*
Diacho, que droga disso daquilo é o gajo da impermeável? Cão cinza. Manja a fatiota dele. Pelo lá de cima! Que é que deu nele? Peru de festa. Bovril, co diogo. Tá precisando que dói. Tá querendo um tortolho? Tu viu o maldito no Richmond? Tesconjuro! Pensava que tinha uma carga de chumbo no tanho dele. Loucura mansura. A gente chama ele de Pão Duro. Aquele, seu moço, era uma vez um chapa granudo. Cara teso e esfarrapado casou com moça esmulambada. Então ela caiu na encolha. Aí tu tem um perdido de amor. Impermeável Errante da grota funda. Mete e remexe. Hora regulamentar. Néris pros cornudos. Desculpe? Não vi ele hoje no abreterra? Um chapa teu que passou ele pra trás? Do esculacho! Pobres fedelhos! Vai contar essa pro outro, seu fresco de Pold! A burrada toda abriu o berrador porque o velho Padney bateu o cu na cerca? De toda a macacada seu Pat era o mais melhor. Desque sou gente não vi nunca coisa igual. *Tiens, tiens,* mas é bem triste, isso, lá isso é. No duro, é de tirar um de cada nove. Tudo tá fora dos eixos. Caso dois contra um que o Jenatzy vai achatá o amarelo. Os nipos? Fogo de ângulo alto, dá! Afundados pelos comunicados de guerra.

Duro nele, diz ele, como nenhum rússio. Tá na hora. Tem onze deles. É andá, gentes. Toca, cambada cambaia! Basnoite! Basnoite! Por Alá, o Excelente, que tua alma esta noite sempre tremendamente conserve.

Mais atenção! A gente num tá tão no pileque. A polícia de Leith nos dispensa. Nos diz pensa. Semo perdigões para os perdigotos do gajo que tá vomitando. Tá mau nas regiões abominais. Uiiaia. Basnoite. Mona, meu grande amor. Mona, meu só amor. Uiia.

Chiu! Tapar os bocômetros. Plafe! Plafe! Tá queimando. Lá vai ela. Bombeiros! Atracar! Pela rua do Monte. Atalha. Plafe! Pra frente. Tu não vem? Anda, fila, chispa. Plaaaafe!

Lynch! Ei! Me sigam. A alameda de Denzille é por aqui. A muda é aqui pra Casputas. Nós dois, disse ela, vamos procurar a marafa onde a Maria escondida estafa. Topo, é só mandá. *Laetabuntur in cubilibus suis.* Tu tá vindo? Me conta, que diabo de negrume de fuão é o de preto? Psiu! Pecado contra a luz e mesmo agora que o dia tá perto quando ele vai chegá pra julgá o mundo pelo fogo. Plafe! *Ut implerentur scripturae.* Ataca uma cantoria. Então falastrou o medicando Dick ao seu camarada medicando Davy. Cristículo, quem é aquele excremento amarelo de predicador do salão Merrion? Elias está chegando lavado no Sangue do Anho. Vamos, seus vinhissugassugas, ginchupachupas traguembuchabuchas malparidos! Vamos, candemonhos, encangados, chifrudos, queixadadudos, miolomoloides, latrinadas de caras de fuinha, rebates falsos, excessos de bagagem! Vamos, extractos tridestilados de infâmia! Aqui o Alexander J. Christ Doxie, que empurrou pra glória mais da metade deste planeta da praia de 'Frisco a Vladivostoque. A Divindade nũé uma cambada de porristas que a gente se junta por um vintém. Garanto que Ele tá na praça e dando a vocês uma deixa prum negócio e tanto. Ele é o maior até agora, é bom que vocês não esqueçam. Vamos berrar a salvação no rei Jesus. Tu tem que levantá bem de madrugadinha, seu pecador aí, se tu qué tapeá o Todo-poderoso. Plafe! Tudo ou nada. Ele tem um xarope com uma tisana pra ti, meu chapa, no bolso dele. É só exprimentar.

A entrada *na rua Mabbot da cidade noturna, em frente à qual se estende um cenário de garagem descarnada de bondes com trilhos em esqueleto, pisca-piscas vermelhos e verdes e sinalizadores de perigo. Fileiras de casas frágeis com portas escancaradas. Raros lampiões com desmaiadas mangas irisadas. Ao redor da gôndola de sorvetes parada de Rabaiotti homens e mulheres boquejam. Agarram casquinhas em que se aderem migas de neve de carvão e azinavre. Chupando, espalham-se devagar. Crianças. A bicanca pescoço de cisne da gôndola, sobrerguida, lentirrompe pelo escuro, azul e branca sob um farol. Assovios chamam e respondem.*

OS CHAMADOS: Espera meu bem, que já vou contigo.

AS RESPOSTAS: Aí detrás da cocheira.

(Um surdo-mudo idiota de olhos esbugalhados, a boca disforme babando, trasteja, sacudido da dança de são oito. Uma ciranda de mãos de crianças o aprisiona.)

AS CRIANÇAS: Lanfranhudo! Viva.

O IDIOTA: *(Levanta um braço paralítico e gorgulha)* Grrghunda!

AS CRIANÇAS: Onde está a luz grande?

O IDIOTA: *(Escumando)* Guaguache.

(Elas o soltam. Ele rasteja. Uma mulher pigmeia balança-se numa corda estendida entre balaustradas, contando. Uma forma acachapada numa lixeira e abafada pelos braços e chapéu move-se, rosna rangendo os dentes e ronca de novo. Num degrau um gnomo cambaleando em meio a um monte de entulho agacha-se para pôr ao ombro um saco de trapos e ossos. Uma coroca ao lado com um lampião a óleo fumarento soca uma última garrafa na goela do saco. Ele arqueja ao seu butim, achata de banda o boné e manqueja a fora mudamente. A coroca retorna para a sua toca oscilando o lampião. Um pirralho retorto, acocorado na soleira com uma folha volante, engatinha aos trancos em pós ela, agarra-se à saia, remonta. Um estradeiro bêbado atanaza com ambas as mãos as grades de um pátio, bamboleando pesadamente. Numa esquina dois guardas-noturnos de pelerine, as mãos nos cabos dos casse-têtes, sobranceiram taludos. Um prato espatifa-se; uma mulher esganiça-se; uma criança choraminga. Pragas de um homem rosnam,

ressoam, cessam. Figuras erram, emboscam-se, espiam dos cortiços. Num quarto alumiado por uma vela afincada num gargalo de garrafa, uma bruaca espenteia as borras da cabeleira de uma criança escrofulosa. A voz de Cissy Caffrey, ainda jovem, canta em agudo de um beco.)

CISSY CAFREY:

>Eu dei ela a Molly
>Que gosta e que engole,
>A pata do pato
>A pata do pato.

(O soldado Carr e o soldado Compton, casse-têtes fixos nos sovacos, no que marcham duvidosos meia-volta à direita soltam juntos da boca um revoada de peidos. Gargalhadas dos homens no beco. Uma virago rouquenha retorque.)

A VIRAGO: Tesconjuro, seus cus peludos. A menina Cavan tem mais força.

CISSY CAFREY: Mais sorte para mim. Cavan, Cootehill e Belturbet. *(Ela canta)*

>Eu dei ela a Nelly
>Pra pôr pela pele
>A pata do pato
>A pata do pato.

(O soldado Carr e o soldado Compton voltam-se e contrarretorquem, com as túnicas sanguiluzentes a um lampirrevérbero, os negros cascos dos seus quépis sobre louros cocos de cobre. Stephen Dedalus e Lynch passam pela turba perto das rubritúnicas.)

O SOLDADO COMPTON: *(Vibra um dedo)* Deem passagem ao pastor.

O SOLDADO CARR: *(Volta-se e grita)* Olá, o pastor!

CISSY CAFREY: *(Elevando-se sua voz mais aguda)*

Ela agora tem
Mas onde retém?
A pata do pato.

(Stephen floreando o freixestoque na mão esquerda, salmodia alegre o introit do serviço pascal. Lynch, com chapéu de jóquei, caído sobre o cenho, espera-o, mofa de desprazer enrugando-lhe o rosto.)

STEPHEN: Vidi aquam egredientem de templo a latere dextro. Alleluia.

(As tortifauces famélicas de uma marafona velhusca repontam de uma porta.)

A MARAFONA: *(Sua voz ressoprando ressurdamente)* Psiu! Vem cá que quero falar. Cabaçuda aqui dentro. Psiu.

STEPHEN: *(Altius aliquantulum)* Et omnes ad quos pervenit aqua ista.

A MARAFONA: *(Cospe na esteira deles seu jorro de veneno)* Medicalhos do Trinity. Trompa falopiana. São picões sem penies.

(Edy Boardman, refungando, agachada com Bertha Supple, passa o seu xaile pelas ventas.)

EDY BOARDMAN: *(Matraqueando)* Então a outra falou: Eu te vi na praça da Fé com teu gostosão, o graxeiro da ferroviária, com aquele chapéu dele de vamos-pra-cama. Viu? eu falei. Tu não deve falar isso, falei eu. Tu nunca me viu atracada com escocês casado, falei eu. E logo uma zinha como ela. Mas que égua. Cabeçuda como uma mula! E quando ela foi com dois de uma vez, o maquinista Kildbride e o cabo Oliphant.

STEPHEN: *(Triumphaliter)* Salvi facti sunt.

(Floreia seu freixestoque espatifando a imagem do lampião, espalhando a luz por sobre o mundo. Um fraldiqueiro branco e mel esgueira-se em pós ele, rosnando. Lynch o espanta com um pontapé.)

LYNCH: E então?

STEPHEN: (*Olha para trás*) E então o gesto, não a música, não os odores, seria a linguagem universal, o dom das línguas tornando visível não o sentido vulgar mas a primeira enteléquia, o ritmo estrutural.

LYNCH: Filoteologia pornosófica. Metafísica na rua de Mecklenburg!

STEPHEN: Vimos Shakespeare megeramontado e Sócrates galinhabicado. Mesmo o omnissapientíssimo estagirita foi bocado, bridado e montado por uma mariposa-do-amor.

LYNCH: Bolas!

STEPHEN: Embora, quem quer dois gestos para ilustrar um bolo e um jarro? Este movimento ilustra o bolo e o jarro de pão e vinho em Omar. Segura meu estoque.

LYNCH: Pros diabos com teu estoque amarelo. Para onde é que vamos?

STEPHEN: Lince luxurioso, a *la belle dame sans merci, Georgina Johnson, ad deam qui laetificat juventutem meam.*

(*Stephen investe-o do estoque e lentamente estende os braços, a cabeça virada para trás até que ambas as mãos fiquem a um palmo do peito, palmas para baixo em planos intersecantes, os dedos prontos a separarem-se, a esquerda um pouco mais alto.*)

LYNCH: Qual é o jarro de pão? Não importa. Isto ou a alfândega. Ilustra. Aqui está tua muleta e anda.

(*Eles passam. Tommy Caffrey rasteja para um lampião a gás e, agarrando-se-lhe, trepa-o aos espasmos. Do tope do esporão ele desliza para baixo. Jack Caffrey agarra-se para trepar. O estradeiro cambaleia contra o lampião. Os gêmeos desaparecem pela escuridão. O estradeiro, oscilando, aperta um indicador contra uma asa do nariz e ejecta pela outra narina um largo jacto líquido de meleca. Pondo aos ombros o lampião ele sai ziguezagueando pela turba com seu archote chamejante.*)

Cobras da bruma do rio serpeiam lento. Dos esgotos, gretas, cloacas, entulhos levantam-se por todos os lados emanações estagnanteso. Um clarão salta ao sul além da embocadura à vazante do rio. O estradeiro ziguezagueando adiante fende a turba e cambaleia rumo ao desvio de bondes. De outro lado sob a ponte ferroviária aparece Bloom avermelhado, resfolegando, enchendo de pão e chocolate um bolso do lado. Da vidraça do cabeleireiro Gillen um retrato compósito mostra-lhe a brava imagem de Nelson.

Um espelho côncavo ao lado apresenta a ele um longulasso amorleixado lúgubru Booloohoom. Um grave Gladstone o fita fixo, Bloom a Bloom. Ele passa, tenso ao olhar dum truculento Wellington mas no espelho convexo gargalham distensos os olhos bonacheirões e as bochechas rechonchudas do Bompoldynho o ricotico do caracoldinho.

À porta do António Rabaiotti Bloom estaca, suarento sob brilhantes lâmpadas em arco. Ele desaparece. Num momento, reaparece e se apressa.)

BLOOM: Peixe e fritas. N. b. Ah!

(Ele desaparece no Olhousen, o açougueiro de porco, sob baixante porta de rolo. Poucos instantes depois emerge da porta, palpitante Poldy, bufante Bloom. Em cada mão sustém um embrulho, um contendo um pé de porco cálido, o outro uma pata de carneiro fria, salpicados de pimenta em grão. Ele arfa, retesando-se. Então inclinando-se para um lado aperta um embrulho contra as costelas e geme.)

BLOOM: Pontado do lado. Por que é que corri?

(Toma fôlego com cuidado e avança lento para os lampiões do desvio. O clarão salta de novo.)

BLOOM: Que é isso? Um farol? Um holofote.

(Para na esquina do Cormack, espiando.)

BLOOM: *Aurora borealis* ou uma fundição de aço? Ah, os bombeiros, está claro. De qualquer jeito é pelos lados do sul. Grande blazefogueira. Podia ser a casa dele. É a toca do lobo. Estamos a salvo. (*Cantarola animado*) Londres arde, Londres arde! No fogo, no fogo! (*Toma tento do estradeiro cambaleando pela turba do outro lado da rua Talbot*) Vou perdê-lo. Corramos. Rápido. Melhor cruzar aqui.

(*Lança-se a cruzar a rua. Pivetes gritam.*)

OS PIVETES: Cuidado, moço!
(*Dois ciclistas, com lanternas de papel acesas tremelicando, torneiam perto dele, tangenciando-o, suas campainhas tilintando.*)

AS CAMPAINHAS: Paraparaparaolha.

BLOOM: (*Para esticado tocado de uma fisgada*) Ui.

(*Olha à volta, lança-se à frente de chofre. Pela bruma montante um espalha-areia mastodôntico, em marcha cautelosa, retorce-se sobre ele, piscando sua enorme lanterna vermelha, seu trole silvando no fio. O motorneiro pedala seu alarme.*)

O ALARME: Ban Ban Bla Ba Blu Bu Bloo.

(*O breque atrita-se violento. Bloom, levantando uma branquiluvada mão de polícia, enleia-se pernaduro, para fora do trilho. O motorneiro, projetado à frente, arrebitado, no timão, urra no que manobra correntes e chaves.*)

O MAQUINISTA: Eh, seu borrabragas, estás bancando o mágico?

BLOOM: (*Bloom saltita para o meio-fio e para de novo. Limpa uma barriborra da bochecha com mão embrulhada*) Tráfego impedido. Raspou por um triz mas curou a fisgada. Preciso fazer de novo exercícios de Sandow. De mãos e tudo. Seguro também contra acidentes de rua. A Providencial. (*Tacteia o bolso das calças*) Talismã da pobre mamãe. O salto se prende fácil nos trilhos ou o cordão numa roda. O dia em que a roda do tintureiro da polícia arranhou meu sapato na esquina do Leonard. Terceira vez é pra valer. Golpe do calçado. Condutor insolente. Devia me queixar dele. A tensão os torna nervosos. Podia ser o sujeito que me barrou de manhã de ver aquela amazona. Mesmo tipo de beleza. Ele foi rápido de todos os modos. Marcha dura. A palavra certa roça com a troça. Aquela cãibra desgraçada no beco do Lad. Algo envenenado que comi. Emblema da sorte. Por quê? Gado perdido provavelmente. Marca da alimária. *(Fecha os olhos um instante)* Um tanto de tontura. A de todo mês ou por causa daquela outra. Miolobrumabroca. Este sentimento de cansaço. Já é demais para mim. Ui!

(Uma silhueta sinistra apoia-se de pernas pregueadas contra o muro de O'Beirne, uma cara desconhecida, injectada de mercúrio escuro. Por debaixo de um sombreiro abilargo a silhueta o mira de maus olhos.)

BLOOM: *Buenas noches, señorita Blanca, que calle es esta?*

A SILHUETA: *(Impassível, levanta um braço-sinal)* Senha. *Sraid Mabbot.*

BLOOM: Ah ah. Merci. Esperanto. Slan leath. *(Ele cochicha)* Espia da liga gaélica, enviada por aquele cospefogo.

(Caminha adiante. Um trapeiro saco-ao-ombro barra-lhe a passagem. Toma à esquerda, o trapeiro à esquerda.)

BLOOM: Peço-lhe.
  (Ele pula para a direita, o traseiro para a direita.)

BLOOM: Peço-lhe.
  (Ele guina, enviesa, ladeia, esgueira-se e adiante.)

BLOOM: Guarde à direita, direita, direita. Se há um indicador plantado pelo Touring Club em Passedelado quem cuidou desse bem público? Eu que perdi meu rumo e colaborei para as colunas do *Ciclista Irlandês* com uma carta encabeçada de *"No escuríssimo Passedelado"*. Guarde, guarde, guarde a direita. Trapos e ossos, à meia-noite. Um receptador mais verossimilmente. O primeiro lugar a que um assassino se dirige. Lavar-se dos pecados do mundo.

(Jacky Caffrey, perseguido por Tommy Caffrey, corre a toda contra Bloom.)

BLOOM: Oh!

(Atropelado, de coxas bambas, ele estaca. Tommy e Jacky esvaem-se, aqui, ali. Bloom palpa com mãos embrulhadas relógio, algibeira, bolso de carteira, bolso de moedas, doçuras do pecado, batata, sabonete.)

BLOOM: Cuidado com punguistas. Velha artimanha de ladrões. Esbarram. Depois pescam-te a carteira.

(O podengo aproxima-se farejando, focinho no chão. Uma forma escarrapachada espirra. Uma encurvada figura barbuda aparece envergando o longo cafetã de um ancião de Sion e um barrete doméstico com borlas magentas. Óculos córneos pendem pelas aletas do nariz. Há estrias de veneno amarelo por sobre o rosto tenso.)

RUDOLPH: Segunda meia coroa de dinheiro desperdiçado hoje. Já te disse pra não andar com gajo bêbado nunca. Taí. Tu não ganha dinheiro.

BLOOM: *(Esconde o pé e a pata pelas costas e, cristacaído, tacteia as pedicarnes cálida e fria)* Ja, ich weiss, papachi.

RUDOLPH: Que é que tá fazendo aí nesse lugar? Tu não tem alma? *(Com trêmulas garras vulturinas tacteia o rosto silencioso de Bloom)* Tu não é o meu filho Leopold, neto de Leopold? Tu não é meu querido Leopold que deixou a casa de seus pais e deixou o deus de seus pais Abraão e Jacob?

BLOOM: *(Com precaução)* Creio que sim, pai. Mosenthal. Isso é tudo que resta dele.

RUDOLPH: *(Severamente)* Uma noite te levam pra casa bêbado como um cachorro depois de gastar teu bom dinheiro. Como é que tu chama esses sujeitos que correm?

BLOOM: *(Em elegante terno azul de jovem de Oxford com coletes brancos, ombros estreitos, chapéu castanho alpino, trazendo um relógio de cavalheiro de prata de lei Waterbury sem pino e dupla corrente Albert com selo ligado, um lado dele coberto de lama pegajenta)* Acorredores, pai. Só uma volta.

RUDOLPH: Uma volta! Lama da cabeça aos pés. Cortas a mão. Trismo. Te fazem *kaput*, Leopoldleben. Olho nesses gajos.

BLOOM: *(Fracamente)* Eles me desafiaram para uma corrida. Estava enlameado. Escorreguei.

RUDOLPH: *(Com desprezo) Goim nachez.* Belo espectáculo para tua pobre mãe!

BLOOM: Mamãe!

ELLEN BLOOM: *(Com touca de fita de dama de pantomima, crinolina e anquinhas, blusa de viúva Twankey com mangas bufantes abotoadas atrás, mitenes cinzentas e broche de camafeu, e cabeleira entrançada numa rede encachoante, aparece na balaustrada da escada, um castiçal inclinado na mão e grita num alarme agudo)* Ó bendito Redentor, que é que eles fizeram nele! Meus sais de cheiro! *(Ela ergue uma banda da saia e rebusca o bolso de sua anágua pálida listrada. Um frasco, um Agnus Dei, uma bata engelhada e uma boneca de celuloide caem fora)* Sagrado coração de Maria, onde estiveste enfim, enfim?

(Bloom, rezingando, os olhos baixados, começa a depositar seus embrulhos nos bolsos recheios mas desiste, resmungando.)

UMA VOZ: *(Cortantemente)* Poldy!

BLOOM: Quem é? *(Esquiva-se e resguarda-se encabulado de um golpe)* Às ordens.

(Olha para cima. Ao lado da miragem dela de tamareiras uma formosa mulher em trajes turcos está ante ele. Curvas opulentas enchem seus calções escarlates e um bolero entalhado de ouro. Uma ampla faixa amarela à cintura. Um branco yashmak *violeta na noite cobre-lhe o rosto, deixando livres somente seus grandes olhos negros e cabelos corvinos.)*

BLOOM: Molly!

MARION: Bonity! Senhora Marion daqui por diante, meu caro senhor, quando falar comigo. *(Satiricamente)* Está o pobre maridinho de pés frios de tanto esperar?

BLOOM: *(Muda de pé em pé)* Não, não. Nem um poucochinho de nada.

(Respira em funda agitação, engolindo tragadas de ar, pergunta, espera, pés para a ceia dela, coisas por dizer-lhe, desculpa-se, desejo, encantado. Uma moeda brilha na testa dela. Nos seus pés há artelhos enjoiados. Seus tornozelos estão presos por uma fina grilhicadeia. Ao seu lado um camelo, cristado de um turbante turriforme, espera. Uma escada de seda de inumeráveis degraus galga a sua hauda bamboleante. Ambula perto com os posquartos irritados. Violentamente, ela espanca sua anca, suas pulseiras ouromarchetadas colerirando-se, ralhando-o em mourisco.)

MARION: Nebrakada! Femininum.

(O camelo, levantando uma antepata, arranca de uma árvore uma grande manga, oferece-a, piscando, à sua dona, na sua pata forcada, depois arria a cabeça e, grunhindo, com o pescoço levantado, canhestreia para ajoelhar-se. Bloom arqueia as costas para pularem carniça.)

BLOOM: Posso dar-lhe... Quero dizer como seu conjugerente de negócios... Senhora Marion... se lhe...

MARION: Então notaste alguma modificação? *(As suas mãos perpassam lentas por sobre seu próprio peitilho penduricalhado. Uma lenta mofa amigável nos olhos dela)* Ó Poldy, Poldy, és um pobre pau de lama! Anda e vê a vida. Vê o grande mundo.

BLOOM: Eu estava precisamente voltando por aquela loção cerabranca, água de flor de laranjeira. Comércio fecha cedo às quintas. Mas primeira coisa amanhã de manhã. *(Palpa diversos bolsos)* Este rim deslocado. Ah!

(Aponta para o sul, depois para o leste. Um bolo de sabonete de limão novo limpo levanta-se, difundindo luz e perfume.)

O SABONETE:

Eta casal capital Bloom e eu;
Ele ilumina a terra e eu lustro o céu.

(A cara sardenta de Sweny, o boticário, aparece no disco solsabonete.)

SWENY: Três e um pence, por favor.

BLOOM: Sim. Para minha mulher, a senhora Marion. Receita especial.

MARION: *(Meigamente)* Poldy!

BLOOM: Sim senhora.

MARION: *Ti trema un poco il cuore?*

(Com desdém ela flana afora, patola qual pomba papuda paparicada, arrulhando o dueto do Don Giovanni.)

BLOOM: Está certa quanto a esse *Voglio?* Quero dizer a pronún...

(Ele segue-a, seguido pelo terrier farejador. A marafona velhusca segura a manga dele, luzindo as cerdas do sinal do queixo dela.)

A MARAFONA: Dez xelins uma cabaçuda. Coisa fresquinha nunca foi tocada. Quinze. Não tem ninguém lá dentro salvo o velho pai dela num porre total.

(Ela aponta. No buraco de sua toca escura furtiva, chuvimolha farrapada Bridie Kelly está de pé.)

BRIDIE: Rua Hatch. Alguma boa intenção?

(Com um guincho ela rebate seu xaile morcego e corre. Um bruto troncudo a encalça com passadas embotadas. Ele tropeça nos degraus, recobra-se, mergulha na escuridão. Guinchos fracos de gargalhada são ouvidos, mais fracos.)

A MARAFONA: *(Seus lupinolhos brilhando)* Ele está tendo seu gosto. Não se pega uma virgem nas casas berrantes. Dez xelins. Nada de ficar por aí a noite toda até vir o tira à paisana. O sessenta e sete é um fidaputa.

(Soslaiando, Gerty MacDowell coxeia à frente. Retira de detrás cúpida, e mostra tímida sua pecinha ensanguentada.)

GERTY: Com todos os meus bens terrenais eu vos e a vós. *(Ela cochicha)* Fizeste isto. Te odeio.

BLOOM: Eu? Quando? Está sonhando. Nunca a vi.

A MARAFONA: Deixa o cavalheiro em paz, sua mexeriqueira. Escrevendo ao cavalheiro cartas falsas. Batendo rua e chamariscando. Melhor seria que tua mãe te sovasse ao pé da cama, sua levada da breca.

GERTY: *(A Bloom)* Tu que viste todos os segredos de minha gaveta do fundo. *(Ela afaga a manga dele, choramingando)* Seu sujo de homem casado! Te amo por ter feito isso em mim.

(Ela esgueira-se fora tortuosamente. A senhora Breen em sobretudo de ratina de homem com bolsos em foles soltos está na calçada com marotos olhos escancarados, sorrindo com todos os seus servidentes herbívoros.)

A SENHORA BREEN: Senhor...

BLOOM: *(Tosse com gravidade)* Senhora, quando tivemos este prazer por nossa carta datada de dezesseis do fluente...

A SENHORA BREEN: Senhor Bloom! Bem aqui neste pouso do pecado! Peguei-o na boa! Tratante!

BLOOM: *(Precipite)* Não tão alto com meu nome. Por quem é que me toma? Não me solte por aí. As paredes têm ouvidos. Como tem passado? Há tanto tempo que. Está esplêndida. Absolutamente. Tempo da estação é o que estamos tendo nesta parte do ano. O preto refracta o calor. Atalho por aqui rumo de casa. Quarteirão interessante. Salvação de mulheres decaídas o Asilo da Madalena. Sou o secretário...

A SENHORA BREEN: *(Levanta um dedo)* Não me venha agora com uma boa peta! Sei de alguém que não gostaria disto. Espere até que eu veja Molly! *(Dissimuladamente)* Explique-se agora mesmo ou ai do senhor!

BLOOM: *(Olha para trás)* Ela diz com frequência que gostaria de visitar. Ver cortiços. O exótico, compreende. Criados pretos de libré também se ela tivesse dinheiro. Otelo o bruto negro. Eugene Stratton. Até os pauliteiros e o chefe de banda dos negrinhos de Livermore. Os irmãos Bohee. Queda por essas coisas.

(Tom e Sam Bohee, negrinhos coloridos em trajes de brim branco, meias escarlates, peitilhos Sambo bisengomados e grandes ásteres escarlates nas lapelas, saltam. Cada um traz pendurado seu banjo. Suas negroides mãos mais pálidas e menores tilintam as cordas estridentinentes. Chispeando cafres olhos e dentuças brancos atoardam numa saraivada de tacões toscos, ponteando, cantando, costas com costas, ponta salto, salto ponta, com negros beiços estralagraxomatracantes.)

TOM E SAM:

    Tem gente em casa com Dina
    Tem gente em casa, que eu manjo,
    Tem gente em casa com Dina
    Tocando seu velho banjo.

(Eles arrancam as máscaras negras de cruas caras correntes: então, cricrilando, casquinando, negaceando, nasalizando eles chibaquechibam um queiquoque afora.)

BLOOM: *(Com um azedo sorriso ternusco)* Um pouco frívolo, acaso, se concorda? Prazer-lhe-ia quiçá que a tomasse em meus braços não mais que por uma fracção de um segundo?

A SENHORA BREEN: *(Berra alegremente)* Ó, seu descarado! Devias ver tua cara!

BLOOM: Por nossos bons amores. Quis dizer só uma quadrilha, uma mesclada mistura matrimonial de nossos conjugiaizinhos. Você sabe que sempre lhe guardei um doce cantinho. *(Desalentadamente)* Fui eu que lhe enviei aquela cartinha de São Valentino da querida gazela.

A SENHORA BREEN: Santa Glória, estás com uma cara de santarrão! É de matar simplesmente. *(Ela estende a mão inquisitivamente)* Que é que estás escondendo nas costas? Conta, seja bonzinho.

BLOOM: *(Segura-lhe o pulso com a mão livre)* Josie Powell então, a mais bela debu de Dublin. Como o tempo voa! Lembra-se, auscultando atrás em arranjo retrospectivo, da noite do velho Natal na inauguração da casa de Georgina Simpson enquanto se brincava com o jogo de Irving Bishop de achar o alfinete de olhos vendados e adivinhar o pensamento? Assunto, que é que está nesta boceta de rapé?

A SENHORA BREEN: Eras o leão da noite com teu recitativo sericômico e estavas à altura do papel. Eras sempre o favorito das damas.

BLOOM: *(Escudeiro das damas, em jaqueta de sarau, com debruns de seda marejada, emblema azul maçônico na lapela, laço negro e botões de madrepérola, com taça prismática de champanhe inclinada em sua mão)* Senhoras e senhores, brindo pela Irlanda, o lar e a beleza.

A SENHORA BREEN: Os meigos momentos mortos que não volvem. A velha doce canção do amor.

BLOOM: *(Significativamente baixando a voz)* Confesso que estou fervendo de curiosidade para saber se certa coisa de certa pessoa não está fervendo neste momento.

A SENHORA BREEN: *(Arrebatadamente)* Fervendo tremendamente. Londres ferve e eu estou fervendo todinha. *(Ela se esfrega contra ele)* Depois dos jogos de mistério do salão e os estralos puxados das árvores nós nos sentamos na otomana da escada. Debaixo da visgueira. Dois eram tudo.

BLOOM: *(Usando chapéu de Napoleão púrpura com uma meia-lua âmbar, seus dedos e polegares escorrendo lentos por sua carnuda palma macia meio molhada que ela entrega molemente)* A hora feiticeira da noite. Tirei a estilha dessa mão, cuidadosamente, vagarosamente. *(Ternamente, no que ele lhe enfia no dedo dela um anel de rubi) Là ci darem la mano.*

A SENHORA BREEN: *(Em vestido vesperal inteiriço executado em azul plenilúnio, um diadema de ouropel de sílfide à fronte com seu carnê de baile tombado ao lado de sua chinelinha de cetim azul-lua, curva suavemente sua palma, respirando apressada) Voglio e non.* Ardes! Tu estás pelando! A mão esquerda é a do coração.

BLOOM: Quando você fez a sua presente escolha dizia-se que era a bela e a fera. Não posso jamais perdoar-lhe isso. *(Seu punho cerrado à fronte)* Pense no que isso significa. Tudo o que você significava para mim então. *(Rouquenhamente)* Mulher, isso me destroça!

(Dennis Breen, alviencartolado, com cartaz-sanduíche do Wisdom Hely, arrasta-se ante eles em sandálias de cordas, a barba baça espetando, resmungando para a direita e para a esquerda. O miúdo Alf Bergan, dissimulado no manto do ás de espadas, o cachorreia à esquerda e à direita, dobrado a rir.)

ALF BERGAN: *(Aponta zombando para os cartazes-sanduíche)* EE. Gh: és gagá.

A SENHORA BREEN: *(A Bloom)* Que sete pintado debaixo da escada. *(Ela o fita com olho melado)* Por que não beijaste a pinta para curá-la? Tu querias.

BLOOM: *(Chocado)* A melhor amiga de Molly! Como podia?

A SENHORA BREEN: *(Sua língua polpuda entredentes, oferece um beijo de pomba)* Hum. A resposta é bolas. Tens aí um presentinho para mim?

BLOOM: *(Improvisadamente) Kosher.* Um bocadinho para a ceia. Sem carne enlatada lar discreto é incompleto. Fui a *Leah.* A Bandman Palmer. Expoente definitiva de Shakespeare. Infelizmente joguei fora o programa. Diabo de bom lugar este para pés de porco. Toque.

(Richie Goulding, os chapéus de três damas alfinetados na cabeça, aparece bambeado de lado pela negra mala legal de Collis e Ward em que um crânio

e ossos cruzados piratas estão pintados a água de cal. Abre-a e mostra-a cheia de salsichas e arenques defumados, pescadinhas de Findon e pílulas bem acondicionados.)

RICHIE: O mais em conta de Dublin.

(O calvo Pat, abelhudo aporrinhado, está no meio-fio, dobrando o guardanapo, servindo-se a servir.)

PAT: *(Avança com uma travessa inclinada de molho transbordibordante)* Bofe e rins. Garrafa de cerveja. Ih ih ih. Sirva-se esperar que eu sirva.

RICHIE: Eunun caco mientoda...

(Com cabeça pendente ele caminha caninamente adiante. O estradeiro, cambaleando perto, escorneia-o com seu antilaríete flamejante.)

RICHIE: *(Com um grito de dor, a mão na traseira)* Ai! Nefrite! Dinamite!

BLOOM: *(Aponta para o estradeiro)* Um espia. Não chame atenção. Odeio as turbas estúpidas. Não estou em maré de prazer. Estou em grave transe.

A SENHORA BREEN: Tapeando e alaudindo como de hábito com tuas histórias pra boi dormir.

BLOOM: Quero contar-lhe um segredinho de como aconteceu eu vir aqui. Mas você precisa não contar adiante. Nem mesmo a Molly. Tenho uma razão muito especial.

A SENHORA BREEN: *(Toda ansiosa)* Oh, por nada neste mundo.

BLOOM: Andemos um pouco. Pode ser?

A SENHORA BREEN: Andemos.

(A marafona faz um sinal despercebido. Bloom caminha com a senhora Breen. O terrier segue-os, lamuriando-se lastimosamente, abanando a cauda.)

A MARAFONA: Rebotalho de judeu!

BLOOM: *(Em traje desportivo creme de aveia, um rebento de madressilva à lapela, camisa amarelo-clara último tom, cachecol de xadrez de pastor com cruz de Santo André, polainas brancas, guarda-pó castanho-corça no braço, borzeguins vermelho-fulvos, binóculos à bandoleira e um chapéu chato cinza)* Lembra-se de há muito muito tempo, anos e anos atrás, logo depois que Milly, nós lhe chamávamos Marionette, foi desmamada quando fomos todos juntos às corridas de Fairyhouse, não é assim?

A SENHORA BREEN: *(Em elegante* tailleur *Saxe, chapéu de veludo branco e véu invisível)* Leopardstown.

BLOOM: Quero dizer, Leopardstown. E Molly ganhou sete xelins num três-anos de nome Não-me-digas e a torna-viagem por Foxrock naquele velho calhambeque de carruagem de cinco lugares você estava em plena forma então e trazia um chapéu novo de veludo branco com um rebordo de pele de toupeira que a senhora Hayes lhe aconselhou a comprar porque estava rebaixado para dezenove e onze, um pedacinho de arame e um velho naco de belbutina, e aposto o que quer que ela fez isso de propósito...

A SENHORA BREEN: É claro que fez, aquela gata! Nem me fales! Boa conselheira!

BLOOM: Porque ele não ia nem por sombra bem em você como aquele amoreco de touquinha boina com a asa da ave-do-paraíso nela que eu apreciava em você e você parecia sinceramente tão atraente com ela embora fosse uma pena matá-la, sua criatura cruel, aquele pedacinho de ser vivo de coração do tamanho de um pontinho.

A SENHORA BREEN: *(Aperta o braço dele, entressorrindo)* Que cruelzinha de má que eu era.

BLOOM: *(Baixo, segredantemente, sempre mais rápido)* E Molly estava comendo um sanduíche de bife acepipado da cestinha da senhora Joe Gallagher. Francamente, ainda que ela tivesse seus conselheiros ou admiradores, nunca me havia interessado por sua maneira. Ela era...

A SENHORA BREEN: Demasiado...

BLOOM: Sim. E Molly se ria porque Rogers e Maggot O'Reilly estavam macaqueando um galo no que passávamos pela casa da granja e Marcus Tertius Moses, o negociante de chá, nos ultrapassou numa charrete com a filha dele, Bailarina Moses era o nome dela, e o cãozinho-d'água no regaço dela se empertigou e você me perguntou se eu jamais tinha ouvido ou lido ou sabido ou topado...

A SENHORA BREEN: *(Avidamente)* Sim, sim, sim, sim, sim, sim, sim.

(Ela se esvai de seu lado. Seguido do cão lamuriento ele avança rumo às portas do inferno. Numa arcada uma mulher em pé, inclinada para a frente, de pernas abertas mija vacamente. De fora de um botequim de persianas fechadas um bando de vadios ouve uma história que o seu capataz de nariz arrebentado arranha com graça rouca. Dois manetas dentre eles gingam retorcendo-se, rosnando, em aleijado arremedo de luta de terreiro.)

O CAPATAZ: *(Acaçapa-se, a voz enroscando-se nas fauces)* E quando Cairns chegou embaixo do andaime na rua Beaver onde é que ele não estava senão que metido num barril de cerveja que lá esperava sobre as maravalhas pelos estucadores do Derwan.

OS VADIOS: *(Gargalhar de palatos rachados)* Puxa!

(Seus chapéus pinturalhados ondeiam. Respingados de cola e caliça de suas choupanas cabriolam desmembrados perto dele.)

BLOOM: Coincidência também. Acham que é engraçado. Tudo menos isso. Em pleno dia. É tentar passar. Felizmente não há mulher.

OS VADIOS: puxa, essa é boa. E das salgadas. Puxa, na cerveja dos gajos.

(Bloom passa. Putas baratas, sós, aos pares, enxailadas, desgrenhadas, chamam de becos, portas, esquinas.)

AS PUTAS:

> Vais longe, moço bonito?
> Que tal tua perna do meio?
> Tens um fósforo contigo?
> Vem cá que eu acendo ele.

(Ele pataleia através da cloaca delas rumo à rua iluminada lá além. Da pança de uma cortina de janela um gramofone empina uma trompa de latão descarada. Na sombra uma birosqueira pechincheia com o estradeiro e dois rubritúnicas.)

O ESTRADEIRO: *(Arrotando)* Onde é a porra da casa?

A BIROSQUEIRA: Rua Purdon. Um xelim a garrafa da escurinha. Mulher direita.

O ESTRADEIRO: *(Agarrando-se aos dois rubritúnicas, cambaleia adiante com eles)* Pra frente, exército inglês!

O SOLDADO CARR: *(Às costas dele)* Este não está meio doido.

O SOLDADO COMPTON: *(Rindo)* Todinho!

O SOLDADO CARR: *(Ao estradeiro)* Cantina da caserna de Portobello. Pergunte pelo Carr. Só Carr.

O ESTRADEIRO: *(Berra)*

> Somos os gajos de Wexford

O SOLDADO COMPTON: Diga! Que é que vale o sargento-mor?

O SOLDADO CARR: Bennett? É meu. Gosto do velho Bennett.

O ESTRADEIRO: *(Berra)*

Os grilhões pungentes.
Livremos a terra natal.

(Cambaleia avante, arrastando-os consigo. Bloom para, indeciso. O cão se aproxima, a língua dependurada, ofegando.)

BLOOM: Caça de patos bravos isto. Casas desordenadas. O Senhor é que sabe para onde foram. Os bêbados comem distância com rapidez dobrada. Bela misturada. Aquela cena no casario de Westland. Pegar um primeira classe com bilhete de terceira. Então já se está longe. Trem com locomotiva atrás. Podia ter-me levado a Malahide ou a um desvio de noite ou a uma colisão. Segunda rodada dá nisso. Uma é a dose. Para que é que eu estou seguindo-o? É verdade que ele é o melhor da tropa. Se eu não tivesse sabido nada da senhora Beaufoy Purefoy eu não tinha ido e não tinha encontrado. Fado. Vai perder aquele dinheiro. Lugar de alívio aqui. Bom negócio para moambeiros, tocadores de órgão. Que é que precisam? Tido, perdido. Podia até ter perdido minha vida com aquele homalarmirrodatritrolanternijagrená não fosse minha presença de espírito. Mas a gente não pode se salvar sempre. Se eu tivesse passado pela vidraça do Truelock aquele dia dois minutos depois eu tinha sido chumbado. Ausência de corpo. Ainda assim se a bala passasse só pelo paletó pegaria indemnização pelo choque nervoso, quinhentas libras. Quem era? Um graúdo do clube da rua Kildare. Deus ajude seu guarda-caça.

(Ele fita adiante lendo no muro uma legenda rabiscada a giz Sonho húmido e um desenho fálico.*)*

Esquisito! Molly traçando na vidraça embaciada da carruagem em Kingstown. Que é que é aquilo? *(Vistosas embonecadas recostam-se nas soleiras iluminadas, nos alizares das janelas, fumando cigarros de fumo olho-de-passarinho. Um odor nauseidoce flutua rumo dele em lentas volutas redondas ovalantes.)*

AS VOLUTAS: Doces são as doçuras. Doçuras do pecado.

BLOOM: Estou com o espinhaço um tanto mole. Ir ou voltar? E esta comida? Comê-la é emporcalhar-se. Sou absurdo. Desperdício de dinheiro. Um e oito pences a mais. *(O caçadeiro roça um frio focinho fugante em sua mão, abanando a cauda)* Estranho como se apegam a mim. Mesmo aquela alimária hoje. Melhor falar-lhe primeiro. Como as mulheres eles gostam *de rencontres*. Fede a cães mortos. *Chacun son goût*. Pode ser danado. Fido. Desconfiado nos seus movimentos. Ó meu bichão! Garryowen! *(O cão-lobo esparrama-se de costas, remexendo-se obscenamente com patas pedintes, sua longa língua preta espendurada)* Influência do meio. Dar-lhe e livrar-se dele. Convém que ninguém. *(Atraindo com palavras encorajadoras ele recua com furtivas pegadas de ladrão de caça, aperreado pelo perdigueiro numa escura esquina mijofedida. Desfaz um embrulho e vai descarregar mansinho o pé mas se detém e palpa a pata.)* Bom tamanho para três pences. Mas eu estou com ela na mão esquerda. Pede maior esforço. Por quê? Menor por falta de uso. Oh, deixemos escorrer. Dois e seis.

(Com pressa ele deixa desembrulhados pé e pata deslizar. O mastim descompõe o pacote desajeitadamente e empanturra-se com gula grunhenta, rugicrocando os ossos. Dois guardas pluvicapeados se aproximam, silenciosos, vigilantes. Cochicham juntos.)

OS GUARDAS: Bloom. De Bloom. Pra Bloom. Bloom.

(Cada um assenta um braço nos ombros de Bloom.)

PRIMEIRO GUARDA: Pegado no ato. Não cometer atentado.

BLOOM: *(Gagueja)* Estou fazendo bem aos outros.

(Uma revoada de gaivotas, procelárias, alça-se famélica da vaza do Liffey com bolos de Banbury nos bicos.)

AS GAIVOTAS: Keke koko ki kankury.

BLOOM: O amigo do homem. Amestrado pela bondade.

(Aponta. Bob Doran, descaindo do alto de um tamborete de bar, bambeia sobre o cão-d'água masticante.)

BOB DORAN: Estraçalhão. Me dá a pata. Dá a pata.

(O buldogue rosna, o pelo se eriça, um toco de junta de porco entre seus molares pelos quais escorre cuspespuma rábida. Bob Doran cai silenciosamente num pátio.)

SEGUNDO GUARDA: Prevenção contra crueldade com animais.

BLOOM: *(Entusiasticamente)* Nobre tarefa! Ralhei com aquele motorneiro na ponte de cruzamento de Harold por maltratar o pobre do cavalo com ronha de arreio. Baixo calão recebi como paga de minhas penas. É verdade que gelara e era o último bonde. Todas as histórias da vida de circo são altamente desanimadoras.

(O signor Maffei, pálido de fúria, num traje de leodomador com botões de diamante no peitilho, adianta-se, segurando um arco de papel de circo, um cochechicote enroscado e um revólver que mira para o javardeiro empanturrando-se.)

O SIGNOR MAFFEI: *(Com um sorriso sinistro)* Senhoras e senhores, meu educado galgo. Fui eu que sujeitei o espinoteado xucro Ajax com minha patenteada sela espinhenta para carnívoros. Açoitai debaixo da barriga com uma correia de nós. Aparelho de cunha e poleia estrangulante trar-vos-ão o leão a vossos pés, por refractário que seja, mesmo o *Leo ferox* aí, o come-homem líbio. Uma barra candente e alguma fricção leniente na parte queimada produziram a Fritz de Amsterdam, a hiena pensante. *(Ele fulmina)* Detenho o signo indiano. O lampejo de meu olho fá-lo com estas pectiscintilâncias. *(Com um sorriso feiticeiro)* Apresento-vos agora mademoiselle Ruby, o orgulho do picadeiro.

PRIMEIRO GUARDA: Venha. Nome e endereço.

BLOOM: Esqueci-os neste momento. Ah, sim! *(Tira seu chapéu de alta qualidade, saudando)* Doutor Bloom, Leopold, cirurgião-dentista. Já terá ouvido sobre Bloom Paxá. Porrilhão de milhões. *Donnerwetter!* Proprietário de meia Áustria. Egito. Primo.

PRIMEIRO GUARDA: Provas.

(Um cartão cai de dentro do chapéu de Bloom.)

BLOOM: *(De fez vermelho, casaca de cádi com banda larga verde, usando uma insígnia falsa da Legião de Honra, pinça rápido o cartão e o oferece)* Permita-me. Meu clube é o Junior Army and Navy. Advogados: Senhores John Henry Menton, vinte e sete passeio de Bachelor.

PRIMEIRO GUARDA: *(Lendo)* Henry Flower. Sem residência declarada. Espreitar e assediar ilegalmente.

SEGUNDO GUARDA: Está advertido.

BLOOM: *(Exibe de seu cortibolso uma flor amarela amassada)* Esta é a flor em causa. Foi-me dada por um homem cujo nome não sei. *(Plausivelmente)* Conhece aquela velha pilhéria, Palhaço. Bloom. A modificação do nome Virag. *(Cochicha privada e confidencialmente)* Estamos comprometidos, compreende, sargento. Dama no caso. Complicação amorosa. *(Cutuca o segundo guarda cortesmente)* Risque tudo. É a praxe nossa de bravos marinheiros. É o uniforme que o determina. *(Volta-se para o primeiro guarda)* Ainda assim é verdade, topa-se por vezes com o seu Waterloo. Apareça uma tarde destas para tomarmos um copo de um velho Borgonha. *(Para o segundo guarda alegremente)* Eu lhe apresentaria, inspetor. Ela é um pedaço. Ela faz a coisa enquanto o diabo esfrega o olho.

(Uma escura cara mercurializada aparece, guiando uma figura velada.)

O MERCÚRIO ESCURO: O Castelo procura-o. Foi degradado do exército.

MARTHA: *(De véu espesso, uma* écharpe *em redor do pescoço, um exemplar do* Irish Times *na mão, em tom de reproche, apontando)* Henry! Leopold! Lionel, ó tu perdido! Limpa meu nome.

PRIMEIRO GUARDA: *(Severamente)* Vamos à delegacia.

BLOOM: *(Apavorado, enchapela-se, retrocede, então batendo no coração e levantando seu antebraço direito em ângulo recto, faz o sinal e resguardo da fraternidade)*. Não, não, mestre venerável, luzeiro de amor. Identidade enganada. O correio de Lyon. Lesurgues e Dubosc. Lembrem-se do caso fratricida de Childs. Nós os medicandos. Golpeando-o de morte com uma machadinha. Sou erroneamente acusado. Melhor escapar um culpado que noventa e nove erroneamente condenados.

MARTHA: *(Soluçando sob o véu)* Quebra de promessa. Meu nome real é Peggy Griffin. Escreveu-me que era miserável. Vou me queixar a meu irmão, o defesa de rúbgi do Bective, de ti, namorador sem coração.

BLOOM: *(Por trás da mão)* Ela está bêbada. A mulher está inebriada. *(Murmura vagamente o passe de Efraim)* Shitbroleeth.

SEGUNDO GUARDA: *(Lágrimas nos olhos, para Bloom)* Devias estar profundamente envergonhado.

BLOOM: Membros do júri, permiti-me explicar. Pura trama de pesadelo. Sou um homem incompreendido. Fui tornado bode expiatório. Sou um respeitável homem casado, sem nódoa no meu caráter. Vivo na rua Eccles. Minha mulher, sou filha de um comandante distintíssimo, um bravo cavalheiro notável, que é chamado major-general Brian Tweedy, um desses lutadores britânicos que ajudaram a ganhar nossas batalhas. Conquistou seu oficialato superior pela defesa heroica de Rorke's Drift.

PRIMEIRO GUARDA: Regimento?

BLOOM: *(Volta para a galeria)* O Real de Dublin, minha gente, o sal da terra, conhecido no mundo inteiro. Creio que vejo alguns velhos camaradas de armas entre vós. Os R.D.F.* Com nossa própria polícia metropolitana, guardiões da lei, os mais resolutos rapazes e o mais seleto corpo de homens, quanto ao físico, a serviço de nosso soberano.

UMA VOZ: Vira-casaca! Viva os bures! Quem vaiou Joe Chamberlain?

---

*R.D.F. — *Royal Dublin's Fuziliers*, Fuzileiros Reais de Dublin. (N. do T.)

BLOOM: *(A mão sobre o ombro do primeiro guarda)* Meu velho papai também era um J.P.* Sou um tão leal britânico quanto vós, senhor. Lutei com nossas cores pelo rei e pela pátria na guerra dos inatentos com o general Gough no parque e fui invalidado em Spion Kop e Bloemfontein, fui mencionado nos comunicados. Fiz tudo o que um homem branco podia. *(Com sentimento tranquilo)* Jim Bludso. Manter a proa contr'arrecifes.

PRIMEIRO GUARDA: Profissão ou ocupação.

BLOOM: Bem, tenho uma actividade literária. Jornalista-autor. De facto estamos produzindo uma série de histórias premiadas de que sou o inventor, algo que é um caminho inteiramente novo. Tenho vínculos com a imprensa britânica e irlandesa. Se telefonar para...

(Myles Crawford esgalga-se aos trancos, uma pena entredentes. Sua bicanca escarlate flameja sob a auréola de seu chapéu de palha. Ele bamboleia uma réstia de cebolas espanholas numa das mãos e detém com a outra contra a orelha um tubo receptor de telefone.)

MYLES CRAWFORD: *(Sua barbela de galo tremelicando)* Alô, setenta e sete oitoquatro. Alô. Aqui *Urinal do Homem Livre* e *Semanário Culimpador*. Estuporem a Europa. Tu o quê? Bluzundunga? Quem é que escreve? É o Bloom?

(O senhor Philip Beaufoy, facipálido, de pé na banca das testemunhas em cuidado traje matinal, bolsinho do peito com bico de lenço à mostra, calças lavanda vincadas e botinas de verniz Carrega uma pasta grande rubricada Golpes de mestre de Matcham.*)*

BEAUFOY: *(Lerdifalando)* Não, não o és, nem por sombra, que eu saiba. Não o vejo, é tudo. Nenhum cavalheiro nato, ninguém com os mais rudimentares reflexos de cavalheiro se aviltaria a semelhante conduta particularmente abominável. É um desses, meus senhores. Um plagiário. Um furta-cor xaroposo mascarado de *littérateur*. É perfeitamente óbvio que com a mais inerente

---

**Judex Pacis, juiz de paz, ou, polissemicamente, *Jew Pope*, rabino judeu. (N. do T.)

baixeza ele surripiou de meus livros bem-vendáveis, material realmente deslumbrante, uma gema perfeita, cujas passagens amorosas são indignas de suspeita. Os livros de amor e grandes posses de Beaufoy de que vossa senhoria é sem dúvida familiar são proverbialmente domésticos pelo reino inteiro.

BLOOM: *(Murmura com mansidão canina)* Ao trecho sobre a feiticeira ridente de mãos dadas eu levanto excepção, se o posso...

BEAUFOY: *(Com lábio arrebitado, sorri superciliosamente para a corte)* Seu asno palhaço, tu! És por demais bestamente estupidamente estrambótico para seres pintado em palavras! Não creio que necessitas tão sobre-excessivamente perincomodares-te a esse respeito. Meu agente literário senhor J. P. Pinker está presente. Suponho, meu senhor, que receberemos as habituais indenizações de testemunha, não é assim? Estamos consideravelmente parcos de bolso por causa desse foca, desse joão-ninguém da imprensa, essa gralha de Reims, que nem sequer esteve numa universidade.

BLOOM: *(Indistintamente)* Universidade da vida. Malas-artes.

BEAUFOY: *(Grita)* É uma mentira torpemente infame que exibe a podridão moral desse homem! *(Estende a pasta)* Temos aqui a prova condenatória, o *corpus delicti*, meu senhor, um espécime da minha mais maturada obra desfigurada pelo sinete da besta.

UMA VOZ DAS GALERIAS:

> Moisés, Moisés, rei dos judeus,
> Limpou o cu com o *Daily News*

BLOOM: *(Corajosamente)* Exagerado.

BEAUFOY: Seu grosseirão baixo! Devias ser mergulhado num carrapaticida, seu patife! *(À corte)* Porque basta ver a vida privada desse homem! Anjo nas ruas e demônio no lar. Indigno de ser mencionado em sociedade congregada. O arquiconspirador da época.

BLOOM: *(À corte)* E ele, um solteiro, como é que...

PRIMEIRO GUARDA: O Rei *versus* Bloom. Convocar a mulher Driscoll.

O PREGOEIRO: Mary Driscoll, ajudante de copeira!

(Mary Driscoll, uma criada moça cambaia, aproxima-se. Traz um balde enganchado no braço e um escovão na mão.)

SEGUNDO GUARDA: Uma outra! És da classe das desafortunadas?

MARY DRISCOLL: *(Indignadamente)* Não sou uma dessas. Gozo de conceito respeitável e estive quatro meses na minha última colocação. Tinha uma situação, seis libras por ano e minhas oportunidades com as sextas livres, e tive de deixar devido ao comportamento dele.

PRIMEIRO GUARDA: De que é que o acusa?

MARY DRISCOLL: Fez uma certa insinuação mas pensei em mim por pobre que seja.

BLOOM: *(Em jaqueta de interior de rapança, calças de flanela, pantufas, não barbeado, a cabeleira algo desalinhada)* Tratei você com modos. Dei-lhe lembranças, ligas esmeralda elegantes bem acima de sua condição. Incautamente tomei seu partido quando você foi acusada de furto. Há um meio-termo em tudo. Jogue limpo.

MARY DRISCOLL: *(Excitadamente)* Por esta santa luz que me alumia se eu toquei nunca naquelas ostras!

PRIMEIRO GUARDA: De que insulto se queixa? Aconteceu-lhe alguma coisa?

MARY DRISCOLL: Ele me surpreendeu nos fundos do domicílio, meritíssimo, quando a dona estava fora uma manhã fazendo compras com o pedido de um alfinete de fraldas. Me agarrou e fiquei manchada em quatro pontos em consequência. E se meteu por duas vezes pela minha roupa.

BLOOM: Ela contra-atacou.

MARY DRISCOLL: *(Desprezivamente)* Tive mais respeito pelo escovão, isso eu tive. Protestei contra ele, meus senhores, e ele insistiu: Não digas nada!

(Gargalhada geral.)

GEORGES FOTRELL: *(Oficial da coroa e paz, ressoantemente)* Ordem na corte! O acusado fará agora uma declaração simulada.

(Bloom, postulando-se não culpado e sustendo um nenúfar plenidesabrochado, começa uma longa fala ininteligível. Eles ouviriam o que o advogado de defesa diria na sua comovente alocução ao júri de honra. Ele se achava por baixo e por fora mas, embora brandido como ovelha negra, se assim podia exprimir-se, ele tencionava reformar-se, reencontrar a memória do passado numa puramente fraterna maneira e retornar à natureza como um animal puramente doméstico. Nado setemesinho, fora cuidadosamente criado e educado por um idoso pai acamado. Poderia ter havido lapsos de pai errabundo, mas queria virar uma página e agora, quando muito enfim à vista do pelourinho, levar uma vida caseira no crepúsculo dos seus dias, permeados pelos aconchegos afectuosos do generoso seio da família. Britânico aclimatado, ele houvera visto aquela tarde estival da plataforma de uma locomotiva da companhia de estrada de ferro circular enquanto a chuva se abstinha de seus lampejos cadentes, por assim dizer, pelas janelas dos lares amantíssimos da cidade de Dublin e distrito urbano de cenas verdadeiramente rurais de felicidade da terra melhor com papéis de parede a um e nove pences a dúzia, inocentes pimpolhos britânicos balbuciando preces ao Sagrado Menino, estudantes juvenis tocando ao pianoforte ou por vezes todos com fervor rezando o rosário familiar em redor da crepitante acha de Natal enquanto nas azinhagas e alamedas verdes as moçoilas com seus enamorados passeavam ao compasso de toadas do melodeon Britânia organtonado metalizado com quatro registos reais e doze foles, um sacrifício, o mais em conta jamais...)

(Renovada gargalhada. Ele resmunga incoerentemente. Repórteres se queixam de não poderem ouvir.)

CALÍGRAFO E ESTENÓGRAFO: *(Sem olhar de cima dos seus canhenhos)* Desapertem-lhe as botinas.

PROFESSOR MACHUGH: *(Da bancada da imprensa, tosse e clama)* Cospe fora, homem. Solta-o aos pedacinhos.

(A acareação contraditória prossegue re Bloom e o balde. Em grande de balde. Bloom mesmo. Bulha intestinal. Na rua Beaver. Agarração, sim. Das más. Um balde de estucador. Por andar pernaduro. Sofridas misérias insanáveis. Alguma moral. Pelo meio-dia. Amor ou borgonha. Sim, algum espinafre. Momento crucial. Não olho para dentro do balde. Ninguém. Mais para uma enrascadela. Não totalmente. Um número atrasado do Titbits.)

(Atoarda e vaias. Bloom, numa sobrecasaca despedaçada manchada de cal, cartola amassada guinada na cabeça, uma fita de esparadrapo sobre o nariz, fala inaudivelmente.)

J. J. O'MOLLOY: *(Com peruca cinza de causídico e toga, falando com uma voz de dolorido protesto)* Este não é lugar para frivolidade indecente a expensas de um errante mortal ludibriado no álcool. Não estamos num circo nem num trote de Oxford nem é isto um arremedo de justiça. Meu cliente é um infante, um pobre imigrante estrangeiro que começou do zero como um clandestino e que agora tenta ganhar seu honesto vintém. A forjada contravenção se deveu a momentânea aberração de hereditariedade, causada por alucinação, tais familiaridades como a alegada ocorrência culposa sendo assaz permitidas no lugar nativo do meu cliente, a terra do Faraó. *Prima facie*, sustento perante vós que não houve tentativa de conversar carnalmente. Não ocorreu intimidade e a ofensa de que se queixou Driscoll, de que sua vontade fora aliciada, não se repetiu. Tratarei em especial do atavismo. Houve casos de naufrágio e sonambulismo na família do meu cliente. Se o acusado pudesse falar ele poderia uma história desdobrar dentre as mais estranhas que jamais foram narradas entre as capas de um livro. Ele próprio, meu senhor, é uma avaria física de fraqueza de peito de sapateiro. Sua alegação é que ele é de extracção mongólica e irresponsável por suas acções. Não tudo está nisso, de facto.

BLOOM: *(Descalço, carenipécteo, em véstea e calções de lascarim, artelhos apologéticos voltados para dentro, abre seus miúdos olhos de toupeira e mira em redor dele aturdidamente, passando uma vagarosa mão pela testa. Então ele puxa o cinto à moda marinheira e com um ombreio de mensagem oriental saúda a corte, apontando um polegar celiverso)* Eli fazi muita bonita noita. *(Começa a cantarolar simplesmente)*

> U pobe pobe mininu
> Tlazê polco toda noita
> Pagapapá doi xili...

(É apupado à caluda.)

J. J. O'MOLLOY: *(Ardentemente ao populaço)* Esta é uma luta solímana. Por Hades, não suportarei que nenhum cliente meu seja empulhado e atormentado desta maneira por uma cambada de cachorros e hienas gargalhantes. O código mosaico suplantou a lei da selva. Digo-o e digo-o enfaticamente sem desejar por um momento frustrar os fins da justiça, o acusado não era cúmplice do acto e a acusatriz não foi intrometida. A jovem pessoa foi tratada pelo réu como se ela fora sua própria filha. *(O Bloom toma da mão de J. J. O'Molloy e alça-a aos seus lábios)* Convocarei evidências refutantes para provar à saciedade que a mão escusa está de novo no seu velho jogo. Na dúvida, que persigais a Bloom. Meu cliente, homem inatamente acanhado, seria o último ser no mundo a fazer algo descavalheiresco a que a modéstia ferida pudesse objectar ou a atirar pedra a uma moça que tomou pela via errada quando alguém vil, responsável pela condição dela, obrou seu próprio bel-prazer nela. Ele quer é ir recto. Vejo-o como o mais despido dos homens que conheço. Está em maré baixa no presente pela hipoteca de sua extensiva propriedade de Agendath Netaim na longínqua Ásia Menor, vistas da qual serão agora exibidas. *(A Bloom)* Sugiro-lhe que faça o gesto generoso.

BLOOM: Um pêni por pança.

(A miragem do lago Kinnereth com esbatido gado tosado em névoa argêntea é projectada na parede. Moses Dlugacz, albino olhifurão em calças de zuarte, está de pé na galeria, segurando em cada mão uma laranja cidra e um rim suíno.)

DLUGACZ: *(Roucamente)* Bleibtreustrasse, Berlim W treze.

(J. J. O'Molloy sobe a um plinto baixo e firma a lapela do seu casaco. Sua cara se lhe alonga, se faz pálida e barbada, de olhos afundados; as manchas da tísica e os malares héticos de John F. Taylor. Aplica o lenço à boca e afere a maré galopante de sangue cor-de-rosa.)

J. J. O' MOLLOY: *(Quase desvozeado)* Desculpe-se-me, tenho um forte resfriado, estive recentemente acamado. Umas poucas palavras resseletas. *(Assume a cara avina, o bigode vulperino e a eloquência probóscide de Seymour Bushe)* Quando o livro do anjo vier a ser aberto, se alguma coisa que o seio pensativo tivera inaugurado de animatransfigurado e animatransfigurante merece viver, eu digo, concedam ao prisioneiro à barra o sagrado benefício da dúvida.

(Um papel com algo escrito é entregue à corte.)

BLOOM: *(Em traje de corte)* Posso dar as melhores referências. Senhores Callan, Colleman. Senhor Wisdom Hely J. P. Meu antigo chefe Joe Cuffe. Senhor V. R. Dillon, ex-lorde prefeito de Dublin. Movi-me em círculo encantado da mais alta... Sociedade das rainhas de Dublin. *(Descuidosamente)* Eu estava precisamente papeando esta tarde na residência vice-real com meus velhos companheiros, sir Robert e lady Ball, astrônomo real, no observatório. Sir Bob, disse eu...

A SENHORA YELVERTON BARRY: *(Num traje de baile opala de fundo decote e luvas marfim até os cotovelos, usando uma capa acolchoada brique guarnecida de zibelina, uma travessa de diamantes e um penacho de ossifrago na cabeleira)* Arreste-o, guarda. Ele me endereçou uma carta anônima com letra contrafeita quando meu marido estava no distrito norte de Tipperary na circunscrição de Munster, assinada Jaime Amorvidoeiro. Dizia ter visto das gerais meus globos sem-par no que eu me assentava num camarote do Theatre Royal numa representação de gala de *La Cigale*. Eu o inflamei fundamente, dizia ele. Fez-me proposições impróprias para malconduzir-me às quatro e meia da tarde da quinta-feira seguinte, tempo de Dunsink. Ofereceu-se enviar-me pelo correio uma obra de ficção de monsieur Paul de Kock, intitulada *A garota com três pares de corpinhos*.

A SENHORA BELLINGHAM: *(De capuz e manta de lontra, envolta até o nariz, desce de sua berlinda e esquadrinha através do seu lornhão de tartaruga que tira de dentro do seu regalo de opossum)* A mim também. Sim, creio que é a mesma pessoa objectável. Pois ele fechou a portinhola de minha carruagem em frente da casa de sir Thornley Stoker um dia de regelo durante a onda de frio de fevereiro de noventa e três quando até o ladrão e o tampão de minha cisterna de banho estavam congelados. Subsequentemente, enviou-me uma bloomfloração de edelvais colhida nas alturas, como dizia, em minha honra. Fi-la examinar por um perito botânico e elicitei a informação de que era uma florescência da planta de batata doméstica furtada da estufa da fazenda-modelo.

A SENHORA YELVERTON BARRY: Que vergonha a dele!

(Uma turba de rameiras e molecotes avança.)

AS RAMEIRAS E OS MOLECOTES: *(Urrando)* Pega ladrão! Ele ali, o Barbazul! Três vivas por Jacob Moisés!

SEGUNDO GUARDA: *(Exibe algemas)* Aqui estão as punhetas.

A SENHORA BELLINGHAM: Dirigiu-se-me em diferentes manuscritos com galanteios indecorosos como Vênus em pelo e alegou profunda pena por meu cocheiro congelado Balmer enquanto no mesmo passo se exprimia invejoso de suas orelheiras e lanudo pelame de carneiro e de sua feliz proximidade de minha pessoa quando atrás de meu assento com libré e pertences armoriais do brasão de Bellingham garnido sable, cabeça de veado e alizar ouro. Louvou quase extravagantemente minhas extremidades inferiores, meus jarretes torneados em meias de seda estirada de romper-se, e elogiou candentemente meus outros tesouros escondidos em renda sem-preço tais que, dizia ele, os podia conjurar. Urgiu-me, declarando que sentia ser sua missão em vida urgir-me, a defraudar o leito matrimonial, cometendo adultério na mais breve possível oportunidade.

A HONORÁVEL SENHORA MERVYN TALBOYS: *(Em traje de amazona, chapéu de forma, botinas com esporas, colete vermelho, luvas mosqueteiras camurça com canhões bordados, cauda comprida suspensa e chibata de caça com que bate constantemente nos socos)* A mim também. Por me ter visto no campo de polo no parque Phoenix numa partida de Toda a Irlanda *versus* o Resto da Irlanda. Meus olhos, eu o sei, brilhavam divinamente no que eu via capitão batedor Dennehy dos Inniskillings ganhar o tempo final no seu ginete favorito *Centauro*. Esse don-juan plebeu observava-me de detrás de um coche de aluguel e me enviou uma fotografia obscena num duplo envelope quais as que se vendem caída a noite nos bulevares de Paris insultuosas a qualquer dama. Tenho-a ainda. Representa uma senhorita parcialmente desnuda, esguia e amorável (sua mulher como solenemente ele me assegurou, tomada por ele no natural), praticando ilícito intercurso com um torero muscular, evidentemente salafrário. Urgia-me a fazer semelhantemente, a malportar-me, a pecar com os oficiais da guarnição. Implorava-me imundar sua carta de maneira indizível, de castigá-lo como ele ricamente o desserve, de cavalgá-lo e montá-lo, de dar-lhe o mais vicioso chicoteamento.

A SENHORA BELLINGHAM: Eu também.

A SENHORA YELVERTON BARRY: Eu também.

(Várias altamente respeitáveis damas de Dublin ostentam cartas impróprias recebidas de Bloom.)

A HONORÁVEL SENHORA MERVYN TALBOYS: *(Pataleia esporas tinintes num súbito paroxismo de súbita fúria)* Fá-lo-ei, por Deus que está por cima de mim. Flagelarei esse vira-lata otário pelo tempo que puder suster-me em cima dele. Esfolá-lo-ei vivo.

BLOOM: *(Seus olhos fechando, recurva-se expectante)* Aqui? *(Ele retorce-se)* De novo! *(Ofega bajulando)* Amo o perigo.

A HONORÁVEL SENHORA MERVYN TALBOYS: É assim então! Vou te esquentar. Vou te fazer dançar na corda bamba.

A SENHORA BELLINGHAM: Escorche bem seus fundilhos, o convencido! De fazer fitas e estrelas em cima!

A SENHORA YELVERTON BARRY: Sem-vergonha! Não tem desculpas! Um homem casado!

BLOOM: Toda essa gente. Eu pensava somente na ideia do espancamento. Uma ardência formigante sem efusão. Vergastamento refinado para estimular a circulação.

A HONORÁVEL SENHORA MERVYN TALBOYS: *(Gargalha decisivamente)* Ah, sim, meu bom gajo? Bem, por Deus do céu vais ter a surpresa de tua vida, crê-me, a mais impiedosa tunda que um homem jamais conseguiu. Espicaçaste em fúria a tigresa dormente de minha natureza.

A SENHORA BELLINGHAM: *(Sacode o regalo e o lornhão vindicativamente)* Faça-o pungir, querida Hanna. Meta-lhe pimenta. Azorrague o bastardo até um triz da morte. O gato de sete vidas. Cape-o. Vivisseque-o.

BLOOM: *(Arrepiando-se, encolhendo-se, junta as mãos com cara de cão escorraçado)* Que frio! Que tremedeira! Foi sua beleza ambrosial. Esqueça, perdoe. Fado. Soltem-me por esta vez. *(Oferece a outra face.)*

A SENHORA YELVERTON BARRY: *(Severamente)* Não o faça de modo nenhum, senhora Talboys! Ele deveria ser minuciosamente sovado.

A HONORÁVEL SENHORA MERVYN TALBOYS: *(Desabotoando as luvas violentamente)* Não o farei. Porco de cão que sempre o foi desde cachorrinho! Ousar dirigir-se a mim! Vou flagelá-lo pelas ruas públicas até que fique negro de roxo. Vou enterrar minhas esporas nele rosetas adentro. É um cornudo notório. *(Zurze sua chibata de caça selvagemente no ar)* Tirem-lhe as calças sem perda de tempo. Venha para cá, cavalheiro! Rápido! Pronto?

BLOOM: *(Tremendo, começando a obedecer)* O tempo foi tão quente.

(Davy Stephens, em madeixas, passa com um bando de jornaleirinhos descalços.)

DAVY STEPHENS: *Mensageiro do Sagrado Coração* e *Evening Telegraph* com o Suplemento do Dia de São Patrick. Contendo os novos endereços de todos os cornudos de Dublin.

(O mui reverendo cônego O'Hanlon em veste de capa magna áurea eleva e exibe um relógio de mármore. Ante ele o padre Conroy e o reverendo John Hughes S.J. prostram-se fundo.)

O RELÓGIO: *(Abrindo as portinholas)*

        Cuco
        Cuco
        Cuco

(As juntas de latão de uma cama retinem.)

AS JUNTAS: *Dinguedangue, Danguedangue, Dinguedangue.*

(Um pano de bruma desliza rápido, revelando rápido na bancada dos jurados as caras de Martin Cunningham, vocal encartolado, Jack Power, Simon Dedalus, Tom Kernan, Ned Lambert, John Henry Menton, Myles Crawford, Lenehan, Paddy Leonard, Nosey Flynn, M'Coy e a cara sem traços de Inominado Um.)

O INOMINADO UM: Montaria em pelo. Peso pela idade. Pardelhas, que ele a organizou.

OS JURADOS: *(As cabeças voltadas para a voz dele)* Realmente?

O INOMINADO UM: *(Rosna)* Cu sobre ponta. Cem xelins por cinco.

OS JURADOS: *(As cabeças baixadas em consenso)* A maioria de nós pensou esse tanto.

PRIMEIRO GUARDA: É um homem marcado. Trança cortada de outra garota. Busca-se Jack, o Estripador. Prêmio de mil libras.

SEGUNDO GUARDA: *(Pasmado cochicha)* E de preto. Um mórmon. Anarquista.

O ARAUTO: *(Alto).* Visto que Leopold Bloom sem residência fixa é um dinamiteiro notório, falsário, bígamo, leno e cornudo e um dano público aos cidadãos de Dublin e visto que nesta comissão das cortes o mui honorável...

(Sua Honra, sir Frederick Falkiner, magistrado-mor de Dublin, em indumentária judicial ardósia levanta-se da curul, petribarbudo. Leva nos braços um ceptro-guarda-chuva. De sua fronte apontam rijos os arieticornos mosaicos.)

O MAGISTRADO-MOR: Porei um fim a este tráfico de escrava branca e livrarei Dublin desta peste odiosa. Escandaloso. *(Põe o capelo negro)* Que ele seja levado, senhor subxerife, do banco dos réus onde agora se acha e detido em custódia na prisão de Mountjoy durante o prazer de Sua Majestade e lá seja enforcado pelo pescoço até morrer e nisso não me falhe a seu risco ou possa o Senhor ter mercê de sua alma. Remova-o.

(Um casquete negro desce sobre sua cabeça.)

(O subxerife Long John Fanning aparece, fumando um pungente Henry Clay.)

LONG JOHN FANNING: *(Carranqueia e clama com rica prolação rolante)* Quem irá enforcar Judas Iscariotes?

(H. Rumbold, mestre-barbeiro, num gibão sanguicor e avental de tanoeiro, uma corda enrolada sobre o ombro, sobe o cadafalso. Um salva-vida e uma maça eriçada vão presos à sua cintura. Esfrega-se feroz as mãos em garra, aneladas de soqueiras.)

RUMBOLD: *(Ao magistrado-mor com sinistra familiaridade)* Harry, o Enforcador, Majestade, o terror de Mersey. Cinco guinéus por jugular. Nuca ou nada.

(Os sinos da igreja de São Jorge dobram lentos, aço grave possante.)

OS SINOS: Ai-ui! Ai-ui!

BLOOM: *(Desesperadamente)* Esperem. Parem. Gaivotas. Bom coração. Eu vi. Inocência. A menina na jaula dos macacos. Zoológico. Os chimpanzés lúbricos. *(Sem fôlego)* A bacia pélvica. O rubor dela ingênuo me desvirilizou.

(Sobrepassado de emoção) Deixei o recinto. *(Volta-se para alguém na turba, chamando)* Hynes, posso falar com você? Você me conhece. Aqueles três xelins você pode guardar. Se quiser um pouco mais...

HYNES: *(Friamente)* Você é um perfeito estrangeiro.

SEGUNDO GUARDA: *(Indica o canto)* A bomba está ali.

PRIMEIRO GUARDA: Máquina infernal com um fuso-relógio.

BLOOM: Não, não. Pés de porco. Estive num enterro.

PRIMEIRO GUARDA: *(Puxa do* casse-tête*)* Mentiroso!

(O lebreiro levanta o focinho, mostrando a cara cinza escorbútica de Paddy Dignam. Já devorou tudo. Exala um pútrido hálito carcaçanutrido. Agranda-se a dimensão e forma humanas. Seu pelame de bassê se torna pardo hábito mortuário. Seus olhos verdes centelham sanguífugos. Metade de uma orelha, todo o nariz e dois polegares estão necrocomidos.)

PADDY DIGNAM: *(Com voz oca)*. É verdade. Foi meu enterro. O doutor Findocano declarou extinta a vida quando sucumbi à doença de causas naturais.

(Levanta para a lua sua cara cinérea mutilada e uiva lúgubre.)

BLOOM: *(Triunfante)* Ouvem?

PADDY DIGNAM: Bloom, eu sou o espírito de Paddy Dignam. Escute, escute, oh, escute!

BLOOM: A voz é a voz de Esaú.

SEGUNDO GUARDA: *(Persigna-se)* Como é que é possível?

PRIMEIRO GUARDA: Isso não está no primeiro catecismo.

PADDY DIGNAM: Por metempsicose. Assombrações.

UMA VOZ: Oh, droga!

PADDY DIGNAM: *(Convincente)* Fui em certo tempo empregado do senhor J. H. Menton, advogado, comissionado de juramentos e fianças, vinte e sete, passeio de Bachelor. Agora sou defunto, as paredes do coração hipertrofiadas. Descoroçoado. A pobre da mulher está tremendamente abatida. Como o suporta ela? Mantenham-na longe daquela garrafa de xerez. *(Olha em redor)* Um lampião. Preciso satisfazer uma necessidade animal. Aquela coalhada não me caiu bem.

(A figura corpulenta de John O'Connell, zelador, avança, segurando um molho de chaves enlaçado em crepe. Ao seu lado está o padre Paixão, capelão, sapopançudo, torcicolado, com sobrepeliz e gorra de noite bandana, segurando sonolento um cajado de papoulas trançadas.)

PADRE PAIXÃO: *(Boceja, em seguida entoa em coaxar rouco)* Nomine. Jacobs Vobiscoits. Amém.

JOHN O'CONNELL: *(Ele sirena tempestuoso através do seu megafone)* Dignam, Patrick T., falecido.

PADDY DIGNAM: *(As orelhas em pé, trepidando)* Harmônicos. *(Reboleia-se para a frente, põe uma orelha contra o chão)* A voz do meu dono!

JOHN O'CONNELL: Ficha do carneiro de sepultamento número EE. Gh oitenta e cinco mil. Quadra dezessete. Casa de Xaves. Lote, cento e um.

(Paddy Dignam escuta com visível esforço, pensando, o rabo retesado, as orelhas empinadas.)

PADDY DIGNAM: Orai pelo repouso de sua alma.

(Ele se esminhoca por um buraco de turfa, seu pardo hábito arrastando a cauda pelos seixos rangentes. Em pós ele arrasta-se um obeso rato avô de patas de cogumelos de tartaruga sob carapaça cinza. A voz de Dignam, abafada, se ouve uivando no subsolo: Dignam é morto e enterrado. *Tom*

Rochford, com peitilho papo-roxo, em capelo e bragas, salta de sua máquina bicolunada.)

TOM ROCHFORD: *(Mão contra o esterno, saúda)* Reuben J. Um florim como o acho. *(Mira um poço com olhar resoluto)* Minha vez agora. Sigam-me até Carlow.

(Executa um salto-mortal de salmão no ar e é engolfado pelo poço. Dois discos das colunas vibram olhos de zero. Tudo se esvai. Bloom adianta-se pesadamente. Fica em frente a uma casa iluminada, escutando. Os beijos, alando-se de seus recessos, voam-lhe à volta, chilreando, trilando, arrulhando.)

OS BEIJOS: *(Trilando)* Leo! *(Chilreando)* Cheiinhos, lambidinhos, molhadinhos, grudadinhos para Leo! *(Arrulhando)* Cu cucu! Mium-mium! Uum-uum! *(Trilando)* Grã quegrande! Pirueta! Leopold! *(Chilreando)* Leolé *(Trilando)* Oh, Leo!

(Farfalham, adejam sobre suas vestes, leves, lúcidos, frívolos flocos, argentinos cequins.)

BLOOM: Um toque de homem. Música triste. Música sacra. Talvez aqui.

(Zoe Higgins, uma puta jovem em camisola safira, fechada com três fivelas de bronze, um fino veludo negro em volta do pescoço, nuta, saltita degraus abaixo e o aborda.)

ZOE: Está procurando alguém? Ele está lá dentro com o amigo.

BLOOM: É esta a casa da senhora Mack?

ZOE: Não, é o oitenta e um. Da senhora Cohen. Você indo mais longe vai para pior. Mãezinha Escorrecorre. *(Familiarmente)* Está no batente ela mesma esta noite com o veter, o trunfeiro, que dá a ela todos os ganhadores e lhe paga pelo filho em Oxford. Trabalho extra mas a sorte está com ela hoje. *(Suspicaz)* Você não é o pai dele, é?

BLOOM: Eu não!

ZOE: Os dois de preto. E o ratinho esta noite está arisquinho?

(A pele dele, alerta, sente a proximidade dos pontidedos dela. Mão desliza pela coxa esquerda dele.)

ZOE: Como é que vão as nozes?

BLOOM: De lado. Curioso é que no direito. Mais pesadas, presumo. Um caso em cada milhão diz Mesias, meu alfaiate.

ZOE: *(Em alarma súbito)* Você está com um cancro duro.

BLOOM: Não é provável.

ZOE: Eu senti.

(A mão dela desliza dentro do bolso esquerdo da calça e retira uma batata negra dura enrugada. Mira a Bloom e à batata com bobos lábios húmidos.)

BLOOM: Um talismã. Uma herança.

ZOE: Para Zoe? Para mim? Para eu ser boazinha, né?

(Ela põe a batata rapidamente num bolso, em seguida enlaça-lhe o braço, aconchegando-o com calor coleante. Ele sorri contrafeito. Lentamente, nota a nota, música oriental é tocada. Ele perscruta o cristal fulvo dos seus olhos, debruados de côel. Seu sorriso dele adoça-se.)

ZOE: Você me reconhecerá da próxima vez.

BLOOM: *(Desamparadamente)* Jamais amei uma gazela querida mas era certo que...

(Gazelas saltam, pastando nas montanhas. Perto há lagos. À volta de suas margens perfilam sombras negras de cedrais. Sobe um aroma, forte esfila-

mento de resina. Incandesce, o oriente, um céu de safira, estriado pelo voo brônzeo de águias. Sob ele jaz a mulheridade, nua, branca, queda, fresca, em luxúria. Uma fonte murmura em meio a rosas damascas. Rosas mamutes murmuram vinhas escarlates. Um vinho de vergonha, cio, sangue, poreja, murmurando estranhamente.)

ZOE: *(Murmurando uma canticanção com a música, seus lábios odaliscos suculentamente untados com bálsamo de banha de porco e água de rosas)* Schorach ani wenowach, benoith Hierushalaim.

BLOOM: *(Fascinado)* Senti que eras de boa cepa pelo teu sotaque.

ZOE: E sabes o que faz pensar?

(Ela mordisca-lhe a orelha docemente com dentinhos ourejados infundindo sobre ele um hálito enfartante de alho azedo. As rosas se apartam, revelando um sepulcro de ouro de reis e seus ossos pulvifactos.)

BLOOM: *(Recua, acariciando mecanicamente sua mama direita com canhestra mão chata)* És garota de Dublin?

ZOE: *(Agarra safa uns cabelos rebeldes e os encaracola em madeixa)* Nada de medo bobo. Sou inglesa. Não tens uma guimba?

BLOOM: *(Como àntes)* Raro fumo, querida. Um charuto vez por outra. Recurso infantil. *(Luxurioso)* A boca pode engajar-se melhor do que com um cilindro de charuto ranços.

ZOE: Continua. Faz uma arenga parlenga sobre isso.

BLOOM: *(Em macacão de belbutina, camiseta negra com gravata vermelha solta e boné apache)* A humanidade é incorrigível. Sir Walter Raleigh trouxe do novo mundo essa batata e essa erva, a uma, matadora da pestilência por absorção, a outra, envenenadora da orelha, olho, coração, memória, vontade, entendimento, tudo. O que vale dizer, ele trouxe o veneno cem anos antes que outra pessoa cujo nome esqueci trouxesse o alimento. Suicídio. Mentiras. Todos os nossos hábitos. Senão, olha nossa vida pública!

(Dobres da meia-noite de campanários distantes.)

OS DOBRES: Volta de novo, Leopold! Lorde prefeito de Dublin!

BLOOM: *(Em traje de edil e corrente)* Eleitores do cais de Arran, cais de Inn, Rotunda, Mountjoy e docas Norte, é melhor uma linha de bonde, digo eu, do mercado de gado ao rio. Isso é a música do futuro. Esse é o meu programa. *Cui bono?* Mas nossos flibusteiros Vanderdeckens no seu navio fantasma das finanças...

UM ELEITOR: Três vezes três por nosso futuro magistrado-mor!

(A aurora borealis da procissão de archotes salta.)

OS ARCHOTEIROS: Hurra!

(Vários burgueses notórios, magnatas e homens-livres da cidade apertam a mão de Bloom e se congratulam com ele. Timothy Harrington, ex-três vezes lorde prefeito de Dublin, imponente na sua púrpura maioral, corrente de ouro e gravata de seda branca, confere com o conselheiro Lorcan Sherlock, locum tenens. Nutam vigorosamente em concordância.)

EX-LORDE PREFEITO HARRINGTON: *(Em púrpura escarlate com maça, corrente de ouro maioral e gravata larga de seda branca)* Que o discurso do edil sir Leo Bloom seja impresso às expensas dos contribuintes. Que a casa em que nasceu seja ornada com uma placa comemorativa e que o logradouro até aqui conhecido como Parlatório da Vaca perto da rua Cork seja doravante designado como bulevar de Bloom.

CONSELHEIRO LORGAN SHERLOCK: Apoiado unanimemente.

BLOOM: *(Apaixonadamente)* Esses holandeses voadores ou holandeses jazedores no que se reclinam em sua popa acastelada, jogando dados, que é que lhes importa? Máquinas são seu grito, sua quimera, sua panaceia. Aparatos poupa trabalho, suplantadores, bichos-papões, monstros manufacturados para mútua matança, duendes hediondos produzidos por hordas de tesões capitalísticos de nosso labor prostituído. O homem pobre pena enquanto eles cevam seus veados-montanha reais ou alvejam paisões e ferdizes na sua pompa percega de pecúnia e poder. Mas seu reino é reles para ressempre e sempre e sem...

(Aplausos prolongados. Mastros venezianos, maipostes e arcos festais rebrotam. Um estandarte trazendo as legendas Cead Mille Failte *e* Mac Tob Mebk Israel *cruza a rua. Todas as janelas se apinham de espectadores, principalmente damas. Ao longo do percurso os regimentos dos Fuzileiros Reais de Dublin, os Fronteiros Escoceses do Próprio Rei, os Altiplaneiros de Camarões e os Fuzileiros Galeses, em postura de atenção, contêm a turba. Garotos de escolas secundárias dependuram-se dos lampiões, postes telegráficos, janelas, cornijas, goteiras, chaminés, grades, gárgulas, assoviando e vivando. A coluna de nuvem aparece. Uma banda de pífanos e tambor se ouve a distância tocando o* Kol Nidre. *Os batedores se aproximam com águias imperiais içadas, levando bandeiras e ondeando palmas orientais. O emblema criselefantino papal vem alto, rodeado de pendões da flâmula citadina. A vanguarda do cortejo aparece encabeçada por John Howard Parnell, preboste da cidade, num tabardo xadrez, o Pretendente de Athlone e o Rei d'Armas de Ulster. São seguidos pelo Honorabilíssimo Joseph Hutchinson, lorde prefeito de Dublin, o lorde prefeito de Cork, suas veneráveis os prefeitos de Limerick, Galway, Sligo e Waterford, vinte e oito pares representantes irlandeses, sirdares, grandes e marajás trazendo o traje do estadão, a Brigada Bombeira Metropolitana de Dublin, o cabido dos santos das finanças em sua ordem plutocrática de precedência, o bispo de Dowm e Connor, Sua Eminência Michael cardeal Logue arcebispo de Armagh, primaz de toda a Irlanda, Sua Graça, o reverendíssimo dr. William Alexander, arcebispo de Armagh, primaz de toda a Irlanda, o rabino-chefe, o moderador presbiteriano, os cabeças das capelas baptista, anabaptista, metodista e morávia e o secretário honorário da sociedade de amigos. Após eles marcham as guildas e corporações e as bandas com cores esvoejantes: tanoeiros, aveiros, moendeiros, agenciadores de anúncios de jornais, amanuenses jurídicos, massageadores, taberneiros, treliceiros, limpa-chaminés, refinadores de banha, tecelões de tabineta e popelina, ferradores, lojistas italianos, vendedores em grosso, corticeiros, assessores de incêndios, tintureiros e limpadores, engarrafadores para exportação, peleteiros, etiqueteiros, gravadores de selos heráldicos, manobreiros de depósitos de cavalos, corretores de lingotes, fornecedores para críquete e bestas, peneireiros, negociantes de ovos e batatas, malheiros*

e luveiros, empreiteiros hidráulicos. Após eles marcham os cavalheiros da alcova, Vara Negra, Jarreteira, Bastão de Ouro, o palafreneiro-mor, o lorde grande-camareiro, o grande mestre de cerimônias, o alto condestável levando a espada do Estado, a coroa de ferro de Santo Estêvão, o cálice e a bíblia. Quatro corneteiros a pé sopram uma senha. Guardas-reais replicam, soando clarins de boas-vindas. Sob um arco de triunfo Bloom aparece nudicápite, num manto de bérbute carmesi debruado de arminho, trazendo a maça de Santo Estêvão, o orbe e um ceptro com a pomba, a curtana. Está sentado num cavalo lactibranco com longa cauda pendente carmesim, ricamente encarapaçado, com uma testeira áurea. Excitação frenética. As damas de seus balcões atiram rosipétalas. A atmosfera está perfumada de essências. Os homens vivam. Os meninos de Bloom correm em meio aos estantes com ramos de pilriteiros e agaves.)

OS MENINOS DE BLOOM:

> Carriça, carriça,
> Rainha das aves,
> Pelo Santo Estêvão,
> Foi presa entre agaves.

UM FERREIRO: *(Sussurra)* Por amor de Deus! É ele Bloom? Nem parece ter trinta e um.

UM PISOEIRO E LADRILHEIRO: Esse é então o famoso Bloom, o maior reformador do mundo. É de tirar o chapéu!

(Todos descobrem a cabeça. Mulheres cochicham agitadas.)

UMA MILIONÁRIA: *(Ricamente)* Não é simplesmente maravilhoso?

UMA NOBRE: *(Nobremente)* Tudo o que esse homem já viu!

UMA FEMINISTA: *(Masculinamente)* E fez!

UM PENDURADOR DE SINOS: Que rosto clássico! Tem a fronte de um pensador.

(Tempo de Bloom. Uma soalheira aparece ao noroeste.)

O BISPO DE DOWN E CONNOR: Aqui vos apresento vosso indubitado presidente imperador e regente rei, o muitíssimo sereno e potente e mui possante regedor deste reino. Deus guarde Leopoldo o Primeiro!

BLOOM: *(Em dalmática e manto púrpura, ao bispo de Down e Connor, com dignidade)* Agradecido, algo eminente senhor.

WILLIAM, ARCEBISPO DE ARMAGH: *(Em estola púrpura e chapelão)* Mandareis a vosso poder fazer lei e mercê cumpridas em todos os juízos em Irlanda e territórios a ela pertencentes?

BLOOM: *(Pondo a mão direita nos testículos, jura)* Possa assim o Criador comigo lidar. Tudo isso eu prometo fazer.

MICHAEL, ARCEBISPO DE ARMAGH: *(Verte um pote de óleo capilar na cabeça de Bloom)* Gaudium magnum annuntio vobis. Habemos carneficem Leopold, Patrick, Andrew, David, George, sê ungido!

(Bloom enverga um manto de tecido de ouro e põe um anel de rubi. Sobe e para na pedra do destino. Os pares representantes põem a um tempo suas vinte e oito coroas. Bimbalhar festirrepica nas igrejas de Cristo, de São Patrício, de São Jorge e na alegre de Malahide. Fogos da quermesse de Mirus sobem de todos os lados em simbólicos desenhos falopirotécnicos. Os pares fazem menagem, um a um, aproximando-se e genuflectindo).

OS PARES: Faço-me vosso homem lígio em vida e membros para vossa adoração terrenal.

(Bloom levanta a mão direita em que centelha o diamante Koh-i-Noor. Seu palafrém nitre. Silêncio imediato. Transmissores sem-fio intercontinentais e interplanetários se aprestam para a recepção da mensagem.)

BLOOM: Meus súbditos! Por esta nomeamos nosso fiel corcel Copula Felix Grã-Vizir hereditário e anunciamos que repudiamos neste dia nossa esposa anterior e outorgamos nossa mão real à princesa Selene, o esplendor da noite.

(A antiga esposa morganática de Bloom é presto removida para a Viúva Alegre. A princesa Selene, em trajes luniazuis, um crescente argênteo à cabeça, desce de uma liteira sedan, carregada por dois gigantes. Explosão de vivas.)

JOHN HOWARD PARNELL: *(Levanta o pendão real)* Ilustre Bloom! Sucessor de meu famoso irmão!

BLOOM: *(Abraça John Howard Parnell)* Agradecemos-lhe de coração, John, por esta certeira acolhida real à verde Erin, a terra prometida de nossos ancestrais comuns.

(As franquias da cidade lhe são apresentadas incorporadas num diploma. As chaves de Dublin cruzadas sobre um coxim carmesi lhe são dadas. Ele mostra a todos que leva meias verdes.)

TOM KERNAN: Merecei-lo, vossa honra.

BLOOM: Neste dia vinte anos atrás batemos o inimigo hereditário em Ladysmith. Nossos obuses e nossas metralhadoras montadas em camelos agiram nas suas linhas com efeito eloquente. Meia légua avante! Eles carregam! Tudo é agora perdido! Rendemonos? Não! Enfrentamo-los de peito! Eia! Carregamos. Desbordando à esquerda nossa cavalaria ligeira varreu as alturas de Plevna e, lançando seu grito de guerra, *Bonafide Sabaoth*, sabreou os artilheiros sarracenos até o último.

A CAPELA DOS TIPÓGRAFOS DO FREEMAN: Bravo! Bravo!

JOHN WYSE NOLAN: Eis aí o homem que deu fuga a James Stephens.

UM ESTUDANTE DE ASILO: Bravo!

UM VELHO RESIDENTE: Sois um crédito para a vossa terra, é o que sois.

UMA MAÇANDEIRA: Ele é o homem que a Irlanda quer.

BLOOM: Meus súbditos amados, uma nova era está a aurorejar. Eu, Bloom, vos digo que em verdade já agora está à mão. Sim, à palavra de um Bloom, entraremos em pouco a cidade áurea que há de ser, a nova Bloomusalém da Nova Hibérnia do futuro.

(Trinta e dois operários levando rosetas de todos os condados da Irlanda, guiados por Derwan, o construtor, erigem a nova Bloomusalém. É um edifício colosso, com tecto de cristal, construído em forma de um imenso rim de porco, com quatro mil aposentos. À proporção que se estende vários edifícios e monumentos são demolidos. Repartições do governo são provisoriamente transferidas para galpões ferroviários. Numerosas casas são arrasadas ao nível do chão. Os seus habitantes são alojados em barris e caixas, marcados estes a vermelho com as letras: L. B. Vários indigentes caem de uma escada. Parte das muralhas de Dublin, apinhadas de espectadores leais, ruem.)

OS ESPECTADORES: *(Morrendo)* Morituri te salutant. *(Morrem.)*

(Um homem de impermeável marrom espoca de um alçapão. Aponta um dedo elongado para Bloom.)

O HOMEM DE IMPERMEÁVEL: Não creiam numa só palavra do que diz. Esse homem é o Leopoldo Impermeato, o incendiário notório. Seu nome real é Higgins.

BLOOM: Fuzilem-no! Cachorro de cristão! Chega de Impermeato!

(Um canhonaço. O homem de impermeável desaparece. Bloom com seu ceptro abate papoulas. A morte instantânea de muitos inimigos poderosos, invernadores, membros do Parlamento, membros de comissões permanentes, é notificada. A guarda de corpo de Bloom distribui esmolas do lava-pés, medalhas comemorativas, pães e peixes, insígnias de temperança, custosos charutos Henry Clay, ossos vacuns grátis para sopa, camisas de vênus em envelopes lacrados amarrados a fio de ouro, caramelos de manteiga, rochedos de abacaxi, billets doux em forma de chapéus de bico, ternos confeccionados, travessas de elas-sempre-elas, garrafas de ercolina Jeyes, estampas de compras, indulgências de 40 dias, moedas falsas, salsichas de leitões, passes de teatro, cupões de refeições de vintém em pé, reimpressões baratas dos

Doze Piores Livros do Mundo: Froggy e Fritz (político), Cuidar do Bebê (infantílico), 50 Refeições por 7/6 (culínico), Foi Jesus um Mito Solar? (histórico), Expulse essa Dor (médico), Compêndio do Universo do Infante (cósmico), Que Todos Casquinem (hilárico), Vademécum do Aliciador (jornálico), Cartas de Amor da Mãe Substituta (erótico), Quem é Quem no Espaço (ástrico), Canções que Tocam Nosso Coração (melódico), Caminho Forra-Vintém para a Riqueza (parcimônico). Correria e engalfinhamento gerais. Mulheres da imprensa avançam para tocar a fímbria do manto de Bloom. Lady Gwendolen Duleita espoca da multidão, salta no cavalo dele e o beija em ambas as faces em meio a grande aclamação. Uma foto com lâmpada de magnésio é tirada. Bebês e lactantes são sobre-erguidos.

AS MULHERES: Paizinho! Paizinho!

OS BEBÊS E LACTANTES:

> Palminha-de-guiné pra quando Poldy vinhé
> Balinhas que ele traz pro Leo não chorar mais

(Bloom, inclinando-se, cutuca docemente Edy Boardman na barriga.)

BEBÊ BOARDMAN: *(Dá um soluço, fluindo leite coalhado pela boca)* Hai-ai-ai.

BLOOM: *(Apertando a mão com um rapazinho cego)* Meu mais que Irmão! *(Colocando o braço aos ombros de um casal velho)* Meus velhos amigos! *(Brincando de quatro-cantos com meninos e meninas maltrapilhos)* Upa! Puxa! *(Puxa uns gêmeos num carrinho)* Cadê o ratinho? O gato comeu! *(Executa artes de prestidigitador, retira da boca lenços vermelho, laranja, amarelo, verde, azul-índigo e violeta)* Vlavaiv. Trinta e dois pés por segundo. *(Consola uma viúva)* A ausência faz o coração mais jovem. *(Dança uma farândola escocesa com cabriolas grotescas)* Pernagens, meus santos! *(Beija as escaras de um veterano paralítico)* Feridas honrosas! *(Passa uma rasteira num polícia gordo)* EE. Gh: és gagá. *(Cochicha na orelha de uma empregada enrubescida e ri bondosamente)* Ah, travessinha, travessinha! *(Come um nabo cru oferecido por Maurice Butterly, granjeiro)* Óptimo! Esplêndido! *(Recusa aceitar três xelins oferecidos por John Hynes, jornalista)* Meu caro amigo, em absoluto! *(Dá o seu paletó a um mendigo)* Por favor, aceite.

(Participa de uma corrida de barriga contra o chão com aleijados velhos, homens e mulheres) Vamos, rapazes! Rebolem-se, raparigas!

O CIDADÃO: *(Chocado de emoção, enxuga uma lágrima com seu cachecol esmeralda)* Que o bom Deus o abençoe.

(O corno de bode soa por silêncio. O pendão de Sião é içado.)

BLOOM: *(Desata o manto imponentemente, mostrando obesidade, desenrola um jornal e lê solene)* Alef Beth Guímel Daleth Hagadah Tefilim Kosher Yom Kippur Hanukah Rosh Hashanah Bnei Brith Mitzvah Mazzoth Askenazim Meshuggah Talith.

(Uma tradução oficial é lida por Jimmy Henry, escrivão substituto da cidade.)

JIMMY HENRY: A Corte da Consciência se abre agora. Sua Catolicíssima Majestade administrará justiça ao ar livre. Assistência legal e médica grátis, solução de charadas e outros problemas. Todos cordialmente convidados. Dada nesta nossa leal cidade de Dublin no ano I da Era Paradisíaca.

PADDY LEONARD: Que devo fazer com minhas contribuições e taxas?

BLOOM: Pagá-las, meu amigo.

PADDY LEONARD: Obrigado.

NOSEY FLYNN: Posso penhorar meu seguro contra incêndio?

BLOOM: *(Obduradamente)* Senhores, tomai nota de que pela lei de tortos sois susjungidos por vossas próprias fianças por seis meses do montante de cinco libras.

J. J. O'MOLLOY: Um Daniel disse eu? Não! Um Peter O'Brien!

NOSEY FLYNN: Donde saco as cinco libras?

PISSER BURKE: Para complicações de bexiga?

BLOOM:

Acid, nit hydrochlor dil., vinte mínimas
Tinct. mix. vom., quatro mínimas
Extr. taraxel. lig., trinta mínimas
Aq. dist. ter in die

CHRIS CALLINAN: Qual é a paralaxe da eclíptica subsolar de Aldeburã?

BLOOM: Prazer em ouvi-lo, Chris. K. II.

JOE HYNES: Por que é que não estais de uniforme?

BLOOM: Quando meu progenitor de santificada memória usava o uniforme do déspota austríaco numa prisão bolorenta, onde estava o seu?

BEN DOLLARD: Amores-perfeitos?

BLOOM: Embelezam (embelecem) os jardins suburbanos.

BEN DOLLARD: Quando os gêmeos chegam?

BLOOM: Pai (pater, papai) começa a pensar.

LARRY O'ROURKE: Uma licença de oito dias para o meu novo local. Vós vos recordais de mim, sir Leo, quando estáveis no número sete. Vou mandar um dúzia da forte para a patroa.

BLOOM: *(Friamente)* Tiras vantagem comigo. Lady Bloom não aceita presentes.

CROFTON: Esta é de facto uma festividade.

BLOOM: *(Solenemente)* Chamas-lhe festividade. Eu lhe chamo sacramento.

ALEXANDER XAVES: Quando teremos nossa própria casa das chaves?

BLOOM: Sou pela reforma da moral municipal e dos dez mandamentos puros. Novos mundos para os velhos. União de todos, o judeu, o muçulmano e o gentio. Três acres e uma vaca para cada filho natural. Coches-fúnebres-salão a motor. Trabalho manual compulsório para todos. Todos os parques públicos abertos dia e noite. Lava-louças eléctricos. Tuberculose, aluação, guerra e mendicância devem cessar já. Amnistia geral, carnaval semanal, licença de uso de máscaras, abonos para todos, esperanto a fraternidade universal. Não mais patriotismo de mama-bares e impostores hidrópicos. Dinheiro livre, amor livre e uma Igreja laica livre num Estado laico livre.

O'MADDEN BURKE: Raposa livre num galinheiro livre.

DAVY BYRNE: *(Bocejando)* Iiiiiiiiaaaaaaaau!

BLOOM: Mistura de raça com casamento de mistura.

LENEHAN: Que tal banhos de mistura?

(Bloom explana aos mais perto seu projeto de regeneração social. Todos concordam com ele. O zelador do museu da rua Kildare aparece, puxando um camião em que tremelicam estátuas de várias deusas nuas, Vênus Calipigia, Vênus Pandemos, Vênus Metempsicose, e figuras de gesso, também nuas, representando as novas nove musas, Comércio, Música Operática, Amor, Publicidade, Manufactura, Liberdade de Palavra, Voto Plural, Gastronomia, Higiene Privada, Recreações de Concerto à Beira-Mar, Obstétrica Indolor e Astronomia para o Público.)

O PADRE FARLEY: Ele é um episcopaliano, um agnóstico, um nadúngaro, buscando derrubar nossa sagrada fé.

A SENHORA RIORDAN: *(Despedaça seu testamento)* Tu me decepcionaste! Seu homem mau!

A MÃEZINHA GROGAN: *(Tira as botinas para atirá-las em Bloom)* Sua besta! Sua pessoa abominável!

NOSEY FLYNN: Cantai-nos uma modinha, Bloom. Uma de nossas velhas doces canções.

BLOOM: *(Com humor folgazão)*

> Eu jurei nunca a deixar,
> Ela só fez me enganar.
> E o meu lero-lero lero-lero lero-lero.

PULAPULA HOLOHAN: Bom velho Bloom! Não há ninguém como ele afinal!

PADDY LEONARD: Irlandês de opereta!

BLOOM: Que ópera vegetal-mineral é como um oficial de Gibraltar? Palhaço.

(Risos.)

LENEHAN: Plagiário! Abaixo Bloom!

A SIBILA VELADA: *(Entusiasticamente)* Sou uma bloomista e glorio-me disso. Creio nele apesar de tudo. Daria minha vida por ele, o homem mais gozado do mundo.

BLOOM: *(Pisca para os circunstantes)* Aposto que é uma zinha boa.

THEODORE PUREFOY: *(De boné de pescaria e blusa de oleado)* Ele emprega um dispositivo mecânico para frustrar os fins sagrados da natureza.

A SIBILA VELADA: *(Apunhala-se)* Meu deus herói! *(Morre.)*

(Muitas mui atraentes e entusiásticas mulheres também se suicidam com apunhalarem-se, afogarem-se, beberem ácido prússico, acônito, arsênico, abrirem as veias, recusarem alimento, jogarem-se sob compressoras, do topo da Coluna de Nelson, no grande barrilhante da Cervejaria Guinness, asfixiarem-se colocando a cabeça perto de fornos a gás, enforcarem-se em ligas da moda, saltarem de janelas de diferentes andares.)

ALEXANDER J. DOWIE: *(Violentamente)* Companheiros em Cristo e antibloomistas, o homem chamado Bloom é das entranhas do Inferno, uma desgraça para os homens cristãos. Demoníaco libertino desde os seus primeiros anos este bode fedorento de Mendes deu sinais precoces de deboche infantil que lembram as cidades da planície, com uma dissoluta antepassada: Este vil hipócrita, endurecido na infâmia, é o touro branco mencionado no Apocalipse. Adorador da Mulher Escarlate, intriga é o próprio bafo de suas ventas. Os fachos da fogueira e o caldeirão de azeite fervente esses são para ele. Caliban!

O POPULACHO: Linchá-lo! Assá-lo! É tão ruim quanto Parnell foi. Seu Raposa!

(A Mãezinha Grogan atira a botina em Bloom. Vários lojistas da alta e baixa rua Dorset atiram objectos de pequeno ou sem valor comercial, ossos de presunto, latas de leite condensado, repolho invendável, pão passado, rabos de carneiro, pedaços refugados de gordura.)

BLOOM: *(Excitadamente)* Isto é loucura de meio verão, brincadeira macabra de novo. Pelos céus, sou sem culpa como a neve sem sol! Foi o meu irmão Henry. É o meu dobro. Vive no número dois do celeiro de Dolphin. A calúnia, essa víbora, me acusou erroneamente. Compatriotas, *sgeul imbarr bata coisde gan capall*. Invoco meu velho amigo, doutor Malachi Mulligan, especialista em sexo, para dar testemunho médico a meu respeito.

DR. MULLIGAN: *(Em blusão de volante, óculos-de-corrida no cenho)* Dr. Bloom é bissexualmente anormal. Fugiu recentemente do asilo privado do doutor Eustácio para cavalheiros dementados. Nascido de epilepsia hereditária acamante é isso, consequência de cio desbridado. Traços de elefantíase foram descobertos entre seus ascendentes. Há marcados sintomas de exibicionismo crônico. Ambidestrismo está também latente. É calvo prematuramente por autoabuso, perversamente idealístico em consequência, desengrenagem reformada, e tem dentes metálicos. Em consequência de um complexo familiar perdeu temporariamente a memória e eu o creio ser antes um em quem se pecou do que um pecador. Fiz um exame pervaginal e, após aplicação de uma reação ácida aos cinco mil quatrocentos e vinte e sete pelos anais, axilares, pectorais e púbicos, eu o declaro ser *virgo intacta*.

(Bloom coloca seu chapéu de alta qualidade sobre os órgãos genitais.)

DR. MADDEN: Hipospadia é também marcada. No interesse de gerações vindouras sugiro que as partes afectadas se preservem em espírito de vinho no museu teratológico nacional.

DR. CROTTHERS: Examinei a urina do paciente. É albuminoide. A salivação é insuficiente, o reflexo patelar intermitente.

DR. PUNCH COSTELLO: O *fetor judaicus* é muito perceptível.

DR. DIXON: *(Lê um certificado de saúde)* O professor Bloom é um exemplo consumado do novo homem mulheril. Sua natureza moral é simples e amorável. Muitos o acharam um homem quisto, uma pessoa quista. É quiçá um indivíduo raro no conjunto, tímido embora não paucimentado no sentido médico. Escreveu uma carta realmente bela, um poema em si mesma à corte missionária da Sociedade Protetora dos Padres Conversos que esclarece tudo. Ele é praticamente um abstinente total e posso afirmar que dorme numa enxerga de palha e come o mais espartano alimento, ervilhas de merceeiro secas frias. Leva uma camisa de cilício inverno e verão e flagela-se todo sábado. Foi, ao que sei, em um tempo um delinquente de primeira classe no reformatório de Glencree. Outro depoimento assegura que ele foi um infante muito póstumo. Apelo para clemência em nome da mais sagrada palavra que nossos órgãos vocais tenham sido chamados a dizer. Ele está a ponto de ter um bebê.

(Comoção e compaixão gerais. Mulheres desmaiam. Um americano ricaço angaria na rua fundos para Bloom. Moedas de ouro e prata, cheques bancários, cédulas, joias, bônus do tesouro, títulos de câmbio a vencer, vales, alianças de casamento, correntes de relógio, medalhões, colares e braceletes são rapidamente angariados.)

BLOOM: Oh, eu desejo tanto ser mãe.

A SENHORA THORNTON: *(Em traje de enfermeira)* Abraça-me forte, meu bem. Você estará livre em pouco. Forte, meu bem.

(Bloom abraça-a fortemente e pare oito infantes machos amarelos e brancos. Aparecem numa escadaria rubritapetada adornada de plantas caras. Todos são bonitos, de caras metálicas valiosas, benfeiçoados, vestidos respeitavelmente e bem-comportados, falando cinco línguas modernas fluentemente e interessados em várias artes e ciências. Cada um tem seu nome impresso em letras visíveis no peito da camisa: Nasodoro, Auridígito, Chrysostomos, Maindorée, Risargênteo, Silberselber, Vifargent, Panargyros. São imediatamente nomeados para posições de alta representatividade pública em vários países diferentes como diretores-gerentes de banco, superintendentes do tráfego de ferrovias, presidentes de companhias de responsabilidade limitada, vice-presidentes de sindicatos de hotéis.)

UMA VOZ: Bloom, és o Messias ben Joseph ou ben David?

BLOOM: *(Cavamente)* Tu o disseste.

IRMÃO ZUMBIDO: Então faze um milagre.

BANTAM LYONS: Profetiza quem vai ganhar o Saint Leger.

(Bloom anda sobre uma rede, tapa o olho esquerdo com a orelha esquerda, passa através de vários muros, galga a coluna de Nelson, dependura-se da aba do topo pelos cílios, come doze dúzias de ostras (conchas inclusive), cura vários doentes de malbruto, contrai a cara de maneira a parecer vários personagens históricos, lorde Beaconsfield, lorde Byron, Wat Tyler, Moisés do Egito, Moisés Maimônides, Moisés Mendelssohn, Henry Irving, Rip van Winkle, Kossuth, Jean-Jacques Rousseau, Barão Leopold Rothschild, Robinson Crusoé, Sherlock Holmes, Pasteur, vira cada pé simultaneamente para diferentes direções, faz a maré voltar atrás, eclipsa o sol com estender seu dedo mindinho.)

BRINI, NÚNCIO PAPAL: *(Em uniforme de zuavo papal, couraças de aço como peitorais, braçais, femorais e pernais, bigodes profanos largos e mitra de papel marrom)* Leopoldi autem generatio. Moisés gerou Noé e Noé gerou Eunuco e Eunuco gerou O'Halloran e O'Halloran gerou Guggenheim e Guggenheim gerou Agendath e Agendath gerou Netaim e Netaim gerou

Le Hirsch e Le Hirsch gerou Jesurum e Jesurum gerou MacKay e MacKay gerou Ostrolopsky e Ostrolopsky gerou Smerdoz e Smerdoz gerou Adrianopoli e Adrianopoli gerou Aranjuez e Aranjuez gerou Lewy Lawson e Lewy Lawson gerou Ichabudonosor e Ichabudonosor gerou O'Donnell Magnus e O'Donnell Magnus gerou Christbaum e Christbaum gerou Ben Maimun e Ben Maimun gerou Dusty Rhodes e Dusty Rhodes gerou Benamor e Benamor gerou Jones-Smith e Jones-Smith gerou Savorgnanovich e Savorgnanovich gerou Jasperstone e Jasperstone gerou Vingtetunieme e Vingtetunieme gerou Szombathely e Szombathely gerou Virag e Virag gerou Bloom *et vocabitur nomen eius Emmanuel.*

UMA MÃO-DE-MORTO: *(Escreve no muro)* Bloom é um bacalhau.

UM CARANGUEJO: *(Com mochila de mateiro)* Que é que fazias no curral de alimárias atrás de Kilbarrack?

UM INFANTE FEMININO: *(Sacode um chocalho)* E embaixo da ponte de Ballybough?

UM RAMO DE AZEVINHO: E na fenda do diabo?

BLOOM: *(Enrubesce-se todo furiosamente da cara às nádegas, caindo-lhe três lágrimas do olho esquerdo)* Poupem meu passado.

OS LOCATÁRIOS IRLANDESES DESPEJADOS: *(De coletes e calções, com varapaus da feira de Donnybrook)* Açoitemo-lo!

(Bloom de orelhas de burro senta-se no pelourinho de braços cruzados, os pés protrusos. Assovia Don Giovanni, *acenar teco. Órfãos de Artane, juntando as mãos, cabriolam-lhe à volta. Garotas da Missão do Portão da Prisão, juntando as mãos, cabriolam-lhe à volta em sentido contrário.)*

OS ÓRFÃOS DE ARTANE:

    Seu cê, seu mecê, seu bebê!
    Pensa que as donas gostam de você!

AS GAROTAS DO PORTÃO DA PRISÃO:

> Se tu vês ode
> Diz que ele pode
> Te ver no chá
> Lhe diz já já.

CORNUSSOPRA: *(De éfode e casquete-de-caça, anuncia)* E ele deverá levar os pecados do povo para Azazel, o espírito que está no ermo, e para Lilith, a noctifúria. E eles o lapidarão e o conspurcarão, de feito, todos os de Agendath Netaim e de Mizraim, a terra de Ham.

(Todas as gentes jogam pedras pantomímicas macias em Bloom. Vários viajantes bonafide e cães sem dono chegam para perto dele e o conspurcam. Mastiansky e Citron se aproximam de gabardina, usando brincos longos. Agitam as barbas para Bloom.)

MASTIANSKY E CITRON: Belial! Laernlein da Ístria! o falso Messias! Abulafia!

(George S. Mesias, o alfaiate de Bloom, aparece, um ferro de passar de alfaiate debaixo do braço, apresentando uma factura.)

MESIAS: Pela reforma de um par de calças onze xelins.

BLOOM: *(Esfrega as mãos animadamente)* Bem, como nos velhos tempos! Pobre Bloom!

(Reuben J. Dodd, Iscariotes nigribarbe, mau pastor, trazendo sobre os ombros o corpo afogado do filho, aproxima-se do pelourinho.)

REUBEN J.: *(Cochicha rouquenho)* A escapadela está pronta. O moambeiro já está com os meganhas. Punga o primeiro rataplã.

A BRIGADA DO FOGO: Flaape!

O IRMÃO ZUMBIDO: *(Investe Bloom dum hábito amarelo com brocados de chamas pintadas e dum chapéu alto pontudo. Coloca-lhe um saco de pól-*

vora em redor do pescoço e o entrega ao poder civil, dizendo) Perdoem-lhe os tresandamentos.

(O tenente Myers da Brigada de Fogo de Dublin a pedido geral põe fogo em Bloom. Lamentações.)

O CIDADÃO: Graças aos céus!

BLOOM: *(Numa túnica inconsútil marcada I.H.S. estaca erecto em meio a chamas fênix)* Não me pranteeis a mim, ó filhas de Erin.

(Exibe a repórteres de Dublin sinais de queimaduras. As filhas de Erin, em vestes negras com grandes livros de reza e candeias alumiando nas mãos, ajoelham-se rezam.)

AS FILHAS DE ERIN:

>Rim de Bloom, orai por nós.
>Flor do Banho, orai por nós.
>Mentor de Menton, orai por nós.
>Corretor do Freeman, orai por nós.
>Sabonete Errante, orai por nós.
>Doçuras do Pecado, orai por nós.
>Música sem Palavras, orai por nós.
>Censor do Cidadão, orai por nós.
>Bambo a todos os Babados, orai por nós.
>Parteiro Perpiedoso, orai por nós.
>Preservativo Patáteo de Pragas e Pestes, orai por nós.

(Um coral de seiscentas vozes, regido pelo senhor Vincent O'Brien, canta o coro da Aleluia *de Handel, acompanhadas ao órgão por Joseph Glynn. Bloom faz-se mudo, murcho, carbonizado.)*

ZOE: Fala que fala té ficar de cara preta.

BLOOM: *(Chapelão com cachimbo de barro fincado na faixa, borzeguins poeirentos, trouxa de lenço vermelho de emigrante na mão, guiando um porco negro de carvalhofóssil com um entrançado, um sorriso nos olhos)* Deixa-me agora ir, ó dona da casa, porque todos os cabrões de Connemara estão contra mim para uma sova mãe e pai. *(Com lágrimas nos olhos)* Tudo insânia. Patriotismo, tristeza pelos mortos, música, futuro da raça. Ser ou não ser. Vida é sonho 'stá finda. Acaba-a em paz. A vida continua. *(Perscruta o longe pesarosamente)* Sou uma ruína. Umas poucas pastilhas de acônito. As cortinas baixadas. A carta. Depois jazer a repousar. *(Respira manso)* Nô-mais. Eu hei vivido. Adeus. Adeusdado.

ZOE: *(Ríspida, com um dedo sob a fita ao pescoço)* É mesmo? Até a próxima. *(Zombeteira)* Parece que você se levantou com o pé esquerdo ou que você foi depressa demais na sua amiguinha. Oh, eu posso ler seus pensamentos.

BLOOM: *(Amargamente)* Homem e mulher, amor, que é isso? Uma rolha e uma garrafa. Estou farto disso. Não quero saber.

ZOE: *(Num amuo súbito)* Odeio os patifes insinceros. Dá uma deixa a uma fodida de uma puta.

BLOOM: *(Contritamente)* Sou muito desagradável. Você é um mal necessário. De onde é que é? De Londres?

ZOE: *(Falastronamente)* De Norton dos Suínos onde os porcos tocam os órgãos. Nasci em Yorkshire. *(Segura a mão de Bloom que busca a teta dela)* Estou falando, Pequenino Polegar. Para disso e vamos pra valer. Tem troco para um pouco? Dez xelins?

BLOOM: *(Sorri, nuta lentamente)* Mais, minha huri, mais.

ZOE: E a mãe do mais? *(Ela o afaga depressinha com patas de veludo)* Não quer vir para a sala de música ver a nossa pianola nova? Vem que eu fico em pelo.

BLOOM: *(Palpando o ócciput dubiamente com o embaraço semparalelo de um bufarinheiro apoquentado calibrando a simetria das peras peladas dela)* Alguém ficaria tremendamente ciumenta se soubesse. O monstro dos verdolhos. *(Empenhadamente)* Você sabe como é difícil. Não preciso contar.

ZOE: *(Lisonjeada)* O que os olhos não veem o coração não sente. *(Ela o afaga)* Vem.

BLOOM: Feiticeira gargalhante! A mão que balouça o berço.

ZOE: Bebê!

BLOOM: *(Em fraldas de bebê, cabeçudo, uma calota de cabelos negros, grandes olhos fixos na fluida veste dela, conta as fivelas de bronze com um dedo gorducho, a língua babada dobrando e balbuciando)* Um dois tlês: tlês dlois dlum.

AS FIVELAS: Bem-me-quer. Mal-me-quer. Bem-me-quer.

ZOE: Silêncio é consenso. *(Com garrinhas apartadas ela captura a mão dele, o indicador inscrevendo-lhe na palma a senha do enviado secreto, engodando-o ao fado)* Mão quente, barriga fria.

(Ele hesita em meio a fragrâncias, música, tentações. Ela o conduz para os degraus, atraindo-o pelo odor dos sovacos, o viço dos seus olhos pintados, o frufru de sua camisola em cujas pregas sinuosas se enrosca o fatum leonino de todos os brutos machos que a possuíram.)

OS BRUTOS MACHOS: *(Exalando o enxofre do cio e bosta e rampando na frouxijaula, rugindo apagadamente, as cabeças dopadas bamboleando daqui para ali)* Bom!

(Zoe e Bloom atingem a soleira onde duas irmãs putas estão sentadas. Elas examinam-no curiosamente de debaixo de suas sobrancelhas lapisadas e sorriem ao seu nuto precipitado. Ele tropeça desajeitado.)

ZOE: *(Sua mão sorteira socorrendo-o instantânea)* Upa! Não caia em pé.

BLOOM: O homem justo cai sete vezes. *(Fica de lado no umbral)* Depois de você mandam os bons modos.

ZOE: Damas primeiro, cavalheiros depois.

(Ela cruza o umbral. Ele hesita. Ela volta-se e, estendendo as mãos, puxa-o. Ele upa. Do cabide cervigalhado da saleta pendem um chapéu de homem e uma capa de chuva. Bloom descobre-se mas, vendo-os, enruga a testa, sorri em seguida, preocupado. Uma porta no lance da volta é aberta súbito. Um homem de camisa púrpura e calças cinzentas, meias marrons, passa em andadura de macaco, a cabeça calva e a barba bodesca empinadas, abraçando um jarrão de água cheio, seus negros suspensórios birrabichos saltitando-lhe aos pés. Evitando-lhe a cara rapidamente Bloom inclina-se a examinar sobre a mesa os olhos lebreiros de uma raposa correndo: depois, fungando com a cabeça erguida, segue Zoe para a sala de música. Um lucivelo de textipapel malva amortece a luz do lustre. Voltejando uma mariposa volteia, batendo, fugindo. O chão está coberto de um mosaico de linóleo de romboides jade e lazúli e cinábrio. Pegadas aí se estampam em todos os sentidos, calcâneo contra calcâneo, calcâneo contra arco, ponta contra ponta, pés pegados, uma mourisca de pés baralhados sem corpos fantasmas, todos em mixórdia escaramuça. As paredes estão atapetadas com um papel de teixifrondes e atalhos claros. À lareira se espalma um biombo de penas de pavão. Lynch se escarrapacha pernicruzado num capacho de lar de pelo emaranhado, a ré do boné para a testa. Com um bastão ele marca o tempo lentamente. Kitty Ricketts, uma pálida puta ossuda em costume marinheiro, luvas de corça enroladas baixo por uma pulseira coral, uma bolsa de malha-metal em sua mão, senta empoleirada na borda da mesa balançando a perna e mirando a si mesma no espelho aurimoldurado sobre o consolo da chaminé. Uma presilha do seu corpinho rendado propende em seu corpete. Lynch indica zombeteiro o casal ao piano.)

KITTY: *(Tosse contra a mão)* Ela é um tanto imbecílica. *(Faz sinais ondeando o indicador)* Tantã. *(Lynch levanta-lhe a saia e a anágua branca com o bastão. Ela abaixa-as rápido)* Respeite-se. *(Dá um soluço, em seguida baixa rápido seu chapéu à marinheira sob o qual a cabeleira brilha, vermelha de hena)* Oh, desculpe!

ZOE: Mais luz, meu Zuzé. *(Vai ao lustre e vira o gás a pleno.)*

KITTY: *(Remirando o gás)* Que é que ele tem hoje?

LYNCH: *(Cavamente)* Entram um espectro e os trasgos.

ZOE: Aplausinhos para Zoe.

(O bastão na mão de Lynch reluz: um atiçador de cobre. Stephen está perto da pianola sobre a qual se deitam seu chapéu e freixes-toque. Com dois dedos ele repete uma vez mais a série de quintas vazias. Florry Talbot, uma loura puta gansigorda frágil em um chambre maltrapilho morango embolorado, recosta-se escancarada no canto do sofá, seu flácido antebraço pendente no almofadão, ouvindo. Um pesado terçol cai-lhe sobre as pestanas sonolentas.)

KITTY: *(Dá um soluço de novo com um esporeio de pé cavalgante)* Oh, desculpem!

ZOE: *(Prontamente)* Teu chamego está pensando em você. Dá um nó na camisola.

(Kitty Ricketts inclina a cabeça. Seu boá desenrola, desliza, roça pelos seus ombros, costas, braços, cadeiras té o chão. Lynch levanta a encachoada lagarta com seu bastão. Ela o encaracola ao colo, coleante. Stephen olha para trás a figura atarracada com a ré do boné para a testa.)

STEPHEN: A bem dizer é de nenhuma importância se Benedetto Marcello o achou ou o fez. O rito é o repouso do poeta. Pode ser um velho hino a Deméter ou também ilustrar *Coela enarrant gloriam Domini*. É susceptível de nodos ou de modos tão distantes quanto o hiperfrígio do mixolídio e de textos tão divergentes como sacerdotes festiflorindo em torno ao altar de David isto é de Circe ou que digo eu de Ceres e o palpite de boa fonte de David ao seu chefe fagotista sobre a sua todapossança. *Mais, nom de nom*, é um outro par de calças. *Jetez la gourme. Faut que jeunesse se passe. (Para, aponta para o boné de Lynch, sorri, gargalha)* De que lado está a sua bossa do conhecimento?

O BONÉ: *(Com fastio saturnino)* Bah! É porque é. Razão de mulher. Judeugrego é gregojudeu. Os extremos se tocam. A morte é a mais alta forma de vida. Bah!

STEPHEN: Você se lembra razoavelmente bem de todos os meus erros, bazófias e enganos. Até quando hei de continuar a fechar meus olhos à deslealdade? Pedra de toque!

O BONÉ: Bah!

STEPHEN: Aqui está outra para você. *(Ele cenhifranze)* A razão é porque a fundamental e a dominante estão separadas pelo maior possível intervalo que...

O BONÉ: Quê? Termina. Não pode.

STEPHEN: *(Com esforço)* Intervalo que. E a máxima possível elipse. Consistente com. O retorno final. Quê.

O BONÉ: Quê?

(Fora o gramofone começa a canglorar A Cidade Santa.*)*

STEPHEN: *(Abruptamente)* O que foi aos fins do mundo para não atravessar-se. Deus, o sol, Shakespeare, um caixeiro-viajante, tendo se atravessado em realidade a si mesmo, torna-se esse si mesmo. Espera um momento. Espera um segundo. Maldito o ruído desse sujeito na rua. O si mesmo que a si mesmo estava ineluctavelmente precondicionado a se tornar. *Ecco!*

LYNCH: *(Com um zombeteiro nitrir de riso careteia para Bloom e Zoe Higgins)* Que discurso erudito, hem?

ZOE: *(Vivamente)* Deus que te ajude, que ele sabe mais do que você esqueceu.

(Com burrice obesa Flora Talbot olha para Stephen.)

FLORRY: Dizem que o dia final chega neste verão.

KITTY: Não!

ZOE: *(Explode em gargalhadas)* Grande Deus injusto!

FLORRY: *(Ofendida)* Bem, estava nos jornais a respeito do Anticristo. Oh, meus pés estão comichando.

(Jornaleirinhos descalços andrajosos, puxando um papagaio rabadeando, pataleiam berrando.)

OS JORNALEIROS: Edição final. Resultado das corridas de cavalinhos. Serpente do mar no canal real. Chegada feliz do Anticristo.

(Stephen retorna-se e vê Bloom.)

STEPHEN: Um tempo, tempos e meio tempo.

(Reuben J. Anticristo, o judeu errante, mão em garra aberta na espinhela, desloca-se à frente. Pelos lombos pendura-se-lhe um alforje de peregrino de que se arrebitam notas promissórias e títulos não honrados. Para arriba dos ombros leva um longo croque do gancho do qual a confusa massa algada do seu filho único, salva das águas do Liffey, se dependura pelos fundilhos das bragas. Um trasgo com a cara de Punch Costello, descadeirado, corcovo, hidrocefálico, prognata com testa afundada e nasembono de Ally Sloper, trambolha-se em mortissaltos pela escuridão crescente.)

TODOS: O quê?

O TRASGO: *(As mandíbulas estralejando, escabreia-se daqui para ali, esbugalhando os olhos, guinchando, canguruzando, com braços buscadores sobrestirados, então de repente mete a cara deslabiada na extrecoxa)* Il vient! C'est moi! L'homme qui rit! L'homme primigène! *(Rodopia e rodopia com uivos darueses)* Sieurs et dames, faites vos jeux! *(Acocora-se jogralando. Planetazinhos roletas voam de suas mãos)* Les jeux sont faits! *(Os planetas precipitam-se juntos, emitindo ruídos crepitantes)* Rien n'va plus. *(Os planetas, balões bolhudos, velejam inchados para cima e para longe. Ele ressalta no vácuo.)*

FLORRY: *(Afundando-se num torpor, persigna-se em segredo)* O fim do mundo!

(Um tépido eflúvio fêmeo evola-se dela. Nebulosa escuridade ocupa o espaço. Através da bruma à deriva lá fora o gramofone sobreclangora a tosses e passadas.)

O GRAMOFONE:

                Jerusalém!
                Abre tuas portas e canta
                Hosana...

(Um foguete esfuzia no céu e explode. Uma estrela branca dele cai, proclamando a consumição de todas as coisas e a segunda chegada de Elias. Ao longo de uma infinita corda invisível retesada do zênite ao nadir o Fim do Mundo, um óctopo bicéfalo com saiotes escoceses de batedor, barretina e sobressaiote enxadrezado, rodopia pela escuridão, pés para o ar, na forma das Pernas da Man.)

O FIM DO MUNDO: *(Com sotaque escocês)* Quem quer dançar o esperneio, o esperneio, o esperneio?

(Dominando o ruído das passadas e das tosses engasgadas, a voz de Elias, rouca como a de um codornizão, chocalha nas alturas. Suando numa folgada sobrepeliz de cambraia com mangas em funil é visto, cara de sacristão, sobre o rostro em redor do qual é drapejada a bandeira da velha glória. Ele soca o parapeito.)

ELIAS: Nada de parlapatices, se me fazem o favor, nesta tenda. Jake Crane, Crioulo Sue, Dave Campbell, Abe Kirschner, tussam de boca fechada. Olhem, sou eu quem opera toda esta linha troncal. Rapazes, é agora. Tempo de Deus doze e vinte e cinco. Digam à mãe que lá irão ter. Depressa com seus pedidos que jogarão com ás. Juntem-se logo e aqui! Reservas para a junção com a eternidade, viagem direta. Só uma palavra mais. És um deus ou sois uns malditos ateus? Se o segundo advento chegar a Coney Island estaremos juntos? Florry Cristo, Stephen Cristo, Zoe Cristo, Bloom Cristo, Kitty Cristo, Lynch Cristo, depende de vocês sentir essa força cósmica. Temos tremedeira de medo do cosmos? Não. Fiquem do lado dos anjos. Sejam um prisma. Vocês têm aquela certa coisa dentro, o eu superior. Podem ombrear com um Jesus, um Gautama, um Ingersoll. Estão todos dentro dessa vibração? Eu lhes digo que estão. Uma vez tenham pescado isso, congregados, uma passeadela para o céu se torna uma sopa. Perceberam? É um brilhareco de vida, na certa. A talagada mais quente que já houve. É um manjar completo

e com geleia por cima. É o achado mais catita que já foi feito. É imenso,
é supersumptuoso. Restaura. Vibra. Eu sei e eu que até sou um vibrador.
Pilhéria de lado e entrando no sério, A. J. Christ Dowie e a filosofia harmonial, pegaram a coisa? Muito bem. Setenta e sete oeste rua sessenta e
nove. Pegaram? É isso. Chamem lá em cima pelo solfone a qualquer hora.
Bebeberrões, poupem as estampinhas. *(Berra)* Vamos então ao nosso hino
de glória. Todos de coração juntos na cantoria. Bis! *(Canta)* Jeru...

O GRAMOFONE: *(Afogando a voz dele)* Putussalameosseualtxxx... *(O disco arranha-se corrosivo contra a agulha.)*

AS TRÊS PUTAS: *(Tapando as orelhas, guicham)* Aaahhh!

ELIAS: *(Em mangas arregaçadas, negro de cara, berra ao máximo, os braços levantados)* Irmão Grande lá de cima, Senhor Presidente, você viu o
que eu fiz que lhe disse. É certo que eu sustento uma crença forte em você,
Senhor Presidente. E é certo que eu acho que miss Higgins e miss Ricketts
têm religião dentro delas. É certo que parece que eu nunca vi mulher mais
piormente horrorizada do que você, miss Florry, como quando agora eu
lhe olho. Senhor Presidente, venha para me ajudar a salvar nossas irmãs
queridas. *(Pisca para os ouvintes)* O Nosso Senhor Presidente, ele pescou
a coisa e não disse não.

KITTY-KATE: Eu esqueci de mim mesma. Num momento de fraqueza eu errei
e fiz o que fiz na colina da Constituição. Fui confirmada pelo bispo. A irmã
de minha mãe casou com um Montmorency. Era um operário bombeiro e
foi a minha arruinação quando eu era pura.

ZOE-FANNY: Eu deixei ele meter em mim pelo gozado da coisa.

FLORRY-TERESA: Foi em consequência de uma potagem de porto na boca
de um Hennessy três-estrelas fui culpada com Whelan quando ele se meteu
na minha cama.

STEPHEN: No início era o verbo, no fim o mundo sem-fim. Abençoadas
sejam as oito beatitudes.

(As beatitudes, Dixon, Madden, Crotthers, Costello, Lenehan, Bannon, Mulligan e Lynch em uniformes brancos de estudantes de cirurgia, de quatro em quatro, em marcha-de-ganso, desfilam rápido em bulhenta andadura.)

AS BEATITUDES: *(Incoerentemente)* Bebida bife batalha boiada buzina berreiro besteira bispo.

LYSTER: *(Em calçõezinhos cinzaquacre e chapéu abilargo, diz discretamente)* Ele é nosso amigo. Não preciso invocar nomes. Que procures a luz.

(Ele passa urubu-malandro. Best entra em trajo de cabeleireiro; lavado nitentemente, suas madeixas em papelotes. Conduz John Eglinton que leva um quimono de mandarim amarelo nanquim, lagartestampado, de alto chapéu pagode.)

BEST: *(Sorrindo, levanta o chapéu e mostra um coco luzidio da coroa do qual se eriça um rabicho de porco com uma laçada laranja)* Eu estava embelezando-o, não sei se sabem. Um objeto de beleza, não sei se sabem. Yeats diz, quero dizer, Keats diz.

JOHN EGLINTON: *(Tira um pau de fogo verdicapeado e o reluz a um canto; com voz mordente)* Estética e cosméticos são para o *boudoir*. Busco a verdade. Pura verdade para um homem puro. Tanderagee quer os factos e propõe-se consegui-los.

(No cone da buscaluz atrás do balde de carvão, olavo, sacrolhudo, a figura barbuda de Mananaan MacLir excogita, queixo nos joelhos. Levanta-se lentamente. Um marivento gelado essopra de seu manto druídico. Por sua cabeça coleiam enguias e côngruos. Está encrostado de algas e conchas. Sua mão direita detém uma bomba de ar de bicicleta. Sua mão esquerda agarra um enorme lagostim pelos dois ferrões.)

MANANAAN MACLIR: *(Com uma voz de ondas)* Aum! Hec! Ual! Ac! Lab! Mor! Ma! Iogues brancos dos Deuses. Pemandro oculto de Hermes Trismegisto. *(Com uma voz de sibilante marivento)* Punarjanam patsypunjob! Não quero que façam troça de mim. Foi dito por alguém: cuidado com a esquerda, o culto de Shakti. *(Com um guincho de procelária)* Shakti, Shiva! Pai sombrio secreto! *(Ele bigorna com a bomba de bicicleta o lagostim da mão esquerda. No seu quadrante prestativo luzem os doze signos do zodíaco. Geme com veemência do oceano)* Aum! Bomm! Pijomm! Sou a luz da lareira, sou a cremosa manteiga sonhosa.

(Uma mão de judas de esqueleto estrangula a luz. A luz verde esvai-se em malva. A chama de gás geme silvando.)

A CHAMA DE GÁS: Puuua! Fuuuiiii!

(Zoe corre para o lustre e, forçando uma perna, ajusta a manga.)

ZOE: Quem é que me dá uma guimba no que estou aqui?

LYNCH: *(Atirando um cigarro sobre a mesa)* Toma.

ZOE: *(A cabeça caída de lado em orgulho simulado)* Isto são modos de passar um *pot* para uma dama? *(Ela se estica para acender o cigarro na chama, girando-o lentamente, mostrando os tufos castanhos dos sovacos. Lynch com seu atiçador levanta atrevido um lado da camisola dela. Nua das ligas para cima aparece sua carne sob a safira um verde de ondina. Ela fuma tranquila seu cigarro)* Você pode ver o sinal bonito do meu traseiro?

LYNCH: Não estou olhando.

ZOE: *(Requebrando olhos lúbricos)* Não? Você não faria coisa semelhante. Quer chupar um limão?

(Olhando de soslaio com vergonha postiça ela remira com intenções para Bloom, se requebra para ele, livrando a camisola do atiçador. Fluido azul de novo flui sobre a sua carne. De pé, Bloom sorri de desejo, girando os polegares. Kitty Ricketts molha o dedo médio de saliva e olhando-se no espelho alisa ambas as sobrancelhas. Lipoti Virag, basilicogramate, desce rapidamente pelo cano da chaminé e pavoneia dois passos para a esquerda em andas rosas de palhaço. Está salsichado dentro de vários sobretudos e

leva uma impermeável marrom sob a qual sustém um rolo de pergaminho. No olho esquerdo brilha o monóculo de Cashel Boyle O'Connor Fitzmaurice Tisdall Farrell. Sobre a cabeça empoleira-se um pshent *egípcio. Dois remígios se projetam por sobre suas orelhas.)*

VIRAG: *(Calcanhares juntos, saúda)* Meu nome é Virag Lipoti, de Szombathely. *(Tosse pensativamente, secamente)* Nudez promíscua está muito em evidência por aqui, hem? Inadvertidamente a retrovisão dela revelou o facto de que ela não está usando aqueles atavios algo íntimos de que você é um particular devoto. A marca de injecção na coxa, espero, você percebeu? Bom.

BLOOM: Vovochi. Mas...

VIRAG: A número dois de outro lado, a de *rouge* cereja e *coiffeuse* branca, cuja cabeleira deve não pouco ao nosso elixir tribal de gofé, está em traje de passeio e pelo seu sentar fortemente cintada, eu opinaria. Engoliu um guarda-chuva, digamo-lo. Corrija-me, mas sempre entendi que esse acto assim realizado por homens frívolos com lampejos de *lingerie* atraía-os em virtude de sua exibicionisticidade. Numa palavra. Hipogrifo. Estou certo?

BLOOM: Ela é mais para magra.

VIRAG: *(Não desagradavelmente)* Absolutamente! Bem observada e esses bolsos cestas de suas saias e o efeito ligeiramente de balão são engendrados para sugerir rechonchudez de ancas. Compra recente numa liquidação monstro depois de ter desplumado algum pato. Atavios meretrícios para iludir os olhos. Observa a atenção dada aos detalhes mínimos. Nunca leves em ti amanhã o que podes usar hoje. Paralaxe! *(Com um tique nervoso de cabeça)* Você ouviu o estalo do meu miolo? Polissilabaxe!

BLOOM: *(Um cotovelo pousado sobre a mão, um indicador contra a bochecha)* Ela parece triste.

VIRAG: *(Cinicamente, seus dentes amarelos de fuinha à mostra, rebaixa o olho esquerdo com um dedo e ladra rouquenho)* Peta! Cuidado com as melindrosas de acabrunhamentos falsos. Lírio da rua. Todas possuem botões da roséola descoberta por Rualdus Colombus. Tomba-a. Colomba-a. Camaleão. *(Mais cordialmente)* Bem então, permita-me chamar-lhe a atenção para a item número três. Há uma plenitude dela visível a olho nu. Observa a massa de matéria vegetal oxigenada no seu crânio. Ué, ela se mexe! O patinho feio da ninhada, mal-acabado e pesado de proa.

BLOOM: *(Pesarosamente)* Basta que se saia sem espingarda.

VIRAG: Podemos oferecer-lhe todos os tipos, doce, médio, forte. Pague e escolha. Você pode ser feliz com qualquer uma das duas...

BLOOM: Com?...

VIRAG: *(Com a língua revirada)* Liumm! Olha. O calibre dela é acolhedor. Está forrada com uma bem considerável camada de banha. Obviamente mamária quanto ao peso dos peitos repara que ela tem na fachada bem na frente duas protuberâncias de muito respeitáveis dimensões, propensas a cair no prato de sopa do meio-dia, enquanto na ré mais embaixo duas protuberâncias adicionais, sugestivas de potente recto e tumescentes para apalpação que não deixam nada a desejar salvo compactitude. Semelhantes partes carnudas são o produto de cuidada nutrição. Quando curralengordadas seus fígados atingem medidas elefantinas. Tortas de pão fresco com funchogrego e polpa de benjoim encharcadas em poções de chá verde dotam-nas em sua breve existência de almofadas de picar de assaz colossal graxame de baleia. Isso vai com tua escrita, hem? Caldeiradas de carne do Egito que dão água na boca. Espoja-te nisso. Licopódio. *(A garganta dá um tique)* Estibum! Ei-lo que recomeça.

BLOOM: Não gosto do terçol.

VIRAG: *(Arqueia as sobrancelhas)* Esfregar uma aliança, aconselha-se. *Argumentum ad feminam*, como dizíamos na velha Roma e na antiga Grécia no consulado de Diplódoco e Ictiossáurio. Para o mais o remédio soberano de Eva. Não à venda. Aluga-se apenas. Huguenote. *(Tique)* É um barulho engraçado. *(Tosse encorajadoramente)* Mas é possivelmente apenas uma verruga. Presumo que devas lembrar-te do que te ensinei sob essa rubrica? Farinha de trigo com mel e noz-moscada.

BLOOM: *(Refletindo)* Farinha de trigo com licopódio e silabaxe. Este ordálio inquisitante. Foi um dia excepcionalmente fatigante, uma sequência de acidentes. Espere. Quero dizer, sangue de verruga espalha verrugas, o senhor dizia...

VIRAG: *(Severamente, o nariz transarqueado, o rabo do olho piscando)* Para de girar esses polegares e dá um pouco de trato à bola. Vê, já esqueceu. Exercita a tua mnemotécnica. *La causa è santa.* Tara. Tara. *(À parte)* Ele se lembrará por certo.

BLOOM: De alecrim também eu me lembro que falou ou do poder da vontade sobre os tecidos parasitários. Então sim não tenho uma lembrança. O toque da mão de morto é que cura. Mnemo?

VIRAG: *(Excitado)* É isso mesmo. É isso mesmo. Mesmo. Técnica. *(Bate no rolo de pergaminho, com energia)* Este livro te ensina como agir em todos os particulares. Consulta o índice para medo agitado em acônito, melancolia em muriático, pulsatília priápica. Virag vai falar-te sobre amputação. Nosso velho amigo cáustico. Elas precisam estar famintas. Estrangulá-las com um fio de rabo de cavalo pela base encruada. Mas, mudando da vaca-fria para búlgaros e bascos, já te decidiste se gostas ou não gostas de mulheres em indumentos machos? *(Com uma risota seca)* Pretendias dedicar um ano inteiro ao estudo do problema religioso e os meses do verão de mil oitocentos e oitenta e dois à quadratura do círculo e ganhar o tal milhão. Carambola! Do sublime ao ridículo é só um passo. Pijamas, digamos? Ou calçõezinhos de malha reforçados, fechados? Ou, admitamos o caso, aquelas combinações complicadas, camicalções? *(Ele galeja derisivamente)* Quiquiriqui?

(Bloom inspeciona indeciso as três putas, então remira a luz malva velada, ouvindo a mariposa pervolante.)

BLOOM: Eu queria então já haver terminado. Camisola foi nunca. Daí isto. Mas amanhã é um novo dia será. Passado foi é hoje. O que agora é será então amanhã como agora era ser passado ontem.

VIRAG: *(Sopra-lhe na orelha num átimo)* Os insectos de um dia gastam sua breve existência em coito reiterado, atraídos pelo cheiro da fêma inferiormente pulcritudinosa que possui extensiva verve pudenda na região dorsal. Papagaio! *(Sua bicanca de loiro palra fanhosamente)* Havia um provérbio entre os carpatianos no ou em torno do ano cinco mil quinhentos e cinquenta de nossa era. Uma colherada de mel atrairá o amigo Urso mais que uma dúzia de barris de vinagre de malte de primeira. Zum-zum dos ursos zanza as abelhas. Mas distanciemo-nos disso. Numa outra vez poderemos reencetar. Tivemos muito prazer, nós os outros. *(Ele tosse e, baixando o cenho, esfrega o nariz pensativamente com o oco da mão)* Você deverá observar que esses insectos nocturnos perseguem a luz. Uma ilusão para lembrar-te dos olhos deles complexos e inajustáveis. Para todos esses pontos veja o décimo sétimo livro dos meus *Fundamentos de sexologia ou o amor paixão* que o doutor L. B. diz ser o livro sensação do ano. Alguns, para exemplificar, há de novo cujos movimentos são automáticos. Observa. Isto é o seu sol adequado. Pássaro nocturno sol nocturno cidade nocturna. Procura-me Zuzé! Zzz!

BLOOM: Abelha ou varejeira também no outro dia batendo contra a sombra na parede tonteou-se e depois me vagueava tonteada por sobre a camisa ainda bem que eu...

VIRAG: *(Com cara impassível, numa rica toada feminina)* Esplêndido! Cantárida na sua braguilha ou cataplasma de mostarda no seu mangalho. *(Ele grugruleja glutonamente com barbela de peru)* Guruli! Guruli! Onde é que estamos? Abre-te Sésamo! Acorda! (Desenrola rápido o pergaminho e lê, seu nariz de caga-fogo ao revés sobre as letras que ele unha) Tem, meu bom amigo. Dou-te aqui a resposta. As ostras das costas vermelhas em breve estaremos com elas. Sou o melhor cuca. Essas bivalves suculentas poderão ajudar-nos e as trufas de Périgord, tubérculos desentranhados pelo senhor porco omnívoro, são insuperáveis em casos de debilidade nervosa ou viragite. Se fedem pedem. *(Abana a cabeça com troça casquinante)* Abrolhos. Com antolhos em meus olhos.

BLOOM: *(Distraidamente)* De olho o casulo bivalve da mulher é pior. Sempre aberto Sésamo. O sexo fendido. Aí por que temem a bicha, ou coisas rastejantes. Entretanto Eva e a serpente se contraditam. Não como facto histórico. Analogia óbvia com a minha ideia. As serpentes também são glutonas de leite de mulher. Coleiam-se através de milhas de floresta omnívora para suguissuculentarem-se nos peitos feitos secos. Como essas guruliabrolhas matronas romanas de que se lê no Elefantulíase.

VIRAG: *(A boca projetada em pregas duras, olhos petreamente fechados descoroçoadamente, salmodia em monótono exterrâneo)* Que as vacas com aqueles seus ubres distendidos de que se soube...

BLOOM: Vou berrar. Peço-lhe desculpa. Ah! Sim. *(Repete)* Que espontaneamente buscavam a toca do sáurio a fim de confiar-lhe as tetas à sua ávida sucção. A formiga ordenha o pulgão. *(Profundamente)* O instinto rege o mundo. Na vida. Na morte.

VIRAG: *(Cabeça de banda, arqueia o lombo e os gibosos aladombros, remira a mariposa com turvos olhos esbugalhados, aponta com uma garra chifruda e grita)* Quem é Ger Ger? Quem é o querido Gerald? Oh, eu muito temo que ele será bem lamentavelmente queimado. Não hará favô alguma persoa pra sê não impedimento tão catastrófica minha agitação de pano de mesa de primeira? *(Mia)* Liss piss piss piss! *(Suspira, recua e olha baixo para os lados com queixo caído)* Bem, bem. Ele descansa mesmo em breve.

> Sou uma coisinha de nadinha
> Na primavera é vida minha
> Voar, voar revoadinha.
> Há muito tempo fui rainha,
> Agora faço esta coisinha
> Com minha asinha, minha asinha!
> Zinha!

(Precipita-se contra o lucivelo malva adejando cuidadosamente) Lindas lindas lindas lindas lindas lindas lindanáguas.

(Da entrada funda esquerda com dois passos deslizantes Henry Flower avança para o centro avante esquerda. Leva uma capa escura e um sombrero emplumado de banda. Traz um marchetado dulcímero argentencordoado e um cachimbo de Jacob canolongo de bambu de corpo de barro feiçoado como cabeça de mulher. Usa calção de bélbute escuro e escarpins argentifivelados. Tem a cara romântica do Salvador com cachos escachoantes, barba

rala e bigode. Suas finipernas e pés de pato são os do tenor Mário, príncipe de Cândia. Compõe sua gargantilha pregueada e emudece os lábios com um deslizar de sua língua amorosa.)

HENRY: *(Em voz baixa dulcíflua, tocando as cordas da guitarra)* Há uma flor que bloomfloresce.

(Virag truculento, as mandíbulas apertadas, fixa na lâmpada. Bloom grave mira o pescoço de Zoe. Galante Henry volta-se com papada caída para o piano).

STEPHEN: *(De si para si)* Toca com os olhos fechados. Imita papai. Enchendo minha pança com boia de suíno. Isto já chega. Vou levantar-me e ir para minha. Espera isto é o. Steve, vais pelo mau caminho. Primeiro visitar o velho Deasy ou telegrafar. Nossa conversa de de manhã deixou-me impressão funda. Apesar de nossas idades. Escreverei tudo amanhã. A propósito, estou em parte bêbado. *(Toca as teclas de novo)* Acorde menor vem agora. Sim. Não demais contudo.

(Almidano Artifoni estende seu rolo-batuta de música com vigoroso esbigodeamento.)

ARTIFONI: Ci rifletta. Lei rovina tutto.

FLORRY: Cante-nos alguma coisa. Velha doce canção do amor.

STEPHEN: Sem voz. Sou um artista totalmente consumado Lynch, será que lhe mostrei a carta sobre o alaúde?

FLORRY: *(Sorrinhando)* O passarinho que pode cantar e que não quer.

(Os gêmeos siameses, Philip Bebad e Philip Sober, dois almofadinhas de Oxford com corta-grama, aparecem na moldura da janela. Ambos estão mascarados da cara de Matthew Arnold.)

PHILIP SOBER: Ouve este bobo. Tudo não está bem. Calcula a bico de lápis, como um bom idiota jovem. Três libras doze tinhas, duas notas, um soberano, duas coroas, se a juventude ao menos soubesse. No Mooney en ville, no Mooney sur mer, no Moira, no Larchet, hospital da rua Holles, no Burke. Hem? Estou te olhando.

PHILIP BEBAD: *(Impaciente)* Ora bolas, homem. Pro inferno! Paguei meu preço. Se ao menos eu pudesse ver claro nisso das oitavas. Reduplicação de personalidade. Quem é que me disse o nome dele? *(Seu corta-grama começa a ronronar)* Aah, sim. Zoe mou sas agapo. Tenho ideia de que já estive aqui antes. Quando é que foi não com Atkinson seu cartão eu tenho em algum lugar? MacAlguém. NonMack é que é. Ele me falava de, espera, Swinburne, não era, era?

FLORRY: E a canção?

STEPHEN: O espírito está querendo mas a carne é fraca.

FLORRY: Saíste do Maynooth? Você parece alguém que eu conheci uma vez.

STEPHEN: De lá fora gido. *(De si para si)* Bem achado.

PHILIP BEBAD E PHILIP SOBER: *(Seus corta-gramas ronronando um rigodão de herbicaules)* Bem acha dito. Fora gido. Fora ido. A pró pósito tens o livro, a coisa, o freixo? Sim, lá estão, sim. Bem acha dito fora gido agora. Mantém-te em forma. Faz como a gente.

ZOE: Esteve um padre aqui faz duas noites para fazer seu negocinho com um casaco todo abdoado. Não precisa esconder, eu disse pra ele. Eu sei que você tem um colarinho romano.

VIRAG: Perfeitamente lógico do ponto de vista dele. Queda do homem. *(Asperamente, as pupilas dilatando-se-lhe)* Pro inferno com o papa! Nada de novo sob o sol. Sou o Virag que desvendou os segredos de sexo de monges e noviças. Por que deixei a Igreja de Roma. Leiam O padre, a Mulher e o Confessionário. Penrose. Fizaberto Jaberto. *(Contorce-se)* Mulher, desfazendo com doce pudor sua tanga de junquilho, oferece sua iôni perúmida ao linga de homem. Pouco tempo depois homem presenteia mulher com pedaços de carne da jungla. Mulher mostra contentamento e cobre-se de plumagem. Homem ama sua iôni furiosamente com linga grande, o duro. *(Grita) Coactus volui.* Então mulher tontinha solta-se por aí. Homem forte agarra pulio de mulher. Mulher guincha, morde, xinga. Homem, agora zangado bravo, bate na gorda iadgana de mulher. *(Corre em pós a própria cauda)* Pifepafe! Popó *(Para, funga)* Tchum! *(Ralha para a rabeira)* Prmrhtx!

LINCH: Espero que tenhas dado ao bom padre uma penitência. Nove glórias para baixar um bispo.

ZOE: *(Expele fumaça à baleia pelas narinas)* Ele não podia estabelecer conexão. Somente, vocês sabem, sensação! Fumaça sem fogo.

BLOOM: Pobre homem!

ZOE: *(Descuidada)* Só pelo que acontecia nele.

BLOOM: Como?

VIRAG: *(Um diabólico ricto de negra luminosidade contraindo sua fisionomia; ele grua o pescoço descarnado para a frente. Levanta um focinho abestalhado e uiva)* Verfluchte Goim! Ele teve um pai, quarenta pais. Ele nunca existiu. Porco de Deus! Ele tinha duas pernas esquerdas. Ele era Judas Iaquias, um eunuco líbio, o bastardo do papa. *(Apoia-se sobre avantipatas torturadas, cotovelos arqueados rígidos, os olhos agonizando em sua pescoçocabeça e ele gane para o mundo mudo)* Um filho de uma puta. Apocalipse.

KITTY: E Mary Shortall que estava de cona com gona que apanhou do Jimmy Pidgeon dos fuzileiros teve um filho dele que não podia engolir e se afogou com as convulsões no colchão e nós todas contribuímos para o enterro.

PHILIP BEBAD: *(Gravemente)* Qui vous a mis dans cette fichue position, Philippe?

PHILIP SOBER: *(Jovialmente)* C'était le sacré pigeon, Philippe.

(Kitty desalfineta o chapéu e o pousa calmamente, palmeando sua cabeleira de henê. E mais bonita, mais deliciosa cabeça de ondas atraentes jamais se viu sobre ombros de uma puta. Lynch se põe o chapéu dela. Ela o retira.)

LYNCH: *(Gargalha)* E para tais delícias Metchnikoff inoculou os macacos antropoides.

FLORRY: *(Assentindo)* Ataxia locomotora.

ZOE: *(Jovial)* Oh, o meu dicionário.

LYNCH: As três virgens prudentes.

VIRAG: *(Febricitante, profusa ovulação amarela espumando sobre seus ósseos lábios epilépticos)* Ela vendia filtros de amor, cera branca, flor de laranja. Pantera, o centurião romano, poluiu-a com os seus genitórios. *(Ele espicha uma vibrátil língua fosforescente de escorpião, as mãos sobre o saco)* Messias! Ele lhe arrebentou o tímpano. *(Com gritos tagarelas de babuíno ele empuxa as nádegas no espasmo cínico)* Hic! Hec! Hac! Hoc! Huc! Coc! Cuc!

(Bem Bígua Dollard, rubicundo, musculaturado, narinipeludo, imensibarbe, repolhorelhudo, peitiveludo, grenhigarnido, gordimamato, as pudendas e os genitais apertados num par de sacalções de banhos pretos.)

BEN DOLLARD: *(Chocalhando ossos castanhetas em suas enormes mãos felpudas, iodeliza jovialmente como baixo barríltono)* Quando o amor absorve minha ardente alma.

(As virgens, Enfermeira Callan e Enfermeira Quigley, irrompem através dos guarda-costas e cordas e o afogam de braços abertos.)

AS VIRGENS: *(Arrebatadamente)* Bígua Ben! Bem MacChree!

UMA VOZ: Agarrem aquele pinto-calçudo.

BEN DOLLARD: *(Bigorna a coxa com uma gargalhada abundante)* Que venham agarrá-lo.

HENRY: *(Afagando ao peito uma cabeça de mulher decapitada, cochicha)* Coração teu, amor meu. *(Vibra as cordas do alaúde)* Quando primeiro vi...

VIRAG: *(Serpimudando a pele, sua multitudinária plumagem cambiando)* Ratos! *(Boceja, mostrando uma garganta carbonigra e fecha as mandíbulas com um empuxão para cima de seu rolo de pergaminho)* Depois de ter dito o que, faço o meu apartamento. Adeus. A ti deus. *Dreck.*

(Henry Flower penteia o bigode e a barba rápido com um pente de bolso e passa uma alisada de saliva pela cabeleira. Pilotado pelo espadim, ele desliza para a porta, a harpa bárbara pendurada atrás. Virag atinge a porta em dois gingapulos, o rabo empinado e destro achata pelo lado contra a parede um volante-mosquito amarelo-pus rebatendo-o com a cabeça.)

O VOLANTE-MOSQUITO: K. II não pôr cartazes. Estritamente confidencial. Doutor Hi Franks.

HENRY: Tudo é perdido agora.

(Virag desaparafusa num átimo sua cabeça e segura-a debaixo do braço.)

A CABEÇA DE VIRAG: Cuac!

(Exeunt variadamente.)

STEPHEN: *(Por sobre os ombros para Zoe)* Você devia ter preferido o pastor lutador que fundou o erro protestante. Mas tema Antístenes, o sage cão, e a parte derradeira de Ário Heresiarca. A agonia na casinha.

LYNCH: Todos um e mesmo Deus para ela.

STEPHEN: *(Devotamente)* E Soberano Senhor de todas as coisas.

FLORRY: *(Para Stephen)* Estou certa de que você é um padre desgarrado. Ou um monge.

LYNCH: Ele é. Filho de um cardeal.

STEPHEN: Cardeal pecado. Monges saca-rolhas.

(Sua Eminência, Simon Stephen Cardeal Dedalus, o primaz de toda a Irlanda aparece no umbral, vestido de sotaina, sandálias e soquetes vermelhas. Sete acólitos símios anões, também de vermelho, pecados cardeais, sustêm a cauda dele, olhando por debaixo. Traz de banda uma cartola emboçada sobre a cabeça. Os polegares vêm fincados nos sovacos e as palmas abertas. De em torno ao seu pescoço pende um rosário de rolhas terminado ao peito por uma cruz em saca-rolhas. Livrando os polegares, invoca a graça dos altos, com largos ademanes ondeantes e proclama com pompa inchada.)

O CARDEAL:

>   Consérvio jaz enxoviado.
>   Jaz na mais funda masmorra
>   Grilheta e ferros nos membros
>   Que pesam três toneladas.

(Olha para todos por um momento, o olho direito fechado duro, a bochecha esquerda inflada. Então, incapaz de conter sua folgança, bambeia daqui para ali, braços nas cadeiras, e canta com largo júbilo brincalhão.)

>   Oh, o pobre do meu magrelo
>   De per-per-pernas amarelo
>   Roliço, gordo, duro e vivo cobra do mato.
>   Mas um safado macaco
>   Pra pastar seu branco naco
>   Assassinou da boa Maria o amor de pato.

(Uma nuvem de muruins enxameia por sobre sua véstia. Coça-se pelas costelas com braços entrecruzados, careteando, e exclama.)

Estou sofrendo a agonia dos danados. Fé de sacralho, graças a Jesus esses sujeitinhos tiquetinhos não são unânimes. Se o fossem eles me teriam posto fora da face deste droga de globo.

(A cabeça declinada, abençoa curto com os dedos índice e médio, distribui o beijo pascoal e se desdescarta comicamente, abanando a cartola para um lado e outro, minguando-se rápido às dimensões dos porta-caudas. Os acólitos anões, risoteando, subespiando, cutucando-se, girolhando, pascoalbeijando, ziguezagueiam atrás dele. Sua voz se ouve suave na distância, misericordiosa; macha, melodiosa.)

> Te levará meu coração a ti
> Te levará meu coração a ti,
> O eflúvio embalsamado desta noite
> Te levará meu coração a ti.

(A haste da maçaneta da porta gira.)

A MAÇANETA DA PORTA: Tiii.

ZOE: O diabo está naquela porta.

(Uma figura masculina desce a escada rangente e se ouve segurar o impermeável e o chapéu do cabide. Bloom avança involuntariamente e, semicerrando a porta no cruzá-la, tira o chocolate do bolso e o oferece nervoso a Zoe.)

ZOE: *(Refunga na cabeleira dele vivamente)* Hum. Obrigada à tua mãe pelos coelhinhos. Gosto muito do que me agrada.

BLOOM: *(Ouvindo uma voz masculina em conversa com as putas na soleira, aguça as orelhas)* Se fosse ele? Depois? Ou por que não? Uma partida dobrada?

ZOE: *(Rasga o papel prateado)* Os dedos foram feitos antes dos garfos. *(Quebra e denteia um pedaço, dá outro a Kitty Ricketts e então se volta gatamente para Lynch)* Não é contra chupa chupa francês? *(Ele nuta. Ela negaceia)* Quer agora ou quando apanhar? *(Ele abre a boca, a cabeça empinada. Ela gira o bocado em roda à esquerda. Ele olha para ela)* Pega. *(Ela atira-lhe o pedaço. Com bocanhada segura ele o boca e o remorde crocando.)*

KITTY: *(Mastigando)* O engenheiro que estive com ele na quermesse tem uns deliciosos. Cheios dos melhores licores. E o vice-rei estava lá com sua dama. E o que papeamos nos cavalinhos de pau do Toft. Estou ainda zonza.

BLOOM: *(Em sobretudo de peles de Svengali, de braços cruzados e pastinha napoleônica, sobrecenha em exorcismo ventríloquo com penetrante olhar de águia para a porta. Então, rígido, pé esquerdo avançado, faz um rápido passe com dedos compelientes e mostra o sinal de pedreiro-livre, perpassando a mão direita para baixo pelo ombro esquerdo)* Ide, ide, ide, eu vos conjuro, quem quer que sejais.

(Uma tosse masculina e umas pegadas se ouvem pela humidade lá fora. As feições de Bloom se distendem. Coloca uma mão no colete, compondo-se calmo. Zoe lhe oferece chocolate.)

BLOOM: *(Solenemente)* Grato.

ZOE: Faz o que te mandam. Toma.

(Um firme atamancamento se ouve pela escada.)

BLOOM: *(Toma do chocolate)* Afrodisíaco? Pois eu cria. Baunilha acalma ou? Mnemo. Luz confusa confunde a memória. O vermelho influi no lupo. As cores afectam o temperamento das mulheres, qualquer que o tenham. Este preto me deixa triste. Comer e alegrar-se pois amanhã. *(Come)* Influi no gosto também, o malva. Mas há tanto tempo que eu. Parece novo. Afro. Aquele padre. Deve vir. Melhor tarde que nunca. Experimentar trufas no Andrews.

(A porta se abre. Bella Cohen, uma caftina maciça, entra. Veste túnica marfim três-quartos, franjeada em torno à fímbria com ourela de pompons, e se refresca sacudindo um leque preto de chifre como Minnie Hauck em Carmen. *Na mão esquerda uma aliança de casamento e uma de retenção. Seus olhos estão fundamente encarvoados. Aponta-se-lhe um bigode. Sua cara oliva é pesada, ligeiramente suada e nariguda, com narinas laranjimatizadas. Traz longos brincos berilo pendentes.)*

BELLA: Palavra! Estou numa suadeira.

(Ela remira em redor dos casais. Então seus olhos pousam em Bloom com dura insistência. Seu leque largo venta vento sobre sua cara, pescoço, embonpoint quentes. Seus olhos falcões rebrilham.)

O LEQUE: *(Abanando rápido, depois lento)* Casado, pelo que vejo.

BLOOM: Sim... Em parte, eu me desguiei...

O LEQUE: *(Entreabrindo-se, depois fechando-se)* E a patroa canta de galo. Governo de saia.

BLOOM: *(Olha para baixo com um arreganho acarneirado)* Assim é.

O LEQUE: *(Fechado todo, pousa contra o brinco)* Esqueceste-te de mim?

BLOOM: Nim. São.

O LEQUE: *(Fechado de braço nas cadeiras)* Era em mim nela era que sonhaste primeiro? Era então ela ele tu nós já conhecido? Sou todos ele e os mesmos agora nós?

(Bella se aproxima, gentilmente toquetocando-o com o leque.)

BLOOM: *(Estremecendo)* Ser poderoso. Em meus olhos lê aquele letargo que as mulheres amam.

O LEQUE: *(Toquetocando-o)* Encontramo-nos. És meu. É o fado.

BLOOM: *(Intimidado)* Fêmea exuberante. Enormemente eu desejo a tua dominação. Estou exaurido, abandonado, já não jovem. Paro, por assim dizer, com uma carta não franquiada com taxa regulamentar extra diante da ultimíssima caixa postal do correio geral da vida humana. A porta e janela abertas em ângulo recto provocam uma corrente de trinta e dois pés por segundo de acordo com a lei da queda dos corpos. Acabo de sentir neste instante uma torção de ciática no meu músculo glúteo esquerdo. Acontece isso na nossa família. O pobre do querido do papai, viúvo, era um barômetro regular disso. Acreditava no calor animal. Uma pele de tabi forrava o seu colete de inverno. Pelo fim, lembrando-se do rei David e da sunamita, ele partilhava seu leito com Atos, fiel até depois da morte. A baba de cão, como você provavelmente... *(Estremece)* Ah!

RICHIE GOULDING: *(Valisepesado, atravessa a porta)* A zombaria é pegada. O mais em conta em Dub. Digno de um fígado e rim de príncipe.

O LEQUE: *(Toquetocando)* Todas as coisas acabam. Sê meu. Agora.

BLOOM: *(Indecidido)* Já agora? Eu não devia ter-me separado do meu talismã. Chuva, exposto ao sereno nas rochas ao mar, um pecadilho nesta minha idade. Todo fenômeno tem causa natural.

O LEQUE: *(Aponta para baixo lento)* Tu podes.

BLOOM: *(Olha para baixo e percebe o cordão do sapato dela desatado)* Estamos sendo observados.

O LEQUE: *(Aponta para baixo rápido)* Tu deves.

BLOOM: *(Com desejo, com relutância)* Posso fazer um verdadeiro nó cego. Aprendi quando servia meu estágio e trabalhava no ramo de expedição postal no Kellet. Mão experimentada. Cada nó diz seu dó. Deixe-me. Por cortesia. Já ajoelhei uma vez hoje. Ah!

(Bella levanta sua túnica ligeiramente e, firmando sua postura, ergue para a borda de uma cadeira uma fornida pata sapatilhada e uma quartela cheia, sedaenmeiada. Bloom, pernaduro, idoso, inclina-se por sobre a pata dela e com dedos gentis mete para dentro e para fora os cordões.)

BLOOM: *(Sussurrando amoroso)* Ser um experimenta-calçados no Mansfield foi meu jovem sonho de amor, as alegrias queridas do doce abotoamento, atacar em cruzado até o joelho o elegante calçado pelica cetinforrado, tão incrivelmente pequeno, das damas de Clyde Roud. Até o manequim de cera Raymonde eu visitava diariamente para admirar-lhe as meias teia de aranha e os artelhos vareta de ruibarbo, como usados em Paris.

A PATA: Cheira o quente do meu pele-de-cabra. Sente meu peso real.

BLOOM: *(Atacando)* Apertado demais?

PATA: Se afrouxas, meu chapechape, te chuto o coco por ti.

BLOOM: Não atacar o ilhó errado como fiz na noite do baile de caridade. É má sorte. Metido em buraco errado da... pessoa que você mencionou. A noite em que ela encontrou... Pronto!

(Ele dá nó no cordão. Bella põe a pata no chão. Bloom levanta a cabeça. A pesada cara dela, os olhos fulminam-no à meia-testa. Os olhos dele se fazem foscos, escuros e empapuçados, o nariz se lhe afila.)

BLOOM: *(Engrola)* Aguardando suas novas ordens, permanecemos, senhores...

BELLO: *(Com um duro olhar basilisco, em voz barítona)* Cachorro infame!

BLOOM: *(Enamorado)* Imperatriz!

BELLO: *(Suas pesadas barbelas baixando)* Adorador de uma rabeira adúltera!

BLOOM: *(Plangentemente)* Imensidade!

BELLO: Bostívoro!

BLOOM: *(Os tendões semiflexos)* Magnificência.

BELLO: Ao chão! *(Ele bate nos ombros dela com o leque)* Inclina-te pé avante! Desliza o pé esquerdo um passo atrás. Tu cairás. Estás caindo. Sobre as mãos!

BLOOM: *(Os olhos dela sursivirados em sinal de admiração, fechando-se)* Trufas!

(Com um penetrante grito epiléptico ela cai de quatro, grunhindo, fungando, espojando-se aos pés dele, então jaz, fingindo-se morta com os olhos bem fechados, pestanas tremelicando, curvada ao chão em atitude de excelentíssimo senhor.)

BELLO: *(De cabeleira curta, guelras purpúreas, rodelas grossas de bigode em torno à boca barbeada, de perneiras montanheiras, jaleco verde argentiabotoado, camisa desportiva e chapéu alpino com pluma de galo-d'água, as mãos enfiadas fundo nos bolsos das bragas, põe o tacão dele sobre a nuca dela e pisoteia)* Sente todo o meu peso. Agacha-te, escrava, ante o trono dos tacões gloriosos do teu déspota, tão fulgurante em sua altaneira erectitude.

BLOOM: *(Sujeitada, bale)* Prometo não desobedecer.

BELLO: *(Gargalha alto)* Coisinha de nada! Tu nem sequer suspeitas do que te espera. Sou o verga lho que vai ensinar-te e quebrar-te. Aposto quantas rodadas de rabo de galo queiram que te tiro a vergonha, minha velhaca. Levanta a crista, se ousas. Se o fizeres, treme por antecipado da disciplina calcânea que te será infligida em traje ginástico.

(Bloom esgueira-se por sob o sofá e espia pelas franjas.)

ZOE: *(Alargando a camisola para biombá-la)* Ela não está aqui.

BLOOM: *(Fechando os olhos)* Ela não está aqui.

FLORRY: *(Escondendo-a com sua bata)* Ela não fez por querer, senhor Bello. Ela vai ser boazinha, senhor.

KITTY: Não seja tão duro com ela, senhor Bello. Estou certa que não, 'nhorassenhor.

BELLO: *(Engabeladoramente)* Vem, minha patazinha. Quero ter uma palavrinha contigo, queridinha, só para ministrar uma correção. É uma conversa de coração com coração, doçurinha. *(Bloom põe de fora sua cabeça tímida)*

Aí é que está a boa menininha. *(Bello gudunha-lhe o pelame violentamente e arrasta-a para a frente)* Eu só quero corrigir-te para teu bom proveito num macio lugar seguro. Como é que vai esse tenro traseiro? Oh, sempre docinha, bichinha. Põe-te pronta.

BLOOM: *(Desmaiando)* Não me despedaces o meu...

BELLO: *(Selvagemente)* A argola do nariz, as tenazes, o bastinado, o gancho de enforcamento, o *knut* vou-te fazer beijar enquanto as flautas tocam como ao escravo núbio de antigamente. Te peguei desta vez. Vou fazer que te lembres de mim pelo saldo de tua vida natural. *(Suas veias da testa se lhe intumescem, a cara congesta)* Me sentarei na tua selaturcatraseira cada manhã depois de meu infernalmente gostoso desjejum de fatias de presunto gordo do Matterson e uma garrafa da pórter de Guinness. *(Ele arrota)* E chupando meu infernalmente gostoso charuto *Stock Exchange* enquanto ler a *Gazeta do Ucheiro Licenciado* muito possivelmente e te farei ser abatida e regrelhada nos meus estábulos e degustarei um bocado de ti com torresmos crocantes do forno regados e assados como leitões com arroz e limão ou molho de groselha. Isso será de te doer.

(Ele torce um braço dela. Bloom guincha, tartaruga virada.)

BLOOM: Não seja malvada, babá! Não não!

BELLO: *(Torcendo)* Outra!

BLOOM: *(Urrando)* Ui, é o próprio inferno! Cada nervo do meu corpo dói como um danado!

BELLO: *(Grita)* Bem, pela pagodeira geral! Esta é a melhor notícia que ouço em seis semanas. Aqui, não me faças esperar, sua safada. *(Ele bate na cara dela)*

BLOOM: *(Choramingando)* Você está me machucando. Vou contar a...

BELLO: Agarrem ele, meninas, que vou montar nele.

ZOE: Sim. Anda nele. Eu também quero.

FLORRY: Eu também quero. Não seja esganada.

KITTY: Não, é minha vez. Me emprestem ele.

(A cozinheira do bordel, a senhora Keogh, enrugada, grisalhiberbe, um babadouro gorduroso, meias e calças de homem cinza e verde, enfarinhada, um rolo-de-pada pegado de massa-podre em suas mãos e braços vermelhos, aparece à porta.)

A SENHORA KEOGH: *(Ferozmente)* Posso ajudar? *(Agarram e sujeitam Bloom.)*

BELLO: *(Acocoroca-se, num grunhido, sobre a cara susvirada de Bloom, baforando charuto, ninando uma perna gorda)* Vejo que Keating Clay foi eleito dirigente do Asilo de Richmond e daí as ações preferenciais da Guinness estarem a dezesseis e três quartos. Desgraçado que sou de não ter comprado o lote de que me falaram Craig & Gardner. Desgraçada de má sorte, maldita. E aquele fodido de azar de *Jogafora* a vinte por um. *(Parafuseia irritado o charuto na orelha de Bloom)* Onde está aquele fodido daquele cinzeiro?

BLOOM: *(Aguilhoado, bundesfumaçado)* Ai! Ai! Monstros! Cruel!

BELLO: Pede por isto a cada dez minutos. Suplica, roga por isto como nunca rogaste antes. *(Mostra-lhe um punho em figa e um charuto fétido)* Toma, beija isto. Os dois. Beija. *(Põe de lado uma perna e, apertando os joelhos de cavaleiro, ordena com voz dura)* Upa! Cavalo de pau na encruzilhada. Vou montá-lo no páreo de Eclipse. *(Inclina-se de lado e aperta rude os testículos da montada, berrando)* Oba, toca e voa! Vou te ensinar na boa maneira. *(Ele cavaleja cavalodepau, saltando na sela)* A dama monta passo a passo e o cocheiro trote a trote e o cavalheiro galope a galope a galope a galope.

FLORRY: *(Puxa Bello)* Deixa eu montar nele agora. Você já teve o bastante. Eu pedi primeiro.

ZOE: *(Puxando Florry)* Eu. Eu. Já não acabaram com ele, suas suguissugas?

BLOOM: *(Sufocando-se)* Não posso mais.

BELLO: Muito bem, mas eu posso. Espera. *(Sustém a respiração)* Maldito. Toma. Este tampão está a ponto de arrebentar. *(Ele se desarrolha por trás; em seguida, contorcendo-se nas feições, peida rumoroso)* Toma! *(Fecha o próprio registo)* Sim, cos diabos, dezesseis e três quartos.

BLOOM: *(Um suor irrompendo-se por sobre ele todo)* Não homem. *(Funga)* Mulher.

BELLO: *(Levanta-se)* Nada de arder e assoprar. O que anelavas tanto está acontecendo. Dagora em diante já não és homem mas meu de facto, uma coisa sob jugo. Agora ao hábito da penitência. Vais largar teus atavios masculinos, compreendes, Ruby Cohen?, e envergar a seda furta-cobre luxuriosamente frufruscante por sobre a cabeça e ombros, e depressa também.

BLOOM: *(Encolhe-se)* Seda, disse a mestra! Oh, ondulante, roçagante. Devo puntitocá-la com minhas unhas?

BELLO: *(Aponta para as suas putas)* Quais são elas agora, assim serás, emperucada, tinturada, perfumada, empoada, de sovacos escanhoados. Medidas de trela serão tomadas sobre tua pele. Serás enrendada com força cruel dentro de espartilhos-tornos de envolvente cotelão de pomba, com barbatanas de baleia, até a pélvis debruada de diamante, a absoluta borda externa, enquanto tua silhueta, mais rechonchuda que quando à solta, será constringida em mais que apertadíssimas vestes, lindas anáguas de duas onças com franjas e coisinhas estampadas, é claro, com o brasão desta casa minha, criações de *lingerie* adoráveis para Alice e bem recendentes para Alice. Alice sentirá o puxa-puxa. Marta e Maria se sentirão no início encabuladas em semelhantes camisas de força mas os rufos da frivolidade das rendas em redor dos joelhos te lembrarão...

BLOOM: *(Soubrette encantadora com faces repintadas, cabeleira mostarda e nariz e mãos machos grandes, boca provocante)* Eu pus em mim as coisas dela uma vez só, uma brincadeira, na rua Holles. Como estávamos na pinda eu as lavava para economizar na lavandaria. Minhas próprias camisas eu virava. Era a mais pura das poupanças.

BELLO: *(Chacoteia)* Trabalhinhos que davam gosto a mamãe, né?, e exibias coquetemente dentro do teu dominó ao espelho detrás do biombo aberto tuas coxas descobertas e teus ubres de bode, em várias posturas de entrega, né? Ó, ó, é de gargalhar! Aquela muda de traje de teatro negra de segunda-mão e calcinhas de cano curto que se arrebentaram nas costuras na última vez que ela foi estuprada que a senhora Miriam Dandrade te vendeu no Hotel Shelbourne, né?

BLOOM: Miriam. Negra. Demimondaine.

BELLO: *(Gargalha)* Ó Cristo Todo-poderoso, é até de comichar, esta! Ficaste uma Miriam engraçadinha quando cortaste os pelos da porta traseira e te deitaste faniquitado dentro da coisa atravessado na cama como a senhora Dandrade no momento de ser violentada pelo tenente Ferra Ferro, pelo senhor Filipe Augusto Tapabém, M.P., pelo signor Laci Daremo, o robusto tenor, por Bert de olhos azuis, o ascensoristinha, por Henry Fleury de fama na Gordon Bennett, pelo Sheridan, o Creso quarteirão, pelo sotavoga dos oito da equipa do Trinity, por Ponto, seu esplêndido Terra-Nova, e por Bobs, duquesa dotária de Manorhamilton. *(Ele gargalha de novo)* Cristo, isto não faria rir um gato siamês?

BLOOM: *(As mãos e feições dela agitando-se)* Foi Gerald que me converteu em verdadeiro amante de espartilho quando eu fazia uma personagem feminina na peça da secundária superior Vice-Versa. Foi meu querido Gerald. Pegou essa mania, fascinado pelos espartilhos da irmã. Agora o queridíssimo Gerald usa *bâton* de *rouge* e doura as pestanas. Culto do belo!

BELLO: *(Com regozijo perverso)* Belo! Dá-nos uma pausa! Quando tomavas assento com cuidado mulheril, levantando teus babados pregueados, no trono usipolido.

BLOOM: Ciência. Comparar as alegrias com que cada um se alegra. *(Convincente)* E é realmente a melhor posição... pois muitas vezes eu molhava...

BELLO: *(Severamente)* Nada de insubordinação. A serragem está ali no canto para ti. Dei-te instruções estritas, não te dei? Quero-o de pé, senhor! Vou ensinar-te a portares-te como um copulheiro! Se alguma vez eu encontrar traços nos teus cueiros. Ah ah! Pelos burros na água que terás teu caxias. Os pecados do teu passado levantam-se contra ti. Muitos. Centenas.

OS PECADOS DO PASSADO: *(Em mescla de vozes)* Ele contraiu uma forma de casamento clandestino com pelo menos uma mulher à sombra da Igreja Negra. Recados infaláveis ele telefonou mentalmente para a senhorita Dunn num endereço da rua d'Olier no que se apresentava indecentemente ao instrumento da cabina. Por palavras e atos ele encorajou uma marafona noturna a depositar matéria fecal e outra num externo não sanitário conexo a recintos vazios. Em cinco locais públicos ele escreveu mensagens lapisadas oferecendo sua parceira nupcial a todos os varões fortimembrados. E perto da usina de vitríolo tão agressivamente cheirante não passava ele noite após noite cerca de casais amorosos para ver se e que e quanto podia ele ver? Não jazeu ele no leito, esse enorme varrão, regozijando-se com um fragmento nauseante de papel higiênico reusado presenteado a ele por uma rameira asquerosa, estimulada por pão-picante e uma ordem-postal?

BELLO: *(Assovia bulhento)* Fala! Qual foi o teu mais revoltante ato de obscenidade em toda a tua carreira de crime? Entra fundo no poço. Vomita. Sê franco uma vez.

(Caras inumanas mudas desfilam à frente, soslaiando, esvanecendo-se, algaraviando, Bullohum. Poldy Kock, Cordãodessapato a pêni, a megera do Cassidy, rapazinho cego, Larry Rinoceronte, a garota, a mulher, a puta, a outra, a...)

BLOOM: Não me perguntes. À fé comum. Rua dos Agrados. Eu somente pensava na metade de... Juro pelo meu sagrado voto...

BELLO: *(Peremptoriamente)* Responde. Rebotalho repugnante! Insisto em saber. Dize-me algo que me distraia, uma sujeira ou uma porra de história-do-outro-mundo ou um verso de poesia, rápido, rápido, rápido. Onde? Quê? Em que tempo? Com quantos? Dou-te exatamente três segundos. Um! Dois! Tr...!

BLOOM: *(Dócil, gorgoleja)* Eu rerrerrepugnasei em rerrerrerrepugnante...

BELLO: *(Imperiosamente)* Oh, fora, seu mequetrefe! Engole tua língua. Fala quando te falarem.

BLOOM: *(Inclina-se)* Mestre! Mestra! Mhadomadora!

(Ele levanta os braços. Seus bráceos braceletes caem.)

BELLO: *(Satiricamente)* De dia encharcarás e baterás nossas odorantes sub-roupas, mesmo quando nós damas estivermos incomodadas, e esfregarás nossas latrinas, com teu vestido levantado e um pano de prato amarrado ao teu rabo. Não vai ser uma graça? *(Ele coloca um anel de rubi no dedo dela)* E aí está! Com esse anel eu te possuo. Dize, obrigada, mestra.

BLOOM: Obrigada, mestra.

BELLO: Farás as camas, prepararás minha banheira, esvaziarás os penicos dos vários quartos, inclusive o da velha senhora Keogh, a cozinheira, um arenoso. E, olha, enxagua os sete muito bem, cuidado, ou os lamberás como champanhe. Bebe-me o que te mando quente. Upa! tu zelarás pelo atendimento ou te ralharei pelos teus malfeitos, miss Ruby, e te espancarei de bunda nua bem duro, mocinha, com brocha peluda. Serás ensinada pelo erro nos teus caminhos. De noite tuas bem untadas mãos braceletadas usarão luvas de quarenta e três botões recém-polvilhadas de talco e com dedipontas delicadamente aromatizadas. Por teus favores os varões de antanho atiravam suas vidas. *(Ele rilha)* Meus rapazes ficarão não pouco encantados em ver-te tão senhorial, o coronel, sobre todos. Quando eles aqui vierem antes da noite de núpcias para acarinhar minha nova atracção de sapatos dourados. Primeiro, eu próprio darei uma voltinha contigo. Um homem que eu conheço do turfe chamado Charles Alberta Marsh *(eu estava faz pouco na cama com ele e outro cavalheiro do Registo e da Repartição de Valores Pequenos)* está à procura de uma criada pro variado disponível logo. Levanta o busto. Sorri. Esconde os ombros. Quem dá mais? *(Aponta)* Por este lote treinado pelo dono para buscar e carregar, o cesto na boca. *(Ele desnuda o braço e o mergulha até o cotovelo na vulva de Bloom)* Boa profundidade pra vocês! Que tal, rapazes? Isso os faz subir? *(Empurra o braço na cara de um relanceador)* Aí está, molha o passadiço e toca a secá-lo.

UM RELANCEADOR: Um florim!

(O lacaio do Dillon retine a campainha.)

UMA VOZ: Um e dezoito em excesso.

O LACAIO: Bereng!

CHARLES ALBERTA MARSH: Deve ser virgem. Bom hálito. Limpa.

BELLO: *(Dá uma batida com seu martelo)* Dois bagarotes. Oferta folgada e barato pelo preço. Catorze mãos de altura. Toquem e examinem seus pontos. Manuseiem-na. Esta pele veludosa, estes músculos macios, esta carne tenra. Se eu tivesse ao menos meu punção de ouro! É muito fácil de ordenhar. Três galões tirados por dia. Um reprodutora pura, pronta a dar em uma hora. O recorde de leite do pai foi mil galões de leite integral em quarenta semanas. Oba, minha joia. Que gracinha! Oba! *(Ele marca sua inicial C na garupa de Bloom)* Assim! Cohen garantido. Quem avança dois bagos, cavalheiros?

UM HOMEM CARESCURA: *(Com sotaque despistado)* Cim livres esderlines.

VOZES: *(Comedidas)* Para o califa Harum Al-Raxid.

BELLO: *(Contente)* Bem. Que venham todos. A minguada, atrevidamente curta saiota, levantada até o joelho para mostrar uma ponta dos calçõezinhos brancos, é uma arma potente e as meias transparentes, com esmeraldiligas, com uma longa baguete recta que se esgueira acima do joelho, convocam os melhores instintos do homem *blasé* da cidade. Observem o deslizante andar miudinho sobre salto Luís XV de quatro polegadas, a curvatura grega de ancas provocantes, as coxas fluescentes, joelhos modestamente entretocantes. Convocai todo o vosso poder de fascínio para cobrir-los. Homiziai seus vícios gomorranos.

BLOOM: *(Reclina a cara ruborizada por dentro do sovaco e sorrinha com pontidedo na boca)* Oh, eu sei o que é que você está insinuando agora.

BELLO: Para que mais serves tu, coisa impotente que és? *(Agacha-se e, examinando, esgravata com o leque rudemente as pregas de banha gorda das ancas de Bloom)* Puxa! Puxa! Gato cotó! Que é que temos aqui? Pra onde é que fugiu teu pinto pintado ou quem foi que te meteu ele para dentro de ti, seu cucozinho? Canta, passarinho, canta. Está tão molengo como o de um guri de seis anos fazendo pipi detrás do carrinho. Compra um balde ou vende tua bomba. *(Alto)* Podes fazer coisa de homem?

BLOOM: Rua Eccles...

BELLO: *(Sarcasticamente)* Não queria ferir teus sentimentos por nada deste mundo mas lá está um homem musculoso possuindo. As pás estão viradas, meu alegre rapazinho! Ele é alguma coisa assim como um bem taludo de tamanho de homem. Bem bom que seria pra ti, meu pixote, se tivesses aquela arma com nós e bossas e cravos por cima. Ele disparou o dardo, posso assegurar-te. Pé contra pé, joelho contra joelho, barriga contra barriga, peito contra peito! Ele não é um eunuco. Uma moita de pelos vermelhos se lhe eriça de detrás como um tojeiro! Espera nove meses, meu gaiato! Pimenta sacra, isso já está tinindo e tossindo para cima e para baixo nas tripas dela! Isso te põe maluco, não é? Tocou o ponto? *(Ele cospe de desprezo)* Escarradeira!

BLOOM: Eu fui tratado indecorosamente, eu... informo a polícia. Cem libras. Inominável. Eu...

BELLO: Fazia se podia, pato castro. Quer-se um aguaceiro, não teu chuvisco.

BLOOM: É de me pôr maluco! Moll! Esqueci! Perdoa! Moll! Nós... Ainda...

BELLO: *(Desapiedadamente)* Não, Leopold Bloom, tudo mudou pela vontade de mulher. Desde que dormiste estirado na Gruta Adormecida na noite dos vinte anos. Volta e vê.

(A velha Gruta Adormecida clama por sobre o escampado.)

A GRUTA ADORMECIDA: Rip Van Winkle! Rip Van Winkle!

BLOOM: *(De mocassinas esfarrapadas com um fuzil enferrujado, puntipé, deditacteando, sua ossuda cara barbada macerada espiando através dos painéis adamantibiselados, grita)* Eu a vejo! É ela! A primeira noite no Mat Dillon! Mas aquele vestido, o verde! E a cabeleira está tingida de ouro e ele...

BELLO: *(Gargalha zombeteiro)* Essa é a tua filha, seu coruja, com um estudante de Mullingar.

(Milly Bloom, laurilanuda, verdivestida, levicalçada, seu lenço azul ao marivento simplesmente rodopiando, salta dos braços do seu amante e chama, seus jovens olhos espantilargos.)

MILLY: Meu! É o Papaizinho. Mas. Ó Papaizinho, como você está velho!

BELLO: Mudado, né? Nossa estante, nossa escrivaninha onde nunca escrevíamos, a cadeira de braços de tia Hegarty, nossas gravuras clássicas de velhos mestres. Um homem e seus amigos homens ali vivem boa vida. O *Restaurante do Cuco!* Por que não? Quantas mulheres tiveste, dize? Seguindo-as pelas ruelas escuras, pé chato, excitando-as com teus grunhidos sufocados. Que tal, seu prostituto macho? Donas irrepreocháveis com seus embrulhos de compras. Desguia. Pitéu pro bispo, meu coroinha, ah!

BLOOM: Elas... Eu...

BELLO: *(Cortante)* Os tacões deles marcam teu tapetinho de Bruxelas que compraste em leilão no Wren. Nos seus cavalgamentos com Moll a passarinheira para achar a pulga suguenta nos calções dela quebrarão a estatueta que levaste para casa debaixo da chuva por amor da arte. Eles violarão os segredos de tua gaveta do fundo. Páginas serão arrancadas do teu manual de astronomia para com elas fazerem canudinhos. E cuspirão no teu guarda-fogo de latão de dez xelins do Hampton Leedon.

BLOOM: Dez e seis. Gesto de safardanas. Deixe-me ir. Voltarei. Vou pôr à prova...

UMA VOZ: Jura!

(Bloom cerra os punhos e arrasta-se à frente, um machete de mato entredentes.)

BELLO: Como hospedeiro pagante ou homem teúdo? Tarde demais. Preparaste teu quaseperfeito leito e outros precisam deitar-se nele. Teu epitáfio está escrito. Estás por baixo e por fora e não te esqueças disso, fava velha.

BLOOM: Justiça! Toda a Irlanda *versus* um! Não haverá ninguém...? (Morde o polegar)

BELLO: Morre e dana-te se tens algum sentido de decência ou decoro em ti. Posso dar-te um velho vinho raro que pode mandar-te chispando para o inferno e meia. Assina uma última vontade e deixa-nos todo vintém que tenhas. Se não tens nenhum trata de safar-te para consegui-lo, assalta, rouba. Enterrar-te-emos na nossa casinha do quintal onde ficarás morto e podre com o velho Cuck Cohen, meu sobrinho afim com quem casei, o sacana do procurador gotoso e sodomita de torcicolo, e com meus outros dez ou onze maridos, quaisquer que tenham sido os nomes desses bugres sufocados todos na mesma merdifossa. *(Ele explode num rumoroso gargalhar catarrento)* Nós te estercaremos, senhor Flower! *(Guincha zombeteiramente)* Teté, Poldy! Teté, Papaizinho!

BLOOM: *(Atenazando a cabeça)* Meu poder de vontade! Memória! Eu pequei! Eu sufo... *(Ele choraminga ilágrime)*

BELLO: *(Escarnece)* Chorão! Lágrimas de crocodilo!

(Bloom, quebrado, espessamente velado para o sacrifício, soluça, cara ao chão. O dobre dos mortos se ouve. Silhuetas nigrenxailadas de circuncisos, em sacas e cinzas, estão junto ao muro das lamentações. M. Shulomowitz, Joseph Goldwater, Moses Herzog, Harris Rosenberg, M. Moisel, J. Citron, Minnie Watchman, O. Mastiansky, o reverendo Leopold Abramovitz, Chazen. Com mãos ondejantes eles lamentam pelo abjurado Bloom.)

OS CIRCUNCISOS: *(Em cântico sombrio gutural no que jogam sobre ele fruto do mar morto, não flores)* Shemá Israel Adonai Elohenu Adonai Echad.

VOZES: *(Suspirando)* Assim... é ele ido. Ah, sim. Sim, de facto. Bloom? Nunca ouvi falar dele. Gozado de florzinha que não se cheira. Ali está a viúva. Aquela lá? Ah, sim.

(Da pira suti a flama da resina de cânfora ascende. O manto de fumo de incenso espessa-se e dispersa-se. De sua peanha de carvalho uma ninfa com cabeceira solta, levemente vestida em cores artísticas pardo-chá, desce de sua gruta e passando sob teixos entrelaçados para sobre Bloom.)

OS TEIXOS: *(Suas folhas sussurando)* Irmã. Nossa irmã. Ssh.

A NINFA: *(Suavemente)* Mortal! *(Meigamente)* Não, não chores.

BLOOM: *(Arrasta-se gelatinosamente à frente sob as ramas, listrado pela soliluz, com dignidade)* Esta posição. Sentia que a esperavam de mim. Força do hábito.

A NINFA: Mortal! Encontraste-me em má companhia, coristas, piqueniqueiros de quitanda, pugilistas, generais populares, rapazes imorais de pantomimas em malhas carne e as fabulosas dançarinas de *shimmy*, La Aurora e Karini, acto musical, o estouro do século. Eu me aconcheguei a barato papel rosa que cheirava a petróleo. Fui rodeada pela chalaça chula dos clubistas, histórias de provocar a juventude imatura, reclamos de transparências, dados viciados e peitos-falsos, artigos secretos e por que usar funda com testemunho de cavalheiro com quebradura. Indiretas úteis para os casados.

BLOOM: *(Levanta a cabeça de tartaruga para o regaço dela)* Encontramo-nos antes. Numa outra estrela.

A NINFA: *(Triste)* Objetos de borracha. Imperfuráveis. Da marca fornecida à aristocracia. Espartilhos para homens. Curo espasmos ou devolvo o dinheiro. Testemunhos espontâneos do maravilhoso exubera-seios do professor Waldmann. Meu busto aumentou quatro polegadas em três semanas, declara a senhora Gus Rublin com fotografia.

BLOOM: Você se refere a *Photo Bits*?

A NINFA: Me refiro. Me levaste, emoldurada em carvalho e ouropel, me puseste sobre teu leito conjugal. Não visto, numa tarde de verão, me beijaste em quatro lugares. E com lápis amoroso sombreaste meus olhos, meu peito e minha vergonha.

BLOOM: *(Beija-lhe humildemente a cabeleira longa)* Suas curvas clássicas, bela imortal. Alegrava-me olhar-te, louvar-te, objeto de beleza, quase rezar-te.

A NINFA: Durante noites escuras ouvi tuas loas.

BLOOM: *(Rápido)* Sim, sim. Quer dizer que eu... O sono revela o lado pior de cada um, exceptuadas talvez as crianças. Sei que caí de minha cama ou melhor fui empurrado dela. Dizem que ferrovinho cura o ronco. Quanto ao mais, há aquela invenção inglesa, cujo prospecto recebi faz alguns dias, incorretamente endereçado. Alega proporcionar ventosidade insonora e inofensiva. *(Suspira)* Sempre foi assim. Fragilidade, teu nome é casamento.

A NINFA: *(Com os dedos nas orelhas)* E palavras. Elas não estão no meu dicionário.

BLOOM: Você as entendia?

OS TEIXOS: Ssh.

A NINFA: *(Cobre a face com a mão)* Que é que não vi naquela alcova? Que é que meus olhos deveram de ver?

BLOOM: *(Exculpando-se)* Eu sei. Roupas brancas pessoais sujas, avesso para cima com cuidado. As juntas estão folgadas. De Gibraltar por largo mar, largo tempo atrás.

BLOOM: *(Reflete precautamente)* Aquela cômoda antiquada. Não aguentava com o peso. Suportava só onze pedras e nove. Ela lhe pôs por cima nove libras depois de desmamar. Foi uma fenda e falta de cola. Hem? E aquele absurdo utensílio laranjilistrado de uma só alça?

(O som de uma catarata se ouve em clara cascata.)

A CATARATA:

        Pulafuca Pulafuca
        Pulafuca Pulafuca.

OS TEIXOS: *(Mesclando seus arcos)* Escuta. Sussurra. Ela tem razão, nossa irmã. Crescemos perto da catarata de Pulafuca. Demos sombra em langorosos dias de verão.

JOHN WYSE NOLAN: *(No fundo, em uniforme de Floresteiro Nacional Irlandês, tira o chapéu emplumado)* Prosperai! Dai sombra em langorosos dias, árvores de Irlanda!

OS TEIXOS: *(Murmurando)* Quem veio a Pulafuca com a excursão da escola secundária? Quem deixou seus colegas catando nozes para buscar nossa sombra?

BLOOM: *(Carenipécteo, ombros-garrafa, acolchoado, de terno juvenil indefinível listrado de cinza e preto, pequeno demais para ele, sapatos de tênis brancos, meias debruadas de cano virado, e um boné escolar vermelho com escudete)* Eu tinha meus dez, um guri em crescimento. Um tico então bastava, um carro sacolejando, os odores misturados do vestiário e lavatório de senhoras, a multidão comprimida na escadaria do velho Royal, pois elas amam os apertos, instintos da horda, e o escuro teatro cheirando a sexo desatrelava o vício. Até mesmo a lista de preços de malharia. E então o calor. Havia manchas de sol naquele verão. Fim da escola. E o bolo com rum. Dias alciônicos.

(Dias Alciônicos, rapazes da escola secundária em camisas azul e branco e calções de futebol, senhorzinho Donald Turnball, senhorzinho Abraham Chatterton, senhorzinho Owen Goldberg, senhorzinho Jack Meredith,

senhorzinho Percy Apjohn, de pé numa clareira do bosque gritam pelo senhorzinho Leopold Bloom.)

OS DIAS ALCIÔNICOS: Ó Besta! Volta! Hurra! *(Eles vivam)*

BLOOM: *(Desajeitadão, enluvadadão, mamãagasalhadão, tonteado pelas bolas de neve, esforça-se por levantar-se)* De novo! Sinto-me nos meus dezesseis anos! Que pândega! Vamos puxar todas as campainhas da rua Montague! *(Ele viva fraco)* Viva a nossa Escola!

O ECO: Bobola!

OS TEIXOS: *(Farfalhando)* Ela tem razão, nossa irmã. Sussurro. *(Beijos sussurrando se ouvem no bosque todo. Rostos de hamadríades espiam dentre os troncos e entre folhas e rompem bloomflorescendo em bloomfloração)* Quem profanou nossa sombra silente?

A NINFA: *(Tímida, através dos dedos entreabertos)* Lá! Ao ar livre?

OS TEIXOS: *(Rastejando as ramas).* Irmã, sim. E sobre nossa relva virgem.

A CATARATA:

        Pulafuca Pulafuca
        Fucafuca Fucafuca.

A NINFA: *(Com os dedos ampliabertos)* Oh! Infâmia!

BLOOM: Eu era precoce. Juventude. Os faunos. Sacrifiquei aos deuses da floresta. As flores que florescem na primavera. Era a sazão do acasalar. Atração capilar é um fenômeno natural. Lotty Clarke, linicabeleira, eu a vi em sua *toilette* de noite pelas cortinas malcerradas, com os operóculos do pobre do papai. A libertina comia grama vorazmente. Ela rolou colina abaixo perto da ponte de Rialto para tentar-me com a torrente dos seus fluidos animais. Ela trepou pela árvore enganchada e eu... Um santo não poderia resistir. O demônio possuía-me. Além disso, quem viu?

(Bambo Bob, um vitelo alvicrânio, mete uma cabeça ruminante com ventas húmidas pela folhagem.)

BAMBO BOB: Mim. Mim viu.

BLOOM: Simplesmente satisfiz uma necessidade. *(Com patos)* Nenhuma garota ia quando eu cercava. Feio demais. Não queriam brincar...

(Lá no alto do Ben Howth entre rododendros uma cabrita passa, gordubruda, curticauda, gotejando passas.)

A CABRITA: *(Bale)* Megegagê! Cacacabri!

BLOOM: *(Sem chapéu, incendido, coberto de lanugem de cardos e de esteva)* Comprometidos dentro da praxe. As circunstâncias alteram o caso. *(Olha atentamente as águas)* Trinta e duas cabeças sobre os pés por segundo. Pesadelo de imprensa. Elias atordoado. Queda da escarpa. Triste fim de uma amanuense da imprensa governamental.

(Através da estival atmosfera argentissilente o manequim de Bloom, enrolado qual múmia, rola rotatoriamente da escarpa da Cabeça de Leão nas expectantes águas purpurinas.)

O MUMIMANEQUIM: Bbbbbllllbbblblblodsxbg?

(Bem fora da baía entre os faróis de Bailey e Kish veleja o Erin's King, *soltando um alargante penacho de fumaça de sua chaminé para a terra.)*

CONSELHEIRO NANNETTI: *(Só no tombadilho, de alpaca escura, milhafricara amarela, mão no colete aberto, declama)* Quando a minha terra tomar o seu lugar entre as nações do mundo então, e não até então, que se me escreva o epitáfio. Fiz...

BLOOM: Feito. Prff.

A NINFA: *(Altiva)* Nós imortais, como hoje viste, não temos tal lugar e nem pelos ali. Somos petrifrias e puras. Comemos luz eléctrica. *(Arqueia o corpo em lasciva crispação, pondo o indicador à boca)* Falaste-me. Ouvi-te de detrás. Como então perdeste tu...?

BLOOM: *(Passeando pela urze abjectamente)* Oh, eu fui um perfeito porco. Enemas também eu administrei. Um terço de pinta de quássia, a que ajuntava uma colherada de sal-gema. Alto no fundamento. Com seringa de Hamilton Long, a amiga das damas.

A NINFA: Na minha presença. O pompom. *(Enrubesce e faz uma reverência)* E o resto.

BLOOM: *(Deprimido)* Sim. *Peccavi!* Paguei tributo a esse altar vivo em que o dorso muda de nome. *(Com fervor súbito)* Pois por que a perfumada mimosa mão enjoiada, a mão que rege... ?

(Silhuetas ondulam serpeando em lento friso silvestre em torno aos arboritroncos, arrulhando.)

VOZ DE KITTY: *(Na espessura)* Mostra-nos uma dessas almofadas.

A VOZ DE FLORRY: Aqui.

(Uma tetraz voa pesadonamente no subosque.)

VOZ DE LYNCH: *(Na espessura)* Oba! Quente escaldante!

VOZ DE ZOE: *(Da espessura)* Vem de um lugar quente.

A VOZ DE VIRAG: *(Um cacique-pássaro, azulestriado e emplumado em panóplia de guerra com sua azagaia, esgalga-se através de um rangente canavial sobre bolotas e glandes)* Quente! Quente! Cuidado com o Touro Sentado!

BLOOM: Isso me sobredomina. A tépida impressão de sua forma tépida. Mesmo sentar onde uma mulher se sentou, especialmente com as coxas divaricadas, como se a conceder os favores finais, muito especialmente com bem arrepanhadas bandas de cetim branco. Tão mulherilmente cheio. Isso me enche em cheio.

A CATARATA:

> Filafula Pulafuca
> Pulafuca Pulafuca.

OS TEIXOS: Ssh! Irmã, fala!

A NINFA: *(Cega, em hábito branco de monja, coifa e enorme touca alada, maciamente, com os olhos remotos)* Convento Tranquilla. Irmã Ágata. Monte Carmelo, as aparições de Knock e Lourdes. Não mais desejar. *(Reclina a cabeça, suspirando)* Somente o etéreo. Onde a branca sonhadora gaivota por sobre as águas ondeia sua rota.

(Bloom semiergue-se. O botão de trás das calças pula.)

O BOTÃO: Bimba!

(Duas esmolambadas do Coombe dançam na chuva, enxailadas, berrando dissaboridamente.)

AS ESMOLAMBADAS:

> Ui, Leopardo que perdeu o grampo das calças
> Não sabia o que fazer
> Pra não caírem
> Pra não caírem.

BLOOM: *(Friamente)* Quebraste o encanto. A gota que transborda. Se só houvera o etéreo onde estaríeis vós todas, postulantes e noviças? Reclusa não convicta, como asno que micta.

OS TEIXOS: *(A argenticútis de suas folhas precipitando-se, seus braços macerados caducando e tremendo)* Deciduamente!

A NINFA: Sacrilégio! Atentar contra a minha virtude! *(Uma larga mancha aparece em sua túnica)* Conspurcar minha inocência! Não és digno de tocar as vestes de uma mulher pura. *(Encolhe-se em sua túnica)* Atenção, Satã. Não mais cantarás canções de amor. Amém. Amém. Amém. *(Saca de um punhal e, revestida de uma cota de malhas de paladino eleito dos nove, golpeia-o nos flancos)* Nekum!

BLOOM: *(Empertiga-se, segura-lhe a mão)* Ei! Nebrakada! Gata de nove vidas! Jogo leal, minha dama. Nada de cutelo podador. A raposa e as uvas, é isso? Que é que nos falta para terdes vossos arames farpados? O crucifixo não é bastante grosso? *(Ele agarra-lhe o véu)* Quer um abade santo ou Brophy, o jardineiro coxo, ou a estátua desgargulada do aguadeiro ou a mãezinha Alphonsus, hem Reynard?

A NINFA: *(Com um grito, foge dele sem véu, seu estojo de gesso gretando-se, uma nuvem de fedor escapando-se-lhe das gretas)* Poli...!

BLOOM: *(Crita em pós ela)* Como se vós não o conseguísseis em dobro. Nada de contrações e mucosidades múltiplas por sobre vós. Experimentei-o. Vossa força, a nossa fraqueza. Qual é o vosso prêmio de montada? Que é que nos pagam no ato? Gratificais vossos dançarinos na Riviera, eu li. *(A ninfa trânsfuga eleva um lamento)* Ai! Tenho dezesseis anos de trabalho escravo em mim. E um júri me daria cinco xelins de pensão alimentícia amanhã, não é? Que outrem seja o tolo, não eu. *(Ele funga)* Mas. Cebolas. Ranço. Enxofre. Banha.

(A figura de Bella Cohen eleva-se ante ele.)

BELLA: Te lembrarás de mim na próxima vez.

BLOOM: *(Composto, remira-a)* Passée. Carneiro vestido de cordeiro. Comprido de dentes e de pelos supérfluos. Uma cebola crua como última coisa à noite para beneficiar vossa tez. E um pouco de massagem na vossa queixada dupla. Vossos olhos são tão vápidos como os olhos vítreos de vossa raposa empalhada. Dão a medida de vossas outras feições, eis tudo. Não sou uma hélice de tríplice pá.

BELLA: *(Contemptuosamente)* Não é uma boa caça, de facto. *(A cona de porca dela ladra)* Fohracht!

BLOOM: *(Contemptuosamente)* Limpa teu dedo desunhado do meio primeiro, o espigão frio do ferrabrás está escorrendo de tua crista de galo. Pega um punhado de feno e limpa-te a ti mesma.

BELLA: Te conheço, agenciador. Seu bacalhau seco!

BLOOM: Eu vi ele, sua caftina! Vendedora de cancros e de esquentamentos!

BELLA: *(Volta-se para o piano)* Qual de vocês está tocando a marcha fúnebre do *Saul*?

ZOE: Eu. Cuida dos teus chouriços. *(Precipita-se sobre o piano e martela as cordas com os braços cruzados)* Passeio de gato pela escória. *(Olha para trás)* Hem? Quem está fazendo amorzinho com as minhas daminhas? *(Ela precipita-se de volta para a mesa)* O que é teu é meu e o que é meu é meu mesmo.

(Kitty desconcertada capeia os dentes com o papel prateado. Bloom aproxima-se de Zoe.)

BLOOM: *(Gentilmente)* Quer me dar de volta aquela batata, quer?

ZOE: Penhor, uma coisa fina e uma coisa superfina.

BLOOM: *(Com sentimento)* Não é nada, mas ainda assim é uma relíquia de minha pobre mamãe.

ZOE:

> Dar coisa e voltar atrás
> Deus pergunta onde isso jaz
> Se disseres que não sabes
> É no Inferno que tu cabes.

BLOOM: Há uma lembrança ligada a isso. Gostaria de retê-lo comigo.

STEPHEN: Ter ou não ter, eis a questão.

ZOE: Toma. *(Levanta uma banda de sua veste, mostrando as coxas nuas, e desenrola a batata do alto do cano da meia)* O que esconde sabe onde achar.

BELLA: *(Carranqueando)* Olha. Isto não é um mafuá de musiquinha. Não me batam no piano. Quem é que paga aqui?

(Vai para a pianola. Stephen remexe no bolso e, retirando uma cédula por um canto, dá-lha.)

STEPHEN: *(Com polidez exagerada)* Esta bolsa de seda mandei fazer da orelha da porca do público. Minha senhora, escuse-me. Se me permite. *(Indica vagamente Lynch e Bloom)* Estamos todos na mesma carreira, Kinch e Lynch. *Dans ce bordel oú tenons nostre état.*

LYNCH: *(Grita da lareira)* Dedalus! Dá-lhe a minha bênção.

STEPHEN: *(Passa a Bella uma moeda)* Ouro. Ela a tem.

BELLA: *(Olha para o dinheiro, depois para Zoe, Florry e Kitty)* Quer três garotas? Há dez xelins aqui.

STEPHEN: *(Rejubiladamente)* Com cem mil desculpas. *(Remexe de novo e retira e lhe dá duas coroas)* Permita-me, *brevi manu,* minha visão está algo perturbada.

(Bella vai para a mesa a contar o dinheiro enquanto Stephen fala de si para si em monossílabos. Zoe salta para perto da mesa. Kitty debruça-se sobre o pescoço de Zoe. Lynch se levanta, endireita o boné e, enlaçando a cintura de Kitty, junta sua cabeça ao grupo.)

FLORRY: *(Luta pesadamente por erguer-se)* Oh! Meu pé está dormente. *(Manqueja para perto da mesa. Bloom se aproxima.)*

BELLA, ZOE, KITTY, LYNCH, BLOOM: *(Tagarelando e discutindo)* O cavalheiro... dez xelins... pagando por três... concedam-me um momento... este cavalheiro paga em separado... a quem cabe?... eu... cuidado que você está me picando... é para ficar a noite ou por pouco tempo?... quem é que fez?... você é um mentiroso, se me desculpa... o cavalheiro pagou como um cavalheiro... beber... passa de muito das onze...

STEPHEN: *(À pianola, fazendo um gesto de horror)* Nada de bebidas! O quê, onze? Uma adivinha.

ZOE: *(Levantando a anágua e dobrando um meio soberano no cano da meia)* Ganhando com o peso nas minhas costas.

LYNCH: *(Levantando Kitty da mesa)* Vem!

KITTY: Espera. *(Agarrando as duas coroas.)*

FLORRY: E eu?

LYNCH: Upa!

(Levanta-a, carrega-a e joga-a sobre o sofá.)

STEPHEN:

> A raposa uivou, os galos fugiram.
> Os sinos aos céus
> Dobraram as onze.
> Tempo para esta alma
> De subir aos céus.

BLOOM: *(Pausado, pousa meio soberano sobre a mesa entre Bella e Florry)* Bem. Permitam-me. *(Toma da cédula de uma libra)* Três vezes dez. Conta redonda.

BELLA: *(Admirativamente)* És um bom velhaco, meu galo velho. Eu até que podia te beijar.

ZOE: *(Apontando)* Ele? Fundo como um poço.

(Lynch reclina Kitty no sofá e a beija. Bloom vai com a nota de libra para Stephen.)

BLOOM: Isto é seu.

STEPHEN: Mas como? *Le distrait* ou o pedinte abstraído. *(Remexe de novo no bolso e retira um punhado de moedas. Um objeto cai)* Isto caiu.

BLOOM: *(Abaixando, levanta e lhe entrega uma caixa de fósforos)* Isto.

STEPHEN: Lúcifer. Obrigado.

BLOOM: *(Pausadamente)* Melhor seria que você me entregasse esse dinheiro para guardar. Para que pagar mais?

STEPHEN: *(Entrega-lhe todas as moedas)* Sê justo antes de ser generoso.

BLOOM: Serei, mas é sábio? *(Conta)* Um, sete, onze, e cinco. Seis. Onze. Não respondo pelo que terá perdido.

STEPHEN: Por que acentuar onzee? Proparoxítono. O momento antes do seguinte diz Lessing. Raposa sedenta. *(Gargalha alto)* Enterrando a vó. Provavelmente a matou.

BLOOM: Aqui estão uma libra seis e onze. Uma libra e sete, digamos.

STEPHEN: Não me interessa um caracol.

BLOOM: Não, mas...

STEPHEN: *(Chega-se à mesa)* Cigarros, por favor. *(Lynch atira-lhe um cigarro do sofá sobre a mesa)* E assim Georgina Johnson está morta e casada. *(Um cigarro aparece sobre a mesa. Stephen olha para ele)* Maravilha. Mágica de salão. Casada. Hum. *(Risca um fósforo e passa a acender o cigarro com melancolia enigmática.)*

LYNCH: *(Espiando para ele)* Você poderia acendê-lo se o aproximasse melhor do fósforo.

STEPHEN: *(Aproxima o fósforo para mais perto do olho)* Olho de lince. Preciso usar óculos. Quebrei-os ontem. Há dezesseis anos. Distância. O olho vê tudo chato. *(Afasta o fósforo.* Este se apaga*)* Cérebro pensa. Perto: longe. Inelutável modalidade do visível. *(Ele cenhifranze-se misteriosamente)* Hum. Esfinge. A besta que tem duas costas à meia-noite. Casada.

ZOE: Foi um caixeiro-viajante que casou com ela e levou ela com ele.

FLORRY: *(Nuta)* O Senhor Lanho de Londres.

STEPHEN: Anho de Londres, que retiras os pecados de nosso mundo.

LYNCH: *(Abraçando Kitty no sofá, entoa profundamente)* Dona nobis pacem.

(O cigarro escorrega dos dedos de Stephen. Bloom pinça-o e o atira na lareira.)

BLOOM: Não fume. Você devia comer. Maldito cão que encontrei. *(Para Zoe)* Você não tem nada?

ZOE: Ele está com fome?

STEPHEN: *(Estende os braços ao sorriso dela e entoa a ária do pacto cruento do* Crepúsculo dos deuses*)*

> Hangende Hunger
> Fragende Frau,
> Macht uns alle kaputt.

ZOE: *(Tragicamente)* Hamlet, eu sou a pua do teu peito! *(Toma-lhe da mão)* Beleza de olhos azuis, vou ler a tua mão. *(Aponta para a testa dele)* Nem tem razão, nem rugas. *(Conta)* Dois, três, Marte, isto é coragem. *(Stephen abana a cabeça)* Não é peta não.

LYNCH: Coragem relampejante. O jovem que não temia nem tremia. *(Para Zoe)* Quem te ensinou a ler a mão?

ZOE: *(Volta-se)* Pergunta aos colhões que não tenho. *(Para Stephen)* Vejo isso na tua cara. O olhar, como isto. *(Ela enruga o cenho cabisbaixa.)*

LYNCH: *(Gargalhando, palmeia Kitty no traseiro duas vezes)* Como isto, batecum. Pumpum no bumbum.

(Duas vezes bulhentamente uma palmatória estraleja, o caixão da pianola escancara-se, a calva cabecinha de joão-paulinho do padre Dolan pipoca.)

PADRE DOLAN: Que menino quer umas palmadas? Quebrou os óculos? Seu malandrinho mexeriqueiro. Vejo nos teus olhos.

(Doce, benigna, rectorial, reprovante, a cabeça de dom Joseph Conmee emerge do caixão da pianola.)

DOM JOSEPH CONMEE: Ora essa, padre Dolan! Ora essa. Estou certo de que Stephen é um bom de um menino.

ZOE: *(Examinando a palma de Stephen)* Mão de mulher.

STEPHEN: *(Cochicha)* Continua. Mente. Agarra-me. Acaricia-me. Eu nunca pude ler Seu movimento salvo a impressão do Seu polegar criminal no eglefim.

ZOE: Em que dia você nasceu?

STEPHEN: Quinta. Hoje.

ZOE: Nascido em quinta nos longes se requinta. *(Traça linhas sobre a sua mão)* Linha do fado. Amigos influentes.

FLORRY: *(Apontando)* Imaginação.

ZOE: Monte da lua. Você se encontrará com uma... *(Ela perscruta suas mãos abruptamente)* Não te digo o que não é bom para ti. Ou quer saber tudo?

BLOOM: *(Retira-lhe os dedos e lhe oferece a palma)* Mais para o pior que para o melhor. Tome. Leia a minha.

BELLA: Mostra. *(Revira a mão de Bloom)* É o que eu pensei. Nós nodosos, para mulheres.

ZOE: *(Escrutando a palma de Bloom)* Urdidura. Viagem por mar e casamento por dinheiro.

BLOOM: Errado.

ZOE: *(Rápido)* Oh, compreendo. Dedo mindinho pequenininho. Marido agalinhado. Está errado?

(Negrinha Liz, uma enorme galinha aninhada num círculo gizado, levanta-se, expande as asas e cacareja.)

NEGRINHA LIZ: Gara. Cluc. Cluc. Cluc.

(Ela ladeia o ovo recém-posto e ginga em fora.)

BLOOM: *(Aponta para a própria mão)* Este vinco aqui foi de um acidente. Caí e cortei-me vinte e dois anos atrás. Tinha dezesseis.

ZOE: Vejo bem, diz o cego. Quais são as novidades?

STEPHEN: Vê? Move-se para um grande objetivo. Tenho vinte e dois. Dezesseis anos atrás eu vinte e dois tropecei, vinte e dois anos atrás ele dezesseis caiu de seu cavalinho de pau. *(Estremece)* Feri minha mão em algum lugar. Preciso ir ao dentista. Dinheiro?

(Zoe cochicha a Florry. Risoteiam. Bloom solta a mão e escreve sinistroverso vaziamente sobre a mesa, lapisando curvas lentas.)

FLORRY: O quê?

(Um carro de aluguel, número trezentos e vinte e quatro, com uma égua garbosancuda, guiado por James Barton, da avenida da Hannonia, passa

trotando. Blazes Boylan e Lenehan escarrapacham-se sacudidos nos bancos dos lados. O engraxate do Ormond agacha-se atrás do rodeiro. Por cima das cortinas Lydia Douce e Nina Kennedy espiam.)

O ENGRAXATE: *(Solavanqueando, macaqueia-as com o polegar e coleantes vermidedos)* Ó, ó, você tem um como?

(Bronze com ouro, elas cochicham.)

ZOE: *(Para Florry)* Cochicha.

(Elas cochicham de novo.)

(Sobre o vazio do banco Blazes Boylan reclina-se, o chapéu de pala de banda, uma flor vermelha à boca. Lenehan, com boné marinheiro e sapatos brancos, metidiçamente retira um cabelo longo do ombro de Blazes Boylan.)

LENEHAN: Ó! O que é que eu tenho aqui? Será que você esteve escovando as teias de uma babaca?

BOYLAN: *(Sentado, sorri)* Depenei uma pata.

LENEHAN: Boa tarefa noturna.

BOYLAN: *(Erguendo quatro dedos rombungulados, pisca)* Reses Blazes! Artigo de primeira, senão dinheiro de volta. *(Estira um indicador)* Cheira isto.

LENEHAN: *(Cheira jubiloso)* Ah! Lagosta com maionese. Ah!

ZOE E FLORRY: *(Gargalham juntas)* Ha ha ha ha.

BOYLAN: *(Salta seguro do carro e chama alto para todos ouvirem)* Alô, Bloom! A senhora Bloom ainda está de pé?

BLOOM: *(Em libré de lacaio ameixa e calções até os joelhos, meias camurça e peruca polvilhada)* Suponho que não, senhor, os últimos artigos.

BOYLAN: *(Atira-lhe um seis pences)* Pega, para tomares um gim com gasosa. *(Pendura sem cerimônia o chapéu numa cavilha da cabeça galhada de Bloom)* Faça-me entrar. Tenho um negocinho privado com sua mulher. Está-me entendendo?

BLOOM: Obrigado, senhor. Sim, senhor. Madame Tweedy está no banho, senhor.

MARION: Ele deve se sentir altamente honrado. *(Ela espoca esparramando água)* Raul, querido, vem enxugar-me. Estou em pele. Só com meu chapéu novo e a esponja da carroçaria.

BOYLAN: *(Num alegre piscar de olho)* Formidável!

BELLA: O quê? O que que é?

(Zoe cochicha para ela.)

MARION: Que ela veja, esse porco! Cáften! E que se fomente! Vou escrever para uma poderosa prostituta ou para a Bartolomona, a mulher barbada, para abrir vincos nele de uma polegada de fundura e devolvê-lo a mim com recibo assinado e carimbado.

BELLA: *(Gargalhando)* Ho ho ho ho.

BOYLAN: *(Para Bloom, por sobre os ombros)* Pode pôr o olho no buraco da fechadura e brincar consigo mesmo enquanto eu me meter por ela umas quantas vezes.

BLOOM: Muito obrigado, senhor, fá-lo-ei, sim senhor. Posso trazer amigos íntimos meus para testemunharem o feito e tomarem: um instantâneo? *(Segura um vaso de unguento)* Vaselina, senhor? Flor-de-laranjeira?... Água morna?...

KITTY: *(Do sofá)* Conta, Florry. Conta. O que foi.

(Florry cochicha-lhe. Cochichando amoriverbos cochicham labilambendo liquiloquentes, papoulicos plachechapes.)

MINA KENNEDY: *(Os olhos susvirados)* Oh, deve ser como o aroma de gerânios e pêssegos adoráveis! Oh, ele simplesmente idololiza cada tiquinho dela! Colados juntos! Cobertos de beijos!

LYDIA DOUCE: *(A boca se lhe abrindo)* Iume-iume. Oh, ele a carrega à volta do quarto fazendo! Brincando de cavalinho. Pode-se ouvir eles em Paris ou em Nova York. Como bocados de morango com creme.

KITTY: *(Gargalhando)* Hi hi hi.

A VOZ DE BOYLAN: *(Docemente, roucamente, da boca do estômago)* Ah! Bomblazquirruca burucarquirrasca!

A VOZ DE MARION: *(Roucamente, docemente subindo-se-lhe à garganta)* Oh! UichiquibeijmaIpuunapuuhuc!

BLOOM: *(Os olhos selvagemente dilatados, agarra-se a si mesmo)* Mostra! Mete! Mostra! Enfia! Mais! Dispara!

BELLA, ZOE, FLORRY, KITTY: Ho ho! Ha ha! Hi hi!

LYNCH: *(Aponta)* O espelho bem da natureza. *(Gargalha)* Hu hu hu hu hu hu.

(Stephen e Bloom remiram no espelho. A cara de William Shakespeare, imbarbe, aí aparece, rígida em paralisia facial, coroada pelo reflexo do cabide galhado de rena da saleta.)

SHAKESPEARE: *(Em ventriloquia dignificada)* O gargalhar sonoro a trair mente vácua. *(Para Bloom)* Tu a pensares qual se foras invisível. Espia. *(Crocita com o gargalhar de um capão negro)* Iagogo! Como o meu Hospedeiro enganchou a Tramontana. Iagogogo!

BLOOM: *(Sorri amarelo para as putas)* Quando é que ouvirei a piada?

ZOE: Antes de te casares duas vezes e uma vez enviuvares.

BLOOM: Lapsos são perdoáveis. Mesmo o grande Napoleão, quando medidas foram tomadas sobre sua pele após a morte...

(A senhora Dignam, mulher viúva, seu nariz-de-bola e bochechas vermelhas de mortifalastrações, lágrimas e xerez fulvo do Tunny, irrompe em seus lutos, o chaspelinho tombado, pintando e polvilhando as faces, lábios e nariz, uma choca cuidando sua ninhada de cisninhos. Por sob sua saia aparecem as calças diárias de seu falecido marido e botas reviradas, de tamanho oito. Empunha uma apólice do seguro das Viúvas Escocesas e uma umbrela-barraca sob a qual a ninhada corre com ela. Patsy manquejando dum pé curto, o colarinho solto, uma enfiada de costeletas de porco balouçando, Freddy choramingando, Suzy com um bico de bezerro chorão, Alice lutando com o bebê. Ela os cascudeia para a frente, seus panos ondeando ao alto.)

FREDDY: Ah, mamãe, tu tá me puxando!

SUSY: Mamãe, o caldo da carne está entornando!

SHAKESPEARE: *(Com raiva paralítica)* Nóis qué sabê quem qui matô premero.

(A cara de Martin Cunningham, barbada, refeiçoa a cara imberbe de Shakespeare. A umbrela-barraca ondula ebriamente, as crianças correm de lado. Sob a umbrela aparece a senhora Cunningham de chapéu de Viúva Alegre em veste de quimono. Ela desliza ladeando e reverenciando, torcendo-se japonesmente.)

A SENHORA CUNNINGHAM: *(Canta)*

  E me chamam a joia da Ásia.

MARTIN CUNNINGHAM: *(Remira-a impassível)* Imenso! Safadíssima de danada de meio-repu.

STEPHEN: *Et exaltabuntur cornua iusti.* Rainhas dormem com touros premiados. Lembrem-se de Pasífae para cuja luxúria meu bisvelhigrandavô fez a primeira caixa de confissão. Não se esqueçam de madame Grissel Steevens nem dos rebentos porcinos da casa Lambert. E de que Noé estava ébrio de vinho. E de que sua arca estava aberta.

BELLA: Nada disso aqui. Bateu em porta errada.

LYNCH: Deixe-o em paz. Ele voltou de Paris.

ZOE: *(Corre para Stephen e o enlaça)* Oh, continue! Mostre-nos um pouco de parlevu.

(Stephen bate o chapéu na cabeça e salta para a lareira, onde para com os ombros encolhidos, mãos nadadeiras estendidas, um sorriso pintado na cara.)

LYNCH: *(Esmurrando o sofá)* Rmmm Rmmm Rmmm Rrrnrummmm.

STEPHEN: *(Palra, com estrebuchos de marioneta)* Milhares de lugares de recreação para passar suas noites com damas adoráveis vendendo luvas e outras coisas talvez seu coração cervejaria perfeito estabelecimento da moda muito excêntrico onde lotes de cocotes belas vestidas muito a princesas estão dançando cancã e lá passeiam clownerias parisienses extraloucas para estrangeiros solteiros mesmo se falam um pobre inglês que expertas que são nessas coisas de amor e sensações voluptuosas. Místeres muito seletos pois é prazer dever de visitar o céu e o inferno espetáculo com velas mortuárias e lágrimas de prata o que ocorre toda a noite. Macaqueação perfeitamente chocante terrífica das coisas de religião vista no mundo universal. Todas mulheres chiques que chegam cheias de modéstias então despem e guincham alto para ver homem vampiro debochar monja muito de muito jovem com *dessous troublants*. *(Estrala a língua alto)* Ho, la la! Ce pif qu'il a!

LYNCH: *Vive le vampire!*

AS PUTAS: Bravo! Parlevu!

STEPHEN: *(Careteando cabeça para trás, gargalha alto, aplaudindo-se a si mesmo)* Grande sucesso de gargalhadas. Anjos muito a modos de prostitutas e santos apóstolos grandes rufiões safardanas. *Demimondaines* graciosamente elegantes cintilantes de diamantes muito refinadamente trajadas. Ou acaso preferis melhor o que pendura eles prazer modernas torpitudes de homens velhos? *(Aponta à volta com gestos grotescos a que Lynch e as putas respondem)* Estátua mulher de borracha reversível ou virgens nudezas homem-não muito lésbica a coisa cinco dez vezes. Entrem cavalheiros para ver em espelhos todas posições trapézios e aquela máquina ali ao lado também se quiserem acto tremendamente bestial de rapaz açougueiro poluir num fígado quente de vitela ou omelete no ventre *pièce de Shakespeare.*

BELLA: *(Espalmeando-se na barriga, mergulha atrás no sofá com um berro de gargalhar)* Uma omelete no... Ho! ho! ho! ho!... Omelete no...

STEPHEN: *(Afectadamente)* Eu amo você, sir querido. Falo você língua inglês para *double entente cordiale.* Ó sim, *mon loup.* Quanto custa? Waterloo. Watercloset. *(Cessa de repente, o indicador suspenso)*

BELLA: *(Gargalhando)* Omelete...

AS PUTAS: *(Gargalhando)* Bis! Bis!

STEPHEN: Observem-me. Sonhei com uma melancia.

ZOE: Vai para fora e ama mulher estrangeira.

LYNCH: Ao redor do mundo por uma esposa.

FLORRY: Os sonhos dizem o contrário.

STEPHEN: *(Estendendo os braços)* Foi aqui. Rua das rameiras. Na avenida Serpentina Belzebu mostrou-ma, uma viúva rechonchuda. Onde é que o tapete vermelho está estirado?

BLOOM: *(Aproximando-se de Stephen)* Olhe...

STEPHEN: Não, eu voava. Meus inimigos sob mim. E sempre há de ser. Mundo sem fim. *(Grita) Pater!* Livre!

BLOOM: Estou dizendo, olhe...

STEPHEN: Quebrar meu ânimo, poderá ele? *O merde alors! (Grita, suas garras vulturinas afilando-se)* Olá! Olelé!

(A voz de Simon Dedalus oleleia em resposta, algo dormida mas presta.)

SIMON: Está bem. *(Ele acomete incerto através do ar, girando, emitindo gritos de encorajamento, com fortes asas de ponderoso busardo)* Eia, rapaz! Está disposto a vencer? Upa! Puxa! Encurralar-se com esses meios-sangues. Não os quereria nem ao alcance do zurro de um asno. Cabeça erguida! Mantém a bandeira desfraldada! Uma águia goles volante exposta em campo prata. Mestre de armas do Ulster! eia sus! *(Faz o chamado de lebreiro dando de língua)* Bulbul! Burlblbrurblbl! Eia, rapaz! *(As frondes e clareiras do papel de parede desfilam rapidamente através do campo. Um raposão robusto desviado da toca, cauda estirada, tendo enterrado a avó, corre célere para a aberta, cintilolhudo, buscando terra de texugo debaixo das folhas. A matilha de galgos segue-o, focinho ao chão, farejando a presa, lebreirejando, bulbulsugando por sangue. Caçadores e caçadoras da Ward Union são-lhes parelhos, ardendo por matar. De Six Mile Point, Flathouse, Nine Mile Stone seguem os peões com cajados nodosos, caranguejas, laços, boiadeiros com chicotes, urseiros com pandeiros, toreadores com espadas, negros cinzentos ondeando tochas. A multidão ladra de jogadores de dados, tudo-ou-nada, de porrinheiros-de-três, de trapaceiros. Açuladores e cercadores, espantadores roucos de chapéus altos de mágicos berram ensurdecedoramente.)*

A MULTIDÃO:

    Programa de corridas. Corridas, programa!
    Dez a um no azar!
    Aqui a barbada! A barbada aqui!
    Dez a um salvo um. Dez a um salvo um.
    Tentem a sorte no fuso da sorte!
    Dez a um salvo um!

Vendo o gordo, meu povo! Vendo o gordo!
Dou dez por um! Dez por um salvo um!

(Um cavalo escuro, desmontado, salta como um fantasma além da chegada, a crina lunespumando, as pupilas estrelas. A manada segue, uma tropa de montadas escabreando-se. Cavalos esqueletos: Cetro, Máximo Segundo, Zinfandel, Shotover do duque de Westminster, Repulse, Ceilão do duque de Peaufort, prêmio de Paris. Anões os cavalgam, de armaduras ferrugentas, saltejando, saltejando nas selas. Último numa garoa de chuva, um rocim isabela esbofado, Galo do Norte, o favorito, boné mel, jaqueta verde, mangas laranja, Garrett Deasy montando, crispando as rédeas, bastão de hóquei à mão. Seu rocim, tropeçando em pés alvipolainados, troteja ao longo da pista pedregosa.)

AS LÓGIAS ORANGISTAS: *(Zombando)* Salta e puxa, homem. Última volta! Estarás em casa de noite!

GARRET DEASY: *(Pino erecto, a cara unhada engessada com selos postais, brande o bastão de hóquei, os olhos azuis chispeando no prismático do lustre no que sua montada saltita perto num galope aprendiz)* Per vias rectas!

(Uma junta de baldes leopardeia-o todo e seu rocim empinante com uma torrente de caldo de carneiro com moedas dançantes de cenouras, cevada, cebolas, nabos, batatas.)

AS LÓGIAS VERDES: Brando dia, sir John! Brando dia, vossa honra!

(O soldado Carr, o soldado Compton e Cissy Caffrey passam sob as janelas, cantando em desacorde.)

STEPHEN: Escutem! O nosso amigo, o ruído da rua!

ZOE: *(Levanta a mão)* Caluda!

O SOLDADO CARR, O SOLDADO COMPTON E CISSY CAFFREY:

    Mas tenho uma sorte de
    Gosto de Yorkshire por...

ZOE: Isso é comigo. *(Bate palmas)* Dancem! Dancem! *(Corre para a pianola)* Quem tem dois pences?

BLOOM: Quem irá...

LYNCH: *(Entregando-lhe moedas)* Toma.

STEPHEN: *(Estalando os dedos impaciente)* Rápido! Rápido! Onde está minha vara de áugure? *(Corre para o piano e toma do freixestoque, batendo os pés em tripúdio.)*

ZOE: *(Gira a manivela)* Aí está.

(Pinga dois vinténs na fenda. Começam luzes rosa, ouro e violeta. O tambor gira ronronando baixo valsa em hesitação. O professor Goodwin, com um chinó enlaçado, um traje de corte, envergando um sobrecolo manchado, vergado em dois de idade incrível, trotinha cruzando o quarto, as mãos tremelicando. Senta-se miudinho no tamborete ao piano e ergue e bate tocos de braços imanos no teclado, nutando com graça de daminha, seu laçarote balouçando.)

ZOE: *(Roda sobre si mesma, sapateando)* Dancemos. Ninguém aqui para isso? Quem vai dançar?

(A pianola, mudando de luzes, toca em tempo de valsa o prelúdio de Minha garota é garota de Yorkshire. *Stephen atira o seu estoque sobre a mesa e cinge Zoe pela cintura. Florry e Bella empurram a mesa para a chaminé. Stephen, abraçando Zoe com graça exagerada, começa a valsá-la à volta do quarto. Sua manga, caindo de braços agraciados, revela uma branca carniflor de vacina. Bloom está de lado. Entre as cortinas, o professor Maginni insere uma perna no puntipé da qual gira uma cartola. Com um pontapé perito envia-a girando ao seu cocuruto e janotenchapelado patina adentro. Usa um fraque ardósia com lapelas de seda clarete, gargantilha de tule creme, um colete curto verde, colarinho comum e gravata branca, calças justas lavanda, escarpins de verniz e luvas canário. À lapela está uma dália. Gira em direções reversas uma bengala enodoada, depois encunha-a duro na axila. Põe mão frouxa ao peito, inclina-se e acaricia flor e botões.)*

MAGINNI: A poética do movimento, arte da calistenia. Nenhuma relação com a de madame Legget Byrne ou de Levinstone. Organizam-se bailes à fantasia. Postura. Passos Katty Lanner. Assim. Observem-me! Minhas habilidades terpsicóreas. *(Ele minueta à frente três passos com patinhas de abelha lépida) Tout le monde en avant! Révérence! Tout le monde en place!*

(O prelúdio cessa. O professor Godwin, batendo vagos braços, esrmirra-se, mingua-se, o sobrecolo vivo caído perto do tamborete. A melodia, em tempo mais firme de valsa, rebate. Stephen e Zoe giram livres. As luzes mudam, brilham, esvanecem-se, ouro, rosa, violeta.)

A PIANOLA:

>   Dois gajos jovens falavam de suas garotas, otas, otas,
>   Namoradas que abandonaram...

(De um canto as horas matinais escorrem, aurilanudas, esguias, em azul meninesco, vespicintadas, de inocentes mãos. Lépidas dançam, girando suas cores de saltar. As horas merídias seguem-se-lhes em ouro âmbar. Rindo em ciranda, suas grandes travessas cintilando, prendem o sol em espelhos zombeteiros, erguendo os braços.)

MAGINNI: *(Palmateia com mãos luvissilentes) Carré! Avant deux!* Respirar compassado! *Balancé!*

(As horas matinais e merídias valsam em seus lugares, virando-se, avançando umas para as outras, modelando as curvas, inclinando-se vis-à-vis*. Cavalheiros atrás delas arqueiam e suspendem os braços, com mãos descendentes sobre, tocando, levantantes de suas espáduas.)*

AS HORAS: Podeis tocar minha...

OS CAVALHEIROS: Posso tocar vossa?

AS HORAS: Oh, mas de leve!

OS CAVALHEIROS: Oh, tão de leve!

A PIANOLA:

    Minha garotinha timidinha tem uma cintura...

(Zoe e Stephen giram atrevidos com balanceio mais frouxo. As horas crepusculares avançam, de longas terrestrissombras, dispersas, demorando-se, languidoculadas, suas faces delicadas com cípria e uma rosa desmaiada falsa. Estão em gaze cinza com escuras manchas morcegas que estremecem à brisa terral.)

MAGINNI: *Avant! huit! Traversé! Salut! Cours de mains! Croisé!*

(As horas noturnas esgueiram-se para o último lugar. As horas matinais, merídias e crepusculares retiram-se ante aquelas. Que estão mascaradas de cabeleira com adagas e braceletes de campainhas surdas. Cansadas, elas se cobrequecobrem sob véus.)

OS BRACELETES: Ei ó! Ei ó!

ZOE: *(Contorcendo-se, a mão na fronte)* Ó!

MAGINNI: *Les tiroirs! Chaine de dames! La corbeille! Dos à dos!*

(Arabescando cansadas, elas tecem um estampado no soalho, tecendo, destecendo, mesureiras, torcendo-se, simplesmente girando.)

ZOE: Estou tonta.

(Ela se desprende, estatela-se numa cadeira, Stephen cinge Florry e roda com ela.)

MAGINNI: *Boulangère! Les ronds! Les ponts! Chevaux des bois! Escargots!*

(Geminando-se, recuando, com mãos intercambiantes, as horas nocturnas enlaçam-se, cada uma de braços arqueados, num mosaico de movimentos. Stephen e Florry rodam lerdamente.)

MAGINNI: *Dansez avec vos dames! Changez de dames! Donnez le petit bouquet à votre dame! Remerciez!*

A PIANOLA:

    Melhor, a melhor de todas,
    Barrabum!

KITTY: *(Salta)* Oh, tocaram isto nos cavalinhos de pau da quermesse de Mirus.

(Corre para Stephen. Ele solta Florry bruscamente e agarra Kitty. Um guinchante agudo assobio cortante de abetouro estridula. O pesadão carrossel gruniganegor gulhante de Toft roda lento no quarto bem à volta do quarto.)

A PIANOLA:

    Minha garota é garota de Yorkshire.

ZOE: Yorkshire de todo em todo. Todo o mundo!

(Agarra Florry e valseia com ela.)

STEPHEN: Pas seul!

(Rodopia Kitty nos braços de Lynch, arranca o estoque da mesa e conduz a tropa. Todos giram, rodopiam, valsam, contorcem. Bloombella, Kittylynch, Plorryzoe, mulheres jujubas. Stephen com chapéu freixestoque raniabre-se em meio pediponteando celiponteando boca fechada mão ferrada sob coxa, com lampejos retine-tlintina-ribombamartela-alarida-cornissopra-azul-verde-amarelejantes. O pesadão do Toft roda com cavaleiros cavalinhos de pau balouçando de serpentes douradas, fandango de tripás saltando em ponta chão pé e bate de novo.)

A PIANOLA:

    Se bem menina do fuso
    Não usa roupa na moda.

(Justagarrados rápido mais rápido em cintilibrilhichispeantes girândolas eles espalhipilhidisparam amontanhadamente. Barrabum!)

TUTTI: *Encore!* Bis! Bravo! *Encore!*

SIMON: Pensa na gente da tua mãe!

STEPHEN: Dança da morte.

(Bengue novo berengue bengue da sineta do lacaio, cavalo, rocim, boi, leitões, Conmee sobre um Cristasno coxo muleta e perna de marinheiro em escaler braços cruzados cordempurrando solavancando batuca cornamusa mais e mais, Barrabum! Em rocins, porcos, cavalos com campainhas, suínos de Gadarene, Corny em caixão. Aço tubarão pedra Nelson unímano, duas marotas Frauenzimmer ameiximanchadas carrinho de bebê caindo errando. Dianho, ele é um campeão. Azulfundido par de barril rev. vésperas Amor em hacaneia ginga Blazes para-brisa biciclistas peixenroscados Dilly com bolo de neve nada de traje à fantasia. Então em último bruxicorcoveado amontanhamento para cima e para baixo baque em sorte de maltibica de gosto de vice-rei e rainha por surdibica baqueshire rosa. Barrabum!)

(Os casais se separam. Stephen gira tontamente. Sala retrogira. Olhos fechados, cambaleia. Trilhos vermelhos voam espaciversos. Estrelas à volta sóis rodam à roda. Brilhantes mosquitos dançam contra a parede. Estaca duro.)

STEPHEN: Ho!

(A mãe de Stephen, emaciada, emerge rígida do chão em cinzalepra com uma coroa de marcescidos botões de laranjeira e um véu nupcial estraçalhdo, a cara carcomida e desnasada, verde do mofo tumbal. Seus cabelos são escassos e achatados. Fixa as vazias órbitas azulbordeadas em Stephen e abre a boca desdentada emitindo uma palavra silente. Um coro de virgens e confessores canta desvozeadamente.)

CORO:

> *Liliata rutilantium te confessorum...*
> *Iubilantium te virginum...*

(Do topo de uma torre Buck Mulligan, em traje de bufão particolorido de castanho-roxo e amarelo e capelo de bobo com guizo, está boquiaberto ante ela, um fumegante bolinho amanteigado cortado na mão.)

BUCK MULLIGAN: Está animalmente morta. Que pena! Mulligan ajuda a mãe aflita. *(Revira os olhos)* Malachi mercurial.

A MÃE: *(Com o sutil sorriso da loucura da morte)* Fui outrora a bela May Goulding. Sou morta.

STEPHEN: *(Horrorizado)* Lêmure, quem és tu? Que farsa de espectro é esta?

BUCK MULLIGAN: *(Sacode seu capitiguizo)* A pilhéria que há nisso! Kinch matou seu canicorpo de cadelicorpo. Ela esticou as canelas. *(Lágrimas de manteiga melosa caem dos seus olhos no bolinho)* Nossa grande doce mãe! Epi oinopa ponton.

A MÃE: *(Chega-se mais perto, respirando sobre ele seu hálito de cinzas molhadas)* Todos devem passar por isto, Stephen. Mais mulheres que homens no mundo. Tu também. Tempo será.

STEPHEN: *(Sufocado de terror, remorso e horror)* Dizem que te matei, mãe. Ele ofendeu tua memória. O câncer foi que o fez, não eu. Destino.

A MÃE: *(Um verde riacho de bile escorrendo-lhe de um lado da boca)* Cantaste aquela canção para mim. Do amor o místico amargor.

STEPHEN: *(Sôfrego)* Dize-me a palavra, mãe, se a sabes agora. A palavra sabida de todos os homens.

A MÃE: Quem te salvou na noite em que te atiraste sobre o trem em Dalkey com Paddy Lee? Quem teve piedade de ti quando estavas triste entre estrangeiros? A prece é todo-poderosa. Prece pelas almas sofredoras no manual das ursulinas, e quarenta dias de indulgência. Arrepende-te, Stephen.

STEPHEN: Necrófaga! Hiena!

A MÃE: Rezo por ti neste meu outro mundo. Faze Dilly preparar-te aquele arroz cozido toda noite depois de teu trabalho mental. Anos e anos te amei, oh, meu filho, meu primogênito, quando jazias em meu ventre.

ZOE: *(Abanando-se com a ventarola da lareira)* Estou derretendo!

FLORRY: *(Aponta para Stephen)* Olha! Ele está branco.

BLOOM: *(Vai à janela para abri-la mais)* Tonto.

A MÃE: *(Com os olhos esbraseados)* Arrepende-te! Oh, o fogo do Inferno!

STEPHEN: *(Arfando)* O mascacadáver! Cabeça crua e ossos sangrentos!

A MÃE: *(Seu rosto achegando-se perto e mais perto, emitindo um hálito cinéreo)* Cuidado! *(Levanta seu enegrecido, emurchecido braço direito lentamente para o peito de Stephen com dedos reestirados)* Cuidado! A mão de Deus!

(Um caranguejo verde com malignos olhos vermelhos atenaza fundo suas garras arreganhadas no coração de Stephen.)

STEPHEN: *(Estrangulado de raiva)* Merda! *(Suas feições se lhe fazem contraídas e cinzentas e avelhentadas)*

BLOOM: *(A janela)* O quê?

STEPHEN: Ah, *non, par exemple!* A imaginação intelectual! Comigo é tudo ou nada de nada. *Non serviam!*

FLORRY: É dar um pouco de água fresca. Espera. *(Apressa-se em fora)*

A MÃE: *(Retorce as mãos lentamente, espumando desesperada)* Ó Sagrado Coração de Jesus, tem misericórdia de mim! Salva-o do Inferno, ó divino Sagrado Coração!

STEPHEN: Não! Não! Não! Quebrai meu ânimo todos vós se o podeis! Pôr-vos-ei aos meus pés!

A MÃE: *(Da agonia em suas vascas)* Tem misericórdia de Stephen, Senhor, por amor de mim! Inexprimível foi minha angústia, quando expirando de amor, de mágoa e de agonia no monte Calvário.

STEPHEN: Nothung.

(Levanta seu estoque alto com ambas as mãos e estilhaça o lustre. A lívida flama final do tempo ressalta e, na escuridão conseguinte, a ruína de todo o espaço, vidro partido e alvenaria ruindo.)

O JACTO DE GÁS: Pfungue!

BLOOM: Para.

LYNCH: *(Corre à frente e agarra a mão de Stephen)* Vamos! Aguenta! Não fiques louco!

BELLA: Polícia!

(Stephen, abandonando seu freixestoque, a cabeça e braços rijos atirados para trás, pataleia o chão e foge do quarto passando pelas putas para a porta.)

BELLA: *(Berra)* Pega!

(As duas putas correm para a entrada. Lynch e Kitty e Zoe explodem do quarto. Falam excitadamente. Bloom segue, volta.)

AS PUTAS: *(Amontoadas na soleira, apontando)* Lá embaixo.

ZOE: *(Apontando)* Lá. Está acontecendo alguma coisa.

BELLA: Quem paga a lâmpada? *(Agarra a aba do paletó de Bloom)* Aí está. Você estava com ele. A lâmpada está quebrada.

BLOOM: *(Corre para a entrada, corre de volta)* Que lâmpada, mulher?

UMA PUTA: Ele rasgou seu paletó.

BELLA: *(Os olhos duros de cólera e cobiça, aponta)* Quem é que vai pagar por isto? Dez xelins. Você é testemunha.

BLOOM: *(Arrebata o estoque de Stephen)* Eu? Dez xelins? Já não chupou o bastante dele? Não fez ele...!

BELLA: *(Alto)* Olha aqui, nada de conversa fiada. Isto não é um bordel. Uma casa de a dez xelins.

BLOOM: *(A mão debaixo da lâmpada, puxa o cordel. Saltando, o jacto de gás ilumina um lucivelo malva púrpura amassado. Ele levanta o estoque)* Só a manga quebrou. Eis tudo o que ele...

BELLA: *(Recua encolhida e berra)* Jesus! Não!

BLOOM: *(Aparando um golpe)* É só para mostrar como ele bateu contra o papel. O prejuízo nem é nem de seis pences. Dez xelins!

FLORRY: *(Com um copo de água, entra)* Onde está ele?

BELLA: Quer que eu chame a polícia?

BLOOM: Oh, eu sei. Leão de chácara na porta. Mas ele é estudante do Trinity. Clientes do seu estabelecimento. Os cavalheiros que custeiam o aluguel. *(Faz um sinal maçônico)* Entende o que eu quero dizer? Sobrinho do vice-chanceler. Você não quer um escândalo, quer?

BELLA: *(Colericamente)* Trinity! Vêm aqui para estrepolias depois das regatas e não pagam nada. Você quer dar ordens aqui? Onde está ele? Vou apresentar queixa contra ele. Vou pôr ele na rua da amargura, se vou. *(Berra)* Zoe! Zoe!

BLOOM: *(Urgindo)* E se fosse seu próprio filho da Oxford! *(Admonitoriamente)* Eu sei.

BELLA: *(Quase sem voz)* Que incógnito é você?

ZOE: *(Na soleira)* Tem um bolo lá embaixo.

BLOOM: O quê? Onde? *(Atira um xelim na mesa e grita)* Isso é para a manga: Onde? Preciso de ar fresco.

(Apressa-se para fora da saleta. As putas indicam. Florry segue, entornando a água do seu caneco. Na soleira todas as putas ajuntadas falam voluvelmente, indicando a direita onde a bruma clareou. Da esquerda chega um tilintante carro de aluguel. Reduz a marcha em frente à casa. Bloom na soleira percebe Corny Kelleher que está a pique de saltar do carro com dois libertinos silenciosos. Evita-lhes a cara. Bella de dentro da saleta urge suas putas. Elas lhes atiram cheiilambigrudosos beijos iume-iumes. Corny Kelleher responde com um espectral sorriso lascivo. Os libertinos silenciosos viram-se para pagar o cocheiro. Zoe e Kitty ainda apontam a direita. Bloom, indo-se rápido de entre elas, ajeita seu capelo de califa e seu poncho e apressa-se degraus abaixo com cara de banda. Incógnito Harum al-Raxid, ele dispara por trás dos libertinos silenciosos e precipita-se ao longo dos gradis com passadas velozes de leopardo deixando um rastro em pós si, envelopes rasgados saturados de anis. O freixestoque ponteia-lhe as pegadas. Uma matilha de galgos, guiados pelo Cornussopra do Trinity brandindo um látego com boné de batedor e um velho par de calças cinzentas, segue de longe, farejando a trilha mais perto, latindo, arfando, despistados, furando, estirando as línguas, mordendo-lhe os calcanhares, saltando-lhe por sobre a cauda. Ele anda, corre, ziguezagueia, galopa, orelhas deitadas. É alvejado com cascalho, cotos de repolho, latas de biscoito, ovos, batatas, bacalhau morto, chinclichulipas de mulher. Atrás dele, recém-encalçado, o clamor geral ziguezagueia galopes de acesa perseguição em fila indiana: os guardas-nocturnos 65C 66C, John Henry Menton, Wisdom Hely, V. B. Dillon, o conselheiro Nannetti, Alexandre Xaves, Larry O'Rourke, Joe Cuffe, a senhora O'Dowd, Pisser Burke, O Inominado Um, a senhora Riordan, O Cidadão, Garryowen, Comé-quelhechamas, Carestranha, Sujeitassim, Vieleantes, Gajocom, Chris Callinan, sir Charles Cameron, Benjamin Dollard, Lenehan, Bartell D'Arcy, Joe Hynes, o vermelho Murray, o editor Brayden, T. M. Healy, o senhor juiz Fitzgibbon, John Howard Parnell, o reverendo

Salmão Enlatado, o professor Joly, a senhora Brenn, Denis Breen, Theodore Purefoy, Mina Purefoy, a postalista do casario de Westland, C. P. M'Coy, o amigo de Lyons, Hoppy Holohan, o homem da rua, outro homem da rua, o Fotebolchuta, o cocheiro nasarrebitado, a rica dama protestante, Davy Byrne, a senhora Ellen M'Guinness, a senhora Joe Gallaher, George Lidwell, Jimmy Henry sobre calos, o superintendente Laracy, o padre Cowley, Crofton da Colectoria-geral, Dan Dawson, o cirurgião-dentista Bloom com suas pinças, a senhora Bob Doran, a senhora Kennefick, a senhora Wyse Nolan, John Wyse Nolan aelegantemulhercasadaqueesfregouamplotraseironelenobondedeClonkea, o livreiro do Doçuras do Pecado, miss Duleitaquefazdeleite, mesdames Gerald e Stanislaus Moran de Roebuck, o escriturário gerente do Drimmie, o coronel Hayes, Mastiansky, Citron, Penrose, Aaron Figatner, Moses Herzog, Michael E. Geraghty, o inspetor Troy, a senhora Galbraith, o polícia da esquina da rua Eccles, o velho doutor Brady com estetoscópio, o homem-mistério da praia, um cão de caça, a senhora Miriam Dandrade e seus todos amantes.)

O CLAMOR GERAL: *(Atabalhoadarremessadarrebuliçoadamente)* É o Bloom! Pega o Bloom! Pegabum! Pegaladrão! Ei! Ei! Peguele na esquina!

(Na esquina da rua Beaver debaixo do andaime Bloom arquejando para à borda do barulhento fecha altercante, um magote que não sabe um pote desse ei! ei! em fileira brigueira à roda da rixajuntada quemquê.)

STEPHEN: *(Com gestos elaborados, respirando fundo e lento)* Vocês são meus convidados. Os inconvidados. Por virtude do quinto George e sétimo Edward. Culpa da História. Fabulada pelas mães da memória.

O SOLDADO CARR: *(Para Cissy Caffrey)* Ele estava xingando você?

STEPHEN: Enderecei-me a ela no vocativo feminino. Provavelmente neutro. Ingenitiva.

VOZES: Não, ele não xingou. A garota está mentindo. Ele estava na casa da Cohen. Que que passa? Soldados e paisanos.

CISSY CAFFREY: Eu tava na companhia dos soldados e eles me deixaram para fazer — vocês sabem e o moço correu atrás de mim. Mas eu sou fiel ao homem que me conversa mesmo sendo uma puta a um xelim.

VOZES: Ela é fielaohomem.

STEPHEN: *(Vê ao longe as cabeças de Kitty e Lynch)* Olá, Sísifo. *(Ele se indica e aos outros)* Poético. Neopoético.

CISSY CAFFREY: Sim, para ir com ele. E eu com um soldado amigo.

O SOLDADO COMPTON: Ele não merece mais que uma cachaçada, esse sacana. Pega uma nele, Harry.

O SOLDADO CARR: *(Para Cissy)* É ele que xingou você quando a gente eu e ele dava a mijada?

LORD TENNYSON: *(Com jaqueta bandeira-inglesa e calças flanela desporto, cabeça ao vento, barba flutuando)* A eles não lhes cabe razão.

O SOLDADO COMPTON: Lasca nele, Harry.

STEPHEN: *(Para o soldado Compton)* Ignoro seu nome mas você tem toda a razão. O doutor Swift diz que um homem em armadura baterá dez homens em camisa. Camisa e sinédoque. A parte pelo todo.

CISSY CAFREY: *(Para o magote)* Não, eu tava com o soldado.

STEPHEN: *(Amável)* Por que não? O ousado soldado. Na minha opinião cada dama por exemplo...

O SOLDADO CARR: *(O boné de banda, avançando para Stephen)* Diga, como é que ia ser, seu mocinho, se eu lhe metesse a mão pelas ventas?

STEPHEN: *(Olha para o céu)* Como? Muito desagradável. A nobre arte da automoleza. Pessoalmente, eu detesto a acção. *(Ondula a mão)* A mão que magoa ao de leve. *Enfin, ce sont vos oignons. (Para Cissy Caffrey)* Alguma coisa está pegando por aqui. Que é que é, precisamente?

DOLLY GRAY: *(Do balcão agita o lenço, dando o sinal da heroína de Jericó)* Rahab. Filho do mestre cuca, adeus. Feliz retorno a Dolly. Sonha com a garota que deixaste que ela sonhará contigo.

(Os soldados viram os olhos mareados.)

BLOOM: *(Acotovelando o magote, puxa vigorosamente pela manga de Stephen)* Vamos, professor, o cocheiro está esperando.

STEPHEN: *(Volta-se)* Hem? *(Livra-se)* Por que não deveria eu falar a ele ou a qualquer ser humano que caminha por sobre esta laranja oblata? *(Aponta com o dedo)* Não temo a quem posso falar se lhe vejo os olhos. Mantendo a perpendicular.

(Cambaleia um passo atrás.)

BLOOM: *(Sustendo-o)* Mantenha a própria.

STEPHEN: *(Gargalha vazio)* Meu centro de gravidade está deslocado. Esqueci o truque. Sentemo-nos algures e discutamos. A luta pela vida é a lei da existência mas filirenistas modernos, notavelmente o czar e o rei da Inglaterra, inventaram a arbitragem. *(Bate na fronte)* Mas aqui está metido que eu devo matar o sacerdote e o rei.

BIDDY A ENGALICADA: Ouviu o que o professor disse? É um professor de colégio.

KATE CONUDA: É. Eu ouvi.

BIDDY A ENGALICADA: Ele se exprime com marcado refinamento de fraseologia.

KATE CONUDA: Efetivamente, sim. E ao mesmo tempo com tão pertinente incisividade.

O SOLDADO CARR: *(Desembaraça-se livre e avança)* Que é que tá dizendo do meu rei?

(Eduardo o Sétimo aparece sob uma arcada. Usa um jersey branco em que está cosida uma imagem do Sagrado Coração, com a insígnia da Jarreteira e do Cardo, do Tosão de Ouro, do Elefante da Dinamarca, dos cavalarianos de Skinner e Probyn, de causídico da Lincoln's Inn e da antiga e honrada companhia de artilharia de Massachusetts. Chupa uma jujuba vermelha. Está trajado como grande eleito perfeito e maçom sublime com trolha e avental, marcados made in Germany. *Na mão esquerda traz um balde de estucador em que está escrito:* Défense d'uriner. *Um rugir de boas-vindas viva-o.)*

EDUARDO O SÉTIMO: *(Lentamente, solenemente mas indistintamente)* Paz, paz perfeita. Para identificação o balde em minha mão. Saravá, meu povo. *(Volta-se para os súbditos)* Aqui vimos para testemunhar uma leal liça limpa e desejamos de coração para os dois homens a melhor boa sorte. Mahak makar a back.

(Aperta a mão do soldado Carr, soldado Compton, Stephen, Bloom e Lynch. Aplausos gerais. Eduardo o Sétimo ergue o balde graciosamente em agradecimento.)

O SOLDADO CARR: *(Para Stephen)* Repete de novo.

STEPHEN: *(Nervoso, amigável, contém-se)* Compreendo seu ponto de vista, embora eu não tenha pessoalmente um rei no momento. Esta é época da medicina patenteada. Uma discussão é difícil aqui mesmo. Mas eis o ponto. Você morre por sua terra, suponhamos. *(Coloca o braço na manga do soldado Carr)* Não que o deseje para você. Mas digo: que minha terra morra por mim. Até agora foi o que fez. Não quero que ela morra. Que a morte se dane. Que viva a vida!

EDUARDO O SÉTIMO: *(Levita por sobre amontoados de massacrados com o traje e halo do Jesus Brincalhão, uma jujuba branca na cara fosforescente)*

    Meus meios são novos e causam abr'olhos
    Para cegos verem, poeira nos olhos.

STEPHEN: Reis e unicórnios! *(Recua um passo)* Vamos a algum lugar e eu lhe... Que é que a mocinha dizia?...

O SOLDADO COMPTON: É, Harry, mete uma patada nos sacos dele. Enfia outra pela culatra dele.

BLOOM: *(Para os soldados, suavemente)* Ele não sabe o que está dizendo. Tomou um pouquinho mais do que lhe convinha. Absíntio, o monstro verdolhudo. Conheço-o. É um cavalheiro, um poeta. Acabemos com isto.

STEPHEN: *(Nuta, sorrindo e rindo)* Cavalheiro, patriota, erudito e juiz de impostores.

O SOLDADO CARR: Pouco me importa o que é que ele é.

O SOLDADO COMPTON: Pouco nos importa o que é que ele é.

STEPHEN: Parece que os exacerbo. Muleta verde para um touro.

(Kevin Egan de Paris em camisa negra borlada espanhola e chapéu de rebelde faz sinal para Stephen.)

KEVIN EGAN: Elô. *Bonjour.* A *vieille ogresse* com os *dents jaunes.*

(Patrice Egan espia de detrás, com sua cara de coelho mordiscando uma folha de marmelo.)

DON EMILE PATRIZIO FRANZ RUPERT POPE HENNESSY: *(Em cota de malha medieval, dois gansos bravos volantes ao elmo, em nobre indignação aponta com a manopla os soldados)* Werf estos oclos aos pediboden, big grandes porcos de johnamarelos todos cobertos de molho!

BLOOM: *(Para Stephen)* Vamos para casa. Você está metendo-se num embrulho.

STEPHEN: *(Bamboleando)* Eu não o evito. Ele provoca a minha inteligência.

BIDDY A ENGALICADA: Observa-se de imediato que ele é de linhagem patrícia.

A VIRAGO: Verde acima do vermelho, diz ele. Wolfe Tone.

A CAFTINA: O vermelho é tão bom quanto o verde, e até melhor. Vivam os soldados. Viva o Rei Eduardo!

UM METIDO: *(Gargalhando)* Eia! Mãos ao alto em frente de De Wet.

O CIDADÃO: *(Com um enorme cachecol esmeralda e porrete, clama)*

> Que o bom Deus de arriba
> Arremeta pomba
> Dentes de navalha
> Para cortar cangalha
> Desses cães ingleses
> Que enforcam irlandeses.

O GAROTO DESASTRADO: *(O baraço corrediço ao redor do pescoço, segura com ambas as mãos as tripas saltantes)*

> De ser vivente ódio não hei
> Mas amo a pátria contra o rei.

RUMBOLD, DEMÔNIO BARBEIRO: *(Acompanhado de dois assistentes nigri-mascarados, avança com uma mala dupla que abre)* Senhoras e seus, cutelo adquirido pelos senhores Percy para liquidar Mogg. Faca com que Voisin esquartejou a mulher de um compatriota e escondeu os restos num lençol na adega, a garganta da infortunada dona tendo sido cortada de orelha a orelha. Frasco contendo arsênico localizado no corpo da senhorita Barrow que enviou Seddon ao patíbulo.

(Estira a corda, os assistentes saltam sobre as pernas da vítima e as puxam para baixo, grunhindo: a língua do garoto desastrado protrai-se violentamente.)

O GAROTO DESASTRADO:

> Hehe hão hehara hebo hehouso ha hãe

(Solta o último suspiro. Uma ereção violenta do enforcado envia gotas de esperma a pingar pela sua veste de morto nos pedrouços. A senhora Bellingham, a senhora Yelverton Barry e a honorável senhora Mervyn Talboys precipitam-se com seus lenços para embebê-los.)

RUMBOLD: Eu mesmo fiquei perto. *(Desfaz o baraço)* A corda que enforcou o hediondo rebelde. Dez xelins por vez como requerido de Sua Real Alteza. *(Mergulha a cabeça na barriga escancarada do enforcado e arranca de novo a cabeça coalhada de tripas enroscadas e fumegantes)* Meu penoso dever agora se cumpriu. Deus salve o rei!

EDUARDO O SÉTIMO: *(Dança lentamente, solenemente, chocalhando o balde e canta com sóbrio contentamento)*

> No dia da coroação, no dia da coroação,
> Vamos ter estrepolia
> De vinho, cerveja e uísque.

O SOLDADO CARR: Olha. Que é que você disse do meu rei?

STEPHEN: *(Agita as mãos)* Oh, isto está ficando monótono demais! Nada. Ele quer meu dinheiro e minha vida, pois o querer é o seu senhor, para um certo estúpido de império dele. Dinheiro não tenho. *(Busca os bolsos vagamente)* Dei-o a alguém.

O SOLDADO CARR: Quem é que quer a droga do seu dinheiro?

STEPHEN: *(Tenta safar-se)* Quererá alguém dizer-me onde é menos possível que eu encontre desses males necessários? *Ça se voit aussi à Paris.* Não que eu... Mas por São Patrício!...

(As cabeças das mulheres coalescem. A Velha Vovó Coroca de chapéu pão de açúcar aparece sentada num cogumelo-do-diabo, a flor-da-morte da batata mangrada ao peito.)

STEPHEN: Ah ah! Eu te conheço, vovoca! Hamlet, vingança! A velha porca que come os bacorinhos!

A VELHA VOVÓ COROCA: *(Balanceando-se em vai e vem)* Bemamada de Irlanda, filha do rei de Espanha, alana. Estrangeiros em minha casa, que mal lhes caiba! *(Pranteia-se com lamentos malagourentos)* Ochone! Ochone! Seda da criação! *(Carpe)* Encontraste a pobre velha Irlanda e como vai ela?

STEPHEN: Como vais tu? O truque do chapéu! Onde está a terceira pessoa da Santíssima Trindade? Soggarth Aroon? O reverendo Come Carcaça.

CISSY CAFREY: *(Esganiçada)* Não deixem eles brigar.

UM METIDO: Nossos homens batem em retirada.

O SOLDADO CARR: *(Sugando o cinturão)* Pois torço o pescoço de qualquer sacana que falar mal do fodido do meu rei.

BLOOM: *(Terrificado)* Ele não disse nada. Nem uma palavra. Puro malentendido.

O CIDADÃO: *Erin go bragh!*

O SOLDADO COMPTON: Vamos, Harry. Dá uma no olho dele. É um pró-bur.

STEPHEN: É mesmo? Quando?

BLOOM: *(Para os rubritúnicas)* Lutamos por vocês na África do Sul, tropas de obuses irlandesas. Não é da história? Fuzileiros Reais de Dublin. Honrados por nosso monarca.

O ESTRADEIRO: *(Passa bamboleando)* Ó, sim. Ó, Deus, sim! Ó, frazê grerra uma gremerra! Ó! Bobo!

(Alabardeiros de casco e couraça avançam um tabique de pontas de lança intestinadas. O major Tweedy, embigodado como Turko, o terrível, coifa de urso com penacho eréctil e matalotagem, com dragonas, divisas douradas e bolseira, o peito brilhante de medalhas, ponteia a fila. Dá o sinal de guerreiro peregrino dos cavaleiros templários.)

O MAJOR TWEEDY: *(Rosna ríspido)* Rorke's Drift! Eia, guardas, carregar! Mahal shalal hashbaz.

(O major Tweedy e o Cidadão exibem-se reciprocamente medalhas, decorações, troféus de guerra, ferimentos. Ambos se saúdam com fera hostilidade.)

O SOLDADO CARR: Vou dar cabo dele.

O SOLDADO COMPTON: *(Espalha o magote para trás)* Jogo limpo por aqui. Faça uma salsicha do safado.

(Bandas compactas clangoram Garryowen e Deus salve o rei.)

CISSY CAFREY: Eles vão brigar. Por mim!

KATE CONUDA: Os bravos e os belos.

BIDDY A ENGALICADA: Senta-me que o cavalheiro sable acolá justará a melhor.

KATE CONUDA: *(Enrubescendo intensamente)* Que não, mia dona. A mim a parelha goles e o alegre São Jorge.

STEPHEN:

> O pregão das rameiras pelas ruas se espalha
> E tece para a Irlanda uma triste mortalha.

O SOLDADO CARR: *(Folgando o cinturão, berra)* Torço o pescoço de qualquer fodido de sacana que falar contra o porra do fodido do meu rei.

BLOOM: *(Sacode os ombros de Cissy Caffrey)* Fale, você! Perdeu a língua? Você é o elo entre nações e gerações, fale, mulher, ó sagrada vidadadora.

CISSY CAFREY: *(Alarmada, pega da manga do soldado Carr)* Eu não tou contigo? Eu não sou tua garota? Cissy é a tua garota. *(Grita)* Polícia.

STEPHEN: *(Extaticamente, para Cissy Caffrey)*

Brancas mãos, rubra a tua boca
E teu corpo é gostosura.

VOZES: Polícia!

VOZES DISTANTES: Dublin está queimando! Dublin está queimando! Fogo, fogo!

(Chamas sulfúreas saltam. Nuvens densas passam rolando. Pesados canhões Gatling ribombam. Pandemônio. Tropas deslocam-se. Galopes de cascos. Artilharia. Comandos roucos. Sinos clangoram. Apostadores gritam. Beberrões berram. Putas urram. Sirenes silvam. Clamores de bravura. Guinchos de moribundos. Picões colidem com couraças. Ladrões roubam os massacrados. Aves de rapina, ondeando do mar, pairam piando, alcatrazes, cormorões, abutres, açores, galinholas trepadeiras, falcões-reais, esmerilhões, te trazes, aurifrísios, gaivotas, albatrozes, gansos bernacos. O sol da meia-noite se escurece. A terra treme. Os mortos de Dublin do Prospect e do Mount Jerome em sobretudos de cordeiros brancos e mantos negros de cabra levantam-se e aparecem a muitos. Um abismo se abre num bocejo silente. Tom Rochford, ganhador em camiseta e calção de atleta, chega à frente da corrida de obstáculos nacional e salta no vazio. É seguido de um pelotão de corredores e saltadores. Em atitudes selvagens precipitam-se da borda. Seus corpos afundam. Garotas de fábricas com roupas garridas atiram barrabombas de Yorkshire rubraquecidas. Damas da sociedade levantam as saias acima da cabeça para se protegerem. Bruxas gargalhantes em batas curtas vermelhas cavalgam pelo ar cabos de vassoura. Quacrelyster pespega clisteres. Chovem dentes de dragão. Heróis armados repontam das ravinas. Trocam amigavelmente a senha de varões da cruz vermelha e duelam com sabres de cavalaria: Wolfe Tone contra Henry Grattan, Smith O'Brien contra Daniel O'Connell, Michael Davitt contra Isaac Butt, Justin M'Carthy contra Parnell, Arthur Griffith contra John Redmond, John O'Leary contra Lear O'Johnny, lorde Edward Fitzgerald contra lorde Gerald Fitzedward, Os O'Donoghues das Glandes contra Os Glandes de Donoghue. Numa eminência, o centro da terra, eleva-se o altar campal de Santa Bárbara. Círios pretos elevam-se de seus cornos do evangelho e das epístolas. Das altas barbacãs da torre dois fustes de luz caem sobre a pedra do altar fumitoalhada. Na pedra do altar a senhora Mina Purefoy, deusa da irrazão, jaz nua, agrilhoada; um cálice

pousado sobre seu ventre inchado. O padre Malachi O'Flynn, em longa sotaina e planeta às avessas, seus dois pés esquerdos virados para a frente, celebra missa campal. O reverendo Hugh C. Haines Love M.A. em batina simples e capelo, a cabeça e colarinho de costas para a frente, sustém sobre a cabeça do celebrante um guarda-sombra aberto.)

O PADRE MALACHI O'FLYNN: *Introibo ad altare diaboli.*

O REVERENDO SENHOR HAINES LOVE: Ao diabo que alegrou meus dias juvenis.

O PADRE MALACHI O'FLYNN: *(Toma do cálice e eleva uma hóstia sanguigotejante)* Corpus Meum.

O REVERENDO SENHOR HAINES LOVE: *(Levanta alto por trás a sotaina do celebrante, revelando suas nuas nádegas pilosas cinzentas com uma cenoura enfiada)* Meu corpo.

A VOZ DE TODOS OS DANADOS: Enier etnetopinmo Sued Rohnes o euq, Aiullela!

(De desde as alturas a voz de Adonai clama.)

ADONAI: Sueeeeeeeeed!

A VOZ DE TODOS OS BEM-AVENTURADOS: Alelluia, que o Senhor Deus Omnipotente reine!

(De desde as alturas a voz de Adonai clama.)

ADONAI: Deeeeeeeeeus!

(Em estridente discordância camponeses e citadinos das facções Orange e Verde cantam Pernada no papa *e* Todo dia, todo dia, canta a Maria.*)*

O SOLDADO CARR: *(Com articulação feroz)* Vou dar cabo dele, que me ajude o fodido do Cristo! Vou torcer o porra do fodido do desgraçado do seu fodedor de gasganete.

(O cão de caça, farejando à volta do magote, ladra barulhentamente.)

BLOOM: *(Corre para Lynch)* Você não pode tirá-lo dali?

LYNCH: Ele gosta da dialéctica, a linguagem universal. Kitty! *(Para Bloom)* Tire-o fora você. Ele não me ouve.

(Arrasta Kitty para longe.)

STEPHEN: *(Aponta)* Exit Judas. Et laqueo se suspendit.

BLOOM: *(Corre para Stephen)* Vamo-nos embora logo antes que as coisas piorem. Aqui está sua vara.

STEPHEN: Vara, não. Razão. Esta festa da pura razão.

A VELHA VOVÓ COROCA: *(Atira uma adaga para a mão de Stephen)* Liquida com ele, acushla. Às oito e trinta e cinco a.m. estarás no céu e a Irlanda será livre. *(Ela reza)* Ó bom Deus, recebei-o!

CISSY CAFREY: *(Puxando o soldado Carr)* Vamos embora. Tu tá bêbado. Ele me xingou mas eu perdoo ele. *(Berrando na orelha dele)* Eu perdoo ele por me ter xingado.

BLOOM: *(Sobre os ombros de Stephen)* Sim, vão. Você vê que ele está fora de si.

O SOLDADO CARR: *(Safa-se)* Vou xingar ele.

(Precipita-se para Stephen, punhos estendidos, e acerta-o na cara. Stephen trotinha, desmorona-se, cai aturdido. Jaz esticado, cara para o céu, o chapéu rolando para o muro. Bloom segue-o e apanha-o.)

O MAJOR TWEEDY: *(Alto)* Ombro armas! Cessar-fogo! Saudar!

O CÃO DE CAÇA: *(Ladrando furiosamente)* Uta uta uta uta uta uta uta uta.

O MAGOTE: Deixa ele em pé! Não bata nele deitado! Ar! Quem? O soldado achatou ele. Ele é um professor. Está ferido? Não maltrate ele! Ele está desmaiado!

UMA MEGERA: Que direito tinha o milico de bater no cavalheiro e ele tocado? Que vão lutar contra os bures!

A CAFTINA: Quem é que está falando! O soldado não tinha o direito de andar com a sua garota? Ele deu nele um golpe baixo.

(Gadunham-se uma à outra pela cabeleira, arranham-se e cospem.)

O CÃO DE CAÇA: *(Ladrando)* Uau uau uau.

BLOOM: *(Empurra-as para trás, alto)* Para trás, fiquem atrás!

O SOLDADO COMPTON: *(Rebocando o camarada)* Vamos dar o pira, Harry. Lá vêm os meganhas!

(Dois guardas encapados, altos, param no grupo.)

O PRIMEIRO GUARDA: Que é que pega por aqui?

O SOLDADO COMPTON: A gente estava com esta dama e ele xingou a gente e atacou meu colega. *(O cão de caça ladra)* De quem é este safado deste cachorro?

CISSY CAFREY: *(Com desiderabilidade)* Ele está sangrando?

UM HOMEM: *(Desajoelha-se)* Não. Sem sentidos. Vai ficar bem.

BLOOM: *(Mira cortante para o homem)* Deixe-o comigo. Eu posso facilmente...

O SEGUNDO GUARDA: Quem é o senhor? Conhece ele?

O SOLDADO CARR: *(Camba em direção do guarda)* Ele xingou a minha amiguinha.

BLOOM: *(Zangadamente)* Você o atacou sem provocação. Sou testemunha. Senhor guarda, tome seu número regimental.

O SEGUNDO GUARDA: Não preciso de suas instruções no cumprimento do meu dever.

O SOLDADO COMPTON: *(Puxando seu camarada)* Vamos, escafeda-se, Harry. Ou o Bennett te põe nas grades.

O SOLDADO CARR: *(Bamboleando no que é puxado)* Que se foda o velho Bennett! É um droga de um cu branco. Que vá à merda!

O PRIMEIRO GUARDA: *(Retirando seu canhenho)* Qual é o nome dele?

BLOOM: *(Espiando por sobre o magote)* Estou vendo um carro acolá. Se me ajuda por um segundo, sargento...

O PRIMEIRO GUARDA: Nome e endereço.

(Corny Kelleher, chorão em torno do chapéu, uma coroa de defuntos na mão, aparece entre os circunstantes.)

BLOOM: *(Rápido)* Oh, o homem a calhar! *(Cochicha)* O filho do Simon Dedalus. Um tico tocado. Arranje-me que esses polícias façam esses folgados andar.

O SEGUNDO GUARDA: Boa-noite, senhor Kelleher.

CORNY KELLEHER: *(Para o guarda, com olho arrastado)* Está tudo bem. Conheço-o. Ganhou uma tacada nas corridas. Taça de ouro. Jogafora. *(Ri)* Vinte por um. Entende-me?

O PRIMEIRO GUARDA: *(Vira-se para o magote)* Vamos, que é que estão fazendo aí? Toca a andar.

(O magote dispersa-se lento, resmungando, beco abaixo.)

CORNY KELLEHER: Deixe comigo, sargento. Está tudo bem. *(Ri, sacudindo a cabeça)* Já passamos por essas, ou piores. Não é? Hem, não é?

O PRIMEIRO GUARDA: *(Rindo)* Parece que sim!

CORNY KELLEHER: *(Cutucando o segundo guarda)* Vamos, passemos uma esponja sobre a coisa. *(Cantarola, abanando a cabeça)* Com meu lerolero lerolero lerolero lerolero. Que tal, hem, de acordo?

O SEGUNDO GUARDA: *(Cordialmente)* Ora, é claro que passamos.

CORNY KELLEHER: *(Piscando)* Os rapazes sempre serão rapazes. Tenho um carro ali adiante.

O SEGUNDO GUARDA: Muito bem, senhor Kelleher. Boa-noite.

CORNY KELLEHER: Tomo conta disto.

BLOOM: *(Aperta a mão de ambos os guardas um a um)* Muito obrigado, cavalheiros, obrigado. *(Murmura confidencialmente)* Não queremos escândalo nenhum, compreendem. O pai é bem conhecido cidadão altamente respeitado. Apenas uma farrinha, compreendem.

O PRIMEIRO GUARDA: Oh, compreendo, senhor.

O SEGUNDO GUARDA: Está tudo bem, senhor.

O PRIMEIRO GUARDA: Só em caso de injúrias corporais eu teria de relatar à estação.

BLOOM: *(Muito rápido)* Naturalmente. Muitíssimo bem. Não mais do que a injunção do dever.

O PRIMEIRO GUARDA: É o nosso dever.

CORNY KELLEHER: Boa-noite, senhores.

OS GUARDAS: *(Saúdam juntos)* Boa-noite, cavalheiros.

(Afastam-se com lentas pegadas pesadas.)

BLOOM: *(Assopra)* Providencial sua chegada à cena. Tem um carro?...

CORNY KELLEHER: *(Ri, apontando com o polegar sobre o ombro direito para o carro encostado contra o andaime)* Dois comissários comerciais que pagaram champanha no Jammet. Uns príncipes, juro. Um deles perdeu duas librotas nas corridas. Afogando as mágoas aqui estavam para uma pernada com as garotas alegres. Assim eu levei eles no carro do Behan para a zona.

BLOOM: Eu ia para casa pela rua Gardiner quando aconteceu que...

CORNY KELLEHER: *(Gargalha)* Claro que eles queriam que eu aderisse às meninas. Não, por Deus, disse eu. Não para dois veteranos como eu e você. *(Gargalha de novo e soslaia com olho fosco)* Graças a Deus temos a coisa em casa, hem, me entendeu? Ha! ha! ha!

BLOOM: *(Tenta gargalhar)* He, he, he! O facto é que eu estava apenas visitando por aí um velho amigo meu, Virag, você não o conhece (o pobre coitado está de cama há uma semana) e bebemos um trago juntos e estava precisamente a caminho de casa...

(O cavalo relincha.)

O CAVALO: Cahahahahahahac! Cahahahahasa!

CORNY KELLEHER: O certo é que foi o Behan, nosso cocheiro aí, que me contou depois que deixamos os dois comissionários comerciais na casa da Cohen e lhe mandei que desse um pulo aqui e eu desci para ver. *(Gargalha)* Cocheiros de enterro sóbrios é uma especialidade. Devo deixá-lo em casa dele? Onde é que vive? Lá por Cabra, não é?

BLOOM: Não, em Sandycove, creio, pelo que ele deixou escapar.

(Stephen, estirando-se, respira para as estrelas. Corny Kelleher, de través, engrola perto do cavalo. Bloom, abatido, afunda a cabeça.)

CORNY KELLEHER: *(Coça a nuca)* Sandycove! *(Inclina-se e chama Stephen)* Ei! *(Chama de novo)* Ei! Está coberto de maravalhas, de qualquer jeito. Veja lá se não lhe tiraram alguma coisa.

BLOOM: Não, não, não. Tenho o seu dinheiro e chapéu e bengala.

CORNY KELLEHER: Ah, bem, ele se arranja logo. Não está com os ossos quebrados. Bem, vou dar o fora. *(Gargalha)* Tenho um *rendez-vous* de manhã. Um morto a enterrar. Fique em paz.

O CAVALO: *(Relincha)* Cahahahahasa.

BLOOM: Boa-noite. Vou esperar e levá-lo em poucos...

(Corny Kelleher vira-se para o carro e sobe. Os arreios do cavalo tilintam.)

CORNY KELLEHER: *(Do carro, de pé)* Boa-noite.

BLOOM: Boa-noite.

(O cocheiro folga as rédeas e levanta o chicote animadoramente. Carro e cavalo recuam lentos, perrengues e viram. Corny Kelleher no banco do lado ondula a cabeça para aqui e para ali em sinal de graça pelo transe de Bloom. O cocheiro junta-se à muda pilhéria pantomímica nutando do banco do outro lado. Bloom agita a cabeça em muda resposta gracejante. Com o polegar e a palma Corny Kelleher reassegura que os dois meganhas permitirão que o seu sono prossiga pois que é que se pode mais fazer. Com um lento nuto Bloom exprime-lhe sua gratidão pois é isso exatamente do que Stephen precisa. O carro tilinta lerolero na curva da esquina do beco lerolero. Corny Kelleher de novo reasseguralero com a mão. Bloom com a mão asseguralero Corny Kelleher de que ele está reasseguradolerolé. Os cascos tintinantes e os arreios tilintantes esvanecem no seu lerolerolerolerolé. Bloom, sustendo na mão o chapéu de Stephen festonado de maravalhas e freixestoque, para irresoluto. Então inclina-se para ele e sacode-o pelos ombros.)

BLOOM: Ei! Ó! *(Não há resposta; inclina-se de novo)* Senhor Dedalus! *(Não há resposta)* Se se chama pelo primeiro nome. Sonâmbulo. *(Inclina-se de novo e, hesitando, aproxima a cara da forma prostrada)* Stephen! *(Não há resposta. Ele chama de novo)* Stephen!

STEPHEN: *(Grunhe)* Quem? Pantera negra vampiro. *(Suspira, espreguiça-se, então engrola grosso com vogais prolongadas)*

> Quem é que... conduz... a Fergus agora.
> E entra... a sombra entretecida do bosque?

(Vira-se para o lado esquerdo, suspirando, encolhendo-se em dois.)

BLOOM: Poesia. Bem-educado. Pena. *(Inclina-se de novo e desata os botões do colete de Stephen)* Para respirar. *(Escova as maravalhas da roupa de Stephen com mãos e dedos leves)* Uma libra sete. Não está machucado de todos os modos. *(Ouve)* O quê?

STEPHEN: *(Cochicha)*

> ... sombras... os bosques
> ...seio branco... escuro...

(Estira os braços, suspira de novo e encurva o corpo. Bloom sustendo o chapéu e o estoque mantém-se erecto. Um cão ladra na distância. Bloom aperta e afrouxa sua mão no freixestoque. Olha para baixo a cara e a forma de Stephen.)

BLOOM: *(Comunga com a noite)* A cara lembra sua pobre mãe. No bosque umbroso. O profundo seio branco. Ferguson, penso que peguei. Uma garota. Alguma garota. A melhor coisa que lhe podia acontecer... *(Murmura)*... juro que hei de sempre saudar... sempre esconder, jamais revelar, nenhuma parte ou partes, arte ou artes... *(Murmura)* nas areias bravias do mar... a distância de amarra da margem... onde a maré vaza... e monta...

(Silente, pensativo, alerta, ele estaca de guarda, os dedos aos lábios na atitude de senhor do segredo. Contra o muro escuro uma figura aparece

lentamente, um menino louro de onze anos, um trocado, raptado, vestido à Eton com sapatos de cristal e pequeno elmo de bronze, sustendo um livro na mão. Lê da direita para a esquerda inaudivelmente, sorridentemente, beijando a página.)

BLOOM: *(Maravilhado, chama inaudivelmente)* Rudy!

RUDY: *(Mira sem ver nos olhos de Bloom e segue a ler, beijar, sorrir. Tem uma delicada cara malva. No traje traz botões de diamantes e rubis. Na mão esquerda livre sustém uma fina bengala de marfim com um laço violeta. Um anhozinho branco espia do bolso do seu colete.)*

III

*P*reliminar ao que mais fosse o senhor Bloom limpou o mais grosso das maravalhas e entregou a Stephen o chapéu e freixestoque e o apoiou para cima no geral a modos samaritanos ortodoxos, do que ele estava muito necessitado. Sua (de Stephen) mente não estava exatamente o que se chama errante mas um quê insegura e a seu expresso desejo de alguma potagem de beber o senhor Bloom, em vista da hora que era e não havendo cerca bombas de água Vartry disponível para suas abluções, menos ainda para fins de beber, topou com um expediente com sugerir, de enfiada, a conveniência do abrigo dos cocheiros, como era chamado, dificilmente uma pedrada distante perto da ponte de Butt, onde eles poderiam topar com alguns bebíveis na forma de leite e soda ou uma mineral. Mas como lá ter era a seca. Pelo momento ele estava quiçá confuso mas no que o dever lhe cabia lisamente de tomar algumas medidas no respeito ele ponderava modos e meios adequados durante os quais Stephen repetidamente bocejava. Até onde ele podia ver ele estava pálido de cara de maneira que lhe ocorreu como altamente aconselhável conseguir um transporte de qualquer descrição que respondesse à sua então condição, ambos eles estando f.d. idos, particularmente Stephen, sempre presumindo que houvera semelhante coisa por achar. Conformemente, após umas poucas tais preliminares, a despeito de ter esquecido de apanhar seu lenço algo saponificado após ter feito serviço camareiro da ordem de desmaravalhamento, alimpamento, ambos andaram juntos ao longo da rua Beaver, ou, mais propriamente, beco, tão distante quanto ao ferreiro e à distintamente fétida atmosfera dos estábulos cocheiros na esquina da rua Montgomery onde fizeram atalho para a esquerda daí desembocando na rua Amiens à volta da esquina do Dan Bergin. Mas, como ele confidentemente antecipara, não havia sinal de barbeiro angariando frete em parte alguma de ver salvo uma vitória, provavelmente comprometida com alguns sujeitos em farra lá dentro, fora do Hotel Estrela do Norte e não houve sintoma de mexer-se um quarto de polegada quando o senhor Bloom, que nem de longe era um assoviador profissional, diligenciou convocá-la com emitir uma espécie de assovio, sustendo os braços arqueados contra a cabeça, duas vezes.

Isso era um dilema mas, juntando bom-senso para suportá-lo, evidentemente nada havia que fazer senão olhar com boa cara para a questão e meter pé o que eles conformemente fizeram. Assim, chanfrando em torno ao Muttet e a Casa do Tráfego, que em breve atingiam, eles prosseguiram forçosamente em direção do terminal ferroviário da rua Amiens, o senhor Bloom desavantajoso pela circunstância de que um dos seus botões traseiros tinha, para glosar o adágio tradicional, tido o destino de todos os botões, embora, compenetrando-se fundo no espírito da coisa, ele heroicamente fizesse pouco da má sorte. Assim, como nenhum dos dois estivesse particularmente premido pelo tempo, como acontecia, e a temperatura refrescasse desde que clareara após a recente visitação de Júpiter Pluvius, eles desestribaram-se adiante passando por onde o veículo vazio esperava sem passageiro ou cocheiro. Como aconteceu que um espalha-areia da Companhia Unida de Tranvias de Dublin ocorria estar retomando o mais velho dos homens recontou a seu companheiro *à propos* o incidente de sua realmente miraculosa escapada de alguns comenos antes. Passavam a entrada principal da estação ferroviária da Great Northern, o ponto de partida para Belfast, onde é claro todo tráfego estava suspenso pelo avançado da hora, e, passando pela porta traseira da morgue (uma localidade não muito atraente, para não dizer acabrunhante até um certo grau, muito especialmente à noite), por fim ganharam a Dock Tavern e em devido tempo viraram para a rua Stone, famosa por sua estação de polícia da Divisão C. Entre esse ponto e os altos, nesse então apagados, armazéns da praça Beresford, Stephen deu de pensar em Ibsen, associado com o Baird, o canteiro, em sua mente de certo modo na praça Talbot, dobrando primeiro para a direita, enquanto o outro, que agia como *seu fidus Achates*, inalava com satisfação interna o cheiro da padaria citadina do James Rourke, situada bem cerca de onde eles estavam, o verdadeiro odor de facto palatável do nosso pão de cada dia, dentre todas as utilidades públicas a primária e mais indispensável. Pão, substância da vida, ganha teu pão, oh, dize-me, onde há pão da fantasia? No Rourke o padeiro, é o que se diz.

En route, ao seu taciturno, e para não pôr um excessivo requinte na coisa, e ainda não perfeitamente sóbrio companheiro, o senhor Bloom, que em todos os eventos estivera na completa posse de suas faculdades, nunca mais do que então, de facto desagradavelmente sóbrio, teve uma palavra de caução *re* os perigos da zona à noite, mulheres de má nota e bandidos de porte, o que, dificilmente permissível uma vez que outra, embora não como prática habitual, era da natureza de real ratoeira mortal para jovens da sua idade particularmente se tivessem adquirido hábitos de beber sob a influência de alcoólicos a menos que se soubesse um pouco de jiu-jítsu para qualquer contingência já que mesmo um sujeito caído de costas podia administrar um golpe matreiro se não se toma tento. Tão altamente providencial fora a aparição em cena de Corny Kelleher quando Stephen estivera ditosamente inconsciente que, não fora aquele homem vindo a pelo na undécima hora, o fim podia ter sido que ele houvera sido um candidato ao pronto-socorro, ou, falhando isso, à delegacia e um comparecimento à corte no dia seguinte ante o senhor Tobias, ou, sendo ele advogado, quiçá o velho Wall, queria ele dizer, ou Malony o que simplesmente trazia ruína para um gajo se o boato se espalhava. A razão por que ele mencionava o facto era que uns quantos desses polícias, que ele cordialmente desamava, eram admitidamente inescrupulosos no serviço da Coroa e, como dizia o senhor Bloom, lembrando um ou dois casos da Divisão A da rua Clambrassil, prontos a jurarem que o palheiro era agulheiro. Nunca no lugar quando necessários mas nos cantos tranquilos da cidade, a estrada de Pembroke, por exemplo, os guardiães da lei estavam muito em evidência, a razão óbvia sendo que eles eram pagos para proteger as classes altas. Outra coisa que ele comentou era o equipar soldados com armas de fogo ou brancas de todos os tipos, susceptíveis de dispararem a qualquer momento, o que equivalia a incitá-los contra os civis se por acaso se desaviessem por qualquer coisa. Desperdiçava-se o tempo, ele muito sensatamente sustentava, e saúde e mesmo caráter além da esbanjamania da coisa, as mulheres ligeiras do *demimonde* se safam do negócio com uma bolada de £.x.p e o maior perigo de todos era com quem a pessoa se embriagava embora, no tocante à muito debatida questão dos estimulantes, ele degustasse um copo de escolhido velho vinho de safra como a um tempo nutriente e fortificante e possuidor de virtudes aperientes (notavelmente um bom Borgonha de que ele era um fiel devoto) mas ainda assim nunca além de um certo ponto em que ele invariavelmente traçava uma linha já que isso simplesmente levava a implicações de todo tipo sem nada falar de que se ficava à doce mercê praticamente dos outros. Mais que tudo ele comentou adversamente a deserção de Stephen por todos os seus *confrères* caça-tavernas menos um, uma ostentosíssima mostra de debandada por parte de seus irmãos medicandos sob todas as circuns.

— E esse foi um Judas — disse Stephen, que até então nada dissera do que quer que fosse de nenhuma espécie.

Discutindo esses e tópicos afins eles cruzaram em recta à ré da Alfândega e passaram sob a ponte da Loop Line quando um braseiro do coque queimando em frente de uma guarida, ou coisa parecida com uma, atraiu suas passadas algo morosas. Stephen de seu próprio ditame parou por nenhuma razão especial a espiar para o monte de maninhos pedrouços e à luz emanada do braseiro pôde apenas feiçoar a figura mais escura do vigia da corporação dentro da escuridade da guarita. Começou a lembrar-se de que isso acontecera, ou houvera sido mencionado como tendo acontecido antes, mas lhe custou não pequeno esforço antes que se lembrasse de que reconhecia no guariteiro um antigo amigo do seu pai, Gumley. Para evitar o encontro ele se pôs mais perto dos pilares da ponte ferroviária.

— Alguém o cumprimentou — disse o senhor Bloom.

Uma figura de meia altura à espreita, evidentemente, sob os arcos saudou de novo, chamando *boa-noite!* Stephen, é certo, se sentiu algo desempenado e parou para reciprocar o cumprimento. O senhor Bloom, atuado por motivos de inerente delicadeza, tanto mais que sempre acreditara cuidar dos seus próprios assuntos, se afastou mas não obstante permaneceu no *qui vive* com uma curta sombra de ansiedade embora não acovardado no mais mínimo. Ainda que inabitual na área de Dublin, sabia que não era de modo nenhum desconhecido que facínoras que quase nada de seu tinham com que viver andassem perto emboscando e geralmente aterrorizando pedestres pacíficos pondo-lhes pistolas à cabeça em algum ponto recluso fora da cidade mesma, vadios famintos da categoria dos dos diques do Tâmisa que podiam perambular por ali ou simplesmente saqueadores prontos a escafederem-se com que moamba fosse que eles pudessem num golpe arrebatar sem um segundo de aviso, a bolsa ou a vida, deixando-te lá para exemplo, amordaçado e agarrotado.

Stephen, eis senão quando a figura abordante lhe chegou perto das barbas, embora não estivesse ele mesmo em nenhum estado de sobressobriedade, reconheceu o hálito redolente de mosto podre de Corley. Lorde John Corley, alguns lhe chamavam assim, e sua genealogia se estabeleciam desta guisa.

Era o filho mais velho do inspector Corley da Divisão G, recém-falecido, que casara com certa Katherine Brophy, filha de um agricultor de Louth. Seu avô dele, Patrick Michael Corley, de New Ross, lá casara com a viúva de um taverneiro cujo nome de solteira fora Katherine (também) Talbot. Corria a fama, embora não confirmada, de que ela descendia da casa dos lordes Talbot de Malahide em cuja mansão, realmente uma indiscutivelmente bela residência do seu gênero e muito digna de ver, sua mãe ou tia ou alguma parente gozara da distinção de estar a serviço na lavandaria. Esta, pois, era a razão por que o ainda comparativamente jovem embora dissoluto homem que ora se dirigia a Stephen era tratado por alguns com proclividades facetas como lorde John Corley.

Tomando Stephen de lado teve a acostumada canção dolente de contar. Nem sequer um vintém para pagar uma vaga de noite. Todos os seus amigos o desertaram. Ademais, tivera uma pega com o Lenehan e chamou a este para Stephen de um sovina de um danado de um trapalhão com um chorrilho de outras expressões não deputadas. Estava sem emprego e implorava a Stephen dizer-lhe onde nesta terra de Deus podia ele conseguir alguma, nenhuma coisa que fosse para fazer. Não, era a filha da mãe na lavandaria que fora a irmã de leite do herdeiro da casa ou então eles eram vinculados através da mãe de algum modo, ambas as ocorrências acontecendo ao mesmo tempo se a coisa toda não era uma completa forjicação do começo ao fim. Quem quer que fosse, ele não tinha o que quer que fosse.

— Eu não lhe pediria, se — prosseguiu ele — por minha palavra de honra e Deus é que sabe eu não estivesse na pinda.

— Vai haver um emprego amanhã ou depois — disse-lhe Stephen — numa escola de rapazes em Dalkey para cavalheiro recordador. Senhor Garrett Deasy. Tente. Você pode mencionar meu nome.

— Ah, meu Deus — replicou Corley —, é claro que eu não posso ensinar numa escola, homem. Eu nunca fui um desses crânios por aí — juntou com meio riso. — Levei bomba duas vezes no elementar nos Irmãos Leigos.

— Eu também não tenho onde dormir — informou-o Stephen.

Corley, na primeira deixa, ficou inclinado a desconfiar que Stephen fora posto no olho da rua por ter lá metido uma safada de uma flor do asfalto. Havia uma espelunca na rua Marlborough, a da senhora Maloney, mas era um bodum de curtume e cheia de indesejáveis mas M'Conachie lhe contara você pode arranjar uma em condições lá na Cabeça de Bronze na rua da

Taverna do Vinho (o que sugeriu distintamente à pessoa abordada o monge Bacon) por um xelinote. Ele estava morrendo de fome também ainda que não dissesse uma palavra sobre isso.

Embora essa sorte de coisas acontecesse toda noite ou quase ainda assim os sentimentos de Stephen levaram a melhor num sentido ainda que ele soubesse que a nova canoa furada de Corley, à altura das outras, dificilmente podia merecer muito crédito. Entretanto, *haud ignarus malorum miseris succurrere disco* etecétera, como observa o poeta latino, especialmente quando a sorte dispusera receber ele sua paga ao cabo de cada meio mês no dezesseis do qual era a data em que de facto estavam se bem que um bom pedaço dos meios já fora demolido. Mas a nata da graça era que nada podia tirar da cabeça de Corley que ele estava vivendo em afluência e não tinha outra coisa que fazer senão ajudar os necessitados — ao passo que. Pôs ele a mão no bolso de todos os modos, não com a ideia de aí achar algum alimento, mas pensando que lhe podia emprestar em troca até um xelinote ou equivalente de modo que ele pudesse diligenciar ante quaisquer eventualidades e arranjar o bastante de comer. Mas o resultado foi negativo, pois, para seu desgosto, se achou carente de fundos. Uns poucos biscoitos partidos foram o resultado de sua investigação. Esforçou-se ao máximo por rememorar no momento se ele houvera perdido, como havia podido, ou deixado, pois naquela contingência não era uma perspectiva agradável, antes muito pelo contrário, de facto. Ele estava além disso por demais esfalfado para empreender uma rebusca minuciosa embora tentasse rememorar o dos biscoitos de que obscuramente se lembrava. Quem com efeito lhos dera, ou onde fora, ou os comprara? Entretanto, noutro bolso ele topou com o que no escuro estimou serem penies, erroneamente porém, como se mostrou depois.

— Isso são meias coroas, homem — Corley corrigiu-o.

E assim como factos se mostraram ser. Stephen emprestou-lhe uma delas.

— Obrigado — Corley respondeu. — Você é um cavalheiro. Eu lhe pago algum dia. Quem é que está com você? Já vi ele umas vezes no Cavalo Sangrando na rua Camden com Boylan o pega-cartaz. Você podia ter uma boa palavra com ele para me colocar lá. Eu seria homem-sanduíche mas a garota do escritório me contou que estão cheios pelas próximas três semanas, homem. Puxa, a gente tem de entrar na fila adiantado, homem, que até parece para o Carl Rosa. Pouco me importa a merda que for, contanto que seja um emprego, nem que seja de gari.

Subsequentemente, depois de se sentir tão por baixo com os dois e seis que arrancou, ele informou Stephen de que um sujeito de nome Bags Comisky, que ele dizia que Stephen conhecia bem do Fullam, guarda-livros lá do fornecedor de navios, que costumava estar sempre pelo Nagle com o O'Mara e um gajo miúdo gago de nome Tighe. De todos os jeitos, ele tinha sido posto no xilindró na noite de anteontem e multado em dez xelins por bebedeira, desordem e desacato à autoridade.

O senhor Bloom no entretempo mantinha-se por ali à espreita nas vizinhanças dos pedrouços perto do braseiro de coque em frente da guarita do vigia da corporação, que, evidentemente um mouro de trabalho, o que o impressionou, estava tendo uma tranquila pestanada para todos os fins e objetivos por conta própria enquanto Dublin dormia. Lançava volta e meia uma olhadela ao nada menos que imaculadamente trajado interlocutor de Stephen como se já tivesse visto esse fidalgo num lugar ou outro embora ele não estivesse em posição de verazmente estatuir nem tivesse a mais remota ideia de quando. Sendo um indivíduo de cabeça no lugar que ficava vários furos acima de não poucos em observação sagaz, ele observara também no seu muito dilapidado chapéu e na sua indumentária geralmente desleixada, testemunhantes de uma impecuniosidade crônica. Provavelmente era um dos pendurados dele mas no que a isso respeita era mera questão de um rapinar o vizinho do lado em vala comum, em todas as funduras, por assim dizer em funduras mais fundas, e se no que a isso respeita esse homem da rua acontecesse ficar encanado em servidão penal, com ou sem opção de uma multa, deveria ser uma muito por completo *rara avis*. De qualquer jeito ele tinha uma consumada reserva de frio domínio no interceptar as gentes àquela hora da noite ou manhã. Bem embotado que era certamente.

O par separou-se e Stephen juntou-se ao senhor Bloom, que, com seu olho experimentado, não ficara sem perceber que ele sucumbira à blandiloquência do outro parasita. Aludindo ao encontro disse ele, risonho, Stephen, vale dizer:

— Está em maré baixa de sorte. Pediu-me que lhe pedisse que pedisse a alguém chamado Boylan, um pega-cartaz, que lhe desse um emprego de homem-sanduíche.

À inteligência disso, em que ele aparentemente evidenciou pouco interesse, o senhor Bloom mirou abstraidamente pelo espaço de um meio segundo ou isso na direção de uma draga, rejubilando-se sob o longifamoso nome de Eblana, amarrada ao longo do cais da Alfândega e muito possivelmente em reparos, após o que ele observou evasivamente:

— Cada um consegue sua própria ração de sorte, diz-se. Agora que você o menciona sua cara me era familiar. Mas deixando isso de lado por um momento, com quanto você lhe partilhou — ele inquiriu —, se não sou demasiado inquisitivo?

— Meia coroa — respondeu Stephen. — Quero crer que necessita para dormir em algum lugar.

— Necessita — o senhor Bloom ejaculou, professando a mais mínima surpresa à inteligência disso —, posso bem creditar tal asserção e garantir que ele o faz invariavelmente. Cada um de acordo com suas necessitações e cada um de acordo com suas ações. Mas falando de coisas em geral, onde — juntou ele com um sorriso — dormirá você pessoalmente? Caminhar até Sandycove está fora de questão e, mesmo supondo que o fizesse, você não entraria depois do que ocorreu na estação do casario de Westland. Simplesmente esfalfar-se para nada. Não tenciono presumir sentenciar a você no mais remoto grau mas por que deixou a casa de seu pai?

— Para buscar desventura — foi a resposta de Stephen.

— Encontrei seu respeitado pai em ocasião recente — retorquiu diplomaticamente o senhor Bloom. — Hoje, de facto, ou, para ser estritamente preciso, ontem. Onde é que ele vive ao presente? Colhi no curso da conversa que ele se mudou.

— Creio que está em algum lugar de Dublin — respondeu Stephen despreocupadamente. — Por quê?

— Um homem dotado — disse o senhor Bloom do senhor Dedalus sênior — a muitos respeitos e um *raconteur* nato como jamais houve um. Tem grande orgulho, muito legitimamente, de você. Talvez pudesse voltar — ele aventurou, ainda pensando na muito desagradável cena do terminal do casario de Westland quando ficou perfeitamente evidente que os outros dois, Mulligan, é isso, e aquele turista inglês amigo dele, que eventualmente levavam a melhor sobre o terceiro companheiro, estavam patentemente tentando, como se toda a infernal estação pertencesse a eles, fazer Stephen escorregar na confusão.

Não houve resposta de volta à sugestão entretanto, tal qual o fosse, o olho da mente de Stephen estando também empenhadamente engajado no repintar o lar familiar pela última vez que o vira, com sua irmã, Dilly, sentada perto da lareira, os cabelos corridos, espiando uma certa infusão fraca de casca de cacau de Trinidad que estava a ser feita na chaleira gorduracapeada para que ela e ele pudessem bebê-la com água de aveia por leite depois dos arenques da sexta-feira que eles haviam comido a dois por pence, com um ovo para cada uma para Maggy, Boody e Katey, a gata no entretempo debaixo da calandra devorando uma mixórdia de cascas de ovos e cabeças de peixe e espinhas chamuscadas num quadrado de papel de embrulho de acordo com o terceiro preceito da Igreja do jejum e abstinência nos dias de guarda, pois eram mercês ou, se não, têmporas ou coisa que o valha.

— Não — o senhor Bloom repetiu de novo —, eu pessoalmente não assentaria minha confiança nesse jovial companheiro seu, que contribui com o elemento humorístico, o doutor Mulligan, como guia, filósofo e amigo, se eu estivesse na sua pele. Ele sabe de que lado seu pão tem manteiga embora em toda a probabilidade ele nunca tenha sabido o que é ficar sem comer regularmente. É claro que você não o observou tanto quanto fiz mas não me ocasionaria a menor surpresa saber que uma pitada de tabaco ou algum narcótico foi posto na sua bebida para algum objetivo ulterior.

Compreendia, entretanto, de tudo o que ouvira, que o dr. Mulligan era um homem redondamente versátil, de modo nenhum confinado à medicina apenas, que se vinha rapidamente evidenciando no seu ramo e, se a perspectiva se confirmasse, fadado a gozar de uma prática florescente em não distante futuro como médico praticamente da moda e retirar galantes honorários por seus serviços em adição a cujo estadão profissional seu salvamento daquele homem de afogamento certo pela respiração artificial e o que se chamam primeiros socorros no Skerries, ou era no Malahide?, era, ele estava propenso a admitir, um feito sobremaneira destemido que ele não sabia quão alto louvar, de tal modo que francamente ele se achava literalmente perdido para sondar que razão no mundo podia haver por trás disso salvo se ele aí punha mera viciosidade ou ciúmes, pura e simplesmente.

— Salvo se tudo equivale a uma só coisa e ele é o que se chama um suga-ideias — ele se aventurou a lançar.

O precavido olhar de meia-solicitude, meia-curiosidade, aumentado de amistosidade, que ele deu à expressão das feições ao presente caturras de Stephen não projetou um raio de luz, nenhum em absoluto de facto, ao problema de se ele se deixara torpemente engazopar, a julgar por duas ou três observações desalentadas que deixara escapar, ou, justo ao contrário, vira claro a questão, e, por uma razão ou outra mais bem conhecida dele mesmo, permitia que as coisas mais ou menos... A pobreza esmagadora tinha sim aquele efeito e ele mais que conjecturara que, altas qualidades educacionais embora possuísse, ele experimentava não pequena dificuldade em ligar ambos os fios da meada.

Adjacente ao mictório público para homens ele percebeu um carrinho de sorvete em redor do qual um grupo presumivelmente de italianos em acesa altercação dava expansão a expressões volúveis em sua vivaz língua numa particularmente animosa maneira, havendo alguma pequena diferença entre as partes:

— *Puttana madonna, che ci dia i quattrini! Ho ragione? Culo rotto!*
— *Intendiamoci. Mezzo sovrano più...*
— *Dice lui, però.*
— *Farabutto! Mortacci sui!*
— *Ma ascolta! Cinque la testa più...*

O senhor Bloom e Stephen entraram no abrigo dos cocheiros, uma desprentensiosa estrutura de madeira, onde, antes de então, ele raramente, se jamais, estivera; o primeiro tendo previamente sussurrado para o último uns poucos dados acerca do encarregado do mesmo, dito ser o num tempo famoso Pele-de-Bode, Fitzharris, o invencível, ainda que ele não garantisse quanto à realidade dos factos, em que muito possivelmente não havia vestígio de verdade. Uns poucos momentos depois viram nossos dois noctâmbulos sentados a salvo num canto discreto, que eram acolhidos pelos resguardos de uma coleção decididamente miscelânea de vagabundos e desamparados e outros especímenes indescriptíveis do gênero *homo*, já então engajados em comer e beber, diversificados em conversação, para os quais eles constituíam aparentemente um objeto de marcada curiosidade.

— Tomemos agora uma xícara de café — o senhor Bloom aventurou-se a plausivelmente sugerir para romper o gelo —, ocorre-me que você devia provar algo da forma de alimento sólido, digamos um pãozinho de qualquer tipo.

Conformemente seu primeiro ato foi com característico *sangfroid* ordenar essas mercancias calmamente. Os *hoi polloi* de cocheiros e estivadores, ou o que quer que fossem, depois de um exame superficial, afastaram seus olhos, aparentemente dessatisfeitos, embora um bíbulo indivíduo rubribarbe, uma porção de cujos fios era grisalhante, um marinheiro, provavelmente, os fixasse por algum apreciável tempo antes de transferir sua atenção embebecida para o soalho.

O senhor Bloom, prevalecendo-se do direito da liberdade de palavra, tendo ele apenas um conhecimento arranhante da língua em disputa embora, é certo, quiçá num dilema quanto a *voglio*, observou a seu *protégé* em tom de voz audível, *à propos* da batalha campal da rua que estava ainda em curso firme e furioso:

— Uma bela língua. Quero dizer para fins cantantes. Por que não escreve sua poesia nessa língua? *Bella Poetria!* é tão melodiosa e cheia. *Belladonna, Voglio.*

Stephen, que fazia os maiores esforços por bocejar, se pudesse, com sofrer de mortal lassitude geral, respondeu:

— De encher a orelha de uma elefanta. Estavam às turras por dinheiro.

— É isso? — perguntou o senhor Bloom. — É claro — aditou pensativamente, a reflexão íntima de haver para começo mais línguas do que absolutamente necessário —, pode ser apenas o encanto meridional que a cerca.

O encarregado do abrigo a meio do seu *tête-à-tête* pôs uma transbordante xícara fervendo de uma cocção escolhida rotulada como café sobre a mesa e um quiçá antediluviano espécime de bolinho, ou o que com isso parecia. Após o que bateu em retirada para o balcão. O senhor Bloom determinando-se de dar uma boa olhadela nele depois para não parecer que... razão por que com seus olhos encorajou Stephen a continuar enquanto fazia as honras com sub-repticiamente empurrar a xícara do que era temporariamente presumido ser chamado café gradualmente mais perto dele.

— Os sons são imposturas — disse Stephen após uma pausa de um certo pequeno tempo. — Como os nomes, Cícero, Podmore, Napoleão, senhor Goodbody, Jesus, senhor Doyle. Shakespeares eram tão comuns quanto Murphies. Que é que há num nome?

— Sim, com efeito — o senhor Bloom concorreu desafectadamente. — É claro. Nosso nome foi mudado também — ajuntou, empurrando o assim chamado pãozinho à frente.

O marinheiro rubribarbe, que tinha seus olhos barlaventos nos recém-chegados, abordou Stephen, a quem singularizava para a sua atenção em particular, perguntando-lhe redondamente:

— E qual é acaso seu nome?

Precisamente no mesmo momento o senhor Bloom tocou a ponta da bota do companheiro mas Stephen, aparentemente desconsiderando a instante pressão de um sector inesperado, respondeu:

— Dedalus.

O marinheiro fixou-lhe pesadamente um par de modorrentos olhos empapuçados, quiçá inchados do uso excessivo de beberagem, preferivelmente a boa velha Hollands com água.

— Conhece Simon Dedalus? — perguntou por fim.

— Já ouvi falar dele — disse Stephen.

O senhor Bloom se achava no mar de repente, vendo os outros evidentemente bisbilhotando também.

— É um irlandês — o marujo afirmou, fixando-o ainda da mesma maneira e nutando. — Um irlandês completo.

— Demasiado completo irlandês — retorquiu Stephen.

Quanto ao senhor Bloom não via onde estava a cabeça nem o rabo de todo esse negócio e perguntava-se precisamente a si mesmo qual o possível nexo quando o marinheiro, de decisão própria, se voltou para os outros ocupantes do abrigo com a observação:

— Eu vi ele acertar dois ovos em cima de duas garrafas a cinquenta jardas de distância sobre ombros. Canhoto e no alvo.

Embora estivesse ligeiramente embaraçado por um tartamudeio ocasional e seus gestos fossem também canhestros como eram, ainda assim fez o seu melhor para explicar-se.

— As garrafas acolá, vejam. Cinquenta jardas bem contadas. Ovos sobre as garrafas. Assenta o fuzil no ombro. Mira.

Virou o corpo meia-volta, fechou o olho direito completamente, então amarrotou um tanto as feições de través e dardejou contra a noite um agrediente tiro de semblante.

— Pum — ele então berrou uma vez.

O auditório inteiro esperou, antecipando uma detonação adicional, havendo ainda um outro ovo.

— Pum — berrou ele pela segunda vez.

Ovos dois evidentemente demolidos, ele nutou e piscou, ajuntando sanguissedento:

— *Buffalo Bill visa matar.*
Jamais errou nem há de errar.

Um silêncio seguiu-se até que o senhor Bloom tão só por amor da agradabilidade sentiu o dever de perguntar-lhe se fora em uma competição de tiro ao alvo como o Bisley.

— Me faça o favor — disse o marinheiro.
— Há muito? — prosseguiu o senhor Bloom sem recuar nem um tico.
— Ora — respondeu o marinheiro, distendendo-se até um certo ponto sob a influência mágica do diamante a cortar diamante —, deve ter sido coisa de dez anos. Ele excursionou pelo mundo inteiro com o Circo Real de Hengler. Eu vi ele fazer isso em Estocolmo.
— Curiosa coincidência — o senhor Bloom confidenciou a Stephen inobtrusivamente.
— Murphy é o meu nome — continuou o marinheiro —, W. B. Murphy, de Carrigaloe. Sabe onde é?
— Porto de Queenstown — replicou Stephen.
— É isso — disse o marinheiro. — Fort Camden e Fort Carlisle. É de lá que velejo. Minha mulherzinha lá está. Está esperando por mim, que eu sei. *Pela Inglaterra, o lar e a beleza.* É a muito minha leal mulher que já não vejo por sete anos, navegando por aí.

O senhor Bloom podia facilmente figurar seu advento nesta cena — a chegada ao barraco beira-estrada do marujo depois de haver logrado o Bicho-Papão Oceano — noite chuvosa com lua encoberta. À volta do mundo por uma esposa. Um bom número de histórias havia nesse particular tópico à Alice Ben Bolt, Enoch Arden e Rip Van Winkle e lembrar-se-á alguém por aí de Caoc O'Leary, a peça de declamação favorita e mais difícil, por falar nisso, do pobre John Casey e um pedacinho de poesia perfeita à sua modesta maneira? Nunca a respeito da esposa fujona que retorna, ainda que muito devotada ao ausente. A cara à janela! Julgai do espanto dele quando finalmente atinge a chegada e a horrível verdade se mostra a ele acerca de sua cara-metade, náufraga dos afectos dele. Você nem me esperava mas voltei para ficar e recomeçar de novo. Lá se senta ela, essa mulher separada, perto da mesma lareira. Me crê morto. Embalado no berço das funduras. E lá se senta tio Chubb ou Tomkin, conforme seja o caso, o taverneiro do Cara e Coroa, em mangas de camisa, comendo bife acebolado. Nada de cadeira para papai. Bu! O vento! Seu recém-chegado está ao joelho, criança *post mortem*. Palminha de guiné! pra quando papai vinhé! mamãe sabe quem é! Inclina-te ao inevitável. Sorrilha e aguenta. Continuo com muito amor teu malferido marido, W. B. Murphy.

O marinheiro, que dificilmente parecia ser um residente de Dublin, virou-se para um dos cocheiros com a demanda:
— Você por acaso não tem alguma coisa de mascar de sobra, tem?

O cocheiro demandado, acontecia, não tinha mas o encarregado tirou um naco de fumo de sua boa jaqueta dependurada num prego e o objeto desejado passou de mão em mão.
— Obrigado — disse o marinheiro.
Depositou o naco no bico e, mascando, e com alguns lentos tartamudeios, prosseguiu:
— Chegamos esta manhã pelas onze. O três-mastros *Rosevean* de Brigwater com tijolos. Embarquei para me repor. Me pagaram esta tarde. Aqui está minha dispensa. Estão vendo? W. B. Murphy, A.B.S.*
Em confirmação de cuja assertiva ele extricou de um bolso interno e passou aos vizinhos um documento dobrado de não muito limpa aparência.
— Você deve ter visto um belo pedaço do mundo — observou o encarregado, debruçando-se sobre o balcão.
— Ora — respondeu o marinheiro, depois de pensar na coisa —, já circum-naveguei um pedaço desde que me engajei. Estive no mar Vermelho. Estive na China e na América do Norte e na América do Sul. Vi uma porção de *icebergs* rosnando. Estive em Estocolmo e no mar Negro, os Dardanelos com o capitão Dalton, o mais danado dos homens a mandar um navio. Vi a Rússia. *Gospodi pomilyou*. É assim as rezas russas.
— Você já viu coisas esquisitas, nem me diga — meteu um cocheiro.
— Ora — disse o marinheiro, deslocando o naco parcialmente mascado —, vi coisas esquisitas também, nos altos e baixos. Vi um crocodilo morder a pata de uma âncora como eu mastigo este naco.
Retirou da boca o naco polposo e, alojando-o entredentes, mordeu ferozmente.
— Crãã! Como isto. E vi come-homens no Peru que comem cadáveres e fígado de cavalos. Olhem. Aqui está. Um amigo meu me mandou.
Esgravatou um cartão-postal figurado de dentro do bolso interno, que parecia ser a seu modo uma espécie de repositório, e empurrou-o por sobre a mesa. A parte impressa dele rezava: *Chozas de Indios. Beni, Bolivia*.
Todos focaram sua atenção na cena exibida, um grupo de mulheres selvagens de tangas listradas, acocoradas, pestanejando, amamentando, frontipregueando, dormindo em meio a um enxame de infantes (devia ali haver bem uma vintena deles) fora de choças primitivas de vinte.

**Able-bodied seaman*, marujo habilitado (N. do T.)

— Mascam coca o dia inteiro — juntou o comunicativo marisco. — Estômagos de ralador. Cortam as mamas quando não podem ter mais crianças. Vejam eles aí nuinhos em pelo comendo fígado cru de cavalo morto.

O cartão-postal revelou-se centro de atração dos senhores simplórios por vários minutos, se não mais.

— Sabem como se mantém eles ao de largo? — indagou jovialmente.

Ninguém aventurando uma declaração, ele piscou, dizendo:

— Vidro. Isso afugenta eles. Vidro.

O senhor Bloom, sem demonstrar surpresa, inostensivamente revirou o cartão para perusar o endereço e carimbo postal parcialmente obliterados. Rezava destarte: *Tarjeta Postal. Señor A. Boudin, Calería Beeche, Santiago, Chile*. Não havia mensagem evidentemente, do que ele tomou particular nota. Embora não um crente implícito na lúrida história narrada (nem quanto a isso na transação oviperfurante a despeito de Guilherme Tell e o incidente Lazarillo-Don César de Bazán pintado em *Maritana* em cuja ocasião a bala do primeiro atravessou o chapéu do segundo), tendo observado uma discrepância entre seu nome (presumindo que ele fosse a pessoa que representava ser e não navegasse sob falsa bandeira depois de ter rezado a rosa quadrantal num estrito lugar qualquer) e o destinatário fictício da missiva o que o fez nutrir certa suspeita da *bona fide* do nosso amigo, não obstante isso lembrar-lhe de um modo um plano multiacarinhado que ele tencionava um dia realizar numa quarta-feira ou sábado de viajar para Londres *via* alto-mar para não dizer que jamais houvera viajado extensamente nenhuma grande extensão pois que ele era de coração aventureiro nato ainda que por um logro dos fados tivesse consistentemente permanecido como marinheiro-de-água-doce salvo se se incluía ter ido a Holyhead que era a sua mais longa. Martin Cunningham frequentemente dizia que lhe ia arranjar um passe para Egan mas um diabo de um empecilho ou outro eternamente esbarrava nele com o resultado líquido de que o projeto se arrastava. Mas mesmo supondo dever enfrentar a dolorosa do coração do necessitado e quebrado Boyd, não eram tão caras assim, a bolsa permitindo, uns poucos guinéus no máximo, considerando que a passagem para Mullingar aonde figurava ir era de cinco e seis ida e volta. A viagem haveria de beneficiar-lhe a saúde por conta do ozone estimulante e de ser de todos os modos fundamente prazerosa, especialmente para um degas cujo fígado estava desarranjado, com ver os diferentes lugares ao longo da rota, Plymouth, Falmouth, Southampton e assim por diante, culminando num instrutivo percurso das vistas da grande metrópole, o espectáculo da nossa moderna Babilônia onde por sem dúvida ele haveria de ver os maiores melhoramentos na torre, abadia, as riquezas de Park Lane renovando-lhes o conhecimento. Outra coisa que logo o espicaçou como não má ideia de todo foi que ele podia dar uma espiada à volta nos locais para ver como conseguir fazer arranjos sobre uma excursão de concerto de música de verão abarcando as mais proeminentes estações de recreio, Margate com banhos mistos e águas e balneários de primeira, Eastbourne, Scarborough, Margate e assim por diante, a bela Bournemouth, as ilhas do Canal e *bijoux* locais similares, o que poderia vir a ser altamente remunerativo. Não, é claro, com uma companhia mambembe ou com damas amadoras locais, testemunhada pelo gênero senhora C. P. M'Coy-empreste-me sua mala e eu lhe enviarei um bilhete. Não, alguma coisa de alto bordo, um elenco todo de estrelas irlandesas, a grande companhia de ópera Tweedy-Flower com sua própria consorte legal como primeira figura numa espécie de contraprotesto a Elster Grimes e a Moody Manners, coisa tão perfeitamente simples que ele estava bem seguro do seu sucesso, com a condição de que coberturas pelos jornais locais pudessem ser manobradas por algum sujeito com um pouco de descaramento que pudesse puxar os fios indispensáveis e assim combinar negócio e prazer. Mas quem? Aí é que estava a seca.

Também, sem ser efetivamente categórico, impressionava o que um grande campo estivesse por ser aberto no ramo de aberturas de novas estradas para estarem à altura dos tempos *à propos* da estrada de Fishguard Rosslare que, estava à baila, se achava uma vez mais sobre o *tapis* nos departamentos circunlocutórios com a usual quantidade de burocratismos e embromações de estéril passadismo e pasmaceira geral. Uma grande oportunidade aí certamente havia para ação e empreendimento a fim de corresponder às necessidades de viagens do grande público, o homem comum, i.e., Brown, Robinson & Cia.

Era matéria de lamentar bem como um absurdo à face dela e não pequena censura à nossa gabada sociedade que o homem da rua, quando o organismo realmente necessitava tonificar-se, por uma questão de um par de reles libras, fosse impedido de ver mais do mundo em que se vivia em lugar de estar sempre assardinhado qual desde que o caturrão me tomou como esposa. O facto é que, que diabo, levavam onze ou mais meses no ramerrão e mereciam uma mudança radical de *venue* depois da amolação da vida em cidade no verão de preferência, quando a senhora Natura está no seu mais espectacular esplendor, o que constituía nada menos que um novo contrato de vida. Havia igualmente excelentes oportunidades para férias, na ilha natal, deliciosos pontos silvestres para rejuvenescimento, que ofereciam uma pletora de atrações bem como um tônico estimulante para o organismo em e em redor de Dublin e seus pitorescos arredores, inclusive Pulafuca, para a qual havia um tranvia a vapor, mas também bem mais longe da multidão enlouquecedora, em Wicklow, merecidamente denominada o jardim da Irlanda, uma localidade ideal para ciclistas idosos, contanto que não se caia, e nos ermos do Donegal, onde, se os relatos diziam a verdade, o *coup d'oeil* era soberbamente grandioso, embora a finicitada localidade fosse não facilmente atingível de tal modo que o influxo de visitantes não era ainda tudo o que podia ser considerando os assinalados benefícios que se podiam daí derivar, enquanto o Howth com suas históricas e outras conexões, Silken Thomas, Grace O'Malley, George IV, rododendros várias centenas de pés acima do nível do mar era um pouso favorito com todas as sortes e condições de homens, especialmente no verão quando a fantasia dos jovens, embora cobre seu próprio tributo de mortes de quedas nas vertentes por determinação ou acidentalmente, usualmente, seja dito de passagem, com a perna esquerda, sendo apenas cerca de três quartos de hora da base. Porque de facto o turismo viageiro moderno estava ainda meramente na infância, por assim dizer, e as acomodações deixavam muito a desejar. Interessante de aprofundar, parecia-lhe a ele, por uma motivação de curiosidade pura e simples, seria se era o tráfego que criava a estrada ou vice-versa ou os dois lados de facto. Ele re-revirou para o outro lado o cartão figurado e passou-o para Stephen.

— Vi um chinês uma vez — relatava o narrador engrolado — que tinha umas pilulinhas como mástique e que botava elas na água e elas abriam, e cada pílula era uma coisa diferente. Uma era um navio outra era uma casa, outra era uma flor. Ratos cozidos na sopa — ele ajuntou apetitivamente —, os chineses fazem.

Possivelmente percebendo uma expressão de dubiosidade nas caras, o vagabundo continuou apegando-se a suas aventuras.

— E vi um homem ser morto em Trieste por um gajo italiano. Facada nas costas. Faca como esta.

Enquanto falava ele exibia um canivetão de perigosa aparência, muito em concordância com o seu semblante, e o susteve na posição de ataque.

— Num puteiro é que foi por causa duma pendenga entre dois contrabandistas. O safado se escondia detrás da porta, atacando pelas costas. Assim. *Prepara-te para ver teu Deus*, falou ele. Plum! Entrou pelas costas até o cabo.

Seu olhar pesado, modorrentamente, perpassava-os, como que a desafiar as demais perguntas se ainda houvesse acaso quem quisesse fazer. Isto é bom pedaço de aço, repetia examinando seu formidável *stiletto*.

Após esse angustioso *dénouement* bastante para aterrar os mais bravos ele estalidobrou a lâmina e enfurnou a arma em questão como antes na sua câmara de horrores, por outras, bolso.

— Eles são os tais no aço a frio — alguém que estava evidentemente bem no escuro disse para benefício de todos eles. — É por isso que se pensou que os assassínios no parque dos invencíveis era coisa de estrangeiros por causa do uso de facas.

A essa observação, feita obviamente no espírito de *onde ignorância é bênção*, o senhor Bloom e Stephen, cada um a seu particular modo, ambos instintivamente trocaram olhar significativo, num religioso silêncio entretanto de uma variedade do estritamente *entre nous*, em direcção de onde o Pele-de-Bode, *alias* encarregado, fazia uns esguichos de líquido de sua chorumela fervente. Sua cara inescrutável, que era realmente uma obra de arte, um perfeito estudo em si mesma, desafiando descrição, transmitia a impressão de que ele não entendera o mais mínimo do que se passava. Engraçado, e muito.

Seguiu-se uma um tanto longa pausa. Um homem lia aos trancos e barrancos um jornal da tarde manchado de café; outro, o cartão com as *chozas* de indígenas; outro, a dispensa do marujo. O senhor Bloom, no que a ele concernia pessoalmente, estava exatamente a ponderar num modo meditabundo. Ele vividamente recordava como se a ocorrência aludida tivesse tido lugar ontem em vez de uns vinte anos atrás, dos dias dos tumultos agrários que abalaram o mundo civilizado com sua tempestade, figuradamente falando, nos começos de oitenta, oitenta e um para ser correto, quando ele completara exatamente quinze anos.

— É, patrão — o marinheiro quebrou o silêncio. — Me passem de volta os papéis.

A demanda tendo sido atendida, ele os agarrou numa raspagem.

— Já viu o rochedo de Gibraltar? — inquiriu o senhor Bloom.
O marinheiro careteou, mascando, num modo que podia ler-se como sim, sempre ou não.

— Ah, tocou por lá também — disse o senhor Bloom — a ponta da Europa — pensando que ele o tinha, na esperança de que esse vagamundo tivesse possivelmente algumas reminiscências mas falhou, lançando simplesmente um esguicho de cuspo na serragem e sacudindo a cabeça numa espécie de desdém preguiçoso. — Em que ano foi isso mais ou menos? — interpolou o senhor Bloom. — Pode lembrar-se dos navios?

Nosso *soi-disant* marinheiro mascou pesadamente por um comenos, famélico, antes de responder.

— Estou cansado de todos esses rochedos do mar — disse ele — e botes e navios. Charque salgado todo o tempo.

Cansado, aparentemente, ele cessou. O inquiridor, percebendo que não tinha visos de obter grande coisa em troca de tal velho freguês manhoso, caiu a devanear nas enormes dimensões de água do globo. Suficiente era dizer que, como um olhar fortuito ao mapa o revelava, cobria amplamente três quartos dele e compreendia amplamente nessa conformidade o que isso significava, dominar os mares. Em mais de uma ocasião — uma dúzia no mínimo — perto de North Bull em Dollymount ele observara um superanoso lobo do mar, evidentemente um derrelicto, sentado habitualmente perto do não muito particularmente redolente mar na amurada, mirando muito obliviosamente nele e ele nele, sonhando com bosques frescos e pastos novos como canta alguém algures. E isso o deixava meditabundo. Possivelmente ele tentara achar o segredo, debatendo-se nos altos e baixos nos antípodas, e toda uma série de coisas de cima e de baixo — bem, não exatamente de baixo, tentando os fados. E as probabilidades eram de vinte contra zero de que não havia realmente segredo nenhum nisso tudo. Não obstante, sem entrar nas *minutiae* do troço, o eloquente facto permanecia de que o mar lá estava em toda a sua glória e no curso natural das coisas alguém ou outrem devia velejar sobre ele e desafiar a providência embora isso meramente servisse para mostrar como as gentes usualmente se engenhavam em descarregar essa espécie de ônus sobre o vizinho tal como a ideia do inferno e da loteria e dos seguros que se governavam identicamente nas mesmas linhas de tal modo que por essa mesma razão, se outra não houvesse, o domingo de barco salva-vidas era uma muito laudável instituição a que o grande público, não importando onde vivesse, no interior ou à beira-mar, conforme fosse o caso, tendo-se compenetrado do seu sentido, devia estender sua gratidão e igualmente aos capitães de porto e ao serviço de guarda-costas que tinham de dar a tripulação e lançar-se fora a meio os elementos, qual fosse a estação, quando a *Irlanda espera que cada homem* e assim por diante, e algumas vezes tinham um tempo terrível no inverno sem esquecer os faróis irlandeses, Kish e outros, sujeitos a afundarem a qualquer momento em redor do qual ele uma vez com sua filha experimentara um notável tempo ventoso, para não dizer tempestuoso.

— Teve um gajo que embarcou comigo no *Vagamundo* — disse o velho lobo do mar —, ele também um vagamundo — prosseguiu. — Desengajou e pegou emprego de camareiro de um cavalheiro a seis librotas por mês. Estas calças que estou usando foi ele que me deu com uma capa de oleado e este canivetão. Sou seco por esse trabalho de fazer barba e cabelo. Odeio rodar por aí. Agora tem um filho meu, Danny, que está às voltas com o mar quando a mãe dele arranjou para ele um lugar numa loja de panos onde ele podia abiscoitar bom dinheiro.

— Que idade tem ele? — inquiriu um ouvinte que, a propósito, visto de lado, tinha uma semelhança distante com Henry Campbell, o escrivão público, sem os cuidados fatigantes do escritório, deslavado, está claro, e numa apresentação surrada e uma poderosa suspeita de imitação de nariz como apêndice nasal.

— Ora — respondeu o marinheiro com uma lenta articulação enrascada. — Meu filho Danny? Ele deve estar aí pelos dezoito anos, pelo que imagino.

O pai skibberino aí então escancarou sua camisa cinza ou suja com as duas mãos e recoçou o peito em que se via uma imagem tatuada a tinta azul chinesa, que pretendia representar uma âncora.

— Tinha percevejos naquele beliche em Bridgwater — observou. — Certo como dois e dois. Preciso de uma lavadela amanhã ou depois. Me aporrinham esses bichinhos pretos. Me dá uma raiva esses sacanas. Sugam teu sangue mesmo, que sugam.

Vendo que todos lhe observavam o peito, ele cordatamente pôs a camisa mais aberta de tal modo que, no alto do tradicional símbolo da esperança e segurança dos navegantes, pudessem ter a visão completa de um número 16 e do perfil de um jovem que parecia algo carrancudo.

— Tatuagem — explicou o exibidor. — Foi feita quando tivemos uma calmaria ao largo de Odessa no mar Negro no comando do capitão Dalton. Um gajo de nome António fez. Este é ele mesmo, um grego.

— Doeu muito fazer? — perguntou um ao marinheiro.
Esse digno, entretanto, estava ocupadamente engajado em colectar em torno o de certo modo em seu. Esmagando ou...
— Olhem aqui — disse ele mostrando António. — Aqui está ele, xingando o companheiro. E aqui está ele agora — ajuntou. — O mesmo gajo — puxando a pele com os dedos, algum truque especial evidentemente — e a se rir de uma lorota.
E o facto é que a cara lívida do jovem homem chamado António aparecia efetivamente com um sorriso forçado e o efeito curioso excitava a admiração irreservada de cada um, inclusive o Pele-de-Bode que desta vez se estirava.
— Ai, ai — suspirou o marinheiro, olhando para o seu peito viril. — Lá se foi ele também. Comido por tubarões depois. Ai, ai...
Soltou a pele de modo que o perfil retomou a expressão normal de antes.
— Pedaço limpo de trabalhinho — disse o estivador número um.
— E para que é que é esse número? — malandro número dois inquiriu.
— Comido vivo? — um terceiro perguntou ao marinheiro.
— Ai, ai — suspirou de novo a última personagem, mais animadamente desta feita, com uma espécie de meio-sorriso, por uma breve duração apenas, na direção do perguntador sobre número. Um grego é que era.
E então ele juntou, com humor mais para o facinoroso, considerando o alegado fim do outro:

— *Tão mal como o velho António*
Pois me pôs por meu contónio.

A cara de uma caça-homem, vidrada e esgarrada sob um chapéu de palha, espiou furtiva pela porta do abrigo, palpavelmente num reconhecimento de seu próprio interesse com o fim de buscar água para o seu moinho. O senhor Bloom, atarantado por saber para que lado olhar, virou-se por um momento, confundido mas extremamente calmo, e pinçando da mesa a folha rosada do órgão da rua da Abadia que o cocheiro, se isso era ele, pousara de lado, e pinçou-o e olhou para o rosado do papel embora por que rosado? Sua razão por assim fazer era que ele reconhecera no momento cerca da porta a mesma cara a que dera uma fugidia olhadela naquela tarde no cais de Ormond, a mulher parcialmente idiota, a saber, no beco, que sabia que a dama do costume castanho está com o senhor (a senhora B.) e rogava-lhe a oportunidade de fazer sua lavagem. Também por que lavagem, o que lhe parecia mais para o vago do que não?

Sua lavagem. Ainda assim, a franqueza compelia-o a admitir que ele lavara as roupas de baixo de sua esposa quando sujas na rua Holles e que as mulheres fariam e faziam o mesmo para semelhantes roupas do marido com as iniciais a tinta de marcar de Bewley e Draper (vale dizer, as delas estavam) se elas realmente o amavam, bem entendido. Ama-me, ama minha roupa suja. Contudo, estando em aperto, antes queria lembrança que companhia de mulher vindo como genuíno alívio quando o encarregado fez um gesto rude para ela pôr-se de largo. Pelo canto do *Evening Telegraph* ele deu uma olhadela fugidia na cara dela cerca da porta com uma espécie de vidroso esgar dementado mostrando que ela não estava exatamente lá, vendo com evidente graça o grupo de olheiros em torno do peito náutico de Murphy Comanda e então já nada havia dela.

— A canhoneira — disse o encarregado.

— Desconcerta-me — o senhor Bloom confidenciava a Stephen —, medicamente falando, como uma criatura miserável como essa saída do Hospital dos Infecciosos, tresandando a moléstia, possa ser descarada o bastante para solicitar ou como possa algum homem em seu são juízo, se ele estima a saúde no mais mínimo. Criatura infortunada! É claro, suponho que algum homem é em última análise o responsável pela condição dela. Todavia não importa qual é a causa por...

Stephen não reparara nela e encolheu os ombros, observando meramente:

— Neste país as gentes vendem muito mais do que ela jamais o fez e fazem excelentes negócios. Não temas o que vende o corpo mas não tem poder para comprar a alma. Ela é má mercadora. Compra caro e vende barato.

O homem mais velho, embora de nenhum modo ou maneira nenhuma solteirona ou santarrão, disse que era nada menos do que um escândalo gritante a que se devia pôr paradeiro *instanter* dizer que mulheres daquele cunho (muito longe de qualquer melindrosidade niquenta quanto à matéria), um mal necessário, não eram licenciadas e medicamente inspeccionadas pelas autoridades competentes, coisa de que ele podia verazmente afirmar que, como um *paterfamilias*, era um advogado incondicional desde o começo mesmo. Quem quer que embarcasse numa política dessa natureza, disse ele, e ventilasse a matéria minuciosamente havia de conferir uma dádiva duradoura a todos os concernientes.

— Você, como bom católico — observou ele —, falando de corpo e alma, crê na alma. Ou se refere à inteligência, o poder do cérebro como tal, como distinto de todo objeto externo, a mesa, digamos, essa xícara? Eu pessoalmente creio nisto porque foi explicado por homens competentes como as convoluções da matéria cinzenta. De outro modo nunca teríamos invenções tais como os raios X, por exemplo. Crê você?

Acuado assim, Stephen teve de fazer um esforço de memória sobre-humano para tentar se concentrar e lembrar antes de poder dizer:

— Dizem-me segundo a melhor autoridade que é uma substância simples e portanto incorruptível. Deveria ser imortal, compreendo, não fora a possibilidade de sua aniquilação por sua Causa Primeira. Que, de tudo o que pude ouvir, é bem capaz de juntar isso ao número de Suas outras pilhérias, sendo excluídas ambas a *corruptio per se* e a *corruptio per accidens* da etiqueta da corte.

O senhor Bloom aquiesceu integralmente com o âmago geral disso embora a finesse mística envolvida fosse um tico fora da sua profundura sublunar, todavia ele se sentiu compelido a introduzir uma exceção no capítulo do simples, prontamente replicando:

— Simples? Não pensaria que essa é a palavra adequada. É claro, admito-o, a conceder um ponto, que se topa com uma alma simples uma vez na vida e outra na morte. Mas ao que estou ansioso de chegar é que há uma coisa que, por exemplo, inventa esses raios como Röntgen o fez, ou o telescópio como Edison, embora creia que o foi antes, Galileu era o homem a que eu me referia. O mesmo se aplica às leis, por exemplo, de um fenômeno natural de longo alcance como a electricidade mas é toda uma outra história dizer que se crê na existência de um Deus sobrenatural.

— Oh, isso — Stephen expostulou — foi conclusivamente provado por várias das mais bem conhecidas passagens das Santas Escrituras, ademais de evidências circunstanciais.

Sobre esse ponto nodal, entretanto, as vistas do par, polos à parte como se achavam, tanto em escolaridade quanto em tudo o mais, com a marcada diferença das idades respectivas, colidiram.

— Foi? — objectou o mais experimentado dos dois, apegando-se ao seu ponto original. — Não estou tão certo disso. Isso é questão de opinião de cada um e, sem me arrastar pelo lado sectário do troço, permito-me diferir de você *in toto* nisso. Minha crença é que, para dizer-lhe a sincera verdade, esses dados são todos forjicações enxertadas pelos monges muito provavelmente ou é a questão do nosso poeta nacional de novo, quem precisamente as escreveu, como *Hamlet* e Bacon, já que você sabe seu Shakespeare infinitamente melhor que eu, por certo não necessito dizer-lhe. Não pode beber esse café, a propósito? Deixe-me mexer e tirar um pedaço desse pãozinho. É como um dos tijolos despistados do seu marujo. Contudo, ninguém pode dar o que não tem. Experimente um pouco.

— Não posso — esforçou-se Stephen por soltar, recusando-se seus órgãos mentais pelo momento a ditar-lhe mais.

Sendo a criticomania proverbialmente uma má carapuça, o senhor Bloom achou por bem remexer, ou tentar, o açúcar grudado no fundo e refletia com uma como que apropinquante acrimônia sobre o Palácio do Café e seu trabalho antialcoólico (e lucrativo). É claro que se tratava de um objetivo legítimo e acima de dúvidas cumpria um mundo de bons resultados. Abrigos como o presente eram geridos em bases abstêmias para vadios noturnos, com concertos, vesperais dramáticos e palestras úteis (entrada franca) por homens qualificados para as camadas mais baixas. De outro lado, tinha a distinta e penosa lembrança do que pagavam a sua esposa, madame Marion Tweedy, que estivera proeminentemente associada a isso em certo tempo, uma de facto muito modesta remuneração por suas execuções de piano. A ideia, estava ele fortemente inclinado a crer, era de fazer bom lucro líquido, não havendo como se pudesse falar de concorrência. Veneno de sulfato de cobre, SO_4 ou algo parecido em alguns grãos secos ele lembrava-se de haver lido ter sido encontrado em algum frege mas ele não podia lembrar-se quando e onde. De todos os modos, inspeção, inspeção médica, dos comestíveis, parecia-lhe mais do que nunca necessário, o que possivelmente dava conta da voga do Vi-Cacau do dr. Tibble à conta da análise médica em causa.

— Tome um trago agora — ele aventurou-se a dizer do café depois de remexido.

Assim compelido a pelo menos prová-lo, Stephen levantou a pesada caneca do tampo castanho — que fez plofe quando suspendida — pela asa e tomou um sorvo da beberagem repugnante.

— Ainda assim, é alimento sólido — seu bom gênio urgia — e eu sou partidário de alimento sólido — sua boa e única razão sendo não a gulodice em absoluto mas refeições regulares como a *sine qua non* para toda espécie de trabalho mesmo, mental ou manual. — Você devia comer mais alimento sólido. Você se sentiria um outro homem.

— Líquidos posso comer — disse Stephen. — Mas faça-me o favor de tirar aquela faca dali. Não posso olhar para a ponta dela. Lembra-me a história romana.

O senhor Bloom prontamente fez como sugerido e removeu o artigo incriminado, uma rombuda faca corrente de cabo de chifre com nada de particularmente romano ou antigo a olhos leigos, observando-se que a ponta era o menos conspícuo ponto dela.

— As histórias do nosso amigo comum são como ele mesmo — o senhor Bloom, *à propos* de facas, observou ao seu *confidente sotto voce*. — Acredita que são autênticas? Ele poderia desfiar essas lorotas por horas sem fim toda a noite e mentir como um barbeiro velho. Olhe para ele.

Ainda assim, embora seus olhos estivessem pesados de sono e ar marinho, a vida estava cheia de uma legião de coisas e coincidências de uma terrível natureza e era muito dentro dos limites das possibilidades que não fosse uma inteira fabricação embora no primeiro relance não houvesse muita probabilidade inerente em toda a geringonça que ele tirava do peito de que fosse um estritamente exato evangelho.

Ele estivera no meio-tempo fazendo um inventário do indivíduo em frente dele e sherlockholmizando-o, desde que tombara com os olhos sobre ele. Embora um homem bem-conservado de não pequena estamina, com um tico de propensão à calvície, havia algo de espúrio no corte de sua carranca que sugeria um saído da cadeia e requeria nenhum violento esforço de imaginação associar tal espécimen estrambótico à fraternidade dos engradados e forçados. Ele podia ter até dado cabo do seu homem, presumindo que fosse o seu próprio caso que ele contara, como se faz frequentemente à conta de outros, a saber que ele mesmo tivesse matado e tivesse servido seus belos quatro ou cinco anos em xadrez desmoralizante, sem ter em conta nada do personagem António (sem relação com a personagem dramática de nome idêntico que brotou da pena do nosso poeta nacional) que expiou seus crimes da maneira melodramática acima narrada. De outro lado ele podia estar empulhando, fraqueza perdoável, porque encontrar uns lorpas inconfundíveis, moradores de Dublin, como aqueles cocheiros à cata de novidades do exterior, tentaria qualquer antigo marinheiro que tivesse velejado pelos mares oceanos a desenrolar sua meada sobre a escuna *Hesperus* etecétera. E que se diga e faça o que quiser, as mentiras que um sujeito conta a seu próprio respeito não podem provavelmente impedir que outros cunhem uma boataria proverbial sobre ele mesmo.

— Entenda-me, não estou dizendo que isso tudo é pura invenção — ele retomou. — Cenas análogas são ocasionalmente, senão frequentemente, encontradiças. Gigantes, que os haja, não é lá para qualquer um vê-los. Marcela, a rainha pigmeia. Naquele museu de cera da rua Henry eu mesmo vi alguns astecas, como são chamados, sentados zambetas. Não podiam esticar as pernas ainda que se lhes pagasse porque os músculos daqui, veja você — continuou ele, indicando os sobre o seu companheiro, em rápido esboço —, os tendões, ou como quer que se queira chamá-los — atrás do joelho direito —, ficavam totalmente impotentes por se sentarem tanto tempo acocorados, sendo adorados como deuses. Aí está de novo um exemplo de almas simples.

Entretanto, volvendo ao amigo Simbad e suas aventuras horripilantes (quais lhe lembrando um pouco Ludwig, *alias* Ledwidge, quando ocupava a ribalta do Gaiety quando Michael Gunn estava associado à direção do *Holandês Fugidio*, um sucesso estupendo, e uma legião de admiradores dele vinha em grandes números, todos apinhando-se para ouvi-lo embora navio de qualquer tipo, fantasma ou ao contrário, no palco de hábito cai um pouco falso tal como trens), não havia nada intrinsecamente incompatível naquilo, ele concedia. Ao invés, o golpe nas costas estava muito em concordância com esses italianos, embora francamente ele se sentisse bem à vontade para admitir que esses sorveteiros e fritadores de peixes, sem mencionar a variedade dos de batatinhas e assim por diante, ali mesmo na pequena Itália, perto do Coombe, eram sóbrios sujeitos trabalhadores poupados excepto talvez um pouco dados demais a desbaratar o inofensivo animal necessário da classe felina e outros à noite a fim de fazerem um bem suculento de bom refogado com alho de *rigueur* no dia seguinte na casa dele ou dela na base do tranquilo e, ajuntava, do barato.

— Os espanhóis, por exemplo — continuou —, temperamentos passionais como são, impetuosos como o velho Dianho, são dados a tomarem a lei nas próprias mãos e lhe pespegarem um macio golpe com aqueles punhais que levam no abdômen. É do calor, clima geralmente. Minha mulher é, por assim dizer, espanhola, meia, isto é. De facto ela podia realmente invocar a nacionalidade espanhola, se quisesse, tendo nascido (tecnicamente) na Espanha, i.e., Gibraltar. Tem o tipo espanhol. Bem escura, morena, cabelos negros. Eu por mim acredito que o clima explica o temperamento. É por isso que eu lhe perguntei se você escrevia sua poesia em italiano.

— Os temperamentos aí na porta — Stephen interpôs — estavam passionais por causa de dez xelins. *Roberto ruba roba sua.*

— Muito bem — o senhor Bloom sublinhou.

— Daí — disse Stephen, fitando e divagando consigo mesmo ou algum ouvinte desconhecido algures — termos a impetuosidade de Dante e o triângulo isósceles, a senhorita Portinari, por quem ele se enamorou, com Leonardo e Santo Tommaso Mastino.

— Está no sangue — acedeu de imediato o senhor Bloom. — Todos se lavam ao sangue do sol. Coincidência, acontece que estive no museu da rua Kildare hoje, pouco antes de nosso encontro, se assim posso chamá-lo, e estava exatamente olhando as estátuas antigas dali. A esplêndida proporção das ancas, bustos. Simplesmente não se topa com esse tipo de mulheres aqui. Uma excepção aqui ou ali. Vistosas, sim, bonitinhas num certo sentido se acham, mas estou falando é da forma feminina. Além disso, tem tão pouco gosto no vestir, a maioria, o que engraça a beleza natural da mulher, diga-se o que se disser. Meias enrugadas — talvez seja, possivelmente é, uma insuficiência minha, mas mesmo assim é uma coisa que eu simplesmente odeio ver.

O interesse, entretanto, começava a descair à volta e os outros pegaram a falar sobre acidentes no mar, barcos perdidos na bruma, colisões com *icebergs*, toda essa sorte de coisas. Levanta-Ferro, é claro, tinha seu dito a dizer. Já tinha dobrado o Cabo umas poucas e tantas vezes e enfrentado uma monção, uma espécie de vento, nos mares da China e através de todos os perigos das profundas uma coisa havia, declarava ele, que o aguentava, ou palavras que dissessem o mesmo, uma medalha piedosa que o tinha salvado.

Assim logo então eles derivaram para o naufrágio do rochedo de Daunt, naufrágio daquele malfadado barco norueguês — ninguém podia dar com o nome dele no momento até que o cocheiro que tinha realmente uma forte aparência de Henry Campbell se lembrou dele, *Palme*, na praia de Booterstown, que foi o assunto da cidade naquele ano (Albert William Quill escreveu uma fina peça de verso original de mérito distinto sobre o tópico no *Times* irlandês), os vagalhões arrebentando-se sobre ele e multidões e multidões na costa em comoção petrificadas de horror. Então alguém disse algo sobre o caso do n.v. *Lady Cairn* de Swansea, chocado pelo *Mona*, que estava em rota contrária, em tempo para brumoso e perdido com toda a maruja no tombadilho. Não se deu socorro. Seu comandante, o do *Mona*, disse que teve medo de que seu anteparo de choque desse de si. Não tinha água, parece, no cavername.

Nesse ponto um incidente aconteceu. Tendo-lhe sido necessário encurtar um riz, o marinheiro abandonou o posto.

— Me deixe cruzar seus arcos, companheiro — disse ele para o vizinho, que acabara de cair numa calma madorna.

Abriu sulco pesadamente, lentamente, com achaparrada sorte de marcha para a porta, desceu pesadamente o degrau para fora do abrigo, e embicou firme para a esquerda. No que estava no ato de buscar rumo, o senhor Bloom, que observara quando ele aprumara que tinha dois frascos presumivelmente de rum de bordo esteados cada um em cada bolso para consumo privado do seu interior abrasado, viu-o tomar de uma garrafa e desarrolhá-la, ou destapá-la, e, aplicando o gargalo aos lábios, tomar uma boa de uma deleitante de uma talagada dela com um marulho gorgulhante. O irreprimível Bloom, que tinha ademais uma suspeita marota de que o veterano entrara em manobras de contra-atração em forma de fêmea, que, entretanto, tinha desaparecido para todos os efeitos e fins, podia, aguçando-se, bem percebê-lo, quando devidamente refrescado pela proeza da punção de rum, espiando para os pilares e vergas da Loop Line, quiçá fora da sua gravidade já que de facto estava toda radicalmente alterada desde sua última escala e grandemente melhorada. Alguma pessoa ou pessoas invisíveis orientaram-no para o mictório masculino erigido pela comissão de limpeza lá pela praça para o objetivo mas, após um breve espaço de tempo durante o qual o silêncio reinou soberano, o marinheiro, evidentemente tendo ficado ao largo da atracação, aliviou-se perto à mão, o ruído da desaguada do seu cavername por algum tempo subsequente espadanando no chão quando aparentemente acordou um cavalo da muda.

De qualquer jeito um casco cavoucou por novo fincapé após soneca e arreio tilintou. Ligeiramente perturbado em sua guarida perto do braseiro de coque incendido, o vigia da corporação, que, embora derreado mas pronto a safar-se, era não outro na dura realidade que o supradito Gumley, agora praticamente à custa da paróquia, conseguido o emprego temporário de Pat Tobin em toda a probabilidade humana, por ditames de humanidade, por conhecê-lo antes — remexeu-se e aconchegou-se na sua furna antes de conciliar seus membros nos braços de Morfeu. Um verdadeiramente espantoso exemplo de maré baixa na sua mais virulenta forma contra um sujeito muito respeitavelmente relacionado e familiarizado com confortos domésticos decorosos toda a vida que recebera um quinhão sem exagero de cem libras por ano em certa época, o qual, é claro, o rematado asno começou a esbanjar a torto e a direito. E lá estava ele no fim de seus meios depois de ter pintado toleravelmente o seis, sem um de um miserável de um vintém. Ele bebia, é escusado dizer, e isso era uma vez mais a moral quando poderia bem facilmente estar em folgada posição de negócios se — um enorme se, entretanto — se tivesse esforçado por curar-se a si mesmo dessa parcialidade particular.

Todos, no entretempo, se achavam lamentando alto da queda da tonelagem irlandesa, de cabotagem bem como de longo curso, o que era parte e parcela da mesma coisa. Um barco da Palgrave Murphy fora baixado em Alexandra Basin, o único lançamento do ano. Os portos muito corretamente lá estavam, apenas os navios não surgiam.

Havia naufrágios e naufrágios, o encarregado dizia, que evidentemente estava *au fait*.

O que ele queria averiguar era por que aquele navio se arrebentara contra o único rochedo da baía de Galway quando o plano do porto de Galway fora discutido por um senhor Worthington ou algum nome parecido, hem? Perguntem ao capitão, ele aconselhava, quanta vaselina o governo britânico lhe dera por um dia de trabalho. Capitão John Lever da linha Lever.

— Não estou com razão, mestre? — inquiria ele ao marinheiro agora retornando após sua potagem privada e o resto de suas exerções.

Esse digno, pescando o odor do resíduo da canção ou das palavras, rosnou em música presuntiva, mas com grande energia, uma espécie de cantilena ou afim em segundas e terças. As agudas orelhas do senhor Bloom ouviram-no então expectorar o naco provavelmente (que era isso), de tal modo que ele devera tê-lo alojado no meio-tempo no punho enquanto se pusera nas tarefas de beber e fazer água e o achara um quanto amargo após o fogo líquido em questão. De todos os jeitos ele jogava depois de sua exitosa libagem-*cum*-potagem, introduzindo uma atmosfera de bebida na *soirée*, tumultuariamente corricando, como um verdadeiro filho de cuca marujo:

— *As bolachas eram duras, tão duras como lingote,*
E a carne era salgada, qual cu da mulher de Lot.
Ó Johnny Lever!
Johnny Lever, ó!

Após a qual efusão o temível espécimen chegou devidamente à cena e, reganhando seu posto, afundou antes que se assentou pesadamente no banco destinado.

Pele-de-Bode, presumindo que ele era ele, evidentemente com o fito de puxar brasa para sua sardinha, estava ventilando seus ressentimentos numa filípica mansiferoz relativa aos recursos naturais da Irlanda, ou coisa que o valha dessa espécie, e que ele descrevia em sua dissertação alongada como o mais rico país excluindo nenhum à face desta terra de Deus, de longe e muito superior à Inglaterra, com carvão em grandes quantidades, porco exportado cada ano no valor de seis milhões de libras, dez milhões entre manteiga e ovos, e todas as riquezas bombeadas dela pelas taxas tributárias da Inglaterra sobre o pobre do povo que pagava pelos olhos da cara, e devorando a melhor carne do mundo, e uma porção mais de vapor de sobra na mesma veia. A conversação deles conformemente se fez geral e todos concordaram em que aquilo era um facto. Podia-se cultivar toda coisa mortal no solo irlandês, manifestava ele, e lá estava o coronel Edward em Cavan cultivando tabaco. Em que parte alguma é que se podia achar coisa como o toicinho irlandês? Mas um dia de balanço, ele manifestava *crescendo* com voz não incerta — meticulosamente monopolizando toda a conversação — estava em reserva para a Inglaterra, a despeito do seu poder em moambas à conta dos seus crimes. Haveria de haver uma baixa e a maior baixa em toda a história. Os alemães e os nipos estavam para meter seu bedelhozinho, ele afirmava. Os bures eram o começo do fim. A Inglaterra da quinquilharia estava ruindo já e sua queda haveria de ser a Irlanda, seu calcanhar de aquiles, que ele explicou a eles sobre o ponto vulnerável de Aquiles, o herói grego — ponto que os ouvintes imediatamente captaram no que ele agarrava completamente sua atenção com mostrar o tendão referido no seu pé. Seu conselho a cada irlandês era: fica na terra do teu nascimento e trabalha pela Irlanda e vive para a Irlanda. A Irlanda, Parnell dissera, não podia dispensar um só dos seus filhos.

Silêncio à volta toda marcou a terminação do seu *finale*. O impérvio navegador ouviu essas lúridas notícias impávido.

— Faça um pouco da coisa, patrão — retaliou esse diamante bruto palpavelmente um pouco áspero em resposta ao truísmo antecitado.

Com a qual ducha fria, referente à queda e assim por diante, o encarregado concordou mas não obstante manteve suas principais vistas.

— Quem são as melhores tropas no exército? — o grisalho velho veterano iradamente interrogou. — E os melhores saltadores e corredores? E os melhores almirantes e generais que tivemos? Me diga.

— Os irlandeses de preferência — retorquiu o Campbell cocheiroide, manchas faciais à parte.

— Pois é isso — o velho marujo corroborou. — O camponês católico irlandês. É ele a espinha dorsal do nosso império. Conhece o Jem Mullins?

Enquanto admitindo-lhe suas opiniões individuais, como a qualquer homem, o encarregado aduzia que a ele não lhe importava império algum, nosso ou dele, e considerava irlandês nenhum digno do seu pão que o servia. Então começaram a trocar umas poucas palavras irascíveis, e, quando a coisa ficava quente, ambos, desnecessário dizer, apelavam para os ouvintes que seguiam o passe de armas com interesse enquanto eles não indulgissem em recriminações e chegassem a vias de facto.

De informações de dentro estendendo-se por uma série de vários anos o senhor Bloom estava antes inclinado a um ora ora para a sugestão como um palavrório egrégio porque, pendendo aquela consumação a ser ou não ser devotamente desejada, ele estava em completa cognição do facto de que os vizinhos do outro lado do canal, a menos que fossem muito maiores bobos do por que ele os tomava, antes encobriam sua força do que o oposto. Aquilo estava muito à altura da ideia quixotesca em certos sectores de que em uma centena de milhões de anos o filão de carvão da ilha irmã se esgotaria e se, com o passar do tempo, isso viesse a ser tal como se imagina que o gato saltava, tudo o que ele podia pessoalmente dizer a respeito era que uma legião de contingências, igualmente relevantes para o desenlace, podia ocorrer daqui até então que era altamente aconselhável nesse ínterim tentar obter o máximo de ambos os países, mesmo que em polos à parte. Outro pequeno ponto interessante, os amorios de putas e cumpinchas, para pôr a coisa em parlenga corrente, lembrava-lhe que os soldados irlandeses haviam tanto lutado pela Inglaterra como contra ela, e mais assim, de facto. E agora o quê? Assim a cena entre o par deles, o licenciado do local, de que se boatava ter sido Fitzharris, o famoso invencível, e o outro, uma contrafação óbvia, lembrava-lhe a ele forçosamente, como observador, estudante da alma humana, se não outra coisa, estarem eles de gatinhas numa combinação confidencial, isto é, supondo que fora pré-arranjada, vendo os demais um mínimo naquela jogada. E quanto ao arrendatário ou encarregado, que provavelmente não era a outra pessoa em absoluto, ele (Bloom) não podia impedir de sentir, e muito adequadamente, que era melhor ignorar gente assim a menos que se fosse um bobo alegre completo e recusar-se de ter o que quer que fosse com eles e sua montagem de felonia, como regra de ouro na vida privada, pois havia sempre a deixa de um pau-mandado a aparecer pela frente e testemunhar tudo o que quisesse o procurador da rainha — ou do rei agora — como o Denis ou Peter Carey, uma ideia que a ele repugnava totalmente. Muito ao contrário disso, a ele lhe desgostavam tais carreiras de malfeitos e crimes em princípio. Mesmo assim, embora tais propensidades jamais tivessem tido morada em seu imo sob nenhuma feição ou forma, ele certamente sentia, e não o negava (ainda que intimamente permanecendo o que era), uma certa espécie de admiração por um homem que houvesse efetivamente brandido uma faca, aço frio, com a coragem de suas convicções políticas embora, pessoalmente, jamais viesse a ser parte de nada semelhante, do mesmo jaez daquelas *vendettas* amorosas do sul — ter a ela ou pendurar-se por ela — quando o marido frequentemente, após algumas palavras trocadas entre os dois concernentes às relações dela com o outro feliz mortal (tendo o homem mandado espionar o casal), infligia injúrias fatais na sua adorada como resultado de uma *liaison* alternativa pós-nupcial com enterrar sua faca nela até que lhe ocorreu que Fitz, apelidado Pele-de-Bode, meramente conduzia o carro dos efetivos perpetradores do ultraje e assim não era, se ele estava seguramente informado, parte efetiva da emboscada que, de facto, fora o argumento com que algum luminar legal salvara sua pele. Em todo caso isso era uma história muito antiga já agora e quanto ao nosso amigo, o pseudo-Pele-de-etecétera, ele transparentemente sobrevivera à própria notoriedade. Devera ter morrido de morte natural ou no alto de um cadafalso. Como as atrizes, sempre a despedida — positivamente a última actuação de repente voltam de novo sorrindo. Generosos em demasia, é claro, temperamentais, não economizando ou nenhuma ideia dessa natureza, sempre roendo o osso por uma ilusão. Assim similarmente ele tinha uma suspeita muito marota de que o senhor Johnny Lever se livrara de alguns £, x.p. no curso de suas perambulações pelas docas na agradável atmosfera da taberna Velha Irlanda, volta a Erin e assim por diante. Então quanto aos outros, tinha ouvido não fazia muito a mesma lenga-lenga idêntica, qual contara ele a Stephen como ele simplesmente mas efetivamente silenciara o injuriador.

— Ele se ressentiu com alguma ou outra coisa — essa muito ofendida mas no todo tão temperada pessoa declarava — que eu deixei escapar. Chamou-me de judeu, e de maneira inflamada, agressivamente. Assim eu, sem desviar-me no mais mínimo dos puros factos, disse-lhe que o Deus dele, referia-me a Cristo, era também um judeu, e toda a sua família, como eu, embora em realidade eu não seja. Foi o bastante. Uma resposta doce vira ira. Ele não tinha uma palavra a dizer como todo mundo viu. Não estou com a razão?

Ele volveu um longo olhar de você-está-errado para Stephen de timorato orgulho sombrio de doce represália, com um vislumbre também de súplica porque ele parecia rabiscar numa espécie de maneira de que não fora tão exatamente...

— *Ex quibus* — Stephen engrolou num tom evasivo, seus dois ou quatro olhos conversando — *Christus* ou Bloom seu nome é, ou, ao cabo, outro qualquer, *secundum carnem*.

— É claro — o senhor Bloom procedeu a estipular — deve-se olhar para os dois lados da questão. É duro assentar quaisquer regras rígidas e fixas quanto ao certo e errado mas campo para melhoria nesse terreno há certamente embora cada país, diz-se, inclusive o nosso tão desgraçado, tem o governo que merece. É muito bonito vangloriar-se da superioridade mútua, mas que dizer da igualdade mútua? Ressinto a violência ou a intolerância sob qualquer feição ou forma. Isso não atinge nada ou não impede nada. Uma revolução deve chegar como um plano de prestações. É um absurdo patente em face disso odiar gentes porque vivem na outra esquina e falam outro vernáculo, por assim dizer.

— A memorável peleja da peste da ponte e guerra de sete minutos — Stephen assentiu — entre a alameda de Skinner e o mercado de Ormond.

— Sim — concordou totalmente o senhor Bloom, endossando inteiramente a observação —, isso foi assoberbantemente direito e o mundo inteiro esteve assoberbantemente cheio dessa espécie de coisas.

— Você acaba de tirar as palavras de minha boca — disse ele. — Um abracadabrizar de provas conflituantes que francamente não se poderia remotamente...

Todas essas miseráveis querelas, na sua humilde opinião, acirrando os ânimos — bossa da combatividade ou glande de alguma espécie, erroneamente presumindo ser um punctículo de honra e uma bandeira — eram

muito largamente uma questão de dinheiro que estava por trás de tudo, cobiça e inveja, nunca sabendo as pessoas quando parar.
— Acusa-se — observou ele audivelmente.
Revirou-se dos outros, que provavelmente... e falou mais perto, de modo que os outros... no caso em que eles...
— Os judeus — ele suavemente comungou em aparte na orelha de Stephen — são acusados de arruinações. Nenhum vestígio de verdade nisso, posso dizer seguro. A História — surpreender-se-ia você de sabê-lo? — prova-o à saciedade que a Espanha decaiu quando a Inquisição caçou os judeus e a Inglaterra prosperou quando Cromwell, um rufião descomunalmente hábil, que, a outros respeitos, tinha muito por que responder, os importou. Por quê? Porque eles são práticos e provaram sê-lo. Não quero indulgir em nenhuma... pois você conhece as obras-padrão sobre a matéria e assim, ortodoxo como é... Mas no domínio econômico, para não tocar no religioso, o padre significa pobreza. A Espanha ainda, você o viu na guerra, comparada com a América empreendedora. Turcos, está no dogma. Pois se não acreditassem que vão direto para o céu quando morrem tentariam viver melhor — pelo menos, é o que penso. Esse é o malabarismo em que os p.p.'s* levantam a onda dos falsos pretextos. Sou — resumia ele, com força dramática — tão bom irlandês quanto essa rude pessoa de que lhe falei e quero ver cada um — concluía ele —, todos os credos e classes tendo *pro rata* uma confortável renda razoavelzinha, de nenhum modo unha de fome, algo nas cercanias de trezentas libras por ano. Essa é a questão vital em causa e é factível e seria estimuladora de mais amigáveis intercursos entre homens e homens. Pelo menos essa é a minha ideia pelo que ela vale. Isso eu chamo patriotismo. *Ubi patria*, como aprendemos de nosso superficial miúdo em nossos dias clássicos na *Alma Mater, vita bene*. Onde se pode viver bem, é o sentido, se se trabalha.

Por sobre sua desculpa indegustável à guisa de xícara de café, ouvindo essa sinopse de coisas em geral, Stephen fitava nada em particular. Podia ouvir, é claro, todas as espécies de palavras mudando de cor como aqueles caranguejos perto de Ringsend pela manhã, entocando-se rápido com as cores de diferentes sortes da mesma areia debaixo da qual tinham em algum lugar sua cova ou pareciam ter. Então ele olhou para cima e viu os olhos que diziam ou não diziam as palavras a voz que ouvira dizer — se se trabalha.

---

*Parish priests, padre paroquiais. (N. do T.)

— Conte-me fora — ele tratou de observar, referindo-se a trabalho.

Os olhos se surpreenderam a essa observação, porque como ele, a pessoa que os possuía pro tem. Observara, ou melhor, a voz falando fez: Todos precisam de trabalhar, têm, juntos.

— Quero significar, é claro — o outro se apressou em afirmar —, trabalho no sentido mais amplo possível. Trabalho literário também, não meramente pela gloríola da coisa. Escrever para jornais o que é o mais rápido canal hoje em dia. Isso é trabalho também. Trabalho importante. Ao cabo de tudo, pelo pouco que sei de você, pelo dinheiro todo gasto na sua educação, você está titulado a reaver-se e impor seu preço. Você tem em tudo tanto direito de viver da sua pena em busca de sua filosofia quanto tem o camponês. Afinal? Vocês ambos pertencem à Irlanda, o miolo e o músculo. Cada um é igualmente importante.

— Você suspeita — retorquiu Stephen com uma espécie de meio riso — que eu posso ser importante porque pertenço ao *faubourg Saint Patrice* chamado Irlanda por abreviação.

— E iria um passo à frente — insinuou o senhor Bloom.

— Mas eu suspeito — Stephen interrompeu — que a Irlanda precisa ser importante porque pertence a mim.

— Que pertences? — questionou o senhor Bloom, inclinando-se, fantasiando que talvez estivesse sob um equívoco. — Desculpe-me. Infelizmente não peguei a última parte. Que é que era que você?...

Stephen, patentemente irritadiço, repetiu e guinou de lado sua caneca de café, ou como quer que quisesse chamá-lo, nada mui polidamente, ajuntando:

— Não podemos mudar o país. Mudemos de assunto.

A essa pertinente sugestão, o senhor Bloom, para mudar de assunto, olhou para baixo, mas num aperreio, já que não podia atinar exatamente com que construção empregar pertences que lhe soaram tão distantes. A censura de alguma natureza era mais clara do que a outra parte. Desnecessário dizer, os vapores da orgia recente falavam então com alguma asperidade num curioso modo amargo, estranho ao seu estado sóbrio. Provavelmente a vida doméstica, a que o senhor Bloom ligava a máxima importância, não tivera sido tudo o que fora necessário ou ele não se familiarizara com o tipo correto de gentes. Com um tique de temor pelo jovem homem ao seu lado, que ele furtivamente esquadrinhava com um ar de certa consternação lembrando-se de que ele acabara de voltar de Paris, os olhos mais especialmente recordando-lhe forçosamente o pai e a irmã, falhando em lançar muita luz na questão, entretanto, ele chamava à sua mente exemplos de sujeitos cultivados que prometiam tão brilhantemente, crestados na raiz por decadência prematura, e ninguém para culpar a não ser eles mesmos. Por exemplo, havia o caso de O'Callahan, para citar um, o novidadeiro meio maluco, respeitavelmente relacionado, embora com meios inadequados, com suas loucas extravagâncias, a meio de cujos outros feitos dissipados quando empilecado e fazendo-se uma amolação para todos à volta ele tinha o hábito de exibir ostentosamente em público um terno de papel de embrulho (um facto). E então o *dénouement* usual depois que a graça se fora feroz e feio e se enterrara em águas turvas e tivera de ser evaporado por alguns poucos amigos, depois de um tremendo pito em cavalo cego por parte de John Mallon do gabinete do Castelo Baixo, a fim de não se fazer incurso na secção duas do Decreto de Emenda da Lei Penal, certos nomes dos intimados tendo sido entregues mas não divulgados, por razões que ocorrerão a qualquer um que veja um palmo adiante do nariz. Em resumo, pondo dois e dois juntos, seis dezesseis, a que ele resolutamente virara uma orelha surda, António e assim por diante, jóqueis e estetas e a tatuagem que era voga no setenta ou em torno, mesmo na Casa dos Lordes, porque cedo na vida o ocupante do trono, então herdeiro presuntivo, os outros membros dos mais dez e outras altas personagens simplesmente a seguir as pegadas do cabeça do estado, ele refletia sobre os erros das notoriedades e cabeças coroadas indo de encontro à moralidade tais como o caso Cornwall uns quantos anos antes sob seu verniz a seu modo dificilmente pretendido pela natureza, uma coisa que à boa senhora Rezinga deixava tão abatida conforme a lei, embora não pela razão que eles pensavam que provavelmente tinham, qualquer que fosse, excepto principalmente as mulheres, que estavam sempre remexendo mais ou menos umas nas outras, sendo isso em grande parte uma questão de roupas e o mais. As damas que gostam de roupas de baixo distintivas deveriam, e todo homem bem alfaiatado deve, tentar fazer que o hiato entre eles fosse maior por meio de indiretas e dar mais autêntico piparote aos atos de impropriedade entre os dois, ela desabotoando dele e ele desatando dela, cuidado com o alfinete, enquanto que os selvagens nas ilhas canibais a, digamos, noventa graus à sombra tanto lhes dá como lhes deu. Entretanto, retornando ao original, havia de outro lado outros que tinham forçado seu caminho até o alto do mais baixo degrau com as próprias solas. Força total do seu gênio natural, isso. Com os miolos, meu senhor.

Pelas quais e mais razões ele sentia que era interesse e até dever seu esperar e aproveitar da inaguardada ocasião, embora por que ele não pudesse exatamente dizer, sendo, como eram, já vários xelins a menos, tendo-se, de facto, deixado levar dentro. Ainda assim, cultivar as relações com alguém de não incomum calibre que podia fornecer alimento para reflexão havia amplamente de retribuir qualquer pequena... Estímulo intelectual como esse era, ele sentia, de tempo em tempo um tônico de primeira para a mente. Junto ao que a coincidência do encontro, discussão, dança, rolo, o velho marinheiro, tipo aqui hoje amanhã ido, vagabundos noturnos, a galáxia inteira dos eventos, tudo contribuía para fazer um camafeu miniatura do mundo em que vivemos, especialmente quando as vidas dos submersos menos dez, seja, mineiros de carvão, mergulhadores, garis etc., estavam ultimamente muito sob o microscópio. E para requintar a hora luzente ele se perguntava se lhe podia ocorrer algo que se aproximasse da mesma sorte do senhor Philip Beaufoy se posto por escrito. Supor que ele conseguisse pescar algo fora da maré corrente (como tanto desejava fazer) à razão de um guinéu por coluna. *Minhas experiências*, digamos, *num abrigo de cocheiro*.

A edição rosada, desportiva extra, do *Telegraph*, o contapetas gráficas, jazia, como o quisera a sorte, ao lado do seu cotovelo e ele estava a remoer-se de novo, longe de satisfeito, com um país pertencente a ele e o enigma anterior do vaso de Bridgwater e que o cartão-postal era dirigido a A. Boudin, achar a idade do capitão, seus olhos andavam sem meta por sobre os cabeçalhos que caíam na sua especial província, a todo-abarcante dá-nos hoje imprensa nossa de cada dia. Primeiro ele teve um pedaço de sobressalto mas se tratava apenas de algo sobre alguém chamado H. du Boyes, agente de máquinas de escrever ou coisa parecida. Grande batalha, Tóquio. Amor à irlandesa, duzentas libras de indemnizações. Gordon Bennen. Chantagem com emigração. Carta de Sua Graça William †. *Jogafora* em Ascot recorda o Derby de 92 quando o azar do capitão Marshall, *Sir Hugo*, conquistou a faixa azul para surpresa geral. Desastre em Nova York, mil vidas perdidas. Febre aftosa. Funerais do sr. Patrick Dignam.

Assim para mudar de assunto ele lia sobre Dignam, R.I.P., o qual, refletia ele, era tudo menos um alegre bota-fora.

— *Esta manhã* (Hynes é que fez, está claro) *os restos do falecido senhor Patrick Dignam foram removidos de sua residência, número nove, avenida Newbridge, Sandymount, para enterramento em Glasnevin. O falecido ca-*

*valheiro era uma personalidade muito popular e sociável na vida da cidade
e seu desaparecimento, após breve enfermidade, sobreveio como um grande
choque para cidadãos de todas as classes que o prantearam fundamente.
As obséquias, a que muitos amigos do falecido estiveram presentes, foram
organizadas* (certamente Hynes pôs isso por uma cutucada do Corny) *pelos
senhores H. J. O'Neill & Son, cento e sessenta e quatro, estrada de North
Strand. Os acompanhantes incluíam: Patk. Dignam (filho), Bernard Corrigan
(cunhado), John Henry Menton, proc., Martin Cunningham, John Power
comendph, um oitavo ador dorador douradora* (deve ter sido quando ele
chamou Monks o arquivo-vivo sobre o anúncio do Xaves), *Thomas Kernan,
Simon Dedalus, Stephen Dedalus, B. A., Edward J. Lambert, Cornelius Kelleher, Joseph M'C. Hynes, L. Boom, C. P. M'Coy, Impermeato e vários outros.*

Urtigado não pouco pelo L. Boom (como incorretamente estampado) e
a linha gralhada, mas deliciando-se de morrer simultaneamente com o C.
P. M'Coy e Stephen Dedalus, B.A., que foram conspícuos, desnecessário
dizer, por sua ausência total (para nada dizer do Impermeato), L. Boom
apontou-o para a sua companhia B. A., empenhado em abafar outro bocejo, meio nervosidade, não esquecendo a habitual safra de disparates sem
sentido dos pastéis.

— Está aí aquela primeira epístola aos judeus — perguntou ele, logo que
a mandíbula inferior lho deixou —, está? Texto: pega febre e fica com afta.

— Está, de facto — disse o senhor Bloom (embora primeiro tivesse imaginado que ele aludia ao arcebispo até que ele acrescentara o sobre febre
e afta com o que não havia possível conexão) rejubilado de pôr em paz a
mente dele e um quê pasmado de que Myles Crawford, depois de tudo,
arranjara a coisa.

Enquanto o outro a lia na página dois Boom (para dar-lhe por esta vez
sua nova nomerronia) entretinha os poucos momentos de sobra de lazer num
salteado da narração do terceiro páreo de Ascot na página três, prêmio de
1.000 sobrs., com 3.000 sobrs. acrescidos para potros inteiros e potrancas,
Jogafora, do sr. F. Alexander, c.b., por *Rightaway*, 5 anos, 9 pedrs. 4 libs.,
Thrale (W. Lane) 1. *Zinfandel*, de lorde Howard de Walden (M. Cannon) 2.
Ceptro, do sr. W. Bass, 3. Rateio de *Zinfandel* 5 por 4, de *Jogafora* 20 por
1 (fora). *Jogafora* e *Zinfandel* correram apertados. Foi corrida indefinida
até que o azar puxou o lote e abriu luz, batendo o potro castanho de lorde
Howard de Walden e a potranca baia *Ceptro* do sr. W. Bass num páreo de

2¹/₂ milhas. Ganhador tratado por Braine assim aquela versão do negócio de Lenehan era puro saque. Assegurado o veredicto com perícia por um corpo, 1.000 sobrs. com 3.000 em espécie. Também correu *Maximum II* (cavalo francês sobre o qual Bantam Lyons procurava ansiosamente ter dados que não tinha ainda mas esperava a qualquer momento) de J. Bremond. Diferentes modos de dar o seu golpe. Indemnizações de amor. Embora o que o Lyons cozinhou tivesse corrido pela tangente no seu ímpeto de chegar na rabeira. É claro, jogar prestava-se eminentemente a essa sorte de coisas embora, pelo resultado, o pobre do bobo não tinha lá muita razão para se felicitar do seu palpite, sua última esperança. Adivinhação é o que no fundo é finalmente.

— Havia todas as indicações de que ficariam nisso — disse o senhor Bloom.

— Quem? — o outro, cuja mão a propósito estava machucada, disse.

Um dia se abriria o jornal, o cocheiro afirmava, e leria *Retorno de Parnell*. Apostava quanto quisessem. Um fuzileiro dos Dublin esteve no abrigo uma noite e disse que tinha visto ele na África do Sul. Foi o orgulho dele que perdeu ele. Ele devia ter dado cabo dele ou ficar nas encolhas por um pouco tempo depois da Comissão nº 15 até poder voltar e ser ele mesmo de novo sem ninguém poder apontar ele com o dedo. Então eles todos até o último homem tinham de se pôr de joelhos para ele voltar quando ele tivesse recobrado os sentidos. Morto é que ele não estava. Simplesmente escondido em algum lugar. O caixão que tinham trazido estava cheio de pedras. Ele tinha mudado de nome para De Wet, o general bur. Ele tinha errado em lutar contra os padres. E assim por diante e tudo o mais.

De todos os modos Bloom (assim nomeado propriamente) ficava mais para o surpreso ante a lembrança deles porque em nove casos de cada dez era um caso de tocar tambores, e não isolado mas aos milhares, e depois o esquecimento completo pois se tratava de uns vintes anos e picos. Muito improvavelmente, é claro que houvesse mesmo uma sombra de verdade nas histórias e, mesmo para supor, pensava que um retorno era altamente desaconselhável, consideradas todas as coisas. Alguma coisa evidentemente os aporrinhava na morte dele. Ou que ele definhara por demais mansamente de uma pneumonia aguda precisamente quando vários diferentes arranjos políticos seus estavam aproximando-se da ultimação ou que transpirara que ele devera a sua morte a ter negligenciado de mudar de botas e roupas depois de uma molhadela de que resultou um resfriado e de deixar de consultar um especialista estando confinado no seu quarto até que finalmente morreu dele a meio a pesar generalizado antes de passada uma quinzena ou muito provavelmente eles se acabrunhavam de ver que a tarefa lhes escapara das mãos. É claro que ninguém estava a par dos movimentos dele já antes, não havendo em absoluto nenhuma pista quanto aos seus paradeiros que decididamente eram do gênero *Alice, onde estás tu?* mesmo antes de começar a usar vários aliases como Fox, Stewart, assim a observação que emanava do amigo cocheiro bem podia estar dentro dos limites da possibilidade. Naturalmente então, isso pesaria na sua mente de condutor nato de homens, o que indubitavelmente ele era, e uma figura imponente, seis pés ou pelo menos cinco e dez ou onze em pés de meias, enquanto os senhores Fulanos de Tal, embora não fossem sequer um arremedo do homem anterior, cantavam de galo quando suas feições redentoras eram muito poucas e distantes das dele. Havia aí certamente uma moral, o ídolo de pés de barro. E então setenta e dois dos seus leais aderentes cercando-o com acusações infamantes recíprocas. A mesma coisa idêntica com assassinos. Tinha-se de voltar atrás — um obcecante sentido como que a puxar alguém — para mostrar aos substitutos do *rôle* título como é que era. Ele o vira uma vez na ocasião auspiciosa em que se empastelaram os tipos do *Insubjugável* ou era o *Irlanda Unida*, um privilégio que ele entusiasticamente apreciara, e, a bem da verdade, lhe passara a sua cartola quando esta fora jogada ao chão e ele lhe dissera *Obrigado*, excitado como indubitavelmente estava sob sua expressão frígida não obstante o pequeno contratempo mencionado entre o lábio e a taça — o que vem da medula. Ainda assim, quanto a retorno o sujeito seria um cachorro de sorte se não se soltassem os lebreiros contra ele diretamente ao voltar. Então uma porção de contramarchas habituais se seguiria. Tom por e Dick e Harry contra. E então, número um, ia-se contra o homem no poder e tinha-se de exibir credenciais, como o reivindicador no caso Tichborne. Roger Charles Tichborne, *Bella* era o nome do barco ao que melhor podia recordar-se em que ele, o herdeiro, afundara, como a prova ia mostrar, e havia também uma marca de tatuagem a tinta indiana, lorde Bellew, não era? Como se podia muito facilmente ter obtido os detalhes com algum camarada de bordo do navio e então, quando levado a enquadrar-se com a descrição dada, apresentar-se com um *Desculpe-me, meu nome é Fulano de Tal* ou alguma que tal observação lugar-comum. Uma sequência mais prudente, dizia o senhor Bloom à não muito agressiva de facto algo como a distinta personagem em discussão, teria sido sondar a posição do terreno primeiro.

— Aquela cadela, aquela puta inglesa, é que preparou a cama para ele — o proprietário do boteco comentava. — Foi ela que pôs o primeiro prego no caixão dele.

— Um bom pedaço de mulher, de todos os modos — o escrivão da cidade, Henry Campbell, observou — e com abundâncias nela. Vi o retrato dela num barbeiro. O marido era um capitão ou oficial.

— É — ajuntou picaramente Pele-de-Bode. — Ele era, e gordo manso.

Essa gratuita colaboração de caráter humorístico ocasionou uma bela descarga de gargalhada no *entourage*. Quanto a Bloom, ele, sem a mais pálida suspeita de um sorriso, meramente mirou em direção da porta e reflectiu na história histórica que suscitou interesse extraordinário ao tempo quando os factos, para fazerem as coisas piores, foram tornados públicos com as habituais cartas afectuosas trocadas entre eles, cheias de doces nadas. Primeiro, fora estritamente platônica até que a natureza interveio e uma ligação brotou entre eles, até que de poucochinho em poucochinho as coisas chegaram a um clímax e a coisa virou conversa da cidade até que a bomba chocante caiu como bem-vinda novidade para não poucos maldispostos entretanto, que estavam empenhados na queda dele embora a coisa fosse toda inteira propriedade pública embora nada parecido com a extensão sensacional com que subsequentemente se esgalhou. Já que, contudo, seus nomes estavam conjugados, já que ele era o declarado favorito dela, onde é que estava a necessidade particular de proclamá-lo alto e bom som pelos telhados, o facto nominalmente que ele partilhava do dormitório dela o que foi trazido à barra de testemunhas sob juramento quando um arrepio perpassou pela corte apinhada literalmente electrizando cada um sob a forma de testemunhas jurando tê-lo testemunhado em tal e qual data particular no ato de escalar o apartamento de cima com a ajuda de uma escada em traje de noite, tendo ganhado admissão sob a mesma feição, facto de que os semanários, adictos um tanto ao lúbrico, simplesmente fizeram um rio de dinheiro. Enquanto o facto simplesmente do caso era que era simplesmente um caso de marido não à altura com nada em comum entre eles além do nome e então um homem real chegando em cena, forte até o limite da fraqueza, caindo vítima dos cantos de sereia dela e esquecendo-se dos vínculos domésticos. A sequela usual, aquecer-se aos sorrisos da bem-amada. A eterna questão da vida conubial, desnecessário dizer, reaflorava. Pode o amor verdadeiro, a supor que aconteça outro gajo no caso, existir entre gente casada? Todavia não era preocupação deles em absoluto se ele a mirava com afeição levado por uma onda de desatino. Magnífico espécimen de virilidade era ele em verdade, aumentada obviamente por dons de alta ordem se comparados com os do militar supernumerário, bem entendido (que era bem indivíduo do tipo *às ordens, meu capitão* dos dragões ligeiros, o 18.º dos hússares para ser exato), o inflamável sem dúvida (o chefe caído, é isso, não o outro) em seu modo peculiar que ela é claro, mulher, rápido percebeu como altamente provável de talhar o caminho dele para a fama, que ele quase prometeu fazer até que os padres e ministros do evangelho como um todo, seus anteriormente leais aderentes e seus amados arrendatários despejados para quem ele prestara serviço senhorial nas partes rurais do país com vir-lhes em defesa em nome deles de um modo que excedia suas mais sanguíneas expectativas, muito efetivamente lhe puseram a perder o projeto matrimonial, assim enchendo de carvão o fogo de sua cabeça, muito da mesma maneira do coice do burro da fábula. Olhando para trás agora numa espécie de arranjo retrospectivo, tudo parecia uma espécie de sonho. E voltar atrás era a pior coisa que se podia jamais fazer porque não era preciso dizer que a gente se sentia fora do lugar já que as coisas mudam sempre com o tempo. Porque, como refletia ele, Irishtown Strand, uma localidade em que ele não houvera estado por um bom número de anos, parecia de algum modo diferente desde então, pois acontecia que ele fora residir nas bandas do norte. Norte ou sul entretanto, era apenas o caso bem conhecido de paixão ardente, pura e simples, virando o andor com a vingança e bem confirmava as próprias coisas que ele vinha dizendo, já que ela também era espanhola ou meio, pessoas que não faziam as coisas pelas metades, passional abandono do sul, atirando todos os frangalhos da decência aos ventos.

— Bem confirma o que eu vinha dizendo — ele com excitado coração disse a Stephen. — E, se eu muito não me engano, ela era espanhola também.

— A irmã do rei da Espanha — respondeu Stephen, juntando uma coisa ou outra quiçá embrulhada a respeito de despedida e adeus cebolas espanholas e a primeira terra chamada Deadman e de Ramhead a Scilly era isso e tantos...

— Era? — ejaculou Bloom surpreso, embora não espantado de modo nenhum. — Nunca ouvi esse boato antes. E possível, especialmente aí pois ela viveu lá. Então, Espanha.

Cuidadosamente evitando um livro *Doçuras de* no seu bolso, que lhe lembrava a propósito aquele livro fora do prazo da livraria da rua Capel, ele retirou sua carteirinha e, refolheando rapidamente o vário conteúdo, finalmente ele...

— Considera você, a propósito — disse ele, pensativamente selecionando uma foto esmaecida que depôs sobre a mesa —, este um tipo espanhol?

Stephen, obviamente interpelado, olhou para a foto que exibia uma dama em grande forma, com seus encantos carnais evidentes de maneira aberta, que estava em plena bloomfloração de sua feminilidade, em traje de noite com decote ostentosamente baixo para a ocasião a dar mostra liberal do busto, com mais que visão dos seios, seus lábios cheios separados, e alguns dentes perfeitos, parada perto, com ostensiva gravidade, de um piano, no atril do qual estava *Na velha Madrid*, uma balada bonita a seu modo, que estava então em plena voga. Seus (da dama) olhos escuros, grandes, olhavam para Stephen, como que por sorrir como que por algo de ser admirado, Lafayette da rua Westmoreland, primeiro artista fotográfico de Dublin, sendo responsável pela execução estética.

— A senhora Bloom, minha mulher *prima donna*, madame Marion Tweedy — apontou Bloom. — Tirada uns poucos anos atrás. Em ou cerca de noventa e seis. Muito parecida com ela então.

Ao lado do jovem ele olhava também para a foto da dama agora sua mulher legítima que, ele confidenciava, era a prendada filha do major Brian Tweedy e que revelara em idade precoce uma notável proficiência como cantora tendo-se mesmo oferecido ao público quando seus anos eram apenas uns doces dezesseis. Quanto ao rosto, era de uma semelhança de expressão que falava mas não fazia justiça à sua silhueta, que de hábito era o que mais se observava nela e que não obtinha a melhor vantagem naquele traje. Ela teria podido sem dificuldade, disse ele, ter posado de corpo inteiro, sem elaborar em certas curvas opulentas do... Ele elaborava, sendo um tantinho artista nas suas horas vagas, sobre a forma feminina em geral desenvolvimentalmente pois, como assim acontecia, ainda naquela tarde, ele vira aquelas estátuas helênicas, perfeitamente desenvolvidas como obras de arte, no Museu Nacional. O mármore podia dar o original, espáduas, costas, toda a simetria. Tudo o mais, sim, puritanismo. Podia todavia, o soberano de São José... mas nenhuma foto poderia, pois simplesmente não era arte, numa palavra.

Movido pela disposição, ele bem que gostaria de seguir o bom do exemplo do joão-marinheiro e deixar a imagem por ali uns poucos minutos falar por si mesma quanto ao argumento que ele... de tal modo que o outro pudesse por si mesmo beber da beleza, sua presença em cena sendo, francamente, um regalo em si mesmo a que a câmera não podia fazer toda a justiça. Mas era muito pouco da etiqueta profissional, embora agora fosse uma sorte de noite agradável de cálida ainda assim maravilhosamente fresca se considerada a estação, pois bonança depois da tempestade... E ele lá e então sentia uma espécie de necessidade de acompanhar uma voz interior e satisfazer uma possível necessidade de mover-se a uma inclinação. Não obstante, ele ficava sentado teso, apenas mirando a levemente sujada foto vincada de curvas opulentas, sem nada perder pelo uso, entretanto, e mirava ao longe pensativamente com a intenção de não aumentar mais ainda o possível embaraço do outro no que calibrava a simetria do *embonpoint* siderante. De facto, o leve sujado era apenas encanto ajuntado, como no caso de roupa branca levemente suja, boa quando limpa, muito melhor, de facto, com goma fora. Suponhamos que ela saiu quando ele?... Eu procurei aquela lâmpada de que ela me falou lhe veio à mente mas meramente como uma fantasia fugidia dele porque ele então relembrava o leito matinal desarrumado etecétera e o livro sobre Ruby com mete em picoso *(sic)* que devera ter caído bastantemente apropriadamente ao lado do penico doméstico com perdões a Lindley Murray.

A vizinhança do jovem ele certamente degustava, educado, *distingué*, e impulsivo de trato, muito longe e acima do tope da malta, embora não se pensasse que ele tinha nele... mas se pensaria. Além disso ele dizia que o quadro era belo o que, diga-se o que se disser, era, embora no momento ela esteja distintamente mais robusta. E por que não? Uma porção descarada de fingimento corria sobre essa espécie de coisa implicando nódoa para uma vida com a habitual folha escandalosa de copiador sobre a mesma velha complicação matrimonial de alegada má conduta com golfista profissional ou com o mais recente galã do palco em lugar de se ser honesto e franco nesse negócio todo. Como foram fadados a encontrarem-se e como brotou apego entre os dois tal que seus nomes foram conjugados ante o olho do público é o que se contou na corte com cartas que continham as habituais expressões melosas e comprometedoras, que não deixavam escapatória, a mostrar que eles coabitavam abertamente duas ou três vezes na semana em algum hotel notório à beira-mar e as relações, quando a coisa correu seu curso normal, se tornaram a seu tempo íntimas. Então a sentença *nisi* e o promotor do rei a justificar a causa e, falhando ele no opor-se, a *nisi* tornando-se definitiva. Mas quanto a isso, os dois delinquentes envolvidos inteiramente um no outro como estavam, podiam com facilidade permitir-se ignorá-lo, o que eles fizeram e muito até que a questão foi posta nas mãos de um procurador, que apresentou requerimento pela parte lesada no prazo devido. Ele, Bloom, gozara da distinção de haver estado perto do rei em carne não coroado de Erin quando a coisa ocorreu com *fracas* histórico quando os leais adeptos do chefe caído — que notoriamente se apegava aos seus canhões até a última bala mesmo quando envolto no manto do adultério — os leais adeptos (do chefe caído) em número de dez ou doze ou possivelmente mesmo mais do que isso penetraram nas oficinas do *Insubjugável* ou, não, era do *Irlanda Unida* (um de nenhum modo, a propósito, apelativo próprio) e empastelaram as caixas tipográficas com martelos ou coisa parecida tudo por causa de umas efusões chulas da pena fácil dos escribas o'brienoides na habitual ocupação de enlamear, refletindo-se na moral privada do antigo tribuno. Embora palpavelmente um homem radicalmente alterado, era ainda uma figura imponente, ainda que descuidadamente trajado como de hábito, com aquele olhar de assentada decisão que se impunha tanto aos será-que-é até que descobriram para sua própria confusão que seu ídolo tinha pés de barro, após terem-no posto sobre um pedestal, que ela, entretanto, foi a primeira a perceber. Como esses eram tempos particularmente quentes no tumulto geral Bloom sofreu uma injúria menor com uma cutucada grosseira de cotovelo que um gajo na multidão que é claro se congregara lhe alojou perto da boca do estômago, afortunadamente não de grave caráter. Seu chapéu (de Pamell) foi inadvertidamente atirado ao chão e, por amor estrito da história, Bloom foi o homem que o apanhou no aperto após testemunhar a ocorrência intencionando devolvê-lo a ele (e devolvê-lo a ele ele fê-lo com a máxima celeridade) que, ofegante e deschapelado e cujos pensamentos estavam milhas distantes do seu chapéu no momento, sendo um cavalheiro nato em causa com a terra, ele, a bem da verdade, tendo entrado nela mais pelo renome do que outra coisa qualquer, o que vem da medula, instilado nele na infância no regaço da mãe sob a feição de saber o que era boa forma saiu-lhe de imediato pois ele se voltou para o dador e agradeceu-lhe com perfeito *aplomb*, dizendo: *Obrigado, senhor* mas num muito diferente tom de voz da de um ornamento da profissão legal cuja cobertura Bloom também pusera às direitas cedo no correr do dia, a história repetindo-se a si mesma com uma diferença; após o enterramento de um amigo comum quando já o tinham deixado na sua glória após a tarefa implacável de haverem cometido os seus restos à tumba.

De outro lado o que o enraivecia mais intimamente eram as piadas espalhafatosas dos cocheiros e assim por diante, que as soltavam por aí em galhofa, gargalhando imoderadamente, pretendendo compreender tudo, o porquê e o portanto, e na realidade nada sabendo dos seus próprios pensamentos, tratando-se de caso das duas partes mesmas a menos que ocorresse que o marido legítimo acontecesse ser parte devido a alguma carta anônima do habitual joão-se-mete, que acontecesse cair-lhes em meio no momento crucial em posição amorosa encadeados nos braços um do outro chamando atenção para seus procedimentos ilícitos e levando a um bafafá doméstico e a bela errada suplicando de joelhos de seu dono e senhor e prometendo romper a conexão e não receber as suas visitas nunca mais se ao menos o marido agravado pudesse esquecer a coisa e deixar as águas passadas como passadas, com lágrimas nos olhos, embora possivelmente pusesse de fora as manguinhas ao mesmo tempo, já que possivelmente houvesse vários outros. Ele pessoalmente, sendo de índole céptica, acreditava, e não fazia o menor mistério em dizê-lo tampouco, que o homem, ou os homens no plural, estavam sempre a se pendurar na lista de espera de uma dama, mesmo supondo que ela fosse a melhor esposa do mundo e que os dois se entendessem razoavelmente bem por amor do argumento, para quando, negligenciando seus deveres, ela decidisse cansar-se da vida casada, e se pusesse fora para um adejozinho em polida libertinagem para urgir as atenções deles nela com intenção imprópria, o resultado sendo que a afeição dela se centrasse em outros, causa de muitas *liaisons* entre ainda atraentes mulheres casadas a caminho dos cálidos quarenta e homens mais jovens, sem dúvida como vários casos famosos de paixão feminina ao cabo provavam.

Era mil vezes de lamentar que um jovem abençoado com um quinhão e tanto de cérebro, como seu vizinho obviamente era, devesse desperdiçar seu valioso tempo com mulheres profligadas, que poderiam presenteá-lo com um belo esquentamento para o resto da vida. Na natureza da bênção solteira ele tomaria para si um dia mulher quando Dona Perfeita aparecesse em cena mas no ínterim a sociedade das damas era uma *conditio sine qua non* embora ele tivesse as dúvidas mais graves possíveis, não que quisesse no mais mínimo sondar Stephen a respeito da senhorita Ferguson (que era muito provavelmente a estrela-do-pastor que o trouxera até Irishtown tão cedo da manhã) quanto a se ele iria achar muita satisfação em recrear-se com a ideia de namorico de rapazola e garota e a companhia de mocinhas convencidas sem um pêni no nome bi ou trissemanalmente com as preliminares caminhadas ortodoxas de galanteios e passeios levando às manobras dos amantes enamorados e flores e bombons. Pensar nele sem casa e sem lar, trapaceado por alguma senhoria pior do que qualquer madrasta, era realmente muito mau na sua idade. As esquisitas coisas repentinas que ele rebatia atraíam o mais velho que era vários anos mais maduro do que o outro ou como seu pai. Mas algo de substancial ele certamente tinha de comer, fosse apenas uma gemada feita de nutrimento materno inadulterado ou, faltando isso, o doméstico negrinha-com-forte fervido.

— A que horas você jantou? — ele questionou à esbelta figura e cansada ainda que não enrugada cara.

— Ontem em alguma hora — disse Stephen.

— Ontem! — exclamou Bloom até que se lembrasse que já era amanhã, sexta-feira. — Ah, você quer dizer que já passou da meia-noite?

— No dia de anteontem — disse Stephen, aperfeiçoando-se a si mesmo.

Literalmente estarrecido à inteligência desse pedaço, Bloom refletia. Embora eles não vissem olho com olho as mesmas coisas, uma certa analogia aí havia de algum modo, como se ambas as suas mentes estivessem viajando, por assim dizer, no mesmo trem de pensamento. À sua idade quando patinhando em política uns mal-mal vinte anos previamente quando ele havia sido um *quasi* aspirante às honras parlamentares nos dias do Buckshot Foster ele também relembrava em retrospecto (o que era uma sorte de intensa satisfação em si mesma) que ele tinha uma consideração velada para com essas mesmas ideias ultra. Por exemplo, quando da questão dos arrendatários despejados, então em sua primeira incepção, avultada grandemente na imaginação popular, embora, nem é preciso dizê-lo, não contribuísse com um vintém ou comprometesse a sua fé em absoluto com palavras de ordem, algumas das quais não dariam suco se espremidas, ele desde o começo em princípio de todos os modos estivera em profunda simpatia para com a posse camponesa, como expressão da tendência da opinião moderna, uma parcialidade, contudo, de que, compenetrando-se do seu engano, ele subsequentemente se curara, e mesmo se lhe censurou de dar um passo mais à frente do que Michael Davitt em pontos de vista formidáveis que ele em certo tempo inculcara como adepto do retorno à terra, o que fora uma razão por que ele ressentira fortemente a acusação lançada contra ele de forma tão descarada numa reunião dos clãs no Barney Kiernan de tal modo que ele, embora frequentemente consideravelmente mal-entendido e o menos dos pugnazes dos mortais, seja isso repetido, se afastou do seu hábito costumeiro para dar-lhe (metaforicamente) um direto na pança ainda que, no que aos políticos mesmo concernia, ele fosse por demais consciente das baixas invariavelmente resultantes da propaganda e exibição de animosidades mútuas e da miséria e do sofrimento que engendrava com o resultado inevitável sobre excelentes jovens, precipuamente, a destruição dos mais aptos, numa palavra.

De todos os modos, após ponderar os prós e contras, aproximando-se da uma como se estava, estava-se em bom tempo de recolher pela noite. O crucial era que era um tico arriscado levá-lo para casa já que eventualidades havia possivelmente de ocorrer (alguém tendo o gênio que ela tinha algumas vezes) e estragar a festa de uma vez como uma noite em que ele desavisadamente levou para casa um cachorro (sem raça) manco de uma pata, não que os casos fossem idênticos ou ao revés, embora ele também estivesse com a mão machucada, no terraço Ontário, como ele distintamente lembrava, tendo lá estado, por assim dizer. De outro lado era sobremaneira longe e por demais tarde para a sugestão de Sandymount ou Sandycove pelo que estava ele em certa perplexidade quanto a qual das duas alternativas... Tudo contribuía para o facto de que convinha prevalecer-se ao máximo da oportunidade, consideradas todas as coisas. Sua impressão inicial era que ele era um tico arredio ou não sobrefusivo mas isso crescia-o no seu conceito de certo modo. Antes de mais nada ele poderia como se diz não topar a ideia, se abordado, e o que mais o preocupava era que ele não sabia como encaminhar-se para a coisa ou formulá-la exatamente, admitindo que ele acolhesse a proposta, como proporcionar-lhe-ia mui grande prazer pessoal se ele lhe permitisse ajudá-lo com algum cobre ou alguma peça de roupa, se lhe caísse bem. De todos os modos ele arrematou por concluir, evitando pelo momento o precedente canitacanho, uma taça de chocolate e a cama improvisada pela noite mais o uso de um ou dois tapetes e um sobretudo dobrado como travesseiro. Pelo menos ele ficaria em mãos seguras e aquecido como uma torrada numa trempe. Ele não lograva perceber nenhum grande montante de mal nisso sempre com a estipulação de que nenhum bafafá de nenhum tipo fosse armado. Uma moção tinha que ser feita pois aquela alma alegre, o marido malhado em questão, que parecia colado ao sítio, não parecia ter nenhuma particular pressa de tomar rumo de casa para sua querida bem-amada Queenstown e era altamente verossímil que algum bordel do filante de belezas aposentadas da rua Sheriff baixa fosse a melhor pista do paradeiro daquele caráter equívoco por uns quantos dias por vir, alternativamente explorando os seus sentimentos (das sereias) com anedotas de revólver de seis cápsulas tangenciando o tropical calculadas para congelar o tutano dos ossos de qualquer um e malhando seus encantos agrandalhados nos entrementes com prazer grosseiro e trambolhante com acompanhamentos de amplas potagens da quentinha e a habitual bazófia de si mesmo pois quanto a quem ele era em realidade ponhamos XX igual a meu nome e endereço exatos, como reza a senhora Álgebra *passim*. Ao mesmo tempo ele intimamente gozava a sua resposta ao campeão do sangue e chagas sobre seu Deus como sendo um judeu. Podia-se aguentar ser mordido por um lobo mas o que propriamente doía era mordida de carneiro. O mais vulnerável ponto também do tendão de aquiles, seu Deus era um judeu, pois a maioria parece que imagina que ele veio de Carrick-on-Shannon ou algum lugar por volta no condado de Sligo.

— Proponho — nosso herói finalmente sugeriu, após madura reflexão enquanto prudentemente embolsava a foto dela —, já que aqui está mais para o abafado, que você venha comigo para uma conversazinha geral. Minha toquinha é bem perto na vizinhança. Você não pode beber essa droga. Espere, vou pagar isso aí.

Dado que o melhor plano claramente era dar o fora, sendo o restante um manso navegar, ele acenou, enquanto prudentemente embolsava a foto, para o encarregado do barraco, que não parecia...

— Sim, é melhor — ele assegurava a Stephen, para quem na coisa tanto no Brazen Head ou nele ou em qualquer lugar era tudo mais ou menos...

Todas as espécies de planos utópicos chispavam pelo seu (de Bloom) miolo atarefado. Educação (o tópico autêntico), literatura, jornalismo, furos premiados, publicidade último tipo, termas e excursões de concerto nas estâncias inglesas de águas apinhadas de teatros, jogatina de dinheiro, duetos em italiano com sotaque perfeitamente fiel ao original e uma quantidade de outras coisas, sem necessidade, é claro, de gritar ao mundo e sua mulher pelos telhados sobre isso e um pouquinho de sorte. Um começo era tudo o que era preciso. Pois ele mais do que suspeitava que ele tinha a voz do pai para depositar nisso suas esperanças, o que estava bem nos trunfos que tinha, de modo que seria bem bom, a propósito sem inconvenientes, encaminhar a conversa na direção dessa boa isca só para...

O cocheiro lia do jornal que apanhara que aquele antigo vice-rei, o conde de Cadogan, presidira ao jantar da associação dos cocheiros em algum lugar em Londres. Silêncio com um bocejo ou dois acompanhou esse emocionante comunicado. Então o velho espécimen do canto que parecia ter ainda alguma faísca de vitalidade leu que sir Anthony MacDonnell tinha deixado Euston para o posto de chefe de gabinete ou palavras nesse sentido. À inteligência de cuja peça absorvente o eco respondeu ora.

— Me deixe uma olhadela nessa literatura, meu avô — o antigo marinheiro meteu, manifestando certa impaciência natural.

— Seja bem-vindo — respondeu a parte mais velha assim dirigida.

O marinheiro puxou de um estojo que tinha um par de óculos esverdeados que ele muito lentamente enganchou sobre o nariz e ambas as orelhas.

— Está mal dos olhos? — o simpático personagem parecido com o escrivão público inquiriu.

— Ora — respondeu o navegante de barba de tartana, que aparentemente era um tico de gajo de letras à sua própria maneira, fitando pelas suas vigias verde-mar como bem se podia descrevê-las —, eu uso oclos para ler. Areia do mar Vermelho é que fez isso. Em certo tempo eu podia ler um livro no escuro, maneira de dizer. *As mil e uma noites* era o meu favorito e *Rosa como uma rosa é ela.*

Nisso ele esparramou o jornal e esquadrinhou em busca de só o Senhor sabe o quê, um encontrado afogado ou os feitos da King Willow, Iremonger tendo marcado cento e picos no segundo arco sem penalidades para os Notts, durante cujo tempo o encarregado (completamente desatento ao Ire) estava intensamente ocupado em desamarrar uma bota aparentemente nova ou de segunda mão que manifestamente o apertava, já que resmungava contra quem quer que fora que lha vendera, todos os demais deles que estavam suficientemente bastante despertos o que se via por suas expressões faciais, quer dizer, ou simplesmente olhando taciturnamente ou fazendo uma observação trivial.

Para encurtar uma história longa Bloom, percebendo a situação, foi o primeiro a se pôr de pé a fim de não demorar a hospitalidade tendo antes de mais nada, sendo fiel à palavra de que pagaria a dolorosa no ensejo, tomado a sábia precaução de agitar inobtrusivamente a nosso hospedeiro como tiro de partida um escassamente perceptível sinal quando os outros não estavam olhando no sentido de que o montante devido estava disponível, perfazendo a soma total de quatro pences (montante que ele depositou inobtrusivamente em quatro cobres, literalmente os últimos dos moicanos) tendo ele previamente manjado a lista de preços impressa para todos que saíssem ler em frente a ele em caracteres inconfundíveis, café 2 p., confeitaria id., e honestamente valendo bem o dinheiro duas vezes raras vezes, como Wetherup costumava observar.

— Vendo que a manha funcionara e que a costa estava despejada, eles deixaram o abrigo ou barraco juntos e a *élite* da sociedade do oleado e companhia que nada menos que um terremoto abalaria do seu *dolce far niente*. Stephen, que confessava ainda sentir-se mal e esgotado, estacou à, por momento... porta para...

— Uma coisa que eu nunca entendi — disse ele, para ser original ao aguilhão do momento —, é por que põem as mesas de pernas para o ar à noite, quer dizer, cadeiras de pernas para o ar sobre as mesas nos cafés.

Ao qual improviso o nunca falível Bloom replicou sem hesitação de um momento, dizendo direto:

— Para varrer o chão de manhã.

Assim dizendo ele esquipou em volta lepidamente visando francamente, e ao mesmo tempo desculpando-se, ficar à direita da sua companhia, um hábito dele, a propósito, o lado direito sendo, em idioma clássico, seu tendão de aquiles. O ar da noite era certamente agora um deleite de respirar embora Stephen estivesse um nadinha ainda fraco das cravelhas.

— Far-lhe-á (o ar) bem — disse Bloom, significando também a caminhada — num minuto. É só andar que você se sentirá um homem diferente. Não é longe. Apoie-se em mim.

Conformemente ele passou o braço esquerdo pelo direito de Stephen e conduziu o conformemente.

— Sim — disse Stephen incertamente, pois pensava que sentia uma estranha espécie de carne de um homem diferente que o tocava, desmusculada e bamba e tudo isso.

Como quer que seja, passaram pela guarida com pedras, braseiro etc. onde o extranumerário municipal, ex-Gumley, estava ainda para todos os objetivos e fins envolto nos braços de Murphy, como reza o adágio, sonhando com campos frescos e pastos novos. E *à propos* de caixões de pedras, a analogia não era em absoluto má, já que era de facto um apedrejamento de morte por parte de setenta e duas das oitenta e picos circunscrições que se bandearam ao tempo da ruptura e principalmente a relouvada classe camponesa, provavelmente os mesmíssimos arrendatários despejados que ele tinha reposto nas suas posses.

Assim eles passaram a cavaquear sobre música, uma forma de arte para a qual Bloom, como puro amador, possuía o máximo amor, no que abriam caminho de braços dados pela praça Beresford. A música wagneriana, ainda que confessadamente grandiosa a seu modo, era um tanto por demais pesada para Bloom e dura de acompanhar ao primeiro contacto, mas com a música dos *Huguenots* de Mercadante, das *Sete últimas palavras na cruz* de Meyerbeer, e da *Décima segunda missa* de Mozart, ele simplesmente se deleitava, a *Gloria* desta sendo a seu ver o acme da música de primeira classe como tal, literalmente metendo tudo o mais num chinelo. Ele preferia infinitamente a música sacra católica ao que quer que fosse que a loja concorrente podia oferecer nessa linha do gênero de hinos de Moody e Sankey ou *Manda-me viver e eu viverei para ser teu protestante*. Ele também não cedia a ninguém na sua admiração da *Stabat Mater* de Rossini, uma obra simplesmente abundante em números imortais, em que sua esposa, madame Marion Tweedy, fizera um sucesso, uma verdadeira sensação, ele podia seguramente dizer, aumentando fortemente seus outros lauréis e pondo os outros totalmente na sombra na igreja dos padres jesuítas da rua Gardiner Alfa, o sagrado edifício apinhado até as portas para ouvi-la com virtuosos, ou quiçá *virtuosi*. Havia a opinião unânime de que não havia ninguém que chegasse à altura dela, bastando dizer que num lugar de adoração para música de caráter sacro havia um desejo geralmente vozeado por um bis. No conjunto, ainda que favorecesse preferentemente a ópera ligeira do gênero *Don Giovanni*, e *Martha*, uma gema na sua linha, ele tinha um *penchant*, embora só com conhecimento superficial, pela severa escola clássica tal a de Mendelssohn. E falando disso, tomando como certo que ele conhecia tudo acerca das velhas favoritas, ele mencionava *par excellence* a ária de Lionel em *Martha*, *M'appari*, que, bem curiosamente, ele ouvira, ou sobreouvira, para ser mais exacto, ontem, um privilégio que ele fundamente apreciara, dos lábios do respeitado pai de Stephen, cantada à perfeição, um estudo do número, de facto, que fizera todos os outros ficar em posição secundária. Stephen, em resposta a uma interrogação polidamente feita, disse que não mas lançou-se em loas das canções de Shakespeare, pelo menos do ou em torno daquele período, o alaudista Dowland que vivia na alameda Fetter perto de Gerard o herbanista, que *annos ludendo hausi, Doulandus*, instrumento que ele contemplava adquirir do senhor Arnold Dolmetsch, de quem Bloom não se recordava bem, embora certamente o nome lhe soasse familiar, por sessenta e cinco guinéus, e Farnaby e filho com seus conceitos de *dux* e *comes*, e Byrd (William), que tocava as virginais, dizia ele, na capela da rainha ou onde quer que as achasse, e um certo Tomkins que fazia entretenimentos e árias, e John Bull.

Sobre o logradouro de que se estavam aproximando enquanto ainda falavam para lá das correntes bambas, um cavalo, arrastando uma varredeira, esquipava no piso pavimentado, vassourando um largo lençol de lama de tal modo que com o barulho Bloom não ficara perfeitamente certo se tinha pegado direito a alusão aos sessenta e cinco guinéus e a John Bull. Ele inquiria se era a John Bull do mesmo jaez da celebridade política, pois isso o chocava, os dois nomes idênticos, como uma chocante coincidência.

As correntes, o cavalo lentamente guinou para virar, o que percebendo Bloom, que mantinha uma guarda aguda como de hábito, puxou da manga do outro levemente, jocosamente observando:

— Nossa vida está em perigo esta noite. Cuidado com o rolo a vapor.

Eles nisso pararam. Bloom olhava para a cabeça do cavalo que não valia nada como sessenta e cinco guinéus, repentinamente em evidência no escuro bem perto, tal que parecia um agrupamento de ossos e mesmo carne novo, diferente, porque palpavelmente era um quadrupateiro, um quadrilsaculejeiro, um nigrinadegueiro, um rabissacudideiro, um cabispenduradeiro, pondo sua pata traseira à frente enquanto o senhor de sua criação se sentava no poleiro, atarefado com os seus pensamentos. Mas para esse de tão bom de pobre de bruto, ele estava triste de não ter um torrão de açúcar mas, como sabiamente refletia, pode-se dificilmente estar preparado para cada emergência que possa espocar. Ele era só um bobocão de uma espécie de um pateta de um assustado de um cavalo, sem segundos cuidados no mundo. Mas mesmo um cachorro, ele refletia, como aquele vira-lata do Barney Kiernan, do mesmo tamanho seria um santo de um horror de enfrentar. Mas não era culpa em particular do bicho se era construído como um camelo, o navio do deserto, que destila na giba da quentinha das uvas. Nove décimos deles todos podiam ser engaiolados ou amestrados, nada contra as artes de homem exceptuando as abelhas; baleia com um harpão, bobeia, crocodilo, é cocar o estreitinho da sua costada e ver a piada, para galinha, é giz em rodinha; tigre, meu olho de águia. Essas temporâneas reflexões acerca dos brutos cujos campos ocupavam sua mente, de certo modo distraída das palavras de Stephen, enquanto o navio da rua manobrava e Stephen entrava no altamente interessante velho...

— Que é que eu estava dizendo? Ah, sim! Minha mulher — confidenciava ele, mergulhando *in medias res* — haveria de ter o maior prazer em conhecê-lo visto que é apaixonadamente apegada a música de qualquer tipo.

Ele olhava de esguelha numa feição amigável para o perfil de Stephen, a imagem da mãe, que não era bem o mesmo tipo usual de salafrário pelos quais inquestionavelmente elas tinham um indubitável anseio já que não parecia feito para isso.

Todavia, supondo que ele tivesse o dom do pai, como ele mais que suspeitava, isso lhe abria novos horizontes em seu pensamento, como o concerto de lady Fingall para as indústrias irlandesas na segunda-feira precedente, e a aristocracia em geral.

Primorosas variações ele agora descrevia sobre a ária da *Juventude aqui tem fim* de Jans Pieter Sweelinck, um holandês de Amsterdam, de onde vêm as fraus. Ainda mais gostava ele de uma velha canção alemã *Johannes Jeep* sobre o mar limpo e as vozes das sereias, doces matadoras de homens, o que atrapalhou Bloom um tanto:

Von der Sirenen Listigkeit
Tun die Poeten dichten.

Esses acordes iniciais cantou ele e traduziu *extempore*, Bloom, nutando, dizia que entendera perfeitamente e lhe rogava que prosseguisse acima de tudo, o que o outro fez.

Uma voz de tenor fenomenalmente bela como aquela, o mais raro dos dons, que Bloom admirava desde a primeiríssima nota que ele dera, podia facilmente, se manejada convenientemente por alguma autoridade reconhecida em produção vocal tal como Barraclough, e sendo de quebra capaz de ler música, impor seu próprio preço onde havia barítonos a três por dois e atrair para seu afortunado possessor num próximo futuro uma *entrée* em casas elegantes nos melhores quarteirões residenciais, de magnatas das finanças em ampla gama de negócios e pessoas tituladas onde, com seu grau universitário de B.A. (um reclamo enorme a seu modo) e donaire cavalheiresco para mais ainda influenciar na boa impressão ele infalivelmente haveria de conquistar um sucesso distinto, sendo abençoado com um cérebro que também podia ser utilizado para o objetivo e outros requisitos, se as roupas fossem convenientemente atendidas, a fim de melhor perfurar seu caminho entre as boas graças daquelas já que ele, um noviço nas finuras sartoriais da sociedade, mal e mal compreendia como uma coisinha como aquela podia militar contra você. Era de facto apenas uma questão de meses e ele podia facilmente antevê-lo participando das *conversazioni* musicais e artísticas deles durante as festividades da estação de Natal, de preferência, causando um leve alvoroço nos pombais do belo sexo e tornado um tiro para as damas à cata de sensações, casos de que, como acontecia de ele saber, eram consignados, de facto, sem querer se mostrar, ele mesmo uma certa vez, se tivesse se preocupado com isso, podia facilmente ter... Acrescido ao que é claro haveria o emolumento pecuniário que de modo nenhum devia ser desprezado, que iria emparelhar mão com mão seus honorários docentes. Não, ele interparentizava, que ele devesse por amor do sórdido lucro abraçar a plataforma lírica como um meio de vida por um largo espaço de tempo mas como um passo na direção requerida é que era, acima de dúvida, e tanto monetária quanto mentalmente isso não continha nenhum reflexo sobre sua dignidade no mais mínimo e no caso acontecia ser incomumente à mão ter em mãos um cheque num momento muito necessitado quando cada pouquinho ajuda. Ademais, embora o gosto ultimamente se tivesse deteriorado até certo grau, música original como aquela, diferente da rotina convencional, haveria rapidamente de gozar de grande voga, já que viria a ser uma decidida novidade para o mundo musical de Dublin depois da habitual trivializada temporada de solos de tenores enganosos impingida a um público confiante por Ivan St Austell e Hilton St Just e seu *genus omne*. Sim, sem uma sombra de dúvida, ele podia, com todos os trunfos nas mãos ele tinha um capital inicial para ele mesmo fazer um nome e conquistar um belo lugar na estima da cidade onde ele poderia impor um alto padrão e, capitalizando, dar um grande concerto para os patrocinadores da casa da rua King, tendo um financiador, se se pudesse obter um para lhe dar uma mãozinha, por assim dizer — um grande *se*, entretanto — com certo ímpeto de tipo empreendedor para obviar às inevitáveis procrastinações que não raro estorvam um por demais festejado príncipe dos bons sujeitos e isso não precisava detraí-lo do outro nem por um nadinha já que, sendo seu próprio senhor, ele haveria de ter montanhas de tempo para praticar a literatura nos seus momentos vagos quando desejoso de assim fazê-lo sem colidir com sua carreira vocal ou contendo nada em absoluto derrogatório já que era assunto dele tão somente. De facto, ele tinha o mundo aos seus pés e essa era a razão mesma por que o outro, que possuía um nariz notavelmente agudo para farejar caça de qualquer tipo, se apegava a ele de todos os modos.

O cavalo estava já então... e depois, numa oportunidade propícia ele tencionava (Bloom o fazia), sem de modo algum imiscuir-se em seus negócios privados na base do princípio *os bobos se metem onde os anjos* aconselhando-o a romper sua conexão com certo prático debutante, que, ele notara, era propenso a menoscabar, e mesmo, até uma pequena medida, sob certos pretextos hílares, quando não presente, a desaboná-lo, ou como quer que se queira chamar a isso, o que, na humilde opinião de Bloom, lhe caracterizava a pessoa com maldosa contra luz contra seu caráter — nenhum trocadilho pretendido.

O cavalo, tendo atingido o fim de sua corda, por assim dizer, passou, e, recuando ao alto um rabo emplumado garboso, agregou sua cota com deixar cair ao chão, que a vassoura iria logo varrer e lustrar, três fumegantes globos de cagalhão. Lentamente, três vezes, uma após outra, de uma garupa cheia, ele bostou. E humanitariamente o condutor esperou até que ele (ou ela) tivesse acabado, paciente em seu carro gadanheiro.

Lado a lado, Bloom aproveitando-se do *contretemps*, com Stephen passaram pelo intervalo das correntes, divididas pelo mourão, e, saltitando por sobre um cordão de lama, cruzaram para a rua Gardiner baixa, Stephen cantando mais audaz, mas não alto, o fim da balada:

Und alle Schiffe brücken

O condutor não dissera nunca uma palavra, boa, má ou indiferente. Ele meramente mirara as duas figuras, no que se assentava em seu carro de encosto baixo, ambas negras — um cheio, outro seco — caminhar para a ponte ferroviária, *para ser casada pelo padre Maher*. No que caminhavam, eles por vezes paravam e caminhavam de novo, continuando seu *tête-à-tête* (em que é claro ele estava totalmente fora) e sobre sereias, inimigas da razão do homem, misturado com um número de outros tópicos da mesma categoria, usurpadores, casos históricos da espécie, enquanto o homem do carro varretório ou que se poderia bem chamar carro dormitório que em qualquer caso não haveria possivelmente de ouvi-los porque eles estavam simplesmente longe demais assentava em seu assento cerca do fim da rua Gardiner baixa e *cuidava do seu carro de encosto baixo*.

Que cursos paralelos seguiram Bloom e Stephen retornando?

Começando unidos ambos a andadura normal de marcha da praça Beresford eles seguiram na ordem nomeada as ruas Gardiner baixa e média e quadra de Mountjoy, oeste: depois, em andadura reduzida, cada um tomando a esquerda pela praça Gardiner por uma inadvertência tão distante quanto a mais distante esquina da rua Temple, norte: depois em andadura reduzida com interrupções de alto, tomando a direita, pela rua Temple, norte, tão distante quanto a praça Hardwicke. Aproximando-se, disparatados, em andadura relaxada eles ambos cruzaram a redonda diante da igreja de São Jorge diametralmente, a corda em qualquer círculo sendo menor que o arco que subtende.

De que deliberou o duunvirato durante o seu itinerário?

Música, literatura, Irlanda, Dublin, Paris, amizade, mulher, prostituição, dieta, a influência da luz de gás ou luz de arco ou lâmpada de filamento no crescimento de árvores paraeliotrópicas adjacentes, latas de lixo de emergência da Prefeitura expostas, a igreja Católica Romana, o celibato eclesiástico, a nação irlandesa, educação jesuítica, carreiras, o estudo da medicina, o dia passado, a influência maleficente do pré-sabbath, o desmaio de Stephen.

Descobriu Bloom factores comuns de similaridade entre suas respectivas reações iguais ou desiguais à experiência?

Ambos eram sensitivos a impressões artísticas, musicais de preferência a plásticas ou pictoriais. Ambos preferiam maneira de vida continental a insular, lugar de residência cisatlântico a transatlântico. Ambos endurecidos por precoce adestramento doméstico e uma herdada tenacidade de resistência heterodoxa professavam sua descrença em muitas doutrinas ortodoxas religiosas, nacionais, sociais e éticas. Ambos admitiam a influência alternativamente estimulante e obtundente do magnetismo heterossexual.

Eram suas vistas sobre certos pontos divergentes?
   Stephen dissentiu abertamente das vistas de Bloom sobre a importância da autoajuda dietética e cívica enquanto Bloom dissentiu tacitamente das vistas de Stephen sobre a afirmação eterna do espírito do homem em literatura. Bloom assentiu encobertamente com a rectificação de Stephen do anacronismo implícito em assinalar a data da conversão da nação irlandesa ao cristianismo do druidismo por Patrick filho de Calpornus, filho de Potitus, filho de Odyssus, enviado pelo papa Celestino I no ano de 432 no reinado de Leary ao ano de 260 ou cerca no reinado de Cormac MacArt († 266 A.D.) sufocado por deglutição imperfeita de alimento em Sletty e inumado em Rossnare. O colapso que Bloom adscreveu a inanição gástrica e certos compostos químicos de graus variáveis de adulteração e força alcoólica, acelerado por exerção mental e pela velocidade de rápida moção circular numa atmosfera relaxante, Stephen atribuiu à reaparição de uma nuvem matutina (percebida por ambos de dois pontos de observação diferentes, Sandycove e Dublin) de começo não maior que uma mão de mulher.

Houve ponto em que suas vistas foram iguais e negativas?
   A influência da luz a gás ou luz eléctrica no crescimento de árvores para heliotrópicas adjacentes.

Discutira Bloom assuntos similares durante suas perambulações noturnas no passado?
   Em 1884 com Owen Goldberg e Cecil Tumbull à noite em logradouros públicos entre a avenida Longwood e a esquina do Leonard e esquina do Leonard e rua Synge e rua Synge e avenida Bloomfield. Em 1885 com Percy Apjohn pelas tardes, encostados contra o muro entre a vila Gibraltar e a casa Bloomfield em Crumlin, baronia de Uppercross. Em 1886 episodicamente

com conhecimentos casuais e compradores prospectivos às soleiras, em salas de frente, em vagões ferroviários de terceira classe de linhas suburbanas. Em 1888 frequentemente com o major Brian Tweedy e sua filha senhorita Marion Tweedy, juntos e separadamente na sala de estar da casa de Matthew Dillon em Roundtown. Uma vez em 1892 e uma vez em 1893 com Julius Mastiansky, em ambas as ocasiões na sala da frente de sua (de Bloom) casa da rua Lombard, oeste.

Que reflexões concernentes à irregular sequência de datas de 1884, 1885, 1886, 1888, 1892, 1893, 1904 fez Bloom antes de sua chegada a seu destino?
    Ele refletiu em que a progressiva extensão do campo do desenvolvimento individual era regressivamente acompanhada de uma restrição do domínio converso de relações interindividuais.

Como em que modos?
    De inexistência a existência ele veio a muitos e foi recebido como um: existência com existência ele era com qualquer um como qualquer um com qualquer um: de existência a não existência ido ele seria para todos como ninguém percebido.

Que ação praticou Bloom à chegada ao seu destino?
    Nos degraus do 4º dos números ímpares equidiferentes, número 7 da rua Eccles, ele inseriu sua mão mecanicamente no bolso de trás de suas calças para obter sua chave de entrada.

Estava ela aí?
    Estava no bolso correspondente das calças que ele usara no dia, mas precedente.

Por que ficou ele duplamente irritado?
    Porque ele se esquecera e porque ele se lembrava de que se lembrara duas vezes de não esquecer.

Quais eram as alternativas ante a, premeditadamente (respectivamente) e inadvertidamente, parelha deschavada?
    Entrar ou não entrar. Bater ou não bater.

A decisão de Bloom?

Um estratagema. Repousando seus pés sobre o murinho-mirim, galgou a grade do pátio, comprimiu o chapéu à cabeça, agarrou dois pontos de união baixa de traves e barrotes, baixou seu corpo gradualmente pelo seu comprimento de cinco pés e nove polegadas e meia a dois pés e dez polegadas do pavimento do pátio, e permitiu a seu corpo mover-se livre no espaço com separar-se da grade e com agachar-se em preparação para o impacto da queda.

Caiu?

Com o peso conhecido de seu corpo de onze pedras e quatro libras em medida avoirdupois, como certificado pela máquina graduada para autopesagem periódica no estabelecimento de Francis Froedman, químico farmacêutico do 19, rua Frederick, norte, na última festa da Ascensão, a saber, a doze de maio do ano bissexto de mil novecentos e quatro da era cristã (era mosaica de cinco mil seiscentos e sessenta e quatro, era maometana de mil trezentos e vinte e dois), número áureo 5, epacta 13, ciclo solar 9, letras dominicais COB, indicação romana 2, período juliano 6617, MCMIV.

Ergueu-se ele ininjuriado de concussão?

Reganhando novo equilíbrio estável ele se ergueu ininjuriado embora concusso pelo impacto, levantou o trinco da porta do pátio pela exerção de força contra seu rebordo livremente móvel e por alavancagem do primeiro tipo aplicada contra o seu fulcro ganhou acesso retardado à cozinha através da copa subjacente, igniu um palito lucífero por fricção, soltou gás de carvão inflamável com girar a válvula, acendeu uma chama alta que, com regular, reduziu a candescência quiescente e acendeu finalmente uma vela portátil.

Que discreta sucessão de imagens percebeu entrementes Stephen?

Encostado contra a grade do pátio ele percebeu através das vidraças transparentes da cozinha um homem a regular uma chama de gás de 14 v, um homem iluminar uma vela, um homem retirar em turnos cada uma de suas botinas, um homem deixar a cozinha sustendo uma vela de 1 v.

Reapareceu o homem alhures?

Após um lapso de quatro minutos o bruxuleio de sua vela era discernível através da claraboia de vidro semicircular semitransparente de cima da porta de entrada. A porta de entrada girou gradualmente sobre seus gonzos. No espaço aberto do umbral o homem reapareceu sem seu chapéu, com sua vela.

Obedeceu Stephen a seu sinal?

Sim, entrando maciamente, ajudou a fechar e encadear a porta e seguiu maciamente pelo corredor as costas e pés listrados e vela acendida do homem passando uma frincha iluminada de porta à esquerda e cuidadosamente baixando uma escada espiral de mais de cinco degraus para a cozinha da casa de Bloom.

Que fez Bloom?

Apagou a vela por expiração seca de alento contra a chama, puxou duas cadeiras de pinho de assento de concha para a chaminé, uma para Stephen com o encosto para a janela do pátio, outra para si mesmo quando necessária, ajoelhou-se num joelho, dispôs na lareira uma pira entrecruzada de lenha punctirresinosa e vários papéis coloridos e polígonos irregulares do melhor carvão Abram de vinte e um xelins a tonelada do depósito dos Srs. Flower e M'Donald do 14 da rua D'Olier, inflamou-a com três pontas projectantes de papel com um palito lucífero ignido, assim liberando a energia potencial contida no combustível com permitir seus elementos carbono e hidrogênio entrar em livre união com o oxigênio do ar.

Em que aparições similares Stephen pensou?

Em outros alhures em outros tempos que, ajoelhando-se sobre um joelho ou dois, tinham inflamado fogos para ele, no Irmão Michael na enfermaria do Colégio da Sociedade de Jesus em Clongowes Wood, Sallins, no condado de Kildare: em seu pai, Simon Dedalus, num quarto desmobiliado de sua primeira residência em Dublin, número 13 da rua Fitzgibbon: em sua madrinha senhorita Kate Morkan na casa de sua irmã moribunda senhorita Julia Morkan no 15 Usher's Island: em sua tia Sara, mulher de Richie (Richard) Goulding, na cozinha de sua casa no 62 da rua Clanbrassil: em sua mãe Mary, mulher de Simon Dedalus, na cozinha do número 12 da rua North Richmond na manhã da festa de São Francisco Xavier em 1898: no deão de estudos, padre Butt, no anfiteatro de física do Colégio Universitário, 16 de aleia de Stephen, norte: em sua irmã Dilly (Delia) na casa de seu pai em Cabra.

Que viu Stephen ao erguer seu olhar à altura de uma jarda do fogo para a parede oposta?

Sob uma fileira de cinco campainhas de mola espiral uma corda curvilínea, suspendida entre dois ganchos de lado a lado pelo recesso ao lado da pilastra da chaminé, de que pendiam quatro lenços quadrados pequenos dobrados desligados consecutivamente em rectângulos adjacentes e um par de meias de mulher cinzentas com cano-suspensório reforçado e pés na sua posição habitual esticado por três cavilhas de madeira erectas duas nas suas extremidades externas e uma terceira no ponto de junção.

Que viu Bloom sobre o fogão?

Sobre a trempe direita (menor) uma caçarola esmaltada azul: sobre a trempe esquerda (maior) uma chaleira de ferro negra.

Que fez Bloom ao fogão?

Removeu a caçarola para a trempe esquerda, levantou e levou a chaleira de ferro para a pia a fim de abrir a corrente com girar a torneira para deixá-la escorrer.

Escorreu?

Sim. Do reservatório de Roundwood no condado de Wicklow da capacidade cúbica de 2.400 milhões de galões, fluindo através de um aqueduto subterrâneo de adutoras escoadoras de cilindragem simples e dupla construída a um preço inicial de usina de cinco libras por jarda linear caminho de Dargle, Rathdown, Glen dos Downs e Callowhill até o reservatório de 26 acres de Stillorgan, distância de 22 milhas estatutárias, e daí, através de um sistema de tanques de reforço, por uma gradiente de 250 pés aos confins da cidade perto da ponte de Eustace, rua Leeson alta, embora pela seca prolongada do verão e suprimento diário de 12½ milhões de galões a água houvesse caído abaixo do peitoril do dique de descarga, razão por que o inspetor do burgo e engenheiro da rede de águas, senhor Spencer Harty, C.E.,* por instruções da comissão da rede de águas, tivera proibido o uso de águas municipais para fins outros que os de consumo (configurando a possibilidade de recurso ter de ser à água impotável dos canais Grand e

---

Civil engineer, engenheiro civil. (N. do T.)

Royal como em 1893) particularmente quando os Guardiães da Dublin Sul, não obstante sua ração de 15 galões por dia por indigente suprida através de um hidrômetro de 6 polegadas, tinham sido condenados pelo desperdício de 20.000 galões por noite pela leitura do seu hidrômetro à afirmação do agente da lei da Prefeitura, senhor Ignatius Rice, procurador, assim agindo em detrimento da secção outra do público, contribuintes autossuficientes, solventes, sãos.

Que na água Bloom, aquamente, extractor de água, aguadeiro retornando ao fogão, admirou?

Sua universalidade: sua igualdade democrática e constância à sua natureza ao buscar seu próprio nível: sua vastidão no oceano da projeção de Mercator: sua insondada profundidade na fossa de Sonda do Pacífico excedendo 8.000 braças: a irrequietude de suas ondas e partículas superficiais visitando por turnos todos os pontos litorâneos: a independência de suas unidades: a variabilidade de estados do mar: sua quiescência hidrostática na calmaria: sua turgidez hidrocinética em marés morta e sizígia: sua subsidência após devastação: sua esterilidade nas calotas circumpolares, árctica e antárctica: sua significação climática e comercial: sua preponderância de 3 por 1 sobre as terras firmes do globo: sua indisputável hegemonia estendendo-se em léguas quadradas por sobre toda a região abaixo do trópico subequatorial de Capricómio: a multissecular estabilidade de sua bacia primeva: seu leito luteifulvo: sua capacidade de dissolver e manter em solução todas a substâncias solúveis inclusive milhões de toneladas de metais preciosíssimos, suas lentas erosões de penínsulas e promontórios deorsuntendentes: seus depósitos aluviais: seu peso e volume e densidade: sua imperturbabilidade em lagoas e lagos altiplanos: sua gradação de cores nas zonas tórrida e temperada e frígida: suas ramificações veiculares em cursos continentais lacicontinentes e rios oceanifluxos confluentes com seus tributários e correntes transoceânicas: corrente do golfo, ramos equatoriais norte e sul: sua violência em maremotos, trombas-d'água, poços artesianos, erupções, torrentes, turbilhões, pororocas, enchentes, vagalhões, águas divisoras, águas divaricadas, gêiseres, cataratas, redemoinhos, rebojos, inundações, dilúvios, aguaceiros: sua vasta curva anorizontal circunterrestre: sua secretude de fontes, e humidade latente, revelada por instrumentos rabdomânticos e higrométricos e exemplificada pelo poço da muralha do portão de Ashtown, saturação de ar, destilação de rocio: a simplicidade de sua composição, duas partes constituintes de hidrogênio com uma parte constituinte de oxigênio: suas virtudes curativas: sua boiabilidade nas águas do mar Morto: sua penetratividade perseverante em canaletes, regas, diques inadequados, vazamentos a bordo: suas propriedades purificantes, extinguientes de sede e fogo, nutrientes de vegetação: sua infalibilidade como paradigma e paragão: suas metamorfoses como vapor, névoa, nuvem, chuva, granizo, neve, saraiva: sua força em hidrantes rígidos: sua variedade de formas em rias e baías e golfos e angras e canais e lagunas e atóis e arquipélagos e estreitos e fiordes e embocaduras e estuários mareóticos e braços de mar: sua solidez em glaciários, *icebergs*, banquisas: sua docilidade de manobra em moinhos hidráulicos, turbinas, dínamos, centrais hidroeléctricas, lavanderias, curtumes, fiação: sua utilidade em canais, rios, se navegáveis, docas flutuantes e secas: sua potencialidade derivável do domínio das marés ou corredeiras caindo de nível em nível: sua fauna e flora submarinas (anacústica, fotofóbica) numericamente, se não literalmente, os in-habitantes do globo: sua ubiquidade como constituindo 90% do corpo humano: a noxiedade dos seus eflúvios em pântanos lacustrinos, brejos pestilenciais, floricharcos murchos, poças estagnantes a lua declinante.

Tendo posto a semicheia chaleira sobre o carvão agora candente, por que retomou ele à torneira nuncfluente?

Para lavar suas mãos sujas com uma boneca parcialmente consumida de sabonete citriflagrante de Barrington, a que o papel ainda aderia (comprado treze horas antes por quatro pences e ainda não pago), em nunquamutável sempermutável água fresca fria, e secá-las, cara e mãos, num longo tecido holanda rubribordeado envolto num rolo giratório lígneo.

Que razão deu Stephen para declinar do oferecimento de Bloom?

Que ele era hidrófobo, odiando contacto parcial por imersão ou total por submersão em água fria (tendo tido lugar seu último banho no mês de outubro do ano precedente), desgostando as substâncias áqueas do vidro e do cristal, desconfiando de aquacidades de pensamento e de linguagem.

Que impediu Bloom de dar a Stephen conselhos de higiene e profilaxia a que deveriam adir-se sugestões concernentes a molhadela preliminar da cabeça e contração dos músculos com rápidos borrifos na cara e pescoço e região torácica

e epigástrica em caso de banho de mar ou rio, as partes da anatomia humana mais sensitivas ao frio sendo o cogote, o estômago e o tenar ou sola do pé?
A incompatibilidade de aquacidade com a errática originalidade do gênio.

Que adicionais conselhos didáticos reprimiu ele semelhantemente?
Dietéticos: concernentes à respectiva percentagem de energia proteínica e calórica no toicinho, bacalhau salgado e manteiga, a ausência da primeira no finicitado e a abundância da segunda no primicitado.

Quais parecia ao hóspede serem as qualidades predominantes do seu visitante?
Confiança em si mesmo, um poder igual e oposto de abandono e recuperação.

Que fenômeno concomitante ocorreu no continente do líquido por agenciamento do fogo?
O fenômeno da ebulição. Aerada por uma corrente constante de ventilação entre a cozinha e a chaminé, a ignição foi comunicada dos tições de lenha pré-combustível às massas poliédricas de carvão betuminoso, contendo em forma mineral comprimida os decíduos foliados fossilizados de florestas primevas que haviam por seu turno derivado sua existência vegetativa do sol, fonte primal de calor (radiante), transmitido através do omnipresente luminífero diatérmano éter. O calor (convecto), modo de moção desenvolvido por tal combustão, fora constante e crescentemente transferido da fonte de calorificação ao líquido contido no continente, sendo radiado através da escura superfície acidentada impolida do metal de ferro, em parte refletido, em parte absorvido, em parte transmitido, gradualmente elevando a temperatura da água de normal ao ponto ebuliente, elevação em temperatura exprimível como resultado de um consumo de 72 unidades térmicas para elevar 1 libra de água de 50° a 212° Fahrenheit.

Que anunciou a completude da elevação de temperatura?
Uma dupla ejecção falciforme de vapor d'água de debaixo da tampa da chaleira de ambos os lados simultaneamente.

Para que fim pessoal podia Bloom ter usado a água assim fervida?
Para barbear-se.

Que vantagens ocorrem com barbear-se de noite?

Barba mais macia: um pincel mais macio se intencionalmente deixado ficar de barbeio a barbeio na sua espuma aglutinada: uma pele mais macia se inesperadamente encontrando relações mulheris em lugares remotos em horas inabituais: quieta reflexão sobre o curso do dia: sensação mais limpa quando acordando após um sono mais agradável já que os ruídos matinais, premonições e perturbações, um vaso de leite chocando-se, uma dupla batida de um correio, leitura de um jornal, releitura enquanto ensaboando, reensaboando o mesmo ponto, um choque, um chusto, um pensar em algo que buscar ainda que baseado em nada a dar que causar raspeio mais rápido de barbeio e corte em cuja incisão emplastro com precisão cortado e humectado e aplicado aderido é o que devia ser feito.

Por que a ausência de luz o perturbava menos que a presença de ruído?

Por causa da segurança do sentido de tacto de sua firme forte masculina feminina passiva activa mão.

Que qualidade possuía ela (a mão) mas com que influência contra-atuante?

A qualidade operacional cirúrgica mas em que ele era relutante em derramar sangue humano mesmo quando os fins justificassem os meios, preferindo em sua ordem natural a helioterapia, a psicofisicoterapêutica, a cirurgia osteopática.

Que se pôs em exposição nas prateleiras baixa média e alta do aparador da cozinha aberto por Bloom?

Na prateleira baixa cinco pratos de desjejum verticais, seis pires de desjejum horizontais sobre os quais assentavam xícaras de desjejum invertidas, uma xícara-bigode, ininvertida, e pires do Derby da Coroa, quatro oveiros brancos auribordeados, uma carteirinha de camurça aberta exibindo moedas, em maioria cobres, e um frasco de confeitos de violeta aromáticos. Na prateleira média um oveiro lascado com pimenta, um saleiro de mesa, quatro azeitonas pretas conglomeradas num papel oleaginoso, um vaso vazio de pasta de carne Plumtree, uma cesta de vime oval forrada com fibras e contendo uma pera de Jersey, uma garrafa semiesvaziada de porto branco *Inválido* de William Gilbey e Cia., meia despida de seu envoltório de papel fino rosa coral, um pacote de chocolate solúvel *Epps*, cinco onças de chá selecto de *Anne Lynch* a 2/- por lb. num envelope de papel de chumbo amarrotado, uma latinha cilíndrica contendo o melhor torrão de açúcar cristalizado, duas cebolas, uma, a maior, espanhola, inteira, a outra, menor, irlandesa, bissectada com superfície aumentada e mais redolente, um pote de creme do Lacticínio Irlandês Modelo, um jarro de grés pardo contendo uma malga e um quarto de leite azedo adulterado, convertido pelo calor em água, soro acídulo e coalhada semissolidificada, o que juntado à quantidade subtraída para o desjejum da senhora Bloom e da senhora Fleming perfazia uma pinta imperial, a quantidade total originalmente fornecida, dois cravos, um meio pêni e um pratinho contendo uma fatia de entrecosto fresco. Na prateleira alta uma bateria de jarros de geleia de tamanhos e proveniências vários.

Que atraiu sua atenção jazendo sobre a toalha do aparador?
Quatro fragmentos poligonais de dois bilhetes de aposta escarlates lacerados, numerados 8 87, 8 86.

Que reminiscências temporariamente corrugaram seu cenho?
Reminiscências de coincidências, a verdade mais estranha que a ficção, pré-indicativas do resultado da corrida rasa da Taça de Ouro, cujo resultado oficial e definitivo ele houvera lido no *Evening Telegraph*, edição rosa final, no abrigo do cocheiro, perto da ponte Butt.

Onde prévias monições do resultado, efetivado ou prospectivo, tinham sido recebidas por ele?
No estabelecimento licenciado de Bernard Kiernan, 8, 9 e 10 da rua da Pequena Bretanha: no estabelecimento licenciado de David Byrne, 14, rua do Duque: na rua O'Connell baixa, em frente ao Graham Lemon quando um homem escuro lhe colocou na mão um volante joga-fora (subsequentemente jogado fora), anunciando Elias, restaurador da igreja de Sion: na praça Lincoln fora do estabelecimento de F. W. Sweny e Cia. (Limitada), químicos farmacêuticos, quando, quando Frederick M. (Bantam) Lyons houvera rápida e sucessivamente solicitado, perusado e restituído um exemplar da edição fluente do *Freeman's Journal* e *National Press* que ele estava a pique de jogar fora (subsequentemente jogado fora), ele continuara em direção do edifício oriental dos Banhos Turcos e Quentes, 11, rua Leinster, com a luz da inspiração brilhando em sua catadura e trazendo em seus braços o segredo da raça, gravado na linguagem da predição.

Que considerações qualificantes mitigavam suas perturbações?

As dificuldades de interpretação já que a significação de qualquer evento seguia sua ocorrência tão variavelmente quanto o rumor acústico seguia a descarga eléctrica e de contraestimativa contra uma perda efetiva por falha no interpretar a soma total das perdas possíveis procedentes originalmente de uma interpretação bem-sucedida.

Sua disposição?

Não arriscara, não esperara, não se desapontara, estava satisfeito.

Que o satisfazia?

Ter não sofrido nenhuma perda positiva. Ter levado um ganho positivo a outros. Luz ao gentio.

Como preparava Bloom uma colação para um gentil?

Deitou em duas chávenas de chá duas colheradas rasas, quatro ao todo, do chocolate solúvel de *Epps* e procedeu conformemente com as indicações para uso impressas na etiqueta, a cada uma agregando depois de tempo suficiente para a infusão os ingredientes prescritos para a difusão na maneira e quantidade prescritas.

Que superrogatórias marcas de hospitalidade especial fez o hóspede ao seu visitante?

Abandonando seu direito simposiarcal à xícara-bigode imitação do Derby da Coroa presenteada a ele por sua filha única, Millicent (Milly), ele substituiu uma xícara idêntica com a de seu visitante e serviu extraordinariamente ao seu visitante e, em medida reduzida, a si mesmo o viscoso creme ordinariamente reservado para o desjejum de sua esposa Marion (Molly).

Era o visitante cônscio e apreciou ele essas marcas de hospitalidade?

Sua atenção foi voltada para elas por seu hóspede jocosamente e ele aceitou-as seriamente no que bebiam em silêncio jocossério o produto em massa de *Epps*, a criatura chocolate.

Houve marcas de hospitalidade que ele contemplou mas reprimiu, reservando-as para o outro e para si em ocasiões futuras para completar o ato começado?

A reparação de uma fenda do comprimento de 1½ polegada no lado direito do paletó do visitante. O presente ao seu visitante de um dos quatro lenços de senhora, se e quando verificado estar em condições presenteáveis.

Quem bebeu mais depressa?

Bloom, tendo a vantagem de dez segundos ao início e tomando, da superfície côncava da colher ao longo de cujo cabo um rápido fluxo de calor era conduzido, três sorvos contra um do seu oponente, seis contra dois, nove contra três.

Que cerebração acompanhava seu ato frequentativo?

Concluindo por inspeção mas erroneamente que seu silente companheiro estava engajado numa composição mental ele refletia sobre os prazeres derivados da literatura de instrução antes que de recreação como ele mesmo aplicara às obras de William Shakespeare mais de uma vez para a solução de problemas difíceis da vida imaginária ou real.

Encontrara-lhes ele solução?

A despeito de cuidosa e repetida leitura de certas passagens clássicas, ajudada de glossário, derivara convicção imperfeita do texto, não correspondendo as respostas a todos os pontos.

Que versos concluíam sua primeira peça de poesia original escrita por ele, poeta potencial, com a idade de 11 anos em 1877 por ocasião em que se ofereceram três prêmios de 10/-, 5/- e 2/6 respectivamente por *Shamrock*, periódico semanal?

> *De ver eu me confesso*
> *Este poema impresso*
> *Desejoso em vosso jornal em canto algum.*
> *Se assim condescendeis*
> *Ao seu fim lhe poreis*
> *O nome deste criado e obrigado, L. Bloom.*

Encontrou ele forças separantes entre seu temporário visitante e ele?
   Nome, idade, raça, credo.

Que anagramas fizera ele com seu nome na juventude?

Leopold Bloom
Ellpodbomool
Molldopeloob
Bollopedoom
Old Ollebo,.MP.

Que acróstico sobre o hipocorístico do seu primeiro nome houve ele (poeta cinético) enviado à senhorita Marion Tweedy a 14 de fevereiro de 1888?

Poetas cantaram não raro em rhyma
O doce encanto de sua divina.
Loas em hymno de toada fina.
Dou eu agora à que me domina
Yaya gentil minha vida e sina.

Que o impediu de completar uma canção de circunstância (música de R. C. Johnston) sobre os acontecimentos do ano anterior, ou as festividades do fluente, intitulada *Se Brian Boru pudesse voltar e ver agora a velha Dublin*, encomendada por Michael Gunn, arrendatário do Teatro Gaiety, 46, 47, 48, 49, rua South King, e a ser incluída na sexta cena, o vale dos diamantes, da segunda montagem (30 de janeiro de 1893) da grande pantomima anual do Natal *Simbad, o marinheiro* (libreto de Greenleaf Whittier, cenários de George A. Jackson e Cecil Hicks, vestuário da senhora e senhorita Whelan, produzido por R. Shelton a 26 de dezembro de 1892 sob a supervisão pessoal da senhora Michael Gunn, coreografia de Jessie Noir, arlequinada de Thomas Otto) e cantada por Nelly Bouverist, atriz principal?

Primeiro, a oscilação entre acontecimentos de interesse imperial e local, o jubileu de diamante antecipado da rainha Vitória (nascida em 1820, entronizada a 1837) e postcipação da inauguração do novo mercado municipal de peixes; segundo, apreensão quanto à oposição por círculos extremados às visitas respectivas de Suas Altezas Reais, o duque e a duquesa de York (real) e Sua Majestade o rei Brian Boru (imaginária); terceiro, um conflito entre a etiqueta profissional e a emulação profissional relacionado com as ereções recentes do Grande Salão Lírico no Cais Burgh e o Teatro Royal na rua Hawkins; quarto, derivação resultante de compaixão pela expressão de postura não intelectual, não política, não tópica de Nelly Bouverist e a concupiscência causada pelas revelações em artigos amarelos de não intelectuais, não políticas, não tópicas roupas brancas de Nelly Bouverist quando ela (Nelly Bouverist) aparecia nos artigos; quinto, as dificuldades de seleção de música apropriada e alusões humorísticas do *Livro de piadas para todos* (mil páginas e uma gargalhada em cada uma); sexto, as rimas homófonas e cacófonas, associadas aos nomes do novo lorde prefeito, Daniel Tallon, o novo alto-xerife, Thomas Pile, e o novo procurador-geral, Dunbar Plunket Barton.

Que relações existiam entre suas idades?

Dezesseis anos antes em 1888 quando Bloom tinha a presente idade de Stephen tinha Stephen 6. Dezesseis anos depois em 1920 quando Stephen viesse a ter a presente idade de Bloom viria Bloom a ter 54. Em 1936 quando Bloom viesse a ter 70 e Stephen 54 suas idades inicialmente na razão de 16 para 0 viriam a ser na de 17½ para 13½ a proporção aumentando e a disparidade diminuindo na conformidade em que futuros anos arbitrários fossem adicionados, pois se a proporção existente em 1883 tivesse continuado imutável, concebido isso como possível, até então 1904 quando Stephen tinha 22 anos Bloom haveria de ter 374 e em 1920 quando Stephen tivesse 38, como então Bloom tinha, Bloom haveria de ter 648 enquanto em 1952 quando Stephen tivesse atingido a idade máxima pós-diluviana de 70 Bloom, estando com 1.190 anos vivos tendo nascido no ano de 714, haveria de ter sobrepassado 221 anos a idade máxima antediluviana, a de Matusalém, 969 anos, enquanto, se Stephen tivesse continuado a viver até então teria atingido aquela idade no ano 3072 A.D., Bloom teria sido obrigado a ter vivido 83.300 anos, tendo tido sido obrigado a ter nascido no ano 81396 a.c.

Que eventos podiam nulificar esses cálculos?

A cessação da existência de ambos ou cada um, a instauração de uma nova era ou calendário, a aniquilação do mundo e consequente extermínio da espécie humana, inevitáveis mas impredizíveis.

Quantos encontros prévios comprovavam suas relações preexistentes?

Dois. O primeiro no jardim de lilases da casa de Matthew Dillon, Vila Medina, estrada de Kimmage, Roundtown, em 1887, na companhia da mãe de Stephen, estando Stephen então com 5 anos de idade e relutando em dar sua mão em saudação. O segundo no café do Hotel Breslin num domingo chuvoso de fevereiro de 1892, na companhia do pai de Stephen e do tio-avô de Stephen, sendo Stephen cinco anos mais velho.

Aceitou Bloom o convite para jantar feito então pelo filho e depois secundado pelo pai?

Muito agradecidamente, com grata apreciação, com sincera gratidão apreciativa, em apreciativamente grata sinceridade de pesar, declinou.

Revelou sua conversação sobre o assunto dessas reminiscências um terceiro vínculo conectivo entre eles?

A senhora Riordan, viúva de meios independentes, residira na casa dos pais de Stephen de 1º de setembro de 1888 a 29 de dezembro de 1891 e residira também durante os anos de 1892, 1893 e 1894 no Hotel City Arms da propriedade de Elizabeth O'Dowd, 54, rua da Prússia, onde durante partes dos anos de 1893 e 1894 ela fora uma informante constante de Bloom que residia também no mesmo hotel, sendo ao tempo vendedor empregado de Joseph Cuffe, do 5, Smithfield, para a superintendência de vendas no adjacente mercado de gado de Dublin na estrada North Circular.

Cumpriu ele algum trabalho corporal especial de mercê por ela?

Ele por vezes empurrara em quentes tardes de verão, enferma viúva de meios, se tanto, independentes, sua cadeira giratória convalescente com lentas revoluções de suas rodas até a esquina da estrada North Circular ao local de comércio do senhor Gavin Low onde ela se fazia ficar por certo tempo esquadrinhando com seus óculos binoculares unifocais cidadãos irreconhecíveis nos bondes, bicicletas estradeiras, equipadas com tubos pneumáticos inflados, carruagens de aluguel, cabriolés, landós privados e de praça, canicarros, charretes e carrocinhas passando da cidade para o parque Phoenix e *vice-versa*.

Por que podia ele então suportar essas vigílias com a maior equanimidade?

Porque à meia juventude ele frequentes vezes se sentara a observar através da rodela de vidro bombeado de uma vidraça multicolorida o espectáculo oferecido com câmbios contínuos pelo logradouro afora, pedestres, quadrúpedes, velocípedes, veículos, passando lento, rápido, pausado, rodando em redor da roda da borda de precípite globo redondo.

Que distintas lembranças diferentes tinha cada um dela agora já falecida oito anos?

O mais velho, suas cartas e fichas de besigue, seu terrier *Skye*, sua fortuna supositícia, seus lapsos de reatividade e sua surdez catarral incipiente:

o mais moço, sua lamparina a óleo de colza ante a estatueta da Imaculada Conceição, suas vassouradas verdes e castanhas por Charles Stewart Parnell e Michael Davitt, seus papéis finos.

Já não havia meios restantes a ele para conseguir rejuvenescência que reminiscências tais divulgadas a um companheiro mais moço tornavam mais desejável?

Os exercícios caseiros, em antes intermitentemente praticados, subsequentemente abandonados, prescritos por Eugen Sandow no seu *Força física e como obtê-la*, concebido particularmente para homens do comércio engajados em ocupações sedentárias, deviam ser feitos com concentração mental em frente de um espelho de modo a pôr em jogo as várias famílias de músculos e produzir sucessivamente uma relaxação agradável e a mais agradável repristinação da agilidade juvenil.

Foi sua alguma agilidade especial na primeira juventude?

Embora levantamento de peso tivesse sido além de sua força e o giro completo do círculo além de sua coragem, ainda assim como escolar do Secundário Superior ele excelera na barra fixa e na execução protracta do movimento de meia alavanca nas paralelas em consequência dos seus músculos abdominais abnormalmente desenvolvidos.

Aludiu algum à sua diferença racial?
Nenhum.

Quais, reduzidos à sua mais simples forma recíproca, eram os pensamentos de Bloom sobre os pensamentos de Stephen sobre Bloom e os pensamentos de Bloom sobre os pensamentos de Stephen sobre os pensamentos de Bloom sobre Stephen?

Ele pensava que ele pensava que ele era judeu enquanto ele sabia que ele sabia que ele sabia que não era.

Quais, removidas as barreiras da reticência, eram suas respectivas filiações?

Bloom, único herdeiro nato macho transubstancial de Rudolf Virag (subsequentemente Rudolf Bloom), de Szombathely, Viena, Budapeste, Milão, Londres e Dublin, e filho de Ellen Higgins, segunda filha de Julius Higgins (nascida Karoly) e Fanny Higgins (nascida Hegarty); Stephen, mais velho herdeiro sobrevivente macho consubstancial de Simon Dedalus, de Cork e Dublin, e de Mary, filha de Richard e Christina Goulding (nascida Grier).

Foram Bloom e Stephen batizados e onde e por quem, clérigo ou secular?
Bloom (três vezes) pelo reverendo senhor Gilmer Johnston, M.A. sozinho na igreja protestante de São Nicolau de Fora, Coombe; por James O'Connor, Philip Gilligan e James Fitzpatrick, juntos, sob uma bomba na aldeia de Swords; e pelo reverendo Charles Malone, C.C., na igreja dos Três Padroeiros, Rathgar. Stephen (uma vez) pelo reverendo Charles Malone, C.C., sozinho, na igreja dos Três Padroeiros, Rathgar.

Acharam eles similares suas formações educacionais?
Substituindo Stephen por Bloom, Stoom teria passado sucessivamente por uma escola infantil e colégio secundário. Substituindo Bloom por Stephen, Blephen teria passado sucessivamente através do preparatório, graus inferior, médio e superior do intermediário, e através de inscrição o primeiro de artes, o segundo de artes e o curso de bacharelato em artes da Universidade Real.

Por que Bloom evitou referir que frequentara a universidade da vida?
Por causa de sua flutuante incerteza quanto a se essa observação tinha ou não tinha sido feita por ele a Stephen ou por Stephen a ele.

Que dois temperamentos representavam eles individualmente?
O científico. O artístico.

Que provas aduziu Bloom para provar que sua tendência era para a ciência aplicada, antes que para a pura?
Certas possíveis invenções de que cogitara quando reclinado em estado de supina repleção para ajudar a digestão, estimulado por sua apreciação da importância de invenções agora comuns mas a um tempo revolucionárias como por exemplo o paraquedas aeronáutico, o telescópio de reflexão, o saca-rolhas espiral, o alfinete de segurança, a comporta de canais com sarilho e eclusa, a bomba de sucção.

Eram essas invenções principalmente tendentes a um plano aperfeiçoado de jardim da infância?

Sim, tornando obsoletos as espingardas de ar comprimido, os balões de borracha, jogos de azar, atiradeiras. Compreendiam caleidoscópios astronômicos exibindo as doze constelações do zodíaco de Áries a Peixes, planetários mecânicos em miniatura, pastilhas-gelatina aritméticas, biscoitos geométricos em correspondência com zoológicos, bolinhas mapas-múndi, bonecas historicamente trajadas.

Que também o estimulara em suas cogitações?
O sucesso financeiro obtido por Ephraim Marks e Charles A. James, o primeiro com seu bazar de um vintém no 42, rua George, sul, o último com sua loja de 6½ e sua feira mundial de fantasias e mostra de obras de cera no 30, rua Henry, entrada a 2 p., crianças 1 p.; e as infinitas possibilidades até então inexploradas da moderna arte da propaganda se condensada em símbolos monoideais triliterais, verticalmente de visibilidade máxima (adivinha-se), horizontalmente de legibilidade máxima (decifra-se) e de eficácia magnetizante para atrair atenção involuntária, interessar, convencer, decidir.

Tais como?
K. II. Kino's II/ — Calças.
Casa de Chaves. Alexander J. Xaves.

Não tais como?
Olhe para esta vela. Calcule o tempo em que se consome e receba grátis um par de nossos calçados não adulteráveis, garante-se poder de uma vela. Dirigir-se: Barclay e Cook, 18, rua Talbot.
Bacilimorte (Pó Insecticida).
Muitomelhor (Graxa para sapatos).
Kemnunker (Canivete de bolso duas lâminas com saca-rolha, serra-unha e limpa-cachimbo).

Nunca tais como?
Que é um lar sem Carne Pasta Plumtree?
Incompleto.
Com ela um canto de gozo.
Fabricada por George Plumtree, 23, cais dos Mercadores, Dublin, embalada em potes de 4 on., e inserido pelo conselheiro Joseph P. Nannetti, MP.,

Rotunda Ward, 19, rua Hardwicke, sob as notas de falecimento e aniversários de mortes. O nome da etiqueta é Plumtree. Uma plumetree-cerejeira é uma carne-pasta, marca registada. Cuidado com as imitações. Permulte. Trempule. Mepule. Pelintra.

Que exemplo aduziu ele para induzir Stephen a deduzir que a originalidade, embora produzisse sua própria compensação, não conduz invariavelmente ao sucesso?

Seu mesmo ideado e rejeitado projeto de um carro-montra iluminado, tirado por besta de carga, em que duas mocinhas elegantemente vestidas viessem sentadas a escrever.

Que sugerida cena foi então construída por Stephen?

Hotel solitário num passo de montanha. Outono. Crepúsculo. Fogo aceso. Em canto escuro homem jovem sentado. Mulher jovem entra. Inquieta. Solitária. Senta-se. Vai à janela. Levanta-se. Senta-se. Crepúsculo. Pensa. Em papel de solitário hotel escreve. Pensa. Escreve. Suspira. Rodas e patas. Ele vem do canto escuro. Toma do papel solitário. Sustém-no contra o fogo. Crepúsculo. Lê. Solitário.

O quê?

Em manuscrito destrinclinado, vertical e sinistroverso: Hotel da Rainha, Hotel da Rainha, Hotel da Ra...

Que sugerida cena foi então reconstruída por Bloom?

O Hotel da Rainha, Ennis, condado de Clare, onde Rudolph Bloom (Rudolf Virag) morreu na tarde de 27 de junho de 1886, a certa hora indeclarada, em consequência de uma sobredose de napelo (acônito) autoministrado sob a forma de um linimento neurálgico, composto de duas partes de linimento de acônito e uma de linimento de clorofórmio (adquirido por ele às 10:20 a.m. da manhã de 27 de junho de 1886 no salão médico de Francis Dennehy, 17, rua da igreja, Ennis) após ter, embora não em consequência de tê-lo, adquirido às 3:15 p.m., na tarde de 27 de junho de 1886, um chapéu de palha picareta, extraelegante (após ter, embora não em consequência de tê-lo, adquirido à hora e lugar antedito a toxina antedita), nos armazéns-gerais de vestuário de James Cullen, 4, rua Principal, Ennis.

Atribui ele essa homonimidade a informação ou coincidência ou intuição?
Coincidência.

Pintou ele verbalmente a cena para seu visitante ver?
Ele preferiu ver o rosto de outrem e ouvir as palavras de outrem pelo que a narração potencial se consumou e o temperamento cinético se aliviou.

Viu ele apenas uma segunda coincidência na segunda cena narrada a ele, descrita pelo narrador como *Uma visão da Palestina do Pisgah* ou *A parábola das ameixas*?
Essa, com a cena precedente e com outras inenarradas mas existentes por implicação, a que se aduzam ensaios sobre assuntos vários ou apotegmas morais (e.g. *Meu herói favorito* ou *Procrastinação é o ladrão do tempo*) compostos durante os anos escolares, parecia-lhe conter em si mesma e em conjunção com a equação pessoal certas possibilidades de sucesso financial, social, pessoal e sexual, quer especialmente colectadas e seletadas como temas pedagógicos modelo (de cem por cento de mérito) para uso dos estudantes preparatórios ou de grau inferior, quer colaboradas em forma impressa, segundo o precedente de Philip Beaufoy ou do doutor Dick ou dos *Estudos em azul* de Heblon, para uma publicação de circulação e solvência certificadas, quer empregadas verbalmente como estimulação intelectual para ouvintes simpáticos, tacitamente apreciadores de narração bem lograda ou confidentemente auguradores de realização bem lograda, durante as crescentemente mais longas noites gradualmente seguintes ao solstício de verão no dia seguinte mais três, *videlicet*, terça-feira, 21 de junho (São Luís Gonzaga), nascente do sol 3:33 a.m., poente 8:29 p.m.

Que problema doméstico tanto, se não mais, quanto qualquer outro engaja sua mente?
O que fazer com as nossas esposas.

Quais haviam sido suas hipotéticas soluções singulares?
Jogos de salão (dominó, halma, jogo da pulga, palitinhos, bilboquê, napoleão, mata-cinco, besigue, vinte e cinco, fedorento, dama, xadrez, gamão): bordados, tecelagem e tricotagem para a sociedade de ajuda-a-vestir: duetos musicais, bandolim e guitarra, piano e flauta, guitarra e piano: amanuência legal ou endereçamento de envelopes: visitas bissemanais a entretenimentos

de variedades: actividade comercial como senhoras proprietárias agradavelmente ordenando e agradadamente obedecidas em leitaria fresca ou tabacaria quente: a clandestina satisfação de irritação erótica em bordéis masculinos, inspeccionados pelo estado e controlados medicamente: visitas sociais a intervalos regulares infrequentes prevenidos e com superintendência regular frequente preventiva, relações femininas de reconhecida respeitabilidade na vizinhança: cursos de instrução vesperal especialmente planeados a tornarem agradável uma instrução liberal.

Que exemplos de desenvolvimento mental deficientes em sua esposa o inclinavam em favor da finimencionada (nona) solução?

Em momentos desocupados tinha ela mais de uma vez coberto uma folha de papel com signos e hieroglifos que afirmava serem caracteres gregos e irlandeses e hebraicos. Ela interrogara constantemente a intervalos variados quanto ao correto método de escrever a maiúscula inicial de uma cidade do Canadá, Quebec. Ela entendia pouco de complicações políticas, internas, ou balança de poder, externas. No calcular as adições das faturas ela frequentemente lançava-se ao recurso da ajuda digital. Após completude de composições epistolares lacônicas ela abandonava o implemento da caligrafia no pigmento encáustico expondo-o à ação corrosiva do sulfato ferroso, vitríolo verde e bugalho. Polissílabos inusuais de origem estrangeira ela interpretava foneticamente ou por falsa analogia ou ambos: metempsicose (mete em picosos), *alias* (mendaz pessoa mencionada na Sacra Escritura).

Que compensava na falsa balança da inteligência dela essas e que tais deficiências de julgamento concernentes a pessoas, lugares e coisas?

O falso paralelismo aparente de todos os braços perpendiculares de todas as balanças, provado por construção. A contrabalança de sua proficiência de julgamento concernente a uma pessoa, provada por experimento.

Como tentou ele remediar esse estado de comparativa ignorância?

Variamente. Com deixar em lugar conspícuo um certo livro aberto em certa página: com presumir nela, quando aludindo explanatoriamente, conhecimento latente: com ridicularizar na presença dela lapso ignorante de algum ausente outro.

Com que êxito tentou ele instrução direta?
    Ela seguia não tudo, uma parte do todo, dava atenção com interesse, compreendia com surpresa, com cuidado repetia, com maior dificuldade se lembrava, esquecia com facilidade, com dúvidas recordava, re-repetia com erro.

Que sistema se revelou mais eficaz?
    Sugestão indireta implicando interesse próprio.

Exemplo?
    Ela desgostava de guarda-chuva em chuva, gostava de mulher com guarda-chuva, desgostava de chapéu novo em chuva, gostava de mulher com chapéu novo, ele comprou chapéu novo em chuva, ela levou guarda-chuva com chapéu novo.

Aceitando a analogia implicada na parábola do seu visitante que exemplos de eminência postexílica aduziu ele?
    Três buscadores da verdade pura, Moisés do Egito, Moisés Maimônides, autor do *More Nebukim* (Guia dos perplexos) e Moisés Mendelssohn de tal eminência que de Moisés (do Egito) a Moisés (Mendelssohn) não se elevou ninguém como Moisés (Maimônides).

Que asserção foi feita, sob correção, por Bloom concernente a quarto buscador da verdade pura, por nome Aristóteles, mencionado, com permissão, por Stephen?
    Que o buscador mencionado fora discípulo de um filósofo rabínico, nome incerto.

Foram outros ilustres anapócrifos filhos da lei e rebentos de uma raça eleita e rejeitada mencionados?
    Felix Bartholdy Mendelssohn (compositor), Baruch Spinoza (filósofo), Mendoza (pugilista), Ferdinand Lasalle (reformador, duelista).

Que fragmentos de verso das línguas hebraica antiga e irlandesa antiga foram citados com modulações de voz e tradução de textos por visitante a hóspede e por hóspede a visitante?
    Por Stephen: *suil, suil, suil arun, suil go siocaire agus, suil go cuin* (vai, vai, vai teu caminho, vai em seguro, vai com cuidado).

Por Bloom: *Kifeloch, harimon rakatejch m'baad l'zamatejch* (tua fonte a meio teu pelo é como uma fatia de romã).

Como foi uma comparação glífica dos símbolos fônicos de ambas as línguas feita em substanciação da comparação oral?

Na penúltima página em branco de um livro de estilo literário inferior, intitulado *Doçuras do pecado* (exibido por Bloom e de maneira tal manipulado que a capa ficou em contacto com a superfície da mesa), com um lápis (fornecido por Stephen) Stephen escreveu os caracteres irlandeses de gê, ê, dê, eme, simples e modificados, e Bloom a seu turno escreveu os caracteres hebraicos guímel, álef, dáleth e (na ausência de meme) um gof substituinte, explicando-lhes os valores aritméticos como números ordinais e cardinais *videlicet*, 3, 1, 4 e 100.

Era o conhecimento possuído por ambas de cada uma dessas línguas, a extinta e a revivida, teorético ou prático?

Teorético, confinando-se a certas regras gramaticais de acidência e sintaxe e praticamente excluindo vocabulário.

Que pontos de contacto havia entre essas línguas e entre os povos que as falavam?

A presença de sons guturais, aspirações diacríticas, letras epentéticas e servis em ambas as línguas: sua antiguidade, tendo ambas sido ensinadas na planície de Shinar duzentos e quarenta e dois anos depois do dilúvio no seminário instituído por Fenius Farsaigh, descendente de Noé, progenitor de Israel, e ascendente de Heber e Herêmon, progenitores de Irlanda: suas literaturas arqueológica, genealógica, hagiográfica, exegética, homiléctica, toponomástica, histórica e religiosa compreendendo as obras de rabis e culdis, Tora, Talmude (Mischna e Ghemara), Massor, Pentateuco, o Livro da Vaca Parda, Livro de Ballymote, a Guirlanda de Howth, o Livro de Kells: sua dispersão, perseguição, sobrevivência e revivescência: o isolamento de seus ritos sinagógicos e eclesiásticos em gueto (Abadia de Santa Maria) e casa do homem (taverna de Adão e Eva): a proscrição de seus costumes nacionais nas leis penais e atas sobre trajes judaicos: a restauração em Canaã David de Sion e a possibilidade de autonomia ou devolução política irlandesa.

Que hino salmodiou Bloom parcialmente na antecipação dessa múltipla, etnicamente irredutível consumação?

Kolod balejwaw pnimah
Nefesch, jehudi, homijah.

Por que foi o canto sobrestado à conclusão do seu primeiro dístico?
Em consequência de mnemotécnica defectiva.

Como compensou o chantre essa deficiência?
Por uma versão perifrástica do texto geral.

Em que estudo comum mergiram suas reflexões mútuas?
A simplificação crescente traçável dos hieroglifos epigráficos egípcios aos alfabetos grego e romano e a antecipação da moderna estenografia e código telegráfico nas inscrições cuneiformes (semíticas) e a escrita ogâmica quinquecostal virgular (céltica).

Aquiesceu o visitante à solicitação do hóspede?
Duplamente, com apor sua assinatura em caracteres irlandeses e romanos.

Qual era a sensação auditiva de Stephen?
Ele ouvia numa profunda antiga melodia máscula infamiliar a acumulação do passado.

Qual era a sensação visual de Bloom?
Ele via numa ágil forma familiar máscula jovem a predestinação de um futuro.

Quais foram as quasissimultâneas volicionais quasissensações de esconsas identidades de Stephen e Bloom?
Visualmente, de Stephen: A figura tradicional da hipóstase, depicta por João Damasceno, Lêntulo Romano e Epifânio Monge como leucodérmica, sesquipedália com cabeleira viniscura.
Auditivamente, de Bloom: O timbre tradicional do êxtase da catástrofe.

Que carreiras futuras tinham sido possíveis a Bloom no passado e com que exemplares?
Na igreja, romana, anglicana, ou não conformista: exemplares, o mui reverendo John Conmee S.J., o reverendo T. Salmon, D.D., preboste do

Colégio da Trindade, o dr. Alexandre J. Dowie. No foro, inglês ou irlandês: exemplares, Seymour Bushe, K.C., Rufus Isaacs, K.C. No palco, exemplares modernos ou shakespearianos, Charles Wyndham, alto-comediante, Osmond Tearle († 1901), expoente em Shakespeare.

Encorajou o hóspede seu visitante a salmodiar em voz modulada uma estranha lenda sobre um tema afim?

Tranquilizantemente, seu local onde ninguém podia ouvi-los falar estando secluso, tranquilizado, as brevagens decoctas, permitindo um sedimento residual subsólido de mescla mecânica, água plus açúcar plus creme plus chocolate, tendo sido consumidas.

Recitai a primeira (maior) parte dessa lenda salmodiada.

> *Harry Hughes e coleguinhas de escola*
> *Foram pra fora jogar bola.*
> *E a primeira que Harry Hughes jogou*
> *Caiu no jardim do judeu*
> *E a segunda que Harry Hughes jogou*
> *Quebrou janelas do judeu.*

Como recebeu o filho de Rudolph essa primeira parte?
 Com sentimento sem mescla. Sorrindo, judeu, ele ouvia com prazer e olhava para a janela da cozinha intata.
 Recitai a segunda parte (menor) da lenda.

E veio a filha do judeu
Toda vestida de verde
"Volta, volta, traquininha,
Pra jogar sua bolinha."

"Não volto e não vou voltar
Sem meus colegas de escola
Pois se o fessor se informar
Vai levantar a marola."

Ela pegou sua mãozinha
Entrou pela portinhola
Adentro de sua casinha,
Ninguém ouviu a graçola.

Ela pegou um canivete
E cortou sua cabecinha
E agora não pinta o sete
Pois que voou sua alminha.

Como recebeu o pai de Millicent essa segunda parte?
Com sentimento com mescla. Insorrindo, ele ouviu e viu com espanto uma filha de judeu, toda vestida de verde.

Condensai o comentário de Stephen.
Um dentre todos, o menos de todos, é a vítima predestinada. Uma vez por inadvertência, outra por determinação ele repta seu destino. Que vem quando ele é abandonado e o repta relutante e, como uma aparição de esperança e juventude, o retém irresistindo. Que o leva a estranha habitação, a um infiel apartamento secreto, e aí, implacável, o imola, consentindo.

Por que estava o hóspede (vítima predestinada) triste?
Ele quisera que um conto de um feito fosse contado de um feito não dele que fosse por ele não contado.

Por que estava o hóspede (relutante, consentindo) quedo?
De acordo com a lei de conservação da energia.

Por que estava o hóspede (secreto infiel) silente?
Ele pesava as evidências possíveis por e contra a matança ritual: a incitação da hierarquia, a superstição da populaça, a propagação do boato em fracção contínua de veracidade, a cobiça de opulência, a influência da retaliação, a reaparição esporádica de delinquência atavística, as circunstâncias mitigantes do fanatismo, sugestão hipnótica e sonambulismo.

De qual (se de alguma) dessas desordens mentais ou físicas estava ele não totalmente imune?
Da sugestão hipnótica: uma vez, acordando, ele não reconhecera seu apartamento de dormir: mais de uma vez, acordando, ele ficara por tempo indefinido incapaz de mover-se ou emitir sons. Do sonambulismo: uma vez dormindo, seu corpo se levantou, se agachou e rastejou na direcção de um fogo incálido e, tendo atingido seu destino, aí, enroscado, inaquecido, em roupa de noite, jazeu, dormindo.

Declarara-se o último ou qualquer fenômeno cognato em qualquer membro de sua família?
Duas vezes, na rua Holles e no terraço Ontário, sua filha Millicent (Milly) nas idades de 6 e 8 anos emitira em sono uma exclamação de ter-

ror e respondera à interrogação de duas figuras em traje de noite com uma expressão muda vazia.

Que outras lembranças infantis tinha ele dela?
Quinze de junho de 1889. Um quérulo infante feminino recém-nascido berrando de causar e de diminuir sua congestão. Uma criança apelidada de Padney Socks que sacode com sacolejos seu cofrezinho: contava os três botões fecha-braguilhas abertos dele, um, tois, tlês: uma boneca, um boneco, um marinheiro ela jogou fora: loura, nascida de dois morenos, tivera ancestralida de loura, remota, uma violação, herr Hauptmann Hainau, exército austríaco, próxima, uma alucinação, tenente Mulvey, marinha britânica.

Que características endêmicas eram presentes?
Conversamente a formação nasal e frontal era derivada em linha direta de linhagem que, embora interrompida, continuaria em intervalos distantes até os mais distantes intervalos.

Que lembranças tinha ele da adolescência dela?
Ela relegou para um canto seu arco e sua corda de pular. No gramado do duque aliciada por um visitante inglês, ela declinou de permitir-lhe fazer e tirar sua imagem fotográfica (objecção não esclarecida). Na estrada South Circular em companhia de Elsa Potter, seguida de um indivíduo de aspecto sinistro, ela desceu até meio caminho da rua Stamer e voltou atrás abruptamente (razão de mudança não esclarecida). Na véspera do seu 15º aniversário de nascimento ela escreveu de Mullingar, condado de Westmeath, uma carta fazendo breve alusão a um estudante local (faculdade e ano não esclarecidos).

Essa primeira separação, pressagiando uma segunda separação, afligia-o?
Menos que imaginara, mais que esperara.

Que segunda partida foi contemporaneamente percebida por ele semelhantemente se diferentemente?
Uma partida temporária de sua gata.

Por que semelhantemente, por que diferentemente?
Semelhantemente, porque atuadas pelo secreto objetivo de buscar um macho novo (estudante de Mullingar) ou uma erva curativa (valeriana).

Diferentemente, por causa de possíveis retornos diferentes aos habitantes ou à habitação.

Em outros respeitos eram suas diferenças semelhantes?
Em passividade, em economia, no instinto de tradição, em inesperabilidade.

Como?
Visto que se inclinando ela sustentava sua cabeleira loura para ele enlaçá-la para ela (cf. arqueio de pescoço da gata). Ademais, sobre a superfície livre do lago no Stephen's Green em meio reflexos invertidos de árvores sua cuspida não comentada, descrevendo círculos concêntricos de ondulação, indicava pela constância de sua permanência o local de um sonolento peixe prostrado (cf. espioneio de rato da gata). Ainda, a fim de lembrar-se da data, combatentes, desenlace e consequências de um famoso engajamento militar ela puxava de uma mecha de cabelo (cf. lambeio de orelha de gata). Mais ainda, Millynha tolinha, ela sonhara ter tido conversação infalada ilembrada com um cavalo cujo nome fora *Joseph* a quem (ao qual) ela oferecera uma copada de limonada que este (ele) parecera ter aceitado (cf. sonhejeio à lareira da gata). Daí em passividade, em economia, no instinto de tradição, em inesperabilidade, suas diferenças serem semelhantes.

De que maneira utilizara ele presentes, (1) uma coruja, (2) um pêndulo, dados como augúrios matrimoniais, para interessá-la e instruí-la?
Como lições de coisas para explicar: (1) a natureza e hábitos de animais ovíparos, a possibilidade do voo aéreo, certas anormalidades de visão, o processo secular do embalsamamento; (2) o princípio do pêndulo, exemplificado pelo balancim, engrenagem e regulador, a translação em termos de regulação humana e social das várias posições destrorsas dos ponteiros moventes sobre um mostrador imóvel, a exatidão da recorrência por hora de um instante em cada hora, quando o ponteiro maior e o menor estavam no mesmo ângulo de inclinação, *videlicet*, $5^5/_{11}$ minutos passados de cada hora por hora em progressão aritmética.

De que maneira reciprocava ela?
Ela lembrava: no 27° aniversário dele ela presenteou-o com uma xícarabigode imitação do Derby da Coroa de porcelana. Ela provia: em dia tri-

mestral ou cerca se ou quando compras tivessem sido feitas por ele não para ela, ela se mostrava atenta às necessidades dele, antecipando-lhe os desejos. Ela admirava: tendo um fenômeno natural sido explicado por ele não para ela, ela exprimia o desejo de possuir sem aquisição gradual uma fracção da ciência dele, a metade, o quarto, a milésima parte.

Que proposta fez Bloom, diâmbulo, pai de Milly, sonâmbula, a Stephen, noctâmbulo?

Passar a repousar as horas intervenientes entre quinta-feira (virtual) e sexta-feira (normal) num cubículo extemporizado num apartamento imediatamente acima da cozinha e imediatamente adjacente ao apartamento dormitório do seu hóspede e hóspeda.

Que várias vantagens teriam ou poderiam ter resultado da prolongação de tal extemporização?

Para o visitante: segurança de domicílio e seclusão de estudo. Para o hóspede: rejuvenescimento de inteligência, satisfação vicária. Para a hóspeda: desintegração de obsessão, aquisição de correcta pronúncia italiana.

Por que podiam essas várias contingências provisionais entre um visitante e uma hóspeda não necessariamente precludir ou ser precludidas por uma eventualidade permanente de união reconciliatória entre um condiscípulo e uma filha de judeu?

Porque o caminho para a filha era através da mãe, o caminho para a mãe através da filha.

A que pergunta polissilábica inconsequente de seu hóspede o visitante replicou uma resposta monossilábica negativa?

Se ele conhecera a falecida senhora Emily Sinico, acidentalmente morta na estação ferroviária de Sydney Parade, a 14 de outubro de 1903.

Que incoada asserção corolária foi consequentemente supressa pelo hóspede?

Uma asserção explanatória de sua ausência por ocasião da inumação da senhora Mary Dedalus, nascida Goulding, a 26 de junho de 1903, véspera do aniversário de falecimento de Rudolph Bloom (nascido Virag).

Foi a proposta de asilo aceite?

Prontamente, inexplicavelmente, com amicabilidade, gratamente, foi declinada.

Que escambo de moeda teve lugar entre o hóspede e o visitante?
O primeiro devolveu ao último, sem juros, a soma de dinheiro (£1 7x. 0.), uma libra e sete xelins, avançada por este àquele.

Que contrapropostas foram alternadamente avançadas, aceitadas, modificadas, declinadas, reformuladas em outros termos, reaceitadas, ratificadas, reconfirmadas?
Inaugurar um curso preestabelecido de instrução italiana, local a residência do instruído. Inaugurar um curso de instrução vocal, local a residência da instruída. Inaugurar uma série de diálogos intelectuais estáticos, semiestáticos e peripatéticos, locais a residência de ambos os falantes (se ambos os falantes fossem residentes do mesmo local), o hotel e taverna Ship, 6, rua da Abadia Baixa (W. e E. Connery, proprietários), a Biblioteca Nacional da Irlanda, 10, rua Kildare, o Hospital Maternidade Nacional, 29, 30 e 31, rua Holles, um jardim público, a vizinhança de um lugar de culto, a conjunção de dois ou mais logradouros públicos, o ponto de bissecção de uma linha recta traçada entre suas residências (se ambos os falantes fossem residentes em lugares diferentes).

Que tornava problemática para Bloom a realização dessas proposições mutuamente autoexcludentes?
A irreparabilidade do passado: uma vez numa sessão do Circo Albert Hengler na Rotunda, praça Rutland, Dublin, um palhaço quadricolorido intuitivo em busca da paternidade penetrara do picadeiro ao lugar do auditório em que Bloom, solitário, se sentava e publicamente declarou para hilaridade da audiência que ele (Bloom) era pai dele (do palhaço). A imprevisibilidade do futuro: uma vez no verão de 1898 ele (Bloom) marcara um florim (2x.) com três entalhes na borda serrilhada e entregara-o em pagamento de uma conta devida a e recebida por J. e T. Davy, merceeiros da família, 1, Charlemont Mall, Grand Canal, para circulação nas águas da finança cívica, para possível, circuitudinoso ou directo, retorno.

Era o palhaço filho de Bloom?
Não.

Retomou a moeda de Bloom?
Nunca.

Por que iria uma frustração recorrente deprimi-lo mais ainda?
Porque no ponto crítico da existência humana ele desejava emendar muitas condições sociais, produto de desigualdade e avareza e animosidade internacional.

Cria ele então que a vida humana era infinitamente perfectível, eliminando essas condições?
Permaneciam as condições genéricas impostas pelas leis naturais, quais distintas das humanas, como partes integrais do todo humano: a necessidade de destruição para buscar o sustento humano: o caráter penoso das funções últimas da existência separada, as agonias do nascimento e morte: menstruação monótona das fêmeas símias e (particularmente) humanas estendendo-se da idade da puberdade à menopausa: acidentes inevitáveis no mar, nas minas e fábricas: certas maladias muito penosas e suas operações cirúrgicas resultantes, lunatismo inato e criminalidade congênita, epidemias dizimantes: cataclismos catastróficos que tornam o terror a base da mentalidade humana: sublevantamentos seísmicos cujos epicentros são localizados em regiões densamente povoadas: o facto do crescimento vital, através de convulsões de metamorfoses da infância através da maturidade à decadência.

Por que desistiu ele da especulação?
Porque era tarefa para uma inteligência superior substituir outros mais aceitáveis fenômenos no lugar dos menos aceitáveis fenômenos a serem removidos.

Participou Stephen dessa dejecção?
Ele afirmou sua significação como um animal racional cônscio procedendo silogisticamente do conhecido para o desconhecido e um reagente racional cônscio entre um micro e um macrocosmo inelutavelmente construído sobre a incertitude do vazio.

Foi essa afirmação apreendida por Bloom?
Não verbalmente. Substancialmente.

Que confortava sua subapreensão?
Que como um cidadão deschavado competente ele procedera energicamente do desconhecido para o conhecido através da incertitude do vazio.

Em que ordem de precedência, com observação de que cerimônia foi o êxodo da casa da servidão para o ermo da inabitação efetuado?

Vela Acesa em Castiçal Levada por
BLOOM

Chapéu Diaconal e Freixestoque Levados por
STEPHEN

Com que intonação *secreto* de que salmo comemorativo?
O 113º, *modus peregrinus:* In exitu Israël de Egypto: domus Jacob de populo barbaro.

Que fez cada um à porta de egresso?
Bloom assentou o castiçal no soalho. Stephen pôs o chapéu à cabeça.

Para que criatura era a porta de egresso uma porta de ingresso?
Para a gata.

Que espetáculo os confrontou quando eles, primeiro o hóspede, depois o visitante, emergiram silenciosamente, duplamente escuros da obscuridade por uma passagem da ré da casa para a penumbra do jardim?
A arvorecéu de estrelas pejada de húmido fruto noitazul.

Com que meditações acompanhou Bloom sua demonstração ao companheiro das várias constelações?
Meditações de evoluções crescentemente mais vastas: da lua invisível em incipiente lunação e aproximando-se do perigeu: da infinita latiginosa incondensada Via-Láctea cintilante, discernível à luz do dia por um observador colocado ao cabo final de um poço cilíndrico vertical de 5.000 pés de fundura mergulhado da superfície para o centro da terra: de Sírio (alfa da Grande Cão) 10 anos-luz (57.000.000.000.000 de milhas) distante e em volume novecentas vezes a dimensão de nosso planeta: de Arcturo: da precessão de

equinócios, de Órion com cinturão e sêxtuplo Sol teta e nébula em que cem de nossos sistemas solares se poderiam conter: de moribundas e nascentes estrelas novas tal como a Nova em 1901: de nosso sistema arremetendo-se em direção da constelação de Hércules: da paralaxe ou derivação paraláctica de estrelas ditas fixas, na realidade sempermoventes de imensuravelmente remotos éons a infinitamente remotos futuros em comparação com o que os anos, três vintenas mais dez, do quinhão da vida humana formavam um parêntese de infinitésima brevidade.

Houve aí meditações obversas de involução crescentemente menos vasta?

Dos éons de períodos geológicos registados nas estratificações da terra: das miriádicas minutas existências orgânicas entomológicas escondidas em cavidades da terra, sob pedras removíveis, em colmeias e combros, de micróbios, germes, bactérias, bacilos, espermatozoides: dos incalculáveis triliões de biliões de milhões de moléculas imperceptíveis contidas por coesão de afinidade molecular numa simples cabeça de alfinete: do universo do soro humano constelado de corpos vermelhos e brancos, estes mesmos universos de espaço vazio constelado de outros corpos, cada um, em continuidade, seu universo de corpos componentes divisíveis dos quais cada um era de novo divisível em divisões de corpos componentes redivisíveis, dividendos e divisores sempre diminuindo sem divisão real até, se o progresso fosse levado longe bastante, nada nenhures ser nunca atingido.

Por que não elaborou ele esses cálculos a um resultado mais preciso?

Porque alguns anos antes em 1886 quando ocupado com o problema da quadratura do círculo ele aprendera a existência de um número computado a um relativo grau de exactidão com tal magnitude e de tantas casas, e.g., a 9ª potência da 9ª potência de 9, que, tendo-se obtido o resultado, 33 volumes de mil páginas impressas apertadinhas cada um de inumeráveis cadernos de resmas de papel-índia teriam de ser requisitados a fim de conterem o conto completo de seus números inteiros de unidades, dezenas, centenas, milhares, dezenas de milhares, centenas de milhares, milhões, dezenas de milhões, centenas de milhões, biliões, o núcleo da nébula de cada dígito de cada série contendo sucintamente a potencialidade de ser elevado à máxima elaboração cinética de qualquer potência de qualquer uma das suas potências.

Achava ele o problema da habitabilidade dos planetas e seus satélites por uma raça, dada em espécies, e da possível redenção social e moral da dita raça por um redentor, de mais fácil solução?

De diferente ordem de dificuldade. Cônscio de que o organismo humano, normalmente capaz de resistir a uma pressão atmosférica de 19 toneladas, quando elevado a considerável altitude da atmosfera terrestre sofria em progressão aritmética de intensidade, na conformidade de que a linha de demarcação entre a troposfera e a estratosfera era aproximada, de hemorragia nasal, respiração embargada e vertigem, quando se propondo o problema para solução ele conjecturara como hipótese de trabalho que não podia ser provado impossível que uma raça de seres mais adaptável e diferentemente anatomicamente construída podia subsistir de outra maneira em suficientes e equivalentes condições marcianas, mercuriais, venéreas, jovianas, saturnianas, neptunianas ou uranianas, embora uma apogeica humanidade de seres criados com formas várias e diferenças finitas resultasse em similares ao todo e um a cada outro haveria provavelmente lá como aqui de permanecer inalteravel e inalienavelmente atida a vaidades, a vaidades de vaidades e tudo o que é vaidade.

E o problema da redenção possível?
O menor era provado pelo maior.

Que várias feições das constelações foram a seu turno consideradas?

As várias cores significando os vários graus de vitalidade (branco, amarelo, carmesi, vermelho, cinábrio); seus graus de brilhância: suas magnitudes reveladas até e inclusive a 7ª: suas posições: a estrela do Auriga: via de Walsingham: a carreta de David: os cintos anulares de Saturno: a condensação de nebulae espirais em sóis: as rotações interdependentes de sóis duplos: os descobrimentos independentes síncronos de Galileu, Simon Marius, Piazzi, Le Verrier, Herschel, Galle: as sistematizações tentadas por Bode e Kepler de cubos de distâncias e quadrados de tempos de revolução: a quase infinita compressibilidade de cometas hirsutos e suas vastas órbitas elípticas egressivas e reentrantes do periélio ao afélio: a origem sidérea das pedras meteóricas: as inundações líbias de Marte pelo período de nascimento do mais jovem dos astroscopistas: a recorrência anual de chuvas meteóricas pelo período da festa de São Lourenço (mártir, 10 de agosto): a recorrência mensal conhecida como lua nova com a lua velha em seus braços: a influência postulada dos corpos celestes sobre os humanos: o aparecimento de uma estrela (1ª magnitude) de extraordinária brilhância dominando noite e dia (um novo sol luminoso gerado pela colisão e amálgama em incandescência de dois ex-sóis não luminosos) pelo período de nascimento de William Shakespeare perto do delta da constelação recumbente nunquampoente de Cassiopeia e de uma estrela (2ª grandeza) de origem similar mas menor brilhância que apareceu em e desapareceu da constelação da Corona Septentrionalis pelo período de nascimento de Leopold Bloom e de outras estrelas de (presumivelmente) origem similar que tinham (efetiva ou presumivelmente) aparecido em e desaparecido da constelação de Andrômeda pelo período de nascimento de Stephen Dedalus, e em e da constelação do Auriga alguns anos depois do nascimento e morte de Rudolph Bloom, neto, e em e de outras constelações alguns anos antes ou depois do nascimento ou morte de outras pessoas: os fenômenos concomitantes de eclipses, solar ou lunar, de imersão a emersão, cessação de vento, trânsito de sombra, taciturnidade de criaturas aladas, emergência de animais noturnais ou crepusculares, persistência de luz infernal, obscuridade de águas terrestres, palor de seres humanos.

Sua (de Bloom) lógica conclusão, tendo pesado a matéria e dando margem a erro possível?

Que era não uma arvorecéu, não uma grutacéu, não um bichocéu, não um homencéu. Que era uma Utopia, não havendo método conhecido do conhecido ao desconhecido: uma infinitude, tornável igualmente finita pela provável aposição supositícia de um ou mais corpos igualmente da mesma e de diferentes grandezas: uma mobilidade de formas ilusórias imobilizadas no espaço, remobilizadas no ar: um passado que possivelmente cessara de existir como presente antes de que seus futuros espectadores tivessem entrado em presente existência real.

Estava ele mais convencido do valor estético do espectáculo?

Indubitavelmente em consequência dos exemplos reiterados de poetas no delírio do frenesim de uma ligação ou no abaixamento de uma rejeição invocando ardentes constelações simpáticas ou a frigidez do satélite do planeta deles.

Aceitou ele então como artigo de fé a teoria das influências astrológicas sobre os desastres sublunares?

Pareceu-lhe a ele tão possível de prova quanto de confutação e a nomenclatura empregada em suas cartas selenográficas como atribuível a intuição verificável como falaz analogia: o lago dos sonhos, o mar das chuvas, o golfo do rocio, o oceano da fecundidade.

Que afinidades especiais lhe pareciam a ele existir entre a lua e a mulher?

Sua antiguidade no preceder e suceder a sucessivas gerações telúricas: sua predominância noturnal: sua dependência satelítica: sua reflexão luminária: sua constância sob todas as suas fases, levantando-se, e pondo-se em seus tempos designados, inchando e minguando: a invariabilidade forçada de seu aspecto: sua resposta indeterminada a interrogação inafirmativa: sua potência sobre águas efluentes e refluentes: seu poder de enamorar, de mortificar, de investir de beleza, de tornar insano, de incitar e estimular delinquência: a inescrutabilidade tranquila de sua visagem: a terribilidade de sua isolada dominante implacável resplendente propinquidade: seus ómines de tempestade ou de calma: a estimulação de sua luz, de seu movimento e de sua presença: a admonição de suas crateras, seus mares áridos, seu silêncio: seu esplendor, quando visível: sua atração, quando invisível.

Que sinal luminoso visível atraiu a Bloom, que atraiu a Stephen, o olhar?

No segundo andar (atrás) de sua (de Bloom) casa a luz de uma lâmpada a óleo de parafina com sombra oblíqua projetada contra a tela de uma persiana de rolo suprida por Frank O'Hara, fabricante de persianas de janelas, trilhos de cortinas e postigos corrediços, 16, rua Aungier.

Como elucidou ele o mistério de uma pessoa invisível, sua mulher Marion (Molly) Bloom, denotada por um visível signal esplendoroso, uma lâmpada?

Com alusões ou afirmações verbais indiretas e diretas: com afeição e admiração contidas: com descrição: com impedimento: com sugestão.

Ambos então ficaram silentes?

Silentes, contemplando cada um o outro em ambos os espelhos da carne recíproca de suasdelenãodele mesmas caras.

Ficaram eles indefinidamente inativos?

À sugestão de Stephen, à instigação de Bloom ambos, primeiro Stephen, depois Bloom, em penumbra urinaram, seus lados contíguos, seus órgãos de micturição reciprocamente tornados invisíveis por circumposição manual, seus olhares, primeiro de Bloom, depois de Stephen, elevados à luminosa e semiluminosa sombra projetada.

Semelhantemente?
As trajetórias de suas, primeiro sequentes, depois simultâneas, urinações foram dessemelhantes: a de Bloom mais longa, menos irruente, na forma incompleta da penúltima letra alfabética bifurcada o qual em seu último ano na secundária superior (1880) fora capaz de atingir o ponto de maior altitude contra toda a força concorrente da instituição, 210 escolares: a de Stephen mais alta, mais sibilante, o qual nas últimas horas do dia anterior tinha aumentado por consumo diurético uma pressão vesical insistente.

Que diferentes problemas se apresentavam a cada um concernentes ao colateral órgão invisível audível do outro?
A Bloom: os problemas da irritabilidade, tumescência, rigidez, reatividade, dimensão, sanitaridade, pilosidade. A Stephen: o problema da integridade sacerdotal de Jesus circunciso (1º de janeiro, feriado com obrigação de ouvir missa e abster-se de trabalhos servis desnecessários) e o problema de se o divino prepúcio, o anel carnal nupcial da sagrada Igreja católica apostólica romana, era merecedor de simples hiperdulia ou do quarto grau de latria conferido à abscisão de divinas excrescências tais como cabelos e unhas de pé.

Que sinal celeste foi por ambos simultaneamente observado?
Uma estrela precipitou-se com grande velocidade aparente através do firmamento de Vega na Lira acima do zênite além do agrupamento da Trança de Berenice para o signo do zodíaco de Leo.

Como o centrípeto ficante concedeu egresso ao centrífugo partinte?
Com inserir o cano de uma arruginosa chave macha no buraco de uma instável fechadura fêmea, conseguindo uma transação no corpo da chave e virando sua guarda da direita para a esquerda, retirando a lingueta de sua fenda, puxando adentro espasmodicamente uma porta obsolescente desgonçada e revelando uma abertura para livre egresso e livre ingresso.

Como se despediram, um do outro, em separação?

Ficando perpendiculares à mesma porta e em diferentes lados de sua soleira, as linhas de seus braços veledictórios encontrando-se em qualquer ponto e formando qualquer ângulo menor que a soma de dois ângulos rectos.

Que som acompanhou a união de suas tangentes, a desunião de suas (respectivamente) centrífuga e centrípeta mãos?

O som do repique da hora da noite pelo carrilhão dos sinos da igreja de São Jorge.

Que ecos desse som foram por ambos e cada um ouvidos?
Por Stephen:

> *Liliata rutilantium. Turma circumdet.*
> *Iubilantium te virginum. Chorus excipiat.*

Por Bloom:

> *Ei ó, ei ó,*
> *Ei ó, ei ó.*

Onde estavam os vários membros da companha que com Bloom aquele dia ao apelo daquele repique tinha percorrido de Sandymount no sul a Glasnevin no norte?

Martin Cunningham (na cama), Jack Power (na cama), Simon Dedalus (na cama), Tom Kernan (na cama), Ned Lambert (na cama), Joe Hynes (na cama), John Henry Menton (na cama), Bernard Corrigan (na cama), Patsy Dignam (na cama), Paddy Dignam (na tumba).

Sozinho, que ouviu Bloom?

A dupla reverberação de pés retirantes na terra celestinata, a dupla vibração de um berimbau na alameda ressoante.

Sozinho, que sentiu Bloom?

O frio do espaço interestelar, milhares de graus abaixo do ponto de congelamento ou o zero absoluto de Fahrenheit, centígrado ou de Réaumur: as admonições incipientes da aurora próxima.

De que o sinirrepique e o manitoque e o pedipasso e o solufrio o lembravam?
De companheiros agora de várias maneiras em diferentes lugares defuntos: Percy Apjohn (morto em ação, Modder River), Philip Gilligan (tísica, hospital da rua Jervis), Matthew F. Kane (afogamento acidental, baía de Dublin), Philip Moisel (piemia, rua Heytesbury), Michael Hart (tísica, Hospital Mater Misericordiae), Patrick Dignam (apoplexia, Sandymount).

Que perspectiva de que fenômeno o inclinava a ficar?
A desaparição de três estrelas finais, a difusão do alvorecer, a aparição de um novo disco solar.

Fora jamais ele espectador desses fenômenos?
Uma vez, em 1887, após uma prolongada sessão de charadas na casa de Luke Doyle Kimmage, esperara com paciência a aparição do fenômeno diurnal, sentado num muro; seu olhar voltado em direção de Mizrach, o leste.

Recordava-se ele dos parafenômenos iniciais?
Ar mais ativo, um distante galo matutinal, relógios eclesiásticos em vários pontos, música avina, as passadas isoladas de um caminheiro madrugador, a difusão visível da luz de um corpo luminoso invisível, o primeiro membro áureo do sol ressurgente perceptível baixo no horizonte.

Ficou ele?
Com funda inspiração ele voltou, reatravessando o jardim, reentrando a passagem, refechando a porta. Com breve suspiração retomou da vela, reascendeu a escada, reaproximou-se da porta do quarto da frente, andar térreo, e reentrou.

Que de repente sobresteve seu ingresso?
O lobo temporal esquerdo da esfera cava do seu crânio entrou em contacto com um ângulo de pau sólido onde, em infinitesimal mas sensível fracção de segundo depois, uma sensação penosa se locou em consequência de sensações antecedentes transmitidas e registadas.

Descrevei as alterações efectuadas na disposição dos artigos de mobiliário.
Um sofá estofado em felpa ameixa fora transferido da porta fronteira para a porta do lado da lareira perto da da Union Jack enrolada (alteração

que ele frequentemente tencionara executar): a mesa de tampo de xadrez azul e branco incrustado em majólica fora colocada em frente à porta no lugar vagado pelo sofá de felpa ameixa: o aparador de nogueira (um canto saliente do qual tinha momentaneamente barrado seu ingresso) fora removido de sua posição ao lado da porta para mais vantajosa mas mais perigosa posição em frente da porta: duas cadeiras tinham sido movidas da direita e esquerda do lado da chaminé para a posição originalmente ocupada pela mesa de tampo de xadrez azul e branco incrustado de majólica.

Descrevei-as.

Uma: uma atarracada poltrona estofada com braços robustos estendidos e encosto inclinado para trás, que, escoiceada em empurrão, tivera então revirado uma franja irregular de um tapete rectangular e agora exibia em seu espaçoso assento estofado uma centralizada descoloração difundente e minguante. A outra: uma esguia cadeira de pés extrovirados de curvas de junco lustroso, colocada diretamente em frente da outra, sua armação do cabeço ao assento e do assento à base envernizada em castanho-escuro, seu assento sendo um círculo brilhante de palhinha trançada branca.

Que significações se ligavam a essas duas cadeiras?
Significações de similitude, de postura, de simbolismo, de prova circunstancial, de supermanência testemunhal.

Que ocupava a posição originalmente ocupada pelo aparador?
Um piano-armário (Cadby) com teclado exposto, suportando seu caixão fechado um par de luvas longas amarelas de senhora e um cinzeiro esmeralda contendo quatro fósforos consumidos, um cigarro parcialmente consumido e duas pontas de cigarro descoloridas, seu atril suportando a música na clave de sol natural para canto e piano da *Velha doce canção do amor* (letra de G. Clifton Bingham, composta por J. L. Molloy, cantada por madame Antoinette Sterlingg) aberta na última página com as indicações finais de *ad libitum*, forte, pedal, *animato*, sustido, pedal, *ritirando*, fim.

Com que sensações contemplou Bloom em rotação esses objetos?
Com tensão, elevando o castiçal: com pena, sentindo na sua fonte direita uma tumescência contusa: com atenção, focando seu olhar numa larga baça passiva e numa esguia brilhante ativa: com solicitude, inclinando-se e

desvirando a tapetifranja revirada: com diversão, lembrando-se do plano de cores do dr. Malachi Mulligan contendo a gradação do verde: com prazer, repetindo as palavras e ato antecedente e percebendo através de vários canais de sensibilidade interna a consequente e concomitante tépida difusão agradável de descoloração gradual.

Sua conduta seguinte?

De uma caixa aberta sobre a mesa de tampo de majólica ele extraiu um diminuto cone preto, uma polegada de altura, colocou-o em sua base circular num pequeno prato de estanho, colocou seu castiçal no canto direito do consolo da lareira, retirou de seu colete uma folha de prospecto dobrada (ilustrada) intitulada Agendath Netaim, desdobrou-a, examinou-a superficialmente, enrolou-a como fino cilindro, igniu-o na chama da vela, aplicou-o quando ignido ao ápice do cone até o último atingir o estágio de rutilância, colocou o cilindro na base do castiçal dispondo sua parte inconsumida em maneira tal a facilitar combustão total.

Que se seguiu a essa operação?

Que o cume da cratera cônica truncada do diminuto vulcão emitiu uma vertical e serpentina fumaça redolente de aromático incenso oriental.

Que objetos homotéticos, outros que o castiçal, estavam no consolo da lareira?

Um relógio de mármore estriado de Connemara, parado a horas 4:46 a.m. no dia 21 de março de 1896, presente matrimonial de Matthew Dillon: uma árvore anã de arborescência glacial sob uma campânula transparente, presente matrimonial de Luke e Caroline Doyle: uma coruja empalhada, presente matrimonial do edil John Hooper.

Que intercâmbios de olhadelas tiveram lugar entre esses objetos e Bloom?

No reflexo do espelho auridebruado as costas não decoradas da árvore anã olhavam para as costas tesas da coruja empalhada. Ante o espelho o presente matrimonial do edil John Hooper com um claro maneiro melancólico brilhoso parado compassivo olhar mirava Bloom enquanto Bloom com um obscuro tranquilo profundo parado compassivado olhar mirava o presente matrimonial de Luke e Caroline Doyle.

Que imagem compósita assimétrica no espelho atraiu então sua atenção?
A imagem de um solitário (ipsorrelativo) mutável (aliorrelativo) homem.

Por que solitário (ipsorrelativo)?
Irmãos e irmãs nenhuns ele tivera,
Mas dele o pai filho do avô proviera.

Por que mutável (aliorrelativo)?
Da infância à maturidade ele se parecera à progenitriz materna. Da maturidade à senilidade ele crescentemente se pareceria ao seu genitor paterno.

Que impressão visual final foi a ele comunicada pelo espelho?
A reflexão óptica de vários volumes invertidos inadequadamente arranjados e não na ordem de suas letras comuns com títulos cintilantes nas duas estantes fronteiras.

Catalogai esses livros.
Directório do Correio de Dublin de Thom, 1886.
Denis Florence M'Carthy, *Obras poéticas* (marcador de folha de faia de cobre à p. 5)
Shakespeare, *Obras* (marroquim carmesi escuro, ferros ouro).
O calculador rápido à mão (percalina castanha).
A história secreta da corte de Carlos II (percalina vermelha, encadernação filetada).
O guia da criança (percalina azul).
Quando éramos garotos, de William O'Brien, M.P. (percalina verde, levemente desbotada, envelope marcador à p. 217).
Pensamentos de Espinosa (couro marrom).
A história dos céus, de sir Robert Ball (percalina azul).
Ellis, *Três viagens a Madagáscar* (percalina castanha, título obliterado).
A correspondência Stark-Munro, de A. Conan Doyle, propriedade da Biblioteca Pública da Cidade de Dublin, 106, rua da Capela, emprestado a 21 de maio (véspera de Pentecostes) de 1904, devolver a 4 de junho de 1904, treze dias ultrapassados (encadernação de percalina preta, levando etiqueta branca literinumérica).
Viagens pela China, de "Viator" (capeado com papel de embrulho, título a tinta vermelha).

Filosofa do Talmude (folheto costurado).
Lockhart, *Vida de Napoleão* (faltando a capa, notas marginais, minimizando as vitórias, maximizando as derrotas do protagonista).
Soll und Haben, de Gustav Freytag (cartolina preta, caracteres góticos, cupão de cigarro marcador à p. 24).
Hozier, *História da guerra russo-turca* (percalina castanha, 2 volumes, etiqueta colada, Biblioteca da Guarnição Governor's Parade, Gibraltar, no verso da capa).
Laurence Bloomfield na Irlanda, de William Allingham (segunda edição, percalina verde, desenho de trevo dourado, nome do dono anterior no recto da guarda raspado).
Manual de astronomia (capa, couro castanho, destacadas, cinco lâminas, tipo romano interduo, notas do autor de pé de página incomparável, marginais breviário, cabeçalhos filosofia).
A vida oculta de Cristo (cartolina preta).
No rastro do sol (percalina amarela, rosto faltando, título repetido na testada).
Força física e como obtê-la, de Eugen Sandow (percalina vermelha).
Breves mas claros elementos de geometria escritos em francês por F. Ignat. Pardies e posto em inglês por John Harris D.D. Londres, impressos para R. Knaplock na Cabeça do Bifpo MDCCXI, com epiftola dedicatória ao seu digno amigo Charles Cox, efcudeiro, Membro do Parlamento pelo burgo de Southwark e tendo uma declaração caligrafada a tinta na guarda certificando que o livro era da propriedade de Michael Gallagher, datado nefte dia 10 de maio de 1822 e requerendo da pefsoa que o achafse perdido ou defgarrado reftituir a Michael Gallagher, carpinteiro, Dufery Gate, Ennifcorthy, condado de Wicklow, o mais goftoso lugar do mundo.

Que reflexões ocuparam sua mente durante o processo de reversão dos volumes invertidos?
A necessidade da ordem, um lugar para cada coisa e cada coisa no seu lugar: a deficiente apreciação da literatura por parte das mulheres: a incongruidade de uma maça encunhada num cancco e de um guarda-chuva fincado numa latrina: a insegurança de esconder qualquer documento secreto atrás, debaixo ou entre as páginas de um livro.

Que volume era o maior de porte?
Hozier, *História da guerra russo-turca*.

Que entre outros dados continha o segundo volume da obra em questão?
 O nome de uma batalha decisiva (esquecido), frequentemente lembrado por um oficial decisivo, major Brian Tweedy (lembrado).

Por que, primeiro e segundo, não consultou ele a obra em questão?
 Primeiro, para exercitar a mnemotécnica: segundo, porque após um intervalo de amnésia, quando sentado à mesa central, pronto a consultar a obra em questão, ele se lembrara por mnemotécnica do nome do engajamento militar, Plevna.

Que lhe trouxe consolação em sua postura sentada?
 A candura, nudez, donaire, tranquilidade, juventude, graça, sexo, conselho de uma estátua erecta no centro da mesa, uma imagem de Narciso adquirida em leilão de P. A. Wren, 9, passeio de Bachelor.

Que lhe causou irritação em sua postura sentada?
 A pressão inibitória do colarinho (tamanho 17) e do colete (5 botões), dois artigos de roupa supérfluos no traje de homens maduros e inelásticos a alterações de massa por expansão.

Como foi a irritação minorada?
 Ele removeu seu colarinho, contido com a gravata negra e botão dobradiço, de seu pescoço para um sítio à esquerda da mesa. Desabotoou sucessivamente em direção reversa o colete, calças, camisa e a camiseta ao longo da linha medial de pelos pretos irregulares incrispados estendendo-se em convergência triangular da bacia pélvica sobre a circunferência do abdômen e do fossículo umbilical ao longo da linha medial dos nodos de intersecção até a sexta das vértebras peitorais, daí expandindo-se em ambas as direções em ângulos rectos e terminando em círculos descritos cerca de dois pontos equidistantes, direito e esquerdo, dos cumes das proeminências mamárias. Desatou sucessivamente cada um dos seis menos um dos botões dos suspensórios das calças, dispostos aos pares, um dos quais incompleto.

Que ações involuntárias se seguiram?
 Ele comprimiu entre dois dedos a carne circunjacente a uma cicatriz na região infracostal esquerda abaixo do diafragma resultante de uma ferroada infligida duas semanas e três dias previamente (23 de maio de 1904) por

uma abelha. Coçou imprecisamente com sua mão direita, embora insensível a prurição, vários pontos e superfícies de sua parcialmente exposta, inteiramente abluída pele. Inseriu sua mão esquerda no bolso baixo esquerdo do seu colete e extraiu e repôs uma moeda de prata (1 xelim), aí posta (presumivelmente) por ocasião (17 de outubro de 1903) da inumação da senhora Emily Sinico, em Sydney Parade.

Compilai o orçamento de 16 de junho de 1904.

Débito	£	x.	p.	Crédito	£	x.	p.	1
1 Rim de porco	0	0	3	Líquido à mão	0	4	9	1
1 Exemplar do *Freeman's Journal*	0	0	1	Comissão recebida *Freeman's Journal*	1	7	6	1
1 Banho e gratificação	0	1	6	Empréstimo				
Bonde	0	0	1	(Stephen Dedalus)	1	7	0	
1 In Memoriam Patrick Dignam	0	5	0					
2 Bolachas *Banbury*	0	0	1					
1 Almoço	0	0	7					
1 Renovação da taxa de livro	0	1	0					
1 Maço de papel de carta e envelopes	0	0	2					
1 Jantar e gratificação	0	2	0					
1 Mandado postal e selo	0	2	8					
Bonde	0	0	1					
1 Pé de porco	0	0	4					
1 Pata de carneiro	0	0	3					
1 Barrinha de chocolate simples *Fry*	0	0	1					
1 Pão-d'água	0	0	4					
1 Café e bolinho	0	0	4					
Empréstimo (Stephen Dedalus) reembolso	1	7	0					
SALDO	0	17	5					
	£2	19	3		£2	19	3	

Continuou o processo de desvestidura?

Sensível a uma benigna dor persistente nas solas dos pés ele estendeu o pé para um lado e observou as pregas, protuberâncias e pontos salientes causados por pressão do pé no curso de andar repetidamente em várias direções, depois, inclinando-se, ele desatou os cordões, desenganchou e desapertou os cordões, tirou suas duas botinas pela segunda vez, descolou a parcialmente húmida meia direita a parte dianteira da qual a unha do seu artelho maior de novo efractara, levantou o pé direito e, tendo desganchado uma liga elástica púrpura de meia, tirou a meia direita, colocou seu pé direito despido na borda do assento de sua cadeira, pinçou e lacerou delicadamente a parte protrusa da unha do artelho maior, levantou a parte lacerada às narinas e inalou o odor do sabugo, depois com satisfação atirou o fragmento unguical lacerado.

Por que com satisfação?

Porque o odor inalado correspondia a outros odores inalados de outros fragmentos unguicais, pinçados e lacerados pelo senhorzinho Bloom, aluno da escola juvenil da senhora Ellis, pacientemente cada noite no acto de breve genuflexão e prece noturna e meditação ambiciosa.

Em que última ambição tinham agora todas as concorrentes e consecutivas ambições coalescido?

Não a de herdar por morgadio de primogenitura, gabelagem ou burgado inglês, ou de possuir em perpetuidade um domínio extenso de um suficiente número de acres, varas e perchas, medida fundiária estatutária (avaliação £42), de pastios turfários arrodeando um senhorio baronial com porteiragem e caminho carreiro nem, de outro lado, uma mansão aterraçada ou vila paredemeia, descritas como *Rus in Urbe ou Qui si sana*, mas a de adquirir por pacto privado a pronto pagamento uma moradia bangalô de tecto de restolho de dois andares de aspecto meridional, encimada de cata-vento e para-raios, conexo com o solo, com varanda coberta de plantas parasitas (hera ou trepadeira da Virgínia), o portal, verde-oliva, com elegante acabamento de postura e ferragens de latão luzidio, frontada em estuque com rendilhado dourado nos beirais e frontão, elevando-se, se possível, numa leve eminência com vista agradável do balcão com parapeito de pilares de pedra sobre pastagens inocupadas e inocupáveis interjacentes e plantado em 5 ou 6 acres de terreno seu mesmo, a distância tal do mais próximo logradouro público que tornasse suas luzes visíveis à noite acima e através de uma sebe viva de pilriteiros carpinos de corte topiário, situado a um ponto dado não menor que uma milha estatutária da periferia da metrópole, dentro de um tempo limite de não mais que cinco minutos de linha de bonde ou de trem (e.g., Dundrum, sul, ou Sutton, norte, ambas as localidades igualmente consideradas por experiência como parecendo-se aos polos terrestres no serem climas favoráveis aos predispostos à tísica), sendo a propriedade assegurada sob cessão arrendatária, prazo de 999 anos, a compartimentação consistindo em um salão com janela em sacada (duas ogivas), termômetro pendurado, uma sala de estar, quatro quartos de dormir, dois quartos de criados, cozinha ladrilhada com fogão e copa, saleta de estar com armários embutidos para rouparia, estante dividida de carvalho defumado contendo a *Encyclopaedia Britannica* e o *New Century Dictionary*, armas orientais e medievais obsoletas transversas, gongo de jantar, lâmpada de alabastro, vaso pendurado, receptor telefônico automático de vulcanite com catálogo junto, tapete Axminster de tufos feitos a mão de fundo creme e borda em treliça, uma mesa de lu de uma perna e pé de garra, lareira com ferros de latão maciço e relógio cronômetro no consolo de ouropel, marcador garantido com carrilhão de catedral, barômetro com carta hidrográfica, canapés espreguiçadeiras confortáveis com almofadas de cantoneira, estofadas de pelúcia rubi com bom molejo e centro afundado, um biombo japonês de três panos e escarradeiras (estilo clube, belo couro cor de vinho, lustro renovável com um mínimo de esforço pelo uso de óleo de linhaça e vinagre) e um lustre em candelabro central piramidalmente prismático, um poleiro de madeira recurva com papagaio dá a patinha (linguagem expurgada), papel de parede em relevo a 10/- a dúzia com festões transversos de desenho floral carmim e friso de tope em coroa, escadaria, três lances contínuos em ângulos rectos sucessivos, de carvalho clariveado envernizado, pisos e espelhos, pilar, balaústre e corrimão, painel dado lateral de degraus, tratados a cera canforada, quarto de banho, suprimento quente e frio, banheira e chuveiro: casinha no mezanino provida de janela oblonga de vidro opaco, assento dobrável, lâmpada de peanha, descarga em biela de cobre, braçadeiras, tamborete e oleogravura artística na face interna da porta: idem, comum: apartamentos de criados com pertences sanitários e higiênicos separados para a cozinharia, a principal e a ajudante (salário, elevando-se por incrementos bianuais automáticos de £2, com bonificação anual de seguro compreendendo a fidelidade (£1) e pensão de aposentadoria (baseada no sistema dos 65 anos) após trinta anos de serviço), despensa, manteigaria, salsicharia, geladeira, dependências, adega de carvão e lenha com caixas de vinho (vindimas não espumantes e espumantes) para visitantes distintos, se convidados a jantar (traje de noite), suprimento geral de gás de monóxido de carbono.

Que atrações adicionais poderiam os locais conter?

Como adendo, uma quadra de tênis e frontão, um viveiro de plantas, uma estufa de vidro com palmas tropicais, equipada na melhor maneira botânica, um pedregulhado com esguicho de água, uma colmearia arranjada segundo princípios humanitários, tufos ovais de flores em canteiros rectangulares dispostos com elipses excêntricas de túlipas escarlates e crômias, cilas azuis, açafrões, poliantos, cravos-de-poeta, ervilhas-de-cheiro, lírios-do-vale (bulbos obteníveis de sir James W. Mackey Limitada) [atacado e varejo], negociante e viveirista de sementes e bulbos, agente de adubos químicos, 23, rua Sackville, alta), um pomar, horta de cozinha e vinha, protegidos contra trespassantes ilegais com cercas murais vitricoroadas, um telheiro a cadeado para vários implementos inventariados.

Tais?

Arapucas de enguias, côvão de lagostas, caniços, machadinha, balança romana, mó, pila-pedra, enrola-cabo, manta de carruagem, escada dobradiça, ancinho de dez dentes, tamancos para lavagem, trilhadeira de feno, rabiscadeira, podão, balde de tinta, brocha, enxada e assim por diante.

Que melhoramentos poderiam subsequentemente ser introduzidos?

Uma coelheira e um galinheiro, um pombal, uma estufa botânica, duas hamacas (de dama e de cavalheiro), um solário sombreado e abrigado por árvores de laburno ou lilá, uma sineta tilintante japonesa exoticamente harmonicamente concertada fixada ao mourão lateral esquerdo do portão, um capacitoso tonel, uma cortadeira de escape lateral com saco para a grama, um irrigador giratório com mangueira hidráulica.

Que facilidades de trânsito eram desejáveis?

Quando rumo da cidade conexão frequente por trem ou bonde de respectivas estações intermediárias ou terminais. Quando rumo do campo velocípedes, um triciclo estradeiro sem correntes roda livre com carrinho lateral ligado, ou tracção de tiro, um asno com charrete de vime ou elegante fáeton com um bom cavalicoque solidungular (ruão capão, 14 plms.).

Qual poderia ser o nome dessa residência erigível ou erigida?
Chalé Bloom-Floração. São Leopoldo. Flowerville.

Podia o Bloom de 7, rua Eccles, antever o Bloom de Flowerville?
Em amplos trajes pura lã com casquete de tuíde Harris, preço 8/6, e botas utilitárias de jardim com nesgas elásticas e regador, plantando tenros abetinhos alinhados, seringando, podando, estaqueando, semeando feno, rolando um carrinho com ervas capinadas sem fadiga excessiva ao poente a meio o aroma do feno recém-mondado, melhorando o solo, multiplicando em sabedoria, atingindo a longevidade.

Que sílabo de buscas intelectuais eram simultaneamente possíveis?
Fotografia instantânea, estudo comparativo de religiões, folclore relativo a várias práticas amatórias e supersticiosas, contemplação das constelações celestiais.

Que recreações mais ligeiras?
Fora: jardim e trabalho do campo, ciclismo horizontal em pistas macadamizadas, ascensão de colinas moderadamente altas, natação em água doce seclusa e canoagem imolesta de rio em esquife seguro ou caíque leve com ancorete de sirga em bordadas livres de represas e rápidos (período de estivação), perambulação vespertinal ou circumprocissão equestre com inspeção de paisagens estéreis e contrastantemente agradáveis fumarentos fogos de turfa dos chalezeiros (período de hibernação). Discussão em casa em tépida segurança de problemas insolvidos históricos e criminais: leitura de obras-primas eróticas exóticas inexpurgadas: carpintaria doméstica com caixa de ferramentas contendo martelo, sovela, pregos, parafusos, tachinhas, verruma, tenazes, plaina e chave de fenda.

Poderia ele tornar-se um fidalgo rural de produção de campo e gado em pé?
Não impossivelmente, com uma ou duas vacas desmamáveis, um roceiro de feno alto e implementos granjeiros de requisito, e.g., uma batedeira de cabo a rabo, uma esmagadeira de nabo etc.

Quais seriam suas funções cívicas e estadão social entre as famílias do condado e a fidalguia terrantesa?

Dispostos sucessivamente em poderes ascendentes de ordem hierárquica, os de jardineiro, granjeiro, cultivador, criador, e, no zênite de sua carreira, magistrado residente ou juiz de paz com timbre de família e cota de armas e apropriado lema clássico *(Semper paratus)*, devidamente registados no diretório da corte (Bloom, Leopold P., M.P., P.C., K.P., L.L.D.* *honoris causa*, Bloomville, Dundrum) e mencionado na informação da corte e da elegância (o sr. e sra. Leopold Bloom partiram de Kingstown para a Inglaterra).

Qual linha de acção delineava ele para si em tal qualidade?

Uma linha que jazia entre a clemência indevida e o rigor excessivo: a dispensação numa sociedade heterogênea de classes arbitrárias, incessantemente rearranjadas em termos de maior e menor desigualdade social, de indisputável justiça inoblíqua homogênea, temperada com mitigantes da mais larga latitude possível mas exaccionante ao último ceitil com confiscação de patrimônio, real e pessoal, para a coroa. Leal ao mais alto poder constituído na terra, atuado por um amor inato de rectitude seus objectivos seriam a estreita manutenção da ordem pública, a repressão de muitos abusos embora não de todos simultaneamente (cada medida de reforma ou redução sendo solução preliminar a ser contida por fluência na solução final), a sustentação da letra da lei (consuetudinária, estatutária e direito comercial) contra todos os atravessadores em conluio e transgressores agindo em contravenção de disposições e regulamentos, todos os ressuscitadores (por intrusão de furto menores de mixaria), de direitos de relego, obsoletos por dessuetude, todos os instigadores bombásticos de perseguição internacional, todos os perpetradores de animosidades internacionais, todos os molestadores desprezíveis da convivialidade doméstica, todos os violadores recalcitrantes da conubialidade doméstica.

Provai que ele amara a rectitude desde a primeiríssima juventude.

Ao senhorzinho Percy Apjohn na secundária superior em 1880 ele divulgara sua descrença nos dogmas da igreja irlandesa (protestante) (a que seu

---

* M*(ember of)* P*(arliament)*, membro do Parlamento, P*(rivy)* C*(ounsel)*, Conselheiro Privado (da Coroa), K*(night of St.)* P*(atrick)*, Cavalheiro (da Ordem de) São Patrício, *Legum Doctor*, Doutor em Direito. (N. do T.)

pai Rudolf Virag, mais tarde Rudolph Bloom, se convertera da fé e comunhão israelíticas em 1865 pela Sociedade para a Promoção da Cristandade entre os judeus) subsequentemente abjurada por ele em favor do catolicismo romano à época de e com vistas ao seu matrimônio em 1888. A Daniel Magrane e Francis Wade em 1882 durante uma amizade juvenil (terminada pela emigração prematura do primeiro) ele advogara durante perambulações noturnas a teoria política de expansão colonial (v.g. canadense) e as teorias evolucionistas de Charles Darwin, expostas em *A ascendência do homem* e *A origem das espécies*. Em 1885 ele exprimira publicamente sua adesão ao programa econômico colectivo e nacional advogado por James Fintan Lalor, John Fisher Murray, John Mitchel, J.F.X. O'Brien e outros, a política agrária de Michael Davitt, a agitação constitucional de Charles Stewart Parnell (M.P. pela cidade de Cork), o programa de paz, poupança e reforma de William Ewart Gladstone (M.P. por Midlothian, N.B.*) e, em apoio de suas convicções políticas, galgara posição segura entre as ramificações de uma árvore na estrada de Northumberland para ver a entrada (2 de fevereiro de 1888) na capital de uma procissão de demonstração de archotes de 20.000, dividida em 120 corporações trabalhadoras, levando 2.000 tochas em escolta ao marquês de Ripon e John Morley.

Quanto e como se propunha ele pagar por sua residência de campo?

De acordo com o prospecto da Sociedade Construtora Industrial Estrangeira Aclimatada Nacionalizada Amigável Estatissubvencionada (incorporada em 1874) um máximo de £ 60 por ano, sendo 1/6 da renda assegurada, derivada de títulos de confiança áurea, representando 5% de juros simples sobre um capital de £ 1.200 (estimativa do preço de compra a vinte anos) dos quais 1/3 a ser pago na aquisição e o saldo em forma de embolso anual, a saber, £ 800 mais 2½ de juros sobre o mesmo, pagável trimestralmente em prestações anuais iguais até extinção por amortização do empréstimo adiantado para a compra dentro de um período de vinte anos, perfazendo um rendimento anual de £ 64, aluguel incluído, permanecendo os títulos de propriedade de posse do emprestador ou emprestadores com uma cláusula de segurança presumindo venda forçada, execução hipotecária e compreensão mútua no caso de falta protracta de pagamento nos termos convencionados,

---

*N(orth) B(ritain), Bretanha do Norte. (*N. do T.*)

devendo de outro modo a mesão tornar-se propriedade absoluta do ocupante locatário à expiração do período de anos estipulado.

Que rápidos mas inseguros meios de opulência poderiam facilitar a compra imediata?

Um telégrafo sem fio privado transmitiria por sistema de ponto e traço o resultado de uma corrida nacional equina (rasa ou de obstáculos) de uma ou mais milhas e jeiras ganho por um azar cotado a 50 por 1 às 3:08 p.m. em Ascot (tempo de Greenwich) sendo a mensagem recebida e disponível para fins de aposta em Dublin às 2:59 p.m. (tempo de Dunsink). A inesperada descoberta de um objeto de grande valor monetário: pedra preciosa, selos postais adesivos ou carimbados (7 xelins, malva, não picotado, Hamburgo, 1866: 4 pences, rosa, papel azul picotado, Grã-Bretanha, 1855: 1 franco, bistre, oficial, pespicotado, sobre carga diagonal, Luxemburgo, 1878): anel dinástico antigo, relíquia única em repositórios inusuais ou por meios inusuais: do ar (lançado por uma águia em voo), pelo fogo (a meio restos carbonizados de um edifício incendiado), no mar (a meio destroços, avarias, à deriva, derrelictos), na terra (na moela de uma ave comestível). Uma doação de prisioneiro espanhol de um tesouro distante de preciosidades em espécie ou lingote alojado numa corporação bancária solvente cem anos antes a 5% de juros compostos de valor montante de £ 5.000.000 stlns. (cinco milhões de libras esterlinas). Um contrato com um contratante inconsiderado para a entrega de 32 consignações de certa mercadoria dada em consideração de pagamento à vista contra a entrega à razão inicial de 1/4 p. a ser incrementada constantemente em progressão geométrica de 2 (1/4 p., 1/2 p., 1 p., 2 p., 4 p., 8 p., 1 x. 4 p., 2 x. 8 p., a 32 termos). Um plano preparado na base de um estudo das leis de probabilidade para quebrar a banca em Monte Carlo. Uma solução do secular problema da quadratura do círculo, prêmio governamental de £ 1.000.000 de esterlinas.

Era vasta a riqueza adquirível através de condutos industriais?

A recuperação de dunans de solo arenoso devoluto, proposta no prospecto de Agendath Netaim, Bleibtreustrasse, Berlim, W. 15, pelo cultivo de plantações de laranja e melonais e reflorestamento. A utilização de papel usado, peles de roedores de esgotos, excremento humano possuindo propriedades químicas, em vista da vasta produção do primeiro, vasto número dos segundos e imensa quantidade do terceiro, sendo cada ser humano normal de vitalidade e apetite médios produtor anualmente, omitindo o subproduto de água, da soma total de 80 lbs. (dieta misturada animal e vegetal), a serem multiplicadas por 4.386.035 do total da população da Irlanda de acordo com os resultados do censo de 1901.

Havia planos de mais amplo escopo?
 Um plano a ser formulado e submetido à aprovação dos comisssários do porto para a exploração da hulha branca (força hidráulica), obtida por central hidroeléctrica no pico da maré na barra de Dublin ou no cabeço das águas em Pulafuca ou Powerscourt ou bacias de captação das principais correntes para a produção econômica de 500.000 C.V.A. de electricidade. Um plano de murar o delta peninsular de North Bull a Dollymount e erigir no espaço do promontório, usado para campos de golfe e linhas de rifle, uma esplanada asfaltada com cassinos, tendinhas, galerias de tiro, hotéis, pensões, salas de leitura, estabelecimentos para banhos mistos. Um plano para uso de canicarros e capricarros para a entrega de leite de manhãzinha cedo. Um plano para o desenvolvimento do tráfico turístico irlandês em e em volta de Dublin por meio de fluvibotes petrolipropelidos, transitando pelo caminho fluvial entre a ponte Island e Ringsend, charabãs, ferrovias locais de bitola estreita, e vapores de recreio para navegacão costeira [10/- por pessoa por dia, guia (trilíngue) incluído]. Um plano para repristinação dos tráfegos de passageiros e mercadorias sobre as aquavias irlandesas, quando livradas dos leitos de plantas. Um plano para conectar por bonde o Mercado de Gado (estrada North Circular e rua da Prússia) com os cais (rua do Xerife, baixa, e East Wall), paralelo à linha ferroviária (em conjunção com a ferroviária da Great Southern and Western) entre o parque de gado, a junção do Liffey, e o término da ferrovia Midland Great Western, 43 a 45, North Wall, na proximidade das estações terminais ou ramos de Dublin da Great Central Railway, Midland Railway of England, City of Dublin Steam Packet Company, Lancashire e Yorkshire Railway Company, Dublin and Glasgow Steam Packet Company, Glasgow Dublin and Londonderry Steam Packet Company (linha Laird), British and Irish Steam Packet Company, Dublin and Morecambe Steamers, London and North Western Railway Company, Dublin Port and Docks Board Landing Sheds e entrepostos de trânsito de Palgrave, Murphy and Company, proprietários

armadores, agentes de vapores do Mediterrâneo, Espanha, Portugal, França, Bélgica e Holanda e para transporte animal e milhagem adicional operados pela Dublin United Tramway Company, Limited, a serem cobertos pelas taxas de invernada.

Postulando que prótase se tornaria a contratação de tais vários planos uma natural e necessária apódose?

Dada uma garantia igual à soma buscada, o apoio, por feito de doação e fianças transferidas durante a vida do doador ou por legado após extinção indolor do doador, de financistas eminentes (Blum Pasha, Rothschild, Guggenheim, Hirsch, Montefiore, Morgan, Rockefeller) possuidores de fortunas de seis algarismos, amealhadas durante uma vida exitosa, e juntando capital com oportunidade a coisa requerida estava feita.

Que eventualmente o tornaria independente de semelhante riqueza?

A descoberta independente de um aurifilão de minério inexaurível.

Por que razão meditava ele em planos de tão difícil realização?

Era um dos seus axiomas que meditações similares ou a relação automática a si mesmo de uma narrativa concernente a si mesmo ou a remembrança tranquila do passado quando praticadas habitualmente antes de retirar-se pela noite aliviavam a fadiga e produziam como resultado repouso cabal e vitalidade renovada.

Suas justificações?

Como físico ele aprendera que dos setenta anos de vida humana completa pelo menos 2/7, *videlicet*, vinte anos passavam-se em sono. Como filósofo ele sabia que à terminação de qualquer quinhão de vida somente uma parte infinitésima dos desejos de qualquer pessoa se realizara. Como fisiologista ele cria na placação artificial de agenciamentos malignos operativos principalmente durante a sonolência.

Que temia ele?

O cometimento de homicídio ou suicídio durante o sono por uma aberração da luz da razão, a incomensurável inteligência categórica situada nas convoluções cerebrais.

Quais eram habitualmente suas meditações finais?

De certo um só único reclamo a fazer os passantes parar de espanto, um cartaz novidade, com todas as acreções estranhas excluídas, reduzido a seus os mais simples e os mais eficientes termos não excedendo o átimo de visão fortuita e côngruo com a velocidade da vida moderna.

Que continha aberta a primeira gaveta?

Um caderno manuscrito Vere Foster, propriedade de Milly (Millicent) Bloom, certas páginas do qual traziam esboços diagramados marcados de *Papaizinho*, que mostravam uma grande cabeça globular com cinco pelos erectos, dois olhos de perfil, o tronco de frente com três botões grandes, um pé triangular: duas fotografias esmaecidas da rainha Alexandra da Inglaterra e de Maud Branscombe, atriz e beleza profissional: um cartão de Natal, trazendo numa representação pictórica com uma planta parasítica a legenda *Mizpah*, a data Natal 1892, o nome dos remetentes, de sr. e sra. M. Comerford, o versículo: *Possa o Natal para ti ser, Paz e harmonia com prazer*: um coto de cera de lacre vermelho parcialmente liquefeito, obtido do departamento de estoques dos srs. Hely's, Ltd., 89, 90 e 91, rua Dame: uma caixa contendo o resto de uma grosa de penas 'J' douradas, obtidas do mesmo departamento da mesma forma: uma velha ampulheta que rodava contendo areia que rodava: uma profecia lacrada (nunca deslacrada) escrita por Leopold Bloom em 1886 concernente às consequências da aprovação em lei do projeto de Autonomia de 1886, de William Ewart Gladstone (nunca aprovado em lei): um bilhete de quermesse nº 2004, da Feira de Caridade de S. Kevin, preço 6 p., cem prêmios: uma epístola infantil, datada, esse pequeno segunda-feira, rezando: pê maiúsculo Papaizinho vírgula cê maiúsculo Como vai ponto de interrogação ê maiúsculo Eu vou muito bem ponto final novo parágrafo assinatura com floreios eme maiúsculo Milly sem ponto: um broche camafeu, propriedade de Ellen Bloom (nascida Higgins), falecida: três cartas dactilografadas, destinatário, Henry Flower, a/c P.R. Westland Row, remetente, Martha Clifford, a/c P.R. Dolphin's Barn: o nome e endereço transliterados da remetente das três cartas em criptograma reservado alfabético bustrofedôntico punctuado quadrilinear (vogais suprimidas) N.IGS./WI.UU. OX/ W. OKS. MH/Y. IM: um recorte de jornal de um periódico semanal inglês *Sociedade Moderna*, assunto castigos corporais em escolas de meninas: uma faixa vermelha que festonara um ovo de Páscoa no ano de 1889; dois preservativos de borracha parcialmente desenrolados e cápsulas de reserva, adquiridos por correio da Caixa Postal 32 P.R., Charing Cross, Londres, W.C.: um pacote de uma dúzia de envelopes creme e papéis palidipautados, linha-d'água, agora reduzidos de três: algumas moedas austro-húngaras sortidas: dois bilhetes da Loteria Real Privilegiada Húngara: um vidro de aumento de baixo poder: dois fotocartões eróticos mostrando: a) um coito bucal entre señorita nua (apresentação de ré, posição superior) e um toreiro nu (apresentação de frente, posição inferior): b) violação anal por religioso masculino (totalmente vestido, olhos abjectos) de religiosa feminina (parcialmente vestida, olhos diretos), adquiridos por correio da Caixa Postal 32, P.R., Charing Cross, Londres, W.C.: um recorte de jornal para renovação de botinas velhas amarelas: um selo adesivo de 1 p., lavanda, do reinado da rainha Vitória: um cartão de medidas de Leopold Bloom compiladas antes, durante e depois de dois meses de uso consecutivo do exercitador de polia Sandow Whiteley (de homens 15/-, de atletas 20/-), a saber, peito 28 pol. e 29 ½ pol., bíceps 9 pol. e 10 pol., antebraço 8 ½ e 9 pol., coxa 10 pol. e 12 pol., jarrete 11 pol. e 12 pol.: um prospecto do Obramaravilha, o maior remédio do mundo para achaques rectais diretamente de Obramaravilha, Coventry House, South Place, Londres E.C., endereçado à sra. L. Bloom com breve nota acompanhante começando: Cara Madame.

Citai os termos textuais com que o prospecto reivindica vantagens para esse remédio taumatúrgico.

Cura e alivia enquanto V.S. dorme, em caso de dificuldade em soltar ventos, assiste a natureza da maneira mais formidável, assegurando rápido alívio na descarga de gases, mantendo as partes limpas e ação natural livre, uma despesa inicial de 7/6 fazendo de V.S. um homem novo e a vida digna de viver. As senhoras acham Obramaravilha especialmente útil, uma surpresa agradável quando notam o resultado delicioso como um trago frio de água fresca de fonte num dia de verão ardente. Recomende-o a sua dama e cavalheiros amigos, dura a vida toda. Inserir pela ponta arredondada longa. Obramaravilha.

Havia aí testemunhos?

Numerosos. De clérigo, oficial da marinha britânica, autor renomado, homem da metrópole, enfermeira de hospital, dama, mãe de cinco, pedinte distraído.

Como o testemunho concludente do pedinte distraído concluía?
Que pena que o governo não tenha suprido nossos homens de obramaravilhas durante a campanha da África do Sul! Que alívio que teria sido.

Que objeto adicionou Bloom a essa coleção de objetos?
Uma quarta carta dactilografada recebida por Henry Flower (se H.F. é L.B.) de Martha Clifford (achar M.C.).

Que reflexão confortante acompanhou essa ação?
A reflexão de que, à parte a carta em questão, seu rosto, forma e aprumo magnéticos haviam sido favoravelmente recebidos durante o curso do dia precedente por uma esposa (senhora Josephine Breen, nascida Josie Powell); uma enfermeira, senhorita Callan (prenome desconhecido), uma donzela, Gertrude (Gerty, nome de família desconhecido).

Que possibilidade se lhe sugeria?
A possibilidade de exercer poder viril de fascínio no futuro mais imediato após repasto custoso num apartamento privado na companhia de uma cortesã elegante, de beleza corporal, moderadamente mercenária, variamente instruída, uma dama de origem.

Que continha a segunda gaveta?
Documentos: a certidão de nascimento de Leopold Paula Bloom: uma apólice de seguro dotal de £500 da Sociedade de Seguro das Viúvas Escocesas intestada a Millicent (Milly) Bloom, a entrar em vigor a 25 anos como apólice com interesse de £430, £462-10-1 e £500 aos 60 anos ou morte, 65 anos ou morte e morte, respectivamente, ou apólice com interesse (rea‾lizada) de £299-10-0 com pagamento à vista de £133-10-0, por opção: uma caderneta emitida pelo Banco de Ulster, ramo de College Green, com o extracto da c/c do semestre terminado a 31 de dezembro de 1903, saldo em favor do depositante: £18-14-6 (dezoito libras, catorze xelins e seis pences, esterlinos), haver líquido: um certificado de posse de £900 de ações do governo canadense 4% (registrados) (livres do imposto do selo): extracto da Comissão dos Cemitérios Católicos (Glasnevin), relativo à aquisição de um lote de cova: um recorte de jornal concernente a mudança de nome por aviso público.

Citai os termos textuais dessa notícia.

Eu, Rudolph Virag, ora residente no nº 52 da rua Clambrassil, Dublin, precedentemente de Szombathely no reino da Hungria, por este faço saber que assumi e pretendo doravante em todas as ocasiões e tempos ser conhecido pelo nome de Rudolph Bloom.

Que outros objetos relativos a Rudolph Bloom (nascido Virag) havia na segunda gaveta?

Um daguerreótipo indistinto de Rudolph Virag e seu filho Leopold executado no ano de 1852 no *atelier* de retratos do seu (respectivamente) 1º e 2º primo, Stefan Virag de Szesfehervar, Hungria. Um antigo livro hagadá em que um par de óculos convexos de armação de chifre inserto marcava a passagem de graças das orações rituais de *Pessach* (Páscoa): um fotocartão do Hotel da Rainha, Ennis, proprietário, Rudolph Bloom: um envelope endereçado *A meu querido filho Leopold*.

Que frações de frases evocou a leitura dessas cinco todas palavras?

Amanhã fará uma semana que eu recebi... é inútil Leopold estar... com tua querida mãe... não é mais de suportar... para ela... tudo para mim está acabado... seja bom com Athos, Leopold... meu querido filho... sempre... de mim... *das Herz... Gott... dein...*

Que reminiscências de um sujeito humano sofrendo de melancolia progressiva evocaram esses objetos a Bloom?

De um velho viúvo, cabeleira destratada, na cama, a cabeça coberta, suspirando: um cão doente. Athos: acônito, de recurso por doses crescentes de grãos e escrópulos como paliativo de nevralgia recrudescente: a face na morte de um suicida septuagenário por veneno.

Por que experimentava Bloom um sentimento de remorso?

Porque em impaciência imatura ele tratara com desrespeito certas crenças e práticas.

Tais?

A proibição do uso de carne e leite na mesma refeição, o simpósio hebdomadário de incoordenadamente abstractos, perfervidamente concretos co-ex-religionários ex-compatriotas mercantis: a circuncisão dos infantes machos: o caráter sobrenatural da escritura judaica: a inefabilidade do tetragramata: a santidade do sábado.

Como apareciam agora a ele crenças e práticas?
Não mais racionais do que apareciam então, não menos racionais do que outras crenças e práticas agora apareciam.

Que primeira reminiscência tinha ele de Rudolph Bloom (falecido)?
Rudolph Bloom (falecido) narrara a seu filho Leopold (de 6 anos) um arranjo retrospectivo de migrações e assentamentos em e entre Dublin, Londres, Florença, Milão, Viena, Budapeste, Szombathely, com asserções de satisfação (tendo seu avô visto Maria Teresa, imperatriz da Áustria, rainha da Hungria), com conselhos comerciais (tendo cuidado do pence, as libras cuidarão de si mesmas). Leopold Bloom (de 6 anos) acompanhara essas narrativas com constante consulta do mapa geográfico da Europa (político) e com sugestões para o estabelecimento de locais de negócio afiliados nos vários centros mencionados.

Havia o tempo igualmente mas diferentemente obliterado a memória dessas migrações no narrador e no ouvinte?
No narrador pelo acesso dos anos e em consequência do uso de toxina narcótica: no ouvinte pelo acesso dos anos e em consequência de ação da distração sobre experiências vicárias.

Que idiossincrasias do narrador foram produtos concomitantes da amnésia?
Ocasionalmente ele comia sem previamente remover seu chapéu. Ocasionalmente ele bebia vorazmente o suco de groselha com creme virando o prato. Ocasionalmente ele tirava dos lábios os restos de comida por meio de um envelope rasgado ou outro fragmento de papel acessível.

Que dois fenômenos de senescência eram mais frequentes?
A calculação digital miópica de moedas, a eructação consequente à repleção.

Que objeto oferecia consolação parcial para essas reminiscências?
A apólice dotal, a caderneta do banco, o certificado de posse das ações.

Reduzi Bloom por multiplicação recíproca de reversos de fortuna, de que esses suportes o protegiam, e pela eliminação de todos os valores positivos a uma quantidade negligível negativa irracional irreal.

Sucessivamente, em ordem hilótica descendente: Pobreza: a do bufarinheiro de rua de joalheria de imitação, a do cadáver pela recuperação de dívidas más e duvidosas, a do colector substituto da taxa dos pobres e foreira. Mendicância: a da falência fraudulenta com estoques negligíveis pagando 1 x. 4 p. por £, homem-sanduíche, distribuidores de volantes jogafora, vagabundos noturnos, sicofantas insinuantes, marinheiro mutilado, rapazola cego, beleguim aposentado, penetra, lambe-prato, desmancha-prazeres, cata-trago, excêntrico troça público sentado em banco de parque público debaixo de guarda-chuva aberto furado. Indigência: internado da Casa do Velho (Hospital Real), Kilmainham, internado do Hospital Simpson para homens rebaixados mas respeitáveis permanentemente inabilitados pela gota ou falta de visão. Nadir de miséria: o paupérrimo idoso impotente juricassado vaquinha-amparado moribundo do lunático.

Com que indignidades prospectivas?

A indiferença assimpática de mulheres previamente afáveis, o contempto dos machos musculares, a aceitação de fragmentos de pão, a ignorância simulada de fortuito encontro com antigas relações, a latração de cães vagabundos ilegítimos não licenciados, a descarga infantil de mísseis vegetais descompostos, valendo pouco ou nada ou menos que nada.

Por que podia semelhante situação ser preclusa?

Por falecimento (mudança de estado), por partida (mudança de lugar).

Qual preferentemente?

A última, na linha da menor resistência.

Que considerações a tornavam não inteiramente indesejável?

Coabitação constante impedindo a tolerância mútua dos defeitos pessoais. O hábito de aquisição independente crescentemente cultivado. A necessidade de contrapor por impermanente estada a permanência de arresto.

Que considerações a tornavam não irracional?

As partes concernentes, unindo-se, haviam crescido e multiplicado, o que tendo sido feito produziu rebento e eduziu à maturidade, as partes se agora desunidas eram obrigadas a reunirem-se para crescimento e multiplicação, o que era absurdo, para formar por reunião a parelha original de partes unitentes, o que era impossível.

Que considerações a tornavam desejável?

O caráter atrativo de certas localidades da Irlanda e fora, como representadas em mapas geográficos gerais de desenho policrômico ou em certas cartas de reconhecimento militar específico com o emprego de escalas numerais e hachuras.

Na Irlanda?

As escarpas de Moher, os ermos ventosos de Connemara, o lago Neagh com cidade petrificada submersa, o Caminho do Gigante, Fort Camden e Fort Carlisle, o Vale do Ouro de Tipperary, as ilhas de Aran, as pastagens de Meath real, o olmo de Brígida em Kildare, o arsenal da Ilha da Rainha em Belfast, o Salto do Salmão, os lagos de Killarney.

Fora?

Ceilão (com oloriplantações suprindo chá a Thomas Kernan, agente de Pulbrook, Robertson e Co., 2, alameda Mincing, Londres, E.C., 5, rua Dame, Dublin), Jerusalém, a cidade santa (com a mesquita de Omar e a porta de Damasco, meta da aspiração), o estreito de Gibraltar (o lugar de nascimento único de Marion Tweedy), o Partenão (contendo estátuas, divindades nuas helênicas), o mercado monetário de Wall Street (que controlava as finanças internacionais), a Plaza de Toros em La Linea, Espanha (onde O'Hara dos Camerons matou o touro), Niágara (sobre o qual nenhum ser humano passara sem impunidade), a terra dos esquimós (comedores de sabão), a terra proibida de Tibete (de que nenhum viajante retorna), a baía de Nápoles (ver a qual era morrer), o mar Morto.

Sob que guia, seguindo que sinais?

Ao mar, setentrional, de noite a estrela polar, localizada no ponto de intersecção da linha recta de beta à alfa de Ursa Maior gerada e dividida externamente na ômega e a hipotenusa do triângulo rectângulo formado pela linha alfa-ômega assim gerada e a linha alfa-delta da Ursa Maior. Em terra, meridional, uma lua biesférica, revelada em fases várias imperfeitas de lunação através do interstício posterior imperfeitamente ocluso da saia de uma mulher carnosa negligente perambulando, uma coluna de nuvem de dia.

Que anúncio público divulgaria a ocultação do partido?

Cinco libras gratificação perdido, roubado ou desgarrado de sua residência, 7, rua Eccles, cav desaparecido cerca quarenta responde ao nome de Bloom, Leopold (Poldy), altura 5 pés 9½ polegadas, cheio, tez oliva, pode ter deixado crescer a barba, quando visto pela última vez estava de preto. Soma acima será paga por informação leve sua descoberta.

Que denominações binomiais universais seriam as suas como entidade e não entidade?

Presumido por qualquer e conhecido por nenhum. Todomundo e Ninguém.

Que tributos, seus?

Honra e presentes de estranhos, os amigos de Todomundo. Uma ninfa imortal, bela, a noiva de Ninguém.

Não reapareceria o partido nunca nenhures nenhumamente?

Erraria ele sempre, ipsimpelido, ao extremo limite de sua órbita cometária, além das estrelas fixas e sóis variáveis e planetas telescópicos, perdidos e extraviados astronômicos, ao extremo confim do espaço, passando de terra em terra, a meio povos, a meio eventos. Algures imperceptivelmente ele ouviria e algo relutantemente, solcompelido, obedeceria aos apelos da lembrança. Daí, desaparecendo da constelação da Coroa do Norte ele como reapareceria renato sobre o delta da constelação de Cassiopeia e após incalculáveis éons de peregrinação retornaria qual distante vingador, um restaurador de justiça contra os malfeitores, um cruzado sombrio, adormecido desperto, com recursos financeiros (por suposição) sobrepassantes dos de Rothschild ou do rei da prata.

Que tornaria tal retorno irracional?

Uma equação insatisfatória entre um êxodo e um retorno no tempo através do espaço reversível e um êxodo e um retorno no espaço através do tempo irreversível.

Que jogo das forças, inducentes à inércia, tornaria indesejável a partida?
O tardio da hora, tornada procrastinatória: a obscuridade da noite, tornada invisível: a incertitude dos caminhos, tornados perigosos: a necessidade de repouso, obviando ao movimento: a proximidade de um leito ocupado, obviando à busca: a antecipação do calor (humano) temperado com o frescor (do linho), obviando ao desejo e tornados desejáveis; a estátua de Narciso, som sem eco, desejado desejo.

Que vantagens possuía um leito ocupado, como distinto de um desocupado?
A remoção da solitude noturna, a qualidade superior da humana (mulher madura) à inumana (saco de água quente) calafetão, o estímulo do contacto matinal, a economia do alisamento feito em casa no caso de calças cuidadosamente dobradas e colocadas ao comprido entre o colchão de molas (listrado) e o colchão de lã (divisões marrom-claras).

Que causas consecutivas passadas de fadiga acumulada, preaprendidas antes de erguer-se, recapitulou Bloom, silenciosamente, antes de erguer-se?
A preparação do desjejum (oferenda de fogo): congestão intestinal e defecação premeditativa (sacrário): o banho (rito de João): o funeral (rito de Samuel): o anúncio de Alexander Xaves (Urim e Tumin): o almoço insubstancial (rito de Melquisedeque): a visita ao museu nacional e biblioteca pública (lugar santo): a buquinagem ao longo do casario de Bedford, arco dos Mercadores, cais Wellington (Simchat Torah): a música no Hotel Ormond (Shir Ashiram): a altercação com um troglodita truculento no estabelecimento de Bernard Kiernan (holocausto); um período vazio de tempo incluindo uma ida em carro, uma visita a uma casa dos mortos, uma despedida (ermo): o erotismo produzido por exibicionismo feminino (rito de Onan): o parto prolongado da senhora Mina Purefoy (rito da oblação): a visita à casa desordeira da senhora Bella Cohen, 82, rua Tyrone, baixa, e subsequente bafatá e rixa fortuita na rua Beaver (Armagedon): perambulação ao e do abrigo de cocheiros, ponte de Butt (expiação).

Que enigma autoproposto a pique de erguer-se a fim de ir a como que concluir a menos que não concluísse aprendeu Bloom involuntariamente?
A causa de um breve estalido só seco imprevisto ouvido alto emitido pelo material insentiente da mesa de madeira tensifibrada.

Que enigma autoenrolado Bloom erguido, indo, inferindo de multicoloridos multiformes multitudinosos trajes, apreendendo voluntariamente, não compreendeu?
Quem era Impermeato?

Que enigma autoevidente ponderado com dessultória constância durante trinta anos Bloom agora, tendo efectivado obscuridade natural pela extinção da luz artificial, silentemente súbito compreendeu?
Onde estava Moisés quando a vela acabou?

Que imperfeições num dia perfeito Bloom, andando, silentemente, sucessivamente, enumerou?
Um malogro provisório em obter a renovação de um anúncio, em obter uma certa quantidade de chá de Thomas Kernan (agente de Pulbrook, Robertson e Cia., 5, rua Dame, Dublin, e 2, alameda Mincing, Londres, E. C.), em certificar-se da presença ou ausência de orifício rectal posterior no caso das divindades femininas helênicas, em obter ingresso (gratuito ou pago) para a sessão de *Leah* pela Bandmann Palmer no Teatro Gaiety, 46, 47, 48, 49, rua South King.

Que impressão de uma cara ausente Bloom, parando, silenciosamente lembrou?
A cara do pai dela, o falecido major Brian Cooper Tweedy, Fuzileiros Reais de Dublin, de Gibraltar e Rehoboth, Celeiro do Delfim.

Que impressões recorrentes dele eram possíveis por hipótese?
Indo, do término da Great Northern Railway, rua Amiens, com aceleração constante uniforme, ao longo de linhas paralelas, geradas do infinito, com retardação constante uniforme, ao término da Great Northern Railway, rua Amiens, vindo.

Que objetos miscelâneos de efeitos de uso pessoal feminino foram percebidos por ele?
Um par de meias novas inodoras meia-seda pretas de senhora, um par de ligas novas violeta, um par de calças de senhora extragrande de musselina da índia, cortada em linhas generosas, redolente de opópanax, jasmim e cigarros turcos de Muratti e longo alfinete de fralda de aço brilhante,

fechado curvilíneo, uma camisola de baptista com fino debrum de renda, uma combinação sanfona de seda *moirette* azul, estando todos esses objetos dispostos irregularmente no tampo de um malão rectangular, quádruplo ripado, tendo cantoneiras reforçadas, com etiquetas multicoloridas, com iniciais no lado fronteiro em letreio branco B.C.T. (Brian Cooper Tweedy).

Que efeitos impessoais foram percebidos?
Uma cômoda, uma perna fracturada, totalmente coberta por um corte quadrado de cretone, desenho de maçã, em que repousava um chapéu de palha preto de senhora. Louça laranjestriada, comprada no Henry Price, fabricante de cestaria, mercadorias de fantasia, porcelana e serralheria, 21, 22, 23, rua Moore, disposta irregularmente no lavatório e no soalho, e consistindo em bacia, saboneteira e barbeadeira (no lavatório juntas), jarro e objeto de noite (no soalho, separados).

Os atos de Bloom?
Depositou os objetos de vestuário na cadeira, tirou seus restantes objectos de vestuário, apanhou de debaixo do almofadão à cabeceira da cama uma longa camisola de noite dobrada, inseriu sua cabeça e braços nas aberturas apropriadas da camisola, removeu um travesseiro da cabeceira para o pé da cama, preparou a roupa da cama conformemente e se meteu na cama.

Como?
Com circunspecção, qual invariavelmente quando entrava numa habitação (sua própria ou não sua própria): com solicitude, sendo velhos as molas serpespirais e o colchão, os elos de latão e os pendentes raios de víbora folgados e trêmulos sob pressão e tensão: prudentemente, qual entrando um covil ou emboscada de luxúria ou cobra: levemente, o menos a perturbar: reverentemente, o leito da concepção e do nascimento, da consumação do casamento e da quebra do casamento, do sono e da morte.

Que encontraram seus membros, quando gradualmente estendidos?
Nova roupa de cama limpa, odores adicionais, a presença de uma forma humana, mulheril, dela, a marca de uma forma humana, macha, não sua, algumas rosquinhas, algumas migas de carne enlatada, recozida, que ele removeu.

Se tivesse sorrido por que sorria ele?

Para refletir que cada um que entra se imagina ser o primeiro a entrar enquanto e sempre o termo último de uma série precedente ainda que o termo primeiro de um sucedente, cada um imaginando-se ser o primeiro, último, só e único, enquanto é nem o primeiro nem o último nem o só nem o único numa série originando-se no e repetida ao infinito.

Que série precedente?

Presumindo Mulvey ser o primeiro termo de sua série, Penrose, Bartell d'Arcy, o professor Goodwin, Julius Mastiansky, John Henry Menton, o padre Bernard Corrigan, um fazendeiro na Exposição de Cavalos da Sociedade Real de Dublin, Maggot O'Reilly, Matthew Dillon, Valentine Blake Dillon (lorde prefeito de Dublin), Christopher Callinan, Lenehan, um tocador de realejo italiano, um cavalheiro desconhecido no Teatro Gaiety, Benjamin Dollard, Simon Dedalus, Andrew (Pisser) Burke, Joseph Cuffe, Wisdom Hely, o edil John Hooper, o dr. Francis Brady, o padre Sebastião do Monte Argus, um engraxate do Correio Geral, Hugh E. (Blazes) Boylan e assim cada um e assim por diante até o inúltimo termo.

Quais eram suas reflexões concernentes ao último membro dessa série e ocupante anterior da cama?

Reflexões sobre seu vigor (um furão), proporção corporal (um cartaz), habilidade comercial (um embrulhador), impressionabilidade (um blasonador).

Por que para o observador impressionabilidade em adição a vigor, proporção corporal e habilidade comercial?

Porque ele observara com frequência aumentante nos precedentes membros da mesma série a mesma concupiscência, inflamavelmente transmitida primeiro com alarma, depois com entendimento, depois com desejo, finalmente com fadiga, com sintomas alternantes de compreensão e apreensão epicenas.

Com mais sentimentos antagonísticos foram afetadas suas reflexões subsequentes?

Inveja, ciúme, abnegação, equanimidade.

Inveja?
    De um organismo masculino mental e corporal especialmente adaptado à superincumbente postura da energética copulação humana e energético movimento de pistão e cilindro necessários à completa satisfação de uma constante mas não aguda concupiscência residente em um organismo feminino mental e corporal, passivo mas não obtuso.

Ciúme?
    Porque natureza plena e volátil em seu estado livre, era alternadamente o agente e o reagente da atração. Porque a acção entre agentes e reagentes em todos os instantes variava, com proporção inversa de incremento e decremento, em extensão incessante circular e reentrância radial. Porque a contemplação controlada da flutuação de atração produzia, se desejada, uma flutuação de prazer.

Abnegação?
    Em virtude de a) relação iniciada em setembro de 1903 no estabelecimento de George Mesias, alfaiate e fabricante de roupas, 5, cais do Eden, b) hospitalidade oferecida e recebida em espécie, reciprocada e reapropriada em pessoa, c) juventude comparativa sujeita a impulsos e ambição e magnanimidade, altruísmo colegal e egoísmo amoroso, d) atração extrarracial, inibição intrarracial, prerrogativa suprarracial, e) uma iminente excursão musical provincial, despesas correntes comuns, lucros líquidos divididos.

Equanimidade?
    Como tão natural quanto qualquer e cada ato natural de uma natureza expressa e entendida executado em natureza naturada por criaturas naturais em concordância com as naturezas naturadas dele, dela e deles, de similaridade dissimilar. Com não tão calamitoso quanto uma aniquilação cataclísmica do planeta em consequência de colisão com um sol sombrio. Como menos represensível que roubo, assalto em estrada, crueldade com crianças e animais, obtenção de dinheiro sob falsos pretextos, forjicação, malversação, prevaricação com dinheiro público, abuso da confiança pública, simulação de doença, lesão deliberada, corrupção de menores, difamação criminosa, chantagem, contempto da justiça, incendiarismo, traição, felonia, amotinamento em alto-mar, violação de domicílio, arrombamento, evasão de prisão, prática de vício contra a natura, deserção das forças armadas em

acção, perjúrio, caça e pesca ilícitas, usura, inteligência com os inimigos do rei, falsificação de pessoa, assalto criminoso, assassínio, homicídio voluntário e premeditado. Como não mais anormal que todos os processos alterados de adaptação a condições de existência alteradas, resultantes em equilíbrio recíproco entre os organismos corporais e suas circunstâncias esperáveis, alimentos, beberagens, hábitos adquiridos, inclinações indulgidas, doenças significativas. Como mais que inevitável, irreparável.

Por que mais abnegação que ciúme, menos inveja que equanimidade?

De ultraje (matrimônio) a ultraje (adultério) aí se ergueu nada senão ultraje (copulação) embora o violador matrimonial da violada matrimonialmente não tivesse sido ultrajado pelo violador adúltero da violada adulteramente.

Que retribuição, se alguma?

Assassínio, nunca, já que dois tortos não fazem um direito. Duelo por combate, não. Divórcio, não agora. Exposição por artifício mecânico (leito automático) ou testemunho individual (testemunha ocular escondida), não ainda. Ação de danos por influência legal ou simulação de assalto com provas de injúria sofrida (autoinfligida), não impossivelmente. Se alguma, positivamente, conivência, introdução de emulação (material, uma agência de publicidade rival próspera: moral, um agente de intimidade rival exitoso), depreciação, alienação, humilhação, separação protegendo a separada do outro, protegendo o separador de ambos.

Por que reflexões justificava ele a si mesmo, reator cônscio contra o vazio da incertitude, seus sentimentos?

A preordenada frangibilidade do hímen, a pressuposta intangibilidade da coisa em si: a incongruidade e desproporção entre a autoprolongante tensão da coisa proposta a ser feita e a autoaliviante relaxação da coisa feita: a falazmente inferida debilidade da fêmea: a muscularidade do macho: as variações dos códigos éticos: a transição gramatical natural envolvendo não alteração de sentido de uma proposição pretérita aorista (analisada como sujeito masculino, verbo transitivo onomatopeico monossilábico com objeto direto feminino) de uma voz ativa em sua proposição pretérita aorista correlativa (analisada como sujeito feminino, verbo auxiliar e particípio passado onomatopeico quasimonossilábico) em voz passiva: o produto continuado de seminadores por geração: a contínua produção de sêmen por destilação: a futilidade do triunfo ou protesto ou vindicação: a inanidade da virtude exaltada: a letargia da matéria nesciente: a apatia das estrelas.

Em que satisfação final convergiam esses sentimentos e reflexões antagonísticos, reduzidos à sua mais simples forma?
Satisfação ante a ubiquidade nos hemisférios terrestres oriental e ocidental, em todas as terras habitáveis e ilhas exploradas ou inexploradas (a terra do sol da meia-noite, as ilhas dos bem-aventurados, as ilhotas da Grécia, a terra da promissão) de hemisférios adiposos posteriores femininos, redolentes de leite e mel e do calor excretório sanguíneo e seminal, reminiscentes de famílias seculares de curvas de amplitude, insusceptíveis de modos de impressão ou contrariedades de expressão, expressivos de muda imudável madura animalidade.

Os sinais visíveis de antessatisfação?
Uma ereção aproximativa: uma adversão solícita: uma elevação gradual: uma revelação tentativa: uma contemplação silente.

Depois?
Ele beijou os fornudos ricudos amareludos cheirudos melões de seu rabo, em cada fornido melonoso hemisfério, na sua riquega amarelega rega, com obscura prolongada provocante melonicheirosa osculação.

Os sinais visíveis de pós-satisfação?
Uma contemplação silente: uma velação tentativa: uma abaixação gradual: uma aversão solícita: uma ereção próxima.

Que seguiu essa acção silente?
Invocação sonolenta, recognição menos sonolenta, excitação incipiente, interrogação catequética.

Com que modificações respondeu o narrador a esta interrogação?
Negativas: ele omitiu menção à correspondência clandestina entre Martha Clifford e Henry Flower, a altercação pública a, em e na vizinhança do estabelecimento licenciado de Bernard Kiernan e Cia, Limitada, 8, 9, e 10,

rua da Pequena Bretanha, a provocação erótica e a resposta daí causada pelo exibicionismo de Gertrude (Gerty), sobrenome desconhecido. Positivas: ele incluiu menção ao desempenho da Bandmann Palmer em *Leah* no Teatro Gaiety, 46, 47, 48, 49, rua South King, um convite para cear no Hotel Wynn (Murphy), 35, 36 e 37, rua da Abadia baixa, um volume de tendência pecaminosa pornográfica intitulado *Doçuras do pecado*, anônimo, autor cavalheiro da moda, uma concussão temporária causada por um movimento falsamente calculado no curso de uma exibição ginástica postcenal, a vítima (depois completamente recuperada) sendo Stephen Dedalus, professor e autor, filho mais velho sobrevivente de Simon Dedalus, de ocupação não fixa, um feito aeronáutico executado por ele (narrador) na presença de uma testemunha, o professor e autor antemencionado, com prontitude e decisão e flexibilidade ginástica.

Foi a narração outramente inalterada por modificações?
Absolutamente.

Que evento ou pessoa emergiu como ponto saliente de sua narração?
Stephen Dedalus, professor e autor.

Que limitações de atividade e inibições de direitos conjugais foram percebidas pela ouvinte e narrador concernentes a si mesmos durante o curso desta intermitente e crescentemente mais lacônica narração?

Pela ouvinte uma limitação de fertilidade porquanto o casamento que se celebrara um mês calendário depois do 18º aniversário de nascimento dela (8 de setembro de 1870), a saber, 8 de outubro, e consumado na mesma data com rebento feminino nascido a 15 de junho de 1889, fora antecipatoriamente consumado a 16 de setembro do mesmo ano e porquanto intercurso carnal completo, com ejaculação de sêmen dentro do órgão natural feminino, tivera por fim tido lugar cinco semanas antes, a saber, 27 de novembro de 1893, do nascimento a 29 de dezembro de 1893 de um segundo (e só masculino) rebento, falecido a 9 de janeiro de 1894, com onze dias de idade, restando um período de dez anos, cinco meses e dezoito dias durante o qual o intercurso carnal fora incompleto, sem ejaculação de sêmen dentro do órgão natural feminino. Pelo narrador uma limitação de atividade, mental e corporal, porquanto um intercurso mental completo entre ele e a ouvinte não tivera lugar desde a consumação da puberdade, indicada pela hemorragia catamênica, do rebento feminino do narrador e da ouvinte, 15 de setembro de 1903, restando um período de nove meses e um dia durante o qual em consequência de uma preestabelecida natural compreensão na incompreensão entre as consumadas mulheres (ouvinte e rebento) completa liberdade de ação fora circunscrita.

Como?
Por vária reiterada interrogação feminina concernente à destinação masculina aonde, o lugar onde, o tempo em que, a duração pela qual, o objeto com que em casos de ausência temporária, projetada ou efetuada.

Que se movia visivelmente por cima dos pensamentos invisíveis da ouvinte e do narrador?
A reflexão suslançada de uma lâmpada e lucivelo, numa série inconstante de círculos concêntricos de gradações variantes de luz e sombra.

Em que direções jaziam ouvinte e narrador?
Ouvinte, S. E. perto de E.; narrador, N. W., perto de W.: no 53° paralelo de latitude, N., e 6° meridiano de longitude, W.: a um ângulo de 45° do equador terrestre.

Em que estado de repouso ou movimento?
Em repouso relativamente a si mesmos e um ao outro. Com movimento sendo cada um e ambos levados occidentiverso, avantiverso e reverso respectivamente, pelo movimento perpétuo próprio da terra, através de sendas sempermutantes de espaço nunquammutante.

Em que postura?
Ouvinte: reclinada semilateralmente, esquerda, mão esquerda sob a cabeça perna direita estendida em linha recta e repousando sobre a perna esquerda, flexa, na atitude de Gea-Tellus, replena, recumbente, cheia de semente. Narrador: reclinado lateralmente, esquerda, com as pernas direita e esquerda flexas, o indicador e o polegar da mão direita repousando na ponte do nariz, na atitude depicta numa fotografia instantânea feita por Percy Apjohn, a criança-homem vergada, o homem-criança no ventre.

Ventre? Vergado?
　Ele repousa. Ele há viajado.

Com?
　Sinbad o Mareiro e Tinbad o Tareiro e Jinbad o Jarreiro e Whinbad o Whareiro e Ninbad o Nareiro e Finbad o Fareiro e Binbad o Barreiro e Pinbad o Parreiro e Minbad o Sareiro e Hinbad o Hareiro e Rinbad o Rareiro e Dinbad o Xareiro e Vindab o Quareiro e Linbad o Yareiro e Xinbad o Phtareiro.

Quando?
　Indo para o leito sombrio havia um quadrado em redor do ovo de alca da rocha de Sinbad o Mareiro na noite do leito de todas as alcas das rochas de Sombrinbad o Brilhidiazeiro.

Onde?
●

━━━━━━◆━━━━━━

S**im** porque ele nunca fez uma coisa como essa antes como pedir pra ter seu desjejum na cama com um par de ovos desde o Hotel City Arms quando ele costumava fingir que estava de cama com voz doente fazendo fita para se fazer interessante para aquela velha bisca da senhora Riordan que ele pensava que tinha ela no bolso e que nunca deixou pra nós nem um vintém tudo pra missas para ela e para alma dela grande miserável que era com medo até de soltar quatro xelins para seu espírito metilado me contando todos os achaques dela com aquela velha de falação dela sobre política e tremores de terra e o fim do mundo que a gente tenha um pouco de distracção pelo menos antes Deus ajude o mundo se todas as mulheres fossem como ela contra roupa de banho e decotes é claro que ninguém queria ver ela com isso eu creio que ela era piedosa porque nenhum homem havia de olhar para ela duas vezes eu espero que não vou ser nunca como ela não admirava se ela quisesse que a gente escondesse a cara mas ela era uma mulher bem-educada e sua fala tagarela sobre o senhor Riordan praqui e o senhor Riordan pralá eu penso que ele ficou contente de se ver livre dela e do cachorro dela que cheirava meu casaco de pele e se metia sempre de-

baixo de minhas saias especialmente quando mas ainda assim gosto disso
nele com as mulheres velhas como aquela e empregados e mendigos também
ele não é nada convencido mas se jamais alguma vez ele pegasse alguma
coisa realmente séria muito melhor para eles seria ir para o hospital que é
todo limpo mas eu creio que eu ia levar bem um mês para meter isso nele
sim e então a gente ia ter uma enfermeira do hospital como próxima história pegando ele lá até terem de jogar ele pra fora ou talvez uma freira como
aquela da foto suja que ele tem que é tão freira como eu não sou sim porque
eles são tão fraquinhos e choramingas quando ficam doentes que precisam
de uma mulher pra ficarem bem se ele sangra pelo nariz é de pensar que era
ó tragédia e o olho de morto quando desceu do circular sul quando torceu
o pé na festa do coro no morro do Pão de Açúcar no dia que eu usei aquele vestido com a senhorita Stack trazendo pra ele as piores e mais velhas
flores que podia achar no fundo da cesta fazendo qualquer coisa para se
meter num quarto de dormir de um homem com aquela voz dela de velha
solteirona tentando imaginar que ele estava morrendo por ela por nunca
ver tua cara de novo mas ele parecia mais como um homem com a barba
um pouco crescida na cama meu pai era a mesma coisa além disso eu odeio
fazer curativos e dar remedinhos quando ele cortou o dedo do pé com a
navalha aparando os calos ficou com medo de ficar com o sangue envenenado mas se era eu que ficasse doente a gente ia ver qual era a atenção só
que a mulher esconde para não dar toda a trabalheira sim ele veio de algum
lugar estou certa pelo seu apetite de todos os modos não é amor senão ele
ficava de longe pensando nela mas nem tampouco era uma dessas mulheres
por aí da noite se foi lá que ele esteve realmente e a história do hotel que
ele contou é uma montanha de mentiras para esconder a marosca do Hynes
com quem me encontrei me reteve ah sim eu encontrei você se lembra o
Menton e quem mais deixa eu pensar aquele cara de bebê que eu vi ele não
fazia muito de casado namorando uma mocinha no Miriorama Pooles e eu
virei as costas para ele quando ele se escafedeu com ar muito embaraçado
de que que tem mas ele teve o topete de se engraçar comigo uma vez bem
feito pra ele cara de conquistador com seu olho de peixe frito de todos os
estuporados que já conheci e tudo isso só porque é chamado de solicitador
pois eu odeio ter discussão na cama ou então se não foi isso foi alguma
galinha por aí que ele levou sabe onde ou alguma escondidinha que arranjou se ao menos elas soubessem dele o quanto eu sei sim porque no dia de

anteontem ele estava rabiscando uma coisa assim como uma carta quando eu entrei no quarto da frente procurando fósforos para mostrar a morte do Dignam no jornal como se alguma coisa me dissesse de fazer e ele cobriu a coisa com o mata-borrão fingindo ser negócio pois muito provavelmente era para alguém que pensa que ela vai ter nele uma boa isca pois todos os homens ficam um pouco assim principalmente na idade dele entrando pelos quarenta pois ele está agora de ser engabelado com todo dinheiro que ela possa tirar dele não tem bobo como bobo velho e então seu beijo de sempre no meu traseiro era para esconder a coisa não é que eu me incomode uma palha com quem ele faz ou conheceu antes mas eu gostava de saber até chegar a ter os dois debaixo do meu nariz como naquela vez que aquela desmazelada daquela Mary que a gente tinha no terraço Ontário enchumaçando o falso traseiro dela para excitar ele como não bastasse eu sentir o cheiro dessas mulheres borradas de pintura nele uma ou duas vezes eu desconfiei fazendo ele chegar pra perto de mim quando eu achei aquele cabelo comprido no paletó dele sem contar a vez que eu fui pra cozinha e ele fingiu que estava bebendo água uma mulher não é bastante para eles toda a culpa era dele é claro estragando as criadas propondo que ela podia comer na nossa mesa no Natal faça-me o favor Oh não muito obrigada não em minha casa roubando minhas batatas e as ostras de 2/6 a dúzia saindo para ver a tia dela faça-me o favor roubo escarrado é que era mas eu estava segura que ele tinha alguma coisa com aquela eu sei como sentir uma coisa dessas ele me disse você não tem prova mas a prova era ela oh sim a tia dela gostava muito de ostras mas eu disse para ela o que eu pensava dela que me propôs ficar só com ela eu é que não ia me rebaixar para ficar espiando por eles as ligas que eu achei no quarto dela na sexta-feira da folga dela era o bastante pra mim um pouquinho mais que bastante e vi também que a cara dela ficou vermelha quando eu dei a ela o aviso de uma semana melhor ficar sem elas os quartos eu faço de uma vez eu mesma mais depressa o diabo é apenas a cozinha e jogar fora a sujeira de todos os modos pus nas mãos dele ou ela ou eu deixa a casa eu não podia mesmo tocar nele se eu pensasse que ele tinha estado com aquela descarada de mentirosa e relaxada como aquela negando na minha cara e cantando pela casa na casinha também porque ela sabia que ela estava na bem boa sim pois ele não podia talvez passar sem aquilo muito tempo assim ele deve fazer em algum lugar e na última vez que ele foi no meu traseiro quando é que foi na noite que

Boylan deu aquele apertão na minha mão indo pela Tolka na minha mão dá um outro eu só fiz nas costas da dele assim como o meu polegar para dar o troco cantando a jovem lua de maio está irradiando amor pois ele tem uma implicância com ele e eu ele não é tão bobo assim ele disse vou jantar fora e vou ao Gaiety mas eu não vou dar a ele essa satisfação de modo nenhum Deus sabe em troca que não vou sempre e sempre usar o mesmo chapéu velho a não ser que eu pague algum rapaz bonitão para fazer isso pois eu não posso fazer por mim mesma um rapaz jovem havia de gostar de mim eu ia encabular ele um pouco só se a gente ficasse eu deixava ele ver as minhas ligas as novas e fazer ele ficar vermelho seduzia ele eu sei o que os rapazes sentem com isso pela cara deles fazendo aquela esfregação insofrida na coisa a cada hora pergunta e resposta você fazia isso e aquilo e mais aquilo com o cocheiro sim com o bispo sim eu havia de fazer porque eu contei a ele a respeito daquele deão ou bispo que estava sentado ao meu lado nos jardins dos templos judeus quando eu estava tricotando aquele troço de lã um estrangeiro em Dublin que lugar que era este e aquele e assim por diante sobre monumentos ele me cansava com estátuas e eu encorajando ele a se fazer pior do que ele é o que é que está na sua cabeça agora me diga quem é que você está pensando em quem era isso me disse seu nome quem me disse que eu era o imperador da Alemanha sim imaginar que eu era ele pensando nele podia se sentir ele tentando fazer de mim uma puta o que ele nunca fará de mim ele devia é deixar isso de lado já naquela idade da vida dele é simplesmente perdição para qualquer mulher e sem nenhuma satisfação pretender gostar daquilo até que ele se vai e então é acabar por mim mesma de qualquer modo com os lábios pálidos de qualquer jeito está feito agora de uma vez por todas com toda a falação que anda pelo mundo sobre isso a gente faz é só na primeira vez depois disso é só o ordinário faz isso e não pense mais nisso por que é que não se pode beijar um homem sem ir antes casar com ele primeiro algumas vezes se ama ferozmente quando a gente sente assim tão bonito tudo por cima da gente que a gente não pode evitar eu desejo então este homem ou aquele que me tomasse por um tempo quando ele está ali e me beijasse nos seus braços não tem nada como um beijo longo e quente até o fundo da alma da gente que quase paralisa a gente então eu odeio isso de confissão quando eu costumava ir ao padre Corrigan ele me tocava meu padre e que mal tinha que ele fizesse onde e eu que disse no banco do canal como uma boba mas aí por volta de sua pessoa minha filha na perna atrás no alto é que era sim aí bem no alto onde você se senta sim oh Senhor ele não podia dizer diretamente traseiro e que é que tinha isso a ver com aquilo e fez você que maneira que ele disse eu esqueci não padre e eu sempre penso no verdadeiro padre que é que ele precisava saber quando eu já tinha confessado isso a Deus ele tinha uma mão bonita gordinha a palma húmida sempre eu não me incomodava de sentir ela nem também ele eu devia dizer por causa do seu pescoço de touro e seu colarinho de cavalo eu pergunto a mim mesma como é que ele me conheceu no confessionário eu podia ver a cara dele ele não podia ver a minha é claro ele não se virou ou se deixou ver mas seus olhos ficaram vermelhos quando o pai dele morreu eles se perdem por uma mulher é claro deve ser terrível quando um homem chora é deixar eles em paz e com o cheiro de incenso nele como o papa além disso não tem perigo com um padre se a gente é casada ele cuida de si mesmo depois a gente faz alguma coisa para o S.S. papa como penitência eu gostava de saber se ele ficou satisfeito comigo uma coisa que eu não gostei sua palmada atrás em mim quando se ia tão familiar na saleta eu ri eu não sou um cavalo ou um asno sou eu suponho que ele estava pensando no pai dele eu gostava de saber se ele está acordado pensando em mim ou sonhando comigo quem deu a ele aquela flor ele disse que comprou ele cheirava a uma espécie de bebida não uísque ou cerveja talvez aquela espécie de goma doce que eles colam os cartazes com algum álcool eu gostava de provar aquelas bebidas caras de boa aparência verdes e amarelas que aqueles almofadinhas da porta do teatro bebem com cartolas eu provei uma com meu dedo mergulhado na daquele americano que tinha o esquilo e falava de selos com meu pai ele fazia tudo que podia pra não cair de sono depois da última vez que pedimos porto e carne enlatada que tinha um bom gosto salgadinho sim porque eu mesma me sentia tão agradável e cansada e caí de sono como uma pedra no momento que me meti na cama até que aquela trovoada me acordou como se o mundo estivesse acabando Deus tenha piedade de nós pensei que os céus estavam caindo abaixo para castigar a gente quando me benzi e disse uma ave-maria como aqueles trovões de Gibraltar e aí vem eles a te dizer que não há Deus que é que se podia fazer se estava caindo e apertando nada só fazer um ato de contrição a vela que acendi aquela tarde na capela da rua Whitefriars pelo mês de maio pra ver se trazia sorte embora ele zombasse se soubesse porque ele não vai nunca na missa ou ladainha da igreja ele diz de tua alma que a gente não tem alma dentro só matéria cinzenta porque ele não sabe o que é que é ter uma sim quando acendi a lâmpada sim porque ele deve ter ido três ou quatro vezes com aquele tremendo de grande de vermelho de bruto de troço que ele tem que eu pensei que a veia ou que diabo que se chama isso ia arrebentar embora seu nariz não fosse tão grande assim depois que eu tirei todas as minhas coisas com as cortinas arriadas depois de horas me vestindo e perfumando e penteando aquilo como ferro ou uma espécie de alavanca em pé todo o tempo ele devia ter comido ostras eu penso que bem umas dúzias ele estava que estava afinado não eu nunca em minha vida senti nenhum que tivesse o tamanho daquilo de fazer você se sentir toda cheia e recheia ele devia ter comido um carneiro inteiro pois que ideia de fazer a gente assim com um buraco grande no meio da gente como um Garanhão montando adentro de você pois isso é tudo que eles querem de você com aquele olhar vicioso decidido no olho dele que eu tinha de quase fechar os meus olhos ainda que ele não tivesse tão tremenda quantidade de espermo nele quando eu fiz ele puxar fora e fazer por cima de mim considerando o grande que era é tanto melhor no caso de que mesmo um pouquinho não ficasse bem lavado a última vez que eu deixei ele acabar dentro de mim bela invenção que se fez para as mulheres para eles é todo prazer mas se alguém desse a eles um pouco do deles mesmos eles iam saber o que eu passei com Milly ninguém ia acreditar ela trincando também e o marido de Mina Purefoy com suas suíças de arame enchendo ela com uma criança ou gêmeos uma vez por ano tão certo como um relógio sempre com cheiro de crianças nela o que eles chamam de maninho ou coisa assim um negrinho com um tufo de carapinha em cima Jesus meu a criança é preta a última vez que estive lá era um batalhão caindo uns sobre os outros e berrando de não se poder ouvir mesmo supondo sua orelha boa não satisfeitos enquanto não engolirem como uns elefantes ou eu não sei o que supondo que eu arriscasse ter outro não dele embora se ele fosse casado eu estou certa que ele ia ter uma criança forte mas eu não sei Poldy tem mais espermo sim isso devia ter sido horrivelmente engraçado eu suponho que foi encontrar com Josie Powell e o enterro e pensar em mim e Boylan deixou ele na boa ele agora pode pensar o que quiser se isso lhe faz algum bem eu sei que eles estavam de coisinhas quando eu entrei em cena eles estavam dançando e sentando lá fora com ela na noite da inauguração da casa de Georgina Simpson e depois ele quis me embrulhar dizendo que não gostava

de ver ela tomando chá de cadeira foi por isso que a gente teve aquele pega
sobre política foi ele que começou não eu quando ele disse que Nosso Senhor
era um carpinteiro afinal ele fez eu chorar é claro mulher é tão sensível em
tudo eu estava uma fúria comigo mesma depois que cedi só que eu sabia
que ele estava caído por mim e o primeiro socialista ele dizia que Ele tinha
sido ele me irritou tanto assim porque eu não pude fazer ele ficar zangado
até que ele sabe uma porção de coisas misturadas especialmente sobre o
corpo e o de dentro eu mesma muitas vezes queria estudar isso que a gente
tem dentro naquele médico da família eu sempre podia ouvir a voz dele
falando quando a sala estava cheia e espiar ele depois disso eu fazia de
conta que eu estava fria com ela por causa dele porque ele costumava ficar
um quê para o ciumento sempre me perguntava onde é que você vai e eu
dizia por aí até Floey e ele me deu de presente os poemas de lorde Byron e
os três pares de luvas e assim isso acabou com isso eu podia muito facilmente dobrar ele em qualquer momento eu sabia como fazer mesmo supondo que ele se metesse com ela e estivesse saindo para ver ela em algum
lugar eu podia saber se ele não queria comer cebolas eu sabia uma porção
de manobras pedir a ele para ajeitar a gola de minha blusa ou roçar nele
meu véu e minhas luvas quando ele saía um beijo então era de mandar elas
todas se catar mas muito bem era para deixar ele ir para ela que é claro ia
ficar muito contente de fingir que ela estava louca por ele isso não me importava lá muito pois eu ia a ela e perguntava a ela você ama ele e olhava
bem no fundo dos olhos dela ela não podia me enganar mas ele é que podia
pensar que estava a fazer uma declaração para ela com aquele tipo de fala-
tório dele que ele fez pra mim embora eu tivesse feito todos os diabos para
ele pôr fora a coisa embora eu gostasse dele pois isso mostrava que ele
podia enfrentar e não era de ir com qualquer uma ele esteve a ponto de me
falar também na noite na cozinha quando eu estava fazendo o rulô de batata há uma coisa que eu quero dizer a você só que eu desviei ele do assunto dando a impressão que estava fula com minhas mãos e braços cheios de
farinha de todos os modos eu tinha soltado minha língua demais na noite
anterior falando de sonhos e assim eu não queria deixar ele saber mais do
que era necessário ela Josie costumava estar sempre me beijando quando
ele estava lá fazendo de contas que era para ele é claro e me provocando e
quando eu disse que me lavava de cabo a rabo tão fundo como possível ela
me perguntou você lava o possível as mulheres estão sempre puxando para

isso e fazendo carga nisso quando ele está elas sabem pelo olho sonso dele piscando um pouquinho fazendo de indiferente quando elas saem com alguma coisa desse tipo é isso que estraga ele o que não me espanta o mais mínimo pois ele era tão alinhado naquele tempo tentando parecer como lorde Byron que eu dizia que gostava embora ele fosse bonitinho demais para um homem e ele era um pouco antes da gente ficar noivos embora ela não tivesse gostado muito no dia que eu estava em maré de rir à toa que eu não podia parar a ponto de meus grampos caírem um a um com o monte de cabelos que eu tinha você está sempre se rindo me disse ela sim porque isso azucrinava ela porque ela sabia o que isso queria dizer porque eu costumava contar a ela um pouco do que se passava entre nós não tudo mas o bastante para deixar ela com água na boca mas isso não era culpa minha ela nunca mais deu as caras depois que a gente se casou eu gostava de saber como é que ela está agora depois de estar vivendo com aquele boboca daquele marido dela ela estava com a cara para o puxado e para o caído a última vez que eu vi ela ela devia ter tido um pega com ele porque eu vi no momento que ela estava puxando a conversa para maridos pra falar dele e pôr ele por baixo que é que ela me contou oh sim que ele às vezes costumava entrar na cama com as botinas enlameadas quando a doida dá nele imagina pensar em ir pra cama com uma coisa assim que pode te matar a qualquer momento que homem também não é só dessa maneira que se fica maluco Poldy de todos os modos no que quer que faça chuva quer sol e sempre lustra seus próprios sapatos também e sempre tira o chapéu quando te encontra na rua e agora lá vai ele nas suas tamancas para arranjar dez mil libras por um cartão-postal ee gh és gagá Ó Querida do Coração uma coisa assim ia ser de arrebentar de chatice de morte tão burro de facto até pra tirar as botas agora que é que se pode fazer com um homem assim eu preferia morrer vinte vezes a casar com outro do sexo dele é claro que ele nunca que ia achar outra mulher como eu para aguentar como eu faço quem te ame que te compre e ele bem que sabe isso no fundo da alma dele é olhar para essa senhora Maybrick que envenenou o marido porque é o que me parece estava apaixonada por outro homem sim é o que se descobriu pois que desgraçada de miserável pra fazer uma coisa assim é claro que certos homens podem ser tremendamente irritantes para te pôr maluca com sempre a pior palavra do mundo pois pra que que pedem à gente pra casar se a gente fosse tão má já que tudo dá no mesmo sim porque eles não podem viver sem a gente arsênico branco é o que ela pôs no chá do papel de moscas é como isso se chama se eu perguntasse a ele ele ia me explicar que vem do grego o que deixa a gente tão sabida quanto antes ela devia ter ficado louca de paixão pelo outro sujeito pra se arriscar de ser enforcada oh ela não tratou de saber se isso era da natureza dela que é que ela podia fazer além disso a gente não é tão bruto assim de pegar e enforcar uma mulher é certo que não

    eles todos são tão diferentes Boylan que falava da forma do meu pé que ele notou logo mesmo antes de ser apresentado quando eu estava na CPD com Poldy rindo e tentando ouvir eu estava mexendo com meu pé nós dois a gente pediu dois chás e pão simples com manteiga eu vi ele olhando com suas duas de solteironas de irmãs quando eu me levantei e perguntei à mocinha onde é que era pois que me importava com a pingação em mim e aqueles calções pretos apertados que ele fez eu comprar e leva meia hora para abaixar eu me molho toda sempre com uma droga de novidade cada vira e mexe uma semana foi tão demorada que eu até esqueci minhas luvas de camurça no assento atrás que eu nunca recuperei por causa de alguma ladrona de mulher e ele que queria que eu anunciasse no *Irish Times* perdido no lavatório de senhoras da CPD rua Dame quem achou favor devolver sra. Marion Bloom e eu vi os olhos dele nos meus pés saindo pela porta giratória ele estava olhando quando eu olhei para trás e eu fui lá para chá dois dias depois na esperança mas ele não estava agora por que isso excitou ele porque eu cruzava eles quando a gente estava na outra sala primeiro ele se referia aos sapatos que são muito apertados para andar minha mão é que é bonita e tanto se eu ao menos tivesse um anel com uma pedra do meu mês uma água-marinha bonita eu vou fazer ele espichar uma e um bracelete de ouro eu não gosto tanto dos meus pés ainda assim eu fiz ele se babar uma vez com meus pés na noite depois do atamancado do concerto do Goodwin estava tão frio e ventoso que felizmente que a gente tinha aquele rum em casa para esquentar e o fogo não estava todo apagado quando ele pediu pra eu tirar as meias e estender no capacho na frente da lareira da rua Lombard bem e outra vez foi com minhas botinas com lama ele queria que eu pisasse em cima de todas as bostas de cavalo que eu podia achar é claro ele não é como o resto do mundo que eu como é que ele diz que eu podia dar nove pontos em dez a Ketty Lenner e ganhar dela que é que isso quer dizer eu perguntei a ele eu esqueci o que ele disse porque o gajo da edição extra passava e o homem de cabelos ondeados da leitaria Lucan o que é tão gentil eu penso que já vi a cara dele antes em algum lugar me lembro dele quando eu estava provando a manteiga assim eu rendi o tempo Bartell d'Arcy também que ele costumava zombar dele quando ele começou a me beijar na escada do coro depois que eu cantei a *Ave-Maria* de Gounod que é que a gente está esperando oh meu coração me beija logo minha cara e parte que era minha parte cara que ele estava quente por ela pois com sua voz de metal também minhas notas baixas ele estava sempre a adorar se se podia acreditar nele eu gostava da maneira que ele usava a boca cantando então ele disse não era terrível fazer aquilo num lugar como aquele eu não vejo nada de tão terrível eu vou dizer a ele um dia destes não agora e espantar ele e vou levar ele lá e mostrar a ele o lugar mesmo também em que a gente fez aquilo pois aí está o lugar quer você goste quer não ele pensa que nada pode acontecer sem ele saber ele não tinha a menor ideia sobre minha mãe até que a gente ficou noivos de outra maneira ele não ia me conseguir tão fácil como conseguiu ele mesmo era dez vezes pior de todos os modos me pediu pra dar a ele um pedacinho de meus calçõezinhos isso foi na tarde que a gente vinha pela praça Kenilworth ele tinha me beijado no buraco da minha luva e foi preciso que eu tirasse ele e me fazia perguntas é direito perguntar qual é o formato do meu quarto de dormir e eu deixei ele ficar com aquilo como se eu tivesse esquecido pra pensar em mim quando eu vi ele meter no bolso é claro que ele é louco por essas coisas de calçõezinhos se vê logo sempre a espiar para essas coisas descaradas nas bicicletas com as saias delas voando até o embigo mesmo quando Milly e eu a gente estava com ele na festa ao ar livre aquelazinha que estava de musselina creme de pé contra o sol ele podia ver cada átimo que ela tinha nela ele me espionava por trás me seguindo na chuva mas eu vi ele antes que ele me visse parado na esquina do Harold no cruzamento da rua com uma gabardina nova e um cachecol de cores ciganas pra realçar a aparência dele e chapéu marrom com aquele ar de macaco velho de sempre que é que ele estava fazendo lá onde não tinha negócios a fazer eles podem ir e ter o que eles quiserem de tudo que leva saias e a gente não pode perguntar nada mas eles querem saber onde é que a gente esteve onde é que a gente vai eu podia sentir ele vindo atrás de mim com os olhos dele na minha nuca ele ficou longe de casa pois sentia que ia ter tempo quente para ele assim eu virei e parei e aí ele me azucrinou para dizer sim até que eu tirei minha luva calmamente olhando ele ele dizia que minhas mangas de trabalho de ponto eram muito frias para a chuva qualquer coisa pra se desculpar de pôr o braço em redor de mim calçõezinhos calçõezinhos o bendito do tempo todo até que eu prometesse a ele o par da minha boneca para ele levar no bolso do colete dele O *Maria Santíssima* ele parecia um grande bobão pingando na chuva com aquela dentadura maravilhosa que me deixava com gana de ver ela toda e me suplicava para levantar minha anágua laranja que eu vestia com pregas de raios de sol que não tinha ninguém dizia ele que ele ia cair de joelhos na chuva se eu não fizesse e tão teimoso que ia cair e estragar a gabardina nova a gente não sabe nunca que veneta dá neles quando ficam sozinhos com a gente eles ficam ferozes pela coisa se alguém passa assim eu levantei ela um pouco e toquei as calças dele de fora do jeito que depois eu costumava com o Gardner com minha mão esquerda para impedir que ele fizesse o pior onde era tão público eu morria pra saber se ele era circuncidado ele tremia todo ele como varas verdes eles querem fazer tudo tão depressa que tira todo o prazer e meu pai que esperava todo o tempo pelo jantar ele me disse pra contar que eu tinha deixado minha bolsa no açougueiro e que tinha tido de voltar pra apanhar ela que Mentiroso depois ele me escreveu aquela carta com todas aquelas palavras como é que ele podia ter a cara para qualquer mulher com aqueles seus modos de acompanhar o que fez tão difícil depois quando a gente se encontrou perguntando eu ofendi você eu com minhas pestanas baixadas é claro ele viu que não tinha ele tinha um pouco de miolo não como aquele outro idiota do Henny Doyle que ficava sempre quebrando ou rasgando qualquer coisa nas charadas eu odeio homem desastrado e se eu sabia o que aquilo significava é claro que eu tive de dizer não para salvar a aparência não compreendo você eu disse e não era natural pois que é mesmo é claro estava sempre escrito com o desenho de uma mulher naquele muro em Gibraltar com aquela palavra que eu nunca encontrei em parte nenhuma não fosse porque as crianças veem que são tão novinhas então ele escrevia uma carta cada manhã às vezes duas por dia eu gostava do modo que ele fazia a corte então ele sabia a maneira de grudar uma mulher quando ele me mandou as oito papoulas grandes porque o meu dia era o oito então eu escrevi na noite que ele me beijou no peito no celeiro do delfim que eu não podia simplesmente descrever aquilo aquilo fazia você se sentir como nada nesta terra mas ele nunca soube abraçar tão bem como o Gardner eu espero que ele venha segunda-feira como ele disse na mesma hora quatro porque eu odeio gentes que chegam a qualquer hora a gente vai na porta pensando que é o quitandeiro então é alguém e é a gente que está mal-ajambrada ou é a porta da droga da cozinha que se escancara no dia que o velho, do cara do Goodwin visitou por causa do concerto a gente na rua Lombard e eu logo depois do jantar toda vermelha e zanzando de cozinhar a comida de sempre não repare professor eu tive de dizer estou um horror sim mas ele era um verdadeiro de um velho de um cavalheiro no modo dele era impossível ser mais respeitoso ninguém para dizer que você estava fora você tinha que olhar pelo postigo como para o garoto de recados hoje eu pensei que era uma encomenda antes a entrega de um porto e uns pêssegos primeiro e eu estava começando a bocejar de nervosa pensando que ele queria me fazer de boba quando eu ouvi o rescorrescoresco dele na porta ele devia estar um pouquinho atrasado era três e um quarto quando eu vi as duas meninas do Dedalus vindo da escola eu nunca sei bem a hora mesmo porque o relógio que ele me deu nunca parece estar andando direito eu devia mandar ver o que ele tem quando eu atirei aquele pêni para aquele marinheiro manco pela Inglaterra o lar e a beleza quando eu estava assoviando há uma garota encantadora que eu amo e eu não tinha nem mesmo botado minha combinação limpa ou posto pó de arroz em mim ou nada então daqui a uma semana nós vamos a Belfast quando ele vai ter de ir a Ennis o aniversário do pai dele é no 27 não ia ser engraçado se ele pensasse que nossos quartos no hotel ficavam lado a lado e a gente fizesse umas loucurinhas na cama nova eu não podia pedir a ele para parar e não me paulificar com ele no quarto ao lado ou talvez algum pastor protestante com tosse a bater na parede então ele não ia crer no dia seguinte que a gente não tinha feito alguma coisa é muito bem com um marido mas não se pode enganar um amante depois eu disse a ele que a gente nunca mais fazia nada ele não ia acreditar em mim não o melhor é ele ir onde está indo além disso sempre acontece alguma coisa com ele na vez que a gente foi ao concerto Mallow em Maryborough ele pediu uma sopa fervendo para nós dois então o sino tocou e lá anda ele pela plataforma com a sopa entornando tomando umas colheradas ele tinha sangue-frio e o empregado atrás dele fazendo com a gente um tremendo escândalo berraria e a confusão para a locomotiva partir mas ele não ia pagar enquanto não acabasse os dois cavalheiros do vagão da terceira classe diziam que ele estava com toda a razão e ele estava ele é tão teimoso que às vezes quando uma coisa se mete na cabeça dele uma boa coisa que ele pôde abrir a porta do vagão com o canivete dele ou a gente tinha ido parar em Cork creio que isso foi feito por vingança contra ele oh eu gosto das sacudidelas de trem ou carruagem com almofadas macias eu queria saber se ele vai comprar primeira classe para mim ele podia querer fazer no trem dando bem uma gorjeta ao guarda oh acredito que vão ter os idiotas de sempre dos homens olhando a gente com os olhos deles de estúpidos como sempre sabem possivelmente ser aquele simples operário era um homem excepcional que deixou a gente sozinhos no vagão naquele dia subindo para o Howth eu gostava de saber alguma coisa sobre ele um ou dois túneis talvez então a gente deve olhar para fora pela vidraça mais bonito ainda quando se volta imagina se a gente não voltasse que é que não ia se dizer ela fugiu com ele é isso que te lança no palco o último concerto que eu cantei faz já um ano quando era o salão de Santa Teresa na rua Clarendon uns pirralhos de umas garotas agora cantando Kathleen Kearney e coisas assim porque meu pai estava no exército e eu cantando o mendigo distraído e eu usava um broche por lorde Roberts quando eu tinha o mapa todo da luta e Poldy não irlandês bastante foi o que arranjou a coisa essa vez pondo todo jeito de me levar a cantar o *Stabat Mater* por ali a dizer que estava pondo música no Guia Bondosa Luz eu empenhei ele na coisa até que os jesuítas acharam que ele era franco-maçom batendo no piano o Guia-me Tu copiado de uma velha ópera sim que ele andava ultimamente com alguns desses Sinner Fein ou sei lá como eles se chamam falando as habituais bobagens dele ele dizia que aquele homenzinho sem pescoço era muito inteligente o homem de manhã é ele Griffiths bem ele não parece é tudo o que eu posso dizer ainda assim deve ser por ele que ele soube que ia ter um boicote eu odeio a menção de política desde a guerra de Pretória e Ladysmith e Bloemfontein onde Gardner tenente Stanley G 8° Bão. 2° Rgt. Lancs Este de febre entérica era um sujeito adorável de cáqui e por cima de mim o exacto eu estou certa que ele era valente também ele disse que eu estava adorável a tarde que demos o beijo de despedida perto do dique do canal minha beleza irlandesa ele estava pálido de excitação com a partida mas a gente ia ser visto da estrada ele nem podia ficar de pé direito e eu tão esquentada como nunca senti eles bem que podiam ter feito a paz deles no começo ou o Oom Paul e o resto dos velhos Krugers se meterem a brigar entre eles mesmos em lugar de arrastar aquilo por anos matando todos os homens bonitões que tinha com a febre deles se ao menos ele tivesse sido decentemente morto com um fuzil não tinha sido tão mau eu adoro ver um regimento passar em revista a primeira que eu via a cavalaria espanhola em La Roque foi adorável depois de ver através da baía desde Algeciras todas as luzes do rochedo como vaga-lumes ou aquelas campanhas simuladas nos quinze acres dos Guardas Negros com seus saiotes em compasso de marcha passarem o 10º dos hússares o próprio príncipe de Gales ou os lanceiros oh os lanceiros eles são bravos os de Dublin que ganharam em Tugela o pai dele fez dinheiro por lá vendendo os cavalos para a cavalaria muito bem ele podia comprar pra mim lá em Belfast um bonito presente depois do que eu dei a ele lá eles têm roupas brancas encantadoras ou um desses bonitos trajes quimonos eu tenho que comprar mata-traças como eu tive antes pra deixar na gaveta com elas vai ser uma gostosura andar com ele por ali pelas lojas comprando essas coisas numa nova cidade é melhor deixar minha aliança preciso rodar ela uma porção de vezes pelo nó do dedo ou vão badalar pela cidade nos jornais ou contar à polícia sobre eu mas vão pensar que a gente é casado oh que eles vão pros diabos que os carregue ele está cheio de dinheiro e não vai se casar portanto alguém deve tirar dele se eu pudesse saber se ele gosta de mim eu parecia um pouquinho encardida é claro quando eu olhei bem perto do espelho de mão pôr pó de arroz no espelho nunca te dá a melhor expressão além disso me espremendo embaixo assim todo o tempo com aqueles seus ossos enormes das cadeiras ele também é pesado com aquele peito cabeludo por estes calores sempre tendo de deitar debaixo deles melhor pra ele era pôr por trás da maneira que a sra. Mastiansky me contou que o marido dela fazia com ela como os cachorros fazem e botar a língua dela pra fora tão comprida quanto podia ele que parece tão inquieto e manso com a dlenguedlengue da cítara dele nem se pode acompanhar os homens nas maneiras que eles descobrem que belo tecido daquele terno azul que ele tinha e gravata e meias da moda com as coisas de seda azul-celeste ele está certamente endinheirado eu vejo pelo corte das roupas dele e pelo relógio pesado mas ele ficou como um verdadeiro demônio durante uns quantos minutos quando voltou com aquela edição extra picando os bilhetes e mandando tudo às favas pois ele perdeu vinte librotas ele disse que perdeu naquele azar que ganhou e metade ele apostou pra mim por causa do palpite do Lenehan xingando ele com as piores palavras esse tratante que andou tomando liberdades comigo depois do jantar do Glencree naquela longa volta pela montanha do leito de pluma e o lorde prefeito que me olhava com aqueles olhos sujos dele Val Dillon aquele salafrário grandalhão que eu notei pela primeira vez na sobremesa quando eu estava quebrando as nozes com meus dentes eu adorava se tivesse podido comer todos os pedacinhos daquele frango com os meus dedos estava tão delicioso e assadinho e tenro que não podia estar mais só que eu não queria comer de tudo no meu prato aqueles garfos e talher de peixe estavam além disso todos marcados como prata eu gostava de ter alguns eu podia ter facilmente deixado cair uns no meu regalo quando eu estava brincando com eles estar sempre pendurado neles por causa do dinheiro que se gasta num restaurante por um tiquinho que se põe pela garganta abaixo a gente tem de ficar agradecido até mesmo por uma taça de droga de chá como se fosse uma grande honra que se deve ter em conta o modo que o mundo está dividido de qualquer jeito se é pra continuar eu quero pelo menos duas outras boas combinações pra começo e mas eu não sei que tipo de calçõezinhos ele gosta nada de nada eu penso que ele disse sim e metade das moças de Gibraltar nunca usaram nuas como Deus fez elas aquela andaluza cantando a Manola dela ela não fazia muito segredo do que não tinha sim e o segundo par de meia-seda correu o fio depois do primeiro dia de uso eu podia ter trazido ele de volta ao Lewer esta manhã e armar um rolo e fazer eles trocarem só não fiz pra não me irritar e correr o risco de me encontrar com ele e pôr a perder toda a coisa e um desses espartilhos ajustadinhos eu queria anunciados como baratos na Fidalga com nesgas elásticas nas ancas ele endireitou o que eu tenho mas esse não é bom que é que eles dizem eles fazem uma deliciosa silhueta 11/6 obviando àquela aparência larga desconfortante através dos baixos atrás reduzindo as carnes minha barriga está um tanto grande eu tenho de riscar a forte do jantar pois estou gostando muito dela a última que mandaram do O'Rourkes estava chocha como água de barrela ele faz o dinheiro dele o Larry como eles chamam ele o sarnento do brinde de Natal um bolo caseiro e uma garrafa de água suja que ele impingia como clarete que ele não podia achar quem bebesse que Deus lhe poupe o cuspe do medo que ele tem de morrer de sede ou eu devo fazer um pouco de exercício de respiração eu não sei se esse tal de antigordura é bom pode ter efeito demais e as magrinhas não estão na moda agora ligas bem que eu tenho o par violeta que usei hoje foi tudo que ele me comprou do cheque que ele recebeu no dia primeiro oh não

teve a loção de rosto que eu acabei ontem que pôs minha pele como nova
eu pedi tanto e tanto a ele pra mandar fazer ela de novo no mesmo lugar e
não esquecer Deus só é quem sabe se ele mandou depois de tudo o que eu
disse a ele eu vou saber pelo frasco de todos os modos senão eu suponho
que eu só tenho que me lavar no meu xixi parecido com caldo de carne ou
caldo de galinha com um pouco de opópanax e violeta eu penso que ela
estava começando a parecer áspera ou velha um pouquinho a pele de debaixo é muito mais fina no lugar que esfolou no meu dedo depois da queima-
dura é uma pena que não seja toda ela assim e os quatro lenços tisguitas de
perto de 6/- todos a gente não poder chegar a nada neste mundo sem apresentação tudo indo no aluguel e na comida quando eu tiver eu vou espalhar
ele por aí que eu te conto em grande estilo eu sempre quero botar uma
porção de chá no pote lá vem medida e poupança se eu compro um par de
chancas velhas você gosta destes sapatos novos sim quanto é que você pagou
eu não tinha nenhum vestido mesmo o costume marrom e a saia e a jaqueta e o outro na lavandaria três coisas que para uma mulher que ajeita o
chapéu velho e remenda o outro os homens não olham para você e as mulheres não tentam te passar pra trás porque elas sabem que tu não tens
homens então com todas as coisas ficando cada dia mais caras para os
quatro anos mais que eu tenho de vida até os trinta e cinco não eu estou
com quanto é que eu estou mesmo eu vou estar com trinta e três em setembro que é para eu oh bem olha pra sra. Galbraith ela é muito mais velha
que eu eu vi ela quando saí na semana passada as belezas dela começam a
fugir ela estava uma bela mulher uma cabeleira na cabeça que era magnífica até a cintura jogada pra trás como Kitty O'Shea na rua Grantham a
coisa que eu fazia cada manhã era olhar para ela penteando ela como se ela
amasse ela e estivesse cheia dela pena que eu só tenha conhecido ela no dia
anterior de nossa partida e aquela sra. Langtry o Lírio de Jersey que o príncipe de Gales estava apaixonado por ela eu suponho que ele é como qualquer
um outro da rua a não ser pelo nome de rei eles todos são feitos do mesmo
modo só o de um negro é que eu gostava de provar uma beleza de 45 corria
uma história engraçada a respeito do velho do marido ciumento como é
que era mesmo e um abridor de ostras ele ia não ele fazia ela usar uma
espécie de coisa de latão em volta dela e o príncipe de Gales sim é isso tinha
o abridor de ostras não pode ser verdade uma coisa assim como alguns
desses livros que ele traz para mim as obras de Mestre François não sei quê

suposto ser um padre sobre uma criança nascida da orelha dela porque a cona dela tinha caído bonita palavra num padre escrever e o c — dela como se algum bobo não fosse entender o que isso significa eu odeio esses rodeios com as coisas com cara de santarrão todo mundo pode ver que não é verdade esse Ruby e suas Belas Tiranas que ele me trouxe duas vezes que eu me lembrei quando cheguei na página 50 a parte onde ela pendura ele num gancho com uma corda pra flagelar claro que não tem nada para uma mulher nisso tudo invenção pura como ele beber champanha na sandália dela depois do baile como o Jesus infante da manjedoura em Inchicore nos braços da Virgem Santíssima claro que mulher nenhuma podia ter uma criança daquele tamanho tirada dela e eu até que pensei primeiro que ele tinha saído do lado dela pois como é que podia ir ao penico quando ela queria e ela era uma mulher rica é claro ela se sentia honrada S.A.R. estava em Gibraltar no ano que eu nasci eu aposto que ele achou lírios lá também onde ele plantou a árvore ele plantou mais do que isso no tempo dele ele até podia ter plantado em mim se ele tivesse vindo um pouco antes então eu não ia estar onde estou ele ia era dar o fora nesse Freeman e os miseráveis xelins que ele arranca lá dele e ir num departamento ou coisa assim onde ele ia ter pagamento regular ou um banco onde iam pôr ele num trono pra contar dinheiro todo o dia é claro ele prefere estar zanzando pela casa que a gente não pode se mexer com ele em todo canto qual é o seu programa hoje eu gostava que ele fumasse cachimbo como meu pai pra ter ao menos cheiro de homem ou estar vagabundeando à procura de anúncios quando ele podia estar ainda no sr. Cuffee se ele não tivesse feito o que fez me mandando depois tentar remendar a coisa eu podia ter conseguido a promoção dele lá a gerente ele me deu uma mirada grande uma ou duas vezes primeiro ele ficou duro como se o malfeito realmente e verdadeiramente sra. Bloom somente que eu me sentia simplesmente por baixo com aquele porcaria de vestido velho que eu tinha perdido os chumbos da cauda que não tinha nenhum corte mas que estão voltando a ficar na moda de novo eu comprei ele simplesmente para ajudar a ele eu sabia que não prestava pelo remate pena que mudei da ideia de ir ao Todd e Burns como eu dizia e não ao Lees ele era bem como a loja mesma liquidação de retalho e uma porção de rebotalho eu odeio essas lojas de luxo atacam os nervos da gente nada me empeteca completamente só que ele pensa que ele entende muito de vestido de senhora e de cozinha salpicando tudo ele pode tirar das prateleiras na

coisa se eu seguisse as opiniões dele cada bendito chapéu que eu pusesse este vai bem em mim sim leve este este está muito bem o que era como um bolo de noiva milhas acima de minha cabeça ou o tampa de panela que caía pelas minhas costas e ele pisando em cima de ovos por causa da garota da loja naquele lugar da rua Grafton que eu tive a infelicidade de levar ele e ele para ela tão insolente quanto podia ser com a caretinha dela dizendo temo que ele esteja dando demasiado incômodo pois pra que é que ela está lá mas eu amarrei um duro nela sim ele ficou tremendamente constrangido e não admira mas ele mudou pela segunda vez que olhou Poldy teimoso como sempre como na sopa mas eu vi que ele olhava muito direto pros meus peitos quando ele se levantou para abrir a porta para mim foi gentil da parte dele em me acompanhar em todo o caso eu estou tremendamente triste sra. Bloom creia-me sem fazer a coisa muito marcada na primeira vez depois de ter sido insultado e eu sendo tratada como esposa dele eu só fiz dar um meio sorriso eu sabia que os meus peitos estavam de fora daquele jeito na porta quando ele disse estou extremamente triste e eu estava certa que ele estava
 sim eu penso que ele tornou eles um pouquinho mais duros chupando eles tanto tempo que ele me fez ficar com sede teteias é como ele chama eles eu tive de rir sim este aqui pelo menos fica durinho de bico por qualquer coisa eu vou dar um jeito para ele fazer de novo e vou tomar ovos batidos com marsala para fazer eles ficarem cheios para ele como é que é curiosa a maneira que todas essas veias e coisas é feita duas iguais em caso de gêmeos eles são considerados como representantes da beleza colocados em cima como aquelas estátuas no museu uma delas fingindo esconder ele com a mão dela são eles tão bonitos é claro comparado com o homem como se parece com seus dois sacos cheios e a outra coisa dele pendurada pra fora dele ou te espetando pra cima como um cabide não é de admirar que se esconde isso com uma folha de repolho aquele imundo de montanhês dos Camerons atrás do mercado de carne ou aquele outro de espantalho de cabelos de fogo atrás da árvore onde a estátua do peixe ficava quando eu estava passando ele fingia estar mijando ficando de jeito pra me mostrar com as fraldas de bebê dele levantadas de lado os da rainha mesmo eram um bonito grupo foi bom que os Surreys revezaram eles eles estão sempre tentando te mostrar a coisa quase cada vez que eu passava perto do lavatório dos homens lá na estação da rua Harcourt só pra pôr à prova um sujeito ou outro tentava

fazer eu olhar como se fosse uma das sete maravilhas do mundo oh o fedor desses lugares podres a noite que voltava pra casa com Poldy depois da festa dos Comerfords laranjas e limonada pra fazer a gente se sentir bem e aguada eu fui em um deles que estava tão frio de rachar que eu não pude me aguentar quando é que foi isso 93 o canal estava congelado sim foi uns poucos meses depois pena que uns quantos Camerons não estivessem ali pra me ver agachada no lugar dos homens meaderos eu tentei uma vez fazer um desenho dele antes de rasgar ele como uma salsicha ou coisa assim eu me admiro que eles não têm medo de receber ali um pontapé ou uma batida ou coisa assim ali a mulher é a beleza é claro isso está admitido quando ele disse que eu podia posar para um retrato nua num certo sujeito rico da rua Holles quando ele perdeu o emprego no Helys e eu estava vendendo a roupa da gente e dedilhando no café-palace será que eu ia ficar como aquele banho da ninfa com meus cabelos soltos sim só que ela é mais novinha ou um pouco parecida com aquela porca de puta daquela foto espanhola que ele tem as ninfas costumavam andar assim é o que eu perguntei a ele e aquela palavra mete alguma coisa com picosos nele e lá veio ele com uns quebra-línguas sobre incarnação ele nunca pode explicar uma coisa simplesmente na maneira que a gente possa entender então lá se vai ele a queimar o fundo da frigideira tudo pro rim dele este não é tanto aí está a marca dos dentes dele ainda onde ele tentou morder o bico eu tive de gritar não é que eles são de dar medo tentando te machucar eu tive uma boa peitaria de leite com Milly bastante pra duas qual era a razão disse ele disse que eu podia ganhar uma libra por semana como ama de leite bem inchados de manhã aquele estudante de aparência delicada que vivia no número 28 com os Citrons na Penrose quase me pegou me lavando pela janela só que eu abri a toalha pela minha casa isso é que era o seu modo de estudar me doíam pra fazer desmamar até que ele conseguiu que o doutor Brady me desse a receita de beladona eu tive de fazer ele mamar eles eles estavam tão duros ele dizia que era mais doce e mais grosso que o de vacas então ele queria me ordenhar no chá bem ele está acima de qualquer coisa eu afirmo alguém devia pôr ele preto no branco se eu ao menos pudesse me lembrar metade das coisas e escrevia um livro de suas obras de Mestre Poldy sim está tão macia a pele mais de uma hora que ele esteve nela eu estou certa pelo relógio como uma espécie de bebê grandalhão quando eu tinha pegado a mim eles querem pôr tudo na boca que prazeres que esses homens conseguem de uma mulher eu

posso sentir a boca dele oh Senhor eu preciso me espreguiçar eu gostava que
ele estivesse aqui ou alguém pra me deixar me ir e ir de novo assim eu sinto
todo um fogo dentro de mim ou se eu pudesse sonhar com aquilo quando
ele fez eu ir pela segunda vez me cutucando atrás com o dedo dele eu fiquei
indo quase que por cinco minutos com minhas pernas em volta dele eu tive
que entreapertar ele depois oh Senhor eu queria berrar todas as espécies
de coisas foder ou merda ou qualquer coisa só não pra não parecer feia ou
com rugas por causa do esforço quem é que sabe como é que ele ia receber
a coisa a gente tem que sentir a maneira de cada homem eles todos não são
como ele graças a Deus alguns querem que a gente seja muito delicada no
caso eu já observei o contraste ele faz e não fala eu julguei com os meus
olhos daquele jeito com meus cabelos mais para o solto pelos trambolhões
e com minha língua entre os dentes para ele o selvagem o bruto quinta sexta
um sábado dois domingo três oh Senhor eu não posso esperar até segunda
    fchiiiiiiiiifchooooon trem em algum lugar apitando a força que essas
locomotivas têm nelas como enormes gigantes e a água esguichando por
toda parte e saindo delas de todos os lados como no final da velha canção
do amooor os pobres dos homens que têm de ficar fora toda a noite longe
das mulheres e famílias nessas máquinas assadeiras escaldante é que foi hoje
eu contente de ter queimado a metade desses Freeman e Photo bits deixando as coisas assim espalhadas por aí ele está ficando muito descuidado eu
joguei o resto na casinha eu vou fazer ele rasgar eles por mim amanhã em
lugar de ter eles aí para o ano que vem para arranjar uns poucos pences por
eles tendo ele a perguntar onde é que está o jornal de janeiro último e todos
aqueles sobretudos velhos eu fiz uma trouxa para fora da saleta que faziam
o lugar mais quente do que é a chuva foi adorável logo depois de minha
sesta de beleza eu pensei que ia ficar como em Gibraltar meus santos o
calor que faz lá antes que o suão chegue negro como a noite e o clarão do
rochedo de pé como um gigante comparado com a montanha de três rochas
deles que eles pensam que é tão grande com os sentinelas vermelhos aqui e
acolá os choupos e eles todos brancos de quentes e as redes de mosquitos
e o cheiro da água da chuva naqueles tanques olhando-se pro sol todo o
tempo a se derramar sobre você murchando tudo aquele adorável vestido
que a amiga do meu pai a sra. Stanhope me enviou do B Marché Paris
mas que vergonha minha queridinha Cachorrina ela escreveu que ela era
muito gentil qual é que era o outro nome dela apenas este cart. post. para

te dizer que te enviei o presentinho acabo de sair de um maravilhoso banho quente e me sinto como um cachorrinho limpo agora gostei mesmo iducho ele chamava ele de iducho havia de dar tudo pra voltar pra Gib e ouvir você cantar no velho Madrid ou Esperando Concone é o nome daqueles exercícios ele me comprou um deles dos novos certa palavra eu não podia pegar xailes coisinhas engraçadas mas se rasgam pela menor coisa ainda assim são adoráveis não acha eu acho pensarei sempre nos chás adoráveis que tínhamos juntas adoro as tortinhas de passas formidáveis e as barquetes de framboesa bem agora queridinha Cachorrina trate de escrever logo ela deixou de lado cumprimentos ao seu pai e também ao capitão Grove com amor s/aftmente x x x x x ela não parecia nada uma casada exato como uma garota ele era anos e anos mais velho que ela o iducho ele era tremendamente afectuoso comigo quando ele segurou pra baixo o arame com o pé para eu passar na corrida de touros em La Linea quando aquele matador Gómez recebeu as orelhas do touro as roupas que a gente tem de usar quem é que inventou esperando que a gente suba o morro de Killiney então como nesse piquenique tudo espartilhado a gente não pode fazer nenhuma bendita de uma coisa dentro deles numa multidão correr ou pular de algum modo é por isso que eu fiquei com medo quando aquele outro touro feroz começou a atacar os banderilleros com as faixas e as duas coisas nos chapéus deles e os brutos dos homens berrando bravo toro é verdade que as mulheres eram também más nas bonitas mantillas brancas delas rasgando todo o de dentro daqueles pobres cavalos eu nunca ouvi uma coisa assim em toda a minha vida sim ele costumava se arrebentar de rir quando eu fingia de cachorro latindo na alameda bell pobre animal e doente que fim que levou eles eu penso que eles já estão mortos faz muito tempo eles os dois é tudo como se fosse uma neblina faz a gente se sentir tão velha era eu que fazia as tortinhas é claro eu tinha tudo que queria pra mim então uma garota Hester a gente costumava comparar nossas cabeleiras a minha era mais cheia que a dela ela me ensinou como arrumar ela nas costas quando eu principiei a fazer penteados e o que é mais como fazer um nó num fio com uma só mão a gente era como primas que idade é que eu tinha então na noite da tempestade eu dormi na cama dela ela passou os braços dela em volta de mim depois a gente fez de manhã uma guerra de travesseiros que engraçado ele ficava me espiando todo momento que ele arranjava uma oportunidade na banda da esplanada Alameda quando eu estava com meu pai e o capitão Groves eu olhei a igreja pra cima primeiro e depois para as janelas depois pra baixo e os nossos olhos se encontraram eu senti uma coisa me atravessar toda como agulhas meus olhos dançavam eu me lembro quando depois eu me olhei no espelho dificilmente eu me reconheci a mudança que eu tinha sofrido uma pele esplêndida pelo sol e pela excitação como uma rosa não pude ter um minuto de sono não ia ter sido bonito por causa dela mas eu podia ter parado aquilo em tempo ela me deu o Pedra da Lua pra ler que foi o primeiro que eu li de Wilkie Collins eu li East Lynne e a sombra de Ashlydyat da sra. Henry Wood o Henry Dunbar daquela outra mulher eu emprestei a ele depois com a foto do Mulvey nele pra ele ver que eu não estava sozinha e de lorde Lytton o Eugene Aram o Molly bawn ela me deu da sra. Hungerford por causa do nome eu não gosto de livros com uma Molly neles como aquele que ele me trouxe sobre a das Flandres uma puta que estava sempre roubando das lojas tudo o que ela podia panos e troços às jardas este lençol está pesado demais em cima de mim está melhor eu não tenho nem mesmo uma camisola decente esta joça se enrola toda debaixo de mim além dele e as bobagens dele assim está melhor eu costumava então me empapar de calor minha combinação pingando de suor colava nas bochechas do meu traseiro na cadeira quando eu me levantava ficavam tão pegajosas e duras quando eu me levantava nas almofadas do sofá pra ver com minha roupa levantada os percevejos às toneladas de noite e os mosquiteiros eu não podia ler uma linha Senhor como parece distante séculos é claro eles nunca mais voltaram e ela não botou o endereço direito ou ela talvez tenha observado ao iducho dela que as gentes estavam sempre partindo e nós nunca eu me lembro daquele dia dos vagalhões e os barcos com as cabeças deles balançando e o marulho do navio aqueles oficiais de uniforme em terra de folga faziam eu ficar mareada ele não dizia nada ele estava muito sério eu estava com as botinas compridas abotoadas e minha saia estava ao vento ela me beijou seis ou sete vezes será que eu chorei sim eu acredito que chorei eu quase meus lábios estavam tremelicando quando eu disse adeus ela estava com uma saída Maravilhosa de um tipo especial de cor azul para viagem feita com originalidade como de lado e era extremamente bonita ficou vazio como o diabo depois que eles se foram eu quase cheguei a imaginar de fugir louca com a coisa para algum lugar a gente nunca está quando a gente está com pai ou tia ou casamento esperando sempre esperando pra trazeeeer a ele praaa mim esperando e não apressaaar os seus pés fugidios os canhões desgraçados deles estourando e estrondando por toda a loja especialmente no aniversário da rainha e atirando tudo em todas as direcções se não se abria as janelas quando o general Ulysses Grant quem é que era ou fez considerado um grande sujeito desembarcou e o velho Sprague o cônsul que estava lá desde antes do dilúvio meteu a roupa de gala pobre homem e estava de luto pelo filho então a mesma velha alvorada pela manhã e os tambores rufando e os pobres dos desgraçados dos diabos dos soldados marchando com as tigelas deles fedendo o lugar mais do que os velhos judeus de barbas compridas nas batas e levitas deles ordem unida e dispersar e salvas pros homens cruzarem as linhas e o guardião marchando com as chaves para fechar os portões e as gaitas de fole e só o capitão Groves e meu pai falando sobre Rorkes drift e Plevna e sir Garnet Wolseley e Gordon e Cartum eu acendendo os cachimbos deles para eles cada vez que eles ficavam bêbados o velho diabo com o grogue dele no peitoril da janela não tinha como pegar ele deixando um restinho dele beliscando o nariz a tentar se lembrar de alguma outra de porca de história pra contar pelos cantos mas ele nunca se desregrava quando eu estava lá me mandando pra fora do quarto ou com alguma desculpa esfarrapada prestando homenagens o uísque Bushmills falando está claro mas ele fazia o mesmo pra qualquer mulher que aparecesse eu suponho que ele morreu de bebedeira galopante faz séculos os dias eram como anos nem uma carta de um vivente a não ser as poucas raras que eu punha no correio pra mim mesma com pedacinhos de papel nelas tão enfarada às vezes que me dava vontade de unhar ouvindo aquele velho árabe de um olho só com o asnático do instrumento dele cantando o hei hei hei ehei dele todos os meus gumbrimentos pela mixórdia do teu asnático tão chato quanto agora com as mãos abanando e olhando pra fora da janela se tem um rapagão mesmo na casa da frente aquele médico da rua Holles que a enfermeira dava em cima quando eu pus as luvas e o chapéu na janela pra mostrar que eu estava saindo nem ideia do que eu queria dizer como são opacos nunca entendem o que se diz mesmo se a gente quisesse imprimir para eles um cartaz grande nem mesmo quando a gente aperta com a mão esquerda duas vezes ele não me reconheceu tampouco quando e quase franzi a testa para ele fora da capela do casario de Westland de onde vem a grande inteligência deles eu gostava de saber a matéria cinzenta eles têm toda no rabo deles se me perguntas esses trapaceiros do campo lá no City Arms inteligência tinham era por um binóculo menos que os touros e as vacas que eles vendem a carne e a campainha dos carvoeiros aquele bugre barulhento tentando me afanar com a conta errada que ele tirou do chapéu mas que par de patas e potes e panelas e caçarolas para consertar nada de garrafas gastas prum pobre homem hoje e nada de visitantes ou correio a não ser os cheques dele ou algum anúncio como o obramaravilha que eles mandaram para ele endereçado cara Madame só a carta e o cartão de Milly esta manhã vejam ela escreveu uma carta para ele de quem é que eu recebi a última carta da oh sra. Dwenn mas agora que é que ela tinha para escrever depois de tantos anos era para saber a receita daquele pisto madrileno Floey Dillon desde que me escreveu pra me dizer que estava casada com um arquitecto muito rico se eu acreditasse em tudo que me contam com uma vila de oito quartos o pai dela era um homem tremendamente gentil estava com perto de setenta sempre de bom humor bem agora a srta. Tweedy ou a srta. Gillespie aí está o pianinho aquele é que era um serviço de café de prata maciça que ele bem que tinha no consolo de mogno pra depois morrer tão longe eu odeio gentes que têm sempre uma história triste pra contar todo mundo tem suas dificuldades aquela pobre da Nancy Blake morreu faz um mês de pneumonia aguda bem eu não sabia dela muita coisa a não ser que ela era mais amiga da Floey do que minha é um aborrecimento ter de responder ele sempre faz eu dizer coisas erradas e não para de falar como se estivesse fazendo discurso seu triste acabrunhamento solidariedade eu faço sempre aquele erro e paidrinho com dois is eu espero que ele me escreva uma carta maior na vez que vem se é verdade que ele gosta mesmo de mim oh Deus louvado que agora eu achei alguém para me dar o que eu tanto precisava pra me encher o coração a gente não tem neste lugar as oportunidades que se tinha faz tempo eu queria tanto que alguém me escrevesse uma carta de amor a dele não era bem tanto assim e eu disse para ele que ele podia escrever o que quisesse seu sempre Hugh Boylan em Velha Madrid as mulheres bobinhas acreditavam que o amor é suspirar eu vou-me acabar ainda assim se ele escrevesse eu suponho que ia de ter um pouco de verdade nisso verdadeiro ou não isso enche teu dia e tua vida toda sempre alguma coisa pra pensar cada momento e ver tudo em roda como um mundo novo eu podia escrever a resposta na cama pra deixar ele me imaginar curta só umas poucas palavras não daquelas cartas longas arrevesadas que Atty Dillon costumava escrever para aquele sujeito

que era alguma coisa nos quatro tribunais que acabou dando a lata nela
tiradas do epistolário das damas quando eu disse pra ela pra dizer umas
poucas palavras simples que ele podia torcer como ele quisesse e não movida de precípite precipitância com similar candura a máxima felicidade
terrenal de responder afirmativamente à proposição de um cavalheiro minha
Nossa não tem nada mais que isso tudo é fácil para eles mas ser uma mulher
logo que se fica velha eles podem te atirar no fundo de uma lata de lixo
   a de Mulvey foi a primeira quando eu estava na cama naquela manhã e
a sra. Rubio trouxe ela com o café ela ficou parada quando eu pedia a ela
pra me passar e eu apontava eles eu não podia me lembrar da palavra
grampo para abrir com ah horquilla desagradável de velha e ele na frente
da cara dela com a trança dela de cabelo postiço e vaidosa da aparência
dela feia como era com quase oitenta ou cem a cara uma trouxa de rugas
com toda a religião dela uma dominadora porque ela nunca pôde pegar que
a frota do Atlântico era a metade dos navios do mundo com a Union Jack
hasteada apesar de todos os carabineiros deles porque quatro marinheiros
ingleses bêbados tomaram o rochedo todo deles e porque eu não corria pra
missa as vezes bastantes na Santa Maria para agradar a ela com o xaile dela
a não ser quando tinha um casamento com todos os milagres de santos e
sua santíssima virgem preta com o vestido de prata e o sol dançando três
vezes no domingo de Páscoa de manhã e quando o padre ia com a sineta
levando o vaticano pros moribundos ela se benzendo por sua majestade um
admirador ele assinava ela eu senti meu coração quase saltar do peito eu
tive vontade de agarrar ele quando eu vi ele seguindo pela calle Real pela
vitrina da loja ele roçou por mim passando eu nunca que pensei que ele ia
me escrever marcando um encontro eu pus ela dentro do corpinho da minha
combinação lendo ela todo o dia em cada buraco ou canto enquanto meu
pai estava dando instrução pra descobrir pela escrita ou pela linguagem dos
selos cantando eu me lembro devia eu botar umas rosas brancas e eu queria
adiantar o idiota do relógio pra ficar perto da hora ele foi o primeiro homem
que me beijou perto da muralha mourisca meu namorado meu coração
garoto nunca tinha entrado na minha cabeça que é que significava beijar
até que ele botou a língua dele dentro da minha boca a boca dele era como
que doce e moça eu botei meu joelho contra ele umas quantas vezes para
aprender o jeito de fazer eu contei a ele por graça que eu estava comprometida com o filho de um nobre espanhol chamado don Miguel da la Flora

e ele acreditou que eu ia casar com ele dentro de três anos tem muita palavra verdadeira que se diz de brincadeira tinha uma flor que bloomflorescia umas poucas coisas eu contei a ele verdadeiras a respeito de mim só para ele imaginar as garotas espanholas ele não gostava eu suponho que uma delas fez pouco caso dele eu fiz ele ficar excitado ele amarrotou as flores todas que estavam no meu peito que ele me trouxe ele não sabia contar as pesetas e perragordas até que eu ensinei a ele de Cappoquin é que ele tinha vindo ele dizia em Blackwater mas isso foi curto demais então no dia antes da partida dele maio sim foi em maio quando o infante rei de Espanha nasceu eu fico sempre assim na primavera eu gostava de ter um sujeito novo cada ano bem no cume debaixo da rocha do canhão perto da torre de O'Hara eu contei a ele que aí tinha caído um raio e tudo a respeito dos macacos da Barbaria que mandaram para Clapham sem rabo se agarrando todo tempo um nas costas do outro a sra. Rubio tinha me contado que ela era uma velha de uma macaca de escorpião da rocha de má que roubava os frangos da granja de Ince e atirava pedras na gente se a gente chegava perto ele olhava pra mim eu estava com aquela blusa branca aberta na frente para encorajar ele tanto quanto eu podia sem ser muito abertamente eles principiavam exato a ficar rechonchudos eu disse que eu estava cansada a gente se deitou na clareira dos abetos um lugar selvagem eu suponho que deve ser o rochedo mais alto que existe as galerias as casamatas e aquelas rochas horripilantes e a gruta de São Miguel com as gelactites ou sei lá que nome têm se dependurando e escadas toda a lama se grudando nas minhas botinas eu certa que esse é o caminho que os macaquinhos seguem debaixo do mar para a África quando morrem os navios lá longe como casquinhas aquele lá era o barco Malta passando sim o mar e o céu se podia fazer o que se queria estendidos lá pra sempre ele acariciava elas à volta eles gostam de fazer isso a redondidade aí eu estava inclinada sobre ele com meu chapéu de palha de arroz branca pra usar a novidade dele o lado esquerdo da minha cara o melhor minha blusa aberta para o seu último dia uma espécie de camisa transparente ele tinha eu podia ver o rosado do peito dele ele queria tocar a minha com o dele por um instante mas eu é que não ia deixar ele ficou tremendamente magoado primeiro por medo não se sabe nunca consumição ou me deixar com uma criança embarazada aquela criada velha Inés me contou que mesmo que fosse uma gota só se entrasse depois eu experimentei com a banana mas eu fiquei com medo de rasgar e ficar lá dentro de mim em algum lugar sim porque se tirou uma vez uma coisa de dentro de uma mulher que ficou lá dentro por vários anos coberta de sais de cal eles são loucos para entrar em de onde eles saíram a gente pensa que eles não acham que foram bastante fundo e então eles ficam satisfeitos com a gente de certa maneira até a vez seguinte sim porque aí se tem uma sensação maravilhosa o tempo todo tão tema como é que a gente foi acabar sim oh sim eu fiz ele pôr fora no meu lenço fingindo não estar excitada mas eu abri minhas pernas eu não ia deixar ele me tocar dentro da minha anágua eu estava com uma saia de abrir de lado eu torturava a vida dele primeiro coçando ele eu adorava irritar aquele cachorro do hotel rrrssst auuauuau os olhos dele fechados e um passarinho voando abaixo de nós ele era encabulado mas ainda assim eu gostava dele como naquela manhã que eu fiz ele ficar um pouco vermelho quando eu me botei em cima dele e desabotoei ele e tirei o seu e puxei para trás a pele que tinha uma espécie de olho nele eles homens são todos gomos lá por dentro do lado do avesso deles Molly querida ele me chamava qual era o nome dele Jack Harry Mulvey é que era sim eu creio que tenente ele era mais para o louro ele tinha uma espécie de voz que ria assim eu rodeei o coméquesechama tudo era comoéquesechama bigode tinha ele ele disse que ele ia voltar Senhor é como se fosse ontem pra mim e se eu fosse casada ele fazia comigo e eu prometi a ele sim fielmente eu ia deixar ele me tapar agora está longe talvez morto ou matado ou capitão ou almirante já faz quase vinte anos se eu dissesse clareira de abetos ele havia de se ele aparecesse atrás de mim e pusesse as mãos dele nos meus olhos para adivinhar quem eu podia reconhecer ele ele está jovem ainda perto dos quarenta talvez ele se tenha casado com uma moça em black water e esteja mudado eles todos mudam eles não têm metade da personalidade que uma mulher tem ela nem sabe o que eu fiz com o querido marido dela antes que ele jamais sonhasse com ela em plena luz do dia também na cara do mundo todo se pode dizer que se podia escrever um artigo sobre isso no Crônica eu fiquei um pouquinho raivosa quando eu inchei o saco velho das bolachas Benady Bros e explodi ele Senhor que bumba todas as galinholas e pombos berrando voltando o mesmo caminho que a gente tinha subido pelo meio do morro em redor da velha casa da guarda e do cemitério dos judeus fingindo ler o hebraico escrito aí eu queria disparar a pistola dele ele dizia que não tinha uma ele não sabia o que fazer comigo o boné de pala que ele usava sempre de banda tão pronto como eu botava ele de ponta H.M.S. Calypso eu balançando meu chapéu aquele velho bispo que falou do altar o longo sermão dele sobre as mais altas funções da mulher sobre as garotas que agora andam de bicicleta e usam bonés de pala e calções bloomer de mulher da moda que Deus lhe dê mais juízo e a mim mais dinheiro eu suponho que eles são chamados assim por causa dele eu nunca que imaginei que o meu nome ia ser Bloom quando eu costumava escrever ele em letra de imprensa pra ver como ficava num cartão de visita ou experimentando com o açougueiro e obrigada M Bloom você parece bloomflorescente Josie costumava dizer depois que eu casei com ele bem é melhor que Breen ou Briggs que brigam ou esses horríveis nomes com alho no rabo sra. Barbalho ou outra qualquer espécie de rabo com Mulvey eu não ia ficar louca tampouco eu admito que eu me divorciasse dele sra. Boylan minha mãe como quer que fosse podia ter me dado um nome mais bonito Deus é que sabe conforme o adorável que ela tinha Lunita Laredo a brincadeira que a gente fez percorrendo a estrada de Willis até a ponta da Europa torcendo pra dentro e pra fora do outro lado de Jersey eles se sacudiam e dançavam na minha blusa como os de Milly tão pequeninos agora quando ela sobe as escadas eu adorava olhar pra eles dentro eu trepava nas pimenteiras e nos choupos brancos tirando folhas e jogando elas nele ele foi pra Índia ele ficou de escrever as viagens que esses homens são obrigados a fazer até os confins do mundo e voltar eles pelo menos podiam apertar uma ou duas mulheres enquanto podiam antes de irem pra se afogarem ou arrebentarem em algum lugar eu subi o morro do moinho até o cabeço naquele domingo de manhã com o capitão Rubios que morreu os óculos de alcance como o sentinela tinha ele disse que ia ter um ou dois a bordo eu usava aquele vestido do B Marché Paris e o colar de coral o estreito a brilhar eu podia ver até Marrocos quase que a baía de Tânger branquinha e as montanhas do Atlas com neves nelas e o estreito como um rio de tão claro Harry Molly Querida eu estava pensando nele no mar todo o tempo depois da missa quando a minha anágua começou a escorregar pra baixo na elevação semanas e semanas eu guardei o lenço debaixo do travesseiro pelo cheiro dele não tinha perfume decente pra se conseguir naquele Gibraltar a não ser o barato peau despagne que desbotava e deixava um fedor na gente mais que tudo o mais eu queria dar a ele uma lembrança ele tinha me dado aquele anel desajeitado de Claddagh pra dar sorte que eu dei ao Gardner ao partir para a África do Sul onde os bures mataram ele com a guerra e as febres deles mas foram batidos mesmo assim como se tivesse dado má sorte a ele com uma como que opala ou pérola devia ser ouro puro de dezesseis quilates porque era muito pesado eu posso ver a cara dele barbeada fchiiiiiiiiiiiiiiiiiifchon aquele trem de novo tom plangente uma vez nos queridos iiidos dias que não voltam fechar os olhos respirar lábios pra frente a beijar olhos tristes abertos piano antes que sobre o mundo a névoa venha eu odeio esse voaven doce canção do aamooooor eu vou soltar isso em cheio quando me botar em frente da ribalta de novo Kathleen Kearney e seu grupinho de guinchadeiras srta. Isto srta. Aquilo srta. Aoutra grupinho de peidorentas se sacudindo em volta a falar de política que elas entendem tanto quanto os meus fundilhos dão tudo deste mundo pra se fazerem de alguma maneira interessantes puras belezas irlandesas filha de soldado eu é que sou hem e de que são vocês de sapateiros e taverneiros eu te peço desculpas caleça eu pensei que fosses carrinho de mão elas caíam mortas de gozo se tivessem a ocasião de descer a Alameda nos braços de um oficial como eu na noite da banda meus olhos chispam meu busto que elas não têm é paixão Deus ajude as pobres das cabeças delas eu já sabia mais de homens e da vida quando tinha quinze do que elas todas vão saber quando tiverem cinquenta elas não sabem como cantar uma canção assim Gardner dizia que nenhum homem podia olhar pra minha boca e meus dentes sorrindo assim sem pensar naquilo eu tinha medo no começo que ele não gostasse do meu sotaque ele tão inglês tudo o que meu pai me deixou apesar dos selos eu tenho os olhos e o porte de minha mãe de todos os modos ele dizia sempre eles são tão repelentes alguns desses grosseirões ele não era nem um pouquinho assim ele era morto pelos meus lábios que elas arranjem primeiro um marido que seja digno de ser olhado e uma filha como a minha ou que vejam se podem excitar um pancadão endinheirado que pode pegar e escolher a que ele quiser como Boylan pra dar quatro ou cinco vezes amarrados um nos braços do outro ou mesmo a voz eu podia ter sido uma prima donna se não tivesse casado com ele vem canção do amooor profundo baixo atrás não demais pra não fazer duplo queixo O Retiro da minha Dama é longo demais para um bis sobre a herdade cercada ao crepúsculo e as salas abobadadas sim eu vou cantar Ventos que sopram do sul que ele me deu depois do caso da escada do coro eu vou trocar aquela renda do meu vestido preto pra pôr à mostra minhas mamas e eu vou sim por Deus eu vou mandar consertar aquele leque grande pra fazer elas morrerem de inveja meu buraco fica me comichando sempre que eu penso nele eu sinto que eu preciso de eu sinto um pouco de vento em mim melhor fazer baixinho pra não acordar ele e ter aí de novo me babando depois de eu ter me lavado cada pedacinho de mim atrás barriga e lados se a gente tivesse ao menos uma banheira mesmo ou meu próprio quarto de todos os modos eu desejava que ele dormisse numa cama para ele só com os pés frios dele em mim dava jeito da gente ter espaço pra soltar um peido meu Deus ou fazer melhor a menor coisa sim suster ele assim um pouquinho de lado piano quietinho doooo lá vai aquele trem lá longe pianíssimo mais uma canção

que alívio onde quer que seja teu vento despeja quem sabe se aquela costeleta de porco que comi com minha xícara de chá depois estava boa com o calor eu não cheirei nada nela eu certa que aquele sujeito afrescalhado na carchutaria é um grande maroto eu espero que essa lamparina não esteja fumegando pra me encher o nariz de fuligem melhor do que ter ele deixando escapar o gás durante a noite toda eu não podia ficar tranquila na minha cama em Gibraltar até me levantando pra ver por que é que eu fico tão danadamente nervosa por isso ainda que eu goste durante o inverno é mais aconchegante oh Senhor foi frio de rachar também aquele inverno quando eu tinha só perto de dez anos eu sim eu tinha a boneca grande com todas as roupinhas engraçadinhas pra vestir e despir ela aquele vento gelado zunindo daquelas montanhas a uma coisa assim Nevada sierra nevada em frente do fogo com o meu pedacinho de camisola levantada pra me esquentar eu adorava dançar por ali nela dar uma corrida pra cama eu tenho certeza que aquele sujeito da frente costumava ficar lá todo o tempo espiando com as luzes apagadas no verão e eu em frente do lavatório me esfregando e passando cremes só quando chegava a função do vaso eu apagava também a luz e então eram assim nós dois Adeus pro meu sono esta noite de todos os modos eu espero que ele não vá se meter com esses medicandos a levarem ele a se desencaminhar imaginando que é moço de novo voltando às quatro da manhã que eram era se não mais ainda assim ele teve bons modos pra não me acordar que é que eles acham pra palrar toda a noite esbanjando dinheiro e ficando cada vez mais bêbados eles bem que podiam beber água e depois lá começa ele a dar ordens a gente por ovos e chá eglefim Findon e torrada quente com manteiga eu suponho que vamos ter ele sentado como o rei da terra bombeando com o cabo da colher pra cima e pra baixo no ovo dele onde é que ele foi aprender isso e eu adoro ouvir ele tropeçar nos degraus de manhã com as taças chocalhando na bandeja e depois brincar com a gata ela se esfrega na gente pra ter prazer eu me pergunto se ela tem pulgas ruim como uma mulher sempre se lambendo e lambando mas eu odeio as garras deles eu imagino se eles veem alguma coisa que a gente não pode fixando daquela maneira quando ela fica no alto da escada tanto tempo e escutando no que eu espero sempre que ladrona também aquela bela solha fresca que eu comprei eu penso que eu vou ter um pouco de peixe amanhã ou hoje é sexta-feira sim eu vou com um pouco de molho branco e geleia de passas pretas como faz muito tempo não aqueles potes de duas libras de ameixa e maçã misturadas da London e Newcastle Williams e Woods dura o dobro só pelas espinhas eu odeio aquelas enguias bacalhau sim eu vou arranjar um bom pedaço de bacalhau eu sempre arranjo o bastante pra três esquecendo de todos os modos eu estou farta daquela eterna carne do açougueiro do Buckley costeletas com lombo e pé de vaca e pé e cachaço de carneiro e fressura de vitela até o nome é bastante ou um piquenique imagina se nós todos cada um desse 5/- e ou que ele pague e convidava outra mulher para ele quem a sra. Fleming e ir de carro pra ravina peluda ou pros morangais a gente ia ter ele primeiro examinando todos os cascos de cavalos como ele fez com as cartas não com Boylan lá sim alguns sanduíches de vitela fria e de presunto tem umas casinhas lá embaixo no fundo das ribanceiras bem a propósito mas é quente de abrasar ele diz que de todos os modos não peca por assar eu odeio essa gentinha de matalotagem de Maria Joana de folga na segunda-feira de Pentecostes é mesmo um dia maldito não espanta que aquela abelha tenha ferrado ele melhor à beira-mar mas eu é que jamais desta vida ia entrar num bote com ele depois dele em Bray contar pros remeiros que ele sabia remar se alguém pedisse a ele pra ele montar na corrida de saltos pela taça de ouro ele ia dizer que sim depois aconteceu que ficou encapelado e o calhambeque começou a se virar e o peso todo do meu lado me mandando pôr o leme pra direita depois para a esquerda e a maré alagando em ondas de cima ao fundo e o remo dele escorregando do estribo foi um milagre se a gente não se afogou ele pode nadar é claro eu não não há perigo nenhum mantenha-se calma nas suas calças de flanela eu gostava era de despedaçar elas de cima abaixo diante de todo mundo e dar a ele o que aquele outro chama uma flagelação até ele ficar preto e azulado que é o que de melhor ele podia ter no mundo se não fosse aquele gajo narigudo que eu não sei quem é com aquele outro beleza de Burke do Hotel City Arms que estava por lá como sempre bisbilhotando quando não era chamado onde tinha um pega um cara de dar vômito entre nós não tinha mais que antipatia isso é um consolo eu imagino que espécie de livro é que ele me trouxe o Doçuras do Pecado por um cavalheiro da moda algum outro Mr. de Kock eu imagino que as gentes deram a ele esse apelido por andar com o canudo dele de mulher em mulher eu não pude nem sequer mudar meus sapatos brancos novos todo estragados com a água salgada e o chapéu que eu tinha com aquela pluma toda amarrotada e espandongada que irritante e provocante pois o cheiro do mar me excitou é claro as sardinhas e a brema da baía dos Catalães em redor dos fundos da rocha elas ficavam lindas todo pratas nas cestas dos peixeiros o velho Luigi com perto de cem anos se dizia que ele tinha vindo de Gênova e o sujeito velho altão com brincos eu não gosto de homem que a gente tem de trepar pra cima pra chegar eu penso que todos eles já estão mortos e pobres faz muito além disso eu não gosto de ficar sozinha nesta enorme desta caserna de noite eu tenho de aguentar com isto eu nunca trouxe pra dentro nem uma pitada de sal até quando a gente se mudou naquela confusão academia musical era o que ele ia pôr na sala de estar do primeiro andar com uma placa de latão ou hotel-pensão Bloom é o que sugeriu que ande e se arrebente de uma vez como o pai fez lá em Ennis com todas as coisas que ele contou ao meu pai que ia fazer e a mim mas eu via longe nele a me contar todos os lugares adoráveis que a gente podia ir na lua de mel Veneza ao luar com as gôndolas e o lago de Como que ele tinha um quadro cortado de algum jornal e mandolinas e lanternas oh que beleza eu dizia o que quer que eu gostasse ele ia fazer imediatamente se não antes quem for meu marido que aguente meu gemido ele devia era ganhar uma medalha e couro com um debrum de ouro-besouro por todos os panos que ele inventa depois deixando a gente aqui o dia todo a gente não sabe nunca que pedinte velho na porta por um pedaço de pão com uma história comprida pode ser um velhaco e botar o pé na entrada pra me impedir de bater ela como aquela figura daquele criminoso contumaz como lhe chamavam no Semanário de Notícias de Lloyd vinte anos de cadeia então sai e assassina uma velha pelo dinheiro dela imagina a pobre da mulher dele ou mãe ou quem quer que ela seja uma cara assim a gente fugia milhas e milhas eu não podia dormir em paz enquanto não trancasse todas as portas e janelas pra ter certeza mas ainda é pior ficar aferrolhada como numa prisão ou num hospício de doidos eles todos deviam é ser fuzilados ou o gato de nove caudas um tremendo brutamontes como aquele que vinha atacar uma pobre de uma velha senhora para assassinar ela na cama dela eu cortava elas de uma vez que eu cortava ele não vale lá grande coisa mas ainda assim é melhor que nada na noite que eu estava certa que eu tinha ouvido gatunos na cozinha e ele desceu de camisola com a vela e o tiçoeiro como se estivesse buscando um rato branco como um lençol de medo fora dos sentidos dele fazendo tanto barulho como poder podia para avisar os gatunos não tem muito que roubar na verdade o Senhor é que sabe mas ainda assim é a impressão especialmente agora com Milly longe que ideia a dele de mandar a menina lá longe para aprender a fazer fotografias por causa do avô dele em lugar de mandar ela para a Academia Skerry onde ia ter de aprender não como eu que só peguei a escola só que ele ia fazer uma coisa assim de qualquer jeito por causa do Boylan e eu é por isso que ele fez eu estou certa pela maneira que ele enreda e planeja tudo eu não podia me virar com ela aqui ultimamente a não ser que eu trancasse a porta primeiro me dava um desespero ela entrando sem primeiro bater quando eu botei a cadeira contra a porta quando eu estava me lavando embaixo com a luva dá nos nervos da gente então se fazendo de grande dama o dia todo se pondo numa redoma de cristal pra dois de cada vez admirarem ela se ele soubesse que ela quebrou a mão daquela quinquilharia de estatuetazinha com o desastrado e descuidado dela antes que se foi que eu tive que arranjar aquele italianozinho pra consertar de modo que não se pode ver a emenda por dois xelins não queria nem mesmo enxaguar as batatas pra gente é claro ela tem razão pra não estragar as mãos dela eu notei que ele falava sempre pra ela ultimamente na mesa explicando coisas do jornal e ela se fazendo de entendida sonsa que é isso ela tirou dele e ele ajudando ela a botar o casaco mas quando tinha alguma coisa que não ia bem com ela é pra mim que ela contava não para ele ele não pode dizer que eu invento coisas pode eu sou é muito sincera de facto eu creio que ele pensa que eu já não sou nada pra me botar na prateleira bem que eu não sou não sou nem nada parecido vamos ver vamos ver agora ela desandou a namorar também com os dois filhos do Tom Devan me imitando assoviando com aquelas sapecas daquelas garotas do Murray chamando ela Milly pode sair com a gente pode por favor ela está sendo muito procurada pra tirarem dela o que eles puderem lá pela rua Nelson andando na bicicleta do Harry Devan de noite foi muito bem feito que ele despachou ela para onde ela está agora ela já estava passando dos limites a querer ir ao rinque de patinagem e fumando os cigarros deles jogando fumaça pelo nariz eu senti o cheiro na roupa dela quando eu mordi a linha do botão que eu peguei embaixo do blusão dela ela é que não podia esconder muita coisa pra mim é o que te digo só que eu não devia ter costurado ele com ele nela isso provoca separação e o último pudim que se partiu em duas metades vejam acontece digam o que disserem a língua dela está um pouco comprida demais pro meu gosto sua blusa está muito aberta ela dizia pra mim macaca olha o teu rabo eu que tinha de dizer pra ela pra não pendurar as pernas dela no peitoril da janela na frente de toda a gente passando eles todos olham pra ela como eu quando eu tinha a idade dela é claro qualquer trapo velho que olha agrada depois é o não me toque também na maneira dela mesma no único leito no Teatro Royal tire seu pé daí eu odeio gente me tocando com medo pela vidinha dela que eu amarrotasse a saia dela preguada uma boa parte dessa tocação tem de acontecer nos teatros no ajuntamento no escuro eles procuram sempre se aproximar da gente aquele sujeito de fundo de plateia no fundo da plateia no Gaiety na Beerbohm Tree em Trilby que é a última vez que eu jamais vou lá pra ser achatada daquele jeito por qualquer Trilby ou mané Trilby cada minuto me tocando e olhando pra longe ele me parece é um tanto gira eu penso eu vi ele depois tentando se aproximar de duas damas elegantemente vestidas em frente da vitrina do Switzer no mesmo joguinho eu reconheci ele no mesmo instante a cara e tudo o mais mas ele não se lembrava de mim e ela nem sequer quis que eu beijasse ela em Broadstone quando partia bem eu desejo que ela encontre alguém pra paparicar ela como eu fazia quando ela pegou caxumba as glândulas enfartadas é aqui é ali é claro ela não pode sentir ainda nada profundo eu mesma nunca consegui propriamente antes de ter vinte e dois ou perto tudo comigo era meter por porta errada só as bobagens e risotinhas de hábito de garotas aquela Conny Connolly escrevendo para ela com tinta branca em papel preto lacrado com cera de lacre mas ela bateu palmas quando a cortina se abriu porque ele parecia tão bonitão então a gente teve Martin Harvey no almoço jantar e ceia eu pensava comigo mesma depois que deve ser amor de verdade um homem dar a vida dele para aquela coisinha de nada eu penso que restam poucos homens assim é difícil acreditar nisso a não ser que acontecesse realmente comigo a maioria deles não tem uma gotinha de amor na natureza deles achar duas pessoas assim hoje em dia tão cheias uma da outra de fazer a gente sentir o mesmo como a gente sente eles são em geral um pouquinho pancadas da cabeça o pai dele devia ser um pouquinho tantã pra ir e se envenenar por causa dela ainda assim pobre velhote eu creio que ele se sentia perdido ela sempre namorando minhas coisas também os poucos trapos velhos que eu tenho a querer fazer penteado alto com quinze meu pó de arroz nela também só para estragar a pele dela ela tem bastante tempo para isso todo o resto da vida dela é claro ela é insofrida sabendo que é bonita com os lábios dela tão vermelhos que pena que eles não fiquem assim eu também tinha assim mas é inútil se fazer de boa com uma coisinha assim a me responder como uma peixeira quando eu pedi a ela pra ir buscar meia pedra de batatas no dia que a gente encontrou a sra. Joe Gallaher nas corridas de parelhas de trote e ela fingiu que não viu a gente na aranha com o Friery o solicitador a gente não era tão superior assim pra eu não dar nela dois bonitos cascudos pela orelha dela pra você este agora por me responder desta maneira e este por sua pouca vergonha ela tinha-me exasperado é claro me contradizendo eu estava também de mau humor sei lá por que talvez tivesse alguma erva má no chá ou eu não tivesse dormido bem na noite anterior talvez o queijo que eu comi e eu tinha falado para ela vezes sem conta pra não cruzar as facas daquela maneira pois ela não tem ninguém pra dar ordens a ela como ela mesma dizia bem se ele não corrige ela eu juro que eu vou essa foi a última vez que ela abriu o berrador eu mesma fui assim mesmo ninguém ousava em casa me dar ordens a culpa é dele é claro por deixar nós duas a solancar aqui em lugar de empregar faz muito uma mulher eu estava decidida de ter uma criada de verdade de novo é claro que então ela ia ver ele chegar eu tinha de deixar ela saber senão ela ia se vingar elas o que são são uma praga essa velha da sra. Fleming a gente tem de andar atrás dela pra botar as coisas nas mãos dela espirrando e peidando pelas panelas bem é claro ela é velha e não pode evitar isso que bom trabalho aquele pano de pratos podre fedorento que ficou perdido atrás do aparador eu sabia que tinha alguma coisa e abri a janela pra deixar sair o cheiro trazendo os amigos dele pra receber como naquela noite que chegou com um cachorro mas por favor que bem que podia estar com raiva especialmente o filho do Simon Dedalus o pai é um tremendo criticador com os óculos dele e cartola na partida de críquete e um buraco enorme na meia dele uma coisa gritando com a outra e o filho dele que arrancou todos aqueles prêmios que eu não sei por que ele ganhou no intermediário pulando pela grade se alguém que conhece a gente tivesse visto ele o que espanta é que ele não tenha feito um buraco enorme nas calças de gala de enterro dele como se o que a natureza deu não bastasse pra qualquer um metendo ele por aquela suja de cozinha adentro agora me digam ele está certo da cabeça eu pergunto pena que não tivesse sido dia de lavagem meu par de calções velhos podia estar pendurado pelas cordas em exibição pra todos com aquela marca de ferro que a burra da velha queimou neles ele podia até pensar que era outra coisa e ela que nunca soube derreter a gordura como eu mandei ela e agora ela está se fazendo como está por causa do marido paralítico cada vez pior tem sempre alguma coisa errada com eles doenças ou ter de fazer uma operação ou se não é isso é bebedeira ou ele que bate nela eu tenho que me virar de novo pra caçar uma cada dia que eu me levanto lá vem alguma novidade doce Pai doce Pai bem quando eu me esticar morta na minha cova eu suponho que eu vou ter alguma paz eu quero me levantar um minuto pra ver se eu espera oh Jesus espera sim lá me veio a coisa sim mas isso é ou não é de afligir a gente é claro toda essa cutucação e meteção e mexeção que ele fez em cima de mim agora que é que eu vou fazer sexta sábado domingo não é de infernizar a alma do corpo da gente a não ser que ele goste como certos homens Deus é que sabe tem sempre uma coisa errada com a gente cinco dias de cada três ou quatro semanas para o leilão mensal de regra não é simplesmente de doer aquela noite isso me veio assim na só e única vez que nós fomos no camarote que Michael Gunn deu a ele pra vermos a Kendal e o marido no Gaiety alguma coisa que ele fez sobre seguros para ele na Drummies eu estava prontinha para engatar embora eu não quisesse dar na vista por causa daquele cavalheiro almofadinha fixando em cima de mim com os óculos dele e ele do outro lado de mim falando sobre Espinosa e a alma dele que está morta eu suponho faz milhões de anos eu sorria o melhor que podia alagada me inclinando pra frente como se eu estivesse interessada tendo de ficar sentada ali até a última tirada eu não vou esquecer aquela esposa do Scarli numa afobação imaginando que a peça era bastante forte sobre adultério aquele idiota na torrinha vaiando a mulher adúltera ele berrava eu creio que depois ele se foi pra pegar numa mulher no beco mais perto se metendo por ela por todos o lados pra compensar eu queria é que ele tivesse o que eu estava tendo então ele ia vaiar eu aposto que até uma gata se sai melhor que a gente será que a gente tem sangue demais ou o quê oh paciência com esta inundação que sai de mim como um mar de todos os modos ele não me deixou prenhe por maior que ele tenha eu não quero sujar os lençóis limpos o linho limpo que botei é também que provocou dane-se e eles que querem sempre ver uma mancha na cama pra saberem que era virgem só pra eles isso preocupa eles eles são tão bobos também a gente pode ser viúva ou divorciada quarenta vezes um borrão de tinta vermelha bastava ou suco de amora-preta não isso é púrpura demais ai Jisus deixa eu me levantar daqui bolas doçuras do pecado pra quem que bolou esse negócio pra mulheres no meio de costura e cozinha e pirralhos esta droga de cama velha sempre tinindo como o diacho eu creio que se podia escutar a gente até do outro lado do parque até que eu sugeri pra botar o acolchoado no assoalho com o travesseiro debaixo do meu traseiro eu me pergunto se não é mais bonito de dia eu penso que é mais cômodo eu penso que vou cortar todos esses pelos aí que me escaldam eu podia ficar parecendo uma garota novinha será que ele não ia ficar de boca aberta na primeira vez quando levantasse minha roupa eu dava tudo pra ver a cara dele onde é que foi parar o vaso eu tenho um santo horror que ele se quebre debaixo de mim depois daquele velho criado-mudo eu queria saber se eu estava muito pesada sentada no colo dele eu fiz ele se sentar na espreguiçadeira de propósito quando eu tirei só minha blusa e saia primeiro no outro quarto ele estava tão ocupado onde não devia estar que nem me sentiu eu espero que meu hálito estava doce com aquelas pastilhas beija-flor devagar meu Deus eu me lembro do tempo que eu podia soltar ele livremente apitando como um homem quase devagar oh Senhor que barulho eu espero que tenha sido com borbulhas pra ter a sorte de ganhar um bolo de dinheiro de algum sujeito eu vou ter de perfumar aí de manhã não esquecer eu aposto que ele nunca viu um par melhor de coxas do que estas olha que brancas que são o lugar mais suave é bem aqui nesta lingueta aqui tão macio como um pêssego devagar meu Deus eu não me importava de ser homem e trepar numa mulher bonita oh Senhor que ruído que tu estás fazendo como o lírio de jérsei devagar como as águas descem por Laore

    quem sabe se não tem nenhuma coisa no meu de dentro ou eu tenho alguma coisa crescendo dentro de mim fazendo essa coisa assim toda semana quando é que foi a última vez que eu segunda-feira de Pentecostes sim é só perto de três semanas eu devia ir ao doutor só que ia ser como antes de eu casar com ele quando aquela coisa branca saía de mim e Floey fez eu ir naquele caxinguelê velho do dr. Collins para moléstias de senhoras na estrada de Pembroke sua vagina é como ele chamava ela eu penso que foi assim que ele arranjou todos aqueles espelhos dourados e tapetes cercando aquelas ricaças da pradaria Stephen a correrem para ele por qualquer besteirazinha sua vagina e sua cochinchina elas têm dinheiro é claro logo elas têm direito eu não me casava com ele nem que ele fosse o último dos homens no mundo além disso tem qualquer coisa de esquisito com os filhos delas sempre fungando em volta dessas porcas dessas vacas por todos os lados ele me perguntando se o que eu fazia tinha um odor contundente que é que ele queria que eu fizesse senão aquilo ouro talvez que pergunta se eu besuntasse com ele a cara velha dele enrugada com todos os grumbrimentos eu suponho que ele ia então saber e podia fazê-lo atravessar facilmente atravessar o quê eu pensei que ele estivesse falando do rochedo de Gibraltar a maneira que ele propõe a coisa essa é uma boa invenção também a propósito só que eu gosto de me esvaziar no vaso tanto quanto eu possa me espremer e puxar a corrente pra regar ele com gostosas alfinetadas e agulhazinhas frias mas ainda assim tem alguma coisa com significação nele eu suponho e costumava sempre estudar o de Milly quando ela era criança se ela tinha bichas ou se não ainda assim de todos os modos pagar a ele por aquilo quanto é que é doutor um guinéu por favor e a me perguntar se eu tinha omissões frequentes onde é que esses sujeitos velhotes vão buscar essas palavras todas eles têm omissões com aqueles olhos de vista curta pendurados em mim de banda eu é que não ia confiar nele muito pra me dar clorofórmio ou Deus sabe o que mais ainda assim eu gostei dele quando ele se sentou para escrever a coisa franzindo tão severo o nariz inteligência de pagode sua danada de preguiçosa deitada oh tudo não importa quem que não seja um idiota ele foi bastante esperto pra perceber isso é claro isso tudo era de pensar nele e nas cartas malucas dele minha Preciosa tudo relacionado com o seu Corpo glorioso tudo sublinhado que vem dele é um objecto de beleza e uma alegria para sempre alguma coisa que ele pescou de algum livro de disparates que ele tinha eu nas minhas encolhas quatro ou cinco vezes por dia às vezes e eu dizia que não tinha está você certa oh sim eu dizia eu estou muito certa de um modo que calou ele eu sabia o que vinha depois só fraqueza natural é que era ele me excitou eu não sei como a primeira noite que jamais nos encontramos quando eu estava vivendo no terraço Rehoboth nós ficamos nos fixando um ao outro por perto de dez minutos como se nós tivéssemos nos encontrado em algum lugar eu suponho que por causa da minha parecença de judia por minha mãe ele costumava me distrair as coisas que ele dizia com o meio sorriso descuidado dele e todos os Doyles diziam que ele ia concorrer como membro do Parlamento oh pois não era que eu era a boba em vida para acreditar em todas as tagarelices dele sobre a autonomia nacional e a liga patriótica me enviando aquela estirada de canção sobre os huguenotes pra cantar em francês pra ser mais de classe oh beau pays de la Touraine que eu nunca cantei nem uma vez explicando e parlapateando sobre religião e perseguição ele não te deixa gozar nada naturalmente então podia ele como um grande favor na primeira oportunidade mesmo que ele teve na praça Brighton correu pro meu quarto de dormir fingindo ter tinta nas mãos pra lavar com o sabão de leite de Albion de enxofre que eu costumava usar e a gelatina ainda em volta dele oh eu ri de chorar dele naquele dia eu o que melhor podia fazer era não ficar a noite toda sentada nesta joça eles deviam fazer vasos de tamanho natural pra que uma mulher pudesse sentar neles à vontade ele se ajoelha no chão pra fazer eu suponho que não tem em toda a criação um outro homem como ele com os hábitos que ele tem olha pra maneira que ele está dormindo ao pé da cama como é que ele pode sem um almofadão duro ainda bem que ele não dá pontapé ou ele podia me arrebentar os dentes respirando com a mão dele no nariz como aquele deus indiano que ele me levou pra ver um domingo de chuva no museu da rua Kildare todo amarelo num babador deitado de lado sobre a mão com os dez dedos dos pés estirados que ele disse que era uma religião maior que os judeus e a de Nosso Senhor postas juntas por sobre toda a Ásia imitando ele como ele está sempre imitando todo mundo eu suponho que ele costumava dormir ao pé da cama também com o pezão quadrado dele perto da boca da mulher dele droga desta coisa fedorenta de qualquer modo onde é que está essa aquelas toalhinhas estão ah sim eu sei eu espero que o armário velho não vá ranger ah eu sabia que ia ele está dormindo fundo teve um bom dia em algum lugar ainda assim ela deve ter feito uma boa força pelo dinheiro dele é claro que ele teve que pagar a ela oh que maçada de coisa eu espero que se vai ter alguma coisa de melhor para nós no outro mundo nos sujeitando que Deus nos ajude isto está bem para esta noite agora pra pesada caminha velha de guerra que sempre me lembra o velho Cohen eu suponho que ele se coçava nela não poucas vezes e ele pensa que o meu pai comprou ela de lorde Napier que eu costumava admirar quando eu era garotinha porque eu contei a ele devagar piano oh como eu gosto da minha cama meu Deus aqui estamos tão mal como sempre em dezesseis anos em quantas casas estivemos ao todo terraço Raymond e terraço Ontário e rua Lombard e rua Holles e lá vai ele assobiando cada vez que estamos de mudança de novo seus huguenotes ou a marcha das rãs fingindo ajudar os homens com os nossos quatro gravetos de móveis e depois o Hotel City Arms de mal em pior diz o curador Daly aquele lugar encantador no patamar com alguém sempre dentro fazendo sua rezinha depois deixando toda a fedentina pra se saber sempre quem estava dentro por último cada vez que a gente está indo melhorzinho alguma coisa acontece ou ele dá uma das patadas dele no Thomas e no Hely e no sr. Cuffe e na Drimmie ou ele quase que vai pra cadeia por causa daqueles velhos bilhetes de loteria que iam ser a nossa salvação ou ele vai e faz uma sem-vergonheira vamos ter ele voltando pra casa com as mãos abanando despedido do Freeman também como no resto por causa desses Sinner Fein ou franco-maçons então vamos ver se o homenzinho que ele me mostrou pingando na chuva sozinho lá pela alameda Coady vai dar a ele muito consolo que ele diz que é tão capaz e tão sinceramente irlandês ele é mesmo se se julga pela sinceridade das calças dele que eu vi nele atenção duas horas bem esta é uma bela hora da noite para ele voltar pra casa trepando pra dentro da área se alguém viu ele eu vou escorraçar ele aquele costumezinho amanhã primeiro eu vou olhar pela camisa dele pra ver ou eu vou ver se ele tem ainda aquela camisa de vênus no bolso eu suponho que ele pensa que eu não sei homens enganadores todos os vinte bolsos deles não são bastantes para as mentiras deles então por que é que a gente vai contar a eles mesmo que fosse a verdade eles não acreditam na gente depois metido na cama como aqueles bebês das Obras-primas do Aristocrata que ele me trouxe da outra vez como se a gente não tivesse bastante disso na vida real sem esse velho Aristocrata ou qualquer que seja o nome dele para aporrinhar a gente mais ainda com esses desgraçados desses quadros crianças de duas cabeças e sem pernas esse é o tipo de vileza que eles sonham sempre sem outras coisas nas cabeças vazias deles eles mereciam era veneno a metade deles depois é chá com torradas para ele com manteiga dos dois lados e ovos frescos eu suponho que eu não sou mais nada depois que eu não quis deixar ele me lamber na rua Holles uma noite homem homem tirano como sempre no começo ele dormiu no soalho metade da noite nu na maneira que os judeus costumavam quando alguém que pertencia a ele morria e não quis comer desjejum nenhum ou falar nem uma palavra querendo ser mimado assim eu pensei que já era o bastante para uma vez e deixei ele ele faz tudo errado pensando só no prazer dele mesmo a língua dele é muito chata ou eu não sei o que é que ele esquece que nós então eu não faço eu vou fazer ele fazer de novo se ele não se incomodar e fecho ele lá embaixo pra dormir no porão de carvão com as baratas eu pergunto a mim mesma é se foi com Josie louca com os meus restos ele é um mentiroso de nascimento também não ele nunca é que ia ter a coragem com uma mulher casada é por isso que ele quer eu e Boylan embora o Denis dela como ela chama ele aquela cara desinfeliz não se pode chamar ele de marido sim foi com alguma putinha que ele se arranjou mesmo quando eu estava com ele e Milly nas corridas do Colégio que aquele Cornussopra de boné de guri no cocuruto do coco ele deixou a gente entrar pela porta de trás ele estava lançando os olhos de carneiro para aquelas duas zinhas que iam e vinham eu tentei fazer cara para ele primeiro inútil é claro e é assim que o dinheiro dele se vai estes os frutos do sr. Paddy Dignam sim eles apareceram em funeral de grande estilo no jornal que Boylan trouxe se eles vissem um verdadeiro funeral de oficial isso ia ser alguma coisa para eles armas caladas tambores surdos o pobre do cavalo marchando atrás de preto L Bloom e Tom Kernan aquele bêbedo de barril de homenzinho que cortou a língua caindo embriagado no mictório de homens num lugar qualquer e Martin Cunningham e os dois Dedalus e o marido de Fanny M'Coy cabeça branca de repolho coisinha descarnada de olho torto tentando cantar as minhas canções ela tinha de nascer de novo e o vestido verde dela tão decotado já que ela não pode atrair eles de outro modo como se chovendo no molhado eu vejo tudo agora claramente e eles chamam isso amizade matando-se e depois enterrando uns aos outros e todos eles com as mulheres e famílias deles em casa muito especialmente Jack Power sustentando aquela moça de bar como ele faz é claro a mulher dele está sempre doente ou vai ficar doente ou apenas está ficando melhor e ele é um homem bem-apessoado embora esteja ficando um pouco grisalho sobre as orelhas eles são um bonito bando eles todos bem eles não vão ter meu marido de novo nas garras deles se eu puder evitar fazendo troça dele depois nas costas dele eu sei quando ele deita aquelas idiotezas porque ele tem bom-senso bastante pra não esbanjar cada pence que ganha pelas gargantas deles abaixo e olha pela mulher e pela família bons pra nada pobre do Paddy Dignam mesmo assim eu estou triste por ele de certo modo que é que a mulher dele e as crianças vão fazer a não ser que ele esteja no seguro que cômico de joão-paulino sempre enfurnado num canto de boteco e ela ou filho dela esperando meu pau-d'água você não quer por favor vir pra casa os crepes de viúva nela não vão melhorar a aparência dela embora eles assentem terrivelmente se se é bem-apessoada que homens não esteve ele sim ele esteve no jantar de Glencree e Ben Dollard o baixo barríltono a noite que ele levou emprestado o fraque de cauda pra cantar na rua Holles espremido e esmagado lá dentro e se careteando todo com a cara de boneca grande como uma bundinha sovadinha de criança não é que ele parecia um palhaço em pelotas mas claro aquilo devia ser um espectáculo no palco imagina pagar 5/- nos lugares reservados pra ver ele e o Simon Dedalus também ele chegava sempre meio tocado cantando o segundo verso antes do primeiro o velho amor é novo era uma das dele tão docemente cantadas a donzela no ramo do pilriteiro ele estava também sempre pronto pra namoriscar quando eu cantei Maritana com ele na sessão privada do Freddy Mayer ele estava com uma deliciosa de esplêndida de voz Febe querida *amor de bem* ele sempre cantava não como Bartell d'Arcy a *morde* bem é claro ele tinha o dom da voz por isso não era arte era uma coisa em cima da gente toda como um chuveiro quente oh Maritana minha flor silvestre nós cantávamos maravilhosamente embora fosse um pouquinho alto para o meu registo mesmo transposta e ele estava naquele tempo casado com May Goulding mas então ele dizia ou fazia alguma coisa que estragava tudo ele agora é viúvo eu não sei que é que é o filho dele ele diz que é escritor e que vai ser professor em universidade de italiano e que eu devo tomar lições com ele que é que ele está querendo agora a mostrar a ele minha foto que não me é muito favorável eu devia ter tirado ela com panejamento que nunca fica fora da moda ainda assim eu pareço moça nela eu me admiro é que ele não tenha dado ela a ele de presente logo de uma vez até mesmo eu também afinal de contas por que não eu vi ele indo na caleça para a estação de Kingsbridge com o pai e a mãe eu estava de luto isso já faz onze anos atrás sim ele devia estar com onze embora qual é a vantagem de ficar de luto por uma coisa que não é para nós nem peixe nem carne é claro ele

insistiu que ele ia de luto pela gata eu suponho ele é homem agora naquele
então ele era um garoto inocente e uma coisinha adorável na sua roupinha
à lorde Fauntleroy com cabelos encacheados como um príncipe no palco
quando eu vi ele no Mat Dillon ele gostou de mim também eu me lembro
eles todos gostam espera por Deus sim espera sim repara ele estava nas
cartas esta manhã quando eu deitei o baralho com um estranho moço nem
moreno nem louro que tu tinhas encontrado antes eu pensei que significava
ele mas ele nem é frangote nem estranho além disso a minha cara estava
voltada para o outro lado qual era a sétima carta depois daquela o dez de
espadas quer dizer Viagem por terra depois tinha uma carta a caminho e
escândalos também e três rainhas e o oito de ouros sucesso social sim espera isso tudo saiu e dois oitos vermelhos de roupas novas mas vejam só e
não é que eu sonhei alguma coisa também sim tinha alguma coisa sobre
poesia nele eu espero que ele não tenha uma cabeleira comprida gordurosa
lhe caindo pelos olhos ou que se empene como esses índios peles-vermelhas
por que é que eles andam assim só pra que se riam deles e da poesia deles
eu sempre gostei de poesia quando eu era garota primeiro eu pensei que ele
era poeta como Byron e nem tem um tiquinho disso na constituição dele eu
pensava que ele era bem diferente eu me pergunto se ele não é moço demais
ele está com espera em 88 eu me casei 88 Milly completou quinze ontem
89 com que idade estava ele então no Mat Dillon cinco ou seis por 88 eu
suponho que ele tem vinte ou mais eu não estou tão velha assim para ele se
tem vinte e três ou vinte e quatro eu espero que ele não seja esse tipo de
estudante universitário convencido não de outro modo ele não ia se sentar
naquela cozinha velha com ele e tomar chocolate Epps e tomar é claro ele
fingiu entender tudo provavelmente ele contou que tinha estado no Colégio
Trindade ele é moço demais pra ser um professor eu espero que ele não seja
professor como o Goodwin era ele era um professor honorário na João
Uisquinho eles todos escrevem sobre uma mulher na poesia deles bem eu
imagino que ele não vai encontrar muitas como eu onde branda suspira
amor meiga guitarra onde a poesia do ar do mar azul da lua rebrilhando
tão bela ao voltar bote à noite de Tarifa o farol bem na ponta da Europa a
guitarra que aquele sujeito tocava com tanta expressão não hei eu de voltar
de novo para lá pra novas caras dois olhos vislumbrados em muxarabiê
escondidos eu vou cantar isso para ele aí estão os meus olhos se ele é mesmo um pouco poeta dois olhos tão negramente brilhantes como a estrela

jovem do amor ia ser uma mudança Deus é que sabe ter uma pessoa inteligente pra falar sobre você não ficar sempre ouvindo ele e o anúncio do Billy Prescott e o anúncio do Xaves e o anúncio do João Diabo e depois se alguma coisa vai mal nos negócios dele a gente tem de sofrer eu certa que ele é muito distinto eu gostava de encontrar um homem assim por Deus não daquela outra laia além disso ele é jovem aqueles jovens que eu podia ver lá no lugar de banho da praia de Margate no lado das rochas de pé ao sol mas como um Deus ou coisa assim e então mergulhando no mar por que é que todos os homens não são assim ia ser um certo consolo para uma mulher como aquela estatuetazinha adorável que ele comprou eu podia ficar olhando pra ele o dia inteiro cabeça encaracolada e ombros e o dedo apontado pra gente ouvir aí está a beleza real e a poesia para você eu muitas vezes senti que eu queria beijar ele todinho e também o adorável pintinho novo dele tão simples eu não me incomodava de ter ele na minha boca se ninguém estivesse vendo como se ele estivesse te pedindo pra chupar ele tão limpo e branco que parecia com a carinha de garoto eu fazia até em meio minuto mesmo se um pouquinho entrasse por mim pois que é que é é só como uma papinha ou um orvalho não tem perigo além disso ele ia ser tão limpinho comparado com esses porcos desses homens eu suponho que nunca sonham em limpar ele um ano inteiro a maioria deles só que isso é que provoca bigodes nas mulheres eu estou certa que ia ser maravilhoso se eu pudesse me meter com um poeta jovem bonito na minha idade eu vou deitar elas como a primeira coisa de manhã pra ver se a carta do desejo sai ou eu vou tentar com a própria dama pra ver se ele sai eu vou ler e estudar tudo que eu achar ou aprender um pouquinho de cor se eu soubesse o que ele gosta pra ele não pensar que eu sou burra se ele pensa que todas as mulheres são o mesmo eu posso ensinar a ele a outra parte eu vou fazer ele sentir por ele todo até ele quase desmaiar debaixo de mim então ele vai escrever sobre mim amante e amada publicamente também com as nossas duas fotografias em todos os jornais quando ele se tornar famoso oh mas então que é que eu vou fazer com ele então

    não isso não são modos ele não tem maneiras nem não tem refinamento nem não nada na natureza dele esbofetear a gente atrás assim no meu traseiro porque eu não chamei ele de Hugh o ignorantão que não sabe o que é poesia e repolho isso é o que tu ganhas por não teres posto ele no seu lugar atirando os sapatos e as calças ali na cadeira na minha frente tão descarado sem mesmo pedir permissão e ficando de pé aí naquela maneira vulgar na camiseta que eles usam pra ser admirados como um padre ou um açougueiro ou aqueles velhos hipócritas do tempo de Júlio César é claro que ele está correto ao modo dele de passar o tempo como brincadeira é certo que se podia do mesmo modo ir pra cama com o quê com um leão por Deus eu estou certa que ele tinha alguma coisa de melhor do que dizer dele mesmo que é um velho Leão oh bem eu suponho que é porque elas são tão rechonchudas e tentadoras na minha anágua curta que ele não podia resistir elas me excitam às vezes a mim mesma é bom pros homens toda a soma de prazeres que eles tiram dum corpo de mulher nós somos tão redondinhas e brancas para eles sempre eu desejei ser um eu mesma pra mudar só pra tentar com aquela coisa que eles têm se inchando em cima de ti tão dura e ao mesmo tempo tão macia quando se toca o meu tio João tem um tamanhão eu ouvi aqueles garotos da esquina dizer passando pela esquina da alameda de Ossotutano minha tia Joana tem uma pentelhana porque já era escuro e eles sabiam que uma moça estava passando isso não me fez ficar vermelha por que é que devia tampouco é mesmo natural e ele põe o tamanhão dentro da pentelhana da tia Joana etecétera e vem a ser põe o cabo na vassoura homens de novo e sempre eles podem apanhar e escolher o que agrada a eles uma mulher casada ou uma viúva alegre ou uma garota para os gostos diferentes deles como aquelas casas por aí atrás da rua Irish não mas a gente tem de andar sempre acorrentada eles é que não vão me acorrentar não tenham dúvida quando eu começo eu não te digo pela estúpida ciumeira do marido por que é que a gente não pode continuar amigas nisso em lugar de brigar o marido dela descobriu o que eles faziam juntos bem naturalmente e se ele fez pode ele desfazer ele está coronado de todos os modos pelo que quer que faça e então ele vai ao outro extremo maluco sobre a esposa no Belas Tiranas é claro o homem nunca pensa numa segunda vez no marido ou na esposa tampouco é a mulher que ele quer e consegue pra que outra coisa a gente tem todos esses desejos eu gostava de saber eu não posso impedir isso se eu sou moça ainda posso eu o que espanta é que eu não seja já uma catraia enrugada antes do tempo vivendo com ele tão frio nunca me abraçando a não ser algumas vezes quando ele está dormindo o lado errado de mim sem saber eu suponho quem é que ele tem qualquer homem que beijasse o traseiro de uma mulher eu dava o meu desprezo pois ele era capaz de beijar qualquer coisa não natural onde a gente não tem nem um átomo de expressão na gente todas são o mesmo dois nacos de toucinho nunca jamais que eu fizesse isso num homem nem fuh os sujos dos brutos o mero pensamento é bastante eu beijo os seus pés señorita tem algum sentido isso pois não beijou ele nossa porta de entrada sim ele beijou que louco ninguém entende as ideias malucas dele a não ser eu é claro uma mulher quer ser abraçada vinte vezes no dia quase pra se sentir jovem não importa por quem desde que esteja amando ou seja amada por alguém se o sujeito que a gente quer aí não está algumas vezes pelo Senhor Deus eu pensava não ia eu dar uma volta pelo cais por uma tarde escura onde ninguém me conhecesse e pegar um marinheiro em terra que estivesse quente pela coisa e não se incomodasse nem um caracol pelo que eu fosse só querendo fazer num portão em algum lugar ou um desses ciganos de aparência selvagem que em Rathfarnham tinham os acampamentos deles armados perto da lavandaria Bloomfield pra tentar roubar nossas coisas se pudessem eu só mandei a minha lá umas poucas ocasiões por causa do nome lavandaria modelo me enviando de volta vezes e vezes umas velhas de umas meias de velha aquele sujeito de ar de bandido de olhos bonitos a pelar uma vara e me atacar no escuro e trepar por mim contra o muro sem uma palavra ou um assassino qualquer o que eles mesmos fazem os cavalheiros elegantes de cartola aquele KC que vive aí por perto vindo da alameda Hardwicke na noite que ele nos ofereceu a ceia de peixe por ter ganhado no jogo de boxe é claro que foi para mim que ele ofereceu eu reconheci pelas polainas e pelo andar e quando me virei à volta por minuto só pra ver tinha uma mulher atrás se chegando também alguma suja de uma prostituta então lá vai ele para a esposa depois de tudo só que eu suponho que a metade desses marinheiros está também podre de doenças oh afasta tua carcaça enorme daí pelo amor de São Miguel me ouçam só ele os ventos que transportam meus suspiros a ti pois muito bem que ele durma e suspire o grande ilusionista don Poldo de la Flora se ele soubesse como é que lhe saíram as cartas esta manhã ele ia ter alguma coisa por que suspirar um homem moreno em certa perplexidade entre dois setes também na cadeira por sabe Deus que coisa que ele fez que eu não sei e eu sou pra me virar lá embaixo pela cozinha pra fazer pra sua senhoria o desjejum enquanto ele fica enroladinho aqui como uma múmia vou eu ir mesmo já me viste jamais me apressando nisso eu mesma queria me ver nisso mostra atenção pra eles e eles vão te tratar como roupa suja eu não me importo com o que ninguém diga ia ser muito melhor para o mundo ser governado pelas mulheres não se ia ver mulheres indo matar umas as outras e trucidarem-se quando é que se viu mulheres rolando em volta bêbadas como eles fazem me jogando cada pence que eles têm e perdendo nos cavalos sim porque uma mulher o que quer que ela faz ela sabe quando parar claro que eles não iam existir no mundo se não fosse a gente eles não sabem o que é que é ser mulher e mãe como é que eles podem onde é que ele todos iam estar se eles não tivessem tido uma mãe para olhar por eles o que eu nunca tive aí está por que eu suponho que ele está agora solto por aí pela noite fora longe dos livros e estudos e sem viver no lar porque a casa está na desordem habitual eu suponho bem é um caso bem triste que quem tem um filho assim não esteja satisfeito e eu nenhum será que ele não podia me fazer um não foi culpa minha a gente foi juntos quando eu estava espiando os dois cachorros montando atrás dela no meio de plena rua aquilo me desanimou de uma vez eu suponho eu não devia ter enterrado ele naquela roupinha de lã que eu tinha tricotado chorando como eu estava mas dar ela a alguma criança pobre mas eu sabia muito bem que a gente não ia nunca mais ter outro nossa primeira morte também que foi nunca mais ficamos os mesmos depois oh eu não vou me deixar afundar mais no desalento disso eu pergunto a mim mesmo por que é que ele não quis passar a noite aqui eu senti todo o tempo que tinha alguém estranho que ele tinha trazido em lugar de vagabundearem pela cidade encontrando Deus sabe quem vigaristas e punguistas a pobre da mãe dele não ia gostar disso se ela estivesse viva se arruinando pra toda a vida talvez ainda assim é uma hora adorável tão silenciosa eu costumava adorar voltar pra casa depois das danças o ar da noite eles têm amigos eles podem conversar a gente ninguém ou ele quer ter o que a gente não quer dar ou é alguma mulher pronta a meter a tesoura eu odeio isso nas mulheres não admira que eles tratem a gente da maneira que eles fazem a gente é um bando de cadelas tremendas eu suponho são todas as dificuldades que a gente tem que fazem a gente tão ranzinzas eu não sou assim ele podia facilmente ter dormido aqui no sofá do outro quarto eu suponho que ele estava encabulado como um garoto sendo tão moço vinte anos se tanto perto de mim no quarto ao lado ele podia ter me ouvido em cima do vaso ora que mal tinha Dedalus me parece é como aqueles nomes em Gibraltar Delapaz Delagracia eles têm os diabos de nomes esquisitos lá o padre Vilaplana de Santa María que me deu o rosário Rosales y O'Reilly na calle de las Siete Revueltas e Pisimbo e sra. Opisso na rua do Governador oh que nome eu ia a me afogar no primeiro rio se tivesse um nome como eh oh minha Nossa e todos aqueles pedacinhos de ruas rampa do Paraíso e rampa Bedlam e rampa Rodgers e rampa Crutchetts e a ladeira da furna do diabo bem a culpa não é toda minha se eu sou uma levada da breca eu sei que sou um pouco eu declaro perante Deus eu não me sinto nem um dia mais velha do que então eu pergunto a mim mesma se eu podia ainda virar minha língua em espanhol como está usted muy bien gracias y usted veem eu não esqueci tudo eu pensei que eu tinha menos a gramática um substantivo é o nome de qualquer pessoa lugar ou coisa pena que eu nunca tivesse tentado ler aquele romance que a birrenta da sra. Rubio me emprestou por Valera com as interrogações reviradas todas dos dois modos eu sabia que a gente sempre ia partir ao final eu posso falar a ele em espanhol e ele falar a mim em italiano então ele vai ver que eu não sou tão ignorante que pena que ele não ficou eu estou certa que o pobrezinho estava morto de cansado e precisava muito de um bom sono eu podia levar pra ele lá um desjejum na cama com um pedaço de torrada não feita na ponta da faca pra não dar má sorte ou se a mulher estivesse passando por aí com agrião ou alguma coisa bonita e gostosa tem umas quantas azeitonas na cozinha ele podia gostar eu nunca pude suportar a aparência delas em Abrines eu podia fazer de criada o quarto está agora bem desde que eu mudei ele de disposição vejam alguma coisa estava me dizendo todo o tempo que eu devia ter me apresentado pois ele não me conhece desde os tempos de Adão tão engraçado que ia ser isto eu sou a esposa dele ou finjo nós estamos na Espanha ele meio acordado sem a menor noção de onde está neste mundo de Deus dos huevos estrellados señor Senhor que coisas loucas me vêm na cabeça às vezes ia ser muito engraçado se ele ficasse com a gente por que não tem o quarto lá em cima vazio e a cama de Milly no quarto de trás ele podia escrever e estudar na mesa lá pras escrevinhações dele e se ele quer ler na cama de manhã como eu já que ele faz o desjejum para um ele pode fazer pra dois eu estou certa que eu não vou receber aqui para ele inquilinos da rua porque ele alugou um elefante branco de casa como esta eu adorava ter uma longa conversa com uma pessoa inteligente bem-educada eu tinha de arranjar um bonito par de pantufas vermelhas como aqueles turcos de fez costumavam vender ou um roupão amarelo e bonito semitransparente que eu preciso tanto ou uma saída de cama vestindo bem flor de pêssego como aquela faz muito tempo no Walpole a só 8/6 ou 18/6 eu vou dar a ele uma oportunidade mais eu vou me levantar cedinho de manhã eu estou farta desta cama velha do Cohen eu podia em todo caso ir ao mercado pra ver todas as verduras e repolhos e tomates e cenouras e todos os tipos de frutas esplêndidas chegando bonitas e frescas quem sabe quem ia ser o primeiro homem que eu ia encontrar eles saem à cata de manhã Mamy Dillon costumava dizer que eles saem e de noite também assim era ir à missa pra ela eu adorava agora ter uma pera suculenta que se desfaz na boca da gente como quando eu costumava ficar de desejo então eu boto em frente dele os ovos dele e chá na xícara-bigode que ela deu a ele pra boca dele ficar maior ainda eu suponho que ele ia gostar também do meu bom creme eu sei o que eu vou fazer eu vou ir até que alegre mas não cantando um pouquinho vira e mexe mi fa pietà Masetto então eu começo a me vestir pra sair presto non son più forte eu vou pôr a minha melhor combinação e calças deixando ele dar uma olhada pra fazer o pirulito dele ficar em pé eu vou deixar ele saber se é isso o que ele queria que a mulher dele foi fodida sim diabo bem fodida mesmo até quase o pescoço não por ele cinco ou seis vezes sem desgrudar lá está a marca do esperma dele no lençol limpo eu não me incomodava mesmo de passar a ferro pra tirar isso devia contentar ele se não me acreditar sente a minha barriga sente a menos que eu fizesse ele ficar em pé e meter em mim eu tenho a intenção de contar a ele cada coisinha e fazer ele fazer na minha frente servindo ele bem direitinho tudo é culpa dele se eu sou uma adúltera como aquele coisa na torrinha dizia oh tanto por causa disso como se isso fosse todo o mal que a gente fizesse neste vale de lágrimas Deus é que sabe que não é tanto assim todos não fazem não só que eles escondem eu suponho que isso é o que a mulher foi feita pra fazer aqui ou Ele não ia fazer a gente da maneira que Ele fez tão atraentes para os homens então se ele quer beijar o meu traseiro eu vou escancarar minhas calças e botar ele bem na cara dele tão aberto como a vida ele pode meter a língua dele sete milhas adentro do meu buraco e tirar dele o melhor que puder então eu vou dizer a ele que eu quero uma libra ou talvez 30/- eu vou dizer a ele que eu quero comprar roupas de baixo então se ele me der isso bem ele não é pra ser má demais eu não quero tirar demais o couro dele como outras mulheres fazem eu podia muitas vezes ter escrito um bom cheque pra mim e escrito o nome dele nele de umas duas libras umas quantas vezes que ele se esqueceu de trancar eles além disso ele não vai gastar eu vou deixar ele fazer atrás de mim se ele não lambuzar minhas calças boas oh eu suponho que isso não pode ser evitado eu vou me fazer de indiferente uma ou duas perguntas eu vou saber pelas respostas quando ele está assim ele não pode esconder eu conheço todos os jeitinhos dele eu vou apertar meus fundilhos bem e vou deixar escapar umas quantas palavras sujas cheiracu ou lambe minha merda ou a primeira coisa louca que vier na minha cabeça então eu vou sugerir a respeito sim oh espera filhinho agora minha vez está chegando eu vou ficar muito alegre e amiguinha na coisa oh mas eu estava esquecendo esta peste de droga de coisa puh a gente não sabe se rir ou se chorar a gente é uma mistura de ameixa e maçã não eu tenho que usar as coisas velhas tanto melhor vai ser mais insinuante ele não vai saber nunca se foi ele que fez ou não que é bem bom pra ti qualquer coisa velha mesmo então eu vou me limpar dele como num ramerrão a omissão dele então eu vou sair e eu vou ter ele olhando pro tecto onde é que ela foi agora fazendo ele me querer essa é a única solução está dando um quarto passado que hora tão fora da terra eu suponho que agora estão se levantando na China penteando os rabinhos-de-porco deles para o dia vamos ter daqui a pouco as freiras tocando o ângelus elas não têm ninguém para estragar o sono delas a não ser um raro padre ou dois para os ofícios da noite o despertador do vizinho ao cucurico do galo de arrebentar os miolos dele deixa eu ver se eu posso me 1 2 3 4 5 que espécie de flores são aquelas que inventaram como estrelas o papel da parede da rua Lombard era muito mais bonito o avental que ele me deu era um pouquinho assim só que eu só usei ele duas vezes melhor baixar esta lâmpada e tentar de novo para eu poder me levantar cedo eu vou ao Lambe lá ao lado do Findlater e fazer eles me mandarem umas flores pra pôr por aí para o caso que ele traga ele em casa amanhã hoje quero dizer não não sexta-feira é dia de má sorte primeiro eu quero arranjar a casa um pouco a poeira se deposita eu penso enquanto eu durmo então a gente pode fazer música e fumar cigarros eu posso acompanhar ele primeiro eu preciso limpar as teclas do piano com leite que é que eu vou botar será que eu boto uma rosa branca ou aqueles bolinhos de fada do Lipton eu adoro o cheiro de uma loja grande por 7½ p. a lb ou os outros com cerejas dentro e açúcar rosado a 11 p. um par de lbs é claro uma bonita planta para o centro da mesa eu podia conseguir mais barata no espera onde é que que era que eu vi elas não faz muito eu adoro as flores eu ia adorar ter a casa nadando em rosas Deus do céu não tem nada como a natureza as montanhas bravas então o mar e as ondas correndo então a bela campina com campos de aveia e trigo e todos os tipos de coisas e todo o gado viçoso andando por ali que ia ser de fazer bem ao coração de ver rios e lagos e flores todas as espécies de formas e cheiros e cores brotando mesmo das regazinhas primaveras e violetas é a natureza é o que é quanto a esses que dizem que não há Deus eu não daria nem um dé-réis de mel coado pela sabedoria deles por que é que eles não vão e criam alguma coisa eu muitas vezes pergunto a eles ateus ou como quer que eles se chamem que vão se lavar do ranço deles primeiro depois tocam a gemer por um padre quando estão morrendo e por que por que porque ficam com medo do inferno por causa de má consciência deles ah sim eu conheço eles bem quem foi a primeira pessoa no universo antes que tivesse ninguém que fez tudo quem ah isso eles não sabem nem sei eu assim é assim que se está eles podem muito bem impedir que o sol se levante amanhã o sol brilha para você ele disse no dia que a gente estava deitado entre os rododendros no cabeço do Howth no terno de tuíde cinza e chapéu de palha dele dia que levei ele a se propor a mim sim primeiro eu dei a ele um pouquinho do bolinho-de-cheiro da minha boca e era ano bissexto como agora sim dezesseis anos atrás meu Deus depois desse beijo longo eu quase perdi minha respiração sim ele disse que eu era uma flor da montanha sim assim a gente é uma flor todo o corpo de uma mulher sim essa foi uma coisa verdadeira que ele disse na vida dele e o sol brilha para você hoje isso foi por que eu gostei dele porque eu via que ele entendia ou sentia o que é uma mulher eu sabia que eu podia dar um jeito nele e eu dei a ele todo o prazer que eu podia levando ele até que ele me pediu pra dizer sim e eu não queria responder só olhando primeiro para o mar e o céu eu estava pensando em tantas coisas que ele não sabia de Mulvey e do sr. Stanhope e Hester e meu pai e do velho capitão Groves e os marinheiros brincando de coelho-sai e pula-carniça e lavar-pratos como eles chamavam no cais e o sentinela na frente da casa do Governador com a coisa em redor do capacete branco dele pobre-diabo meio torrado e as garotas espanholas se rindo nos xailes e nas grandes travessas delas e os pregões da manhã os gregos e os judeus e os árabes e o diabo sabe quem mais de todos os confins da Europa e a rua do Duque e o mercado de aves todas cacarejando em frente do Larby Sharon e os pobres dos burricos escorregando meio dormidos e os sujeitos vagos nas mantas dormitando na sombra nos degraus e as rodas grandes das carroças de touros e o velho castelo milhares de anos velho e aqueles mouros bonitos todos de branco e turbantes como reis pedindo à gente pra sentar nas lojinhas pequeninas deles e Ronda com as velhas janelas das posadas olhos vislumbrados em muxarabiê escondidos para o amante dela beijar o ferro e as bodegas de vinho meio abertas à noite e as castanholas e a noite que a gente perdeu o bote em Algeciras o vigia indo por ali sereno com a lanterna dele e oh aquela tremenda torrente profunda oh e o mar o mar carmesim às vezes como fogo e os poentes gloriosos e as figueiras nos jardins da Alameda sim e as ruazinhas esquisitas e casas róseas e azuis e amarelas e os rosais e os jasmins e gerânios e cactos e Gibraltar eu mocinha onde eu era uma Flor da montanha sim quando eu punha a rosa em minha cabeleira como as garotas andaluzas costumavam ou devo usar uma vermelha sim e como ele me beijou contra a muralha mourisca e eu pensei tão bem a ele como a outro e então eu pedi a ele com os meus olhos para pedir de novo sim e então ele me pediu quereria eu sim dizer sim minha flor da montanha e primeiro eu pus os meus braços em torno dele sim e eu puxei ele pra baixo pra mim para ele poder sentir meus peitos todo perfume sim o coração dele batia como louco e sim eu disse sim eu quero Sims.

Trieste-Zurique-Paris, 1914-1921

Guia de leitura

Ricardo Lísias

Ulisses é um livro engraçado e comovente. Como é normal com as revoluções, sobretudo as artísticas, recai sobre ele todo tipo de rótulo, que vai do "pesado" ao "monótono", passando pelo "chato" e "esquemático", até chegar ao impagável "pretensioso". Não é nada disso: trata-se de uma aventura literária ao mesmo tempo refinada e irreverente, de vez em quando meio abjeta e, em algumas ocasiões, emocionante. Difícil haver um final mais elegante e atraente. Também são raros os romances mais humanos que esse. O leitor encontrará aqui um catálogo com boa parte dos recursos formais a que a literatura tinha acesso, praticados em apenas um livro e com bastante precisão.

Quando *Ulisses* foi publicado, em 1922, James Joyce era um escritor conhecido, autor de poemas, de uma reunião de contos e até de um romance, *Retrato do artista quando jovem*. Ainda que sempre ousados, seus livros anteriores guardavam certa prudência no estilo, ensaiando a radicalidade que viria no grande romance. Para a época, foi um espanto: acusado de pornografia, o livro foi proibido na Inglaterra e nos Estados Unidos, onde seria publicado apenas em 1936, depois de uma decisão judicial que, inclusive, afirmava a ligação do livro com a vida do homem contemporâneo.

É lugar-comum dizer que *Ulisses* é muito mais comentado do que efetivamente lido. Entretanto, é fácil imaginar que dentre as muitas pessoas que possuem o livro, várias o leiam com incondicional alegria, ou ao menos frequentem suas páginas atentando para um mistério bastante saudável: aquele que comanda as descobertas secretas do que é realmente grandioso na história humana. Como o véu de *Ulisses* se tornou quase mágico, e então não pode ser facilmente erguido, as pessoas preferem fingir que não o conhecem.

Para o leitor, sugerimos leveza e entrega. Uma boa ideia é deixar qualquer tipo de hipótese preconcebida de lado, inclusive essa de que o romance é difícil. O leitor pode mergulhar no livro desarmado e buscar compor seus próprios sentidos. Um romance com essa grandiosidade permite inúmeros significados e não fica restrito a essa ou aquela interpretação. O roteiro que apresento aqui é apenas uma sugestão, na esperança de que muitas outras leituras possam ser construídas.

I.

No início, o leitor tem acesso a um pouco de tudo o que o leitor encontrará pela frente: humor negro, perversão, ironia, certo tratamento inusitado da gramática e descrições inesperadas. Quem primeiro aparece é Buck Mulligan, tipo meio asqueroso e que não terá maior importância no livro. Ele carrega uma bacia de barbear que ficou famosa na literatura. Enquanto faz a barba e se prepara para o café, surge Stephen Dedalus, que mora junto com o outro numa torre que funciona como uma espécie de hospedaria. Ele será coadjuvante no romance e está bastante incomodado e um pouco assombrado com a morte recente da mãe.

Logo aparece um diálogo entre homens meio brutos, um tanto cultos e, sobretudo, sem muita responsabilidade na vida. Logo se vê que vivem sem dinheiro e se preocupam apenas com o futuro imediato. *Hamlet* aparece para deixar o café da manhã compartilhado um pouco mais erudito, mas logo tudo descamba para uma espécie de besteirol preconceituoso e ilustrativo de algumas questões da época. A seguinte fala dá bem conta disso: "Sou um britânico, é verdade — dizia voz a Haines —, e isso me sinto. Nem quero ver minha terra tombar nas mãos dos judeus alemães tampouco. E neste momento, creio, esse é o nosso problema nacional.". A conversa é cômica, desrespeitosa e inconsequente. Ainda assim, resta a impressão de que aqueles não são homens inteiramente toscos. Essa sensação vai percorrer o romance inteiro e está na base da noção de anti-herói criada por Joyce. O leitor pode ter em mente aqui, para construir seus sentidos particulares, que o livro não opera nenhum rebaixamento. Na verdade a literatura eleva o sujeito comum à condição de protagonista. Dessa forma, o Modernismo é um momento artístico bastante democrático, para emprestar a ideia de Jacques Rancière.

Saindo da torre em direção ao dia que começa (aliás, a data do pagamento do professor Stephen), os homens andam pela costa, em uma narrativa agora em tom quase lírico. A imagem do litoral é bonita, mas a linguagem continua baixa. Mulligan mergulha, enquanto Stephen e Haines, o terceiro amigo, seguem em direção à cidade.

A narrativa então se volta para o ambiente escolar, com o professor Stephen Dedalus fazendo uma série de perguntas a seus alunos — e não é à toa que elas sejam sobre história grega. As respostas, como não poderia deixar de ser em *Ulisses*, são cômicas. Um dos alunos, um certo Armstrong, chega a dizer que Pirro foi, na verdade, o nome de um píer. Vale lembrar que James Joyce sobreviveu, por algum tempo, dando aulas.

Depois, Dedalus recebe finalmente o salário, anunciado páginas antes, das mãos do diretor da escola, o senhor Deasy. O diálogo, então, torna-se pretensamente mais culto, mas logo o leitor percebe que as bobagens ditas pelos alunos ecoam na conversa dos adultos, agora enriquecida por citações em latim, alusões a Shakespeare e até uma espécie de ironia com o pensamento teológico.

A certa altura, o pomposo e erudito diretor começa a revelar um pensamento bastante preconceituoso e não disfarça o antissemitismo: "Guarde minhas palavras, senhor Dedalus — disse. — A Inglaterra está nas mãos dos judeus. Nos mais altos postos: nas finanças, na imprensa. E são o sinal da decadência de uma nação. Tenho visto sua aproximação nestes anos. Tão certo quanto estamos aqui os mercadores judeus já estão em seu trabalho de destruição. A velha Inglaterra está morrendo." É fácil ver no fragmento, considerando que *Ulisses* foi publicado em 1922, o germe do pensamento que viria a desembocar na barbárie nazista. O grande romance de James Joyce é, também, um panorama da Europa do início do século XX.

No final da conversa, o senhor Deasy pede a ajuda de Stephen, que parece conhecer de passagem alguns editores, para a publicação de um artigo de sua autoria sobre a febre aftosa na Irlanda. Essa é uma de suas principais preocupações. A outra, mais cômica, é a perseguição de que ele diz ser vítima, muito embora não consiga identificar seus inimigos, insinuando que, então, devem ser os judeus: "Estou cercado de dificuldades, de... intrigas, de... influências de bastidores, de...". O que resta, assim, é um homenzinho pretensioso, meio tolo e sem graça, envaidecido pelo próprio tamanho diminuto. Dedalus acaba melancólico e espantado.

O dia vai se abrindo e Dedalus caminha pela praia enquanto, introspectivo, se bate com uma série de reflexões, nem sempre organizadas e às vezes incompreensíveis. Aqui, revela-se o James Joyce interessado nas questões do inconsciente: a própria complexidade estrutural desse trecho revela, apesar de suas contínuas tergiversações, o quanto o autor de *Ulisses* considerava misterioso — e fascinante — o universo introspectivo do ser humano. Por mais que escondam, recusem ou até mesmo criem diatribes, é preciso destacar que os principais autores do Modernismo estavam muito atentos à obra de Sigmund Freud.

Entre os vários recursos utilizados por Joyce para estruturar essa parte do romance, o que mais salta aos olhos é a variação de narrador. Às vezes, ele passa da terceira para a primeira pessoa no mesmo parágrafo, com uma ou duas linhas de diferença. O uso do verbo também foge ao normal e acompanha a exasperação psicológica da personagem, espantada e desolada com o mundo que a cerca. A disposição vocabular também é inusitada, o que não impede, porém, que certas passagens atinjam elevado tom lírico. O exemplo a seguir é um dos mais felizes: "Paris despertando nuamente, crua luz solar sobre suas ruas limão. Polpa húmida de padas de pão, o absíntio verde-rã, seu incenso matinal acariciam o ar. Belluomo levanta-se do leito da mulher do amante da sua mulher, a dona de casa lenço na cabeça zanza em azáfama, um pires de ácido acético nas mãos."

Dedalus termina se revelando uma personalidade um pouco mais complexa do que o autor deixava ver no início, quando ele aparecia apenas em diálogos divertidos, mas superficiais. A propósito, o próprio lugar que ele ocupa em meio a tudo aquilo o incomoda, deixando suas reflexões ainda mais amargas. O livro, então, passa bruscamente do divertido para o reflexivo e o preço desse salto é que o humor dá lugar, mesmo que de passagem, a uma certa psicologia irritadiça. E é assim, com a destreza formal com que arquiteta esse movimento, que Joyce mostra de fato ser um dos grandes autores da modernidade nascente. *Ulisses* abandona qualquer intenção realista de representação para inaugurar outra coisa na literatura, cuja definição ainda está por ser inteiramente concluída.

II.

Pela divisão que Joyce criou para o *Ulisses*, a segunda parte do livro começa ao sermos finalmente apresentados a Leopold Bloom, a personagem principal. Amanhece e, como aconteceu com Dedalus, a primeira cena é a do café da manhã. O peculiar gosto de Bloom por "sopa de miúdos de aves, moelas amendoadas, um coração assado recheado, fatias de fígado empanadas fritas, ovas de bacalhoa fritas" ficou famoso na literatura. É o primeiro sinal da chegada do homem simples e abrutalhado, mas complexo e sentimental, que está sempre pensando na esposa, Molly Bloom.

O ambiente familiar se completa com a entrada da gata de estimação da família. Bloom a trata com carinho, estende um pouco de leite e, até mesmo, conversa com ela. As coisas parecem bem mais calmas do que na hospedaria de Dedalus. A descrição dos objetos domésticos é bem mais sutil e pinta uma situação tranquila.

Leopold prepara o café da manhã da esposa, um detalhe que, muitas páginas adiante, acabará se revelando decisivo para o fechamento do livro. Os dois conversam e ele a deixa, sem nunca tirá-la da cabeça. A primeira impressão que temos de Molly Bloom é essa: uma mulher que domina, com modos frívolos, o marido; é sempre servida e o olha por cima. Infiel e preguiçosa, a cama parece ser o seu lugar preferido.

O texto é todo composto de relances, com a voz narrativa, de novo, variando livremente. As constantes descrições aproximam o leitor do ambiente e os recortes sintáticos garantem ao trecho certa movimentação, recurso que antes era substituído pela larga presença do diálogo, que também está presente aqui, mas com menos intensidade. Em termos formais, essa passagem é uma espécie de amálgama das anteriores. O fechamento se dá com uma cena meio grotesca: Bloom lê no banheiro o texto de certo senhor Beaufoy, que um jornal havia publicado, e sente inveja. Por aquilo, o sujeito havia recebido um pouco mais de três libras! Depois, sai para a rua em direção às aventuras daquele proverbial dia de junho. É a partir daí que, de fato, começa a odisseia de *Ulisses*.

Costurado com a mesma lentidão e método com que Leopold Bloom caminha pela cidade, que acorda aos poucos, o momento seguinte do livro é, em termos formais, o mais cuidadoso até aqui. O primeiro parágrafo começa com diversas rimas internas ("Esfregando lépida uma depois de outra a ponteira contra o calcanhar da meia"), que transmitem certa alegria matutina. A musicalidade anima o ambiente, indicando que Bloom parece feliz com a caminhada. O leitor se diverte com ele: "O nome e o endereço ela então deu com o meu lero-lero lero-lero lero."

Apesar da irreverência, esse trecho se desenvolve lentamente. É provável que Joyce estivesse querendo recriar a típica letargia matinal, mas sem confundi-la com qualquer sinal de melancolia. Daí, portanto, o início bem-humorado.

Enquanto caminha, Bloom puxa da memória lembranças antigas, faz para si mesmo algumas perguntas prosaicas e observa o cotidiano da cidade. Um cabriolé estaciona diante de um hotel e ele perde o bonde. Depois, conversa um pouco e volta a caminhar. Lentamente, o romance é tomado por ruídos, como acontecia com a cidade: "Um trem superveniente ribombou pesadamente por sobre a sua cabeça, vagão após vagão." Depois, entra na igreja e, perscrutador, observa os objetos sagrados, as pessoas e os rituais. A música sacra o impressiona e, então, o padre começa a rezar. Por fim, ele entra em uma espécie de banho público e, em tom lírico, imagina-se na água: "(...) e via escuros cachos emaranhados no seu tufo flutuante, pelo flutuante ao fluxo em torno ao indolente pai milhões, uma lânguida flor flutuante."

Talvez o leitor tenha um pouco de dificuldade com os diversos saltos da narrativa. As imagens se superpõem à exposição da vida interior de Bloom e a estrutura dos parágrafos, alternando frases longas a outras mais curtas, causa um pouco de estranhamento no início. A introspecção do personagem, que se alterna com sua disposição para observar a cidade, aparece através de uma arquitetura formal atípica, mais ágil do que a maneira tradicional de narrar. Resta uma curiosa sensação de trânsito, muito coerente com a situação, naquele momento, de Bloom. Uma boa dica para quem vai mergulhar em *Ulisses* pela primeira vez é enxergar a gramática como parte incontornável e indissociável da narrativa.

Agora, aparece um trecho que foge um pouco à regra do livro e abandona a irreverência para dar lugar a certa melancolia e, até mesmo, a alguma tristeza. Leopold Bloom vai a um enterro e, aos poucos, começa a refletir sobre a morte. O tema o incomoda: seu pai, descobrimos, suicidou-se, e ele perdeu o filho ainda pequeno, o que se tornou um enorme trauma para o seu casamento. Ele e a esposa nunca conseguiram aceitar a perda e, menos ainda, superá-la.

Aqui, a melancolia que toma momentaneamente Bloom é gerada por parágrafos um pouco mais longos, menos diálogos, uma boa quantidade de divagação e algum exercício de reflexão metafísica, sempre com pouca profundidade. O clima de silêncio e de vozes entrecortadas é reforçado pelas constantes elipses, muito presentes no livro inteiro. Joyce utiliza o tom reflexivo para passar várias informações sobre Bloom. Todas, como os traumas citados acima, são ditas em voz baixa, o que acaba gerando uma espécie de sensação de intimidade. É quase como se estivéssemos lá escutando tudo aquilo ao pé do ouvido.

A habilidade narrativa de James Joyce, portanto, aproxima o leitor das personagens. Quando Bloom sai do cemitério, sentimos também enorme alívio: "Prosseguiram rumo do portão. O senhor Bloom, descoroçoado, atrasou-se uns quantos passos como para não entreouvi-los. Martin pontificando a lei. Martin podia torcer um cabeça de vento como aquele com seu dedo mindinho sem que ele nem suspeitasse.

"Olhos de peixe. Não importa. Vai lamentar-se depois talvez quando cair em si. Levar-lhe a melhor daquele modo." Bloom, enfim, retorna à velha animação e retorna o alto-astral: "Obrigado. Quão nobres estamos esta manhã."

Por fim, entramos no trabalho de Leopold Bloom: na redação de um jornal, ele tenta encaixar um anúncio. O texto é todo paródico e multifacetado, como se fosse, ele mesmo, uma espécie de almanaque jornalístico. Dividido em fragmentos, cada trecho recebe uma manchete, destacada em caixa-alta. A leitura envolve até mesmo certo aspecto lúdico, pois Joyce cria, aqui e ali, diversos jogos de palavras que deixam o texto mais instigante. "Ortográfico", por exemplo, é a manchete de um dos fragmentos mais inspirados: "Tem de ser forte em ortografia. Febre de provas. Martin Cunningham se esqueceu de nos impingir hoje sua charada ortográfica. É engraçado ver o chocar dois erres reiro ca um erre, não é? ramanchão sob o qual o bufarinheiro tem o pri com i vilégio de fazer uma sesta dentro de uma cesta. Bobagem, não é? Cesta foi posto aí está claro por causa de sesta."

A paródia continua com o som das máquinas rotativas. De um jeito bastante inusitado, Joyce varia a linguagem, indo do estilo jornalístico ao coloquial, passando por uma espécie de oratória mal ajambrada e voltando sempre aos tradicionais diálogos irreverentes que percorrem boa parte do livro. Variedade é outro termo importante para a compreensão de *Ulisses*: tudo no livro é amplo, diferente e múltiplo.

São páginas de leitura rápida, sem envolver grandes divagações ou discussões metafísicas, como acontecia no anterior. A brevidade dos fragmentos torna o percurso do leitor ainda mais ligeiro e, enquanto acompanhamos o malogro final que será a negociação do anúncio, notamos que a manhã se encerra. Sutilmente, Joyce sugere a velocidade do tempo cotidiano, aliás, outra questão decisiva para a modernidade.

A visão e o olfato se unem agora para reproduzir o horário de almoço de Leopold Bloom. A audição é também um sentido muito presente, já que os diferentes ruídos da cidade grande continuam aparecendo. Não há nenhuma novidade em dizer que *Ulisses*, além de tudo, é um livro cheio de sons. O pequeno trecho a seguir demonstra a forte presença dos sentidos: "É com fósforo que deve ser feito. Se se deixa de lado um pedaço de bacalhau por exemplo. Eu podia ver a prata azulada por cima dele. A noite em que desci à despensa na cozinha. Não agrada todos os cheiros nela esperado para tresandarem."

O que Bloom vê é justamente a cidade se acomodando ao horário de almoço. São doces (o trecho seguinte é muito sugestivo: "Rochedo com abacaxi, limão cristalizado, amanteigado escocês. Uma garota açucarbesuntada padejando conchadas de creme para um irmão leigo"), restaurantes abrindo as portas e as pessoas animadas procurando um lugar para comer. Já se falou muito sobre a alegria que perpassa *Ulisses*. Esse trecho, sem dúvida, colabora para isso.

Ao abrir a porta de um restaurante, entretanto, Bloom sente um cheiro nauseabundo e fica incomodado. As pessoas também não lhe parecem exatamente higiênicas e ele desanima um pouco. O desconforto o faz pensar que o vegetarianismo é algo que de fato parece fazer sentido. Para não ficar ainda pior, Bloom resolve comer algo leve.

O trecho continua a variação da voz narrativa, traz as já costumeiras elipses e os jogos de palavras e, mais uma vez, alterna frases longas a outras bem mais curtas. Aqui, porém, o leitor já estará aclimatado à engenharia do livro e, do mesmo jeito, tem adiantada a leitura até um ponto suficiente para concluir que a riqueza de procedimentos é fundamental para toda a movimentação que Joyce tentou reproduzir. Afinal de contas, é hora do almoço na metrópole: tudo é variado, cheio de divisões e possibilidades.

Depois do almoço, assistimos a uma espécie de duelo intelectual na Biblioteca Nacional da Irlanda. Stephen Dedalus, o professor que aparece no início do livro, retorna e apresenta uma hipótese sobre William Shakespeare para alguns membros da elite ilustrada de Dublin. Eles respondem de diferentes maneiras e discutem diversas facetas da obra do grande dramaturgo inglês, sem, em momento algum, se tornar pedante ou monótono. Pelo contrário, aqui e ali Joyce lança afirmações que, de tão inusitadas, acabam divertindo: "Desembainhai vossas definições cortantes. Cavalidade é a quididade de todocavalo. Fluxos de tendência e éons eles idolatram. Deus: rumor na rua: muito peripatético."

Em alguns momentos, é possível notar a seriedade com que Shakespeare é tratado, interpretado e discutido. Joyce parece ter o legítimo desejo de homenagear o autor de *Hamlet*. Outros trechos, porém, escorregam para a comicidade e, às vezes, insinuam como pode ser frívola a discussão intelectual. A discussão se equilibra entre essas duas visões, sem que haja real opção por uma delas. Aliás, às vezes fica difícil distinguir o sério do jocoso, como se ambos fizessem parte da mesma coisa.

Joyce varia entre a admiração por Shakespeare e a consciência dos limites de todo debate. No meio da sátira e da reflexão, uma pequena esquete parodia o bardo, atualizando o classicismo do dramaturgo. Um encontro entre James Joyce e William Shakespeare sempre é instigante.

Depois, Joyce começa a entrelaçar diversas cenas urbanas para, a partir de um grande painel de situações, localizar o leitor. São quase três horas da tarde. A cidade continua movimentada. Leopold Bloom visita uma loja de livros usados e seleciona alguns títulos.

O trecho a seguir reúne dezoito fragmentos cuja junção se dá pelo entrecruzamento de algum detalhe, que os vai costurando. De novo, aparece a diversidade da grande metrópole, suas inúmeras personagens, situações e acontecimentos. São movimentos cuja harmonia às vezes não é tão clara, como no jogo de xadrez que Joyce sintomaticamente cita nos fragmentos finais.

O poeta T. S. Eliot ressaltou, certa vez, o aspecto de completude de *Ulisses*: parece que o livro abre espaço para tudo, comporta todo tipo de sentimento humano, reflete todos os anseios artísticos de sua geração e pratica infinitos recursos da arte romanesca. No caso, Joyce aproveita o aspecto lúdico que a ficção proporciona e cria um singelo quebra-cabeça, mais ou menos como o mapa de uma cidade.

É preciso notar que há um paradoxo envolvido: o enigma é criado aqui para localizar! O leitor precisará ir com calma para observar as diversas pistas que vão sendo deixadas nos fragmentos, juntá-las, e então obter novo acesso à obra. É dessa maneira que Joyce agora nos aproxima deles, já que antes éramos observadores distantes das personagens do romance realista. O objetivo final é o de fazer o leitor parte ativa da organização textual: ele escreve, e nós localizamos e interpretamos. Para a grande literatura do início do século XX não há lugar para coadjuvantes.

A mão do grande artista James Joyce aparece agora, em trecho cuja complexidade na elaboração talvez faça par apenas com o final do livro, também escrito em estilo virtuosístico. A musicalidade é marcante desde o início, quando um ambiente onírico é criado através da sonoridade de diversas palavras sem que elas, porém, tenham um sentido lógico ao se juntarem. É como se o escritor quisesse embaralhar a semântica para reforçar a fonética.

Em um bar, alguns irlandeses, entre eles nossos protagonistas, flertam com as garçonetes, que por sua vez têm comportamento ambíguo: às vezes simpatizam com eles e, outras, sentem quase asco por aqueles homens que devoram, sem muita educação, porções de rim e outras iguarias não exatamente das mais nobres: "Pat servia pratos descobertos. Leopold corta fatias de fígado. Como dito antes, ele comia com gosto os órgãos internos, moelas amendoadas, ovas fritas de bacalhoa, enquanto Richie Goulding, Collis, Ward comia bife com rim, bife depois rim, bocado a bocado da torta ele comia Bloom comia eles comiam."

Às vezes, a extrema musicalidade dá lugar a uma engenhosa arquitetura vocabular, quando Joyce interrompe as palavras, deixando parte delas subentendida. O procedimento, assim, corta o ritmo e engasga um pouco a leitura, que então se torna estranha. Aqui, um belo exemplo: "Recebi sua car e flô. Onde diabos pus? Num bolso ou out. É totalmente imposs. Sublinhou *imposs*. Escrever hoje."

Joyce deixa o ambiente onírico meio truncado e interrompe, aqui e ali, o ritmo fortemente musical que vinha impondo. O flerte entre as garçonetes e os comilões, portanto, jamais se completa e, como a própria estrutura desse bloco do romance, parece sempre meio bagunçado. Talvez Joyce estivesse querendo indicar a natureza cheia de aporias e descontinuidades das relações amorosas. Se for isso mesmo, ele criou um trecho que desnorteia um pouco o leitor, sensação, aliás, de todos aqueles que, com ou sem sucesso, seriamente ou apenas por brincadeira, tentam flertar.

Vencida essa passagem, entramos em outra um pouco mais convencional, James Joyce lança mão, basicamente, de dois procedimentos formais: a enumeração e a paródia. O primeiro tem intenções claramente humorísticas e serve para tornar a cena que será descrita ainda mais bizarra. Na calçada, alguns homens conversam sempre em tom agressivo e preconceituoso, até que Bloom se junta a eles.

O objetivo parece ser o de apresentar o que significaria, mais ou menos, o cidadão irlandês médio para James Joyce. Vale lembrar que o escritor deixou a Irlanda, acusando-a de respirar ares provincianos e atrasados. Dessa forma, para ele, o típico cidadão não poderia ser outro: bruto, avacalhado, incapaz de ouvir alguém, de maneiras pouco civilizadas, antissemita, arrogante e propenso a, sem demora, partir para a violência.

Mais pacífico e um tanto horrorizado com o que ouvia, Bloom resolve discutir com os tais "cidadãos irlandeses" e termina vítima de tentativa de agressão, quando um de seus interlocutores lhe atira uma lata. A cena é típica dos quiproquós vividos pelo senhor Pickwick, personagem de Charles Dickens, que também arranjava confusão na rua.

No meio da conversa, por exemplo, o "cidadão" é capaz de enumerar dezenas de personagens históricos, como se a quantidade garantisse a qualidade do seu argumento. Bloom sente-se não só menosprezado, como ofendido. Além da enumeração, Joyce parodia diversas linguagens, da jornalística à científica, reduzindo assim todos os tipos de discurso a uma espécie de veículo de diatribes pedestres. A descrição do incidente, quando Bloom precisa fugir em um carro para não ser espancado, é impagável e merece citação: "A catástrofe foi terrífica e instantânea nos seus efeitos. O observatório de Dunsick acusou ao todo onze abalos todos do quinto grau na escala de Mercalli, não havendo registros supérstite de distúrbio seísmico similar em nossa ilha desde o terremoto de 1534, ano da rebelião de Tomás o Brando. O epicentro parece que foi na parte da metrópole que é constituída pelo bairro do cais de Inn e a paróquia de São Michan cobrindo uma superfície de quarente e um acres, duas varas e uma percha ou côvado quadrados."

Agora cai o dia e Joyce descreve algumas mulheres em uma praia. Uma delas cuida de um bebê. A cena é prosaica e o autor faz questão de registrar os detalhes mais comezinhos: "Agora, neném — disse Cissy Caffrey. — Diga claro, claro. Eu quero um pouco de água.

"E o bebê balbuciou para ela:

"— A ualo a ualo a uaua."

O tom do texto é evidentemente satírico e o autor parodia o sentimentalismo de certos romances que sempre acabam muito populares. Além disso, a cena familiar, calma e rotineira, diminui a tensão que o movimento anterior causara. Se aquele apresentava uma cena de rua, nervosa e barulhenta, agora tudo é mais sossegado.

Bloom está na praia e observa a cena. As garotas são atraentes, mas ele logo se compadece por uma que, devido a um defeito na perna, é manca e acaba ficando para trás. Ela lhe parece discriminada pelo resto do grupo. Aqui, confirma-se sua figura de homem bom e solidário e seu caráter reflexivo. A sátira, sem nunca desaparecer por completo, torna-se lateral para dar espaço à vida interior de Bloom, muito intensa. O trecho, então, continua com as suas divagações, sentado nas pedras do litoral irlandês.

Ele se engraça com uma garota que estava por ali e que, sedutora, sabe mover-se para atraí-lo. Aos poucos, porém, aparece o homem apaixonado pela esposa e, no meio do flerte, essa paixão se revela: "Aí é que Molly soube tirar o corpo. É o sangue do sul. Moura. Também na forma, a aparência. Mãos palpavam pela opulência. E comparar por exemplo com essas outras. Mulher trancada em casa, esqueleto no armário." O casamento não vai bem, como sabemos desde o início do livro, mas Bloom continua gostando da esposa. Mostrar isso parece ser um dos objetivos agora.

Por fim, Joyce faz aqui também uma espécie de balanço. Com o dia terminando, é hora de relembrar um pouco do que aconteceu até ali. Para tanto, ele continua lançando mão da vida interior de sua personagem: "Que dia longo que tive. Martha, o banho, enterro, casa das chaves, museu com aquelas deusas, canção do Dedalus. Depois aquele berrador no Barney Kiernan. Me pegou desprevenido. Metraqueadores beberrões. O que eu disse do Deus dele deixou ele acuado. Bobagem dar o troco. Ou? Não."

Mesmo sem perder o humor, o romance entra em um momento mais complexo e exige do leitor atenção redobrada: os parágrafos são longos, a linguagem varia da primeira para a terceira pessoa e a compreensão de muitas passagens é oblíqua. A noite começa a surgir e Bloom se junta a um grupo de jovens beberrões, muitos deles alunos de medicina que, conforme a bebida lhes chega ao sangue, afinam a maldade dos comentários, destinados sobretudo às parturientes que vêm dar à luz na maternidade na qual eles estudam. Bloom parece um pouco cansado e quase que apenas observa a conversa, sem se intrometer muito: "E o senhor Leopoldo assentava-se com eles porque ele mantinha amizade duradoura com o senhor Simon e com essoutro filho seu o moço Stephen e para aquele cansaço seu acalmar aí ao de pois de mui longas errações por que eles o agasalhavam por aquele tempo da maneira mais honrosa."

O livro ultrapassou faz pouco a primeira metade. A segunda, muito intensa, ocupa praticamente quatrocentas páginas. O leitor, portanto, precisará de fôlego extra.

A conversa, e talvez o ambiente, fazem Bloom lembrar de novo a morte do filho recém-nascido. Cheio de ternura, ele recorda o sofrimento da esposa, em uma passagem simples e bastante comovente: "E ela ficara fundamente golpeada em seu coração por aquele mau sucesso e para o enterramento dele lhe fizera ele um fermoso corpete de lã de anho, a nata do rebanho, para que ele não viesse a perecer decomposta mente e jazer gelado (pois era então em meados de inverno) (...)."

A certa altura, com as personagens tendo já bebido muito, Joyce revela seu interesse pela psicanálise: "Há pecados ou (chamemos-lhes como o mundo lhes chama) más lembranças que estão escondidas pelos homens nos mais escuros lugares do coração mas que residem aí e esperam." No final, uns mais outros menos, todos estão bêbados e, para acompanhá-los, a linguagem se desintegra, em outra grande demonstração da aprimorada técnica do autor: "Chiu! Tapar os bocômetros. Plafe! Plafe! Tá queimando. Lá vai ela. Bombeiros! Atracar! Pela rua do Monte. Atalha. Plafe! Pra frente. Tu não vem? Anda, fila, chispa. Plaaaafe!"

Aparece agora um trecho inteiramente redigido como uma peça de teatro, com todas as marcações cênicas e a alternância de personagens. Há até mesmo a sugestão de alguns cenários. Conforme o texto se desenvolve, Joyce usa os recursos da dramaturgia para continuar a narrativa, fazendo o romance se desenvolver com as ferramentas do teatro: "(O breque atrita-se violento. Bloom, levantando uma branquiluvada mão de polícia, enleia-se pernaduro, para fora do trilho. O motorneiro, projetado à frente, arrebitado, no timão, urra no que manobra correntes e chaves.)"

A invasão de um gênero literário por outro, recurso bastante condenado pela arte clássica, já havia sido tentada antes de *Ulisses*. Aqui, porém, Joyce ultrapassa a mera justaposição de recursos e não apenas cola uma peça no meio do texto. Muito mais sofisticado, praticamente funde os dois gêneros, transportando os recursos de um para outro e demonstrando que ambos funcionam amalgamados.

Como nas linhas anteriores houve uma enorme bebedeira, é natural que agora surja um tom mais ou menos onírico. Bloom, um pouco mais sóbrio, acaba na região dos bordéis dublinenses, para onde vai atrás de Stephen Dedalus, assumindo a figura paterna. Ele, que perdeu o filho recém-nascido, parece desenvolver um afeto momentâneo por Dedalus. A questão familiar retorna quando os dois conversam sobre os traumas que a mãe de Dedalus teria causado ao filho.

Muitos trechos são simbólicos e criticam as várias camadas sociais, como a igreja e os privilegiados. Mesmo assim, no geral, o trecho é muito divertido, como fica evidente na fala a seguir, do próprio Bloom: *"(Significativamente baixando a voz)* Confesso que estou fervendo de curiosidade para saber se certa coisa de certa pessoa não está fervendo neste momento.".
O ambiente onírico é dominante, e as cenas se sucedem como num sonho, sem ordem aparente. As imagens dão conta das fantasias sexuais de Bloom. Aliás, ele mesmo termina quase "analisado", quando, por exemplo, certo dr. Dixon *"(Lê um certificado de saúde)* O professor Bloom é um exemplo consumado do novo homem mulheril. Sua natureza moral é simples e amorável. Muitos o acharam um homem quisto, uma pessoa quista. É quiçá um indivíduo raro no conjunto, tímido embora não paucimentado no sentido médico." Logo a seguir, de um jeito muito inusitado (e talvez haja aqui certa jocosidade de Joyce para com a psicanálise), Bloom revela que deseja muito ser mãe.

No final, depois de cruzar nesse imenso palco com médicos, prostitutas, soldados e, entre muitos outros, até furtivamente com Shakespeare, ele encontra Stephen Dedalus e o ampara. O trecho termina, outra vez, em tom lírico e nós, leitores, fechamos a segunda parte do livro quase sem fôlego. A imagem final recai sobre os dois, Bloom e Dedalus, com ênfase no primeiro. Apesar de aparentemente simples, ele demonstra ser um homem maduro. A propósito, com o livro se encerrando, "maturidade" pode ser um bom termo para definir esses últimos momentos. A palavra, porém, não deve ficar restrita às personagens: esteticamente falando, agora já é fácil ver que James Joyce é um artista feito, e dos maiores.

III.

Abrimos então a terceira parte do livro, quando a noite já vai longe e a cidade, segundo a lenda, começa a ficar perigosa. Escrito de maneira mais convencional, o início desse bloco parece ter a função de tentar colocar as coisas um pouco nos eixos. Leopold Bloom ampara Stephen Dedalus, que reclama de sede. Os dois, por sugestão de Bloom, resolvem procurar um local onde o rapaz possa tomar alguma coisa, de preferência sem álcool, pois ele já tinha aprontado o suficiente.

Outra vez fica claro o empenho de Bloom em representar a figura paterna para Dedalus que, aliás, está quase sem dinheiro e não tem onde dormir. Seu protetor mostra-se de fato preocupado e o trecho se enche de atos de delicadeza e afeto, como se realmente houvesse algo de muito forte ligando os dois.

A taverna para onde eles vão está cheia de homens simples e Dedalus se compadece de um conhecido, ao descrevê-lo para Bloom: "Está em maré baixa de sorte. Pediu-me que lhe pedisse que pedisse a alguém chamado Boylan, um pega-cartaz, que lhe desse um emprego de homem-sanduíche." Mais de um comentador já notou como *Ulisses* está cheio de atos espontâneos de solidariedade. Logo aparece também um marinheiro, bronco e agressivo, que resolve contar suas aventuras pelo mundo. À sua maneira, Joyce preenche as linhas de calor humano, ao unir em comunhão bizarra e quase reconfortante, aqueles homens deslocados e meio marginais.

A preocupação de Bloom com o comportamento e o futuro de Dedalus vai crescendo e, de fato, lembra mesmo o discurso paterno: "Era mil vezes de lamentar que um jovem abençoado com um quinhão e tanto de cérebro, como seu vizinho obviamente era, devesse desperdiçar seu valioso tempo com mulheres profligadas, que poderiam presenteá-lo com um belo esquentamento para o resto da vida." Assim, o preocupado Bloom convida Dedalus para descansar em sua casa. É o momento em que os últimos bares ainda funcionando começam a virar as cadeiras sobre as mesas e só fica mesmo na rua quem não tem para onde ir, ou aqueles cuja casa é mais desoladora que as calçadas desertas. Esse não é o caso de Bloom, porém, e os dois entram em um veículo e, finalmente, tomam a direção de um abrigo seguro.

Depois dessa relativa calmaria, chega uma surpresa: todo um trecho constituído por uma espécie de jogo de perguntas e respostas. Dedalus acaba aceitando o convite, e os dois vão para a casa de Bloom, onde se aquecem com uma bebida quente e continuam a conversa.

As perguntas são de todo tipo, e vão desde os sentimentos de um pelo outro, passando pela mobília da cozinha, até questões como a temperatura da água e alguns dados astronômicos. A cada indagação segue uma resposta de tamanho variado, cheia de ritmo e, às vezes, bom humor. Ainda assim, aliás, como já tinha feito ao adotar a forma do teatro, Joyce mantém a narratividade: "Tendo posto a semicheia chaleira sobre o carvão agora candente, por que retomou ele à torneira nuncfluente?"

"Para lavar suas mãos sujas com uma boneca parcialmente consumida de sabonete citriflagrante de Barrington, a que o papel ainda aderia (comprado treze horas antes por quatro pences e ainda não pago), em nunquamutável sempermutável água fresca fria, e secá-las, cara e mãos, num longo tecido holanda rubribordeado envolto num rolo giratório lígneo."

Além de satisfazer o furor de Joyce pela variação formal, o que uma estrutura como essa indica? Colocada perto da conclusão, talvez o autor estivesse querendo especular sobre os aspectos enigmáticos de todo o romance. *Ulissses* não é um livro que o leitor fecha sem perguntas na cabeça. Ao contrário, sugestivo e alusivo o tempo todo, as perguntas compõem a máquina narrativa em várias partes do livro, agora explicitada. O trecho evidencia, de maneira sutil, a consciência de James Joyce com relação ao seu projeto literário. Para ele, de forma nenhuma a arte traz respostas sem antes gerar uma série de perguntas.

No final, Dedalus recusa dormir na casa de Bloom e vai embora. Com argúcia, Joyce não faz (e, portanto, também não responde) a pergunta que resta para todos nós, leitores: o rapaz foi para onde? Ele simplesmente desaparece do romance...

O lendário dia 16 de junho de 1904 vai se encerrando e Bloom resolve deitar. A pergunta que descreve essa última ação é uma bem-humorada e comovente fala contra a solidão: "Que vantagens possuía um leito ocupado, como distinto de um desocupado?

"A remoção da solitude noturna, a qualidade superior da humana (mulher madura) à inumana (saco de água quente) calafetão (...)". É importante notar que o livro, depois deste de tantas perguntas, terminará com a palavra mais afirmativa que existe. *Ulisses* sem dúvida é um romance positivo.

Extraordinário, o final de *Ulisses* dá a exata medida da grandiosidade do livro. Bloom vai se deitar e surpreende a esposa ao pedir que, no dia seguinte, ela lhe sirva na cama o café da manhã. Há muitos anos ele não fazia isso, mais precisamente na concepção do filho, morto pouco depois de nascer. Da mesma forma, os dois não transavam desde aquela época, o que a acaba instigando. Escrito através de um fluxo de consciência de magnífica precisão, o texto enfoca o que se passa na cabeça de Molly ao ouvir o pedido do marido.

Sem vírgulas (nenhuma!), com parágrafos enormes, o monólogo é ao mesmo tempo lírico e repleto de onirismo. Molly está exatamente no momento antes do adormecer, quando o pensamento continua intenso, mas já perdeu parte de sua coerência. O trecho, assim, acumula uma série de lembranças, tendo sempre como fio condutor o seu relacionamento com Bloom. Entre tantos méritos, um dos menos reconhecidos é o caráter avançado do texto: em 1922, Joyce não apenas reconhecia o erotismo feminino como ainda o pintava com tintas fortes e ousadas. A arte veio a fazer isso, com tal ênfase, só muitas décadas depois.

Molly é muito confusa quanto ao amor e aos homens em geral, detalhe que produz trechos divertidos, como quando ela lembra de um rapaz que não conseguia ver a diferença entre um repolho e um poema. Por outro lado, mostra-se carinhosa, tolerante e até cheia de ansiedade para reconhecer o parceiro e, ao mesmo tempo, ser reconhecida por ele. O trecho a seguir exemplifica muito bem isso: "(...) se eu soubesse o que ele gosta pra ele não pensar que eu sou burra se ele pensa que todas as mulheres são o mesmo eu posso ensinar a ele a outra parte eu vou fazer ele sentir por ele todo até ele quase desmaiar debaixo de mim então ele vai escrever sobre mim amante e amada publicamente também com as nossas duas fotografias em todos os jornais quando ele se tornar famoso oh mas então que é que eu vou fazer com ele então".

Nas últimas linhas, comovida, Molly diz sim ao marido, relembrando tanto uma cena de casamento como, pelo ritmo, o ato sexual. Em duas linhas a palavra "sim" aparece quatro vezes. O livro fecha, portanto, em um crescendo de aceitação. Como tudo é muito humano, ainda mais agora, sobra a sensação de que Joyce está dando um enorme crédito, à sua maneira, à vida e à própria humanidade. *Ulisses*, com a sua maturidade artística invejável, ressalta sempre o que existe de melhor nas pessoas. Como retribuição, não irá se arrepender quem, do mesmo jeito, disser "sim" ao livro e a ele se entregar. Trata-se da plenitude estética, alcançada pouquíssimas outras vezes na história da arte.

*O texto deste livro foi composto em Sabon,
desenho tipográfico de Jan Tschichold de 1964,
baseado nos estudos de Claude Garamond e
Jacques Sabon no século XVI, em corpo 10,5/14.
Para títulos e destaques, foi utilizada a tipografia
Frutiger, desenhada por Adrian Frutiger em 1975.*

*A impressão se deu sobre papel off-white pelo
Sistema Digital Instant Duplex da Divisão Gráfica
da Distribuidora Record.*